NIEDERÖSTERREICHISCHE LANDESAUSSTELLUNG 1984

# Das Zeitalter Kaiser Franz Josephs

NIEDERÖSTERREICHISCHE LANDESAUSSTELLUNG

# Das Zeitalter Kaiser Franz Josephs

## 1. TEIL · VON DER REVOLUTION ZUR GRÜNDERZEIT · 1848–1880

KATALOG

SCHLOSS GRAFENEGG
19. MAI – 28. OKTOBER 1984

HINWEIS

Verweise auf Abbildungen mit Seitenangaben beziehen sich auf die Illustrationen im Beitragsband, in dem sich auch die Farbabbildungen 1–10 befinden.

Herausgeber und Verleger:
Amt der NÖ Landesregierung, Abt. III/2 – Kulturabteilung

Schriftleitung:
Univ.-Prof. Dr. Harry Kühnel
Dr. Elisabeth Vavra
Dr. Gottfried Stangler

Graphische Gestaltung:
Dipl.-Graphikerin Irmgard Grillmayer

Reproduktion:
Repro 12, Wien

Gesamtherstellung:
Druckerei Ferdinand Berger & Söhne Gesellschaft m.b.H., 3580 Horn, NÖ

Titelbild:
Franz Xaver Winterhalter, Porträt von Kaiser Franz Joseph I. und Elisabeth, 1864

Katalog des NÖ Landesmuseums, Neue Folge Nr. 147, Wien 1984
1. Auflage (1-25.000) ISBN 3-900464-14-6

## WISSENSCHAFTLICHE MITARBEITER

Univ.-Prof. Dr. Alfred Ableitinger (A. A.)
Universität Graz, Institut für Geschichte

Hofrat Dr. Johann Christoph Allmayer-Beck (C. A.-B.)
Wien

Generaldirektor Dr. József Antall (J. A.)
Semmelweis-Museum, Budapest

Gabriele Asmera (G. A.)
Wien

Mag. Dr. Josef Azizi (J. Az.)
Wien

Dir. Dr. Éva Bajkay-Rosch (É. B.-R.)
Nationalgalerie Budapest, Graphische Sammlung

Dr. Zsuszanna Bakó (Zs. B.)
Nationalgalerie Budapest

Univ.-Doz. Dr. Franz Baltzarek (F. B.)
Universität Wien, Institut für Wirtschaftswissenschaft

Dr. Renate Banik-Schweitzer (R. B.-S.)
Wiener Stadt- und Landesarchiv

Ladislaus Batthyány-Strattmann (L. B.-St.)
Güssing

Dr. Christian Beaufort-Spontin (Ch. B.-Sp.)
Kunsthistorisches Museum Wien, Waffensammlung

Dr. Otto Biba (O. B.)
Gesellschaft der Musikfreunde, Wien

Dir. Dr. Éva Bodnar (É. Bo.)
Nationalgalerie Budapest, Neue Abteilung

Prof. Dr. Vlasta Brajković (V. B.)
Povijesni Muzej Hrvatske, Zagreb

Dr. Petr Brátka (P. B.)
Muzeum Husitskího Revolučního Hnutí, Tabor

Univ.-Prof. Dr. iur. Wilhelm Brauneder (W. B.)
Universität Wien, Institut für österr. und dt. Rechtsgeschichte

Dr. Marina Bregovac Pisk (M. B. P.)
Povijesni Muzej Hrvatske, Zagreb

Univ.-Prof. Dr. Ernst Bruckmüller (E. B.)
Universität Wien, Institut für Wirtschafts- und Sozialgeschichte

Senatsrat Dir. Dr. Gertrude Buttlar (G. B.)
Stadtmuseum, Wr. Neustadt

Dr. Ercsébet Csap (E. Cs.)
Nationalgalerie Budapest

P. Dr. Bernhard Demel (B. D.)
Archiv des Deutschen Ordens, Wien

Archivrat Dr. Franz Dirnberger (F. D.)
Haus-, Hof- und Staatsarchiv, Wien

Dr. Klaus Eggert (K. E.)
Riegersburg

Dr. Josef Ehmer (J. E.)
Universität Wien, Institut für Wirtschafts- und Sozialgeschichte

Generalsekretär Dr. Harald Eichler (H. Ei.)
Wiener Börsekammer

Hofrat Dir. Dr. Helmut Engelbrecht (H. E.)
Bundesgymnasium Krems

Dr. Gerbert Frodl (G. F.)
Österreichische Galerie, Wien

Dr. Katalin Földi-Dózsa (K. F.-D.)
Nationalmuseum Budapest, Textilabteilung

Dr. Werner Galler (W. G.)
Niederösterreichisches Landesmuseum, Wien

Dr. Franz Grieshofer (F. G.)
Museum für Volkskunde, Wien

Michael Göbl (M. G.)
Österreichisches Staatsarchiv, Allgemeines Verwaltungsarchiv, Wien

Univ.-Prof. Dr. Günther Hamann (G. H.)
Universität Wien, Institut für Geschichte

Dr. Brigitte Hamann (B. H.)
Wien

Dr. Irmgard von Hauser-Köchert (I. H.-K.)
Wien

Dr. Waltraud Heindl (W. H.)
Edition Ministerratsprotokolle, Wien

Dr. Emil Horn (E. Ho)
Magyar Munkásmozgalmi Múzeum, Budapest

Dr. Jasna Horvat (J. Ho.)
Narodni Muzej, Laibach

Dr. Edith Hörandner (E. H.)
Universität Wien, Institut für Volkskunde

Univ.-Doz. Dr. Johann Hüttner (J. H.)
Universität Wien, Institut für Theaterwissenschaft

Dr. Helmut Jungwirth (H. J.)
Kunsthistorisches Museum Wien, Sammlung für Medaillen, Münzen und Geldwesen

Dr. Alena Kalinová (A. K.)
Brünn

Dr. Diemut Kastner (D. K.)
Creditanstalt-Bankverein, Wien

Landeskonservator Dr. Werner Kitlitschka (W. K.)
Bundesdenkmalamt, Wien

Dipl.-Ing. Karl Heinz Knauer (K. H. K.)
Technisches Museum, Wien

Dr. Miklós Komjáthy (M. Ko.)
Budapest

Dr. Jiří Kořalka (J. Ko.)
Prag

P. Wilfried Kowarik (P. W. K.)
Stift Melk

Landtagsdirektor w. Hofrat Dr. Peter Krause (P. K.)
Wien, Niederösterreichische Landesregierung

Univ.-Doz. Dr. Walter Krause (W. Kr.)
Universität Wien, Kunsthistorisches Institut

Wynfried Kriegleder (W. Kri.)
Universität Wien, Institut für Germanistik

Dr. P. Jakob Krinzinger (J. K.)
Kremsmünster

Dr. Susanne Kronbichler (S. K.)
Herzogenburg

Dr. Johannes Kronbichler (J. Kr.)
Bischöfliches Ordinariat, St. Pölten

Dir. Dr. Georg Kugler (G. K.)
Kunsthistorisches Museum Wien, Monturdepot und Wagenburg

W. Amtsrat Margarethe Kuntner (M. K.)
Höhere Graphische Bundes-Lehr- und Versuchsanstalt Wien

Univ.-Prof. Dr. Harry Kühnel (H. K.)
Kulturverwaltung Krems

Dr. Vanda Ladović (V. L.)
Muzej Grada Zagreba, Zagreb

Dr. Alfred Lechner (A. L.)
Technische Universität Wien, Archiv

Renate Lerperger (R. L.)
Universität Wien, Institut für Germanistik

Sylvia Leskova (S. L.)
Universität Wien, Institut für Germanistik

Dr. Miroslava Ludvíková (M. L.)
Moravské Museum, Brünn

Walter Lukan (W. L.)
Österreichisches Ost- und Südosteuropa-Institut, Wien

Dr. Volker Lutz (V. Lu.)
Kulturverwaltung, Steyr

Naama Magnus (N. M.)
Wien

Obermagistratsrat Dr. Gerhard Marauschek (G. Ma.)
Stadtarchiv, Graz

Dipl.-Ing. Gerhard Maresch (G. M.)
Technisches Museum, Wien

Dr. Jelena Marijanović (J. M.)
Povijesni Muzej Hrvatske, Zagreb

Dr. Eva Marko (E. M.)
Landesmuseum Joanneum, Graz

Dr. Ursula Mayerhofer
Wien

Dr. Karl Megner (K. M.)
Nationalbibliothek Wien, Druckschriftensammlung

Univ.-Prof. Dr. Alois Mosser (A. M.)
Universität Wien, Institut für Wirtschafts- und Sozialgeschichte

DDr. Gottfried Mraz (G. Mr.)
Finanz- und Hofkammerarchiv, Wien

Dr. Stephanie Nadherny-Prochaska (St. N.-P.)
Evangelischer Kirchenrat, Wien

Dr. Evelin Oberhammer (E. O.)
Hausarchiv des regierenden Fürsten von Liechtenstein

Monsignore Dr. Alexander Ostheim-Dzerowycz (A. O.-D.)
Griech. kath. Zentralpfarramt St. Barbara

Dr. Jana Pasáková (J. Pa.)
Muzeum hlavniho města, Prag

Dr. Jutta Pemsel (J. P.)
Wien

Hofrat Dipl.-Ing. Friedrich Pescher (F. P.)
Gebietsbauamt, Krems

Mag. Michael Pfurtscheller (M. Pf.)
Innsbruck

Mag. Dr. Ernst Popp (E. P.)
Technisches Museum, Wien

Dr. Nada Premerl (N. P.)
Muzej Grada Zagreba, Zagreb

Dr. Boris Prister (B. P.)
Povijesni Muzej Hrvatske, Zagreb

Dr. Vinko Rajsp (V. R.)
Slowenische Akademie der Wissenschaften, Laibach

Dr. Jiří Rak (J. R.)
Archiv Národního Muzeum, Prag

Harald C. Rath (H. R.)
J. & L. Lobmeyr, Wien

Mag. Dr. Bernhard Rittinger (B. R.)
Wien

Dir. Dr. György Rózsa (G. R.)
Nationalmuseum, Budapest

Dr. Karl Sablik (K. S.)
Institut für Geschichte der Medizin der Universität Wien

Univ.-Doz. Dr. Roman Sandgruber (R. S.)
Universität Wien, Institut für Wirtschafts- und Sozialgeschichte

Dr. Walter Sauer (W. S.)
Wien

Dir. Dr. Herbert Schifter (H. Sch.)
Naturhistorisches Museum, Wien

Dr. Marija Šercer (M. S.)
Povijesni Muzej Hrvatske, Zagreb

Reg.-Rat Dr. Peter Sika (P. S.)
Leoben

Dr. Gottfried Stangler (G. St.)
Kulturabteilung der Niederösterreichischen Landesregierung, Wien

Doz. Dr. Hannes Stekl (H. St.)
Universität Wien, Institut für Wirtschafts- und Sozialgeschichte

Dr. Agnes Szabo (A. Sz.)
Muzej Grada Zagreba, Zagreb

Dr. Katalin Szabó (K. Sz.)
Nationalgalerie, Budapest

Dr. Anna Szinyei Merse (A. Sz. M.)
Nationalgalerie, Budapest

Edeltraud Trabitsch (E. T.)
Niederösterreichisches Landesmuseum, Wien

Dir. Dr. Benno Ulm (B. U.)
Oberösterreichisches Landesmuseum, Linz

Dr. Peter Urbanitsch (P. U.)
Österreichische Akademie der Wissenschaften, Kommission für Geschichte der Österreichisch-Ungarischen Monarchie, Wien

Dr. Elisabeth Vavra (E. V.)
Österreichische Akademie der Wissenschaften, Institut für mittelalterliche Realienkunde Österreichs, Krems

Doz. Nikolaus Vielmetti (N. V.)
Universität Wien, Institut für Judaistik

Dr. Rudolf Wagner (R. W.)
München

Wolfgang Wieland (W. Wi.)
Murau, Schwarzenbergische Archive

Hofrat Dr. Walter Winkelbauer (W. W.)
Finanz- und Hofkammerarchiv, Wien

Dr. Christian Witt-Döring (Ch. W.-D.)
Österreichisches Museum für Angewandte Kunst, Wien

Dr. Krystof Załeski (K. Z.)
Nationalmuseum, Warschau

Dr. Wilhelmine Zankl (W. Z.)
Altkatholische Kirche, Wien

Univ.-Prof. Dr. Herbert Zeman (H. Z.)
Universität Wien, Institut für Germanistik

LEIHGEBER

Das Bundesland Niederösterreich dankt allen Museen, Archiven, Bibliotheken, Instituten und Persönlichkeiten für die Leihgaben, die sie freundlicherweise dieser Ausstellung zur Verfügung gestellt haben.

Berlin, Staatliche Museen Preußischer Kulturbesitz, Kunstgewerbemuseum
Braunschweig, Stadtarchiv
Brünn, Archiv města Brna
Brünn, Moravské Muzeum
Brünn, Muzeum města Brna
Brünn, Statní oblastní archiv Brno
Budapest, Budapesti Történeti Múzeum (Historisches Museum der Stadt Budapest)
Budapest, Iparművészeti Múzeum (Kunstgewerbemuseum)
Budapest, Magyar Munkásmozgalmi Múzeum (Museum der ungarischen Arbeiterbewegung)
Budapest, Magyar Nemzeti Galéria (Ungarische Nationalgalerie)
Budapest, Magyar Nemzeti Múzeum (Ungarisches Nationalmuseum)
Budapest, Magyar Országos Levéltár (Ungarisches Staatsarchiv)
Budapest, Országos Széchényi Könyvtár (Széchényi Nationalbibliothek)
Budapest, Semmelweis Orvostörténeti Múzeum (Semmelweis-Museum für Geschichte der Medizin)
Budapest, Szépművészeti Múzeum (Museum der Bildenden Künste)
Esztergom, Keresztény Múzeum (Christliches Museum)
Herendi Múzeum
Jerusalem, The Central Zionist Archives (Herzl-Museum)
Krakau, Archivum Państwowe w Krakowie
Krakau, Archivum Uniwersytetu Jagiellońskiego
Krakau, Muzeum Historycznego m. Krakowe
Krakau, Muzeum Historyczne Universytetu Jagiellońskiego
Kromeriz, Okresní Archiv Kroměříž se Sidlem v Holešově
Kromeriz, Státní zámek a Zahrady v Kroměřiži
Küsnacht/Schweiz, Stiftung für Kunst, Kultur und Geschichte
Laibach, Arhiv SR Slovenije
Laibach, Prof. Dr. Vasilij Melik
Laibach, Narodna in univerzitetna knjiznica
Laibach, Narodna Galerija Ljubljana
Laibach, Narodni Muzej
Laibach, Slovenski etnografski muzej
Laibach, Zgodovinski arhiv Ljubljana
Mailand, Archivio di Stato Milano
München, Adalbert-Stifter Verein
München, Dr. Rudolf Wagner
Paris, Baronin Liliane de Rothschild
Prag, Archivní Správa
Prag, Muzeum hlavního města Prahy
Prag, Národní Muzeum – Archiv
Prag, Národní Technické Muzeum v Praze

Prag, Poštovní Muzeum
Prag, Státní Židovské Muzeum v Praze
Prag, Umĕleckoprůmyslové muzeum v Praze
Regensburg, Zentralarchiv Fürst Thurn und Taxis
Sopron, Liszt Ferenz Múzeum
Stuttgart, Raimund Friedrich Kaindl Gesellschaft
Szombathely, Dr. Géza Kiss
Tábor, Muzeum Husitského Revolučního Hnutí v Táboře
Triest, Museo Civico di Storia Naturale Trieste
Vaduz, Sammlungen des regierenden Fürsten von Liechtenstein
Warschau, Muzeum Narodowe w Warszawie
Zagreb, Arhiv Hrvatske
Zagreb, Prof. Olga Klobuzar
Zagreb, Muzej grada Zagreba
Zagreb, Muzej za umjetnost i obet
Zagreb, Povijesni muzej Hrvatske

Aigen, Stift Schlägl
Artstetten, Erzherzog Franz Ferdinand Museum / Schloß Artstetten
Bad Ischl, Heimatmuseum
Baden, Kaiser-Franz-Joseph-Museum für Handwerk und Volkskunst
Baden, Kurdirektion
Baden, Städtische Sammlungen – Rollettmuseum
Baden, Helga Weidinger
Freistadt, Mühlviertler Heimathaus
Gmunden, Kammerhofmuseum
Göttweig, Benediktinerstift, Graphisches Kabinett
Grafenegg, Herzog Franz Albrecht Metternich-Sàndor
Graz, Institut für Gebäudelehre und Wohnbau an der Technischen Universität Graz
Graz, Neue Galerie am Landesmuseum Joanneum
Graz, Stadtarchiv
Graz, Steiermärkisches Landesarchiv
Graz, Steiermärkisches Landesmuseum Joanneum
Graz, Steiermärkisches Landesmuseum Joanneum, Schloß Stainz
Graz, Mag. Johann Graf Lubienski
Gresten, Gräfin Gabriele Seefried
Güssing, Ladislaus Batthyány-Strattmann
Hafnerbach, Heimatmuseum
Herzogenburg, Augustinerchorherrenstift
Innsbruck, Akademische Verbindung Austria Innsbruck
Innsbruck, Mag. pharm. Michael Pfurtscheller, Schloß Büchsenhausen
Innsbruck, Stadtarchiv
Innsbruck, Stift Wilten
Innsbruck, Tiroler Volkskunst-Museum

Klagenfurt, Univ.-Prof. Dr. Karl Dinklage
Klosterneuburg, Mährisch-Schlesisches Heimatmuseum
Krems, Bundesgymnasium
Krems, Dr. Hermann Möschl
Krems, Stadtarchiv
Kremsmünster, Benediktinerstift – Sternwarte (Naturhist. Sammlungen)
Leoben, Universitätsbibliothek der Montanuniversität Leoben
Linz, Adalbert-Stifter-Institut des Landes Oberösterreich
Linz, Archiv der Stadt Linz
Linz, Bischöfliches Ordinariat
Linz, Prof. Dr. Helmut Konrad
Linz, Oberösterreichisches Landesarchiv
Linz, Oberösterreichisches Landesmuseum
Linz, Stadtmuseum
Maria Anzbach, Ewald Welde
Maria Saal, Kärntner Freilichtmuseum
Melk, Benediktinerstift Melk
Michelstetten, Niederösterreichisches Schulmuseum
Mödling, Stadtgemeinde
Murau, Schwarzenbergische Archive
Persenbeug, Ing. Friedrich Salvator Habsburg-Lothringen
Persenbeug, Dr. Michael Salvator Habsburg-Lothringen
Purgstall, Helene Holzer
Salzburg, Mathilde Hefel
Salzburg, Museum Carolino Augusteum
Salzburg, Museum Carolino Augusteum – Spielzeugmuseum
Salzburg, Residenzgalerie
Spitz, Schiffahrtsmuseum
St. Martin/Lofer, Maria Kirchenthal
St. Pölten, Diözesanarchiv
St. Pölten, Domkirche
Steyr, Arbeitersängerbund „Stahlklang“
Steyr, Kulturverwaltung
Stübing, Österreichisches Freilichtmuseum
Traismauer, Heimatmuseum
Vöcklamarkt, Pauline Hanreich-Ludwig, Schloß Walchen
Wien, Adalbert-Stifter-Gesellschaft
Wien, Fa. Adensamer
Wien, Akademie der bildenden Künste in Wien – Gemäldegalerie
Wien, Akademie der bildenden Künste in Wien – Kupferstichkabinett
Wien, Allgemeines Krankenhaus
Wien, Hofrat Dr. Johann Christoph Allmayer-Beck
Wien, Altkatholische Kirche Österreichs
Wien, Amtsbibliothek des Bundesministerium für Unterricht und Kunst

Wien, Archiv der Technischen Universität
Wien, Archiv der Universität
Wien, Mag. Dr. Josef Azizi
Wien, Joh. Backhausen & Söhne
Wien, Dr. Franz Baltzarek
Wien, Josef Beneś
Wien, Kommerzialrat Max Berger
Wien, Bezirksmuseum Favoriten
Wien, Bezirksmuseum Hernals
Wien, Bezirksmuseum Neubau
Wien, Bibliothek des Bundesdenkmalamtes
Wien, Bibliothek der Kammer der gewerblichen Wirtschaft
Wien, Börse für landwirtschaftliche Produkte
Wien, Dr. Bruno Buchwieser
Wien, Bundesbahndirektion Nord
Wien, Bundesdenkmalamt
Wien, Bundesmobilienverwaltung
Wien, Bundestheaterverband
Wien, City-Galerie
Wien, Creditanstalt-Bankverein
Wien, Dipl.-Vw. Helge Dvorak
Wien, Dr. Heinz-Werner Eckhardt
Wien, Dr. Friedrich Egger-Fabritius
Wien, Erzbischöfliches Dom- und Diözesanarchiv
Wien, Erzbischöfliches Dom- und Diözesanmuseum
Wien, Elisabeth Ettenreich
Wien, Evangelischer Oberkirchenrat
Wien, Evangelisches Pfarramt Wien-Gumpendorf
Wien, Feuerwehr der Stadt Wien
Wien, Otto Flemmich sen.
Wien, Maria Louise Franz
Wien, Syliva Freund
Wien, Galerie Josefstadt
Wien, Geologische Bundesanstalt
Wien, Geographische Gesellschaft Österreichs
Wien, Gesellschaft der Musikfreunde
Wien, Gewerkschaft der Lebens- und Genußmittelarbeiter
Wien, Graphische Sammlung Albertina
Wien, Griech. kath. Zentralpfarramt St. Barbara
Wien, Erste Hals-, Nasen- und Ohrenklinik der Universität Wien
Wien, Dr. Brigitte Hamann
Wien, Handelskammer (Schloß Hernstein)
Wien, Generaldirektor Prof. Dr. Helmut Haschek
Wien, Haus-, Hof- und Staatsarchiv

Wien, Hausarchiv des regierenden Fürsten von Liechtenstein
Wien, Dr. Irmgard von Hauser-Köchert
Wien, Heeresgeschichtliches Museum
Wien, Ing. Helmut Hirschberg
Wien, Historisches Museum der Stadt Wien
Wien, Historisches Museum der Stadt Wien – Modesammlung im Schloß Hetzendorf
Wien, Historisches Museum der Stadt Wien – Pratermuseum
Wien, Bibliothek und Sammlungen der Höheren Graphischen Bundes-Lehr- und Versuchsanstalt
Wien, Alfred von Hoyer
Wien, Innung der Bäcker
Wien, Institut für Geschichte der Medizin
Wien, Institut für Slawische Philologie der Universität Wien
Wien, Institut für Wirtschafts- und Sozialgeschichte der Universität Wien
Wien, Karl Kohlmeier
Wien, Konsum Österreich
Wien, Dr. Werner Kitlitschka
Wien, Univ.-Doz. Dr. Walter Krause
Wien, Kulturheim der Wienerberger Ziegelwerke
Wien, Kunsthistorisches Museum, Gemäldegalerie
Wien, Kunsthistorisches Museum, Monturdepot und Wagenburg
Wien, Kunsthistorisches Museum, Sammlung von Medaillen, Münzen und Geldwesen
Wien, Kunsthistorisches Museum, Sammlung für Plastik und Kunstgewerbe
Wien, Kunsthistorisches Museum, Waffensammlung
Wien, Landesinnung Wien der Schuhmacher
Wien, Norbert Lennár
Wien, Dr. Rudolf Leopold
Wien, J. & L. Lobmeyr
Wien, Walter Lukan
Wien, Dr. Karl Megner
Wien, Heidi Mörtl-Ernst
Wien, Museum der Städtischen Bestattung
Wien, Naturhistorisches Museum, Anthropologische Abteilung
Wien, Naturhistorisches Museum, Botanische Abteilung
Wien, Naturhistorisches Museum, Geolog.-Paläontologische Abteilung
Wien, Naturhistorisches Museum, 1. Zoologische Abteilung
Wien, Naturhistorisches Museum, 2. Zoologische Abteilung
Wien, Dr. Eleonore Nischer-Falkenhof
Wien, Niederösterreichisches Landesarchiv
Wien, Niederösterreichische Landesbibliothek
Wien, Niederösterreichisches Landesmuseum
Wien, Österreichische Akademie der Wissenschaften
Wien, Österreichische Galerie
Wien, Österreichische Nationalbibliothek, Bildarchiv und Porträtsammlung
Wien, Österreichische Nationalbibliothek, Druckschriftensammlung

Wien, Österreichische Nationalbibliothek, Flugblätter- und Plakatsammlung
Wien, Österreichische Nationalbibliothek, Kartensammlung
Wien, Österreichische Nationalbibliothek, Musiksammlung
Wien, Österreichische Nationalbibliothek, Sammlung alter Schreibutensilien
Wien, Österreichische Nationalbibliothek, Theatersammlung
Wien, Österreichischer Automobil-, Motorrad- und Touring-Club
Wien, Österreichischer Bundesverlag, Archiv
Wien, Österreichisches Museum für angewandte Kunst
Wien, Österreichisches Museum für Volkskunde
Wien, Österreichisches Museum für Völkerkunde
Wien, Österreichisches Staatsarchiv, Allgemeines Verwaltungsarchiv
Wien, Österreichisches Staatsarchiv, Finanzarchiv
Wien, Österreichisches Staatsarchiv, Kriegsarchiv
Wien, Österreichisches Staatsarchiv, Verkehrsarchiv
Wien, Österreichisches Tabakmuseum
Wien, Dr. Marion Pongracz
Wien, Präsidium des Obersten Gerichtshofes
Wien, Regierungsrat Josef Ringer
Wien, Mag. Dr. Bernhard Rittinger
Wien, Christian und Charlotte Röschl
Wien, Gert Rosenberg
Wien, Rudolfinerhaus
Wien, Dr. Walter Sauer
Wien, Hanna Schaden
Wien, Dr. Anton Schimatzek
Wien, Sammlung Dir. Hans Schölm
Wien, Stadtpfarramt Altlerchenfeld
Wien, Prof. Dr. Herbert Steiner
Wien, Prof. Richard Steiskal-Paur
Wien, Johann Stojka
Wien, Prof. Kurt Stümpfl
Wien, Technisches Museum für Industrie und Gewerbe
Wien, Peter Tessinsky
Wien, Dr. Gesine Tostmann
Wien, Dr. Heinrich Treichl
Wien, Universitätsbibliothek
Wien, Universitätsbibliothek der Technischen Universität Wien
Wien, Prof. Dr. Hans von Urbanski
Wien, Verein für Geschichte der Arbeiterbewegung
Wien, Konsul Alfred Weiss
Wien, Franz Wertheim
Wien, Fa. Wertheim
Wien, Wiener Börsekammer
Wien, Wiener Männergesangsverein

Wien, Wiener Philharmoniker
Wien, Wiener Stadt- und Landesarchiv
Wien, Wiener Stadt- und Landesbibliothek
Wien, Dr. Gerhard Winkler
Wien, Prof. Dr. K. Wolff, Vorstand der 1. Univ.-Hautklinik Wien
Wien, Zentralarchiv des Deutschen Ordens
Wien, Zentralsparkasse der Gemeinde Wien
Wiener Neustadt, Stadtmuseum
Wolkersdorf, Dr. Gertrude Galler

## ERDGESCHOSS

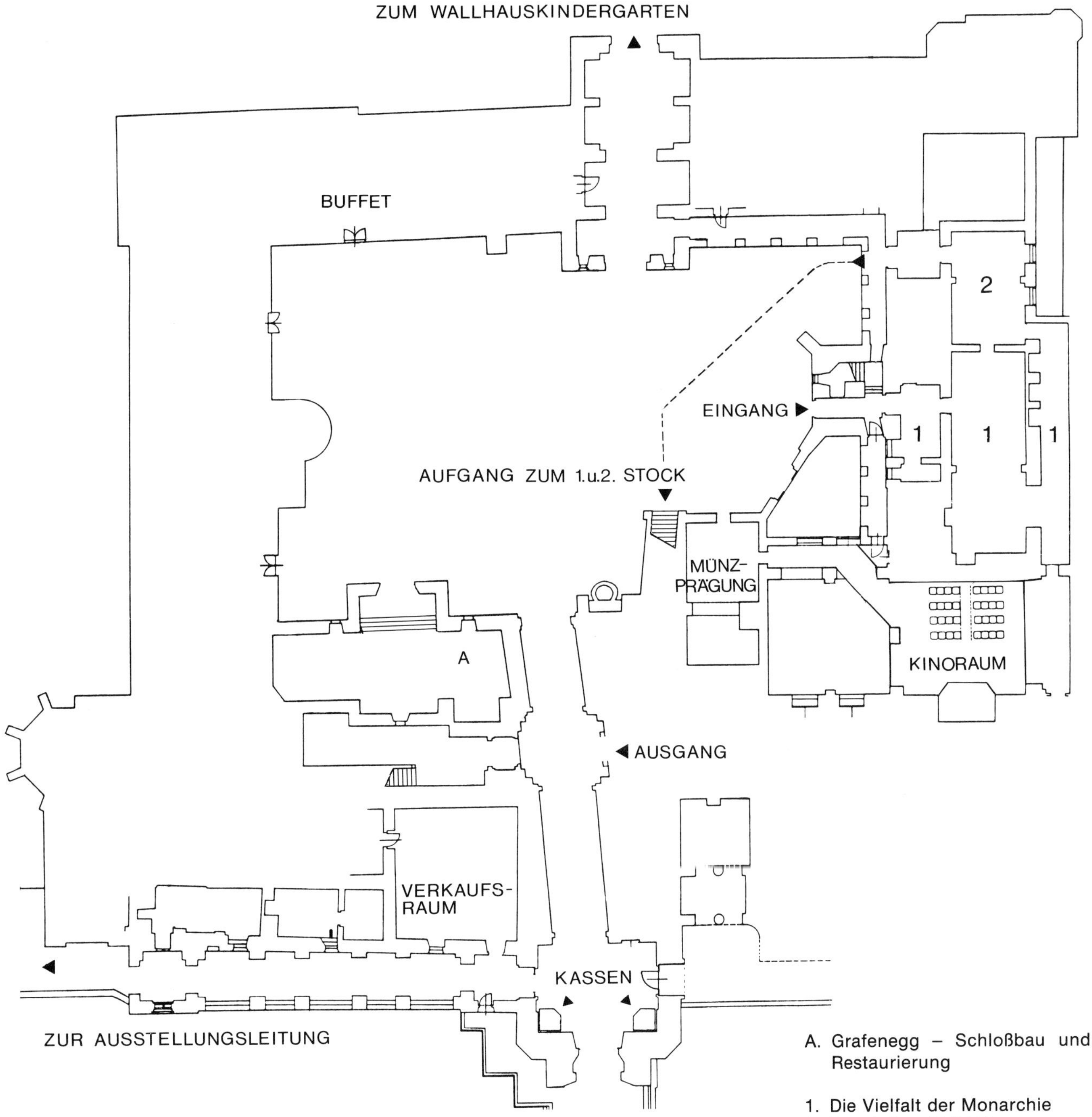


A. Grafenegg – Schloßbau und Restaurierung

1. Die Vielfalt der Monarchie
2. Revolution 1848/49

# 1. STOCK

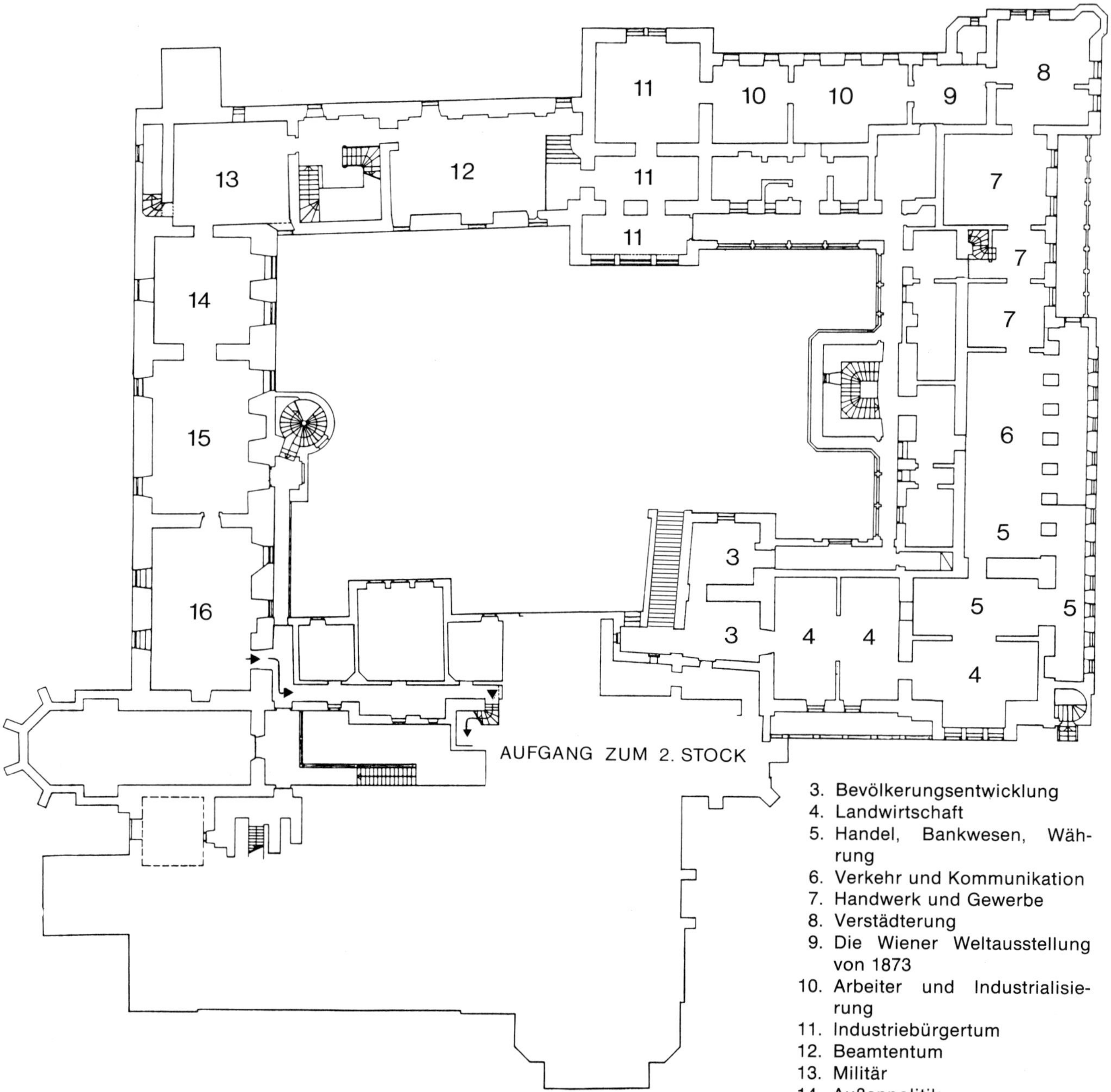


3. Bevölkerungsentwicklung
4. Landwirtschaft
5. Handel, Bankwesen, Währung
6. Verkehr und Kommunikation
7. Handwerk und Gewerbe
8. Verstädterung
9. Die Wiener Weltausstellung von 1873
10. Arbeiter und Industrialisierung
11. Industriebürgertum
12. Beamtentum
13. Militär
14. Außenpolitik
15. Das Problem der konstruktiven Reichsgestaltung
16. Das Entstehen einer politischen Öffentlichkeit

## 2. STOCK

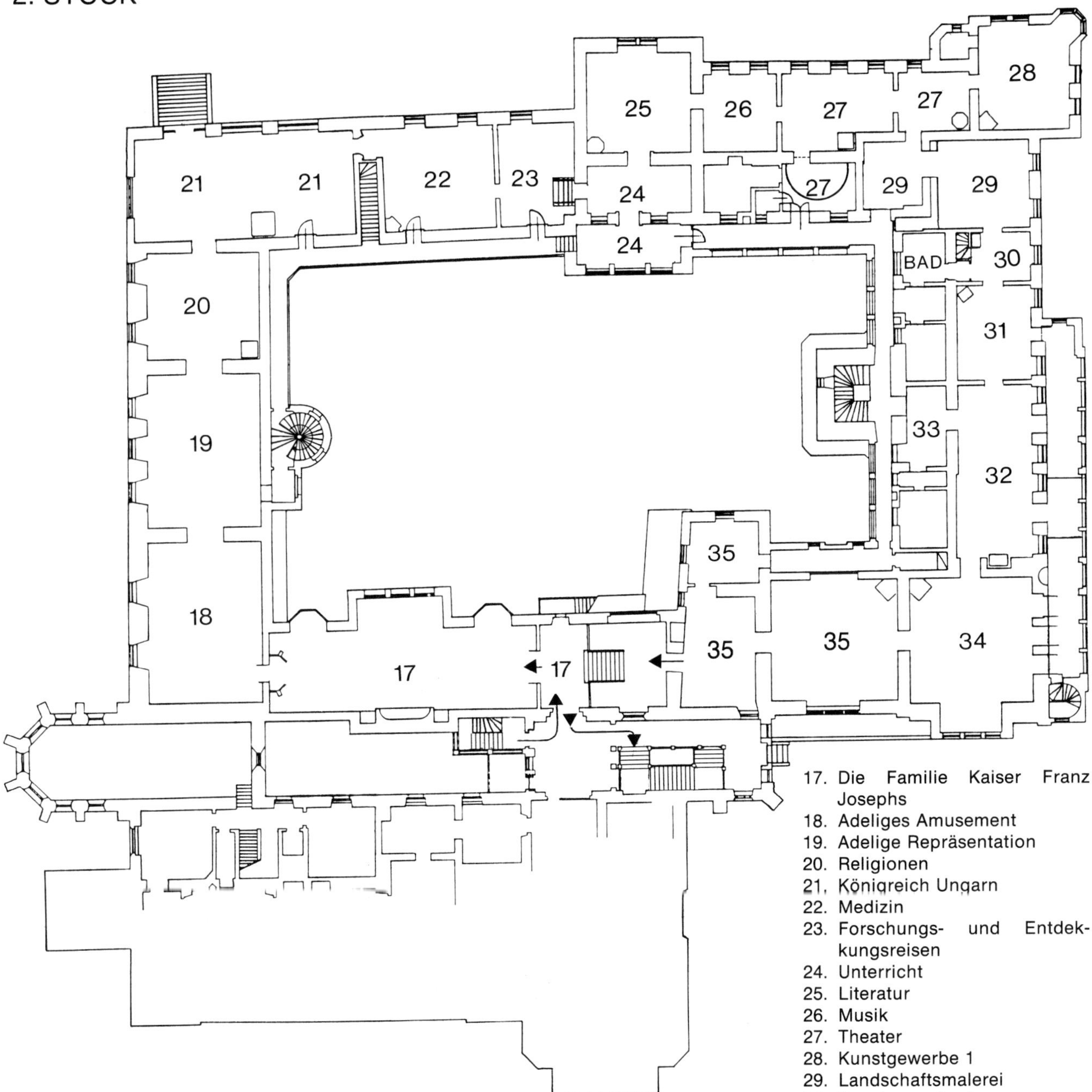


17. Die Familie Kaiser Franz Josephs
18. Adeliges Amusement
19. Adelige Repräsentation
20. Religionen
21. Königreich Ungarn
22. Medizin
23. Forschungs- und Entdekkungsreisen
24. Unterricht
25. Literatur
26. Musik
27. Theater
28. Kunstgewerbe 1
29. Landschaftsmalerei
30. Kunstgewerbe 2
31. Ungarische Malerei
32. Carl Rahl und sein Kreis
33. Graphik und Buchillustration
34. Malerei und Plastik
35. Hans Makart und seine Zeitgenossen

# A. GRAFENEGG – SCHLOSSBAU UND RESTAURIERUNG

## A.1 Leopold Ernst und Grafenegg

### A.1.1 Niederösterreichisches Landhaus

Wien I, Herrengasse 13, Rittersaal, Plafond
Leopold Ernst; 1846
Photographie

Während die gleichzeitige Wiener Bautätigkeit unter dem Diktat des Hofbaurates auf stereotype Schemata aus stereometrischen Primitivformen reduziert bleibt, zeigt sich in Ernsts Landhaussälen, wie weit unzensierte Architektur gediehen war: zum frühen Ringstraßenstil. Die Formen sind nicht verblockt, sondern organisch, die Räume und hier der Plafond sind in großem Rhythmus gegliedert. Die wuchtige Plastizität der Stege und Achteckkassetten nimmt sogar schon die reife Phase des Ringstraßenstiles vorweg. Diese Polygonkassetten finden sich sehr ähnlich bei Ernsts Grafenegger Rittersaalplafond, der etwa gleichzeitig entstand.

Lit.: Zu den Landhaussälen Ernsts: *Mayer, Anton,* Das niederöst. Landhaus . . ., in: Berichte und Mitteilungen des Altertums-Vereins zu Wien, Bd. XXXVIII, Wien MDCCCCIV, S. 99–101. – *Feuchtmüller, Rupert,* Das niederöst. Landhaus, Wien 1949, S. 32–33.

K. E.

### A.1.2 Niederösterreichisches Landhaus

Wien I, Herrengasse 13, Rittersaal, Portal
Leopold Ernst; 1846
Photographie

Die klare Dramatik des als Architektur aufgefaßten Portals, großzügig rhythmisiert, nimmt teilweise den reifen Ringstraßenstil vorweg, wie auch andere formale Züge von Ernsts Landhaussälen. In der bedeutenden Rolle, welche die Skulptur bei dem Portal zur organischen Vollendung der formalen Bezüge spielt – wie analog etwa die Malerei am Plafond des Raumes – ist die Konzeption des Ringstraßenstils vom Gesamtkunstwerk ausgereift vorhanden; also die Idee von der wechselseitigen Steigerung aller Künste zu einer übergeordneten Einheit hin, wobei die Architektur Ordnungsmacht ist.

K. E.

### A.1.3 Niederösterreichisches Landhaus

Wien I, Herrengasse 13, Rittersaal, Portalbeschlag
Leopold Ernst; 1846
Photographie

Ein Türbeschlag im Sitzungssaal eines politischen Gremiums ist in schwungvoller Ausdrucksintensität zum Symbol romantischer Dämonie, stimmungsmäßig erlebbar, transformiert, in Gestalt des mythischen Archetypus des Drachens, den ein anderes Wesen in den Schwanz beißt. Der Drache ähnelt dem Hauptmotiv der etwa gleichzeitig entstandenen, von Ernst entworfenen Ledertapete des Grafenegger Rittersaales.

K. E.

### A.1.4 Niederösterreichisches Landhaus

Wien I, Herrengasse 13, Herrensaal
Leopold Ernst; 1846
Photographie

Die Wände sind in Kompartimente gegliedert, und zwar durch Lisenen, von denen Konsolenpaare zu den Unterzügen vermitteln, die den Plafond entsprechend in Kompartimente gliedern. Auch dieses Prinzip findet sich beim Rittersaal Grafenegg, wo die Konsolen durch Skulptur bereicherte Varianten der des Herrensaales sind.

K. E.

### A.1.5 Niederösterreichisches Landhaus

Wien I, Herrengasse 13, Herrensaal, Plafond
Leopold Ernst; 1846
Photographie

Die Ornamentmalerei des Plafonds, von abwechslungsreichster bizarrer Phantastik und subtilster Differenzierung, zugleich großzügig komponiert, wirkt substanzfrei, immateriell wie ein in verschiedenen Ebenen schwebendes Gespinst. Frei von Materie wirkt aber auch die Plastizität der Mittelmotive der Deckenfelder. Die beiden Hängezapfentypen – einer als dünnschalig scharfgeschnittene Rosette, der andere als zierlich gedrechselter schlanker Knauf – finden sich sehr ähnlich in Grafenegg, besonders am Rittersaalplafond.

K. E.

Kat.-Nr. A.1.6

A.1.6 **Niederösterreichisches Landhaus** Abb.

Wien I, Herrengasse 13, Prälatensaal
Leopold Ernst; 1846
Photographie

Auch dieser Raum steht in intensivem Bezug zum etwa gleichzeitigen Rittersaal von Grafenegg. Der Plafond ist wie dort in drei Querkompartimente gegliedert, die Unterzüge sind fast identisch an der Unterseite mit Rosettenzapfen versehen. Die Stühle beider Räume unterscheiden sich nur in kleinen Details. Ursprünglich hatten auch beide Säle die gleiche Ledertapete.

K. E.

A.1.7 **Niederösterreichisches Landhaus**

Wien I, Herrengasse 13, Prälatensaal, Plafond
Leopold Ernst; 1846
Photographie

Die Polychromie, die im Ringstraßenstil im Gegensatz zum Rationalismus eine große Rolle als künstlerisches Ausdrucksmittel spielt, ist in den hier gezeigten Landhaussälen überwiegend eine Stimmung von gelblichem Grund, vor dem braune Ornamente stehen. Brillante Farben, wie etwa ein mehrfach vorkommender Rot-Blau-Kontrast, sind besonderen Betonungen vorbehalten. Durch die warmen Grundtöne werden sie zur Harmonie gebracht. Die reife Phase des Ringstraßenstils geht in Innenräumen dann zu einer Harmonie überwiegend aus gedämpften warmen Tönen über.

K. E.

A.1.8 **Niederösterreichisches Landhaus**

Wien I, Herrengasse 13, Prälatensaal, Portal
Leopold Ernst; 1846
Photographie

Dies ist unter den Landhausportalen Ernsts die zukunftsweisendste Lösung, indem der Ausdruck eines vertikalen Aufsteigens am meisten gesteigert ist. Dadurch und in der relativ zu den anderen Landhaustüren größeren Gesamthöhe der Attika manifestiert sich die Kopfgewichtigkeit, das Verlegen des bedeutungsmäßigen Schwergewichtes an einem Ganzen nach oben; ein Hauptprinzip der Ringstraßenepoche, das auch die immense formale Steigerung an den Plafonds bedingt.

K. E.

A.1.9 **Hauptfrontaufriß eines Projekts zur Wiener Oper und zu einer Front eines neuen Kärntnertores, Wien** Abb.

Leopold Ernst; zwischen 23. 11. 1844 und 1848
Blei, farbig aquarelliert; H. = 41 cm, B. = 58 cm

Beide Entwürfe wurden nicht ausgeführt. Das Opernprojekt zeigt dramatische Rhythmisierung und zur Mitte sowie nach oben intensivierte formale Steigerung, die besonders durch mächtige und vielfältige Betonung des Räumlichen bewirkt wird. Der Attika-Aufsatz des Mittelbaues wurde von Ernst an der Westfront von Grafenegg abgewandelt, außerdem von August Sicard v. Sicardsburg und Eduard van der Nüll am Mittelbau ihres ausgeführten Wiener Opernhauses.

Lit.: *Hoffmann, Hans-Christoph*, Die Architekten . . . van der Nüll und Sicardsburg, in: Das Wiener Opernhaus, Wiesbaden 1972, S. 68, Abb. 43 (= Die Wiener Ringstraße. Bild einer Epoche, Bd. VIII).

Wien, Historisches Museum der Stadt Wien, Inv.-Nr. 19.321/a K. E.

Kat.-Nr. A.1.9

Xylographie nach Zeichnung von Franz Jobst in: Waldheims Illustrirter Zeitung vom 7. 3. 1863, S. 741
Photokopie

Das Wandgliederungssystem des Herren- und Prälatensaales im Landhaus ist hier monumentalisiert; die scharfgeschnittenen Linien und Flächen ergeben malerische Verschneidungsfigurationen. Der Plafond ist in flacher Verspanntheit gewölbt. Das Scharfgeschnittene und Gespannte sind Kriterien des frühen Ringstraßenstiles, in Grafenegg ebenso auftretend. Die Innenarchitektur des Dürersaales bestand aus goldornamentiertem Holzgetäfel. Die Ikonologie seiner Wandmalerei umfaßte Personifikationen von Sage und Geschichte sowie historische Persönlichkeiten. Der Saal ist nicht erhalten.

Lit.: *Springer, Elisabeth,* Geschichte und Kulturleben der Wiener Ringstraße, Wiesbaden 1979, S. 55–57, Abb. S. 56, dort weitere Lit. (= Die Wiener Ringstraße. Bild einer Epoche. Träger Fritz Thyssen Stiftung. Bd. II).

K. E.

**A.1.10 Hauptfrontaufriß eines Projekts zum Wiener Burgtheater**

Leopold Ernst; wohl vor 1848
Blei, farbig aquarelliert; H. = 41 cm, B. = 58 cm

Der Entwurf wurde nicht ausgeführt. Die Datierung beruht auf der stilistischen Analogie zu Ernsts Opernentwurf für Wien. Die Staffelung der Bauteile zur Mitte hin, wodurch Monumentalität entsteht, ist gegenüber dem Opernentwurf noch gesteigert. Sie bezieht sich gleichermaßen auf Raum und Fläche. Ebenfalls in Raum und Fläche durchdringen sich die Richtungen am Bau auf dem Burgtheaterprojekt in Verschränkung, wodurch die Steigerung zum Zentrum noch unterstützt wird. Damit ist hier das Kompositionsprinzip vorweggenommen – und zwar um etwa ein Jahrzehnt – dem der Außenbau der von August Sicard v. Sicardsburg und Eduard van der Nüll erbauten Wiener Oper seine Großartigkeit verdankt.

Wien, Historisches Museum der Stadt Wien, Inv.-Nr. 19.321/b K. E.

**A.1.11 Albrecht-Dürer-Saal (Künstlerversammlungssaal) im Gasthaus „Zum blauen Strauß"**

Wien VI, Laimgrube, Kothgasse 162 (derzeit: Gumpendorfer Str. 25/Laimgrubengasse 21)
Leopold Ernst; zwischen 1846 und 1853

**A.1.12 4 Bankaufrisse zu Neugestaltung der Savoyischen (auch: Tirna- oder Liechtenstein-) Kapelle**

Wien, Stephansdom
Leopold Ernst; 1852 oder 1853
Blei; H. = 40,4 cm, B. = 26,3 cm
Photokopie

Alois Fürst Liechtenstein übertrug 1852 Ernst die Neugestaltung der Kapelle, wovon nichts erhalten ist. Bei den gezeigten Bänken ist für Ernsts Stilbildung charakteristisch die Anwendung tordierter Säulenschäfte und besonders eines dichten, bizarren, feingekräuselten Blattornamentes mit Maskarons, das vor allem in Füllungen verwendet wird. Tordierte Säulenschäfte kommen im Grafenegger Rittersaal (ab 1845) vor, das angeführte Ornament ist im Schloß und am Außenbau durchgängig zu finden.

Lit.: *Bodenstein, Cyriak,* Hundert Jahre Kunstgeschichte Wiens, Wien 1888, S. 52.

Wien, Haus-, Hof- und Staatsarchiv, Depot Grafenegg, ohne Nr. K. E.

**A.1.13 Burg Greifenstein bei Klosterneuburg**

Leopold Ernst zugeschrieben
Öl auf Leinwand; H. = 26 cm, B. = 21 cm

Außer seiner architektonischen und schriftstellerischen Tätigkeit wirkte Ernst auch als Architekturmaler, wie zahlreiche romantische Architekten. Da die Romantik und der von ihr bedingte Ringstraßenstil Architektur optisch, als stimmungsmäßig erlebbares Bild auffaßten, war das naheliegend. 43 Architekturgemälde von Ernsts Hand sind nachgewiesen, darunter eine Ansicht des Grafenegger Rittersaales, 1845 ausgestellt, die im Besitz des Bauherrn war.

Lit.: *Bodenstein, Cyriak,* Hundert Jahre Kunstgeschichte Wiens, Wien 1888, S. 52–53.

Privatbesitz K. E.

A.1.14 **Schloß Grafenegg, Perspektive eines Projektes zur Süd- und Ostfront** Abb.

Leopold Ernst (Entwerfer), Hugo Ernst (Zeichner); wohl um 1860
Original früher Schloß Grafenegg, verschollen; Photokopie nach Tietze Hans, Die Sammlungen des Schlosses Grafenegg. Wien 1908, Fig. 10 (Österr. Kunsttopographie. Beiheft zu Bd. I)

Links die Süd-, rechts die Ostfassade. Von ersterer wurde die linke Hälfte ausschließlich des zurücktretenden Mittelteiles ausgeführt, von letzterer die Kapelle (ganz rechts). Außerdem wurde nur der linke Turm ausgeführt.

Das Schloß wird ästhetisch im romantischen Sinne entrückt durch die sichtbare (unausgeführte) Verbreiterung des Grabens. Es steigt aus dem Wasser auf, also von erdhafter Fundamentierung befreit, wie neben vielen anderen romantischen Schlössern auch Anif bei Salzburg (1838–48). Die Kuppel, deren Anwendung die Synthese jenseits einseitiger „Neogotik" erweist, nimmt großartige Ausprägungen wie etwa bei Friedrich v. Schmidts Kirche „Maria vom Siege", Wien XV, vorweg.

Lit.: *Eggert, Klaus,* Grafenegg und der Schloßbau der Romantik (Ausstellungsführer), Grafenegg 1971, Nr. 23 a. – *Ders.,* Der sogenannte „Historismus" und die romantischen Schlösser in Österreich, in: Historismus und Schloßbau, München 1975, S. 74–75 (= Studien zur Kunst des 19. Jahrh. Bd. 28).

K. E.

A.1.15 **Schloß Grafenegg, Aufrißvariante zur Nordfront**

Leopold Ernst; vor 1858
Feder auf Pauspapier; H. = 56 cm, B. = 81,2 cm
Photokopie

Im Unterschied zur Ausführung sind statt der Statue des Bauherrn im zweiten Stock über dem Portal Statuen von zwei Geharnischten vorgesehen. Die bahnbrechende Fähigkeit Ernsts zu Abwechselung im Gliederungsrhythmus, entgegen

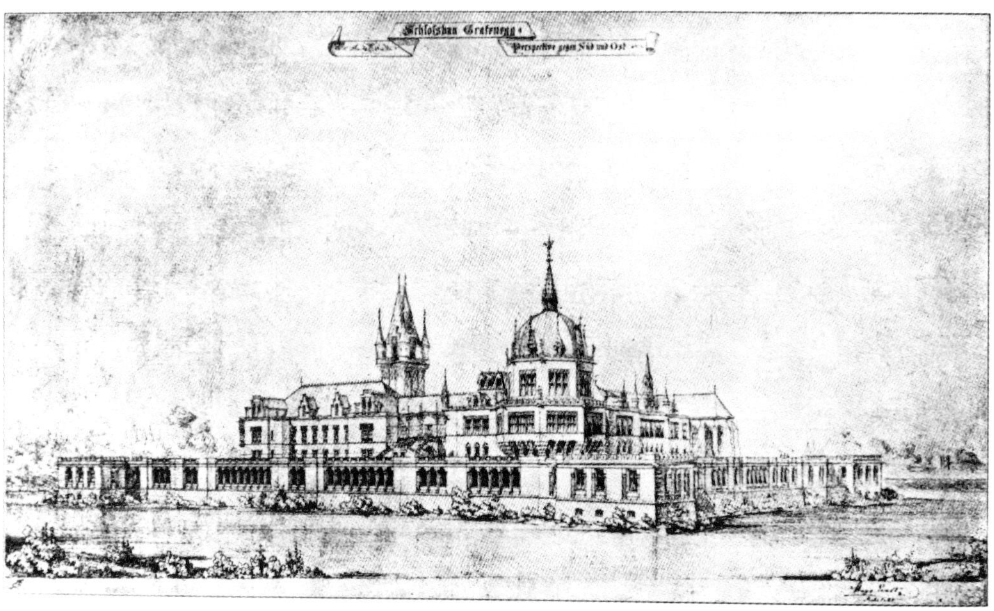

Kat.-Nr. A.1.14

der monotonen Aufzählung gleichgültiger Fensterachsen im Rationalismus, zeigt der Bauteil links vom Hauptgiebel: achsenweise alterniert der Rhythmus.

Wien, Haus-, Hof- und Staatsarchiv, Depot Grafenegg, ohne Nr. K. E.

A.1.16 **Schloß Grafenegg, Rittersaal**

Aufriß der Kaminnische, Grundriß dazu; Querschnitt des Kamines
Leopold Ernst; vor 1850
Feder auf Pauspapier; H. = 70,5 cm, B. = 88,6 cm
Photokopie

Der Kamin ist fragmentarisch erhalten. Nach den vor Plünderung entstandenen Abbildungen stand in der Mittelnische des Aufsatzes eine andere Figur mit den Zügen des Bauherrn. Statt der beiden flankierenden kleineren Figuren – die genau denen auf dem Alternativaufriß zur Nordfront entsprechen – wurden Ritterrüstungen en miniature ausgeführt. Das Übrige dürfte ziemlich der reproduzierten Zeichnung entsprochen haben. In der klaren, großformigen, durch tektonische Gebilde (Säulen, Gebälk) hervorgebrachten Monumentalität war diese Kaminarchitektur einer der Höhepunkte in Grafenegg, die sogar den reifen Historismus vorwegnehmen.

Wien, Haus-, Hof- und Staatsarchiv, Depot Grafenegg, ohne Nr. K. E.

A.1.17 **Schloß Grafenegg, Rittersaal**

Grundriß des Parkettes vom Mittelkompartiment und dessen Annexen
Leopold Ernst; vor 1850
Feder, teilweise aquarelliert, auf Pauspapier; H. = 57,2 cm, B. = 44,6 cm
Photokopie

Gemäß der Konzeption vom Gesamtkunstwerk entwarf der Architekt sehr oft, auch hier, in dieser Epoche das Kunstgewerbliche am Bau selbst. Dadurch wird die universale Einheit des Ganzen möglich. So kehren die fünf Hauptmotive des Plafonds dieses Raumteiles am Fußboden in differenzierter Form wieder.

Wien, Haus-, Hof- und Staatsarchiv, Depot Grafenegg, ohne Nr. K. E.

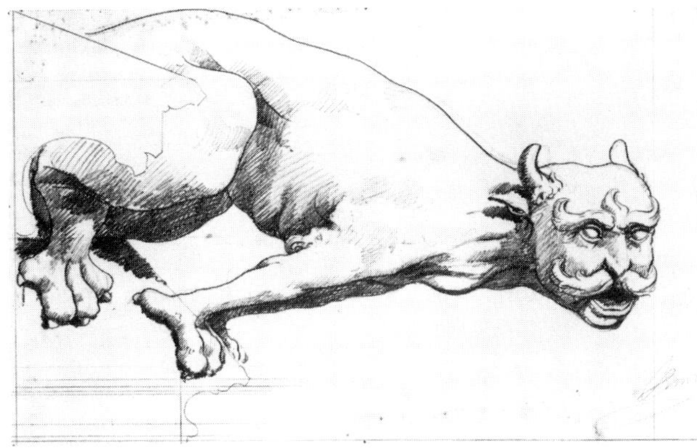

Kat.-Nr. A.1.18

A.1.18 **Schloß Grafenegg, Perspektive eines Wasserspeiers mit zwei Profilschnitten** Abb.

Leopold Ernst, vor 1858. Kreide; H. = 30,7 cm, B. = 47,8 cm
Photokopie

Figuralskulptur von phantastischer Dämonie gehört zu den Hauptausdrucksträgern des stimmungsmäßig erlebbaren Gehaltes des romantischen Schlosses als Kunstwerk, aber in diesem Grade und dieser Intensität wie in Grafenegg kommt sie sehr selten vor. Eines der wenigen dem Verfasser bekannten Vergleichsbeispiele ist Knebworth House, von Edward George Earle Lytton-Bulwer ab 1844 romantisch transformiert. Der gezeigte Wasserspeier wurde kaum verändert an der Nordfassade ausgeführt.

Lit.: *Girouard, Mark,* The return to Camelot, New Haven/London 1981, S. 86 m. Abb. von Knebworth.

Wien, Haus-, Hof- und Staatsarchiv, Depot Grafenegg, ohne Nr K. E.

A.1.19 **Schloß Grafenegg, Aufrisse zweier Rahmenfüllungsornamente zu einem der beiden dreisitzigen Chorgestühle der Kapelle**

Leopold Ernst; vor 15. 10. 1853
Blei; H. = 48,3 cm, B. = 28,7 cm
Photokopie

Beide Entwürfe wurden fast unverändert ausgeführt. Sie zeigen ähnlich wie die Grafenegger Wasserspeier die romantische bizarre Phantastik auf ihrem nicht mehr überbietbaren Höhepunkt.

Wien, Haus-, Hof- und Staatsarchiv, Depot Grafenegg, ohne Nr. K. E.

**A.1.20** **Schloß Grafenegg, Entwurf zu einem Ornament (Tapete?)**

Leopold Ernst
Feder, Blei auf Pauspapier; H. = 74,2 cm, B. = 62,6 cm
Photokopie

Von den Grafenegger Ledertapeten sind erhalten: die des Rittersaales (größtenteils Kopie um 1975 mit vergröberter Polychromie) und ein vom Verfasser um 1975 aufgefundenes kleines Stück derjenigen des „Großen Salons" an der Nordseite (Beletage). Die Grafenegger Ledertapeten besaßen so viel Bedeutung für die Blüte des Kunstgewerbes nach 1848, daß ihnen in der Zeitschrift des Niederösterreichischen Gewerbevereins 1858 eine lithographierte Tafel gewidmet war.

Lit.: *Springer, Elisabeth,* Geschichte und Kulturleben der Wiener Ringstraße, Wiesbaden 1979, S. 250–253.

Wien, Haus-, Hof- und Staatsarchiv, Depot Grafenegg, ohne Nr. K. E.

**A.1.21** **Schloß Grafenegg, Rittersaal vor Devastierung**

Leopold Ernst; 1845–1851 Abb. S. 519
Photographie; wohl um 1885
Photokopie

Der „Rittersaal" ist der Hauptausdrucksträger unter den Innenräumen eines romantischen Schloßbaues. Hier kulminiert seine Sinngebung, nicht zum Nutzen, zum Repräsentieren (er wirkt ja nicht gefällig-einladend) oder als „Museum", sondern zur Überwindung banaler Alltäglichkeit. Es ist ein künstlerisches Milieu, Denkmal für die Ritterromantik. Der Rittersaal nimmt teilweise nicht nur den frühen, sondern sogar den reifen Ringstraßenstil vorweg.

Lit.: *Eggert, Klaus,* Grafenegg und der Schloßbau der Romantik (Ausstellungsführer), Grafenegg 1971, Nr. 23 b. – *Ders.,* Der sogenannte „Historismus" und die romantischen Schlösser in Österreich, in: Historismus und Schloßbau, München 1975, S. 75 (= Studien zur Kunst des 19. Jahrh. Bd. 28).

Neuaigen bei Tulln, Franz Albrecht Metternich-Sándor K. E.

Kat.-Nr. A.1.22

**A.1.22 Schloß Grafenegg, „Großer Salon" (Nordfront, Beletage) vor Devastierung** Abb.

Leopold bzw. Hugo Ernst; Entwürfe teilweise 1867
Photographie, wohl um 1885
Photokopie

Nach dem Rittersaal und dessen Vorraum der monumentalste unter den Haupträumen des Schlosses. Der Plafond ist wie der des anstoßenden Speisezimmers von den „open timber roofs" (offenen Sparrendächern) der britischen Gotik angeregt, die im Ringstraßenstil von Anfang an sehr häufig schöpferisch gesteigert wurden. Britische Anregung ist auch die Gruppierung eines Sitzarrangements um den Kaminofen. Die Stellung der Möbel im Raum ergibt ein malerisches Gesamtbild nach den Kompositionsgrundsätzen des englischen Landschaftsgartens (wo die Baumgruppen analog arrangiert sind), in dem das romantische Schloß als Bautypus entstand.

Lit.: *Eggert, Klaus,* Grafenegg und der Schloßbau der Romantik (Ausstellungsführer), Grafenegg 1971, Nr. 23 c. – *Ders.,* Der sogenannte „Historismus" und die romantischen Schlösser in Österreich, in: Historismus und Schloßbau, München 1975, S. 76 (= Studien zur Kunst des 19. Jahrh. Bd. 28).

Neuaigen bei Tulln, Franz Albrecht Metternich-Sándor K. E.

**A.1.23 Palais Breunner-Enkevoirth**

Wien I, Singerstr. 16, Beletagensalon
Leopold bzw. Hugo Ernst, Ludwig Wächtler; um 1865
Photographie

Die gelängten Sechsecke des Plafonds herrschen ähnlich in Grafenegg im größten Raum der Westflügelbeletage („Damensalon", Plafondentwurf 1866 datiert) und im südlich anstoßenden Raum („Schreibzimmer der Frau Gräfin", Plafondentwurf ebenfalls 1866 datiert) an den Plafonds vor. Vermutlich war Hugo Ernst bei allen drei angeführten Räumen der Entwerfer. Auch Ädikulaportale wie beim gezeigten Wiener Salon sind in der Grafenegger Beletage häufig.

Lit.: *Eggert, Klaus,* Die Haupträume des Wiener Palais Breunner, in: Alte und moderne Kunst, 24 (1979) Heft 163, S. 14–19.

K. E.

**A.1.24 Palais Breunner-Enkevoirth**

Wien I, Singerstr. 16, Beletage, Ahnensaal
Leopold bzw. Hugo Ernst, Ludwig Wächtler; um 1865
Photographie

Die Ahnenbildrahmen sind zu Ädikulen architektonisiert und auf die Wandgliederung darunter bezogen. Die Isoliertheit des Staffeleibildes in einer sonst harmonischen Ensemblegestaltung eines Raumes wird damit vermieden, das Bild Teil der tektonisch bestimmten Raumgestaltung. Die beiden metallenen Figuren von Geharnischten als Lampadaire-Träger, links auf den Treppenbalustradenpfeilern sichtbar, wurden inzwischen auf die Treppenpfeiler des Vorraums vom Grafenegger Rittersaal gestellt.

Lit.: *Eggert, Klaus,* Die Haupträume des Wiener Palais Breunner, in: Alte und moderne Kunst, 24 (1979) Heft 163, S. 14–19.

K. E.

**A.1.25 August Ferdinand Graf v. Breunner-Enkevoirth (1796–1877)**

Niederösterreichischer Erblandkämmerer, 6. Fideikommißherr auf Grafenegg-Neuaigen und 12. auf Asparn an d. Zaya
Friedrich von Amerling; 1844
Öl auf Leinwand; H. = 200 cm, B. = 124 cm
Früher im Grafenegger Rittersaal, derzeit verschollen
Photokopie

Amerling malte den Grafen und seine Angehörigen mehrfach; die Darstellung im Ritterkostüm ist keine „Maskerade", sondern Gestaltung des Selbst durch die Kunst gemäß der im romantischen Schloß evozierten Sinngehalte, um sich diesem selbstgeschaffenen Milieu zu integrieren. Der schwarze Frack hätte als Requisit der leeren Alltäglichkeit, von der man sich erlösen wollte, die Harmonie und deren Erlebnis gestört. Im Tieferen ist die Ritterkleidung Verwandlung des Trägers in ein Denkmal für die Kontinuität von Vergangenheit, Gegenwart und Zukunft, ebenso wie die schöpferische Verwendung von Anregungen früherer Kunst im Historismus solche Denkmäler schafft.

Lit.: *Tietze, Hans,* Die Sammlungen des Schlosses Grafenegg, Wien 1908, S. 17–18, 67 (Nr. 140), 69 (Nr. 147) (Österr. Kunsttopographie. Beiheft zu Bd. I).

K. E.

**A.1.26 Leopold Ernst (1808–1862)**

Eduard Kaiser; 1855
Lithographie; H. = 25,5 cm, B. = 19,8 cm

Ernsts Bedeutung für die österreichische Ringstraßenkunst als Bahnbrecher entspricht derjenigen von Eduard van der Nüll und August Sicard v. Sicardsburg. Wenn nicht durch diese und wenige andere Bahnbrecher der frühe Ringstraßenstil unbeirrt geschaffen worden wäre, wäre das städtebauliche Gesamtkunstwerk der Ringstraße in Wien nicht von Beginn an stilistisch reif ausgefallen. In den Provinzen, außerhalb der Residenz, wurden viel früher dafür die Generalproben in Gestalt ausgereifter Schöpfungen abgehalten. Ernsts Hauptwerk Grafenegg steht dabei in erster Reihe.

Lit.: *Thieme, Ulrich* u. *Becker, Felix,* Allgemeines Lexikon der bildenden Künstler. 11. Bd. Leipzig 1915, S. 8. – *Bodenstein, Cyriak,* Hundert Jahre Kunstgeschichte Wiens, Wien 1888, S. L, 51–54 (mit weiterführender Literatur).

Privatbesitz K. E.

## A.2 Restaurierung

### A.2.1 Schreibzimmer des Herrn Grafen Abb.

Photographie; um 1885–1890
Photokopie

Am Schreibtisch August Johann Graf Breunner-Enkevoirth, Sohn des Erbauers und Vollender von Schloß Grafenegg.
Durch die Nachkriegsereignisse war das gesamte bewegliche Inventar dieses Raumes verloren gegangen. Vom Dach und durch die Fenster eindringendes Regenwasser führte zum Einsturz der

Kat.-Nr. A.2.1

Decke unter dem Raum. Der Raum, durch erhaltene Pläne aus den Jahren 1865/66 gut dokumentiert, konnte mit Ausnahme des Mobiliares originalgetreu wiederhergestellt werden.

Neuaigen bei Tulln, Franz Albrecht Metternich-Sàndor F. P.

### A.2.2 Schreibtisch

1867
Feder auf feinem Pergamentpapier; H. = 46 cm, B. = 58 cm
Photokopie

Der Plan zeigt den Schreibtisch von Kat.-Nr. A.2.1

Wien, Haus-, Hof- und Staatsarchiv, Depot Grafenegg, ohne Nummer F. P.

### A.2.3 Schreibzimmer der Frau Gräfin

Photographie; um 1885/1890
Photokopie

Der ursprünglich in braun mit gold und dunkelgrün (Stoffbespannung) gehaltene Raum aus 1866 ist durch die etwas geschützte Lage in seiner baulichen Substanz und den Holzvertäfelungen weitgehend erhalten geblieben. Das gesamte bewegliche Inventar ist allerdings verloren, nur der beschädigte Kachelofen (Kat.-Nr. A.2.20) konnte restauriert werden.
Der Eckschrank im Foto rechts blieb nur in seinen Konstruktionsteilen ohne Füllungen und Türen erhalten, mußte daher im Zuge der Restaurierung entfernt und in das Depot verbracht werden.

Neuaigen bei Tulln, Franz Albrecht Metternich-Sàndor F. P.

### A.2.4 Waschschrank

Feder auf Zeichenkarton, teilweise braun und grau aquarelliert, Ergänzungen in Bleistift; H. = 53,5 cm, B. = 79,5 cm
Photokopie

Der Plan zeigt das – in dieser Form nicht ausgeführte – Projekt der Ausbildung des Eckschrankes von Kat.-Nr. A.2.3 zu einem Waschschrank. Aus dem Plan ist ersichtlich, wie mit einfachsten technischen Mitteln der Zeit versucht wurde, Wasserversorgung und Abwasserbeseitigung zu lösen und daneben ein figural reich ausgestattetes repräsentatives Möbelstück zu schaffen. Aus einem durch die obere Tür zu befüllenden Wassergefäß führt eine mit Absperrhahn versehene Leitung zu einem als Wasserspeier gestaltetem Maskaron, aus dem das Waschwasser in ein muschelförmiges Waschbecken geleitet wird. Von hier führt eine Ableitung zu einem herausnehmbaren Eimer hinter der unteren Tür.

Wien, Haus-, Hof- und Staatsarchiv, Depot Grafenegg, ohne Nr. F. P.

### A.2.5 Gartensaal Abb.

Photographie; um 1885/1890
Im Fauteuil August Johann Graf Breunner-Enkevoirth
Photokopie

Der Raum mit Kassettendecke aus Zirbelholz, Terrazzoboden und 4 großen Bogenöffnungen zum Wallgarten, ist ein nicht genau datierter Umbau innerhalb älterer Bauteile an der Südostecke des Schlosses, wo nach dem ursprünglichen Plan der große Kuppelbau entstehen sollte (siehe Kat.-Nr. A.1.14).
Der Raum hat in seinen architektonischen Hauptteilen die Beschädigung des Schlosses nahezu unversehrt überstanden, allerdings gingen Mobiliar und auch der aus dem 16. Jahrhundert stammende Kachelofen bis auf wenige Bruchstücke verloren. Anstelle des verlorenen Kachelofens wurde als Leihgabe des Österr. Museum für angewandte Kunst die historische Kopie eines – im Original ebenfalls verlorenen – Ofens aus Schloß Viehhofen bei St. Pölten aufgestellt.

Neuaigen bei Tulln, Franz Albrecht Metternich-Sàndor F. P.

### A.2.6 Ausweis

Der Kommandant des Stabsquartieres; 16. 5. 1944
Papier auf Karton aufgezogen, vergilbt, Schreibmaschine mit handschriftlichen Ergänzungen
Rundsiegel der deutschen Wehrmacht *Dienststelle Feldpostnummer . . . 39168*
H. = 8 cm, B. = 10 cm

Der Ausweis stammt aus dem Nachlaß Wratil und ist der einzige erhalten gebliebene Hinweis auf die Besetzung des Schlosses durch die deutsche Wehrmacht. Frau Wratil, die Witwe des letzten Kü-

Kat.-Nr. A.2.5

chenchef von Schloß Grafenegg, bewohnte damals das Wallhaus Südwest.

Grafenegg, Güterdirektion F. P.

A.2.7 **Aufforderung zur Räumung der Wohnung**

Aussteller unbekannt; 7. 2. 1946
Papier, handschriftlich, Kopierstift, Paraphe unleserlich. Auf Rückseite in Bleistift Inventaraufstellung; H. = 9,4 cm, B. = 14 cm

Dieser Zettel stammt aus dem Nachlaß Wratil und dürfte sich auf die in Kat.-Nr. A.2.6 angeführte Wohnung beziehen.

Grafenegg, Güterdirektion F. P.

A.2.8 **Auf dem USIA-Gutsbetrieb in Grafenegg**

Mittelblatt einer illustrierten Zeitung undatiert
Papier, Rotationsdruck, braun; H. = 36,2 cm, B. = 55,8 cm

Es dürfte sich um das Teilstück einer Betriebszeitung der USIA handeln. Neben diesem Zeitungsteil sind in Grafenegg noch Bücherlisten der Betriebsbibliothek sowie ein Teil der Bücher, überwiegend politische Werke, erhalten. Andere Dokumente aus der Zeit der USIA-Verwaltung fehlen.

Grafenegg, Güterdirektion F. P.

A.2.9 **Tor bei der Westbrücke**

Photographie; um 1967

Das einen Teil der Stiegenanlage an der Westseite des Walles bildende Tor aus der Zeit vor der großen Neugestaltung von Schloß Grafenegg zeigt noch Stacheldraht als Rest der Abschirmungsmaßnahmen aus der Zeit der fremden Besatzung.

F. P.

A.2.10 **Bauschäden im Nordflügel** Abb.

Photographien; um 1964

Der Nordflügel ist Teil der ersten Bauphasen der Neugestaltung des Schlosses nach 1845. Hier blieben die tragenden Wände und in den unteren

Kat.-Nr. A.2.10

Geschossen auch ein Teil der Gewölbe eines älteren Baues erhalten, sind aber durch die vorgeblendete neue Nordfassade von außen nicht mehr erkennbar.
Durch Schäden am Dach, insbesondere an Verblechungen sowie beschädigten oder nicht geräumten Attikarinnen kam es zu massiven Wassereinbrüchen in das Gebäude. Die vermorschten Balkenauflager und starker Hausschwammbefall führten sehr rasch zum Absacken und Einsturz der Dippelbaumdecken. In der Folge war es notwendig, fast drei Viertel der Holzdecken des Nordflügels abzutragen.

F. P.

### A.2.11 Arkadengang in der Nordfassade

Photographie; um 1967

Der Arkadengang ist im Erdgeschoß der Nordfassade dem älteren Bauteil des Nordflügels (wahrscheinlich aus dem frühen 17. Jahrhundert) grabenseitig vorgesetzt.
Aus schadhaften oder gänzlich fehlenden Abflußrohren sowie aus verlegten Dachrinnen über die Fassade breitflächig abfließende Regenwässer hatten die hier oberhalb liegende Terrasse überflutet und waren durch das Ziegelgewölbe gedrungen. Durch die Sanierung der Dachflächen und Verblechungen in den Jahren 1967/68 und die kurz darauf folgende Dichtung der Fugen im Terrassenbelag konnte die Einsturzgefahr abgewendet werden.

F. P.

### A.2.12 Die Wappenstube in der Beletage

Photographie; um 1967

Die Wappenstube, die Nahtstelle zwischen dem Rittersaaltrakt (1845 im Bau) und dem Speisesaalflügel (Projekt 1858), ist wahrscheinlich Teil des Stiegenhausprojektes (1845) und liegt oberhalb älterer Gewölberäume. Die Deckengestaltung, in merkwürdigem Gegensatz zum gotisierenden Paneelwerk der Wände, ist bisher nicht datiert, dürfte aber aus späterer Zeit stammen.
Schäden am Dach hatten hier zur Vermorschung der Deckenbalken und teilweiser Zerstörung der Zierdecke geführt. Die schadhaften Hölzer konnten 1973 ausgewechselt und die Kassettendecke ohne Demontage ergänzt werden. Die zahlreichen fehlenden Wappen und Namen wurden 1983 nach genealogischen Studien (Jäger-Sunstenau) ergänzt und 1984 montiert.

F. P.

### A.2.13 Der beschädigte Speisesaal mit Durchblick zum zerstörten Buffet

Abb. S. 525

Photographie; 1978

Speisesaal und Buffet sowie großer Salon wurden 1858 errichtet, aber erst nach Plänen aus 1867 ausgestaltet. Der in Eiche und Kirschbaumholz gehaltene Raum zeigte eine reiche Vergoldung in Schlagmetall.
An der Knickstelle der steilen Dachfläche zum flach abgedeckten, hofseitigen Buffetraum war es zu starken Wassereinbrüchen gekommen. Das Buffet wurde durch Einsturz von oberer und unterer Decke vollständig vernichtet. Im Speisesaal sackte die angemorschte Deckenkonstruktion ein, stürzte aber nicht ab.

F. P.

A.2.14 **Die Westwand von Schlafzimmer und darunter liegendem Wirtschaftsraum nach Einsturz der Decke**

Photographie; 1978

Das Schlafzimmer in der baulich aus dem Jahre 1862 stammenden Westflucht wurde nach Projekten aus 1864 bis 1866 gestaltet.
In der Westflucht war es nur zu relativ geringen Schäden im Dachbereich gekommen, sodaß die obersten Decken weitgehend erhalten blieben. Im Schlafzimmer wirkte sich aber verhängnisvoll aus, daß durch die zerschlagenen oder überhaupt fehlenden Fenster die Räume dem Westwetter ungeschützt ausgesetzt waren. Es kam zu schweren Schäden an den Parkettböden und in weiterer Folge zum Einsturz der unteren Decke.

F. P.

A.2.15 **Die beschädigte Decke des Schlafzimmers**

Photographie; um 1967

F. P.

A.2.16 **Die Ost- und Südwand des Schlafzimmers von unten durch die eingestürzte Decke gesehen**

Photographie; 1978

Das in Eiche und Nußholz gehaltene Schlafzimmer war durch eine auf gedrehten Säulchen aufruhende Bogenstellung in zwei Hälften geteilt. An der Südwand stand das Bett, dessen vordere Eckpunkte die stützenden Postamente der mittleren Säulchen bildeten. Einrichtung und Raumarchitektur waren also eine Einheit.
Eine Wiederherstellung des Raumes in der ursprünglichen Form mit Bett und Baldachin scheiterte an ungenügender Dokumentation. Daher wurden nur die erhaltenen Originalteile nach Restaurierung und Ergänzung wieder montiert und im übrigen versucht, durch vorsichtige Adaptierung den Raum wieder als geschlossene Einheit darzustellen.

F. P.

A.2.17 **Nordwand des Rittersaales nach der Devastierung**

Photographie; um 1967

Der Rittersaal, aus der frühesten Bauphase des 19. Jhdts. stammend (siehe Kat.-Nr. A.1.21), trug schwerste Schäden davon. Neben dem Verlust des gesamten Inventares und der Bilder kam es zur – offenbar mutwilligen – Zerstörung der meisten geschnitzten Dekorationselemente – darunter der gesamte Kaminaufbau – und Ledertapeten. Die jahrelange Verwendung des Raumes als Körnerschüttboden beschädigte den reich intarsierten Parkettboden irreparabel.
Um den Raum überhaupt für das Publikum zugänglich zu machen, wurde 1973 fehlendes Schnitzwerk – z. B. Konsolen mit Masken und Greifen – durch Kunststoffnachgüsse nach den wenigen erhaltenen Originalen ersetzt, die Ledertapeten nachgeprägt und die nur wenig beschädigte Leimfarbenmalerei der Decke gesichert.

F. P.

A.2.18 **Schmuckpilaster aus der Bibliothek**

Bruchstück
Erlenholz; H. = 147 cm, B. = 20 cm, T. = 15 cm

Schloß Grafenegg F. P.

A.2.19 **Karyatide aus der Bibliothek** Abb.

5 Bruchstücke, zu Brennholz verarbeitet
Erlenholz; 3 Stück; L. = 25 cm, 2 Stück L. = 18 cm

Die Fideikommissbibliothek wurde nach Bauschäden in den achtziger Jahren des 19. Jahrhunderts umgebaut und neu gestaltet. Aus dieser Zeit stammen auch die Bücherschränke und deren Schnitzereien, von denen aber ein nicht genau abgrenzbarer Teil auch aus älteren Beständen kommen dürfte. Zwischen den Schrankflügeln und an den Ecken waren 42 reich geschnitzte Hermenpilaster angeordnet, von denen nur 13 an Ort und Stelle und einige weitere als Bruchstücke – zum Teil zu Brennholz zersägt und gehackt – erhalten geblieben sind.
Vom Ersatz der fehlenden Schnitzarbeiten wurde bisher Abstand genommen, da entsprechende Dokumentationen fehlen und die sehr individuelle Ausbildung der einzelnen Elemente den Ersatz durch Nachgüsse verbietet.

Schloß Grafenegg F. P.

Kat.-Nr. A.2.19

**A.2.20 Viertelteil vom Sockelkranz des Kachelofens im Schreibzimmer der Frau Gräfin**

Hafnerarbeit; aus der Zeit 1864/67
Gebrannter Ton, braun glasiert; H. = 25 cm, L. = 40 cm, T. = 40 cm; beschädigt
Photographien; um 1967 und 1978

Der Ofen besteht aus einem Unterteil mit quadratischer Grundfläche und einem 8eckigen Oberteil mit Sockelkranz, reichem Gesimse und kuppelartigem Abschluß mit Vasenaufsatz, und ist braun, grün und hellgrau glasiert.
Der Ofen wurde 1983 nach Abtragung und Neuanfertigung des beschädigten Sockelkranzes nach vorhandenen Bruchstücken wieder errichtet.

Schloß Grafenegg F. P.

**A.2.21 Geprägte Ledertapete**

Geprägtes Leder, handbemalt; um 1868
Aus dem Verband geschnittenes Teilstück; H. = 78 cm, B. = 28 cm

Die Ledertapete stammt aus dem großen Salon (siehe Kat.-Nr. A.1.22). Das geprägte Ornament trägt über braunviolettem Fond reiches Rankenornament und akanthusähnliche Blätter in orangerot mit gelben Äderungen und dunkelgrünen Teilabschnitten. Dieses einzige erhaltene Reststück wurde aus dem räumlichen Zusammenhalt gerissen aufgefunden und war nur mit Hilfe eines alten Photos dem Raum zuzuordnen.

Schloß Grafenegg F. P.

**A.2.22 Wasserspeier von der Nordfassade**

Entwurf Leopold Ernst; wohl um 1850
Sandstein, Bruchstück; H. = 24 cm, B. = 25 cm, T. = 35 cm

Abgesprengte obere Hälfte des Kopfteiles eines Wasserspeiers von der Westseite des Hauptrisalites. Bärtiger Mann mit tritonenartigem Bart, Brauen und Kamm.
Der Entwurf ist nach seinen formalen Einzelheiten der Hand von Leopold Ernst zuzuschreiben, wenngleich er unter den großteils erhaltenen Zeichnungen der Wasserspeier der Nordfassade nicht aufscheint.

Schloß Grafenegg F. P.

**A.2.23 Der Speisesaal zu Beginn der Restaurierungsarbeiten**

Photographie; 1978

Nach der 1967/68 durchgeführten Sanierung des Daches und der von Hausschwamm befallenen Holzteile wurde 1979 durch Einziehen einer Dekke das statische Gefüge wiederhergestellt. Durch vorsichtiges Unterfangen konnte der Kachelofen vor dem Absturz bewahrt werden. Die frühere Öffnung zum verlorenen Buffet ist schon verschlossen. Zum Schutz des Ofens vor weiteren Beschädigungen im Zuge der Raumsanierung wurde ein Schutzgerüst errichtet.

F. P.

A.2.24 **Der große Salon kurz vor der Fertigstellung**

Photographie; Herbst 1983

Der Raum hatte zwar keine schweren baulichen Schäden erlitten, war aber völlig devastiert (siehe Kat.-Nr. A.2.28).
Nach Restaurierung des Tafelparkettbodens und Überholung und Ergänzung aller Holzteile ist die Arbeit an farblichen Fassungen und Schlagmetallvergoldungen kurz vor der Fertigstellung. Der Kachelofen ist – wie im Speisesaal – nach Abtragung und Ergänzung bereits wieder aufgebaut. Die Figuren, Relieffelder und Rosetten sind – nach den schon montierten Mustern – noch in Werkstättenbearbeitung. (Technik der Ergänzungen siehe Kat.-Nr. A.2.31 bis A.2.34)

F. P.

A.2.25 **Der Schloßturm während der Restaurierung**

Photographie; 1981

Der 1861 datierte Schloßturm, der an Stelle des früheren Turmes von Grund auf neu erbaut worden ist, hatte neben Verwitterungsschäden auch durch mehrere Einschüsse gelitten.
Die Restaurierung umfaßte neben Putzerneuerung und Steinsanierung auch eine Ausbesserung des über 60° geneigten Turmhelmes, wobei zahlreiche lilienförmige Ornamente in Kupferblech ergänzt werden mußten. Auf die Erneuerung deren teilweiser Vergoldung wurde allerdings verzichtet, hingegen wurden die fehlenden Uhrzeiger erneuert und 12 Wappenschilder wieder polychrom gefaßt.

F. P.

A.2.26 **Die Nordseite des Schloßhofes während der Restaurierung**

Photographie; 1982

Die Fassaden der Neugestaltung im 19. Jahrhundert wiesen durchwegs schwere Schäden auf, die zum Teil Folge der von verrotteten Dachrinnen überfließenden Niederschlagswässer waren, zum guten Teil aber auch auf technologischen Mängeln der Entstehungszeit beruhten (lehmhaltiger Sand), die schon vor der Jahrhundertwende Anlaß zu mehrfachen Reparaturen gegeben hatten. Es war daher – wie beim Schloßturm – notwendig, die aus dem 19. Jahrhundert stammenden Putzflächen fast vollständig abzuschlagen und zu erneuern, nur geringe ornamentierte Teile und die Sonnenuhr konnten erhalten werden.

F. P.

A.2.27 **Arbeit an den Versorgungsleitungen in der Nordbrücke** Abb. S. 526

Photographie; 1983

Die Adaptierung eines alten Gebäudes für heutige Verwendung im Dienste der Öffentlichkeit verlangt neben Schaffung der räumlichen Voraussetzungen auch zahlreiche technische Anlagen.
Da bei der statischen Sanierung der Brücke auch deren Gewölbe freigelegt werden mußte, ergab sich die günstige Gelegenheit, die erforderlichen Leitungsanlagen in wirtschaftlicher Form einzubauen. Es handelt sich dabei um Hochspannungs- und Niederspannungskabel, Fernmeldeleitungen und – jeweils frostgeschützt – Wasserleitung und Abwasserleitung im Druckkanal (eine besondere Erschwernis bei einem von Gräben umgebenen Schloß).

F. P.

A.2.28 **Der große Salon nach der Devastierung**

Photographie; 1978

Der ursprünglich reich ausgestattete Raum (siehe Kat.-Nr. A.1.22) ist schwer beschädigt. Das Inventar und die Ledertapeten sind verschwunden, der Kachelofen verstümmelt. Von den 16 Ritter- und Engelfiguren fehlen 4 völlig und sind weitere beschädigt, von 16 Wappen sind nur mehr 2 vorhanden, von 20 Relieffeldern im Fries haben sich nur drei ganz und einige in Bruchstücken erhalten, die 8 Eckfelder fehlen überhaupt.

F. P.

A.2.29 **Relief an der Decke**

1867
Feder auf feinem Pergamentpapier, Schnitt braun aquarelliert; H. = 46 cm, B. = 58 cm
Photokopie

Der Plan zeigt System und Einzelheiten der breiten Relieffelder im Fries, mit Profilen, durchbrochenem Rollwerk, Perlstäben, zwei Maskarons und Blütengehängen. Dieser und ein ähnlicher Plan für die zur Gänze verlorengegangenen schmalen Eckfelder bildeten die Grundlage für Ergänzungen und Rekonstruktionen.

Wien, Haus-, Hof- und Staatsarchiv, Depot Grafenegg, ohne Nr. F. P.

**A.2.30** **2 Bruchstücke eines Relieffeldes**

Schnitzarbeit; um 1867
Lindenholz, polychromiert, stark verschmutzt; H. = 10 cm, B. = 134 cm, T. = 3 cm und H. = 30 cm, B. = 95 cm, T. = 4 cm

Der Oberflächenzustand zeigt deutlich die Vergrauung der Farben und besonders das wegen mangelnder Schutzschicht durch Oxydation schwarz gewordene Schlagmetall (unechte Vergoldung) und gibt damit einen Eindruck vom Raumzustand vor Beginn der Restaurierung.

Schloß Grafenegg F. P.

**A.2.31** **Gußform für Maskaron**

Werkstätte Grafenegg; 1982
Silikonkautschuk in Gipsform; H. = 20 cm, B. = 20 cm, T. = 10 cm

F. P.

**A.2.32** **Nachguß eines Maskaron**

Werkstätte Grafenegg; 1982
Kunststoff

Von den wenigen erhaltenen Maskarons der Relieffelder wurden Formen in Silikonkautschuk abgenommen und in Kunststoff (Epoxyharz) zur Montage nachgegossen. In gleicher Weise wurden Fruchtgehänge, Rosetten und dgl. als Kopien der Originale hergestellt.

Schloß Grafenegg F. P.

**A.2.33** **Plastischer Aufbau eines Relieffeldes**

Werkstätte Grafenegg; 1983
Spanplatte, Birkenfurnier, Lindenholz, Kunststoff; H. = 41 cm, B. = 125 cm, T. = 5 cm

Im Gegensatz zu den originalen, aus massivem Lindenholz geschnitzten Relieffeldern, wurde bei der Rekonstruktion von einem schichtweisen Aufbau unter Anwendung moderner Technologien ausgegangen.

Schloß Grafenegg F. P.

**A.2.34** **Restauratorischer Aufbau eines Relieffeldes**

Rudolf Weinmann, St. Pölten; 1983
Grundierungen, Tempera, Schlagmetall, Schellack; H. = 41 cm, B. = 123 cm, T. = 7 cm

Die wie Kat.-Nr. A.2.33 vorbereiteten Relieffelder wurden in mehreren Arbeitsgängen entsprechend den Originalen gefaßt und abschließend mit Schutzschichten versehen.

Schloß Grafenegg F. P.

**A.2.35** **Waschbecken** (im Bad neben Raum 30 ausgestellt)

1865
Feder auf feinem Pergamentpapier, rot, grün, gelb und braun aquarelliert; H. = 46 cm, B. = 58 cm
Photokopie

Im Plan ist das Waschbecken des Badezimmers in Grundriß, Ansicht und Schnitt dargestellt. Eine aus drei Fischen (Delphine?) gebildete Säule trägt ein muschelförmig ausgebildetes Waschbecken.
Von diesem direkt unter dem hofseitigen Fenster im Bad angebrachten Waschbecken aus gebranntem Ton, glasiert, sind nur geringe Reste, wie ein kleiner Sockelteil, die Ansätze an der Wand sowie ein Stück der Rückwand des Beckens erhalten geblieben. Eine Rekonstruktion war bisher nicht möglich, ist aber in Aussicht genommen.

Wien, Haus-, Hof- und Staatsarchiv, Depot Grafenegg, ohne Nr. F. P.

# 1. DIE VIELFALT DER MONARCHIE

## 1.1 Einführung

### 1.1.1 Karte der Habsburgermonarchie 1848–1880

Karte, Entwurf: P. U., Ausführung: I. Grillmayer und S. Haas-Ortner

Tirol und Vorarlberg, das 1861 einen eigenen Landtag erhielt, waren bis 1918 unter einer gemeinsamen Statthalterei in Innsbruck vereinigt. Görz-Gradiska, Istrien und Triest hatten eigene Landesvertretungen, unterstanden aber einer gemeinsamen Statthalterei für das „Küstenland" in Triest. Salzburg, das bis 1849 den 5. Kreis von Oberösterreich gebildet hatte, kam Anfang 1860 erneut unter die Statthalterei in Linz, erhielt jedoch 1861 mit dem Landtag auch wieder eine eigene staatliche Landesbehörde. In Galizien bestanden 1854 bis 1860 zwei Statthaltereien (in Lemberg und Krakau). 1860 abgeschafft, 1861 wieder eingeführt, wurde die administrative Zweiteilung Galiziens 1867 endgültig aufgehoben. 1860/61 war auch die Bukowina mit Galizien administrativ vereinigt. Veränderungen der staatlichen Verwaltungsorganisation auf Bezirksebene ergaben sich im westlichen Teil der Monarchie in den Jahren 1849/50 (Stadion), 1853/54 (Bach) und 1868. In Ungarn wurde 1860 die alte Komitatsverwaltung und -verfassung wieder eingeführt. Änderungen der territorialen Verwaltungsstruktur ergaben sich 1870, 1876, 1880; eine weitreichende Reform kam erst 1886 zustande. Siebenbürgen hörte Ende 1865 als eigenständige staatsrechtliche Einheit zu existieren auf, 1876 wurde auch die innere Verwaltungsstruktur dem ungarischen Vorbild angepaßt. 1851 wurde die Siebenbürgische Militärgrenze aufgehoben, 1872 die Banater Militärgrenze dem ungarischen Komitatssystem direkt eingegliedert, 1871–1881 die kroatisch-slawonische Militärgrenze aufgelöst und mit Kroatien-Slawonien vereinigt. Fiume, 1849–1868 unter kroatischer Verwaltung, wurde 1868 als „corpus separatum" bezeichnet und 1870 von den ungarischen Behörden in Besitz genommen. P. U.

### 1.1.2 Ethnographische Karte der Oesterreichischen Monarchie von Carl Freiherrn von Czoernig.

Reducirt nach dessen von der k. k. Direction der administrativen Statistik herausgegebenen ethnographischen Karte der Monarchie in vier Blättern. Wien 1856. Maßstab 1:1,548.000, Format: 58×79 cm, Mehrfarbendruck.

Für die erste wissenschaftlich fundierte kartographische Darstellung des Völkergefüges der Donaumonarchie konnte Czoernig (1804–1899) nur auf wenige Vorarbeiten zurückgreifen. 1841 zum Direktor der administrativen Statistik, einer Vorläuferin des Österreichischen Statistischen Zentralamtes ernannt, leitete er daher 1846 für alle Gebiete der Monarchie mit Ausnahme der ungarischen Länder die erste Erhebung der Nationalität ihrer Bewohner in die Wege. Für Ungarn mußte auf die Kirchenschematismen zurückgegriffen werden. Als Korrektiv dienten die Ergebnisse der Volkszählung 1851 und Erhebungen eigener Kommissionen an Ort und Stelle (z. B. in der Wojwodina und im Banat). Die gesammelten Daten wurden zunächst von J. Hain in 306 Spezialkartenblätter eingetragen und dann von J. R. v. Scheda nach Anweisungen Czoernigs in einem endgültigen Entwurf auf 4 Blätter zusammengezogen. Von Czoernig in Abgrenzung zu den Sprachkarten als ethnographische Karte im strengen Sinn des Wortes verstanden, wurde die 1855 vollendete Arbeit ebenso wie die durch A. Doležal auf ein Blatt reduzierte Ausgabe, die hier gezeigt wird, im k. k. militärisch-geographischen Institut gedruckt. Als Kommentar zur Karte, unter Berücksichtigung der historischen Dimension, veröffentlichte Czoernig sein dreibändiges Werk: Ethnographie der Oesterreichischen Monarchie (Wien 1857). Das gesamte Projekt wurde, wie Czoernig in der Einleitung zum 1. Bd. hervorhebt, von Kaiser Franz Joseph, *Allerhöchstwelcher huldreichst die nicht unbedeutenden Geldmittel zu bewilligen geruhte,* großzügig gefördert. Leider ist vom wertvollen Urmaterial für die Karte bis auf eine Abschrift für einen Teil Kärntens, die sich im Nachlaß von P. Kozler in Laibach befindet und Einblick in die Methode der Erhebung gewährt, nichts erhalten geblieben.

Lit.: *Arnberger E.*, Handbuch der thematischen Kartographie, Wien 1966, S. 94–101; – *Krallert W.*, Methodische Probleme der Völker- und Sprachenkarten, in: Internationales Jahrbuch für Kartographie I (Gütersloh 1961) S. 99–120; – *Grafenauer B.*, Czörnigova etnografska statistika in njena methoda, in: SAZU, razred za zgodovino in družtvene vede. Razprave I (Ljubljana 1950) S. 117–164; – *Wurzbach C. v.*, Biographisches Lexikon des Kaiserthums Oesterreich, 3. Bd., Wien 1858, S. 117–120.

Wien, Österreichisches Ost- und Südosteuropa-Institut W. L.

### 1.1.3 Religionskarte

Karte, Entwurf und Ausführung: I. Grillmayer

### 1.1.4 Der große Titel

Der große Titel umfaßt alle dem Kaiser zustehenden Titel: Franz Joseph I. von Gottes Gnaden Kaiser von Österreich, apostolischer König von Ungarn, König von Böhmen, von Dalmatien, Kroatien, Slawonien, Galizien, Lodomerien und Illyrien; König von Jerusalem; Erzherzog von Österreich; Großherzog von Toskana und Krakau; Herzog von Lothringen, von Salzburg, Steyer, Kärnten, Krain und der Bukowina; Großfürst von Siebenbürgen, Markgraf von Mähren; Herzog von Ober- und Niederschlesien, von Modena, Parma, Piacenza und Guastalla, von Auschwitz und Zator, von Teschen, Friaul, Ragusa und Zara; Gefürsteter Graf von Habsburg und Tirol, von Kyburg, Görz und Gradiska; Fürst von Trient und Brixen; Markgraf von Ober- und Nieder-Lausitz und in Istrien; Graf von Hohenembs, Feldkirch, Bregenz, Sonnenberg; Herr von Triest, von Cattaro, und auf der windischen Mark; Großwojwod der Wojwodschaft Serbien etc. etc. E. V.

### 1.1.5 Doppeladler

H. = 93 cm, B. = 156 cm

Der Brustschild trägt das Wappen des Hauses Habsburg-Lothringen; auf dem Längsbalken die Initialen FJI; in den Fängen hält der Adler links Reichsapfel, rechts Zepter und Schwert.

Linz, Stadtmuseum, Inv.-Nr. E 153 E. V.

### 1.2 Figurinen in Trachten aus den einzelnen Kronländern der Monarchie

Hergestellt von Hedwig Wanke, Mollram bei Neunkirchen

a. Bregenzerwälder Paar
b. Sarntaler und Sarntalerin
c. Welschtirolerin, Frau aus Castell Tessino
d. Meraner Weinhüter Abb.
e. Salzburger und Salzburgerin
f. Mann und Frau aus Piesting
g. Pilsenerin und Pilsener
h. Egerländer und Egerländerin: Böhmen
i. Frau aus Krakau und Gorale: Galizien
j. Hanake und Hanakin: Mähren
k. Slowakischer Bursche aus Holitsch: Ungarn
l. Slowakisches Mädchen aus Teszer: Ungarn
m. Paloczenpaar: Ungarn
n. Ruthenin und Rumäne: Bukowina
o. Szekler-Paar: Ungarn
p. Siebenbürger Sachse: Ungarn
qu. Kukuruzhüter: Ungarn
r. Dodola-Gruppe: „Regenzauber“ (Grünfigur) der Serben: Ungarn
s. Frau aus dem Canalital bei Ragusa, Mann aus dem Bocchetal: Dalmatien
t. Türkische Frau aus Sarajevo und Bosnier: Bosnien
u. Krainer und Krainerin

Kat.-Nr. 1.2.d.

Lit.: *Kretschmer*, Großes Buch der Volkstrachten, Leipzig o. J. – Die Österreichisch-Ungarische Monarchie in Wort und Bild, Wien 1881 ff.

Wien, Niederösterreichisches Landesmuseum
W. G.

## 1.3 Goldhauben und Kopftücher

### 1.3.1 Badener Haube Farbabb. 11

Goldhaube mit Hochstickerei / Laab am Wald
H. = 25 cm, B. = 36 cm

Wien, Niederösterreichisches Landesmuseum, Inv.-Nr. II 1481 W. G.

### 1.3.2 Retzer Stockhaube

Goldhaube mit reicher Stickerei am Boden. Ähnlich in der Iglauer Umgebung
H. = 29 cm

Wien, Niederösterreichisches Landesmuseum, Inv.-Nr. II 10.177 W. G.

### 1.3.3 Raabser Radlhaube

Radlhaube mit schwarzen Posamenterie- und Goldspitzen. Schwarze Seidenmaschen. Mit Koffer
Dm. = 35 cm

Wien, Niederösterreichisches Landesmuseum, Inv.-Nr. II 10.182 W. G.

### 1.3.4 Mädchenhaube Erlauftal Farbabb. 11

Silberne Haube mit reicher Stickerei und langer Seidenmasche mit Silberspitze
Bänderl. = 82 cm

Wien, Niederösterreichisches Landesmuseum, Inv.-Nr. II 8628 W. G.

### 1.3.5 Wachauer Haube

Goldbrokathaube
H. = 26 cm, B. = 24 cm

Wien, Niederösterreichisches Landesmuseum, o. Nr. W. G.

### 1.3.6 „Saurüsselhaube" (Brauthaube)

Wechselgebiet
Goldhaube mit weißer Seidenmasche. Am Knauf goldene Hochstickerei
H. = 31 cm, B. = 30 cm

Wien, Niederösterreichisches Landesmuseum, Inv.-Nr. II 10.192 W. G.

### 1.3.7 Drahtlhaube aus Puchberg

Dunkler geblumter Brokatstoff. Schwarzer Tüllspitzenschirm. Schwarze Seidenmasche. Vorläufer der Saurüsselhaube

Wien, Niederösterreichisches Landesmuseum, Inv.-Nr. II 1466 W. G.

### 1.3.8 Schwarze Drahtlhaube aus Lassing

Schwarze Posamentierspitzen über geblumtem Seidenbrokat. Lunzer Typus
H. = 26 cm, B. = 27 cm

Wien, Niederösterreichisches Landesmuseum, Inv.-Nr. II 1477 W. G.

### 1.3.9 Puchberger Goldhaube

Mit Hochstickerei am Boden. Lila Seidenmasche. Verwandt der Saurüsselhaube
H. = 24 cm, B. = 22 cm

Wien, Niederösterreichisches Landesmuseum, Inv.-Nr. II 1479 W. G.

### 1.3.10 Reiche Goldhaube, Wien

Reiche Hochstickerei und Goldspitzenschirm

Wien, Niederösterreichisches Landesmuseum, Inv.-Nr. II 6196 W. G.

### 1.3.11 Linzer Goldhaube

Reiche Stickerei (mit Goldhaubennadel)
H. = 30 cm, B. = 30 cm

Wien, Niederösterreichisches Landesmuseum, Inv.-Nr. II 10.176 W. G.

### 1.3.12 Linzer Goldhaube

Reich gestickt mit schwarzer Seidenmasche
H. = 30 cm, B. = 30 cm

Wien, Niederösterreichisches Landesmuseum, Inv.-Nr. II 8624 W. G.

1.3.13 **Linzer Halbgoldhaube**

Auf schwarzem Tüllgrund teilweise mit Goldstickerei, mit schwarzen Perlen bestickt
H. = 32 cm, B. = 30 cm

Wien, Niederösterreichisches Landesmuseum, Inv.-Nr. II 1473 W. G.

1.3.14 **Reiche Goldhaube**

Möllersdorf
Mit Gold- und Silberhochstickerei

Wien, Niederösterreichisches Landesmuseum, Inv.-Nr. II 1484 W. G.

1.3.15 **Mädchenhaube**

Großgerungs
Kronenartig, mit reicher Goldstickerei, langen schwarzen Bändern

Wien, Niederösterreichisches Landesmuseum, Inv.-Nr. II 4047 W. G.

1.3.16 **Weiche Haube**

Waldviertel
Silberbestickt

Wien, Niederösterreichisches Landesmuseum, Inv.-Nr. II 1460 W. G.

1.3.17 **Erlauftaler Mädchenhaube**

Roter Samt mit Gold- und Silberstickerei und schwarzen Seidenbändern
H. = 20 cm, B. = 24 cm

Wien, Niederösterreichisches Landesmuseum, Inv.-Nr. II 8633 W. G.

1.3.18 **Mädchenhaube (viell. Brauthaube)**

Wachau
Gold-Bodenhäubchen mit sehr reicher Hochstickerei, mit heller Seidenmasche

Wien, Niederösterreichisches Landesmuseum, Inv.-Nr. II 5997 W. G.

1.3.19 **Haube aus Hafnerberg**

Schwarze Posamenteriespitzen. Schmale Wangen mit reicher Goldhochstickerei. Goldspitzen. Gestreifte Seidenmasche

Wien, Niederösterreichisches Landesmuseum, Inv.-Nr. II 1471 W. G.

1.3.20 **Haube aus Grünbach**

Schwarze Drahtlhaube; schwarzer Tüllspitzenschirm, Goldgrund mit Posamenteriespitzen
H. = 28 cm, B. = 29 cm

Wien, Niederösterreichisches Landesmuseum, Inv.-Nr. II 1468 W. G.

1.3.21 **Goldhaubenfrau**

Figurine
Hergestellt von Hedwig Wanke, Mollram bei Neunkirchen

Wien, Niederösterreichisches Landesmuseum
W. G.

1.3.22 **Reinseidentuch aus St. Peter i. d. Au**

Blau mit eingewebtem Blütenmuster in rosa abschattiert, eingeknüpfte Seidenfransen

Wien, Niederösterreichisches Landesmuseum, Inv.-Nr. II 1492 E. T.

1.3.23 **Reinseidentuch aus Puchberg**

Violett – schwarz eingewebtes Blütenmuster, eingeknüpfte Seidenfransen

Wien, Niederösterreichisches Landesmuseum, Inv.-Nr. II 1348 E. T.

1.3.24 **Reinseidentuch aus Klein-Mariazell**

Rot mit eingewebtem breitem grünem Rand in Karo und Ornamentmuster, eingeknüpfte Fransen

Wien, Niederösterreichisches Landesmuseum, Inv.-Nr. II 1418 E. T.

1.3.25 **Reinseidentuch aus Klein-Mariazell**

Rosa Grund mit eingewebten Borten in Gittermuster, in den Feldern Streublümchen mit Goldfarben eingewebt

Wien, Niederösterreichisches Landesmuseum, Inv.-Nr. II 3447 E. T.

1.3.26 **Schultertuch aus Alland**

Weißes Kaschmirtuch, bunt bedruckt (in rot, violett, grünen Feldern zarte Ornamente in der Art türkischer Muster), eingeknüpfte weiße Wollfransen
170 × 170 cm

Wien, Niederösterreichisches Landesmuseum, Inv.-Nr. II 4688 E. T.

1.3.27 **Doppelumhängetuch aus Alland**

Großes Schafwolltuch, in Gobelintechnik gewebt, mit feinem indischem Schalmuster (bunt aber vorwiegend orangerot), auf den schmäleren Seiten laufen die Kettfäden in Fransen aus
170 × 320 cm

Wien, Niederösterreichisches Landesmuseum, Inv.-Nr. 4692 E. T.

## Das Kopftuch in den verschiedenen Bindungsformen in Österreich und den angrenzenden Ländern

1.3.28 **„Flügelhauben – Schwalbenschwanz-Kopftuch"**

Wurde nur zur Festtracht getragen, es verdrängte in seiner Blütezeit um 1880 sogar teilweise die Goldhaube.
Ein ca. 2 × 2 m großes schwarzes Tafttuch wird in vielen Variationen (ein-/vierzipfig, offene/geschlossene Form, hängende und steif hochgezogene Flügel, katholische und evangelische Art) getragen. Fast in jeder Gemeinde gibt es eine eigene Bindungsform.
Hauptverbreitungsgebiet ist Oberösterreich, Salzburg und auch Niederösterreich

Seidentuch (Bindungsart Wallsee)
Schwarzer Taft, 2 × 2 m

Wien, Dr. Tostmann E. T.

1.3.29 **Der *Riedl*** (turbanartiges Arbeitskopftuch)

Er ist eine der ältesten Kopftuchformen. Er wurde gegendweise verschieden getragen, meist wurde ein Zipf (linker Flügel des Kopftuches), nach dem Verknoten im Nacken, eingedreht *(groadlt)* und um den Kopf gelegt. Manchmal wurden auch beide oder alle vier Zipfe um den Kopf gewunden. In Oberösterreich waren die Tücher aus Baumwolle, für festliche Tage auch aus schwarzer Seide üblich. Im nördlichen Grenzgebiet Österreichs und im Egerland waren rote und bunte Wolltücher gebräuchlich.

a. Seidentuch aus St. Ägyd

Wien, Niederösterreichisches Landesmuseum, Inv.-Nr. II 5190

b. Schafwolltuch aus Retz
Orange mit buntem Blumenmuster bedruckt

Wien, Niederösterreichisches Landesmuseum, Inv.-Nr. II 3872 E. T.

1.3.30 **Das einfache *hintribundene* Kopftuch**

Es war die gebräuchlichste Form der Kopfbedekkung. Das Tuch wurde nach einer leichten Drehung im Nacken gebunden und lose abhängen gelassen. Das Material war häufig schwarze Glanzseide, aber auch Baumwolle mit bunter Randverzierung. Die Verbreitung umschloß weiträumig das Gebiet des steifen Kopftuches, sie reichte von Bayern bis ins mittlere Niederösterreich und über Steiermark bis Kärnten.

Baumwolltuch aus Groß-Radischen
Schwarz mit rotem Blumenmuster am Rand bedruckt

Wien, Niederösterreichisches Landesmuseum, Inv.-Nr. II 4885 E. T.

1.3.31 **Das unter dem Kinn *abibundene* Kopftuch**

Es ist vorwiegend aus weißem oder hellbuntem Baumwollstoff, auch aus Blaudruck, seltener schwarz und wird einfach unter dem Kinn gebunden.
Verbreitungsgebiet ist das östliche Flachland von Österreich (Weinviertel, Burgenland, Oststeiermark) und Slowenien.

Blaudrucktuch aus dem Weinviertel
In der Mitte Streublümchen, breite Randverzierung mit Ranken und Blumenkörbchen

Wien, Niederösterreichisches Landesmuseum, Inv.-Nr. II 10.190 E. T.

1.3.32 ***Petschen***

Sonderform des *abibundenen* Kopftuches

Das sind große weiße Leinen- oder Baumwolltücher (teilweise gestickt), welche unter dem Kinn gebunden oder nur übereinandergeschlagen, auch Schultern und Rücken bedecken.
Verbreitungsgebiet ist hauptsächlich Slowenien, aber auch Süd- und Ostösterreich.

Weißes Baumwolltuch aus Nöstach
Reiche Lochstickerei um den ganzen Rand und in zwei gegenüberliegenden Ecken je vier Blumensträußchen
120 × 120 cm

Wien, Niederösterreichisches Landesmuseum, Inv.-Nr. II 4713 E. T.

**1.4 Hausaufnahmen**

Aus dem Mappenwerk „Das Bauernhaus in Österreich-Ungarn“, Wien 1906

**1.4.1 Bauernhaus bei Kirchbichl, Bezirk Kufstein** (= Tirol Nr. 1)

Ansicht, Schnitt, Grundriß und Details
Aufgenommen von W. v. Flattich in Wien 1870

**1.4.2 Ernstgut in Fanning, Bezirk Tamsweg im Lungau** (= Salzburg Nr. 5)

Ansicht des Wohnhauses, erbaut 1701, gegen Süden und Osten, Schnitte, Grundrisse, Situation und Herdanlage
Aufgenommen von Vitus Berger in Salzburg

**1.4.3 Ernstgut in Fanning** (wie Kat.-Nr. 1.4.2)

Ansichten, Schnitte und Grundrisse von Rindviehstall, Getreidekasten, Pferde- und Schafstall
Aufgenommen wie Kat.-Nr. 1.4.2

**1.4.4 Greder-Haus in Kephen-Steegen, polit. Bezirk Wels** (= Oberösterreich Nr. 2)

Ansicht, Querschnitt und Grundrisse
Aufgenommen von A. v. Wielemans

**1.4.5 Deutsche Bauernhäuser aus Agendorf bei Ödenburg** (= Ungarn Nr. 1)

Ansichten, Grundrisse und Dorfplan
Aufgenommen von J. R. Bünker

**1.4.6 Breitenau bei Mixnitz 1668 – Haus Jakob Schweiger. Rothleiten bei Frohnleiten – „Schusterhaus“ vom Jahre 1790** (= Steiermark Nr. 5)

Längenansicht, Seitenansicht, Situation und Grundriß
Gesamtansicht Schusterhaus – Aufgenommen von Karl Lacher, Graz

**1.4.7 Winkler-Haus in Reich, Gemeinde Seeboden am Millstättersee** (= Kärnten Nr. 5)

Gesamtansicht, Fronten und Grundrisse des Hauses und des Stadels
Aufgenommen von J. R. Bünker, Gez. von F. K. Storno

**1.4.8 Ländliche Bauten aus dem Böhmerwald** (= Böhmen Nr. 16)

Bauernhof in Großhaid: Ansichten, Querschnitt, Grundriß, Details
Freibauerhof (Höllhof): Ansicht, Grundriß
Kaiserhof zu Lidlhöfen bei Bergreichstein: Ansicht, Grundriß
Nach Aufnahmen von Carl v. Romstorfer. Gezeichnet v. Dr. tech. Karplus

**1.4.9 Ländliche Bauten aus dem Egerlande**

Gehöft in Matzelbach: Ansichten, Schnitt, Grundriß, Taubenhäuschen und Bildstock

Taubenhäuschen und Bildstock in Pograt
Auffällig das kleingegliederte Fachwerk. Mit Ausnahme von Vorarlberg war das Egerland die einzige Region Österreich-Ungarns mit verbreitet auftretendem Fachwerkbau
Aufgenommen von C. Schmidt, Dresden

**1.4.10 Bauerngut in Hliney bei Leitmeritz** (= Böhmen Nr. 6)

Hauptansicht, Giebelansicht, Längenschnitt und Grundrisse
Aufgenommen von Karl Schmidt, Dresden

**1.4.11 Gehöft in Heinzendorf im Goldoppathale** (= Österr.-Schlesien Nr. 1)

Ansichten, Querschnitte, Lageplan und Grundrisse
Aufgenommen vom techn. Club Teschen

**1.4.12 Bauernhäuser aus Neumarkt und Poronin bei Zakopane** (= Galizien Nr. 1)

Photos und Grundrisse
Aufgenommen von J. R. Bünker

**1.4.13 Armenisches Haus Suczawa** (= Bukowina Nr. 1)

Situation, Grundriß, Ansichten und Details
Aufgenommen von Rudolf Sagmeister

**1.4.14 Ländliche Bauten der Siebenbürger Sachsen** (= Siebenbürgen Nr. 1)

Längsschnitt, Grundriß und Lageplan von Haus Nr. 123 in Schönbirk
Querschnitt, Gassenfront und Grundriß – Lageplan eines Hauses in Kastenholz
Querschnitt, Grundriß und Lageplan von Haus Nr. 241 in Groß-Scheuern
Grundrisse und Lagepläne von Höfen in Deutsch-Budak, Kastenholz, Thalheim, Schellenberg und Michelsberg

**1.4.15 Bauernhäuser aus den Comitaten Agram und Syrmien** (= Kroatien Nr. 1)

Ansichten, Grundrisse und Details von Häusern in Gaj, Trnava und Kraljevci
Aufgenommen von Ivan Ros, Essegg (Mitgeteilt von Janko Holjac, Agram)

**1.4.16 Speicherbauten** (= Kroatien Nr. 2)

Ansichten und Details aus Ilok, Tovarnik, Vukovar, Erdevik und Šid
Aufgenommen von H. v. Eckhel, Agram

**1.4.17 Speicherbauten** (= Kroaten Nr. 2)

Ansichten und Details aus Ilok, Tovarnik, Vukovar, Erdevik und Šid
Aufgenommen von H. v. Eckhel, Agram

**1.5 Bauernhausmodelle**

Nach Planaufnahmen im Atlas „Das Bauernhaus in Österreich-Ungarn“
Anfertigung: Arch. F. Zörrer
Maßstab 1 : 50

**1.5.1 Wirtshaus in St. Agatha bei Goisern** (= Oberösterreich Nr. 3)

Einstöckiges Haus mit zusätzlichem Halbgeschoß unter Krüppelwalmdach. Kern aus dem 17. Jahrhundert, einige Zierelemente aus dem 19. Jahrhundert.
Aufgenommen vpn Leopold Theyer.

**1.5.2 Bauernhaus aus Unterkobdil, Bezirkshauptmannschaft Sesana bei Görz** (= Küstenland Nr. 1)

Stockhaus mit außen angebautem Herd und Ofen. Beachtenswert der kunstvolle Rauchfang.
Aufgenommen von M. Fabiani.

**1.5.3 Bauerngehöft „Kohlgrund“ des Wenzel Huschka in Ketzelsdorf am Schönhengst** (= Mähren Nr. 2)

Ungewöhnliche Großanlage mit vielen Überdachungen, Blockbauelementen und Schindeldächern.
Aufgenommen von G. Wanderley

**1.5.4 Bauernhaus aus Stawczan. Bezirk Kotzmann, Haus Nr. 68** (= Bukowina Nr. 3)

Hofverband mit vielen einzelnen strohgedeckten Holzgebäuden und großen „Körben“.
Aufgenommen von Carl A. Romstorfer.

Wien, Niederösterreichisches Landesmuseum
W. G.

**1.6 Hochzeit**

**1.6.1 Brauttracht aus dem Weinviertel**

a. Neuanfertigung nach einem alten Spenzer aus Falkenstein

Bodenlanger Leibkittel aus hellblauem Seidenbrokat und kurzer Spenzer aus demselben Material, vorne in Spitz geschnitten mit Haftelverschluß und schmalem aufgeschlagenem Schösserl (rosa gefüttert), weiter Halsausschnitt mit breitem Umlegekragen, der im Rücken spitz ausläuft, am Rand rosa Vorstoß und Zurkerlzier, langer Schinkenärmel mit demselben Abschluß wie am Kragen.
Dazu: rosa Seidenschürze und weiße Leinenbluse mit reicher Smokverzierung

Wien, Niederösterreichisches Landesmuseum, Inv.-Nr. II 10.191 E. T.

b. Spenzer aus Falkenstein

Blaue Seide mit eingewebten bunten Blumensträußchen

(Vorlage für die Neuanfertigung des Weinviertler Brautkleides)

Wien, Niederösterreichisches Landesmuseum, Inv.-Nr. II 1384 E. T.

1.6.2 **Nordmährische Brauttracht**

Blau-changierender Taft; Tuch; Haube
Getragen von Frau Theresia Pohler (geb. Röhrig); geb. 21. 5. 1830 Römerstadt; gest. 15. 9. 1912 Römerstadt

Klosterneuburg, Mährisch-schlesisches Heimatmuseum

1.6.3 **Jüdische Brauthaube**

Um 1850
Seide, Tüll, Spitze und Goldfäden; L. = 22 cm, B. = 25 cm

Der erste Akt der Trauungszeremonie ist das sog. „Bedecken" der Braut im Elternhaus in Abwesenheit des Bräutigams. Über den Kopf der Braut wird ein viereckiges durchsichtiges Tuch gelegt. Als Symbol der Fruchtbarkeit streut man Hopfenblüten auf ihr Haupt.

Praha, Státní židovské muzeum, Inv.-Nr. 2588 N. M.

1.6.4 **Jüdisches Brautkleid**

Wien, um 1879

Brautkleid aus weißem Seidenrips, hochgeschlossen, Langarm, vorne durchgeknöpft, an den Hüften Drapierungen, verziert mit Spitzen und Gaze, in Schleppe auslaufend.

Wien, Historisches Museum der Stadt Wien, Inv.-Nr. M 15.114 R. F.

1.6.5 **Bekesche**

Nachbildung
Überrock aus Seidenbrokat. Die Bekesche war Bestandteil der Tracht der galizischen Juden.

N. M.

1.6.6 **Kittel**

Österreich-Ungarn; Ende 19. Jahrhundert
Leinen

Eigentlich das Totenkleid, das von frommen Juden auch zur Hochzeit, zu Pessach und zu den hohen Feiertagen getragen wurde. Bei den deutschen Juden wurde diese Art von Hemden, die man als Überwurf anzog, wenn man kein eigenes Fasttagegewand hatte, als *Sargenes*, bei den osteuropäischen Juden als *Kittel* bezeichnet.

Wien, Privatbesitz N. M.

1.6.7 **Samthut**

Galizien; um 1870
H. = 13,5 cm, Dm. = ca. 30 cm

Schwarzer Samthut eines orthodoxen Juden, wie er etwa ab 1870 getragen wird.

Wien, Privatbesitz N. M.

1.6.8 **Kippa**

Österreich-Ungarn; 1880–1890
Seide mit Goldbrokat

In der Synagoge und bei religiösen Handlungen muß der Kopf bedeckt werden. Trägt man keinen Hut, wird ein kleines Käppchen (Kippa) aufgesetzt. Diese Kippa wurde an Feiertagen verwendet.

Wien, Privatbesitz N. M.

1.6.9 **Arba Kanfot mit Zizit**

Österreich-Ungarn; Ende 19. Jahrhundert
Wolle

Viereckiges Gewand, sog. „kleiner Tallit" (= Gebetsmantel), mit vier gedrehten Fäden mit Quasten (Zizit), das von orthodoxen jüdischen Männern unter der Oberkleidung getragen wird.

Wien, Privatbesitz N. M.

1.6.10 **Gebetsmantel („großer Tallit")**

Österreich-Ungarn; Ende 19. Jahrhundert
Wolle, naturfarben mit dunkelblauen Streifen; L. = 190 cm, B. = 138 cm

Viereckiges Tuch, in das sich der jüdische Mann bei religiösen Verrichtungen einhüllt oder es um die Schultern legt.

Wien, Privatbesitz N. M.

1.6.11 **Gürtel**

Österreich-Ungarn; Ende 19. Jahrhundert
Seide; L. = 236 cm

Schwarzer Gürtel mit Fransen, dessen Tragen auf einem religiösen Gebot beruht: Der Gürtel soll sichtbar den reinen Oberkörper vom unreinen Unterkörper unterscheiden.

Wien, Privatbesitz N. M.

### 1.6.12 Hochzeitsring

Beschauzeichen: Alt-Wien, blauer Bindenschild; um 1870
Silber; H. = 5,5 cm

Während der Trauungszeremonie steckt der Bräutigam der Braut den Ring an den Zeigefinger. Dabei spricht er die Trauungsformel *Siehe, du bist mir angetraut mit diesem Ring nach der Religion Moses' und Israels.*

Wien, Privatbesitz N. M.

### 1.6.13 Teffilintasche

Österreich-Ungarn; um 1870
Goldfadenstickerei auf weinrotem Samt; H. = 33 cm, B. = 23 cm

Das sog. *T'fillensäckel* dient zum Aufbewahren und zum Transport der Gebetsriemen (= Teffilin), die der jüdische Mann beim Gebet um Arm und Stirn legt. Häufig wurden besonders prächtige *T'fillensäckel* von den Bräuten für den zukünftigen Mann angefertigt.

Wien, Privatbesitz N. M.

### 1.6.14 Verlobungsdeckchen

Venezianisch; 1870
Goldfadenstickerei auf weißer Seide; H. = 13 cm, B. = 13 cm

In der Mitte eines gestickten Rautenmedaillons, das mit Metallkügelchen eingefaßt ist, befindet sich auf Hebräisch die Inschrift: *Gott behüte ihn und lasse ihn leben. Der Bräutigam Fermo im Jahre 630 der kleinen Zeitrechnung.* Deckchen dieser Art wurden bei der Verlobung als Geschenk überreicht.

Wien, Privatbesitz N. M.

### 1.6.15 Machsor (Gebetbuch)

Wien; 1867

Gebetbuch zu Rosch ha'Schana (jüdisches Neujahr) nach sephardischem (= orientalisch-spanischem) Ritus. Der Einband ist mit Seide bezogen und mit Blumenornamenten bestickt. Im Mittel des Vorderdeckels befindet sich eine goldfarbene erhabene Krone, darunter die Initialbuchstaben JTI.

Wien, Privatbesitz N. M.

### 1.6.16 Hochzeitsteller

19. Jahrhundert
Zinn; Dm. = 27,5 cm

Der Teller zeigt Einflüsse der böhmischen Volkskunst.

Praha, Státní židovské muzeum, Inv.-Nr. 3753
E. V.

### 1.6.17 Cuppa

19. Jahrhundert
Roter Damast; L. = 180 cm, B. = 130 cm

Trauungsbaldachin, unter dem das Brautpaar während der Hochzeitszeremonie steht, und der von vier jungen, unverheirateten Menschen gehalten wird.

Praha, Státní židovské muzeum, Inv.-Nr. 17.909
N. M.

## 1.7 Herd und Küche

### 1.7.1 Herde (offene Feuerstätten)

Tischhoher Herd aus der Gegend nahe Vorau/Steiermark
Tischhoher Herd aus Dalmatien
Bodennaher Herd aus Istrien
Photokopie

Die offene Feuerstätte dominierte in weiten Teilen Europas, auch in der Monarchie. Nur der Osten kannte den Kochofen. Die Kochtechnik, von der Art der Feuerstätte abhängig, erfordert beim Herd das Bereiten der Speisen durch „Herausbacken" im heißen Fett, durch Kochen in heißem Wasser, durch Bereiten in der Pfanne sowie im Kessel.

Lit.: *Haberlandt, M. u. A.*, Die Völker Europas und ihre volkstümliche Kultur, Stuttgart 1928, Tafel XX (Herd bei Vorau) und Abb. 145 (auf S. 264; Istrische Herdküche). – Die österreichisch-ungarische Monarchie in Wort und Bild, Bd. Dalmatien, Wien 1892.

E. H.

1.7.2 **Kochofen (geschlossene Feuerstätte) aus der Gegend bei Krakau (Galizien)**

Photokopie

Im Kochofen erfolgt die Speisenbereitung im geschlossenen Heißluftraum. Die Gefäße werden hineingehoben (Ofengabel) oder -gefahren (Ofenwagen).

Lit.: Die österreichisch-ungarische Monarchie in Wort und Bild, Bd. Galizien, Wien 1898, S. 305.

E. H.

1.7.3 **Sparherd (bäuerliche Form)**

Der rauchfreie Küchenherd, Sparherd genannt, vereint in seiner Konstruktion die beiden Prinzipien von Herd und Ofen: das Herdfeuer brennt nun unter der Herdplatte, dem Heißluftraum des Ofens entspricht das Brat- oder Backrohr im Oberbauherd. Der Sparherd ermöglichte die Aufhebung der feuerstättenbedingten grundlegenden Unterschiede in der Kost und die wechselseitige Übernahme von Herd- bzw. Ofenspeisen.

Lit.: *Schölnast, Christian,* Wie unsere Altvorderen lebten, Graz 1980, S. 32.

E. H.

1.7.4 **Vorlegeteller für Fleischspeisen**

Böhmisch; um 1860
Handbemaltes Porzellan; L. = 30,2 cm, B. = 21 cm

Am Fond des Tellers weinrote Rose und grünes Blattwerk. Unter der Rose goldeingefaßter Pfauenvogel. Der Tellerrand mit Gold eingefaßt, darunter hingestreute Blumen.

Wien, Privatbesitz N. M.

1.7.5 **Teller für Fleischspeisen**

Böhmisch; zwischen 1860 und 1870
Handbemaltes Porzellan; Dm. = 21 cm, bzw. Dm. = 24,5 cm

Nach den jüdischen Speisegesetzen dürfen milchige und fleischige Speisen nicht zusammen genossen werden. Man hält daher auch das Geschirr getrennt, d. h. es gibt Töpfe, Teller usw., die nur für fleischige Speisen verwendet werden, und solche, die stets nur für milchige dienen.

Wien, Privatbesitz N. M.

1.7.6 **Brotmesser**

Österreich-Ungarn; um 1880
Stahl und Silber; L. = 31 cm

Der konische Handgriff aus Silber trägt die hebräische Inschrift *Der Segen Gottes wird bereichern – geh, iß in Freuden dein Brot.*

Wien, Privatbesitz N. M.

1.7.7 **Milchkännchen**

Österreich-Ungarn; um 1880
H. = 14 cm, Dm. = 8,5 cm

Steingut, graue Glasur, oben und unten je drei Querrillen. In der Mitte des Kännchens der Davidstern.

Wien, Privatbesitz N. M.

1.7.8 **Kidduschbecher**

Österreich-Ungarn; 1860–1870
Rubinrot bemaltes Glas; H. = 7,5 cm, Dm. = 6 cm

In der eckigen Kartusche des Glases befindet sich die hebräische Inschrift „Heiliger Sabbat". Kiddusch ist der Segenspruch über den Wein, den der Hausvater Freitag abends (= Beginn des Sabbats) vor dem Abendessen trinkt. Für diesen Segen wird der Wein in ein besonders schönes Behältnis, den Kidduschbecher, gefüllt.

Wien, Privatbesitz N. M.

1.7.9 **Kidduschbecher**

Österreich-Ungarn; 1860
Rubinrot bemaltes Glas; H. = 8 cm, Dm. = 5,5 cm

Am oberen und unteren Rand weist das Glas eine umlaufende Kleeblattbordüre auf. In der Mitte befindet sich die hebräische Inschrift „Heiliger Sabbat". Erklärung s. o.

Wien, Privatbesitz N. M.

1.7.10 **Mazzottasche**

Österreich-Ungarn; Ende 19. Jahrhundert
Leinen mit umlaufender Spitze; L. = 54 cm, B. = 50 cm

Der weiße Stoff ist farbig bestickt. Im Mittel der Sederteller mit den entsprechenden symbolischen Speisen und dem Weinbecher. Darum umlaufende hebräische Inschrift, die den Segenspruch über das ungesäuerte Brot beinhaltet: *Gepriesen seist Du, Herr, unser Gott, König der Welt, der Du uns mit Deinen Geboten geheiligt und uns das Essen von Mazza geboten hast.*

Wien, Privatbesitz N. M.

1.7.11 **Taschenmesser**

Österreich-Ungarn; spätes 19. Jahrhundert
Stahl, die Wandung belegt mit Perlmutter; L. (geschlossen) = 14 cm

Im Griff die hebräische Inschrift *Heiliger Sabbat* eingraviert.

Wien, Privatbesitz N. M.

1.7.12 **Keramikteller aus Nachlaß der Beerdigungsbruderschaft *Chewra Kaddischa***

Erste Hälfte 19. Jahrhundert
Steingut; Dm. = 25 cm

Praha, Státní židovské muzeum, Inv.-Nr. 73.048/1 E. V.

1.7.13 **Keramikteller aus Nachlaß der Beerdigungsbruderschaft *Chewra Kaddischa***

Erste Hälfte 19. Jahrhundert
Steingut; Dm. = 25 cm

Praha, Státní židovské muzeum, Inv.-Nr. 12.902 E. V.

1.7.14 **Sederteller**

Österreich-Ungarn; Ende 19. Jahrhundert
Fayence

Umlaufender Blumendekor am Tellerrand. Im Mittelpunkt die hebräische Inschrift *Zero'a, Betza, Maror zum Segen, Charoset, Karpas, Maror zum Zusammennehmen.* Zero's ist ein Stück gebratenes Fleisch an einem Knochen, Betza ein Ei, Maror ist das Bitterkraut, meist geriebener Meerrettich, Charoset ein Mus aus verschiedenen Früchten mit Zimt und Ingwer, Karpas eine Erdfrucht, z. B. Sellerie oder Radieschen. All diese Dinge befinden sich am Sederteller, der am Vorabend des Pessachfestes (= Fest zur Erinnerung an den Auszug aus Ägypten) auf dem festlich gedeckten Tisch steht.

Wien Privatbesitz N. M.

## 1.8 Die Monarchie im Wiener Straßenbild

1.8.1 **Orangenverkäufer aus der Gottschee**

Aufnahme von Emanuel Wähner; Wien, um 1880

Der Gottschewer oder Kraner setzte seine Orangen auf den Straßen, im Prater sowie beim Heurigen ab. Auch das für den Gottschewer charakteristische Glücksspiel „Grad oder Ungrad" bzw. „Hoch und Nieder" wurde u. a. „auf Orangen" gespielt.

Wien, Historisches Museum der Stadt Wien E. H.

1.8.2 **Rastelbinder**

Aufnahme von Emanuel Wähner; Wien, um 1880

Der Rastelbinder kam zumeist aus der Slowakei (vor allem aus der Gegend von Trenczin). Die Rastelbinder sind nach dem Ergebnis ihrer Arbeit, dem „Rastel" (Grundbedeutung: Drahtgitter, -geflecht), benannt. Sie zogen als wandernde Kleinhandwerker von Haus zu Haus, verkauften aber auch selbstgefertigte Drahtwaren wie Mausefallen und Bügeleisenständer.

Wien, Historisches Museum der Stadt Wien E. H.

1.8.3 **Pfannenflicker**

Aufnahme von Otto Schmidt; Wien, 1873/75 (aus der Serie „Wiener Typen" Nr. 10)

Der Pfannenflicker „flickte" nicht nur Pfannen, sondern besserte jegliche Art von Metallgeschirr aus. Der Rastelbinder band – zumindest später – nicht nur Tongeschirr mit Draht ein, sondern flickte auch Metallgeschirr. Beider Nachfolger ist dann der wandernde Geschirrhändler *(Häfen kafte!).*

Wien, Historisches Museum der Stadt Wien E. H.

1.8.4 **Geschirrhändler**

Aufnahme von Otto Schmidt; Wien, um 1875 (aus der Serie „Wiener Typen" Nr. 20)

Der Geschirrhändler, der mit „Häfen kafte!“ auf sein Kommen aufmerksam machte, bot zuerst hauptsächlich Hafnerware an. Später handelte er immer mehr mit eisernem und emailliertem Geschirr, Ware, mit der auch der Pfannenflicker sein Einkommen aufzubessern trachtete.

Wien, Historisches Museum der Stadt Wien E. H.

### 1.8.5 Scherenschleifer

Aufnahme von Otto Schmidt; Wien, um 1880 (aus der Serie „Wiener Typen“ Nr. 26)

Im Gegensatz zum Rastelbinder, Pfannenflicker und Geschirrhändler, die zumeist sog. *Krowoten* aus der Slowakei (Komitat Trenczin) waren, stammte der Scherenschleifer häufig aus Italien. Mit seinem typischen Ruf *Messer Schar [Scheren] schleifen!* zog er durch die Straßen. Scherenschleifer, ein Beruf, den dann auch gern Zigeuner ausübten, kamen bis in die Zeit nach dem Zweiten Weltkrieg in die Häuser.

Wien, Historisches Museum der Stadt Wien E. H.

### 1.8.6 Spielerei-Krowot

Aufnahme von Otto Schmidt; Wien, 1873/75 (aus der Serie „Wiener Typen“, wiederaufgelegt um 1880, dann die Nr. 18)

Zum Angebot der Spielerei- und Kochlöffel-Krowoten zählten einfache Holzwaren, die schön in einem umgehängten *Schwingerl* (Korb) als Bauchladen ausgelegt waren.

Wien, Historisches Museum der Stadt Wien E. H.

### 1.8.7 Maronibrater

Aufnahme von L. Bachrich; Wien, um 1877 (aus der Serie „Wiener Typen“ Nr. 13)

Der Maronibrater, ursprünglich auch *Kästenbrater* genannt, konnte ebenso gut aus Krain oder Dalmatien wie aus dem Tirolischen oder Italienischen stammen. Zu seinem Angebot zählten damals auch die gebratenen Äpfel. In seinem Ruf ist von „Maroni“ die Rede *(Maroni, Maroni arrostiti, bratene Äpfel!)*, in der Berufsbezeichnung häufig von *„Kästen“*. Kästen (mhd. *kesten*, ahd. *kestina*) liegt die spätlateinische Form für Edelkastanien *castinea* zugrunde.

Wien, Historisches Museum der Stadt Wien E. H.

### 1.8.8 Jüdischer Straßenmusikant

Im jüdischen *Schtetl* im Osten der Monarchie hatten die jüdischen Musikanten, die sog. *Klesmorim*, eine lange Tradition. Von Galizien in die Hauptstadt gezogen versuchte so mancher, als Straßenmusikant seinen kärglichen Unterhalt zu verdienen.

N. M.

### 1.8.9 Jüdischer Trödelladen

Eine der wenigen Möglichkeiten, mit ganz geringem Kapitaleinsatz ein Geschäft zu eröffnen, ist der Handel mit Altwaren. Von dieser machten arme, meist aus dem Osten in die Städte ziehende Juden häufig Gebrauch. Daher gehört auch der jüdische Trödelladen zum Straßenbild der damaligen Zeit.

N. M.

### 1.8.10 Mesusa

Produzent: H. Südfeld & Co Silberwarenfabrik, Meisterzeichen: HS, Beschauzeichen: Wien, 1866–1872
Silber; H. = 18 cm, B. = 5 cm

Die Mesusa (hebr. „Türpfosten“) ist eine Kapsel, die die auf Pergament geschriebenen Bibelverse Deut 6, 4–9, 11, 13–21 *(Höre Israel, der Herr, unser Gott, ist Einer . . .)* enthält und traditionellerweise bei jüdischen Häusern oder Wohnungen am rechten Türstock im oberen Drittel angebracht ist.

Wien, Privatbesitz N. M.

## 2. REVOLUTION 1848/49

### 2.1 Die Revolution in Wien vom 12. März bis 31. Oktober 1848

Farblithographie; H. = 32,5 cm, B. = 45,5 cm
Photokopie

Das Blatt mit 26 Bildern ,zeigt alle bedeutenden Stationen der Wiener Revolution.

Wien, Historisches Museum der Stadt Wien, Inv.-Nr. 108.103 A. A.

### 2.2 Oesterreich's Wendepunct. Die Abdankung des Fürsten Metternich

F. Kollarž; Wien, 1848 März 13
Lithographie; H. = 40,5 cm, B. = 52,2 cm

Wien, Historisches Museum der Stadt Wien, Inv.-Nr. 20.135 A. A.

### 2.3 Der Linzer Bürgermeister Viktor Ritter von Drouot als Kommandant der Nationalgarde

J. Rint; 1848
Holzrelief; H. = 25 cm, B. = 20 cm

Lit.: 1000 Jahre Oberösterreich, Katalog, Wels 1983, S. 321f.

Linz, Oberösterreichisches Landesmuseum, Inv.-Nr. S 802 A. A.

### 2.4 Metternich, der große Staatsblutegel

Karikatur; Prag, 1848
H. = 22 cm, B. = 27 cm

Am Vorabend der Märzrevolution von 1848 war die allgemeine Unzufriedenheit vor allem gegen Fürst Metternich gerichtet. Im Staatskanzler sah man den Hauptschuldträger für alle wirtschaftlichen und politischen Schwierigkeiten und das Symbol der alten Ordnung. Seine Person wurde gleich nach dem Revolutionsausbruch zum häufigen Ziel von Karikaturen und Spottliedern. Die vorliegende Karikatur stellt Metternich als einen Vampir (Blutegel) dar, der unter Mithilfe des Teufels das Blut und den Besitz österreichischer Staatsbürger aussaugt.

Praha, Archiv Národního muzea, Sammlung Bohuslav Dušek, sign. 1562 J. R.

### 2.5 Schützenscheibe der Nationalgarde Freistadt, Oberösterreich

Freistadt, 1848
Quadratische Holzscheibe; H. = 53 cm, B. = 53 cm

Nationalgarden wurden in größeren wie auch in kleineren Städten gebildet. Durch sie übernahm die Oberschicht der Stadtbevölkerung die öffentliche Sicherheit in die eigene Hand – allerdings oft unter dem Kommando kaiserlicher Offiziere.
Das hatte eine Stoßrichtung sowohl gegen den absolutistischen Staatsapparat, besonders seine Polizeibehörden, wie auch eventuell gegen aufständische Unterschichten.

Freistadt, Heimathaus A. A.

### 2.6 Petition an den Kaiser wegen Einräumung staatsbürgerlicher Rechte und Freiheiten

Lemberg, 1848 März 18
Druck auf Papier; H. = 36,5 cm, B. = 25 cm

Krakau, Archivum Pánstwowe, Teka Schneidra 514 A. A.

### 2.7 Schützenscheibe mit Germania: *Tirol hält Wacht für Deutschland*

Tirol, 1848
Holz; Dm. = 68 cm

Auch hier fällt die naiv-selbstverständliche Weise auf, mit der die deutschtiroler Revolutionsbewegung 1848 an der deutschen teilnahm, sich zu ihrer „Wacht“ machte.

Innsbruck, Tiroler Volkskunstmuseum A. A.

### 2.8 Auch der Stephansturm neigt sich vor der Konstitution Abb.

Wien; März/April 1848
Lithographie; H. = 28,8 cm, B. = 22 cm

Graz, Steiermärkisches Landesarchiv, Historische Bildersammlung, W VII 68 A. A.

### 2.9 Unsere Errungenschaften

Gmunden (?), 1848
Lithographie; H. = 29,5 cm, B. = 44,5 cm

Die Karikatur zeigt, wie verschiedene Bevölkerungsgruppen von der „Errungenschaft“ der Kon-

Kat.-Nr. 2.8

stitution, hier als Kuh dargestellt, jeweils spezielle Vorteile für sich erwarten.

Lit.: Das Jahr 1848 in Oberösterreich und Hans Kudlich. Katalog, Linz 1978, S. 18.

Gmunden, Kammerhofmuseum, Inv.-Nr. 8662-Gr./1714 A. A.

2.10 **Pressefreiheit**

Wien, 1848 März 14
Farblithographie; H. = 22,7 cm, B. = 32,5 cm

Das Blatt zeigt den Josephsplatz in Wien. Joseph II. wurde mit der Pressefreiheit in Verbindung gebracht, beide mit Deutschtum. Das wird sichtbar in der Fahne in Schwarz-rot-gold, mit der das Denkmal geschmückt ist.

Wien, Historisches Museum der Stadt Wien, Inv.-Nr. 13.426 A. A.

2.11 **Kundmachung des Konstitutionsversprechens in Graz**

Graz, 1848 März 16 „Abends halb 6 Uhr“
Plakat; H. = 46 cm, B. = 30 cm

Graz, Steiermärkisches Landesarchiv, Sammlung 1848/49, Nr. 13 A. A.

2.12 **Innere Ansicht der Paulskirche 1848**

L. v. Elliot; Frankfurt 1848
Farblithographie; H. = 26 cm, B. = 32 cm

Man sieht eine der Sitzungen der Deutschen Nationalversammlung, die ihren Tagungsort in der Paulskirche hatte. Das ganze Bild ist in schwarz-rot-goldenen Tönen gehalten, die auch auf Bildern aus Österreich 1848 fortwährend begegnen.

Wien, Historisches Museum der Stadt Wien, Inv.-Nr. 88.580 A. A.

2.13 **Barrikade am Altstädter Brückenturm in Prag**

Prag, 1848 Juni 15
Teilkolorierte Lithographie; H. = 14 cm, B. = 20 cm

Gezeigt wird eine Szene von der Niederwerfung des sog. „Pfingstaufstandes“ in Prag im Juni 1848 durch Windischgrätz. Man erkennt die Beschießung der Altstadt von der „Kleinseite“, vom linken Moldauufer aus. Mit dem Zusammenbruch dieses Aufstandes endete die erste Phase der nationaltschechischen Bewegung 1848. Sowohl gegen den Anspruch der Frankfurter Nationalversammlung auf Einverleibung der böhmischen Länder in den neuzugründenden deutschen Staat wie gegen den traditionellen österreichischen Zentralismus Wiens gerichtet, strebte sie weitgehende Verselbständigung der „Länder der Wenzelskrone“ innerhalb des habsburgischen Staates an. Ihr Vorbild war der Status, den Ungarn im April 1848 erreichte.

Praha, Archiv Národního muzea, Sammlungen Bohuslav Dušek, sign. 1568 A. A.

2.14 **Bombardement der Prager Altstadt** Abb.

Prag, 1848 Juni
Aquarell; H. = 33,5 cm, B. = 45,8 cm

Das Bild zeigt das Bombardement der Altstadt durch Artillerie von knapp oberhalb der Karls-

Kat.-Nr. 2.14

brücke aus. Im Bogen des Altstädter Brückenturmes ist eine Barrikade mit Kämpfern und der rotweißen böhmischen Fahne zu erkennen.

Wien, Historisches Museum der Stadt Wien, Inv.-Nr. 87.455 A. A.

2.15 **Kundmachung über den Empfang der böhmischen Deputation durch Kaiser Ferdinand**

Graf Rudolf Stadion, Oberstburggraf von Böhmen
Prag, 23. März 1848
Druck auf Papier (deutsch-tschechisch); H. = 36 cm, B. = 21 cm

Am 19. März 1848 reiste die erste, von Petr Faster und Alois Pravoslav Trojan geleitete Prager Deputation nach Wien mit Forderungen der bürgerlichen Grundrechte und der nationalen Gleichberechtigung ab. Obwohl die vorgelegte Petition in Vergleich mit den ursprünglichen Forderungen vielfach abgeschwächt wurde, setzte man in die Verhandlungen der Deputation große Hoffnungen. Die vorliegende Kundgebung Graf Stadions über den Empfang der Deputation durch Kaiser Ferdinand wurde in Prag mit Begeisterung aufgenommen. Desto bedrückender war die Enttäuschung der Prager, als nach der Rückkehr der Deputation klar wurde, daß sich ihre Erwartungen nicht erfüllten.

Lit.: *Černý, Jan M.*, Boj za právo [Der Kampf um das Recht] I, Praha 1893, S. 1–17, S. 45–48; – *Kazbunda, Karel*, Ceské hnutí roku 1848 [Die tschechische Bewegung des Jahres 1848], Praha 1929, S. 64–66, S. 74–84.

Praha, Archiv Národního muzea, Sammlungen Bohuslav Dušek, sign. 1356 J. R.

2.16 **Bombardement Krakaus** Abb.

Ludwik Korenowicz; 1848
Bleistift; H. = 17,5 cm, B. = 22,5 cm

In der gespannten politischen Situation kam es am 26. April 1848 in Krakau zu Zusammenstößen, als die Österreicher begannen, die Waffen (Sensen und Piken) zu beschlagnahmen, die für die Nationalgarde in der Schmiede Müllers erzeugt wurden. Die österreichische Infanterie besetzte den Ring. Man stellte Barrikaden auf und während der Schießerei wurde der österreichische General Ca-

Kat.-Nr. 2.16

stiglione, der den Bezirkshauptmann Krieg vertrat, verletzt. Die österreichischen Truppen zogen sich ins Schloß Wawel zurück und beschossen von dort die Stadt. Das National-Komiteé sandte darauf seine Delegation in das Schloß, die die Kapitulation unterzeichnete (Parlamentarier waren Adam Potocki und Stanisław Jabłonowski).
Auf der Zeichnung sehen wir die mit Barrikaden geschlossene Ringecke an der Einmündung der Wiślna- und Sw. Anna-Straßen, mit dem Palast „Pod Baranami", vor dem eine Truppe der Nationalgarde mit dem Aktivisten des Krakauer Komiteés Adam Potocki an der Spitze steht. Diese wird durch die österreichische Infanterie von der Seite des Rathauses aus beschossen. Im Vordergrund rollen einige Gardisten und Stadtbewohner die Fässer zum Bau einer Barrikade heran.

Lit.: *Suchodolska, M., Jakimowicz, I., Jaworska, J.*, Rysunki z kolekcji J. I. Kraszewskiego w Muzeum Narodowym w Warszawie, Warszawa 1961, Kat.-Nr. 315; – *Potępa, S.*, „Rabacja 1846 r." Jana Lorenowicza, Biuletyn Historii Sztuki 1976, Nr. 2, S. 131, Abb. 8.

Warszawa, Muzeum Narodowe, Inv.-Nr. Rys. Pol. 2990 K. Z.

**2.17 Petition des Slowenischen Vereines an Kaiser Ferdinand**

Ljubljana, 1848 November 19
Flugschrift, slowenisch und deutsch; H. = 36 cm, B. = 23 cm

Es wird die Rückberufung der südslawischen österreichischen Abgeordneten aus der Frankfurter Nationalversammlung verlangt, nachdem sich in deren Debatten um die Verfassung des neuzugründenden „Deutschen Reiches" die Eingliederung südslawischen Gebietes abzeichnete. – Schon im Frühjahr 1848 hatten slowenische Stimmen in Anlehnung an F. Palacký empfohlen, an den Wahlen nach Frankfurt gar nicht erst teilzunehmen, sie hatten sich aber nicht durchgesetzt.

Ljubljana, Arhiv SR Slovenije, Priv. A VIII Dežman, fasc. 11 A. A.

**2.18 Maßnahmen gegen revolutionäre Studenten in Wien**

Plakat; Wien, 1848 Mai 24

Die in der Kundmachung des Unterrichtsministers genannten Maßnahmen bezweckten die Entfernung der Studenten aus Wien durch vorzeitige Beendigung des Schuljahres. Dafür sollten die bloßen Teilnahmebestätigungen („Frequentations-Zeugnisse") zu Prüfungszeugnissen aufgewertet werden. Ihre Ausstellung wurde allerdings von der Ablieferung der Waffen durch die Studenten abhängig gemacht, de facto von der Auflösung der Wiener „Akademischen Legion". Die Antwort waren die Barrikadenkämpfe vom 26. Mai.

Graz, Steiermärkisches Landesarchiv, Sammlung 1848/49, Nr. 104 A. A.

**2.19 Eine Universitäts-Barricade**

Albrecht; Wien, 1848 Mai 26
Farblithographie; H. = 29 cm, B. = 21,3 cm

Wien, Historisches Museum der Stadt Wien, Inv.-Nr. 87.620 A. A.

**2.20 Ansicht einer Barricade in Wien**

Wien, 1848 Mai 26
Farblithographie; H. = 30 cm, B. = 22 cm

Wien, Historisches Museum der Stadt Wien, Inv.-Nr. 20.223 A. A.

**2.21 Stephansplatz, von der Bischofgasse aus . . .**

Wien, 1848 Mai 26
Lithographie; H. = 46 cm, B. = 56 cm

Wien, Historisches Museum der Stadt Wien, Inv.-Nr. 89.241 A. A.

2.22 **Übergang über die Drau am 11ten Sept. 1848**

Franz X. Zalder Abb.
Farblithographie; H. = 37 cm, B. = 54,5 cm

Das Bild zeigt den Beginn des kroatisch-ungarischen Krieges, indem der Banus J. Jellačić in das innere Ungarn einrückt. – Der Konflikt hatte sich seit Frühjahr 1848 verschärft, da Kroatien, bis 1848 de facto von Wien aus regiert, nun die weitaus massivere Herrschaft des verselbständigten Ungarn fürchtete. Ein innenpolitisches Thema, das die ganze Franz-Joseph-Zeit durchzog, war damit angeschlagen. – Bemerkenswert ist auch hier die Farbensymbolik: die Kroaten führen das österreichisch-habsburgische Schwarz-Gelb gegen Ungarn, (dessen rot-weiß-grüne Farben hier allerdings nicht zu sehen sind): auch ein Ausdruck von „Austroslawismus".

Zagreb, Muzej Grada Zagreba, Inv.-Nr. 1877
A. A.

Kat.-Nr. 2.22

2.23 **Die kroatischen Forderungen an Ungarn. Manifest des Banus Josef Jellačić**

Wien, 1848 September
Plakat; H. = 44 cm, B. = 56 cm

Das Manifest macht der mit Ungarn sympathisierenden Wiener Bevölkerung die kroatischen Forderungen bekannt. Es wird verlangt, daß die deutschen und ungarischen Erbländer *ungetheilt, untrennbar und gemeinschaftlich regiert werden sollen,* d. h. daß Kroatien nicht bloß Ungarn unterstellt werde. Das Manifest betont das kroatische Interesse am Gesamtstaat Österreich, indem es Zentralisierung der Außen-, Kriegs- und Finanzministerien in Wien verlangt, d. h. eine Entmachtung der Budapester Regierung.

Graz, Steiermärkisches Landesarchiv, Sammlung 1848/49, Inv.-Nr. 883 A. A.

2.24 **Jellačić' Brief an die Bauern Kroatiens**

Zagreb, 1848 April 25
Proklamation; H. = 45 cm, B. = 70 cm

Wie in Wien zur Proklamation der ersten Verfassungsurkunde Österreichs wird in mehreren Ländern des Kaisertums, so auch in Kroatien, der Tag der offiziellen Geburtstagsfeier des Kaisers Ferdinand zu Neuregelungen genützt, nach denen die Bevölkerung verlangt: hier, wie gleichzeitig in Galizien, zur Aufhebung der bäuerlichen Grunduntertänigkeit.

Zagreb, Muzej Grada Zagreba, Inv.-Nr. 2620
A. A.

2.25 **Freiwilligen-Corps nach Italien**

Wien, 1848 April 1
Farblithographie; H. = 30 cm, B. = 45 cm

Die Revolution in den oberitalienischen Provinzen Österreichs, von Anfang an auf Vereinigung mit dem neuzugründenden italienischen Nationalstaat gerichtet, hatte zum Krieg zwischen Piemont-Sardinien und Österreich geführt, in dem Radetzky schließlich siegte. – Der Krieg erfreute sich offensichtlich auch in Wien großer Popularität. In zwei weiteren Kriegen, 1859 und 1866, wurden die Lombardei und Venetien später von Österreich abgetrennt.

Wien, Historisches Museum der Stadt Wien, Inv.-Nr. 87.665 A. A.

2.26 **Waffenstillstand in Lombardo-Venetien**

Albrecht
Farblithographie; H. = 40 cm, B. = 20 cm

Die Schlacht bei Novara (22. März 1849) entschied den Sieg Österreichs in Oberitalien. Der besiegte König Karl Albert von Piemont-Sardinien dankte zugunsten seines Sohnes Viktor Emmanuel II. ab. Das Bild zeigt dessen Unterhandlungen mit Radetzky über den Waffenstillstand *den 24ten März im Haus Nro 106 auf der Straße nach Momo.*

Wien, Historisches Museum der Stadt Wien, Inv.-Nr. 88.593 A. A.

**2.27 Illustrierte politische Karte von Österreich und den angrenzenden Ländern**

Karte mit Karikaturen
Lithographie; H. = 29,8 cm, B. = 44,7 cm

Linz, Stadtmuseum, Sammlung Wimmer A. A.

**2.28 Karikaturen zu 1848**

C. Lanzedelli; Wien 1848
Kolorierte Lithographien

In Wien vermutlich im November 1848 während der Besetzung der Stadt u. a. durch Kroaten entstanden, spiegeln alle diese geradezu peinlich antikroatischen Karikaturen in Wahrheit Eigentümlichkeiten der Wiener Revolutionsmentalität: ihren deutschen Charakter, ihren kulturellen Hochmut gegenüber vermeintlich trunksüchtigen Slawen, deren irrige Identifikation mit dem negativen Bild vom zaristischen Rußland, die diesen österreichischen Slawen doch nicht gut bekommen werde.

**2.28.1 Ein Kroate erklärt sich für den innigsten Anschluß an Deutschland und zwar auf breitester Grundlage**

H. = 25 cm, B. = 29,3 cm

Zagreb, Povijesni Muzej Hrvatske, Inv.-Nr. G 1552

**2.28.2 Einer patriotischen Köchin gelingt es das Feuer den (!) Kroaten durch freundliches Entgegenkommen zu dämpfen**

H. = 29 cm, B. = 31 cm

Zagreb, Povijesni Muzej Hrvatske, Inv.-Nr. G 1553

**2.28.3 Höllen-Element! Der riecht mein' Branntwein, dem komm' i net mehr aus** Abb.

H. = 25 cm, B. = 29 cm

Zagreb, Povijesni Muzej Hrvatske, Inv.-Nr. 1555

Kat.-Nr. 2.28.3

**2.28.4 Zwei Kroaten trinken auf Kameradschaft mit einem Russen, können aber den russischen Branntwein nicht vertragen**

H. = 27 cm, B. = 32,5 cm

Zagreb, Povijesni Muzej Hrvatske, Inv.-Nr. G 1556 A. A.

**2.29 Lohnkürzungen**

Wien, 1848 August 21
Plakat; H. = 45 cm, B. = 58 cm

Regierung und Sicherheitsausschuß hatten in Wien für Arbeitslose ein Beschäftigungsprogramm in Gang gesetzt, das auch starken Zuzug in die Hauptstadt hervorrief. Aus politischen und finanziellen Gründen antwortete man mit Reiseverboten und Lohnkürzungen. Als der Arbeitsminister darauf beharrte, kam es am 23. August 1848 zum Arbeiteraufstand. Diese Vorgänge bedeuteten den Höhepunkt des sozialen Konfliktes in der Großstadt.

Graz, Steiermärkisches Landesarchiv, Sammlung 1848/49, Nr. 123 A. A.

**2.30 Wohlthätige Einwirkung der Nationalgarde im März 1848**

Wien
Farblithographie; H. = 26,8 cm, B. = 35,8 cm

Wien, Historisches Museum der Stadt Wien, Inv.-Nr. 87.420 A. A.

**2.31** **Zerstörung einer Fabrik in Sechshaus durch Arbeiter**

Wien, 1848 März 13./14.
Farblithographie; H. = 20 cm, B. = 25 cm

Wien, Historisches Museum der Stadt Wien, Inv.-Nr. 89.410 A. A.

**2.32** **Scene im Prater am 23. August 1848** Abb.

Wien, Druck: F. Werner
Farblithographie; H. = 24 cm, B. = 34 cm

Ökonomisch-soziale Ursachen haben wesentlich zum Ausbruch der Revolution in Österreich beigetragen. Not und Wut der Arbeiter entluden sich im März 1848 auch in der Zerstörung von Fabriken in den Wiener Vorstädten. Nicht zuletzt um solche Radikalismen aufzufangen, wurden der Revolution im März ihre ersten Erfolge relativ kampflos eingeräumt. Schon damals aber zeichneten sich Spannungen zwischen den revolutionären Nationalgarden und den revolutionären Arbeitern ab. Am 23. August schließlich kämpften reguläre Armee und Nationalgarden gemeinsam im Prater gegen Arbeiter bzw. Arbeitslose.

Lit.: *Häusler, Wolfgang,* Von der Massenarmut zur Arbeiterbewegung. Demokratie und soziale Frage in der Wiener Revolution von 1848, Wien 1979.

Wien, Historisches Museum der Stadt Wien, Inv.-Nr. 87.546 A. A.

**2.33** **Die im Reichstag 1848/49 vertretenen Königreiche und Länder**

Graphische Darstellung: Karte nach: F. W. Putzger, Historischer Weltatlas (Wien/1972)
Entwurf: G. A.

Kat.-Nr. 2.32

Die rechtliche Grundlage für den Österreichischen Konstituierenden Reichstag 1848/49 war die Verfassung 1848, die von Pillersdorff entworfen worden war. Im § 2 nennt sie den Geltungsbereich, der sich nicht auf die gesamte Österreichisch-Ungarische Monarchie erstreckte: Ungarn mit seinen Nebenländern blieb ausgeschlossen. Rechtskraft hatte sie für: *die Königreiche Böhmen, Galizien, Lodomerien mit Auschwitz und Zator und der Bukowina, Illyrien (bestehend aus den Herzogthümern Kärnten und Krain und dem Gubernial-Gebiete des Küstenlandes), . . . das Königreich Dalmatien, . . . das Erzherzogthum Oesterreich ob und unter der Enns, die Herzogthümer Salzburg, Steiermark, Ober- und Niederschlesien, das Markgrafthum Mähren, die gefürstete Grafschaft Tyrol mit Vorarlberg.* Die Wahlordnung vom 9. Mai 1848 sah vor, daß die Wahlen nach 10 Gouvernements stattfinden sollten. Diese sind der Darstellung der Karte zugrundegelegt.

Lit.: Politische Gesetzessammlung Nr. 49: Allerhöchstes Patent vom 25. April 1848. Verfassungsurkunde des österreichischen Kaiserstaates. – Politische Gesetzessammlung Nr. 57: Allerhöchstes Patent vom 9. May 1848. Provisorische Wahlordnung für den ersten österreichischen Reichstag.

G. A.

**2.34** **Die Gliederung der Abgeordneten nach Berufsgruppen**

Graphik, Entwurf: G. A., Ausführung: Ing. G. Asmera, I. Grillmayer u. R. Tamchina

Da im Jahr 1848 die Auflösung des feudalen Systemes erst vollendet wurde, ist es aufschlußreich, auch die ständische Struktur des ersten österreichischen Parlamentes zu betrachten, wozu die Berufsgruppen herangezogen werden.
Wie aus der Darstellung zu ersehen ist, war der Anteil der Bauern im Wiener Reichstag sehr hoch: etwa ein Drittel der Abgeordneten gehörte dem Bauernstand an. Ganz allgemein kann zusammengefaßt werden, daß deutsche Bauern meist auf der linken Saalhälfte, die slawischen Bauern mit wenigen Ausnahmen auf der rechten Seite, Beamte recht oft im Zentrum und die Angehörigen der Intelligenz weitgehend verstreut im ganzen Saal ihre Plätze hatten.

Lit.: Austria, Österreichischer Universalkalender 1849. S. 293–303. – *Hornstein, Anton,* Die Abgeordneten des konstituirenden Reichstages der oesterreich-monarchischen Erbländer, Wien 1848. – *Sieger, Eduard* (Hg.), Sitzordnung im Reichstagssaale sämmtlicher Herren Abgeordneten zum ersten constituirenden Reichstage in Wien, zusammengestellt von Wenzel August Neumann, Wien 1848. – I. R. W., Verzeichnis der Abgeordneten zur constituirenden Reichsversammlung in Kremsier (Retz Stadtarchiv). – *Rosdolsky, R.*, Die Bauernabgeordneten im Konstituierenden Reichstag 1848–49, Wien 1976. – *Neumann, W. A.; Wallner, E.*, Erinnerungen an Kremsier, Kremsier 1849. – *Wallner, E.*, Statistische Daten über die österreichische constituirende Reichsversammlung in Kremsier, Kremsier 1849. G. A.

## 2.35 Die Gliederung der Abgeordneten nach Provinzen

Graphik, Entwurf: G. A., Ausführung: Ing. G. Asmera, I. Grillmayer

Aus der Darstellung wird ersichtlich, daß die meisten Niederösterreicher auf der linken Saalhälfte – z. T. verstreut, etwa die Hälfte der Abgeordneten Böhmens und ein Drittel der Galizier in kompakten Blöcken auf der rechten Seite saßen. Auf dem äußersten linken Sektor dominieren deutlich Vertreter Galiziens. Im Zentrum fällt weiters eine Konzentration von Tirolern auf.
Ein Vergleich mit den politischen Gruppierungen (Kat.-Nr. 2.38) zeigt, daß die Zugehörigkeit zu der gleichen Provinz nicht allein ausschlaggebend für das politische Verhalten war, daß sie aber eine nicht zu übersehende Rolle spielt: nicht selten gehörten zusammensitzende Vertreter derselben Provinz auch derselben politischen Gruppe an.

Lit.: Siehe Kat.-Nr. 2.34.

G. A.

## 2.36 Das öffentliche Wirken späterer Reichstagsabgeordneter im Frühjahr 1848

Graphik, Entwurf: G. A., Ausführung: Ing. G. Asmera, I. Grillmayer

Als Folge der Revolutionen in Wien und in anderen Städten der Monarchie kam es zur Gründung verschiedener politischer Institutionen auf lokaler und überregionaler Ebene: in einigen Provinzen erlebten die ehemalig ständisch organisierten Landtage auf erweiterter Basis eine Wiederbelebung; in vielen Städten, so auch in Wien, bildeten sich provisorische Gemeindeausschüsse, Nationalgarden, Studentenkomitees, sowie verschiedenste Vereine aller politischen Richtungen. In Ermangelung von politischen Parteien kam diesen Institutionen z. T. deren Funktion zu: sie erstellten Programme, organisierten öffentliche politische Kundgebungen, gaben Zeitungen heraus und stellten Wahlkandidaten auf.
Einigen politisch engagierten Männern gelang es, sich auf diesem Weg derart zu profilieren, daß ihnen der Schritt in den Reichstag gelang: Für etwa 22% der Reichstagsabgeordneten ist ein öffentliches Wirken im Frühjahr 1848 nachweisbar.

Lit.: Es handelt sich um die Ergebnisse einer Dissertation zum Thema „Der Reichstag 1848 in Wien und seine politischen Gruppierungen“, die derzeit an der Universität Wien von Gabriela Asmera vorbereitet wird.

G. A.

## 2.37 Die Gliederung der Abgeordneten nach Nationalitäten

Graphik, Entwurf: G. A., Ausführung: Ing. G. Asmera, I. Grillmayer

Die nationale Zersplitterung, die ein Charakteristikum der Habsburgermonarchie ist, findet auch im Reichstag ihren Niederschlag. Zumindest acht verschiedene Nationalitäten sind nachweisbar, wenngleich es äußerst schwierig ist, die Nationalität der Reichstagsmitglieder festzustellen. Nur 249 der 383 Abgeordneten konnten eindeutig zugeordnet werden. Die Verteilung ist folgende:
91 Deutsche
67 Polen
28 Ukrainer (= Ruthenen)
4 Rumänen
12 Slowenen
8 Italiener
38 Tschechen
1 Serbokroate

Lit.: Siehe Kat.-Nr. 2.36. G. A.

## 2.38 Die politischen Gruppierungen im Reichstag 1848 in Wien

Graphik, Entwurf: G. A., Ausführung: Ing. G. Asmera, I. Grillmayer

Im Reichstag trafen die unterschiedlichsten Schattierungen von politischen Anschauungen und Interessen aufeinander. Dies ist nicht zuletzt auf die Vielfalt der provinziellen, nationalen und auch ständischen Probleme des Vielvölkerstaates zurückzuführen. Deshalb setzte nur sehr langsam ein Gruppenbildungsprozeß ein. Die dargestellten Gruppierungen sind daher nicht als „fixe Fraktionen“ zu verstehen, sondern zeigen vielmehr die

ungefähre Konstellation, die die Arbeit des Reichstages im September/Oktober 1848 prägte.
1848 strebten die „Linken" im Reichstag eine konstitutionelle Monarchie mit möglichst weitgehenden demokratischen Rechten an. Die Mitglieder waren vor allem Deutsche, die einen engen Anschluß an Deutschland – und (gebildete, adelige) Polen, die eine größtmögliche Unabhängigkeit für ihr Land erreichen wollten.
Das „Zentrum" – gebildet von (nicht selten Ämter bekleidenden) Deutschen und Slawen – war darum bemüht, durch Reformen den Absolutismus zu mildern, ohne jedoch auf Privilegien verzichten zu müssen. Es trat für den Zentralismus ein. Die „Rechte" (viele Tschechen und Polen) verfolgte eine ähnliche Politik, allerdings unter der Bedingung eines Föderativsystemes.
Diesen beiden Gruppierungen stand der größte Teil der galizischen Bauern (zwischen den zweien sitzend) nahe. Die „Rechte", die galizischen Bauern und das „Zentrum" bildeten eine Art „Regierungsgruppe", da sie die Mehrheit bildeten, während die „Linke" die „Opposition" war.

Lit.: Siehe Kat.-Nr. 2.36. G. A.

2.39 **Aufhebung der Grunduntertänigkeit der Bauern**

Kaiserliches Patent an die Niederösterreichischen Stände; Wien, 1848 April 11
Plakat; H. = 45 cm, B. = 29 cm

Graz, Steiermärkisches Landesarchiv, Sammlung 1848/49, Nr. 18 A. A.

2.40 **Was druckt den Bauern am meisten und was thut im noth?**

Flugschrift; Linz, Juni 1848
Druck, 4 Seiten; H. = 38,5 cm, B. = 25 cm

Lit.: 1000 Jahre Oberösterreich, Wels 1983, S. 323.

Linz, Oberösterreichisches Landesarchiv, Flugschriften 1848, Sch. 9 A. A.

2.41 **Hans Kudlich: Abgeordneter des Bennischer Bezirkes, Troppauer Kreises in Schlesien**

Eduard Kaiser; Wien 1848
Kreidelithographie; H. = 52,5 cm, B. = 34 cm

Lit.: Hans Kudlich und die Bauernbefreiung in Niederösterreich. Sonderausstellung im Niederösterreichischen Landhaus, Wien 1983, S. 116, Nr. 150.

Wien, Historisches Museum der Stadt Wien, Inv.-Nr. 31.862 A. A.

2.42 **Fackelzug zu Ehren des Reichstags-Abgeordneten J. Kudlich zu Wien am 24. September 1848**

Stahlstich aus „Illustrierte Zeitung", Leipzig, 1848 November 4; H. = 36,5 cm, B. = 24,5 cm

Wien, Historisches Museum der Stadt Wien, Inv.-Nr. 20.250 A. A.

2.43 **„Warum kommen die Bauern nicht!"**

Flugblatt und Plakat; Wien, 1848 Oktober 16
Druck: Schmid, Linz; H. = 37,5 cm, B. = 24 cm

Linz, Oberösterreichisches Landesarchiv, Flugschriften 1848, Sch. 9 A. A.

2.44 **Schreckliches Verfahren mit dem Leichnam des gemordeten Kriegsministers Grafen Latour**

Wien, 1848 Oktober 6
Lithographie, Druck: M. Witek, Prag; H. = 40,5 cm, B. = 25,5 cm

Mit der Ermordung Latours setzte in Wien die dritte Welle der Revolution ein, der Oktoberaufstand. Sein Anlaß war die Abkommandierung von Truppen gegen das revolutionäre Ungarn, dessen Niederwerfung durch die mit den Kroaten im Bunde stehende österreichische Regierung der Wiener Demokraten aus Gründen der Selbsterhaltung kaum dulden konnten. Dabei kam auch das Überlegenheitsgefühl der deutschösterreichischen und magyarischen Revolutionäre gegenüber den Slawen zum Ausdruck, denen keine Fortschrittlichkeit zugebilligt wurde. Der Oktoberaufstand fand zwar unter der deutschösterreichischen Bevölkerung viel positives Echo, aber kaum praktische Unterstützung. Seine Wirkung war letztlich die militärische Reaktion, die Eroberung Wiens durch Windischgrätz und Jellačić Ende Oktober, der Thronwechsel von Kaiser Ferdinand zu Franz Joseph, der schleichende Übergang zum Neoabsolutismus seit der Jahreswende 1848/49.

Wien, Historisches Museum der Stadt Wien, Inv.-Nr. 96.434 A. A.

2.45 **Erstürmung des Wiener Zeughauses am Hof**

Albrecht; Wien, 1848 Oktober 6./7.
Farblithographie; H. = 22 cm, B. = 24,5 cm

Der Angriff auf das Zeughaus sollte den Revolutionären Waffen verschaffen. Das gelang nach blutigem Kampf in solchem Maße, daß an eine ernsthafte Verteidigung der Stadt gegen die heranrükkende Armee gedacht werden konnte.

Wien, Historisches Museum der Stadt Wien, Inv.-Nr. 87.677 A. A.

2.46 **Skizzen von Wien im Oktober 1848** Farbabb. 12

Carl Goebel
Farblithographie; H. = 24,5 cm, B. = 29 cm

Wien, Historisches Museum der Stadt Wien, Inv.-Nr. 31.659 A. A.

2.47 **Kampf in der Jägerzeile in Wien-Leopoldstadt**

Wien, 1848 Oktober 27./28.
Farblithographie; H. = 22,3 cm, B. = 32,8 cm

Wien, Historisches Museum der Stadt Wien, Inv.-Nr. 87.946 A. A.

2.48 **Panorama von Wien während der Belagerung ... von Nußdorf aus**

Wien, 1848 Oktober 27./28.
Farblithographie; H. = 33,5 cm, B. = 59 cm

Wien, Historisches Museum der Stadt Wien, Inv.-Nr. 87.467 A. A.

2.49 **Erstürmung des Burg Thores den 31. Oct. 48**

Farblithographie; H. = 30 cm, B. = 35 cm

Wien, Historisches Museum der Stadt Wien, Inv.-Nr. 63.446 A. A.

2.50 **Die Schlacht bei Schwechat**

Wien, 1848 Oktober 30
Lithographie; H. = 43,5 cm, B. = 57 cm

Das Gefecht, nicht eigentlich die Schlacht bei Schwechat schien der seit 27. Oktober belagerten Stadt doch noch den ersehnten Entsatz durch ein ungarisches Heer zu bringen. In Wahrheit kämpften die Ungarn nur mit geringer Entschiedenheit. Umso massiver fiel die Unterwerfung der Stadt dann durch Windischgrätz aus.

Lit.: *Häusler, Wolfgang*, Das Gefecht bei Schwechat am 30. Oktober 1848. (Militärhistorische Schriftenreihe 34) Wien 1977.

Wien, Historisches Museum der Stadt Wien, Inv.-Nr. 87.582 A. A.

2.51 **Wien. Die innere Stadt während der engeren Cernirung ... am 31. Okt. 48**

Farblithographie; H. = 35 cm, B. = 30 cm

Wien, Historisches Museum der Stadt Wien, Inv.-Nr. 88.021 A. A.

2.52 **Kampf der Kroaten mit der Wiener Mobilgarde im Prater**

Wien, 1848 Oktober 28
Farblithographie; H. = 26,5 cm, B. = 44 cm

Wien, Historisches Museum der Stadt Wien, Inv.-Nr. 87.599 A. A.

2.53 **Wiens Gemeinderath vor dem Fürsten Windisch-Grätz** Farbabb. 13

W. Arldt; Wien, 1848 Oktober 31 / November Anfang
Farblithographie; H. = 16 cm, B. = 19,5 cm

Das Blatt ist vor allem wegen der vielsagenden Fahnen und Farben sehr bemerkenswert. Schwarz-rot-gold, das Symbol der demokratischen und deutschen Revolution, wird zertrampelt, der schwarze Doppeladler auf gelbem Grund feierlich präsentiert.

Wien, Historisches Museum der Stadt Wien, Inv.-Nr. 96.660 A. A.

2.54 **An die Völker meiner deutsch-erbländischen Provinzen**

Proklamation Kaiser Ferdinands; Herzogenburg, 1848 Oktober 8
Plakat; H. = 37,4 cm, B. = 45 cm

Trotz der Vorgänge in Wien vom 6./7. Oktober bekräftigt der Monarch, auf der Flucht von Wien nach Olmütz, daß er die *constitutionelle Freiheit* aufrechterhalten, aber *zu einem wirklichen und dauernden Gemeingute* machen wolle.

Linz, Oberösterreichisches Landesarchiv, Landesregierung 1848 (Präs.), Sch. 171 A. A.

2.55 **Reichstag oder Windischgrätz?**

Anton Wurmb; Linz, 1848 Oktober Ende
Flugblatt; H. = 39,2 cm, B. = 25 cm

Der Autor sieht in der Substanz die richtige zeitgenössische Alternative und nimmt für den

Reichstag Partei. Sein Aufruf an das Landvolk, Wien zu Hilfe zu kommen, sollte freilich unwirksam bleiben.

Lit.: 1000 Jahre Oberösterreich, Wels 1982, S. 322.

Linz, Oberösterreichisches Landesarchiv, Flugschriften 1848, Sch. 6 II/1 A. A.

2.56 **Die Thronbesteigung Sr. K. K. Apostol. Majestät Franz Joseph I.** Abb.

Franz Kollarž; 1848
Lithographie; H. = 33 cm, B. = 46 cm

Der Sieg der antirevolutionären Kräfte über das revolutionäre Wien schien der geeignete Zeitpunkt zu sein, den schon seit einiger Zeit ins Auge gefaßten Thronwechsel durchzuführen. Am 2. Dezember 1848 erklärte im Saal der fürsterzbischöflichen Residenz in Olmütz, wohin sich der Hof zurückgezogen hatte, Kaiser Ferdinand, zugunsten seines Neffen des Thrones zu entsagen. Auch der Bruder Ferdinands, Erzherzog Franz Karl, verzichtete zugunsten seines Sohnes auf die Thronfolge. Mit dem Namen Ferdinands waren alle „revolutionären Errungenschaften" des Jahres 1848 verbunden gewesen; diese persönliche Bindung fiel bei Franz Joseph weg. Franz Josephs Thronbesteigung galt zu Recht als weiteres Indiz für den Willen der Staatsführung, die revolutionären Kräfte in ihre Schranken zu verweisen, sie bedeutete aber gleichzeitig den Beginn einer neuen Epoche in der Geschichte der Habsburgermonarchie.

Wien, Historisches Museum der Stadt Wien, Inv.-Nr. 134.044 P. U.

Kat.-Nr. 2.56

2.57 **Zur Thronbesteigung . . .**

Gedicht; Wien, 1848 Dezember
H. = 50 cm, B. = 25 cm

Wien, Historisches Museum der Stadt Wien, Inv.-Nr. 33.813 A. A.

2.58 **Thronentsagung Kaiser Ferdinands und Thronverzicht Erzherzog Franz Carls**

Olmütz, 1848 Dezember 2
Plakat; H. = 45 cm, B. = 58 cm

Graz, Steiermärkisches Landesarchiv, Sammlung 1848/49, Nr. 49 A. A.

2.59 **Franz Joseph im Kreis der kaisertreuen Generale von 1848/49**

Josef Krumholtz
Lithographie, koloriert; H. = 47,1 cm, B = 63,7 cm

Die Lithographie zeigt Franz Joseph gemeinsam mit den Generalen Ludwig Freiherr von Welden, Johann Josef Wenzel Graf Radetzky, Konstantin Freiherr D'Aspre, Franz Heinrich Graf von Schlik, Ludwig Freiherr von Wohlgemuth, Julius Jakob Freiherr von Haynau und Josef Jellačić de Buzim

Wien, Historisches Museum der Stadt Wien, Inv.-Nr. 134.052 E. V.

2.60 **Erschießung Wenzel C. Messenhausers**

Wien, 1848 November 16
Farblithographie; H. = 25 cm, B. = 35 cm

Wien, Historisches Museum der Stadt Wien, Inv.-Nr. 89.238 A. A.

2.61 **Plan der Stadt Kremsier**

Kremsier 1848
Druck; H. = 45,5 cm, B. = 40 cm

Das Schloß Kremsier, im Besitz des Erzbischofs von Olmütz, in dessen Stadt der Hof im Oktober 1848 geflohen war, diente von November 1848 bis März 1849 als Tagungsort des Reichstages. Die Abgeordneten erhielten zu ihrer Orientierung einen Stadtplan und einen Wegweiser durch das Schloß.

Linz, Oberösterreichisches Landesarchiv, Musealarchiv, Schb. 230 (Nachlaß Wiser, Sch. 5) A. A.

**2.62 Proklamation der Märzverfassung 1849 und der Auflösung des Reichstages**

Olmütz, 1849 März 4
Plakat; H. = 45 cm, B. = 58 cm

Schon am 20. Jänner 1849 war die Entscheidung gefallen, den Reichstag aufzulösen und „aus kaiserlicher Macht" allein eine Verfassung zu erlassen, die im Gegensatz zu der vom 25. April 1848 nun Ungarn, die Länder der Stephanskrone, einschließen sollte. Erst am 7. März aber traten Kaiser und Regierung mit ihrer, auf den 4. März datierten, Proklamation und mit der Parlamentsauflösung hervor. Der fertiggestellte Verfassungstext des Reichstages, der sog. „Kremsierer Entwurf" wurde in einer die Fakten verschleiernden Sprache für inexistent erklärt. – Wenn es dessen noch bedurft hätte, so wäre mit der neuen Verfassung und ihrer Leugnung eines ungarischen Staates die Kampfansage an Ungarn vollzogen gewesen. Jedoch war dort der Krieg längst im Gange. – Die von ihm ganz selbst und einseitig erlassene Verfassung erklärte der Monarch Ende 1851 für „unausführbar" (Sylvesterpatent), um anschließend zum offenen Neoabsolutismus zurückzukehren – was aber nur ein knappes Jahrzehnt haltbar war.

Graz, Steiermärkisches Landesarchiv, Sammlung 1848/49, Nr. 64 A. A.

**2.63 Gesetz über die Gleichberechtigung der Sprachen**

Olmütz, 1849 März 4
Druckschrift, 3 Seiten, hier deutsch und slowenischer Text; H. = 44 cm, B. = 28 cm

Gleichzeitig mit der Verkündung der „Märzverfassung" wurden eine Reihe von wesentlichen Gesetzen kundgemacht, darunter dieses, eines über die vollständige Durchführung des Gesetzes vom 7. September 1848 über die Grundentlastung, das Gemeindegesetz, Gesetze über Presse- und Vereinswesen.

Graz, Steiermärkisches Landesarchiv, Sammlung 1848/49, Nr. 69 A. A.

**2.64 Gesetz über die Durchführung der Grundentlastung der Bauern**

Olmütz, 1849 März 4
Druckschrift; H. = 44 cm, B. = 28 cm

Graz, Steiermärkisches Landesarchiv, Sammlung 1848/49, Nr. 72 A. A.

**2.65 Proklamation Franz Josephs „An die Völker Ungarns"**

Schönbrunn, 1849 Mai 12
Druck, ungarisch und deutsch; H. = 45 cm, B. = 58 cm

Die vom Monarchen und dem Ministerpräsidenten Fürsten Felix Schwarzenberg gezeichnete Proklamation verkündet das Bündnis Franz Josephs mit dem Zaren Rußlands: im *vollen Einverständnis mit Uns erschienen seine Heere in Ungarn.* Bemerkenswert ist, daß eine Mehrzahl von Völkern in Ungarn angesprochen wird, wogegen die magyarische Revolutionsbewegung in Ungarn nur e i n e Staatsnation existent sah. Auch der „befreiende" Ton des Dokuments ist auffällig, auch die Wendung, daß der Monarch *allen seinen Völkern – auch jenen die früher keine solche besaßen – eine freie Verfassung gegeben* habe.

Graz, Steiermärkisches Landesarchiv, Sammlung 1848/49, Nr. 81 A. A.

**2.66 Die Kapitulation von Vilagos**

1849 August 13
H. Gerhart
Kreidelithographie; H. = 28,9 cm, B. = 44,7 cm

Wien, Historisches Museum der Stadt Wien, Inv.-Nr. 88.634 A. A.

**2.67 Totenmaske des Banus Josef Jellačić**

Mai 1859

Zagreb, Povijesni Muzej Hrvatske, Inv.-Nr. 21.667 A. A.

**2.68 Brief František Palackýs nach Frankfurt/Main**

Prag, 1848 April 11

2 Seiten; H. = 42 cm, B. = 26 cm

F. Palacký, der bedeutende tschechische Historiker und Politiker, lehnte mit diesem Brief die Vorstellung des mit der Vorbereitung der Wahlen zur Deutschen Nationalversammlung befaßten Exekutivausschusses der deutschen Nationalbewegung, des „Fünfziger-Ausschusses", ab, die Tschechen sollten als Angehörige des Deutschen Bundes an den Wahlen teilnehmen und Abgeordnete nach Frankfurt entsenden. Er setzte ihr das Ziel eines national-gleichberechtigten und national-föderativen österreichischen „Kaiserstaates" entgegen. Dessen Aufgabe wäre es *im Interesse Europas, ja der Humanität selbst*, den kleinen Völkern zwischen den Deutschen und den Russen eine ebenso stabile, weil auf nationaler Zufriedenheit aufruhende, wie mächtige, d. h. zur Abschreckung bzw. Abwehr auswärtiger Ambitionen befähigte, politische Organisation zu geben. Nicht zuletzt auf diesen Text bezog sich die Programmatik des „Austroslawismus", die allerdings weder 1848 noch später in der Franz-Joseph-Zeit bei Magyaren und Deutschösterreichern positives Echo fand. Übrigens war Palackýs Argumentation unter den Tschechen 1848 weder ohne Vorläufer noch singulär.

Druck: Franz Palacký, Gedenkblätter. Auswahl von Denkschriften, Aufsätzen und Briefen aus den letzten fünfzig Jahren, Prag 1874, S. 149–155.

Lit.: *Pech, Stanley Z.*, The Czech Revolution of 1848, Chapel Hill 1969. – *Kořalka, Jiři*, Prag – Frankfurt im Frühjahr 1848. Österreich zwischen Großdeutschtum und Austroslawismus, in: Österreich und die deutsche Frage im 19. und 20. Jahrhundert (= Wiener Beiträge zur Geschichte der Neuzeit 9), Wien 1982, S. 117–139.

Praha, Státní ústřední archiv, ST 1848/7/56, K. 7
A. A.

2.69 **Vater unser . . .**

Spottgedicht; Prag (?) 1848
Druck (?); H. = 21 cm, B. = 13 cm

Der Text ist nicht nur bemerkenswert, weil er allgemeinpolitische Motive der Revolution (ihr Feindbild *Metternich, der Wille der Unterthanen geschehe*) mit speziellen ökonomischen (Wertverlust des *scheinheiligen* Papiergeldes, Rinderzufuhr) zusammenbindet. Seine naiv-primitive Mischung von Beschwerdepunkten, Lösungserwartungen *(erlöse uns durch Deine Millionen)* und Vorbildvorstellungen *(wie in Ungarn)* veranschaulicht die Orientierungsschwierigkeiten der Zeitgenossen.

Praha, Archiv Národního muzea, Sammlungen Bohuslav Dušek, sign. 1564 A. A.

2.70 **Die Böhmische Charte**

Verfassungsdokument; Wien, 1848 April 8
H. = 40 cm, B. = 25 cm

Die sog. „Böhmische Charte" stellte die offizielle Antwort Kaiser Ferdinands auf die Forderungen der zweiten Prager Deputation nach Wien im Frühjahr 1848 dar. Sie bewilligte zwar nicht einen gemeinsamen Landtag für die drei „Länder der Wenzelskrone" Böhmen, Mähren und Schlesien, sondern überwies dieses Verlangen dem noch zu wählenden Reichstag in Wien, wohl aber einen reformierten böhmischen Landtag und insbesondere die nationale „Gleichberechtigung von Tschechen und Deutschen Böhmens. Um die Auslegung dieses Begriffes ging später jahrzehntelanger nationaler Konflikt. – An der Redaktion der „Charte", die 1848 noch nicht diesen Namen trug, waren u. a. der Staatsminister Franz Frh. von Pillersdorff und der tschechische Politiker Alois Pravoslav Trojan beteiligt, von denen sich auch Notizen auf dem ausgestellten Stück finden.

Praha, Archiv Národniho muzea, Slovanská Lipa
A. A.

2.71 **Schreibgarnitur des ungarischen Ministerpräsidenten Grafen Lajos Batthyany**

Schreibunterlage und Tintenfaß weiß, blau und gold; H. = 13 cm, B. = 19 cm, L. = 28 cm

Budapest, Magyar Nemzeti Múzeum, Inv.-Nr. 1976. 26 A. A.

2.72 **Tellerhaube von Lajos Kossuth**

Roter Samt

Budapest, Magyar Nemzeti Múzeum, Inv.-Nr. 1961. 2023 A. A.

2.73 **Lajos Kossuth als Nationalgardist**

Seidentuch mit rot-weiß-grünem Rand; H. = 70 cm, B. = 78 cm

Budapest, Magyar Nemzeti Múzeum, Inv.-Nr. T 1972. 397 A. A.

2.74 **Die 13 „Märtyrer" von Arad**

Baumwolltuch mit den Porträts; H. = 39 cm, B. = 38 cm

Budapest, Magyar Nemzeti Múzeum, Inv.-Nr. T 1983. 264 A. A.

Kat.-Nr. 2.75

2.75 **Fahne des Banus Josef Jellačić** Abb.

Seide; H. = 120 cm, B. = 120 cm

Auf hellem Grund auf der einen Seite das Wappen des „dreieinigen Königreiches" Kroatien–Slawonien–Dalmatien, auf der anderen das der Familie Jellačić.

Zagreb, Povijesni Muzej Hrvatske A. A.

2.76 **Proklamation der Thronbesteigung Kaiser Franz Josephs**

Olmütz, 1848 Dezember 2
Plakat; H. = 45 cm, B. = 58 cm

Graz, Steiermärkisches Landesarchiv, Sammlung 1848/49, Nr. 60 A. A.

2.77 **Kaiser Ferdinands „Manifest an Meine Völker"**

Innsbruck, 1848 Mai 20
Plakat; H. = 44 cm, B. = 56 cm

Graz, Steiermärkisches Landesarchiv, Sammlung 1848/49, Nr. 28 A. A.

2.78 **Spende Kaiser Ferdinands zur Auslösung von Pfändern**

Wien, 1848 April 25
Plakat; H. = 45 cm, B. = 58 cm

Am Tag der offiziellen Feier seines Geburtstages, an dem auch die erste Verfassungsurkunde kundgemacht wurde, die dann soviel Widerstand erregte, spendet der Monarch aus eigenen Mitteln 100.000 Gulden, damit die Bevölkerung Gegenstände auslösen kann, die sie in ihrer Not hatte verpfänden müssen – ein grelles Schlaglicht auf den Notstand breiter Kreise und auf das Bedürfnis, sozial motivierter Rebellion zuvorzukommen, die Revolution auf konstitutionelle Ziele hin einzudämmen.

Graz, Steiermärkisches Landesarchiv, Sammlung 1848/49, Nr. 94 A. A.

2.79 **Weisung Minister Bachs an alle Gerichte, alle Staatsbürger mit „Herr“ bzw. „Frau“ anzusprechen**

Wien, 1848 August 11
Rundschreiben, gedruckt; H. = 38 cm, B. = 23 cm

Graz, Steiermärkisches Landesarchiv, Sammlung 1848/49, Nr. 122 A. A.

2.80 **Errichtung der Nationalgarde in Niederösterreich**

Wien, 1848 März 14
Kundmachung; H. = 45 cm, B. = 72 cm

Wien, Niederösterreichische Landesbibliothek A. A.

2.81 **Kanzlei der National-Garde Schottenviertl 5te Comp.**

Metalltafel, oval, schwarzer Grund, obige Inschrift; H. = 29 cm, B. = 43 cm

Wien, Bezirksmuseum Hernals A. A.

2.82 **Verzeichnis der Badener Nationalgarde vom Jahre 1848. Aus dem Besitz des Hauptmannes Anton Schratt, Kaufmann in Baden**

Papier, quart, 29 Seiten

Baden, Stadtarchiv H. K.

2.83 **Kundmachung des Richters Anton List vom 3. November 1848, die im Bereich des Grundgerichts Landstraße in Wien während der Revolution widerrechtlich angeeigneten Werkzeuge, Fässer und Pflastersteine zurückzustellen**

Druck von A. Dorfmeister, Papier

Baden, Stadtarchiv H. K.

2.84 **Einreihungskarten Nr. 1 bis 12 für die Nationalgarde in Pfaffstätten**

Papier, Bordüre; H. = 10,3 cm, B. = 14,5 cm

In Pfaffstätten hat sich offenbar niemand zur Nationalgarde gemeldet, weil die von Hauptmann Moosbacher unterfertigten Aufnahmeformulare unausgefüllt blieben.

Baden, Stadtarchiv H. K.

2.85 **Wachzettel Nr. 23 für Johann Woisetschläger, Gardist der 3. Kompanie in Baden für die Patrouille am 13. September 1849**

Papier; H. = 11,4 cm, B. = 20 cm

Baden, Stadtarchiv H. K.

2.86 **Säbel des Kommandanten der Badner Nationalgarde Karl Sukfüll**

Baden, Stadtmuseum

2.87 **Säbel eines Badner Nationalgardisten**

Baden, Stadtmuseum

2.88 **Feldbinde für Offiziere der Nationalgarde**

Baden, Stadtmuseum

2.89 **Schwert der Akademischen Legion der Universität Innsbruck**

Unter der Führung Adolf Pichlers wurde im Jahre 1848 die Südtiroler Landesgrenze von der Akademischen Legion der Universität Innsbruck verteidigt.

Innsbruck, Mag. pharm. Michael Pfurtscheller M. Pf.

## 3. BEVÖLKERUNGSENTWICKLUNG

### 3.1 Die Einwohnerzahl der Habsburgermonarchie 1850–1890

Graphik, Entwurf: R. S., Ausführung: I. Grillmayer

1850 zählte die Habsburgermonarchie inklusive Venetien und Lombardei etwa 35,7 Mill. Einwohner, 1869 anläßlich der ersten Volkszählung nach dem Ausgleich wurde ein Bevölkerungsstand von 35,9 Millionen festgestellt. Bosnien und Herzegowina wiesen bei der ersten, 1879 durchgeführten Volkszählung eine Bevölkerung von 1,2 Millionen auf. Auf das heutige Bundesgebiet der Republik Österreich entfielen dabei 1850 etwa 3,88 Millionen Einwohner und 1880 4,96 Millionen.

Lit.: *Helczmanovszki, Heimold,* Die Bevölkerung Österreich-Ungarns, in: Geschichte und Ergebnisse der zentralen amtlichen Statistik in Österreich 1829–1979, Wien 1979.

R. S.

### 3.2 Haushalt des Schlossermeisters Valentin Olzer, Wien, Gumpendorf, 1857

Volkszählung 1857

Um die Mitte des 19. Jahrhunderts kam es in Wien zu einem letzten Höhepunkt hausrechtlich verfaßter Arbeitsverhältnisse, die sich in einem hohen Anteil unverheirateter, im Haus des Arbeitgebers wohnhafter und in der Regel auch mitverköstigter Gesellen, Lehrlinge und Dienstboten äußerte. Tischler-, Drechsler- und Schlossermeister waren jene Gruppe, die bei weitem über die größte Zahl von mitwohnenden Gehilfen verfügte. In Gumpendorf wohnten 1857 in etwa 6% der Haushalte aller Gewerbetreibenden dieser Branchen zehn und mehr Gesellen und Lehrlinge.
Valentin Olzer, Inhaber mehrerer Patente und ein bekannter Fabrikant feuerfester Kassen, beherbergte 1857 in seinem Haus folgende 22 Arbeitskräfte: 6 Schlossergesellen, 11 Schlosserlehrlinge, alle aus Böhmen stammend, 2 Tischlergesellen, 1 Hausknecht, 1 Privatbuchhalter, 1 Wäscherin sowie Frau und Kinder des einzigen verheirateten Gesellen.

Lit.: *Ehmer, Josef,* Familienstruktur und Arbeitsorganisation im frühindustriellen Wien, Wien 1980, S. 87f. – Wiener Stadt- und Landesarchiv, Volkszählungen 1857, III. Reihe, Gumpendorf 1-516 E, A 53 Kasten 99, Konskr. Nr. 159.

R. S.

### 3.3 Zuwanderung nach Wien. Ortsanwesende Bevölkerung 1890 nach der Heimatberechtigung

Graphik, Entwurf: Heinz Faßmann, Ausführung: I. Grillmayer

Wien hatte im Verlauf des 19. Jahrhunderts seine Einwohnerzahl nahezu verachtfacht. Dieses Bevölkerungswachstum wurde überwiegend von Zuwanderung getragen. Die Graphik zeigt die Herkunftsgebiete der Wiener Bevölkerung anläßlich der Volkszählung 1890. Noch zu Beginn des 19. Jahrhunderts war Süd- und Mitteldeutschland als Herkunftsgebiet der Zuwanderer dominierend. Mit der zunehmenden politischen Distanzierung Österreichs von Deutschland und der voranschreitenden Erschließung des Staatsgebietes durch die großen Bahnbauten traten die Sudetenländer als das wichtigste Zuwanderungsgebiet für Wien immer stärker in den Vordergrund.

Lit.: *Ehmer, Josef; Faßmann, Heinz,* Zur Sozialstruktur von Zuwanderern nach Wien im 19. Jahrhundert (Manuskript, im Druck).

R. S.

### 3.4 Geburten- und Sterbeziffern in Österreich-Ungarn, 1850–1913

Diagramm, Entwurf: László Katus

In den späten siebziger Jahren des 19. Jahrhunderts beginnt der demographische Übergang in der Habsburgermonarchie. Die Graphik zeigt die Entwicklung der Geburten und Sterbefälle pro 1000 Einwohner, gegliedert nach Großräumen. Die regionalen Unterschiede sind beträchtlich. Während in den Donau- und Alpenländern die Geburtenraten bis in die siebziger Jahre nicht sehr wesentlich über den Sterberaten gelegen waren, und das Sinken der Sterberaten ebenso wie in den Sudetenländern nur mit geringer Zeitverzögerung auch von einem bereits leichten Rückgang der Geburtenziffern gefolgt war, war in den Karpaten- und Karstländern die Geburtenrate vorerst unverändert geblieben, was zu einem sehr kräftigen Ansteigen des natürlichen Bevölkerungsüberschusses führte. Auch in Ungarn erfolgte schon in den achtziger Jahren – mit nur einigen Jahren Abstand auf das beginnende Sinken der Sterbeziffern – die anhaltende und irreversible Verminderung der Geburtenziffer.

Lit.: *Katus, László,* Die Probleme des demographischen Übergangs in Ungarn vor dem Ersten Weltkrieg, in: *Erdödy, Gábor* (Hg.), Demographie, Bevölkerungs-

und Agrarstatistik, Budapest 1982, S. 67. – *Sandgruber, Roman,* Die Anfänge der Konsumgesellschaft, Wien 1982, S. 30. – *Horska, Pavla,* L'état actuel des recherches sur l'evolution de la population dans les pays tchèques aux XVIIIe et XIXe siècles, in: Annales de démographie historique, 1967, S. 173ff.

R. S.

3.5 **Skapulier gegen Kindersegen**

Aus Maria Enzersdorf

2 kleine Stoffpäckchen an einer roten Schnur, auf der Oberseite je ein Kupferstich auf Leinen gedruckt: „Altarsakrament", „Leiden Jesu Christi"

Wien, Niederösterreichisches Landesmuseum, Inv.-Nr. II 1171 E. T.

3.6 **Uneheliche Kinder. Der Anteil unehelich Geborener in Promille der Gesamtgeborenen 1857**

Karte, Entwurf: R. S., Ausführung: I. Grillmayer

Um die Mitte des 19. Jahrhunderts liegt Österreich im Spitzenfeld der europäischen Länder mit hoher Illegitimitätsquote. Die Graphik zeigt die beträchtlichen regionalen Unterschiede innerhalb der Habsburgermonarchie und zwischen Stadt und Land. Illegitimität war nicht nur ein Phänomen der agrarischen Gesellschaft sondern in noch viel stärkerem Ausmaß eines der städtischen Bevölkerung. Die Hauptstädte verzeichneten durchgehend beträchtlich höhere Illegitimitätsquoten als das sie umgebende Land. War dies Ausdruck der krisenhaften Übergangszeit von der Familienwirtschaft der alteuropäischen Gesellschaft zur „modernen Familie" individueller Lohnempfänger und Folge der desolaten Wohnverhältnisse und mangelnden Heiratsmöglichkeiten, so sind auch tradierte, vom Land in die Stadt mitgenommene Gewohnheiten, religiöse Normen und soziale Kontrolle maßgebend.

Lit.: Tafeln zur Statistik der Österreichisch-Ungarischen Monarchie, NF 3, 1855–1857. – *Mitterauer, Michael,* Ledige Mütter. Zur Geschichte illegitimer Geburten in Europa, München 1983.

R. S.

3.7 **Haupttugenden** (Gebet mit alter Beschriftung)

*Mädchen, die dieses Gebet bei sich haben, können nicht zum Falle gebracht werden. Angeblich erprobt! Erhalten in Drosendorf von der alten Deuschingerin, 1889!*

Wien, Niederösterreichisches Landesmuseum, Inv.-Nr. II 682 E. T.

3.8 **Heiratsalter der Frauen – regionale Unterschiede 1857**

Anteil der Frauen bis 20 Jahre an der Zahl der Eheschließungen insgesamt in %

Karte, Entwurf: R. S., Ausführung: I. Grillmayer

An der westlichen Grenze Ungarns zog sich eine wichtige demographische Scheidelinie grob gesprochen von Triest nach Leningrad und teilte Europa und die Habsburgermonarchie in zwei Teile mit grundsätzlich unterschiedlichem demographischem Verhalten. Westlich davon heirateten die Menschen im allgemeinen spät, und der Anteil derjenigen, die überhaupt nicht heirateten, war groß. Für den östlichen Teil Europas war die allgemeine und frühe Heirat charakteristisch. Ehelosigkeit bildete eine seltene Ausnahme. In der Militärgrenze, in der serbischen Wojwodschaft und dem Temeser Banat, in Kroatien, Siebenbürgen, Ungarn und der Bukowina wurden 1857 mehr als die Hälfte der Ehen männlicherseits vor dem vollendeten 24., weiblicherseits vor dem 20. Lebensjahr abgeschlossen, während im alpinen Raum kaum ein Zehntel der Eheschließenden dieser Altersperiode angehörte und die überwiegende Zahl der Brautleute beim männlichen Geschlecht 31–40, beim weiblichen Geschlecht 25–30 Jahre zählte.

Lit.: *Hajnal, J.,* European Marriage Patterns in Perspective, in: Population in History, hg. v. *D. V. Glass* u. *D. E. C. Eversley,* Chicago 1965, S. 101ff. – *Katus, László,* Die Probleme des demographischen Übergangs in Ungarn vor dem Ersten Weltkrieg, in: *Erdödy, Gábor* (Hg.), Demographie, Bevölkerungs- und Agrarstatistik, Budapest 1982.

Tafeln zur Statistik der Österreichisch-Ungarischen Monarchie, NF 3, 1855–57 R. S.

3.9 **Bäuerliches Ehepaar mit heiratsfähigen Töchtern**

Photographie; Oberösterreich, um 1880
Photokopie

Die Photographie illustriert das hohe weibliche Heiratsalter, das für die bäuerliche Gesellschaft typisch war.

Lit.: *Frank, Hans; Litschel, Rudolf Walter,* Oberösterreich in alten Photographien, Linz 1979, S. 236.

R. S.

3.10 **Säuglingssterblichkeit – regionale Unterschiede 1857**

Verstorbene im Alter von 0–1 Jahren pro 1000 Geburten

Karte, Entwurf: R. S., Ausführung: I. Grillmayer

Die Säuglingssterblichkeit war insgesamt hoch, weist aber doch regional sehr überraschende Unterschiede auf: mit 35% der Geborenen, die innerhalb des ersten Lebensjahres sterben, in Niederösterreich und nur 14,5% in Dalmatien sind die regionalen Pole angezeichnet. Auffällig ist die viel höhere Säuglingssterblichkeit der Alpenländer gegenüber Galizien/Bukowina und vor allem den südslawischen Gebieten. Die krisenhafte Situation der frühen Industrialisierung zeigte in der Säuglings- und Kindersterblichkeit einen deutlichen Niederschlag. Die Ungleichheit vor dem Tod betraf vor allem die illegitimen Kinder. Ihre Überlebenschance war deutlich niedriger, besonders in den urbanen Zentren. Bei den Kindern des Wiener Findelhauses, die zum Großteil unehelicher Herkunft waren, lag die Sterblichkeit bei über 80%. Aber soziale Not der Industrialisierung und Chancenungleichheit illegitimer Kinder vermögen die regionalen Unterschiede nicht voll zu erklären. Auch bei den ehelichen Kindern war die Überlebenschance im kaum industrialisierten Oberösterreich oder Salzburg geringer als in Galizien, Bukowina, Krain oder Dalmatien.

Lit.: *Findl, Peter,* Mortalität und Lebenserwartung in den österreichischen Alpenländern im Zeitalter der Hochindustrialisierung (1868–1912), in: Geschichte und Ergebnisse der zentralen amtlichen Statistik in Österreich 1829–1979, Wien 1979. – *Katus, László,* Die Probleme des demographischen Übergangs in Ungarn vor dem Ersten Weltkrieg, in: *Erdödy, Gábor* (Hg.), Demographie, Bevölkerungs- und Agrarstatistik, Budapest 1982.

Tafeln zur Statistik der Österreichisch-Ungarischen Monarchie, NF 3, 1855–57 R. S.

3.11 **Fraisenschüsserl** aus Frohsdorf

Majolikaschüsserl bemalt, innen Muttergottes mit Kind, außen die Aufschrift *CON – POL – DI – S – G.*

Wien, Niederösterreichisches Landesmuseum, Inv.-Nr. II 6150 E. T.

3.12 **Fraisenhäubchen** aus Mödling

Leinenhäubchen aus 4 dreieckigen Zwickeln mit Heiligenbildern bedruckt: „Madonna mit Kind“, „Anbetung der Könige“, „Hl. Franziskus“, „Hl. Valentin“

Wien, Niederösterreichisches Landesmuseum, Inv.-Nr. II 4324 E. T.

3.13 **Fraisenband** aus Frohsdorf

98 cm langes weißes Seidenband, in der Mitte mit drei kleinen Kupferstichen bedruckt: „Madonna mit Kind“, „Hl. Anastasy“, „Länge des Hl. Walentin“

Wien, Niederösterreichisches Landesmuseum, Inv.-Nr. II 6092 E. T.

3.14 **Amulett gegen Fraisen,** Waldviertel

Herzförmiger Anhänger aus Glas in einer Metallfassung

Wien, Niederösterreichisches Landesmuseum, Inv.-Nr. II 1150 E. T.

3.15 **Fraisenkette** aus dem Waldviertel

Auf einer Schnur aufgefädelt: Herz aus Stein, Kugel aus Stein, Medaille mit Marienbild

Wien, Niederösterreichisches Landesmuseum, Inv.-Nr. II 1152 E. T.

3.16 **Gebäramulett**

3 halbkugelige Steine in einer Metallfassung, 1 Pinsel in Metallfassung und noch ein dritter unvollständiger Anhänger sind auf einer Schnur gefädelt

Wien, Niederösterreichisches Landesmuseum, Inv.-Nr. II 6171 E. T.

3.17 **Paonia „Zahnbeten“**

(Mittel für Kinder, daß sie leichter zahnen)
Aus einer Apotheke in Drosendorf

Apothekerfläschchen mit einigen Samenkörnern, welche in ungerader Zahl an eine Schnur gefaßt und den Kindern um den Hals gehängt wurden, damit sie leichter zahnen.

Wien, Niederösterreichisches Landesmuseum, Inv.-Nr. II 116 E. T.

3.18 **Pimpernuss „Rodelstrauch"**

(Mittel für Kinder, daß sie leichter zahnen)
Drosendorf, aus dem Jahre 1885

*9 Körner werden an einer roten Schnur einem neugeborenem Kind um den Hals gehängt und alle 9 Monate um 1 Korn vermindert, erleichtert das Zahnen.*

Wien, Niederösterreichisches Landesmuseum, Inv.-Nr. II 114 E. T.

3.19 **Zahnamulett** (mit alter Beschriftung)

*Schnur mit Perlen, die aus dem Kiefer eines gewissen Fisches gedrechselt sind. Wird den Kindern, behufs leichten Zahnens um den Hals gehängt. (Aus d. 1870er Jahr)*

Wien, Niederösterreichisches Landesmuseum, Inv.-Nr. II 506 E. T.

3.20 **Amulett „Hl. Familie"**

Bild der Hl. Familie in Form eines Kreuzes, Druck auf Karton (wurde bei Krankheit an einer Schnur um den Hals getragen)

Wien, Niederösterreichisches Landesmuseum, Inv.-Nr. II 447 E. T.

3.21 **Votivbild**

1853
H. = 30 cm, B. = 21 cm

Vor der im Gebet versammelten Familie, ein Ehepaar mit fünf Kindern, liegen zwei verstorbene Kleinkinder auf einem Polster.

St. Martin bei Lofer, Maria Kirchental E. V.

3.22 **Votivbild**

1868
H. = 33 cm, B. = 27 cm

Das Bild wurde von einem Ehepaar für ihr verstorbenes Kleinkind gestiftet. Das Ehepaar ist mit seinen drei Kindern im Gebet dargestellt.

St. Martin bei Lofer, Maria Kirchental E. V.

Kat.-Nr. 3.23

3.23 **Votivbild** Abb.

1871
H. = 45 cm, B. = 38 cm

Eine Familie mit fünf Töchtern und drei Söhnen betet für drei verstorbene Kleinstkinder, die im Vordergrund als Wickelkinder auf Pölster liegend dargestellt sind. Im Hintergrund ist ein bäuerliches Anwesen mit landwirtschaftlichen Geräten, Rindern und Pferden dargestellt.

St. Martin bei Lofer, Maria Kirchental E. V.

3.24 **Der Hochzeitbitter,** Niederösterreich

Alois Greil; um 1885
Feder; H. = 19 cm, B. = 12 cm

Die österreichisch-ungarische Monarchie in Wort und Bild, Bd. Niederösterreich, Wien 1888, S. 225

Wien, Österreichische Nationalbibliothek, Porträtsammlung, Inv.-Nr. Pk 1131/903 R. S.

3.25 **Hochzeitsmahl mit Brautauffordern,** Niederösterreich

Alois Greil; um 1885
Feder; H. = 21 cm, B. = 29 cm

Die österreichisch-ungarische Monarchie in Wort und Bild, Bd. Niederösterreich, Wien 1888, S. 233

Die Braut mußte auf den Tisch steigen und mitten zwischen Schüsseln, Teller, Flaschen und Trinkgläser hindurch auf den Brautführer zugehen, ohne irgendetwas umzustoßen. War die Braut nicht Jungfrau, so ging sie längs der Bank von ihrem Platze.

Wien, Österreichische Nationalbibliothek, Porträtsammlung, Inv.-Nr. Pk 1131/902 R. S.

3.26 **Bäuerliches Hochzeitsmahl,** Salzburg

Karl Mayr-Graetz; um 1885
Feder (Tusche); H. = 17,5 cm, B. = 26 cm

Die österreichisch-ungarische Monarchie in Wort und Bild, Bd. Oberösterreich und Salzburg, Wien 1889, S. 437

Das Heiratsalter in Salzburg war hoch. Obwohl die Anforderungen bezüglich des geschlechtlichen Umgangs nicht die strengsten waren, durfte keine nicht jungfräuliche Braut es wagen, den Brautkranz auf dem Haupte zu tragen, sondern mußte sich mit dem Hute begnügen (Braut vorne im Zentrum).

Wien, Österreichische Nationalbibliothek, Porträtsammlung, Inv.-Nr. Pk 1131/1419 R. S.

3.27 **Der Taufgang,** Niederösterreich

Alois Greil; um 1885
Feder; H. = 15 cm, B. = 19 cm

Die österreichisch-ungarische Monarchie in Wort und Bild, Bd. Niederösterreich, Wien 1888, S. 221

Wien, Österreichische Nationalbibliothek, Porträtsammlung, Inv.-Nr. Pk 1131/900 R. S.

3.28 **Brautübergabe,** Schlesien

Josef Kinzel; 1893
Ölskizze; H. = 26 cm, B. = 37 cm

Wien, Österreichische Nationalbibliothek, Porträtsammlung, Inv.-Nr. Pk 1131/1143 R. S.

3.29 **Egerländer Bauernhochzeit,** Böhmen

Rudolf v. Ottenfeld; um 1890
Deckfarben in Grau und Schwarz mit Weißhöhungen; H. = 28 cm, B. = 37 cm

Die österreichisch-ungarische Monarchie in Wort und Bild, Bd. Böhmen, 1. Abt. Wien 1894, S. 547

Wien, Österreichische Nationalbibliothek, Porträtsammlung, Inv.-Nr. Pk 1131/1527 R. S.

3.30 **Kammerwagen der Braut mit der Aussteuer,** Böhmen

Friedrich Wahle; um 1890
Deckfarben in Öl und Grau, Braun, Schwarz und Weiß; H. = 35 cm, B. = 46 cm

Die österreichisch-ungarische Monarchie in Wort und Bild, Bd. Böhmen, 1. Abt. Wien 1894, S. 590

Etwa drei Wochen nach der Hochzeit erfolgte die Übersiedlung der Braut. Die Möbel und die Habe der Braut, ganz oben das Brautbett, wurden in feierlichem Zuge überführt.

Wien, Österreichische Nationalbibliothek, Porträtsammlung, Inv.-Nr. Pk 1131/2535 R. S.

3.31 **Lachitzen auf dem Taufgang**

Josef Kinzel; 1893
Öl in Grau, Schwarz und Weiß; H. = 34 cm, B. = 25 cm

Die österreichisch-ungarische Monarchie in Wort und Bild, Bd. Mähren und Schlesien, Wien 1897, S. 593

Wien, Österreichische Nationalbibliothek, Porträtsammlung, Inv.-Nr. Pk 1131/1137 R. S.

3.32 **Serbische Hochzeit**

Antal Szirmai; um 1890
Tusche und Deckfarben auf Papier; H. = 31,7 cm, B. = 25 cm

Die österreichisch-ungarische Monarchie in Wort und Bild, Bd. VII, Ungarn II, Budapest 1891, S. 635

Budapest, Magyar Nemzeti Múzeum, Historische Bildergalerie, Inv.-Nr. T 8289 G. R.

3.33 **Empfang des Bräutigams im Hof der Braut,** Bukowina

Julius Zuber; um 1890
Ölskizze; H. = 29 cm, B. = 45 cm

Die österreichisch-ungarische Monarchie in Wort und Bild, Bd. Bukowina, Wien 1899, S. 209
Nach der Trauung kommt der Bräutigam zu Pferd zum Hof der Braut, wird von der Hausmutter mit einem Krug Wasser und einem Kolatschen willkommen geheißen. Das Gefolge des Bräutigams erhascht den Kolatschen, steckt ihn auf einen Stock, der Bräutigam reitet dreimal durch.

Wien, Österreichische Nationalbibliothek, Porträtsammlung, Inv.-Nr. Pk 1131/2544 R. S.

3.34 **Anerkennung der Vaterschaft,** Bukowina

Eugen Maximowicz; 1894
Feder, grau laviert; H. = 25,5 cm, B. = 39,5 cm

Die österreichisch-ungarische Monarchie in Wort und Bild, Bd. Bukowina, Wien 1899, S. 205

Wien, Österreichische Nationalbibliothek, Porträtsammlung, Inv.-Nr. Pk 1131/1404 R. S.

3.35 **Besuch bei einer mohammedanischen Wöchnerin,** Bosnien

Ivana Kobilca; um 1895
Deckfarben in Grau, Braun, Schwarz und Weiß; H. = 35 cm, B. = 51 cm

Die österreichisch-ungarische Monarchie in Wort und Bild, Bd. Bosnien-Hercegovina, Wien 1901, S. 337

Wien, Österreichische Nationalbibliothek, Porträtsammlung, Inv.-Nr. Pk 1131/2526 R. S.

3.36 **Jüdische Trauung in Galizien** Abb.

Moritz Coschell; um 1890
Ölskizze; H. = 18 cm, B. = 27 cm

Die österreichisch-ungarische Monarchie in Wort und Bild, Bd. Galizien, Wien 1898, S. 481

1880 hatten die Juden in Galizien einen Bevölkerungsanteil von 11,5%, in ganz Cisleithanien 4,5%, in Transleithanien etwa 4,1%. Die jüdische Trauung wurde in der Regel vor der Tür der Synagoge unter freiem Himmel abgehalten. Der Bräutigam, in einem weißleinenen Kittel, erhält vom Trauenden einen goldenen Reifen. Die Neu-

Kat.-Nr. 3.36

vermählten verbleiben zuerst mehrere Jahre im Hause der Eltern der Braut oder des Bräutigams, bis ein eigener Hausstand begründet wird (niedriges Heiratsalter).

Lit.: *Bihl, Wolfdieter,* Die Juden, in: Die Völker des Reiches. Die Habsburgermonarchie 1848–1918, Bd. 3, Wien 1980, S. 880ff.

Wien, Österreichische Nationalbibliothek, Porträtsammlung, Inv.-Nr. Pk 1131/2451 R. S.

3.37 **Der Tod nach Klassen** Abb. S. 128

Concordia. Erste k. k. auschl. priv. und landesbefugte Metallsärgefabrik, Zeremoniell für Leichenaufbahrungen und Leichenbestattungen, spätes 19. Jahrhundert

1870 begründete der Metallsärgefabrikant Alexander Matthias Beschorner das Leichenbestattungsunternehmen „Concordia". Aufbahrung wie auch Leichenzug konnten nach sieben Klassen von der „Pracht-Klasse" über die „Super-I-Classe" bis zur VI. Classe erfolgen. Die Art des Fahrzeuges, die Anzahl der Pferde, der livrierten Begleiter, Kerzen etc. richtete sich nach dem für die einzelnen Klassen festgelegten Zeremoniell. Bei der „Pracht-Classe" war vorgesehen: ein Herold zu Pferd, zwei Reiter mit Laternen, eine Musikkapelle, der Prachtleichenwagen bespannt mit acht Rappen in Prachtgeschirren, acht in spanische Tracht gekleidete Stallmeister, acht Sargträger, 20 Fackelträger und 12 Wappenträger.

Lit.: Zur Geschichte des Bestattungswesens in Wien. 75 Jahre Städtische Bestattung, Wien 1982.

Wien, Österreichisches Bestattungsmuseum R. S.

3.38 **Bestattungskosten um 1880 in Wien**

Rechnungen (Adalbert Handlos, 1879, Johanna Tschury, 1879)

Wien, Österreichisches Bestattungsmuseum R. S.

3.39 **Diverse Partezettel**

(Barbara Stierböck, † 1845, 16 Jahre, Eduard Julius Zellner, † 1848, 9 Jahre, Ferdinand Zeipelt, † 1849, 15 Jahre, Anna Nitsche, † 1859, Kind, Aloisia Schuch, † 1859, 24 Jahre, Josef Hofegger, † 1859, 33 Jahre, Oskar v. Becsky, † 1883, Kind)

Lit.: Zur Geschichte des Bestattungswesens in Wien. 75 Jahre Städtische Bestattung, Wien 1982.

Wien, Österreichisches Bestattungsmuseum R. S.

3.40 **Das Urlaubnehmen des Toten,** Niederösterreich

Alois Greil; um 1885
Feder; H. = 20 cm, B. = 29 cm

Die österreichisch-ungarische Monarchie in Wort und Bild, Bd. Niederösterreich, Wien 1888, S. 239

Wien, Österreichische Nationalbibliothek, Porträtsammlung, Inv.-Nr. Pk 1131/905 R. S.

3.41 **Leichenzug durch Tiroler Ortschaft**

Alois Gabl; um 1890
Feder (Tusche); H. = 18 cm, B. = 12 cm

Wien, Österreichische Nationalbibliothek, Porträtsammlung, Inv.-Nr. Pk 1131/875 R. S.

3.42 **Leichenbegängnis mit Klageweibern in Dalmatien**

Franz Schlegel; 1891
Tusche mit Weißhöhungen; H. = 15,5 cm, B. = 23 cm

Die österreichisch-ungarische Monarchie in Wort und Bild, Bd. Dalmatien, Wien 1892, S. 171

Der Verstorbene wurde von den Verwandten, Freunden und den gedungenen Klageweibern zum Grab begleitet.

Wien, Österreichische Nationalbibliothek, Porträtsammlung, Inv.-Nr. Pk 1131/1800 R. S.

3.43 **Beweinen des Toten beim Heraustragen aus dem Sterbehaus,** Bukowina

Julius Zuber; um 1890
Ölskizze, H. = 29 cm, B. = 45 cm

Die österreichisch-ungarische Monarchie in Wort und Bild, Bd. Bukowina, Wien 1899, S. 213

Klagelieder *(bocituri)* und die Klagen der Frauen, Mütter und Töchter beim Hinaustragen des Toten aus dem Haus *(bocirea)* bei den Rumänen der Bukowina.

Wien, Österreichische Nationalbibliothek, Porträtsammlung, Inv.-Nr. Pk 1131/2546 R. S.

3.44 **Jüdisches Leichenbegängnis,** Galizien

Moritz Coschell; um 1890
Öl in Grau, Schwarz und Weiß; H. = 36,5 cm, B. = 27 cm

Die österreichisch-ungarische Monarchie in Wort und Bild, Bd. Galizien, Wien 1898, S. 485

Wien, Österreichische Nationalbibliothek, Porträtsammlung, Inv.-Nr. Pk 1131/2450 R. S.

Lit.: Länder und Menschen vor der Jahrhundertwende, Ausstellungskatalog, Wien 1969.

Wien, Österreichische Nationalbibliothek, Porträtsammlung, Inv.-Nr. Pk 1131/31 R. S.

3.45 **Mohammedanisches Leichenbegängnis in einer bosnischen Stadt** Abb.

Zygmunt (Sigismund) Ajdukiewicz; um 1890
Pinsel in Grau und Schwarz mit Weißhöhungen; H. = 23 cm, B. = 28 cm

Die österreichisch-ungarische Monarchie in Wort und Bild, Bd. Bosnien und Hercegowina, Wien, 1901, S. 367

Am Leichenbegängnis nahmen nur Männer teil. Männer wurden nur im Leichengewande, Frauen in einem einfachen Sarg bestattet.

3.46 **Totengebet eines Mohammedaners**

Ewald Arndt-Čeplin; um 1890
Öl in Grau, Schwarz, Gelb und Weiß; H. = 33 cm, B. = 44 cm

Die österreichisch-ungarische Monarchie in Wort und Bild, Bd. Bosnien und Hercegowina, Wien 1901, S. 369

Lit.: Länder und Menschen vor der Jahrhundertwende, Ausstellungskatalog, Wien 1969.

Wien, Österreichische Nationalbibliothek, Porträtsammlung, Inv.-Nr. Pk 1131/67 R. S.

Kat.-Nr. 3.45

# 4. LANDWIRTSCHAFT

## 4.1 Grundentlastung und Agrargesetzgebung 1848–1884

### 4.1.1 Die Bauernabgeordneten im Wiener Reichstag

Graphik, Entwurf: G. Asmera, Ausführung: I. Grillmayer

Die Graphik zeigt die Verteilung der Bauernabgeordneten im konstituierenden österreichischen Reichstag im Sommer 1848. Rund ein Viertel der Abgeordneten waren Bauern. Die Sitzordnung war von der erst im Entstehen begriffenen Parteiengliederung unbeeinflußt. Die 92 Bauern bildeten auch keine geschlossene „Bauernpartei". Stärker geschlossen saßen die Niederösterreicher (auf der Linken) und die galizischen Bauern. Die Art ihres Auftretens bildete häufig einen Gegenstand herben Spottes. Eine dermaßen breite bäuerliche Vertretung wie 1848 hatte erst wieder das Parlament von 1907, das nach dem allgemeinen Männerwahlrecht gewählt wurde.

Lit.: *Asmera, G.*, Der konstituierende Reichstag 1848 und seine politischen Gruppierungen, Wien 1983. – *Rosdolsky, R.*, Die Bauernabgeordneten im konstituierenden österreichischen Reichstag 1848–1849, Wien 1976, S. 113 – Katalog Hans Kudlich und die Bauernbefreiung in Niederösterreich, Wien 1983.

G. A.

### 4.1.2 Antrag Kudlich vom 24. Juli 1848

Papier, handbeschrieben, von Hans Kudlich eigenhändig, am 24. 7. 1848 abgefaßt
H. = 35,5 cm, B. = 21,7 cm

Um den Reichstag nach seiner Konstituierung möglichst schnell mit dem für die großen bäuerlichen Bevölkerungsmassen drängendsten Problem zu befassen, stellte der jüngste Abgeordnete, Hans Kudlich (1823–1917) den Antrag: . . . *die hohe Reichsversammlung möge beschließen: Von nun an ist das Unterthänigkeitsverhältnis sammt allen daraus entsprungenen Rechten und Pflichten aufgehoben; vorbehaltlich der Bestimmungen, ob und wie eine Entschädigung zu leisten sei.* Der Antrag bildete die Grundlage der überwiegend im August 1848 geführten Reichstagsdebatte, die schließlich zur Beendigung der feudalen Verhältnisse in Österreichs Landwirtschaft führte. Freilich sahen die tatsächlich verabschiedeten Gesetzesbestimmungen ganz anders aus als Kudlichs Antrag, sodaß man Kudlich nur schwer taxfrei zum „Bauernbefreier" erklären kann. Sein Verdienst bleibt freilich, daß er die Debatte ins Rollen brachte und auch wesentlich mitbestimmte.

Lit.: Katalog Hans Kudlich und die Bauernbefreiung in Niederösterreich, Wien 1983, S. 166.

Wien, Haus-, Hof- und Staatsarchiv, Österr. Reichstag 1848, Fasz. 111, fol. 340 E. B.

### 4.1.3 Antrag Kudlich mit handschriftl. Ergänzungen des Abg. Wiser

Papier, handbeschrieben, Abg. Wiser 1848
H. = 38 cm, B. = 23 cm

Wiser stimmte Kudlich teilweise zu, zum Teil meldete er Bedenken an. Unter anderem lenkte er sein Augenmerk darauf, daß auch Gemeinden Nutznießer feudaler Verpflichtungen waren, deren Wegfall für jene Gemeinden Probleme bringen konnte. Wisers Rede steht hier als Einzelbeispiel für die große Zahl von Wortmeldungen zum Problemkreis „Grundentlastung", welche auf die ungeheure Vielfalt und Unterschiedlichkeit der bäuerlichen Situationen aufmerksam machten.

Lit.: Katalog Hans Kudlich und die Bauernbefreiung in Niederösterreich, Wien 1983, S. 116.

Linz, Oberösterreichisches Landesarchiv – Musealarchiv, Schb. 230, Nachlaß Wiser, Schb. 5
E. B.

### 4.1.4 Abstimmungsfragen zum Antrag Kudlich

Papier, handbeschrieben, Protokollführung des Konst. Reichstages von 1848
H. = 35,5 cm, B. = 22 cm

Es gab 55 anerkannte Zusatzanträge zum am 8. August neuerlich (verbessert) eingebrachten Antrag Kudlichs. Es ist erstaunlich, daß eine gesetzgebende Versammlung, gebildet aus lauter parlamentarischen Neulingen, ohne jede Unterstützung durch den bürokratischen Apparat der Regierung, die schwierige und komplizierte Frage in einer letztlich doch so befriedigenden Weise löste, daß die Grundentlastung nach dem hier beschlossenen Muster durchgeführt werden konnte. Die Annahme des Lasser'schen Antrages (und die knappe Ablehnung des letzten Kudlich-Antrages) bedeutete in erster Linie, daß die Bauern Entschädigungen an die Grundherren zahlen mußten.

Lit.: Katalog Hans Kudlich und die Bauernbefreiung in Niederösterreich, Wien 1983, S. 117. – *Kudlich, Hans,* Rückblicke und Erinnerungen, Wien–Pest–Leipzig 1873.

Wien, Haus-, Hof- und Staatsarchiv, Österr. Reichstag, Fasz. 111, fol. 457 E. B.

**4.1.5 Gesetz vom 7. September 1848, betreffend die Aufhebung der Untertänigkeit**

Wien, 7. September 1848
Druck auf Papier; H. = 43 cm, B. = 30 cm

Mit diesem kaiserlichen Gesetz wurde der Reichstagsbeschluß von der trotz der Revolution höchsten Gewalt im Staate aufgenommen und voll mitgetragen. Daran war auch nach der Niederschlagung der Revolution nicht mehr zu rütteln. – Das Patent besiegelt das Ende des Feudalismus mit den Worten: . . . *Die Unterthänigkeit und das schutzobrigkeitliche Verhältnis ist sammt allen diese Verhältnisse normirenden Gesetzen aufgehoben. Grund und Boden ist zu entlasten; alle Unterschiede zwischen Dominical- und Rustical-Gründen werden aufgehoben . . .*

Lit.: Die Grundentlastung in Österreich, Wien 1857.

Wien, Niederösterreichisches Landesarchiv E. B.

**4.1.6 Durchführung der Grundentlastung**

Graphik, Entwurf: H. Feigl, Ausführung: I. Grillmayer (1983)

Organisatorisch wurde die Grundentlastung von besonderen Kommissionen durchgeführt (s. Kat.-Nr. 4.1.8). Die Grundentlastung bedeutete vor allem auch, daß nun die Herrschaften obrigkeitliche und gerichtliche Kompetenzen verloren, die teils an die neuen Gemeinden, teils an die neuen Bezirksgerichte und Bezirksverwaltungsbehörden übergingen.

Lit.: *Feigl, H.,* Die Grundentlastung in den Ländern der Monarchia Austriaca, in: Katalog Hans Kudlich und die Bauernbefreiung in Niederösterreich, Wien 1983, S. 77ff.

E. B. (nach H. Feigl)

**4.1.7 Patent vom 4. März 1849 über die Grundentlastung**

Olmütz, 4. März 1849
Papier; H. = 43,6 cm, B. = 27,6 cm

Nach der Niederschlagung der Revolution in Wien Ende Oktober 1848 verlor der Reichstag, der im Spätherbst 1848 wieder in Kremsier/Kroměřiče in Mähren zusammentrat, rasch an Macht. Anfang März löste Schwarzenberg den Reichstag auf. Doch hatte die Regierung schon vorher beschlossen, zur Vermeidung von Unruhen eine Reihe von Gesetzen zu erlassen, die den Österreichern zeigen sollten, daß man keineswegs zum Feudalismus zurückkehren wollte und die besonders zur Beruhigung der Bauern gedacht waren. Zugleich mit der Reichstagsauflösung sollte eine Verfassung, das Grundentlastungsgesetz, das Gemeindegesetz und ein Jagdgesetz erlassen werden. Das hier vorliegende Patent führt im wesentlichen das Gesetz vom 7. 9. 1848 (und damit den Reichstagsbeschluß vom 31. 8. 1848) durch, weicht aber in einigen Punkten davon ab, vor allem durch die Ausscheidung der Servitutenregulierung aus der Ablösungsregelung.

Lit.: Die Grundentlastung in Österreich, Wien 1857.

Wien, Niederösterreichisches Landesarchiv E. B.

**4.1.8 Protokoll der konstituierenden ersten Sitzung der Grundentlastungs-Landeskommission**

Wien; 15. April 1850
Papier; H. = 35 cm, B. = 22 cm

Zur praktischen Durchführung der Grundentlastung nach dem Gesetz vom 4. März 1849 wurden Grundentlastungs-Landeskommissionen gebildet, welche die Forderungen der Berechtigten (also der ehemaligen Grundherren) aufzunehmen hatten. Auf unterer Ebene wurden entsprechende Bezirks-Kommissionen eingerichtet. Nach Einspruchsmöglichkeiten der Verpflichteten (also der Bauern) ergingen an beide Seiten Bescheide, mit denen die Berechtigung des Entschädigungsbezuges (für den ehem. Grundherren) bzw. die Zahlungsverpflichtung für jeden einzelnen Bauern festgehalten wurden. – Die außerordentlich rasche Tätigkeit der Kommissionen ist zu bewundern; die Nö. Grundentlastungs-Landeskommission konnte mit 30. Juli 1854 ihre Tätigkeit für beendet erklären.

Lit.: *Feigl, H.,* wie oben (Kat.-Nr. 4.1.6). – Die Grundentlastung in Oberösterreich, Wien 1857.

Wien, Niederösterreichisches Landesarchiv E. B.

**4.1.9 Hauptausweis über die Urbarial- und Zehentrechte in Weikendorf**

Papier; H. = 48,5 cm, B. = 30 cm

Eine der bedeutendsten Grundherrschaften des Stiftes Melk war Weikendorf/NÖ. Pfarre und Herrschaft waren bereits um 1100 an Melk gediehen. Der vorliegende Hauptausweis war die Grundlage für den Bezug der Entschädigungs- bzw. Ablösezahlungen, die das Stift im Zuge der Grundentlastung beanspruchen konnte. Das Ende der Untertänigkeit und der Zehentpflicht bedeutete in der Organisation der grundherrlichen Wirtschaft eine wesentliche Umstellung. Soweit kein Eigenbetrieb vorhanden war, wurden viele Baulichkeiten (Amtshäuser, Zehenthöfe, Keller für den Weinzehent) überflüssig und daher ziemlich rasch auch abgestoßen.

Lit.: *Kowarik, P. W.*, Die Grundablöse 1848 am Beispiel des Stiftes Melk, in: Stift Melk, Geschichte und Gegenwart 2 (1981) S. 126ff.

Stift Melk, Archiv P. W. K./E. B.

**4.1.10 Die Grundentlastung in finanzieller Hinsicht**

Graphik: Material nach: Die Grundentlastung in Österreich. Wien 1857. Ausführung: I. Grillmayer

Die Grundentlastung bedeutete für den Großgrundbesitz einen großen Kapitalstoß. Fast 290 Millionen Gulden mußten aufgebracht werden, davon fielen ca. 226 Millionen an (meist aristokratische) Besitzer von Gütern oder ehemaligen Herrschaften, etwas über 50 Millionen an Kirchen, Schulen oder andere Einrichtungen, etwas mehr als 8 Millionen an (oft bürgerliche) Einzelberechtigte. Wie kamen diese Summen zustande? Zunächst wurden die Natural- und Geldleistungen ermittelt, sodann die Naturalleistungen (Handrobot, Zugrobot von Pferden oder Ochsen, Naturalzehent von diversen Getreidesorten, schließlich Naturalabgaben aus anderen Titeln) nach einem bestimmten Preis bewertet und mit den Geldleistungen zusammengelegt. Die so erzielte jährliche Rente wurde mit dem Faktor 20 kapitalisiert – das ergab das Ablösungs- bzw. Entschädigungskapital. Das Ablösungskapital mußte von den Bauern komplett getragen werden (ca. 39 Millionen fl.) Die Entschädigung für ehemalige Laudemialgebühren (Besitzveränderungsgebühren) übernahm hingegen komplett der Staat (29 Millionen). Der Rest galt als „billige Entschädigung" – dabei wurde von der Gesamtschuld ein Drittel gestrichen, ein Drittel hatte das Land, ein Drittel der Bauer zu zahlen. Insgesamt schuldeten danach die Bauern den ehem. Grundherren ca. 127 Mio. fl., die Länder 144 Mio. fl. Die Tilgung dauerte fast bis zur Jahrhundertwende. Am schnellsten hatten die Bauern gezahlt: Schon bis Oktober 1856 hatten in Oberösterreich die Bauern 83% ihrer Schuld bezahlt, das Land noch gar nichts, der Staat fast nichts.

Lit.: Die Grundentlastung in Österreich, Wien 1857.

E. B.

**4.1.11 Grundentlastungsobligationen**

Papier, bedruckt; H. = 35 cm, B. = 46,5 cm

Die Bezugsberechtigten (also die ehemaligen Grundherren) erhielten die ihnen zustehenden Entschädigungssummen nicht von den Zahlungsverpflichteten direkt. Vielmehr flossen diese Gelder in einen besonderen Fonds, den Grundentlastungsfonds, der seinerseits dafür Schuldverschreibungen, Obligationen ausgab, die fest mit 5% verzinslich waren. Diese Obligationen wurden in bestimmten Abständen nach einem festen Plan ausgelost und dann durch Auszahlung liquidiert. Die Obligationen wurden ferner an der Börse gehandelt, sodaß dringender Bargeldbedarf eines Berechtigten auch auf diesem Wege gedeckt werden konnte. Nach 40 Jahren sollten alle Obligationen verlost sein. Freilich verteuerte und verzögerte sich die Abwicklung, u. a. weil der Staat für Galizien mit seinen besonders armen Bauern die gesamte Grundentlastungsschuld übernahm.

Lit.: *Mündl, N.*, Die österr. Grundentlastungsschuld, Wien 1865.

Wien, Kunsthistorisches Museum, Münzkabinett
E. B.

**4.1.12 Gesetze, welche die Land- und Forstwirtschaft betreffen 1849–1885**

Graphik, Entwurf: E. B., Ausführung: I. Grillmayer

Die Liste der die Land- und Forstwirtschaft betreffenden Gesetze mutet angesichts der heute üblichen Gesetzesflut relativ kurz an. Die wichtigsten Gesetze dienten der Fortsetzung der Entfeudalisierung und Mobilisierung der Landwirtschaft (die Servitutenregulierung sowie die Gesetze über die Freiteilbarkeit und über das Ende der Wuchergesetzgebung). Fördernde Maßnahmen werden nur zögernd ergriffen. Erst gegen Ende der in dieser Ausstellung gezeigten Periode kommt es zu Ansätzen einer gezielten Förderung wenigstens der Flurbereinigung. Nicht übersehen darf man daneben, daß die liberale Ära mit dem Gesetz über die Erwerbs- und Wirtschaftsgenossenschaften von 1873 die wichtigste rechtliche Grundlage für den nach 1900 einsetzenden raschen Aufschwung des Genossenschaftswesens legte.

Lit.: *Schiff, W.*, Österreichs Agrarpolitik seit der Grundentlastung, 2 Bde., Wien 1898. – *Dinklage, K.*, Die landwirtschaftliche Entwicklung, in: *Wandruszka, A.; Urbanitsch, P.* (Hg.), Die Habsburgermonarchie 1848–1918. Bd. 1, Wien 1973, 403 ff.

E. B.

### 4.1.13 Der „österreichische Weg"

Graphik, Entwurf: E. B., Ausführung: I. Grillmayer

Mit dieser Graphik soll der österreichische Weg in der Auflösung der feudalen Verhältnisse im internationalen Vergleich dargestellt werden. Idealtypisch unterscheidet man meist den „englischen", „preußischen" und „russischen" Weg. In England löste man das Problem, indem sich die Grundherren das Bauernland langsam aneigneten (ein jahrhundertealter Prozeß) und zuletzt durch Pächter bewirtschaften ließen. In Preußen wurde der Bauer zwar frei, mußte aber seine Freiheit mit einem Teil des Bodens bezahlen. Daneben wurde die politische Macht der Grundbesitzer durch gewisse Institutionen (Landratsamt) gestärkt. In Rußland ging man nicht nur sehr spät an die Lösung der Bauernfrage, sondern betrieb sie in einer Weise, die zur Verelendung weiter kleinbäuerlicher Kreise beitrug und zuletzt eine der Ursachen für die Revolutionen von 1905 und 1917 wurde. – Der „österreichische Weg" ähnelt dem preußischen, insoferne sowohl Adel wie Bauern nach 1848 fortbestanden – mit zwei wichtigen Unterschieden: Der österreichische Bauer bezahlte für seine Freiheit nur mit Geld, nicht mit Boden (also nicht mit Verringerung seiner Produktionsbasis); und (zweitens) verringerte sich die politische Macht der Aristokratie viel stärker als in Preußen, weil der Bezirkshauptmann viel schwächer mit den Gutsbesitzern verbunden war als der Landrat. Der „österreichische Weg" war also offenbar behutsamer als vergleichbare Wege, verminderte aber auch den Druck auf die Bauern, in ihrer Wirtschaftsweise sich modernen, kommerziellen Formen zuzuwenden.

Lit.: *Moore, Barrington,* Soziale Ursprünge von Diktatur und Demokratie. Die Rolle der Bauern und Grundbesitzer bei der Entstehung der modernen Welt, Frankfurt/M. 1969.

E. B.

## 4.2 Agrarverwaltung und Interessensvertretung

### 4.2.1 Alfred Graf Potocki, 1. Ackerbauminister (1867–1870)

Photokopie

Alfred Graf Potocki (1822–1889) entstammte einer bekannten polnischen Adelsfamilie. Das Ministerium begann unter seiner Leitung zunächst mit dem administrativen Aufbau. 1870 zum Ministerpräsident bestellt, mußte Potocki 1871 zurücktreten, weil der Kaiser nun versuchte, mit Hilfe der föderalistisch-konservativen Kreise eine Lösung der böhmischen Frage zu finden. Später war Potocki kurze Zeit Leiter der autonomen Verwaltung seines Heimatlandes Galizien, von 1875 bis 1883 kaiserlicher Statthalter in ebendiesem Lande.

Lit.: 100 Jahre Landwirtschaftsministerium. Eine Festschrift, Wien 1967, S. 61 f.

E. B.

### 4.2.2 Fürst Johann II. von Liechtenstein (1840–1929)

Photographie

Neben zahlreichen anderen Mitgliedschaften und Ehrenstellungen bekleidete Fürst Johann II. u. a. die Position eines Protektors des landwirtschaftlichen Bezirksvereines Mistelbach in Niederösterreich. Mit der Einwilligung, solche Positionen zu bekleiden, erhöhte der Fürst das Prestige und damit auch die Bedeutung solcher Vereine, die sich um die Ausbreitung moderner Techniken, um den Ausbau des landwirtschaftlichen Schulwesens etc. höchst verdient gemacht haben. Gerade der erwähnte Verein gründete auch eine landwirtschaftliche Schule.

Lit.: *Lauche, Wilhelm,* Die Bedeutung des dahingeschiedenen Fürsten Johann II. von und zu Liechtenstein für die Kunst, die Wissenschaften, die Landwirtschaft und den Gartenbau, 1929.

Wien, Österreichische Nationalbibliothek, Bildarchiv E. B.

### 4.2.3 Tätigkeit des Ackerbauministeriums in den 1880er Jahren

Graphik, Entwurf: E. B., Ausführung: I. Grillmayer

Die Tätigkeit des Ackerbauministeriums umfaßt verschiedene Bereiche. Zum einen hatte es seit 1872 die Staats- und Fondsgüter sowie die staatlichen Bergwerke zu verwalten. Ferner war die agrarische Gesetzgebung vorzubereiten bzw. zu vollziehen. Das Ministerium war zudem Verteilungsstelle für die noch sehr geringen Subventionen (es gab noch keine Produktsubventionen, nur Beispielssubventionen). Darüber hinaus sollte es auch die agrarischen Interessen koordinieren und zu diesem Zweck „Agrartage" abhalten, zu denen die Vertreter vorab der verschiedenen Landwirtschaftsgesellschaften eingeladen wurden.

Lit.: 100 Jahre Landwirtschaftsministerium. Eine Festschrift, Wien 1967.

E. B.

### 4.2.4 Entwicklung des land- und forstwirtschaftlichen Vereinswesens

Graphik, Entwurf: E. B., Ausführung: I. Grillmayer

Im wesentlichen bildeten sich drei Typen von landwirtschaftlichen Vereinen aus:
1. Die meist landesweiten Landwirtschaftsgesellschaften, in der Regel auf vormärzliche (und vereinzelt auf maria-theresianische) Gründungen zurückgehend,
2. Bezirksvereine für Gerichts- oder politische Bezirke
3. Ortsvereine, häufig „Casinos" genannt.

Die Vereine waren die wichtigste Vermittlungsinstanz zwischen den Trägern des landwirtschaftlichen Fortschritts, also den Großgrundbesitzern, landwirtschaftlichen Gelehrten, praktisch und theoretisch hochgebildeten Gutsverwaltern und -pächtern und den in der Regel wenig fortschrittswilligen Bauern. Die Vereine gaben eine Vielzahl von Anregungen auf dem Wege von Ausstellungen (Maschinen-, Viehausstellungen), Vorträgen, Diskussionen, Publikationen.

Lit.: *Bruckmüller, Ernst,* Landwirtschaftliche Organisationen und gesellschaftliche Modernisierung, Salzburg 1977.

E. B.

### 4.2.5 Diplom der Landwirtschaftsgesellschaft in Österreich ob der Enns für Dr. Johannes Bleiweis

Linz; 1858
Papier; H. = 50 cm, B. = 65 cm

Die verschiedenen Landwirtschaftsgesellschaften standen untereinander in einem steten Austausch. Es war üblich, hervorragende Mitglieder einer Gesellschaft durch Ehrenmitgliedschaften bei anderen in besonderer Weise hervorzuheben. Dr. Bleiweis war lange Jahre hindurch (von 1842 bis zu seinem Tod im Jahre 1881) Sekretär der krainischen Landwirtschaftsgesellschaft. Für seine großen Verdienste, vor allem um die Bildung der bäuerlichen Bevölkerung, wurde er nicht nur in den Adelsstand erhoben (m. d. Prädikat R. v. Trsteniki), sondern erhielt von fast allen Landwirtschaftsgesellschaften der Monarchie die Ehrenmitgliedschaft zuerkannt.

Lit.: Gospodarska in družbena zgodovina Slovencev, Bd. 1: Zgodovina agrarnih panog. (= Wirtschafts- und Sozialgeschichte der Slowenen, Bd. 1: Geschichte der Agrarwirtschaft), Ljubljana 1970. 528.

Ljubljana, Zgodovinski arhiv, Bleiweis Karton 3

E. B. / P. U.

### 4.2.6 Diplom der k. k. Landwirtschafts-Gesellschaft in Wien aus Anlaß der „Land- und forstwirtschaftlichen Ausstellung" in Wien vom 14. Juni 1866"

Druck, Eduard Sieger, Wien; H. = 40 cm, B. = 61 cm

Anerkennung der Leistungen des Kremser Kaufmannes und Senferzeugers J. G. Hietzgern. In der Bordüre des Diploms Wiedergabe eines Dampfpfluges und einer maschinellen Egge.

Krems, Stadtarchiv

H. K.

### 4.2.7 Zusammensetzung der Wiener Landwirtschaftsgesellschaft 1857 – Führungsgruppen verschiedener Gesellschaften um 1860

Graphik, Entwurf: E. B., Ausführung: I. Grillmayer

Die Zusammensetzung der Wiener Landwirtschaftsgesellschaft 1857 zeigt gegenüber dem Vormärz eine Bedeutungszunahme der liberalen, „Besitz und Bildung" repräsentierenden Schichten gegenüber der feudalen Altaristokratie. Unternehmerische Gutsbesitzer, zuweilen gleichzeitig auch Fabrikanten (wie der Bierbrauer Dreher in Schwechat) bestimmten nun neben bürgerlichen Rentiers, Gelehrten, Pfarrern, Ärzten, Juristen usw. stärker das Bild. Bauern fehlen fast vollkommen. – Die Führungsschichten der Gesellschaften reflektieren teilweise dieses Vordringen neuer Gruppierungen, teilweise verbleiben die höchsten Positionen für Inhaber traditionellen sozialen Ansehens reserviert. Die Arbeit hatten aber Leute bürgerlichen Zuschnitts zu leisten. Nur in der Steiermark gelangten auch Bauern in Führungspositionen, wenigstens auf lokaler und regionaler Ebene.

Lit.: *Bruckmüller, Ernst,* Landwirtschaftliche Organisationen und gesellschaftliche Modernisierung, Salzburg 1977.

E. B.

### 4.2.8 Medaille der k. k. Landwirtschaftsgesellschaft in Kärnten

A. Scharf, 1881
Dm. = 56 mm

Av.: Unter einem Baum 3 Kärntner Landleute
Rv.: Doppeladler u. Schriftband

Die Landwirtschaftsgesellschaften verliehen schon seit dem Vormärz Medaillen für verdiente, langjährige Mitglieder, besonders aber als Preise für hochwertiges Vieh oder andere hochwertige Agrarprodukte, die auf Ausstellungen gezeigt wurden.

Lit.: *Dinklage, Karl,* Geschichte der Kärntner Landwirtschaft, Klagenfurt 1966

Wien, Kunsthistorisches Museum, Münzkabinett, Sammlung Wurzbach D 4621 E. B.

### 4.2.9 Frachtbriefformular

Ausschließlich Privilegierte Kaiser Ferdinands Nordbahn
Druck, mit handschriftlichen Eintragungen; H. = 31 cm, B. = 23 cm

Als Beispiel für das vielfältige Wirken der Niederösterreichischen Landwirtschaftsgesellschaft kann der gezeigte Frachtbrief gelten. Die Landwirtschaftsgesellschaft in Wien hatte in Holitsch (Mähren) 8700 Stück Maulbeerbaumsetzlinge bestellt, die mit der Kaiser Ferdinands Nordbahn nach Wien transportiert, und von dort dann an den Landwirtschaftsbezirksverein Bruck/Leitha, nach Brunn, Liechtenstein, Vösendorf, Gumpoldskirchen und zum Nachsetzen an die Liesinger Bahnstrecke verteilt wurden.

Lit.: *Dinklage, Karl,* Die landwirtschaftliche Entwicklung, in: *Wandruszka, A.; Urbanitsch, P.,* (Hg.), Die Habsburgermonarchie 1848–1918, Bd. 1, Wien 1973.

Wien, Österreichisches Staatsarchiv, Allgemeines Verwaltungsarchiv, k. k. Landwirtschaftsgesellschaft, Zl. 562/1858 M. G.

## 4.3 Landwirtschaftlich-technischer Fortschritt

### 4.3.1 Der erste Dampfpflug auf österreichischem Boden

Zeitungsausschnitt aus der „Allgemeinen Land- und Forstwirthschaftlichen Zeitung", Nov.–Dez. 1861

Die ersten Pflugproben mit einem Dampfpflug fanden in den ersten Novembertagen des Jahres 1861 auf den Dreher'schen Gründen in Schwechat statt, am 16. November wohnte auch Kaiser Franz Joseph im Beisein Drehers, der Spitzen der Landwirtschaftsgesellschaft, der Ministerien und der beiden Häuser des Reichsrates einer solchen Vorführung bei. – Selbstverständlich fand diese Art des Pflügens nur auf den weiten, arrondierten Feldern des Großgrundbesitzes Verbreitung.

Lit.: Geschichte der österreichischen Land- und Forstwirtschaft und ihrer Industrien Bd. III, Wien 1899, 35f.

E. B.

### 4.3.2 Hugo H. Hitschmann (1838–1904)

Photographie

Hugo Hitschmann war der wohl wichtigste landwirtschaftliche Publizist der zweiten Jahrhunderthälfte. Bis 1870 Redakteur der von der Wiener Landwirtschaftsgesellschaft herausgegebenen „Land- und forstwirtschaftlichen Zeitung" wurde er zu diesem Zeitpunkt auch deren Eigentümer. Er galt als hervorragender Landwirtschaftsfachmann, war auch bis zu seinem Tode im Zentralausschuß der Landwirtschaftsgesellschaft vertreten.

Lit.: *Häusler, Josef,* Die Entwicklung der österreichischen Land- und Forstwirtschaftsgesellschaft in Wien, Wien 1933.

Wien, Universität für Bodenkultur, Direktion, Photo-Archiv E. B.

4.3.3 **Adolf von Guttenberg (1839–1917)**

Photographie

Adolf von Guttenberg war einer der besten Fachleute der Monarchie auf dem Gebiet der Forstwissenschaft. Ursprünglich an der Forstakademie Mariabrunn tätig, wurde er nach Übersiedlung dieser Hochschule an die 1872 neugegründete Hochschule für Bodenkultur (1875) eines der angesehensten Mitglieder ihres Lehrkörpers. Er war zweimal Rektor der „Bodenkultur".

Lit.: 100 Jahre Hochschule für Bodenkultur. Wien 1972.

Wien, Universität für Bodenkultur, Direktion, Photo-Archiv E. B.

4.3.4 **Die Entwicklung des landwirtschaftlichen Schulwesens 1850–1885**

Graphik, Entwurf E. B., Ausführung: I. Grillmayer

Bis zum Ausgleich von 1867 war die Hochschule von Ungarisch-Altenburg (Moson-Magyarovar) das wichtigste Zentrum der Landwirtschaftswissenschaften in der Monarchie. Berühmte Lehrstätten befanden sich ferner in Keszthely und in Mariabrunn (Forstakademie seit 1813). Nach der Magyarisierung der Hochschule von Ungarisch-Altenburg ging man im Westteil der Monarchie daran, eine neue, eigene Hochschule einzurichten – so entstand 1872 die Hochschule für Bodenkultur, der 1875 die Forstakademie als forstlicher Zweig angegliedert wurde. Dem Ackerbauministerium unterstanden außerdem die Bergakademien von Leoben und Pribram. Das Schulsystem wurde durch landwirtschaftliche Mittelschulen (Klosterneuburg) und eine wachsende Zahl von kleineren Schulen, auch von Winter- und Fortbildungsschulen ergänzt. Die quantitative Zunahme erscheint beachtlich, allerdings konzentrierten sich die Schulen auf die agrarisch fortschrittlicheren Länder. Überwiegend dienten sie nicht der Bauernschaft, sondern der Heranbildung von Gutsbeamten und herrschaftlichen Förstern.

Lit.: Bericht des k. k. Ackerbauministeriums 1869–1874, Wien 1874.

E. B.

4.3.5 **Technischer Fortschritt in der Landwirtschaft – Ein Vergleich zwischen dem Gerätebestand der Bauern um St. Florian bei Linz/Oberösterreich und der Maschinenausrüstung von Großgrundbesitzen (Fürst Johann Adolf v. Schwarzenberg 1873)**

Graphik, Entwurf: R. S., Ausführung: I. Grillmayer

Die Ausrüstung der österreichischen Bauern mit Geräten und Maschinen war auch dort, wo, wie in der Gegend um St. Florian bei Linz, sehr reiche Bauern anzutreffen waren, eine sehr traditionelle: ausschließlich Handgeräte, Wagen und Schlitten, eine Windfege und natürlich eine große Mostpresse und dazugehöriges Obstwalzl. Wenn Bauern für Geräte investierten, so kauften sie sehr aufwendige und teure Maschinen und Geräte zur Mostbereitung. Eine Dreschmaschine wurde einigen fortschrittlichen Bauern der Florianer Gegend 1865 von der Oö. Landwirtschaftgesellschaft leihweise zur Verfügung gestellt.
Das Güterinventar des 24 850 Joch eigenbewirtschafteten Ackerboden und 9951 Joch Wiesen umfassenden Schwarzenbergischen Besitzes verzeichnete 1873 alle modernen Geräte, wie sie auf der Wiener Weltausstellung gerade zur Schau gestellt wurden: Lokomobile und Dampfmaschinen, Dreschmaschinen mit Putzwerken, Sämaschinen, Mähmaschinen, Heuwender und Pferderechen etc. und selbstverständlich Pflüge der modernsten Konstruktion. Eine Dampfpfluggarnitur besaß die Schwarzenbergische Verwaltung 1873 noch nicht. Interessierte Besucher der Weltausstellung 1873 konnten bei Exkursionen Dampfpflüge aber bereits auf dem Pachtgut Seelowitz des Julius Robert (Ehg. Albrecht'scher Besitz) in Mähren oder auf den Ehg. Albrecht'schen Gütern um Ungarisch-Altenburg selbst besichtigen.

Lit.: *Lorenz, Josef R.*, Statistik der Bodenproduktion von zwei Gebietsabschnitten Oberösterreichs (Umgebung von St. Florian und von Grünburg bei Steyr), Wien 1867. – Katalog der Collectiv-Ausstellung der Fürsten Johann Adolf und Adolf Josef zu Schwarzenberg, Wien 1873. – *Kraft, Guido*, Ein Großgrundbesitz der Gegenwart, Wien 1872. – Darstellung des Pachtgutes Seelowitz. Zur Erinnerung an den landwirtschaftlichen Ausflug von der Wiener Weltausstellung 1873, Brünn 1873. – Statistische Notizen über die erzherzogliche Herrschaft in Ungarisch-Altenburg, 1873. – *Hamm, Wilhelm*, Landwirtschaft in Bildern, Wien 1873.

R. S.

4.3.6 **Werbeplakat über lieferbare Geräte und Maschinen für die Landwirtschaft**

K. k. Patent-Maschinen-Fabrik Georg Hubazy, Wien; 1857

Druck, weißes Papier, H. = 60 cm, B. = 47 cm

Mit solchen Plakaten sollte nicht nur der technische Fortschritt auf dem Gebiete des Landmaschinenbaus gezeigt, sondern auch gleichzeitig der Kauf dieser arbeitssparenden Maschinen angeregt werden. Aufgrund der hohen Kosten waren derartige Anschaffungen jedoch nur für Großbetriebe interessant. Trotz der Überlegenheit war man bemüht, auch eine einheimische Produktion aufzubauen, die zuerst in Nachahmung bestehender Fabrikate bzw. Adaptierung auf die österreichischen Bedürfnisse bestand.

Lit.: *Rezek, Josef,* Die Entwicklung des landwirtschaftlichen Maschinenwesens, in: Geschichte der österr. Land- und Forstwirtschaft Bd. III, Wien 1899, 1ff.

Wien, Österreichisches Staatsarchiv, Allgemeines Verwaltungsarchiv, k. k. Landwirtschaftsgesellschaft, Zl. 2099J/1857 M. G.

### 4.3.7 Englische und amerikanische Landwirtschaftsmaschinen

Leo Wolf, Handel mit landwirtschaftlichen Maschinen
Druck, gelbes Papier; H. = 76 cm, B. = 55 cm

Das bei der Jubiläumsausstellung der k. k. Landwirtschaftsgesellschaft 1857 in Wien gezeigte Werbeplakat veranschaulicht den englischen und amerikanischen Standard landwirtschaftlicher Maschinen, der hinsichtlich der technischen Entwicklung viel weiter fortgeschritten war als der inländische.

Lit.: *Dinklage, Karl,* Die landwirtschaftliche Entwicklung, in: *Wandruszka, A.* und *Urbanitsch, P.* (Hg.), Die Habsburgermonarchie 1848–1918, Bd. 1, Wien 1973.

Wien, Österreichisches Staatsarchiv, Allgemeines Verwaltungsarchiv, k. k. Landwirtschaftsgesellschaft, Z. 2099J/1857 M. G.

### 4.3.8 Preisverzeichnis der Werkzeuge und Modelle

Ackergerätefabrik des k. württembergischen Land- und Forstwirtschaftlichen Instituts Hohenheim, Stuttgart 1854
Druck, 32 Seiten; H. = 27 cm, B. = 21 cm
Aufgeschlagen: S. 22 und 23

Katalog aller lieferbaren landwirtschaftlichen Werkzeuge und Maschinen der Firma Hohenheim. Einige ausgewählte Modelle wurden bei der anläßlich des 50jährigen Bestandes der k. k. Landwirtschaftsgesellschaft in Wien 1857 abgehaltenen Jubiläumsausstellung gezeigt. Die 1818 gegründete Hohenheimer Lehr- und Versuchsanstalt war besonders um die Einführung, Erprobung und Verbreitung besserer Ackerwerkzeuge bemüht. Der hervorragende Ruf der Anstalt lag in dem von ihr entwickelten „Hohenheimer Pflug", der durch seine technischen Verbesserungen schon nach kurzer Zeit weite Verbreitung gefunden hatte, begründet.

Lit.: *Klein, Ernst,* Die historischen Pflüge der Hohenheimer Sammlung landwirtschaftlicher Geräte und Maschinen, Stuttgart 1967.

Wien, Österreichisches Staatsarchiv, Allgemeines Verwaltungsarchiv, k. k. Landwirtschaftsgesellschaft, Zl. 767J/1857 M. G.

## 4.4 Bäuerliche Landwirtschaft

### 4.4.1 Modell eines Vierkanthofes aus dem oberösterreichischen Zentralraum (Neuhof des Stiftes Kremsmünster) Abb.

Holz, Modell im Maßstab 1 : 25; H. = 23 cm, B. = 72 cm, T. = 101 cm

Im Modell ist neben dem Vierkanter, aus Konglomerat erbaut, das Preßhaus, Holz-und Wagenhütten und das „Auszugshäusl" zu sehen.
Der Vierkanter ist die charakteristische Form des Bauernhofes, die sich als wohl stattlichste Hausform im Traun-Enns-Land entwickelt hat. Als Kerngebiet ist die Gegend um das Städtedreieck Linz-Wels-Steyr anzusehen. Hier dominieren eigentümlicher Weise zwei Klöster, St. Florian und Kremsmünster, deren Stiftsmeierhöfe nicht bloß die bäuerliche Bauform beeinflußt haben dürften. Wir finden den Vierkanter aber auch nördlich bis nach Freistadt, im Westen bis Vöcklabruck und im Osten bis über Amstetten hinaus. Das Gebäude vereint das Wohnhaus, die Stallungen und Schupfen, sowie die Scheune und Tenne in einem geschlossenen Geviert. Es sind Stein- und Ziegelbauten, roh oder verputzt, oder als Schichtmauerwerk aus Kalkstein- und Ziegellagen errichtet. Dazu kommen Nebengebäude wie Holz- oder Wagenhütten und ein eigenes Preßhaus für die Mostbereitung. Nicht selten steht auch noch ein „Häusl" als Auszugshaus oder für das Gesinde dabei.

Lit.: *Grüll, Georg,* Bauernhaus und Meierhof, Linz 1975. – *Holter, Kurt,* Bäuerliches Bauen rund um Wels,

Kat.-Nr. 4.4.1

Beiträge zur Landeskunde von Oberösterreich, I. Historische Reihe, Band 9, 1983, S. 30. – *Lipp, Franz, C.*, Volkskundliche Sammlungen, im Stiftsführer: 1200 Jahre Kremsmünster, S. 290. – *Pöttinger, P. Pius,* Die wirtschaftlichen Aufgaben und sozialen Leistungen des Stiftes Kremsmünster, Diss. 1966.

Stift Kremsmünster, Sternwarte J. K.

Kat.-Nr. 4.4.2

**4.4.2 Kippflug** Abb.

P. Gross, Hohenheim; Ende 19. Jahrhundert
Modell; Eisen; L. = 93 cm, B. = 26 cm, H. = 30 cm

Der Pflug besitzt zwei Pflugkörper mit je fünf Pflugscharen. Derartige Pflüge waren zur Verwendung mit Dampflokomobilen bestimmt und wurden von diesen über den Acker gezogen. Dabei arbeitete jeweils nur ein Pflugkörper, während der andere hochgehoben war.

Lit.: *Klein, E.*, Die historischen Pflüge der Hohenheimer Sammlung landwirtschaftlicher Geräte und Maschinen, Stuttgart 1967.

Wien, Technisches Museum, Inv.-Nr. 21.443
G. M.

**4.4.3 Dampfpflug im Arbeitseinsatz**

Druck von J. Löwy nach einem Gemälde von Robert Wellmann, Wien; Ende 19. Jahrhundert
Farblichtdruck auf Papier, gerahmt und unter Glas; H. = 57,5 cm, B. = 74 cm

Das Bild zeigt eine Dampfpfluggarnitur, die nach dem Fowlerschen Zweimaschinensystem in den

Adlersberger Weingärten in Budapest arbeitet. Dabei wird der Kippflug zwischen zwei auf festem Grund an gegenüberliegenden Feldrändern stehenden Dampflokomobilen mittels je einer Seilwinde über den Acker hin- und hergezogen.

Lit.: *Kuntz, A.*, Der Dampfpflug, Marburg 1979.

Wien, Technisches Museum, BPA 4835 G. M.

**4.4.4 Zugmayerscher Pflug**

Abbé Alois Harder, Wien; 1. Hälfte 19. Jahrhundert
Modell im Maßstab 1 : 5; Grindel und Sterzen Holz, Pflugkörper, Pflugschar, Sech und Streichblech Eisen; L. = 55,5 cm, B. = 10,5 cm, H. = 14,5 cm

Eine wesentliche Verbesserung des Pfluges, die im 18. Jahrhundert von England ihren Ausgang nahm, war der Ersatz des geraden hölzernen Streichbrettes durch ein gewundenes Streichblech aus Eisen, das harmonisch in die Pflugschar überging. Dadurch erreichte man ein besseres Wenden des Bodens sowie eine Verringerung der erforderlichen Zugkraft.
In Niederösterreich und den angrenzenden Ländern fand die von Severin Zugmayer, Fabriksinhaber zu Waldegg in Niederösterreich, entwickelte Form dieser Pflugkonstruktion, auf die ihm 1819 und 1827 ein Privilegium verliehen wurde, weiteste Verbreitung.

Wien, Technisches Museum, Inv.-Nr. 20.906
G. M.

**4.4.5 Gemeiner österreichischer Pflug**

Anton Burg, Wien; 1. Hälfte 19. Jahrhundert
Modell; Holz, Beschläge, Pflugschar und Sech Eisen; L. = 57 cm, B. = 22,5 cm, H. = 17,5 cm

Anton Burg (1767–1849) gründete 1798 in Wien die erste Fabrik zur Erzeugung landwirtschaftlicher Maschinen und Geräte in der Monarchie.
Anton Burg erzeugte in seiner Fabrik alle Arten von landwirtschaftlichen Maschinen und Geräten und baute nicht nur alle bewährten Geräte des Auslandes nach, sondern entwickelte auch selbst zahlreiche Verbesserungen und Erfindungen an landwirtschaftlichen Maschinen.

Wien, Technisches Museum, Inv.-Nr. 9482 G. M.

Kat.-Nr. 4.4.6

**4.4.6 Dampflokomobile** Abb.

Ende 19. Jahrhundert
Modell; Eisen, Holz; L. = 72,5 cm, B. = 45 cm, H. = 49,5 cm

Die Dampfmaschine fand um 1840 zunächst in England Eingang in die Landwirtschaft. In der Bauform der Lokomobile diente sie zum Pflügen sowie zum Antrieb verschiedener Maschinen, vor allem von Dreschmaschinen. Die Dampfmaschine treibt nicht nur die am Kessel befestigte Riemenscheibe und Seilwinde an, sondern auch die Hinterräder und ermöglicht damit ein Fahren der Lokomobile aus eigener Kraft.

Lit.: *Kuntz, A.*, Der Dampfpflug, Marburg 1979.

Wien, Technisches Museum, Inv.-Nr. 21.440
G. M.

**4.4.7 Gewöhnliche österreichische Egge**

Abbé Alois Harder, Wien; 1813
Modell; Holz, Gestänge Eisen; L. = 20 cm, B. = 5 cm, H. = 16,5 cm

Alois Sibota Harder (1769–1857) wurde 1813 zum Modellisten der k. k. Landwirtschaftsgesellschaft in Wien bestellt. Er fertigte für die Modellensammlung der Gesellschaft bis zu seiner Pensionierung im Jahre 1855 über 1000 Modelle landwirtschaftlicher Maschinen und Geräte an.

Wien, Technisches Museum, Inv.-Nr. 9522
G. M.

### 4.4.8 Landwirtschaftliche Großgeräte

Großgeräte bestanden auch in der 2. Hälfte des 19. Jahrhunderts noch überwiegend aus Holz und wurden von örtlichen Handwerkern in überlieferter und bewährter Weise angefertigt. Beschläge und Einzelteile wie Pflugschar und Sech, die aus Eisen bestanden, lieferte der ortsansässige Schmied.

a. Niederösterreichische Egge

Wien; 1. Hälfte 19. Jahrhundert
Modell im Maßstab 1 : 5; Holz, Zähne Eisen; L. = 30,5 cm, B. = 37 cm, H. = 5 cm

Wien, Technisches Museum, Inv.-Nr. 21.088
G. M.

b. Ackerwalze

Wien; 1. Hälfte 19. Jahrhundert
Modell; Holz, Beschläge Eisen; L. = 21 cm, B. = 18 cm, H. = 7 cm

Wien, Technisches Museum, Inv.-Nr. 21.148
G. M.

c. Schiebkarren aus Österreich

Abbé Alois Harder, Wien; 1821
Modell; Holz, Beschläge Eisen; L. = 35,5 cm, B. = 12 cm, H. = 9 cm

Wien, Technisches Museum, Inv.-Nr. 9331
G. M.

### 4.4.9 Landwirtschaftliche Handgeräte

Auch in der 2. Hälfte des 19. Jahrhunderts wurden die meisten landwirtschaftlichen Arbeiten von den Bauern noch mit einfachen Holzgeräten durchgeführt. Die Verwendung von Eisen beschränkte sich auf die unbedingt notwendigen Teile, da es die Anfertigung wesentlich verteuerte und erschwerte. Die Geräte wurden von im Ort oder in der näheren Umgebung ansässigen Handwerkern oder von den Bauern selbst in überlieferter und ortsüblicher Weise und Form angefertigt. Die Eisenteile für Spaten, Sense, Sichel, Haue usw. bezog man von den Hammerwerken.

a. Spaten

Wien; 1. Hälfte 19. Jahrhundert
Modell im Maßstab 1 : 5; Stiel Holz, Blatt Eisen; L. = 29,5 cm, B. = 5 cm

Wien, Technisches Museum, Inv.-Nr. 21.322
G. M.

b. Karst

Wien; 1. Hälfte 19. Jahrhundert
Modell im Maßstab 1 : 5; Stiel Holz, Haue Eisen; L. = 15,5 cm, B. = 4 cm, H. = 7 cm

Wien, Technisches Museum, Inv.-Nr. 21.382
G. M.

c. Schaufel

Wien; 1. Hälfte 19. Jahrhundert
Modell im Maßstab 1 : 5; Stiel Holz, Blatt Eisen; L. = 29 cm, B. = 6,5 cm, H. = 12,5 cm

Wien, Technisches Museum, Inv.-Nr. 21.418
G. M.

d. Heugabel aus Niederösterreich

Wien; 1. Hälfte 19. Jahrhundert
Modell im Maßstab 1 : 5; Holz; L. = 37 cm, B. = 9 cm

Wien, Technisches Museum, Inv.-Nr. 21.313
G. M.

e. Rechen aus Niederösterreich

Wien; 1. Hälfte 19. Jahrhundert
Modell im Maßstab 1 : 5; Holz; L. = 36 cm, B. = 12,5 cm, H. = 2 cm

Wien, Technisches Museum, Inv.-Nr. 21.315
G. M.

f. Mistkralle aus Niederösterreich

Wien; 1. Hälfte 19. Jahrhundert
Modell im Maßstab 1 : 5; Stiel Holz, Gabel Eisen; L. = 18,5 cm, B. = 3 cm, H. = 5 cm

Wien, Technisches Museum, Inv.-Nr. 21.340
G. M.

g. Dreschflegel aus Niederösterreich

Wien; 1. Hälfte 19. Jahrhundert
Modell im Maßstab 1 : 5; Holz; Stiel L. = 16 cm, Flegel L. = 12,5 cm

Wien, Technisches Museum, Inv.-Nr. 21.338
G. M.

h. Fruchtschaufel aus Niederösterreich

Wien; 1. Hälfte 19. Jahrhundert
Modell im Maßstab 1 : 5; Holz; L. = 25,5 cm, B. = 5,5 cm, H. = 1 cm

Wien, Technisches Museum, Inv.-Nr. 21.339
G. M.

i. Getreidesichel

Wien; 1. Hälfte 19. Jahrhundert
Modell im Maßstab 1 : 5; Sichel Eisen, Griff Holz; L. = 8,5 cm, B. = 5 cm

Wien, Technisches Museum, Inv.-Nr. 21.364

G. M.

j. Grassense

Wien; 1. Hälfte 19. Jahrhundert
Modell im Maßstab 1 : 5, Stiel Holz, Blatt Eisen; L. = 20 cm, B. = 6,5 cm

Wien, Technisches Museum, Inv.-Nr. 21.361

G. M.

k. Zahnsichel

Wien; 1. Hälfte 19. Jahrhundert
Modell im Maßstab 1 : 5; Sichel Eisen, Griff Holz; L. = 11,5 cm, B. = 6,5 cm

Wien, Technisches Museum, Inv.-Nr. 21.362

G. M.

l. Gezähnte Grassichel

Wien; 1. Hälfte 19. Jahrhundert
Modell im Maßstab 1 : 5; Sichel Eisen, Griff Holz; L. = 9 cm, B. = 7 cm

Wien, Technisches Museum, Inv.-Nr. 21.363

G. M.

### 4.4.10 Geräte zur Gewinnung spinnbarer Fasern

Zur Gewinnung von spinnbaren Fasern aus Lein waren verschiedene Geräte notwendig. Nach der Vorbereitung der Stengel durch Röste und Dörren wurden die Fasern zunächst mit der Flachsbreche und dann mit dem Schwingmesser oder der Schwingmaschine von den harten Bestandteilen und Verunreinigungen getrennt.

a. Einfache Flachsbreche

Wien; 1. Hälfte 19. Jahrhundert
Modell im Maßstab 1 : 5; Holz; L. = 24 cm, B. = 9 cm, H. = 14 cm

Wien, Technisches Museum, Inv.-Nr. 21.751

G. M.

b. Oberösterreichische Flachsschwingmaschine

Wien; 1. Hälfte 19. Jahrhundert
Modell; Holz, Gestänge Eisen; L. = 20 cm, B. = 5 cm, H. = 16,5 cm

Wien, Technisches Museum, Inv.-Nr. 21.753

G. M.

### 4.4.11 Handdreschmaschine von Hensman

Abbé Alois Harder, Wien; Mitte 19. Jahrhundert
Modell; Trommel, Schwungrad, Beschläge Eisen, Gehäuse Holz; L. = 44 cm, B. = 27,5 cm, H. = 27 cm

Das noch heute gültige Prinzip der Dreschmaschine wurde zu Ende des 18. Jahrhunderts von dem Schotten Meikle gefunden. In seiner Konstruktion wurde das Getreide zwischen zwei geriffelten Walzen einer mit Leisten versehenen Trommel zugeführt. Bei Rotation der Trommel schlugen die Schlagleisten die Körner aus den Ähren.
Die hier im Modell gezeigte Bauform einer Handdreschmaschine, wie sie von W. Hensman und Sohn in England konstruiert wurde, war nach 1850 die verbreitetste landwirtschaftliche Maschine der Welt.

Lit.: *Hamm, W.*, Die landwirtschaftlichen Geräte und Maschinen Englands, Braunschweig 1856.

Wien, Technisches Museum, Inv.-Nr. 9449

G. M.

### 4.4.12 Amerikanische Dreschmaschine

J. S. Fritsch, Wien; 1856
Modell im Maßstab 1 : 6; Holz, Trommel, Stiften, Beschläge Eisen; L. = 70 cm, B. = 20,5 cm, H. = 21 cm

Bei der amerikanischen oder Stiftendreschmaschine sind an den flachen Schlagleisten der Dreschtrommel und an der Innenseite des Dreschkorbes eiserne Spitzen angebracht, die bei Drehung der Trommel aneinander vorbeigehen und dabei die Körner aus den Ähren streifen. Stiftendreschmaschinen kamen in der 2. Hälfte des 19. Jahrhunderts auch in Europa zur Anwendung.
Dieses Modell besitzt bereits einen einfachen Strohschüttler, eine lange Lade mit Siebboden, über die das Getreide nach Passieren der Dreschmaschine wandert. Dabei werden die im Stroh befindlichen losen Körner vom Stroh getrennt und fallen durch den Siebboden.

Lit.: Göpel und Dreschmaschine. Schriften und Kataloge des Fränkischen Freilandmuseums, Band 2. Bad Winsheim 1981.

Wien, Technisches Museum, Inv.-Nr. 21.592

G. M.

**4.4.13 Doppelter Rübenwolf**

Abbé Alois Harder, Wien; 1827
Modell im Maßstab 1 : 5; Holz, Zähne Eisen, Schwungräder Messing; L. = 33 cm, B. = 25,5 cm, H. = 28 cm

Rüben müssen vor dem Verfüttern zerkleinert werden, was entweder mit Handgeräten oder mit Maschinen geschehen kann. Die erste zu Beginn des 19. Jahrhunderts dafür verwendete Maschine war der Rübenwolf, bei dem die Rüben durch rotierende Zähne zu Mus zerkleinert werden. Die Rüben werden in einen mit einem Bodenrost versehenen Trichter gefüllt. Durch die Zwischenräume des Rostes ragen die auf einer durch zwei Schwungräder mit Handkurbeln gedrehten Welle sitzenden Zähne.

Wien, Technisches Museum, Inv.-Nr. 22.007
G. M.

**4.4.14 Häckselmaschine von Schumann**

Schumann in Lemberg; 1819
Modell; Holz, Messer und Beschläge Eisen, Schwungrad Messing; L. = 46 cm, B. = 20 cm, H. = 25 cm

Diese Häckselmaschine besitzt drei gekrümmte Messer, die an den Armen eines Schwungrades befestigt sind. Der Vorschub des Strohs in der Lade erfolgt mittels zweier geriffelter Walzen.
Der Schlossermeister Franz Schumann in Lemberg erhielt auf diese Konstruktion, die eine Weiterentwicklung der von dem Engländer Lester zu Beginn des 19. Jahrhunderts erfundenen Häckselmaschine darstellt, 1821 ein fünfjähriges Privilegium verliehen.

Lit.: Beschreibung der Erfindungen und Verbesserungen, für welche in den k. k. österreichischen Staaten Patente ertheilt wurden und deren Privilegiums-Dauer nun erloschen ist. 1. Band, Wien 1841.

Wien, Technisches Museum, Inv.-Nr. 9440
G. M.

**4.4.15 Göpel**

Wien; Mitte 19. Jahrhundert
Modell; Sockel und Zugbaum Holz, Getriebe Eisen; L. = 57,5 cm, B. = 30,5 cm, H. = 20 cm

Mit der Einführung von Maschinen, vor allem der Dreschmaschine, benötigte man auch in der Landwirtschaft eine einfache Kraftmaschine. Kleine Maschinen konnten noch vom Menschen mit der Hand betrieben werden. Der Antrieb großer Maschinen erfolgte in der 2. Hälfte des 19. Jahrhunderts fast ausschließlich durch Rinder oder Pferde mit Hilfe des Göpels. Die an einen waagrechten Zugbaum gespannten Tiere gingen im Kreise und drehten dabei eine senkrechte Welle, von der aus über ein Zahnradgetriebe der Antrieb der Dreschmaschine erfolgte.

Lit.: Die Entwicklung des landwirtschaftlichen Maschinenwesens in Deutschland. Berlin 1910.

Wien, Technisches Museum, Inv.-Nr. 21.651
G. M.

**4.4.16 Kutzersche Rübensämaschine**

Franz Kuglers Landwirtschaftliche Maschinen- und Geräte-Fabrik, Wien, 2. Hälfte 19. Jahrhundert
Modell; Aufbauten und Räder Holz, Mechanismus und Beschläge Eisen; L. = 57 cm, B. = 46 cm, H. = 21,5 cm

Als in der Monarchie in der 2. Hälfte des 19. Jahrhunderts die Zuckerindustrie einen raschen Aufschwung nahm, wurde die Drillsämaschine in großem Umfang für den Anbau von Zuckerrüben eingesetzt. Als dafür sehr brauchbar erwies sich die von Eduard Kutzer, herzogl. Sachsen-Coburg und Gothaschem Industrie-Inspektor in Dürnkrut in Niederösterreich, wo 1844 eine Zuckerfabrik erbaut worden war, entwickelte und 1858 durch ein Privilegium geschützte Sämaschine. Sie wurde nicht nur in den rübenbauenden Gegenden Böhmens und Mährens sehr geschätzt, sondern auch ins Ausland exportiert.

Lit.: *Zelesnik, R. F.,* Zucker. Produktion und Verwendung anhand der Bestände im Heimatmuseum Hohenau. Sammeln und Sichten, Beiträge zur Sachvolkskunde, Wien 1979.

Wien, Technisches Museum, Inv.-Nr. 21.254
G. M.

**4.4.17 Englische Drillegge**

Wien, 1. Hälfte 19. Jahrhundert
Modell im Maßstab 1 : 5; Gestell Holz, Beschläge und Scharen Eisen; L. = 66,5 cm, B. = 14 cm, H. = 18 cm

In England wurde im 18. Jahrhundert eine neue Anbaumethode entwickelt, die Drill- oder Reihensaat. Dabei wird im Gegensatz zur herkömmlichen breitwürfigen Saat das Saatgut nicht gleichmäßig über den Acker verteilt, sondern mit einer Sämaschine in parallelen Reihen gesät. Die Drillsaat, die sich im 19. Jahrhundert auch im übrigen Europa verbreitete, brachte in Verbindung mit dem Einsatz von Hackgeräten nicht nur eine Ersparnis an Saatgut sondern auch einen Mehrertrag bei der Ernte.

Wien, Technisches Museum, Inv.-Nr. 21.254
G. M.

### 4.4.18 Getreideernte in Urfahr

Johann Maria Monsorno
Aquarell auf Papier; H. = 43 cm, B. = 54 cm

Das Bild zeigt die traditionelle Art und Weise der Ernte von Getreide.

Lit.: Katalog. Das Jahr 1848 in Oberösterreich und Hans Kudlich, 1. Bd., Linz 1978, S. 81.

Linz, Oberösterreichisches Landesmuseum, OAL II 1/51
E. B.

### 4.4.19 Viehhändler in St. Florian

Hase
Gouache; H. = 24,1 cm, B. = 17 cm

Der Viehhändler stellt die Verbindung zwischen den bäuerlichen Produzenten und dem Markt, aber auch zwischen verschiedenen Bauern her, etwa den Viehzüchtern und jenen mit ausschließlicher Abmelkwirtschaft. Umstritten und angefeindet, materiell häufig wohlhabend, blieb die Figur des Viehhändlers doch für die ländliche Gesellschaft immer zentral.

Lit.: *Hoffmann, Alfred,* Bauernland Oberösterreich, Linz 1974. – Katalog. Das Jahr 1848 in Oberösterreich und Hans Kudlich, 1. Bd., Linz 1978, S. 82.

Linz, Oberösterreichisches Landesmuseum, Inv.-Nr. VK. B. A. F 79
E. B.

### 4.4.20 Bäuerin aus Slunj auf dem Weg zum Markt

Vjekoslav Karas; 1848/49
Öl auf Leinwand; H. = 61,5 cm, B. = 49 cm

Die junge Frau aus Slunj trägt die reiche Tracht ihrer Heimat – rote Mütze über dem schwarzen Haar, weißes Hemd mit langen, weiten Ärmeln, reichen Brustschmuck, Gürtel und Schürze sind ebenfalls in bunten Mustern gehalten. Der Korb mit Obst und die drei Hühner auf der Stange sind offenbar für den Markt gedacht. – Slunj liegt übrigens in der Militärgrenze, nahe der damaligen türkischen Grenze, heute in der Republik Kroatien/Jugoslawien.

Lit.: *Schneider, Marijana,* Narodne nošnje u slikarstvu i grafici XIX storjeća (Volkstrachten in Malerei und Grafik des 19. Jahrhunderts) Zagreb 1971, S. 73.

Zagreb, Povijesni Muzej Hrvatske, Inv.-Nr. 8586
E. B.

### 4.4.21 Atlas der Urproduction Österreichs

Jos. Lorenz, Wien; 1878
H. = 50 cm, B. = 30 cm

Der Atlas der Bodenproduction ist das erste große kartographische Ergebnis der vor allem durch Josef Lorenz intensivierten Bemühungen um eine gute landwirtschaftliche Statistik. – Das aufgeschlagene Blatt zeigt die Vielfalt der Rinderrassen im alten Österreich, aber auch auf dem Gebiet der heutigen Republik. Die Vielfalt der ursprünglichen Landschläge wurde ja seither durch die Einschränkung auf wenige leistungsstarke Rassen zurückgedrängt.

Lit.: *Lorenz, Ritter v. Liburnau,* Statistik der Bodenkultur, in: Geschichte der österreichischen Land- und Forstwirtschaft und ihrer Industrien Bd. IV, Wien 1899, 581 ff.

Wien, Universität, Institut für Wirtschafts- und Sozialgeschichte
E. B.

### 4.4.22 Entwicklung des Viehbestands in Cisleithanien 1827 bis 1910

Graphik, Entwurf: Helmut Wohlschlägl

Die auffallendste Entwicklung ist der Rückgang der Schafhaltung, der um 1840 einsetzt. Dies ist sowohl Ausdruck der zunehmenden Intensivierung der österreichischen Landwirtschaft als auch der zunehmenden Konkurrenz überseeischer Wolle. Die Wolle als wichtigstes Exportgut der Monarchie im Vormärz wurde durch den Zucker ersetzt.
Die zweite tiefgreifende Umstrukturierung des Viehbestandes ist die Ausdehnung der Schweinehaltung, die aber erst nach 1880 auf wirklich breiter Basis einsetzt. Die Rinderzucht verzeichnet eine langsame, aber kontinuierliche Ausdehnung. Ein wichtiger Modernisierungseffekt ergab sich mit

der Umstrukturierung des Zugviehbestandes von den recht langsamen, aber vielseitig verwendbaren Zugochsen zu vermehrter Verwendung von Pferden.

Lit.: *Wohlschlägl, Helmut,* Das Wachstum der landwirtschaftlichen Produktion in Österreich im 19. Jahrhundert. Der Viehbestand, in: *Hoffmann, Alfred* (Hg.), Österreich-Ungarn als Agrarstaat. Wirtschaftliches Wachstum und Agrarverhältnisse in Österreich im 19. Jahrhundert, Wien 1978, S. 145. – *Sandgruber, Roman,* Die Anfänge der Konsumgesellschaft. Lebensstandard, Konsumgüterverbrauch und Alltagskultur in Österreich im 18. und 19. Jahrhundert, Wien 1982

R. S.

### 4.4.23 Landwirtschaftliche Arbeiten

Photographien; Oberösterreich, spätes 19. Jahrhundert

Nach: *Hans Frank, Rudolf Walter Litschel,* Oberösterreich in alten Photographien, Linz 1979, S. 209, 210, 211 u. 213 R. S.

## 4.5 Bäuerlicher Lebensraum

### 4.5.1 Kasten

1843
2türig, 6 Felder, kleiner Aufsatz mit Mittelplakette IHS; braune Grundierung; Messingbeschläge; H. = 177 cm, B. = 120 cm, T. = 60 cm

Auf den Feldern befinden sich folgende Darstellungen: oben links „Herz Jesus", oben rechts „Herz Maria"; unten links und rechts Blumenvasen

Wien, Niederösterreichisches Landesmuseum, Inv.-Nr. II 9818 W. G.

### 4.5.2 Tisch

Holz, schiebbare Tischplatte, darunter Aufbewahrungskiste, tischlerverziertes Untergestell, teilweise ergänzt; H. = 80 cm, B. = 114 cm, T. = 120 cm

Wien, Niederösterreichisches Landesmuseum, Inv.-Nr. II HC 5 W. G.

### 4.5.3 Bank

Waldviertel; 1811
Holz, mit beschnitzter und bemalter Lehne; H. = 74 cm, L. = 160 cm, T. = 40 cm

Wien, Niederösterreichisches Landesmuseum, Inv.-Nr. II HA 3 W. G.

### 4.5.4 Hinterglasbilder

a. Hl. Familie

H. = 24 cm, B. = 18 cm
Inv.-Nr. II 4281

b. Maria mit Jesuskind

H. = 30 cm, B. = 22 cm
Inv.-Nr. II 4265

c. Joseph mit Jesuskind

H. = 30 cm, B. = 22 cm
Inv.-Nr. II 4266

d. S. Trinitas

H. = 32 cm, B. = 24 cm
Inv.-Nr. II 6698

Wien, Niederösterreichisches Landesmuseum

W. G.

### 4.5.5 Bäuerlicher Hausrat

Die Gmundner Keramik fand im gesamten Bereich der Monarchie weite Verbreitung. Das „grün-geflammte" Geschirr zählt dabei zur zahlenmäßig überwiegenden Gruppe der Gebrauchskeramik, während das Weißgeschirr (Majolika) dem Festtag und der Repräsentation vorbehalten war.
Im traditionsreichen Weinland Niederösterreich stand die Produktion von Weinkrügeln im Vordergrund, da Gläser zu kostspielig waren.

a. Großer Teller

Oberösterreich, Gmunden; Mitte 19. Jahrhundert (= alte Form)
Gmundner Keramik, brauner Scherben, außen und innen dicke weiße Glasur mit grünem Spritzdekor; H. = 6,5 cm, Dm. = 40 cm

Inv.Nr. 19.616

b. Schüssel mit zwei Henkeln

Oberösterreich, Gmunden; 1. Hälfte 19. Jahrhundert

Gmundner Keramik, weiße Glasur, grüner Dekor; am Boden grüner Spiralendekor, an Wand, Fahne und Rand grüner Strichdekor; H. = 5 cm, Dm. = 21,5 cm

Inv.-Nr. 5.500

c. Doppelschüssel mit zwei Henkeln

Oberösterreich, Gmunden; 1. Hälfte 19. Jahrhundert
Gmundner Keramik, hellbrauner Scherben, außen unglasiert, innen weiße Glasur, grüner Spritzdekor; H. = 9 cm, Dm. = 40 cm

Inv.-Nr. 23.271

d. Schüssel mit zwei Henkeln und Deckel

Oberösterreich, Gmunden; Anfang 19. Jahrhundert
Gmundner Keramik, brauner Scherben, weiße Glasur, außen grüner Spritzdekor; H. = 11,5 cm, Dm. = 17 cm

Inv.-Nr. 422

e. Godenschale

Oberösterreich, Gmunden; 1. Hälfte 19. Jahrhundert
Gmundner Keramik, brauner Scherben, weiße Glasur, innen grüner Spritzdekor; H. = 6 cm, Dm. = 16 cm

Göd oder Godl heißen im bairisch-österreichischen Sprachgebrauch die Paten. In der Godenschale überbrachten die Taufpaten der Wöchnerin die erste Suppe

Inv.-Nr. 24.174

f. Wasserblase

Oberösterreich, Gmunden (?); 18. Jahrhundert
Gmundner Keramik, grüne Glasur mit hellgrünem Spritzdekor; an der Unterseite Ausguß aus Blei, an der Wandung Reliefs aufgesetzt: Josef und Jesus, Doppeladler (an der Unterseite), Herzen, Dreisproß; H. = 21 cm, Dm = 17 cm

Inv.-Nr. 26.597

g. Waschbecken

Oberösterreich, Gmunden (?); 18. Jahrhundert
Gmundner Keramik, grüne Glasur, hellgrüner Spritzdekor; H. = 7,5 cm bzw. 17 cm, L. = 32 cm, B. = 22 cm

Inv.-Nr. 23.272

h. Große Schüssel mit zwei Henkeln

Oberösterreich, Gmunden; 1. Hälfte 19. Jahrhundert
Majolika, weiße Glasur, mangan, grün und gelb bemalt; am Boden Blumenkorb mit zarten Blüten, auf der Fahne ein umlaufendes Sproßornament; H. = 8,5 cm, Dm. = 36 cm

Inv.-Nr. 8.073

i. Schüssel mit zwei Henkeln

Oberösterreich, Gmunden; 1853
Majolika, weiße Glasur, mangan, grün und gelb bemalt; am Boden innerhalb eines Strahlenkranzes auf einem Hügel Anker, Kreuz und Herz (als Symbole für Glaube, Hoffnung, Liebe), darunter Jahreszahl 1853 in Kranz; H. = 6 cm, Dm. = 29 cm

Inv.-Nr. 11.524

j. Schüssel mit zwei Henkeln

Niederösterreich; 19. Jahrhundert
Majolika, weiße Glasur; am Boden blaue Inschrift: *Lieben und nicht haben ist's härter als Stein graben;* H. = 8 cm, Dm. = 30 cm

Inv.-Nr. 7.735

k. Bauchiges Krügerl (Weinkrügl)

Niederösterreich; 1860
Majolika, hellbrauner Scherben, weiße Glasur, grüner Kranz mit Jahrzahl 1860; H. = 14,5 cm, Dm. = 8,5 cm

Inv.-Nr. 19.265

l. Bauchiges Krügerl (Weinkrügl)

Niederösterreich; 1863
Majolika, hellbrauner Scherben, weiße Glasur, grüner Kranz mit Jahrzahl 1863; H = 14,5 cm, Dm. = 9 cm

Inv.-Nr. 19.266

m. Bauchiger Krug

Niederösterreich; 1863
Majolika, hellbrauner Scherben, weiße Glasur,

grüner Kranz mit Jahrzahl 1863; H = 18 cm, Dm. = 12 cm

Inv.-Nr. 53.764

n. Bauchiger Krug

Niederösterreich; 1. Hälfte 19. Jahrhundert
Majolika, hellgrauer Scherben, weiße Glasur, Scharffeuerfarben in mangan, grün, ocker und blau: aufhüpfender Bauernbursch mit Krug und Glas in der erhobenen linken Hand zwischen stilisierten Bäumen und Blumen; H. = 20,5 cm, Dm. = 15 cm

Inv.-Nr. 15.163

o. Bauchiger Krug

Niederösterreich; 1848
Majolika, rötlich-brauner Scherben, weiße Glasur, Scharffeuerfarben in mangan, grün, gelb und blau: Bischof mit Stab und Mitra, darunter Inschrift: *S. Martin*; am Hals Inschrift: *Martin Dombel*, datiert 1848, am Boden signiert: *M Z*; H. = 24 cm, Dm. = 18 cm

Im Krug sitzt am Boden ein grüner Keramikfrosch

Inv.-Nr. 45.148

p. Bauchiger Krug

Niederösterreich; Brunn am Steinfeld, 1843
Majolika, lichtbrauner Scherben, Scharffeuerfarben in mangan, grün, gelb und blau: Pecher steigt auf eine Leiter, die an einem Baum angelehnt ist, daneben zeltartiges Haus und Glokkenblume und Jahrzahl 1843; H. = 18,5 cm, Dm. = 13 cm

Inv.-Nr. 2.216

qu. Bauchiger Krug

Niederösterreich; 1852
Majolika, rötlich-brauner Scherben, weiße Glasur, Scharffeuerfarben in mangan, grün und blau: Weintraube zwischen Blättern; H. = 17 cm, Dm. = 14 cm

Inv.-Nr. 1.006

Wien, Museum für Volkskunde F. G.

### 4.5.6 Bäuerliche Devotionalien

Im bäuerlichen Haushalt beschränkte sich die persönliche Habe auf einige wenige Dinge, die man in der Truhe, später im Kastel verwahrte. Sie entstammen dem religiösen Bereich, dienten dem Kultgebrauch (Rosenkranz, Kerze, Totenkreuz) oder sollten Heil vermitteln. Als Andenken an eine erfolgreiche Wallfahrt oder an die Höhepunkte im Lebenslauf (Geburt, Hochzeit, Tod) kommt ihnen eine besondere Rolle zu.

a. Rosenkranz

Alpenländisch; 18. Jahrhundert
Schnur mit Holzperlen, Vaterunser-Perlen größer, von je zwei Beinscheiben begrenzt, zwischen 5. und 6. Ave-Perle eine Hand (Fuß?) aus Bein, geschnitztes Anhängekreuz mit Maria und Dreifaltigkeit; L. = 50 cm

Inv.-Nr. 40.551

b. Rosenkranz

Alpenländisch; 18. Jahrhundert
Schnur mit Holzperlen, Vaterunser-Perlen größer mit je zwei Beinkalotten abgedeckt, zwischen 5. und 6. Ave-Perle Hände, Füße, Herz und Nägel (= 5 Wunden Christi), Kreuz aus Bein gedrechselt, Anhängekreuz aus Messing mit gegossenem Corpus

Inv.-Nr. 16.739

c. Gebetbuch

Niederösterreich; 2. Hälfte 19. Jahrhundert
*Blüthen der Gottseligkeit aus dem Paradiese der katholischen Kirche. Vollständiges Gebet- und Andachtsbuch für fromme katholische Christen.* Von Dr. A. Colpin. Würzburg, Druck und Verlag von Fr. Etlinger und Prag bey F. Stublo.

Einband aus Kunstleder mit Kunststoffauflage, gerahmtes Medaillon aus gepreßtem Leder mit Maria, am Rücken Golddruck, Blattränder vergoldet, Schließe; H. = 14 cm, B. = 9 cm

Inv.-Nr. Bibl. 30.229 G

d. Sonntagberger Fraisenstein

Niederösterreich; Sonntagberg, 19. Jahrhundert
Tonrelief mit Sonntagberger Gnadenstuhl

(Dreifaltigkeit) in ovaler barocker Rahmung, farbig gehöht; H. = 12 cm, B. = 9,8 cm

Inv.-Nr. 22.968

e. Andachtsbild von Mariazell

Steiermark, Mariazell; Mitte 19. Jahrhundert
Klebebild mit Mariazeller Gnadenbild auf durchsichtigem Gewebegrund in grünem Blattkranz, darunter ovales Fenster mit Inschriftzettel auf Strahlenkranz: *Ich hab' oft an Sie gedacht, Von Maria Zell was mitgebracht.* H. = 12 cm, B. = 8 cm

Inv.-Nr. 61.899

f. Mariazeller Madonna

Steiermark; Mitte 19. Jahrhundert
Devotionalkopie des Mariazeller Gnadenbildes, sitzende Madonna mit Kind, in den Händen Apfel und Birne; Holzplastik, geschnitzt und farbig gefaßt; H. = 18 cm

Inv.-Nr. 18.943

g. Mariazeller Madonna

Steiermark; Mitte 19. Jahrhundert
Devotionalkopie des Mariazeller Gnadenbildes, Holzplastik, geschnitzt und farbig gefaßt (wie Kat.-Nr. 4.5.5.f), auf rohem Holzsockel, mit einem Brokatornat bekleidet, Kronen aus Chenilledraht und Perlen; H. = 19 cm

Inv.-Nr. 21.876

h. Madonna

Niederösterreich; 19. Jahrhundert
Stehende Madonna mit Kind im rechten Arm auf Sockel, Silberglas; H. = 16 cm

Inv.-Nr. 67.603

i. Madonna mit Sternenkranz

Niederösterreich; 2. Hälfte 19. Jahrhundert
Stehende Madonna auf Konsole, vor Nische mit Muschelkrönung und neugotischem Maßwerk (Weihbrunnkesselaufsatz?); Blech, gepreßt; H. = 20 cm

Inv.-Nr. 48.424

j. Standkreuz

Steiermark; vermutlich Gußwerk, Mitte 19. Jahrhundert
Auf quadratischem, kegelförmig abgestuftem Sockel, Corpus am Kreuz befestigt; Eisenguß; H. = 15 cm

Inv.-Nr. 11.122

k. Kreuz

Steiermark; Mitte 19. Jahrhundert
Zum Hängen, an den Balkenenden rocailleartig durchbrochen, Corpus am Kreuz befestigt; Eisenguß; H. = 17,5 cm

Inv.-Nr. 16.123

l. Standkreuz

Wien; Mitte 19. Jahrhundert
Totenkreuz auf rundem Sockel mit eingeschnitzten Blumen und 3 Kugelfüßen, an den Balkenenden weiße Knöpfe, kleiner Christus aus Messing, versilbert; H. = 33 cm

Inv.-Nr. 69.461

m. Wachsstock (Blasiuskerze)

Oberösterreich; Haslach, 19. Jahrhundert
Aufrecht stehender Wachszug, wie ein zylindrisches Gefäß mit offener Zeltdachkonstruktion, mit zwei Andachtsbilder in ovalem Rahmen; H. = 20 cm, Dm. = 12 cm

Inv.-Nr. 29.133

n. Taufkerze

Steiermark; Mitte 19. Jahrhundert
Mit Mariazeller Gnadenbild, Kerze aus Bienenwachs mit Wachsapplikationen; H. = 32 cm

Inv.-Nr. 26.473

o. Krösenbüchse

Oberösterreich, Viechtau; Mitte 19. Jahrhundert
Gedrechselte Büchse mit Schraubdeckel, Hartholz, rot grundiert, Deckelrand grün, weiße gesprenkelte Randeinfassung; am Deckel in Kartusche ein Maria Hilf-Bild, darüber Aufschrift: *Oh Maria hilf*; Dm. = 10 cm, H. = 7 cm

Inv.-Nr. 20.040

p. Spanschachtel

Vermutlich Berchtesgaden; Mitte 19. Jahrhundert
Aus dünnen Holzspänen geleimt (nachträglich genagelt), oval, farbig gefaßt; H. = 10,5 cm, L. = 20 cm, B. = 14,5 cm

Inv.-Nr. 15.323

qu. Hochzeitsschmuck: Brautkrone

Salzburg, Thumersbach b. Zell am See; 19. Jahrhundert
Ovaler Kranz mit Bügel, Drahtgerüst mit Brokat und Goldspitzen, Chenilledraht, Perlen, die zu Trauben gefügt sind, und roten Glassteinen (Granaten); Dm. = 21 cm

Inv.-Nr. 21.910

r. Hochzeitsschmuck: Armgesteck für Brautführer

Salzburg, Thumersbach b. Zell am See; 19. Jahrhundert
In Form eines Blumengebindes, mit zahlreichen Blüten aus Chenilledraht mit Perlen und roten Glassteinen (Granaten), dazwischen Stoffblumen, violette Seidenschleife; Dm. = 21 cm

Inv.-Nr. 21.914

s. Sterbeandenken

Oberösterreich, Molln; 1867
Tiefer Kasten mit vergoldetem Rahmen, weiß tapeziert, mit Goldborten; H. = 47 cm, B. = 40 cm, T. = 17,5 cm
Inschrift: *Fanni Pießlinger, gestorben am 7. Dezember 1867 und deren Tochter Theresia, 17. November 1867. Ruhe ihrer Asche. Molln.*

Inv.-Nr. 65.072

Wien, Museum für Volkskunde F. G.

## 4.6 Gutswirtschaft

### 4.6.1 Modell eines Ökonomiegebäudes in Seeburg bei Opponitz/Niederösterreich

Holz; hergestellt von der HTL Krems
L. = 420 cm, B. = 180 cm, H. = 75 cm

Der Gutsbesitzer August Klein R. v. Ehrenwalten ließ 1884 diesen Meierhof nach Plänen des auf landwirtschaftliche Bauten spezialisierten Architekten Carl Romstorfer errichten. Der Meierhof, von der Funktion her auf die Viehhaltung im Voralpengebiet ausgerichtet, ist ein hervorragendes Beispiel für die damals neue Bauweise landwirtschaftlicher Nutzbauten. Die Verwendung traditioneller, herrschaftliche Ansprüche vermittelnder Bauteile (Turm) ist kombiniert mit moderner Technik.

Lit.: *Romstorfer, Carl,* Der land- und forstwirtschaftliche Bau. Wien 1915.

E. B.

### 4.6.2 Die größten Grundbesitzer der Österreichisch-Ungarischen Monarchie um 1870

Flächenhafte Umsetzung der öffentlichen und privaten Besitzungen über 50.000 ha, gesamter Grundbesitz und Anteil der Waldungen
Graphik, Entwurf: R. S., Ausführung: I. Grillmayer und P. Seeberg

Eine amtliche Erfassung des Besitzstandes des Großgrundbesitzes ist nie durchgeführt worden. Eine summarische, länderübergreifende Darstellung stößt daher auf enorme Schwierigkeiten. Daß darüber hinaus die reinen Flächenzahlen noch wenig über den Wert und die Ertragskraft aussagen, ist selbstverständlich.
Der Großgrundbesitz war auch nach der Grundentlastung die dominierende und staatstragende Kraft in Österreich geblieben. Der größte Grundbesitzer war der Staat selbst. Bei den Privatdomänen unterschied man auch nach der erst 1868 erfolgten Auflösung des Lehenverbandes noch weiter Allodien (Eigengüter), Lehen, Fideicomisse (Stiftungen, durch welche die bezügliche Vermögensmasse für unveräußerlich erklärt wurde), Kirchengüter und Güter der Ritterorden.
Hinter dem Staat und dem Griechisch-orientalischen Religionsfonds der Bukowina folgte als größter privater Grundbesitzer Fürst Esterházy mit etwa 230.000 ha, obwohl er in der 1865 erfolgten Sequestrierung mit etwa 120.000 ha einen erheblichen Teil seines Besitzes abgeben hatte müssen.
Die Erzherzöglichen Albrecht'schen Güter hingegen, die in Schlesien, Galizien (Saybusch), Mähren (Seelowiz) und Ungarn (Ungarisch-Altenburg, Bellye) konzentriert waren, galten als vorbildlich. Der Liechtenstein'sche Besitz konzentrierte sich auf Mähren, daneben Böhmen und

Niederösterreich, Fürst Johann Schwarzenberg hatte 178.180 ha in Böhmen, 22.945 in der Steiermark, den Rest zerstreut, der Schönborn'sche Besitz lag zum überwiegenden Teil in Ungarn. Der große Grundbesitz des 1876 verstorbenen Freiherrn Simon v. Sina wurde in der Folge auf die Witwe und die vier Töchter aufgeteilt. Im Eigentum des Prinzen August von Sachsen-Coburg-Gotha waren zwei Fideicomisse vereinigt, das Graf Koháry-sche und das Prinz Ferdinand von Sachsen-Coburg-Gotha'sche.

Der Güterbesitz des Kaisers, der der Größe nach erst an siebter Stelle rangierte, zerfiel in die Allerhöchsten Familiengüter, die Allerhöchsten Privatgüter und das Hofärar (Lainzer Tiergarten, Kladrub, Gödöllö).

Der Grundbesitz der großen Aktiengesellschaften hatte eine besondere Entstehungsgeschichte. Bei der Innerberger Hauptgewerkschaft waren es Kohlenwälder, die in der Steiermark, in Oberösterreich und zu einem geringen Teil in Niederösterreich lagen und mit dem Ende der Holzkohlenhochöfen in den siebziger Jahren ihre vorherige Bedeutung einbüßten. Der Grundbesitz der Oesterreichischen Staatseisenbahn Aktiengesellschaft war fast ausnahmslos im ungarischen Banat konzentriert und bei den umfangreichen Staatsgüterverkäufen der fünfziger Jahre an diese Gesellschaft gekommen. Daneben betrieb die Gesellschaft den Kohlenbergbau in Kladno.

Lit.: *Wessely, Josef,* Forstliches Jahrbuch für Oesterreich-Ungarn 1, 1880; – *ders.,* Die Fürst Eszterházy'sche Katastrophe, Oesterreichische Revue 5, 1865; die fürstl. Alois Liechtenstein'schen Forste in den Kronländern Nieder-Österreich, Mähren, Schlesien, Böhmen und Ungarn, 1857; – *Krätzl, Franz,* Schematismus des Fürst Liechtenstein'schen Forstbesitzes, Olmütz 1877; – *Kraft, Guido,* Ein Großgrundbesitz der Gegenwart. Monographische Skizze der Besitzungen des Fürstenhauses Schwarzenberg, Wien 1872; – Statistische Beiträge über die Prinz August von Sachsen-Coburg'schen Güter, Wien 1873; – *Schindler, Karl,* Die Forste der in der Verwaltung des k. k. Ackerbauministeriums stehenden Staats- und Fondsgüter, Wien 1885; – *Medinger, Wilhelm,* Großgrundbesitz, Fideikommiß und Agrarreform, 1919.

R. S.

### 4.6.3 Besitzungen des Hauses Liechtenstein in der Habsburgermonarchie

Karte, Entwurf: E. O., Ausführung: I. Grillmayer u. S. Haas-Ortner

Besitzungen des Hauses Liechtenstein finden sich nicht nur in sechs Kronländern der Monarchie, sondern darüber hinaus auch in Preußen und Sachsen sowie (natürlich) im Fürstentum Liechtenstein. Die größten zusammenhängenden Besitzkomplexe der Liechtensteiner bestanden in Mähren. Der südmährische und der niederösterreichische Komplex hängen zusammen. Stärker davon getrennt die böhmischen Besitzungen mit dem Zentrum in Aurinowetz.

Lit.: *Kraetzl, Franz,* Das Fürstenthum Liechtenstein und der gesammte Fürst Johann von u. zu Liechtenstein'sche Güterbesitz. Brünn 1898.

E. B.

### 4.6.4 Organisation der Liechtenstein'schen Besitzungen

Graphik, Entwurf: E. B., Ausführung: I. Grillmayer u. S. Haas-Ortner

Zentrale Verwaltungseinrichtungen für die Liechtenstein'schen Güter befanden sich in Wien, Butschowitz/Mähren (Buchhaltung), in Olmütz (Forstdirektion für den gesamten Forstbesitz) und Aurinowetz/Böhmen für die böhmischen und salzburgischen Besitzungen. Forstämter und Gutsverwaltungen (für die Gutswirtschaften) waren in der Regel getrennt. Sie bildeten das Gerüst für die Organisation der Wirtschaft auf der lokalen Ebene. Unabhängig davon betreuten sechs Liechtensteiner Bezirksbauämter den umfänglichen Baubestand.

Lit.: wie Kat.-Nr. 4.6.3

E. B.

### 4.6.5 Diplom des österreichischen Reichsforstvereins für Fürst Johann II. von Liechtenstein

Wien; 1886 August 15
Papier, Kalligraphie, illuminiert und vergoldet; H. = 42 cm, B. = 56 cm

Der österreichische Reichsforstverein (gegr. 1852) ernennt Fürst Johann II. von Liechtenstein (1840–1929) in Anerkennung seiner Verdienste um die Förderung der heimischen Forstkultur zum Ehrenmitglied. Mit der Umgestaltung der meist nur Brennholz liefernden Niederwälder in einen Hochwaldbetrieb, der verkehrsmäßigen Erschließung der Forste, dem Ausbau der fürstlichen Holzindustrie und diversen administrativen Maßnahmen setzte Johann II. die Bestrebungen seines Vaters Alois II. (1796–1858) nach Hebung der Wirtschaftlichkeit und Rationalisierung der Betriebsführung der Liechtensteinischen Forstwirtschaft fort.

Lit.: *Lauche, Wilhelm,* Die Bedeutung des dahingeschiedenen Fürsten Johann II. von und zu Liechtenstein für die Kunst, die Wissenschaften, die Landwirtschaft und den Gartenbau, 1929.

Wien, Fürst Liechtensteinische Fideikommißbibliothek, ohne Signatur E. O.

### 4.6.6 Diplom der k. k. Landwirtschaftsgesellschaft in Wien

Wien; 1866 Juni 14
Papier, Lithographie; H. = 41 cm, B. = 55 cm

Der vor allem in der 2. Hälfte des 19. Jahrhunderts verstärkt betriebene Ausbau landwirtschaftlicher Nebenbetriebe führte auch zu einem Aufschwung der Liechtensteinischen Brauereien in Lundenburg (Mähren) sowie in Schwarzkosteletz, Landskron und Rumburg in Böhmen. 1866 sprach das Preisgericht der k. k. Landwirtschaftsgesellschaft in Wien den im Rahmen der Ausstellung für land- und forstwirtschaftliche Produkte begutachteten Abzugsbieren der fürstlich Liechtensteinischen Bierbrauerei „die ehrenvolle Anerkennung" aus.

Wien, Fürst Liechtensteinische Fideikommißbibliothek, ohne Signatur E. O.

### 4.6.7 Diplom der k. k. Landwirtschaftsgesellschaft in Wien

Wien; 1859 Jänner 18
Papier, Lithographie; H. = 50 cm, L. = 67 cm

Fürst Johann II. von Liechtenstein (1840–1929) wird zum wirklichen Mitglied der Wiener Landwirtschaftsgesellschaft (gegr. 1807) ernannt. Die Mitgliedschaft bei diversen nationalökonomischen und landwirtschaftlichen Vereinigungen wurde im 19. Jahrhundert zumeist vorrangig als Prestigefrage angesehen, stärkeres persönliches Engagement im Rahmen der Vereinstätigkeit findet sich relativ selten. Eine Ausnahme bildete hier der Vater des Fürsten, Alois II. von Liechtenstein (1796–1858), der in den Jahren 1849–1858 als Präsident der Wiener Landwirtschaftsgesellschaft neben anderem deren Reorganisation vornahm. Das Wirken Johanns I. innerhalb der Gesellschaft blieb hingegen auf die finanzielle Unterstützung einzelner Projekte beschränkt.

Wien, Fürst Liechtensteinische Fideikommißbibliothek, ohne Signatur E. O.

### 4.6.8 Inleutewohnhaus Hadersfeld

1862 bzw. nach 1876
Papier; 2 Pläne, Außenansicht; H. = 23 cm, B. = 38 cm; Grundriß, H. = 24 cm, B. = 56 cm

Beispielhaft für die Wohnverhältnisse der Taglöhner auf landwirtschaftlichen Großbetrieben zeigt das zum fürstlich Liechtensteinischen Gut Judenau, Niederösterreich, gehörige Inleutehaus Hadersfeld sechs Wohneinheiten bestehend aus Vorhaus, angeschlossener Küche und Zimmer. Pro Familie standen etwas mehr als 43 $m^2$ zur Verfügung.

Wien, Hausarchiv d. Regierenden Fürsten v. Liechtenstein, Planslg. Nr. 611 E. O.

### 4.6.9 Waldamtskarte von Eibesthal

Mappierungskanzlei Feldsberg, gez. von Alois Frank 1854
Papier auf Leinen, aquarellierte Zeichnung; H. = 91 cm, B. = 66 cm

Die Karte zeigt die dem Waldamt Eibesthal, Gut Wilfersdorf (Niederösterreich), zugehörigen Gründe, die Nutzung differenziert nach fürstlichem und Gemeindegebiet sowie nach Wald, Weingarten, Acker, Wiese, Hutung und Garten, unter besonderer Berücksichtigung der liechtensteinischen Wälder. Eine eingeschaltete Rubrik weist die den drei Revieren Eibesthal, Kettlasbrunn und Lanzendorf zugehörigen Waldungen nach Betriebsklassen und bestockter Waldfläche aus. Waldamtskarten, deren Anfänge in das 18. Jahrhundert zurückreichen, stellen eine erste kartographische Aufnahme der Waldnutzung dar.

Lit.: Instruktion für die Forst-, Wirtschafts- und Waldämter und das Mappierungs-Personale bei Waldvermessungen, Ertrags-Revisionen und Aufstellung von Wirtschafts-Plänen, Wien 1848. – *Kraetzl, Franz,* Das Fürstenthum Liechtenstein und der gesammte Fürst Johann von und zu Liechtenstein'sche Güterbesitz, Brünn 1898.

Wien, Hausarchiv d. Regierenden Fürsten v. Liechtenstein, Planslg. Nr. 328 E. O.

### 4.6.10 Holzwirtschaft auf den Liechtenstein'schen Besitzungen

Die Holzindustrie nahm in der 2. Hälfte des 19. Jahrhunderts, mitbedingt durch den Ausbau der Verkehrswege, einen stetigen Aufschwung. Betroffen davon war neben der Produktion von

Brennholz insbesondere die Herstellung von Hölzern für den Bausektor und die gewerbliche Weiterverarbeitung. Der innerhalb der fürstlich Liechtensteinischen Sägewerke führende Betrieb war die Dampfsäge in Lundenburg, welche nach 1887 die Rolle der zunächst im Besitz von C. Leistler befindlichen Rabensburger Säge übernahm. Unbearbeitetes Holz wurde im Detailverkauf zumeist an Ort und Stelle der Lagerung abgegeben.

a. Holzvorratswächter Michael Uhlíř

ca. 1910
Photographie; H. = 22,6 cm, B. =17 cm

Wien, Fürst Liechtensteinische Fideikommißbibliothek, 128-1-11, Nr. 71

b. Fürst Liechtensteiniches Dampfsägewerk in Lundenburg (Břeslav, Südmähren)

ca. 1910
Photographie; H. = 7,1 cm, B. = 15,4 cm

Wien, Fürst Liechtensteinische Fideikommißbibliothek, 128-1-11, Nr. 29

c. Holzvorratswächter während des Holzverkaufs

ca. 1910
Photographie; H. = 10,6 cm, B. = 7,1 cm

Wien, Fürst Liechtensteinische Fideikommißbibliothek, 128-1-11, Nr. 68

Lit.: Instruction für die fürstlichen Dampfsägewerke zu Lundenburg, Olmütz, Hannsdorf, Dittersdorf und Plumenau, Wien 1895. – *Kraetzl, Franz,* Das Fürstenthum Liechtenstein und der gesammte Fürst Johann von und zu Liechtenstein'sche Güterbesitz, Brünn 1898. Schematismus der Fürstl. Liechtenstein'schen Forstwirtschaft mit allen geschäftlichen Daten für den Holzhandel nach dem Stande vom 1. Jänner 1908, Olmütz 1908.

E. O.

## 4.7 Bäuerlicher Nebenerwerb

### 4.7.1 Webstuhl für die Herstellung von Siebböden

Original, Unterkrain; 19. Jahrhundert
Holz; H. = 132 cm, B. = 5 cm, L. = 112 cm
Unterkrain (Ribnica/Reifnitz?)

Der Webstuhl hat die wesentlichen Vorrichtungen eines Webstuhles für Textilien, doch ist er einfacher gehalten. Als Rohstoff diente Roßhaar.

Lit.: Die österreichisch-ungarische Monarchie in Wort und Bild. Bd. Kärnten und Krain, Wien 1891, S. 507.

Ljubljana, Etnografski muzej E. B.

### 4.7.2 Walze für die Bearbeitung von Siebrahmen

(„masina“ za obode)
B. = 56 cm, L. = 4 cm, H. = 57 cm
Unterkrain (Ribnica/Reifnitz?)

Mit dieser Walze wurden die für den Siebrahmen benötigten Holzstücke bearbeitet (?). Das Material wurde dabei ebenso gepreßt wie gebogen.

Ljubljana, Etnografski muzej E. B.

### 4.7.3 Bild eines Siebwebers aus Unterkrain

Lithographie aus „Die Österr.-Ungar. Monarchie in Wort und Bild“, Bd. Kärnten und Krain, Wien 1891, S. 507

Das Bild illustriert das Arbeiten am Webstuhl, der als Kat.-Nr. 4.7.1 in der Ausstellung steht.

Lit.: Die Österr.-Ungar. Monarchie in Wort und Bild, Bd. Kärnten und Krain, Wien 1891, S. 507. – Ribnica na Dolenjskem = KRONIKA 30 (1982), Heft 2 (hier insbes. der Beitrag von *Ljudmila Bras,* Ribnica, njene lesne obrti in lončarstvo, ebd. S. 144ff = Reifnitz, seine Holzverarbeitung und Töpferei)

E. B.

### 4.7.4 Produkte der unterkrainischen Hausindustrie

Überwiegend aus Holz

a. *Necke,* Holzmulden, für die Taufe verwendet
79×34 cm
Unterscheiden sich durch die reiche Ausschmückung mit Schnitzwerk von den alltäglichen, für das Brotbacken gebräuchlichen Formen
b. Krauthachel, 1854, komplett mit Schachtel
121×42×20 cm
c. Krauthachel, 1869
114×36×11 cm
d. Joch mit Jochstab
59×67×6 cm
e. Joch ohne Jochstab
L. = 57 cm
f. Doppeljoch mit zwei Jochstäben, 1890
114×54×9 cm
g. Schmalzfassel *(deža za mast)*
Dm = 26–31 cm, H. = 36 cm

h. Handfäßchen für Wein *(putrih)*
L. = 32 cm, H. = 17 cm
i. detto für Wasser *(banka za vodo)*
Dm. = 45 cm, B. = 22 cm
j. Getreidescheffel *(mernik za žito)*
Dm. = 45 cm, H. = 27 cm
k. Weinfasserl
Dm. = 20 cm, L. = 28 cm
l. Handfäßchen für Wein *(bariglica)*
Dm. = 16 cm, L. = 21 cm
m. Milchgefäß, *Sechter (golida, žehtar)*
Dm. = 25,5 cm – 23 cm, H. = 32 cm
n. Handfäßchen für Wein *(putrih)*
L. = 29 cm, b. = 12 cm, H. = 19 cm
o. Schafferl *(škafček)*,
Dm. = 29 cm – 27 cm, H. = 26 cm
p. Löffelrem *(žličnik)*, geschnitzt
L. = 20 cm, B. = 16 cm, H. = 21 cm

Lit.: wie Kat.-Nr. 4.7.3; ferner *Makarovič, M.*, Kmečko gaspodarstvo na Slovenskem (Bauernwirtschaft in Slowenien), Ljubljana 1978.

Ljubljana, Etnografski muzej E. B.

## 4.7.5 Zur Wirtschaft der Unterkrainer Nebenerwerbsbauern

Holz-Modelle, 19.–20. Jahrhundert

a. Modell eines Unterkrainer Hauses
H. = 32 cm, B. = 44 cm, L. = 71 cm

Das Unterkrainer Haus war besonders in der Gegend von Ribnica/Reifnitz häufig aus Holz. Die Schmalseite blickt zur Straße, während man das Haus von der Längsseite, häufig von einem langgestreckten Hof, betritt. Die relativ bescheidenen Dimensionen mögen etwas von der kargen Bodenausstattung, den schwierigen Witterungsverhältnissen und dem Zwang zum Nebenerwerb vermitteln. Typologisch sind diese Häuser dem ostslowenischen oder pannonischen Typ zugehörig, der in zahlreichen Varianten auch in den angrenzenden Gebieten der Steiermark, Kroatiens, des Burgenlandes und Ungarn auftritt.

b. Modell eines Bienenhauses. Datiert 1863
H. = 40 cm, B. = 40 cm, L. = 52 cm

Die Krainer Bienenzucht war im alten Österreich weit über die Grenzen des Landes bekannt und ein nicht ganz unwichtiger bäuerlicher Wirtschaftszweig.

c. Modell einer Harfe *(kozolec)*, gedeckt
H. = 56 cm, B. = 32 cm, L. = 94 cm

Dient für das Trocknen von Heu, z. T. auch für Getreide. Durch gemeinsame Überdachung zweier paralleler Harfen entsteht der Dopler *(toplar)*, ein praktisches Mehrzweckgebäude.

d. Modell eines Dreschbodens mit *kašča* aus Unterkrain.
H. = 64 cm, B. = 63 cm, L. = 94 cm

Die Verbindung des Getreidekastens *(Kašča)* ist nicht die Regel, kommt aber in Unterkrain häufiger vor.

Lit.: *Vilfan, Sergij*, Kmečka hisa (Das Bauernhaus), in: Gospodarska in družbena zgodovina Slovencev, Bd. 1, Zgodovina agrarnih panog (Wirtschafts- und Sozialgeschichte der Slowenen Bd. 1, Geschichte der Agrarwirtschaft), Ljubljana 1970, 559ff. – *Baš, Franjo*, Gospodarska poslopja (Die Wirtschaftsgebäude), in: Ebd., 595ff (Zusammenfassung für beide Artikel in deutscher Sprache: Ebd., Bd. 2, Ljubljana 1980, S. 601ff.)

Ljubljana, Etnografski muzej E. B.

## 4.7.6 Zentren der bäuerlichen Hausindustrie in der Habsburgermonarchie

Graphik, Entwurf: E. B., Ausführung: I. Grillmayer u. P. Seeberg

Selbstverständlich haben im Darstellungszeitraum der Ausstellung die Bauern ein hohes Maß des Eigenbedarfs nach Möglichkeit selbst gedeckt. Auf dieser Karte soll demgegenüber die ganz überwiegend marktorientierte Hausindustrie gezeigt werden, die für den Absatz außerhalb des engsten Produktionsgebietes arbeitete. So gelangten Produkte der Viechtauer Schnitzer bis in die Donaufürstentümer (Rumänien). Voraussetzungen für eine intensive Hausindustrie waren meist karger Boden, kleine Betriebe und eine leichte Zugänglichkeit zu den Rohstoffen Holz, Flachs, Schafwolle. Nicht zufällig lagen die Zentren des „Hausfleißes" daher oft in gebirgigen, waldreichen Gegenden.

Das goldene Buch der Landwirtschaft Österreich-Ungarns. Wien 1890 E. B.

Kat.-Nr. 4.7.7

**4.7.7** **Reifnitzer Kraxenträger** Abb.

Puppe, bekleidet

Neben den Grödenern, Gottscheern, Slowaken und Bosniaken gehörten die Reifnitzer zu den bekannten und typischen Wanderhändler-Figuren in der Monarchie. Ihre Privilegien gehen bis auf Friedrich III. und Ferdinand I. zurück. Um 1885 trugen etwa 230 Wanderhändler mit ihren typischen Kraxen die Reifnitzer Holzwaren in die Welt, vorwiegend nach Krain, Kroatien, Kärnten, Steiermark, Ober- und Niederösterreich, sowie nach Ungarn. Ihr Verdienst wurde insgesamt auf etwa 70.000 Gulden geschätzt. Die übrige, insgesamt auf etwa 50.000 Gulden geschätzte Produktion wurde über Großhändler in Reifnitz/Ribnica sowie über Händler in Laibach/Ljubljana und Agram/Zagreb (dort 5, hier 6) abgesetzt.

Lit.: *Bras, Ljudmila,* Ribnica, njena suha roba in lončarstvo (Reifnitz, seine Holzverarbeitung und Töpferei), in: Ribnica na Dolenjskem = Kronika 30 (1982), Heft 2, S. 144ff. – Die österreichisch-ungarische Monarchie in Wort und Bild. Bd. Kärnten und Krain, Wien 1891, S. 372

E. B.

**4.7.8** **Kraxe** *(krošnja)* mit Sieben

Holzgestell, darauf Siebe u. a. Produkte der Unterkrainer Hausindustrie montiert.

H. = 240–280 cm, B. = 1,5 cm

Die hier gezeigte Trage (Kraxe, „krošnja") des Reifnitzer Wanderhändlers ist in dieser Form im 19. Jahrhundert mehrfach bildlich belegt.

Lit.: wie Kat.-Nr. 4.7.7

E. B.

# 5. HANDEL, BANKWESEN, WÄHRUNG

## 5.1 Detailhandel

### 5.1.1 Gemischtwarenhandlung

In der Franz Joseph-Zeit ist die Einrichtung der Kramerläden weitgehend abgeschlossen worden. Kramläden variierten in ihrer Ausstattung und Einrichtung je nach Standort, ob sie in dörflichen oder in städtischen Gebieten standen und je nachdem, ob an den jeweiligen Orten auch gesonderte Spezialwarenhandlungen ansässig waren. Im allgemeinen umfaßte das Warensortiment eines durchschnittlichen Kramladens: Viktualien, Spezereien, Galanterie-, Nürnberger- und Eisenwaren, Textil- und Schnittwaren, diverse Holzgeräte, chemische Produkte und Drogeriewaren.
Die in der Ausstellung gezeigten Exponate umfassen – außer den im Detail anschließend beschriebenen Stücken – eine bemalte Wanduhr aus der Zeit um 1860 (Joanneum Graz, Inv.-Nr. neu 06232), eine zweischalige Waage mit Gewichtssatz (Techn. Museum Wien, o. Inv.-Nr.), eine gußeiserne einschalige Waage der Fa. J. A. Vollmer (Joanneum Graz, Inv.-Nr. 1383), einen Kaffeesilo (Österr. Freilichtmuseum Stübing), eine Mahlmühle (Techn. Museum Wien, Inv.-Nr. 1193), eine alte Preistafel für Textilwaren (Joanneum Graz, o. Inv.-Nr.), Reklameblechschilder in Email der Firmen Imperial, Persil-Henko, Ottakringer Preßhefe, Frank-Kaffee, Manner Schnitten (Österr. Freilichtmuseum Stübing und Heimatmuseum Hafnerbach).
Von den zahlreichen kleineren Exponaten an ehedem in Kramerläden vorhandenen Verkaufsartikeln sei besonders hingewiesen auf: Packungen von Zündhölzern (Techn. Mus. Wien), Zigarrenkistchen (Österr. Tabakmuseum in Wien) und das Nadelheft mit aufgedrucktem Bild des Kaisers Franz Joseph mit der Devise „Viribus Unitis" (Österr. Freilichtmuseum Stübing).

a. Schubladkasten und Budel eines Kramerladens

3. Viertel 19. Jahrhundert
Holz, rotbraun gebeizt, Laden des Kastens mit Emailschildern und Muschelgriffen aus Blech
Kastenunterteil: ca.-Maße H. = 95 cm, L. = 250 cm, T. = 64 cm; Oberteil des Kastens: ca.-Maße H. = 158 cm, L. = 250 cm, T. = 47 cm

Kleinstädtische Herkunft aus Kapfenberg, Steiermark

Stübing bei Graz, Österr. Freilichtmuseum
F. B.

b. Schubladkasten eines Kramerladens

2. Hälfte 19. Jahrhundert
Holz, rot gebeizt, Laden mit Holzknopfgriffen und Schildern
Unterteil: ca.-Maße H. = 78 cm, L. = 157 cm, T. = 48 cm; Oberteil: ca.-Maße H. = 155 cm, L. = 150 cm, T. = 33 cm

Maria Saal, Kärntner Freilichtmuseum F. B.

c. Ladenschlange zur Schaustellung und Aufbewahrung diverser Waren

Um 1860
Schmiedeeisen, H. = ca. 70 cm, L. = ca. 230 cm

Inmitten von reichlicher Verzierung in zwei Ovalen Jahreszahlen 1821 und 1858. Ehemals im Lebensmittelgeschäft Sommerhuber auf dem Linzer Pfarrplatz.

Linz, Stadtmuseum, Inv.-Nr. E 168 F. B.

Kat.-Nr. 5.1.2

5.1.2 **Petroleum-Abgabetank** Abb.

Ende 19. Jahrhundert
Blechtank, rot lackiert; Querschnitt oval, größte Ausdehnung H. = 120 cm, B. = 57 cm, L. = 65 cm, montiert auf ovalem Gestell gleicher Dimension H. = 70 cm

Mehrere Abgabehähne aus Messing und Füllanzeige, Aufschrift: *Extrafeines Salon Petroleum,* Eichungsmarken und Etikette der Herstellerfirma: *Ferdinand Schmidt Wien XVII., Kalvarienberggasse 7.*

Wien, Konsum Österreich, Abteilung Bildungswesen F. B.

5.1.3 **Der Greißler**

Kupferstich; H. = 24 cm, B. = 15 cm
Tafel aus *Adalbert Stifter* (Hg.), Wien und die Wiener in Bildern aus dem Leben, Pesth 1841–44.

Die Darstellung des Greißlers, etwa in den berühmten Kaufrufen, geht bis in die sechziger Jahre des 19. Jahrhunderts hinein. Neben dem Ladeninhaber wird eine Auswahl seines Sortiments gezeigt. An Viktualien sind dies Weintrauben, Zukker, Brezel, Kukuruz etc. Eine Aushangtafel kündigt den Verkauf von Käse, Butter, Schmalz etc. an. Extra angeführt ist auch: *Hier bekommt man des Tages dreimal frisches Gebäck.* Heugabeln und Faßschaufeln im Bild zeugen aber auch vom Verkauf von diesen damals sehr wichtigen Haushaltsgeräten.

Wien, Historisches Museum der Stadt Wien, Inv.-Nr. 108.706/6 F. B.

5.1.4 **Der Tandler**

Kolorierter Kupferstich; H. = 24 cm, B. = 14,5 cm
Tafel aus *Adalbert Stifter* (Hg.), Wien und die Wiener in Bildern aus dem Leben, Pesth 1841–44

Die Rolle des Tandlers als Händler in diversem gebrauchten Hausrat war in früherer Zeit ungleich bedeutender als heute, wo dieses Gewerbe sich eher in die Richtung des Antiquitätenhandels entwickelt hat. Man denke daran, daß damals in den amtlich aufgenommenen Nachlässen selbst die kleinsten Habseligkeiten registriert und mit einigen Kreuzern bewertet wurden. Das Bild zeigt einen Tandler mit diversen Flaschen, Zeitungen, Mörsern und Geschirr.

Wien, Historisches Museum der Stadt Wien, Inv.-Nr. 31.737/d F. B.

5.1.5 **Kramerladen als Kinderspielzeug**

2. Hälfte 19. Jahrhundert
Ergänzungen der Warenausstattung aus späterer Zeit; H. = 38 cm, L. = 82 cm, T. = 39 cm

Die Bedeutung des Kramers und seine verbindende Funktion zwischen der großen Welt der Produktion und den oft aus weiter Ferne kommenden Waren einerseits und dem kleinen Konsumenten andererseits hat auch die Hersteller von Kinderspielzeug angeregt. Das ausgestellte Stück zeigt eine reichlich ausgestattete „Vermischte Warenhandlung" in Miniaturform.

Baden, Privatbesitz F. B.

5.1.6 **Kramerladen „Maison Staněk"**

Druck; H. = 16,7 cm, B. = 11,5 cm

Praha, Muzeum hlavního města Prahy, Inv.-Nr. 4286/1 F. B.

5.1.7 **Obst- und Grünwarenhandlung Josef Moro, im Haus Wien 8., Piaristengasse 25**

A. Stauda; 1899
Photographie

Die Aufnahme zeigt die Außenansicht der Grünwarenhandlung mit diversen Holzbutten, gefüllt mit Obst und Gemüse.

Wien, Österreichische Nationalbibliothek, Bildarchiv, Photoarchiv Stauda, Inv.-Nr. St. 336 F+R F. B.

5.1.8 **Spezerei-, Wein- und Delikatessenhandlung Karl Schneller, im Haus Wien 14., Penzingerstraße 41**

A. Stauda; 1899
Photographie

Das Bild zeigt bei geöffneten Außenläden von Auslage und Geschäftseingang diverse Delikatessen und Weine, auf den geöffneten Läden des Geschäftseingangs gemalte Reklameschilder, die für Käse, Salami und Prager Schinken werben.

Wien, Österreichische Nationalbibliothek, Bildarchiv, Photoarchiv Stauda, Inv.-Nr. St. 374 F. B.

### 5.1.9 Eisenhandlung des Heinrich Drill, im Haus Wien 12., Meidlinger Hauptstraße 18

A. Stauda; 1906
Photographie

Die in einem ehemaligen Kloster (erbaut 1791) untergebrachte Eisenhandlung der Vorstadt Untermeidling zeigt links vom Eingang diverse Schaufeln, Rechen etc., Vogelkäfige und Geschirr, rechts davon Kübel, Eimer, Kannen. Reklametafeln machen die Kundschaft aufmerksam auf den Ein- und Verkauf von Traversen, Schienen, Öfen.

Wien, Österreichische Nationalbibliothek, Bildarchiv, Photoarchiv Stauda, Inv.-Nr. St. 2342 F+R — F. B.

### 5.1.10 Uhrmachergeschäft und Milchladen im Haus Wien 14., Penzingerstraße 60

A. Stauda; 1899
Photographie

Links des Haustors altes Uhrmachergeschäft Rudolf Sekora mit geöffneten Außenläden und gemalten Schildern mit Reklame für Ein- und Verkauf sowie Tausch von Uhren, Reparaturübernahme mit einjähriger Garantie und besonderer Werbung für Pendeluhren.
Rechts des Haustores Milchladen der Katharina Kieberger, die Milch und Obers der Meierei Matthias Lendl zum Verkauf brachte.

Wien, Österreichische Nationalbibliothek, Bildarchiv, Photoarchiv Stauda, Inv.-Nr. St. 369 F+R — F. B.

### 5.1.11 Geschäftsladen der Firma Julius Meinl in Budapest

Photographie

Altes Ladenportal mit Aufschrift *Gyula Meinl, Kaffe-Tee-Kakao.*

Lit.: Budapest anno . . . Lichtbildaufnahmen im Atelier und außer Haus durch die Kunstanstalt György Klösz, 1979.

Budapest, Kiszelli Muzeum — F. B.

### 5.1.12 Geschäftslokale Ecke Torony utca und Duna utca

Photographie

Auf der Straße sind zahlreiche Körbe, Bottiche und Möbel ausgestellt.

Lit.: Budapest anno . . . Lichtbildaufnahmen im Atelier und außer Haus durch die Kunstanstalt György Klösz, 1979.

Budapest, Kiszelli Muzeum — F. B.

### 5.1.13 Der alte Pariser Hof in Budapest

Photographie; um 1900

Innenansicht der Ladenstraße mit diversen Geschäften.

Lit.: Budapest anno . . . Lichtbildaufnahmen im Atelier und außer Haus durch die Kunstanstalt György Klösz, 1979.

Budapest, Kiszelli Muzeum — F. B.

### 5.1.14 Vor einem Tabakladen um die Jahrhundertwende

Photographie

Geschäftslokal mit dem königlich ungarischen Wappen, deutet das Staatsmonopol in Tabakwaren an, gleichzeitig auch Verschleißstelle von Stempel- und Briefmarken. Bemalte Schilder auf den geöffneten Außenläden des Eingangs und der Schaufenster.

Lit.: Budapest anno . . . Lichtbildaufnahmen im Atelier und außer Haus durch die Kunstanstalt György Klösz, 1979.

Budapest, Kiszelli Muzeum — F. B.

## 5.2 Märkte und Markthallen

### 5.2.1 Der Naschmarkt in Wien

Rudolf Bernt; um 1870
Aquarell; H. = 28,5 cm, B. = 43 cm

1793 erfolgte die Anordnung, daß alles zu Wagen nach Wien gebrachte Obst und Gemüse auf dem Naschmarkt zum Verkauf gelangen sollte, die Bedeutung als Approvisionierungsmarkt begann aber erst 1819.
Neben den Obst- und Gemüseständen sind alte Wagen und das kauflustige Publikum zu sehen, im Hintergrund die Evangelische Schule und das Freihaus.

Lit.: *Czeike, Felix,* Das große Groner Wien Lexikon, Wien 1974 (im weiteren zitiert *Groner*), S. 666

Wien, Historisches Museum der Stadt Wien, Inv.-Nr. 166.614. — F. B.

5.2.2 **Obst- und Gemüsemarkt Am Schanzel in Wien**

A. Palm; um 1870
Zeichnung aus „Über Land und Meer"; H. = 24 cm, B. = 34 cm

Das Bild zeigt die durch den Donaukanal in den Bereich des heutigen Ringturmes nach Wien geführten Obstzillen. An Land Stände, Obstbutten, Wagen und Volkstypen, im Hintergrund Augartenbrücke.

Lit.: *Groner,* S. 738.

Wien, Historisches Museum der Stadt Wien, Inv.-Nr. 9455 F. B.

5.2.3 **Der Fischmarkt in Wien beim Franz Joseph Kai**

Franz Kollarz; um 1875
Zeichnung; H. = 34 cm, B. = 25 cm

Der Fischmarkt befand sich seit 1768 als Spezialmarkt am Donaukanal vor dem Fischertor (im heutigen Bereich 1., Morzinplatz). Das Bild zeigt zahlreiche Fischzillen am Donaukanal, Fischstände, Bottiche, Fischereizeug wie Siebe und Netze.

Lit.: *Groner,* S. 474.

Wien, Historisches Museum der Stadt Wien, Inv.-Nr. 9454 F. B.

5.2.4 **Der Schwendermarkt in Fünfhaus bei Wien**

G. Zafaurek; um 1880
Aquarell; H. = 19 cm, B. = 31 cm

Der Schwendermarkt war einer der großen Vorortmärkte im Westen Wiens, an der heutigen Mariahilferstraße (15. Bezirk) gelegen.
Das Bild zeigt Obst- und Gemüsestände vor dem berühmten seinerzeitigen „Gasthof zum Schwarzen Adler".

Wien, Historisches Museum der Stadt Wien, Inv.-Nr. 62.867 F. B.

5.2.5 **Der Eiermarkt in Neulerchenfeld bei Wien**

Zeitungsdruck; H. = 28 cm, B. = 23 cm

Vor der ehemaligen Lerchenfelder Linie, nahe dem Gürtel in der heutigen Brunnengasse (Wien 16.), gelegen, war der „Brunnenmarkt" auch als Zentrum für den Verkauf spezieller Viktualien bekannt. Ein Bereich des Marktes war nur dem Verkauf von Eiern gewidmet. Das Bild zeigt Eierstände, Eiersteigen und Eierbutten.

Wien, Historisches Museum der Stadt Wien, Inv.-Nr. 47.055/42 F. B.

5.2.6 **Der Kalvarienbergmarkt (Ostermarkt) in Hernals**

G. Zafaurek; 1898
Aquarell; H. = 43 cm, B. = 34 cm

Der Hernalser Ostermarkt in Wien 17., Kalvarienberggasse, wird seit alters bis zum heutigen Tag jeweils vom Aschermittwoch bis Ostermontag abgehalten und ist ein reiner Vergnügungs-, Spielwaren und Zuckerwarenmarkt für die Jugend geworden.

Lit.: *Groner,* S. 573.

Wien, Historisches Museum der Stadt Wien, Inv.-Nr. 16.656 F. B.

5.2.7 **Der Brünner Krautmarkt**

J. S. Benesch; 1884
Radierung; H. = 19 cm, B. = 14,5 cm

Am Brünner Krautmarkt boten die Bäuerinnen des Umlandes ihre Waren zum Verkauf an.

Brno, Muzeum Města Brna, Inv.-Nr. 2794 F. B.

5.2.8 **Marktszene auf dem Jelaćic-Platz in Zagreb**

Photographie; H. = 13 cm, B. = 9,5 cm

Bauern bieten ihre Waren an (Brotlaibe etc.).

Zagreb, Muzej Grada Zagreba, Inv.-Nr. 8650
F. B.

5.2.9 **Marktszene in Zagreb**

M. Crnčić
Kolorierte Radierung; H. = 39 cm, B. = 50 cm

Marktstände und Buden: zahlreiche Kaufleute in Tracht.

Zagreb, Muzej Grada Zagreba, Inv.-Nr. 2.505
F. B.

5.2.10 **Budapest, Markt auf dem Városház tér**

Photographie; um 1890

Typischer Bauernmarkt. Die Bauern bieten Obst und Gemüse an, zu sehen sind auch einige Pferdefuhrwerke und Wagen.

Lit.: Budapest anno . . . Lichtbildaufnahmen im Atelier und außer Haus durch die Kunstanstalt Gyrgy Klösz, 1979.

Budapest, Kiszelli Muzeum F. B.

5.2.11 **Hal tèr (Fischplatz) in Budapest**

Photographie; um 1895

Zahlreiche Fischverkaufsstände mit Bottichen, Fischernetzen, im Vordergrund Verkauf von Luftballons, Siebe und Korbwaren.

Lit.: Budapest anno . . . Lichtbildaufnahmen im Atelier und außer Haus durch die Kunstanstalt György Klösz, 1979

Budapest, Kiszelli Muzeum F. B.

5.2.12 **Die Zentralmarkthalle in Wien an der Vorderen Zollamtsstraße**

V. Katzler; um 1865
Zeichnung aus „Über Land und Meer"; H. = 26,5 cm, B. = 33 cm

Die Zentralmarkthalle wurde 1864/65 errichtet und bald durch eine Fleisch- und Viktualienhalle ergänzt. Das Hauptgebäude wurde 1868 in eine Großmarkthalle umgewandelt. Ab 1972 wurde der Gebäudekomplex abgerissen.
Das Bild zeigt den Blick ins Innere der Halle mit typischer Verkaufsszene an den Ständen.

Lit.: *Groner,* S. 644.

Wien, Historisches Museum der Stadt Wien, Inv.-Nr. 166.519 F. B.

5.2.13 **Die Detailmarkthalle in der Zedlitzgasse in Wien**

A. Kollarz
Zeitungsdruck; H. = 17 cm, B. = 23 cm

Die Zedlitzhalle in Wien 1., Zedlitzgasse 6 wurde 1868–71 erbaut und bestand bis 1965. Das Bild zeigt einen Blick in die Halle mit den Ständen, Budeln, der Gasbeleuchtung und dem Publikum.

Lit.: *Groner,* S. 645.

Wien, Historisches Museum der Stadt Wien, Inv.-Nr. 9296 F. B.

5.2.14 **Die Zedlitzhalle**

Lithographie; H. = 14,5 cm, B. = 19,5 cm

Blick ins Innere mit den Standreihen, Publikum. Als „Karte zur Enthebung von Glückwünschen vom Neuen Jahre 1872" hergestellt.

Wien, Historisches Museum der Stadt Wien, Inv.-Nr. 21.716 F. B.

## 5.3 Konsumvereine

Eine neue Art des Detailhandels wurde in der Franz Joseph-Zeit durch die Gründung von Konsumvereinen nach englischem Vorbild der berühmten „Pioniere von Rochdale" eingeführt. Der erste richtige Konsumverein im heutigen Österreich war der 1856 gegründete „Wechselseitige Unterstützungsverein der Fabriksarbeiter zu Teesdorf" in Niederösterreich. Der Hauptteil der Konsumvereine wurde von Arbeitern begründet, doch gab es auch kleinbürgerliche Beamtenkonsumvereine. Offene und freiwillige Mitgliedschaft, politische und religiöse Neutralität, Barzahlung, Rückvergütung, demokratische Verwaltung, Beschränkung der Kapitalverzinsung sowie genossenschaftliche Fortbildung waren die Merkmale dieser neuen Einrichtung.

5.3.1 **Handwagen des Konsumvereins zu Teesdorf in NÖ**

Photographie; 2. Hälfte 19. Jahrhundert

Wagen dieser Art wurden zur Zeit der Anfänge der Arbeiterkonsumvereine zumeist vor das Fabrikstor gezogen und dort der Verkauf an die Mitglieder vorgenommen.

Lit.: 80 Jahre Konsumverein Teesdorf, Wien 1936, S. 4.
F. B.

5.3.2 **Das alte Konsumvereinsgebäude in Teesdorf**

Photographie; um 1880

Das Bild zeigt die Einfachheit eines alten Konsumvereinsgebäudes.

Lit.: 80 Jahre Konsumverein Teesdorf, Wien 1936, S. 5.
F. B.

5.3.3 **Stammhaus und Zentrale der Steirischen Konsumgenossenschaft Graz, erworben durch den Konsum**

Photographie; 1889

Die Abbildung zeigt ein stattliches Haus und dokumentiert den sichtbaren Aufschwung der Konsumvereinsbewegung im städtischen Gebiet.

Lit.: 50 Jahre Steirische Konsumgenossenschaft Graz 1887–1937, Graz 1937, S. 13. F. B.

5.3.4 **Einladung zur ordentlichen General-Versammlung des Ersten niederösterreichischen Arbeiter-Consum Vereines reg. Gen. m. unbeschr. Haftung**

Fünfhaus (bei Wien) Herklotzgasse Nr. 31 vom 27. Februar 1884
Photokopie; H. = 40 cm, B. = 30 cm

Der 1864 gegründete Konsumverein zu Fünfhaus lud für Montag, 10. März 1884, abends 17 Uhr, in das Gasthaus „Zum römischen Kaiser" in der Gemeinde Rudolfsheim, Kirchengasse 3 (= heute 15., Reindorfgasse) zur Generalversammlung ein.

Wien, Konsum Österreich F. B.

5.3.5 **Konsumvereinsmarken**

Für die Abwicklung der internen Warenverrechnung und zur Verrechnung mit den Mitgliedern verwendeten die Konsumgenossenschaften verschiedene Hilfsmittel. Neben den Marken zur Abrechnung der durch die Mitglieder getätigten Warenbezüge und der sogenannten „Rückvergütung" sowie den Kreditmarken (Fleischmarken, Lieferantenmarken) waren auch Einsatzmarken in Verwendung, weiters wurden Anweisungsmarken in Bäckereien und Fleischereien benützt.

Lit.: *Hirschberg, Helmut,* Marken und Geldzeichen konsumgenossenschaftlicher Unternehmen in Österreich, Numismatische Zeitschrift 90 (1975), 91 (1977), 93 (1979).

a. Arbeiterspar- und Konsumverein Fünfhaus bei Wien (gegr. 1864)

„Fleischmarken", Marken für den Verkehr mit Vertragslieferanten, in Gebrauch 1878 – 30. 6. 1900.

Vs.: ARBEITER-SPAR- & CONSUM-VEREIN
* FÜNFHAUS BEI WIEN *
Rs.: 1 KREUZER
Messing, Dm. = 16,3 mm

Vs.: ARBEITER-SPAR- & CONSUM-VEREIN
* FÜNFHAUS BEI WIEN *
Rs.: 5 KREUZER
Messing, Dm. = 18,3 mm

Vs.: ARBEITER-SPAR- & CONSUM-VEREIN
* FÜNFHAUS BEI WIEN *
Rs.: 10 KREUZER
Messing, Dm. = 20 mm

Vs.: ARBEITER-SPAR- & CONSUM-VEREIN
* FÜNFHAUS BEI WIEN *
Rs.: 25 KREUZER
Messing, Dm. = 24,7 mm

Lit.: *Hirschberg, Helmut,* Die Marken des Arbeitерspar- und Konsumvereins zu Fünfhaus, Money Trend 9 (1977) 20ff.

Wien, Sammlung Hirschberg F. B.

b. Konsumverein des 1. Kath. Arbeitervereines für Niederösterreich

in Wien (1874 erwähnt)
50 Kreuzer einer Verrechnungsmarke
Hohlprägung, Eisen; Dm. = 22,8 mm

Umschrift „CONSUMVEREIN", K+A 50 Kreuzer

Wien, Sammlung Hirschberg F. B.

c. Konsumverein „Wiener Pioniere" (gegr. 1868)

Der Konsumverein bestand nur zwei Jahre. Die während dieser Zeit verwendeten Marken sind die ältesten Belege derartiger Gepräge konsumgenossenschaftlicher Unternehmen in Österreich.

Verrechnungsmarken zu 1 und 5 Kreuzer

WIENER PIONNIERE * KREUZER * 1
Hohlprägung
Messing, Dm. = 15,5 mm

WIENER PIONNIERE * KREUZER * 5
Hohlprägung
Messing, Dm. = 17,5 mm

Wien, Sammlung Hirschberg F. B.

d. Konsumverein Marienthal (gegr. 1868)

Marienthal in Niederösterreich, heute ein Teil der Gemeinde Grammatneusiedl, war eine typische Fabriksarbeitersiedlung (Textilerzeugung), die später in den dreißiger Jahren des 20. Jahrhunderts traurige Berühmtheit erlangen sollte, als die Fabrik des Ortes in der Wirtschaftskrise sperrte und die gesamte Bevölkerung arbeitslos wurde.

Verrechnungsmarke zu 1 Kreuzer

Vs.: CONSUM VEREIN ∗ MARIENTHAL ∗ 1
Rs.: 1
Messing, Dm. = 22 mm

Wien, Sammlung Hirschberg F. B.

e. Konsumverein Selbsthilfe bzw. Konsum- und Wirtschaftsverein Selbsthilfe in Judenburg (erw. 1869)

Photo eines Verrechnungsscheines zu 5 Kreuzer, Papier; B. = 30 mm, L. = 90 mm, schwarzer Druck auf gelb getöntem Papier, handgeschnitten.

Av.: 5 kr / Fünf Kreuzer. / Consum-Verein. / Selbsthilfe Judenburg.
Rv.: zwei Gummistempelabdrucke:
ARBEITER CONSUMVEREIN SELBSTHILFE
IN JUDENBURG
REG. GEN. MIT. UNBESCH. HAFTUNG
sowie in oval
CONSUM & WIRTSCHAFTSVEREIN
SELBSTHILFE
IN
JUDENBURG

Wien, Sammlung Hirschberg F. B.

Kat.-Nr. 5.4.1

## 5.4 Hausier- und Wanderhandel

### 5.4.1 Tragkasten eines Hausierers Abb.

Tirol; Mitte 19. Jahrhundert
Fichtenholz; H. = 69 cm, L. = 54 cm, T. = 24 cm; bemalt

Die Seitenteile mit den Monogrammen Jesu, Mariens und Kopf, die Stirnseite mit Rosen und Tulpen auf blauem Grund. Initialen: *18 JW 52*, darunter Inschrift: *Mein Freude und Vergnügen, Ist die Haftelmacherey, Und gut essen und lang liegen, Und brav schnupfen nebenbey.* Unten seitlich drei Schubladen, der Tragriemen fehlt.

Innsbruck, Tiroler Volkskunstmuseum, Inv.-Nr. 11.691 F. B.

### 5.4.2 Marktwagerl aus Raaba bei Graz

Ende 19. Jahrhundert
H. = 98 cm, B. = 98 cm, L. = 172 cm

Zweirädriger Karren, Eisenachse, Blattfedern, truhenförmiger Aufbau aus Holz, gewölbter Deckel aus Eisenblech, versperrbar, eiserne Stütze zum Abstellen.
Typischer Handwagen, wie er von den Bäuerinnen verwendet wurde, wenn sie im kleinen Handel ihre Produkte auf den Grazer Verbrauchermarkt führten.

Graz, Steirisches Volkskundemuseum, Inv.-Nr. 6598 F. B.

### 5.4.3 Traismaurer Krippenspiel

2. Hälfte 19. Jahrhundert

Der Hersteller der Krippe hat in der Ausstattung auch die Erfahrungen des täglichen Lebens seiner Zeit mitverarbeitet. Das Krippenspiel zeigt u. a. auch einen Binkeljuden als Wanderhändler.

Traismauer, Heimatmuseum F. B.

5.4.4 **Wiener Straßenhändler 1899**

A. Greil; 1899
Aquarell; H. = 30 cm, B. = 21 cm

Verkauf von Devotionalien vor einer Kirchentür.

Wien, Historisches Museum der Stadt Wien, Inv.-Nr. 63.951 F. B.

## 5.5 Großhandel und Börsewesen

### Frucht- und Mehlbörse

5.5.1 **Amtlicher Bericht der Wiener Frucht- und Mehlbörse, Jg. 1875 (Kursblätter)**

Halbleinenband; ca. H. = 47 cm, B. = 30 cm
Aufgeschlagen: 17. Juli 1875

Notierungen finden sich für Weizen, Roggen, Gerste, Mais und Hafer. Die Qualitäten werden nach den Regionen der Monarchie unterschieden, z. B. bei Weizen: Banater, Maroscher, Slowakische, Raaber, Wieselburger, Marchfelder Sorte. Es werden so die wichtigsten großen Weizenanbaugebiete der Monarchie sichtbar. Im Konsumverkehr sind auch die Mehlsorten im Mühlenverkehr notiert.

Wien, Börse für landwirtschaftliche Produkte
F. B.

5.5.2 **Produktenbörse in Wien**

1887–1890
H. = 40 cm, B. = 29 cm

Das Gebäude der Produktenbörse in Wien 2., Taborstraße 10 wurde nach einem Konkursprojekt von Prof. Karl König erbaut und 1897ff. nach der Großen Mohrengasse hin erweitert.

Wien, Historisches Museum der Stadt Wien, Inv.-Nr. 17.146 F. B.

5.5.3 **Lagerhaus der Stadt Wien am Praterkai**

Richard Moser; 1876
Aquarell; H. = 29 cm, B. = ca. 45 cm

Die ursprünglich von Wilhelm Engerth für die Wiener Weltausstellung 1873 erbaute Maschinenhalle (Wien 2., Engerthstraße 257) wurde auf Betreiben des Bürgermeisters Cajetan Felder von der Gemeinde als Lagerhaus adaptiert.
Das Bild zeigt neben der Außenansicht des Lagerhauses im Vordergrund die Donau mit Dampfschiffen, besonders den Dampfer „Kronprinz Rudolf“, im Hintergrund das Rotundengebäude der Weltausstellung.

Lit.: *Groner,* S. 604.

Wien, Historisches Museum der Stadt Wien, Inv.-Nr. 165.448 F. B.

5.5.4 **Städtische Lagerhäuser am Wiener Handelskai, eröffnet 1876** Abb.

Franz Kollarz
Zeichnung „Über Land und Meer“; H. = 30 cm, B. = 40 cm

Die Ansicht zeigt das große Lagerhaus am Ausstellungsplatz mit Dampfeisenbahn, die Lagerhäuser an der Donaulände und das Innere mit Arbeitern bei der Einlagerung von Getreide.

Wien, Historisches Museum der Stadt Wien, Inv.-Nr. 80.825 F. B.

5.5.5 **Der Hafen der Donaudampfschiffahrtsgesellschaft in Wien am Handelskai**

L. E. Petrowitsch; um 1880
Zeichnung aus der „Leipziger Illustrierten Zeitung“; H. = 24 cm, B. = 52 cm

Die Abbildung zeigt das Lagerhaus der Stadt Wien, Kräne bei der Entladung verschiedener Donaudampfer, im Vordergrund Arbeiter, die Säcke tragen.

Wien, Historisches Museum der Stadt Wien, Inv.-Nr. 43.635 F. B.

5.5.6 **Das Gebäude der Produktenbörse in Wien**

A. St. Kronstein; 1890
Lithographie; H. = 15,5 cm, B. = 10,5 cm
Photokopie

Die Radierung zeigt neben dem Börsegebäude eine belebte Straßenszene mit Publikum, Fiaker, Fuhrwerk. Links und rechts des Gebäudes sind

Kat.-Nr. 5.5.4

noch die älteren, heute nicht mehr bestehenden Vorstadthäuser der Taborstraße zu sehen.

Wien, Börse für landwirtschaftliche Produkte
F. B.

### Warenbörse

5.5.7 **Amtliche Preisnotierungen der Wiener Warenbörse 1878**

Halbleinenband; H. = ca. 30 cm, B. = ca. 68 cm
Aufgeschlagen: 2. April 1878

Das Kursblatt zeigt Notierungen in Produkten (Weizen, Roggen, Gerste, Mais, Hafer) und damit eine gewisse Parallelfunktion zur Börse für landwirtschaftliche Produkte, ferner Spiritus, Ölsaaten, Leinöl, Petroleum, Rüböl, Olivenöl, Schweinefett, Kolonialwaren, Zucker und Baumwolle.

Wien, Archiv der Wiener Börsekammer F. B.

5.5.8 **Schiedsgericht der Wiener Warenbörse, Protokoll vom 7. Juni 1877**

Papier; H. = 35 cm, B. = 21 cm

Zu den wesentlichsten Aufgaben der Börsen gehört es auch, für ihre Mitglieder ein Schiedsgericht einzurichten. Im gegenständlichen Fall unterwarfen sich dem Schiedsgericht der Wiener Warenbörse E. J. Kohn aus Olmütz und J. Neuschlöss Söhne in Budapest wegen Nichtübernahme von Eschenpfosten. Das Schiedsgericht bahnte einen Vergleich zwischen den Geschäftspartnern an.

Wien, Archiv der Wiener Börsekammer, Schiedsgericht der Wiener Warenbörse 6/1877 F. B.

### Effektenbörse

5.5.9 **Kursblätter der Wiener Effektenbörse 1873 und 1881**

Aufgeschlagen: Halbleinenband aus 1881; H. = ca. 52 cm, B. = ca. 108 cm
Rechts zu sehen Originalkursblatt vom 1. April 1881
Links zum Vergleich Vervielfältigung des Originalkursblattes vom 9. Mai 1873 (Schwarzer Freitag des „Börsenkrachs“)

Das Kursblatt vom Schwarzen Freitag 1873 beinhaltet im nichtamtlichen Teil in dezenter Ausdrucksweise einen Hinweis auf den „Krach“: *Einige namhafte Insolvenzen beunruhigten das Börsepublikum und beeinträchtigten die Entwicklung des regelmäßigen Verkehrs. Wir bringen die per comptant geschlossenen Geschäfte zur Notiz, da für die nächste Liquidation keine Schlüsse zum Vollzug kamen.*
Das Kursblatt von 1881 zeigt gegenüber 1873 ein vermehrtes Anwachsen von Staatsschuldverschreibungen, eine starke Reduktion der Bankaktien und eine Stagnation bei den Aktien der Industrieunternehmungen.

Wien, Archiv der Wiener Börsekammer F. B.

**5.5.10 Schrankenplätze an der Wiener Börse in Wien 1., Strauchgasse (im Ferstelschen Bank- und Börsegebäude)**

um 1860
Papier; H. = 35 cm, B. = 60 cm

Unter dem Börseschranken versteht man jene Umgrenzung im Börsesaal, die jenen Raum bildet, innerhalb dem zu den Börsezeiten die amtlichen Sensale die Kursfestsetzung vornehmen. Die eigentliche Umgrenzung (Börseschranken) wird gebildet durch die bevorzugten festen Plätze der Privatbankiers, Großhändler und Vertreter der Aktienbanken rund um das Tätigkeitsfeld der Sensale. Außerhalb dieses Bereiches besteht die Kulisse der übrigen Börsebesucher und an gewissen festgelegten Stellen der freie Handel in bestimmten Börsepapieren.

Wien, Archiv der Wiener Börsekammer F. B.

**5.5.11 Der Börsesaal in der Strauchgasse mit dem Schranken**

um 1860
Papier; H. = 30 cm, B. = 21 cm

Wien, Archiv der Wiener Börsekammer F. B.

**5.5.12 Schrankenplätze an der Wiener Börse**

um 1876
Papier; H. = 37 cm, B. = 72 cm

Wien, Archiv der Wiener Börsekammer F. B.

**5.5.13 Börsesaal der Wertpapierbörse (mit dem Schranken)**

F. Kollarz; um 1876
Zeichnung; H. = 40 cm, B. = ca. 20 cm

Wien, Historisches Museum der Stadt Wien, Inv.-Nr. 9379 F. B.

**5.5.14 Das Provisorische Börsegebäude**

Schauplatz des Börsekrachs von 1873
Photographie; H. = 23 cm, B. = 30,5 cm

Das Bild, mit Widmung Emil Försters an seinen Freund Frank, zeigt den provisorischen Holzriegelbau am Schottenring, im Hintergrund die Rossauer Kaserne.

Wien, Archiv der Wiener Börsekammer F. B.

**5.5.15 Verausgabte Jahreskarten an der Wiener Effektenbörse 1855–1882**

Graphik; Entwurf: F. B.; Ausführung: I. Grillmayer

Die Graphik zeigt das Schwanken der verausgabten Besucherkarten an der Wiener Effektenbörse, die sehr eng mit den Wirtschafts- und Finanzkrisen korrelierte. Dem Aufschwung um die Mitte der fünfziger Jahre folgte mit der Weltwirtschaftskrise von 1857 ein starker Rückgang der verausgabten Karten bis 1866. Den größten Zuwachs an Besuchern konnte sich die Wiener Börse in der Gründerperiode von 1869 bis 1873 sichern, der „Schwarze Freitag“ vom 9. Mai 1873 brachte einen starken Besucherrückgang, der erst 1882 wieder wettgemacht werden konnte.

F. B.

**5.6 Lebenserinnerungen von Sigmund Mayer, Großkaufmann und Wiener Kommunalpolitiker 1831–1920**

Sigmund Mayer, Ein jüdischer Kaufmann, 1831 bis 1911. Leipzig bei Duncker und Humblot 1911. Aufgeschlagen Titelblatt und Photo des Autors

Der Weg Sigmund Mayers führte aus dem Preßburger Judenghetto des Vormärz nach Wien, wo er in den fünfziger Jahren des 19. Jahrhunderts in den Textilgroßhandel einstieg und ab 1866 eine Exportkonfektion aufzog. 1869 eröffnete er auch ein Kleidergeschäft in Alexandrien. Mayer war seit den siebziger Jahren in der Wiener Kommunalpolitik engagiert und war Autor zahlreicher Publikationen zu Fragen des österreichischen Gewerberechts und der Geschichte des Judentums.

Wien, Universitätsbibliothek, Inv.-Nr. I 372.004

F. B.

## 5.7 Bank- und Handelsbauten

### 5.7.1 Prag, Böhmische Sparkasse
(Heute Tschechische Akademie der Wissenschaften)

Staré Město, Národní třída
Ignaz Ullmann; 1858–1862

Mit dem wirtschaftlichen Aufschwung Prags nach der Jahrhundertmitte expandierten auch die Geldinstitute. Als erste Anstalt dieser Art entschloß sich die Böhmische Sparkasse (1824 gegr.) zu einem repräsentativen Neubau. Für den Architekten Ignaz Ullmann, der einige Jahre vorher seine Laufbahn in Prag als Mitarbeiter Carl Roesners an der Cyrill- und Methodkirche in Karolinental (Karlín) begonnen hatte, war dies die erste große Möglichkeit zum Durchbruch, die er auch voll zu nutzen wußte. Dieser Erstlingsbau Ullmanns, dessen langgestreckte Hauptfront sich gegen die vornehme ehemalige Promenadenallee wendet, zeigt bereits in aller Klarheit die Richtung, welcher der Architekt rund eineinhalb Jahrzehnte treu bleiben sollte: dominierend sind die unmittelbaren Eindrücke seiner Italien-Reise, der Einfluß der Wiener Akademie, wo er sein Studium bei van der Nüll und Sicardsburg absolviert hatte, tritt dagegen deutlich zurück.

Lit.: *Poche, E.* (Hg.), Praha národního probuzení, S. 127f.

S. K.

### 5.7.2 Prag, Hypothekenbank

Staré Město, Ecke Národní třída / Perlová ulice
Ignaz Ullmann; 1865–1866

Der weitläufige Komplex der ehemaligen Hypothekenbank, jüngst als Ullmanns Arbeit erkannt, war der zweite Großauftrag, den der Architekt seitens einer Geldinstitution erhalten hatte. Ganz im Sinne seines eben etablierten „Stiles", der ihm die unbestrittene Monopolstellung in der Prager Architektur erobert hatte, schuf hier Ullmann eine weitere Paraphrase der venezianischen Renaissancearchitektur.

Lit.: *Poche, E.* (Hg.), Praha národního probuzení, S. 133.

Praha, Muzeum hlavního města Prahy S. K.

### 5.7.3 Budapest, Ofener Sparkasse

Miklós (Nikolaus) Ybl, 1860–1862
Photographie; H. = 24 cm, B. = 31 cm

Die Ofener Sparkasse wurde als der erste klassische Bau der modernen Architektur in Budapest gerühmt, und eine Gegenüberstellung etwa mit der gleichzeitig entstehenden Redoute Feszls (Kat.-Nr. 11.9.4) zeigt deutlich, wie radikal sich Ybl mit diesem Werk von der Architektur des frühen Historismus entfernt hat: Der kubisch geschlossene Baublock, dessen Fassade nur durch das Säulenmotiv eine gewisse Auflockerung erfährt, zeigt im Innenhof fein proportionierte Arkaden, welche den Eindruck eines italienischen Renaissance-Palazzo besonders intensivieren.

Lit.: *Ország h, A.*, Budapests öffentliche Bauten in den Jahren 1868–1882, Budapest 1884, S. 212. – *Ybl, Erwin*, Ybl Miklós, Budapest 1956, S. 34.

Budapest, Budapesti Történeti Múzeum, Inv.-Nr. 23.123 S. K.

### 5.7.4 Budapest, Pester Sparkasse

Miklós (Nikolaus) Ybl, 1872–1874
Photographie; H. = 30 cm, B. = 41 cm

Mit diesem Bau hat Ybl sein früheres, vergleichsweise bescheiden und maßvoll konzipiertes Sparkassengebäude weit hinter sich gelassen. Die großartig entwickelte Schaufassade, deren fünf Geschosse rhythmisch in Zonen zusammengefaßt sind, um die notwendige aber nicht palast-mäßige Höhe des Gebäudes zu verunklären, zeigt dabei nicht nur die Kenntnis des Semperschen Werkes, sondern besonders eine verständnisvolle Auseinandersetzung mit der Wiener Ringstraßenarchitektur Hansens. Anregungen aus unmittelbarer Anschauung lieferte das 1865 vollendete Gebäude der Ungarischen Akademie der Wissenschaften (Kat.-Nr. 24.5.13), an dem Ybl mitgearbeitet hatte.

Lit.: *Ybl, E.*, Ybl Miklós, S. 59.

Budapest, Budapesti Történeti Múzeum, Inv.-Nr. F 64.780.56 S. K.

5.7.5 **Budapest, ehem. Hauptzollamt**
(Heute Karl-Marx-Wirtschaftsuniversität)

Dimitrov-Platz
Miklós (Nikolaus) Ybl, 1870–1877
Photographie; H. = 30 cm, B. = 41 cm

Der ausgedehnte Komplex stellte an den Architekten besondere Anforderungen, denn er sollte – bedingt durch seine Lage am Donauquai – auch eine wesentliche städtebauliche Funktion erfüllen. Ybl gliederte den langgestreckten Baukörper zwar durch Mittelrisalit und Eckpavillons, beließ den Fassaden aber eine gewisse, den monumentalen Charakter der Anlage betonende Monotonie, indem er mit der architektonischen Durchgestaltung sehr sparsam umging. Zum Teil konnte hier Ybl Ideen verwirklichen, die er seinerzeit bei der Konkurrenz für das Gebäude der Ungarischen Akademie der Wissenschaften (Kat.-Nr. 24.5.13) entwickelt hatte.

Lit.: *Országh, A.*, Budapests öffentliche Bauten, S. 213. – *Ybl, E.*, Ybl Miklós, S. 61.

Budapest, Budapesti Történet; Múzeum, Inv.-Nr. 64.780.10 S. K.

5.7.6 **Wien, Creditanstalt für Handel und Gewerbe**

Ehem. Wien I., Am Hof – Heidenschuß
Franz Fröhlich, 1858–1860
Kupferstich; H. = 32,3 cm, B. = 43,3 cm

Die Creditanstalt wurde im Herzen des neu entstandenen Bankenviertels rund um die Freyung in nächster Nähe von Ferstels Bank- und Börsengebäude errichtet. Der Bau war zwar keine so progressive Leistung wie Ferstels Architektur, dafür illustriert er in anschaulicher Weise die Aufnahme des neuen „Stils“ des frühen Historismus in der baulichen Alltagspraxis: unter Beibehaltung traditioneller, „solider“ Prinzipien war man zunächst gegenüber dem dekorativen Reichtum des frühen Historismus aufgeschlossen, wie er sich hier v. a. in der aufwendigen Gestaltung der Fensterumrahmungen und des plastischen Schmuckes der Portalzone zeigt.

Lit.: *Wagner-Rieger, R.*, Wiens Architektur im 19. Jahrhundert, Wien 1970, S. 131.

Wien, Historisches Museum der Stadt Wien, Inv.-Nr. 79.000/1242 S. K.

5.7.7 **Wien, Bank- und Börsengebäude**

Wien I., Freyung – Strauchgasse – Herrengasse
Heinrich von Ferstel; 1855–1860
Lithographie; H. = 23,7 cm, B. = 32 cm

Im selben Jahr, da der erst 27jährige Ferstel die Konkurrenz für den Bau der Votivkirche gewann, wurde ihm noch ein zweiter Großbau übertragen: die Errichtung eines Gebäudekomplexes, der neben den Lokalitäten für Nationalbank und Börsekammer auch Geschäftslokale und ein Kaffeehaus enthalten sollte. Ferstel bewältigte die komplizierte Aufgabe, die noch durch die Unregelmäßigkeit des zur Verfügung stehenden Areals erschwert war, mit großem Geschick: In dem gegen die Herrengasse gelegenen Trakt brachte er die Bank unter, für die Börse wurde der größere Teil des Komplexes gegen die Strauchgasse hin eingerichtet, wo sich auch der große Börsesaal befand. Das lange, schmale Grundstück an der Freyung wurde für den Basar ausgenützt, und als Mittelpunkt der gesamten Anlage entstand der sechseckige, glasgedeckte Hof, der mit dem „Donauweibchen-Brunnen“ von Anton Dominik Fernkorn geschmückt wurde.
Mit seinen aufwendig gestalteten Fassaden und Innenräumen, mit der Verwendung der modernen Glas-Eisen-Konstruktion und echten Baumaterials wurde der Bau zu einer der bahnbrechenden Schöpfungen des frühen Historismus in Wien.

Lit.: *Kassal-Mikula, R.*, Heinrich von Ferstel (Ausstellungskatalog), Wien 1983, S. 43f.

Wien, Historisches Museum der Stadt Wien, Inv.-Nr. 14.272 S. K.

5.7.8 **Waren- und Wohnhaus der Herren G. Haas und S. B. Czjžek**

Wien I., Kärntnerstraße 5
Architekten Claus und Groß, Bildhauer Joh. Hutterer; 1882/83
Lichtdruck der Straßenfront und Grundrisse der Etagen, beide Blätter H. = 42 cm, B. = 28 cm; aus „Försters Allgemeine Bauzeitung“ 1884, Bl. 1 und 2

Das für die Niederlage der k. k. Porzellanfabriken in Schlaggenwald und Chodau errichtete Gebäude in der vornehmsten Geschäftsstraße der Wiener Innenstadt war im Parterre und Mezzanin für den Geschäftsladen, im Souterrain für die Warenmagazine bestimmt, der Hof war mit einem

Glasdach genützt, im 1. bis 3. Stock befanden sich Wohnungen.

Wien, Sammlung Baltzarek F. B.

### 5.7.9 Waren- und Wohnhaus des August Hückel

Wien I., Ecke Heinrichsgasse, Concordiaplatz und Salzgries
Architekten Claus und Groß im Verein mit dem k. k. Oberingenieur August Hückel
Lichtdruck der Straßenfront und Grundrisse der Etagen, beide Blätter H. = 42 cm, B. = 28 cm; aus Försters „Allgemeine Bauzeitung“ 1883, Bl. 63 und 64

Das auf Stadterweiterungsgrund 1882/83 errichtete Haus wurde gemäß seinem Standort im Textilviertel der Wiener Innenstadt mit zahlreichen Geschäftslokalen und Magazinen ausgestattet. Die Aufnahme der Gassenfassade zeigt, daß sich hier der Textilgroßhändler M. Popper & Söhne etabliert hatte. Der Grundriß von Parterre, Souterrain und Mezzanin zeigt zahlreiche Geschäftsräume und Lager.

Wien, Sammlung Baltzarek F. B.

### 5.7.10 Geschäftshaus des Wiener Giro- und Cassenvereins

Wien I., Rockhgasse
Architekt Emil Ritter von Förster
Lichtdruck der Gassenfront und Grundrisse von Parterre und 1. Stock, beide Blätter H. = 42 cm, B. = 28 cm; aus „Försters Allgemeine Bauzeitung“ 1883, Bl. 69 und 71

Der 1872 zum Zweck des Börsearrangements gegründete Wiener Giro- und Cassenverein ließ sich 1883 ein eigenes Haus in der Nähe der neuen Wiener Börse erbauen. Obwohl die Parzelle einen schwierigen Grundriß hatte (nur geringe Straßenfront), gelang es dem Architekten doch, einen großen Saalbau für den Kassenraum einzuplanen. Um den Banksaal, der durch zwei Stockwerke geht, reihen sich im Parterre und Mezzanin die Verwaltungsräume und Depots der Bank, im 1. Stock die Wohnung des Direktors mit Salon, Diener-, Gouvernanten- und Kinderzimmer.

Wien, Sammlung Baltzarek F. B.

## 5.8 Wirtschafts- und Handelskrisen

### 5.8.1 Handels- und Produktionskrisen von 1857 bis 1866 und 1872/73 bis 1876, dargestellt an Hand der Schätzung der langfristigen Entwicklung der cisleithanischen Industrieproduktion 1830–1913

Graphik nach der Zeitreihe bei *J. Komlos,* The Habsburg Monarchy as a Customs Union, Princeton 1983. Entwurf: F. B.; Ausführung: I. Grillmayer u. M. Hofmeister-Moscouw

Mit dem Vordringen der Industrialisierung und der Integration in den Weltmarkt machte sich auch in der Donaumonarchie die Abhängigkeit von Aufschwungs- und Stockungsperioden in der wirtschaftlichen Entwicklung bemerkbar. Besonders ausgeprägt waren die weltweit spürbaren Produktions- und Handelskrisen von 1857 und 1873, die man mit Recht als die ersten Weltwirtschaftskrisen bezeichnen kann.
Die Krise von 1857/58 dauerte in der Donaumonarchie bis 1866 und war damit wesentlich stärker ausgeprägt als in den meisten anderen Volkswirtschaften. Als besondere Faktoren, die zu dieser Verstärkung der Krise beigetragen haben, sind in erster Linie die Kriege von 1859 und 1866 zu nennen, aber auch die Wirtschaftspolitik der frühen sechziger Jahre: unglückliche Handels- und Zollpolitik gegenüber Preußen sowie verfehlte Währungspolitik, die zur Deflation führte.
Die Krise von 1873 dauerte bis 1876 und leitete eine Periode langsameren Wachstums ein.

F. B.

### 5.8.2 Indikatoren des industriellen Wachstums in Cisleithanien, dargestellt an Hand der Roheisenerzeugung, der Bierproduktion und des Kohleverbrauchs

Graphik nach *H. Matis* u. *K. Bachinger,* Österreichs Industrielle Entwicklung, 1973

Von den konjunkturellen Schwankungen in der Industrie ist der Handel mit seinen Umsätzen stets besonders betroffen. Vor allem in der Roheisenerzeugung sind starke Schwankungen fast in der ganzen Periode zu verzeichnen, vor allem aber auch wieder in den beiden Krisenperioden 1857–1866 und 1873 bis 1876. Die Bierproduktion zeigt in unserer Periode jeweils mit Beginn der beiden Krisenperioden typische Stagnationstendenzen und langanhaltende Perioden ohne Produktionsausweitung, die auf geringe Zuwächse in der Konsumkraft der Bevölkerung und der Masseneinkommen schließen lassen. Der Kohleverbrauch ist hingegen in dieser Zeit ununterbrochen und stetig gestiegen.

F. B.

### 5.8.3 Die Bankenkrise 1873

Graphik nach der Methode von Otto Neurath

Die Krise von 1873 war auch eine Bank- und Börsenkrise sowie eine Krise der Aktiengesellschaften. Die Graphik zeigt die Verringerung der Zahl der Aktienbanken und des eingezahlten Aktienkapitals derselben, verschlimmert aber die tatsächliche Situation um rund 25%, da ein Teil der Aktienbanken (vor allem solche in der Provinz) ihre Rechtsform nach 1873 geändert haben und daher in der Statistik nicht mehr unter den Aktiengesellschaften rangierten.

F. B.

### 5.8.4 Gründungen und Auflösungen von Industrieaktiengesellschaften 1866–1873

Graphik nach *Felix Somary,* Die Aktiengesellschaften in Österreich, 1902; Entwurf: F. B., Ausführung: I. Grillmayer

Die Periode von 1866–1873 verzeichnete einen Boom von Gründungen in Aktiengesellschaften. Darunter waren eine ganze Reihe von Spekulationsgründungen, die nur zum Zweck der Börsespekulation geschaffen worden waren. Besonders anfällig für Liquidationen, die zumeist bald nach dem „Schwarzen Freitag" vom 9. Mai 1873 erfolgten, waren die Baugesellschaften, die Dampfmühlen, die Bergbau- und die Baumaterialgesellschaften.

F. B.

## 5.9 Österreich-Ungarn im Welthandel

### 5.9.1 Die Anteile der wichtigsten Staaten am Welthandel 1880

Graphik nach der Zeitreihe bei *M. G. Mulhall,* Dictionary of Statistics, London 1892; Entwurf: F. B., Ausführung: I. Grillmayer

Österreich-Ungarn war relativ schwach in den Welthandel integriert, 1880 betrug der Anteil nur 3,5% des Welthandels. Der größte Teil des Handels spielte sich innerhalb des Reiches ab. Die Monarchie rangierte weit abgeschlagen hinter Großbritannien, Frankreich, den USA, dem Deutschen Reich, Belgien und den Niederlanden. Selbst Rußland hatte einen größeren Anteil am Welthandel und die territorial und bevölkerungsmäßig weit hinter dem Habsburgerreich rangierende Schweiz erreichte mit 1,9% einen beachtlichen Wert, der bedeutend über der Hälfte des Außenhandels der Monarchie lag.

F. B.

### 5.9.2 Im- und Exporte der Donaumonarchie 1861 und 1870 nach Grenzfabrikaten, Halb- und Hilfsfabrikaten, Industriestoffen und Lebensmitteln

Graphik nach Zeitreihen bei *Brachelli* und *Migerka,* Oesterreich's commercielle und industrielle Entwicklung in den letzten Jahrzehnten, Wien 1873; Entwurf: F. B., Ausführung: I. Grillmayer

Die Graphiken zeigen im Vergleich von 1861 und 1870 eine bedeutende Zunahme der Einfuhr von Ganzfabrikaten in die Monarchie bei nur leichter Zunahme der Ausfuhr in diesem Sektor, eine wesentliche Abnahme der Einfuhr von Nahrungsmitteln bei nur geringer Abnahme der Ausfuhren; die Prozentsätze bei den Halb- und Hilfsfabrikaten sind in etwa gleich geblieben.
Ein Vergleich der Ein- und Ausfuhren zeigt jeweils, daß mehr Lebensmittel eingeführt als ausgeführt wurden, wobei sich allerdings die Ein- und Ausfuhrwerte in den siebziger Jahren immer mehr die Waage hielten, auch Industrie-, Halb- und Hilfsstoffe wurden immer mehr eingeführt als ausgeführt, hingegen stets mehr Ganzfabrikate exportiert als importiert. Die Bilanzen der Teilsektoren des Im- und Exporthandels sind ein typischer Beweis dafür, daß die Monarchie inmitten eines Industrialisierungsprozesses stand und sich vom Agrarstaat in die Richtung auf einen Agrar-Industriestaat zubewegte. F. B.

## 5.10 Geld und Währung

### Ungarn 1848/1849

Die andauernden Auseinandersetzungen zwischen den österreichischen Truppen und den ungari-

schen Freiheitskämpfern veranlaßte die Ungarn, um dem Mangel an Geld abzuhelfen, zur Ausgabe von eigenem Geld. Dabei sollten die gewohnten lateinischen Münzlegenden durch magyarische ersetzt werden.
Als Finanzminister ließ Kossuth auch ungarisches Papiergeld ausgeben. Die Finanzierung der ungarischen Freiheitsbewegung führte aber nicht zu dem gewünschten Erfolg. Im Februar 1849 wurden vom Finanzministerium in Wien die Kossuthnoten für ungültig und ihr Besitz für strafbar erklärt.

## 5.10.1 Münzen und Papiergeld der Revolutionäre

a. Münzstätte Kremnitz: Dukat

1848, mit ungarischer Legende
Gold, Dm. = 21 mm, 3,48 g
Vs.: Stehender Kaiser Ferdinand in Rüstung mit Krone, Szepter, Reichsapfel, Schwert und Mantel halb r.
Rs.: Gekrönte Madonna mit Kind und Szepter auf Mondsichel im Strahlenkranz, darunter gekröntes Ungarisches Wappen

Lit.: *Huszár (Lajos Huszár,* Münzkatalog Ungarn, Budapest 1979), Nr. 2091.

Wien, Kunsthistorisches Museum, Münzkabinett, Inv.-Nr. 128.862 H. J.

b. Münzstätte Kremnitz: 20 Kreuzer

1848, mit ungarischer Legende
Silber; Dm. = 31 mm, 6,62 g
Vs.: Belorbeertes Brustbild Ferdinands r., darunter Münzstättenzeichen K. B.
Rs.: Gekrönte Madonna mit Kind und Szepter im Strahlenkranz, darunter Wertzahl 20

Lit.: *Huszár,* 2092.

Wien, Kunsthistorisches Museum, Münzkabinett, Inv.-Nr. 128.869 H. J.

c. Münzstätte Kremnitz: 10 Kreuzer

1848, mit ungarischer Legende
Silber; Dm. = 23 mm, 3,81 g
Vs.: Belorbeertes Brustbild Ferdinands r., darunter Münzstättenzeichen K. B.
Rs.: Gekrönte Madonna mit Kind und Szepter im Strahlenkranz, darunter Wertzahl 10

Lit.: *Huszár,* 2093

Wien, Kunsthistorisches Museum, Münzkabinett, Inv.-Nr. 211.657 H. J.

d. Münzstätte Kremnitz: Kreuzer

1848, mit ungarischer Legende
Kupfer; Dm. = 26 mm
Vs.: Gekröntes ungarisches Wappen
Rs.: EGY/KRAJCZÁR

Lit.: *Huszár,* 2096

Wien, Kunsthistorisches Museum, Münzkabinett, Inv.-Nr. 128.877 H. J.

e. Münzstätte Nagybanya: 6 Kreuzer

1849, mit ungarischer Legende
Silber; Dm. = 20 mm, 2,31 g
Vs.: Gekröntes ungarisches Wappen, l. bzw. r. in den Feldern 6.-K.
Rs.: HAT/KRAJCZÁR

Lit.: *Huszár,* 2094

Wien, Kunsthistorisches Museum, Münzkabinett, Inv.-Nr. 164.741 H. J.

f. Münzstätte Nagybanya: 3 Kreuzer

1849, mit ungarischer Legende
Kupfer; Dm. = 33 mm
Vs.: Gekröntes ungarisches Wappen, l. bzw. r. in den Feldern 3.-K.
Rs.: HÁROM/KRAJCZÁR

Lit.: *Huszár,* 2095

Wien, Kunsthistorisches Museum, Münzkabinett, Inv.-Nr. 128.865 H. J.

g. Münzstätte Nagybanya: Kreuzer

1849, mit ungarischer Legende
Kupfer; Dm. = 26 mm
Vs.: Gekröntes ungarisches Wappen
Rs.: EGY/KRAJCZÁR

Lit.: *Huszár,* 2097

Wien, Kunsthistorisches Museum, Münzkabinett, Inv.-Nr. 128.866 H. J.

h. Staatsnote über 100 Gulden

Budapest 1. September 1848
gelbliches Papier, Druck schwarz und verschiedene Grautöne; H. = 128 mm, B. = 184 mm
Vs.: Schrift in Ranken- und Ornamenteinfassung, oben in der Mitte gekröntes ungarisches Wappen; Unterschrift Kossuth Lajos als Finanzminister
Rs.: Schrift und Ornamentmuster

Lit.: *Miller-Aichholz,* S. 332

Wien, Kunsthistorisches Museum, Münzkabinett, Inv.-Nr. 607/D H. J.

i. Staatsnote über 10 Gulden

Budapest 1. September 1848
gelbliches Papier, Druck schwarz und grauviolett; H. = 111 mm, B. = 143 mm

Vs.: Schrift in Ranken- und Ornamenteinfassung, unten in der Mitte gekröntes ungarisches Wappen; Unterschrift Kossuths als Finanzminister
Rs.: Schrift und Ornamentmuster

Lit.: *Miller-Aichholz,* S. 332

Wien, Kunsthistorisches Museum, Münzkabinett, Inv.-Nr. 63/D H. J.

j. Zertifikat des Hungarian Fund über 50 Dollar

New York, 1. Juli 1852
gelbliches Papier, Druck schwarz; H. = 104 mm, B. = 197 mm, einseitig

Vs.: Das Brustbild Kossuths von Schrift umgeben, l. Hungaria mit Stab, Freiheitsmütze und Wappen, r. Amerika mit Wappen

Noch in der Emigration gab Kossuth in der USA und in England Papiergeld für Ungarn aus.

Wien, Kunsthistorisches Museum, Münzkabinett, Inv.-Nr. 12.396/D H. J.

## 5.10.2 Kaiserliche bzw. königliche Prägungen und Papiergeld in Ungarn während und nach der Revolutionsperiode

a. Münzstätte Kremnitz: Dukat (österreichischer Typus)

1848, mit lateinischer Legende
Gold; Dm. = 20 mm, 3,48 g

Vs.: Belorbeertes Brustbild Ferdinands r.
Rs.: Gekrönter Doppeladler mit Brustschild, Schwert, Szepter und Reichsapfel

Lit.: *Huszár,* 2077.

Wien, Kunsthistorisches Museum, Münzkabinett, Inv.-Nr. 128.865 H. J.

b. Münzstätte Kremnitz: Dukat (ungarischer Typus)

1848, mit lateinischer Legende
Gold; Dm. = 21 mm, 3,47 g

Vs.: Stehender Kaiser Ferdinand in Rüstung mit Krone, Szepter, Reichsapfel, Schwert und Mantel halb r.
Rs.: Gekrönte Madonna mit Kind und Szepter auf Mondsichel in Strahlenkranz, darunter gekrönter ungarischer Wappenschild

Lit.: *Huszár,* 2075.

Wien, Kunsthistorisches Museum, Münzkabinett, Inv.-Nr. 128.861 H. J.

c. Münzstätte Kremnitz: 20er (ungarischer Typus)

1848, mit lateinischer Legende
Silber; Dm. = 27 mm, 6,64 g

Vs.: Belorbeertes Brustbild Ferdinands r.
Rs.: Gekrönte Madonna mit Kind und Szepter in Strahlenkranz, darunter Wertzahl 20

Lit.: *Huszár,* 2084.

Wien, Kunsthistorisches Museum, Münzkabinett, Inv.-Nr. 164.651 H. J.

d. Münzstätte Kremnitz: 10er (ungarischer Typus)

1848, mit lateinischer Legende
Silber; Dm. = 23 mm, 3,90 g

Vs.: Belorbeertes Brustbild Ferdinands r.
Rs.: Gekrönte Madonna mit Kind und Szepter in Strahlenkranz, darunter Wertzahl 10

Lit.: *Huszár,* 2085.

Wien, Kunsthistorisches Museum, Münzkabinett, Inv.-Nr. 128.871 H. J.

e. Münzstätte Kremnitz: 6er

1849, mit deutscher Legende
Silber; Dm. = 19 mm, 9 g

Vs.: Gekrönter Doppeladlerschild
Rs.: 6/KREUZER etc.

Lit.: *Huszár,* 2165.

Wien, Kunsthistorisches Museum, Münzkabinett, Inv.-Nr. 164.725 H. J.

f. Arad: 3 Kreuzer

ohne Jahresangabe (1849)
Eisen; Dm. = 23 mm, einseitig

Vs.: Eingeschlagene Wertzahl 3

In der Festung Arad, die durch Monate von den Ungarn belagert wurde, gab man, da das Geld ausgegangen war, Notgeld aus. Neben verschiedenem Papiernotgeld wurden Blechstücke mit Werteinstempelungen ausgegeben.

Lit.: *Helfert* (Joseph Alexander Freiherr v. Helfert, Oesterreichische Münzen und Geldzeichen von den Jahren 1848 und 1849, Numismatische Zeitschrift, Band 6/7, 1874/75), S. 277f. – *Miller-Aichholz,* S. 332.

Wien, Kunsthistorisches Museum, Münzkabinett, Inv.-Nr. 173.083 H. J.

g. Kreuzer

1849 Agram/Zagreb („Jelačič-Kreuzer")
Kupfer; Dm. = 27 mm

Vs.: Gekröntes kroatisch-slavonisch-dalmatinisches Wappen
Rs.: Wertangabe und Jahreszahl über Lorbeer- und Palmzweig; darunter Münzstättenzeichen Z

Da auch in Kroatien der jeweils in Kriegszeiten auftretende Mangel an Münz- und besonders an Kleingeld spürbar wurde, faßte man den Entschluß, zur Selbsthilfe zu schreiten. Es sollten eigene Münzen geprägt werden. Kaum hatte man mit dem Prägen begonnen, kam schon der Befehl zur Einstellung der Prägetätigkeit. Von Graz aus sollte der Geldmangel behoben werden.

Lit.: *Helfert,* S. 280. – *Miller-Aichholz,* S. 332.

Wien, Kunsthistorisches Museum, Münzkabinett, Inv.-Nr. 197.117 H. J.

h. Münzzettel zur Zahlung an öffentlichen Kassen

10 Kreuzer; Ofen 1. August 1849
weißes Papier, schwarzer Druck auf blauem Mustergrund; H. = 41 mm, B. = 103 mm, einseitig

Vs.: Wertangabe und Verwendungshinweis als Text; Wertangabe in sechs verschiedenen Sprachen

Lit.: *Miller-Aichholz,* S. 332.

Wien, Kunsthistorisches Museum, Münzkabinett, Inv.-Nr. 609/D H. J.

### Lombardo-Venetien

Auch die Aufständischen in Lombardo-Venetien gaben eigenes Geld aus, wodurch das österreichische verdrängt und damit die Unabhängigkeit dokumentiert werden sollte. Münzstätten waren – wie vor der Erhebung – Mailand und Venedig. Geprägt wurden Gold-, Silber- und Kupfermünzen. Auch Papiergeld wurde in drei Serien in Umlauf gesetzt: Moneta patriotica, Moneta del Comune di Venezia, Dono patriotico.
Der in Mantua mit seinen Truppen von den Aufständischen eingeschlossene Festungskommandant Karl von Gorzkowski war gezwungen, um Offizieren und Mannschaft Geld auszahlen zu können, eigene Münzen zu prägen. Durch Beschlagnahme von Silbergerät verschaffte man sich das benötigte Münzmetall.

## 5.10.3 Münzen und Papiergeld der Revolutionäre

a. Mailand. Governo provvisorio di Lombardia: 40 Lire

1848
Gold; Dm. = 26 mm, 12,87 g

Vs.: 40/LIRE/ITALIANE in einem Kranz aus einem Lorbeer- und einem Eichenzweig
Rs.: Italia mit Lanze frontal stehend

Lit.: *Miller-Aichholz,* S. 331. – CNI V, S. 445, Nr. 1.

Wien, Kunsthistorisches Museum, Münzkabinett, Inv.-Nr. 3441 aα H. J.

b. Mailand. Governo provvisorio di Lombardia: 5 Lire

1848
Silber; Dm. = 37 mm, 24,98 g

Vs.: 5/LIRE/ITALIANE in einem Kranz aus einem Lorbeer- und einem Eichenzweig
Rs.: Italia mit Lanze frontal stehend

Lit.: *Miller-Aichholz,* S. 331. – CNI V, S. 446, Nr. 3.

Wien, Kunsthistorisches Museum, Münzkabinett, Inv.-Nr. 6522 bα H. J.

c. Venedig. Unione Italiana-Repubblica Veneta: 5 Lire

1848
Silber; Dm. = 38 mm, 24,99 g

Vs.: Geflügelter Löwe l.
Rs.: 5/LIRE in einem Kranz aus einem Lorbeer- und einem Eichenzweig

Lit.: *Miller-Aichholz,* S. 331. – CNI VIII, S. 661, Nr. 2.

Wien, Kunsthistorisches Museum, Münzkabinett, Inv.-Nr. 7134 H. J.

d. Venedig. Alleanza del popoli liberi: 20 Lire

1848
Gold; Dm. = 21 mm, 6,41 g
Vs.: Geflügelter Löwe l.
Rs.: 20/LIRE in Eichenkranz

Lit.: *Miller-Aichholz,* S. 331. – CNI VIII, S. 661, Nr. 1.

Wien, Kunsthistorisches Museum, Münzkabinett, Inv.-Nr. 20.874 aα H. J.

e. Venedig. Alleanza del popoli liberi: 5 Lire

1848
Silber; Dm. = 38 mm, 24,90 g
Vs.: Geflügelter Löwe l.
Rs.: 5/LIRE in Eichenkranz

Lit.: *Miller-Aichholz,* S. 331. – CNI VIII, S. 661, Nr. 3.

Wien, Kunsthistorisches Museum, Münzkabinett, Inv.-Nr. 7135 bα H. J.

f. Venedig. Governo provvisorio di Venezia: 15 Centesimi

1848
Silber; Dm. = 18 mm, 1,57 g
Vs.: Geflügelter Löwe l.
Rs.: Wertzahl 15

Lit.: *Miller-Aichholz,* S. 331. – CNI VIII, S. 662, Nr. 8.

Wien, Kunsthistorisches Museum, Münzkabinett, Inv.-Nr. 20.875 aα H. J.

g. Venedig. Governo provvisorio di Venezia: 3 Centesimi

1849
Kupfer; Dm. = 22 mm
Vs.: Geflügelter Löwe frontal sitzend
Rs.: Wertzahl 3

Lit.: *Miller-Aichholz,* S. 332. – CNI VIII, S. 663, Nr. 10.

Wien, Kunsthistorisches Museum, Münzkabinett, Inv.-Nr. 20.877 aα H. J.

h. Moneta patriotica: Banknote über 3 Lire

Ausgabe durch eine eben gegründete Nationalbank in Venedig
1848
Gelbbraunes Papier, schwarzer Druck; H. = 75 mm, B. = 112 mm
Vs.: Zwei Knaben vor Prägestock, der eine prägt Münzen, der andere kontrolliert das Gewicht, l. das Wappen von Venedig, r. das von Mailand
Rs.: Roter Kontrollstempel

Lit.: *Miller-Aichholz,* S. 332.

Wien, Kunsthistorisches Museum, Münzkabinett, Inv.-Nr. 76/D H. J.

i. Moneta del Comune di Venezia: Note über 1 Lira

1848
Gelbliches Papier, schwarzer Druck; H. = 67 mm, B. = 108 mm
Vs.: Rankenornamente umgeben Schrift, l. unten das Wappen von Venedig, r. das von Mailand
Rs.: Roter Stempel mit COMUNE DI VENEZIA 1848 und venezianischem Löwen

Lit.: *Miller-Aichholz,* S. 332.

Wien, Kunsthistorisches Museum, Münzkabinett, Inv.-Nr. 80/D H. J.

j. Dono patriotico: Note über 50 Lire

1848
Gelbliches Papier, schwarzer Druck; H. = 105 mm, B. = 135 mm, einseitig
Vs.: Stern über Mauerkrone PER L'ITALIA A VENEZIA etc., l. und r. Ranken, r. venezianischer Löwe, unten Unterschrift des Diktators Daniele Manin

Lit.: *Miller-Aichholz,* S. 332.

Wien, Kunsthistorisches Museum, Münzkabinett, Inv.-Nr. 3390/D H. J.

k. Palmanova: Belagerungsnotgeld der Aufständischen zu 2 Lire

1848
Weißes Papier, Druck schwarz, Wertzahl 2 rot, Jahreszahl 1848 grün; H. = 139 mm, B. = 150 mm, einseitig
Vs.: CARTA MONETA/PER LIRE DUE etc.

Lit.: *Miller-Aichholz,* S. 332.

Wien, Kunsthistorisches Museum, Münzkabinett, Inv.-Nr. 25.371/D H. J.

### 5.10.4 Prägungen und Papiergeld Österreichs während der Revolution in Lombardo-Venetien

a. Mantua: 20 Kreuzer

1848
Silber; Dm. = 27 mm, 6,53 g
Vs.: Belorbeertes Brustbild Kaiser Ferdinands r., darunter G. M
Rs.: Gekrönter Doppeladler mit Brustschild, Schwert, Szepter und Reichsapfel

Von General Karl Ritter Gorzkowski von Gorzkow während der Belagerung durch Karl Albrecht von Savoyen ausgegeben. Eine klare und eindeutige Erklärung für das Münzzeichen GM auf der Vorderseite der Münze gibt es bis heute nicht. Eine mögliche Auslegung für das GM ist Gorzkowski-Mantua.

Lit.: *Helfert,* S. 274. – *Miller-Aichholz,* S. 331.

Wien, Kunsthistorisches Museum, Münzkabinett, Inv.-Nr. 9616 H. J.

b. Königreich Lombardo-Venetien: Schatzschein über 5 Lire

1. April 1849
Weißes Papier, schwarzer Druck auf rosa gemustertem Grund; H. = 90 mm, B. = 118 mm, einseitig
Vs.: Schrift in gemusterter Umrahmung

Die Schatzscheine zu 5 und 10 Lire waren unverzinslich, die Nominale von 30 Lire aufwärts wurden mit 3% verzinst.

Lit.: *Miller-Aichholz,* S. 332.

Wien, Kunsthistorisches Museum, Münzkabinett, Inv.-Nr. 25.966/D H. J.

c. Wiedereroberung der Lombardei: Schraubmünze, hergestellt aus 5 Lire

1848 Mailand des Governo provvisorio di Lombardia
Silber; Dm. = 37 mm, 20,90 g
Vs.: 5/LIRE/ITALIANE in einem Kranz aus einem Lorbeer- und einem Eichenzweig. Auf der Innenseite des Averses eine Daguerrotypie des Feldmarschalls Josef Graf Radetzky halb en face r.
Rs.: Italia mit Lanze frontal stehend. Auf der Innenseite des Reverses eine Gravierung: Radetzky / non lo vuole

Es handelt sich bei diesem Exemplar um ein Beispiel feiner politischer Propaganda: Auf der Außenseite der Münze steht die revolutionäre Devise ITALIA LIBERA – DIO LO VUOLE. Auf der Innenseite wurde graviert *Radetzky / non lo vuole.* Damit sollte den Italienern gezeigt werden, daß die Österreicher der Feststellung, daß Gott es will, durch Radetzky das Gegenteil realpolitisch und militärisch Tatsache werden ließen.

Lit.: *Helfert,* S. 263f.

Wien, Kunsthistorisches Museum, Münzkabinett, Inv.-Nr. 175.573 H. J.

### 5.10.5 Öffentliches und privates Papiergeld zur Zeit der Revolution

Kaum hatte man das österreichische Finanz- und Geldwesen nach den Kriegen gegen Frankreich und den sich daraus ergebenden fatalen Folgen fast in Ordnung gebracht, bewirkte die Revolution 1848/49 abermals eine schwere Belastung. Wieder kam es zur vermehrten und ungedeckten Ausgabe von Papiergeld. Die Krisensituation bewirkte, daß das Münzgeld – sogar die Kupfermünzen mit ihrem geringfügigen Metallwert – infolge der Hortung durch die Bevölkerung aus dem Geldverkehr verschwand. Staat, Gemeinden und private Geschäftsleute setzten in ihrem Bereich Notgeld, zumeist in Form von Papiergeldscheinen in Umlauf, um das Herausgeben von Wechselgeld überhaupt zu ermöglichen.

a. 2 Gulden C. M.

Banknote der privilegierten oesterreichischen Nationalbank
1. Juli1848
Weißes Papier, schwarzer (grauer) Druck; H. = 73 mm, B. = 127 mm, einseitig
Vs.: Zwei Gulden etc., l. zwei Köpfe, r. Kopf der Austria, oben Ornament mit Wertangabe, unten gekrönter Doppeladler und Ranken

Lit.: *Miller-Aichholz,* S. 332; *Pick-Richter,* 82

Wien, Kunsthistorisches Museum, Münzkabinett, Inv.-Nr. 606/D H. J.

b. 6 Kreuzer

Münzschein des k. k. Hauptmünzamtes in Wien
1. Juli 1849
Weißes Papier, grüner und schwarzer Druck, H. = 47 mm, B. = 65 mm, einseitig

Vs.: Münzschein. / Sechs Kreuzer. / Das k. k. Haupt-Münzamt in Wien / und die k. k. Provinzial-Einnahms-Cassen zahlen etc. in ornamentaler Umrahmung

Lit.: *Miller-Aichholz,* S. 332; *Pick-Richter,* 91.

Wien, Kunsthistorisches Museum, Münzkabinett, Inv.-Nr. 12.389/D H. J.

c. Kundmachung des k. k. Landespräsidiums für Tirol und Vorarlberg betreffend das Verbot der Ausfuhr der Scheidemünzen

Innsbruck, 27. April 1849
Papier, 1 Seite; H. = 220 mm, B. = 363 mm

Kundmachung einer Verordnung des Finanzministeriums, wonach das Agiotieren, Aufsammeln und die Ausfuhr von österreichischen Scheidemünzen in den österreichischen Staaten durch Patent vom 12. Oktober 1802 verboten ist. Text in deutscher und italienischer Sprache.

Wien, Kunsthistorisches Museum, Münzkabinett, Inv.-Nr. – H. J.

d. Laibach, Stadtgemeinde

Bon über 10 Kreuzer; ohne Jahr (November 1848)
Gelbliches Papier, blauer Druck; H. = 45 mm, B. = 63 mm, einseitig
Vs.: Zweisprachiger Text in Schrift- und Rankeneinfassung, unten in der Mitte Blindstempel der Stadt

Lit.: *Keller* (Dr. Arnold Keller, Das Notgeld von 1848–1869 in Oesterreich und Ungarn, Berlin-Wittenau 1954) 744.

Wien, Kunsthistorisches Museum, Münzkabinett, Inv.-Nr. 30.869/D H. J.

e. Litschau, Weberei Karl Peter Abb.

Geldersatzschein über ⅓ Gulden; ohne Jahr
Gelbliches Papier, schwarzer Druck, Text handschriftlich
H. = 107 mm, B. = 165 mm, einseitig
Vs.: Merkur mit Fackel und Ähre eilt zur schlafenden Austria, dahinter Landschaft mit Pferdewagen und See mit Schiffen; darunter in Handschrift: *Gegen drei Stück dieser meiner Weberzettel verabfolge ich Einen Gulden Bank-Note*

Lit.: *Keller,* 350

Wien, Kunsthistorisches Museum, Münzkabinett, Inv.-Nr. 30.356/D H. J.

Kat.-Nr. 5.10.5.e

f. St. Pölten, Kaufhaus Johann Trumpf

Geldersatzschein über 4 Kreuzer CM; März 1849
Gelbliches Papier, brauner Druck; H. = 71 mm, B. = 105 mm, einseitig
Vs.: *Gut für 4 kr. C. Mze* Darstellungen aus dem Bereich Kolonialhandel, darunter: *zur Auswechslung gegen / Oesterreich. Bank-Noten*

Lit.: *Keller,* 529

Wien, Kunsthistorisches Museum, Münzkabinett, Inv.-Nr. 1407/D H. J.

g. Aussig, Kaufmann Josef Prunitz

Geldersatzschein über 10 Kreuzer CM; 15. Jänner 1849
Weißes Papier, blauer Druck; H. = 70 mm, B. = 152 mm, einseitig
Vs.: Handelsware vor Schiff, *Gut / für Kr. 10 C. Mze.* etc. Zwei Putti halten Schild

Lit.: *Keller,* 22

Wien, Kunsthistorisches Museum, Münzkabinett, Inv.-Nr. 5246/D H. J.

h. Eger-Franzensbad, Glashändler Karl Nobert Riedl

Aushilfsmarke über 5 Kreuzer C. M.; ohne Jahr (1848)
Gelbes Papier, schwarzer Druck; H. = 56 mm, B. = 110 mm, einseitig
Vs.: *Aushilfs-Marke des C. Norb. Riedl* Ansicht der Kaiserstraße in Franzensbad, *welche gegen*

*k. k. österr. Banknoten eingelöst wird in den Verkaufslocalen*

Lit.: *Keller,* 145.

Wien, Kunsthistorisches Museum, Münzkabinett, Inv.-Nr. 34.401/D H. J.

## 5.10.6 Die Konventionswährung bis 1857

Nach dem Übergang der Regierung von Ferdinand auf Franz Joseph wurde vorwiegend mit den alten Stempeln Kaiser Ferdinands und mit solchen, auf welchen nur die Jahreszahl, aber nicht das Herrscherbildnis geändert werden mußte, weitergeprägt. Erst nach Beendigung der innerpolitischen Auseinandersetzung ging man an das Ordnen und Ändern im Münzwesen. Erst 1852 setzte die reguläre Münzprägung Franz Josephs ein.
Die Ausgabe von Münzen war Sache des Finanzministeriums, die von Banknoten oblag zunächst der Oesterreichischen Nationalbank. Das in Kriegs- und Krisenzeiten zur Ausgabe gekommene staatliche Papiergeld (Staatsnoten, Schatzscheine, Kassaanweisungen etc.) wurde zumeist von der Staats-Central-Casse emittiert.

a. Taler

Wien; 1853
Silber; Dm. = 38 mm, 26,02 g
Vs.: Belorbeerter Kopf Franz Josephs r.
Rs.: Gekrönter Doppeladler mit Brustschild, Schwert, Szepter und Reichsapfel

Lit.: *Miller-Aichholz,* S. 335

Wien, Kunsthistorisches Museum, Münzkabinett, Inv. Nr. 129.129 H J

b. Gulden

Kremnitz; 1853
Silber; Dm. = 30 mm, 12,92 g
Vs.: Belorbeerter Kopf Franz Josephs r.
Rs.: Gekrönter Doppeladler mit Brustschild, Schwert, Szepter und Reichsapfel

Lit.: *Miller-Aichholz,* S. 335.

Wien, Kunsthistorisches Museum, Münzkabinett, Inv.-Nr. 173.025 H. J.

c. 20 Kreuzer

Prag; 1856
Silber; Dm. = 22 mm, 4,30 g
Vs.: Belorbeerter Kopf Franz Josephs r.
Rs.: Gekrönter Doppeladler mit Brustschild, Schwert, Szepter und Reichsapfel

Lit.: *Miller-Aichholz,* S. 336.

Wien, Kunsthistorisches Museum, Münzkabinett, Inv.-Nr. 3509aα H. J.

d. Kreuzer

Wien; 1851
Kupfer; Dm. = 23 mm
Vs.: Gekrönter Doppeladler mit Brustschild, Schwert, Szepter und Reichsapfel
Rs.: 1/KREUZER

Lit.: *Miller-Aichholz,* S. 333.

Wien, Kunsthistorisches Museum, Münzkabinett, Inv.-Nr. 128.884 H. J.

e. 10 Gulden C. M.

Banknote der privilegierten oesterreichischen Nationalbank; 1. Juli 1854
Weißes Papier, schwarzer (grauer) Druck; H. = 140 mm, B. = 113 mm, einseitig
Vs.: Oben in der Mitte Kopf der Austria, darunter *Zehn Gulden* etc., l. und r. behelmter Kopf, unten in der Mitte gekrönter Doppeladler mit Symbolen für Landwirtschaft, Handel etc.

Lit.: *Miller-Aichholz,* S. 335; *Pick-Richter,* (*Pick-Richter,* Österreich-Banknoten und Staatspapiergeld ab 1759, Berlin ohne Jahr [1972]) 83.

Wien, Kunsthistorisches Museum, Münzkabinett, Inv.-Nr. 385/D H. J.

f. 50 Gulden C. M.

Reichsschatzschein der Staats-Central-Casse; 1. Jänner 1851
Weißes Papier, schwarzer (grauer), goldener und silberner Druck; H. = 200 mm, B. = 125 mm, einseitig
Vs.: Gekrönter Doppeladler über Legende in Rankeneinfassung, darunter der pflügende Kaiser Joseph II.

Lit.: *Miller-Aichholz,* S. 333; *Pick-Richter,* 137

Wien, Kunsthistorisches Museum, Münzkabinett, Inv.-Nr. 12.384/D H. J.

g. Sovrano

Venedig; 1854
Gold; Dm. = 25 mm, 11,28 g

Vs.: Belorbeerter Kopf Franz Josephs r.
Rs.: Gekrönter Doppeladler mit Brustschild, Schwert, Szepter und Reichsapfel

Lit.: *Miller-Aichholz,* S. 335.

Wien, Kunsthistorisches Museum, Münzkabinett, Inv.-Nr. 3545a H. J.

h. Lira

Mailand; 1853
Silber; Dm. = 22 mm, 4,30 g
Vs.: Belorbeerter Kopf Franz Josephs r.
Rs.: Gekrönter Doppeladler mit Brustschild, Schwert, Szepter und Reichsapfel

Lit.: *Miller-Aichholz,* S. 335

Wien, Kunsthistorisches Museum, Münzkabinett, Inv.-Nr. 3526a$\alpha$ H. J.

i. 3 Centesimi

Mailand; 1849
Kupfer; Dm. = 22 mm
Vs.: Eiserne Krone und Kaiserkrone
Rs.: 3/CENTESIMI

Lit.: *Miller-Aichholz,* S. 332

Wien, Kunsthistorisches Museum, Münzkabinett, Inv.-Nr. 3512 H. J.

## 5.10.7 Versuch der Einführung einer Goldwährung

1855/56 waren im Finanzministerium Vorbereitungen für die Einführung einer Goldwährung getroffen worden. Goldmünzen zu 20,10 und 5 Gulden waren vorgesehen und das Hauptmünzamt in Wien hatte sogar schon die Prägewerkzeuge hergestellt.
20 Gulden; Wien; 1855 (Probe)
Gold; Dm. = 27 mm, 13,30 g. Abschlag vom Originalstempel
Vs.: Belorbeerter Kopf Franz Josephs r.
Rs.: 15½ EINE FEINE-VEREINS MARK Gekrönter Doppeladler mit Brustschild, Schwert, Szepter und Reichsapfel

Lit.: *Miller-Aichholz,* S. 336.

Wien, Kunsthistorisches Museum, Münzkabinett, Inv.-Nr. 185.541 H. J.

## 5.10.8 Vereinswährung 1857–1867

Österreich suchte aus politischen und ökonomischen Gründen den Anschluß an den Deutschen Zollverein. In diesem Rahmen wurden auch Verhandlungen über Vereinheitlichungen im Münzwesen geführt. In den Verhandlungen zwischen Österreich und Preußen über Fragen und Abkommen des Zoll- und Münzwesens spiegelten sich die Auseinandersetzungen zwischen den beiden Ländern um die Vormachtstellung in Deutschland wider. Im Jänner 1857 wurde der Münzvertrag von Österreich und fast allen deutschen Staaten ratifiziert.
Es war eine Vereinsmünze geschaffen worden, der Vereinstaler in Silber. Dieser Vereinstaler war aber identisch mit dem preußischen Kuranttaler, wodurch sich eine bevorzugte Stellung im Verhältnis zu den anderen Landeswährungen ergab. Neben der Vereinswährung blieben nämlich die jeweiligen Landeswährungen bestehen. Parallel zu den Vereinssilbermünzen, den Talern, wurden noch Vereinsgoldmünzen, Kronen, geprägt, die aber wie die österreichischen ein und vier Dukaten, sowie die Levantinertaler (Maria Theresien-Taler), nur Handelsmünzen waren. Um die österreichische Landeswährung in ein besseres Wechselverhältnis zum Taler zu bringen, wurde die bisherige Konventionswährung aufgegeben und die österreichische Währung (ö. W.) eingeführt. Die Landeswährungen wurden entweder nach dem 30 Taler-, dem 45 Gulden- (Österreich) oder dem 52½ Guldenfuß (Süddeutschland) auf das metrische Pfund, das die bisher verwendete Kölner Mark ersetzte, ausgeprägt. 2 Gulden ö. W. entsprachen 1⅓ Talern. Das praktische Wechselverhältnis des süddeutschen Guldens war mit 2 Gulden = 1⅐ Taler ungleich ungünstiger. Im Rahmen der neuen österreichischen Landeswährung, der österreichischen Währung, wurden Doppelgulden, Gulden und Viertelgulden, 10 und 5 Kreuzer in Silber sowie 3, 1 und ⁵⁄₁₀ Kreuzer in Kupfer ausgegeben. Gingen bisher auf einen Gulden 60 Kreuzer, so galt der neue Gulden 100 Kreuzer. Als Verhältnis alte zu neue Währung wurde 100 fl Cm = 105 fl ö. W. festgesetzt.

a. Münzvertrag zwischen Österreich und dem Fürstentum Liechtenstein sowie den durch den Zollverein verbundenen deutschen Staaten; Wien, 24. Jänner 1857

Papier, 12 Seiten; H. = 210 mm, B. = 277 mm
Vertragstext in 28 Artikeln

Lit.: *Miller-Aichholz,* S. 337

Wien, Kunsthistorisches Museum, Münzkabinett, Inv.-Nr. 3528/D H. J.

b. Vereinskrone; Wien; 1859 (als Handelsmünze)

Gold; Dm. = 24 mm, 11,08 g
Vs.: Belorbeerter Kopf Franz Josephs r.
Rs.: 1/KRONE in Eichenkranz

Lit.: *Miller-Aichholz,* S. 338

Wien, Kunsthistorisches Museum, Münzkabinett, Inv.-Nr. 128.940 H. J.

c. Aufführung der in Österreich ausgeprägten Münzen der Vereins- und Landeswährung (österreichische Währung) im Austria-Kalender 1859, Wien 1858, Bildbeilage

Die angeführten und abgebildeten Münzen sind in drei Hauptgruppen gegliedert:
Landessilbermünzen
Vereinsmünzen
Scheidemünzen
Auf einer der beiden Seiten sind unter der Bezeichnung „Landes-Silbermünzen" ¼ Gulden, Gulden und Doppelgulden sowie unter „Vereins-Silbermünzen" Vereins- und Doppelvereinstaler abgebildet.
Auf der zweiten Seite sind als Vereinsgoldmünzen die halbe und die ganze Krone, als Silberscheidemünzen 5 und 10 Neukreuzer sowie als Kupferscheidemünzen 3, 1 und $\frac{5}{10}$ Neukreuzer dargestellt.

Wien, Sammlung Baltzarek H. J.

d. Vereinstaler

Venedig; 1860
Silber; Dm. = 33 mm, 18,45 g

Vs.: Belorbeerter Kopf Franz Josephs r.
Rs.: Gekrönter Doppeladler mit Brustschild, Schwert, Szepter und Reichsapfel

Lit.: *Miller-Aichholz,* S. 339.

Wien, Kunsthistorisches Museum, Münzkabinett, Inv.-Nr. 1311 H. J.

## 5.10.9 Österreichische Währung 1857–1892

Auf die österreichische Niederlage im Krieg von 1866 erfolgte 1867 der Austritt Österreichs aus dem Münzverein. Danach blieb Österreich bei seiner österreichischen Währung, trat aber mit der Lateinischen Münzunion in ein gewisses Naheverhältnis und prägte Goldmünzen zu 4 Gulden = 10 Francs und 8 Gulden = 20 Francs. Dem französischen Doppelwährungssystem waren allmählich Italien, Belgien, Schweiz und Griechenland beigetreten.
Der Ausgleich zwischen Österreich und Ungarn von 1867 hatte auf die Währung selbst keine Auswirkung. In der ungarischen Reichshälfte schienen nun magyarische Münzlegenden auf und an die Stelle des Doppeladlers trat das ungarische Wappen. 1878 wurde schließlich als logischer Schlußpunkt die Österreichische Nationalbank in die Österreichisch-ungarische Bank umgewandelt.

a. 2 Gulden

Wien; 1862
Silber; Dm. = 36 mm, 24,63 g
Vs.: Belorbeerter Kopf Franz Josephs r.
Rs.: Gekrönter Doppeladler mit Brustschild, Schwert, Szepter und Reichsapfel

Lit.: *Miller-Aichholz,* S. 339.

Wien, Kunsthistorisches Museum, Münzkabinett, Inv.-Nr. 129.182 H. J.

b. Prägestempel für den Doppelgulden

Wien; 1862
Stahl; Dm. = 36/52 mm, H. = 35 mm
Oberstock: Belorbeerter Kopf Franz Josephs I. Die Darstellung im Vergleich zur Münze negativ und seitenverkehrt
Unterstock: Gekrönter Doppeladler mit Brustschild, Schwert, Szepter und Reichsapfel. Die Darstellung im Vergleich zur Münze negativ und seitenverkehrt

Lit.: Katalog der Münzen- und Medaillen-Stempel-Sammlung des k. k. Hauptmünzamtes in Wien, dritter Band, Wien 1904, S. 671, Nr. 4472 (Oberstock) und S. 683, Nr. 4597.

Wien, Kunsthistorisches Museum, Münzkabinett (Stempelsammlung Hauptmünzamt), Inv.-Nr. 2075, 2086 H. J.

c. Gulden

Kremnitz; 1867
Typ vor dem Ausgleich
Silber; Dm. = 29 mm, 12,31 g
Vs.: Belorbeerter Kopf Franz Josephs r.
Rs.: Gekrönter Doppeladler mit Brustschild, Schwert, Szepter und Reichsapfel

Lit.: *Miller-Aichholz,* S. 342.

Wien, Kunsthistorisches Museum, Münzkabinett, Inv.-Nr. 129.225 H. J.

d. Gulden

Karlsburg; 1868
Typ nach dem Ausgleich
Silber; Dm. = 29 mm, 12,32 g
Vs.: Belorbeerter Kopf Franz Josephs r.
Rs.: Zwei fliegende Engel halten Stephanskrone über das ungarische Wappen

Lit.: *Miller-Aichholz*, S. 342.

Wien, Kunsthistorisches Museum, Münzkabinett, Inv.-Nr. 129.234 H. J.

e. ¼ Gulden

Wien; 1862
Silber; Dm. = 23 mm, 5,29 g
Vs.: Belorbeerter Kopf Franz Josephs r.
Rs.: Gekrönter Doppeladler mit Brustschild, Schwert, Szepter und Reichsapfel

Lit.: *Miller-Aichholz*, S. 339.

Wien, Kunsthistorisches Museum, Münzkabinett, Inv.-Nr. 164.679 H. J.

f. 10 Kreuzer

Kremnitz; 1869
Silber; Dm. = 18 mm, 1,62 g
Vs.: Belorbeerter Kopf Franz Josephs r.
Rs.: Stephanskrone über Wertangabe

Lit.: *Miller-Aichholz*, S. 342.

Wien, Kunsthistorisches Museum, Münzkabinett, Inv.-Nr. 129.050 H. J.

g. Kreuzer = Soldo

Kremnitz für Lombardo-Venetien; 1862
Kupfer; Dm. = 19 mm
Vs.: Gekrönter Doppeladler mit Brustschild, Schwert, Szepter und Reichsapfel
Rs.: Wertzahl 1

Lit.: *Miller-Aichholz*, S. 339.

Wien, Kunsthistorisches Museum, Münzkabinett, Inv.-Nr. 151.985 H. J.

h. Kreuzer

Wien; 1859
Kupfer; Dm. = 19 mm
Vs.: Gekrönter Doppeladler mit Brustschild, Schwert, Szepter und Reichsapfel
Rs.: Wertzahl 1 in Eichenkranz

Lit.: *Miller-Aichholz*, S. 338.

Wien, Kunsthistorisches Museum, Münzkabinett, Inv.-Nr. 128.945 H. J.

i. $\frac{5}{10}$ Kreuzer

Karlsburg; 1860
Kupfer; Dm. = 17 mm
Vs.: Gekrönter Doppeladler mit Brustschild, Schwert, Szepter und Reichsapfel
Rs.: Wertzahl in Eichenkranz

Lit.: *Miller-Aichholz*, S. 339.

Wien, Kunsthistorisches Museum, Münzkabinett, Inv.-Nr. 151.973 H. J.

j. 50 Gulden österreichischer Währung

Staatsnote der Staats-Central-Casse; 25. August 1866
Weißes Papier, schwarzer (grauer) und blaugrüner Druck, auf der Rückseite Druck braun und oliv; H. = 194 mm, B. = 133 mm
Vs.: Gekrönter Doppeladler in Kranz über Legende, l. Ritter mit Löwe und r. Frau mit Gesetzbuch, daneben bezwungener Drache
Rs.: Zwei Jünglinge mit Füllhorn bzw. Liktorenbündel halten Kranz

Lit.: *Miller-Aichholz*, S. 341. – *Pick-Richter*, 152.

Wien, Kunsthistorisches Museum, Münzkabinett, Inv.-Nr. 5238/D H. J.

k. 1 Gulden österreichischer Währung

Banknote der privilegierten oesterreichischen National-Bank; 1. Jänner 1858
Weißes Papier, schwarzer (grauer) und roter Druck
H. = 74 mm, B. = 125 mm, einseitig
Vs.: Kopf der Austria, darunter Legende sowie gekrönter Doppeladler in Ranken- und Schrifteinfassung

Lit.: *Miller-Aichholz*, S. 338. – *Pick-Richter*, 84.

Wien, Kunsthistorisches Museum, Münzkabinett, Inv.-Nr. 48/D H. J.

l. 8 Gulden = 20 Francs

Wien; 1878 (Handelsgoldmünze)
Gold; Dm. = 21 mm, 6,41 g
Vs.: Belorbeerter Kopf Franz Josephs r.
Rs.: Gekrönter Doppeladler mit Brustschild, Schwert, Szepter und Reichsapfel

Lit.: *Miller-Aichholz*, S. 342 und 344.

Wien, Kunsthistorisches Museum, Münzkabinett, Inv.-Nr. 130.001 H. J.

## 5.10.10 Sonderprägungen

a. Taler

Wien; 1854, Vermählung Kaiser Franz Josephs
Stempelschneider: Vs. Josef Daniel Böhm; Rs. Franz Gaul
Silber; Dm. = 36 mm, 25,93 g

Vs.: Die Brustbilder Franz Josephs und Elisabeths r. gestaffelt
Rs.: Trauungsszene

Lit.: *Miller-Aichholz,* S. 335.

Wien, Kunsthistorisches Museum, Münzkabinett, Inv.-Nr. 129.131 H. J.

b. 2 Vereinstaler Abb.

Wien; 1857, Vollendung der Südbahn
Stempelschneider: Karl Radnitzky
Silber; Dm. = 41 mm, 37,00 g

Vs.: Belorbeerter Kopf Franz Josephs r.
Rs.: Leuchtturm, l. davon Lokomotive, r. Raddampfer, darunter l. das Stadtwappen von Wien und r. das von Triest jeweils in Ranken

Lit.: *Miller-Aichholz,* S. 337.

Wien, Kunsthistorisches Museum, Münzkabinett, Inv.-Nr. 129.145 H. J.

Kat.-Nr. 5.10.10.b

c. 2 Gulden

Wien; 1879, Silberne Hochzeit des Kaiserpaares
Stempelschneider: Vs. Friedrich Leisek und Josef Tautenhayn; Rs. Josef Tautenhayn und Anton Scharff
Silber; Dm. = 36 mm, 24,66 g

Vs.: Die Brustbilder Franz Josephs und Elisabeths r. gestaffelt
Rs.: Fortuna mit Steuerruder und Füllhorn halb l. sitzend

Lit.: *Miller-Aichholz,* S. 344.

Wien, Kunsthistorisches Museum, Münzkabinett, Inv.-Nr. 130.700 H. J.

d. Gulden

Wien; 1875, Erreichung der Saigerteufe von 1000 Metern des Adalbertschachtes in Přibram
Stempelschneider: Vs. Friedrich Leisek; Rs. Johann Pfeiffer
Silber; Dm. = 29 mm, 12,30 g

Vs.: Belorbeerter Kopf Franz Josephs r.
Rs.: ZUR / ERINNERUNG / AN DIE SAIGERTEUFE / VON 1000 METER / –.– PŘIBRAM / 1875 in Lorbeerkranz, darunter gekreuzte Berghämmer

Lit.: *Miller-Aichholz,* S. 344. – *Ernst,* Bergwerksmünzen, S. 33.

Wien, Kunsthistorisches Museum, Münzkabinett, Inv.-Nr. 128.532 H. J.

e. Gulden

Kremnitz; 1878, Auf der Vollendung des Kaiser Josephi-Secundi-Erbstollens in Schemnitz
Silber; Dm. = 29 mm, 12,31 g

Vs.: Belorbeerter Kopf Franz Josephs r.
Rs.: II · JÓZSEF NEVU ALTÁRNA SELMECZBÁNYÁN Die Jahreszahlen 1782 / –.– / 1878

Lit.: *Miller-Aichholz,* S. 344. – *Ernst,* Bergwerksmünzen, S. 31.

Wien, Kunsthistorisches Museum, Münzkabinett, Inv.-Nr. 173,02 H. J.

## 5.10.11 Handelsgold- und Handelssilbermünzen

a. 4 Dukat

Wien; 1866
Gold; Dm. = 39,6 mm, 13,93 g

Vs.: Belorbeertes Brustbild mit vier Collanen r.
Rs.: Gekrönter Doppeladler mit Brustschild, Schwert, Szepter und Reichsapfel

Lit.: *Miller-Aichholz,* S. 341.

Wien, Kunsthistorisches Museum, Münzkabinett, Inv.-Nr. 129.208 H. J.

b. Dukat

Karlsburg; 1863
Gold; Dm. = 20 mm, 3,48 g
Vs.: Belorbeerter Kopf Franz Josephs r.
Rs.: Gekrönter Doppeladler mit Brustschild, Schwert, Szepter und Reichsapfel

Lit.: *Miller-Aichholz,* S. 340.

Wien, Kunsthistorisches Museum, Münzkabinett, Inv.-Nr. 128.995 H. J.

c. Maria Theresien-Taler (Levantiner) mit Jahreszahl 1780

Geprägt nach 1850 im Hauptmünzamt Wien
Silber; Dm. = 41,5 mm, 27,99 g
Vs.: Brustbild Maria Theresias mit Diadem und Schleier r.
Rs.: Gekrönter Doppeladler mit Brustschild

Lit.: *Leypold, Franz,* Der Maria-Theresien-Taler 1780 (Levantetaler), Wiener Neustadt 1976, Tafel 6, T 4.

Wien, Kunsthistorisches Museum, Münzkabinett, Inv.-Nr. 146.340 H. J.

## 5.11 Wertpapiere (Obligationen und Aktien)

Für die großzügige Ausgestaltung der Finanzierung und des Kreditverkehrs ist die Einrichtung eines modernen Kapitalmarktes und die Einführung fungibler (auf der Börse handelbarer) Wertpapiere besonders wichtig. Der Typ der fungiblen Staatspapiere zur Finanzierung der zahlreichen Kriegsausgaben hatte im Habsburgerreich schon eine lange Tradition, in der Franz Joseph-Zeit finden sich aber erstmals öffentliche Anleihen des Staates, deren Erlös auch für Investitionszwecke Verwendung fand. Auch die Gründung von Aktiengesellschaften in der Donaumonarchie ist erst in der Franz Joseph-Zeit richtig in Schwung gekommen. Erstmals konnten der privaten Industrie, den Verkehrsgesellschaften der Bahnen und der Schiffahrt, der Eisen-, Textil-, Montan-, Maschinen-, chemischen Industrie usw. auf diesem Weg Kapitalien zugeführt und auch Banken und Versicherungsgesellschaften auf Aktienbasis gegründet werden.

### 5.11.1 Gesellschaftspolizze des Bank- und Wechselhauses J. Epstein in Wien aus 1872 über Ungarische Prämien Staats-Lose

Ausgabe 1870, per 30 Mill. Gulden, Stückelung zu 180 fl. Eine der ersten Schuldverschreibungen der neuen ungarischen Staatsschuld nach dem Ausgleich von 1867.
Papier; H. = 39 cm, B. = 48,5 cm

Der Inhaber dieser Polizze war durch Anzahlung von 10 fl. und 17 monatlichen Ratenzahlungen von jeweils weiteren 10 fl. Inhaber von 1/20 der in der Polizze verzeichneten und beim Bankhaus deponierten 20 Stück Prämienlose der Ungarischen Staatsschuld. Nach Abzahlung der Raten und Rückstellung des Anteilsscheins wurden die 20 Lose an die Teilnehmer derart verteilt, daß jeder 1 Stück dieses Staatspapiers erhielt.

Wien, Kunsthistorisches Museum, Münzkabinett, Inv.-Nr. 748/F F. B.

### 5.11.2 Donauregulierungsanleihe 1870

Über 24,6 Millionen Gulden
Obligationsstück über 100 fl.
Papier; H. = 38 cm, B. = 27 cm
Zierumrandung, im unteren Teil des Stückes Blick auf Wien zwischen Allegorien: rechts Flußgott Danubius, links Vindobona mit Mauerkrone.

Die zur Regulierung der Donau im Raume Wien begründete Donauregulierungskommission gab auf Grund des nö. Landesgesetzes vom 16. XI. 1868 und dem Reichsgesetz vom 8. II. 1869 die zu 5% verzinsten Donauregulierungslose aus. Für die Kapitals- und Prämienzahlung sowie die Entrichtung der Zinsen hafteten Staat, das Land Österreich unter der Enns und die Gemeinde Wien zu je einem Drittel.

Wien, Kunsthistorisches Museum, Münzkabinett, Inv.-Nr. 9189/F F. B.

### 5.11.3 Anlehen der slowenischen Landeshauptstadt Laibach

Aus 1879 über 1,5 Mill. Gulden
Obligationsstück zu 20 fl.
Papier; H. = 24,5 cm, B. = 30 cm
Im unteren Teil des Anleihestückes in der Mitte Stadtansicht von Laibach, rechts davon die Domkirche, links der Stadtplatz.

Diese Stadtanleihe wurde mit Reichsgesetz vom 25. 4. 1873 bewilligt und war zum Ausbau der städtischen Infrastruktur Laibachs bestimmt. Die Abwicklung der Finanzoperation wurde von der Real-Credit-Bank in Wien besorgt. Die Tilgung sollte durch Verlosung bis 1929 in 64 Verlosungen erfolgen.

Wien, Kunsthistorisches Museum, Münzkabinett, Inv.-Nr. 15.921/F F. B.

### 5.11.4 Anleihe der Gemeinde und Handels- und Gewerbekammer Triest

Über 1 Million Gulden aus 1880
Obligationsstück über 1000 fl.
Papier; H. = 28 cm, B. = 43 cm

Die Anleihe wurde von der Gemeinde und der Handelskammer Triest gemeinsam garantiert und zeigt die für den italienisch beeinflußten Bereich typische Bedeutung von Merkantilkorporationen, die weit vor das Jahr 1850 (dem Jahr der allgemeinen Schaffung von Handelskammern für die ganze Monarchie) zurückreicht. Die Anleihe war zum Zweck der Anlage und der Betriebseinrichtung der Lagerhäuser in der wichtigsten Hafenstadt der Monarchie bestimmt und wurde mit 6% verzinst.

Wien, Kunsthistorisches Museum, Münzkabinett, Inv.-Nr. 13.272/F F. B.

### 5.11.5 Gesellschaftspolizze des Wechselhauses Messinger & Co in Wien

Aus 1871 über Türkenlose (= 400 Franken kaiserlich-ottomanische Eisenbahnlose)
Papier; H. = 16 cm, B. = 36 cm

Die 1,980.000 kaiserlich-ottomanischen Eisenbahnlose zu 400 franz. Franc notierten aus politischen und Handelserwägungen als eine der wenigen auf der Wiener Börse zugelassenen ausländischen Wertpapiere, waren nur zu 3% verzinst und sollten innerhalb von 104 Jahren mittels Verlosung getilgt werden. Die andauernden finanziellen Schwierigkeiten des Türkischen Reiches führten bald dazu, daß die ottomanische Regierung mit der Auszahlung der Zinsen und der Tilgung in Verzug geriet.

Wien, Kunsthistorisches Museum, Münzkabinett, Inv.-Nr. 5412/F F. B.

### 5.11.6 Kais. Königl. Priv. Oesterreichische Staats-Eisenbahn-Gesellschaft

Genußschein, auf Überbringer lautend, vom 1. I. 1863
Papier; H. = 21 cm, B. = 33 cm

Die Österreichische Staatseisenbahngesellschaft wurde 1855 infolge der Entstaatlichung der Bahnen durch den französischen Crédit Mobilier begründet. Das Kapital umfaßte damals 80 Mill. fl. ö. W. in Silber, gestückelt in 400.000 Aktien zu 200 fl. = 500 franz. Francs.

Wien, Kunsthistorisches Museum, Münzkabinett, Inv.-Nr. 13.353/F F. B.

### 5.11.7 Österreichische Länderbank

Muster einer Aktie zu 200 österr. Goldgulden = 500 franz. Franken vom 1. I. 1886
Papier; H. = 23,5 cm, B. = 39 cm

Die Österreichische Länderbank war 1881 als letzte der großen Wiener Universalmobilbanken unter Beteiligung französischen Kapitals begründet worden. Das Aktienkapital sollte 80 Mill. fl. in 400.000 Stück Aktien umfassen, wovon zunächst 50% = 40 Mill. fl. eingezahlt wurden, 1886 ging man daran, den Rest des Aktienkapitals an das Publikum zu bringen. Die Österreichische Länderbank führte gleich zu Beginn ihrer Tätigkeit wichtige Transaktionen durch, so wurde mit ihrer Mithilfe 1881 die Österreichische Alpine Montangesellschaft geschaffen.

Wien, Kunsthistorisches Museum, Münzkabinett, Inv.-Nr. 6315/F F. B.

### 5.11.8 Austro-Egyptische Bank

Bezugsschein über 25 Stück Aktien-Interimsscheine der 1869 mit 1 Mill £ Sterling (in 50.000 Aktien gestückelt) begründeten neuen Bank
Papier; H. = 24 cm, B. = 39,5 cm

Die Austro-Egyptische Bank wurde 1869 in Wien durch deren Konzessionäre, die k. k. privilegierte Creditanstalt für Handel und Gewerbe und die Anglo-Österreichische Bank, gegründet. Als eine der praktisch nur wenig aktiv gewordenen österreichischen „foreign banks“ repräsentierte sie zwar den in Handelskreisen immer wieder ausgesprochenen Wunsch einer Förderung des österreichischen Levantehandels, war letzten Endes aber nur ein typisches Kind der Börsespekulation der Gründerzeit. Die Bank hat den Schwarzen Freitag vom 9. Mai 1873 nicht lange überlebt.

Wien, Kunsthistorisches Museum, Münzkabinett, Inv.-Nr. 14.444/F F. B.

**5.11.9 Erste Ungarische Pest-Fiumaner Schiffsbau-Actien-Gesellschaft**

Namensaktie über 200 fl., Pest 1869
Papier; H. = 30 cm, B. = 41 cm

Unten im Bild zwei Raddampfer links mit Aufschrift „Pesth", rechts mit Aufschrift „Fiume", im Hintergrund ein Schleppschiff mit Aufschrift „Deàk", am Ufer Kaianlagen und Lagerhäuser.

Wien, Kunsthistorisches Museum, Münzkabinett, Inv.-Nr. 66.881/F F. B.

**5.11.10 Prager Eisenindustrie-Gesellschaft**

Industrieobligation, Emission 1873, Stück über 300 fl. ö. W. = 350 fl. süddt. W. = 200 Taler der Talerw.
Papier; H. = 39,5 cm, B. = 23,5 cm

Eine der großen Vorteile von Aktiengesellschaften ist es auch, daß sie sich durch Ausgabe von fungiblen Schuldverschreibungen direkt an den Kapitalmarkt wenden und sich auf diese Weise besser und rascher finanzieren können. Die 1863 mit Hilfe der k. k. priv. Creditanstalt für Handel und Gewerbe gegründete Prager Eisenindustriegesellschaft nahm 1873 den Betrag von zwei Mill. fl. Silber, rückzahlbar im Weg der Verlosung ab 1876 für 30 Jahre auf und sicherte dem Publikum eine Verzinsung von 5% p. a. zu.

Wien, Kunsthistorisches Museum, Münzkabinett, Inv.-Nr. 13.970/F F. B.

**5.12 Österreichische Post in der Levante**

Seit dem ausgehenden 17. Jh. besaß Österreich das Recht, Postämter auf dem Gebiet des Osmanischen Reiches zu errichten. Der Postverkehr wurde durch die österreichischen Auslandsvertretungen und Konsulate, seit Gründung der Schiffahrtslinien des Triestiner Lloyd und der Donaudampfschiffahrtsgesellschaft auch von Schiffspostämtern, besorgt. Die Postämter standen im Dienst österreichischer Großhändler und Industrieniederlassungen, später auch des Reise- und Fremdenverkehrs (z. B. in das Heilige Land) und konnten auch von Ausländern benützt werden. Österreichische Poststationen gab es in der Franz-Joseph-Zeit – außer an den kleinasiatischen Hafenplätzen der heutigen Türkei – auch in der Moldau und Walachei (Rumänien), in Bulgarien, Griechenland, Syrien, Palästina und Ägypten sowie auf der Inselwelt der Ägäis (auf Kreta, Zypern, Rhodos und den kleineren Inseln). Die Frankatur von Postsendungen mit österreichischen Briefmarken wurde für die Levante 1863 eingeführt und es wurden hiefür zunächst die Marken Venetiens (Soldi-Währung) benützt. Nach dem Verlust Venetiens 1866 wurden ab 1867 eigene Postmarken für die Levante gedruckt.

**6.12.1 Amtlicher Briefumschlag 1872. Werteindruck Kaiser Franz Joseph im Perlenkreis nach rechts in Form der Wertzeichenausgabe 1867**

10 soldi blau; Klappenschnitt D WZ III, Klappenstempel VII; H. = 154 cm, B. = 85 cm

Gestempelt „Alexandrien 24. 10. 84", gerichtet an einen „Signor Eduard Stadelmann Trieste". Auf der Rückseite zweisprachiger Ankunftstempel „Triest-Trieste 3. 11. 84, 11 (Uhr) vorm."

Lit.: *Schneiderbauer Franz,* Ganzsachen Österreich. Spezial-Katalog und Handbuch, Krems 1981, S. 388, Nr. 15.

Wien, Sammlung Baltzarek F. B.

**5.12.2 Amtliche Postkarte 1875. Wertaufdruck Kaiser Franz Joseph im Perlenkreis nach rechts in Art der Wertzeichenausgabe 1867, in italienischer Sprache „Carta da corrispondenza" mit dem Doppeladler in der Mitte**

5 soldi rot; H. = 122 cm, B. = 85 cm

Gestempelt „Gerusalemme 22. 8. 83", von J. L. Goldwicht in Jerusalem (Rundstempel unten mit Klagemauer) an Abraham Sonn in Großlangheim, Deutschland, gerichtet. Ankunftsstempel „Großlangheim 12. 9. (83)". Rückseite: private Mitteilung in hebräischer Sprache.

Lit.: *Schneiderbauer,* S. 389, Nr. 2..

Wien, Sammlung Baltzarek F. B.

5.12.3 **Freimarkenausgabe 1867. Kopfbild Kaiser Franz Josephs im Perlenkreis nach rechts auf Brief**

10 soldi blau; feiner Druck BZ 9 1/2

Gestempelt „Constantinopel 8. 5. 78“, gerichtet an Panajotis Lukas Manavis in Metelino (heute Mytilini auf Lesbos) in griechischer Sprache.

Lit.: *Ferchenbauer Ulrich,* Österreich 1850–1918. Spezialkatalog und Handbuch, Wien 1981, S. 416, Nr. 4 II.

Wien, Sammlung Baltzarek F. B.

5.12.4 **Freimarkenausgabe 1867. Kopfbild Kaiser Franz Josephs im Perlenkreis nach rechts auf Briefstück**

15 soldi braun; grober Druck BZ 9 1/2

Stempel des Aufgabeortes unleserlich (viell. Tripolis?), dreizeiliger Ankunfts-Langstempel des Schiffspostamtes:

LETTERE ARRIVATE
COL VAPORE
DAL LEVANTE

= Brief aus der Levante mit dem Dampfschiff angekommen

Lit.: *Ferchenbauer,* S. 416, Nr. 5 I.

Wien, Sammlung Baltzarek

5.12.5 **Freimarkenausgabe 1867. Kopfbild Kaiser Franz Josephs im Perlenkreis nach rechts, Spitzenwert**

50 soldi braun; grober Druck LZ 10 1/2

Sitzender Rundstempel des Lloyd-Schiffspostamtes Küstendje (heute Constanta) in der rumänischen Dobrudscha am Schwarzen Meer: „LLOYD AGENZIE KUSTENDJE 28. 5.“.

Lit.: *Ferchenbauer,* S. 416, Nr. 7 I.

Wien, Sammlung Baltzarek F. B.

# 6. VERKEHR UND KOMMUNIKATION

## 6.1 Entwicklung des Eisenbahnnetzes

### 6.1.1 Das Eisenbahnnetz der Habsburgermonarchie 1848/1873

Karte nach Karl Springer, Die Entwicklung der Eisenbahnen in Österreich-Ungarn, Wien 1913

Zwischen 1848 und 1873 wuchs das Eisenbahnnetz in der österreichischen Reichshälfte von 1071 km auf 9344 km, in Ungarn von 178 km auf 6253 km. Mehr als die Hälfte der Strecken (57% bzw. 65%) entstanden in der Konjunkturphase 1867–1873. Damit waren in Cisleithanien knapp 40%, in Transleithanien ca. 30% der Gesamtbetriebslänge von 1913 vollendet.

H. St.

### 6.1.2 Der Eisenbahndamm am Laibacher Moor von Traunerberg gegen Inner Gorizza

Gottfried Seelos
Farblithographie in: Zur Erinnerung an die Eröffnung der Staats-Eisenbahn von Laibach bis Triest unter den Allerhöchsten Auspicien Seiner k. k. apostol. Majestät des Kaiser Franz Joseph I. am 27. Juli 1857
H. = 39 cm, B. = 49 cm

Die Eisenbahnlinie Laibach-Triest entstand in den Jahren 1849–1857 und vollendete die verkehrspolitisch wichtige Verbindung Wien–Triest. Einen der schwierigsten Bauabschnitte stellte die Überquerung des Laibacher Moores dar. Hier lagerte eine etwa 2 m starke Torfschicht auf mit Wasser durchsetzten Tonmaterial; erst in einer Tiefe von 4 bis 15 m fand sich Sand, mit immer dichteren Tonschichten wechselnd. Als Trasse wurde ein rund 660 m langer und zwischen 14 und 19 m hoher Damm errichtet; etwa ½ Million m³ Anschüttungsmaterial waren hiefür erforderlich.

Lit.: *Strach, Hermann,* Geschichte der Eisenbahnen Oesterreich-Ungarns von den Anfängen bis zum Jahre 1867, in: Geschichte der Eisenbahnen der Österreichisch-Ungarischen Monarchie, Bd. 1/1, Wien 1898, S. 281ff.

Wien, Österreichische Nationalbibliothek, Kartensammlung, Inv.-Nr. 222.187 A. K. H. St.

### 6.1.3 Judenburg

Conrad Grefe
Farblithographie nach einer Zeichnung von Adolf Obermüllner, in: August Silberstein – Adolf Obermüllner, Album der Kronprinz Rudolfs-Bahn, Wien 1868

H. = 24,5 cm, B. = 34,5 cm

Die 1866 konzessionierte Kronprinz-Rudolf-Bahn sollte eine Verbindung Innerösterreichs und der steirischen Eisenindustrie mit den oberen Donauländern herstellen. Ihr Bau war wegen der zu erwartenden geringen Rentabilität allerdings höchst umstritten. Die Hauptlinie St. Valentin – Steyr – Judenburg – Villach – Tarvis – Laibach war bis 1873 vollendet. Bereits seit 1868 bestand auf der Strecke St. Michael – Bruck a. d. Mur ein Anschluß zur Südbahn.

Lit.: *Bachinger, Karl,* Das Verkehrswesen, in: Die Habsburgermonarchie 1848–1918, Bd. 1: Die wirtschaftliche Entwicklung, hrsg. v. *Alois Brusatti,* Wien 1973, S. 278ff.

Wien, Österreichische Nationalbibliothek, Inv.-Nr. 169.832-C H. St.

## 6.2 Bauträger und Finanzierung

### 6.2.1 Bildliche Darstellung der GESCHICHTE der ausschl: privil: KAISER FERDINAND'S-NORDBAHN [. . .] Abb.

Lithographie und Farbendruck aus der k. k. landesf. lithogr. Anstalt von Eduard Sieger in Wien, nach der colorierten Handzeichnung von Josef Stummer, Wien 1855.
Farblithographien; H. = 49 cm, B. = 70 cm

Die „Bildliche Darstellung . . ." besteht aus dem Titelblatt und acht Farbtafeln, einem Buchdruck „Erklärung der historisch-statistischen Darstellung . . ." sowie einer dreisprachigen (deutsch, französisch, englisch) Kurzfassung dieser Erklärung und einer zweisprachigen (französisch, englisch) „Beigabe einer Zeichnung zur Versinnbildlichung dieser Erklärung".

Stummer schreibt in der Einleitung: das Tafelwerk *liefert eine bildliche Darstellung der Geschichte der ausschl. privilegierten Kaiser-Ferdinands-Nordbahn vom Tage ihrer Eröffnung am 6. Jänner 1838 bis zu Ende des Jahres 1853. . . . Es (. . .) enthält (. . .) alle Ergebnisse und Leistungen in*

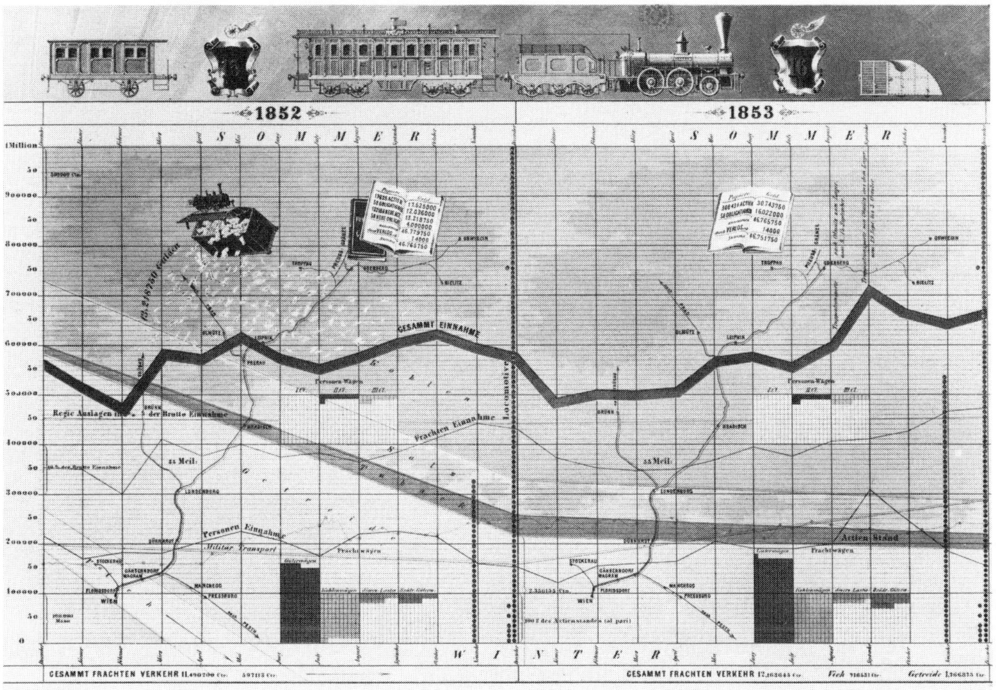


Kat.-Nr. 6.2.1

*statistischer Beziehung. . . . Zur Veranschaulichung dieser verschiedenen Resultate, wurde eine eigene graphische Darstellung mit Benützung symbolischer Zeichen angewendet, welche den schnellsten und umfassendsten Überblick gewährt.*
Der Rand des Schriftspiegels des Titelblattes wird von Darstellungen geziert, die auf den Bau und den Betrieb der Kaiser Ferdinands-Nordbahn Bezug haben. So sieht man in der oberen Randleiste des Blattes u. a. die Abbildung einer steinernen Viaduktanlage der Bahnstrecke und das Haupt-Stationsgebäude unweit der Vorstadt Wien-Leopoldstadt. Die untere Randleiste zeigt eine Auswahl aus dem Lokomotiv- und Wagenpark und die Bahn-Schlosserei, in der neben den verschiedensten Werkzeugmaschinen auch eine Dampfmaschine zu sehen ist, die als Kraftquelle für den Antrieb der Transmission dient.

Lit.: *Gollob, H.,* Joseph Mauritius Stummer von Traunfels, in: Blätter für Technikgeschichte 14 (Wien 1952), S. 64ff. – *Gollob, H.,* Professor Joseph Mauritius Stummer vom Polytechnischen Institut in Wien und der Ausbau des österreichischen Eisenbahnwesens, in: Jahrbuch für Landeskunde von Niederösterreich XXXVI (1964) S. 711ff. – *Merinsky, J. K.,* Joseph Stummer von Traunfels, in: 150 Jahre Technische Hochschule in Wien 1815–1965, hg. v. *H. Sequenz,* Wien 1965, Bd. 1, S. 222ff.

Wien, Technische Universität, Universitätsbibliothek, Inv.-Nr. 13.507 V* A. L.

### 6.2.2 Schuldverschreibung der a. p. Kaiser Ferdinands-Nordbahn

Über dreihundert Gulden Oesterr. Währung in Silber vom 1. 11. 1872
Druck auf Papier; H. = 34,6 cm, B. = 24,0 cm

Das Bankhaus S. M. von Rothschild in Wien erhielt am 4. März 1836 ein *ausschließendes Privilegium* für fünfzig Jahre zur Errichtung einer Eisenbahn zwischen Wien und Bochnia bei Krakau mit den Nebenbahnen nach Brünn, Olmütz und Troppau, dann zu den Salzmagazinen in Dwory, Wieliczka und bei Bochnia, worin auch die Bildung einer Aktiengesellschaft zur Finanzierung des Bahnbaues genehmigt wurde.
Die erste Teilstrecke dieser „Kaiser Ferdinands-Nordbahn" wurde am 23. 11. 1837 zwischen Floridsdorf und Deutsch Wagram eröffnet, womit in

Österreich das Dampflokomotiv-Zeitalter anbrach.
Die Bedeutung der Kaiser Ferdinands-Nordbahn liegt vor allem in der verkehrsmäßigen Erschließung und wirtschaftlichen Belebung der mährischen und schlesischen Industriegebiete; so stieg die Kohlenförderung im Ostrauer Gebiet, wo die Nordbahn eigene Reviere besaß, nach zwanzig Jahren auf das Zehnfache an. Die Nordbahn versorgte die Residenzstadt Wien mit Heizmaterial. Die finanzielle Entwicklung der Gesellschaft war günstig; die Dividende betrug im Jahre 1846 6,97% und erreichte nach einem Tiefstand von 1848 (3,52%) im Jahre 1880 14,52%.

Lit.: Die ersten fünfzig Jahre der Kaiser Ferdinands-Nordbahn 1836–1886; Wien 1886.

Wien, Technisches Museum, Eisenbahnmuseum, Ev.-Nr. 1883 a K. H. K.

6.2.3 **Schuldverschreibung der k. k. priv. Kaiserin Elisabeth-Bahn**

Druck auf Papier; H. = 39,3 cm, B. = 24,4 cm

Mit einem Hofkanzleidekret Ende des Jahres 1841 wurde das erste groß angelegte, sehr fortschrittliche staatliche Eisenbahnbauprogramm aufgestellt und die erste Staatsbahnperiode in Österreich eingeleitet, ohne daß der Bau von Privatbahnen damit unterbunden werden sollte.
In diesem Staatsbahnprogramm erscheint erstmals eine westliche Linie von Wien nach Bayern. Ein 1851 abgeschlossener Staatsvertrag mit Bayern verpflichtete die österreichische Regierung zum Anschluß an das bayrische Netz, 1856 schließlich zur Errichtung der Verbindung Salzburg–Wien, die jedoch nicht auf Staatskosten gebaut wurde. Einem privaten Unternehmen wurde am 8. März 1856 die Konzession für die spätere *Kaiserin Elisabeth-Bahn* erteilt und die Teilstrecke Wien–Linz Ende des Jahres 1858 eröffnet, 1860 wurde Salzburg erreicht.

Wien, Technisches Museum, Eisenbahnmuseum, Ev.-Nr. 2686 K. H. K.

6.2.4 **Aktie der kaiserl. königl. privil. Theiss-Eisenbahn**

Druck auf Papier; H. = 27 cm, B. = 40 cm

Das auf ungarischem Gebiet gelegene Netz der Theißbahn entstand auf Grund einer Konzession des Jahres 1856 und lag östlich des Flußlaufes der Theiß in der ungarischen Tiefebene. Es umfaßte mit einer Länge von etwa 545 km die nordwärts verlaufende Linie Czegled – Debreczin – Miskolc – Kaschau, die nach Süden abzweigende Strecke über Arad nach Temesvar und den Anschluß an die Ungarische Ostbahn nach Großwardein.
Im Zuge der Verstaatlichung und der Schaffung einer Verbindung von Budapest nach Rumänien wurde die Theißbahn im Jahre 1880 von den königlich ungarischen Staatseisenbahnen übernommen.

Wien, Technisches Museum, Eisenbahnmuseum, Ev.-Nr. 2695 K. H. K.

6.2.5 **Aktie der k. k. priv. Eisenbahn Pilsen–Priesen (Komotau)**

Druck auf Papier; H. = 29 cm, B. = 44,5 cm

Die Eisenbahn Pilsen–Priesen (Komotau) wurde 1870 konzessioniert und führte von den in den Kohlenrevieren im Nordwesten Böhmens gelegenen Orten Brüx und Dux zur Industrie-Zone von Pilsen und südwärts weiter nach Eisenstein, wo sie ab 1877 Anschluß an das bayrische Eisenbahnnetz hatte.
Zur Förderung des Vorhabens war in der Konzession eine zwanzigjährige Steuerfreiheit vorgesehen, trotzdem kam der Bau nur zögernd voran. Die Linie nach Eisenstein wurde schließlich mit Staatsmitteln erbaut und im Zuge der Verstaatlichung der Kaiser Franz Joseph-Bahn wurde auch die Pilsen–Priesener-Eisenbahn 1882 vom Staat übernommen.

Wien, Technisches Museum, Eisenbahnmuseum, Ev.-Nr. 2757 K. H. K.

6.2.6 **Konzessionsurkunde für die Eisenbahnlinie Troppau – Neutitschein – Trentschin**

18. Juli 1876
H. = 39 cm, B. = 29 cm

Wien, Verkehrsarchiv H. St.

6.2.7 **Konzessionsurkunde für die Eisenbahnlinie Schwadowitz–Königshain**

22. August 1865
H. = 36 cm, B. = 26 cm

Die Strecke besaß eine Länge von nur 3 Meilen (ca. 22,7 km), wofür ein Anlagekapital von etwa

2 Mill. Gulden erforderlich war. Die Linie stellte jedoch als wichtiges Teilstück der Süd-norddeutschen Verbindungsbahn eine Verbindung mit dem preußischen Eisenbahnnetz her. Die reich ausgestattete Konzessionsurkunde ist Indiz für die Prestigeansprüche des Unternehmens.

Wien, Verkehrsarchiv H. St.

6.2.8 **Widmungsblatt für Erzherzog Albrecht anläßlich der Eröffnung der k. k. priv. Erzherzog Albrecht-Bahn**

Medaillons: Rudolf von Alt, Umrahmung: Franz Gerasch; 1873
Aquarell; H. = 60 cm, B. = 42,5 cm

Das Widmungsblatt wurde für die Eröffnung der Eisenbahnlinie Lembar–Stanislau (1873) in Auftrag gegeben. Die Medaillons von Rudolf von Alt zeigen Ansichten der Strecke sowie der Lokomotive „Albrecht". Sie zählen zu den zahlreichen Kleinaufträgen des Künstlers, welche dieser mit „aller Akribie und malerischer Delikatesse erfüllte".

Lit.: *Koschatzky, Walter,* Rudolf von Alt, 1812–1905. Salzburg 1975

Wien, Graphische Sammlung Albertina, Inv.-Nr. 4.961 H. St.

6.3 **Bau der Semmeringbahn**

Der Bau der Semmeringbahn wurde nach Plänen Carl Ritter von Ghegas am 27. Juni 1848 genehmigt. Es handelte sich dabei um eine Maßnahme zur Linderung der Arbeitslosigkeit. Erste Probefahrten lieferten 1851 den Beweis, daß auch Adhäsionsbahnen in der Lage waren, starke Steigungen zu bewältigen. Die Strecke Gloggnitz–Mürzzuschlag wurde am 12. Oktober 1853 fertiggestellt. Die Gesamtlänge betrug rund 41 km; ca. 42 Mill. $m^3$ Stein- und Erdmaterial wurden bearbeitet; die Gesamtkosten beliefen sich auf 18,2 Mill. Gulden. Die Ausgaben pro km lagen damit ungefähr 40% über dem internationalen Durchschnitt.

6.3.1 **Karikatur aus der Zeit der Erbauung der Semmeringbahn (vor 1854)**

Photokopie

Vor der Kulisse des Semmerings von links nach rechts Ingenieur Casimir Pilarsky, Moritz Löhr (der seit 1848 mit der Behandlung der Hochbauangelegenheiten des ganzen staatlichen Eisenbahnnetzes betraut war), Carl Ritter von Ghega (der die technische Oberleitung innehatte) sowie Philipp Bolze (Bauinspektor).

Wien, Österreichische Nationalbibliothek, Bildarchiv, Inv.-Nr. 106.432 H. St.

6.3.2 **Karikatur aus der Zeit der Erbauung der Semmeringbahn (vor 1854)**

Photokopie

Die Zeichnung zeigt von links nach rechts die Ingenieure Jesmanofski, Ervin Lihotzki, Casimir Pilarsky, Fruhwith sowie den Bauunternehmer Leopold Blühdorn, welcher gemeinsam mit den Gebrüdern Fleischmann die Baulose Heidensteiner bis Oberer Adlitzgraben und Haupt-Tunnel bis Spittal am Semmering errichtete.

Lit.: *Ghega, Ritter Carl von,* Malerischer Atlas der Eisenbahn über den Semmering, 2. A. Wien 1855

Wien, Österreichische Nationalbibliothek, Bildarchiv, Inv.-Nr. 106.433 H. St.

6.3.3 **Une carrière au Semmering** Farbabb. 16

Emmerich Benkert; Wien 1854
Chromolithographie; H. = 72,3 cm, B. = 53,5 cm

Vom Bauunternehmer Ferdinand Tallachini wurde eine Serie von Lithographien dem Schöpfer der Semmeringbahn, Carl Ritter von Ghega, gewidmet, die der Maler E. Benkert im Jahre der Betriebseröffnung der Strecke angefertigt hat.
Der Bau der Semmeringbahn wurde verschiedentlich im Bild festgehalten, die vorliegenden zeitgenössischen Darstellungen würdigen aber neben den imposanten Bauwerken und Trassenabschnitten in einigen eindrucksvollen Szenen auch die Leistungen der am Bau beteiligten Menschen, die unter schwierigsten Bedingungen das geniale Konzept Ghegas verwirklichten.

Wien, Technisches Museum, Eisenbahnmuseum, BP-Nr. 4693/3 K. H. K.

6.3.4 **Detail de l'echafaudage pour le Viaduct de la Kalte-Rinne pris de côté**

Emmerich Benkert; Wien 1854
Chromolithographie; H. = 53,5 cm, B. = 72 cm

Der Viadukt über die Kalte Rinne ist das mächtigste Bauwerk der Semmeringstrecke. In einer Höhe von 46 m überquert die Bahn den Graben südlich der Polleroswand auf dem 187 m langen, in zwei Etagen aus Naturstein und Ziegeln aufgemauerten Talübergang. Auf der unteren Reihe von fünf Gewölbebögen ruht eine zweite, zehnbogige Etage.
Die Abbildung zeigt das Gerüst zur Aufmauerung der oberen Bogen und beeindruckt durch den Gegensatz des geradezu bedrohlich wirkenden Labyrinths von Gerüsthölzern und den darin kaum erkennbaren Arbeitern.

Wien, Technisches Museum, Eisenbahnmuseum, BP-Nr. 4693/6 K. H. K.

### 6.3.5 Chantier de Construction prés du Viaduct de la Kalte Rinne

Emmerich Benkert; Wien 1854
Chromolithographie; H. = 53,5 cm, B. = 72 cm

Der außergewöhnlich hohe Anteil an Mauerwerksanlagen hat der Bahn den Beinamen der „gemauerten Bahn" eingetragen. Das gesamte aufgewendete Mauerwerk beläuft sich auf 610.000 $m^3$ oder 14,5 $m^3$ pro Bahnmeter. Die Gesamtlänge der ausgeführten Wand- und Stützmauern beträgt 13 km, die Länge der Viadukte über 1500 m und der Tunnel zusammen über 4,5 km, 2 Millionen $m^3$ Erdmasse mußten bewegt und 1,4 Millionen $m^3$ Fels gesprengt werden.
Der Bau der Bahn ging nicht ohne Opfer vonstatten: 1850 starben 14 Arbeiter bei einem Felssturz. Weitaus größere Sorge bereitete aber Cholera und Typhus, gegen die es keine wirksamen Mittel gab. Einen Eindruck über die verheerenden Folgen vermittelt das Sterberegister der Pfarre Klamm, wo normalerweise etwa 20 Sterbefälle jährlich registriert wurden: 1850 – 303 Tote; 1851 – 282 Tote; 1852 – 178 Tote.
Die Toten fanden am „Pestfriedhof" in Klamm ihre letzte Ruhestätte. Die Notspitäler in Schottwien, bei der Kalten Rinne und am Weberkogel konnten zeitweise die Erkrankten nicht mehr aufnehmen. Am Höhepunkt der Epidemie, im Sommer 1850, flüchteten an die 1100 Arbeiter aus Furcht vor der Ansteckung.

Lit.: Festschrift zur Fünfzigjahrfeier der Semmeringbahn, Verlag Gerlach, Wien 1904.

Wien, Technisches Museum, Eisenbahnmuseum, BP-Nr. 4693/4 K. H. K.

### 6.3.6 Entree d'un Tunnel au Semmering

Emmerich Benkert; Wien 1854
Chromolithographie; H. = 53,5 cm, B. = 72,3 cm

Kunstbauten in bisher nicht gekannter Größe und Anzahl waren notwendig, um die erste große Gebirgsüberquerung der Welt mit Schienen zu verwirklichen. 16 Viadukte und 15 Tunnel wurden errichtet, die 41 km lange Bahn in 6 Jahren fertiggestellt. Die Abbildung zeigt das Baugeschehen auf dem Viadukt über die Kalte Rinne vor dem Polleroswand-Tunnel und läßt die körperliche Anstrengung erkennen, die bei den damals vorhandenen einfachen mechanischen Hilfsmitteln zum Transport der gewaltigen Steinquader notwendig waren. Die Anlage der Bauwerke und der Trasse war so solide, daß sie heute noch, trotz erhöhter Belastung und Fahrgeschwindigkeit, nahezu unverändert in Verwendung stehen.

Wien, Technisches Museum, Eisenbahnmuseum, BP-Nr. 4693/13 K. H. K.

### 6.3.7 Ferdinand von Saar, Die Steinklopfer

Reclam Taschenbuchausgabe

Ferdinand von Saar (1833–1906) vollendete diese Erzählung in Ehrenhausen, der steirischen Besitzung seines Freundes Stefan Milow. Der Erstdruck (1874) wurde für spätere Veröffentlichungen einer ziemlich weitgehenden Bearbeitung unterzogen. Der Text für die zweite Auflage der „Novellen aus Österreich" (1894) hat in der Folge nur mehr wenige Korrekturen erfahren.
Saar nannte diese „kleine Geschichte" das „Originellste und Gerundedste, was er bis jetzt in der Novelle geleistet habe". Es wird darin keine ausdrückliche Kritik an sozialen Verhältnissen geübt. Saar schildert vielmehr – unverkennbar nach dem Vorbild Stifters – ein schlichtes Lebensbild zweier Menschen „aus der großen Masse derjenigen . . ., deren Dasein, von schweren körperlichen Mühen überbürdet, im Kampfe um das tägliche Stück Brot meist unbekannt und unbeachtet dahingeht, bis es zuletzt in irgendeinem dumpfen Winkel der Erde spurlos endet".

Lit.: *Kretzschmar, Hadwig,* Ferdinand von Saar. Eine Zusammenstellung der seit seinem Tode erschienenen Ausgaben seiner Schriften und der Literatur über ihn und sein Werk, Köln 1965. – *Stockert, Franz Karl R. v.,* Zur Anatomie des Realismus: Ferdinand von Saars Entwicklung als Novellendichter, Göppingen 1970.

H. St.

## 6.4 Bahnhofsbau

### 6.4.1 (Alter) Nordbahnhof in Wien

J. M. Kolb
Stahlstich; H. = 15 cm, B. = 25 cm

Die kräftige Expansion der Kaiser-Ferdinands-Nordbahn führte zwischen 1850 und 1854 zur Erweiterung fast aller Stationen. Auch der Wiener Bahnhof (errichtet 1838) wurde zwischen 1842 und 1852 stark umgestaltet. Die Gleislänge wurde verzehnfacht, die Gesamtlänge der Anlage wuchs von 270 auf 930 m, die Zahl der Lokomotivstände von 2 auf 21. Auch das Aufnahmsgebäude wurde beträchtlich vergrößert.

Wien, Historisches Museum der Stadt Wien, Inv.-Nr. 157.978 H. St.

### 6.4.2 (Neuer) Nordbahnhof in Wien Abb.

Carl Waage; nach 1865
Farblithographie; H. = 20 cm, B. = 30 cm

Bis 1858 hatte die Kaiser-Ferdinands-Nordbahn ein weiteres Wachstum zu verzeichnen. Gegenüber dem Vergleichsjahr 1839 stieg die Zahl der Passagiere von rund 273.000 auf 1,77 Millionen, die beförderte Fracht von 29.000 auf 1,21 Millionen Tonnen, die Einnahmen aus dem Transportverkehr von 270.000 auf 11,5 Millionen Gulden. Beim Bau des neuen Kopfbahnhofes in Wien (1858–1865) nach Entwürfen von Theodor Hoffmann wurden *keine Kosten gescheut, um einestheils den Ansprüchen des Publikums, anderentheils der Würde einer der grössten und rentabelsten Verkehrs-Anstalten des Kontinents zu entsprechen.* Der Bauaufwand belief sich auf 1,945.000 Gulden.

Lit.: *Stekl, Hannes* (Hg.), Architektur und Gesellschaft von der Antike bis zur Gegenwart, Salzburg 1980.

Wien, Historisches Museum der Stadt Wien, Inv.-Nr. 62.783 H. St.

### 6.4.3 Der Wiener-Gloggnitzer und Brucker Bahnhof

Alexander Kaiser
Farblithographie; nach einer Zeichnung von Chapuy; H. = 23 cm, B. = 31 cm

In der imposanten Bahnhofsanlage von Schönerer (1842–1846) kam der Plan zum Ausdruck, Wien

Kat.-Nr. 6.4.2

mit Triest und Pest zu verbinden. Beide anfangs in einem Unternehmen vereinigten Linien verfügten über ein eigenes Aufnahmsgebäude, dazwischen befanden sich Restauration und Beamtenwohnhaus.

Lit.: *Reitler, Ernst,* Bahnhofsanlagen, in: Geschichte der Eisenbahnen der Österreichisch-Ungarischen Monarchie, Bd. 2, Wien 1898, S. 321ff.

Wien, Historisches Museum der Stadt Wien, Inv.-Nr. 19.017 H. St.

**6.4.4 Central-Bahnhof der k. k. priv. öst. Staats-Eisenbahn-Gesellschaft. Aufnahmsgebäude**

Querschnitte durch k. k. Hofsalon, Restauration, Cassenvestibule, Personenhallen, Ausgangsvestibule
Druck; H. = 39 cm, B. = 54 cm

Die Staatseisenbahn stellte erst in den 1860er Jahren eine Verbindung der Strecke nach Ungarn zu den mährischen und böhmischen Linien her. Dieser Expansion wurde mit dem Neubau des Wiener Bahnhofes („Ostbahnhof") nach Entwürfen von Karl Schumann (1867–1870) Rechnung getragen.

Lit.: *Fischel, Hartwig,* Hochbau, in: Geschichte der Eisenbahnen der Österreichisch-Ungarischen Monarchie, Bd. 2, Wien 1898, S. 381ff.

Wien, Historisches Museum der Stadt Wien, Inv.-Nr. 73.268/5 H. St.

**6.4.5 Traun-Brücke, Salzach-Brücke, Bahnhof Melk, Bahnhof Lambach, Bahnhof Penzing der Kaiserin Elisabeth-Westbahn**

Druck in: Album zur Erinnerung an die feierliche Eröffnung der Kaiserin Elisabeth-Westbahn von Wien bis Salzburg im Jahre 1860, Wien 1860
H. = 25 cm, B. = 33 cm

Die handelspolitische Bedeutung einer Bahnverbindung nach dem Westen Österreichs wurde seit 1838 mehrfach erörtert, doch erst in den Jahren 1856–1860 verwirklicht. Das Unternehmen hatte allerdings mit großen finanziellen Schwierigkeiten zu kämpfen. Diese waren insbesonders auf die Wahrung strategischer Rücksichten (Streckenführung durch das Wiental) sowie auf die aufwendigen Hochbauten zurückzuführen. Auf heftige Kritik in der Öffentlichkeit stießen die hohen Baukosten: 1,4 Mill. Gulden für 1 Meile (7,5 km), das war knapp 20% mehr, als der berühmte „Heinrichhof" des Ziegelwerksbesitzers Drasche gegenüber der Oper kostete (1,2 Mill. Gulden).

Lit.: *Heinersdorff, Richard,* Die k. u. k. privilegierten Eisenbahnen der österreichisch-ungarischen Monarchie 1828–1918, Wien–München–Zürich 1975.

Wien, Österreichische Nationalbibliothek H. St.

**6.4.6 Teller mit Ansicht des ersten Prager Bahnhofes**

Dm. = 29 cm

Praha, Privatbesitz

## 6.5 Bahnhöfe und Verstädterung

**6.5.1 Innsbruck**

B. Armani; um 1858
Lithographie; H. = 41 cm, B. = 51 cm

Zum Zeitpunkt des Bahnbaues lag der Innsbrukker Bahnhof noch außerhalb der Stadtgrenze auf Wiltener Gemeindegebiet (bis 1878). Er war durchwegs von unverbauten Wiesen und Äckern umgeben.

Innsbruck, Stadtarchiv H. St.

**6.5.2 Lageplan der Stadt Innsbruck**

um 1870
H. = 41 cm, B. = 44 cm

Der Bahnbau löste in Innsbruck ein bedeutendes Siedlungswachstum aus. Als erstes neues Stadtviertel entstand damals jenes zwischen Bahnhof-, Maria Theresien- und Museumsstraße.

Lit.: *Hye, Franz-Heinz,* Die Städte Tirols, Tl. 1: Bundesland Tirol (Österreichisches Städtebuch 5/1), Wien 1980.

Innsbruck, Stadtarchiv H. St.

## 6.6 Reisen

**6.6.1 Personen- und Frachten-Gebühren-Tarif von Innsbruck nach den benannten Stationen. Neujahrs-Entschuldigungskarte der Stadt Innsbruck für das Jahr 1861**

Druck; H. = 52 cm, B. = 71 cm

Die Ausarbeitung eines einheitlichen Tarifsystems (ab 1854) war eine Voraussetzung dafür, daß sich die Bahn zum Massenverkehrsmittel entwickeln konnte. Reisen über weite Distanzen aber waren anfangs noch teuer. Eine Fahrt von Innsbruck nach Wien z. B. kostete 1861 in der ersten Klasse 18 Gulden 54 Kreuzer, in der zweiten Klasse 13 Gulden 91 Kreuzer, in der dritten Klasse 9 Gulden 27 Kreuzer (ein Bauhilfsarbeiter verdiente damals etwa 1 Gulden 10 Kreuzer pro Tag). Heute reist man (S 840,– in der ersten, S 570,– in der zweiten Klasse) kostengünstiger.

Innsbruck, Stadtarchiv H. St.

### 6.6.2 Vergnügungszug. Polka schnell von Johann Strauß Sohn; 1864, op. 281

Druck

Die ersten Vergnügungszüge wurden 1864 von Wien zuerst nach Dornbach, später auch nach Eisgrub geführt. Ihre Abfahrt gestaltete sich unter Begleitung der Militärmusik zu einem wahren Volksfest. Unter dem Eindruck dieser Ereignisse schrieb Johann Strauß sein op. 281, welches dem „Vereine der Industriellen Gesellschaften" gewidmet war.

Wien, Archiv der Gesellschaft der Musikfreunde, Inv.-Nr. XV/58.186 H. St.

### 6.6.3 Raubmordsicheres Schlafcoupé auf der Eisenbahn

Kikeriki. Humoristisches Volksblatt vom 12. November 1874
Druck einer Bleistiftzeichnung von F. Grätz

Wien, Verkehrsarchiv H. St.

### 6.6.4 Erinnerungsblatt an die Bahnfahrt über den Semmering anläßlich der 32. Versammlung Deutscher Naturforscher und Ärzte in Wien; 1856

Druck einer Beilage aus M. Auers Zeitschrift „Faust", 1856
H. = 35 cm, B. = 25 cm

Ein Gedicht von Ludwig August Frankl wird von Landschaftszeichnungen aus dem Semmeringgebiet umrahmt. Das Blatt besitzt zwei Trockensiegel: Rechts: *Der XXXII Versammlung Dt. Naturforscher und Aerzte die Stadt Wien MDCCCLVI.* Links: *Durch Majestät mit Glanz umgeben / Vereinte Kraft ihr neues Leben / Durch Römergröße fest begründet / Durch frommen Sinn mit Gott verbündet.* – Porträts von Marc Aurel, Heinrich Jasomirgott, Leopold I. und Franz Joseph sowie eine Allegorie der Vindobona versuchen historische Kontinuitäten zu konstruieren – ein verbreitetes Legitimationsmittel kaiserlicher Macht.

Wien, Historisches Museum der Stadt Wien, Inv.-Nr. 9161 H. St.

### 6.6.5 Votivbild

Öl auf Leinwand; H. = 53 cm, B. = 43 cm

Das Dankbild anläßlich der glücklichen Gesundung nach einem Eisenbahnunfall auf der Strecke Wilten-Amras trägt folgende Aufschrift: *Am 26. Jänner 1880 bin ich unter die Maschine gekommen, aber glücklich am Leben geblieben, jedoch ein Fuß war von der Art gebrochen und zerrissen, daß ein Abnehmen desselben oder der Tod nach dem Ausspruche geprüfter Ärzte unausbleiblich schien, aber d. m. f. zur Mutter G. ist mir augenscheinlich und vollständig geholfen worden.*

Igls, Kirche Heiligwasser (Abtei Wilten), Tirol H. St.

### 6.6.6 Lokomotive „Kapellen"

Modell
H. = 45 cm, B. = 28 cm, L. = 100 cm

Diese erste funktionstüchtige Gebirgslokomotive wurde nach Entwürfen von Wilhelm Freiherr von Engerth in der Lokomotivfabrik Kessler in Erlangen gebaut. Die Probefahrt auf dem Semmering fand am 30. November 1853 statt und verlief zur vollsten Zufriedenheit.
Technische Daten: Achsfolge C 2; Zylinder, Dm. = 474 mm; Treibrad, Dm. = 1068 mm; Kolbenhub 610 mm; Dampfdruck 7,4 atü; Rostfläche 1,4 $m^2$; totale Heizfläche 150 $m^2$; Gesamtgewicht 56,1 t; Reibungsgewicht 36 t; Länge über Puffer ca. 9,8 m; Höhe ca. 4 m; Geschwindigkeit ca. 50 km/h.

Lit.: *Gölsdorf, Karl,* Lokomotivbau, in: Geschichte der Eisenbahnen der Österreichisch-Ungarischen Monarchie, Bd. 2, Wien 1898, S. 425ff.

Wien, Generaldirektion der Österreichischen Bundesbahnen H. St.

## 6.7 Beamte

### 6.7.1 Uniformen der Eisenbahn-Bediensteten

Cerolamo Franceschini, Kostüm-Direktor der k. k. Hoftheater; Wien 1857

9 Blätter, teilweise Farbdruck; H. = 30 cm, B. = 23 cm

Blatt I, II (in Farbe): Uniformen der Beamten I. bis III. und IV. bis VI. Kathegorie
Blatt III: Winteruniformen der Beamten
Blatt IV (in Farbe): Uniformen der Diener I. und II. Kathegorie
Blatt V: Dieneruniformen der unteren Ränge
Blatt VI: Kragenaufschläge für die Beamten der I. bis IV. Kathegorie.
Blatt VII (in Farbe): Kragenaufschläge der unteren Beamtenränge; Beamtendegen für die Paradeuniform; Kappe für den normalen Dienst mit Flügelrad als Rosette, in diese eingestickt der Namenszug der Bahngesellschaft.
Blatt VIII: Uniformknopf mit Anfangsbuchstaben der Gesellschaft für Privatbahnangehörige oder dem Kaiseradler für Staatsbahnbedienstete.
Hutschlinge (M, N) und Hutrosette mit Insignien der Gesellschaft (R), Silberborten für die Hosen der Oberbeamten (G, H. J).
Blatt IX (in Farbe): Kragenaufschläge für die Diener I. bis III. Kathegorie, versehen mit metallenen Insignien der jeweiligen Gesellschaft.
Degen-Gürtel der Beamtenuniformen (P).

Die allmähliche Einführung staatlicher Verordnungen für den Bau und Betrieb der Eisenbahnen, sowohl der privaten Linien als auch der ab 1841 gebauten Staatsbahnen, führte schließlich mit der Eisenbahnbetriebsordnung von 1851 zur Vorschrift, daß die zur Bahnbewachung eingesetzten und die mit den Reisenden in Kontakt stehenden Bediensteten Dienstabzeichen oder Dienstkleidung zu tragen hätten. Eine konkrete Uniformvorschrift erschien erst mit der Verordnung des Handelsministeriums vom 3. April 1857.
Für die höheren Ränge („Beamte") war in dieser Vorschrift eine Paradeuniform mit Degen und Hut, für den normalen Dienst eine einfachere Uniform und eine blaue Tellermütze mit breiter Silberborte vorgesehen. Die Kosten für die Uniform mußten die Beamten selbst tragen. Für die diensthabenden Stationsbeamten wurde 1870 eine rote Kappe obligatorisch eingeführt. Im Jahre 1874 erhielten die Betriebsbeamten für den gewöhnlichen Dienst eine „Commodeuniform", bestehend aus einer dunkelblauen Bluse und Kappe, dunkelgrauer Hose sowie einem dunkelblauen Winterrock.
Für die übrigen Bediensteten („Diener") wurde eine kornblumenblaue Dienstkleidung eingeführt, die von den Bahngesellschaften beigestellt wurde.

Wien, Technisches Museum, Eisenbahnmuseum, BP-Nr. 4698/1–9 K. H. K.

### 6.7.2 Preis-Courant für Eisenbahner-Uniformen

Karl Leitner, k. k. priv. Montur-Lieferant für österr. ung. Eisenbahnen; Wien (um 1875)
Broschüre, farbig; H. = 12,5 cm, B. = 17 cm

Das Verzeichnis enthält neben den Preislisten für die Uniformteile der Eisenbahnbeamten der österreichischen und ungarischen Linien auch die Abbildungen der Dienstgradabzeichen und der Kopfbedeckungen.
Auffallend ist, daß die Rangabzeichen und Verzierungen der Uniformen österreichischer Beamter silberfarbig waren, während die ungarischen Uniformen mit goldenen Stickereien versehen waren. Die über Jahrzehnte verwendeten silbernen Abzeichen der Beamten, von den österreichischen Eisenbahnern als Zurücksetzung gegenüber den übrigen Beamten mit ihren goldverzierten Uniformen empfunden, wurden ab 1891 goldfarbig ausgeführt.

Wien, Technisches Museum, Eisenbahnmuseum, BP-Nr. 4699/1 K. H. K.

## 6.8 Hofreisen

### 6.8.1 Der k. k. Staats-Eisenbahn Hofwagen für die Prager Bahn

Radierung, aquarelliert; H. = 34,5 cm, B. = 31,5 cm

Der vierachsige Hofwagen der *k. k. nördlichen Staatsbahn* wurde 1845 vom Mechaniker Heinersdorfer (auch als Heindorfer bezeichnet) in Wien gebaut und zeigt mit den beiden zweiachsigen Drehgestellen, den Plattform-Aufstiegen und Stirnwandtüren die charakteristischen Merkmale der amerikanischen Waggonbauweise.
Der Wagen verkehrte auf der Staatseisenbahn-Strecke zwischen Bodenbach an der sächischen Grenze über Prag nach Olmütz bzw. Brünn, wo

die Bahn Anschluß an das Netz der Kaiser Ferdinands-Nordbahn hatte. Der Wagen wurde 1878 kassiert.

Wien, Technisches Museum, Eisenbahnmuseum, BP-Nr. 4694/1 K. H. K.

6.8.2 **Skizze des Hofsalonwagens der k. k. Kaiserin Elisabeth-Bahn**

Friedrich Angerer; 7. 2. 1860
Aquarell auf Papier; H. = 28 cm, B. = 39,8 cm

Die Zeichnung im Maßstab 1 : 48 zeigt die Seitenansicht des von der Waggonfabrik Johann Spiering in Wien gebauten ersten Hofsalonwagens der Kaiserin Elisabeth-Bahn, deren erste Strecke im Jahre 1860 von Wien über Linz nach Salzburg führte.

Wien, Technisches Museum, Eisenbahnmuseum, BP-Nr. 4695/1 K. H. K.

6.8.3 **A. p. Kaiser Ferdinands-Nordbahn – Hofwagen**

Typenzeichnung auf Papier; H. = 20,8 cm, B. = 29,5 cm
Aus dem Album: „Personen und Lastwagen der k. k. a. p. Kaiser Ferdinands und Mährisch-Schlesischen Nordbahn. Erbaut in den Jahren 1867 bis 187 . . .".

Die Zeichnung im Maßstab 1 : 48 läßt die prachtvolle Verzierung des Wagens und die komfortable Innenausstattung erahnen. Am Wagenkasten sind die Insignien FJE als Hinweis auf die Verwendung durch das Herrscherpaar erkennbar.
Der Waggon zeigt – nach der anfangs für diese Fahrzeuge verwendeten vierachsigen Bauweise – die für lange Zeit beibehaltene Ausführung mit drei Achsen, die erst beim Kaiserzug des Jahres 1892 auf Grund der inzwischen technisch ausgereiften Drehgestellkonstruktion wieder zugunsten der Vierachser verlassen wurde. Der Waggon besitzt keine Bremseinrichtung.

Wien, Technisches Museum, Eisenbahnmuseum, Ev. Nr. 1892 K. H. K.

6.8.4 **Grundriß mit Innenansicht des Hof-Salonwagens der Kaiser Ferdinands-Nordbahn**

Tusche auf Transparent; H. = 6 cm, B. = 17,5 cm

Die Zeichnung im Maßstab 1 : 100 zeigt die Innenausstattung des Hof-Salonwagens der Kaiser Ferdinands-Nordbahn mit dem Salon für den Kaiser, Adjutanten-Coupé, Dienersitz und Toiletteeinrichtungen.
Eine spätere Darstellung zeigt denselben Wagen mit geänderter Inneneinrichtung; die Schlafstelle aus dem Salon ist in das Adjutanten-Coupé verlegt, die Toilette rechts durch Fauteuils ersetzt. Offensichtlich war der Wagen mit dieser Ausstattung zur Benützung durch das Kaiserpaar gedacht, für den Adjutanten stand ein eigener Wagen zur Verfügung.

Wien, Technisches Museum, Eisenbahnmuseum, BP-Nr. 4697/1 K. H. K.

6.8.5 **Der Hofzug der Kaiser Ferdinands-Nordbahn**

Tusche auf Leinwand; H. = 22,5 cm, B. = 57 cm
Gez.: F. Schibich; 19. 11. 1875

Die Kaiser Ferdinands-Nordbahn, eine der wichtigsten Bahnlinien der Monarchie, besaß einen kompletten Hofzug, der ursprünglich aus dem eigentlichen Hofwagen bestand und bis 1875 zur dargestellten Zugsgarnitur ausgebaut wurde.
Diese bestand aus dem dreiachsigen Speisewagen, dem zweiachsigen Empfangssalon-, Salon-, Küchen- und Schlußbremswagen.
Der Speisewagen entspricht dem unter Kat.-Nr. 6.8.4 beschriebenen Hofwagen mit Salon- und Schlafabteil für das Kaiserpaar. Die Garnitur wurde schließlich noch durch einen Suitewagen, Dienerwagen, Gepäck- und Inspektionswagen erweitert.

Wien, Technisches Museum, Eisenbahnmuseum, BP-Nr. 4696/1 K. H. K.

6.8.6 **Hofwartesaal im ehemaligen Wiener Südbahnhof** Farbabb. 17

Wien, ca. 1870
Bleistift auf Papier, zeichnerisch nicht ganz ausgeführt, aquarelliert, H. = 52 cm, B. = 39 cm

Der (alte) Wiener Südbahnhof wurde – an der Stelle des einstigen Wien-Gloggnitzer Bahnhofsgebäudes – 1869–1873 nach Entwürfen des Hochbau-Direktors und Architekten Wilhelm Flattich im Stil der Renaissance unter teilweiser Benützung der ursprünglichen Anlagen errichtet. Wie in allen anderen größeren Bahnhöfen der Monarchie befanden sich auch hier Räumlichkeiten, die ausschließlich für die Benützung durch den kaiserlichen Hof reserviert waren. Die im 1. Stock des Aufnahmsgebäudes gelegenen Räume bestanden aus einem Vorzimmer und dem eigentlichen Hofsalon, mit einem eigenen Ausgang zu den Gleisen. Der gezeigte Entwurf veranschaulicht in der oberen Hälfte die aufwendig verzierte Holzkassettendecke, in der unteren einen Schnitt durch den reich ausgestatteten Hofsalon.

Lit.: *Friedl, Guido,* Der Architekt Wilhelm v. Flattich, Wien 1979.

Wien, Österreichisches Staatsarchiv, Allgemeines Verwaltungsarchiv, Kartensammlung, Inv.-Nr. A-II-d/10 M. G.

### 6.8.7 Kaisersalon des ehemaligen Nordwestbahnhofs

Photograph J. Löwy; Wien, ca. 1880
Photographie auf Karton kaschiert, H. = 33 cm, B. = 42 cm

Der Nordwestbahnhof war baugeschichtlich der letzte in der Reihe der großen Wiener Bahnhöfe. Er wurde in den Jahren 1870–1873 nach Entwürfen des Architekten W. Bäumer erbaut. Die Vorhalle des Hauptgebäudes trug die von Bildhauer Franz Melnitzky geschaffenen allegorischen Figuren der bedeutendsten Städte, welche mit der Nordwestbahn erreicht werden konnten (Dresden, Leipzig, Breslau, Berlin, Hamburg, Bremen). Der als Foto gezeigte Kaisersalon war von Bildhauer Franz Schönthaler ausgeführt worden und enthielt in der Decke sechs Bilder von Rudolf Winder. Der im Zweiten Weltkrieg schwer beschädigte Bahnhof wurde 1952 abgebrochen.

Lit.: Allgemeine Bauzeitung, 1873.

Wien, Österreichisches Staatsarchiv, Allgemeines Verwaltungsarchiv, Kartensammlung, Inv.-Nr. 642 M. G.

### 6.8.8 Hofwartesaal des Wiener Nordbahnhofs

5 Fotos; ca. 1880

Wien, Technisches Museum, Eisenbahnmuseum H. St.

### 6.8.9 Erinnerungsgegenstände an Kaiserin Elisabeth aus dem Hofwartesaal des Bahnhofs Bad Ischl

Eßgarnitur, bestehend aus zwei Tellern, Besteck, Serviettenring und geschliffenem Trinkglas; Schreibgarnitur mit Mappe und Kartonkärtchen; Dose und Parfumflakon.

Linz, Oberösterreichisches Landesmuseum B. U.

### 6.8.10 Dienstuniform des Hauptportiers der Staatsbahndirektion Linz

Dienstuniform mit großer Schärpe und Adjustierstab des Hauptportiers der Staatsbahndirektion Linz und Türhüters des Hofsalons.

Linz, Oberösterreichisches Landesmuseum B. U.

### 6.8.11 Salongarnitur der Kaiserin Elisabeth aus dem Hofwartesaal des Bahnhofs Bad Ischl

Sitzbank, tapeziert; L. = 117 cm, H. = 83 cm, T. = 63 cm
Zwei Fauteuils, tapeziert; B. = 61 cm, T. = 53 cm, H. = 91 cm

Linz, Oberösterreichisches Landesmuseum B. U.

### 6.8.12 Kaiserin Elisabeth

J. Stockinger
Lithographie; H. = 53,5 cm, B. = 43,5 cm

Die Lithographie zeigt Elisabeth als ungarische Königin.

Baden, Städtische Sammlungen E. V.

## 6.9 Binnenschiffahrt

### 6.9.1 Inngams

Modell, Holz; Maßstab 1:20; H. = 20 cm, B. = 30 cm, L. = 100 cm

Dieser Schiffstyp war rund 22 m lang und 3,5 m breit. Er wurde meist als zweites oder drittes Schiff der Schiffszüge eingesetzt. Ihren Namen hatte die Inngams von der hochaufgezogenen Granslspitze („Aufgamst"). Solche Schiffe wurden zuerst bei der Innregulierung zum Steintransport verwendet. Die ausrangierten Fahrzeuge transportierten später Holz nach Linz, Lebensmittel in die Wachau, von dort Obst und Gemüse nach Wien.

Lit.: *Neweklowsky, Ernst,* Die Schiffahrt und Flößerei im Raume der oberen Donau, Bd. 3, Linz 1964. –

Schiffahrtsmuseum Spitz an der Donau. Führer durch die Sammlung Otto Meißinger, 1979.

Spitz an der Donau, Schiffahrtsmuseum H. St.

### 6.9.2 Zylinderhut und Seidenweste mit Silberknöpfen von Johann Renner aus Spitz, 1841–1881

Pfeife und Krug von Schiffleuten

Im Schifferberuf bildeten sich bereits seit dem 14. Jahrhundert zünftische Organisationen. Traditionelles Brauchtum und Formen des Gemeinschaftslebens hatten lange Bestand; Kleidung war ein hervorstechendes Statussymbol.

Spitz an der Donau, Schiffahrtsmuseum H. St.

### 6.9.3 Schiffzug an der Steiner Lände

Ferdinand Gold
Öl auf Leinwand; H. = 80 cm, L. = 110 cm

Stromaufwärts erfolgte der Warentransport seit dem 14. Jahrhundert mittels Pferdezug. Solche Schiffzüge konnten eine Gesamtlänge von 400–500 m erreichen. Gewöhnlich bestand ein solcher Zug aus drei beladenen Hauptschiffen, die den Namen Hohenau, Nebenbei und Schwemmer trugen. Hiezu kamen noch einige Nebenschiffe: Seilmutzen, Einstellplätten, Stoier- oder Futterplätte, Waidzillen. Solche Schiffzüge wurden von 30–50 Pferden gezogen. Die Reiter führte ein Vorreiter an, ihm folgten Derblseilreiter, Ahiausreiter, Spaneller, Marstaller u. a.

Spitz an der Donau, Schiffahrtsmuseum H. St.

### 6.9.4 Die Donau bei Mauthausen

Anton Pringl; 1842
Lithographie; H. = 65 cm, B. = 95 cm

Linz, Oberösterreichisches Landesmuseum, Inv.-Nr. OA III 164/1 B. U.

### 6.9.5 „Bohemia"

Modell; L. = 75 cm, B. = 24 cm, H. = 33 cm

Die „Bohemia" war der erste Raddampfer, der auf der Elbe verkehrte.

Praha, Národni Technické muzeum, Inv.-Nr. 35.470

## 6.10 Kanalbau

### 6.10.1 Karte des Franzens-Kanals (Tafel I)

K. k. Ministerium für Handel, Gewerbe und Öffentliche Bauten; Wien, ca. 1850
Feder und Bleistift auf Papier, koloriert; H. = 38 cm, B. = 50 cm

Tafel I zeigt in der oberen Hälfte den Verlauf des 1795–1802 in Ungarn angelegten Franzens-Kanals, der eine Verbindung zwischen Donau und Theiß in jener Strecke ihres Laufs herstellt, in welcher beide Flüsse parallel laufen. Der heute in Jugoslawien befindliche Kanal reichte ursprünglich von der Donau bei Monostorszeg 122 km weit bis Földvár an der Theiß, und wies, wie im unteren Teil der Tafel ersichtlich, 4 Staustufen auf. Neben seiner Bewässerungs- und Entwässerungsfunktion besaß er auch eine regionale Bedeutung für die Schiffahrt. Bereits wenige Jahrzehnte nach Fertigstellung hatte sich jedoch die Donau ein neues Bett gegraben und die an einer engen Kehre situierte und zu wenig tief angelegte Einmündungsschleuse drohte zu verlanden. 1852 beschloß man zur endgültigen Sanierung des Kanals seine Verlängerung bis Batina und die Errichtung einer neuen Einmündungsschleuse mit genügend tiefer Sohle: Die Franz-Josephs-Schleuse.

Lit.: *Sieger, R.*, Kanäle und Kanalprojekte in Österreich-Ungarn, in: Geographische Zeitschrift, 7 (1901) 546–573.

Wien, Österreichisches Staatsarchiv, Allgemeines Verwaltungsarchiv, Kartensammlung, Inv.-Nr. E-b/1 M. G.

### 6.10.2 Plan des Schleusenbauhofes (Tafel V) des Franzens-Kanals

K. k. Ministerium für Handel, Gewerbe und Öffentliche Bauten; Wien ca. 1850
Feder und Bleistift auf Papier, koloriert; H. = 38 cm, B. = 50 cm

Der Plan zeigt in Vogelschauperspektive alle für den Bau der Franz-Josephs-Schleuse erforderlichen technischen Einrichtungen. Die 1852–1856 errichtete Schleuse war das erste größere Bauwerk der Monarchie, das ganz aus Beton angefertigt worden war. Ursprünglich bestand der Plan, die Seitenwände der Schleusenkammern aus Ziegeln und nur den Boden aus Beton herzustellen, da man angenommen hatte, daß Beton an der Luft weniger Festigkeit besäße als unter Wasser. Erst nach längeren Versuchen an Ort und Stelle entschloß man sich, die gesamte Anlage aus Beton zu gießen. Die Gesamtbaukosten der Kanalverlängerung und der Schleuse betrugen 866.940 Gulden.

Lit.: *Sieger, R.*, Kanäle und Kanalprojekte in Österreich-Ungarn, in: Geographische Zeitschrift, 7 (1901) 546–573.

Wien, Österreichisches Staatsarchiv, Allgemeines Verwaltungsarchiv, Kartensammlung, Inv.-Nr. E-b/1 M. G.

## 6.11 Meeresschiffahrt

### 6.11.1 Situations-Plan des neuen Hafens in Triest. Stand der Arbeiten im September 1869

Lithographie; H. = 46 cm, L. = 34,5 cm

Der Hafen von Triest wurde nach einem Projekt von Paulin Talbot (1862) nach Umarbeitung durch H. Pascal seit 1867 umgebaut. Die Arbeiten standen seit 1867 unter der Leitung von E. Pontzen, seit 1869 von F. Bömches. Die Fertigstellung des Vorhabens, bei dem auch Personen- und Güterbahnhof sowie der Ölhafen neu gestaltet wurden, zogen sich bis 1893 hin.

Lit.: Maria Teresa, Trieste e il Porto. Ed. Comune di Trieste, o. J.

Wien, Österreichisches Staatsarchiv, Allgemeines Verwaltungsarchiv, Inv.-Nr. 1750 H. St.

### 6.11.2 Bahnhof Triest samt Eisenbahn-Hafen

Plan, Lithographie; vor 1876
H. = 54 cm, L. = 71 cm

Wien, Österreichisches Staatsarchiv, Allgemeines Verwaltungsarchiv, Inv.-Nr. 1407 H. St.

### 6.11.3 „Bragozzo“ Abb.

1882
Modell; L. = 130 cm, B. = 30 cm, H. = 130 cm

Barken dieser Art wurden zum Fischfang eingesetzt.

Trieste, Museo Civico di Storia Naturale Trieste

Kat.-Nr. 6.11.3

### 6.11.4 Der Hafen von Triest

1885
Modell; B. = 127 cm, T. 94 cm

Trieste, Museo Civico di Storia Naturale Trieste

## 6.12 Straßenverkehr

### 6.12.1 Postkutsche

Modell; L. = 80 cm, B. = 27 cm, H. = 40 cm

Praha, Národni Technické muzeum

**6.12.2 Pferdeomnibus**

Wien; Ende 19. Jahrhundert
Modell; Holz, Beschläge Eisen; H. = 32 cm, B. = 23 cm, L. = 90 cm

Das Modell stellt einen Pferdeomnibus dar, wie er um 1870 laut Aufschrift zwischen Ober St. Veit, Mariahilf und Neuem Markt in Wien verkehrte. In der Mitte des Wagens befindet sich das Nichtraucherabteil, hinten das Raucher-Abteil. Hinter dem Kutschbock sind noch Sitze ohne Schutzdach für weniger anspruchsvolle Fahrgäste vorhanden.

Wien, Technisches Museum, Inv.-Nr. 7248 G. M.

**6.12.3 Fuhrwerk. Leiterwagen mit Säcken und Fässern beladen**

1 Pferdepaar (schwarz und braun) mit Fuhrmann
Modell; H. = 30 cm, B. = 30 cm, L. = 125 cm

Innsbruck, Tiroler Volkskunst-Museum, Inv.-Nr. 27.584 H. St.

**6.12.4 Fuhrmannsreiter** Abb.

Dm. = 39 cm
Drahtsieb mit Reif aus Fichtenholz, mit Rosen und Trauben auf grünem Grund bemalt, in Goldfarbe die Aufschrift: Jos. Müller, k. k. Postmeister in Landeck, 1862

Derartige Siebe waren als Erkennungszeichen an den Fuhrwerken angebracht.

Innsbruck, Tiroler Volkskunst-Museum, Inv.-Nr. 11.623 H. St.

**6.12.5 Männergurt**

Federkielstickerei aus Brixen; L. = 107 cm, B. = 16 cm

Der Ledergurt zeigt als Punzenverzierung einen Plachenwagen mit Doppelgespann und reitendem, peitschenschwingendem Fuhrmann sowie ein springendes Hündchen. In großen, reichverzierten Buchstaben die Initialen I P.

Innsbruck, Tiroler Volkskunst-Museum, Inv.-Nr. F-2504 H. St.

Kat.-Nr. 6.12.4

**6.12.6 Siegfried Marcus – Automobil**

Modell nach dem Original im Technischen Museum, Wien, Maßstab 1:10; L. = 30 cm, B. = 16 cm, H – 14 cm

Siegfried Marcus (1831–1898) war der erste, der bereits 1870 ein Fahrzeug mit einem elektrisch gezündeten Benzinmotor antrieb. Von größerer Bedeutung wurde jedoch sein zweites, erhalten gebliebenes Fahrzeug, welches einen einzylindrigen, liegenden Viertakt-Benzinmotor, magnetisch-elektrische Zündung und Spritzbürstenvergaser eigener Konstruktion hatte. Da dieser Wagen erst 1888 gebaut wurde, ist die Marcus stets zugeschriebene Vorrangstellung in der Entwicklung des Viertakt-Motors zu revidieren.

Lit.: *Seper, Hans,* Damals, als die Pferde scheuten – Die Geschichte der österreichischen Kraftfahrt, Wien 1968.

Wien, ÖAMTC H. St.

## 6.13 Post

### 6.13.1 Correspondenz-Karte

1. Ausgabe der ersten Postkarte der Welt
k. k. Hof- und Staatsdruckerei; Wien, ab 1. 10. 1869
Rahmfarbener Karton; H. = 8,6 cm, B. = 12,2 cm
Tarnow, Galizien, 24. 7. 1870 – Wien, 25. 7. 1870

Man beachte den schnellen Kommunikationsfluß innerhalb des großen Reiches: Schon am nächsten Tag um 9 Uhr früh war die Karte aus Galizien in der Hauptstadt! Eingedrucktes Postwertzeichen, also eine sogenannte Ganzsache. Kleiner Fingerhut- und schöner Doppelkreisstempel.

Lit.: *Schneiderbauer, Franz,* Ganzsachen Österreich, Krems/Donau 1977.

Wien, Technisches Museum, Post- und Telegraphenmuseum, Inv.-Nr. GPk 12 E. P.

### 6.13.2 Einführung der Korrespondenzkarte in Österreich zum erstenmal in der Welt

Generaldirektion für Post- und Telegraphenangelegenheiten, Wien, 1. 10. 1869
Kopie der Seite 307 des Post-Verordnungsblattes für das Verwaltungsgebiet des k. k. Handelsministeriums, Nr. 46; Wien, 27. 9. 1869; H. = 26,2 cm, B. = 18,6 cm

Die Einführung erfolgte auf Vorschlag von Dr. Emanuel Herrmann im Abendblatt der „Neuen Freien Presse“ vom 26. 1. 1869, doch kannte die Postverwaltung auch den Vorschlag des späteren Staatssekretärs und Generalpostmeisters des Deutschen Reiches Dr. Heinrich von Stephan.

Lit.: *Popp, Ernst,* Emanuel Herrmann, Abhandlung zur Sonderpostmarke „Tag der Briefmarke 1977“. F. Kalckhoff, Die Erfindung der Postkarte und die Korrespondenz-Karten der Norddeutschen Bundespost, Leipzig 1911.

Wien, Technisches Museum, Post- und Telegraphenmuseum, Inv.-Nr. B 52/2 E. P.

### 6.13.3 Einführung der Briefmarke in Österreich

Generaldirection für Communicationen; Wien, 1. 6. 1850
Kopie der Seite 97 des Verordnungsblattes für Posten, Eisenbahnbetrieb und Telegraphen, Nro. 25–28; Wien, 27. 4. 1850
H. = 27 cm, B. = 21 cm

Nach Einführung der Briefmarke in Großbritannien am 6. 5. 1840 folgten ab 1843 auch andere Staaten

Wien, Technisches Museum, Post- und Telegraphenmuseum, Inv.-Nr. B 2/2 E. P.

### 6.13.4 826 Postämter wurden allein in Böhmen von 1848–1888 neu eröffnet

Wilhelm Krauss, Postkursbüro des k. k. Handelsministeriums, Übersicht über die während der Regierungszeit Kaiser Franz Joseph I. errichteten Postämter 1848–1888, Dr. und Verl. R. v. Waldheim; Wien (1888)
Blatt 2, H. = 53 cm, B. = 68 cm

Mit Anwachsen des Verkehrs wurden überall in der Monarchie sehr viele Postämter neu errichtet, ab 1868 wurde der Landpostdienst eingeführt.

Wien, Technisches Museum, Post- und Telegraphenmuseum E. P.

### 6.13.5 Einfache Eisensäule für 14 Telegraphenleitungen

Adolf Klar; Wien 1866
Gedruckte Zeichnung; H. = 43 cm, B. = 27 cm
Kopie der Tafel XXIII aus derselbe, K. k. Telegraphen Central-Amt und Stadtleitung in Wien; (Wien) 1866 (Druck von W. Jacobi)

Entwurf mit vielen Details für Original aus Guß- und Schmiedeeisen.

Wien, Technisches Museum, Post- und Telegraphenmuseum, Inv.-Nr. B 928 E. P.

### 6.13.6 Morsealphabet

Gemeinsames Alphabet des Deutsch-österreichischen Telegraphen-Vereins ab 1. 3. 1852
Gedruckte Zeichnung; H. = 40 cm, B. = 29 cm
Kopie der Blattkopie VI aus Franz Schmid, Die Telegraphen-Alphabete und Zeichen Österreichs in ihrer historischen Entwickelung seit dem Bestande von Telegraphen-Leitungen, Wien 1891, k. k. Hof- und Staatsdruckerei

Vorher gab es etwas andere Morsealphabete und u. a. zuerst Zeichen beim Gebrauche des Bain'schen Apparates anläßlich der Errichtung der ersten Telegraphenleitungen 1846 in Österreich.

Lit.: Verordnungsblatt für die Verwaltungszweige des österr. Handelsministeriums, Nr. 13, 14. 2. 1852, S. 89ff.

Wien, Technisches Museum, Post- und Telegraphenmuseum, Inv.-Nr. B 936 E. P.

**6.13.7 Morsereliefschreiber mit Translation** Abb.

J. M. Ekling; Wien 1862
Messing auf Holzgrundplatte; H. = 39 cm, B. = 34 cm, T. = 19 cm

Normalreliefschreiber der österreichischen Telegraphenverwaltung, offene Bauart, Antrieb durch Federwerk mit Aufzugsschlüssel, Gleichlauf durch Windflügel, Kurbel zur Hemmung des Laufwerkes, Führung der Papierstreifenrolle durch Vollscheiben aus Messing, Ankerhebel mit einstellbarem Stift zur Hervorbringung der Morsezeichen mittels Prägung des Papierstreifens, Holzgrundbrett mit fünf seitlich angebrachten Anschlußklemmen.

Mit einfacher Morsetaste der österreichischen Telegraphenverwaltung
Messing auf Holzgrundbrett; H. = 6 cm, B. = 13 cm, T. = 18 cm
Leicht gekröpfter Tastenhebel mit Holzknopf, Ruhe- und Arbeitskontakt, Drahtfeder, Brett mit drei Anschlußklemmen.

Lit.: *Leeb, Hugo und Mayer, Josef Alois,* Der Telegraphen- und Telephondienst in Österreich, Wien 1905, S. 341ff.

Kat.-Nr. 6.13.7

Wien, Technisches Museum, Post- und Telegraphenmuseum, Inv.-Nr. TA 91 und TA 56/3 (Taste) E. P.

**6.13.8 Wappenschild eines k. k. Postamts**

Böhmen; 2. Hälfte 19. Jahrhundert

Praha, Poštovní muzeum

# 7. HANDWERK UND GEWERBE

## 7.1 Die Bäcker

### 7.1.1 Alte Backstube

Wien 1952; hergestellt aus Anlaß der Sozialausstellung der Wiener Arbeiterkammer
Holzmodell; H. = 90 cm, B. = 170 cm, T. = 110 cm

Das Modell zeigt originalgetreu den im 19. Jahrhundert noch vorherrschenden Typ der Backstube. Man sieht links den Mischtrog, rechts die Stellagen zum „Aufgehen“ des Brotes und Gebäcks, und im Hintergrund den Backofen, der von der „Fußgrube“ aus bedient wird. Maschinen sind noch nicht vorhanden. Direkt neben der Backstube liegt die Schlafkammer der Lehrlinge und Gesellen, für die das Wohnen beim Meister noch üblich war. Meist schliefen zwei Personen in einem Bett. Der obere Teil des Stockbetts wurde ironisch als „Himmelbett“ bezeichnet und war den rangniedrigsten Gesellen oder den Lehrlingen vorbehalten.
*Der Obmann des Bäckervereins ‚Selbstkraft‘ hat in einer Rede die Übelstände aufgezählt, an denen die Arbeiter in manchen Bäckereien leiden und unter anderem auch constatiert, ‚daß es noch immer Bäckereien gebe, in denen die Arbeitslocalitäten sich unterirdisch befinden, die naß und dumpf seien und mehr Katakomben gleichen, als Räumen für Arbeiter, die in diesen ungesunden Localitäten oft ihrer zwei bis drei in einem Bette schlafen müssen; ferner sei in diesen eben geschilderten Localitäten kein Abort vorhanden, sondern nur ein Kübel, welchen die Gehilfen austragen müssen . . .‘ (Arbeiter-Blatt, 25. 10. 1868).*

Wien, Museum der Gewerkschaft der Lebens- und Genußmittelarbeiter — J. E.

### 7.1.2 Teigteilungsmaschine

Typus der ersten Teigteilungsmaschine; Wien um 1870
Holzgestell mit Hebelarm und eisernem Teilungsmechanismus; H. = 135 cm, B. = 58 cm, T. = 48 cm

Teigteilungsmaschinen gehörten zu den ersten einfachen, handgetriebenen Maschinen im Bäckereiwesen. Sie sollten die Herstellung einer größeren Anzahl gleich schwerer Teigportionen für die Erzeugung des Kleingebäcks erleichtern. In Wien wurde in den 1860er Jahren vom Vorsteher der Bäckerinnung Rudolf Plank gemeinsam mit dem Maschinenfabrikanten Hailfinger ein erstes Modell konstruiert.

Lit.: 700 Jahre Wiener Bäcker-Innung 1227–1927, Wien 1927. S. 107.

Wien, Archiv der Bäckerinnung — J. E.

### 7.1.3 Portal einer Bäckerei

Wien 1893
Bemaltes Glas; H. = 235 cm, B. = 75 cm

Portal der Bäckerei von Wilhelm Brückmann, Meister seit 1882, 1893 Nachfolger des verstorbenen Roman Boos in der Bäckerei Wien I., Schottengasse 3.

Wien, Archiv der Bäckerinnung — J. E.

### 7.1.4 Darstellung einer Backstube

Matthias Trentsensky; Wien, um 1840
Kolorierter Druck; H. = 20 cm, B. = 20 cm

Wien, Historisches Museum der Stadt Wien, Inv.-Nr. 87.002/1 — J. E.

### 7.1.5 Bäcker legen Brotlaibe in den Backofen

Hugo Charlemont; Wien, 1855
Tuschzeichnung; H. = 17 cm, B. = 18 cm

Wien, Österreichische Nationalbibliothek, Porträtsammlung, Pk 1.131, 330 — J. E.

### 7.1.6 Aus dem Inneren einer Bäckerei mit Dampfbetrieb

Hugo Charlemont; Wien, 1885
Tuschzeichnung; H. = 16 cm, B. = 26 cm

Diese Zeichnung zeigt das Vordringen der Dampfkraft im Bäckergewerbe, die von der Führung der Bäckergenossenschaft gefördert wurde. Im Jahre 1871 setzte die Genossenschaft sogar einen Geldpreis für die Erfindung eines neuzeitlichen Backofens aus. Trotzdem dominierte aber weiterhin die traditionelle Handarbeit.

Kat.-Nr. 7.1.7

Lit.: 700 Jahre Wiener Bäckerinnung 1227–1927, Wien 1927, S. 65.

Wien, Österreichische Nationalbibliothek, Porträtsammlung, Pk 1.131, 329 J. E.

7.1.7 **Dampfmaschinen-Brotbäckerei von Kretschmar in Wien** Abb.

Waldheim Zeitung; 1862
Lithographie; H. = 15 cm, B. = 35 cm

Wien, Historisches Museum der Stadt Wien, Inv.-Nr. 15.446 J. E.

7.1.8 **Produkte der Firma Werner & Pfleiderer**

Stiche aus „Die österreichische Großindustrie im Jahre 1898“, III, Wien 1898, S. 129/130.

In den 1880er Jahren drang die Mechanisierung im Bäckergewerbe weiter vor, vor allem auf dem Gebiet der Misch- und Knetmaschinen und des Erhitzens der Backöfen durch Dampf. Die Firma Werner & Pfleiderer war ein führendes Unternehmen auf diesem Gebiet. J. E.

7.1.9 **Fahne des Fachvereins der Wiener Bäckergehilfen**

Wien 1871; weißer Aufnäher Wien 1886, roter Aufnäher Wien 1910
Rotgemusterter Seidenstoff; H. = 140 cm, B. = 115 cm; Weißer Aufnäher; H. = 37 cm, B. = 45 cm; Fahnenstange; L. = 275 cm

Im Frühjahr 1871 ließ der Fachverein der Wiener Bäckergehilfen eine rote Fahne anfertigen, um sie – einer alten Gesellentradition folgend – bei Aufmärschen und Umzügen mittragen zu können. Ein solcher Umzug endete im Sommer 1872 in einem Kampf mit der Polizei, die sich der Fahne bemächtigte. Sie wurde konfisziert und im Wiener Landesgericht aufbewahrt. Im Jahre 1886 erhielt die neugegründete Liedertafel des Fachvereins die Fahne unter der Bedingung ausgefolgt, daß in der Mitte der roten Fahne ein weißes Feld eingeführt würde. Zum 25jährigen Jubiläum der Gesangssektion des Bäckervereins im Jahre 1910 wurde der weiße Aufnäher wieder durch einen roten ersetzt.

Lit.: *Berka, H.*, Geschichte der Gewerkschaft der Bäckereiarbeiter, Wien o. J., S. 39.

Wien, Museum der Gewerkschaft der Lebens- und Genußmittelarbeiter J. E.

7.1.10 **Gesuch von Prager Bäckerarbeitern**

Prag 1870

Gesuch der Bäckerarbeiter an die Prager Polizeidirektion zwecks Abhaltung einer Versammlung im Altstädter Rathaus am 29. 6. 1870 tschechische Sprache.

Praha, Státní ústřední archiv, PP 1870–1875, V 28/25, čj. 2943/1870 J. E.

7.1.11 **Fahne der Bäckerinnung**

Wien 1879
Cremegelbe Seide mit rot-blau-goldener Posamenterie-Bordüre; aufgenähtes Emblem aus Seide; H. = 170 cm, B. = 112 cm; Fahnenstange überzogen mit rotem Samt, besetzt mit versilberten Rosetten und Sternen; L. = 323 cm

Die Fahne wurde aus Anlaß des Festzuges zur silbernen Hochzeit des Kaiserpaares angefertigt und von der Gruppe der Bäcker mitgetragen. Obwohl die Bäckergenossenschaft über prächtige Zunftfahnen aus dem 17. und 18. Jahrhundert verfügte, wurde für den Festzug eine Neuanfertigung – zwei ein Brezel haltende Löwen – vorgezogen.

Lit.: *Ressel, G.*, Das Archiv der Bäckergenossenschaft, Wien 1913, S. 119.

Wien, Archiv der Bäckerinnung J. E.

7.1.12 **Gruppe der Bäcker beim Jubiläumsfestzug** Abb.

Wien 1879
Kolorierte Photographie; H. = 22 cm, B. = 95 cm

Darstellung der Gruppe der Bäcker beim Jubiläumsfestzug von 1879, an der Spitze des Zuges die neuangefertigte Fahne. Die historisierenden Kostüme können als Versuch gedeutet werden, aus der alten Zunfttradition ein neues kleinbürgerliches Selbstverständnis zu schöpfen.

Wien, Archiv der Bäckerinnung J. E.

7.1.13 **Innungs-Haus der bürgerlichen Bäcker**

F. Hütter; o. J.
Aquarell; H. = 24,5 cm, B. = 18,5 cm

Das Innungshaus der Wiener Bäcker befand sich von 1605 bis 1898 am Salzgries in der Wiener Innenstadt. Es diente als Sitz der Innung, als Versammlungsort, Arbeitsvermittlung und Herberge für die Gesellen. In den 1890er Jahren wurde ein größeres, neues Gebäude in der Florianigasse errichtet – bis heute der Sitz der Innung.

Lit.: *Ressel, G.*, Das Archiv der Bäckergenossenschaft, Wien 1913, S. 122. – 700 Jahre Wiener Bäcker-Innung 1227–1927, Wien 1927, S. 59ff.

Wien, Archiv der Bäckerinnung J. E.

7.1.14 **Forderungen der Wiener Bäckergesellen von 1869**

Auszug aus dem Versammlungsprotokoll der Genossenschaft vom 4. 10. 1869
Protocollbuch; H. = 40 cm, B. = 25 cm

Der Fachverein der Bäckergehilfen, gegründet 1868, war einer der ersten gewerkschaftlichen Fachvereine der Wiener Arbeiterschaft. Mehrmals richtete er Forderungen an die Meister. Die speziellen Probleme der Bäckergesellen, die sich aus ihrer hausrechtlichen Abhängigkeit ergeben, kommen in den Forderungen nach Abschaffung des Du-Wortes, nach ausreichenden Mahlzeiten und reinen Schlafstellen zum Ausdruck. Lohnerhöhungen, Arbeitszeitverkürzung und Selbstverwaltung der Krankenkasse waren dagegen allgemeine

Kat.-Nr. 7.1.12

Forderungen, für die alle Arbeitervereine eintraten.

Lit.: 700 Jahre Wiener Bäcker-Innung 1227–1927, Wien 1927, S. 64. – *Berka, H.*, Geschichte der Gewerkschaft der Bäckereiarbeiter, Wien o. J., S. 37ff.

Wien, Archiv der Bäckerinnung, Protocollbuch 27/1 (1855–1877) J. E.

**7.1.15 Arbeitsplätze und Arbeitszeiten des Bäckergesellen Franz Seeling, 1852–1863**

Eintragungen im Gesellenprotokoll der Wiener Bäckerinnung; 1852–1863
Protocollbuch; H. = 39 cm, B. = 27 cm

Die Gesellen wechselten häufig ihre Arbeitsplätze. Bei dem hier beispielhaft herausgegriffenen Franz Seeling dauerte die Hälfte seiner Arbeitsverhältnisse weniger als einen Monat, dreimal blieb er allerdings länger als zwei Jahre bei einem Meister. Der Wechsel einer Stelle war meist mit einer mehrwöchigen Arbeitslosigkeit verbunden.

Wien, Archiv der Bäckerinnung, Gesellen-Protocollbuch lit. S, S. 195 J. E.

**7.1.16 Jubiläumsgabe für Tobias Ratz**

Wien, 1888
Kalligraphisch ausgeführte, gebundene Blätter; H. = 39 cm, B. = 29 cm

Ehrengeschenk an den Wiener Bäckermeister Tobias Ratz von seinen Arbeitern aus Anlaß seines 25jährigen Berufsjubiläums. Die Ergebenheitsadresse der Arbeiter illustriert die patriarchalischen Verhältnisse in diesem Gewerbe. Zugleich zeigt die Vielfalt der Funktionen des Bäckermeisters (Genossenschaftsvorsteher 1882–1890, Vizepräsident des Wiener Lloyd sowie der Frucht- und Mehlbörse, Aufsichtsrat der Wiener Dampfmühle Roman Uhl & Co.) die fließenden Grenzen zwischen reichem Handwerker und Unternehmer.

Wien, Archiv der Bäckerinnung J. E.

**7.1.17 Lehrbrief für Adolf Tschunko**

Wien, 1887
Farbdruck; aufgefaltet H. = 40 cm, B. = 45 cm

Wien, Archiv der Bäckerinnung J. E.

**7.1.18 Eindingbuch für Adolf Tschunko**

Wien, 1888
H. = 17 cm, B. = 10 cm

Wien, Archiv der Bäckerinnung J. E.

**7.1.19 Arbeitsbuch für Adolf Tschunko**

Wien, 1894
H. = 20 cm, B. = 10,5 cm

Wien, Archiv der Bäckerinnung J. E.

**7.1.20 Porträt Tobias Ratz**

Wien, um 1890
Porträtphotographie in Kartonrahmen; H. = 65 cm, B. = 49 cm

Tobias Ratz war Vorsteher der Wiener Bäckergenossenschaft von 1882–1890.

Wien, Archiv der Bäckerinnung J. E.

**7.1.21 Lehrlingsordnung von 1850**

Wien, 1850
Schriftstück auf Karton; H. = 22 cm, B. = 29 cm

Die vom „Mittel der Bäcker" hergestellte und verbreitete „Erinnerung an Lehrlinge beim Aufdingen" mahnt die Lehrlinge zu Arbeitsamkeit, Ordnung und Sittlichkeit.

Wien, Archiv der Bäckerinnung J. E.

## 7.2 Die Schuster

**7.2.1 Schusterwerkstatt**

Zusammengestellt von der Landesinnung Wien der Schuhmacher anläßlich der Wiener Herbstmesse 1983.
Originale, 18. und 19. Jahrhundert

In der Werkstätte sind Einrichtungsgegenstände, Werkzeuge, Arbeitsmaterialien, halbfertige und fertige Produkte zu sehen. Die Einrichtungsgegenstände und Werkzeuge stammen zum Teil aus dem 18. Jahrhundert, die aber typischerweise noch in der 2. Hälfte des 19. Jahrhunderts verwendet wurden.
Das Leben in einer Schusterwerkstätte des

19. Jahrhunderts wird in einem zeitgenössischen Bericht wie folgt beschrieben: *In einer Seitengasse tritt man durch die schmale Glasthüre in das ebenerdige Lokal ein. Der Meister, ein stattlicher Czeche, nimmt Maß. Er schneidet aus seinem kleinen Ledervorrate Oberteil und Sohle aus. Ein Mädchen, zugleich Stepperin und Magd, näht die Oberteile zusammen. Einer der drei Gesellen – in der Saison beschäftigt der Meister vier bis sieben Gesellen – spannt den fertigen Oberteil über den Leisten, zieht ihn mit einer Zange über den unteren Teil des Leistens und nagelt ihn mit Stiften daran fest. Hierauf näht der Geselle an den gespannten Oberteil zunächst den obersten Teil der Sohle (die Brandsohle) und an diesen dann die untere Sohlenplatte an. Endlich werden die Absatzplatten angepappt und genagelt. Mit einem Messer oder einem Glasstücke glättet der Geselle zum Schlusse die Sohlenränder, schwärzt den Schuh mit Wichse, putzt ihn mit Brenneisen und Bürste. In 1½ Tagen ist das Paar fertig. Der Lehrbub trägt die Schuhe aus und besorgt sonst bei der Arbeit Handreichungen. In der Werkstatt kocht die Meisterin auf einem kleinen eisernen Ofen das Essen. An die Werkstatt stößt ein Kabinett als Wohnraum des kinderlosen Meisterpaares.* [*Richard Schüller,* Die Schuhmacherei in Wien, in: Schriften des Vereins für Sozialpolitik 71 (1896), S. 39f.]

Wien, Landesinnung der Schuhmacher J. E.

## 7.2.2 Schuhmacher-Nähmaschine

Bez: Joh. Jax in Linz
Eisen; H. = 112 cm, B. = 39 cm, L. = 96 cm

Seit etwa 1860 gab es auch Nähmaschinen für Schuhmacher, die zum Nähen von Schaft und Oberleder sowie zum Einfassen dienten. Sie wurden auch in kleinen Schuhmacherwerkstätten verwendet und brachten dort nicht nur eine Arbeitserleichterung, sondern ermöglichten es ihnen auch, besser gegenüber der immer stärker werdenden Konkurrenz der Schuhfabriken bestehen zu können.
Diese Schuhmacher-Nähmaschine ist mit Fußantrieb und mit Handrad zu betätigen. Auf dem gußeisernen Gestell ist neben der Firmeninschrift auch der Doppeladler mit Wappen sowie der Wahlspruch VIRIBUS UNITIS angebracht.

Wien, Technisches Museum, Inv.-Nr. 17.803 G. M.

## 7.2.3 Linksarmmaschine

Eisen bzw. Stahl

Linksarmmaschinen dieser Art dienten zu Reparaturen am Leder bzw. Futter der Schuhe. Die Maschine ist durch Fußantrieb, aber auch mit einer Handkurbel zu betätigen. Bei dem ausgestellten Objekt handelt es sich laut Aufschrift um ein „Deutsches Reichspatent“; das Schwungrad trägt die Bezeichnung „Elastic Cylinder“.

Wien, Privatbesitz E. V.

## 7.2.4 Schusterkugel

Original, 2. Hälfte 19. Jahrhundert

Holzgestell mit quadratischer Boden- und Deckplatte, letztere mit Mittelloch, durch 4 Eckpfeiler zu einem Gestell (Galgen) verbunden. In der Mitte der Bodenplatte gerade Kerzentülle aus Holz. Zwei von der Decke an Lederschlaufen hängende Glaskugeln: H. = 27 cm, B. = 20 cm

Baden, Kaiser-Franz-Josef-Museum für Handwerk und Volkskunst, Inv.-Nr. 591 J. E.

## 7.2.5 Gewaltsame Entwaffnung eines republikanischen Schusters, wobei das Gewehr losgeht

C. Lanzedelli; Wien 1848
Handkolorierte Lithographie; H. = 38 cm, B. = 31 cm

Wien, Sammlung Professor Herbert Steiner J. E.

## 7.2.6 Der konstitutionelle Wiener Schusterbuben-Verein

Wien 1848
Spottflugblatt, doppelseitig bedruckt; H. = 43 cm, B. = 26 cm

Vor allem den Schusterlehrlingen wurde von den Karikaturisten des 19. Jahrhunderts die Rolle des aufrührerischen und witzbegabten, zugleich aber auch beschränkten und keiner ernsthaften Politik fähigen Handwerkers zugedacht.

Wien, Verein für Geschichte der Arbeiterbewegung J. E.

**7.2.7 Statuten des Vereines für Schuhmacher in Salzburg**

Salzburg 1876
Doppelseitig bedrucktes Blatt; H. = 20 cm, B. = 26 cm

In den 1870er Jahren entstanden überall in Österreich die ersten gewerkschaftlichen Fachvereine. Die Statuten der Salzburger Schuhmacher geben einen Überblick über die Tätigkeitsbereiche dieser Vereine. Den gesetzlichen Bedingungen zufolge mußten sie allerdings die Erörterung politischer Themen ausdrücklich ausklammern. Dieser Paragraph stellte ein Damoklesschwert dar, das oft genug zur Auflösung von Fachvereinen benützt wurde.

Wien, Sammlung Professor Herbert Steiner J. E.

**7.2.8 Carl Budischowsky & Söhne**
**K. k. priv. Lederfabrik, Schuhfabrik**

Wien 1898

Druckgraphik aus: Die Großindustrie Österreichs III, Wien 1898, S. 369
Photokopie

Die beiden Ansichten zeigen eine der größten österreichischen Schuhfabriken mit der Lederfabrik in Mähren und dem Verlagsgebäude und Warenhaus in Wien. In den 1860er Jahren waren in Österreich die ersten Schuhfabriken entstanden, die jedoch für die Endfertigung der Schuhe verlegte Handwerksmeister und Gesellen heranzogen. Diese Fabriken profitierten vor allem durch Heereslieferungen, sie organisierten aber auch den internationalen Export: österreichische Schuhe wurden in den Gründerjahren in den Balkan, den Nahen Osten, nach Australien und Südamerika exportiert.

J. E.

**7.2.9 Schuhmacher am Neubau**

Textstelle von Karl Renner

Karl Renner beschreibt in seinen Lebenserinnerungen anschaulich die Lebensweise der von großen Verlegern abhängigen Schuhmacher im Wiener Gemeindebezirk Neubau um 1890.

K. Renner, An der Wende zweier Zeiten, Wien 1946, S. 214f J. E.

**7.2.10 Die Schusterrevolte in Wien**

Textstelle von Gustav Haberman

Gustav Haberman gibt einen Erlebnisbericht über die großen Schusterunruhen des Jahres 1882. Sie waren ausgebrochen, nachdem der Fachverein der Schuster polizeilich aufgelöst und das Vereinsvermögen beschlagnahmt worden war, und eskalierten zu mehrtägigen Straßenschlachten. Seit diesem Jahr bürgerte sich in Wien der Begriff „Schusterkrawall" als Bezeichnung für die verschiedensten spontanen Protestbewegungen ein.

G. Haberman, Aus meinem Leben, Wien 1919, S. 131f J. E.

**7.2.11 Ein Bild von den Straßenkrawallen**

Wien 1882
Zeitungsgraphik
Photokopie

Die Darstellungen der Wiener Presse von Anfang November 1882 zeigen das Ausmaß der sogenannten „Schusterkrawalle" und die Brutalität des Militär- und Polizeieinsatzes.

Illustriertes Wiener Extrablatt, 12. Nov. 1882
J. E.

**7.2.12 Der Straßen Exzeß in Wien am 9. November 1882**

Ch. Breidwieser; Wien 1882
Zeitungsgraphik
Photokopie

Neue Illustrierte Zeitung, 9. Nov. 1882 J. E.

**7.2.13 Blick in die Schusterwerkstatt**

Michael Neder
Öl auf Holz; H. = 26 cm, B. = 31 cm

Neder, der als einer der bedeutendsten Schilderer der kleinbürgerlichen Welt der Biedermeier- und Nachbiedermeierzeit anzusprechen ist, war mit dem Milieu des Schustergewerbes eng vertraut, war doch auch sein Vater Schuster in Wien. Daraus resultiert auch die besonders liebevolle Schilderung der Werkstatt.

Wien, Österreichische Galerie, Inv.-Nr. 5324
E. V.

## 7.3 Textilgewerbe

### 7.3.1 Der Rückgang der Seidenzeugfabrikation in Wien

Graphische Darstellung nach den Meisterverzeichnissen der *Seidenzeug- Sammt- und Dünntuchfabrikanten* und späteren *Seidenwarenerzeugern* in Wien, 1820–1930; Entwurf: J. E., Ausführung: I. Grillmayer

Die Graphik zeigt den langfristigen Niedergang der Wiener Seidenzeugfabrikation. Am stärksten war der Abfall 1850 bis 1887, wo die Zahl der Fabrikanten von 456 auf 83, jene der Arbeiter von 8616 auf 1134 sank. Die Seidenbandfabrikation zeigt im selben Zeitraum einen Rückgang der Fabrikanten von 175 auf 42, der Arbeiter von 3068 auf 785. Die Ursachen dieser dramatischen Strukturveränderung liegen erstens in der Mechanisierung dieses Produktionszweiges, die es Unternehmern erlaubte, auf die traditionsreichen, qualifizierten Wiener Seidenarbeiter(-innen) zu verzichten und sie durch billige, rasch angelernte ländliche Arbeitskräfte zu ersetzen. Zweitens wurde durch den Ausbau der Verkehrswege und eine zunehmende Orientierung auf Massenabsatz die räumliche Nähe zu den traditionellen Käufern, den in Wien ansässigen Oberschichten, weniger bedeutungsvoll. So bietet die Wiener Seidenerzeugung ein Beispiel, wie sehr im Industrialisierungsprozeß soziale Umwälzungen mit räumlichen Strukturveränderungen gekoppelt sind.

Lit.: *Ehmer, Josef,* Familienstruktur und Arbeitsorganisation im frühindustriellen Wien, Wien 1980.

J. E.

### 7.3.2 Fabriksstandorte von Wiener Seidenwarenerzeugern

Standortkarte nach dem „Verzeichnis der Seidenwarenerzeuger Wiens 1901“; Entwurf: J. E., Ausführung: I. Grillmayer u. P. Seeberg

Noch im Vormärz war Wien das Zentrum der österreichischen Seidenzeugmacherei. Mit der zunehmenden Mechanisierung dieses Produktionszweiges erfolgte jedoch ab der Jahrhundertmitte eine regionale Standortverlagerung größten Ausmaßes. Die größeren Wiener Seidenfabrikanten errichteten ihre Fabriken in der Provinz, vor allem in Nordmähren im Gebiet um Mährisch-Schönberg, *wo es leichter war, Neubauten zu errichten und bei der Menge von vorhandenem Menschenmaterial billige Arbeitskräfte anzuwerben,* wie die Commission der Jubiläums-Gewerbeausstellung von 1888 feststellte. Die Karte zeigt die Fabriksstandorte der Wiener Seidenwarenerzeuger in Mähren, Böhmen und Niederösterreich.

a. Seidenwarenfabrik Franz Bujatti in Haskov (Münichgrätz, Böhmen)

Photokopie nach: Die Großindustrie Österreichs, IV, Wien 1898, S. 37

Die Familie Bujatti kam 1811 aus Görz nach Wien und begründete hier eine der angesehensten Seidenunternehmungen. Um 1860 wurden die ersten Fabriken in der Provinz errichtet.

Lit.: *Bujatti, F.,* Die Geschichte der Seidenindustrie Österreichs, Wien 1893.

b. Seidenwarenfabrik Franz Bujatti in Mährisch-Schönberg

Photokopie nach: Die Großindustrie Österreichs, IV, Wien 1898, S. 39

c. Seidenwarenfabrik A. Flemmich in Römerstadt

Photokopie nach: Die Großindustrie Österreichs, IV, Wien 1898, S. 40

d. Wiener Stammhaus der Seidenwarenfirma A. Flemmich

Photokopie nach: Die Großindustrie Österreichs, IV, Wien 1898, S. 41

Lit.: *Ehmer, Josef,* Familienstruktur und Arbeitsorganisation im frühindustriellen Wien, Wien 1980, S. 66ff.

J. E.

### 7.3.3 Die Entwicklung der Seidenzeugmacherei in Wien Neubau 1850–1885

Standortkarte nach dem *Verzeichnis der Herren Seidenzeug-Sammt- und Dünntuchfabrikanten in der k. k. Haupt- und Residenz-Stadt Wien* von 1850 und 1885. (Entwurf E. Faber / Bezirksmuseum Neubau, Ausführung: I. Grillmayer u. P. Seeberg)
Kartengrundlagen: Polizei-Bezirks-Einteilung (Vorstädte Schottenfeld, Neubau, Spittelberg, St. Ulrich) herausgegeben von Anton Ziegler;

Wien 1852; Plan zum Häuserschema 1875, Wien 1875
H. = 36 cm, B. = 50 cm

Die Wiener Vorstädte Schottenfeld und Neubau waren bis zur Mitte des 19. Jahrhunderts Zentren der Seidenverarbeitung. 1850 hatten von insgesamt 456 selbständigen „Seidenzeugfabrikanten" 223 hier ihre Werkstätten. Die Verdrängung der kleingewerblichen und hausindustriellen Seidenzeugmacherei durch die Fabriksindustrie wird denn auch gerade an diesem Stadtteil besonders deutlich sichtbar. 1885 gab es in Wien nur mehr 87 Seidenzeugfabrikanten, 49 von ihnen lebten im nunmehrigen 7. Gemeindebezirk.

Wien, Österreichische Nationalbibliothek, Kartensammlung J. E.

### 7.3.4 Seidenspulrad

Original aus Holz, stand während des ganzen 19. Jahrhunderts in Verwendung; H. = 100 cm, B. = 120 cm, T. = 50 cm

Beim Handweben bzw. Seidenzeugmachen wirft der Weber das Schiffchen mit dem Schußfaden durch das von den Kettfäden gebildete Fach. Der Schußfaden läuft von einer im Schiffchen befestigten Spule ab. Das Schiffchen und damit auch die Spule können nicht allzugroß sein, der Schußfaden ist deshalb rasch abgespult, und der Weber benötigt im Lauf eines Arbeitstages eine große Anzahl umwickelter Spulen. Bei der Erzeugung gemusterter Stoffe waren mehrere Spulen mit verschiedenartigen färbigen Fäden vonnöten. Zum Aufwickeln des Fadens auf die Spule diente das Spulrad, die Tätigkeit des „Spulens" wurde von Hilfskräften durchgeführt, nach Möglichkeit von den Kindern der Weber und Seidenzeugmacher, die dazu schon im vierten und fünften Lebensjahr eingesetzt wurden.

Wien, Bezirksmuseum Wien-Neubau J. E.

### 7.3.5 Spulen und Schiffchen

Originale, Holz umwickelt mit Seidenfäden und Golddraht
Spulen 5 und 12 cm lang, Schiffchen 22 und 36 cm lang

Wien, Bezirksmuseum Wien-Neubau J. E.

### 7.3.6 Spulenhalter

Original, Holzgestell mit Spulen
H. = 75 cm, B. = 60 cm

Wien, Bezirksmuseum Wien-Neubau J. E.

### 7.3.7 Seidenwebstuhl mit Jacquardmaschine Abb.

Willibald Schram, Webstuhl- und Jacquardmaschinen-Bauanstalt; Wien um 1870
Modell; Gestell Holz, Beschläge Eisen, Karten Karton, Schnüre; H. = 57 cm, B. = 85 cm, L. = 80 cm

Die zu Beginn der 19. Jahrhunderts vom Franzosen Joseph-Marie Jacquard entwickelte Jacquardmaschine ist eine am Webstuhl angebrachte Vorrichtung, die die Herstellung von Geweben in den verschiedensten Techniken und in nahezu unbeschränkten Musterungen ermöglicht. Gesteuert durch Pappkarten, die entsprechend dem Muster gelocht sind, werden die einzelnen Kettfäden un-

Kat.-Nr. 7.3.7

abhängig voneinander ausgehoben und bilden das für den Eintrag des jeweiligen Schusses erforderliche Fach. Dieses Modell eines Jacquardwebstuhles war auf der Wiener Weltausstellung des Jahres 1873 ausgestellt.

Wien, Technisches Museum, Inv.-Nr. 26.353

G. M.

7.3.8 **Mechanischer Webstuhl mit Revolverlade**

Webstuhlfabrik von Hübel und Endler; Böhmisch Kamnitz 1904
Eisen; H. = 86 cm, B. = 70 cm, L. = 113 cm

Beim mechanischen Webstuhl erfolgt die Bewegung aller Teile selbsttätig auf mechanischem Wege über die von einem Motor angetriebene Hauptantriebswelle. Die Aufgabe des Arbeiters beschränkt sich dadurch auf die Überwachung des Ganges der Maschine sowie auf die Behebung von Fehlern. Die Revolverlade, bei der die Schützenzellen, die die Schützen mit verschiedenfarbigen Schußfäden enthalten, auf dem Mantel eines Zylinders angeordnet sind, ermöglicht die Herstellung gestreifter und karierter Gewebe. Durch automatisch gesteuertes Drehen der Revolverlade wird der jeweils gewünschte Schützen in Arbeitsstellung gebracht.

Wien, Technisches Museum, Inv.-Nr. 12.487

G. M.

7.3.9 **Musterbuch der Firma Adensamer**

Stoffmuster der Seidenwarenfirma Adensamer; Wien, um 1870
H. = 60 cm, B. = 40 cm

Die Musterbücher dienten zur Information der Kunden über das Angebot der Textilhersteller. Die angebotenen Dessins wurden meist Jahrzehnte hindurch erzeugt.

Wien, Bezirksmuseum Wien-Neubau J. E.

7.3.10 **Musterbuch der Firma Maurer**

Musterbuch für Borten aus Gold- und Silberdraht der Firma Maurer, Wien-Neubau; 2. Hälfte 19. Jahrhundert
H. = 35 cm, B. = 17,5 cm

Wien, Bezirksmuseum Wien-Neubau J. E.

7.3.11 **Stammhaus der Firma Adensamer in Wien**

G. Th. Kempf; Wien 1909
Aquarell; H. = 62 cm, B. = 92 cm

Adensamer, gegründet 1828, war eines der führenden Unternehmen der Seidenbanderzeugung. 1838 wurde ein Fabriksgebäude in Wien-Schottenfeld errichtet, 1846 ein Werk in Groß-Siegharts (NÖ) und später auch in Zuckmantel (österr. Schlesien).

Wien-Neubau, Firma Adensamer J. E.

7.3.12 **Neue Fabrik der Firma Adensamer in Zuckmantel**

Ende 19. Jahrhundert
Photographie; H. = 58 cm, B. = 50 cm

Wien-Neubau, Firma Adensamer

7.3.13 **Musterbuch der Firma Backhausen**

Stoffmuster; Wien, 1861–1876
17 Seiten mit Muster; H. = 50 cm, B. = 39 cm

Wien, Firma Backhausen

7.3.14 **Musterbuch der Firma Backhausen**

Stoffmuster; Wien, 1875–1880
42 Seiten mit Muster; H. = 50 cm, B. = 40 cm

Wien, Firma Backhausen

7.3.15 **Vorlagekasten**

Holz; H. = 66 cm; Größe der Platte: B. = 55 cm, T = 66 cm

Einlegearbeit, vergoldet, u. a. Darstellung des Doppeladlers; aufklappbar, innen mit Seide bespannt. Auf Innendeckel Seide, bedruckt mit Blumendekor etc.; im Blumenkranz Inschrift: *1865 Nur dem Muthe und der Ausdauer ist der Fortschritt beschieden.* Herkunftstafel: *Produkt Böhmische Seide Zeichnung und Ausführung von Carl Flemmich, k. k. landesbef. Seidenzeugfabrik in Wien-Mariahilf, Millergasse 40.*
Der Vorlegekasten diente zur Präsentation von Seidenstoffen für Kaiserin Elisabeth.

Wien, Otto Flemmich sen. E. V.

**7.3.16 Der Weber**

P. J. N. Geiger und M. Brems; Wien 1835–1841
Lithographie aus der Serie „Der Mensch und sein Beruf"; H. = 39,8 cm, B. = 51,1 cm

Einblick in die Wohnung eines selbständigen Webers. Der Wohnraum dient als Verkaufslokal und als Arbeitsstätte für Frauen und Mädchen an den Spulrädern, im angrenzenden Raum kann man durch die geöffnete Tür die Werkstatt mit mehreren Handwebstühlen erkennen.

Wien, Historisches Museum der Stadt Wien, Inv.-Nr. 87.005/73 J. E.

**7.3.17 Hauswebstuhl in der Bukowina**

Hugo Charlemont; Wien 1890
Federzeichnung; H. = 15,5 cm, B. = 23 cm

Trotz der stürmischen Mechanisierung der Textilindustrie blieben in entlegenen ländlichen Gebieten noch Handwebstühle einfachster Machart in Verwendung. Im Gegensatz zum städtischen Handwerk wurden sie nicht nur von Männern, sondern auch von Frauen betrieben.

Wien, Österreichische Nationalbibliothek, Porträtsammlung, Pk. 1.131, 1740 J. E.

**7.3.18 Aus der Fabrik des Stiftes Osseg**

Hugo Charlemont; o. J. ca. 1880
Tuschzeichnung; H. = 15 cm, B. = 20,5 cm

Der Begriff „Fabrik" wurde im 19. Jahrhundert mehrdeutig verwendet. Er bezeichnete zunächst nur ein außerhalb der allgemeinen Zunft- und Gewerberechte stehendes Unternehmen, und nahm gegen Ende des Jahrhunderts immer mehr die Bedeutung eines größeren, arbeitsteilig organisierten und mit Maschineneinsatz arbeitenden Betriebes an. Die „Fabrik" des Stiftes Osseg zeigt eine Anzahl arbeitsorganisatorisch nicht verbundener Handwebstühle und ist typologisch eher als Manufaktur zu bezeichnen.

Wien, Österreichische Nationalbibliothek, Porträtsammlung, Pk. 1.131, 569 J. E.

**7.3.19 Aus der Tuch- und Schafwollwarenfabrik von Russo und Finzi in Troppau**

Hugo Charlemont; Wien, o. J. ca. 1880
Tuschzeichnung; H. = 14 cm, B. = 20 cm

Wien, Österreichische Nationalbibliothek, Porträtsammlung, Pk. 1.131, 649 J. E.

**7.3.20 Teppichknüpfen in der Fabrik zu Ebergassing**

Hugo Charlemont; Wien 1885
Federzeichnung; H. = 18 cm, B. = 18 cm

Der Textilfabrikant Phillip Haas war einer der ersten Wiener Unternehmer, die ihre Betriebe von Wien weg in Gebiete mit niedrigeren Löhnen verlegten. Ein großer Teil der Produktion wurde 1840 von Wien-Gumpendorf nach Ebergassing (NÖ) verlagert, Handarbeit spielte weiterhin eine große Rolle.

Wien, Österreichische Nationalbibliothek, Porträtsammlung, Pk. 1.131, 501 J. E.

**7.3.21 Kammgarn-Spinnerei in Brünn**

Hugo Charlemont; o. J. ca. 1880
Tuschzeichnung; H. = 12 cm, B. = 14 cm

Innenansicht einer Kammgarnspinnerei. Die Spinnerei war der am frühesten und umfassendsten mechanisierte Arbeitsschritt der Textilerzeugung.

Wien, Österreichische Nationalbibliothek, Porträtsammlung, Pk. 1.131, 628 J. E.

**7.3.22 Ein Wiener Weberhaushalt**

Aufnahmebogen der Volkszählung von 1857
Aufnahmebogen; H. = 44 cm, B. = 58 cm
„Fremden-Tabelle"; H. = 4 cm, B. = 29 cm

Der Haushalt des Webergesellen Ernst Thill, 45 Jahre alt, verheiratet, aus preußisch Schlesien stammend, zeigt die räumliche Enge des Zusammenwohnens und die komplexen Abhängigkeitsverhältnisse in der hausindustriellen Textilerzeugung. Neben seiner Frau, seiner Tochter und seinem Sohn leben im Haushalt Thills noch neun Untermieter: der verwitwete Webergesell Michael Thot mit drei Söhnen und einer Tochter, sowie vier ledige und alleinstehende Webergesellen, die aus Böhmen und Mähren stammen, in Wien kein Heimatrecht besitzen und deswegen in der „Fremden-Tabelle" erfaßt sind. Wenn die Volkszählung auch über die Arbeitsverhältnisse keine Auskunft gibt, so ist doch anzunehmen, daß wir hier ein Beispiel des verbreiteten „Sitzgesellenwesens" vor uns haben: ein für einen Verleger oder Fabrikanten arbeitender Geselle betätigte sich als „Sub-Verleger", indem er Untermieter bzw. Bettgeher aufnahm, diesen Webstühle zur Verfügung stellte und Aufträge vermittelte. Die Untermieter hatten sowohl für die Wohnmöglichkeit als auch für den

Webstuhl Miete zu bezahlen, und leisteten einen Lohnbeitrag für die Frau und die Kinder des Haushaltsvorstands bzw. anderer Untermieter, die für das Spulen des Garns und andere Hilfstätigkeiten unbedingt notwendig waren.

Lit.: *Ehmer, Josef,* Familienstruktur und Arbeitsorganisation im frühindustriellen Wien, Wien 1980.

Wien, Wiener Stadt- und Landesarchiv, Volkszählung 1857: Gumpendorf Konskriptionsnummer 208 (Stumpergasse 16); A 53 98, Aufnahmebogen Wohnung 17 und zwei Fremden-Tabellen von Nr. 208 J. E.

### 7.3.23 Ein von Webern bewohntes Wiener Vorstadthaus

Liste der Bewohner des Hauses Wien-Gumpendorf 208 (Stumpergasse 16) nach der Volkszählung 1857; Entwurf und Ausführung der graphischen Gestaltung I. Grillmayer und S. Proidl

Trotz des rapiden Rückgangs der Wiener Textilerzeugung waren hier in den 1850er und 1860er Jahren noch viele Seidenzeugmacher und Weber anzutreffen, die einen immer erfolgloseren Kampf gegen die Konkurrenz der Industrie führten. Eine Folge ihrer Verdrängung war, daß sich immer mehr Hausweber in winzigen Wohnungen zusammendrängten. Im Haus Stumpergasse 16 in Wien-Gumpendorf wohnten und arbeiteten in 16 der 23 Wohnungen Weber: Selbständige „Befugte" oder „bürgerliche Meister", Gesellen mit einem eigenen Haushalt, Gesellen und Lehrlinge, die beim Arbeitgeber leben und schließlich als Untermieter und Bettgeher verzeichnete „Sitzgesellen".

Wien, Wiener Stadt- und Landesarchiv, Gumpendorf 208 J. E.

### 7.3.24 Lehrbrief eines Seidenzeugmachers

Lehrbrief *Von dem Gremium der k. k. privilegierten Landes- und Fabriksbefugten Seidenzeug-Sammet- und Dünntuch-Fabrikanten* Wiens für Rubeck Leopold; 7. Juli 1857
H. = 36 cm, B. = 46 cm

Wien, Wiener Stadt- und Landesarchiv, Innungen 50, Seidenzeugmacher, Inv.-Nr. A 24/5 J. E.

### 7.3.25 Gewerberücklegung eines Seidenzeugmachers

Formular des Wiener Magistrats für Gewerberücklegungen; 1872
H. = 36 cm, B. = 22 cm

*Johann Heinzel, bgl. Seidenzeugmacher, VII, Andreasgasse Nr. 8, zeigt an, daß er das Seidenzeugmachergewerbe nicht mehr betreibe und ganz aufgebe, 11. 9. 1872.*

Wien, Wiener Stadt- und Landesarchiv, Innungen 50, Seidenzeugmacher, Inv.-Nr. A 26 J. E.

### 7.3.26 Leserbrief eines Seidenzeugmachergehilfen

Arbeiter-Blatt; 13. Mai 1868
Photokopie

Der Leserbrief eines Gehilfen der Seidenfabrik Flemmich in Wien, der im Arbeiter-Blatt im Mai 1868 abgedruckt wurde, zeigt, welche Auswirkungen die Verlegung der Seidenfabrikation in die Provinz für die Wiener Gehilfen hatte: Lohndruck und Entlassungen.

„Arbeiter-Blatt" (Extrablatt des Telegraf) vom Mittwoch, 13. Mai 1868, S. 44 J. E.

## 7.4. Produkte der Seidenweberei

### 7.4.1 Wachauer Goldhaubenkleid

2-teilig aus dunkelblau-violettem Schillertaft; sehr reich gezogener Rock, kurzer Oberteil, vorne gezogen über geschnürtem Spitzmieder, lange Trompetenärmel, am unteren Rand Rüschen aus Seidenborten.

Wien, Niederösterreichisches Landesmuseum, Inv.-Nr. II 3987–3988 E. T.

### 7.4.2 Bürgerkleid (modisch) aus Hainburg

2-teilig aus hellgrüner Taftseide; reich gezogener Rock mit Rüschen und schwarzen Tüllspitzen verziert, Oberteil nur rückwärts tailliert, vorne gerade, 2-reihig geknöpft, am unteren Rand und auf den Ärmeln schwarze Posamentriespitzen aufgenäht.

Wien, Niederösterreichisches Landesmuseum, Inv.-Nr. II 1362 u. II 1433 E. T.

7.4.3 **Mädchentanzkleid**

Aus rosa Reinseide mit eingewebten weißen Blattranken in Längsstreifen. Geschnürter Spitzmiederleib mit weitem Halsausschnitt und ganz kurzen Ärmelchen, sehr reich gezogener Rock.

Wien, Niederösterreichisches Landesmuseum, Inv.-Nr. II 1645 E. T.

7.4.4. **Bürgerkleid aus Baden (modisch)**

2-teilig aus taubengrauer Atlasseide; Rock in Bahnen geschnitten mit Passe und Samtbesatz am Saum, Oberteil blusenartig gezogen mit Sattel, Stehkragen mit schwarzer Spitze verziert, lange schmale Ärmel mit flügelartigen Volants am Oberarm.

Wien, Niederösterreichisches Landesmuseum, Inv.-Nr. II 4009–4010 E. T.

7.4.5. **Bürgerkleid aus der Wachau**

2-teilig aus hellblau-violettem Schillertaft; reich gezogener Rock, Jacke tailliert, hoch geschlossen mit Stehkragen aus roter Seide, vorne geknöpft und mit schwarzen Spitzen verziert, lange Ärmel mit Manschetten aus roter Seide.

Wien, Niederösterreichisches Landesmuseum, Inv.-Nr. II 3985–3986 E. T.

7.4.6 **Rock von einem Bürgerkleid aus Horn**

Bodenlang, reich gezogen aus Atlasseide mit eingewebtem Karo und Blumenmuster.

Wien, Niederösterreichisches Landesmuseum, Inv.-Nr. II 3991 E. T.

7.4.7 **Rock von einem Wiener Bürgerkleid**

Reich gezogen aus dunkelgrüner Seide mit Blumenmuster in Samtauflagen.

Wien, Niederösterreichisches Landesmuseum, Inv.-Nr. II 6335 a E. T.

7.4.8 **Männerweste aus Krems**

Vorderteil aus Atlasseide schwarz-brombeer-weiß kariert; 2-reihig mit langem Schalkragen und 2 Taschen.

Wien, Niederösterreichisches Landesmuseum, Inv.-Nr. II 1314 E. T.

7.4.9 **Seidenschal**

Weiße Atlasseide mit schmalem rosa Randmuster; an beiden Enden breite Bordüren aus bunten Blumensträußen, eingeknüpfte bunte Seidenfransen. B. = 55 cm, L. = 260 cm.

Wien, Niederösterreichisches Landesmuseum, Inv.-Nr. II 6290 E. T.

# 8. VERSTÄDTERUNG

## 8.1 Regionale Konzentration

Um die Mitte des 19. Jahrhunderts begann sich auch in der Donaumonarchie – zunächst in der österreichischen Reichshälfte – die rationeller arbeitende Fabriksindustrie gegen die ländliche und städtische Heimindustrie durchzusetzen. Gleichzeitig wurden v. a. auf dem Großgrundbesitz in den Sudetenländern durch die fortschreitende Kapitalisierung der Landwirtschaft immer mehr ländliche Arbeitskräfte freigesetzt, die in die Großstädte strömten. Doch anders als im Vormärz, konnten diese Arbeitskräfte, zwar auf minimalem Versorgungsniveau, nunmehr in den Wirtschaftsprozeß integriert werden, da die moderne Industrie im Zuge ihrer Entwicklung gerade in den Großstädten immer mehr Arbeitsplätze anbot. Die junge Fabriksindustrie des Finalbereichs konzentrierte sich deshalb in den Großstädten, weil diese die beste regionale Verkehrserschließung und den höchstqualifizierten Arbeitsmarkt aufwiesen.

Lit.: *Gisser, Richard,* Konzentration und Relokation der Bevölkerung Österreichs auf Hauptregions- und Bezirksebene. der aufbau. Monographie 5: Sozialwissenschaften in der Stadtplanung, Wien 1976, S. 51–58. – *Schimmer, Gustav Adolf,* Bevölkerung und Viehstand der im Reichsrathe vertretenen Königreiche und Länder. Nach der Zählung vom 31. December 1869. V. Heft. Erläuterungen zu den Bevölkerungs-Ergebnissen. Mit 4 Karten. Hrsg. k. k. Statistische Central-Commission, Wien 1872.

R. B. S.

### 8.1.1 Bevölkerungskonzentration im Gebiet der heutigen Republik Österreich 1790–1971

Diagramm aus: *Gisser, Richard,* Konzentration und Relokation der Bevölkerung Österreichs auf Hauptregions- und Bezirksebene. der aufbau. Monographie 5: Sozialwissenschaften in der Stadtplanung, Wien 1976, S. 51–58

Der Konzentrationsgrad der Bevölkerung im Gebiet der heutigen Republik Österreich stieg am stärksten zwischen 1869 und 1890. Im überwiegend agrarischen Süd- und Westösterreich war die Zunahme weit geringer als im industrialisierten Ostösterreich (Niederösterreich mit Wien und Burgenland), das seinen hohen Konzentrationsgrad hauptsächlich dem gigantischen Bevölkerungswachstum Wiens verdankte. Den nächsthöchsten Konzentrationsgrad hatte die Steiermark, das zweite große, alte Industriegebiet im heutigen Österreich.

R. B. S.

### 8.1.2 Regionale Bevölkerungsdichte in der österreichischen Reichshälfte 1869

1. Karte „Bevölkerung der im Reichsrathe vertretenen Königreiche und Länder in Vergleichung zur Bodenfläche. Auf Grundlage der Zählung vom 31. Dezember 1869. Entworfen von *G. A. Schimmer* k. k. Hof-Secretär" aus: Bevölkerung und Viehstand der im Reichsrathe vertretenen Königreiche und Länder. Nach der Zählung vom 31. December 1869. Hrsg. k. k. Statistische Central-Commission. V. Heft. Erläuterungen zu den Bevölkerungs-Ergebnissen. Mit 4 Karten, Wien 1872.

Selbstverständlich war die Bevölkerungsdichte in den Städten am höchsten. An der Spitze lag 1869 Triest, gefolgt von Prag und Wien. Sehr hohe Werte erreichten auch manche städtischen Umlandgebiete, wie das Umland von Triest, die Gerichtsbezirke (GB) Sechshaus, Hernals und Hietzing bei Wien oder Smichov und Karolinental bei Prag, weil diese Großstädte bereits ins Umland hinaus gewachsen waren. In den nichtstädtischen Gebieten wies die höchsten Bevölkerungsdichten „ein zusammenhängender Rayon an den Abhängen des Erz- und Riesengebirges in Böhmen (auf), welcher die industriereichen deutschen Bezirke Nord-Böhmens umfaßt, wozu als getrennte Vorposten noch die Bezirke Asch und Graslitz im Westen und Landskron im Osten gehören" (Schimmer, S. 20). Unter den Schwerindustrie-Agglomerationen erreichte nur die Bezirkshauptmannschaft (BH) Mistek mit dem GB Mährisch-Ostrau einen hohen Dichtewert. Die BH Bruck/Mur und Leoben, auch der GB Leoben selbst, lagen weit unter den Ostrauer Werten – ein Hinweis auf den Entwicklungsvorsprung der mährischen Montan- und Eisenindustrie gegenüber der steirischen.

R. B. S.

### 8.1.3 Regionale Verteilung der industriellen und der landwirtschaftlichen Bevölkerung in der österreichischen Reichshälfte 1869

4. Karte „Verhältniss der industriellen und landwirthschaftlichen Bevölkerung der im Reichsrathe

vertretenen Königreiche und Länder. Auf Grundlage der Zählung vom 31. Dezember 1869. Entworfen von *G. A. Schimmer* k. k. Hof-Secretär" aus: vgl. 8.1.2

Die Bezirkshauptmannschaften mit den höchsten Anteilen an industrieller, d. h. in Industrie und Gewerbe tätiger Bevölkerung waren einerseits die Großstadt Wien und Industriestädte, wie Waidhofen/Ybbs und Steyr (beide Eisenindustrie) bzw. Reichenberg und Iglau (beide Textilindustrie), andererseits die traditionellen Gebiete der vorwiegend textilen Heimindustrie am Nordrand der Sudetenländer, wo sich auch zunehmend die mechanisierten Großbetriebe der Textilindustrie niederließen. Die Großstädte Prag und Triest hatten zwar höhere Bevölkerungsdichten als Wien, waren aber längst nicht so stark industrialisiert. V. a. in Triest überwog die Handelsfunktion bei weitem. In den alten Schwerindustrie-Agglomerationen arbeiteten in der BH Mistek (mit Mährisch-Ostrau und Witkowitz) mehr Menschen in der verarbeitenden Industrie als im Bergbau- und Hüttenwesen, die BH Leoben hingegen erreichte den absoluten Höchstwert innerhalb der österreichischen Montanindustrie.

R. B. S.

## 8.2 Die marktwirtschaftliche Produktion der Stadt Funktionstrennung und soziale Segregation

Die wesentlichste Voraussetzung für die um die Mitte des 19. Jahrhunderts einsetzende neue funktionelle Differenzierung des Stadtkörpers und die damit beginnende soziale Segregation wurde durch die Grundentlastung von 1848 geschaffen, als die Verfügungsgewalt über den Boden von wenigen großen Grundherren auf zahlreiche kleine Grundbesitzer überging. Seither wird die Verteilung des Bodens an verschiedene Nutzer nicht mehr nach dem Willen oder Plan des Landes- bzw. Grundherrn vorgenommen, sondern über den Markt: der Boden wird jenem Nutzer überlassen, der den höchsten Preis dafür bezahlt. Von ebenso großer Bedeutung für die Stadtentwicklung war das Prinzip der Arbeitsteilung, das schon die Produktion revolutioniert hatte. Die effizienzsteigernde Wirkung der Arbeitszerlegung kam besonders dann zum Tragen, wenn gleichartige und gleichwertige Arbeitsschritte auch räumlich konzentriert wurden. Dies führte v. a. zur Auflösung des „ganzen Hauses", dem Ort der handwerklichen Produktionsweise, und zur Konzentration der Arbeit in Manufakturen und Fabriken. Seither sind Arbeiten und Wohnen räumlich getrennt, was eine rasante Steigerung der Zirkulation, d. h. des Verkehrs, von Personen in der Stadt zur Folge hatte. Darüberhinaus wurde die Arbeitssphäre selbst weiter differenziert. Für die räumliche Konzentration der Teilfunktionen wurden neue Gebäudetypen entwickelt: die Fabrik, das Warenhaus, das Bürohaus u. a. Dadurch und durch die Ausweitung der Marktproduktion kam es zu einer ebenso rasanten Zunahme der Warenzirkulation, d. h. des Güterverkehrs. Auch im Wohnbereich entstanden in Anpassung an die unterschiedliche Kaufkraft verschiedener Bevölkerungsschichten neue Haus- bzw. Wohnungstypen: das Zinspalais, die Villa, das bürgerliche Zinshaus, die Zinskaserne und das Koloniehaus für Arbeiter. Auf die ganze Stadt bezogen, wirkte sich das Prinzip der Arbeitsteilung und die Bodenverteilung über den Markt in der Form aus, daß sich im Zusammenspiel von unterschiedlicher Kaufkraft und nutzungsspezifischen Standortanforderungen (siehe Infrastruktur) allmählich kleinräumige Konzentrationen gleichartiger und gleichwertiger Funktionen herausbildeten, was andererseits die großräumige funktionelle Entmischung des Stadtgebietes bedingte. Über den Markt vermittelt, entstand so, gleichsam „natürlich", die funktionelle Gliederung der Stadt in City (Konzentration der Distribution, d. h. des Handels), Industrie- und Gewerbegebiete (Konzentration der Produktion), bürgerliche Wohnviertel, Arbeiterviertel, Erholungsgebiete, Bildungszentren u. a. (Konzentrationen schichtspezifisch und funktionell differenzierter Reproduktion). Ausschließlich auf die Wohnbevölkerung bezogen, wird dieser Prozeß als soziale Segregation bezeichnet, d. h. als ungleiche Verteilung von Bevölkerungsgruppen über das Stadtgebiet. Zunehmende soziale Segregation bedeutet, daß die Bevölkerungsgruppen in einzelnen städtischen Teilgebieten sozial immer homogener werden, während die Teilgebiete untereinander in ihren Sozialstrukturen immer stärker differieren.

Lit.: *Eitelberger, Rudolf v.; Ferstel, Heinrich,* Das bürgerliche Wohnhaus und das Wiener Zinshaus. Ein Vorschlag aus Anlass der Erweiterung der inneren Stadt Wien's, Wien 1860. – *Reissberger, Mara,* Theophil Hansens Zinspalais – künstlerische, gesellschaftliche und ökonomische Bedingtheiten eines Bautypus, UM BAU (1983) 6/7, S. 49–88. – *Sax, Emil,* Der Neubau Wien's im Zusammenhang mit der Donau-Regulirung. Ein Vorschlag zur gründlichen Behebung der Wohnungsnoth, Wien 1869. – *Schivelbusch, Wolfgang,* Geschichte der Eisenbahnreise. Zur Industrialisierung von Raum und

Zeit im 19. Jahrhundert, Frankfurt/M., Berlin 1979. – *Schweitzer, Renate,* Die Cottage-Anlage in Wien-Währing, in: Wiener Geschichtsblätter 22 (1967) 4, S. 240–252. – *Strohmeyer, Klaus,* Warenhäuser. Geschichte, Blüte und Untergang im Warenmeer, Berlin 1980. – *Wagner-Rieger, Renate,* Wiens Architektur im 19. Jahrhundert, Wien 1970.

R. B. S.

**8.2.1 Siemens & Halske, Fabrik elektrischer Geräte und Apparate, Wien III., Apostelgasse**

Photokopie nach Lithographie aus: Die Gross-Industrie Oesterreichs. Wien 1898, 3. Band, S. 218/219

Standortanforderungen und räumliche Organisation von Fabriken hingen vom spezifischen Produktionsprozeß ab. Fabriken, die große Mengen schwerer oder sperriger Rohstoffe zu großen Werkstücken verarbeiteten, wie etwa die der Metall- oder Maschinenindustrie, organisierten ihre Produktion meist horizontal, d. h. sie hatten einen großen Platzbedarf, und benötigten für die Anlieferung der Rohstoffe und den Abtransport der Fertigprodukte direkte Fernverkehrsanschlüsse (Kanal und/oder Eisenbahn). Sie lagen meist in locker verbauten oder Stadtrandgebieten.
Bei der ersten Niederlassung der Fa. Siemens & Halske in Wien handelt es sich um eine mehrfach umgebaute und erweiterte Fabriksanlage im dicht verbauten Stadtgebiet. Der verfügbare Raum konnte mit der Expansion der Firma nicht Schritt halten. Im Laufe der Zeit mußten ganze Produktionsbereiche abgetrennt und an den Stadtrand verlagert werden (Kabelfabrik nach Floridsdorf, Maschinenfabrik nach Leopoldau). In der Apostelgasse blieb nur mehr die Erzeugung kleinerer Geräte und Apparate.

R. B. S.

**8.2.2 Maschinen- und Waggonfabrik F. Ringhoffer, Prag/Smichov**

Photokopie nach Lithographie aus: vgl. 8.2.1, S. 108/109

Typischer Großbetrieb der Maschinenindustrie in einem der am stärksten industrialisierten Prager Vororte mit räumlichen Erweiterungsmöglichkeiten für die horizontal organisierte Produktion und mit Eisenbahnanschluß.

R. B. S.

**8.2.3 Theyer & Hardtmuth, Papierkonfektion, Wien V., Kleine Neugasse**

Photokopie nach Lithographie aus: Die Gross-Industrie Oesterreichs. Wien 1898, 5. Bd., S. 79

Fabriken, die nur wenige oder leichte Maschinen einsetzten, wie in der Papier- oder Kleiderkonfektion, konnten den Produktionsablauf vertikal organisieren und, falls sie keine zu große Umweltbelastung darstellten, auch im dicht verbauten Stadtgebiet existieren.

R. B. S.

**8.2.4,5,6 Warenhaus Philipp Haas, Wien I., ehem. Stock-im-Eisen-Platz 6**

Eduard van der Nüll und August von Sicardsburg, 1865–1867. 1945 zerstört
Photokopie nach Stich aus: *C. Lützow* und *L. Tischler,* Wiener Neubauten II, Wien 1880

1852 gründete Aristide Boucicault das erste Pariser Warenhaus, Au Bon Marché; zur selben Zeit begannen mit den Durchbrüchen der ersten Boulevards die großen Stadterneuerungsmaßnahmen unter Baron Georges Eugène Haussmann, die die Intensivierung der Personen- und Warenzirkulation zum Ziel hatten. Genau dies war aber eine Existenzbedingung des Warenhauses. „Die Grands Magasins, die in der 2. Hälfte des 19. Jahrhunderts entstehen, konzentrieren sich an den Grands Boulevards, von denen sie den Strom der Waren und Käufer empfangen“ (*Schivelbusch,* S. 165). 1865 läßt der Teppich- und Möbelstoffabrikant Philipp Haas (Fabrik in Ebergassing, NÖ) im Zusammenhang mit der Grabenregulierung (vgl. 8.4.5–8.4.7) von den fortschrittlichsten Architekten der damaligen Zeit das erste moderne Warenhaus an dem durch den Abriß eines Baublocks verkehrsgünstigsten und auch verkehrsreichsten Platz von Wien errichten. Der offene Grundriß, die durchgehende Nutzung des Hauses zu Verkaufszwecken distanzieren das Haas-Haus klar vom Einzelhandelsgeschäft älterer Prägung. Nur die repräsentative und noch wenig „offene“ Fassade unterscheidet es von den allerdings erst später gebauten Pariser Warenhäusern, „die durchsichtig waren, sich offen gaben, tiefere Einblicke zuließen“ (*Strohmeyer,* S. 145).

R. B. S.

**8.2.7 Palais Ephrussi, Wien I., Schottengasse – Dr. Karl-Lueger-Ring**

Theophil Hansen; 1869–1873
Photokopie nach Stich aus: Allgemeine Bauzeitung 39, 1874, Bl. 2

In der kapitalistischen Stadt wird auch das Wohnhaus bzw. die Wohnung „zinstragendes Kapital in Warenform". Heinrich Ferstels literarischer Versuch, das bürgerliche Wohnhaus wieder zum „ganzen Haus" zurückzuverwandeln (Rudolf v. Eitelberger, Heinrich Ferstel, Das bürgerliche Wohnhaus), entpuppt sich als anachronistische Utopie. Mietwohnen ist und bleibt die dominierende Rechtsform des Wohnens, jeder erhält soviel Wohnraum, wie er sich leisten kann. Für neu entstandene oder neu definierte Gesellschaftsschichten wurden neue Wohnhaustypen entwikkelt.
Das Zinspalais des Großbürgertums nahm eine Mittelstellung zwischen Adelspalais und reinem Zinshaus ein. Die herrschaftliche Wohnung des Besitzers umfaßte das gesamte Hauptgeschoß, die Beletage, in den Obergeschossen befanden sich kleinere Mitwohnungen. Das Sozialgefälle zwischen Hausherrn und Mietern wurde meist auch in der Fassade durch die Betonung der Beletage zum Ausdruck gebracht. In diesem Sinn stellt das Palais Ephrussi eine Ausnahme dar, denn die Wohnung des Hausbesitzers lag, von außen nicht erkennbar, im Obergeschoß der Sockelzone.

R. B. S. / S. K.

**8.2.8 Villa Gröbe, Prag-Vinohrady**

Antonín Barvitius; 1870–1881

Die großbürgerliche Villa war im Prinzip ein Einfamilienhaus und unterschied sich vom bürgerlichen „Cottage" v. a. durch die wesentlich größeren Dimensionen von Garten- und Wohnfläche und durch den differenzierteren Grundriß. Die Villa Gröbe ist eine Variation der Renaissance-Villen Palladios; in der Gartengestaltung wurden Terrassen, Grotten, Treppenanlagen und Springbrunnen verwendet. Die Innenräume waren mit „pompeianischen" Malereien dekoriert.

R. B. S. / S. K.

**8.2.9 Bürgerliches Zinshaus, Wien VIII., Josefstadt, um 1880**

Photographie, R. B. S.

Das bürgerliche Zinshaus war ein reines Miethaus mit durchgehend gleichen Geschoßgrundrissen. Von der Zinskaserne unterschied es sich weniger durch die Fassade als durch die interne Erschließung: von einem Stiegenhaus wurden zwei bis höchstens vier Wohnungen direkt erschlossen.

R. B. S.

**8.2.10 Cottage-Anlage, Wien XVIII/XIX, Währing und Döbling, 1888**

Photokopie nach Lithographie

Nachdem der Ökonom Emil Sax 1869 mit seinem Vorschlag, auf den Donauregulierungsgründen Arbeitercottages zu errichten (Emil Sax, Der Neubau Wien's), aus Kostengründen gescheitert war, versuchte der bekannte Ringstraßenarchitekt Heinrich Ferstel 1872 das Wohnungsproblem des „Mittelstandes und der sogenannten kleinen Leute" mit einem ganz ähnlichen Vorschlag, nämlich der Errichtung einer Villenanlage auf der noch unverbauten Türkenschanze, zu lösen. Die Idee wurde realisiert, entfernte sich im Laufe der Zeit aber immer weiter von den ursprünglichen Intentionen. 1872 wurde der Cottage-Verein gegründet, der Architekt Carl v. Borkowski entwarf den Bebauungsplan und Typenhäuser – kleine Einfamilienhäuser nach englischem Vorbild im „romantischen Stil" auf durchschnittlich 700 $m^2$ großen Grundstücken. Im Laufe der Zeit wurden jedoch die Häuser – nicht die Grundstücke! – immer größer, die Sozialschicht der Bewohner immer höher, sodaß Ferstel im Sinne seiner ursprünglichen Absichten ebenfalls als gescheitert zu betrachten ist. In einer so dicht verbauten und verkehrsmäßig so schlecht erschlossenen Stadt wie Wien waren Einfamilienhäuser für den Mittelstand zu tragbaren Preisen eben nicht zu realisieren.

Wien, Historisches Museum der Stadt Wien, Inv.-Nr. 31.815

R. B. S. / S. K.

**8.2.11 Arbeiter-Zinskaserne in Wien, X., Favoriten, um 1880**

Photographie, R. B. S.

Dieser Haustyp war in Großstädten mit hohen Bodenpreisen die kostengünstigste Möglichkeit, eine große Zahl von Kleinstwohnungen (1 Zimmer, Küche) in einem Gebäude unterzubringen. Von einem Treppenhaus aus wurden über einen langen Gang 8 und mehr Kleinstwohnungen erschlossen. Die Küchen waren nur indirekt belichtet und belüftet, keine Wohnung hatte Sanitärinstallationen. Pro Geschoß gab es auf dem Gang einen Wasserauslaß (die „Bassena") und 2 bis 4 Klosette.

R. B. S.

### 8.2.12 Arbeiter-Koloniehaus der Fa. Felten & Guilleaume in Bruck/Mur, um 1870

Photokopie aus: *Renate Schweitzer,* Der staatlich geförderte, der kommunale und der gemeinnützige Wohnungs- und Siedlungsbau in Österreich bis 1945. Diss. TH Wien 1972, 2. Bd., S. 137

Freistehende Einfamilienhäuser waren Arbeitern aus Kostengründen überhaupt unzugänglich. In Industriestädten mit niedrigen Bodenpreisen gab es hin und wieder Einfamilien-Reihenhäuser für die „Arbeiteraristokratie" (vgl. 8.5.14). Der im Werkswohnungsbau verbreitetste Typ war das zwei- bzw. dreigeschossige freistehende „Koloniehaus", das bis zu 12 Wohnungen pro Geschoß enthalten konnte (vgl. 8.5.16 und 8.5.21). Anders als in der Zinskaserne waren in diesen Häusern alle Räume direkt belichtet und belüftet, viele Wohnungen verfügten über einen kleinen Nutzgarten und die Verbauungsdichte der gesamten „Kolonie" war relativ niedrig.

R. B. S.

### 8.2.13 Großbürgerliches Wohnen

Modell M 1:50; Wohnfläche (mit Gängen und Nebenräumen) ca. 600 m²
Entwurf: R. B. S., Ausführung: I. Grillmayer

Da der Aristokratie in Österreich in der Revolution die politische Macht nicht entrissen werden konnte, entwickelte sich die Bourgeoisie nur schwach, bildete wenig eigenständige Lebensformen aus, sondern suchte sich jenen des Adels anzupassen. So gibt es in der großbürgerlichen Stadtwohnung immer einen relativ großen, ausschließlich der Repräsentation, dem „demonstrativen Konsum" vorbehaltenen Teil, bestehend aus Empfangs-, Tanz-, Speisesaal und Wintergarten, wo die „zweite Gesellschaft" ihresgleichen empfing. Die eigentliche Wohnung ist wieder relativ streng in den Wohnteil der Familie und in den Hauswirtschaftsteil getrennt. Die Familienwohnung zerfällt, in Analogie zum Adelspalast, in einen weiblichen und einen männlichen Teil, die aber aus Kostengründen in der großbürgerlichen Wohnung nicht vollkommen kongruent sind (weiblich: Schlafzimmer, Boudoir, Kinderzimmer, Zimmer der Tochter, Kammer der Gouvernante; männlich: Spielzimmer, Arbeitszimmer, Bibliothek, Zimmer des Sohnes, Kammer des Hauslehrers). Aus Statusgründen wurde großer Wert auf die Trennung von den Dienstboten und den Wirtschaftsräumen gelegt. Der Wirtschaftsbereich der Wohnung war meist über eine getrennte Stiege erreichbar.

R. B. S.

### 8.2.14 Bürgerliches Wohnen

Modell 1:50; Wohnfläche (mit Gängen und Nebenräumen) ca. 120 m²
Entwurf: R. B. S., Ausführung: I. Grillmayer

Auch im Mittelbürgertum verbreitete sich die räumliche Trennung von Wohnen und Arbeiten. Die Zahl der Selbständigen, die im eigenen Haus wohnten und arbeiteten, nahm ständig ab, die Zahl der Angestellten, die in citynahen Büros und Geschäften arbeiteten und in den ehemaligen Vorstädten oder „besseren" Vororten wohnten, stieg an. Auch für diese Schicht war Statusdemonstration zur Abgrenzung von der Unterschicht wichtig und da die finanziellen Mittel meist begrenzt waren, war dies nur durch rigorose physische und psychische „Sparmaßnahmen" erreichbar: lieber beschränkte man die Kinderzahl und den Nahrungsmittelkonsum, als daß man auf demonstrativen Konsum, wie Kleidung, Bildung, größere Wohnung und Dienstmädchen, verzichtet hätte. Obwohl diese Wohnungen wesentlich kleiner sind als die großbürgerlichen und der Gestaltungsspielraum daher viel geringer ist, wird dennoch nicht ohne Erfolg versucht, eine Trennung von Repräsentationssphäre (Salon und Speisezimmer), der Intimsphäre der Familie (Schlafzimmer) und dem Dienstboten- und Wirtschaftsbereich (Küche, Speis, Dienstmädchenkammer) zu schaffen.

R. B. S.

### 8.2.15 Arbeiterwohnen

Modell 1:50; Wohnfläche (1 Zimmer, Küche) ca. 35 m²
Entwurf: R. B. S., Ausführung: I. Grillmayer

Arbeitern wurde es erst im letzten Viertel des 19. Jahrhunderts aufgrund steigender Löhne möglich, eine Familie zu gründen und eine eigene Wohnung zu mieten. Doch zu mehr als der „Bassenawohnung“ reichte es fast nie. Meist mußten Frau und Kinder durch Heimarbeit dazuverdienen oder es mußten Bettgeher aufgenommen werden, damit selbst für diese Kleinstwohnung die Miete bezahlt werden konnte. Da die Einzelwohnung keine Sanitäranlagen enthielt, spielte sich nach wie vor ein Teil des häuslichen Lebens in der Halböffentlichkeit des Ganges ab. Auch der bürgerliche Trend zur Intimisierung des Familienlebens war dem Arbeiterwohnen fremd, da das gesamte häusliche Leben (mit Familienfremden) auf engstem Raum stattfand. Methoden der Familienplanung waren in der Unterschicht weitgehend unbekannt, andererseits waren Kinder wegen der Beiträge, die sie zum Haushaltseinkommen leisten konnten, oft willkommen. Aus all diesen Gründen waren die Kleinstwohnungen jedenfalls meist hoffnungslos überfüllt.

R. B. S.

**8.2.16 „Gschnaszimmer“ der Fürstin Pauline Metternich im Palais Metternich in Wien (um 1870)**

Photographie

Wien, Österreichische Nationalbibliothek, Bildarchiv, Inv.-Nr. 222.999

**8.2.17 Interieurs einer Wiener Stadtwohnung am Graben (1870/1880)**

Schlafzimmer
Photographie

Wien, Österreichische Nationalbibliothek, Bildarchiv, Inv.-Nr. 281.567

Eßzimmer
Photographie

Wien, Österreichische Nationalbibliothek, Bildarchiv, Inv.-Nr. 281.568

**8.2.18 Reich eingerichteter Salon mit lesender Dame (um 1860)**

Photographie

Wien, Östereichische Nationalbibliothek, Bildarchiv, Inv.-Nr. 400.84

**8.2.19 Wohnzimmer im Stil der Makartzeit**

Photographie

Wien, Österreichische Nationalbibliothek, Bildarchiv, Inv.-Nr. 240.800

**8.2.20 Küche aus der Elektrischen Ausstellung 1883**

Photographie

Wien, Österreichische Nationalbibliothek, Bildarchiv, Inv.-Nr. 3.023/14

**8.2.21 Funktionstrennung und Soziale Segregation**

Modell; drei Zeitschnitte: 1850, 1870, 1890
Entwurf: R. B. S., Ausführung: F. Zörrer

Innenkreis: City; innerer Kreisring: Vorstädte; äußerer Kreisring: Vororte
Nutzungen bzw. Sozialschichten:
dunkelblau: Industrie; hellblau: Gewerbe; violett: Dienstleistungen (Handel, Banken, Verwaltung u. a.); rot: Wohnen Arbeiter; orange: Wohnen Mittelschicht; gelb: Wohnen Oberschicht.

1850:
Im Stadtzentrum herrschen bereits Dienstleistungen und Oberschichtwohnen vor. Am Kanal zeigen sich Konzentrationen von Gewerbebetrieben, darunter bereits einige Industriebetriebe. Entlang der ersten Eisenbahnlinien, die bis an den Rand des verbauten Gebiets führen, haben sich einige industrielle Großbetriebe niedergelassen. Im größeren Teil des Stadtgebietes finden sich Gewerbebetriebe, Mittel- und Unterschichtwohnen in relativ gleichmäßiger Mischung.

1870:
Die Zahl der Bahnlinien hat zugenommen, die Industriekonzentration entlang der Trassen ist bereits deutlich ausgeprägt. An den Rändern der Industriezonen gibt es Ansätze zur Bildung homogener Arbeiterwohnviertel. Im Stadtzentrum hat die Konzentration der Dienstleistungen unter merkbarer Verdichtung und Höhenentwicklung der Gebäude stark zugenommen und die Oberschichtwohnungen weitgehend verdrängt. In den Vorstädten kann sich zwar das Gewerbe weitgehend halten, doch die aus der City verdrängte Oberschicht und die wachsende Mittelschicht beginnen ihrerseits, die Arbeiterbevölkerung der Vorstädte in den Vorortring hinaus zu verdrängen: die Vorstädte werden allmählich sozial „aufgewertet“, die Vororte sozial „abgewertet“, auch

wenn sich an einigen Stellen Ansätze zur Bildung von Oberschicht-Villenvierteln zeigen.

1890:
Die Eisenbahnlinien sind durch eine Ringbahn verbunden, die entlang der Trennlinie zwischen Vorstadt- und Vorortring verläuft. Die Ringbahn markiert nicht nur einen räumlichen, sondern auch einen relativ scharfen sozialen Einschnitt: „drinnen“: Ober- und Mittelschicht; „draußen“: Arbeiter, abgesehen von einigen kleinen Oberschicht-„Inseln“. In der City gibt es bei fortschreitender vertikaler Verdichtung, abgesehen von wenigen Luxuswohnungen, fast nur mehr Dienstleistungen.
Die Konzentration einzelner Nutzungen und Sozialschichten hat stark zugenommen, ihre Trennung voneinander hat sich verstärkt: aus der ursprünglichen „Farbmischung“ haben sich durch Entmischung relativ homogene und deutlich voneinander abgesetzte rote, blaue, gelbe etc. „Farbflecken“, d. h. Konzentrationen verschiedener Nutzungen und Sozialschichten, gebildet. Am stärksten „segregiert“ sind Oberschicht und Arbeiter, am breitesten gestreut ist die Mittelschicht.

R. B. S.

## 8.3 Infrastruktur

Städtische Bodenpreise und damit auch die räumliche Verteilung von Nutzungen werden am stärksten durch die Infrastrukturausstattung bestimmt (Infrastruktur = Produktionsvoraussetzungen, wie Verkehrs- und andere Kommunikationsnetze, Energie- und Wasserversorgung, Abwasser-, Müll- und Abfallbeseitigung u. a. bis hin zu Wohnungen, Bildungs- und Gesundheitseinrichtungen u. a.).
Die Eisenbahn war die erste neue Infrastruktur und sie veränderte die Städte am nachhaltigsten. Die ersten Linien wurden, von den Großstädten ausgehend, Ende der dreißiger, Anfang der vierziger Jahre gebaut. Sie werteten die Städte, die sie tangierten, generell als Standorte auf und bewirkten so eine allgemeine Anhebung des Bodenpreisniveaus. Im Nahbereich der Stadt wurden die Bahntrassen möglichst durch unverbautes Gelände und nur bis an den Rand des dichtverbauten Gebiets geführt, da die Grundablösungskosten sonst nicht finanzierbar gewesen wären. In den Großstädten endeten die Bahnlinien in Kopfbahnhöfen; das verbaute Stadtgebiet stellte somit das Haupthindernis für durchgehende Bahnverbindungen dar. Wien hatte die einmalige Chance, im Stadtgebiet eine Verbindung seiner ersten beiden Bahnlinien (Nord- und Südbahn) durch die sog. Verbindungsbahn herstellen zu können, da die Trasse der Verbindungsbahn in den aufgelassenen Wiener Neustädter Kanal verlegt wurde. Andere Großstädte mußten Ringbahnen am Rand des dichtverbauten Gebiets anlegen, um die Kopfbahnhöfe miteinander zu verbinden (z. B. Berliner Ringbahn 1882). In der Weltstadt London war das dichtverbaute Gebiet bereits so ausgedehnt und der Gebäudewert so hoch, daß die Verbindungsbahn der Bahnhöfe 1863 unter die Erde verlegt werden mußte. Dies war die Geburtsstunde der Metropolitan, der ersten Untergrundbahn der Welt (*Sheppard,* S. 141). Die Umweltbelastungen, die der Eisenbahnverkehr verursachte, werteten den Boden entlang der Linien ab. Dies war jedoch vorteilhaft für Industriebetriebe, die viel Platz beanspruchten, selbst meist Umweltverschmutzer waren und überdies für den Antransport von Energie und Rohstoffen wie für den Abtransport umfangreicher Endprodukte den Bahnanschluß dringend benötigten. So entstanden entlang der Bahnlinien Industriegebiete, die mit Arbeiterwohnvierteln abwechselten, die dort ebenfalls wegen niedriger Bodenpreise und wegen der Nähe zu den Betrieben errichtet wurden.

Lit.: *Sheppard, Francis,* London 1808–1870: The Infernal Wen. The History of London, vol. 7., Berkeley 1971.

R. B. S.

### 8.3.1 Eisenbahnnetz und Standorte von Großbetrieben in Wien 1870/73

Photokopie aus: *Gerhard Meißl,* Betriebsstättenverteilung 1870/73. Karte 2.3.2/3 aus dem Historischen Atlas von Wien, 2. Lieferung, Wien 1984.

Im Wiental läßt sich noch die standortbildende Wirkung eines Flusses für die ältere Textilindustrie erkennen. Weit größere Bedeutung erlangten aber die frühen Eisenbahnen (Nordbahn 1836/39, Südbahn 1841, Verbindungsbahn 1859), an denen sich v. a. die junge Maschinenindustrie niederließ, die anfangs hauptsächlich für den Eisenbahnbedarf produzierte. Diese nord-südliche Bahnachse prägte das Standortmuster der Wiener Großindustrie bis nach dem Zweiten Weltkrieg.

R. B. S.

**8.3.2 Eisenbahnnetz und Industriestandorte in Budapest 1870/75**

Photokopie aus: *Gábor Preisich,* Budapest városépítésének története a kiegyezéstől a tanácsköztársaságig (Geschichte des Budapester Städtebaus in der Periode vom Ausgleich zwischen Österreich-Ungarn bis zur Räterepublik), Budapest 1964, S. 167, 168.

In Budapest, das ja im Gegensatz zu Wien direkt an der Donau liegt, hatte der Strom die größte standortbildende Wirkung. Allerdings ließen sich an den Ufern v. a. massengütererzeugende und/oder verarbeitende Betriebe (Mühlen, Baubetriebe) nieder. Für die noch wenig entwickelte Finalindustrie war hingegen auch in Budapest die Lage an den Bahnlinien wichtiger.

R. B. S.

**8.3.3 Westbahnhof in Wien, um 1860**

Moritz v. Loehr, 1858
Photokopie

Durch die Eisenbahn aufgewertet wurde hingegen der „Bahnhofplatz" und die „Bahnhofstraße", die den Bahnhof mit dem Stadtzentrum verband. Von derartigen Achsen gingen starke Stadterneuerungsimpulse aus, die primär auf die Herstellung eines übergeordneten Straßennetzes abzielten, das den durch die Eisenbahn intensivierten innerstädtischen Verkehr bewältigen sollte (vgl. 8.3.18 und „Großstadtentwicklung").

R. B. S.

Wien, Historisches Museum der Stadt Wien, Inv.-Nr. 93.021/122

**8.3.4 Brücke der Staatsbahn über die Donau bei Stadlau, 1875**

Photokopie

Wien, Historisches Museum der Stadt Wien, Inv.-Nr. 8.910

**8.3.5 Station Hauptzollamt der Wiener Verbindungsbahn, um 1906**

Photokopie nach Ansichtskarte

Wien, Historisches Museum der Stadt Wien, Inv.-Nr. 47.337/75

**8.3.6 Erste Wiener Pferdebahn vom Schottentor nach Dornbach, 1865**

Photokopie aus: *Walter Krobot, Josef Slezak, Hans Sternhart,* Straßenbahn in Wien. Wien 1972. S. 17.

Im Gegensatz zur Eisenbahn veränderten die neuen innerstädtischen Verkehrsmittel – der Pferdeomnibus und die schienengebundene Pferdebahn – die Stadtstruktur nicht, weil sie sich dem bestehenden Straßennetz anpaßten. Da sich diese privatwirtschaftlich geführten Verkehrsmittel nur bei hohen Tarifen rentierten, kamen sie für den Arbeitskräftetransport kaum in Frage.

R. B. S.

**8.3.7 Pferdeomnibus vor der Mölkerbastei in Wien, 1886**

Photokopie

Wien, Österreichische Nationalbibliothek, Bildarchiv, Inv.-Nr. 74.896

**8.3.8 Pferdeomnibus in Wien (Karikaturen)**

Photokopie

Wien, Österreichische Nationalbibliothek, Bildarchiv, Inv.-Nr. 18.509 und 72.563

**8.3.9 Verkehr auf der Mariahilferstraße in Wien, um 1860**

Photokopie

Wien, Historisches Museum der Stadt Wien, Inv.-Nr. 15.565

**8.3.10 Verkehr vor dem Parlament in Wien, 1875**

Photokopie

Wien, Österreichische Nationalbibliothek, Bildarchiv, Inv.-Nr. 238.229

**8.3.11 Verkehr auf der Opernkreuzung in Wien, 1880**

Photokopie

Wien, Österreichische Nationalbibliothek, Bildarchiv, Inv.-Nr. 261.468

**8.3.12 Verkehr auf der Praterstraße in Wien, 1868**

Photokopie

Wien, Österreichische Nationalbibliothek, Bildarchiv, Inv.-Nr. 2.896/11

**8.3.13 Verkehr auf der Praterstraße in Wien zur Zeit der Weltausstellung 1873**

Photokopie

Wien, Österreichische Nationalbibliothek, Bildarchiv, Inv.-Nr. 237.809

**8.3.14 Eröffnung des Hochstrahlbrunnens (und der I. Wiener Hochquellenwasserleitung), 1873**

Photokopie

Der Diskurs um neue städtische Infrastruktur lief in der zweiten Hälfte des 19. Jahrhunderts v. a. über die beiden Themen „Verkehr" und „Hygiene". Bei wachsender Ausdehnung und baulicher Verdichtung der Großstädte und bei Zunahme der Unterschichtbevölkerung hatte die Seuchengefahr tatsächlich zugenommen. Des öfteren waren Choleraepidemien der Anlaß, eine neue Wasserleitung zu bauen oder eine moderne Schwemmkanalisation anzulegen. Meist gingen die Großstädte auch deshalb mit gutem Beispiel voran, weil sich die teuren Anlagen nur bei massenhafter Benützung rentierten.

Wien, Österreichische Nationalbibliothek, Bildarchiv, Inv.-Nr. 196.003

R. B. S.

**8.3.15 Hochstrahlbrunnen in Wien, 1879**

Photokopie

Wien, Historisches Museum der Stadt Wien, Inv.-Nr. 15.281

**8.3.16 Plan über die Kanalisierung der Vororte (von Wien), 1880**

Photokopie nach: „Plan über die Kanalisierung der Vororte behufs Ermittlung der Beitragsleistung der Vorortegemeinden für die Erhaltung und Reinigung der Kanäle im Gebiete der Stadt Wien", 1880

Wien, Wiener Stadt- und Landesarchiv, Plan E 9.024

**8.3.17 Elektrische Probebeleuchtung am Graben in Wien, 1882**

Photokopie

Wien, Österreichische Nationalbibliothek, Bildarchiv, Inv.-Nr. 283.662

Verbesserungen in der Straßenbeleuchtung dienten v. a. den Interessen des Handels, weshalb neue Beleuchtungssysteme meist in der City eingeführt wurden.

R. B. S.

**8.3.18 Infrastruktur und Stadtentwicklung**

Modell 1:750; Aus- und Umbau einer Großstadt wie Wien in drei Etappen: bis 1800, 1800–1850 und 1850 – ca. 1890.
Entwurf: R. B. S., Ausführung: F. Zörrer.

Die Eisenbahn endet in einem Kopfbahnhof am Rande des bis 1850 verbauten Gebiets. Entlang der Trasse liegen neue, viergeschossige Arbeiterwohnblocks mit hoher Verbauungsdichte, ein großer Maschinenbaubetrieb und ein Gaswerk. Beide Betriebe haben einen großen Energieverbrauch und können günstig mit über die Bahn antransportierter Kohle versorgt werden. Die Nebenstraßen sind nicht befestigt, sondern nur geschottert. Abseits der Bahn, aber auch außerhalb des dichtverbauten Stadtgebiets entwickelt sich ein Oberschicht-Villenviertel am Rande eines neu angelegten Parks. Das Villenviertel hat befestigte, gut beleuchtete, mit Baumreihen bepflanzte Straßen und eine Pferdebahnverbindung mit der Innenstadt.
An der Nahtstelle zwischen Alt- und Neubaugebiet – auf besonders kostengünstigem Terrain – verläuft die Ringbahn, die die Kopfbahnhöfe miteinander verbindet und im Bahnhofsbereich unter die Erde verlegt ist, um den Straßen-Zubringerverkehr nicht zu behindern.
Die „Bahnhofstraße" verbindet in gerader Linie den Bahnhof mit der City, ist ein Teil des neuen, übergeordneten Straßennetzes und weist die beste Infrastrukturausstattung auf: Pferdebahn, elektrische Beleuchtung, befestigte Straßenoberfläche, Kanal, Wasser-, Gas- und Telegrafenleitung. Da die Straße schon vor dem Bahnbau existierte, erübrigt sich ein Straßendurchbruch zur City, es genügt die stückweise Erweiterung zur Hauptverkehrsstraße. Die dabei abgebrochenen Manufakturhäuser werden durch ein bis zwei Geschosse höhere bürgerliche Wohnhäuser mit wesentlich

größerer Verbauungsdichte ersetzt. Um den dichten Personenverkehr auszunützen, lassen sich zahlreiche Einzelhandelsgeschäfte und einige Warenhäuser nieder. Von der „Bahnhofstraße“ ausgehend, greift der Erneuerungsprozeß allmählich auch auf die angrenzenden Gebiete über. Neue Fabriken mit vertikaler Produktionsorganisation und ein elektrisches Blockwerk können die steigenden Bodenpreise noch bezahlen. Die Mehrzahl der Neubauten sind aber ebenfalls mindestens viergeschossige bürgerliche Wohnhäuser mit hoher Verbauungsdichte. In den verkehrsabgewandten, nur durch Hausbrunnen und Senkgruben versorgten Gebieten hält sich die alte Bausubstanz.
In der City, wo die Häuser schon vor 1850 am höchsten waren, ist der Umbauprozeß am weitesten fortgeschritten. Die in jeder Hinsicht optimale Infrastrukturausstattung begünstigt die weitere Verdichtung und Tertiärisierung.

R. B. S.

## 8.4 Großstadtentwicklung

Zur Unterbringung der zuwandernden ländlichen Überschußbevölkerung und zur Anpassung der städtischen Strukturen an neue Produktions- und Zirkulationsbedingungen wurden die Großstädte an ihren Rändern (Vororte) vorwiegend zu Wohnzwecken erweitert und in den Zentren hauptsächlich zu kommerziellen Zwecken umgebaut bzw. „erneuert“. Die zwischen Kern und Randgebieten liegenden verbauten Flächen (Vorstädte) wurden durch neue Hauptstraßenzüge „aufgelockert“, sonst aber am wenigsten verändert (vgl. 8.4.28).
Sobald eine Stadt an das Eisenbahnnetz angeschlossen war, intensivierte sich die Personen- und Warenzirkulation, bis das innerstädtische Verkehrsnetz – das Straßensystem – überlastet war. Als Reaktion darauf entstand die Forderung nach Ausbau eines übergeordneten Straßennetzes zur Verbindung der Bahnhöfe untereinander und mit der City. Das große europäische Vorbild für die Lösung dieses Problems wurde Paris.
Die Summe von 2,5 Milliarden Francs, die aus öffentlichen Mitteln für die „Sanierung“ von Paris ausgegeben wurden, war „mindestens doppelt so groß wie die Investitionen, die für ähnliche öffentliche Zwecke in London zwischen 1855 und 1889 bestimmt waren, . . . (und sie war) größtenteils für die Herstellung neuer Straßen bestimmt, an denen Baustellen mit geringer Tiefe an Private zwecks Errichtung hoher Miethäuser verkauft wurden. Die Straßenfront war visuell äußerst eindrucksvoll, aber die Fassaden kaschierten auf beiden Straßenseiten die Slumviertel, durch die die Straßen absichtlich gelegt wurden, um die Entschädigungskosten niedrig zu halten und eine partielle Slum-Beseitigung zu erreichen“ – mit einem Wort, „in Frankreich wurde die Stadterneuerung als ein zentrales Instrument zur Förderung der nationalen ökonomischen Modernisierung angewandt“ (*Sutcliffe*, S. 45).

R. B. S.

Lit.: *Mayreder, Karl,* Stadtentwicklung, in: *Kortz, P.* (Hg.), Wien am Anfang des XX. Jahrhunderts, 1. Bd. Wien 1905, S. 49–79. – *Mollik, Kurt; Reining, Hermann; Wurzer, Rudolf,* Planung und Verwirklichung der Wiener Ringstraßenzone, Die Wiener Ringstraße, Bd. III, Wiesbaden 1980. – Die österreichisch-ungarische Monarchie in Wort und Bild. Ungarn (III. Bd.). Wien 1893. – *Preisich, Gábor,* Budapest városépítésének története a kiegyezéstöl a tanácsköztársaságig (Geschichte des Budapester Städtebaus in der Periode vom Ausgleich zwischen Österreich-Ungarn bis zur Räterepublik). Budapest 1964. – *Sutcliffe, Anthony,* Planung und Entwicklung der Großstädte in England und Frankreich von 1850 bis 1875 und ihre Einflüsse auf Deutschland, in: *G. Fehl, J. Rodriguez-Lores* (Hg.), Stadterweiterungen 1800–1875. Von den Anfängen des modernen Städtebaues in Deutschland. Hamburg 1983, S. 35–53.

R. B. S.

### 8.4.1 Durchbruch und Bau der großen Ringstraße in Budapest, 1871–1896 bzw. 1906

Photokopie aus: *Gábor Preisich* (vgl. 8.3.2), S. 178/179.

Ähnliche Ziele wie in Paris wurden mit den Aus- und Umbaumaßnahmen in Budapest verfolgt. Der Ausgleich von 1867 bot erstmals die Gelegenheit zu eigenständiger Entwicklung und wirtschaftlicher Modernisierung. Der Industrialisierungsprozeß wurde vom Staat sehr stark gefördert und auf Budapest konzentriert, das bereits der zentrale ungarische Handelsplatz und das Zentrum des ungarischen Eisenbahnnetzes war. *Der X. Gesetzartikel (der Landesverfassung) vom Jahre 1870 war für die Baugeschichte Budapests epochemachend. Diese legislative Verfügung . . . war eine der größten staatsmännischen Thaten des damaligen Ministerpräsidenten Grafen Julius Andrássy . . . Das Gesetz verkündete die Regulirung und Hebung der Hauptstadt, da sie eine unentbehrliche Bedingung für die Entwicklung des vaterländischen Handels und Gewerbes bilde, als Landesinteresse; er stellte zu diesem Zweck der Regierung*

*24 Millionen zur Verfügung, die unter dem Titel eines hauptstädtischen Fonds besonders verwaltet werden sollten, auch ließ er zur Projectirung und Verwirklichung der infolge der Regulirung nothwendig erscheinenden Unternehmungen den hauptstädtischen Baurath ins Leben treten. Bei der durch diesen Rath ausgeschriebenen Preisbewerbung wurde unter zehn Bewerbern der Entwurf des Ingenieurs Ludwig Lechner mit dem ersten Preise gekrönt und mit einigen Änderungen als Grundlage für die allgemeine Regulirung angenommen.*
*So hatte denn auch die ungarische Hauptstadt die Bahn einer den heutigen Anforderungen des Handels und der Industrie entsprechenden Umwandlung betreten* (Die österreichisch-ungarische Monarchie, S. 113f.).
Die „Regulierungsarbeiten" umfaßten die Donauregulierung und die Herstellung eines übergeordneten Straßennetzes (Donaukais, zwei neue Donaubrücken, innere und äußere Ringstraße, Radialstraße). Die Anlage der großen Ringstraße erforderte die Demolierung von 251 alten Gebäuden.

R. B. S.

### 8.4.2 Durchbruch und Bau der Andrássystraße in Budapest, 1871–1885

Photokopie aus: *Gábor Preisich* (vgl. 8.3.2), S. 178/179.

Auch beim Durchbruch der Radialstraße, der Andrássystraße (heute: Népköztársaság útja), vom Stadtzentrum zum Stadtwäldchen ist die Parallele zu Paris auffallend: *Indeß verdecken die Paläste dieser weltstadtmäßigen Hauptstraße, sowie nicht minder die der Ringstraße ... nur gleich Coulissenwänden das anderweitige Düster dieses Stadttheils. Mit Ausnahme einzelner Gassen, wie der Eötvösgasse, wo sich Vornehme des öffentlichen Lebens angesiedelt haben, wohnt und wimmelt in den übrigen ein Völkchen, das nicht gerade fein zu nennen ist* (Die österreichisch-ungarische Monarchie, S. 186).
Um die 115 Gebäude der Andrássystraße zu errichten, mußten 142 alte Häuser abgerissen werden. Das ganze Gebiet wurde vom Bauamt enteignet, die neugeschaffenen Parzellen wurden entweder vom Bauamt selbst verbaut oder an Private verkauft.

R. B. S.

### 8.4.3 Die Andrássystraße in Budapest, 1896

Photokopie aus: *Gábor Preisich* (vgl. 8.3.2), S. 244, Abb. 1

### 8.4.4 Wien, Erweiterungen und Regulierungen der inneren Stadt seit dem Jahre 1857

Photokopie aus: *Karl Mayreder*, Stadtentwicklung, in: *P. Kortz* (Hg.), Wien am Anfang des XX. Jahrhunderts, 1. Bd., Wien 1905, Taf. VI.

In Wien verliefen Stadterneuerungsprozesse nach anderem Muster. Sie dienten zwar demselben Zweck, der Anpassung des Stadtzentrums an neue Zirkulationsbedingungen, doch gelang es niemals, sie in den Rang „nationaler Interessen" zu erheben, d. h. ihnen nennenswerte öffentliche Mittel zufließen zu lassen. Wien war zweifellos das Zentrum des Eisenbahnnetzes, des Handels und der Finalindustrie der österreichischen Reichshälfte, doch die staatliche Wirtschaftspolitik war im dritten Viertel des 19. Jahrhunderts nicht auf die Förderung der großstädtischen Finalindustrie, sondern der ländlichen Grundstoff- und Agrarindustrie gerichtet und staatliche Unterstützung erhielt zwar der Eisenbahnbau, nicht aber der Ausbau übergeordneter großstädtischer Straßennetze.
Die Notwendigkeit eines derartigen Ausbaus wurde zwar bereits in dem kaiserlichen Handschreiben von 1857, das die Verbauung der Ringstraßenzone einleitete, anerkannt, doch hinter dieser Forderung standen weder staatliche noch private Mittel, wie nach Abschluß der Ringstraßenverbauung bedauernd festgestellt wurde: *Der Zweck der Erweiterung der Innern Stadt war mit der Anlage der neuen Stadtteile auf den ehemaligen Festungsgründen noch nicht vollständig erfüllt. Es fehlte eine planmäßige Regulierung der Innern Stadt selbst, wo die engen Straßen für den rasch wachsenden Verkehr noch unzureichender geworden waren wie früher. Aber leider hat es die mit so glänzenden Mitteln dotierte Stadterweiterungskommission als außerhalb der Sphäre ihrer Verpflichtungen erkannt, hier einzugreifen; sie überließ, abgesehen von einigen Unterstützungen, diesen wichtigen Teil der Verschönerung der kaiserlichen Residenz der Gemeindeverwaltung, welche sich mangels großer Mittel darauf beschränken mußte, die verkehrsreichsten Engpässe allmählich zu erweitern und die entsprechenden Anschlüsse an die neuen Stadtteile sowie einige der notwendigsten Straßenverbindungen im Innern herzustel-*

*len. Die wichtigsten dieser Veränderungen aus jener Zeit sind:*
- *die breite, an Stelle einer Häuserinsel hergestellte Verbindung des Grabens mit dem Stephansplatze (1866),*
- *die Verbindung des Neuen Marktes mit der Operngasse mittels der Tegetthoffstraße an Stelle des alten Bürgerspitals (1874),*
- *die Schaffung der Jasomirgottgasse und der „Brandstätte" an Stelle eines einheitlichen Häuserkomplexes gegenüber der Stephanskirche (1875),*
- *die Verbindung des Hohen Marktes mit dem Morzinplatze mittels der Marc Aurelstraße an Stelle des alten Polizeigefangenenhauses (1885)*
- *sowie die beträchtlichen Niveauhebungen am Salzgries (1879) und am Franz-Josefs-Kai (1885).*

*Im übrigen behalf man sich mit dem zwar leicht durchzuführenden, aber ebenso langwierigen als kostspieligen System der allmählichen Straßenverbreiterung. Das hervorragendste Beispiel dieser Art ist die Kärntnerstraße, deren Verbreiterung von durchschnittlich 9 auf 19 m einen Zeitraum von 30 Jahren und Grundablösungskosten von 2,74 Millionen Kronen erforderte (Mayreder,* S. 66f.).

Dies war also das Muster: die Gemeinde Wien mußte aus regulären Budgetmitteln oder aus Anleihen die gesamte „Sanierung" einschließlich der Infrastruktur, vorfinanzieren und konnte sich nur einen geringen Teil der Kosten über den Wiederverkauf der übrigbleibenden Grundstücke zurückholen. Den Hauptanteil der durch die Sanierung entstandenen Wertsteigerung steckten die Käufer dieser Grundstücke in Form der wesentlich höheren Mieten ein, die sich aus den darauf neu erbauten Häusern herausholen ließen. Die Kernfrage der Stadterneuerung, die nach der Entschädigung und dem Planungswertausgleich, war hier eindeutig zuungunsten der öffentlichen Hand entschieden, in einem Ausmaß, das den gesamten Sanierungserfolg – siehe Kärntnerstraße – auch durch die Dauer der Realisierung in Frage stellte.

R. B. S.

**8.4.5 Wien, Plan der Grabenregulierung, 1865**

Photokopie nach: „Regulirungs Plan der Grabengasse & des Stock im Eisen Platzes. Vom Stadtbauamte, Wien im Oktober 1865"

Nach einer Verkehrszählung von 1874 hatte der Stephansplatz die höchste Verkehrsdichte in ganz Wien. Ausgerechnet vor der Einmündung in diesen verengte sich der sonst 17–22 m breite Graben durch einen schmalen, vorgelagerten Baublock auf 6 m. Ausnahmsweise herrschte Einigkeit darüber, daß dieses Verkehrshindernis aus wirtschaftlichen Gründen schnellstens beseitigt werden mußte, und so konnte die Gemeinde diese „Sanierung" im kurzen Zeitraum von nur zwei Jahren, jedoch zu den bereits beschriebenen Bedingungen durchführen: nach Demolierung des Baublocks, Straßenverbreiterung und Wiederverkauf der Restparzellen blieb der Gemeinde ein Nettoverlust von 2,4 Millionen Kronen, während die Besitzer der neuerbauten Häuser den durch die Verbesserung der Verkehrslage entstandenen Wertzuwachs abschöpften, v. a. Philipp Haas, der auf der bestgelegenen Parzelle das erste moderne Warenhaus Wiens errichtete (vgl. 8.2.4–6).

R. B. S.

Wien, Wiener Stadt- und Landesarchiv, Plan J 4.650/3

**8.4.6 Abbruch des Baublocks zwischen Stock-im-Eisen-Platz und Schlossergasse in Wien, 1866**

Photokopie

Wien, Historisches Museum der Stadt Wien, Inv.-Nr. 94.688

**8.4.7 Der Graben in Wien, um 1895**

Photokopie

Wien, Historisches Museum der Stadt Wien, Inv.-Nr. 36.956

**8.4.8 Der Stephansplatz vor der Regulierung, vor 1874** Abb. S. 166

Photokopie

Noch umfangreicher als die Grabenregulierung war die Regulierung der angrenzenden Brandstätte 1875. Das Ergebnis war die Verbauung der Stephansplatzfront mit teuren Wohn- und Warenhäusern, wobei Dienstleistungsbetriebe, die in dieser verkehrsgünstigen Lage höhere Mieten brachten als Wohnungen, diese zunehmend aus der Innenstadt verdrängten. So ließ z. B. Jacob Rothberger, der Besitzer des Hauses Stephans-

platz 9, im Jahr 1885 anstelle seines alten Kleidermagazins ein modernes Warenhaus errichten, wodurch sich der Grundstücksertrag verdoppelte. Schon 1880 hatte A. Kranner auf dem Nachbargrundstück, Stephansplatz 10, ein Warenhaus bauen lassen und 1894 kaufte Rothberger noch das anschließende Eckhaus, Stephansplatz 11, dazu, ließ es abreißen und auf der Parzelle ein weiteres Warenhaus errichten. 1895 lag also dem Stephansdom eine kompakte Warenhausgruppe gegenüber, die zwar zu verschiedenen Zeitpunkten entstanden, aber von denselben Architekten (Fellner & Helmer) geplant war.
Verglichen mit Paris oder selbst Budapest nehmen sich aber die Stadterneuerungsmaßnahmen dieser Zeit in Wien bescheiden aus, weil dafür weder von öffentlicher noch von privater Seite ausreichend Kapital mobilisiert werden konnte.

Wien, Historisches Museum der Stadt Wien, Inv.-Nr. 93.080/128

R. B. S.

**8.4.9 Der Stephansplatz in Wien, vor 1850**

Photokopie nach Aquarell

Wien, Historisches Museum der Stadt Wien, Inv.-Nr. 14.766

**8.4.10 Der Stephansplatz, 1874**

Photokopie

Wien, Historisches Museum der Stadt Wien, Inv.-Nr. 79.000/7208

**8.4.11 Stephansplatz, Fassadenabwicklung mit altem Kleidermagazin Jacob Rothberger, vor 1875**

Photokopie nach Lithographie

Wien, Historisches Museum der Stadt Wien, Inv.-Nr. 37.471

**8.4.12 „Ein Prachtbau am Stephansplatz“ (Warenhaus Rothberger, 1885)**

Photokopie nach Zeitungsausschnitt

Wien, Historisches Museum der Stadt Wien, Inv.-Nr. 79.000/802

**8.4.13 Stephansplatz, Warenhäuser A. Kranner (1880) und J. Rothberger (1885 bzw. 1894)**

Fellner & Helmer (alle drei Gebäude)
Photokopie nach: *P. Kortz* (Hg.), Wien am Anfang des XX. Jahrhunderts. 2. Bd., Wien 1906, Abb. 547

**8.4.14 Allerhöchst genehmigter Stadterweiterungsplan (von Wien), 1859**

Kolorierter Druck; H. = 54 cm, B. = 77,2 cm

Seitdem die Stadtentwicklung dem Marktgeschehen überantwortet war, war auch die Stadterweiterung nicht mehr nach absolutistischem Muster planbar. Ereignete sich nach 1850 dennoch eine solche „Planung aus einem Guß“, so handelte es sich um einen Ausnahmefall, wie die Verbauung der Wiener Ringstraßenzone oder die analogen Fälle der Verbauung ehemaliger Festungsanlagen in Köln, Brünn, Olmütz, Salzburg u. a. Voraussetzungen und Vorgangsweise waren überall die gleichen: das zu verbauende Terrain befand sich im Besitz der öffentlichen Hand und die für die Nutzung des Bodens erforderliche Infrastruktur wurde durch den Verkauf des parzellierten Bodens an Private finanziert. Der ursprüngliche Grundbesitzer konnte die Gestaltung der Gesamtanlage vorschreiben, wie es auch in den genannten Fällen geschah. Gestaltungswettbewerbe änderten nichts daran, daß man sich schließlich auf einen Gesamtplan festlegte und diesen auch weitgehend realisierte. Wäre die Wiener Ringstraße ausschließlich kapitalistischen Verwertungsbedingungen unterlegen, so wäre sie möglicherweise ein verkleinertes Abbild des Pariser Boulevardringes geworden, der v. a. dem Verkehr und der Befriedigung der Standortanforderungen privater Dienstleistungsunternehmen diente. In der Wiener Ringstraßenzone gibt es jedoch z. B. kein einziges Warenhaus, denn die Planvorgaben wurden autoritär bestimmt: die Wiener Ringstraße hatte die durch private Dienstleistungsunternehmen aus der City verdrängten Nutzungen und Bevölkerungsschichten aufzunehmen: öffentliche Gebäude (öffentliche Verwaltungsgebäude, Theater, Museen, Universität u. a.) und die Bourgeoisie mit ihren Wohn- und Freizeitbedürfnissen.

R. B. S.

Wien, Wiener Stadt- und Landesarchiv, Plan 1.523

**8.4.15a–f Blick auf die noch intakten Befestigungsanlagen und Glacis von Wien vom Stephansdom, 1860**

Photokopien

Wien, Historisches Museum der Stadt Wien, Inv.-Nr. 19.540/6, 7, 8, 9, 10, 11

**8.4.16 Rotenturmbastei in Wien vor dem Abbruch, 1858**

Photokopie

Wien, Historisches Museum der Stadt Wien, Inv.-Nr. 105.854

**8.4.17 Abbruch der Rotenturmbastei, 1858**

Photokopie

Wien, Historisches Museum der Stadt Wien, Inv.-Nr. 14.101

**8.4.18 Projekt des „Kaiserforums" (Neue Burg und Hofmuseen)**

Gottfried Semper, Carl Hasenauer, 1857 (nur teilweise ausgeführt)
Photokopie

Wien, Historisches Museum der Stadt Wien, Inv.-Nr. 107.104

**8.4.19 Verbauung des Opernrings in Wien, 1863**

Photokopie

Wien, Historisches Museum der Stadt Wien, Inv.-Nr. 14.512

**8.4.20 Der Franzensring in Wien mit den noch unvollendeten Monumentalbauten, um 1881**

Photokopie

Wien, Historisches Museum der Stadt Wien, Inv.-Nr. 93.065/10

**8.4.21 Eröffnung des Franz-Josephs-Kais in Wien, 1858**

Photokopie

Wien, Österreichische Nationalbibliothek, Bildarchiv, Inv.-Nr. 111.979–111.981

**8.4.22 Eröffnung der Wiener Ringstraße, 1865**

Photokopie

Wien, Österreichische Nationalbibliothek, Bildarchiv, Inv.-Nr. 41.123, 238.067

**8.4.23 Bau der Neuen Burg in Wien, 1881**

Photokopie

Wien, Historisches Museum der Stadt Wien, Inv.-Nr. 79.000/6371

**8.4.24 Das neue Wiener Rathaus vor seiner Vollendung, um 1883**

Photokopie

Wien, Historisches Museum der Stadt Wien, Inv.-Nr. 78.079/1213

**8.4.25 Verbauungsplan für einen Teil der Gemeinde Oberdöbling bei Wien, um 1880**

Photokopie nach: „Strassennetz- und Niveau-Plan für die Parzellirung der Türken-Schanze in Ober-Döbling"

Solchen Ausnahmen wie der Wiener Ringstraße stand der Regelfall der Stadterweiterung am Rand des verbauten Gebiets gegenüber. Unter den Bedingungen der marktwirtschaftlichen Produktion der Stadt war der öffentlichen Hand nur mehr die Aufgabe der Herstellung von Straßennetzplänen und notwendigster Infrastruktur geblieben. Regulierungs- und Baulinienpläne für Stadterweiterungsgebiete sollten möglichst neutrale, vielseitig nutzbare Raster sein, die die jeweils optimale Verwertung des Bodens gestatteten, damit aber einer ästhetisch anspruchsvollen Stadtgestaltung keinen Spielraum mehr ließen.

Wien, Wiener Stadt- und Landesarchiv, Plan 785
R. B. S.

**8.4.26 Generalbaulinienplan von Wien, 1866**

Photokopie

Versuchten die Städte, durch das Instrument der Regulierungs- und Baulinienpläne die Gesamtentwicklung des verbauten Gebiets zu steuern, so scheiterten sie regelmäßig, weil sie die Verwertungsbedingungen der Kapitalien in Form der bestehenden Gebäude nicht beeinflussen konnten.

So blieben die meisten dieser Pläne Papier; der Wiener Generalbaulinienplan von 1866 erhielt nicht einmal die Genehmigung des Gemeinderates, der von kleinen Haus- und Grundbesitzern dominiert war, weil sie Entschädigungsansprüche fürchteten.

R. B. S.

Wien, Wiener Stadt- und Landesarchiv, Plan 8008 27/8

8.4.27 **Baulinienplan von Budapest, linkes Donauufer, 1873 (Ausschnitt)**

Photokopie aus: *Gábor Preisich* (vgl. 8.3.2), S. 190–195

Auch der Budapester Plan wurde nicht in der vorgesehenen Form realisiert.

8.4.28 **Bautätigkeit in Wien 1848–1888**

Photokopie nach mehrfarbigem Plandruck

Wien, Wiener Stadt- und Landesarchiv, Plan J 11.059

**Wiener Vorstädte:**

8.4.29 **Wien III., Dietrichgasse 6–10, um 1900**

Photokopie

Wien, Historisches Museum der Stadt Wien, Inv.-Nr. 30.953

8.4.30 **Wien III., Rabengasse, um 1900**

Photokopie

Wien, Historisches Museum der Stadt Wien, Inv.-Nr. 30.926

8.4.31 **Wien V., Nikolsdorfergasse 31–33, um 1900**

Photokopie

Wien, Historisches Museum der Stadt Wien, Inv.-Nr. 30.945

8.4.32 **Wien IX., Lichtental, um 1880**

Photokopie

Wien, Historisches Museum der Stadt Wien, Inv.-Nr. 27.917

**Wiener Vororte:**

8.4.33 **Wien, an der Lerchenfelder Linie, um 1890**

Photokopie Abb.

Wien, Historisches Museum der Stadt Wien, Inv.-Nr. 8.962

Kat.-Nr. 8.4.33

8.4.34 **Wien, an der Matzleinsdorfer Linie, um 1890**

Photokopie

Wien, Historisches Museum der Stadt Wien, Inv.-Nr. 93.081/59

## 8.5 Industriestadt – „Die Industrie hat eine städtegründende Kraft“

Im Extremfall konnten Industriestädte ihre Existenz einem einzigen Unternehmen verdanken, wie z. B. Witkowitz, heute ein Stadtteil von Mährisch-Ostrau. Die Witkowitzer Bergbau- und Eisenhüttengewerkschaft, im Besitz des Bankhauses Rothschild (Beteiligung an der Nordbahn) und der „Kohlenbarone“ Gebrüder Gutmann, produzierte in ihrer Frühzeit hauptsächlich für den Eisenbahnbedarf und hatte sich dank ihrer Kontrolle über Rohstoffe, Verarbeitung, Transport und Absatz eine nahezu marktbeherrschende Position erobert. Aus der Quasi-Monopolstellung des Riesenunternehmens ergab sich zwingend die totale Kontrolle über den lokalen bzw. regionalen Arbeitsmarkt und die materielle Infrastruktur, d. h. über das Siedlungsgebiet. *Hiebei muß ... berücksichtigt werden, daß die Gemeinde Witkowitz, welche ehedem ein ganz unbedeutendes Bauerndorf mit 199 Einwohnern war, heute (1908!) hingegen ein blühendes, mit allen Errungenschaften der Neuzeit ausgestattetes Gemeinwesen von über 23.000 Einwohnern darstellt, ihre ganze Existenz und Entwicklung den Eisenwerken verdankt. Die Einwohnerschaft von Witkowitz sind fast ausschließlich Beamte, Bedienstete und Arbeiter des Werkes, ein kleiner Teil Geschäftsleute, deren Lebensunterhalt indirekt ebenfalls nur von den Werken bestritten wird und schließlich eine verschwindend kleine Anzahl von Realitätenbesitzern, die den einstmaligen Bauernfamilien entstammen. Aber auch diese wenigen Personen verdanken ihren Wohlstand der Entwicklung der Witkowitzer Werke, da mit dieser eine ungeahnte Steigerung der Bodenpreise verbunden war. Der Gemeindeaufwand wird ebenfalls fast vollständig von der Gewerkschaft bestritten. Mehr als 94% der Gemeindeumlagen trägt die Gewerkschaft als Steuerträgerin direkt. Von dem Reste wird der größere Teil von den Beamten und Angestellten des Werkes bestritten und auch die nicht ins Gewicht fallende Steuerleistung der Geschäftsleute hat ebenfalls ihren Ursprung im Eisenwerke. Es können deshalb die der öffentlichen Wohlfahrt gewidmeten Gemeindeanstalten mit vollem Rechte ebenfalls den gewerkschaftlichen Wohlfahrtseinrichtungen zugezählt werden* (Wohlfahrts-Einrichtungen, 1. Bd., S. 8f).

So wurde also die gesamte Witkowitzer Infrastruktur nach Quantität und Qualität vom Werk bestimmt. Die Wasserversorgung blieb bis zur Herstellung einer Wasserleitung im Jahr 1900 (!) miserabel: *Seit Bestand der Wasserleitung ... (sind) der früher in Witkowitz endemisch herrschende Typhus, die Ruhr, Malaria und Brechdurchfälle ... gänzlich geschwunden und Darm- und Magenkatarrhe treten höchst selten auf. Die Besserung des Gesundheitszustandes ist außer der Wasserleitung auch der ... Kanalisation zuzuschreiben* (Wohlfahrts-Einrichtungen, 1. Bd., S. 29f.). Aber auch eine moderne Kanalisation gab es erst 1900. Damit war diese fortschrittliche Industrie-Agglomeration etwa 30 Jahre hinter Großstädten wie Wien oder Budapest zurück. Auch Straßenbefestigungen wurden meist als unnötig erachtet. Bis 1890 gab es in Witkowitz nur ein Spital mit 20 (!) Betten und eine Isolierbaracke für Infektionskranke.

Doch die Infrastruktur war nicht nur überhaupt unzulänglich, in dafür geeigneten Bereichen wurde sie auch ungleich, d. h. der Position in der Werkshierarchie entsprechend, verteilt. Dies bezog sich in erster Linie auf die Wohnungsversorgung. Werkswohnungen – und diese wiederum der Hierarchie entsprechend differenziert – gab es nur für Angestellte (sog. Werks-„Beamte") und Fach- bzw. Stammarbeiter. *Diejenigen Wohnhäuser, in welchen nur eine oder zwei Parteien Aufnahme finden, werden in erster Linie Direktoren und Oberbeamten, die Wohnungen mit 5 Zimmern und Nebenräumen Abteilungsvorständen und Betriebsleitern, mit 4 Zimmern Betriebsleitern und die kleineren Wohnungen den rangsjüngeren Beamten zugewiesen* (Wohlfahrts-Einrichtungen, 1. Bd., S. 17). Die Beamtenwohnungen waren Naturalwohnungen, die Arbeiterwohnungen Mietwohnungen mit strenger Hausordnung und vierzehntägiger Kündigungsfrist. Verlor ein Arbeiter seinen Arbeitsplatz, so verlor er selbstverständlich auch seine Werkswohnung. Die meisten Arbeiterwohnungen waren in „Kolonien" untergebracht, in locker verbauten Siedlungen mit 2 bis über 30 Wohnungen pro Haus, umgeben von kleinen, den Wohnungen zugehörigen Nutzgärten. Diese „Platzverschwendung" konnte sich das Unternehmen leisten, weil es praktisch das Bodenmonopol besaß und etwaige Verluste wieder durch Einsparungen bei den Arbeiterlöhnen wettgemacht werden konnten, die sich dadurch erzielen ließen, daß die Arbeiterfrauen durch die Gartennutzung einen Beitrag zum Haushaltsbudget leisten konnten.

Geringer qualifizierte Arbeiter hatten überhaupt keine Chance, eine Werkswohnung zu erhalten. Das Unternehmen trachtete danach, daß ihr Status als Nebenerwerbsbauern erhalten blieb, um Nachfrageschwankungen auf dem Arbeitsmarkt kostengünstig ausgleichen zu können. Für diese weit größere Zahl von Arbeitern wurden daher nur Mietbetten in Arbeiterkasernen bereitgestellt, wo sie während der Arbeitswoche schlafen konnten. Ihre Familien sahen sie nur am Wochenende. Die Klassentrennung artete fast in Rassismus aus: so gab es zwei Freibäder, eines für Beamte, eines für Arbeiter. Das Werkshotel hatte getrennte Speisezimmer für Besucher und Beamte, ein Meisterzimmer und ein Schankzimmer für Arbeiter. Es gab eine Markthalle mit relativ großem Sortiment und normalen Marktpreisen für Beamte und eine Warenhalle, wo Waren des einfachen täglichen Bedarfs zu Selbstkostenpreisen des en gros einkaufenden Werkes an Arbeiter abgegeben wurden. Selbst der Nahrungsmittelkonsum wurde differenziert: das im Werkshotel im Abonnement an Beamte abgegebene Mittagessen war doppelt so teuer und dementsprechend besser als das Mittagessen, das die Arbeiter in den Werkskantinen gegen Blechmarken erhielten. So hatte die perfekte Ökonomisierungsstrategie eines Monopolbetriebs einen ähnlichen, nur noch stärker differenzierenden und segregierenden Effekt als in den Großstädten der freie Markt.

Lit.: Die Gross-Industrie Oesterreichs. Festgabe zum glorreichen fünfzigjährigen Regierungs-Jubiläum seiner Majestät des Kaisers Franz Josef I, Wien 1898. – Die Gross-Industrie Österreichs. Festgabe zum glorreichen sechzigjährigen Regierungs-Jubiläum seiner Majestät des Kaisers Franz Josef I., Wien 1908. – *Schweitzer, Renate,* Der staatlich geförderte, der kommunale und der gemeinnützige Wohnungs- und Siedlungsbau in Österreich bis 1945, Diss. TH Wien 1972, 2 Bde. – Wohlfahrts-Einrichtungen des Eisenwerkes Witkowitz. Bd. Zeichnungen (2. Bd.), Wien 1907; Textband (1. Bd.), Wien 1908.

R. B. S.

**8.5.1 Mährisch-Ostrau und Umgebung im Jahr 1800**

Photokopie

Wien, Österreichisches Staatsarchiv, Kriegsarchiv, Plan 401

**8.5.2 Mährisch-Ostrau und Umgebung, um 1890**

Photokopie

Ausschnitt aus der Landesaufnahme 1 : 25.000 (Das um 1890 verbaute Gebiet ist farblich markiert)

Wien, Österreichische Nationalbibliothek, Kartensammlung, Inv.-Nr. K I 112.500 Sektion 4060/4

**8.5.3/1–3 Situationsplan der Witkowitzer Eisenwerke, 1853, 1873, 1889**

Photokopie nach Plänen

Wien, Österreichische Nationalbibliothek, Bildarchiv, Inv.-Nr. 3.098/8, 9, 10 a–d

**8.5.4 Witkowitzer Eisenwerk, 1850**

Photokopie aus: Die Gross-Industrie Österreichs. Wien 1908, 2. Bd., S. 1

**8.5.5 Halle mit Bessemerprozeß im Witkowitzer Eisenwerk**

Photokopie

Wien, Österreichische Nationalbibliothek, Bildarchiv, Inv.-Nr. 9.915

**8.5.6 Alexanderschacht in Mährisch-Ostrau**

Photokopie

Wien, Österreichische Nationalbibliothek, Bildarchiv, Inv.-Nr. 7.866

**8.5.7 Witkowitz, Markthalle, 1889**

Photokopie aus: Wohlfahrts-Einrichtungen des Eisenwerkes Witkowitz. Wien 1907 (2. Bd.), Zeichnungen, S. 77

**8.5.8 Witkowitz, Arbeiterwohnhaus für 39 Familien und Warenhalle, 1885**

Photokopie aus: vgl. 8.5.7, S. 22

**8.5.9 Witkowitz, Beamtenbad, 1901**

Photokopie aus: vgl. 8.5.7, S. 49

**8.5.10 Witkowitz, Arbeiter-, Voll- und Schwimmbad**

Photokopie aus: vgl. 8.5.7, S. 48

**8.5.11 Witkowitz, Werkshotel, 1887**

Photokopie aus: vgl. 8.5.7, S. 72

**8.5.12 Witkowitz, Zentralküche und Speisehalle für Arbeiter**

Photokopie aus: vgl. 8.5.7, S. 51

**8.5.13 Witkowitz, Beamtenwohnhaus für eine Familie, 1886**

Photokopie aus: vgl. 8.5.7, S. 7

Direktorenvilla mit 6 Wohnzimmern, 2 Mansardenzimmern, 3 Dienstbotenzimmern, Küche, Waschküche und Bad.

8.5.14 **Witkowitz, Arbeiterwohnhaus für vier Familien in der Genossenschaftskolonie, 1884**

Photokopie aus: vgl. 8.5.7, S. 23

Jede Wohnung bestand aus 2 Zimmern und Küche; jede zweite Wohnung verfügte über einen Garten.

8.5.15 **Witkowitz, Beamtenwohnhaus für zwölf Familien**

Photokopie aus: vgl. 8.5.7, S. 12

Jede Wohnung umfaßte 3 Zimmer, 1 Kammer, Küche, Speis, Vorzimmer, Keller- und Bodenraum.

8.5.16 **Witkowitz, Arbeiterwohnhaus für sechzehn Familien, 1883**

Photokopie aus: vgl. 8.5.7, S. 20

Jede Wohnung bestand aus 1 Zimmer und Küche. 1 Abort für zwei Wohnungen befand sich in einem gemeinsam zugänglichen Vorraum.

8.5.17 **Witkowitz, Arbeiterkaserne für 270 Mann, 1885**

Photokopie aus: vgl. 8.5.7, S. 31

8.5.18 **Eisenwerk Witkowitz, Gußstahlfabrik und Arbeiterwohnhäuser**

Photokopie aus: vgl. 8.5.4, S. 4

*Trotz der konzentrierten großen Betriebsanlagen, trotz der vielen rauchenden Schlote macht der bewohnte Ortsteil von Witkowitz durch die vielen Gärten und öffentlichen Garten- und Parkanlagen den Eindruck einer freundlichen Gartenstadt* (Wohlfahrts-Einrichtungen, 1. Bd., S. 34).

8.5.19 **Kapfenberg mit den Gemeinden Winkl und St. Martin, Werksanlagen der Fa. Böhler, 1871**

Photokopie nach Plänen aus den Mappen 60.025, 60.054 und 60.073 des Bundesamtes für Eich- und Vermessungswesen, Katastralmappenarchiv.

In anderen Industrie-Agglomerationen lagen die Verhältnisse nicht viel anders. Auch im obersteirischen Industriegebiet war die Stammarbeiterschaft in Arbeiterkolonien untergebracht.

R. B. S.

8.5.20 **Kapfenberg mit den Gemeinden Winkl und St. Martin, Werksanlagen der Fa. Böhler, 1913**

Photokopie nach: vgl. 8.5.19

8.5.21 **Kapfenberg, Arbeiterkolonie Mürzbogen der Fa. Böhler, 1905–1907**

Photokopie aus: *Renate Schweitzer* (vgl. 8.2.12), 2. Bd., S. 168, 169.

## 8.6 Städtische Lebensweise DIA-Schau

Die zunehmende Befriedigung von Lebensbedürfnissen über den Markt und die v. a. in den Großstädten erlebbare neue Raum- und Zeitökonomie bewirkten einschneidende Veränderungen im Alltagsleben der Stadtbewohner.
Am wenigsten veränderte sich das Leben der Aristokratie; es war auch weiterhin geprägt von gewohnten Tätigkeiten wie Empfänge, Bälle, Wohltätigkeitsveranstaltungen, Jagd, Casino, Pferderennen u. ä.
Für die meisten übrigen Stadtbewohner veränderte sich das tägliche Leben jedoch schon insoferne, als es sich nunmehr an mindestens zwei (Wohnen – Arbeiten), häufig sogar an mehreren Orten abspielte: nun waren die Tätigkeitsbereiche räumlich getrennt und fest verortet, dafür waren die Menschen mobil geworden. Weiter verändert wurden die täglichen Zeitbudgets v. a. für das Bürgertum auch durch den Wandel der alten und die Herausbildung neuer Tätigkeitsfelder (verlängerte Ausbildungszeiten, neue Freizeitgewohnheiten, z. B. Sport u. a.).
Bürgerliche Privathaushalte erlitten laufend Funktionsverluste: Kleiderherstellung, Konservierung der Nahrungsmittel, Kindererziehung und Krankenpflege u. a. m. wurden größtenteils aus den Haushalten hinausverlagert und an den Markt oder die öffentliche Hand abgetreten. Dafür gewann die Befriedigung emotionaler Bedürfnisse der Kernfamilie im bürgerlichen Haushalt an Bedeutung. Zivilisatorische Fortschritte (Wasser, Bad und WC in der Wohnung) schränkten nachbarschaftliche Kontakte ein und ermöglichten eine zunehmende Intimisierung des bürgerlichen Familienlebens. Der neuen Bestimmung von bürgerlicher Privatheit entsprach auch eine neue Form bürgerlicher Öffentlichkeit, die nach ungeschrie-

benen Regeln in den neuen Verkehrsmitteln, auf Promenaden, in Cafés, Theatern etc. hergestellt wurde und z. B. Arbeiter auf Grund von Kaufkraft, Kleidung oder Manieren ausschloß.
Am stärksten änderten sich die Lebensbedingungen der ländlichen Zuwanderer, die in der Stadt als Gesellen, Fabriksarbeiter(innen) oder Dienstmädchen ihren Lebensunterhalt verdienen mußten. Im traditionellen Gewerbe tätige Gesellen und Dienstmädchen waren, natürlich nicht als gleichwertige Mitglieder, in den Haushalt des Dienstgebers eingebunden, konnten keine eigene Familie gründen und hatten kaum Möglichkeiten zu selbstbestimmter Lebensgestaltung. Anders die Fabrikarbeiter mit freiem Arbeitsvertrag. Ihr Leben war zwar von ständiger Unsicherheit bedroht, doch sie konnten über ihre Freizeit selbst bestimmen. Mit zunehmenden Erfolgen der Arbeiterbewegung in Lohnkämpfen wurde immer mehr Arbeitern die Familien- und Haushaltsgründung möglich, auch wenn ihre Frauen und Kinder mitarbeiten und wenn Bettgeher aufgenommen werden mußten. Obwohl also nur Familienarbeit die Existenz eines Arbeiterhaushalts ermöglichte, so bot er doch vor Einführung der Sozialversicherung den einzigen Rückhalt für seine arbeitslosen, kranken oder alten Mitglieder. Trotz der Trennung von Wohnen und Arbeiten, spielte sich das Alltagsleben der Arbeiter auf relativ engem Raum ab. Häufig lag der Arbeitsplatz in der Nähe der Wohnung und wenn nicht, wurde die Wohnung gewechselt. Viele zugewanderten Arbeiter kamen in ihrem ganzen Leben nie „in die Stadt".
Die geringe Freizeit wurde in der Wohnung oder in Wohnungsnähe verbracht. Nachbarschaftsbeziehungen waren zwangsläufig eng (Bassena!), nicht immer gut, aber oft lebenswichtig (verbreitete Borgwirtschaft). Als Arbeiter gegen Ende der achtziger Jahre in die „bürgerliche Öffentlichkeit" traten – bei Streiks, beim 1. Mai-Marsch – taten sie dies massenhaft und verstärkten damit nachhaltig die Verunsicherung des Bürgertums. R. B. S.

## 9. DIE WIENER WELTAUSSTELLUNG VON 1873

### 9.1 Modell der Wiener Weltausstellung 1873

V. Estenfelder (Cartonage-Arbeiter); um 1873
Koloriertes Papier und Karton; H. = 15 cm, B. = 201 cm, T. = 117 cm

Die Gesamtanlage der Wiener Weltausstellung im Prater umfaßte 2,330.631 $m^2$ und übertraf damit die vorangegangene Weltausstellung in Paris um das fünffache. Die Weitläufigkeit der Naturlandschaft des Praters und die Nähe des Vergnügungsviertels des Wurstelpraters gaben diesem gegenüber anderen Vorschlägen, wie dem Paradeplatz auf dem Josefstädter Glacis (heute steht dort das Rathaus), den Vorzug. Der Wurstelprater wurde für die Weltausstellung „reguliert" und hieß seit 1873 offiziell „Volksprater". Die Begradigung der Wege, der Bau neuer Buden sowie die Vertreibung der Hausierer sollten ihn verschönern.
Als zentrale Ausstellungsgebäude ließ die Weltausstellungsleitung eine Industrie-Maschinen- und Kunsthalle mit einer Gesamtfläche von 116.341 $m^2$ errichten. Die hohe Beteiligung und Vielfalt der Exponate erforderte zusätzlich den Bau von ca. 200 kleineren Pavillons, die von ihren Erbauern, meist einzelnen Ländern oder Privaten, selbst finanziert werden mußten, sodaß neben den Hauptgebäuden geradezu eine Ausstellungsstadt entstand.

Lit.: *Maier, Helga,* Börsenkrach und Weltausstellung in Wien. Ein Beitrag zur Geschichte der bürgerlich-liberalen Gesellschaft um das Jahr 1873, phil. Diss. Graz 1973 (im folgenden zit. *Maier*). – *Pemsel, Jutta,* Die Wiener Weltausstellung von 1873 und ihre Bedeutung für die Entfaltung des Wiener Kulturlebens in der franzisco-josephinischen Epoche. Eine historische Studie, phil. Diss. Wien 1983 (im folgenden zit. *Pemsel*), S. 96–108.

Wien, Historisches Museum der Stadt Wien, Inv.-Nr. 12.788/412 J. P.

### 9.2 Plan des Weltausstellungsgeländes und des Volkspraters mit Legende

L. C. Zamarski, k. k. Hof-Buchdrucker; Wien 1873; 2. verbesserte Aufl.
Lithographie
Photokopie

Der von der Generaldirektion offiziell herausgegebene *Situationsplan als sicherster Führer im Welt-Ausstellungs-Rayon und Volksprater* umfaßte das Gebiet nördlich der Praterhauptallee vom Praterstern bis über das Heustadelwasser hinaus. Gleichsam als Signum der Ausstellung schmückte eine Abbildung der Rotunde und der Fortschrittsmedaille den Titel des Blattes.

Wien, Historisches Museum der Stadt Wien, Inv.-Nr. 63.357, Mappe 989/5 J. P.

### 9.3 Panorama von Wien und dem Prater

J. Langl; 1873
Öl auf Leinwand
Photokopie

J. Langl entwarf eine Gesamtansicht der Weltausstellung und von Wien aus der Vogelperspektive.

Wien, Historisches Museum der Stadt Wien, Schausammlung J. P.

### 9.4 Karl Freiherr von Hasenauer

Karl Klíč; 1873
Lithographie
Photokopie

Karl Freiherr von Hasenauer leitete die Planung und Durchführung der architektonischen Gestaltung der Weltausstellungsgebäude, vor allem der Rotunde, des Industriepalastes und der Kunsthalle. Der Bereich der technischen Konstruktion war jedoch Aufgabe einer Ingenieursektion unter Wilhelm von Engerth, Heinrich Schmidt und Rudolf Grimus von Grimburg. Hasenauer war ein Architektenstab mit Gustav Gugitz, Gustav Korompay, Moritz Hinträger, August Weber, Carl Graff und Rudolf Feldscharek unterstellt. In der Verwendung der italienischen Renaissance für die Gebäude und des Barock für die Portale kam der Stil des Historismus der Ringstraße auch in der Weltausstellung zum Ausdruck und unterstrich zugleich durch das Fassaden- und Kulissenhafte dieser Richtung die temporäre Bestimmung der Gebäude. Hasenauer wurde für seine Leistungen 1873 in den Freiherrenstand erhoben.

Lit.: *Pemsel,* S. 105f., 109f., 125f. – *Maier,* S. 215f.

Wien, Österreichische Nationalbibliothek, Bildarchiv, Inv.-Nr. 501.312 C J. P.

### 9.5 Johann Kaspar Harkort und John Scott-Russel

A. Schubert; 1873
Photokopie nach Zeitungsdruck

Der englische Schiffbauingenieur John Scott-Russel entwarf auf Anregung des Generaldirektors

Schwarz-Senborn das Konzept eines kreisrunden Kuppelbaues als zentrales Ausstellungsgebäude. Obwohl die Skizzen für den Bau der Rotunde unvollständig und ungenau waren, mußte die Generaldirektion aus Zeitnot an dem einmal gefaßten Plan festhalten. Die Konstruktion und die architektonische Gestaltung mußte vom Wiener Ingenieur- und Architektenbüro nachträglich erstellt werden. Die Durchführung des Baues übernahm die westfälische Stahlbrückenbaufirma Johann Kaspar Harkort aus Duisburg, der wegen ihres international anerkannten Rufes und preisgünstigen Angebotes die Beschaffung, Lieferung und Montierung der eisernen Dachkonstruktion übertragen wurde.

Lit.: *Pemsel,* S. 108ff. – *Engel und Rotter* (Hrsg.), Biographisches Lexikon der Wiener Weltausstellung 1873, Bd. I, Wien 1873, S. 52, 101. – Neue Deutsche Biographie 7, 1966, S. 678f.

Über Land und Meer, 15. Jg., 30. Bd., Nr. 35, 1873, S. 685 J. P.

9.6 **Das Westportal der Kunsthalle**

Wiener Photographen-Association; 1873
Photographie
Photokopie

Die vierschiffige Kunsthalle schloß östlich an den Industriepalast an. Karl von Hasenauer erprobte hier ein neues Beleuchtungssystem, das er später beim Bau der Hofmuseen anwandte. Vor allem Werke der bildenden und darstellenden Kunst aller Länder wurden hier ausgestellt. Das Westportal zeigt in dem mittleren seiner drei Rundbögen ein die griechische Göttin Pallas Athene darstellendes Glasmosaik. Von Ferdinand Laufberger entworfen und der venezianischen Firma Salviati & Co ausgeführt, befindet es sich heute an der dem Ring zugewandten Seite des Museums für angewandte Kunst.

Lit.: *Pemsel,* S. 116, 236.

Wien, Österreichische Nationalbibliothek, Bildarchiv, Inv.-Nr. 63.732 D J. P.

9.7 **Die ägyptische Gebäudegruppe**

Wiener Photographen-Association; 1873
Photographie
Photokopie

Neben der Rotunde und den großen Ausstellungshallen gehörten die Bauten des Vizekönigreichs Ägypten zu den größten und beliebtesten der Exposition. Sie umfaßten eine Moschee, ein Wohn- und ein Bauernhaus, ein arabisches Kaffeehaus und die Kopie eines oberägyptischen Felsengrabes. Die Pläne stammten von dem böhmischen Architekten und späteren Direktor der Prager Gewerbeschule, Schmoranz.

Lit.: *Pemsel,* S. 119.

Wien, Historisches Museum der Stadt Wien, Inv.-Nr. 38.495/4 J. P.

9.8 **Dekorationselement der ägyptischen Gebäudegruppe**

Teil einer Wandrosette; 1873
Moulage; H. = 45 cm, B. = 45 cm

Die orientalische Ornamentik der Ausstellungsgebäude, wie etwa hier der ägyptischen Gebäudegruppe, gab wichtige Anregungen für die gegen Ende des Jahrhunderts sich immer stärker bemerkbar machenden islamischen Einflüsse auf die Wiener Architektur.

Lit.: *Wagner-Rieger, Renate,* Vom Klassizismus bis zur Seccession. Geschichte der bildenden Kunst in Wien. Geschichte der Architektur in Wien, in: Geschichte der Stadt Wien, hrsg. vom Verein für Geschichte der Stadt Wien, Neue Reihe Bd. VII/3 (1973) S. 221.

Graz, Landesmuseum Joanneum, Inv.-Nr. K IV 1.404 J. P.

9.9 **Das Innere des Industriepalastes im Bau**

Wiener Photographen-Association; 1872
Photographie
Photokopie

Der in seiner Anlage von der Rotunde in zwei gleich lange Abschnitte geteilte „Industriepalast" bildete das Hauptausstellungsgebäude. Als Grundkonzept wurde ein auf van der Nüll und Sicardsburg zurückgehender Plan ausgewählt: der Grundriß eines „Fischgrätensystems" durchbrach die 905 m lange Industriehalle im rechten Winkel mit 16 Quergalerien, sodaß 24 Höfe entstanden. Der Vorteil dieses Entwurfes lag in der leichteren Raumaufteilung und der besseren Beleuchtung von mehreren Seiten. Die Innenraumgestaltung blieb – wie bei allen übrigen Hallen – auf Notwendiges beschränkt. Der Eisenbau wurde außen mit Stein verkleidet.

Lit.: *Pemsel,* S. 104, 115, Abb. 8. – Zeitschrift des österreichischen Ingenieur- und Architektenvereins 24 (1872) S. 67–70.

Wien, Historisches Museum der Stadt Wien, Inv.-Nr. 31.453/32 J. P.

9.10 **Das Innere des Industriepalastes während der Ausstellung**

Wiener Photographen-Association; 1873
Photographie
Photokopie

Das Photo zeigt die östliche Längengalerie des Industriepalastes außerhalb der Besuchszeit. Hier stellten vor allem Österreich-Ungarn, getrennt voneinander, aus. Entsprechend dem Plan des „Fischgrätensystems" folgten dann in geographischer Reihenfolge von West nach Ost Rumänien, Griechenland, Rußland, die Türkei, China, Japan, Siam, Ägypten und Zentralafrika. Industrielle und gewerbliche Erzeugnisse bildeten den Großteil der Exponate.

Lit.: *Pemsel,* Abb. 9.

Wien, Historisches Museum der Stadt Wien, Inv.-Nr. 97.601/4 J. P.

9.11 **Die Rotunde im Bau**

Wiener Photographen-Association; 1872
Photographie
Photokopie

Der Bau der Rotunde stellte die Firma Harkort vor enorme technische Schwierigkeiten. Das Photo zeigt den kritischsten Bauabschnitt, nämlich den am Boden zusammengesetzten eisernen Ring, das tragende Element der ganzen Konstruktion, vor dem Aufziehen in Höhe der 24,4 m hohen 32 Säulen, auf denen das gesamte Gewicht der Rotunde ruhte. Entgegen vielen warnenden Stimmen gelang das Hochziehen ohne größere Zwischenfälle. Mit einer Spannweite von 108 und einer Höhe von 84,1 m zählte die Rotunde damals zu den größten Kuppelbauten der Welt. Die Kosten waren nach der Fertigstellung auf 6,900.000 fl. geklettert, womit die Präliminierung um mehr als 4 Millionen fl. überschritten worden war.

Lit.: *Pemsel,* S. 48, 110f. – Zeitschrift des österreichischen Ingenieur- und Architektenvereins 24 (1872) S. 69f.

Wien, Historisches Museum der Stadt Wien, Inv.-Nr. 31.453/39 J. P.

9.12 **Rotunde mit Südportal** Abb.

Wiener Photographen-Association; 1873
Photographie
Photokopie

Kat.-Nr. 9.12

Die Rotunde wurde von einer quadratischen Hofgalerie umschlossen. Den Haupteingang bildete das imposante Südportal. In Anlehnung an einen antiken Triumphbogen war es von Hasenauer in pompösen Barockformen nach einem Vorbild der Pariser Weltausstellung von 1855 entworfen worden. Die künstlerische Gestaltung stammt neben anderen von Vinzenz Pilz (Freiplastiken), Karl Geyling und Ferdinand Laufberger (Glasmosaik), Gustav Deloye (Wandreliefs) und Julius Donath (Portraitmedaillons des Kaiserpaares). Über der lichtspendenden Galerie krönte eine kunstvoll ausgeführte Nachbildung der österreichischen Kaiserkrone – Symbol imperialer Macht – die Spitze der Rotunde. Zuerst von den Wienern wegen seiner eigenwilligen Form als „architektonisches Monstrum" und „Guglhupf" verspottet, wurde die Rotunde bald zu einem der Wahrzeichen Wiens. Am 17. September 1937 wurde sie durch einen Brand zerstört.

Lit.: *Pemsel,* S. 126f, Abb. 5.

Wien, Historisches Museum der Stadt Wien, Inv.-Nr. 18.510 (d) 4 J. P.

9.13 **Innenansicht der Rotunde**

Perl; 1873
Stahlstich; H. = 18,5 cm, B. = 27 cm

Der Blick vom Eingang eröffnete dem Besucher ein eindrucksvolles Bild des riesigen Innenraums.

Wien, Historisches Museum d. Stadt Wien, Pratermuseum, Inv.-Nr. 174.044 J. P.

9.14 **Das Innere der Rotunde während der Ausstellung**

Girard & Rehlender; 1873
Photokopie nach Zeitungsdruck

Obwohl die Arbeiten an der Rotunde erst am 15. April 1873 abgeschlossen worden waren, entwarfen die Zeitungen schon Monate vorher Skizzen über das Leben in der Rotunde. Dennoch vermittelt diese Darstellung eine eindrucksvolle Übersicht der gigantischen überdachten Fläche von 8.129 $m^2$. Nach den Berechnungen der Ingenieursektion sollten in der Rotunde 27.120 Menschen gleichzeitig Platz finden.

Lit.: *Pemsel,* S. 111f. – Zeitschrift des österreichischen Ingenieur- und Architektenvereins 25 (1873) S. 137–143.

Allgemeine Illustrirte Weltausstellungs-Zeitung, Bd. II, Nr. 8, 27. 2. 1873, S. 90f J. P.

9.15 **Das Innere der Rotunde während der Ausstellung**

L. v. Elliot; 1873
Photokopie nach Zeitungsdruck

Die Rotunde war zentraler Treffpunkt der Ausstellungsbesucher. Obwohl sie ursprünglich nicht als Expositionshalle konzipiert worden war, füllten bald aus Platzmangel aufgestellte Vitrinen das domartige Gebäude, das dadurch an Raumwirkung verlor.

Lit.: *Pemsel,* S. 114, Abb. 6 b.

Illustrirte Zeitung, Leipzig, 61. Bd., Nr. 1569, 26. 7. 1973, S. 68f. J. P.

9.16 **Dr. Wilhelm Freiherr von Schwarz-Senborn**

Pest 1873
Lithographie; H. = 50 cm, B. = 33 cm

Die Organisation der Wiener Weltausstellung stand unter der Leitung eines einzigen Mannes, des Freiherrn Dr. Wilhelm von Schwarz-Senborn. Mit der Ernennung zum Direktor des k. k. Generalkonsulates in London 1853 begann seine internationale Laufbahn. Seit 1860 war Schwarz-Senborn permanenter Vertreter Österreichs bei ausländischen Ausstellungen. Am 9. Jänner 1871 wurde er mit A. h. Handschreiben zum Generaldirektor der Wiener Weltausstellung für das Jahr 1873 bestellt. Mit der selbständigen Leitung der Ausstellung und der Verwaltung des „Weltausstellungsfonds" wurden Schwarz-Senborn praktisch unumschränkte Vollmachten garantiert. Die ursprünglich veranschlagten Kosten von 6 Millionen fl. wurden mehrfach überschritten, sodaß dem Generaldirektor am 10. Juni 1873 ein Kontrollorgan vom Finanzministerium zugeteilt wurde. Der auch sonst nicht immer klug taktierende „Generalgewaltige" des Praters zog sich bald heftigste Kritik seitens der Presse und der Öffentlichkeit zu und wurde zum Hauptverantwortlichen für das enorme Defizit und damit für das „Scheitern" der Weltausstellung gemacht.

Lit.: *Pemsel,* S. 43f, 46f, 49, 51, 58–66. – *Maier,* S. 188–193.

Wien, Historisches Museum der Stadt Wien, Inv.-Nr. 92.870/1, Mappe 435 J. P.

9.17 **Erzherzog Rainer und Erzherzog Karl Ludwig**

1873
Stahlstich; H. = 25 cm, B. = 18,5 cm

Auch das Kaiserhaus nahm aktiv an der Weltausstellung teil: Erzherzog Rainer als Präsident der kaiserlichen Ausstellungskommission und Erzherzog Karl Ludwig als Protektor. Schon 1870 ernannt, setzten sie sich während der Vorbereitung für eine möglichst hohe Beteiligung des Auslandes durch Reisen in Europa und in den vorderen Orient ein und vertraten während der Ausstellung das Kaiserhaus bei offiziellen Anlässen.

Lit.: *Pemsel,* S. 42f, 53, 151f, 136, 281. – *Engel und Rotter* (Hrsg.), Biographisches Lexikon der Wiener Weltausstellung 1873, Bd. I, Wien 1873, S. 28, 96.

Wien, Österreichische Nationalbibliothek, Bildarchiv, Inv.-Nr. Pg 83 33/6 in Ptf 144: I (6E) J. P.

9.18 **Siegreiche Praterfahrt des Triumphators Baron Schwarz**

G. Lafosse; 1873
Photokopie nach Zeitungsdruck

Das bekannte Witz- und Karikaturenblatt „Der Floh", das 1873 eine eigene „Weltausstellungs-Beilage" herausgab, nimmt hier die Debatten um eine Krediterhöhung des Weltausstellungsfondes von 6 auf 9 Millionen fl. zum Anlaß, den Generaldirektor Schwarz-Senborn, den Industriellen Franz von Wertheim und den böhmischen Wollfabrikanten Johann Freiherr von Liebieg als Sieger in einem römischen Streitwagen auf dem Weg zur Rotunde darzustellen. Hier drückt sich eine während der Vorbereitungszeit nur vereinzelt zu Tage getretene Ablehnung der Weltausstellung aus. Prinzipielle Opposition kam nur von Seiten des feudalen böhmischen Hochadels, der wie die Ungarn außerhalb des Reichsverbandes ausstellen wollte.

Lit.: *Pemsel,* S. 32–36, 50.

Der Floh, V. Jg., Nr. 12, 23. 3. 1873, S. 80 J. P.

9.19 **Die Völker der Erde ziehen zur Weltausstellung**

Franz Kollarž; um 1873
Farblithographie; H. = 43,5 cm, B. = 57 cm

In einer allegorischen Darstellung, die den Titel *Erinnerung an die Wiener Weltausstellung 1873* trägt, wird das Zusammenströmen der Völker der Erde, insbesondere des Orients und Ostens (Inder auf Elephanten, Araber mit Kamelen) gezeigt. In der Mitte kniet die „Austria" und verteilt Kränze und Medaillen.

Wien, Historisches Museum der Stadt Wien, Inv.-Nr. 87.179, Mappe 989/5 J. P.

9.20 **Die Eröffnung der Weltausstellung**

Vinzenz Katzler; 1873
Photokopie nach Zeitungsdruck

Am 1. Mai 1873 wurde die Wiener Weltausstellung mit einem feierlichen Festakt eröffnet. Das Kaiserpaar, Kronprinz Rudolf, der deutsche Kronprinz Friedrich Wilhelm mit Gemahlin, Prinz Albert Edward von Wales und sein Bruder Arthur, der deutsche Botschafter Schweinitz, sein englischer Kollege Sir Andrew Buchanan und der serbische Ministerpräsident Ristić waren dazu erschienen. Nach den Begrüßungsworten des Protektors Erzherzog Karl Ludwig eröffnete Kaiser Franz Joseph die Ausstellung. Ein Festgedicht von Joseph Weilen, das die Weltausstellung als „Völker-Friedensbund" feierte, und die musikalischen Darbietungen des Orchesters und 600stimmigen Chores unter der Leitung von Johann Strauß (Sohn) beendeten den Festakt.

Lit.: *Pemsel,* S. 134–141, Abb. 20.

Illustrirte Zeitung, Leipzig, 60. Bd., Nr. 1560, 24. 5. 1873, S. 388f J. P.

9.21 **Gedenk-Blatt an die Hohen Gäste, welche im Jahre 1873 die Weltausstellung in Wien besuchten**

Johann Wilhelm Frey; 1873 (?)
Lithographie; H. = 60 cm, B. = 88 cm

Das „Gedenk-Blatt" zeigt Kaiser Franz Joseph mit Kronprinz Rudolf und Kaiserin Elisabeth, umgeben von 32 Dynasten und Mitgliedern des Erzhauses, die im Laufe des Jahres 1873 die Weltausstellung besucht hatten. Hinter den gesellschaftlich-repräsentativen Treffen kam es aber auch zu politischen Gesprächen, als deren Ergebnis das „Dreikaiserabkommen" zwischen Kaiser Franz Joseph, dem deutschen Kaiser Wilhelm I. und Zar Alexander II. angesehen werden kann.

Lit.: *Pemsel,* S. 141–151.

Wien, Österreichische Nationalbibliothek, Bildarchiv, Inv.-Nr. Pk 272/61–63 a J. P.

Kat.-Nr. 9.22

9.22 **Der Schah von Persien in der Ausstellung** Abb.

Károly Rusz; 1873
Photokopie nach Zeitungsdruck

Der Besuch des Schah von Persien, Nasīr-ad-Dīn, gehörte zu den spektakulärsten Ereignissen der Sommermonate des Jahres 1873. Er bewohnte mit seinem Gefolge von 57 Leuten das Schloß Laxenburg. Am 2. August besuchte der Schah, geführt von Kaiser Franz Joseph, Erzherzog Rainer und dem Generaldirektor Schwarz-Senborn die Ausstellung, insbesondere die Rotunde, den Industriepalast und den persischen Pavillon. Nach einer Abschiedsoirée in Schönbrunn, bei der er seine unverhohlene Bewunderung für die Schönheit der Kaiserin zeigte, reiste Nasīr-ad-Dīn am 8. August über Linz, Salzburg und Innsbruck nach Italien weiter.

Lit.: *Pemsel,* S. 149–151, 290. – *Hamann, Brigitte,* Elisabeth. Kaiserin wider Willen, Wien/München 1982, S. 317–320.

Allgemeine Illustrirte Weltausstellungs-Zeitung, Bd. IV, Nr. 11, 10. 8. 1873, S. 169 J. P.

9.23 **Karikatur des Schah von Persien in Wien**

F. Grätz; 1873
Photokopie nach Zeitungsdruck

Bereits Wochen vor seinem Eintreffen in Wien eilten der Person des Schah unzählige Anekdoten in den Klatschspalten der Wiener Tagesblätter voraus. Das Benehmen Nasīr-ad-Dīns und seines Gefolges enttäuschte die Erwartungen der Wiener durch sein unkonventionelles, jegliches Hofzeremoniell mißachtendes und allen Vergnügungen aufgeschlossenes Wesen nicht. Das Auftreten in luxuriösen prachtvollen Uniformen, die launenhafte Unpünktlichkeit, der ungezwungene Umgang mit der Wiener Damenwelt sowie das „vandalische Hausen“ des Gefolges in Schloß Laxenburg entsprach ganz den westeuropäischen Vorstellungen eines orientalischen Fürsten. Der als Bildungsreise geplante Aufenthalt in Europa sank infolge der Vorliebe des Schah für private Eskapaden bald zu einer Vergnügungstour ab. In Joseph Roths Erzählung „Die Geschichte der 1002. Nacht“ erhielt der Wienbesuch Nasīr-ad-Dīns literarischen Nachklang.

Lit.: *Pemsel,* S. 147ff, Abb. 22.

Kikeriki, Nr. 65, 14. 8. 1873 J. P.

9.24 **Kaiser Wilhelm I. in der Ausstellung**

Franz Kollarž; 1873
Photokopie nach Zeitungsdruck

Kaiser Wilhelm besuchte in Begleitung Kaiser Franz Josephs und des Generaldirektors Schwarz-Senborn am 22. Oktober 1873 die Weltausstellung und bestieg dabei zum allgemeinen Erstaunen das Dach der Rotunde bis zur Spitze. Der Aufenthalt des ehemaligen Feindes von 1866, der von Fürst Otto von Bismarck begleitet wurde, verlief in betont herzlicher Atmosphäre. Der Besuch des deutschen Kaisers sollte ganz im Zeichen der vom österreichischen Außenminister Graf Julius Andrássy betriebenen deutschfreundlichen Außenpolitik stehen. Das Deutsche Reich war mit 8663 Ausstellern neben der Donaumonarchie die am stärksten vertretene Nation.

Lit.: *Pemsel,* S. 145, 162, 292f.

Über Land und Meer, 16. Jg., 31. Bd., Nr. 9, 1873, S. 168 J. P.

9.25 **Déjeuner Victor Emanuels im Kaiserpavillon**

C(arl) Schweninger (d. J.); 1873
Photokopie nach Zeitungsdruck

Der Besuch Victor Emanuels II. vom 17.–22. September in Wien war der erste des Königs als rechtmäßiger Herrscher des geeinten Italien auf österreichischem Boden. Die Einladung zur Weltausstellung diente als Vorwand zu politischen Gesprächen, die nach den militärischen Niederlagen Österreichs von 1859 und 1866 sowie der Besetzung des Kirchenstaates unter dem Zeichen versöhnlicher Annäherung standen. Die Wiener Bevölkerung bereitete Victor Emanuel einen überraschend freundlichen Empfang, und der Kaiser lud seinen Gast zum Déjeuner in den Kaiserpavillon ein, bei dem die Erzherzöge Karl Ludwig, Albrecht und Rainer anwesend waren. Bereits 1875 stattete Franz Joseph in Venedig einen Gegenbesuch ab.

Lit.: *Pemsel,* S. 146, 293f.

Über Land und Meer, 16. Jg., 31. Bd., Nr. 6, 1873, S. 105 J. P.

9.26 **Titelseite der ungarischen Ausstellungszeitung „Képes Kiállitási Lapok“**

Budapest 22. 4. 1873
H. = 37, B. = 26 cm

Die ungarische Ausstellungszeitung wurde ab dem 1. Mai 1873 unter der Leitung des Publizisten und Direktors des ungarischen Landesindustrievereins in Pest, Edmund Steinacker, herausgegeben und stand mit dem offiziellen Organ der „Allgemeinen Illustrirten Weltausstellungs-Zeitung", das von 1872 bis 1875 – unter Abänderung des Titels seit 1874 – erschien, in engster redaktioneller Verbindung. Das Titelblatt zeigt den vielbestaunten Brunnen Sultan Ahmeds III., eine kunstvolle Nachbildung des Originals in Konstantinopel.

Lit.: *Pemsel,* S. 116, 325f.

Wien, Historisches Museum der Stadt Wien, Inv.-Nr. 173.668 J. P.

9.27 **Pavillon der k. ung. Staatsforstverwaltung**

Wiener Photographen-Association; 1873
Photographie
Photokopie

Wie bereits auf der Pariser Weltausstellung 1867 stellte Ungarn auch 1873 in Wien als eigenes Ausstellerland aus. Die Motive dafür entsprangen vor allem dem Bedürfnis nach Demonstration politischer und nationaler Eigenständigkeit. Der im Stil ostungarischer Kirchen erbaute Pavillon der Staatsforstverwaltung zeigt Ungarn als Agrarstaat. Außerdem errichtete Ungarn noch fünf Bauernhäuser, das der Siebenbürger Sachsen, der Szekler, der Kroaten, der Rumänen und ein deutsches Bauernhaus aus Geidel in Ostungarn, die der Kern des „Ethnographischen Dorfes" der Weltausstellung waren.

Lit.: *Pemsel,* S. 161, 188f, 260.

Wien, Historisches Museum der Stadt Wien, Inv.-Nr. 46.243 J. P.

9.28 **Karikatur der Besucher in der Kunsthalle**

Tiram; 1873
Photokopie nach Zeitungsdruck

Das Witzblatt „Der Floh" karikiert in der Darstellung der Reaktion englischer Gäste beim Anblick naturgetreuer weiblicher Statuen in der Kunstabteilung die moralisierende Haltung der Gesellschaft auch gegenüber Kunstwerken.

Der Floh, V. Jg., Nr. 40, 31. 5. 1873, S. 8 J. P.

9.29 **Der Zentralsaal der Kunsthalle**

Wiener Photographen-Association; 1873
Photographie
Photokopie

In Wien gab es erstmals auf einer Weltausstellung drei Gebäude für Kunst. Der Zentralsaal der Kunsthalle war der einzige Raum, in dem mehrere Länder gemeinsam ausstellten. Die Gemälde bedeckten die Wände in drei bis vier Reihen mit minimalen Abständen vom Fußboden bis zur Decke. Die in die Mitte gestellten Skulpturen dienten auch als Schmuck für die sonst undekorierten Räume. Das Arrangement stellte den Höhepunkt des „historisch-zweckmäßigen" Ausstellungstypus des strengen Historismus dar, der nach Rudolf von Eitelberger im reinen Stil der Renaissance ohne Dekoration mit vielen Objekten gestaltet wurde.

Lit.: *Pemsel,* S. 241, 249f. – *Pöschl, Eva,* Der Ausstellungsraum der Genossenschaft bildender Künstler Wiens 1873–1913. Ein Beitrag zur Erforschung der Innenraumgestaltung in Kunstausstellungen vom Historismus zur Moderne, phil. Diss. Graz 1974, S. 46f.

Wien, Österreichische Nationalbibliothek, Bildarchiv, Inv.-Nr. 63.602 D J. P.

9.30 **Österreichisches Kunstgewerbe**

Wiener Photographen-Association; 1873
Photographie
Photokopie

In der Gruppe für Stein-, Glas- und Tonwaren zeigte Österreich neben hervorragenden Erzeugnissen der böhmischen Glasindustrie auch Marmorfiguren und Vasen der Wiener Firma Carlo Vanni's Nachfolger.

Lit.: *Pemsel,* S. 195. – Amtlicher Catalog der Ausstellung der im Reichsrathe vertretenen Koenigreiche und Laender Oesterreichs, Wien 1873, S. 294.

Wien, Österreichische Nationalbibliothek, Bildarchiv, Inv.-Nr. 63.592 D J. P.

9.31 **Der Pavillon der St. Marxer Brauerei von Adolph Ignaz Mautner & Sohn**

Wiener Photographen-Association; 1873
Photographie
Photokopie

Die Wein- und Biererzeugung war in Wien erstmals als eigene Ausstellungsgruppe vertreten. Die Firma Ad. I. Mautner & Sohn stellte ihre Erzeugnisse in einem eigenen Pavillon aus. In dem kleinen eckigen Rundbau wurden Produkte der Brennereien, Brauereien und Kunsthefefabrik gezeigt. Statistische Dokumente zur Firmengeschichte unterstrichen die eigene Leistung. Schon bei den früheren Weltausstellungen 1862 und 1867 ausgezeichnet, erhielt Mautner das Ehrendiplom.

Lit.: *Pemsel,* S. 191, Abb. 29. – Österreichisches Biographisches Lexikon 6, 1975, S. 165f. – Die Groß-Industrie Österreichs, Wien 1898, 5. Bd., S. 252ff. – Amtlicher Catalog der Ausstellung der im Reichsrathe vertretenen Koenigreiche und Laender Oesterreichs, Wien 1873, S. 112.

Wien, Historisches Museum der Stadt Wien, Inv.-Nr. 97.602/4 Mappe 991/I J. P.

## 9.32 Die österreichische Maschinenhalle

Wiener Photographen-Association; 1873
Photographie
Photokopie

Nördlich des Industriepalastes lag die 797 m lange und 48 m breite Maschinenhalle. Zu den dicht gedrängt aufgestellten österreichischen Produkten zählten die Exponate der Simmeringer Maschinen- und Waggon-Fabriks AG, der Firma Anton Freissler und der Maschinen- und Lokomotivfabrik Georg Sigl. Freissler hatte 1868 die erste österreichisch-ungarische Aufzugsfabrik gegründet, 1870 das Patent für ein von ihm entwickeltes hydraulisches Antriebssystem erhalten und begann mit der Teilnahme an der Wiener Weltausstellung seinen internationalen Aufstieg. Georg Sigl zeigte zwei Lokomotiven, Dampfkesselpumpen und die neue Druckmaschine der „Neuen Freien Presse".

Lit.: *Pemsel,* S. 115, 197f. – Amtlicher Catalog der Ausstellung der im Reichsrathe vertretenen Koenigreiche und Laender Oesterreichs, Wien 1873, S. 362. – Die Groß-Industrie Österreichs, Wien 1898, 3. Bd., S. 33f, 58f. – *[Dittes, Friedrich],* 100 Jahre Freissler. 1868–1968, Wien 1968, S. 4.

Wien, Österreichische Nationalbibliothek, Bildarchiv, Inv.-Nr. 63.598 D J. P.

## 9.33 Triumphbogen der Wienerberger Ziegelwerke

Wiener Photographen-Association; 1873
Photographie
Photokopie

Die Wienerberger Ziegelfabriks- und Baugesellschaft des Baron Heinrich Drasche von Wartinberg ließ in der Nähe der Kunstpavillons den aufwendigsten privat finanzierten Bau errichten. Der von Heinrich von Ferstel entworfene Triumphbogen dokumentierte wirtschaftliche Stärke und Selbstdarstellungsbedürfnis der Wiener Industriellen der Ringstraßenära. Der dreibogige Monumentalbau vereinigte Beispiele verschiedenster Dekorationsweisen und Kunstwerke. Außerdem war der Triumphbogen durch das im Stil der klassischen Phase der italienischen Renaissance gehaltene Formengut signifikantes Leitmotiv der Phase des strengen Historismus.

Lit.: *Pemsel,* S. 195, 238f, Abb. 40. – *Lützow, Carl von* (Hrsg.), Kunst und Kunstgewerbe auf der Wiener Weltausstellung 1873, Leipzig 1875, S. 37, 163. – *Wagner-Rieger, Renate,* Wiens Architektur im 19. Jahrhundert, Wien 1970, S. 187.

Wien, Österreichische Nationalbibliothek, Bildarchiv, Inv.-Nr. LW 72.019 C J. P.

## 9.34 Die Maschinenabteilung des Deutschen Reiches

L. E. Petrovits; 1873
Photokopie nach Zeitungsdruck

Die in der Maschinenhalle ausgestellten Lokomotiven und Maschinen, die zur Demonstration zum Teil auch in Betrieb genommen wurden, faszinierten die Besucher ganz besonders. Auffallend unter den zahlreichen Exponaten des Deutschen Reiches war die riesige, kugelförmige Raffiniermaschine der weltberühmten Berliner Firma Carl-Justus Heckmann. Dieses zum Eindicken des Zuckers verwendete Gerät zählte zu deren bedeutendsten Erfindungen.

Lit.: *Pemsel,* S. 161ff, 197, Abb. 28. – Amtlicher Katalog des Deutschen Reiches, Berlin 1873, S. 490. – Neue Deutsche Biographie 8, 1969, S. 185f.

Illustrirte Zeitung, Leipzig 61. Bd., Nr. 1568, 19. 7. 1873, S. 45 J. P.

## 9.35 Französische Kunstgewerbeausstellung

Wiener Photographen-Association; 1873
Photographie
Photokopie

Frankreich war mit 4.897 Ausstellern in Wien vertreten. In der Hauptgalerie des Industriepalastes zeigte die mit einem Ehrendiplom ausgezeichnete Pariser Firma Christofle & Co. kunstvoll gefertigte Prunkstücke wie Vasen, Kerzenleuchter und Kandelaber.

Lit.: *Pemsel,* S. 163f. – Exposition Universelle de Vienne, 1873. France. Produits Industriels, Vienne ²1873, S. 266. – *Lützow, Carl von* (Hrsg.), Kunst und Kunstgewerbe auf der Wiener Weltausstellung 1873, Leipzig 1875, S. 150.

Wien, Österreichische Nationalbibliothek, Bildarchiv, Inv.-Nr. 63.664 D J. P.

9.36 **Tunesisches Wohnzimmer**

Wiener Photographen-Association; 1873
Photographie
Photokopie

Der Bey von Tunesien ernannte den Bankier Morpurgo Ritter de Nilma aus Triest zum Generalkommissär, dem er zugleich auch die Finanzierung und Gestaltung der tunesischen Abteilung überließ. Im östlichen Industriepalast zeigte Tunesien neben antiken Funden aus Karthago, täglichen Gebrauchsgegenständen sowie einer Sammlung von Naturprodukten auch das vollständig eingerichtete Wohnzimmer eines nordafrikanischen Reichen, der mit seiner Gemahlin durch lebensgroße Figuren authentisch nachgebildet war.

Lit.: *Pemsel,* S. 169. – Illustrirte Zeitung, Leipzig, 61. Bd., Nr. 1568, 19. 7. 1873, S. 46. – Über Land und Meer, 16. Jg., 31. Bd., Nr. 7, 1873, S. 129.

Wien, Österreichische Nationalbibliothek, Bildarchiv, Inv.-Nr. LW 71.997 J. P.

9.37 **Die Wiener Weltausstellungs-Zeitung**

III. Jg., Nr. 166, 1. 6. 1873, Titelseite
H. = 38,5 cm, B. = 31 cm

Die *Wiener Weltausstellungs-Zeitung* erschien als *Centralorgan für die Weltausstellung im Jahr 1873, sowie für alle Interessen des Handels und der Industrie* bereits seit dem 18. August 1871 zwei Mal wöchentlich und ab 1873 täglich. Als Organ der Ausstellungsleitung enthielt sie alle die Ausstellung betreffenden Verordnungen, Erlässe und Gesetze und informierte über sämtliche Vorbereitungen und Ereignisse rund um den Prater. Die ausführliche Berichterstattung besitzt trotz ihres propagandistischen Charakters unschätzbaren Quellenwert. Das hier abgebildete Pilsener bürgerliche Bräuhaus war einer der geselligen Treffpunkte in der Ausstellung. Nach Schluß der Weltausstellung setzte das Blatt sein Erscheinen noch zwei Mal wöchentlich bis zum 5. März 1876 unter einem neuen Titel: *Internationale Ausstellungszeitung. Central-Organ für Handel, Industrie und Verkehr sowie die Weltausstellung 1873 in Wien, in Chili (Chile) 1875, und für die Weltausstellung in Philadelphia 1876 und für alle übrigen Ausstellungen im In- und Ausland* fort.

Lit.: *Pemsel,* S. 191, 324.

Wien, Wiener Stadt- u. Landesbibliothek, Inv.-Nr. 3960 C J. P.

9.38 **Notice sur l'empire du Japon et sur sa participation à l'exposition universelle de Vienne**

Publiée par la commission impériale japonaise. Accompagnée d'un album photographique.
Yokohama. Imprimerie de C. Lévy, Imprimeur-Éditeur 1873
H. = 23,5 cm, B. = 15,5 cm; H. = 21,5 cm; B. = 27,5 cm.

Der Katalog des japanischen Kaiserreiches enthielt im ersten Teil eine allgemeine Beschreibung des Landes, die lange Zeit als zuverlässigstes Zeugnis für die Beurteilung der Verhältnisse in Japan im 19. Jahrhundert galt, und erst im zweiten Abschnitt die Aufzählung der Exponate. Besonders für Japan, das sich auf der Wiener Weltausstellung erstmals dem Westen vorstellte, war der Katalog ein wesentlicher Bestandteil der Präsentation und Selbstdarstellung. Der Abschluß des Handelsvertrages zwischen Österreich-Ungarn und Japan 1869 schuf die wirtschaftliche Motivation. Nach einer vom Tenno 1872 eröffneten Vorausstellung in Tokio entsandten 4377 Aussteller 6668 Exponate, die die gesamte Kultur Japans von den Werkzeugen und Lebensmitteln angefangen bis hin zu Kunstgegenständen umfaßten.

Lit.: *Pemsel,* S. 173f, 222. – *Pantzer, Peter,* Japan und Österreich-Ungarn. Die diplomatischen, wirtschaftlichen und kulturellen Beziehungen von ihrer Aufnahme (1869) bis zum Ausbruch des Ersten Weltkrieges, phil. Diss., Wien 1968, S. 96, 162f.

Wien, Bibliothek der Kammer der Gewerblichen Wirtschaft Wien, Inv.-Nr. III 427 J. P.

9.39 **The British Section at the Vienna Universal Exhibition, 1873.**

[Fine Art Gallerries, Industrial, Agricultural and Machinery Halls, and Park.]
Official Catalogue, with Plans und Illustrations. Printed and Published for the British Royal Commission by J. M. Johnson & Sons, London 1873.
H. = 23,5 cm, B. = 18,5 cm

England zeigte wenig Interesse an einer umfassenden Beteiligung und war vor allem durch seine Kolonien, insbesondere Indien, vertreten.

Lit.: *Pemsel,* S. 164f.

Wien, Bibliothek der Kammer der Gewerblichen Wirtschaft für Wien, Inv.-Nr. III 405 J. P.

9.40 **Führer durch die Weltausstellung 1873. Praktisches Handbuch für Reisende und Einheimische**

*von Eduard Seis magistr. Official bei dem Archive und der Bibliothek der Stadt Wien. Mit einem Plane der Weltausstellung und des k. k. Praters*

Verlag Rudolf Lechner's k. k. Universitäts-Buchhandlung; Wien 1873
H. = 11 cm, B. = 15,5 cm

Es erschienen zahlreiche Publikationen, die den Besuchern bei der Orientierung in der Ausstellung dienen sollten. Einer der besseren und ausführlicheren dieser Weltausstellungsführer war der von dem Schriftsteller und späteren Kustos der Bibliothek und des historischen Museums der Stadt Wien, Eduard Seis.

Wien, Wiener Stadt- u. Landesbibliothek, Inv.-Nr. 9586 A J. P.

9.41 **Personalkarte Nr. 34.570 für Eduard Seis und Albert Camesina**

1873
Karton; H. = 17 cm, B. = 13 cm

Für den Besuch der Ausstellung wurden Dauerkarten, hier für Eduard Seis und den bekannten Graphiker und Altertumsforscher Albert Camesina, ausgegeben. Der einmalige Eintritt kostete 1 fl., nur an Sonn- und Feiertagen und am Mittwoch 50 kr., das Jahresabonnement 100 fl. für Herren und 50 fl. für Damen. Ermäßigungen bekamen Lehrer, Studenten, Militärs und Arbeitergruppen. Insgesamt betrug der Erlös aus den Eintrittsgeldern nur ca. 2 Millionen fl. bei über 7 Millionen Besuchern.

Lit.: *Pemsel,* S. 140.

Wien, Historisches Museum der Stadt Wien, Pratermuseum, Inv.-Nr. 173.620 J. P.

9.42 **Meerschaumpfeife** Farbabb. 45

1873
Meerschaumschnitzerei, Deckel mit Halbedelsteinen besetzt, innen vergoldet; H. = ca. 30 cm, B. = ca. 30 cm, T. = ca. 15 cm

Wiener Meerschaumpfeifenerzeuger ließen zum Beweis des hohen Standards ihrer Produkte besonders prunkvolle Musterpfeifen für die Weltausstellung anfertigen. Die Wiener Meerschaumpfeifenindustrie genoß hinsichtlich ihrer Qualität wie auch ihrer Quantität unbestrittenen Weltruf. Besonderen Aufschwung erhielt sie – repräsentatives Requisit des liberalen Großbürgertums – während der Hochkonjunktur der Ringstraßenära. Um die Jahrhundertwende wurden die für die Wiener Weltausstellung angefertigten Prachtpfeifen von der österreichischen Tabakregie angekauft.

Wien, Österreichisches Tabakmuseum, Inv.-Nr. 175 J. P.

9.43 **Fächer mit Rotunde**

Theodor Zasche; 1873 (?)
Kolorierte Lithographie, Papier auf Holz; Dm. = 42 cm

Als eher kurioses Souvenir der Wiener Weltausstellung kann dieser Fächer mit der Darstellung der Rotunde, des Südportals und der Ausstellungsbesucher gewertet werden.

Wien, Historisches Museum der Stadt Wien, Pratermuseum, Inv.-Nr. 172.109 J. P.

9.44 **Die feierliche Preisverleihung an die Aussteller in der k. k. Winterreitschule**

Breidwieser; 1873
Photokopie nach Zeitungsdruck

Am 18. August fand in der k. k. Winterreitschule der Hofburg in Abwesenheit des Kaisers die feierliche Preisverleihung statt. Nach den Begrüßungsworten Erzherzog Karl Ludwigs überreichte Erzherzog Rainer diesem den Medaillenkatalog, worauf der Generaldirektor Schwarz-Senborn die 441 Namen derer, die ein „Ehrendiplom" erhalten hatten, verlas. Außerdem wurden 8687 Verdienst-, 2929 Fortschritts- und 977 Kunstmedaillen sowie 2162 Medaillen für Mitarbeiter, 310 für guten Geschmack und 10.066 Anerkennungsdiplome vergeben.

Lit.: *Pemsel,* S. 281, 299, Abb. 51.

Über Land und Meer, 16. Jg., 31. Bd., Nr. 3, 1873, S. 44 J. P.

**9.45 Die Weltausstellungsmedaillen**

Die Ausstellungsleitung ließ für die Prämierung der Aussteller fünf verschiedene Medaillen entwerfen: für Kunst, Fortschritt, Verdienst (auf volkswirtschaftlichem und technischem Gebiet), für guten Geschmack und – zum ersten Mal – für Mitarbeiter. Die künstlerische Gestaltung wurde nach einem international ausgeschriebenem Wettbewerb, an dem sich 19 Künstler beteiligt hatten und deren Entwürfe 1872 im Österreichischen Museum ausgestellt worden waren, großteils dem Bildhauer und Medailleur (seit 1873 k. k. Münz- und Medaillengraveur) Joseph Tautenhayn sen. sowie dem deutschen Medailleur Karl Schwenzer übertragen. Außerdem wurde noch eine Reihe von Gedenkmedaillen zur Wiener Weltausstellung von offizieller sowie privater Seite geprägt.

a. Verdienstmedaille

Joseph Tautenhayn, Karl Schwenzer; 1873
Bronze; Dm. = 70 mm

Av.: Belorbeertes Portrait des Kaisers nach rechts in Umschrift: FRANZ JOSEPH I., KAISER VON OESTERREICH, KOENIG VON BOEHMEN ETC., APOST. KOENIG VON UNGARN; darunter: J. TAUTENHAYN.
Rv.: WELTAUSSTELLUNG 1873 IN WIEN. Fortuna, einer Frau (der Industrie) mit Spinnrocken und einem Arbeiter Lorbeerkränze reichend; darunter: DEM VERDIENSTE, auf der Abschnittleiste K. SCHWENZER

Wien, Kunsthistorisches Museum, Münzkabinett, Inv.-Nr. 128.714

b. Medaille für Mitarbeiter

Karl Schwenzer, Joseph Tautenhayn; 1873
Bronze; Dm. = 70 mm

Av.: wie Kat.-Nr. 9.36 a
Rv.: WELTAUSSTELLUNG 1873 WIEN. Genius, einen Arbeiter bekränzend, daneben links ein sitzender Arbeiter mit Zahnrad; darunter: DEM MITARBEITER, auf der Abschnittleiste K. SCHWENZER

Wien, Kunsthistorisches Museum, Münzkabinett, Inv.-Nr. 128.710

c. Medaille für guten Geschmack

Joseph Tautenhayn, Joseph Cesar, Rudolf von Weyr, Friedrich Leisek; 1873
Bronze; Dm. = 70 mm

Av.: wie Kat.-Nr. 9.36 a
Rv.: WELTAUSSTELLUNG 1873 WIEN. Die drei Grazien neben Kunstgegenständen; darunter: FÜR GUTEN GESCHMACK, auf der Abschnittleiste links CESAR. WEYR. INV., rechts LEISEK. FEC.

Wien, Kunsthistorisches Museum, Münzkabinett, Inv.-Nr. 128.711

d. Kunstmedaille

Joseph Tautenhayn; 1873
Bronze; Dm. = 70 mm

Av.: wie Kat.-Nr. 9.36 a
Rv.: FÜR KUNST. Stehende Austria an die Personifikationen von Malerei, Wissenschaft, Architektur und Bildhauerei Kränze verteilend; darunter: WELTAUSSTELLUNG 1873/*Wien*, links unter der Abschnittleiste klein J. TAUTENHAYN

Wien, Kunsthistorisches Museum, Münzkabinett, Inv.-Nr. 128.712

e. Fortschrittsmedaille

Joseph Tautenhayn; 1873
Bronze; Dm. = 70 mm

Av.: wie Kat.-Nr. 9.36 a
Rv.: DEM FORTSCHRITTE. Nach rechts sitzende Austria, geflügelter Genius mit Lorbeerkranz und zwei weibliche Gestalten; darunter: WELTAUSSTELLUNG 1873/*Wien*, links unter der Abschnittleiste klein J. TAUTENHAYN

Wien, Kunsthistorisches Museum, Münzkabinett, Inv.-Nr. 128.713

f. Zwei Exemplare der Weltausstellungsmedaille dem Verdienste

Georg Ludwig Friedrich Schmahlfeld, Theophil Hansen, V. Christensen; 1873
Britannia; Dm. = 53 mm

Av.: Die Rotunde, darüber auf einem Schriftband stehend, zwei zueinandergekehrte Greife, die ein bekröntes Wappen mit den Initialen des Kaisers halten; darunter: WELTAUSSTELLUNG / 1873 WIEN., ganz unten klein F. S.
Rv.: Nach links sitzende Pallas Athene mit Schild und Viktoria, Umschrift: DEM VERDIENSTE SEINE KRONE! Im Abschnitt links TH. HANSEN. INV., rechts F. SCHMAHLFELD. FEC., unten in der Mitte V. CHRISTENSEN.

Es ist dies die einzige bekannte von dem dänischen Architekten Theophil Hansen entworfene Medaille.

Vgl. *Beißer, Josef*, Eine Wiener Medaille von Theophil Hansen, in: Mitteilungen der Österreichischen Numismatischen Gesellschaft 13/1, 1963, S. 20ff.

Wien, Kunsthistorisches Museum, Münzkabinett, Inv.-Nr. 145.528, 53.701/1914 B

g. Weltausstellungsmedaille mit Rotunde

Heinrich Strobel, Prägeanstalt Josef Christlbauer; 1873
Bronze; Dm. = 50 mm

Av.: Belorbeertes Portrait des Kaisers nach rechts in Umschrift; darunter H. STROBEL / PRÄGE J. CHRISTLBAUER
Rv.: Die Rotunde, darüber: FRANZ JOSEPH I. KAISER VON OESTERREICH, darunter: 1873 / WIENER WELTAUSSTELLUNG

Wien, Kunsthistorisches Museum, Münzkabinett, Inv.-Nr. 12.008/1914 B

h. Gedenkmedaille mit Kaiserpavillon

Anton Scharff; 1873
Silber; Dm. = 41 mm

Av.: Brustbild des Kaisers, Umschrift: FRANZ JOSEF I. KAISER V. ÖSTERREICH KÖNIG V. UNGARN ETC., darunter A. SCHARFF
Rv.: Der Kaiserpavillon, darüber KAISER-PAVILLON, darunter: WELTAUSSTELLUNG / WIEN 1873

Wien, Kunsthistorisches Museum, Münzkabinett, Inv.-Nr. 135.107

i. Gedenkmedaille mit Rotunde

Anton Scharff; 1873
Silber; Dm. = 41 mm

Av.: wie Kat.-Nr. 9.36 h.
Rv.: Die Rotunde, darunter: WELTAUSSTELLUNG / WIEN 1873

Wien, Kunsthistorisches Museum, Münzkabinett, Inv.-Nr. 135.108

Lit: *Pemsel,* S. 278ff, 282, Abb. 50. – Numismatische Zeitschrift 5. Bd., Jg. 1873 (1875) S. 256–259. – *Hausner, Peter,* Die Wiener Weltausstellung im Jahre 1873, in: Mitteilungen der Österreichischen Numismatischen Gesellschaft 12/2, 1981, S. 27–32 und ebd., 12/3, 1981, S. 44–47.

J. P.

## 9.46 Musik zur Wiener Weltausstellung

Zur Eröffnung der Weltausstellung sowie zu verschiedenen gesellschaftlichen Ereignissen entstanden 1873 eine Reihe von Tänzen und Märschen der bekanntesten Wiener Komponisten wie Johann d. J. und Eduard Strauß, Carl Michael Ziehrer, Philipp Fahrbach jr. und Josef Bayer. Außerdem dirigierten Johann d. J. und Eduard Strauß im Musikpavillon in der Ausstellung eigene Werke; auch eine Militärmusikkapelle und ein Damenorchester traten dort auf.

a. „Rotunde-Quadrille" von Johann Strauß (op. 360)

Verlag: Wien, C. A. Spina' Nachfolger (Friedrich Schreiber)
Verlagsnr. C. S. 23.099; 1873
Titelvignette
Lithographie

Nach Motiven der Operette „Carneval in Rom" komponiert, wurde die „Rotunde-Quadrille" im Mai 1873 im Prater das erste Mal aufgeführt.

Wien, Musiksammlung der Wiener Stadt- u. Landesbibliothek, Inv.-Nr. M 19.360

b. „Welt-Ausstellungswalzer" von Carl Michael Ziehrer (op. 208)

Verlag: Leipzig, B. Hermann; k. k. Hof-Lith- u. Steindr. v. A. Grube; Wien 1873
Titelvignette
Lithographie

Auf dem Titelblatt dieses, wie die meisten, für Klavier komponierten Walzers ist das monumentale Südportal zur Rotunde abgebildet. Die erste Aufführung fand am 1. Mai 1873 beim Eröffnungsfest der Blumensäle statt.

Wien, Musiksammlung der Wiener Stadt- u. Landesbibliothek, Inv.-Nr. M 10.069/c

c. „Wiener Weltausstellungs-Marsch 1873" von Philipp Fahrbach jr. (op. 90)

Verlag: Pest, Taborszky & Parsch, Nr. 371; 1873
Titelvignette
Lithographie

Das Titelblatt zeigt die in einen Zierrahmen gestellte Rotunde und das Südportal vor dem Hintergrund des Panoramas der Stadt.

Wien, Musiksammlung der Wiener Stadt- u. Landesbibliothek, Inv.-Nr. Mc 10.344/c

Lit.: *Pemsel,* S. 300. – *Schönherr, Max,* Lanner – Strauß – Ziehrer. Synoptisches Handbuch der Tänze und Märsche, Wien–München 1982, S. 122, 230. – Alt-Wiener Tanzmusik in Originalausgaben, hg. *Franz Patzer,* Gestaltung und Text: *Johann Ziegler* (= Katalog der 199. Wechselausstellung der Wiener Stadt- u. Landesbibliothek, Wien 1983) S. 44.

J. P.

9.47 **Wunder der Weltausstellung**

A. Rolida; 1873
Photokopie nach Zeitungsdruck

Das bissige Witzblatt „Der Floh" karikiert hier unter anderem die Exponate der Ausstellung, wie die Riesenkanonen der deutschen Firma Krupp, die überfüllten Verkehrsmittel und die Bettennot – vor allem in der Leopoldstadt.

Lit.: *Pemsel,* Abb. 61.

Der Floh, V. Jg., Nr. 49, 2. 8. 1873, S. 4f J. P.

9.48 **Besucher auf dem Dach der Rotunde**

Franz Kollarž; 1873
Photokopie nach Zeitungsdruck

Vom Dach der Rotunde, die im letzten Abschnitt nur über eine Steigleiter im Freien bestiegen werden konnte, hatten die Besucher einen herrlichen Ausblick auf das Ausstellungsgelände und die Stadt bis hin zum Kahlen- und Leopoldsberg. Von Mai bis Oktober wurden 206.270 „Besteiger" der Rotunde gezählt.

Lit.: *Pemsel,* S. 111f, Abb. 7.

Über Land und Meer, 16. Jg., 31. Bd., Nr. 5, 1873, S. 88. J. P.

9.49 **Das Weltausstellungsfest**

L. v. Elliot; 1873
Photokopie nach Zeitungsdruck

Am 22. August 1873 veranstaltete die Generaldirektion im Weltausstellungsrayon als gesellschaftlichen Höhepunkt der Exposition ein offizielles „Weltausstellungsfest", zu dem der Kaiser die Erzherzöge Karl Ludwig und Rainer, der Kronprinz von Sachsen und 106.449 Personen erschienen waren. Der Eintritt kostete 50 kr. Für die musikalische Unterhaltung sorgten die Langenbach'sche Kapelle unter Johann Strauß (Sohn), vier Militärkapellen und der Wiener Männergesangverein. Hauptattraktion des Festes war die elektrische Beleuchtung der Rotunde, für welche die Rannersdorfer Aktiengesellschaft und der deutsche Aussteller Werner Siemens sorgten.

Lit.: *Pemsel,* S. 298.

Illustrirte Zeitung, Leipzig, 61. Bd., Nr. 1578, 27. 9. 1873, S. 232f. J. P.

9.50 **Das Weltausstellungsfest**

1873
Photokopie nach Zeitungsdruck

Auch die „Allgemeine Illustrirte Weltausstellungs-Zeitung" widmete dem Ausstellungsfest vom 22. August 1873 im Prater eine Darstellung, die die Begeisterung der Besucher vor der elektrisch erleuchteten Rotunde, dem Südportal und dem Springbrunnen zeigt. Im Vordergrund sitzend ist der Generaldirektor Wilhelm Freiherr von Schwarz-Senborn mit weißem Backenbart und Zylinder zu erkennen.

Lit.: *Pemsel,* S. 298.

Allgemeine Illustrirte Weltausstellungs-Zeitung, Bd. V, Nr. 7, 19. 10. 1873, S. 79 J. P.

9.51 **Collage der Rotunde aus Zigarrenbinden**

Um 1930
Zigarrenbinden; H. = 76,5 cm, B. = 112 cm

Collagen aus den farbenprächtigen Zigarrenbinden der österreichischen Tabakregie zählten vor allem in der ersten Hälfte des 20. Jahrhunderts zu beliebten Sammlungsgegenständen. Die Rotunde war seit der Eröffnung der ersten Wiener Messe am 11. September 1921 als ständige Ausstellungshalle (= Messepalast) verwendet worden.

Wien, Österreichisches Tabakmuseum J. P.

9.52 **Gedenkblatt an die Wiener Weltausstellung 1873**

Franz Kollarž; 1873
Farblithographie; H. = 75 cm, B. = 54 cm

Der Herausgeber Moritz Deutsch jun. widmete dieses von dem bekannten Wiener Lithographen kunstvoll gestaltete Gedenkblatt an die Wiener Weltausstellung Kaiser Franz Joseph I., dem Protektor Erzherzog Karl Ludwig und dem Präsidenten der kaiserlichen Ausstellungskommission Erzherzog Rainer. Neben der Widmung und einer kurzen Chronik der Weltausstellung, die über die Vorbereitungen, die Eröffnung, Beteiligung und Prämierung der Ausstellung berichtet, zeigt das Blatt die von allegorischen Darstellungen der Industrie und Wissenschaft flankierte und Kränze verteilende Austria, umringt von Vertretern der Völker der Erde.

Wien, Historisches Museum der Stadt Wien, Pratersammlung, Inv.-Nr. 173.675 J. P.

9.53 **„Cholera-Dusel"**

F. Grätz; 1873
Photokopie nach Zeitungsdruck

Das Witzblatt „Kikeriki" wehrte sich mit zynischen Karikaturen gegen die warnenden Appelle ausländischer Zeitungen, die von einem Wienbesuch dringend abrieten. Die Cholera – aus dem Osten eingeschleppt – im Juni in der Leopoldstadt ausgebrochen, erreichte im August ihren Höhepunkt und forderte in Wien insgesamt 2.983 Tote. Herd und Zentrum der Seuche lagen in den Armenvierteln und Massenquartieren der Vorstadt. Die Cholera dämpfte daher die Besucherfreude und erst nach ihrem Abklingen im Herbst konnte ein Anstieg der Besucherzahlen verzeichnet werden.

Lit.: *Pemsel,* S. 288ff.

Kikeriki, 13. Jg., Nr. 56, 13. 7. 1873, Titelblatt
J. P.

9.54 **Der Ausstellungsplatz in der Sylvesternacht**

A. Reith; 1873
Photokopie nach Zeitungsdruck

Das Ausstellungsgelände wurde sofort nach Schluß der Ausstellung am 2. November 1873 geräumt. Die meisten kleineren Gebäude mußten noch 1873 abgetragen werden, da das Obersthofmeisteramt als Verwalter der Pratergründe auf eine möglichst rasche Wiederherstellung des ursprünglichen Zustandes drang. Von allen Gebäuden durften zuletzt nur die Rotunde, die Maschinenhalle und zwei Kunstpavillons stehen bleiben.

Lit.: *Pemsel,* S. 306–314.

Neue illustrirte Zeitung, II. Jg., Nr. 1 = I. Bd., 1874, 4. 1., S. 5 J. P.

9.55 **Das Chaos von 1873**

F. Grätz; 1873
Photokopie nach Zeitungsdruck

Acht Tage nach der Eröffnung der Weltausstellung kam es am „Schwarzen Freitag" zum Börsenkrach, der somit gleich zu Beginn die Ausstellung überschattete. Obwohl die Zeitgenossen die Schuld am wirtschaftlichen Zusammenbruch der Weltausstellung gaben, hatte diese im Gegenteil eine bereits 1872 zu eskalieren drohende Krise nur verzögert. Der Krach hatte sich schon Monate vorher angekündigt und war letztlich unvermeidlich.

Lit.: *Pemsel,* S. 285–288, Abb. 53. – *Maier* , S. 118ff. – *Rohrer, Anneliese,* Die Wiener Effektenbörse und ihre Besucher in den Jahren 1867 bis 1875, phil. Diss., Wien 1971, S. 52ff.

Kikeriki, 13. Jg., Nr. 77, 25. 9. 1873 J. P.

9.56 **Schluß der Ausstellung**

F. Grätz; 1873
Photokopie nach Zeitungsdruck

Die Karikatur zeigt den vor allem von der Presse für das enorme Defizit von 19 Millionen fl. allein verantwortlich gemachten Generaldirektor Wilhelm Freiherr von Schwarz-Senborn auf dem Dach der Rotunde, umgeben von fliegenden, unbezahlten Rechnungen und Schuldscheinen.

Lit.: *Pemsel,* S. 65f, Abb. 59.

Kikeriki, 13. Jg., Nr. 87, 30. 10. 1873, S. 4 J. P.

# 10. ARBEITER UND INDUSTRIALISIERUNG

## 10.1 Wenzel Holek – Lebensgang eines deutsch-tschechischen Handarbeiters

### 10.1.1 Darstellung der Wohn- und Arbeitsorte Wenzel Holeks 1864–1887

Karte nach Gerhard Heilfurth (siehe Lit.); Ausführung: I. Grillmayer u. R. Tamchina

Wenzel Holek wurde als Kind tschechischer Wanderarbeiter 1864 geboren. Im frühesten Alter begleitete er seine Eltern an die Arbeitsstätten der Wanderarbeiter: verschiedene Bahnbauten, Zukkerfabriken, Waldarbeit, Gelegenheitsarbeiten bei Bauern. Mit zehn zog er als Bettelmusikant durch die Dörfer, mit elf arbeitete er zum ersten Mal selbst in einer Zuckerfabrik. Mit zwölf Jahren begann Wenzel Holek das Leben eines tschechischen Wanderarbeiters: im Sommer meist in den Ziegeleien und Bahnbauten des südlichen Sachsen, im Winter in den Zuckerfabriken Böhmens, dazwischen im Braunkohlenbergbau, in Glasfabriken, als Torfstecher. Die Karte zeigt die wichtigsten Arbeitsplätze und Aufenthaltsorte Wenzel Holeks bis zu seinem 23. Lebensjahr, die nebenstehenden Graphiken sollen die Vielfalt der Arbeitsmilieus, denen er sich anzupassen hatte, andeuten.

Lit.: Wenzel Holek, Lebensgang eines deutsch-tschechischen Handarbeiters, hg. von *Göhre, Paul,* 1909. – *Heilfurth, Gerhard,* Wenzel Holek – ein Arbeiterschicksal im Kontaktbereich von Böhmen und Sachsen, in: Festschrift für Walter Schlesinger, Hg. v. *H. Beumann,* Bd. 1, Wien 1973, S. 608–631.

J. E.

### 10.1.2 Begegnung im Schacht

Rudolf v. Ottenfeld; o. J. ca. 1880
Tusch-Pinselzeichnung mit Weißhöhung; H. = 24 cm, B. = 25,5 cm

Arbeiter im Kohlenbergbau in Dux

Wien, Österreichische Nationalbibliothek, Porträtsammlung, Pk. 1.131, 1545 J. E.

### 10.1.3 Einfahrt der Frühschicht im Kohlenbergwerk in Dux

Rudolf v. Ottenfeld; o. J. ca. 1880
Tusch-Pinselzeichnung mit Weißhöhung; H. = 25 cm, B. = 37,5 cm

Wien, Österreichische Nationalbibliothek, Porträtsammlung, Pk. 1.131, 1544 J. E.

### 10.1.4 Erdarbeiter

Josef Tunner; o. J. (vor 1877)
Kreidezeichnung auf Farbkarton

Das Skizzenblatt zeigt acht Darstellungen von Erdarbeitern in typischen Arbeitspositionen, wie sie im Bahnbau, Straßenbau und ähnlichem vorkamen, sowie von drei Frauen und einem Aufseher.

Wien, Österreichische Nationalbibliothek, Porträtsammlung, Inv.-Nr. 152.673 J. E.

### 10.1.5 Bauern-Actien-Zuckerfabrik von Chrudim

Hugo Charlemont; o. J. ca. 1880
Tuschzeichnung; H. = 11 cm, B. = 15,5 cm

Im Hintergrund sind die weitläufigen Anlagen der Zuckerfabrik zu erkennen, den Vordergrund nehmen Bauern bei ihrer Arbeit ein: die Zuckerfabrik als industrielle Insel inmitten einer agrarischen Umwelt.

Wien, Österreichische Nationalbibliothek, Porträtsammlung, Pk. 1.131, 560 J. E.

### 10.1.6 Sudsaal der Zuckerfabrik von Chybi

Hugo Charlemont; o. J. ca. 1880
Tuschzeichnung; H. = 14 cm, B. = 19 cm

Wien, Österreichische Nationalbibliothek, Porträtsammlung, Pk. 1.131, 651 J. E.

### 10.1.7 Innenansicht der Glashütte zu Neuwelt

Hugo Charlemont; o. J. ca. 1880
Tuschzeichnung; H. = 13 cm, B. = 15 cm

Wien, Österreichische Nationalbibliothek, Porträtsammlung, Pk. 1.131, 570 J. E.

## 10.2 Leben in der Vorstadt

### 10.2.1 Hochzeitstracht aus dem Brünner Vorstadtsdorf 1884

Blauvioletter Rock aus Taft (Inv.-Nr. 17.478, L. = 97 cm) und Röckchen (Inv.-Nr. 17.479,

L. = 34,5 cm, gelbe Schürze (Ersatz), dreieckiges weiß besticktes unteres Halstuch mit Spitze (Inv.-Nr. 15.237, Kantenlänge = 88 u. 90 cm), oberes Halstuch aus rotem Brokat (Inv.-Nr. 15.238, L. = 90 cm), weiße gestrickte Strümpfe (Inv.-Nr. 13.446, L. = 47 cm), schwarze lederne Schuhe ohne Absätze (Inv.-Nr. 4357, L. der Fußsohle = 25,5 cm), Kranz aus Kunstblumen und roten Bändchen (Inv.-Nr. 15.239 a, L. = 48 cm), silbernes Kränzchen mit Blumen aus roten Bändchen (Inv.-Nr. 16.078, Dm. = 13,5 cm), weiß besticktes Tüchlein (Inv.-Nr. S 28, L. = 60 cm). Dorf Střelice u Brna

Die Seide (aus Österreich kommend?) konnten sich die Bauern- und Werkmeistertöchter leisten. Diese im Dorfe verfertigte Bekleidung trug man dann das ganze Leben bei den größten Familien- und Jahresfesten in die Kirche – mit dem großen roten sog. „Wienertuch" auf dem Kopfe, anstatt der Kränze.

Lit.: *Ludvíková, Miroslava,* Kroj brněnského venkova (Die Tracht des Brünner Landes), Brno 1980. – *Dies.,* Lidová výšivka na Brněnsku (Volksstickerei in der Umgebung von Brno), Brno 1981.

Brno, Moravské muzeum M. L.

## 10.2.2 Bekleidung eines Marktweibes auf dem Krautmarkt in Brünn

um 1880
Rock aus Blaudruck mit kleinem weiß-orangegelbem Muster (Inv.-Nr. 11.222, L. = 74,5 cm), kattunenes Röckchen, weiß mit roten Punkten (Inv.-Nr. 9.500, L. = 36,5 cm), weiße gestickte Schürze mit enger Spitze (Inv.-Nr. S 92, L. = 83 cm), weißes Halstuch mit rosarotem Pflanzenmuster bedruckt (Inv.-Nr. S 35, Kantenlänge = 128 cm), weißes Kopftuch, rot bedruckt (Inv.-Nr. S 43, 96 × 88 cm), rote Strümpfe (Inv.-Nr. 10.335, L. = 53 cm), gezierte Schnürschuhe mit Bandrosette (Ersatz: Orig. nicht erhalten); aus Spänen geflochtene ovale Unterlage auf Obst, erzeugt für Brünn im Dorfe Kníníce (Inv.-Nr. 525, L. = 53 cm, B. = 40 cm).

Eigentlich Halbfeiertracht, für die Wege nach Brünn. Sinngemäß trugen sie auch die Textilarbeiterinnen aus den Vorstadtdörfern. Zwischen den Tschechisch- und Deutschsprechenden bestand in der Tracht kein Unterschied. Die Trachtenstoffe aus Baumwolle, Fabrikserzeugnisse oder aus kleinen Werkstätten (z. B. der Blaudruck) stammend, wurden in den Läden gleich auf dem Krautmarkt oder in den an ihn angrenzenden Gassen gekauft; oder dieser *Orkaf* wurde von den mit Obst und Geflügel hausierenden Zwischenhändlerinnen aus Lösch (Líšeň) verkauft.

Lit.: Siehe Kat.-Nr. 10.2.1.

Brno, Moravské muzeum M. L.

## 10.2.3 Der Krautmarkt in Brünn

F. X. Sandmann; um 1860
Lithographie; H. = 15,5 cm, B. = 22,2 cm

Brno, Muzeum města Brna, Inv.-Nr. 2356

## 10.2.4 Brünner Vorstadtsdorf um das Jahr 1880 (Ober-Gerspitz)

Photographie; H. = 10 cm, B. = 15 cm

Das Photo hält die Umwandlung eines traditionellen Dorfes in der Nähe eines industriellen Zentrums fest. Die Häuser sind teilweise noch aus Lehmziegeln, unter Strohdach, mit Eingangssöller und (waschblau) ersichtlichem Sockel, teilweise schon umgebaut, mit fester Bedachung. Das Kreuz ist geschmückt wie zu großen Festen (Ostern). Die Männer haben die Volkstracht schon abgelegt, in der Bekleidung der Frauen spiegeln sich die Generations- und sozialen Unterschiede wider; die älteren Frauen behalten vor allem als traditionelles Kleidungsstück die großen Kopftücher bei.

Lit.: *Frolec, Václav,* Lidová architektura na Moravě a ve Slezsku (Volksarchitektur in Mähren und Schlesien), Brno 1974.

Brno, Moravské muzeum, Inv.-Nr. L. O. 393
M. L.

## 10.2.5 Brünner Kammgarnspinnerei

Photokopie nach Druckgraphik aus: Die Großindustrie Österreichs IV, Wien 1898, S. 89.

Brünn gehörte zu den hochentwickeltsten Industriezentren der Monarchie. In der Schafwollwaren-Industrie und im Anschluß daran im Maschinenbau bestanden hier große, mit modernster Technologie arbeitende Fabriken. Die Arbeiter dieser Fabriken lebten nicht nur in Brünn selbst. Die hohen Mieten und das zu geringe Wohnungsangebot führten dazu, *daß viele Arbeiter . . . die manchmal von 6 Uhr morgens bis 7 Uhr abends in der Fabrik arbeiten, es vorziehen, das ganze Jahr hindurch täglich in ihr oft bis zu ¾ Stunden entferntes Dorf zu gehen, um da zu übernachten,* wie *F. Migerka* in seinem „Rückblick auf die Schafwollwaren-Industrie Brünns von 1765–1864" (Brünn [2]1890, S. 144) schrieb. Jüngere Frauen gingen oft mit der Erwartung in die Fabrik, nach ihrer Heirat wieder auf das Dorf zurückzukehren. So entstand ein enges Nebeneinander von modernster Industriearbeit und ländlichen Traditionen. J. E.

### 10.2.6 Brünner Fabriksarbeiterinnen

Photographie; Ende der 1880er Jahre

Im Jahre 1863 waren in der Brünner Schafwollwaren-Industrie rund 14.000 Arbeiter beschäftigt, 70 Prozent von ihnen jünger als 35 Jahre, zwei Fünftel Frauen. Der Frauenanteil war am höchsten in den Altersgruppen unter 20 und über 45 Jahren: vor allem ledige Mädchen und ältere Frauen, deren Kinder schon herangewachsen waren, übten Fabriksarbeit aus. Die Photographie zeigt an mechanischen Webstühlen beschäftigte Arbeiterinnen, die den Lauf der Maschinen zu überwachen, gerissene Fäden anzuknüpfen, leere Spulen auszutauschen haben. Einige halten als Symbol ihrer Tätigkeit Webschiffchen in den Händen. Diese Tätigkeiten wurden nur von Frauen ausgeübt, die allerdings von einem männlichen Webmeister überwacht werden.

Lit.: *Migerka, F.,* Rückblicke auf die Schafwollwaren-Industrie Brünns 1765–1864, Brünn 1890. – *Hybes, J.,* Foto přílohy dobové dokumenty, Bd. 3, Brno 1976, Abb. S. 37

J. E.

## 10.3 Arbeiterkultur

### 10.3.1 Fahne des katholischen Arbeitervereins für Niederösterreich

1896
Seide mit Applikationen; H. = ca. 120 cm, B. = ca. 150 cm; Fahnenstange aus Holz mit Messingaufsatz und zwei Bändern

Vorder- und Rückseite sind in den niederösterreichischen Landesfarben gehalten; im goldenen Feld ist das Vereinsfest vermerkt, die blaue Seite zeigt den Arbeiterpatron, den hl. Joseph. Auf den beiden Bändern sind das Wappen und der Name der Patin, Aloisia Gräfin Fünfkirchen, vermerkt. Die Verbindungsklammern zwischen Fahne und Stange waren ursprünglich mit Emailplättchen in der Form Österreich-Ungarns verziert. Die Symbolik der Fahne bringt somit ein kirchliches und patriotisches Bekenntnis zum Ausdruck. Die Fahne wurde dem Ersten Katholischen Arbeiterverein – einer von katholisch-konservativer Seite ins Leben gerufenen Bildungs- und Freizeitvereinigung mit Nahverhältnis zur Arbeiterwohnhausanlage „Carolinum" – anläßlich seines 25. Bestandsjubiläums gestiftet.

Lit.: *Sauer, Walter,* Katholisches Vereinswesen in Wien. Zur Geschichte des christlichsozial-konservativen Lagers vor 1914, Salzburg 1980, S. 128, 226 und öfter; *ders.,* Die Arbeiterwohnhausanlage „Carolinum" in Wien-Margareten, in: Wiener Geschichtsblätter 36 (1981), S. 53–65.

Privatbesitz W. S.

### 10.3.2 Erzeugnisse der kais.kön. privilegirten Thonwaaren- und Bau-Ornamente-Fabrik des Heinrich Drasche zu Inzersdorf am Wienerberg

ca. 1868
53 Tafeln und Preisliste
Aufgeschlagen: Tafel XXVII

Die Produkte der Firma Drasche umfaßten nicht nur vorgefertigte Bauornamente, sondern auch vollplastische Bauplastiken aller Genres, Plastiken für den Garten oder Kleinplastiken für den Innenraum. Die breite Palette zeigt die aufgeschlagene Seite: die Büste des Kaisers, allegorische Figuren der Wachsamkeit und der Wahrheit, Löwen als Schildträger, Symbole für Handel, Industrie, Telegraphie und Mechanik oder einen kleinen Löwen als Briefbeschwerer.

Privatbesitz E. V.

### 10.3.3 Hl. Maria und hl. Nepomuk

Terrakotta; H. = 135 cm

Die beiden von der Firma Drasche produzierten Plastiken stammen vom Kulturheim der Wienerberger Ziegelwerke, an dem vorgefertigte Terrakotten Verwendung fanden.

Wien, Kulturheim der Wienerberger Ziegelwerke

E. V.

**10.3.4 Das Lied der Arbeit**

Wien 1868
Photographie des ursprünglichen, von Josef Scheu beschriebenen Notenblattes

Das von dem Graveurgehilfen Josef Zapf gedichtete und von Josef Scheu vertonte „Lied der Arbeit“ wurde zum ersten Mal von der Liedertafel des Wiener Arbeiterbildungsvereins bei einer Lassallefeier im August 1868 in Zobels Odeongarten aufgeführt und wurde zur beliebtesten Hymne der österreichischen Arbeiterbewegung.

Lit.: *Steiner, H.*, Die Gebrüder Scheu, Wien 1968.

Wien, Verein für Geschichte der Arbeiterbewegung J. E.

**10.3.5 Spazierstockknauf mit Darstellungen von Marx und Lassalle**

Metallreliefs; H. = 5 cm

Trotz der zwischen ihnen bestehenden ideologischen Unterschiede wurden Marx und Lassalle von der frühen österreichischen Arbeiterbewegung gleichermaßen verehrt.

Lit.: *Perfahl, B.*, Marx oder Lassalle?, Wien 1982.

Linz, Privatsammlung Univ.-Prof. Dr. Helmut Konrad J. E.

**10.3.6 Trinkhorn des Gesangvereins „Ébredés“**

1876
Knochen mit Kupfer beschlagen; L. = 101 cm

Der Gesangverein „Ébredés“ war ein Verein der Druckarbeiter.

Budapest, Munkásmozgalmi Múzeum

**10.3.7 Ehrenurkunde des Pensionsvereins der Altofener Fabriksarbeiter für Franz Liszt**

H. = 57 cm, B. = 47 cm

Budapest, Munkásmozgalmi Múzeum (Leihgabe der Liszt-Sammlung der Ungarischen Franz-Liszt-Musikakademie)

**10.3.8 Fahne des Arbeitersängerbundes „Stahlklang“ in Steyr**

Steyr; 1886
Rote und beige Seide, bestickt mit Blumenmustern; H. = 130 cm, B. = 90 cm

Der Arbeitersängerbund „Stahlklang“ wurde in Steyr im Jahre 1881 gegründet, das Vereinsmotto lautete *Rüstig zur Arbeit / ein Liedchen dabei / Gesang würzt das Leben / Bildung macht frei.* 1886 wurde die Fahne des Sängerbundes angefertigt.

Steyr, Arbeitersängerbund Stahlklang J. E.

**10.3.9 Plakate der frühen Arbeiterbewegung**

Ankündigungs- und Einladungsplakate; 1869–1872
Schwarzer Druck auf rot- und violettgetöntem Papier

a. Ankündigung des Erscheinens der „Volksstimme“; 11. 4. 1869
H. = 80 cm, B. = 120 cm

b. Allgemeine Volksversammlung in Judenburg; 16. 1. 1870
H. = 130 cm, B. = 60 cm

c. Arbeiter-Abend und Volksversammlung; 1. 4. 1872
H. = 60 cm, B. = 45 cm

d. Einladung zur Arbeiterindustrieausstellung in Wien; 1872
H. = 60 cm, B. = 90 cm

e. Tanzkränzchen des Fachvereins der Schneider Judenburgs; 20. 9. 1872
H. = 52 cm, B. = 70 cm

Die Plakate dokumentieren die Breite des öffentlichen Auftretens der frühen Arbeiterbewegung in der kleinen steirischen Stadt Judenburg: das Erscheinen der ersten autonomen Arbeiterzeitung; politische Versammlungen, die zugleich als gesellige Treffpunkte dienen; Tanzkränzchen, die – für Sonntag Abend angesetzt und bis in den frühen Morgen geplant – vermutlich zu einem „blauen Montag“ überleiteten. Die Mehrsprachigkeit mancher Plakate verweist auf den internationalistischen Anspruch der frühen Arbeiterbewegung.

Wien, Verein für Geschichte der Arbeiterbewegung, Plakatsammlung Hovorka (Judenburg)
J. E.

**10.3.10 Vorstand des Arbeiterbildungsvereins in Wien**

Wien; um 1870
Photographie; H. = 18 cm, B. = 24 cm

Lit.: *Ellenbogen, W.*, Geschichte des Arbeiter-Bildungsvereines in Gumpendorf, Wien 1892.

Wien, Verein für Geschichte der Arbeiterbewegung, Inv.-Nr. L. 13/M. 33 J. E.

### 10.3.11 Mitgliedskarte des Arbeiterbildungsvereins in Wien

Wien; 1881
H. = 16 cm, B. = 21 cm

Wien, Verein für Geschichte der Arbeiterbewegung, Inv.-Nr. L. 13/M. 33-1 J. E.

### 10.3.12 Arbeiterkalender

Wien; 1875 und 1873
Broschüren, aufgeschlagen; H. = 19 cm, B. = 25 cm

Die Arbeiterkalender waren weitverbreitete Broschüren, in denen aktuelle politische und wirtschaftliche Probleme dargestellt und über die Aktivitäten der Arbeiterbewegung während des vergangenen Jahres berichtet wurde. Der Arbeiterkalender 1873 gibt auf Seiten 72/73 einen Überblick über die damals in Österreich bestehenden Arbeitervereine.

Wien, Verein für Geschichte der Arbeiterbewegung J. E.

### 10.3.13 Manifest an das arbeitende Volk in Österreich

Wien; 1868
Flugblatt, zweiseitig bedruckt; H. = 22 cm, B. = 15 cm

Die 3000 Teilnehmer des vierten Arbeitertages in Wien am 5. 4. 1868 beschlossen, *ein Manifest an die sämmtlichen Völker Österreichs zu erlassen, worin die sozialdemokratischen Grundsätze erläutert und vor der Spaltung in Nationalitäten gewarnt wird.* Ein aus Vertretern mehrerer Nationalitäten gebildetes Redaktionskomitee arbeitete das Manifest aus, und am 5. Arbeitertag (10. 5. 1868) wurde es von den ca. 4000 in Zobels Bierhaus (Wien-Fünfhaus) versammelten Arbeitern einstimmig angenommen. Eine Geldsammlung ermöglichte die Übersetzung in die wichtigsten Sprachen der Monarchie und die Versendung in ganz Österreich. Das „Manifest" ist die erste programmatische Schrift der österreichischen Arbeiterbewegung. Neben politischen Forderungen *Einführung des allgemeinen directen Wahlrechts* und ökonomischen *Emancipation der arbeitenden Classen von der Herrschaft des Capitals* zielt es vor allem gegen die *Vorurtheile der Religions- und Nationalitäts-Verschiedenheiten: . . . das Nationalitätsprincip steht heute nur noch auf der Tagesordnung der Reaktionäre*, lautet einer der Kernsätze des Manifests.

Wien, Verein für Geschichte der Arbeiterbewegung, Inv.-Nr. L. 13/M. 36 J. E.

### 10.3.14 Schwenders Colosseum

Wien; um 1880
Photographie

Schwenders Colosseum war vom Ende der 1860er Jahre an eine der beliebtesten Gaststätten für Arbeitermassenversammlungen.

Lit.: *Hybes, Josef*, Fotopřilohy dobové dokumenty, Bd. 3, Brno 1976, Abb. S. 9

J. E.

### 10.3.15 Tabor der tschechischen und deutschen Arbeiterschaft

Prag; 1870
Flugblatt in tschechischer und deutscher Sprache; H. = 23 cm, B. = 15 cm

Einladung zur Teilnahme am Tabor vom 7. 8. 1870 zur Frage der Verbindung der tschechischen und der deutschen Arbeiterschaft.

Praha, Státní ústřední archiv Praha, pp 1870–1875, p 19/7, ad čj. 4695/1870 J. E.

### 10.3.16 Redner auf Arbeiterversammlungen

Textauszug aus einer Arbeiterautobiographie

In seinen Lebenserinnerungen schildert Andreas Scheu die Atmosphäre in Wiener Arbeiterversammlungen zu Ende der 1860er Jahre. Er zeigt, wie sich die sozialen Unterschiede innerhalb der entstehenden Arbeiterklasse auch in der Physiognomie und im Auftreten ihrer Führer niederschlägt: der „elegante" Handwerksgeselle Hartung, der „struppige" Nordbahnarbeiter Ertl . . .

Lit.: *Scheu, Andreas*, Umsturzkeime, Erster Teil: Kinder-, Lehr- und Wanderjahre, Wien 1923, S. 131.

J. E.

**10.3.17 Statuten des Consum-Vereines für die Mitglieder des Linzer Arbeiterbildungsvereins 1870**

Linz; 1870
H. = 21,8 cm, B. = 13,5 cm

Die Arbeiterbildungsvereine waren in Österreich Träger vielfältiger Aktivitäten der Arbeiterbewegung. Neben politischen und gewerkschaftlichen Bestrebungen förderten sie auch genossenschaftliche Zusammenschlüsse wie z. B. Konsumvereine.

Lit.: *Konrad, H.*, Das Entstehen der Arbeiterklasse in Oberösterreich, Wien 1981, S. 311ff.

Linz, Oberösterreichisches Landesarchiv, Statthaltereiarchiv (Praes.) Fasz. 6 D, Schachtel 166.

J. E.

**10.3.18 Die Arbeiterführer**

Wien; 1868
Photokopie nach Zeitungsdruck

Das Wiener humoristische Blatt „Kikeriki" veröffentlichte Porträtzeichnungen und kurze Bemerkungen zu vier Arbeiterführern des Jahres 1868. Der Kommentar des Kikeriki, daß diese Männer nicht mit dem „beutegierigen Proletariat" des Jahres 1848 zu vergleichen seien, sondern „ihr Heil im geistigen Meinungsaustausch" suchten, ist sicherlich von dem Wunschdenken liberaler Bourgeois bestimmt, in einer gemäßigten Arbeiterbewegung einen politischen Verbündeten zu haben. Die soziale Herkunft und Position der ersten Arbeiterführer wird jedoch korrekt widergegeben: die meisten kamen aus künstlerisch und technisch anspruchsvollen Handwerken, hatten sich neben dem Beruf weitergebildet, und nahmen in ihren Betrieben höhere Positionen ein.

Lit.: *Ehmer, Josef,* Zur Rolle handwerklicher Arbeiter bei der Entstehung der Wiener Arbeiterbewegung, in: Protokoll des bilateralen Symposiums DDR-Österreich zur Geschichte der Arbeiterbewegung, Leipzig 1984.

Kikeriki, 26. 11. 1868 J. E.

**10.3.19 Der Sozialistenprozeß 1870**

Johann Schönberg; 1870
Federzeichnung, getuscht; H. = 25 cm, B. = 36,1 cm

Am 23. November 1867 erfolgte die Gründung des „Gumpendorfer Arbeiterbildungsvereines". Das rasche Wachstum des Vereines veranlaßte die Regierung zu einem Verbot öffentlicher Kundgebungen und „Arbeiterverbrüderungsfeste". Die Auseinandersetzungen mit der Regierung erreichten einen ersten Höhepunkt, als im April 1869 die Arbeiter vor dem Westbahnhof eine Versammlung abhielten, in der sie Koalitionsfreiheit und das Recht der gewerkschaftlichen Organisation forderten. Am 14. Dezember 1869 verabschiedete das Abgeordnetenhaus das Gesetz über das Koalitionsrecht – einen Tag, nachdem die Arbeiter einen Demonstrationsmarsch veranstaltet hatten. Die Initiatoren des Marsches wurden verhaftet und wegen Hochverrats vor Gericht gestellt. Die Angeklagten Oberwinder, Most, Scheu und Pabst wurden zu langjährigen Kerkerstrafen verurteilt, nach einem Jahr aber amnestiert.

Lit.: Kaiser Franz Joseph von Österreich oder Der Verfall eines Prinzips, Katalog Wien 1980, S. 154.

Wien, Historisches Museum der Stadt Wien, Inv.-Nr. 12.830 E. V.

**10.3.20 Bei der Arbeiterversammlung**

Wien; 1867
Photokopie nach Zeitungsdruck

Am 15. 12. 1867 wurde in Schwenders Colosseum in Wien-Fünfhaus der Wiener Arbeiterbildungsverein gegründet. Wegen der massenhaften Beteiligung hatte die Gründungsversammlung bereits um eine Woche verschoben werden müssen, da das ursprünglich vorgesehene Lokal dem Andrang der Arbeiter nicht gewachsen war. Das so plötzliche und massenhafte Auftreten eines Arbeitervereins führte zur „Bestürzung" in katholischen Vereinen (in der Karikatur wird auf den Severins-Verein angespielt), die schon vor 1867 legal auftreten konnten, mitunter aber nicht über Vereinsmeierei hinauskamen.

Lit.: *Ehmer, Josef,* Rote Fahnen – blauer Montag. Soziale Bedingungen von Aktions- und Organisationsformen der frühen Wiener Arbeiterbewegung, in: D. Puls, E. P. Thompson u. a., Wahrnehmungsformen und Protestverhalten, Frankfurt/M. 1979, S. 143–174. – *Sauer, W.,* Katholisches Vereinswesen in Wien, Salzburg 1980.

Kikeriki, 26. 12. 1876 J. E.

**10.3.21 Mahnung an die Arbeiter**

Wien; 1869
Photokopie nach Zeitungsdruck

Die Karikatur zeigt Einladungen zu Arbeiterveranstaltungen: Massenversammlungen, Feste, Ausflüge, verschiedenste Veranstaltungen, an denen tausende von Arbeitern teilnahmen, prägten in den Jahren 1868 und 1869 das Bild der Wiener Arbeiterbewegung. Für die Arbeiter boten sie nicht nur Gelegenheit für politische Bildung und Diskussion, sondern auch für den Aufbau sozialer Kontakte zwischen den verschiedenen Arbeitergruppen. Die bürgerliche Presse dagegen – auch die wohlwollende – sorgte sich um die mit solchen Gelegenheiten möglicherweise verbundenen unnötigen Geldausgaben. . . .

Kikeriki, 5. 7. 1869 J. E.

## 10.4 Industrielle Entwicklung

### 10.4.1 Die räumliche Struktur der Industrialisierung

Übersichtskarten nach Matis/Bachinger:

a. Der Anteil der in Industrie und Gewerbe Tätigen an der Gesamtbevölkerung Österreichs nach dem Stande vom 31. 12. 1869

b. Die vorherrschenden Industrie- und Gewerbezweige (1910)

Graphik, Ausführung: S. Proidl

Die beiden Karten zeigen die räumliche und branchenmäßige Entwicklung der Industrialisierung in der Habsburgermonarchie. Hervorgehoben sind jene Bezirke, in denen mindestens 15 Prozent der Bevölkerung in Industrie und Gewerbe tätig waren. 1869 werden die engen Grenzen der gewerblichen und industriellen Regionen sichtbar. Von den 1880er Jahren an hatte sich vor allem die Schwerindustrie neue Zentren im nordöstlichen Mähren und im westlichen Böhmen geschaffen, im wesentlichen blieb aber die traditionelle Standortverteilung erhalten.

Lit.: *Matis, H.; Bachinger, K.*, Österreichs industrielle Entwicklung, in: Die Habsburgermonarchie 1848–1918, Bd. 1, Die wirtschaftliche Entwicklung, Wien 1973.

J. E.

### 10.4.2 Kennziffern der industriellen Entwicklung

Diagramme zum Industrialisierungsverlauf:

a. Indikatoren der industriellen Entwicklung 1848–1913 (nach Matis/Bachinger)

b. Entwicklung der Industrieaktiengesellschaften 1840–1910 (nach Matis/Bachinger; logarithmisiert)

c. Löhne von Wiener Bauarbeitern 1830–1914 (nach Sandgruber, logarithmisiert)

Wenn auch die Industrie räumlich beschränkt und ihr Anteil an den Erwerbstätigen gering blieb, so war die zweite Hälfte des 19. Jahrhunderts doch die entscheidende industrielle Wachstumsphase. Roheisenproduktion, Zahl der Baumwollspindeln, Kohleverbrauch und Bierproduktion dienen als Indikatoren dieser Entwicklung. Sie lassen in den 1850er Jahren den Übergang zu höherem industriellen Wachstum erkennen, und in den 1880er Jahren den endgültigen Durchbruch der industriellen Dynamik. Die Entwicklung der Industrieaktiengesellschaften verweist auf den Übergang zu modernen Formen der Unternehmensführung und die steigende Zentralisation des Kapitals. Die Auswirkungen auf das Einkommen der Arbeiter soll am Beispiel der Wiener Bauarbeiter illustriert werden. Die 1850er Jahre zeigen einen Tiefpunkt der Reallöhne, in den Hochgründerjahren 1866–1873 konnte ein wesentlicher Lohnzuwachs durchgesetzt werden, in der Krise erfolgte ein Rückfall und eine langjährige Stagnation.
Alle Kurven lassen die enormen Erschütterungen der Weltwirtschaftskrise von 1873 erkennen.

Lit.: *Matis, H.*, Österreichs Wirtschaft 1848–1913. Konjunkturelle Dynamik und gesellschaftlicher Wandel im Zeitalter Franz Josephs I., Berlin 1972. – *Matis, H.; Bachinger, K.*, Österreichs industrielle Entwicklung, in: Die Habsburgermonarchie 1848–1918, Bd. 1, Die wirtschaftliche Entwicklung, Wien 1973. – *Sandgruber, R.*, Wirtschaftswachstum, Energie und Verkehr in Österreich 1840–1913, in: H. Kellenbenz (Hg.), Wirtschaftliches Wachstum, Energie und Verkehr vom Mittelalter bis ins 19. Jahrhundert, Stuttgart 1978. – *Sandgruber, R.*, Die Anfänge der Konsumgesellschaft. Konsumgüterverbrauch, Lebensstandard und Alltagskultur in Österreich im 18. und 19. Jahrhundert, Wien 1982.

J. E.

## 10.5 Die Wohnverhältnisse der Arbeiter

### 10.5.1 Die Arbeiterkolonie der Domitzer Werke in Prag-Holesovič

Prag; 1869
Photokopien

a. Gesamtansicht der Arbeiterkolonie Holesovič

b. Gesamtansicht der Arbeiterkolonie Smichov

c. Lageplan der Arbeiterkolonie Holesovič

d. Grund- und Aufrisse der Arbeiterhäuser in Holesovič

Vor allem von größeren Industriebetrieben wurden häufig Wohnanlagen für ihre Arbeiter errichtet. Diese sollten bessere Bedingungen für die Reproduktion der Arbeitskraft schaffen, einen Stamm – vor allem der qualifizierten Arbeiter – dauerhaft an den Betrieb binden, und die Kontrollmöglichkeiten erhöhen. Für die Arbeiter boten die Werkskolonien billige und verhältnismäßig gut gebaute und ausgestaltete Wohnungen, zugleich gerieten sie aber in eine zusätzliche Abhängigkeit vom Unternehmer. Hausordnungen griffen bis in Details der Haushaltsführung und des Familienlebens ein.

Lit.: Stará dělnická Praha. Život a kultura pražských dělnícků 1848–1939, Praha 1981. – Gesellschaft zum Baue von Arbeiterwohnungen, Prag 1910

J. E.

**10.5.2 Arbeiter-Wohnhäuser in Ebergassing**

Photokopie nach Druckgraphik aus: „Die Großindustrie Österreichs" IV, Wien 1898, S. 356

Die Arbeitersiedlung der Teppich- und Möbelstoff-Fabrik Philipp Haas in Ebergassing (Niederösterreich) ist ein typisches Beispiel der Kontroll- und Disziplinierungsfunktion früher Fabrikswohnanlagen. Die nur von ganz kleinen Toren unterbrochene Umfriedung der Siedlung soll die Arbeiter von Außenkontakten abschirmen, die rechtwinkelige und durchbrochene Anlage der Häuserzeilen gewährt optimale Kontrolle.

J. E.

**10.5.3 Die ersten Arbeiterhäuser in Brünn**

Rudolf Bernt; 1878
Tuschzeichnung; B. = 19 cm, H. = 13 cm

Zwei Ansichten von typischen Häuserzeilen in Brünner Arbeitervorstädten. Sie tragen noch dörflichen Charakter und weisen keine Mietskasernen auf. Die Nähmaschine, die verheirateten, nicht mehr in der Fabrik beschäftigten Arbeiterinnen Heimarbeit ermöglichte, hat schon ihren Einzug gehalten.

Wien, Österreichische Nationalbibliothek, Porträtsammlung, Pk. 1.131, 206 J. E.

**10.5.4 Die „rote Gasse"**

Brünn; Ende 19. Jahrhundert
Photographie; B. = 45 cm, H. = 39 cm

Die „rote Gasse" war ein Teil der wachsenden Industriearbeiterviertel Brünns, in denen sich vom Land einströmende Arbeiter dauerhaft niederließen.

Brno, Archiv města Brna, Photographien-Sammlung, Inv.-Nr. IX, a 6, VF. J. E.

**10.5.5 Arbeiterwohnverhältnisse in Brünn**

Brünn; Anfang 20. Jahrhundert
Photographien, Originale; B. = 26 cm, H. = 18 cm (nach den Rechenschaftsberichten der Brünner Bezirkskrankenkasse)

Die schlechtesten Wohnverhältnisse bestanden für jene Arbeiter, die in die rasch wachsenden Industriezentren übersiedelten und dort auf den freien Wohnungsmarkt angewiesen waren. Die Nachfrage überstieg das Wohnungsangebot bei weitem, sodaß auch für baufällige und schlecht ausgestattete Wohnungen Höchstmieten verlangt werden konnten. Der Arbeiter waren gezwungen, möglichst kleine Wohnungen zu finden, und da auch diese häufig mehr als ein Drittel des Familieneinkommens kosteten, mußten zusätzlich Untermieter und Bettgeher aufgenommen werden.
Die Photographien geben Einblicke in die Wohnverhältnisse von Brünner Arbeitern. Da für die Gründerjahre keine Innenaufnahmen von Arbeiterwohnungen verfügbar sind, mußte auf Photographien aus dem frühen 20. Jahrhundert zurückgegriffen werden. So elende Wohnverhältnisse sie auch zeigen, so stammen sie doch aus einem Zeitpunkt, für den schon eine Verbesserung der Arbeiterwohnverhältnisse anzunehmen ist. Der Höhepunkt der Wohnungsnot fiel in die 1860er und 1870er Jahre.

Lit.: Rechenschaftsbericht der Bezirkskrankenkasse für den Stadt- und Landbezirk Brünn, für die Verwaltungsjahre 1908, 1909 und 1910/11. – *Feldbauer, P.*, Stadtwachstum und Wohnungsnot. Determinanten unzureichender Wohnungsversorgung in Wien 1848–1914, Wien 1977.

Brno, Archiv města Brna, Photographiensammlung J. E.

**10.6 Szenen aus dem Arbeiterleben**

Prag; 1869–1890
Photokopien nach Zeitungsgraphiken der Zeitungen Svebzar, Kvety und Barrikade

a. Tanzvergnügen; 1869
b. Josefiwallfahrt; 1868
c. Kartenspielerrunde; 1890
d. Kugelspiele von Kindern; 1875
e. Arbeiterfrauen beim Waschen; 1872
f. Blumenhändlerin; 1868

Die „Ordnung der Fabrik“ erfaßte nicht das gesamte Leben. In der Freizeit wurde an traditionellen Vergnügungen festgehalten, wie dem Tanz, dem Kartenspiel oder der Wallfahrt. Frauen von Arbeitern, die nicht selbst in die Fabrik gingen, waren meist in den üblichen vorindustriellen Gelegenheitsarbeiten tätig, wie dem Waschen oder dem Kleinhandel. Und auch die Spiele der Kinder wurden nur allmählich von der neuen Industriekultur verändert.

Lit.: Stará dělnická Praha. Život a kultura pražských dělnícků 1848–1939, Praha 1981.

J. E.

## 10.7 Die Ordnung der Fabrik

### 10.7.1 Fabriks-Ordnung für die Schafwollwaren-Fabriken, Spinnereien, Färbereien und Appretur-Anstalten in Brünn

Kundmachung des Gemeinderates von Brünn; 1868
Original; H. = 56 cm, B. = 58 cm

Brünn war in so hohem Maß von der Schafwollwaren-Industrie geprägt, daß der Gemeinderat eine für alle Fabriken gültige „Fabriks-Ordnung“ erließ. In ihr wird die zwölfstündige Dauer der Arbeitszeit, die Pausenregelung, der Ausschluß von Fremden, der Zwang zu „nüchternem und sittlichem“ Betragen der Arbeiter und vieles mehr genau festgelegt.

Brno, Archiv města Brna, Kundmachungen XIX b 37 J. E.

### 10.7.2 Die Tuchfabrik Löw-Beer in Brünn

Photokopie nach Druckgraphik aus: „Die Großindustrie Österreichs“ IV, Wien 1898, S. 118

Die Ansicht zeigt einen der großen schafwollverarbeitenden Industriebetriebe Brünns, im Hintergrund ist die Ausdehnung der Brünner Industriebezirke zu erkennen. J. E.

### 10.7.3 Tuchfabrik Köffiler in Brünn

Rudolf Bernt; 1880
Tuschzeichnung; H. = 16 cm, B. = 11,5 cm

Hofansicht einer der größten Brünner Textilfabriken

Wien, Österreichische Nationalbibliothek, Porträtsammlung, Pk. 1.131, 208 J. E.

### 10.7.4 Verbot des blauen Montags

Kundmachung des Gemeinderates der Stadt Brünn vom 4. Juni 1855
Original; H. = 42 cm, B. = 27 cm

*Der Gemeinderath hat die Wahrnehmung gemacht, daß sich noch viele Gesellen und Fabriksarbeiter „sogenannte blaue Montage“ zu feiern erlauben . . .* heißt es am Beginn der Kundmachung der Stadt Brünn, in der das Verbot des blauen Montags und die gesetzliche Pflicht, feiernde Arbeiter den Behörden anzuzeigen, betont wird. Nicht nur Handwerksgesellen, sondern auch im Stücklohn beschäftigte Fabriksarbeiter hielten an einem traditionellen Arbeitsrhythmus fest, der zu Wochenbeginn keine oder nur geringe Leistung, zu Wochenende dagegen fieberhafte Tätigkeit ergab. Bis in die 1870er Jahre blieb es eine der Hauptsorgen von Unternehmern und politischen Obrigkeiten, den Arbeitern einen kontinuierlichen und dauerhaften Arbeitsrhythmus aufzuzwingen.

Brno, Archiv města Brna, Kundmachung XIX b 36 J. E.

### 10.7.5 Die Industrialisierung der Schafwollverarbeitung

Brünn 1848 und 1898
Photokopien nach Druckgraphik und Photographien aus: „Die Großindustrie Österreichs“ IV, Wien 1898, S. 80–85

Die Gegenüberstellung einzelner Produktionsschritte der Schafwollverarbeitung auf handwerklich-hausindustrieller Grundlage 1848 und in der Fabriksindustrie 1898 läßt das Ausmaß der Veränderungen erkennen: von „zu Hause“ oder auch vom freien Feld übersiedelte die Arbeit in die Fabrikshallen; an die Stelle der von Hand geführten Werkzeuge trat die dampfbetriebene Maschine; die Zusammenarbeit in der Familien- und

Haushaltsgemeinschaft wurde durch die Eingliederung in einen komplexen, arbeitsteilig organisierten, zentral geplanten und überwachten Produktionsprozeß ersetzt.

Lit.: *Sauer, W.* (Hg.), Der dressierte Arbeiter. Geschichte und Gegenwart der industriellen Arbeitswelt, München 1984.

J. E.

10.7.6 **Die Erste Brünner Maschinen-Fabriksgesellschaft**

Photokopien

Die Photographien geben Einblick in den Arbeitsprozeß und die Produkte der Ersten Brünner Maschinen-Fabriksgesellschaft.

Lit.: Die hundertjährige Geschichte der Ersten Brünner Maschinen-Fabriksgesellschaft in Brünn von 1821 bis 1921. – *Steiner, Bedrich,* První Brĕnská, 1958.

A. M.

10.7.7 **Arbeitsbücher**

Deutsch-böhmisch, Broschüren; H. = 18,5 cm, B. = 11,5 cm

Die Arbeitsbücher gehörten Franz Touchen bzw. Alois Reholka, die in der zweiten Hälfte des 19. Jahrhunderts in der Brünner Maschinen-Fabriksgesellschaft tätig waren.

Brno, Státní oblastni archiv, Betriebsarchiv . . . První brenská . . . Sign. 11–1 E. V.

10.7.8 **Maschinen-Verzeichnis der Ersten Brünner-Maschinenfabriksgesellschaft seit dem Gründungsjahr 1872**

Deutsch, Broschüre; H. = 34 cm, B. = 21 cm

Brno, Státní oblastni archiv, Betriebsarchiv . . . První brenská . . . Sign. 6–16 E. V.

## 10.8 Die Arbeitswelt

10.8.1 **Ansicht der k. k. Priv. Eisenfabrik zu Zöptau, Herrschaft Wiesenberg/Mähren**

E. W. Knippel; um 1850
Lithographie, koloriert; H. = 29,5 cm, B. = 44,5 cm

In der Eisenfabrik wurden in erster Linie Schienen für den Eisenbahnbau in Böhmen und Mähren hergestellt.

Lit.: Kat. Mähren. Malerische Ansichten aus Romantik und Biedermeier, Regensburg 1976, S. 58.

München, Adalbert Stifter Verein, Inv.-Nr. B 729
E. V.

10.8.2 **Freiherrlich von Rothschild'sche Hütten und Gruben Etablissements bei Mährisch-Ostrau, Anselmhütte in Witkowitz**

E. W. Knippel; um 1850
Lithographie auf blau grundiertem Papier; H. = 28,6 cm, B. = 44,9 cm

1847 wurde die Anselmhütte als Erweiterung der Rudolfshütte errichtet. Der dritte, 1856 erbaute Hochofen fehlt auf der Ansicht noch.

Lit.: Kat. Mähren. Malerische Ansichten aus Romantik und Biedermeier, Regensburg 1976, S. 62.

München, Adalbert Stifter Verein, ohne Inv.-Nr.
E. V.

10.8.3 **Abstich in der Aloishütte, Aloisthal in Mähren**

E. W. Knippel; 1856
Lithographie auf braun grundiertem Papier; H. = 26,8 cm, B. = 41,8 cm

Die Hütte gehörte zu dem von Fürst Alois von Liechtenstein gegründeten Eisenwerk in Aloisthal, einem Hochofen- und Gießereibetrieb.

Lit.: Kat. Mähren. Malerische Ansichten aus Romantik und Biedermeier, Regensburg 1976, S. 62.

München, Adalbert Stifter Verein, Inv.-Nr. B 175
E. V.

10.8.4 **Witkowitz, Freiherrlich von Rothschild'sches Eisenwerk Kaliwoda**

Lithographie, koloriert; H. = 19,2 cm, B. = 26,4 cm

Die Ansicht zeigt eine Gesamtschau des Hüttenbetriebes.

Lit.: Kat. Mähren. Malerische Ansichten aus Romantik und Biedermeier, Regensburg 1976, S. 62.

München, Adalbert Stifter Verein, Inv.-Nr. AStV 462 E. V.

**10.8.5 Maschinenwerkstätte bei Blansko**

Jakob Alt; um 1855
Tonlithographie; H. = 23,1 cm, B. = 29,9 cm

Lit.: Kat. Mähren. Malerische Ansichten aus Romantik und Biedermeier, Regensburg 1976, S. 64.

München, Adalbert Stifter Verein, Inv.-Nr. B 236
E. V.

**10.8.6 Paulinenhütte in Klepoczow**

Jakob Alt; um 1855
Tonlithographie; H. = 23,3 cm, B. = 29,4 cm

Lit.: Kat. Mähren. Malerische Ansichten aus Romantik und Biedermeier, Regensburg 1976, S. 64.

München, Adalbert Stifter Verein, Inv.-Nr. B 237
E. V.

**10.8.7 Hochofen in Zwitawathal**

Jakob Alt; um 1855
Tonlithographie; H. = 23,5 cm, B. = 30 cm

Lit.: Kat. Mähren. Malerische Ansichten aus Romantik und Biedermeier, Regensburg 1976, S. 64.

München, Adalbert Stifter Verein, Inv.-Nr. B 239

**10.8.8 Die Bohrhütte**

Jakob Alt; um 1855
Tonlithographie; H. = 23 cm, B. = 29,9 cm

Lit.: Kat. Mähren. Malerische Ansichten aus Romantik und Biedermeier, Regensburg 1976, S. 65.

München, Adalbert Stifter Verein, Inv.-Nr. B 240
E. V.

**10.8.9 Die Altgrafenhütte**

Jakob Alt; um 1855
Tonlithographie; H. = 23,4 cm, B. = 29,2 cm

Lit.: Kat. Mähren. Malerische Ansichten aus Romantik und Biedermeier, Regensburg 1976, S. 65.

München, Adalbert Stifter Verein, Inv.-Nr. B 241
E. V.

**10.8.10 Hugohütte bei Jedowitz**

Jakob Alt; um 1855
Tonlithographie; H. = 23,3 cm, B. = 29,6 cm

Lit.: Kat. Mähren. Malerische Ansichten aus Romantik und Biedermeier, Regensburg 1976, S. 65.

München, Adalbert Stifter Verein, Inv.-Nr. B 245
E. V.

**10.8.11 Fürst Salmsche Leopoldinenzeche in Schlesisch-Ostrau**

Jacob Alt; 1854
Öl auf Leinwand; H. = 37 cm, B. = 30,5 cm

Wien, Historisches Museum der Stadt Wien, Inv.-Nr. 117.442
E. V.

**10.8.12 Eisenguß in den Witkowitzer Eisenwerken**

Witkowitz; 1850 und 1890
Photokopien nach Stichen aus: 100 Jahre Eisenwerke Witkowitz

Die beiden Stiche zeigen die technischen und arbeitsorganisatorischen Veränderungen im Eisenguß zwischen 1850 und 1890. Zur Mitte des 19. Jahrhunderts war auch in der Schwerindustrie noch die Handarbeit einer kleinen Zahl von Spezialisten vorherrschend, während gegen Jahrhundertende die Mechanisierung schon weit fortgeschritten war.

Wien, Technisches Museum, Bibliothek, Inv.-Nr. F 60 49
J. E.

**10.8.13 Königlich landesbefugte Agramer Dampf- und Kunstmühle**

1860
Lithographie; H. = 10,8 cm, B. = 14 cm

Infolge der in Kroatien vorherrschenden Agrarwirtschaft entwickelten sich in frühindustrieller Zeit die mit Wasser- oder Dampfkraft betriebenen kommerziellen Mühlen zu den größten und bedeutendsten Industrieanlagen des Landes.

Lit.: *Kampuš, I., Karaman, I.,* Das tausendjährige Zagreb, Zagreb 1978

Zagreb, Muzej grada Zagreba, Inv.-Nr. 4302
A. M.

**10.8.14 Lederwarenfabrik des Christof Neuner in Klagenfurt und Triest**

Gestochen und gedruckt von der Kunstanstalt des Österreichischen Lloyd in Triest; 1857; H. = 19,2 cm, B. = 24,1 cm
Blatt zur Erinnerung an den Besuch Kaiser Franz Josephs I. am 4. September 1856 in der 1851/53 neu erbauten Riemerwarenfabrik des Christof Neuner.

Lit.: *Dinklage, Karl,* Geschichte der Kärntner Arbeiterschaft, Bd. 2, Abb. 55

Klagenfurt, Privatbesitz H. K.

**10.8.15 Josef Werndl**

1889
Öl auf Leinwand; H. = 147 cm, B. = 105 cm

Steyr, Stadtarchiv, Inv.-Nr. XV-18961 V. Lu.

**10.8.16 Erster österreichischer Siemens-Martinofen**

Modellbauanstalt München; Anfang 20. Jahrhundert
Modell; Holz, Eisen; H. = 50 cm, B. = 80 cm, L. = 70 cm

1864 gelang es Emile und Pierre Martin unter Anwendung der 1856 von Friedrich Siemens geschaffenen Regenerativfeuerung erstmals, Stahl aus Roheisen und Schrott in einem offenen Herdofen zu erschmelzen. Die dafür notwendige hohe Temperatur lieferte die Verbrennung von Gas, das ebenso wie die Verbrennungsluft in den mit feuerfesten Steinen ausgekleideten Regenerativkammern vorgewärmt wurde. Das SM-Verfahren gewann rasch an Bedeutung und überflügelte noch vor 1900 das Bessemerverfahren in Anteil an der Rohstahlproduktion.
Das Modell stellt jenen Siemens-Martinofen dar, der 1868 in Kapfenberg als erster im deutschen Sprachraum in Betrieb genommen aber bald darauf wieder stillgelegt wurde. Eine laufende Produktion von SM-Stahl erfolgte in Österreich in den SM-Stahlwerken in Wien-Floridsdorf (seit 1869) sowie in Neuberg und Graz (seit 1870).

Lit.: *Köstler, H. J.,* Beginn und Entwicklung der Stahlerzeugungsverfahren in Österreich von 1830 bis zur Inbetriebnahme des ersten LD-Stahlwerkes im Jahre 1952. Österreichischer Kalender für Berg, Hütte und Energie 1979.

Wien, Technisches Museum, Inv.-Nr. 9874
G. M.

## 10.9 Der Fabriksbau in der Frühindustrialisierung

Der Fabriksbau der frühindustriellen Periode (bis 1865) reflektiert in seiner architektonischen Gestalt den ökonomischen und sozialen Umbruch der Zeit. Der rauchende Schlot ist zu einem Wahrzeichen für Wohlstand und Fortschritt geworden. Die Zentralisierung verschiedener Produktionsprozesse in einem Gebäude ließ wahre Monumentalbauten entstehen. Sie zeigen einerseits das Auseinanderfallen von Industriebau und Architektur, tradieren und vereinigen andererseits wesentliche, dem Schloß- und Palastbau eigentümliche Stilmerkmale. Das Industrie-Etablissement als Stätte patriarchalischer Arbeitsgemeinschaft symbolisiert den sozialen Anspruch des erfolgreichen Industriebürgertums. Die parkähnliche Gestaltung des Umfeldes der Fabrik verstärkte die Wirkung der dem Schloßbau entnommenen baulichen Formelemente.
Die nachstehend angeführten Darstellungen von Industriebauten sind dem von A. Anschiringer im Jahre 1858 herausgegebenen, Erzherzog Stephan Franz Victor gewidmeten Werk *Album der Industrie des Reichenberger Handelskammer-Bezirks. Namhafteste Fabriks-Etablissements & Gewerbs-Unternehmungen der Kreise Bunzlau, Gitschin, Königgrätz und Leitmeritz in naturgetreuen Abbildungen mit statistisch-topographisch-gewerblichem Texte,* 2 Bde., Reichenberg 1858, entnommen. A. M.

a. K. k. priv. landesbef. Schafwollwarenfabrik von Johann Liebig & Co. in Reichenberg

Wilhelm Kirchner
Photokopie nach: *Anschiringer,* Bd. I, S. 2

b Mechanische Weberei bei der k. k. priv. landesbef. Schafwollwarenfabrik von Johann Liebig & Co. in Reichenberg

Wilhelm Kirchner
Photokopie nach: *Anschiringer,* Bd. I, S. 4

c. K. k. priv. Zitz-Kattun- & Schafwollwarenfabrik von Franz Leitenberger in Josephstal (Cosmanos)

Gezeichnet von A. Mader, lithographiert von W. Kirchner
Photokopie nach: *Anschiringer,* Bd. I, S. 10

d. K. k. priv. Schaf- und Baumwollwarenfabrik von G. A. Fröhlich's Sohn in Warnsdorf

Wilhelm Kirchner
Photokopie nach: *Anschiringer,* Bd. I, S. 12

e. K. k. priv. landesbef. Cichorien & Surrogatcaffeefabrik von Augustin Tschinkel Söhne in

Kat.-Nr. 10.10.e.

Lobositz nebst Zuckerfabrik der Gebrüder Tschinkel Abb.

A. Mader
Photokopie nach: *Anschiringer,* Bd. I, S. 26

f. Die fürstl. Schwarzenberg'sche Zuckerfabrik in Sulowitz

Photokopie nach: *Anschiringer,* Bd. I, S. 46

g. Baumwollspinnfabrik von Johann Liebig & Co. in Swarow

Wilhelm Kirchner (?)
Photokopie nach: *Anschiringer,* Bd. I, S. 52

h. Glasfabrik von Carl Riedel in Christiansthal (Bezirk Reichenberg)

Wilhelm Kirchner (?)
Photokopie nach: *Anschiringer,* Bd. I, S. 58

i. K. k. priv. Bandwarenfabrik von Aug. Liebisch's Söhne in Leopoldsruh bei Schluckenau

Photokopie nach: *Anschiringer,* Bd. I, S. 76

j. Die Maschinenflachsgarnspinnerei von Kluge & Etrich in Trautenau

Photokopie nach: *Anschiringer,* Bd. II, S. 60

k. Maschinenfabrik und Eisengießerei von Julius Hiller in Chlumetz

Photokopie nach: *Anschiringer,* Bd. II, S. 62

l. Die Gummielastikwarenfabrik des A. M. Birnbaum in Teplitz

Photokopie nach: *Anschiringer,* Bd. II, S. 86

# 11. INDUSTRIEBÜRGERTUM

## 11.1 Ludwig Lobmeyr

### 11.1.1 Ludwig Lobmeyr (1829–1917)

V. Parlaghy (?); 1890
Öl auf Leinen; H. = 94 cm, B. = 77,5 cm

Ludwig Lobmeyr war bedeutendster Repräsentant der Wiener Glaskunstindustrie. Durch enge Zusammenarbeit mit dem Museum für Kunst und Industrie und durch Mitwirkung berühmter Architekten (Theophil Hansen, Friedrich Schmidt) an den Entwürfen seiner Glasgeräte erreichten die Fabrikate Lobmeyrs höchsten künstlerischen Rang. Daneben wurde jedoch auch der Gebrauchsware durch besonders geschmackvolle Farbgebung und durch Revitalisierung alter Techniken ein neuer Platz eingeräumt.
Lobmeyr-Luster und Beleuchtungskörper zierten die Schlösser Ludwigs II. von Bayern, die Hofburg und das Schloß Schönbrunn in Wien sowie die Dresdner und die Münchner Residenz. Ein speziell für die kaiserliche Tafel erzeugtes Trinkglasservice gibt Zeugnis der vollendeten Übereinstimmung von künstlerischer Form und praktischer Gebrauchsfähigkeit. L. Lobmeyr war auch als Privatmann ein Förderer der Künste. So trat er als Sammler von Gemälden und Zeichnungen zeitgenössischer Maler, wie August v. Pettenkofen und Rudolf v. Alt, hervor. Im Jahre 1887 wurde Ludwig Lobmeyr, dessen Arbeit in zahlreichen Ehrungen und Auszeichnungen Anerkennung fand, zum Mitglied des Herrenhauses auf Lebenszeit ernannt.

Lit.: *Schmidt, R.*, 100 Jahre österreichische Glaskunst, Lobmeyr 1823–1923, Wien 1925. – *Mentschl, J.; Otruba, G.*, Österreichische Industrielle und Bankiers, Wien 1965, S. 145–149. – ÖBL, V. Bd., Wien 1972, S. 263f.

Wien, J. & L. Lobmeyr — H. R.

### 11.1.2 Das Lobmeyr'sche Geschäftshaus Kärntnerstraße – Ecke Weihburggasse

Rudolf von Alt; 1889
Aquarell auf Papier; H. = 70 cm, B. = 56 cm

Zeigt das Eckhaus Weihburggasse, Blick vom Stock im Eisen-Platz in die Kärntnerstraße. Das Haus Innere Stadt Nr. 940, später Kärntnerstraße Nr. 13 im Zustand etwa ab zirka 1845 (?).

Lit.: *Schmidt, R.*, 100 Jahre österreichische Glaskunst, Lobmeyr 1823–1923, Wien 1925. – 150 Jahr-Festschrift der Firma J. & L. Lobmeyr, Wien 1973.

Privatbesitz — H. R.

### 11.1.3 Portalentwurf für das Geschäftslokal Lobmeyrs (Weihburggasse – Kärntnerstraße)

Jos. Aminger und Moriz Wappler; 16. November 1843
Bleistift, aquarelliert; H. = 54 cm, B. = 94 cm

Darstellung der Ladenfront. Offensichtlich Vorschlag für die Gestaltung der Geschäftsfassade mit geschnitztem Holzrahmen, färbigen Kachelflächen und für die damalige Zeit sehr großen Glasfenstern für die Auslagen. Reizvolle Darstellung der Glasprodukte der Firma.

Wien, J. & L. Lobmeyr — H. R.

### 11.1.4 Der Lobmeyr-Hof in Wien

Photographien

Der Lobmeyr-Hof befindet sich in Wien XVI, Maderspergerstraße, Ecke Roseggerstraße. Die Photos zeigen den Zustand vor und nach der Restaurierung 1982/83.

Wien, J. & L. Lobmeyr — H. R.

### 11.1.5 Werkzeichnungen Ludwig Lobmeyrs

a. Glaslusterentwurf

Ludwig Lobmeyr; Wien, um 1890
Bleistiftzeichnung, handkoloriert; H. = 51 cm, B. = 37 cm.

Die Zeichnung stellt einen großen Glasluster aus Bronze mit emailbemalten Glasteilen dar.

b. Entwurf für Dessertaufsätze

Ludwig Lobmeyr; 19. 7. 1872
Tuschzeichnung, aquarelliert, H. = 42 cm, B. = 52 cm

Originalentwurf für sechs Ziergläser, bestimmt für eine Ausführung in rosa Kristall mit Email- und Goldmalereien; die Entwurfzeichnung diente als Vorlage für die Malerwerkstätten. Die Gläser wurden z. T. auf der Wiener Weltausstellung 1873 gezeigt.

Wien, J. & L. Lobmeyr — H. R.

### 11.1.6 Berufung in das Herrenhaus

Kaiser Franz Joseph I.; 18. Jänner 1877
Photokopie eines handschriftlichen Briefes, vom Kaiser und vom Ministerpräsidenten Taaffe gezeichnet; H. = 29 cm, B. = 21 cm

Text: *Lieber Kommerzialrath Lobmeyr!*
*In Anwendung des Grundgesetzes über die Reichsvertretung vom 21. September 1867 § 5 finde ich mich bestimmt, Sie als Mitglied auf Lebensdauer in das Herrenhaus des Reichsraths zu berufen.*
Wien, am 28. Jänner 1887
gez.: Franz Joseph gez.: Taaffe

Wien, J. & L. Lobmeyr H. R.

### 11.1.7 Skizzenbuch Ludwig Lobmeyrs; aufgeschlagene Seite: Teilstudien Kühe

Ludwig Lobmeyr; um und nach 1840 (nicht datiert)
Bleistift, 15 Blatt (1× lose), in kaschiertem Karton gebunden; H. = 21,5 cm, B. = 30 cm

Skizzen von Reisen auf das Land, Baum- und Tierstudien.
Ludwig Lobmeyr war von Jugend an sehr naturverbunden, vor allem im Alter waren die oberösterreichischen Seen sein bevorzugtes Sommerurlaubsgebiet.

Wien, J. & L. Lobmeyr H. R.

### 11.1.8 Lehrbrief Ludwig Lobmeyr's

Innung der bürgerlichen Glasermeister und Glashändler der Haupt- und Residenzstadt Wien, 23. Februar 1858
Druck, Passepartout, gerahmt; H. = 38 cm, B. = 49 cm

Offensichtlich zur Erlangung eines Befähigungsnachweises sehr spät ausgestellte Bestätigung der abgeschlossenen Lehre, da Ludwig Lobmeyr bereits um 1850 in den Besitz eines solchen Dokuments hatte kommen müssen.

Lit.: *Schmidt, R.*, 100 Jahre österreichische Glaskunst, Lobmeyr 1823–1923, Wien 1925, S. 37, Abb. 12. – 150 Jahre-Festschrift, Lobmeyr, 1973.

Wien, J. & L. Lobmeyr H. R.

### 11.1.9 Geschäftskarte

Um 1850
Photokopie nach einem Faksimile; H. = 22 cm, B. = 28 cm (Original: H. = 11 cm, B. = 14 cm)

Noch vom Gründer Josef Lobmeyr mit Karl S. Hondl eingegangene Partnerschaft zum Betrieb einer Glashütte in Vuchin/Zwecheno, welche Ludwig Lobmeyr ab 1851 bis zur Liquidierung 1857 allein führte.

Lit.: *Schmidt, R.*, 100 Jahre österreichische Glaskunst, Lobmeyr 1823–1923, Wien 1925, S. 13, Abb. 4.

Wien, J. & L. Lobmeyr H. R.

### 11.1.10 Ehrenbürger-Recht (Diplom)

Gemeinderath der k. k. Reichshaupt- und Residenzstadt Wien, 1. September 1889, gezeichnet von Bürgermeister Eduard Uhl und den BM-Stellvertretern Dr. J. Pirk (?) und J. H. Stendel

Diplom in Buchform, außen Leder mit ornamentalen Zierden, mit Messing und Email reich appliziert (4× Stadtwappen in den Eck-Schildern), innen auf 2 Blatt reich aquarellierte figurale und ornamentale Umrahmung des Verleihungstextes, auf Posamentrieschnur angehängt, Siegel der Stadt Wien in Messingschatulle, diese reich emailliert; H. = 36,5 cm, B. = 47 cm, anhängendes Siegel: Dm. = 9 cm
Eingebettet in Kassette aus Holz, außen mit Rahmenleisten geziert, in der Mitte Messingwappen der Stadt Wien emailliert, innen mit dunkelrotem Samt und Seide tapeziert, Schlüssel beiliegend; H. = 49,5 cm, T. = 59,5 cm

Verleihung des Ehrenbürgerrechts der Stadt Wien an Ludwig Lobmeyr. Verleihungstext, u. a. Anerkennung der Leistungen Ludwig Lobmeyr's für Kunst und Industrie, Verleihung zum 60. Geburtstag Ludwig Lobmeyr's

Wien, J. & L. Lobmeyr H. R.

### 11.1.11 „Unser Ludewig", ein Bänkel

Text (Lebenslauf) Verfasser unbekannt, Abbildungen: wohl Theo Zasche; Wien, zum 2. August 1899
Heft bestehend aus 14 Blatt (28 Seiten); H. = 21,5 cm, B. = 14 cm

Zum 70. Geburtstag gewidmet von Familie Rath (die jüngste Schwester Mathilde hatte August Rath jun. geheiratet). Aufgeschlagene Seite zeigt Ludwig Lobmeyr in ablehnender Haltung den Ordenssegen betreffend, der ihm für seine Arbeit für die Weltausstellungsbeteiligungen Paris 1867 und Wien 1873 zuteil wurde. In humoristischer Form wird im Text der Lebenslauf Ludwig Lobmeyrs von der Geburt bis zum 70. Geburtstag in Reimen festgehalten, die sehr gut die Persönlichkeit Lobmeyrs treffenden Karikaturen stammen von Theo Zasche.

Lit.: *Schmidt, R.*, 100 Jahre österreichische Glaskunst, Lobmeyr 1823–1923, Wien 1925. – *Hennings, F.*, Ringstraßen-Symphonie, 3 Bde., Wien, München 1963.

Wien, J. & L. Lobmeyr — H. R.

### 11.1.12 Erster elektrifizierter Luster — Abb.

Entwurf: Ludwig Lobmeyr, Ende 1882
Ausführung: J. & L. Lobmeyr, Wien

Kat.-Nr. 11.1.12

Sudvergoldetes Messingrohrgestell, reicher handgeschliffener Kristallbehang, montiert für 9 hängende Edison-Glühlampen; H. = 117 cm, Dm. = 70 cm.
Sehr frühes Beispiel eines elektrifizierten Kristallusters unter Verwendung von Edisons Glühlampen; für Lobmeyrs Präsentation bei der 1. elektrischen Ausstellung in Wien vorgesehen. Sehr ähnliche Beleuchtungskörper wurden in zahlreiche Privatwohnungen der Ringstraßenära geliefert (siehe auch Restaurant im Hotel Sacher in Wien).

Lit.: *Schmidt, R.*, 100 Jahre österreichische Glaskunst, Lobmeyr 1823–1923, Wien 1925. – *Rath, St.*, Lobmeyr, Wien 1962. – Führer durch die elektrische Ausstellung, Lobmeyr, Wien 1983.

Wien, J. & L. Lobmeyr — H. R.

## 11.2 Franz Wertheim

### 11.2.1 Franz Freiherr von Wertheim (1814–1883)

E. Klieber; 1865
Öl auf Karton (?); H. = 141 cm, B. = 110 cm

Als Kaufmannssohn in Krems an der Donau geboren, absolvierte Franz Wertheim lediglich die Volksschule und eine Handelsschule. Daran schlossen einige Wanderjahre, die ihn durch Deutschland, Frankreich und England führten. In die Heimat zurückgekehrt, begann er mit dem Handel und der Herstellung von Werkzeugen. 1842 erweiterte er seine Produktion durch den Erwerb von zwei Werkzeugschmieden in Wien und Neuberg bei Scheibbs. 1851 begann er mit der Herstellung von Kassen zunächst in Lizenz für eine Magdeburger Firma. Durch Verbesserungen in der Konstruktion und beste Hitzeisolation entstanden schließlich die international geschätzten feuer- und einbruchgesicherten Wertheim-Panzerschränke. Sein Lebensstil entsprach dem des Großbürgertums seiner Zeit. In seinem Auftrag wurde das Palais Wertheim am Schwarzenbergplatz (Wien) von Heinrich von Ferstel erbaut, das auch das „Residenztheater" beherbergte. Durch den Orden der Eisernen Krone II. Klasse, der ihm 1871 verliehen wurde, gelangte er in den Adelsstand.

Lit.: Hundert Jahre Wertheim 1852–1952, hg. von der Wertheim-Werke AG, Wien 1952. – *Mentschl, J.; Otruba, G.*, Österreichische Industrielle und Bankiers, Wien 1965, S. 127–133; – *Springer, E.*, Geschichte und Kulturleben der Wiener Ringstraße, Wiesbaden 1979, S. 542–544.

Wien, Wertheim-Werke Aktiengesellschaft A. M.

### 11.2.2 Urkunde über die Erhebung in den Freiherrenstand

Wien, Privatbesitz

### 11.2.3 Plaketten des Jubiläumsschrankes

a. Öffentliche Feuerprobe in Wien am 19. Februar 1853

b. Öffentliche Feuerprobe in Konstantinopel am 10. Juli 1857

Ausgeführt im Wertheim-Werk Wien, vor März 1869
Photographien

Franz Wertheim verstand es, durch moderne Werbemethoden die Qualität seiner Produkte allgemein bekanntzumachen: „Am Wiener Stadtrand, und zwar nächst der Belvedere-Linie, ließ er einen großen Scheiterhaufen anzünden, worauf drei seiner Panzerschränke, gefüllt mit neuen Geldscheinen, thronten. Das Experiment, auch werbungsmäßig gut vorbereitet, brachte technisch und kommerziell einen vollen Erfolg. Bald standen in allen Steuerämtern, in der Nationalbank, in Geldinstituten und Betrieben Wertheim-Kassen. Rasch war die Zeit vorbei, in der jedes Steueramt ‚kostspielig gemauerter Lokalitäten und eines eigenen Schildwachpostens' bedurfte."

Lit.: *Mentschl, J.; Otruba, G.*, Österreichische Industrielle und Bankiers, Wien 1965, S. 130.

Wien, Wertheim-Werke Aktiengesellschaft A. M.

### 11.2.4 Feuerfest!

Polka Francaise für das Pianoforte componirt und der Firma F. Wertheim & co. zur Feier der Vollendung der 20.000. Casse gewidmet
Josef Strauß, op. 269
Wien, C. A. Spina 21768 [1869]

Das Titelblatt zeigt das Emblem der Firma Wertheim und einen Tresor, dessen äußere Türe geöffnet und dessen innere Türe geschlossen sind. Unter derselben Verlagsnummer erschien gleichzeitig (?) eine Ausgabe mit einem völlig anders gestalteten Titelblatt, da das Werk nicht der Firma Wertheim, sondern *Herrn Franz Wertheim Ritter des öster. kaiserl. Franz Josef- u. des königl. hannoverschen Guelphen-Ordens, Offizier des kaiserl. ottom. Medjidie-Ordens, Inhaber der gold. Medaille am Commandeur-Bande des kais. russ. St. Annen-Ordens, Vice-Präsident der Handelskammer in Wien, k. k. Hof-Lieferant u. Fabriken-Besitzer etc. etc.* gewidmet ist.

Wien, Archiv der Gesellschaft der Musikfreunde, Inv.-Nr. XV 66498 O. B.

### 11.2.5 Wertheims Werkzeug- und Kassenfabrik um 1860

Photokopie eines Holzschnittes; H. = 43,5 cm, B. = 58 cm

Lit.: *Mentschl, J.* und *Otruba, G.*, Österreichische Industrielle und Bankiers, Österreich-Reihe, Band 279/281, Wien 1965.

Wien, Technisches Museum G. M.

### 11.2.6 Öffentliche Feuerprobe zu Konstantinopel 1857

Farbabb. 18

Öl auf Leinwand; H. = 135 cm, B. = 185 cm

Als der Absatz feuerfester Kassen und Panzerschränke im Inland ins Stocken geriet, widmete sich Franz Wertheim verstärkt dem Exportgeschäft. Die 1857 in Konstantinopel im Auftrag des Sultans als prunkvolles Schauspiel veranstaltete „öffentliche Feuerprobe" stellte die Qualität der Produkte neuerlich unter Beweis und erschloß dem Unternehmen den Vorderen Orient als Absatzgebiet. Das Bild zeigt Franz Wertheim in Festkleidung und Zylinder neben dem Sultan stehend.

Lit.: *Mentschl, J.; Otruba, G.*, Österreichische Industrielle und Bankiers, Wien 1965, S. 130f.

Wien, Wertheim-Werke Aktiengesellschaft A. M.

### 11.2.7 Verleihung eines Brillantringes an Franz Wertheim, 1848

Urkunde (beglaubigte Kopie), 24. Jänner 1848
H. = 38 cm, B. = 23,5 cm

Die vom Kaiser verfügte Verleihung eines Brillantringes im Werte von 400 Gulden C. M. an Franz Wertheim war eine Gegenleistung für dessen Schenkung einer „Sammlung von Werkzeugen“ an das Polytechnische Institut in Wien.

Wien, Wertheim-Werke Aktiengesellschaft A. M.

### 11.2.8 Lieferungsbestätigung

Schriftstück, 26. Mai 1851
H. = 29 cm, B. = 23 cm

Das Apostolische Vikariat von Zentralafrika bestätigt in diesem Schreiben Franz Wertheim, die Lieferung von *verschiedenen Werkzeugen für die Missionsstationen in Inner-Afrika übernommen* und *zur vollen Zufriedenheit ausgeführt zu haben.*

Wien, Wertheim-Werke Aktiengesellschaft A. M.

### 11.2.9 Wie die Diebe und Brandstifter vom Baron Wertheim reden

F. Grätz; 5. Jänner 1873
Photokopie nach einem Druck; H. = 39 cm, B. = 26 cm

Durch die Erzeugung feuer- und einbruchsfester Kassen hatte Franz Wertheim den Dieben und Brandstiftern *das ganze G'schäft verdorben* (siehe Kat.-Nr. 11.2.1).

Lit.: Siehe Kat.-Nr. 11.2.1.

Kikeriki. Humoristisches Volksblatt, 13. Jg., Nr. 2 (5. Jänner 1873) A. M.

## 11.3 Adam Burg und Johann Radinger

### 11.3.1 Adam Ritter von Burg (1797–1882)

A. Dauthage; 1853
Lithographie; H. = 53,5 cm, B. = 36 cm

Zunächst in der Tischlerwerkstätte seines Vaters arbeitend, besuchte Burg ab 1812 die Architekturabteilung der Akademie der bildenden Künste, Vorlesungen der Astronomie, Physik, Mechanik und Landwirtschaftslehre an der Universität und ab 1815 die technische Abteilung des k. k. polytechnischen Institutes in Wien. 1820 zum Assistenten der Mathematik an diesem Institut bestellt, wurde er 1828 zum Professor der höheren Mathematik am polytechnischen Institut in Wien ernannt. 1836 wurde Burg Nachfolger Johann Arzbergers als Professor der Mechanik und Maschinenlehre und übte dieses Lehramt bis zu seiner Pensionierung im Jahre 1865 aus. Adam Burg verfaßte an die 60 selbständige Publikationen, darunter bedeutende Lehrbücher der Geometrie, Mathematik, Mechanik und Maschinenlehre.
Große Verdienste erwarb sich Adam Burg durch die Förderung der Technik und der technischen Wissenschaften und Industrie, sowie um die Einführung des metrischen Maß- und Gewichtssystems in Österreich. Er war Mitglied der Kommission für die erste Gewerbe-Ausstellung (1839), später Berichterstatter bzw. Delegierter verschiedener ausländischer Industrie-Ausstellungen, übernahm 1841 das Amt eines Prüfers für Motoren-Heizer und Lokomotivführer, erlangte die Stelle eines Administrators der Donau-Dampfschiffahrts-Gesellschaft (1844), war Mitglied der Kommission für die Auswahl der besten Semmeringlokomotive, war Verwaltungsrat der Wien-Raaberbahn, der Südbahn, der lombard.-venet. und Central-ital. südl. Staatseisenbahn, Präsident der Dampfkessel-Untersuchungs- und Versicherungs-Gesellschaft und Präsident des Niederösterreichischen Gewerbevereines. Besonders bemerkenswert ist die Wahl des Gelehrten in den Wiener Gemeinderat (1850), dem er dann durch zwölf Jahre hindurch angehörte, und seine Ernennung zum lebenslänglichen Herrenhausmitglied im österreichischen Reichsrat (1869).

Lit.: Prolog und Festrede bei der akademischen Feier, zu Ehren des k. k. Hofrathes und Professors am polytechnischen Institute in Wien, Adam Ritter von Burg. Mittwoch den 21. März 1866. Veranstaltet von den Hörern der Technik, Wien 1866. – Adam Freiherr von Burg, Lebensbild eines Österreichers. (Zur Feier des 80. Geburtstages am 28. Jänner 1877, vom Niederösterreichischen Gewerbe-Verein). – Adam Freiherr von Burg, Mitglied des Herrenhauses, in: Das Parlament, hg. v. *A. Eckstein*, Wien 1880. – *Exner, Wilhelm,* Lebensbilder führender österreichischer Polytechniker, Wien 1927, S. 33ff. – *Lechner, Alfred,* Geschichte der Technischen Hochschule in Wien, Wien 1942, S. 59ff. – *Kastner, Richard H.,* Die Entwicklung von Technik und Industrie in Österreich und die Technische Hochschule in Wien, Sonderdruck aus: Blätter für Technikgeschichte, 27 (Wien 1965) S. 60 u. Register.

Wien, Technische Universität, Universitätsbibliothek, Porträtsammlung, Inv.-Nr. 110-2 A. L.

### 11.3.2 Zeugnis für Johann Radinger

Wien 1863
Druck auf Papier, mit schwarzer Tinte ausgefüllt; H. = 35 cm, B. = 22 cm

Dieses Zeugnis der Technischen Abteilung des k. k. polytechnischen Institutes in Wien bestätigt, daß Johann Radinger im Studienjahr 1862/63 die ordentlichen Vorlesungen über Wasser- und Straßenbauwissenschaft, Amtsmanipulation und Zeichnen hydrotechnischer Pläne fleißig besucht und bei den hieraus abgehaltenen Prüfungen jeweils die erste Klasse mit Vorzug erhalten hat.

Wien, Technischen Museum, Inv.-Nr. BPA 4832

G. M.

11.3.3 **Johann Radinger**

Fritz; Wien 1897
Lithographie, Karton; H. = 40 cm, B. = 30 cm

Johann Radinger (geboren 1842 in Wien, gestorben 1901 in Wien) zählt mit Ferdinand Redtenbacher, Franz Reuleaux und Julius Carl Bach zu den vier großen Lehrmeistern des konstruktiven Maschinenbaues im deutschen Sprachraum im 19. Jahrhundert. Er absolvierte die Maschinenbauschule am k. k. polytechnischen Institut in Wien und wirkte bis zu seinem Tod an diesem Institut, das 1872 zur Technischen Hochschule erhoben worden war. Radinger begann seine akademische Laufbahn als Assistent von Professor Burg und wurde schließlich 1879 o.ö. Professor für Maschinenbau. Er übte als Hochschullehrer entscheidenden Einfluß auf seine Schüler aus, unter denen sich z. B. die später bedeutenden Techniker Alfred Collmann und Viktor Kaplan befanden. Ebenso bedeutend wie als Lehrer war Radinger auch als Wissenschafter und vor allem als praktisch tätiger Ingenieur. Er stand mit fast allen bedeutenden Unternehmen der Monarchie in Kontakt, plante und leitete die Aufstellung von Maschinen oder ganzen Anlagen, wirkte als Gutachter und entwarf, bestellte und übernahm Maschinen für Fabriken aller Branchen.

Lit.: 150 Jahre Technische Hochschule Wien, Wien–New York 1965.

Wien, Technisches Museum, Inv.-Nr. B-831

G. M.

11.3.4 **Zweizylinder-Dampfmaschine**

Johann Radinger, Wien um 1870
Technische Zeichnung im Maßstab 1 : 10 in Tusche auf Transparentpapier, Schraffur mit rotem und blauem Buntstift; H. = 62 cm, B. = 108 cm

Grund- und Aufrißzeichnung einer gekuppelten, liegenden Zweizylinder-Dampfmaschine der Maschinenbau- und Waggon-Fabriks-Actiengesellschaft in Simmering (vormals H. D. Schmid), die bei 70 Umdrehungen pro Minute eine Leistung von 24 PS erbrachte.
Eine größere Dampfmaschine von gleicher Konstruktion mit einer Leistung von 80 PS wurde von der Simmeringer Maschinenfabrik auf der Wiener Weltausstellung 1873 gezeigt.

Wien, Technisches Museum, Inv.-Nr. BPA 4831

G. M.

11.3.5 **„Bericht über die, von dem Professor am k. k. polytechnischen Institute in Wien ADAM BURG, im Jahre 1840 auf Staatskosten ausgeführte technisch-wissenschaftliche Reise durch Mähren, Böhmen und Schlesien."**

Handschrift mit schwarzer Tinte; Titelblatt und 193 Seiten, in Leder gebunden mit Blind- und Goldprägung, Goldschnitt; H. = 36,5 cm, B. = 24 cm; dazu als Beilage: 12 Blätter mit Tuschezeichnungen von im Text beschriebenen besonderen Maschinen und Einrichtungen.
Aufgeschlagen Seite 1: Abreise von Wien

Vom 8. August bis zum 30. September 1840 dauerte die „technisch-wissenschaftliche Reise" durch die drei Kronländer, die Adam Burg, zusammen mit seinem Assistenten Moriz Schröter unternahm. Zweck dieser Reise, die im Auftrag des Obersten Kanzlers Anton Friedrich Graf Mittrowsky von Mittrowiz und Nemischl auf Staatskosten erfolgte, war es, die für Burgs Unterrichtsfach besonders interessanten „Fabriks-Etablissements" dieser Länder zu studieren und dann einen entsprechenden vergleichenden Bericht vorzulegen.
Zweifellos dienten vor allem diese staatlich geförderten Auslandsreisen und die dabei gesammelten Erfahrungen nicht nur der Förderung und Verbreitung des technischen Fortschrittes in Österreich, sondern sie bildeten auch eine gute Grundlage für Burgs später so erfolgreiche Tätigkeit im internationalen Ausstellungswesen.

Lit.: Die k. k. Technische Hochschule in Wien 1815–1915. Gedenkschrift, herausgegeben vom Professorenkollegium, redigiert von *J. Neuwirth,* Wien 1915, S. 191 ff.

Wien, Technische Universität, Universitätsarchiv, Direktions-Akt Nr. 230–1844 und Planmappe

A. L.

**11.3.6 Beschreibung der im ersten Stock des „Stettenhofer Werkgebäudes" in Petersdorf aufgestellten Holzschrauben-Schneidmaschinen**

Seite 40 von Kat.-Nr. 11.3.5
Photokopie

*Im ersten Stockwerke stehen 16 Holzschrauben-Schneidmaschinen, welche ursprünglich nach einem englischen Exemplare verfertiget, späterhin aber auf eine so vorteilhafte Weise verbessert wurden, daß nunmehr der einfachste Lehrjunge darauf mit der größten Leichtigkeit die Schrauben schneiden kann.*

Wien, Technische Universität, Universitätsarchiv
Direktions-Akt Nr. 230-1844 A. L.

**11.3.7 Holzschrauben-Schneidmaschine in der Maschinenwerkstätte Sr. Excellenz d. Grafen Mittrowski in Petersdorf**

Blatt 6 von Kat.-Nr. 11.3.5

Moriz Schröter; Zöptau, 22.
August 1840.
Schwarze Tusche über Bleistiftvorzeichnung;
H. = 26,5 cm, B. = 42 cm

Das Blatt illustriert die Beschreibung einer der sechzehn in der Maschinenwerkstätte in Petersdorf aufgestellten *sehr zweckmäßigen und practischen* Holzschrauben-Schneidmaschinen und zeigt deren Ansicht und einige Details. (Siehe „Bericht . . .", S. 40).

Wien, Technische Universität, Universitätsarchiv,
Direktions-Akt Nr. 230-1844; Planmappe A. L.

**11.3.8 Johann Radinger: Über Dampfmaschinen mit hoher Kolbengeschwindigkeit**

Wien, Carl Gerolds Sohn [3]1892
Buch mit dunkelgrünem Leineneinband; H. = 23 cm, B. = 16 cm

In den 1860er Jahren fand Charles Talbot Porter in Amerika in der Verbindung der Allenschen Expansionssteuerung mit dem von ihm entwickelten Porter-Regulator das ideale Regulierungssystem für schnellaufende Dampfmaschinen. Radinger lernte diese Maschinen auf der Weltausstellung in Paris 1867 kennen und führte in Wien selbst Versuche durch. Auf Grund dieser Versuche und der Arbeiten Porters veröffentlichte Radinger 1870 sein epochemachendes Werk, das großen Anklang fand und der Dynamik als konstruktiver Voraussetzung des Maschinenbaues zum Durchbruch verhalf.

Lit.: *Mayr, O.*, Von Charles Talbot Porter zu Johann Friedrich Radinger: Die Anfänge der schnellaufenden Dampfmaschine und der Maschinendynamik, Technikgeschichte 40 (1973) Nr. 1.

Wien, Technisches Museum, Inv.-Nr. 2531
G. M.

**11.3.9 Notiz- und Skizzenbuch Radingers** Abb.

Johann Radinger; 1861 bis 1868
gebundenes Buch mit schwarzem Leineneinband;
H. = 18,5 cm, B. = 12 cm

Das Buch enthält eigenhändige Zeichnungen, Beschreibungen und Berechnungen von Maschinen und Anlagen, die Radinger während seiner Ferialarbeit im Eisenwerk Neuberg in der Steiermark sowie bei Besuchen in zahlreichen Fabriken der Monarchie anfertigte.
Für Radinger, der ein sehr guter Zeichner war, stellte die technische Zeichnung und vor allem die perspektivische Darstellung, die er meisterhaft beherrschte, ein ganz wichtiges Mittel dar, komplizierte technische Konstruktionen verständlich zu machen.

Lit.: 150 Jahre Technische Hochschule Wien, Wien–New York 1965.

Wien, Technisches Museum, Inv.-Nr. BPA 4830
G. M.

**11.4 Peter Tunner**

**11.4.1 Peter Ritter von Tunner**

Rudolf Hausleitner; 1874
Öl auf Leinwand; H. = 82,5 cm, B. = 66,5 cm

Das Porträt zeigt Peter Ritter von Tunner im Alter von 65 Jahren, als er die Direktion der Leobener Bergakademie niedergelegt hatte.

Lit.: Kat. Erzherzog Johann von Österreich, Stainz 1982, S. 381.

Leoben, Montanuniversität (Dauerleihgabe der Österreichischen Galerie, Wien) P. S.

**11.4.2 Bessemermedaille für Peter Tunner**

Iron and Steel Institute 1873, P. Tunner 1878
Galvanoplastische Abformung der Vorder- und Rückseite; Dm. = 5 cm

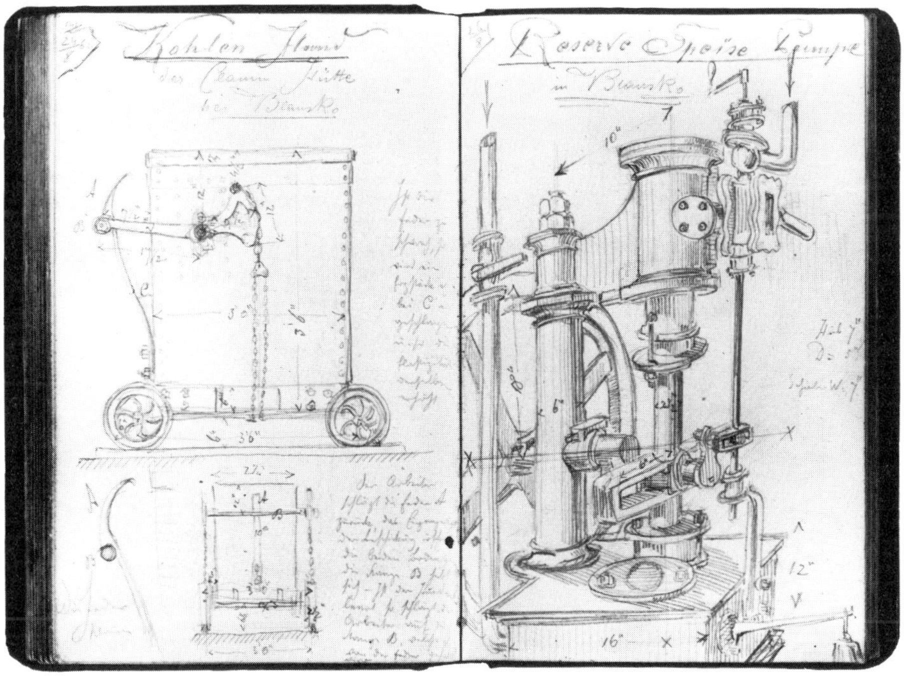


Kat.-Nr. 11.3.9

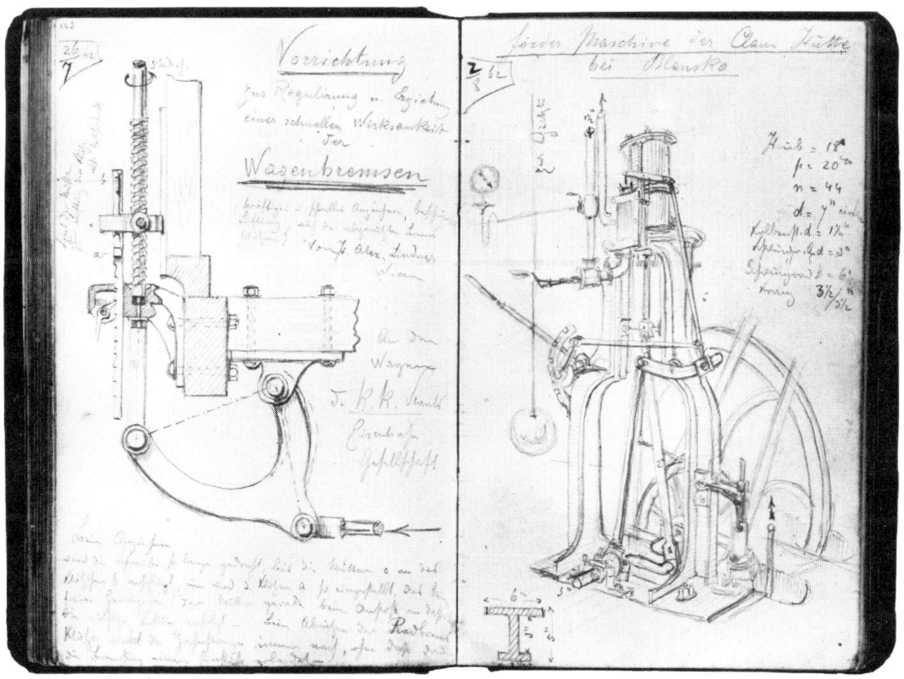


Kat.-Nr. 11.3.9

Henry Bessemer, der seit 1854 in England das nach ihm benannte erste praktisch brauchbare Verfahren zur Herstellung von Flußstahl in großen Mengen entwickelt hatte, stiftete 1873 eine Medaille für Verdienste auf dem Gebiet des Eisenhüttenwesens. Diese Medaille wurde 1878 Peter Tunner verliehen, der sich sehr für die Einführung des Bessemerverfahrens eingesetzt hatte.

Wien, Technisches Museum, Inv.-Nr. 26.343/1, 2
G. M.

### 11.4.3 Peter Tunner-Erinnerungsmedaille

A. Scharff; 1874
Kupfer; Dm. = 5 cm

Vs.: Porträt Peter Tunners im Bergkittel, mit Umschrift: Peter Ritter von Tunner
Rs.: Wappen Peter Tunners, mit Umschrift: Die Schüler der Bergakademie Vordernberg-Leoben ihrem Lehrer und Meister (1840–1874)

Leoben, Montanuniversität, Universitätsbibliothek
P. S.

### 11.4.4 Peter Tunner, Die Stabeisen- und Stahlbereitung in Frischherden oder Der wohlunterrichtete Hammermeister. Eine gemeinfaßliche Darstellung aller vorzüglicheren europäischen Herdfrischereien

Zweite verbesserte und vermehrte Auflage, Freiberg 1858

Bei dieser Schrift handelt es sich um eine enzyklopädische Darstellung der Frischherdverfahren. Tunner beschrieb „keinen Prozeß, den der Verfasser nicht aus eigener Anschauung an Ort und Stelle kennengelernt hätte".

Leoben, Montanuniversität, Universitätsbibliothek
P. S.

### 11.4.5 Peter Tunner, Berg- und Hüttenmännische Industrie in Rußland, besonders die Eisenindustrie (in russischer Sprache)

2. Auflage, S. Petersburg 1872

Das 1871 in Leipzig erschienene Werk P. Tunners über die Montanindustrie in Rußland erschien 1872 in Petersburg in russischer Sprache.

Leoben, Montanuniversität, Universitätsbibliothek
P. S.

### 11.4.6 Erster Bessemerkonverter Österreichs

Ende 19. Jahrhundert
Modell; Fundament Holz, Konverter und Verstellmechanismus Eisen; H. = 55 cm, B. = 80 cm, L. = 90 cm

Der Engländer Henry Bessemer entwickelte seit 1854 ein Verfahren zur Herstellung von Stahl in flüssiger Form. Beim Bessemerverfahren wird Luft durch flüssiges Roheisen, das sich in einem birnenförmigen Konverter befindet, geblasen und dieses dadurch zu Stahl gefrischt. Das Bessemerverfahren ermöglichte es erstmals, Flußstahl in großen Mengen in kurzer Zeit zu erzeugen und damit den durch die zunehmende Industrialisierung immer stärker steigenden Stahlbedarf zu decken.
In Österreich trat Peter Tunner sehr für die Einführung des Bessemerverfahrens ein. Auf sein Betreiben wurde 1863 die erste Bessemeranlage Österreichs in Turrach in der Steiermark errichtet. Das Modell zeigt den Konverter dieser Anlage, in dem am 21. 11. 1863 die erste Bessemercharge erblasen wurde.

Lit.: *Köstler, H. J.*, Einführung und Beginn der Stahlerzeugung nach dem Bessemerverfahren in Österreich, Berg- u. Hüttenmänn. Mh. 122 (1977), Nr. 5.

Wien, Technisches Museum, Inv.-Nr. 9807
G. M.

### 11.4.7 Bessemerstahl

Eisenwerke Witkowitz, Böhmen 1866
Stahlschiene, um 180° um die Längsachse verwunden; H. = 6 cm, B. = 6 cm, L. = 30,5 cm

Das Eisenwerk in Witkowitz wurde 1828 von Erzherzog Rudolf, dem Kardinal-Fürsterzbischof von Olmütz, gegründet. Die Grundlage des Betriebes bildete von Anfang an die Steinkohle. So wurde hier bereits 1831 der erste Kokshochofen der Monarchie in Betrieb genommen. Der eigentliche Aufschwung setzte aber ein, als 1843 Baron Rothschild die Witkowitzer Eisenwerke käuflich erwarb. 1865 wurde der Bessemerprozeß eingeführt, 1878 der erste steinerne Winderhitzer errichtet und 1879 eine Siemens-Martin-Anlage gebaut. Im selben Jahr nahm in Witkowitz die erste Thomasstahlanlage auf dem Kontinent den Betrieb auf.

Lit.: 100 Jahre Eisenwerk Witkowitz 1828–1928.

Wien, Technisches Museum, Inv.-Nr. 26.347
G. M.

### 11.4.8 Lehrfrischhütte in Vordernberg (1844–1856)

Photographie, 1980

Die Anlage wurde nach den Plänen Peter Tunners erbaut und stand im Studienjahr 1843/44 erstmals in Verwendung. Als 1849 die Montan-Lehranstalt nach Leoben verlegt wurde, verlor die Vordernberger Frischhütte ihre Bedeutung; um die Mitte der fünfziger Jahre fand die letzte Lehrveranstaltung statt.

Lit.: Kat. Erzherzog Johann von Österreich, Stainz 1982, S. 382.

Leoben, Montanuniversität P. S.

### 11.4.9 Projekt für die Bessemeranlage in Neuberg

1864
kolorierte Tuschezeichnung auf Transparentpapier; H. = 33 cm, B. = 53 cm

Das Eisenhüttenwerk in Neuberg in der Steiermark, das sich seit 1812 in Staatsbesitz befand, wurde seit 1848 großzügig umorganisiert und modernisiert. Dabei war auch die Errichtung einer Bessemeranlage vorgesehen. Einen Entwurf dafür bildete auch diese Zeichnung, die einen Schnitt durch die geplante Werkshalle mit zwei Konvertern zeigt. Die Bessemeranlage wurde 1865 in Betrieb genommen und entwickelte sich bald zu einem Musterbetrieb. Fachleute aus allen Ländern Europas kamen nach Neuberg, um dort den Bessemerprozeß zu studieren. Am 25. 10. 1865 besuchte Kaiser Franz Joseph das Werk und die Bessemerhütte.

Lit.: Die Österreichisch-Alpine Montangesellschaft 1881–1931, Wien 1931.

Wien, Technisches Museum, Inv. Nr. BPA 3878
G. M

### 11.4.10 Eisenwerk in Neuberg

Nikolaus Kuss; um 1880
Photographie; H. = 13,5 cm, B. = 18,5 cm

Wien, Sammlungen der Höheren Graphischen Bundes-Lehr- und Versuchsanstalt M. K.

## 11.5 Banken und Börsen

### 11.5.1 Baron Simon Georg von Sina

Lithographie; H. = 56 cm, B. = 36,5 cm

Simon Georg von Sina (1810–1876) entstammte einer aus Bosnien zugewanderten Familie, die umfangreiche Herrschaften in Österreich, Böhmen und Mähren erwarb und im Bankgeschäft tätig war. Der gesamte „unermeßliche" (Wurzbach) Besitz ging nach dem Tode seines Vaters (1856) auf Simon Georg über, der bereits 1832 in den Freiherrenstand erhoben worden war. Er vermehrte das ererbte Vermögen noch beträchtlich, gründete u. a. das Bankhaus S. G. Sina in Wien. Auf der Weltausstellung 1873 in Wien gab es einen Pavillon Sina, worin er Proben der landwirtschaftlichen Erzeugnisse von seinen umfangreichen Ländereien ausstellte. Ebenso bekannt wie durch seinen Reichtum wurde er als Kunstmäzen und als Wohltäter. Testamentarisch verfügte er hohe Zuwendungen an öffentliche Institutionen und soziale Einrichtungen. Stationen seiner Karriere waren: griechischer Gesandter am kaiserlichen Hof in Wien, Direktor der Oesterreichischen Nationalbank und seit 1874 lebenslängliches Mitglied des Herrenhauses.

Lit.: *Wurzbach,* Biographisches Lexikon des Kaiserthums Oesterreich, 34. Teil, Wien 1877, S. 356–358. – *Granichstaedten-Cerva, R., Mentschl, J., Otruba, G.,* Altösterreichische Unternehmer, Wien 1969, S. 116

Wien, Niederösterreichische Landesbibliothek, Inv.-Nr. P 1677 A. M.

### 11.5.2 Aktie der Königl. priv. Fünfkirchen–Barcser Eisenbahn

Budapest, 1867
H. = 23 cm, B. = 33 cm

Die ungarisch und deutsch verfaßte Aktie wurde zur Finanzierung des Baues der „Königl. priv. Fünfkirchen–Barcser Eisenbahn" 1867 aufgelegt. Das Aktienkapital betrug 3,464.200 Gulden, es wurden 17.321 Aktien zu 200 Gulden Österr. Währung ausgegeben. Die Fünfkirchen–Barcser Eisenbahn verband die Mohács-Fünfkirchener Bahn mit der Südbahn. Sie wurde eingeleisig geführt und hatte eine Länge von 58 Kilometern.

Wien, Creditanstalt-Bankverein D. K.

### 11.5.3 Aktie der Creditanstalt

Wien, 1857
H. = 23 cm, B. = 36 cm

Diese erste Aktie der k. k. priv. Österr. Credit-Anstalt für Handel und Gewerbe wurde 1857 begeben, der Nennwert betrug 200 Gulden Österreichischer Währung. Die Bank wurde bei ihrer Gründung 1855 mit einem Grundkapital von 100,000.000 Gulden ausgestattet.

Wien, Creditanstalt-Bankverein D. K.

**11.5.4 Passierschein**

Papier, Buchdruck
H. = 12 cm, B. = 19 cm

Der Passierschein berechtigte Mitarbeiter der Bank bestimmte Räume des Bankgebäudes zu betreten, die aus Sicherheitsgründen nicht allgemein zugänglich waren.

Wien, Creditanstalt-Bankverein D. K.

**11.5.5 Schlüssel mit Etui**

1860
Schlüssel, Bart und Schaft aus Stahl, oberer Teil vergoldet; Etui, Lederkästchen, innen mit blauem Samt ausgeschlagen; Schlüssel: H. = 16,4 cm, B. = 8 cm; Etui: H. = 15 cm, B. = 24 cm, T. = 5,5 cm

Der Schlüssel wurde als Zierschlüssel für das ehemalige Hauptgebäude der Creditanstalt Am Hof angefertigt. Er hat einen vergoldeten Griff, der aus einem Vierpaßmotiv geformt und mit gotisierenden Blattmotiven geschmückt ist. Die Vorderseite trägt die Inschrift Haupt-Eingang, die Rückseite die Jahreszahl 1860. Das Hauptgebäude der k. k. privilegierten Credit-Anstalt für Handel und Gewerbe wurde im Jahr 1858 vom Architekten Franz Fröhlich erbaut, und im Zweiten Weltkrieg völlig zerstört.

Wien, Creditanstalt-Bankverein D. K.

**11.5.6 Gründung der Österreichischen Credit-Anstalt**

Papier, Handschrift; H. = 32 cm, B. = 30,5 cm

Kaiserliche Entschließung vom 31. Oktober 1855 auf Grund eines Memorandums des Finanzministers Freiherrn von Bruck vom 29. Oktober 1855: *Ich ermächtige Sie, mit dem Fürsten Egon von Fürstenberg und dem Hause S. M. von Rothschild auf Grund der von denselben vorgelegten Erklärung über die Errichtung einer Österreichischen Credit-Anstalt definitiv abzuschließen.* Gez. Franz Joseph.

Lit.: *Beer, Adolf,* Die Finanzen Österreichs im 19. Jahrhundert, Prag 1877. – Ein Jahrhundert Creditanstalt-Bankverein, Wien 1957. – *März, Eduard,* Österreichische Industrie- und Bankpolitik in der Zeit Franz Josephs I., Wien, 1968. – *Benedikt, Heinrich,* Die wirtschaftliche Entwicklung in der Franz-Joseph-Zeit (= Wiener histor. Studien, Bd. IV.) Wien 1958. – *Matis, Herbert,* Österreichs Wirtschaft 1848–1913, Berlin 1972.

Wien, Österreichisches Staatsarchiv, Finanz- und Hofkammerarchiv, Abt. Finanzarchiv, Präsidium, Zl. 19169/FM/1855, fol. 2–4, 43–45 W. W.

**11.5.7 Übernahmsbestätigung Grillparzers über die Deponierung der mit einer Eingabe S. M. Rothschilds übermittelten Vollmachten seiner Mandanten**

Papier, Handschrift; H. = 31,5 cm, B. = 29,5 cm

S. M. Rothschild übermittelte am 15. Dezember 1855 dem Finanzminister die Vollmachten seiner Mandanten zum Behufe der Unterfertigung der Statuten. Franz Grillparzer war von 1832–1856 Direktor des Hofkammerarchivs. Die Hofkammer war der Vorgänger des nach der Märzrevolution errichteten k. k. Finanzministeriums. Der heutige Bau des Hofkammerarchivs wurde 1846–48 unter der Direktion Grillparzers errichtet; er ist der älteste Archivzweckbau in Mitteleuropa.

Lit.: wie Kat.-Nr. 11.5.7

Wien, Österreichisches Staatsarchiv, Finanz- und Hofkammerarchiv, Abt. Finanzarchiv, Präsidium, Zl. 22052/FM/1855, fol. 1, 4 W. W.

**11.5.8 Ansicht des Filialgebäudes des Wiener Bankvereins in Brünn**

August Stefan Kronstein
Graphik: H. = 18,2 cm, B. = 26 cm

Das Blatt stammt aus einer Serie, die die Filialgebäude des Wiener Bankvereins darstellt und zeigt ein einstöckiges Barockhaus mit reich verzierter Fassade.

Wien, Creditanstalt-Bankverein D. K.

**11.5.9 Der große Wiener Wertpapierbörsesaal**

Druck nach einem Gemälde von R. Alt, 1877
H. = 39,4 cm, B. = 54,5 cm

Nach Vollendung des Wiener Börsegebäudes überreichten die bei dem Bau beschäftigten Gewerbetreibenden dem Architekten Theophil von Hansen eine Erinnerungsgabe. Diese enthielt neben einer schriftlichen Danksagung Gemälde Rudolf von Alts, die das Börsegebäude von innen und außen darstellten. Von dieser Erinnerungsgabe wurden Drucke angefertigt. Die Ansicht zeigt den Wertpapierbörsesaal in seiner tatsächlichen Bauausführung. Alt hat nämlich auch Ansichten nach Entwürfen Hansens angefertigt, die Baudetails enthalten, die dann nicht ausgeführt wurden. Der ab 19. März 1877 benützte Börsesaal bildete das Herzstück des Gebäudes. Er war 56,5 m lang, 25,5 m breit und 22 m hoch und sollte mehr als 3.000 Personen Platz bieten. Beim Brand des Gebäudes am 13. April 1956 wurde er völlig zerstört und nicht mehr wieder errichtet.

Lit.: *Wagner-Rieger, R.; Reissberger, M.*, Theophil v. Hansen, Wiesbaden 1980.

Wien, Wiener Börsekammer, Bildarchiv H. Ei.

## 11.6 Georg Sigl

### 11.6.1 Georg Sigl

Ende 19. Jahrhundert
Messingguß; H. = 50 cm

Georg Sigl (geboren 1811 in Breitenfurth, gestorben 1887 in Wien) erlernte das Schlosserhandwerk und war dann in der Buchdrucker-Schnellpressenfabrik von Helbig und Müller in Wien beschäftigt. 1840 gründete er in Berlin, 1846 in Wien selbst eine Fabrik für Buchdruckerpressen und erfand 1850/51 die lithographische Schnellpresse. Seit 1857 baute Sigl auch Lokomotiven und erwarb 1861 die Günthersche Lokomotivfabrik in Wiener Neustadt. Neben Lokomotiven erzeugte Sigl aber auch weiterhin zahlreiche andere Produkte wie feststehende Dampfmaschinen, Lokomobile, Dampfkessel, Buchdruckerpressen und landwirtschaftliche Maschinen. Das Jahr 1873, in dem seine Fabriken 3.700 Beschäftigte zählten, brachte mit der Wirtschaftskrise auch den Zusammenbruch des Unternehmens. Das Wiener Neustädter Werk wurde 1875 von der Creditanstalt erworben, im Wiener Werk wurde 1879 das Technologische Gewerbemuseum eröffnet.

Lit.: *Mentschl, J.* und *Otruba, G.*, Österreichische Industrielle und Bankiers. Österreich-Reihe, Band 279/281, Wien 1965.

Wien, Technisches Museum, Inv.-Nr. 13.749
G. M.

### 11.6.2 Perspektivische Ansicht der Wiener Neustädter Lokomotivfabrik

Wien (?); um 1860
Photokopie aus: Denkschrift zur Vollendung der 5000. Lokomotive, hg. v. d. Actien-Gesellschaft der Lokomotiv-Fabrik vorm. G. Sigl in Wiener-Neustadt, Wiener Neustadt – Wien 1910, S. 39

Das Bild zeigt die Wiener Neustädter Lokomotivfabrik zum Zeitpunkt, als sie von Ingenieur Wenzel Günther in den Besitz des Fabrikanten Georg Sigl überging (1861 pachtweise, Ankauf 1867). Von der ausgedehnten Fabriksanlage ist heute außer dem an der Pottendorfer Straße gelegenen und ursprünglich teilweise von einem hübschen Park umgebenen „Herrenhaus“ (dem Wohnhaus des Direktors) nur mehr das wappengezierte, aus Ziegeln errichtete Hauptportal erhalten. Von dem ungefähr gleichzeitig mit dem Portal errichteten und reich mit den in der hiesigen Tonwarenfabrik De Cente erzeugten Dekorationsstücken geschmückten Verwaltungsgebäude ist keine Spur mehr zu sehen.

Wiener Neustadt, Stadtarchiv, Inv.-Nr. 1659
G. B.

### 11.6.3 Tausendste Lokomotive aus der Wiener Neustädter Lokomotivfabrik G. Sigl

Wiener Neustadt (?); 1870 (?)
Photokopie aus: Denkschrift zur Vollendung der 5000. Lokomotive, hg. v. d. Actien-Gesellschaft der Lokomotiv-Fabrik vorm. G. Sigl in Wiener-Neustadt, Wiener Neustadt–Wien 1910, S. 17

Die 1842 gegründete Wiener Neustädter Lokomotiv-Fabrik erfuhr bald, nachdem sie endgültig in den Besitz Georg Sigls übergegangen war, einen bedeutenden Aufschwung: Die Auftragslage war so gut, daß um 1870 im Wiener Neustädter-Werk bereits rund 2000 Arbeiter beschäftigt werden konnten. Im Jahre 1870 konnte schließlich in Wiener Neustadt die tausendste (darin sind allerdings auch 224 Stück der in der Sigl'schen Fabrik in Wien erzeugten Lokomotiven inbegriffen) aus den Sigl'schen Fabriken hervorgegangene Lokomotive fertiggestellt werden. Es war dies eine Personenzug-Lokomotive mit vier gekuppelten Rädern. Die Lieferung der 1000sten Lokomotive – sie war für die Königlich-Ungarischen Staatsbahnen bestimmt – erfolgte am 26. Februar 1870.

Lit.: Denkschrift zur Vollendung der 4000sten Lokomotive in der Locomotiv-Fabrik vorm. G. Sigl in Wiener

Neustadt, Verlag der Actien-Gesellschaft der Locomotiv-Fabrik vorm. G. Sigl in Wiener Neustadt, Wiener Neustadt – Wien 1897, S. 20.

Wiener Neustadt, Stadtarchiv, Inv.-Nr. B 1660

G. B.

## 11.6.4 Locomotive System Engerth 1856

Wien (?); 1856 (?)
Photokopie aus: Denkschrift zur Vollendung der 4000sten Locomotive in der Locomotiv-Fabrik vorm. G. Sigl in Wiener Neustadt, Verlag der Actien-Gesellschaft der Locomotiv-Fabrik vorm. G. Sigl in Wiener Neustadt, Wiener Neustadt – Wien 1897

Im Jahre 1856 lieferte die Wiener Neustädter Lokomotivfabrik für die Karstbahn eine Lokomotive „System Engerth". Insgesamt verließen in den Jahren 1855–1857 49 Lokomotiven dieses Systems das Wiener Neustädter Werk: Es waren dies 23 Maschinen mit vier gekuppelten Rädern, teils mit innen liegenden, teils mit außen liegenden Zylindern, sowie 26 Maschinen mit sechs gekuppelten Rädern und außen liegenden Zylindern.

Lit.: Denkschrift zur Vollendung der 4000sten Locomotive in der Locomotiv-Fabrik vorm. G. Sigl in Wiener Neustadt, Verlag der Actien-Gesellschaft der Locomotiv-Fabrik vorm. G. Sigl in Wiener Neustadt, Wiener Neustadt – Wien 1897, S. 11.

Wiener Neustadt, Stadtarchiv, Inv.-Nr. 1658

G. B.

## 11.6.5 Lokomotive System Fairlie 1874

Wiener Neustadt (?); 1874 (?)
Photokopie aus: Denkschrift zur Vollendung der 4000sten Locomotive in der Locomotiv-Fabrik vorm. G. Sigl in Wiener Neustadt, Verlag der Actien-Gesellschaft der Locomotiv-Fabrik vorm. G. Sigl in Wiener-Neustadt, Wiener Neustadt – Wien 1897

Nach dem unerhörten Aufschwung trat – vor allem bedingt durch die Errichtung von Konkurrenzbetrieben im In- und Ausland – um 1873 ein deutlicher Niedergang ein. Der Weiterbestand der Firma wurde jedoch mit Hilfe der Österreichischen Credit-Anstalt für Handel und Gewerbe sowie des Bankhauses Schoeller u. Comp. gesichert: 1875 ging die Wiener Neustädter Lokomotivfabrik in den Besitz einer Actien-Gesellschaft über. Der Kaufpreis betrug 2 Millionen Gulden. Allmählich besserte sich die wirtschaftliche Situation; vor allem Aufträge aus Rußland (das infolge des türkischen Krieges erhöhten Bedarf an Lokomotiven für diverse strategisch wichtige Bahnen hatte) halfen, die Rezession zu überwinden. Wichtig war auch die Bestellung von Fairlie-Lokomotiven für die Kaukasus-Bahn.

Lit.: Denkschrift zur Vollendung der 4000sten Locomotive in der Locomotiv-Fabrik vorm. G. Sigl in Wiener Neustadt, Verlag der Actien-Gesellschaft der Locomotiv-Fabrik vorm. G. Sigl in Wiener-Neustadt, Wiener Neustadt – Wien 1897, S. 23ff u. S. 26 (Abb.).

Wiener Neustadt, Stadtarchiv, Inv.-Nr. 1658

G. B.

## 11.6.6 Sechskuppler der französischen Westbahn, 1881

Wien (?); 1881 (?)
Photokopie aus: Denkschrift zur Vollendung der 4000sten Locomotive in der Locomotiv-Fabrik vorm. G. Sigl in Wiener-Neustadt, Verlag der Actien-Gesellschaft der Locomotiv-Fabrik vorm. G. Sigl in Wiener-Neustadt, Wiener Neustadt – Wien 1897

Die Wiener Neustädter Lokomotiv-Fabrik hatte in den Jahren 1881/82 beachtliche Auslands-Bestellungen zu erfüllen; besonders hoch war die Zahl der Lokomotiv-Lieferungen für die französischen Bahnen: Allein von den Sechskupplern wurden 1881/82 50 Stück für die „Compagnie de l'Ouest" – die französische Westbahn – geliefert.

Lit.: Denkschrift zur Vollendung der 4000sten Locomotive in der Locomotiv-Fabrik vorm. G. Sigl in Wiener Neustadt, Verlag der Actien-Gesellschaft der Locomotiv-Fabrik vorm. G. Sigl in Wiener-Neustadt, Wiener Neustadt – Wien 1897, S. 26ff (Abb. auf S. 28).

Wiener Neustadt, Stadtarchiv, Inv.-Nr. 1658

G. B.

## 11.6.7 Montierung einer Lokomotive in der Wiener Neustädter Fabrik

H. Charlemont; um 1880
Bleistiftzeichnung; H. = 16 cm, B. = 23 cm

Die Zeichnung stellt die Montageabteilung der Wiener Neustädter Lokomotiv-Fabrik von G. Sigl vor, die jedoch zur angegebenen Zeit bereits in eine Aktiengesellschaft umgewandelt worden war (siehe Kat.-Nr. 11.6.5).

Lit.: Denkschrift zur Vollendung der 5000. Lokomotive, hg. von der Actien-Gesellschaft der Lokomotiv-

Fabrik vorm. G. Sigl in Wiener Neustadt, Wiener Neustadt – Wien 1910.

Wien, Österreichische Nationalbibliothek, Porträtsammlung, Inv.-Nr. Pk 1131/503 A. M.

**11.6.8 Maschinenfabrik G. Sigl in Wien**

Photographie

Seit 1846 betrieb Georg Sigl am Alserbach (Wien) eine Fabrik, die u. a. Schnellpressen erzeugte. Im Jahre 1851 übersiedelte das Unternehmen in das Gelände einer aufgelassenen Lokomotivfabrik nahe der Währingerlinie, wo Sigl einige Jahre später den Bau von Lokomotiven aufnahm. Anläßlich der Fertigstellung der 1000. Lokomotive gab er 1870 in der Währinger Fabrik ein glänzendes Fest und überreichte dem Bürgermeister von Wien 35.000 Gulden zur Errichtung von Kindergärten und als Grundstock für einen Pensionsfonds zugunsten seiner Arbeiter.

Wien, Historisches Museum der Stadt Wien, Inv.-Nr. 78 749 A. M.

**11.6.9 Glaspokal**

Wiener Neustadt (?); 1857
Glas, geätzt; H. = 32,3 cm, Dm. = 15,8 cm

Ursprünglich wohl im Besitz des Firmeninhabers Wenzel Günther, ca. 1912 – vermutlich von dessen Erben – um 40 Kronen dem Stadtmuseum Wiener Neustadt verkauft.
Den aus Anlaß der 200. in dieser Fabrik vollendeten Lokomotive („Rovigno") von den Schmieden der Wiener Neustädter Lokomotivfabrik bestellten Glaspokal zieren Glasätzungen, darstellend die Jubiläumslokomotive sowie das monumentale Eingangsportal zur Lokomotivfabrik (mit der Aufschrift: *W. GÜNTHER K. K. l. p. MASCHINENFABRIK).* Die am Pokal angebrachten Inschriften besagen: *ERINNERUNG AN DIE JUBELFEIER DER 200^t VOLLENDETEN MASCHINE 1857* ferner *VIVAT. LANGE LEBE EINER FÜR UNS ALLE. LIEBE UND AUSDAUER. ALLE FÜR EINEN* sowie *VIVAT. ES LEBEN DIE ARBEITER.*

Lit.: *Katzer, Ernst,* Wenzel Günther, 1812–1870, in: Unser Neustadt, Blätter des Wiener-Neustädter Denkmalschutzvereines, 21. Jg., Wiener Neustadt 1977, Folge 1, S. 1 (Abb.) und S. 4.

Wiener Neustadt, Stadtmuseum, Inv.-Nr. A 792 G. B.

**11.6.10 Traurige Moral. (Hervorgerufen durch die Massen-Entlassungen von Arbeitern)**

F. Grätz; 15. November 1873
Photographie nach einem Druck; H. = 39 cm, B. = 26 cm

Die dem sogenannten „Börsenkrach" 1873 folgende Wirtschaftskrise führte zu einem jähen Stillstand im Eisenbahnbau. Demgemäß blieben die Aufträge für Lokomotiven und Waggons aus. So sah sich Georg Sigl, dessen Werk in Wiener Neustadt kurz zuvor an die 3000 Arbeiter beschäftigt hatte, zu einer drastischen Einschränkung der Produktion und zu Arbeiterentlassungen gezwungen. Die „Schwindelzeit", die vergangene Periode des unorganischen und durch Spekulationen verfälschten Wirtschaftswachstums, steht den betroffenen Arbeitern, vom Zeichner als „traurige Moral" dargestellt, als gute Zeit in Erinnerung, denn da gab es Arbeit.

Lit.: Siehe Kat.-Nr. 11.6.1.

Kikeriki, 14. Jg., Nr. 92 (15. November 1874) A. M.

## 11.7 Bedeutende Techniker und Erfinder

**11.7.1 Rudolf Arthaber**

F. Eybl; 1845
Öl auf Karton; H. = 22 cm, B. = 18,5 cm

Rudolf Arthaber, geboren am 4. 9. 1795 in Wien, übernahm 1819 die „Kurrentwarenhandlung" seines Vaters am Stephansplatz in Wien. Die Geschäfte florierten und so bemühte er sich um Anschluß an die europäischen Handelszentren, indem er Niederlagen z. B. in Leipzig errichtete. Bald setzte er sich mit seinen „Shawls" gegen die mächtige englische und französische Konkurrenz durch. Arthaber trat auch als Förderer der Idee, zentrale Interessenvertretungen für die Wirtschaft zu schaffen, in den Vordergrund. Nachdem er die Gründung des Niederösterreichischen Gewerbevereins mitgetragen hatte, war er auch an der Errichtung der Handels- und Gewerbekammern maßgeblich beteiligt. Bereits 1841 – er starb am 9. 12. 1867 – war er in den Adelsstand erhoben worden. Über seinen Ruf als erfolgreicher Textilfabrikant und Exporteur hinaus erwarb sich Arthaber Anerkennung als Kunstsachverständiger, seine Gemäldesammlung war bemerkenswert.

Lit.: *Mentschl, J.*, Arthaber, in: *Granichstaedten-Cerva, R.; Mentschl, J.; Otruba, G.*, Altösterreichische Unternehmer, Wien 1969, S. 14f.

Wien, Historisches Museum der Stadt Wien, Inv.-Nr. 12.554 A. M.

## 11.7.2 Franz Freiherr von Uchatius

A. Weger
Stahlstich; H. = 21,2 cm, B. = 15,6 cm

Franz Uchatius, 1811 (Theresienfeld, NÖ) – 1881 (Wien), ergriff die militärische Laufbahn, die ihn bis zum Feldmarschalleutnant und Kommandanten der Artilleriezeugsfabrik im Wiener Arsenal emporführte. Seine Erfindung der Stahlbronze, die sich infolge außergewöhnlicher Elastizität und Zähigkeit besonders zur Herstellung von Geschützen eignete, trug ihm den Ruf eines der weltbesten Waffentechniker ein. U. a. entwickelte er „Ballonbomben" (1849 bei der Belagerung Venedigs erstmals eingesetzt; vgl. Kat.-Nr. 13.3) und auf dem Gebiete der Kinematographie einen Projektor zur Darstellung beweglicher Bilder.

Lit.: *Kurzel-Runtscheiner, E.*, Franz Freiherr von Uchatius, Blätter für Geschichte der Technik 4 (1938) S. 40–65.

Wien, Historisches Museum der Stadt Wien, Inv.-Nr. 48.581 A. M.

## 11.7.3 Karl von Ghega (1802–1860)

J. Kriehuber; 1851
Lithographie; H. = 47 cm, B. = 34 cm

Karl Ghega, in Venedig als Sohn eines Marineoffiziers geboren, studierte in Padua (Dr. math. et phil.) und führte nach 1819 in den damals österreichischen Provinzen Italiens Straßen-, Wasser- und Brückenbauten aus. In Staatsdiensten stehend unternahm er Studienreisen nach Belgien, England und Nordamerika, um die neuesten Fortschritte im Eisenbahnbau kennenzulernen. Zurückgekehrt wurde ihm der Ausbau der südlichen und südöstlichen Staatseisenbahnlinien übertragen. Im Zuge dieser Arbeiten plante der inzwischen zum Generaldirektor der Staatseisenbahn ernannte Ghega die Semmeringbahn, deren technische Durchführung ihn als einen der bedeutendsten Verkehrstechniker seiner Zeit ausweist. Fundierte Einsicht in die handelspolitischen und volkswirtschaftlichen Zusammenhänge verraten seine Entwürfe eines die gesamte Donaumonarchie erfassenden Eisenbahnnetzes.

Lit.: ÖBL, I. Bd., Graz–Köln 1957, S. 436f. – *Hartl-Patera*, Straßen, Brücken, Eisenbahnen Karl Ritter v. Ghegas, 1960.

Wien, Niederösterreichische Landesbibliothek, Inv.-Nr. P 538 A. M.

## 11.7.4 Alois Negrelli von Moldelbe

Prinzhofer; 1845
Lithographie; H. = 26 cm, B. = 20,5 cm

Alois Negrelli, 1799 (Primör – Fiera di Primiero) – 1858 (Wien), Sohn eines Bauern, studierte u. a. in Padua und Innsbruck und war ab 1819 im staatlichen Baudienst mit der Ausführung von Straßen- und Wasserbauten beschäftigt. Es folgten Studienreisen nach England, Frankreich und Belgien, wo er den neuesten Stand der Eisenbahntechnik kennenlernte, die er in zahlreichen Projekten in der Schweiz und Österreich verwerten konnte. Als Leiter des Eisenbahnwesens im Ministerium für öffentliche Arbeiten setzte er 1848 gegen alle Widerstände den Bau der Semmeringbahn nach den Plänen Karl Ghegas durch. Als international führender Sachverständiger in Verkehrsfragen entfaltete er eine weit über Österreichs Grenzen hinausgehende Tätigkeit. Seine hervorragendste Leistung war die Planung des Suezkanals, der ausschließlich nach seinen Plänen ausgeführt wurde. 1857 ernannte ihn der ägyptische Vizekönig zum Generalinspektor für den Kanalbau, den er bis zu seinem Tode allein leitete. Negrelli erhielt zahlreiche Ehrungen und Auszeichnungen und wurde 1850 nobilitiert.

Lit.: ÖBL, VII. Bd., Wien 1978, S. 56f.

Wien, Niederösterreichische Landesbibliothek, Inv.-Nr. P 1349 A. M.

## 11.7.5 Johann Nepomuk Reithoffer (1781–1872), Bildnis

J. Blechinger
Heliogravure; H. = 19,5 cm, B. = 14,5 cm
Photokopie

Als Sohn eines Schneidermeisters geboren in Feldsberg, NÖ (heute Valtice, CSSR), übte J. N. Reithoffer selbst dieses Handwerk aus, beschäftigte sich aber früh mit der Herstellung wasserdichter Stoffe, wofür er 1824 ein Privileg erhielt. Er legte sein Schneider-Meisterrecht zurück, um sich ausschließlich dieser Aufgabe zu widmen. Im Jahre 1828 gelang es ihm, ein Patent für das Verweben von Kautschukfäden zu erhalten. Nach weiteren entscheidenden Verbesserungen, die er gemeinsam mit seinem Sohn Eduard und August Purtscher erarbeitet hatte, wurde ihm 1831 ein Privilegium für das Verfahren, *die Elastizität der Kautschukfäden zu lähmen und nach der Verarbeitung ihre alte Spannkraft wiederherzustellen,* zuerkannt. Reithoffer, der in Wimpassing (Niederösterreich) noch 1831 eine Fabrik zur Herstellung von gummierten Geweben aufbaute, kann als der Begründer der Kautschuk-Industrie und -Weberei in Österreich bezeichnet werden.

Lit.: *Mentschl, J.; Otruba, G.,* Österreichische Industrielle und Bankiers, Wien 1965, S. 77–80.

Wien, Österreichische Nationalbibliothek, Bildarchiv, Inv.-Nr. Pb 40.173 A. M.

## 11.7.6 Heinrich Drasche von Wartinberg (1811–1880)

um 1860
Photographie

War der Sohn eines Brünner Kaufmannes, dessen Vorfahren aus den Niederlanden stammten. Er beerbte Alois Miesbach, einen Onkel mütterlicherseits, der Ziegeleien in Inzersdorf und Meidling besaß. Durch die Umstellung von Holz- auf Kohlenfeuerung in den Ziegeleien (1829/30) erwachte sein Interesse an Kohlenförderung. Er studierte Bergbau in Schemnitz (Banska Stiavnica, heute CSSR) und bereiste die wichtigsten Kohle produzierenden Länder Europas. Ab 1837 erwarb er insgesamt 15 Kohlengruben in Österreich, Böhmen und Ungarn. Ferner betrieb er 12 Ziegeleien und eine Terrakottafabrik in Inzersdorf. Durch die Errichtung der Ringstraßenbauten nahmen seine Geschäfte großen Aufschwung. Seine Gewinne legte er in Grundkäufen an und beteiligte sich maßgeblich an der Stadterweiterung. Er kann als einer der vermögendsten privaten Grundbesitzer und Bauherren Wiens in der Gründerzeit angesehen werden (Heinrichs-Hof). Heinrich Drasche bemühte sich auch um Sozialeinrichtungen in seinen Betrieben („Berg-Bruderladen", „Arbeiter-Cassen" zur Krankenfürsorge, Pensionsfonds für Beamte, Arbeiterwohnbauten etc.). Für seine Leistungen wurde er im In- und Ausland mehrmals ausgezeichnet und 1870 in den österreichischen Ritterstand erhoben.

Lit.: *Mentschl, J.; Otruba, G.,* Österreichische Industrielle und Bankiers, Österreich-Reihe, Bd. 279/281, S. 111–117. – *Merk, G.,* Zwei Pioniere der österreichischen Industrie Alois Miesbach und Heinrich Drasche, Wien 1966.

Wien, Österreichische Nationalbibliothek, Bildarchiv, Inv.-Nr. Pf 6468 B2 A. M.

## 11.7.7 Anton Dreher und die Brauerei in Schwechat

Abb. S. 195
V. Katzler
Lithographie; H. = 51,5 cm, B. = 64 cm

Das Anton Dreher gewidmete „Erinnerungsblatt" beinhaltet Ansichten aller seiner Betriebe und Häuser: Brauerei, Thurmmühle, Rothmühle und die Bierhallen am Opernring und an der Landstraße.
Anton Dreher (1810–1863) stammte aus einer Bierbrauerfamilie in Klein-Schwechat und erwarb sich nach Absolvierung des Piaristen-Gymnasiums umfassende Kenntnisse hinsichtlich der Biererzeugung auf seinen Reisen in Bayern und England. Durch besondere Methoden beim Mälzen und Gären erzeugte er ein länger haltbares Bier, als es bis dahin bekannt war. Da Dreher auch die Rohprodukte Malz und Hopfen auf seinen Gütern produzierte, erzielte er größere Gewinne und konnte seine Brauerei bald in einen Großbetrieb von internationalem Format ausbauen. Er gründete auch Filialen in Böhmen, Ungarn und Italien. Neben seinen Geschäften widmete er sich als Anhänger der liberalen Partei der Politik. Zunächst war er Bürgermeister von Schwechat, dann Landtagsabgeordneter und schließlich Delegierter im Reichsrat.

Lit.: *Mentschl, J.; Otruba, G.,* Österreichische Industrielle und Bankiers, Wien 1965, S. 101–105.

Wien, Niederösterreichische Landesbibliothek, Inv.-Nr. P 374 A. M.

# 11.8 Die Entwicklung der Photographie

## 11.8.1 Porträt Peter Wilhelm Friedrich Voigtländer

Daguerreotypie, im Originalrahmen mit Etui; H. = 26 cm, B. = 20 cm

Wien, Sammlungen der Höheren Graphischen Bundes-Lehr- und Versuchsanstalt M. K.

11.8.2 **Das Comité der Photographischen Gesellschaft in Wien**

Viktor Angerer; 1877
Woodbury-Druck von Ad. Braun & Comp., Dornach; H. = 9,5 cm, B. = 14,5 cm

Diese 1861 gegründete Gesellschaft ist die älteste im deutschen Sprachraum.

Wien, Sammlungen der Höheren Graphischen Bundes-Lehr- und Versuchsanstalt M. K.

11.8.3 **Metallkamera**

Erzeuger: P. W. F. Voigtländer; 1841
Konisches Gehäuse für runde Daguerreotypien mit dem Durchmesser von 55 mm

Die Fokussierung erfolgte auf einer Mattscheibe mit Hilfe einer Lupe. Dann wurde die Mattscheibe entfernt und im Dunkelzelt eine Daguerreotypplatte eingelegt. Anschließend wurde die Kamera wieder auf die Gabel gelegt und war aufnahmebereit.

Wien, Sammlungen der Höheren Graphischen Bundes-Lehr- und Versuchsanstalt M. K.

11.8.4 **Porträtobjektiv** (zu Kat.-Nr. 11.8.3)

1841; Brennweite 130 mm, Lichtstärke 1 : 4,5

Nach der Berechnung von Joseph Petzval (1807–1891), geschliffen von P. W. F. Voigtländer; die Fassung stammt von Carl Dietzler (gest. 1872).

Wien, Sammlungen der Höheren Graphischen Bundes-Lehr- und Versuchsanstalt M. K.

11.8.5 **Kastenkamera**

Erzeuger: C. P. Goerz, Patent Anschütz
Aufnahmeformat 9×12 cm

Der Vorderteil ist in Form eines Pyramidenstumpfes gehalten.

Wien, Sammlungen der Höheren Graphischen Bundes-Lehr- und Versuchsanstalt M. K.

11.8.6 **Objektiv** (zu Kat.-Nr. 11.8.5)

Erzeuger: C. P. Goerz
Doppel-Anastigmat „Syntor“
Brennweite 120 mm, Lichtstärke 1 : 6,8

Wien, Sammlungen der Höheren Graphischen Bundes-Lehr- und Versuchsanstalt M. K.

11.8.7 **Stereo-Reisekamera**

Um 1870
Aufnahmeformat 2×(9×12 cm)

Die Grundplatte ist mit einer Schiene und fixierbarer Zahntriebstellung versehen, die Objektivplatte ist hochverschiebbar.

Wien, Sammlungen der Höheren Graphischen Bundes-Lehr- und Versuchsanstalt M. K.

11.8.8 **Dankschreiben des Großherzogs von Hessen für eine ihm gespendete Perspektive und Verleihung des Ritterkreuzes I. Klasse des Verdienstordens Philipp des Großmütigen an Peter W. Fr. Voigtländer.**

Darmstadt, 1865 Mai 31
Papier bzw. Porzellan; H. = 28,3 cm, B. = 28,3 cm

Braunschweig, Stadtarchiv, Inv.-Nr. G. IX/45, Nr. 84 H. K.

## 11.9 Öffentliches und privates Bauen

11.9.1 **Wien, Gebäude des Österreichischen Ingenieur- und Architektenvereines**

I., Eschenbachstraße
Otto Thienemann, 1870–1872

Druck; H. = 20,3 cm, B. = 25 cm

Der 1848 neu konstituierte Verein plante zu seinem 25jährigen Bestehen einen repräsentativen Bau, der die Bedeutung der Institution, welcher doch in der aufstrebenden Ringstraßenepoche eine so große Rolle zufiel, in entsprechender Weise manifestieren sollte. Die Wahl fiel auf den Architekten Thienemann (1827–1905), dessen Entwurf bei der Konkurrenz zwar den zweiten Preis zugesprochen bekam, der sich allerdings schon bei der Rathaus-Konkurrenz mit einem prämiierten Entwurf hervorgetan hatte. War ihm dessen Realisierung damals versagt geblieben, so brachte er nun seine Vorstellung einer trotz Formenreichtum maßvollen Palastarchitektur wirkungsvoll zur Geltung.

Lit.: *Wagner-Rieger, R.*, Wiens Architektur im 19. Jahrhundert, S. 198f.

Wien, Historisches Museum der Stadt Wien, Inv.-Nr. 9.672 S. K.

**11.9.2 Wien, Künstlerhaus**

I., Karlsplatz
August Weber, 1865–1868; Seitenflügel: A. Streit, Fr. Schachner 1881

I. Varrone
Aquarell; H. = 10,6 cm, B. = 16,5 cm

1861 hatte die „Genossenschaft der bildenden Künstler Wiens" den Bau eines geeigneten Ausstellungs- und Versammlungsgebäudes beschlossen, noch im selben Jahr wurde eine Konkurrenz ausgeschrieben. Der erste Preis wurde August Weber (1836–1903), einem Schüler van der Nülls und Sicardsburgs, zugesprochen, der sich in dieser Zeit noch einen zweiten Auftrag für ein repräsentatives Vereinsgebäude, die „Blumensäle" der Gartenbaugesellschaft (erbaut 1863–1864), sichern konnte.

Lit.: *Neuwirth, W. M.,* Vor hundert Jahren: Schlußstein am Wiener Künstlerhaus, in: alte und moderne Kunst 100/1968, S. 24f. – Festschrift „100 Jahre Künstlerhaus". – *Springer, E.,* Geschichte und Kulturleben der Wiener Ringstraße. Die Wiener Ringstraße, Bd. II, 1979, S. 275f.

Wien, Historisches Museum der Stadt Wien, Inv.-Nr. 61.658 S. K.

**11.9.3 Wien, Kursalon**

I., Stadtpark
Johann Garben, 1865–1867

Aquarell; H. = 23,5 cm, B. = 29,5 cm

1862 wurde nach dem Entwurf des Malers Josef Selleny der Stadtpark angelegt, und ein Jahr später schrieb die Gemeinde Wien eine Konkurrenz zur Errichtung eines Gebäudes aus, das die neue Parkanlage verschönern und gleichzeitig als Kurzentrum und als festlicher Schauplatz verschiedener gesellschaftlicher Veranstaltungen der Gemeinde dienen sollte.

Lit.: *Wagner-Rieger, R.,* Vom Klassizismus bis zur Sezession. Geschichte der Stadt Wien, Neue Reihe, Band VII/3. Wien 1973, S. 200f; – *Springer, E.,* Geschichte und Kulturleben der Wiener Ringstraße. Die Wiener Ringstraße, Bd. II, 1979, S. 287–293.

Wien, Historisches Museum der Stadt Wien, Inv.-Nr. 93.768 S. K.

**11.9.4 Budapest, Neue Redoute** Abb.

Vigadó-Platz
Frigyes Feszl; 1859–1864

Photographie; H. = 11 cm, B. = 17,5 cm

Kat.-Nr. 11.9.4

Der Bau dieses Budapester Ball- und Konzertgebäudes sicherte seinem Architekten den Ruhm als Hauptmeister der ungarischen Romantik. Dennoch kann die reiche Formensprache der Redoute nicht darüber hinwegtäuschen, daß der Bau zur Zeit seiner Vollendung – darin dem Wiener Opernhaus vergleichbar – künstlerisch bereits überholt war. Ganz im Gegenteil zu Ybl, der ja auch lange ausgesprochen „romantische" Architektur gebaut hatte, konnte sich Feszl bei der Anwendung und Verbreitung des neuen „klassischen" Kunstideals nicht entsprechend durchsetzen.

Lit.: *Tóth-Epstein, E.* (Hg.), Historische Enzyklopädie von Budapest, Budapest 1974, S. 292ff.

Budapest, Budapesti Történeti Múzeum, Inv.-Nr. 23/111/20 S. K.

**11.9.5 Prag, Rudolfinum**

(heute Künstlerhaus)

Staré město, náměstí rudoarmějců
Josef Zítek, unter Mitarbeit von Josef Schulz; 1876–1884

Photokopie nach: Zprávy Spolku architektů a inženýrů v Čechách, Jg. 1885

Zur Feier ihres 50jährigen Bestehens entschloß sich die Böhmische Sparkasse zur Stiftung eines monumentalen Baues, welcher der Musik und der bildenden Kunst dienen sollte. 1876 erwarb die Sparkasse ein Grundstück am Rande der Altstadt,

und der Bau – zu Ehren des Thronfolgers „Rudolfinum“ benannt – wurde unverzüglich in Angriff genommen. Sein Architekt Zítek (1832–1909), Professor an der Prager Technik, hatte sich schon 1862 mit dem Bau des Museums in Weimar (1881 vollendet) im Ausland einen Namen gemacht, in Prag selbst wurde er als Gewinner der Konkurrenz für das Nationaltheater zur führenden Architektenpersönlichkeit.
In der Hauptfassade des Rudolfinums verschmolz Zítek in geschickter Weise einzelne charakteristische Gestaltungselemente der beiden Theaterbauten Gottfried Sempers in Dresden zu einer imposanten Einheit. Hinter dieser Schauwand liegt, von prunkvollen Foyers erschlossen, der große (heute Dvořak-) Konzertsaal, von Josef Schulz im Sinne des französischen Klassizismus entworfen. Im Anschluß daran erstreckt sich der größere, ehemals für museale Zwecke bestimmte Teil des Baukomplexes.

Lit.: *Poche, E.* u. a., Praha národního probuzení, S. 163f.

Praha, Muzeum hlavního města Prahy, Inv.-Nr. 9042/2 S. K.

## 11.9.6 Wien, Heinrichshof

Ehem. I., Opernring 1, 3, 5
Theophil Hansen; 1860

Druck; H. = 16 cm, B. = 24 cm

Während der Wettbewerb für das neue Opernhaus noch im Gange war, wurde Hansen mit der Gestaltung des gegenüberliegenden Areals beauftragt: für den Ziegelfabrikanten Heinrich von Drasche sollte er über sechs Parzellen einen einheitlichen Zinshausblock errichten. Für Wiens Verhältnisse war die Aufgabe zwar nicht neu, Hansens beispielhafte Lösung jedoch, die Zinshausgruppe als ein ins Riesenhafte gesteigertes Palais zu behandeln, begründete eine neue, langwährende Tradition. Gleich für diese seine erste Arbeit an der Ringstraße wählte Hansen das Renaissance-Vorbild und wies damit auch die Richtung, welche die Architektur künftig nehmen sollte.

Lit.: *Wagner-Rieger, R.; Reissberger, M.*, Theophil v. Hansen. Die Wiener Ringstraße Bd. VIII/4. Wiesbaden 1980, S. 57f.

Wien, Historisches Museum der Stadt Wien, Inv.-Nr. 9.277 S. K.

## 11.9.7 Wien, Palais Wertheim

I., Schwarzenbergplatz 17
Heinrich von Ferstel; 1864–1868

Photokopie nach: Wiener Bauhütte VII, 1869

Ferstel, ab 1863 mit dem Bau des Palais für Erzherzog Ludwig Viktor beschäftigt, wurde mit der Gesamtgestaltung des Platzes beauftragt. Sein Konzept sah eine großzügige architektonische Umrahmung des Denkmals vor, deren prominentester Bau das an der Ecke zum Schubertring errichtete Palais Ludwig Viktor war. Es ist jedoch bezeichnend für die tiefgreifende soziale Umstrukturierung des fortschreitenden 19. Jahrhunderts, daß sein Pendant von einem echten Selfmademan, einem Mitglied des aufstrebenden Großbürgertums, in Auftrag gegeben wurde. Und Ferstel verstand es recht taktvoll, mit künstlerisch fein nuancierter Sprache die soziale Differenzierung anzudeuten: so tritt beim Palais Wertheim an Stelle der Hoheitsform der Säule im piano nobile der Kolossalpilaster, an Stelle des reichen Figurenschmucks des obersten Geschosses erhält die Wand nur durch Hermen ihr plastisches Profil.

Lit.: *Hennings, F.*, Die Ringstraße – Symbol einer Epoche, Wien 1977, S. 52f. – *Kassal-Mikula, R.*, Heinrich von Ferstel, Ausst.-Kat. Wien 1983, S. 64f.

S. K.

## 11.9.8 Das Wiener Cottage

XVIII., Währing-Döbling

Farbiger Druck; H. = 24,2 cm, B. = 32,2 cm

Ferstels Idee des Einfamilienhauses nach englischem Vorbild kam nach Jahren in der Anlage des Cottage-Viertels doch noch zur Ausführung; es handelte sich jedoch nicht mehr um die Integration des Wohnhauses in den innerstädtischen Bereich, sondern um die großräumige Konzeption einer Gartenstadt.
Am 13. April 1873 wurde der Wiener Cottage-Verein gegründet, ein Jahr später begann man nach Plänen und unter der Leitung des Chefarchitekten Karl von Borkowski mit der Bebauung. Der Hauptakzent bei den verschiedenen Villentypen lag u. a. auf einer der romantischen Tradition verpflichteten, „malerischen“ Erscheinung.

Lit.: *Wagner-Rieger, R.*, Wiens Architektur im 19. Jahrhundert, Wien 1970, S. 216. – *Kassal-Mikula, R.*, Heinrich von Ferstel, Ausst.-Kat. Wien 1983, S. 84.

Wien, Historisches Museum der Stadt Wien, Inv.-Nr. 24.662 S. K.

11.9.9 **Gmunden, OÖ, Villa Wisgrill**

Heinrich von Ferstel; 1860–1861

Photokopie nach: Allgemeine Bauzeitung, Jg. 1862

Privat Bautätigkeit – Schloßadaptierungen, oft in Zusammenarbeit mit seinem Onkel Friedrich Stache, sowie Villen- und Palaisbauten – stand am Anfang von Ferstels Karriere, und die Bauten und Entwürfe aus dieser Zeit zeigen deutlich seine Empfänglichkeit für das gerade in diesem Bereich der Architektur so beliebte „romantische" Element; die Eindrücke seiner England-Reise wirkten sich hier zweifelsohne besonders anregend aus (s. Kat.-Nr. 11.9.8). Auch war die Auftragslage vor der Inangriffnahme der Großaufgabe der Stadterweiterung recht günstig: im städtischen Bereich relativ beschränkt, bot die Architektur gerade in dem nach Jahrhundertmitte rasch populär werdenden bürgerlichen Villenbau den Architekten eine Vielzahl reizvoller Möglichkeiten. Ferstels für den Wiener Zimmermeister Carl Wisgrill am Traunsee errichtete Villa ist ein charakteristisches Beispiel dieses Genres: dem unregelmäßigen Grundrißkonzept entspricht der in seiner Mehransichtigkeit und Kleinteiligkeit bewußt „malerisch" komponierte Aufriß, dessen optischer Reiz noch durch die verschiedenen Materialien (Stein, Marmor, Ziegel, Holz) erhöht wird.

Lit.: *Wibiral, N.*, Heinrich von Ferstel und der Historismus in der Baukunst des 19. Jahrhunderts, Phil. Diss. Wien 1952, S. 147–148. – *Oberhammer, M.*, Sommervillen im Salzkammergut, Salzburg 1983, S. 66f.

## 11.10 Interieurs

11.10.1 **Runder Salon der Baronin Julie Kübeck**

Ludwig Hild; 1841
Aquarell; H. = 30 cm, B. = 43 cm

Der dargestellte Salon ist im Stil der Laxenburger Gotik eingerichtet. Die auf dem Bild porträtierte Julia Kübeck war die Tochter des Staatsministers Carl Friedrich Kübeck.

Lit.: Wien 1800–1850, Ausst.-Kat. Wien 1969, S. 128

Wien, Historisches Museum der Stadt Wien, Inv.-Nr. 55.988 A. M. / E. V.

Kat.-Nr. 11.10.2

11.10.2 **Salon im Stil des „Zweiten Rokoko"** Abb.

Franz Alt; 1860
Aquarell; H. = 14,4 cm, B. = 19,3 cm

Mit dem „Zweiten Rokoko" beginnt um etwa 1835 eine historisierende Stilrichtung, die Merkmale des späteren Historismus, wie hohe Qualität, Phantasie und Beschränkung auf adelige und großbürgerliche Kreise, erkennen läßt. Die Trennung zwischen höfischer und bürgerlicher Kunst erscheint als aufgehoben, die Ausstattung der Salons mit Mobiliar, Tischgeschirr etc. zeigt keinen Unterschied des Geschmacks mehr.

Wien, Historisches Museum der Stadt Wien, Inv.-Nr. 105.075 A. M.

11.10.3 **Blaues Schlafzimmer**

Raimund Mößmer; 1872
Aquarell; H. = 17,2 cm, B. = 21,3 cm

Das Schlafzimmer ist Teil der Wohnung des Franz Freiherrn Mattl von Löwenkreuz, der in seiner Funktion als Kanzleidirektor des Oberstallmeisteramtes im Hofstallgebäude (heute „Messepalast", 1070 Wien) residierte. Der Künstler lenkt den Blick des Betrachters durch die offenstehende Türe des Schlafzimmers in zwei angrenzende rote Salons. Das 1872 gemalte Interieur entspricht dem Geschmack der letzten Jahre vor der Jahrhundertmitte.

Wien, Historisches Museum der Stadt Wien, Inv.-Nr. 57.922 A. M.

**11.10.4 Bibliothek im Palais Dumba**

Rudolf von Alt; 1877
Aquarell (Gouache); H. = 34,4 cm, B. = 45,6 cm

Das Palais Dumba wurde 1865/1866 am Parkring (Wien) nach Plänen der Architekten Johann Romano und August Schwendenwein errichtet. Der prunkvollste Raum darin war die Bibliothek, das Arbeitszimmer, das mit Gemälden Hans Makarts ausgestattet war. Die in diesem Raum dargestellten Allegorien Musik, Malerei, Plastik, Wissenschaft, Handel, Industrie und Landwirtschaft weisen auf die Vielseitigkeit Nikolaus Dumbas hin, der als Unternehmer ebenso bekannt und erfolgreich war wie als Kunstmäzen.

Lit.: *Konecny, E.*, Die Familie Dumba und ihre Bedeutung für Wien und Österreich, Diss., Wien 1970. – *Springer, E.*, Geschichte und Kulturleben der Wiener Ringstraße, Wiesbaden 1979, S. 536–540.

Wien, Historisches Museum der Stadt Wien, Inv.-Nr. 58.125 A. M.

**11.10.5 Interieur im Amerling-Schlößl**

Rudolf von Alt; 1884
Aquarell; H. = 35,8 cm, B. = 50,3 cm

Der Maler Friedrich Amerling erwarb 1858 das Schloß Gumpendorf (1060 Wien, Mollardgasse 88) und stattete es nach seinem Geschmack mit wertvollen Kunstschätzen aus, weshalb es den Namen „Amerling-Schlößl“ erhielt. Das Interieur der Wohnräume gilt als besonders repräsentatives Beispiel des historistischen Stils der zweiten Hälfte des 19. Jahrhunderts.

Wien, Historisches Museum der Stadt Wien, Inv.-Nr. 31.282 A. M.

**11.10.6 Interieur**

Viktor Angerer; um 1865

Photographie, Abzug auf Zelloidinpapier; H. = 22,5 cm, B. = 28,5 cm

Wien, Sammlungen der Höheren Graphischen Bundes-Lehr- und Versuchsanstalt M. K.

## 11.11 Gesellschaftliches Leben

**11.11.1 Der Kiosk vor der Redoute**

Ignaz Ujvary; um 1890
Aquarell (Gouache); H. = 26 cm, B. = 36 cm

Am Korso des Donau-Ufers, von der Kettenbrükke bis zum Petöfi-Platz, gab sich die „elegante Welt“ Budapests ein Stelldichein. Hier konnte man die neuesten Toiletten bewundern, während die angesehendsten Bürger der Stadt bei Eis und Kaffee Konversation machten.

Lit.: Die österreichisch-ungarische Monarchie in Wort und Bild. Ungarn, Bd. III, Wien 1893, S. 147–151.

Budapest, Magyar Nemzeti Múzeum, Historische Bildergalerie, Inv.-Nr. 8.310 A. M.

**11.11.2 Die Eislaufhalle am Ufer des Stadtwäldchenteichs**

Paul Vágó; um 1890
Aquarell; H. = 22,3 cm, B. = 29,5 cm

Das Budapester Stadtwäldchen, ein Pendant zum Wiener Prater, war das „Sammelbecken des Volkslebens“, wo „die Genüsse des High Life mit den Unterhaltungen des Low Life“ Hand in Hand gingen. Typische Bauten der Gründerzeit schossen hier aus dem Boden, wie der Zirkus, das Sommertheater, der Eislaufpavillon, die Gebäude des Tiergartens und nicht zuletzt die Bauten der Landesausstellung. In der großen Industriehalle befand sich eine permanente Ausstellung für Industrie, Handel und Gewerbe. Die Halle der Eisläufer bildete an Winterabenden ein Zentrum des gesellschaftlichen Lebens, das mit „elektrischem Licht und rauschender Musik“ viele Menschen anlockte.

Lit.: Die österreichisch-ungarische Monarchie in Wort und Bild. Ungarn, Bd. III, Wien 1893, S. 133–142.

Budapest, Magyar Nemzeti Múzeum, Historische Bildergalerie, Inv.-Nr. T 8.314 A. M.

**11.11.3 Der Sophien-Bad- und Schwimm-Saal in Wien**

Um 1850
Druck; H. = 33,5 cm, B. = 46 cm

Das 1838 eröffnete Sophienbad (Marxergasse 17, 1030 Wien) wurde 1845 bis 1848 von van der Nüll und Sicardsburg baulich dergestalt verändert, daß der Mittelsaal als Schwimmhalle zur Verfügung stand; siehe Kat.-Nr. 11.11.4

Lit.: *Czeike, F.*, Das Große Groner Wien Lexikon, Wien 1974, S. 770.

Wien, Historisches Museum der Stadt Wien, Inv.-Nr. 76.539 A. M.

**11.11.4 Festlichkeit im Sophienbad-Saal**

Wien; um 1860
Xylographie, koloriert; H. = 15,5 cm, B. = 21 cm

Die 1845 bis 1848 errichtete Schwimmhalle wurde einige Jahre später zu einem repräsentativen Saal umgestaltet, der für Tanzveranstaltungen, Konzerte und Bankette zur Verfügung stand und auch als Baudenkmal bemerkenswert ist. Das Bild zeigt eine Ballveranstaltung.

Wien, Sammlungen der Gesellschaft der Musikfreunde O. B.

**11.11.5 Das große Christbaumfest des Allgemeinen Wiener Wohltätigkeitsvereines im Schwimmsalon des Dianabades 1852**

Bleistift; H. = 22,5 cm, B. = 30 cm

Das 1804 eröffnete Dianabad (Obere Donaustraße 93–95, 1020 Wien) wurde 1842 von den Architekten Etzel und Förster umgestaltet und erhielt eine gedeckte Schwimmhalle; diese konnte in der Wintersaison in einen Ballsaal, ein Konzert- und Tanzlokal umgebaut werden, in dem auch Wohltätigkeitsveranstaltungen abgehalten wurden.

Lit.: *Groner, R.,* Wien wie es war, 6. Aufl., Wien–München 1965, S. 115f.

Wien, Historisches Museum der Stadt Wien, Inv.-Nr. 23.555 A. M.

**11.11.6 Einladung zum Fest des Albrecht-Dürer-Vereins, 1849**

Zinkdruck; H. = 34 cm, B. = 29 cm

Das Gründungsjahr des „Albrecht-Dürer-Vereins", der ältesten Künstlervereinigung Wiens, ist umstritten (R. Schmidt: 1851, E. Springer: späte fünfziger Jahre). Wie die „Einladung" beweist, existierte der Verein bereits 1849, wahrscheinlich wird er sich bald nach 1846, von welchem Jahr an der „Albrecht-Dürer-Saal im Gasthaus „Zum blauen Strauß" auf der Laimgrube, Kothgasse 162, als Künstler-Gesellschaftslokal bekannt war, konstituiert haben (siehe auch Kat.-Nr. 11.11.7).

Lit.: *Schmidt, R.,* Das Wiener Künstlerhaus, 1951. – *Springer, E.,* Geschichte und Kulturleben der Wiener Ringstraße, Wiesbaden, 1979, S. 55–58.

Wien, Historisches Museum der Stadt Wien, Inv.-Nr. 111.016 A. M.

**11.11.7 Rückzug vom Leopoldsberg**

Radierung; H. = 17 cm, B. = 25 cm

Die vom Albrecht-Dürer-Verein, der ältesten geselligen Vereinigung der bildenden Künstler Wiens (siehe Kat.-Nr. 11.11.6), veranstalteten Jahresfeste zählten zu den bekanntesten Festlichkeiten des gesellschaftlichen Lebens in der Kaiserstadt. Der Künstler zeigt den „Abstieg" der Teilnehmer vom nächtlichen Leopoldsberg im Lampionschein.

Lit.: *Springer, E.,* Geschichte und Kulturleben der Wiener Ringstraße, Wiesbaden 1979, besonders S. 55–58 und 275–280.

Wien, Historisches Museum der Stadt Wien, Inv.-Nr. 96.974/6 A. M.

**11.11.8 Das Direktorium der Gesellschaft der Musikfreunde in Wien anläßlich der 50-Jahr-Feier**

Ludwig Angerer; 1862
Photographie

Aufgenommen *zur Erinnerung an die Feier des fünfzigjährigen Bestandes der Gesellschaft der Musikfreunde am 31. Dezember 1862.* Mit den Unterschriften der 14 Direktionsmitglieder. Sie entstammten zum kleineren Teil dem Adel (Fürst Constantin Czatoryski, von Dratschmiedt, von Stubenrauch), zum größeren Teil dem gehobenen Bürgertum; auffallend stark sind Mediziner vertreten. Unter den vierzehn Persönlichkeiten befinden sich auch zwei Berufsmusiker.

Wien, Sammlungen der Gesellschaft der Musikfreunde O. B.

**11.11.9 Bewegtes Leben**

Schnell-Polka für Pianoforte
Carl Michael Ziehrer, op. 71
Wien, Carl Haslinger 13567 [1866]

Das lithographierte Titelblatt (A. Grube, Wien) zeigt in sieben Genre-Szenen bürgerliche Unterhaltungen: Tanz im Freien, Ballonfahrt, Reise, Ballett, Paar auf der Schaukel im Grünen, Ruderboot, Liebeserklärung, Pferderennen.

Lit.: *Schönherr, Max,* Carl Michael Ziehrer. Sein Werk – sein Leben – seine Zeit, Wien 1974, S. 109.

Wien, Archiv der Gesellschaft der Musikfreunde, Inv.-Nr. XV 66500 O. B.

**11.11.10 Telegramme aus der Neuen Welt**

Walzer für das Pianoforte
Carl Michael Ziehrer, op. 60
Wien, Carl Haslinger 13515 [1866]

In den Jahren 1860/61 errichtete Karl Schwender in Hietzing ein *Sommervergnügungsetablissement ersten Ranges* mit dem Namen „Neue Welt", an das heute noch die Neue Welt-Gasse erinnert. Das lithographierte Titelblatt zeigt links oben ein Parkfest in der „Neuen Welt", oberhalb des Titels Telegraphendrähte, die zwei Putti (in einem Frack und in einem Ballkleid) miteinander verbinden. Daß 1866 ein Walzer den Titel „Telegramme" erhalten hat, assoziiert die Entscheidung Papst Pius IX. aus dem Jahre 1865, einen Text zur Segnung von Telegraphenapparaten zu approbieren, was in vielen Augen eine Anerkennung für diese neue Erfindung bedeutet und ihr eine realistische Einschätzung gegeben hat.

Lit.: *Schönherr, Max,* Carl Michael Ziehrer. Sein Werk – sein Leben – seine Zeit, Wien 1974, S. 98f.

Wien, Archiv der Gesellschaft der Musikfreunde, Inv.-Nr. XV 66501 O. B.

**11.11.11 Tanzsaal zum Schwarzen Bock**

Wien 3, Beatrixgasse 1 – Landstr. Hauptstr. 10

Ursprünglich ein Einkehrwirtshaus „Zum Schwarzen Bock" wandelte es sich in den dreißiger Jahren des 19. Jahrhunderts zum Vergnügungslokal, in dem bekannte Volkssänger auftraten. Seine Blütezeit erlangte es in den siebziger Jahren.

Lit.: *Groner, R.,* Wien wie es war, 6. Aufl., Wien–München 1965, S. 73.

Wien, Historisches Museum der Stadt Wien, Inv.-Nr. 76.615/263 A. M.

**11.11.12 Daums Elysium**

Lithographie; H. = 27 cm, B. = 35 cm

Neben anderen Lokalen unterhielt der Cafetier und Hoftraiteur Josef Daum seit 1840 das sogenannte „Elysium" (zwischen Annagasse und Johannesgasse im ersten Wiener Gemeindebezirk), das bald zu einer weltbekannten Attraktion wurde. Berühmt waren u. a. die Maskenzüge in der Faschingszeit; „Daums Elysium" wurde 1863 geschlossen.

Lit.: *Czeike, F.,* Das Große Groner Wien-Lexikon, 1974, S. 83f.

Wien, Historisches Museum der Stadt Wien, Inv.-Nr. 76.615/173 A. M.

**11.11.13 Sektfrühstück im Sacher**

Karl Karger; 1877
Bleistift; H. = 28 cm, B. = 36,1 cm

Der Künstler bringt die launige und beschwingte Atmosphäre eines Sektfrühstücks in einem Extrazimmer des Hotel Sacher zum Ausdruck.

Wien, Historisches Museum der Stadt Wien, Inv.-Nr. 4.312 A. M.

**11.11.14 Die erste Soiree im Hofoperntheater, Wien**

Zeitungsdruck; H. = 37,5 cm, B. = 53 cm

Das neue Hofoperntheater wurde in den Jahren 1863 bis 1869 von Eduard van der Nüll und August von Sicardsburg errichtet und am 25. Mai 1869 mit Mozarts „Don Giovanni" eröffnet. Der Druck zeigt die erste Soiree im neuen Haus.

Lit.: *Hoffmann, H. Chr.; Krause, W.; Kitlitschka, W.,* Das Wiener Opernhaus, Wiesbaden 1972.

Wien, Historisches Museum der Stadt Wien, Inv.-Nr. 20.559 A. M.

**11.11.15 Ballfest im Theater an der Wien, 1880**

Zeitungsdruck; H. = 33 cm, B. = 50 cm

In der zweiten Hälfte des 19. Jahrhunderts erlebte das traditionsreiche Theater an der Wien seine „goldene Operettenzeit", in der auch zahlreiche Festveranstaltungen in seinen Räumen abgehalten wurden.

Wien, Historisches Museum der Stadt Wien, Inv.-Nr. 76.615/28 A. M.

**11.11.16 Tanzordnung anläßlich der Eröffnung der Universität**

1874
Papier, Druck, Seideneinband; H. = 7 cm, B. = 2,5 cm

Die unter dem Banus Mažuranić gegründete neue Universität war die Krönung einer bereits 200jährigen Tradition des Hochschulunterrichtes in Kroatien.

Zagreb, Muzej grada Zagreba, Inv.-Nr. 141
A. M.

**11.11.17 Zagreber Damen beim Kaffee sitzend**

Photographie von J. Hühn

Zagreb, Muzej grada Zagreba A. M.

**11.11.18 Schauspielerin**

Fritz Luckhardt; 1873

Photographie, Abzug auf Harzstärkepapier; H. = 24 cm, B. = 19,5 cm

Wien, Sammlungen der Höheren Graphischen Bundes-Lehr- und Versuchsanstalt M. K.

## 11.12 Familienleben

**11.12.1 Gruppenaufnahme einer vornehmen Familie**

Abb.

Ludwig Angerer; 1867

Photographie, Abzug auf Zelloidinpapier; H. = 21,5 cm, B. = 29 cm

Wien, Sammlungen der Höheren Graphischen Bundes-Lehr- und Versuchsanstalt M. K.

Kat.-Nr. 11.12.1

**11.12.2 Mitglieder der Familie Turkovic**

F. Keleman; 1875
Photographie

Die aus dem kroatischen Küstenland stammende Unternehmerfamilie betrieb in Kraljevica eine Schiffswerft, zog in der zweiten Hälfte des 19. Jahrhunderts landeinwärts nach Binnenkroatien, wo sie sich dem Holzhandel widmete.

Lit.: *Despot, Miroslava,* Industrija gradjanske Hrvatske 1860–1873 (Die Industrie des bürgerlichen Kroatiens 1860–1873), Zagreb 1970

Zagreb, Privatbesitz A. M.

**11.12.3 Mitglieder der Familie Krešić vor ihrem Haus**

E. Haze; 1865
Photographie

Die aus Karlovac stammende und dem Großhandel nachgehende Familie Krešić übersiedelte um die Mitte des 19. Jahrhunderts nach Agram (Zagreb), wo sie bald bedeutende Vertreter des kaufmännischen Bürgertums stellte.

Lit.: *Karaman, Igor,* Privreda i društvo Hrvatske u 19. Stoljecu (Wirtschaft und Gesellschaft Kroatiens im 19. Jahrhundert), Zagreb 1972, S. 9–37. – *Despot, Miroslava,* Industrija gradjanske Hrvatske 1860–1873 (Die Industrie des bürgerlichen Kroatiens 1860–1873), Zagreb 1970.

Zagreb, Privatbesitz A. M.

**11.12.4 Die Familie Hellenbach**

I. Standl; 1874
Photographie

Lazar Freiherr von Hellenbach (1827–1887), Großgrundbesitzer, Philosoph und Schriftsteller, kann als der bedeutendste Vertreter dieser Familie angesehen werden. In den sechziger und siebziger Jahren des 19. Jahrhunderts war er führend am Ausbau des Eisenbahnnetzes sowie an der Schaffung eines leistungsfähigen Kreditapparates in Kroatien beteiligt. Außer seinen philosophischen, von Schopenhauer ausgehenden Werken verfaßte er Arbeiten über die wirtschaftlichen und sozialen Verhältnisse in Österreich, worin er u. a. gegen die Lebensform der Hauskommunion (Zadruga) Stellung nahm.

Lit.: ÖBL, 2. Bd., 1959, S. 258. – *Krestić, Vasilije*, Hrvatska – ugarska nagodba 1868 (Der kroatisch-ungarische Ausgleich 1868), Beograd 1969.

Zagreb, Muzej za umjetnost i obet A. M.

### 11.12.5 Speise- und Glasservice mit gravierter Blümchen-Borde

Abb.

Ausführung: Glas: J. & L. Lobmeyr, Wien, um 1875; Porzellan: Fischer und Mieg, Böhmen; Silber: Klinkosch, Wien

Kristallglas geschliffen, ornamentale Kupferrad Gravierung; Porzellan mit Email- und Goldmalerei mit LL-Spiegelmonogramm; reich ornamentierte Silbermontierung des Aufsatzes

a. Obstaufsatz: H. = 23 cm, B. = 48 cm, T. = 29 cm, Boden-Dm. = 19 cm

b. Weinkaraffe: H. = 33 cm, Dm. = 14 cm (2tlg.)

c. Fußbecher: H. = 13 cm, Dm. = 7,5 cm

d. Champagner Tulpenform: H. = 15 cm, Dm. = 8 cm

e. Sauciere mit Deckel: H. = 15 cm, B. = 24 cm, T. = 15 cm (2tlg.)

Gezeigt sind Teile aus dem persönlichen Speise- und Trinkservice Ludwig Lobmeyr's, welches er für die stadtbekannten „Lobmeyr-Abende" verwendete. Auf Drängen vieler seiner Freunde wur-

Kat.-Nr. 11.12.5

de das Glasservice etwa ab 1885 bis nach 1900 auch in das Verkaufsprogramm seiner Firma aufgenommen.

Lit.: *Schmidt, R.*, 100 Jahre österreichische Glaskunst, Lobmeyr 1823–1923, Wien 1925. – *Rath, Stefan*, Lobmeyr, Wien 1962.

Wien, J. & L. Lobmeyr H. R.

**11.12.6 Ein Abend bei Lobmeyr** Abb. S. 195

Layout von Photographie und Zeichnung Theo Zasche; um 1900

Druck auf Karton kaschiert, Photo-Darstellung eines Abends bei Ludwig Lobmeyr, Ornamentrahmen und weibliche Figur mit Hut und Blumenkranz nach Entwurf von Theo Zasche, unter dem Photo Autogramme der an diesem Abend teilnehmenden Gäste.

Ein Blick in das Gästezimmer Ludwig Lobmeyr's, der im Kreise seiner Freunde am festlich gedeckten Tisch (siehe Kat.-Nr. 11.12.5) unter einem Kristalluster (ähnlich Kat.-Nr. 11.1.12) am Tischende sitzt.
Die Lobmeyr-Abende waren stadtbekannt, Einladungen hiezu eine große Ehre, Gäste waren – manchmal bewußt gemischt – Persönlichkeiten aus Politik, Kunst, Wirtschaft und Wissenschaft. Lediglich einmal im Jahr wurden auch Damen geladen, die mit eigens für diese Abende ausgeführten Damenspenden (kleine Vasen) bedacht wurden.

Lit.: *Schmidt, R.*, 100 Jahre österreichische Glaskunst, Lobmeyr 1823–1923, Wien 1925.

Wien, J. & L. Lobmeyr H. R.

**11.12.7 Spieltisch aus der Wohnung Ludwig Lobmeyr's**

Entwurf von Theophil v. Hansen, ausgeführt wahrscheinlich von Anton Fix, Wien, um 1875
Aufklappbare Platte, eingelegtes Holz poliert, auf 4 mit Löwenköpfen und Pranken verzierten, geschnitzten Füßen, Platte aufgeklappt mit grünem Filz tapeziert; H. = 82 cm, B. = 94 cm, T. = 47 cm, aufgeklappt 94 cm

Teil der Einrichtung der Privatwohnung L. Lobmeyr's. Theophil v. Hansen war ein guter Freund Ludwig Lobmeyr's und hat diesem die Entwürfe so mancher Einrichtungsgegenstände (angeblich ohne Berechnung) geliefert. Aus der Wohnung L. L. sind außerdem noch vorhanden: 1 ovaler Sitzungstisch, insgesamt 4 Sessel, 1 Holzablage und 1 Spucknapf.

Lit.: *Himmelheber, G.*, Möbel des Historismus, München.

Wien, J. & L. Lobmeyr H. R.

**11.12.8 Zwei Sessel aus der Wohnung Ludwig Lobmeyrs**

Entwurf von Theophil v. Hansen, ausgeführt wahrscheinlich von Anton Fix, Wien, um 1875
Sessel mit Rücklehne, geschnitztes und gedrechseltes dunkelbraunes Holz, verleimt, 4 Füße; abhebbare Sitzfläche und Rücklehne mit gepolstertem Leder durch Messingknöpfe tapeziert. Lehne: H. = 87 cm, Sitzfläche: H. = 47 cm, B. = 48 cm, T. = 45 cm

Zwei von vier vorhandenen Sesseln zu Spieltisch passend (siehe Kat.-Nr. 11.12.7).

Lit.: *Himmelheber, G.*, Möbel des Historismus, München.

Wien, J. & L. Lobmeyr H. R.

**11.12.9 Gesellschaftsszene**

Hans Makart; 1874/75
Öl auf Leinen; H. = 47 cm, B. = 74 cm

Salzburg, Salzburger Residenzgalerie, Inv.-Nr. 394

## 12. BEAMTENTUM

### 12.1 Ernest Mayerhofer: Handbuch für den politischen Verwaltungsdienst ... im Kaiserthum Oesterreich

Wien, Friedrich Manz 1856 (1. Auflage)
Photokopie

Das Silvesterpatent vom 31. Dezember 1851 leitete in Österreich den sogenannten Neoabsolutismus ein. Unter anderem wurden die Bezirkshauptmannschaften liquidiert; zahlreiche sogenannte „gemischte" Bezirksämter traten an ihre Stelle. Sie vereinten Justizpflege und Verwaltung – von demokratischem Standpunkt aus eine Katastrophe. Der k. k. Statthalterei-Concipist Mayerhofer verfaßte nun sein Handbuch vor allem, wie er im Vorwort schreibt, für die Beamten dieser Behörden. Der „Mayerhofer" erlebte fünf Auflagen und blieb bis zum Ende der Monarchie ein unentbehrliches Handbuch der Beamtenschaft.
Wie stark die Verwaltung expandierte – nicht nur aufgrund des Parkinsonschen Gesetzes, sondern auch durch die rapide Entwicklung der agrarischen Gesellschaft zur arbeitsteilig-industriellen – zeigen folgende Zahlen besser als Worte:
2. Auflage: 1859 (1 Band)
3. Auflage: 1875 (2 Bände)
4. Auflage: 1880/1881 (3 Bände)
5. Auflage: 1895–1913 (10 Bände und drei Ergänzungslieferungen)

Wien, Universitätsbibliothek, Inv.-Nr. I 254.409
K. M.

### 12.2 Maximilian Ritter von Obentraut: Grundsätzlicher Leitfaden für angehende junge Beamte in practischen Umrissen ...

Prag, Karl André 1857
Photokopie

Die Titel des Verfassers sind auf dem Titelblatt in fünf Zeilen wiedergegeben. Die wichtigsten waren wohl: Ministerialrat und Ritter des Leopoldordens. Obentraut schrieb ein Werk für Aufsteiger – ein Kompendium dessen, was seiner Ansicht nach der junge Jurist, der Beamter werden wollte, zu lernen hatte. Der wichtigste und sozialgeschichtlich hochinteressante dritte Teil des Buches gibt detailliert wieder, welche Eigenschaften nach Ansicht des Verfassers ein Beamter haben sollte (kritisches Denken ist freilich nicht dabei). Das Buch widmete der Verfasser seinen Söhnen Adolf, Max und Johann; Obentraut sah sich somit als Stammvater einer Beamtendynastie von hochrangigem sozialen Stellenwert: gute „Konnexionen" (Protektion), Weitergabe von Herrschaftswissen und schließlich einen guten Namen, der die Aufnahme in die sogenannte Zweite Gesellschaft (= neuer Adel) verbürgte.

Wien, Österreichische Nationalbibliothek, Inv.-Nr. 9764-B
K. M.

### 12.3 Wezwanie. Aufruf an die österreichischen Beamten in Teschen zur Erlernung und Vervollkommnung in der polnischen Landessprache

In polnischer Sprache; Teschen, 1850, Juli, 6
Photokopie

Obwohl im Gesamtgebiet Österreichisch-Schlesiens die Polen keineswegs über die Mehrheit verfügten, stellten sie im Herzogtum Teschen (das den Ostteil des bei Österreich verbliebenen schlesischen Gebietes bildete), die Majorität der Bevölkerung. Im benachbarten Galizien löste im Jahr 1850 die polnische die lateinische Dienstsprache ab, zunächst freilich nur für zwei Jahre.
Im Herzogtum Teschen konnte sich das Polnische nicht als dominierende Dienstsprache durchsetzen, obwohl, wie der Aufruf zeigt, die Chancen dafür im Jahr 1850 durchaus nicht schlecht standen.

Lit.: *Batowski, Henryk,* Die Polen. In: Die Völker des Reiches (= Die Habsburgermonarchie 1848–1918. 3. Band. Wien 1980), 1. Teilband, S. 522–554.

Wien, Österreichische Nationalbibliothek, Flugschriftensammlung
K. M.

### 12.4 Qualifikationstabelle des Emanuel Sonnewend

geb. 26. 12. 1825 Saaz in Mähren

Qualifikationstabellen, von Kaiser Joseph II. als Kontrollinstrument eingeführt, dienten zur Erfassung aller relevanten Daten der Beamten.
Nach Besuch des Gymnasiums trat Sonnewend im Alter von 17 Jahren in die Dienste des Fürsten Dietrichstein und arbeitete zunächst als Praktikant. In der Untersteiermark wurde der junge Beamte von der Aufhebung der grundherrschaftlichen Verfassung nicht sehr stark betroffen, weil er

sehr bald in den Staatsdienst im eigentlichen Sinn eintreten und auch rasch avancieren konnte (1851–1855).
Durch den Steuerwiderstand der Ungarn sah sich die Wiener Zentrale in relativ starkem Ausmaß veranlaßt, vor allem Finanz- und Gerichtsbeamte in Ungarn einzusetzen. Auch Sonnewend ging das Risiko ein, als (verspäteter) „Bach-Husar" (so wurden im ungarischen Volksmund die unbeliebten Finanzbeamten genannt) nach Ungarn zu gehen. Vielleicht unter (leichtem) Zwang. Immerhin gelang dem Beamten 1855 dadurch der Sprung in den Konzeptsdienst, der an und für sich Akademikern vorbehalten war. Zwölf Jahre blieb Sonnewend in Ödenburg. Die politischen Verhältnisse entwickelten sich in Richtung „Ausgleich"; für Sonnewend bedeutete dies, daß er mit seiner dienstlichen Unterstellung unter das ungarische Finanzministerium – die ja dann auch erfolgte – rechnen mußte. Sonnewend war des Ungarischen nicht mächtig, worunter zu verstehen ist, daß er rigiden Ansprüchen ihn übelwollend prüfender ungarischer nationalistischer Vorgesetzter nicht gewachsen gewesen wäre. Er hätte mit der Versetzung in den Ruhestand (zu geringe Pension!) rechnen müssen. Sonnewend erkannte dies – viele hundert andere „österreichische" Beamte gleichfalls – und betrieb seine Rückversetzung in ein österreichisches Kronland. Unter anderem bewarb er sich um einen Dienstposten in Oberösterreich.
Sonnewend konnte schließlich nach seinem Geburtsland Böhmen zurückkehren, sogar unter Rettung seiner erlangten Überstellung in den Konzeptsdienst.

K. M.

## 12.5 Karriere des Siegmund Conrad-Eybesfeldt

Eine Beamtenlaufbahn führte einen höheren Bürokraten oft kreuz und quer durch die Monarchie. Die Karriere des Freiherrn Siegmund Conrad-Eybesfeldt, der einer früher siebenbürgischen Familie entstammte, stellt diesbezüglich ein besonders schönes Beispiel dar. Sie wird dem Itinerar des Emanuel Sonnewend gegenübergestellt (vgl. Kat.-Nr. 12.4)
geb. 11. 8. 1821 Schloß Kainberg (bei Graz), Steiermark, Studium in Graz und Wien, Dr. jur.

1841 Staatsdienst
Stationen: Graz, Konzeptsbeamter

| | |
|---|---|
| 1852 | Leibnitz, Leiter der Bezirkshauptmannschaft |
| | Marburg, Leiter der Bezirkshauptmannschaft |
| 1853 | Temesvár, Statthaltereirat |
| 1854 | Mailand, Statthaltereirat |
| 1857 | Agram, Hofrat und Stellvertreter des Banus |
| 1861 | Triest, Stellvertreter des Statthalters |
| 1865 | Venedig, Stellvertreter des Statthalters |
| 1867 | Laibach, Landtagspräsident von Krain |
| 1871–72 | Oberösterreich, Linz, Statthalter |
| 1872–80 | Niederösterreich, Wien, Statthalter |
| 1880–85 | Wien, Minister für Cultus und Unterricht, Mitglied des Herrenhauses, Geheimer Rat |

gest. 9. 7. 1898 in Graz W. H.

## 12.6 Jahresgehälter der k. k. Staatsbeamten 1873–1898 (ohne Zulagen)

Graphik, Entwurf: K. M., Ausführung: I. Grillmayer

Das rationale Rang- und Gehaltssystem von 1873 teilte die österreichische Zivilstaatsbeamtenschaft in elf Klassen ein. Vor allem im Bereich des niederen und mittleren Beamtentums (11. bis 5. Rangklasse) spielte die Zeitvorrückung eine große Rolle. Nach je fünf Jahren konnte der Beamte in die nächsthöhere Stufe seiner Rangklasse aufrücken. In die Rangklassen selbst gelangte man nur auf dem Weg der Ernennung. Zeitvorrückung über Rangklassengrenzen hinweg war nicht möglich.
Das niederste Gehalt betrug 600 Gulden, das höchste (Ministerpräsident) 12.000, was einer Relation von 1:20 entspricht.

Lit.: Reichsgesetzblatt Nr. 47/1873 (Gesetz vom 15. April 1873).

K. M.

## 12.7 Die 1873 in Wien tätige Beamtenschaft nach den Diätenklassen

Nach: Beamtenzeitung 4. Jg. (1873), S. 56
Graphik, Entwurf: K. M., Ausführung: I. Grillmayer

Die Diätenklassen (nach 1873: Rangklassen) waren das wichtigste hierarchisch-soziale Gliederungskriterium der k. k. Beamtenschaft. In den Klassen eins und zwei waren Ministerpräsident und Minister eingereiht; die Klassen drei und vier waren mit Spitzenbeamten im engeren Wortsinn besetzt (Sektionschefs, Präsidenten der Höchstgerichte usw.). Die fünfte Klasse („Hofratsdienstklasse") trennte das mittlere Beamtentum (achte bis sechste Klasse) vom Spitzenbeamtentum. Das Gros der Bediensteten war in den letzten vier Klassen des zwölfgliedrigen Systems „einrangiert".

K. M.

### 12.8 Modelle von Lebenshaltungskosten (Wien, 1874)

Photokopie nach: Sprechsaal des Beamtentages, 3. Jg. (1874), S. 94, 97f.

a. Alleinstehender Beamter

Nach der Gehaltsregulierung des Jahres 1873 betrug das niederste Beamtengehalt (jährlich) 600 Gulden. Dazu kamen noch Zulagen, vor allem die sogenannte „Aktivitätszulage", die, gestaffelt nach Rangklasse und Dienstort, zwischen 120 und 1000 Gulden ausmachen konnte. (Die Aktivitätszulage war nichts anderes als eine Mietzinsbeihilfe.) In Wien verdiente ein am niedersten entlohnter Beamter 900 Gulden. Den Löwenanteil der Ausgaben dieses Modelles machten Gasthauskosten aus (etwa 560 Gulden). Einsparungen mußten wohl oder übel zu Lasten dieser Kosten gehen.

b. Familie (drei Kinder, ein Dienstmädchen)

Eine durchschnittliche Beamtenfamilie ohne besondere Repräsentationsverpflichtungen konnte mit etwa 2000 Gulden jährlich das Auslangen finden. Dies setzte voraus, daß der Pater familias in der neunten Rangklasse des Gehaltsschemas war (höchster Bezug: 1300 Gulden plus 500 Gulden Aktivitätszulage in Wien). Der Großteil der Subalternbeamten kam jedoch kaum über die zehnte Rangklasse hinaus.
Ein interessantes Detail am Rande: im gezeigten Modell machen die Bekleidungskosten des Familienvaters 81 Gulden aus, jene der Ehefrau hingegen nur 63 Gulden.

K. M.

### 12.9 Selbstmorderlaß

Erlaß des Finanzministeriums vom 30. August 1852, RGBl. Nr. 172/1852
Photokopie

Die unzureichende Entlohnung der mittleren und niederen Beamtenschaft, besonders spürbar im Jahrfünft nach 1850, führte vor allem im Finanzbereich zu Defraudationen. Wurden diese entdeckt, begingen manche Beamte Selbstmord. Obwohl absolut gesehen die Quantitäten unerheblich waren – es kam zu keiner Selbstausrottung der Finanzbeamten –, sah sich der Finanzminister dennoch veranlaßt, auf das Problem einzugehen. Für das Finanzministerium kamen quasi nur zwei Motivgruppen für suizides Verhalten in Frage: Unzurechnungsfähigkeit und Unterschlagung. Das erste Motiv tangierte, wie aus dem verschnörkelt formulierten Erlaß hervorgeht, das hohe Ministerium nur wenig. Lagen allerdings Defraudationen vor, kamen die Ansprüche des Ärars voll zur Geltung: seit 1768 mußten die Frauen von mit Geldmanipulation befaßten Beamten sogenannte „Weiberverzichtsreverse" unterschreiben; damit wurde sichergestellt, daß Forderungen der Staatskasse an den Nachlaß des Beamten auch auf Kosten der Witwen gedeckt werden konnten. Hatte der Beamte bei klarem Verstand Selbstmord verübt, ersparte sich die Staatsverwaltung ferner die Auszahlung der Witwen- und Waisenpensionen: Der Suizid wurde als freiwilliger Austritt aus dem Dienst klassifiziert.

K. M.

### 12.10 Hauptbuch eines kleinen Beamten – Beamten-Leiden und -Freuden

Photokopien nach Zeitungsdruck

Die vor allem in den Jahren 1850 bis 1873 schlecht entlohnten niederen Beamten riefen bei den Zeitgenossen (gutmütigen) Spott und allenfalls Mitleid hervor. Der in den fünfziger und frühen sechziger Jahren schwer defizitäre Staatshaushalt wurde auch auf Kosten der Beamtengehälter zu entlasten versucht. Längere (unbesoldete) Praktikantenzeit und sehnsüchtiges Warten auf „Gehaltsregulierungen" gehörten zum Alltag der Subalternen.

Kikeriki, 3. Jg. (1863) Nr. 1 bzw. 11 K. M.

### 12.11 Deutscher Beamter in Ungarn Abb.

Photokopie nach Zeitungsdruck

Nach Niederschlagung des ungarischen Aufstandes 1848/1849 wurden in Ungarn vor allem deutsche und tschechische Beamte eingesetzt. Die von

Kat.-Nr. 12.11

den meisten Ungarn als Eindringlinge angesehenen Beamten hatten einen sehr schweren Stand. Sie mußten auch noch – so wie hier – versteckte oder offene Angriffe der österreichischen Liberalen hinnehmen. Nach dem Ausgleich des Jahres 1867 wurden viele Beamte zwangspensioniert (von dem nunmehr dazu befugten ungarischen Staat).

Kikeriki, 1. Jg. (1861) Nr. 1 K. M.

## 12.12 Niedere Amtsstube

Ärarische Sparsucht, die manchmal in lächerlichen, kurzsichtigen Geist ausartete, verhalf vielen Arbeitsräumen des Subalternbeamtentums zu jenem Armeleuteimage, das der Reichsratsabgeordnete Joseph Redlich mit Mangel an Sauberkeit und Fehlen von Licht, Luft und Farbe charakterisiert hatte.
*Das Departement XII war in einem alten, baufälligen Gebäude untergebracht, in welches nie ein Luftzug drang. Die Ausdünstung der amtirenden ‚Individuen' mußte eine sanitätswidrige Melange ergeben. Nehmen wir schließlich noch simple Holzstühle mit wackeligen, verdrehten Beinen, ein kleines Waschkästchen sammt Blech-Lavoir . . . so haben wir die komplete Einrichtung.*
Die Büroausstattungen der niedersten Kategorie haben sich kaum bis ins die Gegenwart erhalten; die gezeigten Objekte sind durchwegs von besserer Qualität.

Lit.: *Schroft, R.*, Bureau und Bureaukraten Wien 1872, S. 9–13 (Zitat stark gekürzt). – *Redlich, J.*, Zustand und Reform der österreichischen Verwaltung, Wien 1911.

K. M.

### 12.12.1 Waschtisch mit Krug, Seifenschale und Schüssel

2. Hälfte 19. Jahrhundert
Metall, weiß lackiert; Porzellan; H. = 100 cm, B. = 140 cm, T. = 60 cm

Aus dem Fundus des k. k. Ministeriums des Äußeren

Wien, Bundesmobilienverwaltung, Inv.-Nr. MD 30709 E. V.

### 12.12.2 Bibliothekstreppe

2. Hälfte 19. Jahrhundert
Eiche massiv; H. = 184,5 cm, B. = 64 cm, T. = 74 cm

Wien, Gert Rosenberg W. H.

### 12.12.3 Kleiderständer

2. Hälfte 19. Jahrhundert
Buche massiv; H. = 201 cm, Dm. = 50 cm

Wien, Naturhistorisches Museum W. H.

### 12.12.4 Stehpult

2. Hälfte 19. Jahrhundert
Eiche massiv; H. = 120 cm, B. = 75 cm, T. = 50 cm

Wien, Naturhistorisches Museum W. H.

### 12.12.5 Handkasse

Mitte 19. Jahrhundert
Eisen; H. = 28 cm, B. = 52,5 cm, T. = 26,5 cm

Wien, Gert Rosenberg W. H.

12.12.6 **Rundofen**

Gußeisen; H. = 81 cm, Dm. = 25 cm

Graz, Landesmuseum Joanneum, Inv.-Nr. 070049 E. V.

12.12.7 **Aktenstellage**

Nuß, geschnitzt, politiert; H. = 128 cm, B. = 140 cm, T. = 43 cm

Wien, Bundesmobilienverwaltung, Inv.-Nr. MD 034440 K. M.

12.12.8 **Subalterner Beamter**

Photomontage nach der Vorschrift des RGBl 377/1849

Dargestellt ist ein Beamter der zehnten Diätenklasse. Das ausrasierte Kinn entsprach den Vorschriften eines „Barterlasses", der das Tragen von „revolutionären" Vollbärten den Beamten untersagte.

K. M.

12.13 **Amtsstube eines höheren Beamten**

Solide Möbel, meist aus Eiche, prägten das Bild der Amtsstube eines höheren Beamten. Die Möbel waren teilweise bis in die Gegenwart in Gebrauch. In jedem Amtsraum hing – selbstverständlich – das Bild des Kaisers als Staatsoberhaupt und höchster Vorgesetzter eines jeden Beamten. Die Amtsstube verkörpert für uns den Inbegriff der „k. u. k. Atmosphäre".

W. H.

12.13.1 **Schreibtisch**

2. Drittel 19. Jahrhundert
Eiche massiv, restauriert und ergänzt; H. = 77 cm, B. = 180 cm, T. = 80 cm

Wien, Naturhistorisches Museum W. H.

12.13.2 **Spiegel**

2. Hälfte 19. Jahrhundert
Rahmen Edelholz geschnitzt; H. = 50 cm, B. = 40 cm

Wien, Naturhistorisches Museum W. H.

12.13.3 **Wanduhr**

2. Hälfte 19. Jahrhundert
Eiche massiv; H. = 108 cm, B. = 36 cm, T. = 14 cm

Wien, Naturhistorisches Museum W. H.

12.13.4 **Turkmenischer Teppich**

Wolle; Ende 19. Jahrhundert

Wien, Österreichisches Museum für angewandte Kunst, Inv.-Nr. T 8355

Kat.-Nr. 12.13.5

**12.13.5 Neunflammiger Tischleuchter** Abb.

Wien; um 1860
Bronze, vergoldet; H. = 56 cm

Wahrscheinlich nach einem Entwurf Theophil Hansens entstanden oder zumindest von ihm beeinflußt.

Schloß Hernstein W. Kr.

**12.13.6 Büste des Franz Freiherrn von Matzinger**

Anton Schmidgruber; Wien, 1883
Marmor; H. = 58 cm, mit Sockel 75 cm

Franz Freiherr von Matzinger (geboren 1817 in St. Pölten, gestorben 1896 in Weidling) war Sohn eines Lehrers, studierte an der Universität Wien Jus, trat 1839 in den Staatsdienst, 1850 in das Innenministerium, war ab 1857 Sektionsrat, 1876–1888 Vorsitzender der Vereinskommission, wurde 1874 Sektionschef und 1890 pensioniert. 1859 wurde er nobilitiert, 1879 Freiherr, 1884 Geheimer Rat. Ab 1856 wurde er mit Arbeiten für den späteren Wiener Stadterweiterungsfonds betraut, in der Folge hatte er die gesamte finanzielle, juristische und auch ideelle Leitung inne. Er war daher einer der Verantwortlichen für den Bau der Wiener Ringstraße, auf deren Gestaltung er in maßgeblicher Weise Einfluß nahm.

Lit.: *Lhothsky, Alphons,* Die Baugeschichte der Museen und der Neuen Burg. Festschrift des Kunsthistorischen Museums zur Feier des fünfzigjährigen Bestandes, Erster Teil, Wien 1941. – *Springer, Elisabeth,* Geschichte und Kulturleben der Wiener Ringstraße (= *Wagner-Rieger, Renate,* Hg., Die Wiener Ringstraße, Bild einer Epoche. Die Erweiterung der Inneren Stadt Wien unter Kaiser Franz Joseph, Band 2, Wiesbaden 1978).

Wien, Kunsthistorisches Museum, Inv.-Nr. 10.135 W. H.

**12.13.7 Aktentasche**

Um 1870
Leder; Messingaufschläge, in der Mitte mit der Aufschrift „k. k. Ministerium des Inneren"; H. = 34 cm, B. = 48 cm

Wien, Haus-, Hof- und Staatsarchiv, Nachlaß Lasser W. H.

**12.13.8 Großer Galarock eines k. und k. Geheimen Rates**

Wien, Privatbesitz

**12.13.9 Kaiser Franz Joseph I.**

A. Dauthage
Lithographie; H. = 42 cm, B. = 29,4 cm

Baden, Stadtmuseum E. V.

**12.13.10 Entwurf von Beamtenuniformen** Farbabb. 19

1849
Papier; H. = 33,5 cm, B. = 53 cm

1849 wurde von Innenminister Alexander Bach ein Erlaß herausgegeben, durch den für alle Beamten das Tragen von Uniformen angeordnet wurde. Die Uniformierungsvorschrift vom 24. August 1849 (Reichsgesetzblatt Nr. 377) setzte fest, daß die Uniform nach vier Kategorien getragen werde. Die erste Kategorie wurde von Ministerpräsident und Ministern, die vierte von den letzten Beamten in der Beamtenhierarchie, den Dienern, gebildet. Der Uniformrock war für alle Kategorien aus dunkelgrünem Tuch angefertigt, Kragen und Aufschläge aus Samt, die Beamtenränge waren durch Rosetten am Kragen ersichtlich. Die Farbe der Aufschläge richtete sich nach den Dienstzweigen. Hochrot wurde vom Ministerpräsidenten und von den Ministern, dunkelgrün von den Beamten der Kabinettskanzlei (u. dgl.), kaminrot von den Beamten des Ministerium des Äußern, pompadour von den Beamten des Ministeriums des Inneren, veilchenblau von denen des Justizministeriums, lichtgrün von den Beamten des Finanzministerium, lichtblau von denen des Kriegsministerium, lichtblau von denen des Kriegsministeriums, kornblumenblau von den Beamten des Unterrichtsministeriums, orangegelb von denen des Handelsministeriums, dunkelblau von den Beamten des Ministeriums der Landeskultur und schwefelgelb von den Beamten des General Rechnungs-Directoriums (Vorläufer des Rechnungshofes) getragen. Zur Uniform trug man einen Degen, die Hüte wie Militärhüte gestülpt. Die Beamtenuniformen waren also den militärischen angepaßt, wodurch der militärische Charakter der Bürokratie betont wurde. Im Ungarn des Neoabsolutismus wurden sie „Bachhusaren" genannt.

Lit.: Uniform und Mode am Kaiserhof; Hofkleider und Ornate, Hofuniformen und Livreen des 19. Jahrhunderts aus dem Monturdepot des Kunsthistorischen Museums Wien. Katalog der Ausstellung in Schloß Halbturn 20. Mai bis 26. Oktober 1983 von *Georg Kugler* und *Herbert Haupt,* Eisenstadt 1983.

Wien, Kunsthistorisches Museum, Monturdepot W. H.

### 12.13.11 Beamtendegen 1849–1889

Wien; um 1850
L. = 90 cm, größte B. = 12 cm

Griff und Montierung der schwarz lackierten Scheide aus Bronze; Griff ausgelegt mit Perlmutter. Die verchromte Klinge ist im oberen Viertel mit eingeätzten Ornamenten verziert. Das nach außen gekehrte Stichblatt zeigt den kaiserlichen Doppeladler. Inschrift auf der oberen Montierung der Scheide: *Zum Andenken an deinen Bruder Anton am 23/11 (1)852*

Lit.: *Błoński, J.*, Der österreichische Civil-Staatsdienst, Wien 1882, S. 216–220.

Wien, Privatbesitz K. M.

### 12.13.12 Ordenszeichen

Die weltlichen Ritterorden (es sei hier nur an den Ritterorden vom goldenen Vließ erinnert) waren für die Verdienstorden des 19. Jahrhunderts bedeutsame Vorbilder. Die sozial wichtigste Funktion des Ordens der Eisernen Krone und des Leopold-Ordens war, daß die in den Orden aufgenommenen Personen Anspruch auf Erhebung in den Ritter- oder Freiherrnstand erhielten (bis 1884). In den Franz Joseph-Orden wurde man nicht mehr „aufgenommen", sondern erhielt ihn verliehen. Schon dies zeigt, daß er zu einem Massenorden schlechthin wurde. Die bürgerlichen Inhaber des Franz Joseph-Ordens blieben nichtadelige Ritter – eine in sich widersprüchliche Konstruktion. Beamte wurden mit allen den hier genannten Orden beteilt, wobei Orden und Ordensgrad mit der Dienstklasse des Beamten in sozialer Kongruenz stehen sollten.

a. Orden der Eisernen Krone – III. Klasse Abb. S. 208

Die Ordensmitglieder wurden in drei Klassen eingeteilt, wobei auch eine zahlenmäßige Beschränkung stattfinden sollte, doch gehörten schon im Jahr 1856 fast zweitausend Personen dem Orden an! Franz I. hatte den Orden zu Beginn des 19. Jahrhunderts als ritterlich zu verstehende Sozietät mit „romantischer" Tracht und „romantischen" Zeremonien erneuert (lateinischer Fidelitätseid usw.). Davon blieb in der franzisko-josephinischen Ära kaum mehr etwas übrig. „Verdiente" Wirtschaftstreibende (infolge von Spenden an karitative Organisationen), Offiziere und Beamte wurden durch Verleihung des Ordens bis 1884 (dann wurde auch dem Kaiser die Zahl der Neuadeligen zu groß) in den Freiherrn- bzw. Ritterstand erhoben. Für Beamte der VI. Rangklasse (z. B. Sektionsräte) wurde er zur stereotypen Nobilitationsart.

b. Österreichisch kaiserlicher Leopold-Orden – III. Klasse Abb. S. 208

Kaiser Franz I. von Österreich stiftete ihn 1808 zum Gedenken an Kaiser Leopold II. Drei Grade wurden eingerichtet: Großkreuze, Kommandeure, Ritter. Die Großkreuze wurden nur wenigen Auserwählten, vornehmlich Angehörigen der Geburtsaristokratie, zuteil. Die wenigen Bürgerlichen (oder Nobilitierten), die Großkreuze erhielten, waren ausnahmslos Minister, hohe Geistliche oder besonders verdiente Generale. Der Leopold-Orden III. Klasse war eigentlich ein „Hofratsorden" (V. Dienstklasse). Im Zeitraum zwischen 1868 und 1884 erhielten den niedersten Grad (und damit den Ritterstand) 105 Beamte, davon 96 Hofräte.

c. Kaiserlich österreichischer Franz Joseph-Orden – Großkreuz Abb. S. 209

Anläßlich des ersten Jahrestages seiner Thronbesteigung (2. Dezember 1849) von Kaiser Franz Joseph gestiftet, wurde dieser Orden bis zum Untergang der Monarchie am häufigsten verliehen. Ursprünglich wies er drei Grade auf (Großkreuz, Kommandeur, Ritter), ab dem 1. Februar 1901 fünf (zusätzlich: Kommandeur mit Stern, Offizierskreuz). Dies zeigt deutlich, daß gesellschaftliche Differenzierungsprozesse auch im Bereich des Ordenswesens berücksichtigt wurden.
Nach den Ordensstatuten konnte jedermann, der sich „ausgezeichnete Verdienste" erworben hatte, beteilt werden. Vor allem für das mittlere Beamtentum wurde die Verleihung des Franz Joseph-Ordens (mittlerer oder niederer Stufe) zum begehrten, krönenden Abschluß einer im positiven Sinn durchschnittlichen Beamtenlaufbahn.

Lit.: *Měřička, Václav,* Orden und Ehrenzeichen der österreichisch-ungarischen Monarchie, Wien–München 1974. – *Kugler, Georg; Haupt, Herbert,* Uniform und Mode am Kaiserhof . . . Ausstellung in Schloß Halbturn 20. Mai bis 26. Oktober 1983, Eisenstadt 1983. – *Megner, Karl,* Zisleithanische Adels- und Ritterstandserwerber 1868–1884, Wien, ungedruckte Hausarbeit am Inst. für österr. Geschichtsforschung 1974.

Wien, Kunsthistorisches Museum, Münzkabinett K. M.

**12.13.13 Ritterstandsakt des k. k. Hofrates Otto Schubert**

Am 24. November 1865 wurde dem Präsidenten des Prager k. k. Handelsgerichtes, Hofrat Otto Schubert, durch Kaiser Franz Joseph der Orden der Eisernen Krone III. Klasse verliehen. Gemäß den Ordensstatuten war damit die Erhebung in den erblichen Ritterstand auf Antrag des Ordensmitgliedes möglich. Die sozialgeschichtlich relevantesten Teile dieses Adelsaktes sind der Lebenslauf des Ritterstandswerbers, den dieser im Dienstweg – über die Statthalterei in Prag – dem Staatsministerium übermittelte, der Wappenentwurf sowie das endgültig genehmigte Wappen. Der Hofrat wurde im Jahr 1808 als Sohn des Vizebuchhalters der böhmischen Stände Johann Ignaz Schubert in Prag geboren. Der entscheidende Laufbahnsprung gelang ihm 1863 durch seine Ernennung zum Vizepräsidenten des Prager Landesgerichtes und zum Präsidenten des Prager Handelsgerichtes. Ritter von Schubert beschloß seine Laufbahn als Hofrat am Obersten Gerichtshof in Wien.

Wien, Allgemeines Verwaltungsarchiv/Adelsarchiv, Staatsministerium, Zl. 8999, 10.322 und 11.397/1866 K. M.

**12.13.14 Ritterstandsdiplom für Hofrat Otto Schubert**

1866
In Eisenkassette; H. – 38 cm, B. – 28,5 cm, abhängendes Siegel in Kapsel (Dm. = 12 cm)

Das vorliegende Ritterstandsdiplom – eines von den tausenden, die von Kaiser Franz Joseph persönlich unterzeichnet wurden – erhebt Hofrat Otto Schubert in den erblichen Ritterstand. Der Aufbau des Diploms ist mittelalterlichen Urkunden nachempfunden (Intitulatio, Inscriptio, Narratio, Promulgatio usw.).

Wien, Christian und Charlotte Röschl K. M.

**12.13.15 Johann Ignaz Schubert**

Böhmisch-landständischer Vize-Buchhalter
Photokopie

Johann Ignaz Schubert war der Vater des Otto Ritter von Schubert.

Wien, Christian und Charlotte Röschl K. M.

**12.13.16 Otto Ritter von Schubert**

Photokopie

Wien, Christian und Charlotte Röschl K. M.

**12.13.17 Trockensiegel Otto Ritter von Schuberts**

Um 1870.

Dieses Gerät diente zur „trockenen Siegelung" (ohne Siegellack) vor allem von Briefpapier

Wien, Christian und Charlotte Röschl K. M.

**12.13.18 Partezettel Otto Ritter von Schubert**

Wien, März 1883
Photokopie

Die Todesanzeige – in diesem Fall eine hervorragende sozialgeschichtliche Quelle – legt den gesellschaftlichen Rahmen, innerhalb dessen sich der Verstorbene bewegt hatte, deutlich dar. Der Hofrat war Angehöriger der sogenannten „Zweiten Gesellschaft", die aus geadelten (oder der Nobilitation nahe stehenden) Wirtschaftstreibenden, Wissenschaftern, Beamten, Künstlern und Offizieren bestand. Die Geburtsaristokratie („Erste Gesellschaft") verschwägerte sich üblicherweise mit dem neuen Adel nicht und blieb auch im gesellschaftlichen Verkehr distanziert.
Der verstorbene Hofrat hatte in einer sozial erstklassigen Wiener Wohngegend gelebt (Opernring) und wurde in einer der vornehmsten Kirchen Wiens eingesegnet (Hofpfarrkirche St. Augustin). Seine Schwiegersöhne waren ein aus einer neuadeligen Familie stammender Notar und ein galizischer Großgrundbesitzer, dessen Familie spätestens schon im Jahr 1834 den Freiherrnstand besessen hatte. Der Großgrundbesitzer war als Konzeptsbeamter in Czernowitz, der Hauptstadt der Bukowina, tätig. Der Sohn des Verstorbenen fungierte als Gerichtspraktikant (k. k. Auscultant) und setzte somit die Beamtendynastie fort.

Lit.: *Frank zu Döfering, Karl Friedrich v.*, Alt-Österreichisches Adels-Lexikon. 1. Bd. (1823–1918), Wien 1928.

Wien, Österreichische Nationalbibliothek, Porträtsammlung K. M.

Kat.-Nr. 12.13.20

**12.13.19 Partezettel Dr. Franz Freiherr von Matzinger**

Wien, 22. August 1896

Der Partezettel zeigt die gesellschaftliche Stellung des Verstorbenen, der aufgrund seiner beruflichen Tätigkeit auch Mitglied bzw. Ehrenmitglied verschiedener künstlerischer Vereinigungen war.

Wien, Archiv der Gesellschaft der Musikfreunde
E. V.

**12.13.20 Schreibgarnitur in Pokalform** Abb.

Johann Rint; Linz 1872
Lindenholz, geschnitzt, hell und dunkel gebeizt; H. = 25 cm

Form eines Deckelpokals mit achteckigem Fuß, durchbrochener Nodus und eiförmige Cuppa. Pokalwand klappt in sechs Lamellen auseinander. Auf den Lamellen-Außenseiten sechs Reliefdarstellungen mit der Wiedergabe von Schiller, Goethe, Beethoven, Mozart, Leonardo da Vinci und B. Cellini. Geöffneter Pokal: muschelförmige Brunnenschale mit Löffel für Streusand, dahinter unter gewelltem Deckel mit Pflanzenranke zwei Tintenfäßchen, in drei Ausnehmungen stecken zwei Schreibfedern und ein Briefmesser.

Lit.: Sonderausstellung Johann und Josef Rint, die Bildschnitzer Adalbert Stifters, verfaßt von *Benno Ulm* (= Katalog des Oberösterreichischen Landesmuseums 57, Linz 1968).

Graz, Landesmuseum Joanneum, Inv.-Nr. 03238
H. K.

**12.13.21 Schreibutensilien**

2. Hälfte 19. Jahrhundert

Sandstreuer, Tintenfässer aus Glas und Bronze, vor allem für den Bürogebrauch

Wien, Österreichische Nationalbibliothek K. M.

**12.13.22 Briefbeschwerer in Buchform mit dem Porträt Kaiser Franz Josephs I.**

J. Hoffmann; 1889
Eingebrannte Porzellanphotographie; H. = 13,5 cm, B. = 8 cm

Wien, Sammlungen der Höheren Graphischen Bundes-Lehr- und Versuchsanstalt M. K.

## 12.14 Der private Lebensbereich der niederen Beamten

In der zweiten Hälfte des 19. Jahrhunderts entstand in Österreich ein niederes Massenbeamtentum, das seinen Möbelbedarf vorwiegend mittels serienproduzierter Möbel deckte. Die gezeigten Möbel gehören zur Stilrichtung des „Meidlinger Barock", die von breiten Bevölkerungsschichten geschätzt wurde.

K. M.

**12.14.1 Scheibenbett und Nachtkästchen**

Nuß, furniert

Wien, Bundesmobilienverwaltung, Inv.-Nr. S 7968 und S 11697 E. V.

**12.14.2 Chiffonierkasten**

Photomontage nach: *Ausstellungs- und Verkaufshalle der Tischlermeister Wien's. VIII. Josefstädterstraße 36, Ecke Lederergasse, Tramway- und Omnibus-Verkehr, Lieferanten der k. k. Staatsbeamten Österreichs*

E. V.

**12.14.3 Puppenschlafzimmer**

Weiß gestrichen, beschädigt, Laubsägearbeit
H. = 24 cm, B. = 34 cm, T. = 32 cm

Salzburg, Museum Carolino Augusteum, Spielzeugmuseum, Inv.-Nr. 6458/81 W. H.

## 12.15 Der private Lebensbereich des höheren Beamtentums

Die Wohnung wurde als Heim gepflegt, zur Oase der stillen bürgerlichen Behaglichkeit stilisiert, in dem der „Amtschef" die Rolle des bürgerlichen Familienvaters übernahm. Die Frau lebte das Leben einer bürgerlichen Dame, die keine körperliche Arbeit verrichtete – dazu waren die Dienstboten da. Mußten einige von ihnen trotzdem selbst Hand anlegen, da die finanziellen Mittel wie oft selbst bei den höheren Beamten zu beschränkt waren, taten sie es verschämt und heimlich. Für die Öffentlichkeit ging die Beamtenfrau den „standesgemäßen" Tätigkeiten nach: Handarbeiten, Musizieren, Malen. Die Töchter wurden für gewöhnlich zur „höheren Töchterschule" (später auch in Wien z. B. zur Beamtentöchterschule), die Söhne zum Studium geschickt.

W. H.

**12.15.1 Gepolsterter Lehnsessel**

Holz massiv, tapeziert; H. = 100 cm, B. = 80 cm, T. = 90 cm

Wien, Bundesmobilienverwaltung, Inv.-Nr. MD 30487

E. V.

**12.15.2 Modisches Bürgerkleid**

Zweiteilig, aus dunkelroter Taftseide; Rock gezogen, Oberteil mit Posamenteriespitzenbesatz

Wien, Niederösterreichisches Landesmuseum, Inv.-Nr. II 4000 E. T.

**12.15.3 Schrank und Spiegel**

Photomontage nach: *Ausstellungs- und Verkaufshalle der Tischlermeister Wien's. VIII. Josefstädterstraße 36, Ecke Lederergasse, Tramway- und Omnibus-Verkehr. Lieferanten der k. k. Staatsbeamten Österreichs.*

Die „neuen" Möbel, die man zu den oft bereits vorhandenen (häufig wahrscheinlich biedermeierlichen) dazukaufte, waren wuchtig und pompös, oft im Neo-Renaissancestil repräsentativ und aufwendig. Diese Möbel konnten nur ab einer gewissen Einkommensklasse in der Beamtenhierarchie angeschafft werden.

Lit.: *Cihlar, A.*, Vom Barockstil zum Wiener Volksmöbel. „Meidlinger Barock" und „Pseudorenaissance", in: Der junge Tischler. Der erfolgreiche Weg zum Meister 11, 1971.

W. H.

**12.15.4 Puppensalon**

Geleimte Laubsägearbeit, Maßwerk Renaissance;
H. = 24 cm, B. = 64,5 cm, T. = 31 cm
Salon-, Schlaf- und Eßzimmer

Salzburg, Museum Carolino Augusteum, Spielzeugmuseum, Inv.-Nr. 6553/81 W. H.

## 12.16 Möbelpreise – Musterblätter

Ab ungefähr 1840 setzte sich in der Möbelerzeugung Österreichs das sogenannte „Neurokoko" („Zweites Rokoko") durch, das besonders dem Formwillen breiter Wiener Bevölkerungsschichten entsprach. Die Möbel des „Meidlinger Barock" (Erzeugnisse außerhalb des Gürtels, vorwiegend in Meidling) imitierten naiv schematisierend das Mobiliar der Aristokratie der zweiten Hälfte des 18. Jahrhunderts. Neue technische Möglichkeiten (Tischfräse, Furnierschneidmaschinen) erlaubten billigere Massenproduktion. Nach 1865/1870, parallel zum Aufstieg des Deutschnationalismus, wurden in stärkerem Ausmaß sogenannte „Altdeutsche" Möbel erzeugt und gekauft. Dieses Mobiliar zitierte den Formenschatz der deutschen Renaissance.
Möbel des Neurokoko waren in allen Bevölkerungsschichten verbreitet; sie waren billiger als die „Altdeutschen" Möbel, die besonders von Angestellten („Privatbeamten"), (höheren) Staatsbeamten und Angehörigen der akademischen Berufe gekauft wurden.

Lit.: *Cihlar, A.*, Vom Barockstil zum Wiener Volksmöbel. „Meidlinger Barock" und „Pseudorenaissance". In: Der junge Tischler, 11. Folge (1971), S. 1–4.
Preis-Catalog der Ausstellungs- und Verkaufshalle der Tischlermeister Wiens. VIII., Josefstädterstraße 36 . . . Lieferanten der k. k. Staatsbeamten Österreichs.

K. M.

## 12.16.1 Einfache Beamtenwohnung („Meidlinger Barock")

| Abb. des Möbelkataloges | Bezeichnung | Preis (Gulden) |
|---|---|---|
| 1 | Kasten (gekehlter politierter Kuppel-Chiffonier) | 16 |
| 2 | zwei Betten (Scheibenbetten), ohne Einsätze | 30 |
| 3 | Waschtisch | 11 |
| 4 | zwei Nachtkästchen (mit Kehlheimerplatten) | 14 |
| | Summe | 71 |
| 13–16 | Art und Anzahl der Möbel sowie Stil gleich, aber in repräsentativerer Ausführung: | 128 |

Der ehewillige Subalternbeamte, der – aus sozialen Gründen – nicht die billigste Möbelvariante wählte, mußte allein für die Ausstattung des ehelichen Schlafzimmers rund 130 fl. an Kosten für Möbel veranschlagen (ohne Bettzeug). Setzt man diesen Betrag in Relation zum niedersten Beamtenbezug der Zeit nach 1873 (600 Gulden jährlich), wird die erhobene Forderung nach ausreichender Mitgift der Braut verständlich. Die meisten Subalternbeamten glaubten wohl zu Recht, aus den laufenden Bezügen eine Hausstandsgründung nicht finanzieren zu können.

## 12.16.2 Wohnung eines höheren Beamten („Altdeutsch")

| Abb. des Möbelkataloges | Bezeichnung | Preis (Gulden) |
|---|---|---|
| 179 | Kredenz mit Marmorplatte | 480 |
| 180 | Trumeau (Pfeilerschrank) mit Marmorplatte | 200 |
| 181 | Speisetisch | 110 |
| 182 | Sechs Speisesessel mit hoher Lehne, Lederbezug | 120 |
| | Summe | 910 |

Ein höherer Beamter (z. B. Hofrat), der nach 1873 im Jahr ungefähr 6000 Gulden (ohne Zulagen) verdiente, konnte sich in der Relation zum niederen Beamten wesentlich leichter neue Möbel leisten.

K. M.

# 13. MILITÄR

## 13.1 Die Armee Radetzkys 1848

11 vollplastische Uniformfigurinen (35 cm hoch), hergestellt von Hptm. a. D. Helmut Krauhs, Wien, um 1955.

Es werden gezeigt von rechts nach links:

a. Grenadier des k. k. Infanterieregiments Nr. 1 (NI 135.106)

b. Oberoffizier des Grenadierbataillons vom k. k. Infanterieregiment Nr. 26 (NI 135.107)

c. Infanterist des k. k. 2. Banal-Grenzinfanterieregiments (NI 135.111)

d. Infanterist des k. k. Infanterieregiments Nr. 2 (NI 135.112)

e. Kanonier eines k. k. Feldartillerieregiments (NI 135.113)

f. Soldat des k. k. Fuhrwesenkorps (NI 135.114)

g. Jäger des k. k. Feldjägerbataillons Nr. 10 (NI 135.115)

h. K. k. General in Campagneuniform (NI 135.108)

i. Rittmeister des k. k. Husarenregiments Nr. 10 (NI 135.110 a)

j. Rittmeister des k. k. Ulanenregiments Nr. 4 (NI 135.109)

k. Oberoffizier des k. k. Kürassierregiments Nr. 7 (NI 135.110)

Lit.: *Teuber, Oscar* u. *Ottenfeld, Rudolf v.*, Die österreichische Armee von 1700 bis 1867 (Wien 1895).

Wien, Heeresgeschichtliches Museum, Inv.-Nr. NI 135.106–135.115 C. A.-B.

## 13.2 Militärische Persönlichkeiten der Epoche von 1848–1866

a. Johann Josef Wenzel Graf Radetzky von Radetz,
dargestellt als k. k. Feldmarschall.

Josef Kriehuber; 1852
Lithographie, koloriert; H. = 46,3 cm, B. = 30,8 cm

Geboren am 2. 11. 1766 in Třebnitz b. Selčan wurde R. nach einer sehr erfolgreichen Laufbahn während der Franzosenkriege 1831 zum Kdt. der k. k. „italienischen" Armee ernannt und 1836 zum Feldmarschall befördert. Durch seine Siege in den Feldzügen von 1848/49 erhielt er der Monarchie die italienischen Provinzen. Ab 1849 Militär- und Zivilgouverneur in Lombardo-Venetien, 1857 Ruhestand. Gestorben zu Mailand 5. 1. 1858.

Lit.: Österr. Biograph. Lexikon (im weiteren zitiert ÖBL).

Wien, Heeresgeschichtliches Museum, Inv.-Nr. BI 1.310

b. Hans Freiherr Dahlerup von Birch,
dargestellt als k. k. Feldmarschalleutnant u. Viceadmiral.

Eduard Kaiser; 1850
Lithographie, koloriert; H. = 48,7 cm, B. = 35 cm

Geboren am 29. 8. 1790 zu Hillerod-Seeland war D. ursprünglich dänischer Marineoffizier. Von 1848 bis 1851 reorganisierte er als Marineoberkommandant die k. k. Kriegsmarine. 1851 bis 1861 wieder in Dänemark lebend wurde er 1861 in Österreich reaktiviert und 1865 als Viceadmiral in den Ruhestand versetzt. Gestorben zu Kopenhagen 26. 9. 1872.

Lit.: ÖBL.

Wien, Heeresgeschichtliches Museum

c. Albrecht Erzherzog von Österreich,
dargestellt als k. k. Feldmarschalleutnant.

Josef Kriehuber; 1849
Lithographie, koloriert; H. = 48,9 cm, B. = 35,4 cm

Geboren zu Wien am 3. 8. 1817 als ältester Sohn des Erzherzogs Carl, des Siegers von Aspern, nahm A. 1848 als Komm. General von Wien nach Ausbruch der Revolution seinen Abschied, trat aber dann in die Armee Radetzkys als Divisionskdt. ein. 1851 bis 1860 Zivil- und Militärgouverneur in Ungarn. 1863 Feldmarschall, 1866 Kdt. der „Südarmee" in Italien und Sieger von Custoza. Nach 1866 zunächst Armeeoberkommandant, dann Generalinspektor des Heeres und als solcher von großem Einfluß. Gestorben Arco 18. 2. 1895.

Lit.: ÖBL.

Wien, Heeresgeschichtliches Museum, Inv.-Nr. BI 18.182

d. Julius Jakob Freiherr von Haynau, dargestellt als k. k. Feldzeugmeister.

Josef Kriehuber; 1849
Lithographie, koloriert; H. = 48,7 cm, B. = 35,8 cm

H., am 14. 10. 1786 zu Kassel als nat. Sohn des Kurfürsten Wilhelm I. von Hessen-Kassel geboren, trat 1801 in die kaiserliche Armee ein. 1848/49 als Feldmarschalleutnant bei der Armee Radetzkys sehr bewährt, beendete H. als Feldzeugmeister und Armeekommandant den Feldzug von 1849 in Ungarn. Anschließend Generalgouverneur in Ungarn. 1850 Ruhestand. Gestorben Wien 14. 3. 1853.

Lit.: ÖBL.

Wien, Heeresgeschichtliches Museum, Inv.-Nr. BI 499

e. Eduard Graf Clam-Gallas, dargestellt als k. k. Feldmarschalleutnant.

Josef Kriehuber; 1849
Lithographie, koloriert; H. = 49 cm, B. = 35,9 cm

Geboren in Prag am 11. 3. 1805 war C. 1848 als Generalmajor Brigadier in Mailand und nahm an den Kämpfen dieses Jahres in Italien mit Auszeichnung teil. 1849 wurde er Feldmarschalleutnant und Kdt. des siebenbürgischen Armeekorps (I.). Im Feldzug von 1859 führte er das 2. Kavalleriekorps und 1866 als General der Kavallerie das I. Armeekorps. Wegen dessen Führung vom Kommando enthoben und in kriegsgerichtliche Untersuchung gezogen, jedoch rehabilitiert. Gestorben Wien 17. 3. 1891.

Lit.: ÖBL.

Wien, Heeresgeschichtliches Museum

f. Heinrich Freiherr von Hess, dargestellt als k. k. Feldzeugmeister und Chef des Generalquartiermeisterstabes.

Josef Kriehuber; 1849
Lithographie, koloriert; H. = 35 cm, B. = 23,4 cm

Geboren in Wien 17. 3. 1788 war H. von 1839 bis 1860 mit der Leitung des Generalquartiermeisterstabes betraut. 1842 Feldmarschalleutnant, 1848 Feldzeugmeister. 1848/49 Generalquartiermeister Radetzkys, 1859 der des Kaisers. 1854/55 war H. Oberbefehlshaber der gegen Rußland mobilisierten 3. und 4. Armee. 1860 Versetzung in den Ruhestand nach vorheriger Ernennung zum Feldmarschall. Gestorben Wien 13. 4. 1870.

Lit.: ÖBL., ferner: Schriften aus dem militärwissenschaftlichen Nachlaß, hg. v. *Manfried Rauchensteiner,* Osnabrück 1975.

Wien, Heeresgeschichtliches Museum

g. Franz Graf Gyulai von Maros-Németh und Nádaska, dargestellt als k. k. Feldmarschalleutnant.

Josef Kriehuber; 1850
Lithographie; H. = 53,7 cm, B. = 36 cm

Geboren zu Pest am 3. 9. 1798 war G. 1848/49 Gouverneur von Triest, 1849/50 Kriegsminister. 1857 erhielt G. als Nachfolger Radetzkys das Kommando über die 2. Armee, deren unglückliche Führung im Feldzug von 1859 mit seiner Versetzung in den Ruhestand endete. Gestorben Wien 21. 9. 1868.

Lit.: ÖBL.

Wien, Heeresgeschichtliches Museum

h. Ludwig Benedek von Felsö-Eör, dargestellt als k. k. Feldmarschalleutnant.

Eduard Kaiser; 1859
Lithographie, koloriert; H. = 46,5 cm, B. = 36,7 cm

Geboren in Ödenburg 14. 7. 1804 zeichnete sich B. in den Feldzügen von 1848/49 sehr aus. 1859 führte er als Feldmarschalleutnant sehr erfolgreich das VIII. Korps, 1860 Chef des Generalquartiermeisterstabes und Kdt. der 2. Armee in Venetien. 1866 Kdt. der „Nordarmee" in Böhmen. Nach deren Niederlage bei Königgrätz in kriegsgerichtliche Untersuchung gezogen, die jedoch niedergeschlagen wurde.

B. lebte dann in Graz, wo er am 27. 4. 1881 starb.

Lit.: ÖBL, ferner: *Regele, Oskar,* Feldzeugmeister Benedek. Der Weg nach Königgrätz, Wien 1960.

Wien, Heeresgeschichtliches Museum, Inv.-Nr. BI 22.521

i. Franz (seit 1857) Freiherr von John, dargestellt als k. k. Feldmarschalleutnant.

Josef Kriehuber; 1866
Lithographie, koloriert; H. = 41,3 cm, B. = 33 cm

J. wurde am 20. 11. 1815 in Bruck a. d. L. geboren. 1852 wurde er Generalquartiermeister des VIII., 1859 des VI. Korps. Nach dem Krieg von 1859 Generalstabschef der 2. Armee, 1866 Generalstabschef der „Südarmee" in Italien. Nach der Schlacht bei Königgrätz wurde J., inzwischen Feldmarschalleutnant, Generalstabschef der gesamten operierenden Armee und nach Kriegsende außerdem mit der Leitung des Kriegsministeriums betraut. 1867/68 Kriegsminister, dann Komm. General in Graz, 1873 Feldzeugmeister, 1874–1876 neuerlich Chef des Generalstabes. Gestorben in Wien am 25. 5. 1876.

Lit.: ÖBL.

Wien, Heeresgeschichtliches Museum, Inv.-Nr. BI 4.617

j. Wilhelm von Tegetthoff, dargestellt als k. k. Viceadmiral.

Josef Kriehuber; 1866
Lithographie; H. = 52,2 cm, B. = 35 cm

Geboren zu Marburg am 23. 12. 1827 trat T. 1845 in die k. k. Marine ein. Nach Kommandoführung auf verschiedenen Schiffen war er 1864 Kdt. einer Flottenabteilung, die am 9. Mai dieses Jahres dänischen Schiffen bei Helgoland ein Seegefecht lieferte. 1866 Eskadre-Kdt. in der Adria und Sieger in der Seeschlacht bei Lissa über die italienische Flotte. Dafür zum Viceadmiral befördert. 1868 Chef der Marinesektion des Reichskriegsministeriums. Gestorben Wien am 7. 4. 1871.

Lit.: vgl. H / 03 / Tegetthoff in: *Jahn, Friedrich,* Bibliographie der k. k. / k. u. k. Marine, in: Band 8 der Schriften des Heeresgeschichtlichen Museums (Mil. wiss. Institut), Wien 1980.

Wien, Heeresgeschichtliches Museum, Inv.-Nr. BI 584 C. A.-B.

**13.3 Ballon-Abwurfbombe des Franz Uchatius aus dem Jahre 1849** Abb.

Tropfenförmige gußeiserne Bombe mit Aufschlagzündung. Länge ohne Schlagstück und Aufhängering: 289 mm, größter Durchmesser: 200 mm, Wandstärke etwa 22 mm; Gewicht ohne Pulverladung: 20,6 kg; Spreng-Ladung: 1,6 kg Schwarzpulver.

rechts: im Schnitt, links: abwurfbereit

Mit Bomben dieser Art wurde am 2. und 15. Juli 1849 das von der k. k. Armee unter Feldmarschall Radetzky belagerte Venedig von der Luft aus angegriffen. Hierzu wurden die einzelnen Bomben, jeweils mit einer festen Schnur an einem Heißluftballon (H. = 6,32 m, Dm. = 5,69 m) hängend, von einem k. k. Kriegsschiff aus hochgelassen. War die Länge der Schnur richtig berechnet und trug der Wind den Ballon in die gewünschte Richtung, so erfolgte die Absprengung der Bombe über dem Zielraum.

Lit.: Fliegen 90/71, Katalog des Heeresgeschichtlichen Museums zu einer Sonderausstellung, Wien 1971, 1. Bd., S. 82ff.

Wien, Heeresgeschichtliches Museum, Inv.-Nr. NI 20.188 C. A.-B.

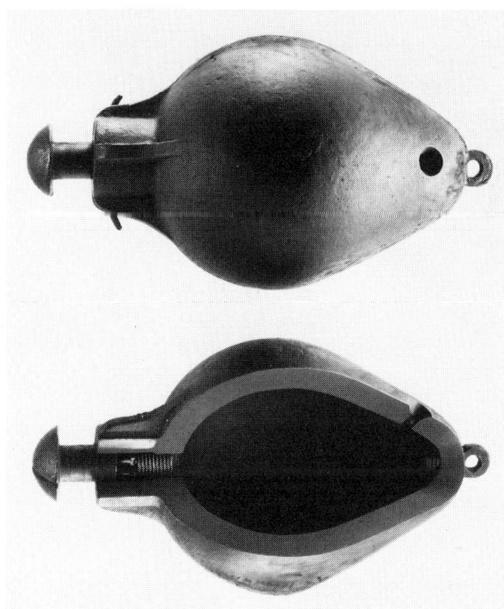

Kat.-Nr. 13.3

13.4 **Fahne des III. Bataillons des k. k. Infanterieregiments Nr. 4** Farbabb. 14

Fahnenblatt:
gelbe Seide; H. = 132 cm, B. = 176 cm

Darstellung des doppelköpfigen Reichsadlers mit den Wappen sämtlicher Königreiche und Länder der Monarchie.

Die Fahne wurde am 15. 8. 1863 in Pest/Ungarn geweiht und nahm an der Schlacht von Königgrätz teil.

Lit.: *Kaindl, Franz,* Von den gemalten zu den gewebten Feldzeichen. In: Band 4 der Schriften des Heeresgeschichtlichen Museums (Mil. wiss. Institut), Wien 1969.

Wien, Heeresgeschichtliches Museum, Inv.-Nr. 220-65 C. A.-B.

Kat.-Nr. 13.5

13.5 **Österreichisches Raketengeschütz** Abb.

Abschußgerät für 6pfündige Rotationsraketen, eingeführt 1865. Länge des Abschußrohres: 122 mm, Gesamtgewicht: 58 kg.

Lit.: *Gabriel, Erich,* Die österreichische Raketenwaffe im 19. Jahrhundert, in: Waffenrevue Nr. 8, Nürnberg 1973, S. 129, 29ff.

Wien, Heeresgeschichtliches Museum, Inv.-Nr. NI 81.451 C. A.-B.

13.6 **Leichenzug Radetzkys vor dem Wiener Kärntnertor am 18. 1. 1858** Farbabb. 15

Franz Zeller von Zellenberg (1805–1876)

Gouache (?); H. = 135 cm, B. = 186 cm

Nach dem Tode Radetzkys am 5. 1. 1858 wurde sein Leichnam, nach der Einsegnung im Mailänder Dom, über Venedig und Triest nach Wien überführt und hier zunächst im Arsenal aufgebahrt. Am 18. Jänner wurde er von dort, mit großem militärischen Kondukt, in den Dom von St. Stephan zu einer neuerlichen Einsegnung und von hier zum Nordbahnhof gebracht, von wo aus die Überführung nach Stockerau beziehungsweise Klein-Wetzdorf erfolgte. – Als der Trauerzug vom Arsenal kommend das Kärntnertor erreicht hatte, übernahm Kaiser Franz Joseph persönlich mit gezogenem Säbel das Kommando über den Kondukt.

Lit.: *Allmayer-Beck/Lessing,* Die k. (u.) k. Armee 1848–1914, München–Gütersloh–Wien 1974.

Privatbesitz C. A.-B.

13.7 **Die k. k. Kavallerie im Jahre 1859**

In der Mitte Kopfbedeckungen der verschiedenen Reitergattungen:

a. Helm für Offizier der „deutschen" Kavallerie (Kürassier oder Dragoner) M. 1850.
(NI 124.443)

b. Tschapka für Stabsoffizier der k. k. Ulanen M. 1851
mit krapprotem Deckelüberzug und schwarzem Roßhaarbusch. Unterhalb des Deckels sind die Stabsoffiziersdistinktionen in Form dreier Goldborten angebracht.
(NI 13.348)

c. Tschako für Subalternoffizier der k. k. Husaren M. 1851
mit grünem Tuchüberzug und schwarz-gelbem Federstoß.

davor:

d. Säbeltasche für Oberoffizier der k. k. Husaren nach der Adjustierungsvorschrift von 1855.
(NI 2.673)

e. Österreichischer Kavallerie-Offizierssäbel M. 1850
(ohne Scheide). Ganze Länge: 960 mm, Klingenlänge: 819 mm, Gewicht: 605 g.
(NI 36.539)

zu beiden Seiten davon:
zwei Brustkürasse nach der Adjustierungsvorschrift von 1855 für:

f. Stabsoffizier der Kürassiere (rechts)
(NI 15.213)

g. Oberoffizier der Kürassiere (links)
(NI 15.002)

im Hintergrund:
zwei österreichische Ulanenpiken mit Fähnchen, aus der 1. Hälfte 19. Jahrhundert:

h. Schaft aus Eschenholz, Metallteile aus poliertem Eisen. Gesamtlänge: 262,5 cm, Länge der Spitze mit Parierkugel: 28,5 cm, Länge der Schaftfeder: 53,5 cm, Länge des Schuhs: 15,5 cm.
Das schwalbenschwanzförmige Fähnchen aus Seidentaft (L. = 84 cm, B. = 28 cm) ist in der oberen Hälfte schwarz, in der unteren gelb und mittels eines schmalen Lederriemens am Schaft befestigt.
(W 10 und Inv.-Nr. 240-32)

i. Material und Maße der Pike wie h, Form und Material des Fähnchens wie h, jedoch L. = 88 cm, B. = 34 cm.
(NI 13.801 und Inv.-Nr. 240-37)

Wien, Heeresgeschichtliches Museum C. A.-B

## 13.8 Die Armee des Jahres 1859

11 vollplastische Uniformfigurinen (35 cm hoch), hergestellt von Hptm. a. D. Helmut Krauhs, Wien, um 1955, und ein Kanonenmodell.

Es werden gezeigt von rechts nach links:

a. Kanonier eines k. k. Feldartillerieregiments
(NI 135.067)

b. Korporal des k. k. Kürassierregiments Nr. 3
(NI 135.066)

c. Infanterist des k. k. Infanterieregiments Nr. 4
(NI 135.064)

d. Leutnant des k. k. Infanterieregiments Nr. 61
(NI 135.063)

e. Infanterist des k. k. Karlstädter Militärgrenz-Infanterieregiment Liccaner Nr. 1
(NI 135.065)

f. Husar des k. k. 6. bzw. 8. Husarenregiments
(NI 135.068)

g. Major des k. k. Generalquartiermeisterstabes
(NI 135.069)

h. Stabsoffizier der k. k. Ulanen im Felberrock
(NI 135.070)

i. K. k. General der Kavallerie in ungarischer Uniform
(NI 135.070 a)

davor:

j. K. k. Linienschiffsleutnant
(NI 135.124)

k. K. k. Marinekadett
(NI 135.123)

l. 6pfündige Schiffskanone mit Rahmenlafette M. 1860
(NI 82.132)

Lit.: *Teuber, Oscar* u. *Ottenfeld, Rudolf v.*, Die österreichische Armee von 1700 bis 1867 (Wien 1895).

Wien, Heeresgeschichtliches Museum, Inv.-Nr. NI 135.064–135.070 a, 82.132 C. A.-B.

## 13.9 Waffenrock für einen Korporal des k. k. Infanterieregiments Nr. 73 nach dem Muster von 1861

Abb.

Aus weißem Tuch mit Umlegekragen; kirschrote Egalisierung und ebensolche Achselklappen; eine Reihe gelber, glatter Knöpfe.

Wien, Heeresgeschichtliches Museum, Inv.-Nr. NI 134.309 C. A.-B

Kat.-Nr. 13.9

**13.10 Tschako für Mannschaften der k. k. Infanterie M. 1862**

Schwarzer, wasserdichter Filz mit ellipsenförmig, nach abwärts gestülpten Deckel aus schwarzem Leder. Sonnenschirm und Kopfriemen ebenfalls aus schwarzem Leder. In der Mitte der Vorderseite goldfarbener Doppeladler aus Metall und eine Tschakorose.

Wien, Heeresgeschichtliches Museum, Inv.-Nr. NI 13.723 C. A.-B.

**13.11 Österreichisches Infanteriegewehr M. 1854/II mit Stichbajonett**

Gezogener Vorderlader mit Perkussionsschloß System Lorenz. Gesamtlänge mit Bajonett: 1820 mm, ohne Bajonett: 1335 mm, Länge des Laufes: 948 mm, Kaliber: 13,9 mm, 4 Züge mit Rechtsdrall. Gewicht mit Bajonett: 4540 g, ohne Bajonett: 4120 g. Zielvorrichtung: Korn und Federaufsatz für 400 bis 900 Schritt (300 bis 675 m). Der Lauf ist im hinteren Teil achteckig, dann rund.

Bajonett: vierrippiges Stichbajonett mit Sprengringpflanzung.

Lit.: Vorschrift für die Behandlung der Infanteriewaffen, Wien 1856. – *Gabriel, Erich*, Von der Luntenmuskete zum Sturmgewehr, Katalog des Heeresgeschichtlichen Museums zu einer Sonderausstellung, Wien 1967.

Wien, Heeresgeschichtliches Museum, Inv.-Nr. W 918 C. A.-B.

**13.12 Die k. k. Armee des Jahres 1866**

dargestellt an 6 Aquarellen (H. = 460 mm, B. = 300 mm) von Johann Nesselberger, angefertigt 1966

Wien, Heeresgeschichtliches Museum, Inv.-Nr. BI 34.271

und verschiedenen zu diesen Bildern korrespondierenden Waffen und Ausrüstungsstücken.

Es werden gezeigt von links nach rechts:

a. Infanterist in Marschadjustierung (das dazu gehörige Gewehr siehe unter Kat.-Nr. 13.11)

b. Jäger in Marschadjustierung

dazu:

ba. Haubajonett für österreichischen Jägerstutzen M. 1862 (System Lorenz): ganze Länge 711 mm, Klingenlänge 590 mm, Gewicht 660 g.

bb. Czutora (Feldflasche) aus Holz, um 1860. (NI 196)

c. Kürassier in Marschadjustierung

dazu:

ca. Österreichische Kavalleriepistole M. 1859 (System Lorenz): Gezogener Vorderlader mit Perkussionsschloß. Gesamtlänge: 404 mm, Lauflänge: 264 mm, Kaliber: 13,9 mm, 4 Züge mit Rechtsdrall; Gewicht: 1540 g. Zielvorrichtung: Korn und flache Einfeilung auf der Schwanzschraube.

d. Husar

dazu:

da. Kutsma für k. k. Husarenoffizier M. 1863, aus schwarzem Lammfell mit krapprotem Tuchsack.
(NI 127.913)

e. Ulane:

dazu

ea. Österreichischer Kavalleriesäbel M. 1861 (ohne Scheide): Ganz Länge: 995 mm, Klingenlänge 848 mm, Gewicht: 1185 g.
(NI 40.009)

siehe dazu auch die Pike unter Nr. 13.13

f. Artillerist in Marschadjustierung

dazu:

fa. Österreichischer Pioniersäbel M. 1853: Ganze Länge: mit Scheide 660 mm, ohne Scheide: 632 mm; Klingenlänge: 463 mm; Gewicht: mit Scheide: 1615 g, ohne Scheide: 1170 g.

fb. Granate für österreichische 8pfündige Feldkanone M. 1863. Das erste in Österreich eingeführte artilleristische Längsgeschoß.

Lit.: *Teuber, Oscar* u. *Ottenfeld, Rudolf v.*, Die österreichische Armee von 1700 bis 1867 (Wien 1895).

Wien, Heeresgeschichtliches Museum C. A.-B.

**13.13 Österreichische Ulanenpike M. 1864**

Schaft aus Eschenholz, Metallteile aus poliertem Eisen. Gesamtlänge: 262,5 cm, Länge der Spitze mit Parierkugel: 28,5 cm, Länge der Schaftfeder: 53,5 cm, Länge des Schuhs: 15,5 cm.

Wien, Heeresgeschichtliches Museum, Inv.-Nr. NI 36.307 C. A.-B.

**13.14 Ulanka eines Leutnants der k. k. Ulanen um 1865**

Aus lichtblauem Tuch mit Umlegekragen; krapprote Egalisierung und Passepoilierung; weiße Knöpfe.

Wien, Heeresgeschichtliches Museum, Inv.-Nr. NI 3.917 C. A.-B

**13.15 Patrontasche (Kartusche) für k. k. Ulanenoffizier M. 1854**

Aus rotem Saffianleder, Seitenwände aus weißem Metall mit Trophäenemblem. Silberner Deckel mit graviertem Rand. Auf dem Deckel aufgelegter schwarzer Adler aus Metall. Das Brustschild des Adlers trägt die verschlungenen Initialen FJI.

Die Kartusche ist zur Aufnahme von 12 Patronen bestimmt. Der Tragriemen fehlt.

Wien, Heeresgeschichtliches Museum, Inv.-Nr. NI 131.584 C. A.-B.

**13.16 Königgrätz: Das Ende der Schlachtenkavallerie**

a. Helm des Obersten und Kommandanten des k. k. Kürassierregiments Nr. 8 James Ritter von Baertling.
(NI 15.345)

und

b. Helm des Obersten und Kommandanten des k. k. Kürassierregiments Nr. 9 Alexander Pollak von Kulmburg.
(NI 15.212)

Beide Helme wurde in dem großen Reiterkampf bei Stresetitz am 3. Juli 1866 durch preußische Säbelhiebe beschädigt.

davor:

c. Österreichischer leichter Kavalleriesäbel M. 1861, Ausführung für Offiziere.

Auf der Flachseite der Klinge gravierte und vergoldete Inschrift: „Nahod 26 t Juni – / Wissikow 27 t Juni – / Skalitz 28 t Juni – / Königgrätz den 3 t Juli 1866. / Glentworth Lt: 6 Cür: Regt."

Horace Vaudrie Glentworth (geb. New York 8. 5. 1841, gest. Wien 5. 1. 1903) nahm als Zugskommandant im k. k. Kürassierregiment Nr. 6 an den Kämpfen auf dem böhmischen Kriegsschauplatz teil und wurde bei Königgrätz verwundet. Glentworth war einer der eher seltenen Amerikaner in kaiserlichen Diensten.
(W 920)

Lit.: Gedenkschrift 1866, Katalog des Heeresgeschichtlichen Museums zu einer Sonderausstellung, Wien 1966, Kat.-Nr. 17, 18, 28.

Wien, Heeresgeschichtliches Museum C. A.-B.

**13.17 Die Armee nach Königgrätz – das Heer der allgemeinen Wehrpflicht**

a. Waffenrock für Mannschaft der k. k. Infanterie M. 1868

Kat.-Nr. 13.17.a.

Aus dunkelblauem Tuch mit Stehkragen, Achselwülsten und Achselklappen; scharlachroter Kragen und Ärmelaufschläge; eine Reihe gelber Knöpfe.

links davon:

b. Österreichisches Infanteriegewehr M. 1867 mit Stichbajonett.
Gezogener Hinterlader mit Klappenverschluß (System Wänzel). Gesamtlänge mit Bajonett: 1812 mm, ohne Bajonett: 1335 mm, Länge des Laufes: 884 mm; Kaliber: 13,9 mm; Züge mit Rechtsdrall; Gewicht mit Bajonett: 4850 g, ohne Bajonett: 4450 g. Zielvorrichtung: Korn und Schiebevisier für 300 bis 900 Schritt (225 bis 675 m). Der Lauf ist im hinteren Teil achtkantig, dann rund.
Bajonett: vierrippiges Stichbajonett mit Sperringpflanzung.

Dieses Gewehr, eine Abänderung des Infanteriegewehrs M. 1854 auf Hinterlader mit Randzündung, stellte eine Behelfskonstruktion dar, um – nach der Katastrophe von 1866 – die Armee möglichst rasch mit Hinterladegewehren zu versehen.

Lit.: Instruktion über die Einrichtung, Konservirung, Visitirung und Behandlung der nach dem Sisteme Wänzl umgestalteten Gewehre und der hiezu gehörigen Munition, Wien 1866. – *Gabriel, Erich,* Von der Luntenmuske zum Sturmgewehr, Katalog des Heeresgeschichtlichen Museums zu einer Sonderausstellung, Wien 1967.

(NI 36.356)

rechts davon:

c. Österreichisches Infanterie- und Jägergewehr M. 1867, mit Säbelbajonett.

Gezogener Hinterlader mit Zylinderverschluß (System Werndl) (Abb.). Gesamtlänge mit Bajonett: 1750 mm, ohne Bajonett: 1280 mm, Länge des Laufes: 843 mm, Kaliber: 11 mm; 6 Züge mit Rechtsdrall; Gewicht mit Bajonett: 5100 g, ohne Bajonett: 4500 g. Zielvorrichtung: Korn auf Stöckel, Treppen- und Rahmenvisier für 200 bis 1400 Schritt (150 bis 1050 m). Der runde Lauf ist brüniert, das Verschlußgehäuse grau gebeizt.
Bajonett: Das Säbelbajonett M. 1867 ist auf dem an der rechten Seite des Laufes angebrachten Haft befestigt.

Lit.: Waffeninstruktion für die Infanterie und die Jägertruppe des k. k. Heeres (Wien 1880). – *Gabriel, Erich,* a. a. O.

(W 136)

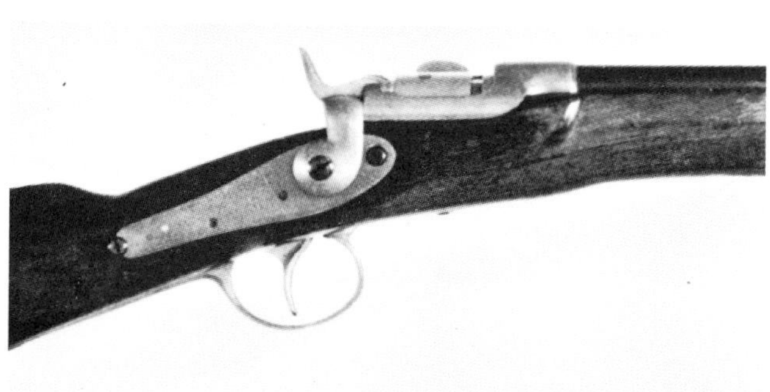

Kat.-Nr. 13.17.c.

d. Trommel für die k. k. Infanterie
nach der Adjustierungsvorschrift von 1840.
Sarg aus Messingblech; Spannreifen aus Holz, innen rot, außen Schwarz-gelb bemalt; Fell:

pergamentartig präpariertes Kalbfell. Höhe: 350 mm, Durchmesser: 370 mm.
(Inv.-Nr. 120-2)

Wien, Heeresgeschichtliches Museum C. A.-B.

13.18 **Wien, Arsenal**

Wien X, Arsenalstraße

Eduard van der Nüll und August Sicard von Sicardsburg, Theophil Hansen und Christian Ludwig Förster, Karl Roesner, 1849–1856
Photokopie nach: Försters Allgemeine Bauzeitung tung

Die Idee einer konzentrierten militärischen Anlage wurde schon im späten Vormärz diskutiert, die Ereignisse von 1848, als man sich gegen den inneren, nicht gegen den äußeren Feind zu verteidigen hatte, machten das Thema besonders aktuell: Das fortifikatorische System Wiens wurde nun neu organisiert, indem man ein Festungsdreieck mit dem Hauptstützpunkt Arsenal und zwei Defensivkasernen am Donauquai (Franz-Josephs- und Roßauerkaserne) anlegte. Für das nicht nur militärisch sondern auch städtebaulich und künstlerisch bedeutendste Arsenal wurde bereits im Jänner 1849 ein Wettbewerb ausgeschrieben, da jedoch keines der eingereichten Projekte als Gesamtes den Vorstellungen der Militärs entsprach, wurden die Arbeiten in Teilaufträgen vergeben: die Kommandantur und die Kasernenbauten, also der Großteil der Baulichkeiten, wurde Nüll und Sicardsburg zugesprochen, deren künstlerische Handschrift – pseudo-wehrhaften Motiven englischer und italienischer Provenienz nachempfunden – den Charakter der ganzen Anlage bestimmt. Zum Herzstück des Komplexes wurde allerdings das Waffenmuseum prädestiniert, das eine intensive Anteilnahme des Kaisers genoß. Als gemeinsame Arbeit von Förster und Hansen begonnen, wurde es nach dem frühen Ausscheiden Försters zum ersten repräsentativen Hauptwerk des dänischen Architekten in Wien.

Lit.: *Wagner-Rieger, R.*, Vom Klassizismus bis zur Sezession, Wien 1973, S. 152–156. – *Strobl, A.*, Das k. k. Waffenmuseum, Wien 1961.

S. K.

# 14. AUSSENPOLITIK

## 14.1 Einführung

### 14.1.1 Karte von Mitteleuropa

Entwurf: P. U. nach Bayrischer Schulatlas, Ausführung: I. Grillmayer

### 14.1.2 Die Souveräne Europas

Photo nach Lithographie von G. H. Busse, 1858/59

Franz Joseph und 21 Souveräne mit Personenschlüssel

In einer Zeit, in der das monarchische Prinzip fast ungebrochen dominierte, kam der Person des Souveräns besondere Bedeutung zu. Nicht ohne Grund waren ja die Botschafter, die die Interessen ihres Landes vertreten sollten, persönliche Vertreter ihres Herrschers und als solche bei den auswärtigen Regenten akkredidiert. Neben dieser rein personalen Auffassung vom Charakter zwischenstaatlicher Beziehungen, die sich auch ganz konkret in manchen, den außenpolitischen Handlungen zugrundeliegenden Motivationen niederschlug, gewannen andere, „anonyme" Kräfte (wirtschaftliche, nationalpolitische etc.) zusehends an Bedeutung.

Wien, Österreichische Nationalbibliothek, Bildarchiv, Inv.-Nr. Pg III/8/21 R P. U.

### 14.1.3 Die Souveräne Europas

Photomontage, Franz Joseph und 21 Souveräne Europas, 1876/79

Vergleicht man dieses Bild mit dem vorigen, ist die Änderung innerhalb der europäischen Staatenwelt deutlich erkennbar.

Wien, Österreichische Nationalbibliothek, Bildarchiv, Inv.-Nr. Pf 375 P. U.

## 14.2 Die italienische Frage

### 14.2.1 Feldmarschall Radetzkys Unterhandlung mit Viktor Emanuel bei Vignale nach der Schlacht von Novara am 24. März 1849

Photokopie nach Farblithographie von Albrecht; 1849

Unmittelbar nach den Wiener Märzereignissen des Jahres 1848 brach in Mailand und anderen Städten der Lombardei die Revolution aus. Nach den *cinque giornate* mußte Radetzky Mailand räumen, eine provisorische Regierung wurde gebildet, piemontesische Truppen marschierten in der Lombardei ein. Erst Ende Juli, Anfang August konnte Radetzky die Piemontesen besiegen (was den Anlaß für Grillparzers bekanntes Huldigungsgedicht an Radetzky bot), am 9. August schloß König Karl Albert einen Waffenstillstand. Nach der Verkündigung der oktroyierten Märzverfassung kündigte Karl Albert den Waffenstillstand, wobei er auf Unterstützung seitens der lombardischen Bevölkerung hoffte, wo die Unzufriedenheit mit dem Militärregime weite Kreise erfaßt hatte. Es kam aber nur in Brescia zu einer Erhebung, die General Haynau brutal unterdrückte. Am 23. März 1849 errang Radetzky bei Novara einen durchschlagenden Erfolg über die Truppen Karl Alberts, der noch am selben Abend zugunsten seines Sohnes Viktor Emanuel abdankte.

Lit.: *Sked, Alan,* The Survival of the Habsburg Empire, Radetzky, the imperial army and the class war, London 1979.

Wien, Österreichische Nationalbibliothek, Bildarchiv, Inv.-Nr. Pk 260, 18 R P. U.

### 14.2.2 Armistizio tra S. M. il Re di Sardegna e S. E. il Feld-Maresciallo Conte Radetzky, Novara 26. marzo 1849

Druck auf Papier, zweisprachig (italienisch, französisch), 4 Blatt; H. = 30 cm, B. = 22,5 cm

In der Unterredung Viktor Emanuels II. mit Radetzky bei Vignale (vgl. Kat.-Nr. 14.2.1) gelang es dem König, die harten Bedingungen für einen Waffenstillstand etwas zu mildern: Radetzkys relative Nachgiebigkeit beruhte auf der Überlegung, daß eine Stärkung des Königs für eine Normalisierung der politischen Lage Italiens wichtig sei, daß andererseits die österreichischen Kräfte für eine militärische Niederhaltung ganz Norditaliens nicht ausreichten. Die Wiener Regierung hätte gerne einen härteren Kurs verfolgt, mußte sich Radetzkys Argumenten letztendlich beugen. Am 6. August 1849, dem Jahrestag der Rückkehr der österreichischen Truppen, wurde in Mailand der Friedensvertrag unterzeichnet.

Lit.: *Furlani, Silvio,* und *Wandruszka, Adam,* Österreich und Italien. Ein bilaterales Geschichtsbuch, Wien

1973, S. 162ff. – *Filipuzzi, Angelo,* La pace di Milano, 6. agosto 1849, Roma 1955.

Wien, Österreichische Nationalbibliothek, Flugschriftensammlung, Inv.-Nr. 1849/3 P. U.

**14.2.3 Blockade von Venedig durch die österreichische Marine**

Farbdruck eines Gemäldes von A. Kircher, 1849

Auch in Venedig führten die Märzereignisse zu einem Abbruch aller Bindungen an den habsburgischen Staat. Es wurde die *repubblica di San Marco* unter Daniele Manin ausgerufen, ein Großteil der Marine und der Landtruppen trat auf die Seite der neuen Herren. Nach Radetzkys Erfolgen in der Lombardei wurde allmählich auch das Festlandgebiet Venetiens wiedergewonnen. Die Stadt selbst war vom Lande ja nicht erreichbar, ihr fortdauernder Widerstand konnte nur durch eine Seeblockade gebrochen werden.

Lit.: *Ginsborg, Paul,* Daniele Manin and the Venetian Revolution of 1848–49, London 1979.

Wien, Österreichische Nationalbibliothek, Bildarchiv, Inv.-Nr. Pb 44.705, Tfl. 7 (R) P. U.

**14.2.4 Extra-Blatt der Wiener Zeitung vom 25. August 1849: Kapitulation Venedigs**

Druck auf Papier; H. = 38 cm, B. = 29 cm

Mit dem Friedensvertrag von Mailand vom 6. August 1849, dem Abrücken der übrigen italienischen Staaten von den national-liberalen Vorstellungen der Revolutionszeit und der Nachricht von der ungarischen Kapitulation bei Világos, war jede Aussicht auf Unterstützung für die venezianische Republik geschwunden. Innere Uneinigkeit, Hunger und Seuchen taten ein übriges; am 22. August kapitulierte Venedig.

Wien, Österreichische Nationalbibliothek, Flugschriftensammlung, Inv.-Nr. 1849/8 P. U.

**14.2.5 Übergabe der Schlüssel von Venedig an Radetzky**

Photokopie nach Gemälde von Josef Lanzedelly, 1849

Wien, Österreichische Nationalbibliothek, Bildarchiv, Inv.-Nr. H 1293 CR P. U.

**14.2.6 Allegorie auf Befreiung Italiens**

Photokopie nach Lithographie

Wien, Österreichische Nationalbibliothek, Bildarchiv, Inv.-Nr. Pk 2094 P. U.

**14.2.7 Festung Venedig. Die Lagunenflottille mit der Insel S. Giorgio Maggiore im Hintergrund**

Abb.

Photographie, um 1860; H. = 31 cm, B. = 44 cm

Unmittelbar nach 1848/49 waren die österreichischen Beamten im Zusammenwirken mit konsensbereiten Italienern bemüht, die Verwaltung und das politische System des Königreichs Lombardo-Venetien mit den im Vergleich zu den übrigen Teilen der Monarchie sehr differenten sozialen und politischen Strukturen in Einklang zu bringen. Dieser reformerische Ansatz scheiterte einerseits an der Zentralisierungspolitik Wiens, die Reformen, die Wien im Auge hatte, bedeuteten unter den anders gearteten Verhältnissen Norditaliens kaum einen echten Fortschritt. Außerdem waren die Reformer durch die allgegenwärtige Präsenz des Militärs paralysiert, das – verkörpert durch die Person des „General-, Zivil- und Militärgouverneurs" Radetzky – die letzte Entscheidungsinstanz im Lande darstellte. Bestimmend für die Realität im Lande blieben Belagerungszustand und Militärherrschaft.

Lit.: *Mazohl-Wallnig, Brigitte,* Zentralgewalt und Lokalverwaltung in Lombardo-Venetien 1848–1859, in:

Kat.-Nr. 14.2.7

Mitteilungen des Instituts für österreichische Geschichtsforschung 86 (1978), S. 365–389.

Wien, Heeresgeschichtliches Museum, Inv.-Nr. LBI 7548/14 P. U.

**14.2.8 Ansicht des Arsenals von Venedig**

Kirchmayr nach M. Moro; 1850er Jahre
Farblithographie; H. = 30 cm, B. = 39 cm

Wien, Heeresgeschichtliches Museum, Inv.-Nr. EB 1979-31 P. U.

**14.2.9 Die Erhebung vom 6. Februar 1853 in Mailand**

Photokopie nach zeitgenössischer Lithographie

Die Bevölkerung Lombardo-Venetiens reagierte auf die Militärverwaltung unter Radetzky mit offener Feindseligkeit. Diese Haltung und die schlechte Wirtschaftslage begünstigten das Entstehen einer quasi-revolutionären Stimmung, die sich die Anhänger Mazzinis zunutze machen wollten. Am 6. Februar 1853 brach in Mailand eine Erhebung aus, die vor allem von der untersten Bevölkerungsschicht getragen wurde, wobei man hoffte, die *cinque giornate* des März 1848 wiederholen zu können. Da der Aufstand schlecht organisiert war, brach er nach wenigen Stunden zusammen, forderte aber ziemliches Blutvergießen.

Lit.: Storia di Milano XIV: Sotto l'Austria (1815–1859), hg. v. Fondazione Treccani degli Alfieri, Milano 1960, 544 ff.

Milano, Civ. racc. stampe P. U.

**14.2.10 Armee-Befehl Nr. 3, Verona 12. Februar 1853**

Druck auf Papier; H. = 34 cm, B. = 23 cm

Nach der Mailänder Erhebung vom 6. Februar 1853 verhängte Radetzky drakonische Maßnahmen: es gab zahlreiche Gefängnis-, auch Todesstrafen. Internationale Verwicklungen hatte die Sequestration des Eigentums jener Lombarden zur Folge, die nach Piemont geflüchtet waren und unter denen die Militärs die Anstifter der Unruhen vermuteten; darüberhinaus verstärkte diese Maßnahme in der piemontesischen Öffentlichkeit, aber auch bei den Westmächten, die österreichfeindliche Stimmung.

Lit.: *Mazohl-Wallnig, Brigitte,* „Hochverräter" und österreichische Regierung in Lombardo-Venetien. Das Beispiel des Mailänder Aufstandes im Jahre 1853, in: Mitteilungen des Österreichischen Staatsarchivs 31 (1978), S. 219–231.

Wien, Heeresgeschichtliches Museum, Inv.-Nr. BI 1257 P. U.

**14.2.11 Die Ankunft ihrer Majestäten in Venedig am 25. November 1856. Die Munizipal-Galleggiante inmitten festlicher Barken vor dem Dogenpalast**

Vinzenz Katzler; 1856
Lithographie; H. = 38,1 cm, B. = 53,9 cm

Nach dem Scheitern des Februaraufstandes schlug Wien einen Kurs der Versöhnung ein: am 1. Mai 1854 wurde der Belagerungszustand aufgehoben, die zivile Verwaltung wurde definitiv den Militärs entzogen, die Gütereinziehung wurde beendet. Franz Josephs und Elisabeths Besuch im lombardo-venetianischen Königreich (Ende 1856 / Anfang 1857) war Ausdruck dieses neuen Kurses; während seiner Anwesenheit in Venedig begnadigte der Kaiser eine Reihe von politischen Häftlingen. Und schließlich ist auch die – mit dem hohen Alter des Generals motivierte – Abberufung Radetzkys von seinem Posten als General-Gouverneur in diesem Sinne zu werten.

Lit.: *Mazohl-Wallnig, Brigitte,* Zentralgewalt und Lokalverwaltung in Lombardo-Venetien 1848–1859, in: Mitteilungen des Instituts für österreichische Geschichtsforschung 86 (1978), S. 385 ff. – *Jenks, William A.,* Francis Joseph and the Italians, Virginia 1978.

Wien, Historisches Museum der Stadt Wien, Inv.-Nr. 91.397 P. U.

**14.2.12 Regierungsprogramm des Erzherzogs Ferdinand Maximilian als General-Gouverneur im lombardo-venetianischen Königreich**

Milano, 23. März 1857
Original

Als Nachfolger Radetzkys auf dem Posten des General-Gouverneurs wurde Ende Februar 1857 der Bruder des Kaisers, Erzherzog Ferdinand Maximilian (1832–1867) berufen. Auf eine reine Repräsentations- und „Überwachungskompetenz" beschränkt, versuchte der Erzherzog nichtsdestoweniger, den liberalen Wünschen (hier vornehmlich den wirtschaftlichen, wobei er sich in gewisser Weise mit den Intentionen des Finanzministers Bruck traf), aber auch den nationalpolitischen Vorstellungen der führenden Schichten Lombardo-Venetiens entgegenzukommen. Dieser Politik war kein Erfolg beschieden: das psychologische Klima zwischen dem habsburgischen Herrschaftsapparat und der italienischen Bevölkerung ließ sich nicht mehr verbessern, die Spaltung reichte über das rein Politische tief in soziale und menschliche Beziehungen hinein, Staatsbewußtsein und Nationalbewußtsein schlossen einander aus – ein Zustand, der sich in anderen Teilen des Habsburgerreiches erst 70 Jahre später einstellen sollte.

Lit.: *Valsecchi, Franco,* Massimiliano d' Asburgo, cent'anni dopo, in: Nuova Antologia, 1967, S. 187–208. – *Blaas, Richard,* Maximilian, Kaiser von Mexiko, und die italienische Frage, in: Der Schlern 41 (1967), S. 276–287. – *Wandruszka, Adam,* Maximilian von Mexiko, Generalgouverneur von Lombardo-Venetien, in: Maximilian von Mexiko, Katalog der Ausstellung Hardegg, 1974, S. 49–52. – *Anders, Ferdinand* und *Eggert, Klaus,* Maximilian von Mexiko. Erzherzog und Kaiser, St. Pölten 1982.

Milano, Archivio di Stato P. U.

### 14.2.13 In morte di Radetzky. Dies irae

1858
Satire, Druck auf Papier; H. = 37 cm, B. = 23,5 cm

Radetzky starb am 5. 1. 1858 in Mailand. Vom Kaiser und dem habsburgischen „Establishment", das ihm in der Tat sehr viel zu verdanken hatte, tief betrauert und durch pompöse Begräbnisfeierlichkeiten ein letztes Mal geehrt (vgl. Kat.-Nr. 13.6), empfanden die italienischen Untertanen Seiner Majestät Gefühle der Erleichterung über den Tod eines Mannes, den sie als den Unterdrükker ihrer Freiheiten sahen, und sie knüpften an das Ereignis die Hoffnung, daß mit dem Symbol der Fremdherrschaft auch diese selbst ins Grab steigen möge.

Lit.: *Jedlicka, Ludwig,* Feldmarschall Joseph Graf Radetzky von Radetz (1766–1858), in: Große Österreicher. Neue Österr. Biographie XIV, S. 6–26. – *Herre, Franz,* Radetzky. Eine Biographie, Köln 1981. – *Vocelka-Zeidler, Sylvia,* Schloß Wetzdorf, Pargfrieder, Radetzky, Wimpfen, Klein-Wetzdorf 1979.

Wien, Österreichische Nationalbibliothek, Flugschriftensammlung, Inv.-Nr. 1858/6 P. U.

### 14.2.14 Die wirtschaftliche Infrastruktur in Lombardo-Venetien

a. Kanäle und Straßen in der Lombardei
Photokopie

b. Straßen- und Schienenlänge in Lombardo-Venetien, Niederösterreich und Böhmen
Diagramm, Entwurf: P. U., Ausführung: I. Grillmayer

Eine der Ursachen für die mangelnde Integration Lombardo-Venetiens in den habsburgischen Herrschaftsbereich lag in den Unterschieden in sozio-ökonomischen, mentalen und politischen Strukturen, die zwischen Lombardo-Venetien und anderen Teilen des Reiches herrschten. In politischer Hinsicht hatte Oberitalien viel vom Erbe Napoleons I. bewahrt, Errungenschaften, die anderswo noch unbekannt waren. Auf dem Gebiet der wirtschaftlichen Infrastruktur, z. B. im Verkehrswesen, wiesen die südlichen Provinzen einen enormen quantitativen Entwicklungsvorsprung auf. Straßen und Kanäle hatten nicht nur wirtschaftliche Bedeutung; sie korrespondierten mit einer „Mobilität des Geistes", mit einem dynamischeren Weltbild, in dem Raum und Zeit einen anderen Stellenwert besaßen, ein Weltbild, das den Bewohnern anderer Teile der Monarchie großteils noch fremd war. Allerdings geriet in den fünfziger Jahren dieser Vorsprung in Gefahr: beim Eisenbahnbau kam Lombardo-Venetien ins Hintertreffen. Man sah darin den Ausdruck einer Krise, die sich auf anderen wirtschaftlichen Gebieten, z. B. in der Landwirtschaft, beim Konsum etc. bemerkbar machte. Dieses Bewußtsein, in einer krisenhaften Situation zu leben, trug mit dazu bei, Änderungen der politischen Herrschaftsverhältnisse herbeizusehnen.

Lit.: *Saurer, Edith,* Materielle Kultur und sozialer Protest in der Lombardei, Venetien, Niederösterreich und Böhmen zwischen Vormärz und Neoabsolutismus, geisteswiss. Habilitationsschrift, Wien 1984, insbes. S. 31, 114ff, 267.

Milano, Archivio storico civico P. U.

### 14.2.15 Camillo Benso di Cavour

Photokopie nach Gemälde von F. Gonin

Camillo Benso di Cavour (1810–1861). Seit 1847 Mitherausgeber der Zeitschrift „Risorgimento", trat Cavour für die Einigung Italiens unter dem Hause Savoyen ein. Ende 1852 zum Ministerpräsident von Piemont-Sardinien berufen, sicherte er sich durch Teilnahme am Krimkrieg (vgl. Kat.-Nr. 14.3.9) auf Seiten der Westmächte deren Unterstützung für seine Italienpolitik. Nach dem Vorfrieden von Villafranca (vgl. Kat.-Nr. 14.2.25) trat Cavour, über Napoleons Haltung verbittert, Mitte Juli 1859 zurück, übernahm Anfang 1860 jedoch wieder die Regierung. In realistischer Einschätzung der Möglichkeiten verfocht er weiter sein Ziel der Einigung Italiens, die (zwar noch ohne Venetien und Rom) mit der Annahme des Titels eines Königs von Italien durch Viktor Emanuel wenige Monate vor Cavours Tod einen ersten Abschluß fand.

Lit.: *Romeo, Rosario,* Cavour e il suo tempo, bisher 2 Bde., Bari 1969, 1977. – *Delzell, Ch. F.,* The Unification of Italy 1859–1861. Cavour, Mazzini or Garibaldi?, London 1965. – *Valsecchi, Franco,* Cavour, ein europäischer Staatsmann, Wiesbaden 1957.

Torino, Museo del Risorgimento Nazionale P. U.

**14.2.16 Giuseppe Garibaldi (1807–1882)**

Photokopie

1848 aus dem Exil in Südamerika zurückgekehrt, kämpfte er zuerst in der Lombardei, dann in Rom. Nach dem Fall der römischen Republik ging er wieder ins Ausland. 1859 Führer eines Alpenjägerkorps, unternahm er 1860 den „Zug der Tausend“ gegen Sizilien. Seine Versuche, auch den Kirchenstaat, Venetien und das Trentino dem neuen Königreich Italien einzugliedern, scheiterten. 1866 kämpfte er erneut mit seinen Freischaren gegen Österreich. Garibaldi orientierte sich in seinen Handlungen nie an „höheren politischen Erwägungen“, so daß er und die „Aktionspartei“, die auch Beziehungen zu anderen Revolutionären wie z. B. Kossuth unterhielten, des öfteren im Gegensatz zur offiziellen Politik Sardiniens bzw. Italiens gerieten.

Lit.: *Montanelli, Indro* und *Mozza, Marco,* Garibaldi, Stuttgart 1964.

Wien, Österreichische Nationalbibliothek, Bildarchiv, Inv.-Nr. 506.846 BR P. U.

**14.2.17 Napoleon III.**

Foto nach Ad vivum Gemälde v. Edouard Dubufe, Lithographie von Rudolf Hoffmann [allerdings signiert: Metzmacher se. 1859]

Napoleon III. (1808–1873), seit 1852 Kaiser der Franzosen, verfolgte außenpolitisch das Ziel, Frankreich wieder die Führungsrolle in Europa zu verschaffen. Einen ersten Erfolg erzielte er im Frieden von Paris 1856 (vgl. Kat.-Nr. 14.3.10), mit dem der Krimkrieg beendet wurde. Im Sommer 1858 hatte sich Napoleon III. entschlossen, Piemont in seinen Plänen zur Verdrängung Österreichs aus Italien auch militärisch zu unterstützen. In Italien sollte es fortan vier Staaten geben: ein um Lombardo-Venetien, Parma, Modena und die Romagna vergrößertes Königreich Piemont-Sardinien, ein neuzuschaffendes mittelitalienisches Königreich, den Kirchenstaat und das Königreich beider Sizilien.

Lit.: *Hallberg, Charles W.,* Franz Joseph and Napoleon III. 1852–1864. A study of Austro-French relations, New York 1955.

Wien, Österreichische Nationalbibliothek, Bildarchiv, Inv.-Nr. NB 511.077 BR P. U.

**14.2.18 Kaiserliches Manifest „An meine Völker“ vom 29. April 1859**

Druck auf Papier; H. = 45 cm, B. = 58 cm

Beim Neujahrsempfang hatte Napoleon III. dem österreichischen Botschafter gegenüber bemerkt: *Ich bedaure, daß unsere Beziehungen nicht so gut sind, als ich es wünschte . . .*
Diese Bemerkung wurde als Anzeichen eines nahenden Krieges aufgefaßt; auf den internationalen Finanzplätzen sank Österreichs Kredit. Österreich und Piemont begannen mit Truppenverlegungen, doch konnte der Kaiserstaat längere Kriegsvorbereitungen finanziell nicht durchstehen. Einen britischen Vermittlungsvorschlag lehnte Franz Joseph ab, da es seinem Ehrgefühl widersprach, die territoriale Integrität seines Besitzstandes aufzugeben, ohne für deren Erhaltung vorher gekämpft zu haben. Am 29. April überquerten österreichische Truppen den Ticino, den Grenzfluß zu Piemont-Sardinien. Österreich war tatsächlich der Aggressor geworden, die französisch-piemontesischen Abmachungen konnten daher in Kraft treten; auch in bezug auf die anderen Großmächte stand Österreich isoliert da.

Lit.: *Engel-Janosi, Friedrich,* L'Ultimatum austriaco del 1859, in: Rassegna Storica del Risorgimento 24 (1937), S. 1393–1424, 1565–1600. – *Valsecchi, Franco,* La mediazione britannica alla vigilia della guerra del 1859, in: Mitteilungen des Österreichischen Staatsarchivs 31 (1978).

Wien, Österreichische Nationalbibliothek, Flugschriftensammlung, Inv.-Nr. 1859/7 P. U.

14.2.19 **Confessione e professione di fede politica degl'italiani, Mai 1859**

Druck auf Papier; H. = 20 cm, B. = 15 cm

Im Krieg von 1859 stand die Bevölkerung Lombardo-Venetiens eindeutig auf Seite der Verbündeten, Frankreich und Sardinien-Piemont. Wenn auch nicht jedermann mit dem sich abzeichnenden Anschluß an Piemont einverstanden war, begrüßte man jedoch allgemein Napoleon III. als den Befreier von der Fremdherrschaft.

Wien, Österreichische Nationalbibliothek, Flugschriftensammlung, Inv.-Nr. 1859/11 P. U.

14.2.20 **Die Schlacht bei Magenta**

Photokopie nach Gemälde v. G. Induno

Der österreichische Oberbefehlshaber Graf Gyulai verabsäumte es, die Streitkräfte Piemont-Sardiniens zum Kampf zu stellen, solange sich diese noch nicht mit denen Frankreichs vereint hatten. Nicht zuletzt dank des erstmaligen Einsatzes der Eisenbahn hatten die Franzosen ihren Aufmarsch rasch beendet. Am 4. Juni 1859 kam es zur Schlacht bei Magenta, die Gyulais Truppen verloren. Österreich räumte daraufhin die Lombardei und ging hinter den Mincio zurück; Kaiser Franz Joseph, der Ende Mai an den Kriegsschauplatz gereist war, übernahm selbst den Oberbefehl.

Lit.: *Steinitz, Eduard v.*, Magenta und Solferino, in: Militärwissenschaftliche Mitteilungen 60 (1929), S. 476–487. – *Allmayer-Beck, Johann Christoph* und *Lessing, Erich,* Die k. (u.) k. Armee 1848–1918, München 1974, S. 53ff.

Milano, Soprintendenza ai Monumenti P. U.

14.2.21 **Episoden aus dem sardinischen Krieg: Garibaldische Freischärler im Hintergrund**

Farblithographie, hg. v. M. Trentsensky; H. = 25 cm, B. = 40 cm

Nicht nur die regulären Armeen von Sardinien-Piemont und Frankreich kämpften gegen Österreich, auch Giuseppe Garibaldi führte seine Freischaren gegen das habsburgische Gebiet. 1866 wiederholte er seine Aktionen, das Gefecht bei Bezzecca im Ledrotal (im Trentino) blieb wegen des bald darauf erfolgten Waffenstillstands ohne Bedeutung.

Lit.: *Barbetta, Guido,* Qualque considerazioni sulle operazioni svolte nel Trentino-Alto Adige nella campagna del 1866, in: Ateneo Veneto, fasc. speciale (1966), S. 153–170.

Wien, Heeresgeschichtliches Museum, Inv.-Nr. BI 21.235 P. U.

14.2.22 **Österreichische Infanterie erstürmt ein von französischen Truppen besetztes Haus, 4. Juni 1859**

Siegmund L'Allemand jun.
Aquarell; H. = 23,8 cm, B. = 33,3 cm; Vorlage für eine Chromolithographie, die als Blatt 4 einer Serie „Szenen aus dem Krieg in Italien" 1862ff in der k. k. Hof- und Staatsdruckerei erschien.

Lit.: Kaiser Franz Joseph von Oesterreich oder der Verfall eines Prinzips, Ausst.-Kat. Hermesvilla 1980, Kat.-Nr. 86.

Wien, Historisches Museum der Stadt Wien, Inv.-Nr. 61.862 P. U.

14.2.23 **Medaille auf den Einzug der verbündeten Armeen in Mailand**

Dm. = 2,7 cm

Av.: Portraits von Napoleon III. und Viktor Emanuel II. Umschrift: ALLIANCE FRANCO-SARDE . . .
Rv.: VICTOIRES DE MONTEBELLO, PALESTRO, . . . ENTRÉE DES ARMÉES ALLIÉES À MILAN

Am 8. Juni 1859 zogen Napoleon III. und Viktor Emanuel II. nach dem Sieg bei Magenta in Mailand ein. In einer Proklamation an die Italiener hatte der Kaiser der Franzosen schon am 3. Mai erklärt, Italien bis an die Adria zu befreien, die italienische Nationalbewegung setzte daher große Hoffnungen in Napoleon III.

Wien, Kunsthistorisches Museum, Münzkabinett, Sammlung Wurzbach, Inv.-Nr. M 6678 P. U.

14.2.24 **Attacke des Husarenregiments Nr. 10 in der Schlacht von Solferino, 24. Juni 1859**

A. Müller; 1875
Öl auf Malpappe; H. = 22 cm, B. = 37,4 cm

Am 24. Juni 1859 kam es westlich des Mincio zur Schlacht bei Solferino, die nach 14stündigem Kampf zwar die Franzosen und Piemonteser als Sieger sah, den Österreichern aber durchaus noch Möglichkeiten für eine Fortsetzung des Feldzuges bot. Die Schlacht war ungemein blutig und verlustreich. Die Verwundetenfürsorge – der bereits im Krimkrieg Florence Nightingale ihre Aufmerksamkeit zugewendet hatte – lag ganz besonders im argen: aus dem Erleben dieser schrecklichen Verhältnisse erwuchs wenig später die von Henry Dunant angeregte Organisation des Internationalen Roten Kreuzes und die Genfer Konvention zur Verbesserung des Loses der Verwundeten bei den im Felde stehenden Heeren.

Wien, Heeresgeschichtliches Museum, Inv.-Nr. BI 25.474 P. U.

**14.2.25 Zusammenkunft der beiden Monarchen Franz Joseph I. und Napoleon III. in Villafranca, den 11. Juli 1859**

Josef Lanzedelli; 1859
Farblithographie; H. = 29 cm, B. = 39 cm

Entgegen den Erwartungen der europäischen Staatsmänner kam es zu einem direkten Kontakt zwischen Frankreich und Österreich und am 11. Juli zum Abschluß eines Präliminarfriedens. Die Gründe für eine derartige Entscheidung lagen einerseits in der allgemeinen Situation; für Österreich kam dazu, daß die katastrophale Finanzlage und die Gärung im Inneren die Fortsetzung des Krieges nicht ratsam erscheinen ließen. Österreich trat die Lombardei (jedoch ohne Stadt und Festung Mantua mit ihrem Umland) an Frankreich ab, das es an Piemont-Sardinien weitergab. In den nord- und mittelitalienischen Herzogtümern sollten die Herrscher aus habsburgischem Haus wieder eingesetzt werden, Venetien blieb im Besitz Österreichs, das kraft dessen an dem Italienischen Bund unter dem Ehrenvorsitz des Papstes teilhaben sollte.

Lit.: *Deutsch, W.*, Habsburgs Rückzug aus Italien. Die Verhandlungen von Villafranca und Zürich, 1940.

Wien, Historisches Museum der Stadt Wien, Inv.-Nr. 55.518 P. U.

**14.2.26 Friedensvertrag Österreichs mit Piemont-Sardinien und Frankreich, Zürich 10. November 1859**

Original

Im Frieden von Zürich wurden die Vereinbarungen von Villafranca im wesentlichen bestätigt, doch war schon bei Abschluß des Vertrages deutlich, daß dieser ein toter Buchstabe bleiben würde: in den nord- und mittelitalienischen Herzogtümern widersetzte man sich der Rückkehr der Herrscher aus habsburgischem Haus und erklärte sich, ebenso wie in Teilen des Kirchenstaates, für den Anschluß an Piemont-Sardinien, der geplante Italienische Bund kam nicht zustande. Nachdem auch der König beider Sizilien zur Abdankung gezwungen worden war, proklamierte Viktor Emanuel im März 1861 das Königreich Italien. Das neue Königreich wurde von Franz Joseph als ein auf dem nationalen Prinzip aufbauendes und der, auf vertraglich festgelegten Rechten gründenden, legitimen Ordnung Europas zuwiderlaufendes Gebilde vehement abgelehnt; Franz Joseph und seine Berater bestanden bis 1866 auf der wortgetreuen Durchführung des Züricher Vertrages – eine Haltung, die die Monarchie gänzlich isolieren sollte.

Lit.: *Blaas, Richard,* Il problema veneto nella politica estera austriaca del periodo 1859–1866, in: Archivio Veneto, 1967, S. 39–157. – *Wandruszka, Adam,* L' Austria dopo Villafranca, in: Atti del XLII Congresso di storia del Risorgimento italiano.

Wien, Haus-, Hof- und Staatsarchiv, Allgemeine Urkundenreihe P. U.

**14.2.27 L'Autrichien à Milan – L'Autrichien quittant Milan** Abb.

Anonym; 1859
Teilweise färbige Lithographie; H. = 19 cm, B. = 29,5 cm bzw. H. = 29,5 cm, B. = 19 cm

Wien, Heeresgeschichtliches Museum, Inv.-Nr. BI 5203 P. U.

**14.2.28 Festung Verona, Werk Hess**

Maurizio Lotzi; um 1865
Photographie; H. = 31 cm, B. = 44 cm

Die Nichteinhaltung des Züricher Vertrages machte die Stellung Venetiens nach 1859 besonders problematisch. Einerseits mit dem kaum verhüllten Wunsch Italiens konfrontiert, Venetien dem Königreich Italien einzuverleiben, stieß Österreich andererseits auf die fast einhellige Ablehnung der Bevölkerung des Landes, weiterhin im habsburgischen Staatsverband zu bleiben. Das manifestierte sich beispielsweise in der Weigerung der Politiker, den Reichsrat zu Wien zu beschikken, in der passiven Resistenz vieler Beamter, aber

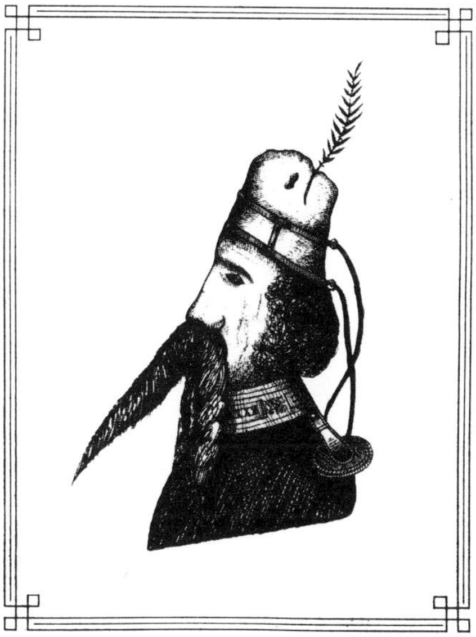

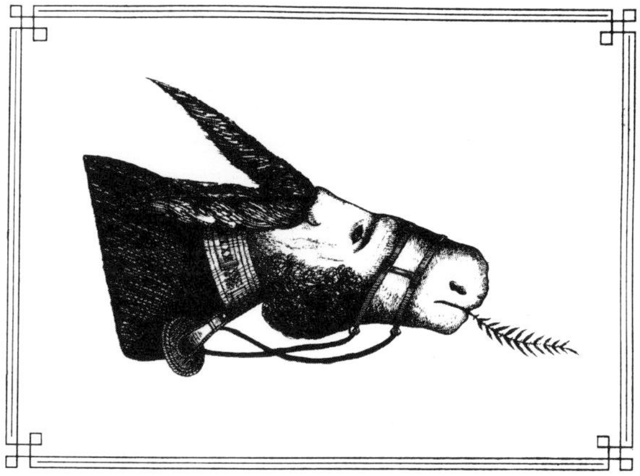

▲ L'autrichien quittant Milan!

◄ L'autrichien à Milan!

Kat.-Nr. 14.2.27

auch in Aufstandsversuchen, etwa in Friaul 1864. Demgegenüber glaubten sich die Österreicher einzig auf die verstärkte Präsenz der Armee verlassen zu können, die im „Festungsviereck" tatsächlich eine dominierende Position hatte.

Lit.: *Blaas, Richard,* Die italienische Frage und das österreichische Parlament 1859–1866, in: Mitteilungen des Österreichischen Staatsarchivs 22 (1970), S. 151–245. – *Ders.,* Vom Friauler Putsch im Herbst 1864 bis zur Abtretung Venetiens 1866, in: ebd. 19 (1966), S. 264–338. – *Giusti, Renato,* Il veneto 1859–1866, in: Austria e province italiani 1815–1918. Potere centrale e amministrazioni locali, Bologna 1981, S. 47–84.

Wien, Heeresgeschichtliches Museum, Inv.-Nr. LBI 7548/5 P. U.

**14.2.29 Festung Peschiera, Vordere Ansicht des Werkes Monte Croce**

Maurizio Lotzi; um 1865
Photographie; H. = 31 cm, B. = 44 cm

Das militärische Engagement in Venetien stellte eine beträchtliche Belastung für die österreichischen Staatsfinanzen dar. Allen Anträgen, sich der italienischen Bürde zu entledigen, sei es durch „Verkauf" oder im Wege der Kompensation für andere Neuerwerbungen, trat Franz Joseph jedoch auf das schärfste entgegen, da eine derartige Handlungsweise mit seinen legitimistischen Vorstellungen von dynastischer Ehre nicht in Einklang stand. Außerdem fürchtete man von einem nicht durch Waffengewalt erzwungenen Verzicht – der als Verbeugung vor dem nationalen Prinzip gelten mußte – negative Beispielwirkung für die anderen Völker der Monarchie und sah darin die Aufgabe eines elementaren Grundsatzes der bisherigen Politik Österreichs.

Lit.: *Blaas, Richard,* Il problema Veneto e la diplomazia Austriaca, in: Römische historische Mitteilungen 10 (1967), S. 216–243. – *Ders.,* Tentativi di approccie per la cessione del Veneto, in: Ateneo Veneto, fasc. speciale (1966), S. 5–52.

Wien, Heeresgeschichtliches Museum, Inv.-Nr. BI 7548/11 P. U.

**14.2.30 Brückenkopf Pastrengo. Halbpermanente Rückzugsbrücke über die Etsch**

Maurizio Lotzi; um 1865
Photographie; H. = 31 cm, B. = 44 cm

Wien, Heeresgeschichtliches Museum, Inv.-Nr. BI 7548/6 P. U.

**14.2.31 Supplemento all'Osservatore Dalmato Nr. 117:** Liste der Toten und Verwundeten bei der Seeschlacht von Lissa

Druck auf Papier; H. = 41 cm, B. = 29 cm

1866 kam es zum Zweifrontenkampf Österreichs gegen Preußen im Norden bzw. dem Königreich Italien im Süden. Um sich der Neutralität Frankreichs zu versichern, stimmte Österreich im Geheimvertrag vom 12. Juni 1866 zu, unabhängig vom Ausgang der Kampfhandlungen Venetien abzutreten (vgl. Kat.-Nr. 14.4.22). Der Sieg der österreichischen Armee unter Erzherzog Albrecht bei Custoza und der Erfolg der Marine unter Admiral Tegetthoff bei Lissa, aber auch die Opfer an Mensch und Material, waren vom politischen Standpunkt aus fast ohne Bedeutung; sie verhinderten aber, daß Italien sich über Venetien hinaus im österreichischen Gebiet festsetzen konnte, und ermöglichten nach Königgrätz die rasche Verlegung der Südarmee an die Donau, was Bismarcks Entschluß zum baldigen Friedensschluß mit beeinflußte (vgl. Kat.-Nr. 14.4.41).

Lit.: *Gabriel, Erich,* Der Seekrieg in der Adria, in: Gedenkschrift 1866, Wien 1966, S. 56–66. – *Handel-Mazzetti, Peter,* Die Seeschlacht von Lissa, in: Marinerundschau 63 (1966), S. 215–227.

Wien, Österreichische Nationalbibliothek, Flugschriftensammlung, Inv.-Nr. 1866/9 P. U.

**14.2.32 Die Schlacht von Custoza, 1866**

Kreidelithographie; H. = 25,2 cm, B. = 32,7 cm

Legende: *Unsere tapfere Armee unter Führung des Armee O. Com. Feldmarschall k. k. h. Erzherzog Albrecht schlug den Feind auf allen Punkten unter der Leitung ihres Königs. Über 4000 Mann wurden gefangen/genommen und 17 Kanonen erobert, Prinz Amadeus und mehrere feindliche Generäle wurden verwundet.*

Lit.: Kaiser Franz Joseph von Oesterreich oder der Verfall eines Prinzips, Ausst.-Kat. Hermesvilla 1980, Kat.-Nr. 94. – *Mondini, Luigi,* Custoza, giugnio 1866, in: Nuova Antologia 6 (1966), S. 177–188. – *Filipuzzi, Angelo,* La campagna del 1866 nei documenti militari austriaci le operazioni terrestri, 1968.

Wien, Historisches Museum der Stadt Wien, Inv.-Nr. 87.233 P. U.

**14.2.33 Franz Josephs Besuch in Venedig 1875. Die Prachtgondel mit den Monarchen auf dem Weg zum Palazzo Reale**

Photokopie nach Zeitungsholzschnitt

Der Friedensvertrag von Wien vom 3. Oktober 1866 schloß eine Anerkennung des Königreichs Italien von seiten der Habsburgermonarchie mit ein und fixierte die Wiederaufnahme diplomatischer Beziehungen. Dennoch blieb das Verhältnis nicht ohne Spannungen: in Wien registrierte man mit Aufmerksamkeit alle Kundgebungen, die die irredentistische Grundströmung (das Verlangen nach Vereinigung aller Italienischsprechenden in einem Staat) des politischen Lebens in Italien deutlich werden ließen. Dennoch kam es nach 1871 zu einer Klimaverbesserung. Viktor Emanuel besuchte Wien anläßlich der Weltausstellung (vgl. Kat.-Nr. 9.25); sein Besuch wurde von Franz Joseph im April 1875 erwidert: bezeichnenderweise fand der Besuch aber nicht in Rom (was Verwicklungen mit dem Hl. Stuhl mit sich gebracht hätte), sondern in Venedig statt.

Lit.: *Furlani, Silvio; Wandruszka, Adam,* Österreich und Italien, S. 204ff.

Wien, Österreichische Nationalbibliothek, Bildarchiv, Inv.-Nr. LM XVII Nr. 33, S. 648 P. U.

**14.2.34 Das Denkmal für Viktor Emanuel in Venedig**

Ettore Ferrari, 1887
Photographie

Die Übertragung der Herrschaft über Venetien an Italien wurde zusätzlich zu den Bestimmungen des Friedensvertrages durch ein Plebiszit sanktioniert, das überall ein eindeutiges Ergebnis zugunsten Italiens brachte; auf dem Denkmal für Viktor Emanuel finden sich die entsprechenden Zahlen (651.758:69).

Wien, Österreichische Nationalbibliothek, Bildarchiv, Inv.-Nr. 133.811 P. U.

**14.2.35 Das Linienschiff „Kaiser" nach dem Kampf mit der italienischen Panzerfregatte Re di Portogallo in der Seeschlacht bei Lissa am 20. Juli 1866**

Abb.

Josef Carl Püttner
Öl auf Leinwand; H. = 42 cm, B. = 68,5 cm

Die Niederlage Italiens bei Custoza und die Erwerbung Venetiens nicht aus eigener Kraft, sondern aus der Hand Frankreichs, lasteten schwer auf Italiens Selbstgefühl. Regierung und Öffentlichkeit forderten ein energisches Vorgehen der Marine, die daraufhin Lissa beschoß. Am 20. Juli 1866 erschien Wilhelm von Tegetthoff (1827–1871) in den Gewässern vor der Insel,

Kat.-Nr. 14.2.35

durchbrach die italienische Schlachtlinie und verwickelte die Schiffe des italienischen Zentrums im Nahgefecht in Einzelkämpfe. Mit Übermacht einen Teil der feindlichen Flotte anzufallen war ein altbewährtes Rezept, im Zeitalter der Dampfmaschine hätten die übrigen italienischen Schiffe durchaus die Möglichkeit gehabt, dem bedrängten Zentrum rasch zu Hilfe zu kommen. Stattdessen griff die Nachhut die hinter den Panzerschiffen herankommenden österreichischen Holzschiffe (voran das Linienschiff „Kaiser“) an, während die Vorhut sich überhaupt auf eine Kanonade aus großer Entfernung beschränkte. Im vom Pulverdampf eingenebelten Zentrum des Kampfgeschehens standen 5 bis 7 österreichischen Panzerschiffen nie mehr als 3 Italiener gegenüber; das zeitweise von vier Gegnern umgebene italienische Flaggenschiff „Re d'Italia“ sank nach einem vernichtenden Rammstoß des österreichischen Flaggenschiffs „Erzherzog Ferdinand Max“ unter LSK Sterneck; das kleine Panzerschiff „Palestro“ geriet in Brand und flog einige Stunden später in die Luft. Mit den beiden italienischen Schiffen waren 700 Mann untergegangen, die Österreicher hatten 37 Tote zu beklagen, darunter zwei Schiffskommandanten (zwei weitere waren verwundet worden); das Linienschiff „Kaiser“ mit 900 Mann Besatzung war dem Untergang allerdings nur mit Mühe entgangen.

Lit.: *Schöndorfer, Ulrich,* Wilhelm von Tegetthoff (= Österreich-Reihe 46), Wien 1958. – *Höbelt, Lothar,* Die Marine, in: Die Habsburgermonarchie 1848–1918, hg. v. Adam Wandruszka und Peter Urbanitsch VI: Die bewaffnete Macht (in Druck).

Wien, Heeresgeschichtliches Museum, Inv.-Nr. BI 31.859 P. U.

**14.2.36 Die italienische Panzerfregatte Re d'Italia nach dem Rammstoß der Panzerfregatte Erzherzog Ferdinand Max in der Seeschlacht bei Lissa am 20. Juli 1866**

Josef Carl Püttner
Öl auf Leinwand; H. = 42 cm, B. = 68,5 cm

Wien, Heeresgeschichtliches Museum, Inv.-Nr. BI 31.858 P. U.

**14.2.37 Modell des Linienschiffes „Kaiser“**

Modell; H. = 123 cm, B. = 58 cm, L. = 166 cm

Praha, Národni Technické Muzeum, Inv.-Nr. 25.545

### 14.2.38 Plakette mit Symbolen des österreichischeen Seeruhmes

Unbekannt
Relief-Plakette, Bronzenlegierung; H. = 16 cm, B. = 11 cm

Im Vordergrund des Reliefs ist Wilhelm von Tegetthoff und ein Linienschiff des 19. Jahrhunderts (Inschrift: Lissa 1866), im Hintergrund Don Juan d'Austria und eine Galeere des 16. Jahrhunderts (Inschrift: Lepanto 1571) dargestellt. Die Plakette symbolisiert die größten Siege des Hauses Österreich in Seeschlachten.

Prag, Privatsammlung J. R.

### 14.2.39 Bruchstücke der „Re d'Italia"

a. Bruchstück, Mahagoni; 17 × 3,5 × 1,4 cm auf Resten von weißem Untergrund (?) handschr. bez.: *Vom Ré d Ita .... issa / Kajüte ... 20 Juli / 1866*

b. Holzteil, Mahagoni; 16 × 3,3 × 0,3 cm handschr. bez.: *Aus dem Holze der / Re d'Italia. Lissa 20 Juli / 1866*

c. Holzteil, Mahagoni; 18,5 × 1,5 × 0,3 cm handschr. bez.: *Re d'Italia. Lissa 1866*

d. Holzteil, Mahagoni; 54 × 3,5 × 0,6 cm handschr. bez.: *Lissa. 1866. / 20. Luglio. übergeben 14 ..... / aus dem Nachlaß v. ...*

Graz, Landesmuseum Joanneum, Abteilung Kunstgewerbe, Inv.-Nr. 451 E. M.

## 14.3 Die orientalische Frage

### 14.3.1 Russisches Feldlager in Ungarn

August Pettenkofen; 1851
Aquarell; H. = 19,3 cm, B. = 30,2 cm

Die Schwierigkeiten, mit den Truppen der ungarischen Aufständischen allein fertigzuwerden, ließen im Habsburgerreich allenthalben den Gedanken an eine russische Intervention laut werden. Schwarzenberg hoffte zwar, daß Österreich aus Eigenem Herr der Lage würde, schließlich mußte Franz Joseph doch ein offizielles Hilfegesuch an Zar Nikolaus richten. Die Russen marschierten daraufhin mit einer großen Streitmacht nach Ungarn, doch erscheint es im nachhinein zumindest fraglich, ob die russische Hilfe wirklich das alles entscheidende Moment bei der militärischen Niederwerfung des ungarischen Unabhängigkeitskrieges war. Rußland glaubte jedenfalls, sich Österreich verpflichtet zu haben, eine Meinung, die mit Schwarzenbergs Absicht, eine selbstbewußte und aktive Außenpolitik zu führen, in Widerspruch geriet.

Lit.: *Andics, Erszebet,* Das Bündnis Habsburg-Romanow, Vorgeschichte der zaristischen Intervention in Ungarn im Jahr 1849, Budapest 1963. – *Rock, Kenneth W.*, Schwarzenberg versus Nicholas I. Round One: the negotiation of the Habsburg-Romanow alliance against Hungary in 1849, in: Austria History Yearbook VI/VII (1970–71), S. 109–142.

Wien, Historisches Museum der Stadt Wien, Inv.-Nr. 61.047 P. U.

### 14.3.2 Tarif der kaiserlich-russischen und russisch-polnischen Gold-, Silber- und Kupfermünzen, 14. Mai 1849

Druck auf Papier; H. = 42,5 cm, B. = 27 cm

Die Anwesenheit einer so großen Zahl fremder Truppen im Land brachte selbstverständlich auch für die Zivilbevölkerung große Probleme mit sich: die vorliegende Tabelle mit den Umrechnungskursen zwischen russischem Geld und österreichischer Währung sollte Hilfestellung im Zahlungsverkehr geben.

Wien, Österreichische Nationalbibliothek, Flugschriftensammlung, Inv.-Nr. 1849/5 P. U.

### 14.3.3 Carl Ferdinand Graf Buol-Schauenstein

Carl Lancedelli
Lithographie; H. = 27,3 cm, B. = 19,2 cm

Ende 1848 wurde Graf Buol (1797–1865) zum Botschafter in St. Petersburg bestellt. Ihm oblag es, die Verhandlungen bezüglich der russischen Intervention zu führen. In seine Botschafterzeit fallen aber auch die ersten Anzeichen einer Distanzierung Österreichs von Rußland und einer vorsichtigen Hinwendung zum europäischen Westen, eine Politik, die Buol als Außenminister (ab 1852) weiterverfolgte und die ihren Höhepunkt im Krimkrieg erlebte. Buols Politik während des Krimkriegs (vgl. Kat.-Nr. 14.3.7) wurde heftig kritisiert. Man wird jedoch anerkennen müssen, daß Buol zumindest anfänglich eine in ihren

Grundzügen für das Habsburgerreich durchaus passende Politik betrieb, nämlich die Aufrechterhaltung des status quo und des europäischen Gleichgewichts, wie es in den Verträgen von 1815 niedergelegt worden war.

Lit.: *Heindl, Waltraud,* Graf Buol-Schauenstein in St. Petersburg und London, 1848–1852 (= Studien zur Geschichte der österreichisch-ungarischen Monarchie 9) Wien 1970.

Wien, Historisches Museum der Stadt Wien, Inv.-Nr. 102.271 P. U.

Kat.-Nr. 14.3.6

**14.3.4 Allegorie auf die russische Unterstützung Österreichs im Kampf gegen die Aufständischen von 1849**

Heinrich Mansfeld; 1849
Photokopie nach Lithographie

Das Bild zeigt, daß man sich von der russischen Waffenhilfe nicht nur die Besiegung der ungarischen Revolutionäre erwartete (das Bild entstand wenige Tage vor Világos), sondern daß man die „rote Revolution", ein internationales Phänomen, treffen wollte, wo immer sie in Erscheinung trat, wie die Nennung der Namen des Venezianers Manin und der geflüchteten ehemaligen Reichstagsabgeordneten Füster und Goldmark zeigt.

Wien, Österreichische Nationalbibliothek, Bildarchiv, Inv.-Nr. ALB 49.166 P. U.

**14.3.5 Dominatori e dominati, 1849**

Stahlstich; H. = 14,8 cm, B. = 21,5 cm

Die Allegorie zeigt Rußland, Österreich, Frankreich, England, die auf einer Bank sitzen, vor ihnen knien Polen, Ungarn, Italiener und Inder – jene Länder, die von den ersteren beherrscht werden.

Budapest, Magyar Nemzeti Múzeum, Történelmi Képcsarnoka, Inv.-Nr. 13/1948 Gr. G. R.

**14.3.6 K. K. oesterreichische Grenze des Koenigreichs Galizien** Abb.

Grenztafel; H. = 38,5 cm, B. = 29,5 cm

Die lange, auf Grund geographischer und strategischer Gegebenheiten schwer zu verteidigende Grenze Österreichs gegen Rußland war ein Problem, daß den Planern der österreichischen Außenpolitik stets präsent blieb. Es wurden zwar die Festungen verstärkt, auch der Eisenbahnbau in Galizien erfolgte primär nach strategischen Gesichtspunkten, doch war man bis 1914 stets bemüht, es zu keiner Konfrontation an der gemeinsamen Grenze kommen zu lassen. Konflikte zwischen den beiden Staaten wurden daher stets in anderen Regionen ausgetragen, vornehmlich am Balkan, wo es sogar zu sog. „Stellvertreterkriegen" kam. Erst in der Verbindung mit Rußland erhielt die „orientalische Frage" für das Habsburgerreich jene schicksalhafte Bedeutung, die schließlich mit zum Zerfall des Staates beitrug.

Kraków, Muzeum Historycznego m. Krakowe, Inv.-Nr. MHK 654/III P. U.

Kat.-Nr. 14.3.7

**14.3.7 Carte illustrée du Théatre de la Guerre composée par Oswald Hüffel** Abb.

D. Baltzer, Straßburg; 1855
Farblithographie; H. = 37 cm, B. = 47 cm

Die Krise, die in den fünfziger Jahren im Nahen Osten ausbrach, entstand aus dem Wettbewerb Rußlands und der Westmächte um eine dominierende Stellung im Osmanischen Reich und aus der damit verbundenen Absicht, den status quo von 1815 aufzugeben. Gegenüber dem Wunsch, den eigenen Einfluß am Balkan zu vermehren, setzten sich in Österreich letztlich jene durch, die für die Bewahrung des Gleichgewichts der Kräfte eintraten. Die Politik, den Krieg zwischen den „erstrangigen“ Großmächten Rußland und England zu verhindern, bzw. nach seinem Ausbruch den Frieden rasch wiederherzustellen und dabei dem von diesen Mächten bereits aufgegebenen Prinzip der Aufrechterhaltung der Ordnung von 1815 wieder Geltung zu verschaffen, überstieg bei weitem die Kräfte Österreichs.

Lit.: *Unckel, Bernhard,* Österreich-Ungarn und der Krimkrieg: Studien zur Politik der Donaumonarchie in den Jahren 1854–1856, Lübeck 1969. – *Schroeder, Paul W.,* Austria, Great Britain and the Crimean War. The destruction of the European Concert, Ithaca, N. Y. 1972. – *Baumgart, Winfried* (Hg.), Österreichische Akten zur Geschichte des Krimkrieges, 3 Bde., München 1979ff. – *Heindl, Waltraud,* Krieg oder Frieden? Bemerkungen zu den „Akten zur Geschichte des Krimkriegs“ in: Österreichische Osthefte 26 (1984), S. 74–81.

Wien, Heeresgeschichtliches Museum, Inv.-Nr. BI 14.848 P. U.

**14.3.8 Das k. k. serbisch-banater Armee-Corps in den Donaufürstentümern 1855**

Photographie; H. = 26,5 cm, B. = 39,5 cm

1853 hatte Rußland die unter türkischer Oberhoheit stehenden Donaufürstentümer besetzt. Es gelang dem Außenminister Buol, von den Russen die Räumung der Donaufürstentümer zu erzwingen; auf Aufforderung der Türken wurden diese anschließend von österreichischen Truppen besetzt. Damit konnte erreicht werden, daß sich die Kampfhandlungen auf der von Mitteleuropa weiter entfernten Krim abspielten; darüber hinaus knüpften verschiedene Kreise an die militärische Okkupation Hoffnungen auf eine intensivere Integration dieser Gebiete in den habsburgischen Macht- und Einflußbereich.

Lit.: *Schroeder, Paul W.*, Austria and the Danubian Principalities 1853–1856, in: Central European History 2 (1969), S. 213–236. – *Bioa, Lucian*, Les principautés roumaines dans les projets de Karl von Bruck et Lorenz von Stein pour la constitution de la „Mitteleuropa" à l'époque de la guerre de crimée, in: Revue Roumaine d'Histoire 6 (1967), S. 233–256.

Wien, Heeresgeschichtliches Museum, Inv.-Nr. BI 14.683 P. U.

**14.3.9 Szenen aus dem Krimkrieg**

Carl Lanzedelli; 1855
6 Lithographien; H. = 18 cm, B. = 23 cm

a. Einmarsch der k. k. Truppen in Bukarest Abb.
b. Einschiffung der verbündeten Truppen zu Varna Abb.
c. Landung an der Küste der Krim
d. Treffen bei Baktschi Bor

Kat.-Nr. 14.3.9.b.

e. Angriff der englischen Reiterei bei Balaklava
f. Sitzung der Friedenskonferenz im großen Saal der Staatskanzlei in Wien Abb.

Österreich nahm an den militärischen Kämpfen zwischen Rußland und den Allierten (Türkei, England, Frankreich, Piemont) nicht aktiv teil, – eine Teilnahme hätte zur Folge gehabt, daß sich die lokalisierte Auseinandersetzung in einen allgemeinen europäischen Krieg verwandelt hätte, der zum Großteil auf österreichischem Boden ausgefochten worden wäre, jedoch ohne wesentliche Hilfestellung seitens der Westmächte. Die Friedenskonferenz im März 1855 in Wien blieb erfolglos: vor allem die Westmächte waren nicht bereit, vor einer endgültigen militärischen Entscheidung Frieden zu schließen.

Wien, Heeresgeschichtliches Museum, Inv.-Nr. 25.064–25.069 P. U.

Kat.-Nr. 14.3.9.a.

Kat.-Nr. 14.3.9.f.

**14.3.10 Die Teilnehmer des Friedenskongresses von Paris**

Photographie

Der Friede von Paris beendete den Krimkrieg. Den unmittelbaren Gewinn, den Österreich aus dem Friedensschluß zog, war gering: die Türkei blieb bestehen und erhielt sogar internationale Garantien für ihren weiteren Bestand, das Schwarze Meer wurde neutralisiert, die Donau ein internationaler Wasserweg und Rußland in seinem Einflußbereich und seinem Territorium zurückgedrängt. Die langfristigen Folgen waren allerdings eindeutig negativ. Rußland war von einem Verbündeten aus den Tagen der Heiligen Allianz zu einem Gegner geworden; noch schlimmer aber war, daß das System der Verträge von 1815, auf dem Österreichs internationale Stellung beruht hatte, zerbrochen war. Rußland zählte von nun an ebenso wie das in die machtpolitische Schlüsselposition in Kontinentaleuropa aufgerückte Frankreich zu den Befürwortern einer Revision des status quo; da England sich immer mehr von kontinentalen Angelegenheiten zurückzog, stand Österreich mit seiner Politik, eine Änderung der 1815 niedergelegten Ordnung in Italien und Deutschland zu verhindern, auf verlorenem Posten.

Lit.: *Baumgart, Winfried,* Der Friede von Paris. Studien zum Verhältnis von Kriegsführung, Politik und Friedensbewahrung, München 1972.

Wien, Österreichische Nationalbibliothek, Bildarchiv, Inv.-Nr. 505.020 B (R) P. U.

**14.3.11 Medaille auf den Frieden von Paris**

Drentwett; 1856
Dm. = 4,1 cm

Av.: 1856, umgeben von 7 Wappen
Rv.: Inschrift: *BEWAHRE DEINEN FRIEDEN*
Ein Friedensengel reicht der sitzenden Europa, die sich auf einen Schild mit dem Namen der 7 beteiligten Mächte stützt, eine Palme.

Wien, Kunsthistorisches Museum, Münzkabinett, Inv.-Nr. 129.606 P. U.

**14.3.12 M. Polit-Desančić, Die orientalische Frage und ihre organische Lösung**

Wien 1862
Druck auf Papier, Broschüre; H. = 22,5 cm, B. = 14,5 cm

Mihailo Polit-Desančić (1833–1920) sah die Lösung der orientalischen Frage in einer Föderation der slawischen Staaten, da nur so die nationalen Bedürfnisse der einheimischen Bevölkerung gegenüber den rivalisierenden Großmachtinteressen bestehen könnten. Polit-Desančić, Rechtsanwalt in Neusatz (Novi Sad), ursprünglich Abgeordneter zum kroatischen Landtag, wo er sich für enge Zusammenarbeit zwischen Serben und Kroaten einsetzte, wurde nach 1873 Mitglied des ungarischen Reichstages, in dem er sich stets, wenn auch erfolglos, gegen Dualismus und Magyarisierung einsetzte. Mit Svetozar Miletić befreundet, zu dem er allerdings später in Gegensatz geriet, zählte er zu den führenden Politikern der Serbischen Nationalliberalen Partei in Ungarn.

Lit.: ÖBL VIII (1983) S. 177.

Wien, Universitätsbibliothek, Inv.-Nr. I 156.013
P. U.

**14.3.13 Feierliche Einweihung des Suez-Kanals in Port-Said**

Photokopie

Auch in wirtschaftlicher Hinsicht versuchte Österreich seinen Einfluß im Orient auszudehnen. Besondere Hoffnungen setzte man dabei auf den Bau des Suezkanals. An diesem Projekt hatte schon Carl Frh. v. Bruck (vgl. Kat.-Nr. 15.1.62) regen Anteil genommen, sowohl als Internuntius in Istanbul als auch während seiner Zeit als Handelsminister. Der vom Südtiroler Alois Negrelli entwickelte Plan wurde schließlich vom Franzosen Lesseps verwirklicht. Der Krieg mit Frankreich 1859 verhinderte eine aktivere Beteiligung Österreichs an der Finanzierung des Unternehmens, an dem vor allem die Triestiner Kaufmannschaft unter der Führung des Baron Revoltella großes Interesse hatte. Die handelspolitische Position Triests hat von der Eröffnung des Kanals (an der im Jahr 1869 bezeichnenderweise neben Napoleon III. Franz Joseph und der preußische Kronprinz, von englischer Seite aber nur der Botschafter an der Hohen Pforte teilnahmen) tatsächlich bedeutend profitiert; weiterreichende Pläne, wie die Anlage von Stützpunkten und Handelskolonien entlang des Roten Meeres und der Ostküste Afrikas bis nach Indien und China wurden nach dem Tode Brucks nicht weiter verfolgt.

Lit.: *Benedikt, Heinrich,* Die wirtschaftliche Entwicklung in der Franz-Joseph-Zeit (= Wiener historische

Studien 3), Wien 1958, S. 83ff. – *Rahimi, N.*, Österreich und der Suezkanal, phil. Diss. Wien 1968.

Wien, Österreichische Nationalbibliothek, Bildarchiv, Inv.-Nr. 195.740 P. U.

14.3.14 **Handelskonvention zwischen der österreichisch-ungarischen Monarchie und dem Fürstentum Rumänien vom 22. Juni 1875**

Photokopie

Nach 1866 bildete der Südosten Europas die einzige Region für die Habsburgermonarchie, wo sie ihre Großmachtstellung zur Geltung bringen konnte. Die wirtschaftliche Präsenz Österreichs in diesem Raum hatte eine lange Tradition; an die militärische Besetzung der Fürstentümer während des Krimkrieges (vgl. Kat.-Nr. 14.3.8) hatten sich Hoffnungen auf eine verstärkte wirtschaftliche Aktivität geknüpft. Nach dem Frieden von Paris war die Aussicht auf eine direkte Annexion der beiden Länder geschwunden, es lag also für die Habsburgermonarchie nahe, sich den politischen Einfluß durch wirtschaftliche Abhängigkeit dieser Gebiete zu sichern und gleichzeitig die eigenen wirtschaftlichen Interessen zu wahren, die im Konkurrenzkampf gegen die anderen Großmächte Gefahr liefen, ins Hintertreffen zu geraten. Daß die Interessen der Monarchie, die vor allem Industriegüter exportieren wollte, mit denen von Rumänien oder Serbien, die zwar als Agrarlieferanten in Frage kamen, daneben aber auch ihre eigenen Industrien aufbauen wollten, langfristig nicht harmonierten, woraus neue Konflikte erwuchsen, liegt auf der Hand.

Lit.: *Bindreiter, Uta,* Die diplomatischen und wirtschaftlichen Beziehungen zwischen Österreich-Ungarn und Rumänien in den Jahren 1875–1888, Wien 1978. Handbuch der europäischen Wirtschaftsgeschichte V: Ost- und Südosteuropa, Stuttgart 1980.

P. U.

14.3.15 **Der Berliner Kongreß**

Photokopie nach Xylographie v. Karl Rechlin

Nach einer längerer Periode relativer Ruhe, kam es 1875 neuerlich zu einer großen Orientkrise. Aufstände in der Herzegowina, in Bosnien, in Bulgarien hatten einen Krieg Serbiens (das nominell immer noch unter türkischer Oberhoheit stand) gegen die Türkei zur Folge, in dem ersteres eine unerwartete Niederlage bezog. Daraufhin kam es zum Eingreifen Rußlands mit anschließendem Friedensdiktat im Vorfrieden von San Stefano. Gegen die darin vorgesehene enorme Ausdehnung des russischen Einflusses wandten sich England und Österreich-Ungarn: um einen drohenden Krieg zu vermeiden, sollte der im Sommer 1878 in Berlin stattfindende Kongreß die Angelegenheiten des Balkans neu regeln.

Lit.: *Novotny, Alexander,* Quellen und Studien zur Geschichte des Berliner Kongresses I: Österreich, die Türkei und das Balkanproblem im Jahre des Berliner Kongresses, Graz 1957. – *Geiss, Imanuel* (Hg.), Der Berliner Kongreß 1878 – Protokolle und Materialien, Boppard 1978. – *Melville, Ralph* und *Schröder, Hans-Jürgen* (Hg.), Der Berliner Kongreß von 1878. Die Politik der Großmächte und die Probleme der Modernisierung in Südosteuropa in der zweiten Hälfte des 19. Jahrhunderts, Wiesbaden 1982.

Wien, Österreichische Nationalbibliothek, Bildarchiv, Inv.-Nr. 282.614 B(R)F P. U.

14.3.16 **Berliner Vertrag**

Vertrag über die Ordnung der orientalischen Verhältnisse, geschlossen durch Österreich, Ungarn, das Deutsche Reich, Frankreich, Großbritannien, Rußland und die Türkei, Berlin 13. Juli 1878

Original

Nach Paragraph 25 des „Berliner Vertrags" sollten Bosnien und die Herzegowina von der Habsburgermonarchie besetzt und verwaltet werden bei Beibehaltung der nominellen Oberherrschaft seitens des Sultans, was in einer türkisch-österreichischen Konvention von 1879 nochmals bestätigt wurde. Der Sandschak Novi Pazar wurde zwar militärisch besetzt, behielt aber seine türkischen Verwaltungsorgane. Die Okkupation Bosniens und der Herzegowina stieß innerhalb der Monarchie nicht überall auf Zustimmung. Während manche Militärs schon seit längerem für die Erwerbung dieser Länder eintraten, um für das strategisch schwer zu verteidigende Dalmatien ein Hinterland zu erhalten, der Kaiser sich zum ersten Mal als „Mehrer des Reiches" fühlen durfte und Wirtschaftskreise die Möglichkeiten einer Wirtschaftsexpansion begrüßten, waren die Deutschliberalen Cisleithaniens und auch die ungarischen Liberalen gegen einen Zuwachs an slawischer Bevölkerung. Die Okkupation mag zwar als außenpolitischer Erfolg gelten, sie hat aber insgesamt gesehen die innenpolitische Situation gewiß nicht leichter gemacht.

Lit.: *Melville, Ralph* und *Schröder, Hans-Jürgen* (Hg.), Der Berliner Kongreß von 1878. Die Politik der Großmächte und die Probleme der Modernisierung in Südosteuropa in der zweiten Hälfte des 19. Jahrhunderts, Wiesbaden 1982.

Wien, Haus-, Hof- und Staatsarchiv, Allgemeine Urkundenreihe P. U.

**14.3.17 Andrássy und die Türken 1849–1878**

Photokopie nach Zeitungsholzschnitt

Bildlegende *Er lebt noch!* Die Karikatur vergleicht die Haltung der Türken 1849 – als sie dem als Parlamentär der Revolutionsregierung in Istanbul weilenden Andrássy das Zugeständnis der Nichtauslieferung der ungarischen Flüchtlinge an Österreich machte – mit der Andrássys in den siebziger Jahren – als er, der mittlerweile zum k. u. k. Minister des Äußern avanciert war, sich aktiv an der Aufteilung des türkischen Staatsgebietes beteiligte.

Borsszem Jankó, v. 15. September 1878 P. U.

**14.3.18 Die österreichisch-ungarische Armee okkupiert Bosnien**

Photokopie nach Zeitungsholzschnitt, 1878

Die drei Bilder zeigen:
Die Besetzung Maglaj's
Feldlager bei Török-Kosztajnica
Übergang über die Save bei Brod

Die militärische Durchführung der Okkupation erwies sich als weitaus schwieriger als ursprünglich angenommen. Es kam zu verlustreichen Kämpfen mit islamischen Freischärlern, die den Einsatz eines gesamten Armeekorps unter der Führung des FZM Josef Frh. v. Philippovich erforderlich machten. Philippovich oblag auch der Aufbau einer Verwaltungsorganisation. Der 1879 eingeführte zivile Verwaltungsapparat war, nicht zuletzt wegen der komplizierten staatsrechtlichen Stellung, eher schwerfällig.

Lit.: *Sosnosky, Theodor*, Die Balkanpolitik Österreich-Ungarns seit 1866, S. 195–286. – *Bauer, Ernest*, Zwischen Halbmond und Doppeladler – 40 Jahre österreichische Verwaltung in Bosnien-Hercegovina, Wien 1971.

Vasárnapi Ujság, 1868, S. 577 E. Ho. / P. U.

**14.3.19 Liste der Gefallenen und Verwundeten bei den Kämpfen um Rogolje und Jaice, 1878**

Druck auf Papier; H. = 52 cm, B. = 17 cm

Zagreb, Arhiv Hrvatske, sbirka stampata, Inv.-Nr. 117/12 P. U.

**14.3.20 Die Kultur der Okkupation**

Photokopie nach Zeitungsholzschnitt

Die Okkupation wurde verschiedentlich auch mit Argumenten des „Kulturimperialismus“ gerechtfertigt, mit dem Hinweis darauf, daß die Okkupationsmacht der Landesbevölkerung erst „die Kultur“ bringen müsse. Gegen derartige Ansichten wendet sich die Karikatur. Gewiß fehlte es im Laufe des Okkupationsfeldzuges nicht an Härten und auch in späterer Zeit sollte dem Militär eine unverhältnismäßig große Rolle im politischen Leben Bosniens zukommen. Im Gegensatz zur politischen und teilweise auch wirtschaftlichen Problematik bedeutete die Tätigkeit der österreichisch-ungarischen Verwaltung auf dem kulturellen Feld eine Zeit positiver Entwicklungen, an denen verhältnismäßig breite Bevölkerungskreise teilhatten.

Borsszem Jankó v. 18. August 1878 P. U.

**14.3.21 Das Nordlager bei Mostar in der Herzegowina**

Adolf Obermüller
Öl auf Leinwand; H. = 80 cm, B. = 61 cm

Wien, Heeresgeschichtliches Museum, Inv.-Nr. BI 30.044 P. U.

**14.3.22 Bosnierlied**

Druck und Verlag Ph. Kraußlich; Linz-Urfahr, 1879
Photokopie

Wie unzählige andere kriegerische Ereignisse auch, wurde der Okkupationsfeldzug ebenfalls in verschiedenster Weise popularisiert; ein Mittel dazu war vorliegendes Lied.

Linz, Stadtmuseum, Kulturarchiv, Mappe Volksschriften und Liederdrucke, Nr. 310 P. U.

## 14.4 Die deutsche Frage

### 14.4.1 Ein Preußen, ein Österreich, kein Deutschland

Photokopie nach Lithographie

Der Titel spielt auf – die verkürzte und dadurch verschärfte Form von – Erzherzog Johanns Brühler Toast von 1842 an *(kein Preußen, kein Österreich, ein großes einiges Deutschland)*. Der Gedanke der staatlichen Einigung Deutschlands war 1848/49 gescheitert. Die Frankfurter Nationalversammlung hatte sich nach langen Diskussionen für die kleindeutsche Lösung, ein Deutschland ohne die habsburgischen Gebiete, entschieden. Zwar wies König Friedrich Wilhelm IV. von Preußen die ihm von Frankfurter Abgeordneten offerierte Krone ab, weil er nicht Kaiser von Volkes Gnaden werden wollte, doch versuchte die preußische Regierung, einen engeren Zusammenschluß des „außerösterreichischen Deutschland" unter Berliner Führung zu erreichen. Dem stellte Schwarzenberg den Anspruch auf den Gesamteintritt des österreichischen Kaisertums in den Deutschen Bund entgegen. 1850 einigten sich Preußen und Österreich schließlich auf die Wiederherstellung des Deutschen Bundes in seiner alten Form; der Kampf um die Vorherrschaft in Deutschland sollte freilich nun erst beginnen.

Lit.: *Srbik, Heinrich von*, Deutsche Einheit. Idee und Wirklichkeit vom Heiligen Reich bis Königgrätz, 4 Bde., München 1935–1942. – *Austensen, Roy A.*, Austria and the „Struggle for Supremacy" in Germany 1848–1864, in: Journal of Modern History 52 (1980) S. 195–225. – *Derndarsky, Michael*, Österreich und der Deutsche Bund 1815–1866, in: Österreich und die deutsche Frage im 19. und 20. Jahrhundert, hg. v. *Heinrich Lutz* und *Helmut Rumpler* (= Wiener Beiträge zur Geschichte der Neuzeit 9) Wien 1982, S. 92–116.

Frankfurt/Main, Bundesarchiv, Inv.-Nr. Zsg. 6/286

P. U.

### 14.4.2 Der Deutsche Zollverein und Österreich

Karte; Entwurf P. U. nach Bayrischem Schulatlas. Ausführung: I. Grillmayer

Anders als auf der politischen Ebene, wo der Deutsche Bund nur eine recht unvollkommene Form der „deutschen Einheit" repräsentierte, waren mit der Gründung des Deutschen Zollvereins schon im Vormärz Schritte in Richtung wirtschaftlicher Integration gesetzt worden. Österreich gehörte dem von Preußen dominierten Zollverein von 1834 ebensowenig an wie der freihändlerische „Steuerverein" mit Hannover an der Spitze, der nach der Wendung des Zollvereins zum Freihandel 1852 diesem jedoch beitrat. Österreichische Bemühungen eines Eintritts in den Zollverein, nach 1848 besonders vehement vom Minister Bruck vertreten (vgl. Kat.-Nr. 14.4.3) scheiterten am Widerstand Preußens. Dasselbe, eher von macht- als von rein wirtschaftspolitischen Erwägungen motivierte Schicksal erlitt ein neuerlicher Vorstoß Österreichs Anfang der sechziger Jahre – ein Vorstoß, der in Parallele zu sehen ist mit den gleichzeitigen Bemühungen um eine Bundesreform, die im Frankfurter Fürstentag (vgl. Kat.-Nr. 14.4.15) kulminierten. Mit der Verlängerung des Zollvereins im Jahr 1864, der Akzeptierung der kleindeutsch-freihändlerischen Richtung auch seitens der süddeutschen Staaten war zwar die „Schlacht um die handelspolitische Dominanz in Deutschland" zuungunsten Österreichs entschieden; eine zwangläufige Entscheidung im Hinblick auf die politische Integration war damit freilich noch nicht gegeben.

Lit.: *Böhme, Helmut*, Deutschlands Weg zur Großmacht. Studien zum Verhältnis von Wirtschaft und Staat während der Reichsgründungszeit 1848–1881, Köln 1966. – *Matis, Herbert*, Österreichs Wirtschaft 1848–1913, Berlin 1971, S. 86f., 134f.

P. U.

### 14.4.3 Vorschläge zur Anbahnung der österreichisch-deutschen Zoll- und Handelseinigung

Karl v. Bruck, 26. Oktober 1849
Photokopie

In seinen „Vorschlägen" entwickelte Bruck die Vision, durch etappenweises Vorgehen zu einem „Reich der 70 Millionen Einwohner", zu einem einheitlichen mitteleuropäischen Wirtschaftsgebiet zu gelangen, das letztendlich über Deutschland und Österreich hinausgreifend auch die Beneluxstaaten und Italien umfassen sollte. In diesem Wirtschaftsraum war Österreich die führende Stelle zugedacht; Ministerpräsident Schwarzenberg unterstrich gegenüber den wirtschaftlichen Prioritäten Brucks eher die machtpolitischen Aspekte, die in sein Konzept von der außenpolitischen Rolle Großösterreichs in Deutschland paßten. Diese hegemonialen Tendenzen stießen jedoch fast überall auf Ablehnung. Einziges konkretes Resultat der Bruck'schen Bemühungen war der deutsch-österreichische Postverein; der preußisch-österreichische Handelsvertrag vom Februar 1853 konnte immerhin als Vorstufe für eine Zollunion mit gemeinsamen Außenzöllen aufgefaßt werden.

Lit.: *Schöningh, F. J.*, Karl Ludwig von Bruck und die Idee „Mitteleuropa"; in: Historisches Jahrbuch 56, 1936

Wiener Zeitung v. 26. Oktober 1849 P. U.

14.4.4 **Fackelzug anläßlich der Schillerfeier im November 1859 in Wien**

E. Hütter
Aquarell; H. = 27 cm, B. = 45,5 cm

1859 feiert man in ganz Deutschland die hundertste Wiederkehr des Geburtstages von Friedrich von Schiller. Diese Feiern führten zur einer Welle nationalen Empfindens unter dem deutschen Bürgertum, wobei neben dem Wunsch nach der deutschen Einheit insbesonders der liberal-freiheitliche Aspekt in den Vordergrund trat.

Lit.: *Wandruszka, Adam,* Großdeutsche und kleindeutsche Ideologie 1840–1871, in: Deutschland und Österreich, hg. v. *Robert A. Kann* und *Friedrich Prinz,* Wien 1980, S. 110–143, insbes. S. 130ff. – *Lengauer, Hubert,* Kulturelle und nationale Identität. Die deutsch-österreichische Problematik im Spiegel von Literatur und Publizistik der liberalen Ära (1848–1873), in: Österreich und die deutsche Frage im 19. und 20. Jahrhundert, hg. v. *Heinrich Lutz* und *Helmut Rumpler* (= Wiener Beiträge zur Geschichte der Neuzeit 9) Wien 1982, S. 189–211, insbes. S. 207ff.

Wien, Historisches Museum der Stadt Wien, Inv.-Nr. 66.995 P. U.

14.4.5 **Programm der Liedertafel „Frohsinn" in Linz zur Feier des hundertjährigen Geburtsfestes Friedrich v. Schillers, 8. Nov. 1859**

Druck auf Papier, 2 Blatt; H. = 25 cm, B. = 19 cm

Die Gesangsvereine zählten ebenso wie die Turnvereine zu den eifrigsten Propagatoren eines betont nationalen Standpunkts. Dem Linzer „Frohsinn" gehörte übrigens damals auch Anton Bruckner als Chormeister an, für den er 1863 den „Germanenzug" (WAB 70) für vierstimmigen Männerchor und Bläser komponierte.

Linz, Archiv der Stadt Linz, Dokumentation, Mappe Frohsinn P. U.

14.4.6 **Das enthüllte Erzherzog-Karl-Denkmal**

Antoine; Mai 1860
Originalphoto

Gewissermaßen als konservativ-dynastisches Pendant zu den unter liberal-bildungsbürgerlichen Auspizien stehenden Schillerfeiern war das Erzherzog-Karl-Denkmal gedacht, das anläßlich der fünfzigsten Wiederkehr der Schlacht von Aspern errichtet wurde. Die mangelnde Unterstützung Österreichs im Krieg gegen Piemont und Frankreich durch die deutschen Staaten hatte in Deutschland selbst zu einer großen, leidenschaftlich geführten Diskussion um die deutsche Italienpolitik geführt, um die Frage, ob man „den Rhein am Po verteidigen" müsse (das Gebiet des Deutschen Bundes im Trentino war in den Kämpfen kaum involviert), vor allem aber um die Notwendigkeit und das Ausmaß einer Reform des Deutschen Bundes. Österreich hoffte, aus den großdeutschen Sympathien in West- und Süddeutschland Kapital schlagen zu können und wollte sich an die Spitze der, freilich primär dynastisch gesehenen deutschen Einigungsbewegung stellen.

Lit.: *Wandruszka, Adam,* Großdeutsche und kleindeutsche Ideologie 1840–1871, in: Deutschland und Österreich, hg. v. *Robert A. Kann* und *Friedrich Prinz,* Wien 1980, S. 131ff.

Wien, Österreichische Nationalbibliothek, Bildarchiv, Inv.-Nr. Pk 3002.161 P. U.

14.4.7 **Inschrift auf dem Erzherzog-Karl-Denkmal**

Photographie

*Dem beharrlichen Kämpfer für Deutschlands Ehre*

P. U.

14.4.8 **Schwierige Stellung für den deutschen Michel**

Photokopie nach Zeitungsholzschnitt

Die Karikatur macht deutlich, daß die deutsche Nationalbewegung ihr Ziel, die deutsche Einheit, nur in Anlehnung an eine der Großmächte erreichen konnte – an Österreich, Preußen oder – entsprechend dem italienischen Beispiel – eventuell sogar an das Frankreich Napoleons III.

Kikeriki, Jg. 2 (1862), Nr. 11 vom 13. März 1862, S. 4 P. U.

14.4.9 **Bilder aus der Manege II: Einzelflug**

Photokopie nach Zeitungsholzschnitt

Staatsminister Schmerling (in einer Maske dargestellt) verläßt die Grundsätze des Oktoberdiploms hält sich nur mit einer Hand an der Februarverfassung fest, und sucht mit der anderen Hand großdeutsche Experimente in der Luft. Die innige Verknüpfung innen- und außenpolitischer Motivationen in Schmerlings Haltung, die auch sonst vielfach belegt werden kann, tritt hier recht deutlich zutage.

Humoristické listy, Jg. Nr. 7 vom 15. 11. 1862, S. 53 J. Ko.

14.4.10 **So denkt sich Herr v. Bismarck die deutsche Kaiserkrone**

Photokopie nach Zeitungsholzschnitt

Die Karikatur ist im Zusammenhang mit dem Frankfurter Fürstentag (vgl. Kat.-Nr. 14.4.15) zu sehen, der durch die Nichtteilnahme Preußens zum Scheitern verurteilt war. Schon damals befürchtete man, daß die Einigung Deutschlands unter preußischer Führung mit einem Aufgehen der anderen deutschen Staaten in Preußen gleichbedeutend sei.

Lit.: *Gall, Lothar,* Bismarck, der weiße Revolutionär, Stuttgart 1981

Kikeriki, Jg. 3 (1863), Nr. 37 v. 3. September 1863, S. 3 P. U.

14.4.11 **Noch ein Transparent**

Photokopie nach Zeitungsholzschnitt

*„Was ist des Deutschen Vaterland?"*
*Das war uns lange nicht bekannt;*
*Es schrie zwar manch Gesangsverein*
*„Das ganze Deutschland muß es sein!"*
*Doch wußte niemand ganz gewiß*
*Wo dieses Deutschland is?*
*Daß Wien auch eine deutsche Stadt*
*Mit deutschem Herzen ist, das hat*
*der Kaiser uns gezeigt, er kann*
*auch handeln wie ein deutscher Mann*
*Er war ein deutscher Kaiser schon*
*Auch ohne deutschen Kaiserthron*

Kikeriki, Jg. 3 (1863), Nr. 38 v. 10. Sept. 1863
P. U.

14.4.12 **Albert Kotelmann,** Vergleichende Statistische Uebersicht über die landwirtschaftlichen und industriellen Verhältnisse Oestreichs und des deutschen Zollvereins sowie seiner einzelnen Staaten, Berlin 1852

Druck auf Papier, Broschüre, 289 Seiten; H. = 20,5 cm, B. = 24 cm

Die Verhandlungen um einen eventuellen Beitritt Österreichs zum Zollverein fanden auch ihren Niederschlag in der öffentlichen Diskussion. Dabei standen das unterschiedliche Wirtschaftspotential und der Entwicklungsstand der Volkswirtschaften der beiden präsumtiven Partner im Brennpunkt der Auseinandersetzungen. Der von Kotelmann vorgelegte statistische Nachweis gelangte zum Ergebnis, daß der Zollverein, vor allem im industriellen Bereich, cum grano salis einen nicht unbedeutenden Vorsprung hatte.

Lit.: *Matis, Herbert,* Österreichs Wirtschaft 1848–1913, Berlin 1972, S. 88ff.

P. U.

14.4.13 **Gedichte, Prologe etc. anläßlich der Schiller-Feiern am 9. und 10. November 1859**

Collage verschiedener Titel

Die Schiller-Feiern mit ihrer Betonung des nationalen Einheitsgedankens fanden im gesamten deutschen Sprachraum statt. Allerdings wurde dieser relativ weit gezogen, wenn nebst Huldigungsgedichten etc. aus Linz, Graz, Reichenberg usw. auch solche aus Verona, Königgrätz, Ungarisch-Altenburg vorliegen.

Wien, Österreichische Nationalbibliothek, Flugschriftensammlung, Inv.-Nr. 1859/4 P. U.

14.4.14 **Programm des Concerts des Männer-Gesangsvereins zu Ehren des dritten Deutschen Juristentages am 24. August 1862**

Druck auf Papier; H. = 33 cm, B. = 25 cm

Nicht zufällig fanden in der ersten Hälfte der sechziger Jahre zahlreiche Manifestationen groß- bzw. gesamtdeutschen Fühlens in Österreich statt (z. B. Deutsche Katholikentage in Salzburg 1857, Prag 1860, Innsbruck 1867), galt es doch, die deutschen Mittelstaaten auf die Seite Österreichs zu ziehen. Daß Gesangsvereine Feiern mit nationalem Anstrich umrahmten, gehört zum etablierten Festritual des 19. Jahrhunderts. Das Programm enthält 11 Lieder, darunter Ernst Moritz Arndts Lied „Was ist des Deutschen Vaterland?“, das mit seiner Antwortzeile „Das ganze Deutschland soll es sein“ eine Art inoffizielle Hymne der deutschen Nationalbewegung darstellte.

Lit.: *Sutter, Berthold,* Die politische und rechtliche Stellung der Deutschen in Österreich, in: Die Habsburgermonarchie 1848–1918 III, S. 154–339, hier S. 186.

Wien, Österreichische Nationalbibliothek, Flugschriftensammlung, Inv.-Nr. 1862/3 P. U.

**14.4.15 Frankfurter Fürstentag**

Photographie

Nach 1860 konnte sich Österreich beim „Dritten Deutschland“ größerer Sympathien erfreuen als Preußen. Dazu trug nicht unwesentlich der vorsichtig konstitutionelle Kurs im Innern bei, den Schmerling gerade mit Blickrichtung auf Deutschland betrieb, während gleichzeitig in Preußen der Verfassungskonflikt einem Höhepunkt zustrebte. Der von Franz Joseph einberufene Frankfurter Fürstentag im August 1863 sollte die österreichischen Vorstellungen einer Bundesreform sanktionieren. Gedacht war an eine Verstärkung zentraler Institutionen, der Fürstenbund sollte durch eine Delegiertenversammlung, eine Art Bundesparlament, ergänzt werden. Für eine konsequente „Einigung von unten“, eine Legitimation der deutschen Einheit auf dem Prinzip der Volkssouveränität, wie sie die liberale deutsche Nationalbewegung erstrebte, war Franz Joseph nicht zu haben, doch wäre eine derartige Entwicklung nicht von vornherein ausgeschlossen gewesen.

Lit.: *Kraehe, Enno,* Austria and the Problem of Reform in the German Confederation, 1851–1863, in: The America Historical Review 56 (1950/51) S. 276–294.

Wien, Österreichische Nationalbibliothek, Bildarchiv, Inv.-Nr. RV. 3602 BrF P. U.

**14.4.16 Militärische Erinnerungen an Schleswig-Holstein** Abb.

Typographischer Schnellpressen-Farbendruck; H. = 42 cm, B. = 55 cm

Der schleswig-holsteinische Krieg wurde von der Öffentlichkeit – in Verkennung des vor allem von Bismarck meisterhaft inszenierten machtpolitischen Spiels – als Beispiel deutscher Solidarität gedeutet: Die Waffenbrüderschaft zwischen Preußen und Österreichern wurde auch später, nach 1866, wieder betont, wenn es galt, Traditionen gemeinsamen Handelns und Fühlens hervorzukehren.

Kat.-Nr. 14.4.16

Lit.: *Austensen, R. A.,* Austria and the „Struggle for Supremacy in Germany“, 1848–1864, in: The Journal of Modern History 52 (1980) S. 195–225.

Wien, Heeresgeschichtliches Museum, Inv.-Nr. BI 14.679 P. U.

**14.4.17 Das Schlachtfeld von Veile**

Louis Braun; 1864
Öl auf Leinwand; H. = 29,5 cm, B. = 61,5 cm

In dem sich seit Herbst 1863 verschärfenden Konflikt um die Elbherzogtümer hatte sich Österreich gegen die von der liberalen deutschen Nationalbewegung vorgezeichnete Politik, die auch im Deutschen Bund eine Mehrheit fand, ausgesprochen. Formal zwar den Beschluß der Bundesexekution ausführend, fanden sich Preußen und Österreich zu einer konservativen Allianz zusammen. Gemeinsam setzten sie sich über weitere Bundesbeschlüsse hinweg, gemeinsam kämpften sie gegen Dänemark (wobei die österreichischen Truppen unter FM Gablenz bei Oeversee und Veile siegten und die Flotte unter Tegetthoff bei Helgoland erfolgreich blieb), gemeinsam wollten sie die beiden Herzogtümer verwalten und gemeinsam, so meinten jedenfalls die konservativen Politiker im Kreise um Außenminister Rechberg und Franz Joseph, die Angelegenheiten Deutschlands in Form eines preußisch-österreichischen Kondominiums regeln, eine Absicht, die sich infolge des preußischen Strebens nach Hegemonie nur zu bald als Utopie herausstellen sollte.

Wien, Heeresgeschichtliches Museum, Inv.-Nr. BI 9575 P. U.

**14.4.18 Die kriegführenden Mächte, 1866** Abb.

Farblithographie; H. = 31,5 cm, B. = 40,5 cm

In der Auseinandersetzung um das Schicksal von Schleswig-Holstein war der Antagonismus zwischen Österreich und Preußen wieder aufgebrochen, die Frage nach der „Vorherrschaft in Deutschland" erneut gestellt. In der militärischen Konfrontation konnte Österreich auf die Unterstützung der meisten deutschen Staaten rechnen; allgemein glaubte man vor Beginn der Kämpfe an einen Sieg der österreichischen Waffen.

Lit.: *Wandruszka, Adam,* Schicksalsjahr 1866, Graz 1966. – *Franzel, Emil,* 1866, Il mondo casca: Das Ende des alten Europa, 2 Bde., Wien 1968. – *Craig, Gordon A.,* Königgrätz, Wien 1966.

Budapest, Történeti Múzeum, Inv.-Nr. 24.073 P. U.

Kat.-Nr. 14.4.18

**14.4.19 Der moderne Don Quixotte und sein Sancho Pansa**

Photokopie nach Zeitungsholzschnitt

Wenn auch Österreichs Situation in Deutschland vor Ausbruch des Krieges nicht ungünstig schien, die internationale Lage war es. Rußland und England unterstützten Österreich nicht; die Forderung Italiens, seine Neutralität durch eine Anerkennung des Königreichs und eine Abtretung von Venetien zu erkaufen, wurde aus prinzipiellen Gründen abgelehnt (vgl. Kat.-Nr. 14.2.29).
Preußen kam im April zu einem Bündnis mit Italien, in dem sich beide Staaten zu einem gemeinsamen kriegerischen Vorgehen gegen Österreich einigten. Trotzdem war man in Österreich der Meinung, daß man auch einen Zweifrontenkampf militärisch gewinnen könnte.

Lit.: *Blaas, Richard,* Il problema veneto visto attraverso i documenti diplomatichi austriaci (1859–1866), in: Il problema veneto e l'Europa 1859–66, Venezia 1966. – *Lill, Rudolf,* Beobachtungen zur preußisch-italienischen Allianz 1866, in: Quellen und Forschungen aus italienischen Archiven und Bibliotheken 44 (1964), S. 467–527

Kikeriki, Jg. 6 (1866), Nr. 19 v. 10. Mai 1866, S. 7 P. U.

**14.4.20 Gott schütz uns vor allzu großer Annäherung Frankreichs an Preußen, denn es könnte leicht so kommen**

Photokopie nach Zeitungsholzschnitt

Schon bevor die Auseinandersetzung mit Preußen in ihr akutes Stadium trat, machte man sich Gedanken über die Haltung Frankreichs. Man fürchtete, daß sich Frankreich, die revisionistische Macht par excellence, mit Preußen verbinden könnte, um in Deutschland die legitime Ordnung von 1815 zuungunsten Österreichs zu ändern.

Kikeriki, Jg. 4 (1864), Nr. 42 vom 20. Oktober 1864, S. 2 P. U.

**14.4.21 Das neueste Spektakelstück auf dem Welttheater**

Photokopie nach Zeitungsholzschnitt

Legende: *Der Schauspieler in der Versenkung (= Napoleon III.): Ich bin neugierig, was es für einen Effekt machen wird, wenn ich erschein!*
Tatsächlich bildete die Haltung Frankreichs einen Unsicherheitsfaktor in den Überlegungen der preußischen und österreichischen Politiker zur in-

ternationalen Situation. Frankreich wollte in dem sich anbahnenden Konflikt die Rolle des erfolgreichen und dementsprechend zu honorierenden Vermittlers spielen und war überzeugt, daß der „deutsche Bruderkrieg", egal wie er ausging, die französische Hegemonie im Kontinentaleuropa sichern werde. Nur ein unerwartet schneller militärischer Erfolg – der dann tatsächlich eintrat – konnte das französische Kalkül noch umstoßen; daher die nach 1866 weitverbreitete französische Devise „Rache für Sadowa".

Kikeriki, Jg. 6 (1866), Nr. 19 vom 10. Mai 1866, letzte Seite P. U.

**14.4.22 Neutralitätsvertrag zwischen Österreich und Frankreich vom 12. Juni 1866**

Originaldokument

Konnte sich Preußen gegenüber Frankreich in seinen Angeboten für den Preis einer französischen Neutralität (zu der Frankreich ohnehin schon entschlossen war) nicht zuletzt deshalb recht unbestimmt äußern, weil es sich bereits mit Italien verbündet hatte, war für Österreich eine Absprache mit Napoleon III. aus ebendiesen Gründen lebenswichtig. Napoleon nützte diese Situation weidlich aus. Einer österreichischen Anregung folgend, daß die Abtretung Venetiens im Falle eines österreichischen Sieges gegen Preußen (und die dadurch möglich gewordene Erwerbung Schlesiens oder anderer Kompensationen) vorstellbar wäre, verlangte er für die französische Neutralität die Abtretung Venetiens, egal wie der Krieg ausging, fügte allerdings hinzu, daß sich Frankreich mit solchen Kompensationen schon im vorhinein einverstanden erkläre. Andererseits gab Österreich mündlich sein Einverständnis zur Schaffung eines neuen unabhängigen Rheinstaates.

Lit.: *Srbik, Heinrich v.*, Der Geheimvertrag Österreichs und Frankreichs vom 12. Juni 1866, in: Historisches Jahrbuch 57 (1937), S. 454–507. – *Derndarsky, Michael*, Das Klischee von ‚Ces Messieurs de Vienne . . .!' Der österreichisch-französische Geheimvertrag vom 12. Juni 1866, in: Historische Zeitschrift 235 (1982), S. 289–353.

Wien, Haus-, Hof- und Staatsarchiv, Allgemeine Urkundenreihe P. U.

**14.4.23 Feldzeugmeister Benedek 1866 – Preußisches Spottbild auf Benedek**

Photographie; H. = 10,5 cm, B. = 6,3 cm

Ludwig Benedek (1804–1881) wurde 1853 Radetzkys Generalstabchef. Vom April bis Oktober 1860 als Nachfolger Erzherzog Albrechts Generalgouverneur von Ungarn, erhielt er anschließend wieder ein Kommando in Venetien, bis 1866 war er dort kommandierender General. Vor Ausbruch des Krieges wurde er gegen seinen Wunsch zum Befehlshaber der Nordarmee ernannt, während Erzherzog Albrecht den Oberbefehl im Süden erhielt. Nach der Niederlage von Königgrätz wurde gegen Benedek sowie gegen die Generäle Henikstein und Krismanić die kriegsgerichtliche Untersuchung eingeleitet. Anfang Dezember 1866 verfügte Franz Joseph die Einstellung des Verfahrens, in dem sich Benedek stets als der allein Schuldige an der Katastrophe bezeichnet hatte. Erzherzog Albrecht nahm Benedek das Versprechen ab, auf eine öffentliche Rechtfertigung zu verzichten. Am Tag der Einstellung der Untersuchung erschien allerdings ein Artikel in der offiziösen „Wiener Zeitung", der Benedek schwer traf und Anlaß zu langen Diskussionen gab. Darin hieß es u. a.: *Es gibt kein Gesetzbuch, das den Mangel größter geistiger Begabung straffällig erklärt.*

Lit.: *Regele, Oskar*, Feldzeugmeister Benedek. Der Weg nach Königgrätz, Wien 1960. – *Engel-Janosi, Friedrich*, Einleitung zu: Die Protokolle des österreichischen Ministerrates 1848–1867 VI: Das Ministerium Belcredi, Bd. 2, Wien 1973.

Wien, Heeresgeschichtliches Museum, Inv.-Nr. LBI 11.048/3 P. U.

**14.4.24 Königgrätz von Westen**

Druck nach Originalphoto, Druck von Ed. Grégr in Prag, 1866. Verlag des Josef Lorenz, Fotograf in Josefstadt; H. = 23,5 cm, B. = 28,5 cm

Nach anfänglichen Mißerfolgen gegen die preußischen Truppen sah sich Benedek, dem eine allzu zögernde Führung vorgeworfen wurde, genötigt, *den Rückzug in Richtung Königgrätz anzutreten.* Angesichts der Aussichtslosigkeit der Lage sandte er am 1. Juli 1866 ein Telegramm nach Wien, in dem er bat, *um jeden Preis den Frieden zu schließen. Katastrophe für Armee unvermeidbar.* Franz Joseph antwortete: *Einen Frieden zu schließen unmöglich. Ich befehle – wenn unausweichlich – den Rückzug in größter Ordnung anzutreten. – Hat eine Schlacht stattgefunden?* Daraufhin entschloß sich Benedek zur Entscheidungsschlacht, die am 3. Juli 1866 im Gebiet zwischen Sadowa und Königgrätz stattfand.

Lit.: *Allmayer-Beck, Johann Christoph,* Der Feldzug der österreichischen Nord-Armee nach Königgrätz, in: Entscheidung 1866. Der Krieg zwischen Österreich und Preußen, hg. v. *Wolfgang Groote* und *Ursula Gersdorff,* Stuttgart 1966.

Wien, Heeresgeschichtliches Museum, Inv.-Nr. LBI 7101 P. U.

14.4.25 **Chlum von Norden**

Druck nach Originalphoto, Druck von Ed. Grégr in Prag, 1866, Verlag des Josef Lorenz, Fotograf in Josefstadt; H. = 23,5 cm, B. = 28,5 cm

Bei Chlum befand sich am 3. Juli 1866 das Zentrum der österreichischen Truppen, die halbkreisförmig zwischen Elbe und Bistritz, im Nordwesten der Festung Königgrätz, postiert waren. Die Entscheidung brachte die preußische 2. Armee, die von Norden her in die rechte Flanke und das Zentrum der Österreicher vorstieß.

Wien, Heeresgeschichtliches Museum, Inv.-Nr. S 3686 P. U.

14.4.26 **Das Denkmal für die 1866 Gefallenen in Königgrätz**

Photo nach Thomas Höbelt, 1983; H. = 30 cm, B. = 23 cm

Privatbesitz P. U.

14.4.27 **Medaille auf die Enthüllung des Denkmals für die 1866 Gefallenen**

Lauer, 1896
Dm. = 3,5 cm

Av.: Porträt des FZM Heß mit deutscher Umschrift
Rv.: Darstellung des Denkmals mit tschechischer Umschrift

Wien, Kunsthistorisches Museum, Münzkabinett, Sammlung Wurzbach, Inv.-Nr. D 4670 P. U.

14.4.28 **„An meine Völker"**

Kaiserliches Manifest vom 17. Juni 1866, deutsch
Druck auf Papier; H. = 54 cm, B. = 78 cm

Lit.: *Goldinger, Walter,* Die österreichischen Kriegsmanifeste von 1866, in: Mitteilungen des Instituts f. österreichische Geschichtsforschung 75 (1967), S. 104–128.

Wien, Österreichische Nationalbibliothek, Flugschriftensammlung, Inv.-Nr. 1866/4 P. U.

14.4.29 **Kaiserliches Manifest vom 17. Juni 1866**

Rumänische, serbische und ungarische Ausgabe
Photokopien

Budapest, Országos Széchényi Könyvtár, Flugschriftensammlung, Inv.-Nr. 1866 P. U.

14.4.30 **Ein Gefecht aus dem preußisch-österreichischen Krieg 1866**

Kreidelithographie; H. = 25,1 cm, B. = 32,4 cm

Legende: *Gefecht zwischen Skalitz und Nachod . . . stundenlang wurde beiderseitig mit Erbitterung gekämpft, um das Dorf Studnitz hart gerungen. Das Dorf selbst ging in Flammen auf. Die Preußen ließen viele Verwundete auf dem Schlachtfeld liegen.*

Lit.: Kaiser Franz Joseph von Oesterreich oder Der Verfall eines Prinzips. Katalog Hermesvilla 1980, Kat.-Nr. 98.

Wien, Historisches Museum der Stadt Wien, Inv.-Nr. 87.234 P. U.

14.4.31 **Parte für einen 1866 Gefallenen**

Druck auf Papier; H. = 28,5 cm, B. = 22 cm

Linz, Stadtmuseum, Kulturarchiv, Mappe Familienfeiern Nr. 20 P. U.

14.4.32 **Beilage zur Wiener Zeitung vom 4. Juli 1866**

Druck auf Papier

Noch in den frühen Morgenstunden des 4. Juli sandte Benedek ein Telegramm nach Wien, in dem er einen Bericht über die Schlacht des Vortages und die katastrophale Niederlage gab. Die Regierung veröffentlichte die Depesche zwar in der „Wiener Zeitung", ließ jedoch jene Passagen weg, die den ganzen Umfang der Niederlage schilderten. Bald sollte jedoch das ganze Ausmaß der Katastrophe auch der Öffentlichkeit bekannt werden. Die Preußen, die weite Teile Böhmens, Mährens und Schlesiens besetzt hatten, rückten weiter gegen die Donau vor.

Lit.: *Engel-Janosi, Friedrich,* Einleitung, und *Brettner-Messler, Horst,* Probleme der Edition, beide in: Die Protokolle des österreichischen Ministerrates 1848–1867 VI: Das Ministerium Belcredi Bd. 2, Wien 1973, S. XVIf. und LXV.

Wien, Österreichische Nationalbibliothek, Flugschriftensammlung, Inv.-Nr. 1866/5 P. U.

**14.4.33 Preußisches Militär auf dem Bahnhof in Turnau (Böhmen), 1866**

Photographie; H. = 17 cm, B. = 23 cm

Lit.: *Raupach, Hans,* Bismarck und die Tschechen im Jahr 1866, in: Bohemia 7 (1966), S. 231–259.

Wien, Heeresgeschichtliches Museum, Inv.-Nr. LBI 9226/1,2 P. U.

**14.4.34 Preußischer Passierschein für František Ladislav Rieger und František Palacký**

Rheinisches Kürassier-Regiment Nr. 8, Kuttenberg (Böhmen), 17. Juli 1866
Papier, handschriftlich, deutsch; H. = 16 cm, B. = 22 cm

Während der preußischen Okkupation Böhmens reiste Fr. L. Rieger als Mitglied des böhmischen Landesausschusses von seinem ostböhmischen Gut Malec nach Prag zur Erledigung dringender Geschäfte der Landesverwaltung. Zu diesem Zweck ließ er für sich und seinen Schwiegervater František Palacký einen Passierschein ausstellen. Das Dokument schützte jedoch Rieger und Palacký nicht ausreichend vor Übergriffen der feindlichen Armee, preußische Soldaten beschlagnahmten das Pferdegespann zu militärischen Zwecken. Erst nach heftigem Streit mit einem preußischen Hauptmann, dem Rieger sogar Satisfaktion anbot, und nach Untersuchung vor dem Regimentskommando durfte er die Fahrt fortsetzen.

Lit.: *Jahn, Jiljí V.,* František Ladislav Rieger, Praha 1889, S. 268–273.

Praha, Archiv Národního muzea Praha, Nachlaß František Ladislav Rieger, sign. 108/5 J. R.

**14.4.35 Kundmachung des Gemeinderats von Brünn vom 12. Juli 1866 bezüglich Einquartierung und Verpflegung der königlich-preußischen Truppen**

Druck auf Papier; H. = 50 cm, B. = 65 cm

Die vom Brünner Bürgermeister, dem nachmaligen Minister des Innern Carl Giskra unterzeichnete Kundmachung ist eine der ersten, die zur Regelung der durch die preußische Okkupation Brünns geschaffenen Verhältnisse erlassen wurden. Giskra gelang es, mit den preußischen Militärbehörden gute Beziehungen zu unterhalten, so daß die Bevölkerung das Los der Besatzung als einigermaßen erträglich empfand, während anderswo Klagen über das Benehmen der preußischen Okkupanten nicht gerade selten waren. Auch das Ausmaß der Anträge auf Unterstützung bzw. Wiedergutmachung der Schäden, die durch preußische Requisitionen entstanden, läßt Rückschlüsse auf die Art und Weise der preußischen Okkupation zu.

Wien, Österreichische Nationalbibliothek, Flugschriftensammlung, Inv.-Nr. 1866/6 P. U.

**14.4.36 Preußisches Militärflugblatt, Prag, Juli 1866**

Druck auf Papier; zweisprachig (deutsch – tschechisch)
H. = 38,8 cm, B. = 47 cm

Flugblatt des preußischen Oberkommandos mit Aufruf an die Prager Bevölkerung

Praha, Muzeum hlavního města Prahy, Inv.-Nr. V-1977 J. Pa.

**14.4.37 Bekanntmachung des Prager Bürgermeisters aus der Zeit der preußischen Okkupation von Prag, 1866**

Druck auf Papier; zweisprachig (Rv: deutsch – Av: tschechisch); H. = 37,7 cm, B. = 22,6 cm

Der Bürgermeister von Prag, Dr. Bělsky, unterrichtet die Bewohner von den Forderungen der k. preuß. Commandatur in Prag auf die *Competencen eines jeden Mannes pro Tag* an Lebensmitteln.

Praha, Múzeum hlavního města Prahy, Inv.-Nr. 41.704 J. Pa.

**14.4.38 Die Preußen vor den Toren Wiens**

Photokopie nach Zeitungsholzschnitt

Legende: *Euer Exzellenz, Wir sind so frei und überreichen Ihnen den Schlüssel von Hier.* Die in der noch vor Königgrätz erschienenen Karikatur zum Ausdruck kommende Geringschätzung der Preußen wich nach der Niederlage einer bedrückten Stimmung. Man sparte nicht mit Kritik an denen, die man als verantwortlich für die Katastrophe ansah; auch der Kaiser selbst war davon nicht ausgenommen. In einem Spottgedicht hieß es: *Freiwillige ohne Knöpf', / Minister ohne Köpf', / Ein Kaiser ohne Hirn / Da müssen wir verlier'n.*

Kikeriki, Jg. 6 (1866) Nr. 26 vom 28. Juni 1866, letzte Seite P. U.

**14.4.39 Aufruf des Generalvikars der Erzdiözese Wien, Johann Kutschker, an die Geistlichkeit, Wien 16. Juni 1866**

Druck auf Papier

In diesem Aufruf erinnerte Johann Kutschker (1810–1881), nachmals selbst Fürsterzbischof von Wien, den Klerus an seine Pflicht, *die durch Furcht vor einer Invasion aufgeregte Landbevölkerung* zu beruhigen und *vor dem Verlassen der Heimat* abzuhalten. Übrigens stand das einfache Landvolk mit dieser Haltung nicht allein; auch ein Sektionschef im Finanzministerium flüchtete beispielsweise Hals über Kopf nach Ungarn.

Wien, Österreichische Nationalbibliothek, Flugschriftensammlung, Inv.-Nr. 1866/1 P. U.

**14.4.40 Festungsbau des großen Brückenkopfes am Floridsdorfer Donauufer Mitte Juni 1866**

Photokopie nach Zeitungsholzschnitt

Bereits vor Königgrätz rechnete man mit der Möglichkeit eines preußischen Vormarsches auf Wien. Deshalb wurde in aller Eile der Brückenkopf am Floridsdorfer Donauufer befestigt. Nach der Schlacht von Königgrätz wurden Freiwillige angeworben, in Wien, ebenso wie in Böhmen oder beispielsweise in der Zips (obwohl die Stimmung in Ungarn insgesamt den Preußen gegenüber eher positiv war und man in Wien sogar mit dem offenen Ausbruch antihabsburgischer Unruhen rechnete). Vorhuten der preußischen Truppen standen bereits in Gänserndorf; von dem befürchteten Vormarsch in Richtung Ungarn haben die Preußen freilich Abstand genommen.

Lit.: *Tuider, Othmar* und *Rüling, J.*, Die Preußen in Niederösterreich 1866 (= Militärhistorische Schriftenreihe 4) Wien 1966.

Wien, Österreichische Nationalbibliothek, Bildarchiv, Inv.-Nr. 236.494 P. U.

**14.4.41 Preußisch-österreichische Verhandlungen in Nikolsburg**

Photokopie nach Zeitungsholzschnitt

Mit der Schlacht von Königgrätz waren die Kämpfe zwischen österreichischen und preußischen Truppen keineswegs beendet: Preußen setzte seinen Vormarsch Richtung Süden fort, es kam auch zu kleineren Gefechten, da die Preußen die österreichische Waffenstillstandsbitte anfänglich abgelehnt hatten. Überlegungen innerhalb der österreichischen Staatsführung, den Krieg fortzusetzen, wurden schließlich zugunsten eines baldigen Friedensschlusses aufgegeben. Die rasche Verlegung der österreichischen Südarmee, das Ansteigen der Donau, das ein Überqueren risikoreicher machte, vor allem aber der mäßigende Einfluß Bismarcks (der sich gegenüber König Wilhelm durchsetzen konnte), ließen die beiden Staaten Ende Juli in Nikolsburg (Mikulov) doch noch zu einer Einigung kommen, bevor die Vermittlertätigkeit von Frankreich und Rußland voll einsetzen konnte und so die Konfliktlösung internationalisiert worden wäre.

Lit.: *Lutz, Heinrich*, Von Königgrätz zum Zweibund; in: Historische Zeitschrift 217 (1973), S. 347–380. – *Wandruszka, Adam*, Zwischen Nikolsburg und Bad Ems, in: Reichsgründung 1870/71. Tatsachen, Kontroversen, Interpretationen, hg. v. *Theodor Schieder* und *Ernst Deuerlein*, Stuttgart 1970, S. 33–63.

Wien, Österreichische Nationalbibliothek, Bildarchiv, Inv.-Nr. 235.991 B(R) P. U.

**14.4.42 Friedensvertrag zwischen Österreich und Preußen, Prag, 23. August 1866**

Original, mit großem preußischen Majestätssiegel, roter Samteinband mit Silberquasten, 16 fol. Papier

Im Prager Vertrag stimmte Österreich der Auflösung des Deutschen Bundes, der Annexion weiter Gebiete nördlich des Mains durch Preußen und überhaupt der zukünftigen Neuregelung der deutschen Verhältnisse im vorhinein zu. Darüberhinaus war eine Kriegsentschädigung in der Höhe von 20 Millionen Taler zu zahlen, Österreich verlor jedoch – abgesehen von Venetien – keine weiteren Territorien. Die internationale Position des Habsburgerreiches war also verhältnismäßig nicht ungünstig, noch dazu wenn man bedenkt, daß den süddeutschen Staaten im Prager Vertrag eine *unabhängige internationale Existenz* zuerkannt worden war. Österreichische Hoffnungen auf eine Revision der Prager Bestimmungen waren prima vista nicht ganz aus der Luft gegriffen, deren Verwirklichung hing aber wesentlich von der internationalen Lage ab. Die verstand nun freilich Preußen viel besser zu seinem eigenen Vorteil zu nutzen: schon der Abschluß von (geheimen) militärischen und Handelsvereinbarungen mit den süddeutschen Staaten zeigt, daß Preußen gesonnen war, diese im Laufe der Zeit in seine Einflußsphäre zu ziehen.

Lit.: *Potthoff, Heinrich,* Die deutsche Politik Beusts von seiner Berufung zum österreichischen Außenminister Oktober 1866 bis zum Ausbruch des deutsch-französischen Krieges 1870/71, Bonn 1968. – *Lutz, Heinrich,* Österreich-Ungarn und die Gründung des Deutschen Reiches. Europäische Entscheidungen 1867–1871, Frankfurt/Main 1979.

Wien, Haus-, Hof- und Staatsarchiv, Allgemeine Urkundenreihe P. U.

14.4.43 **Das 3. Deutsche Bundesschießen in Wien: Toast des Kaisers Franz Joseph auf die versammelten Schützen in der Festhalle am 2. August**

Vinzenz Katzler; 1868
Sepia; H. = 24,2 cm, B. = 35 cm

Der Ausschluß des Habsburgerreiches aus dem Deutschen Bund bedeutete weder das Ende der – zwar reichlich illusionären – Hoffnungen auf die Wiedererlangung der einstigen Stellung in Deutschland, noch beeinträchtigte er auf Dauer das Gefühl der Zusammengehörigkeit der Deutschen Österreichs mit der Konationalen jenseits der schwarzgelben Grenzen. Unmittelbar nach 1867 ließ man keine Gelegenheit ungenutzt, um auf anderer als der politischen Ebene die weitere Zugehörigkeit zum „größeren Deutschland" zu demonstrieren: Das 3. Deutsche Bundesschießen war eine dieser Gelegenheiten.

Wien, Historisches Museum der Stadt Wien, Inv.-Nr. 67.000 P. U.

14.4.44 **Vom Schützenfeste in Wien: Der Schützenfestplatz, Die Weihe der Bundesfahne, Der feierliche Aufzug mit den Schützenfestwagen**

Photokopie nach Zeitungsholzschnitt v. Vinzenz Katzler

Es waren die Vereine, wo der nationale Gedanke im 19. Jahrhundert eine seiner Hauptstützen fand. Doch während etwa Gesangs- und Turnvereine das nationale Anliegen bald über alle anderen Erwägungen stellten, blieben die Schützenvereine dem konservativ-dynastischen Staatsgedanken verbunden.

Lit.: *Grieshofer, Franz,* Vereinswesen in Österreich, in: Österreichischer Volkskundeatlas, Kommentar zur 5. Lieferung, Wien 1982.

Wien, Österreichische Nationalbibliothek, Bildarchiv, Inv.-Nr. LM XXII S 912/13 P. U.

14.4.45 **Festgruß an Wien von der deutschen Stadt Frankfurt am Main zum 3. Deutschen Bundesschießen in Wien 1868**

Friedrich Stoltzte; Frankfurt 1868
Druck auf Papier; H. = 19,5 cm, B. = 11,5 cm

Nicht zufällig richtete die Stadt Frankfurt am Main einen speziellen Gruß an die alte Kaiserstadt, war sie doch eine der Hauptleidtragenden der machtpolitischen Veränderungen in Deutschland. Vor 1866 Bundesfestung und *heimliche Hauptstadt* des Deutschen Bundes, nun in den Rang einer preußischen Provinzstadt hinabgedrückt, erhoffte sich Frankfurt ebenso wie alle anderen, die mit der Vorherrschaft Preußens nicht einverstanden waren, vom Habsburgerreich eine Änderung der Lage.

Wien, Österreichische Nationalbibliothek, Flugschriftensammlung, Inv.-Nr. 1868/2 P. U.

14.4.46 **Wie sich ein Ohnmächtiger auf den anderen stützt**

Photokopie nach Zeitungsholzschnitt; 1868

Inschriften auf dem Bild: Beust auf seinem linken Bein: *Unzufriedenheit der Völker;* Napoleon III., auf seinem rechten Bein: *Unzufriedenheit des Volkes*
Die außenpolitische Annäherung zwischen Österreich-Ungarn und Frankreich nach 1867 litt an ungelösten innenpolitischen Problemen beider Reiche

Humoristické listy Jg. 10, Nr. 11 v. 14. 3. 1868, S. 44 J. Ko.

14.4.47 **Eigenhändiger Brief Napoleon III. an Franz Joseph I. Metz, 31. Juli 1870**

Original

Mitte Juli 1870 brach, vordergründig über die Frage der spanischen Thronfolge, der Krieg zwischen Frankreich und Preußen aus, der für Österreich noch einmal die Möglichkeit zu bieten schien, die Verhältnisse in Deutschland im Sinne der Habsburgermonarchie zu beeinflussen. Am Vorabend des Kriegsausbruchs entschied sich die habsburgische Staatsführung, eine strikte Neutralität zu bewahren. Neben militärisch-diplomatischen und allgemeinpolitischen Gründen war für diese Haltung auch die starke prodeutsche (nicht unbedingt propreußische) Stimmung in der Bevölkerung maßgebend. Napoleons Brief, in dem er vor den Folgen einer Niederlage Frankreichs für ganz Europa warnte, blieb daher ohne positives Echo.

Lit.: *Dioszégi, István,* Österreich-Ungarn und der französisch-preußische Krieg 1870–71, Budapest 1974. – *Lutz, Heinrich,* Österreich-Ungarn und die Gründung des Deutschen Reiches. Europäische Entscheidungen 1867–1871, Frankfurt/M. 1979.

Wien, Haus-, Hof- und Staatsarchiv, Politisches Archiv IX Frankreich Kart. 96, fol. 21, 22 P. U.

**14.4.48 Die Erhebung Wilhelm I. zum Deutschen Kaiser im Spiegelsaal von Versailles**

Photokopie

Die geheimen Hoffnungen, die der österreichische Außenminister an einen – allgemein erwarteten – Sieg Frankreichs über Preußen knüpfte, zerschellten an den militärischen Erfolgen der Preußen und an der Welle des Nationalgefühls, die diese hervorriefen. Am 18. Jänner 1871 wurde der preußische König Wilhelm zum Deutschen Kaiser ausgerufen, zum Kaiser eines Reiches, das zwar im „außerösterreichischen Deutschland" den Gedanken der deutschen Einheit verwirklichte, bei den Deutschen der Habsburgermonarchie aber eben deshalb eine tiefe Identitätskrise auslöste. So konnte Grillparzer von den Siegern von 1871 sagen: *Ihr glaubt, ihr habt ein Reich geboren, Und habt doch nur ein Volk zerstört.*

Lit.: *Rumpler, Helmut,* Österreich-Ungarn und die Gründung des Deutschen Reiches, in: Europa und die Reichsgründung. Preußen-Deutschland in der Sicht der großen europäischen Mächte 1860–1880, hg. v. *Eberhard Kolb* (= Historische Zeitschrift, Beiheft 6) München 1980. – *Lutz, Heinrich,* Österreich-Ungarn und die Gründung des Deutschen Reiches. Europäische Entscheidungen 1867–1871, Frankfurt/M. 1979.

Wien, Österreichische Nationalbibliothek, Bildarchiv, Inv.-Nr. Ko 2725 c P. U.

**14.4.49 Notifikationsschreiben des Deutschen Kaisers Wilhelm I. an Franz Joseph über die Errichtung des Deutschen Reiches und die Annahme der Kaiserwürde, Versailles, 29. Jänner 1871**

Original

Wien, Haus-, Hof- und Staatsarchiv, Politisches Archiv III Preußen Kart. 104, fol. 206, 207 P. U.

**14.4.50 Zweibundvertrag zwischen Österreich-Ungarn und dem Deutschen Reich v. 7. Oktober 1879**

Original

Schon im Mai 1871 hatte sich Beust für eine Umorientierung der Politik des Habsburgerreiches ausgesprochen; er empfahl das Zusammengehen der beiden Kaiserreiche Mitteleuropas, die dort einen stabilisierenden, monarchisch-konservativen Block bilden sollten, wodurch sich auch die Beziehungen zu Rußland bessern würden. Sein Nachfolger Andrássy führte den Grundgedanken der Annäherung an das Deutsche Reich weiter. Welche Konsequenzen auch immer aus dem 1879 abgeschlossenen Zweibund später gezogen wurden, dieser Vertrag, der – mehrfach verlängert – bis zum Ersten Weltkrieg in Kraft blieb, war als Regulativ für das Zusammenleben der drei „östlichen Kaiserreiche" konzipiert.

Lit.: *Lutz, Heinrich,* Zur Wende der österreichisch-ungarischen Außenpolitik 1871. Die Denkschrift des Grafen Beust für Kaiser Franz Joseph vom 18. Mai, in: Mitteilungen des Österreichischen Staatsarchivs 25 (1972), S. 169–184. – *Ders.,* Von Königgrätz zum Zweibund, in: Historische Zeitschrift 217 (1973), S. 347ff. – *Höbelt, Lothar,* Österreich-Ungarn und das Deutsche Reich als Zweibundpartner, in: Österreich und die deutsche Frage im 19. und 20. Jahrhundert, hg. v. *Heinrich Lutz* und *Helmut Rumpler,* Wien 1982, S. 256ff.

Wien, Haus-, Hof- und Staatsarchiv, Allgemeine Urkundenreihe P. U.

**14.4.51 Deutsche Sieges- und Friedensfeier in Linz 1871**

Bericht über die am 11. und 12. Mai 1871 bei dem k. k. städtisch-delegierten Bezirksgerichte in Linz abgehaltene Schlußverhandlung, wegen Übertretung des Versammlungsrechtes aus Anlaß der am 15. März 1871 in Linz begangenen deutschen Sieges und Friedensfeier, Linz 1871
Druck auf Papier, Broschüre; H. = 21,8 cm, B. = 14,7 cm

Die Siege Preußens gegen Frankreich und die Gründung des Deutschen Reichs hatten eine Welle nationaler Begeisterung zur Folge, gegen die auch behördliche Maßnahmen wenig ausrichteten. Die ambivalente Spannung einer „doppelten Identität", mit der die Deutschen in Österreich fortan leben mußten, nämlich die der Nation – die im Hohenzollernstaat machtvollen Ausdruck gefunden zu haben schien – und die des eigenen Staates, wurde allerdings nur im geringen Maß zugunsten eines offen irredentistischen Anschlußprogramms gelöst.

Lit.: *Sutter, Berthold,* Die politische und rechtliche Stellung der Deutschen in Österreich 1848–1918, in: Die Habsburgermonarchie III, S. 154–339, insbes. S. 203ff.

Linz, Archiv der Stadt Linz, Inv.-Nr. I: 1320

P. U.

**14.4.52 Bericht der oberösterreichischen Statthalterei an das Ministerium des Innern, Linz 15. März 1872**

Original; H. = 33 cm, B. = 25 cm

1872 fand in Linz eine Feier für Kaiser Joseph II. statt, die mit einem „Hoch“ auf die Märzgefallenen von 1848 und mit dem Absingen des Liedes „Die Wacht am Rhein“ geendet hatte. Die Uminterpretation Kaiser Josephs II. als eines Bannerträgers von Liberalismus und deutschem Nationalismus, die in diesem Verhalten sichtbar wird, ist charakteristisch für den größten Teil des 19. Jahrhunderts; schon 1848 hatte man der Josephs-Statue in Wien eine riesige schwarz-rot-goldene Fahne in die Hand gedrückt (vgl. Katalog-Nr. 2.10).

Lit.: *Slapnicka, Harry,* Oberösterreich unter Kaiser Franz Joseph, Linz 1982, S. 181f. – *Vocelka, Karl,* Das Nachleben Josephs II. im Zeitalter des Liberalismus, in: Österreich zur Zeit Kaiser Josephs II. Ausst.-Kat., Wien 1980, S. 293–298.

Linz, Oberösterreichisches Landesarchiv, Statt. (Praes.) Sch. 257, 566 ex 1872 6/1

P. U.

**14.4.53 Brief Franz Josephs an Adolf Auersperg, Ofen 27. März 1872**

Photokopie

Franz Joseph reagierte auf die bei der Linzer Feier zutagegetretenen Manifestationen recht heftig. In einem Brief an den Ministerpräsidenten schrieb er: *Nun kann ich das demonstrative Absingen dieses Liedes* [die „Wacht am Rhein“] *durchaus nicht anders betrachten, als wenn in Prag die russische Volkshymne gesungen würde, was meines Wissens dort in letzter Zeit nicht vorgekommen ist.*

Lit.: *Molisch, Paul,* Briefe zur deutschen Politik in Österreich von 1848–1918, Wien 1934, S. 80f.

P. U.

# 15. DAS PROBLEM DER KONSTRUKTIVEN REICHSGESTALTUNG

## 15.1 Zentralismus

### 15.1.1 Franz Joseph im österreichischen Kaiserornat

Franz Schrotzberg (1811–1889), um 1865/70
Photokopie

Wie seine beiden Vorgänger ließ sich auch Franz Joseph nie zum Kaiser von Österreich krönen. Pläne für eine derartige Krönung und damit auch zur Schaffung eines Kaiserornats gab es öfters. Die Reichsverfassung vom 7. März 1849 sah im § 12 die Krönung vor; 1853 wurde der Innenminister Alexander Bach beauftragt, ein Krönungszeremoniell auszuarbeiten. Auch nach dem Ende der neoabsolutistischen Ära gab es immer wieder Bestrebungen (sei es im Zusammenhang mit der mehrmals anvisierten böhmischen Krönung, sei es mit der tatsächlich erfolgten ungarischen Krönung oder auch ohne einen derartig konkreten Anlaß), dem zentralistischen Staatsmodell, das in vielerlei Belangen fortwirkte und zu dem Franz Joseph persönlich auch die größten Affinitäten besessen haben dürfte, durch die Kaiserkrönung symbolhaften Ausdruck zu verleihen (vgl. Kat.-Nr. 17.33 mit Abb.).

Lit.: *Stümpfl, Kurt,* Zur Ikonographie des österreichischen Erzhauses: Eine ungewöhnliche Darstellung Franz Josephs I. im Kunsthandel aufgetaucht (Privatdruck).

Wien, Privatbesitz P. U.

### 15.1.2 Zentralismus

Karte, Entwurf: W. B., Ausführung: I. Grillmayer u. S. Proidl

In den Verfassungsdiskussionen ab 1848 spielten die drei Hauptmodelle Zentralismus – Föderalismus – Dualismus eine besondere Rolle. Im Sinne des *Zentralismus* gibt es nur eine ungeteilte Staatsgewalt des Gesamtstaates, die Länder sind bloß staatliche Verwaltungsprovinzen ohne Autonomie, die Behörden in den Ländern den Zentralbehörden (Ministerien) als Außenstellen untergeordnet. – Der *Föderalismus* hingegen teilt die Staatsgewalt in eine Gesamtstaatsgewalt und eine autonome Landesgewalt auf, so daß ein Teil der Staatsaufgaben von eigenen Landesbehörden besorgt werden, der andere von staatlichen Behörden in den Ländern, die den Zentralbehörden unterstehen; überdies können die Länder Einfluß auf die gesamtstaatliche Willensbildung nehmen. Bei einem differenzierten Föderalismus haben einige Länder eine besondere Stellung (erhöhte Autonomie) im Staate. – Der *Dualismus* zerteilt den Gesamtstaat in zwei „Reichshälften“ mit je einer eigenen Staatsgewalt, die in einem besonderen Verhältnis zueinander stehen (s. „Ausgleich“). Jede dieser „Reichshälften“ kann nach einem der drei Hauptmodelle gegliedert sein: Tatsächlich wählte Cisleithanien einen gemäßigten Föderalismus, Tranleithanien eine Art Dualismus mit Kroatien-Slawonien.

W. B.

### 15.1.3 Zeittafel

Entwurf: P. U., Ausführung: I. Grillmayer

### 15.1.4 Treue und Eintracht der österreichischen Völker. Viribus unitis

Franz Kollarž; 1849
Lithographie nach Joseph A. Hellich; H. = 55,5 cm, B. = 68 cm

Der Devise „Viribus unitis“ wurden zahlreiche bildliche Darstellungen (unter anderem auch eine Bleistiftzeichnung von Josef Führich) gewidmet, sie fand Niederschlag in Gedichten und musikalischen Werken. Der Grundgedanke – bezogen auf den multiethnischen Charakter der Monarchie – ist bereits in Grillparzers bekanntem Huldigungsgedicht an Radetzky enthalten (vgl. Bd. 1, S. 5).

Lit.: Österreich unter Kaiser Franz Joseph I. Ausstellungskatalog Pottenbrunn 1978, Kat.-Nr. 47, Abb. S. 38.

Göttweig, Graphisches Kabinett des Stiftes Göttweig, Inv.-Nr. M III 53 P. U.

### 15.1.5 Ideal und Wirklichkeit

Karikatur; 1864
Photokopie

Untertitel der Karikatur: *So pflegt man die Nationalitäten gewöhnlich bildlich als eine Gruppe der Eintracht und Versöhnung darzustellen* [die obere

Hälfte zeigt die in typische Tracht gekleideten Vertreter der Nationalitäten in der Art der Kollarž'schen Lithographie] *aber leider sieht's bis dato in der Wirklichkeit mitunter noch so aus* [in der unteren Hälfte kämpfen und raufen die Vertreter der Nationalitäten].
Die Karikatur nimmt Bezug auf das Wiederaufflammen nationaler Antagonismen, die seit dem Beginn eines freieren politischen Lebens anfang der sechziger Jahre in- und außerhalb der Parlamente wieder zum Vorschein kamen.

Kikeriki, Jg. 4 (1864), Nr. 43 vom 27. Oktober 1864, S. 1. P. U.

15.1.6 **Sogenannter politischer Krug**

Ignaz Richter, Wischau, für Matthias Zukal, 1865
Fayence, auf weißer Glasur gemalter Dekor in gelber, orangegelber, blauer und dunkelvioletter Farbe, mit feiner Manganzeichnung

H. = 34 cm, Dm. = 14,5 – 23,5 – 19,5 cm

Auf der Vorderseite befindet sich eine kleinere Kartusche mit der Inschrift *Na/zdar/Bratři/vám* (Heil, Brüder, euch), auf beiden Seiten von ihr zwei große Kartuschen mit blau-violetten Gestalten – rechts *Hanák, Slovan, Uher* und der Text *Buďtež bratři/weseli* (seid, Brüder, froh); unten Gruppen von Häusern mit Anschriften *Prostějov* und *Wiškov*. Neben dem Henkel steht geschrieben: *I mi-/lugme se/we/spolek!* (Und lieben uns einander!). Links von der kleinen Kartusche befindet sich eine weitere Gruppe von drei Männern – *Deutsche Gesellschaft, German, Deutsch, Jud* mit zwei Gruppen von Häusern *Frankfurt, Amsterdam*. Hinter diesen ein Scherztext: *Niii / Wollen die Slawen / alles Bier austrinken / Uns bleibt nur Wasser / Niii. bis der Schmrlik kimt.* Darunter in der rechten Ecke die Andeutung der hebräischen Schrift. Unter dem Henkel befindet sich die Inschrift *Na pa-/matku / Matej / Zukal / 1865* (Zum Andenken . . .).

Lit.: *Černohorský, Karel,* Moravská lidová keramika (Die mährische volkstümliche Keramik), Praha, s. a. (1941). – *Šujan, Vladimír,* Moravské lidové fajánse ve sbírce keramiky Moravského muzea v Brně (Die mährischen volkstümlichen Fayencen in der Keramiksammlung des MM in Brno), Brno 1982.

Brno, Moravské muzeum, Inv.-Nr. 20.209 A. K.

15.1.7 **Wahlspruchmedaille**

Josef Daniel Böhm; 1858
Dm. = 6,3 cm

Wien, Kunsthistorisches Museum, Münzkabinett, Inv.-Nr. 23207. P. U.

15.1.8 **Unsere Volkshymne von Johann Gabriel Seidl nach der ah. Entschließung vom 27. März 1854**

Druck auf Papier; H. = 32 cm, B. = 41 cm

Mit der Thronbesteigung Franz Josephs war eine Neutextierung der ursprünglich von Lorenz Leopold Haschka (Text) und Joseph Haydn (Musik) stammenden „Volkshymne" notwendig geworden.
Im April 1853 forderte Innenminister Alexander Bach Franz Grillparzer auf, einen neuen Text vorzulegen. Das daraufhin eingereichte Elaborat befriedigte weder den Dichter selbst noch den Minister, der eine Neuausschreibung vornahm, wobei der verlangte Text sowohl volkstümlich und der Haydn'schen Melodie angepaßt, als auch allfälligen Herrscherwechseln gegenüber möglichst neutral sein sollte. Aus den eingereichten Werken wählte Bach die Dichtung des Johann Gabriel Seidl (1804–1875) (vgl. Kat.-Nr. 25.45) als die seinen Vorstellungen am meisten entsprechende aus.

Lit.: *Grasberger, Franz,* Die Hymnen Österreichs, Tutzing 1968.

Wien, Heeresgeschichtliches Museum, Inv.-Nr. BI 23.247/11 P. U.

15.1.9 **Österreichische Volkshymne**

Gedicht von Johann Gabriel Seidl, Musik von Joseph Haydn
Notenblatt; H. = 33 cm, B. = 25,5 cm; 1854
C. A. Spina (10.154)

Haydn wollte mit seiner Musik ein „Volkslied" schaffen; wie bei einem solchen üblich, erfuhr die Melodie im Laufe der Zeit manche Änderungen; diverse Bearbeitungen taten ein übriges, so daß lange keine einheitliche Aufführungspraxis herrschte. Erst 1896 erfolgte mit Erlaß des Ministeriums f. Cultus und Unterricht eine Übereinstimmung der 1890 festgesetzten „Normal-Partitur" für Militärorchester mit der „Normalmelodie" für den Schulgebrauch.

Lit.: *Grasberger, Franz,* Die Hymnen Österreichs, Tutzing 1968.

Wien, Gesellschaft der Musikfreunde, Inv.-Nr. V 2399 (H 29.988) P. U.

15.1.10 **Vereinigte National-Sprachen-Hymne**

Mate Magdić, k. k. Fortifikationsbeamter
Militärgrenze; 1851

1 Blatt, Papier, Druck, viersprachig; H. = 50 cm, B. = 42 cm

Zur ideologischen Begründung des Neoabsolutismus nach der Niederlage der Revolution von 1848 diente der Gedanke eines einheitlichen multiethnischen österreichischen Staatspatriotismus, der die ethnisch-sprachlichen Unterschiede zwischen einzelnen Nationalitäten der Monarchie überbrücken und verbinden sollte. Als charakteristischer Ausdruck dieser Bestrebung, wenigstens für den südlichen Teil des Reiches, dient die viersprachige Bearbeitung der ersten Strophe der Kaiserhymne von Mate Magdić, einem „geborenen Militär-Kroaten aus Sluin". Einzelne Verse oder Redewendungen werden abwechselnd nacheinander in kroatischer, deutscher, ungarischer und italienischer Sprache angeführt.

Praha, Privatsammlung J. R.

15.1.11 **Die Thronbesteigung Sr. k. k. apostolischen Majestät Franz Joseph I.** (am 2. Dezember 1848)

Franz Kollarž; 1848
Photokopie

Siehe Kat.-Nr. 2.56.

15.1.12 **Thronbesteigungsproklamation Franz Josephs I.**

Olmütz, 2. Dezember 1848
Originaldokument

*Fest entschlossen, den Glanz der Krone ungetrübt und die Gesamtmonarchie zu erhalten,* gibt Franz Joseph schon in seiner ersten offiziellen Proklamation als Kaiser der Hoffnung Ausdruck, *daß es mit Gottes Beistand und im Einverständnisse mit den Völkern gelingen werde, alle Lande und Stämme der Monarchie zu einem großen Staatskörper zu vereinigen* – ein klarer Hinweis auf das zentralistische großösterreichische Regierungsprogramm für den Neubau des Staates, freilich ergänzt durch ein Bekenntnis zu konstitutionellen Grundsätzen und zur „Gleichberechtigung aller Völker des Reiches".

Lit.: RGBl. Nr. 1/1849, Abdruck in: Die österreichischen Verfassungsgesetze mit Erläuterungen, hg. v. *Edmund Bernatzik,* (Wien[2] 1911) S. 113f.

Wien, Haus-, Hof- und Staatsarchiv, Familienurkunden Nr. 2430 P. U.

15.1.13 **Thronbesteigungsmanifest Franz Josephs I.**

Olmütz; 2. Dezember 1848
Druck auf Papier, ungarisch; H. = 40 cm, B. = 26 cm

Budapest, Kiscelli Múzeum, Flugschriftensammlung, Schachtel 138, Inv.-Nr. 1848-27.405 P. U.

15.1.14 **Thronbesteigungsmanifest Franz Josephs I.**

Olmütz, 2. Dezember 1848
Druck auf Papier, polnisch; H. = 50,5 cm, B. = 40,5 cm

Kraków, Archivum Państwowe w Krakowie, Archivum Dóbr Zator, Inv.-Nr. ADZ 302 P. U.

15.1.15 **Thronbesteigungsmanifest Franz Josephs I.**

Olmütz, 2. Dezember 1848
Druck auf Papier, deutsch-tschechisch; H. = 45 cm, B. = 56 cm

Brno, Archiv města Brna, Sign. Kundmachungen V und 124 P. U.

15.1.16 **Medaille auf den Regierungsantritt am 2. Dezember 1848**

C. Rabausch; 1848
Zinn; Dm. = 40 mm

Av.: Brustbild Franz Josephs von vorne nach rechts in Uniform
Rv.: DES HIMMELS SEEGEN SEI MIT IHM D. 2$^{ten}$ DEZEMBER 1848. Postament mit Kroninsignien, Mantel und Tafel mit CONSTITUTION

Wien, Kunsthistorisches Museum, Münzkabinett, Sammlung Wurzbach, Inv.-Nr. M 2450 P. U.

15.1.17 **Behördenaufbau in Cisleithanien**

Graphik, Entwurf: W. B., Ausführung: I. Grillmayer u. S. Proidl

Der Behördenaufbau Cisleithaniens geht vom Grundsatz der Gewaltentrennung aus: Die Gerichtsbarkeit besorgen unabhängige Gerichte; getrennt hievon die Verwaltung entweder staatliche Behörden oder solche der Selbstverwaltungskörperschaften; die Gesetzgebung obliegt dem Kaiser entweder mit dem Reichsrat (Gesamtstaatsgesetze) oder mit den Landtagen (Landesgesetze). Die staatliche Verwaltung ist teils speziellen staatlichen Behörden (z. B. Finanzverwaltung) übertragen, teils Behörden der allgemeinen staatlichen Verwaltung: Minister – Statthalter – Bezirkshauptmann. Die staatliche Verwaltung war als einzige Hoheitsverwaltung konzipiert: Analog zur allein staatlichen Gerichtsbarkeit sollte es nur eine sachliche Verwaltung geben, was dem System des monarchischen Einheitsstaates entsprach. Der autonomen Landesverwaltung – Landesausschuß, Landeshauptmann – und den Verwaltungen von Statutarstadt (Ortsgemeinde mit eigenem Statut), Gemeinde und Gutsgebiet oblag im wesentlichen nur eine finanzielle Selbstverwaltung.

Lit.: *Brauneder, W.*, Österreichische Verfassungsgeschichte, Wien[3] 1983, S. 172ff, S. 177

W. B.

### 15.1.18 Ministerpräsident FML Felix Fürst Schwarzenberg stellt Franz Joseph das erste Ministerium vor

Wilhelm Gause
Photokopie

Das Ministerium Schwarzenberg war am 21. November 1848, noch von Kaiser Ferdinand, berufen worden. Der Ministerpräsident hatte bereits in seiner Antrittsrede vor dem Reichstag wenige Tage später sein Programm vorgelegt: kraftvolle großösterreichische Gesamtpolitik im Innern und aktive Außenpolitik. Das gleichzeitig abgelegte Bekenntnis zum Konstitutionalismus blieb ein Lippenbekenntnis: Schwarzenberg trat für einen ausgeprägten bürokratischen Zentralismus ein, mittels dessen die politische und ökonomische Modernisierung Österreichs zu erreichen wäre.
Die politische Entwicklung in Richtung des Neoabsolutismus tangierte übrigens auch die Stellung der Minister bzw. des Ministerrates. Die Aufhebung der parlamentarischen Ministerverantwortlichkeit, die nach dem Tod Schwarzenbergs († 5. April 1852) erfolgte Umwandlung des „Ministerrates" als Regierungsorgan in eine rein beratende „Ministerkonferenz" und die Schwerpunktverlagerung zum Reichsrat – der im Gegensatz zu den meist jüngeren Ministern aus hohen Verwaltungs- und Gerichtsbeamten des Vormärz bestand – als eines „Rates der Krone" zeigen deutlich, daß Franz Joseph am Anfang seiner Regierungszeit in seinem System der Selbstherrschaft die Minister nur als hohe Verwaltungsbeamte, als Vollzugsorgan des Willens des Monarchen, und nicht als politisch selbständig Agierende sah. Das schloß nicht aus, daß einzelne Minister zeitweise großen Einfluß ausüben konnten. Größere Bedeutung kam damals freilich den Militärs zu (vgl. Kat.-Nr. 2.59).

Lit.: *Schwarzenberg, Adolphe,* Prince Felix zu Schwarzenberg, Prime Minister of Austria 1848–1852, New York 1946. – *Rumpler, Helmut,* Ministerrat und Ministerratsprotokolle 1848–1867 (= Die Protokolle des österreichischen Ministerrates 1848–1867, Einleitungsband) Wien 1970. – *Novotny, Alexander,* Der Monarch und seine Ratgeber, in: Die Habsburgermonarchie 1848–1918, hg. v. *Adam Wandruszka* und *Peter Urbanitsch* II: Verwaltung und Rechtswesen, Wien 1975, S. 57–99 (im folgenden zit. Die Habsburgermonarchie II).

Wien, Österreichische Nationalbibliothek, Bildarchiv, Inv.-Nr. 113.269 Br P. U.

### 15.1.19 Medaille auf die oktroyierte Verfassung vom 4. März 1849

C. Rabausch; 1849
Dm. = 41 mm

Av.: OHNE RELIGION KEINE WAHRE FREIHEIT. Zwei Frauengestalten symbolisieren Religion und Freiheit, am Boden liegen ein Buch (vulgata), eine Urkunde (CONSTITUTION) und ein zerbrochener Bogen.
Rv.: OESTERREICHS GESAMTMONARCHIE WIEDERGEBOREN. In der Mitte der Doppeladler, umgeben von 10 gekrönten Landeswappen.

Die Aufhebung der Grundherrschaft machte den Neuaufbau der staatlichen Verwaltungs- und Gerichtsorganisation notwendig. Auf unterster Ebene wurden Ortsgemeinden als Selbstverwaltungskörperschaften geschaffen. Daneben sollten Aufgaben der Grundherrschaften in erster Instanz von politischen Bezirken (Bezirkshauptmannschaften) und Bezirksgerichten übernommen werden. Die nächste Instanz bildeten Kreisregierungen bzw. Kreisgerichte. Auf Landesebene wurden Statthaltereien (allerdings mit geringen Kompetenzen) bzw. Oberlandesgerichte eingerichtet, in kleineren Ländern war der Statthalter zugleich Kreispräsident. Die dritte Instanz bildeten die einzelnen Minister bzw. der Oberste Gerichts- und Kassationshof. Den Bezirks- und Kreisämtern hätten gewählte Vertretungskörperschaften an die Seite gestellt werden sollen. Der Schwerpunkt der Verwaltungstätigkeit sollte bei den (den französischen Departments nachgebildeten und in nationaler Hinsicht möglichst homogenen) Kreisen liegen; man hoffte, daß sich die Statthaltereien (und damit die Länder als solche) als entbehrlich herausstellen würden. Ihre Auflassung hätte die Stärkung des gesamtstaatlichen Zentralismus bedeuten können. Stadions Vorstellungen wurden nur zum Teil verwirklicht: abgesehen von den Ortsgemeinden (auch deren Autonomie wurde in der Folge beschnitten) gab es keine autonomen Körperschaften, die Länderbehörden blieben bestehen und wurden unter seinem Nachfolger Bach sogar verstärkt (vgl. Kat.-Nr. 15.1.22).

Lit.: *Brauneder, Wilhelm; Lachmayer, Friedrich,* Österreichische Verfassungsgeschichte. Einführung in Entwicklung und Strukturen, Wien² 1980.

Wien, Kunsthistorisches Museum, Münzkabinett, Sammlung Wurzbach, Inv.-Nr. D 6923 P. U.

### 15.1.20 Kaiserliches Patent über die Einführung eines allgemeinen Reichs-Gesetz- und Regierungsblattes vom 4. März 1849

RGBl. Nr. 153/1849
Photokopie

Um die Einheitlichkeit der Verwaltung im ganzen Reich zu gewährleisten, wurde gemeinsam mit der Märzverfassung ein allgemeines Reichs-Gesetz- und Regierungsblatt eingeführt. Im Hinblick auf das Prinzip der Gleichberechtigung der Nationalitäten erschien das Reichsgesetzblatt bis Jänner 1853 in folgenden Ausgaben:

1. in deutscher Sprache
2. in italienischer
3. in magyarischer
4. in böhmischer (zugleich mährischer und slovakischer Schriftsprache)
5. in polnischer
6. in ruthenischer
7. in slovenischer (zugleich windischer und krainerischer Schriftsprache)
8. in serbisch-illirischer Sprache mit serbischer Civil-Schrift
9. in serbisch-illirischer (zugleich croatischer) Sprache mit lateinischen Lettern
10. in romanischer (moldauisch-wallachischer) Sprache.

Lit.: *Slapnicka, Helmut,* Die Sprache des österreichischen Reichsgesetzblattes, in: Zeitschrift für Ostforschung 23 (1974) S. 440–454. – RGBl. Nr. 153/1849, Abdruck in: Die österreichischen Verfassungsgesetze mit Erläuterungen, hg. v. *Edmund Bernatzik,* Wien² 1911, S. 516ff.

P. U.

### 15.1.21 Kaiserliches Patent vom 31. Dezember 1851

RGBl. Nr. 2/1852 und Beilage zu RGBl. Nr. 4/1852: Grundsätze für organische Einrichtungen in den Kronländern des österreichischen Kaiserstaates

Photokopie

Mit diesem Patent wurde die in der Praxis kaum verwirklichte oktroyierte Märzverfassung 1849 auch formell aufgegeben (ein weiteres Patent betraf die Aufhebung der Grundrechte, beide werden gewöhnlich unter der Bezeichnung „Sylvesterpatent“ zusammengefaßt; vgl. Kat.-Nr. 16.1.) Oberstes Ziel war nun der absolute, monarchische Einheitsstaat. Dem Ziel, „Einheit und Macht des Staates zu kräftigen“, war auch die in den „Grundsätzen“ niedergelegte neue Verwaltungsorganisation verpflichtet.

Lit.: RGBl. Nr. 2 und Beilage zu RGBl. Nr. 4, Abdruck in: Die österreichischen Verfassungsgesetze mit Erläuterungen, hg. v. *Edmund Bernatzik,* Wien² 1911, S. 208–215. – *Dedlich, Josef,* Das österreichische Staats- und Reichsproblem. Geschichtliche Darstellung der inneren Politik der habsburgischen Monarchie von 1848 bis zum Untergang des Reiches. 2 Bde., Leipzig 1920 u. 1926.

P. U.

### 15.1.22 Verordnung der Minister des Innern, der Justiz und der Finanzen vom 19. Jänner 1853

RGBl. Nr. 10/1853, über die Einrichtung und Amtswirksamkeit der politischen und Gerichtsbehörden

Photokopie

Im System des Neoabsolutismus, wie es mit dem „Sylvesterpatent“ installiert worden war, kam der Organisation der Verwaltung besondere Bedeutung zu. Dem Innenminister Alexander Bach oblag es, einen einheitlichen, in allen Ländern völlig gleichförmigen Behördenaufbau zu schaffen. Wie bei der im Anschluß an die oktroyierte Märzverfassung 1849 von Stadion entwickelten Organisationsstruktur, bediente sich auch Bach der Gemeinden, Bezirke, Kreise und Statthaltereien. Doch während bei Stadion das Schwergewicht bei der „freien Gemeinde“ und beim halb autonomen, halb der staatlichen Zentralgewalt unterstellten Kreis lag, rückte die Bachsche Reform die Bezirke und Statthaltereien ins Zentrum der Verwaltungstätigkeit. Dadurch erreichte man ebenso eine Stärkung der Zentralgewalt wie durch die Machtkonzentration in den Händen der Behördenchefs, der Statthalter und der Bezirksvorsteher. Wie auf Reichsebene alle Autorität in Händen des Kaisers lag, sollte sie auf Landesebene in jene

des Statthalters gelegt werden. Auf Bezirksebene wurde die von Stadion verfügte Trennung von Verwaltung und Justiz in unterster Instanz wieder aufgehoben (außer in Lombardo-Venetien). Die seinerzeitige Trennung der beiden Bereiche – ein liberales Postulat – hatte sich in der Praxis nicht recht bewährt. Dennoch bedeutete die Vereinigung nicht nur eine Erleichterung für die betroffene Bevölkerung (die Bezirke waren relativ klein und überschaubar, man pflegte „Bürgernähe"), sie war auch ein Zeichen staatlicher Machtkonzentration: das gemischte Bezirksamt repräsentierte die gesamte Staatsgewalt dem Volk gegenüber.
Die Bachsche Verwaltungsorganisation hat sich in ihren Grundzügen (etwa im charakteristischen Dreischritt Ministerium – Land – Bezirk und der besonderen Stellung der Behördenchefs) bis heute erhalten.

Lit.: *Heindl, Waltraud,* Einleitung zu: Die Protokolle des österreichischen Ministerrates 1848–1867 III/1–3: Ministerium Buol-Schauenstein, Wien 1975, 1979, 1983. – *Hellbling, Ernst,* Die Landesverwaltung in Cisleithanien, in: Die Habsburgermonarchie II, S. 190–269, insbes. S. 197–208.

P. U.

## 15.1.23 Alexander Bach

Josef Kriehuber; 1849
Lithographie; H. = 34,5 cm, B. = 28,2 cm

Alexander Bach (1813–1893), wurde im Juli 1848 als Exponent der liberalen Intelligenz in das Ministerium Wessenberg als Justizminister berufen (er galt vielen lange Zeit als „Barrikadenminister"). Nach Ausbruch der Wiener Oktoberrevolution legte er sein Amt zurück, wurde aber von Schwarzenberg wieder als Justizminister berufen. Nach der Erkrankung Stadions wechselte er im Sommer 1849 vom Justiz- in das Innenministerium über. Nach Schwarzenbergs Tod kurzfristig als Ministerpräsident im Gespräch, spielte er auch im Neoabsolutismus innerhalb der Ministerkonferenz eine bestimmende Rolle. Als Innenminister oblag ihm nicht nur die Reorganisation der Verwaltung im ganzen Reich sondern auch die praktische Durchführung all jener Reformen, die das Regime als für „Österreichs Neugestaltung" zu einem erneuerten und verjüngten Einheitsstaat moderner Prägung notwendig erachtete. Bachs Einfluß war freilich nicht unbegrenzt; er mußte sich stets den Ansichten seines kaiserlichen Herrn fügen. So sehr Bachs Wendung weg von den Idealen der Revolutionszeit keinem Zweifel unterliegt, so sehr ist auch klar, daß nicht alles, wofür er gegenüber der Öffentlichkeit die Verantwortung zu übernehmen hatte, seinen eigentlichen Intentionen entsprach. Nach den Niederlagen von Magenta und Solferino wurde Alexander Bach am 21. 8. 1859 seines Amtes enthoben. Anschließend wurde er Botschafter beim Hl. Stuhl.

Lit.: *Loew, H.,* Alexander Frh. v. Bach, phil. Diss., Wien 1947.

Wien, Historisches Museum der Stadt Wien, Inv.-Nr. 1578 P. U.

## 15.1.24 Gesetz vom 19. Mai 1868

RGBl. Nr. 44 über die Einrichtung der politischen Verwaltungsbehörden

Photokopie

In Ausführung des in Artikel 14 des Staatsgrundgesetzes vom 21. Dezember 1867, RGBl. Nr. 144, über die richterliche Gewalt enthaltenen Grundsatzes, die *Rechtspflege von der Verwaltung in allen Instanzen* [zu] *trennen,* wurden die gemischten Bezirksämter aufgehoben. An ihre Stelle traten einerseits Bezirksgerichte, deren territorialer Amtsbezirk sich in der Regel mit je einem der früheren Bezirke deckte, während zwei oder mehrere dieser Bezirke zu neuen politischen Amtsbezirken zusammengelegt wurden, als deren Behörde nun eine „Bezirkshauptmannschaft" fungierte. Seitdem bilden die Bezirkshauptmannschaften bis heute das Rückgrat der politischen Verwaltung. Der Wirkungskreis der Bezirkshauptmannschaften war beträchtlich. Er erstreckte sich generell auf alle Angelegenheiten, die nicht ausdrücklich einem anderen landesfürstlichen (= staatlichen) oder autonomen Organ übertragen waren. Anders als auf Landesebene stand jedoch (und steht bis heute) gerade der Bezirkshauptmannschaft kein autonomes Organ, kein „Bezirksparlament" gegenüber (Bezirksvertretungen, selbst im Sylvesterpatent noch vorgesehen, gab es letztendlich nur in wenigen Kronländern).

Lit.: RGBl. Nr. 44/1868, Abdruck in: Die österreichischen Verfassungsgesetze mit Erläuterungen, hg. v. *Edmund Bernatzik,* Wien[2] 1911, S. 469ff. – Hundert Jahre Bezirkshauptmannschaften, hg. v. *Johannes Gründler,* Wien 1970.

P. U.

## 15.1.25 Karl Giskra

Karikatur
Photokopie

Die Karikatur zeigt Innenminister Giskra, die neuen Statthalter, Statthaltereiräte und Bezirksvorsteher vergeblich durchs feinste Sieb schüttelnd.
Karl Giskra (1820–1879), Jurist, trat politisch erstmals 1848 als Wortführer der Sturmpetition auf, war Abgeordneter in Frankfurt, ab 1861 Mitglied des mährischen Landtags und als solcher in den Reichsrat entsandt. In den sechziger Jahren war Giskra Bürgermeister von Brünn; so auch während der preußischen Besetzung nach der Schlacht von Königgrätz 1866. 1867 Präsident des Abgeordnetenhauses, wurde er im „Bürgerministerium" des Fürsten Carlos Auersperg Minister des Innern und führte sein Amt im Sinne seiner liberalen Überzeugungen.

Lit.: ÖBL I, S. 446f. – *Hartmeyer, H.*, Die führenden Abgeordneten des Liberalismus in Österreich 1861–1879, phil. Diss., Wien 1949.

Wien, Österreichische Nationalbibliothek, Bildarchiv, Inv.-Nr. Pf 2.270:E(4)R P. U.

## 15.1.26 Die territoriale Verwaltungsgliederung Niederösterreichs

Graphik, Entwurf: W. B. nach Georg Conditt, Ausführung: I. Grillmayer u. S. Proidl

Eine der einschneidendsten Folgen der Revolution von 1848 bestand in der „Verstaatlichung" der Hoheitsverwaltung und der Gerichtsbarkeit, die bisher in hohem Maße auch von den Grundherrschaften besorgt worden waren. Diese Funktionen sollten von nun an ausschließlich durch staatliche Behörden besorgt werden. Vor allem hatten die allein staatlichen Verwaltungsorgane die staatliche Willensbildung prompt und unmittelbar umzusetzen, die Staatsgewalt des Volkes nach konstitutionell-liberaler Vorstellung (1848–1851, ab 1867), die des Monarchen nach absolutistisch-konservativer Konzeption (1852–1867), und zwar auf mehreren Verwaltungsebenen. Als solche waren ab 1849 vorgesehen: das Land (Statthalter), der Kreis (Kreisamt) und der Bezirk (Bezirkshauptmann) neben der autonomen Ortsgemeinde. Aufgrund der neoabsolutistisch-neoständischen Verfassungsgrundsätze von 1851/52 wurde dieses System durch die Schaffung mehrerer kleiner Bezirke (Bezirksamt statt Bezirkshauptmann) verändert und den Ortsgemeinden ihre Autonomie genommen. Das Bezirksamt hatte teilweise auch die Funktionen der Bezirksgerichte zu besorgen. Die Kreisbehörde erwies sich in zunehmendem Maße als überflüssig und wurde ab 1859 aufgehoben. – Nach der konstitutionellen Verfassung 1867 stellte man das System von 1849 (ohne Kreisamt) wieder her, zumal 1862 die Ortsgemeinden autonome Befugnisse erhalten hatten. Das Land (Statthalter) gliederte sich nunmehr wieder in mehrere größere Bezirke (Bezirkshauptmann). Ihm gleichgestellt wurden die „Städte mit eigenem Statut" (Statutarstädte), deren Behörden auch die Funktionen des Bezirks ausübten. Damit war im wesentlichen die heutige Verwaltungsstruktur im Lande erreicht, der Bezirkshauptmann jedoch Organ des Gesamtstaates und nicht (wie heute) des Landes.

Lit.: *Brauneder, Wilhelm*, Österreichische Verfassungsgeschichte, Wien[3], 1983, S. 12, S. 127, S. 130f., S. 146, S. 150f., S. 173f., S. 178. – *Stubenrauch, Moritz*, Tabellarische Darstellung des Organismus der österreichischen Staatsverwaltung, 1855, Tabelle k. k. Ministerium des Innern. – *Conditt, Georg*, Die Entwicklung der territorialen Gliederung des Landes Niederösterreich, in: Raumordnung aktuell 1982/4, 3ff. und Beilagen. – *Klabouch, Jiří*, Die Lokalverwaltung in Cisleithanien, in: Die Habsburgermonarchie II, S. 270–305.

W. B.

## 15.1.27 Kundmachung über Concurs-Eröffnung zur Besetzung der Dienststellen der politischen Verwaltung in Niederösterreich, Wien 21. September 1849

Photokopie

Der im Gefolge der Märzverfassung (und des Endes der Patrimonialverwaltung) notwendig gewordene Neubau der staatlichen Verwaltungsorganisation machte die Einstellung zahlreichen neuen Personals in den Staatsdienst erforderlich. Die Posten für die Statthalterei und die 17 Bezirkshauptmannschaften wurden öffentlich ausgeschrieben. Wie das beiliegende Gehaltsschema zeigt, waren die Gehälter vor allem in den unteren Rängen eher knapp bemessen. Zwar wurde den einzelnen Ämtern nur wenig Personal zugeteilt, doch bedeutete die große Zahl der insgesamt neu Aufzunehmenden gegenüber dem Vormärz eine arge Belastung für den Staatsschatz.

Lit.: *Conditt, Georg*, Die Entwicklung der territorialen Gliederung des Landes Niederösterreichs, in: Raumordnung aktuell. Vierteljahresschrift f. Raumplanung, Raumforschung und Umweltschutz des Landes Niederösterreich 1982/4, S. 3–12.

Wien, Österreichische Nationalbibliothek, Flugschriftensammlung 1849/9 P. U.

15.1.28 **Verordnung der Ministerien des Innern, der Justiz und der Finanzen vom 25. November 1853**

RGBl. Nr. 249/1853 betreffend die politische und gerichtliche Organisierung in Niederösterreich

Photokopie

Nach Erlaß der Verordnung vom 19. Jänner 1853, RGBl. Nr. 10/1853, wurden für jedes Kronland sog. Organisierungslandeskommissionen geschaffen, die, gemeinsam mit den Statthaltern, nach den von Innenminister Bach niedergelegten Prinzipien die Reorganisation der Verwaltung im einzelnen erarbeiteten, wobei auch auf die lokalen Bedürfnisse eingegangen wurde. Die vorliegende Durchführungsverordnung bildete die konkrete Grundlage für den Behördenaufbau in Niederösterreich bis zum Ende der sechziger Jahre, als die Trennung von Verwaltung und Justiz auch auf der untersten Ebene erfolgte. Anstelle der 17 Bezirkshauptmannschaften der Jahre 1850–1853 traten ab 1854 66 „gemischte" und 4 „reine" Bezirksämter (in St. Pölten, Wr. Neustadt, Korneuburg und Krems). Das Netz der Verwaltungsbehörden ist viel dichter gezogen, auch eignen sich die kleinen Sprengel viel besser für den von Bach bevorzugten „Landeszentralismus" als die größeren Einheiten.

Lit.: *Stundner, Franz,* Zwanzig Jahre Verwaltungsaufbau – Die Entstehung der Bezirkshauptmannschaften (1848–1868), in: 100 Jahre Bezirkshauptmannschaften in Österreich, hg. v. *Johannes Gründler,* Wien 1970.

P. U.

15.1.29 **Wappenschild des k. k. Linienverzehrssteueramtes**

Geschn. Blech, bemalt, 2. Hälfte des 19. Jahrhunderts

H. = 81 cm, B. = 60 cm

Die Verzehrungssteuerlinie war greifbarer Ausdruck der Trennung von Stadt und Land, da innerhalb des Steuerrayons für Güter des täglichen Bedarfs andere Steuersätze (in der Regel höhere) Anwendung fanden als außerhalb. Die „Linie", an der die Steuern eingehoben wurden, war nicht nur Symbol der Staatsmacht und als solches ein potentieller Konfliktherd, sie war auch ein Ort der Kommunikation, des politischen Erfahrungsaustausches.

Lit.: *Saurer, Edith,* Materielle Kultur und sozialer Protest in der Lombardei, Venetien, Niederösterreich und Böhmen zwischen Vormärz und Neoabsolutismus, geisteswiss. Habil.-Schrift, Wien 1984.

Praha, Muzeum hlavního města Prahy, Inv.-Nr. 31.1 J. Pa./P. U.

15.1.30 **Verordnung der Minister des Innern, der Justiz und der Finanzen vom 19. Jänner 1853**

RGBl. Nr. 9/1853, über die Einrichtung und Amtswirksamkeit der politischen und Gerichtsbehörden für das Königreich Ungarn

Photokopie

In Ungarn wurde nach 1849 eine Militärverwaltung aufgestellt, die erst allmählich von einer Zivilverwaltung abgelöst wurde. Beiden war gemeinsam, daß sie die Einbindung Ungarns in den österreichischen Einheitsstaat forcierten. Die in nationaler Hinsicht äußerst heterogenen Komitate Südungarns wurden abgetrennt und unter der Bezeichnung „Serbische Woiwodschaft und Temeser Banat" zu einem „eigenen Verwaltungsgebiet" gemacht. Ungarn wurde in 5 Distrikte geteilt, allerdings behielt man die Funktion des Statthalters bei, so blieb wenigstens teilweise die Einheit des Landes gewahrt. Im übrigen unterschied sich die Organisation der Verwaltung nicht von der in den anderen Teilen des Reiches. Die nach Ungarn entsandten Beamten waren unter der Bezeichnung „Bachhusaren" bekannt (vgl. Kat.-Nr. 12.11), obwohl Bach selbst an der Ausarbeitung der Verwaltungsorganisation wenig Anteil genommen hatte.

Lit.: *Sashegyi, Oskar,* Ungarns politische Verwaltung in der Ära Bach 1849–1860 (= Zur Kunde Südosteuropas II/7), Graz 1979.

P. U.

15.1.31 **Kundmachung über die Einführung des Reichsgesetzblattes in Siebenbürgen**

Nr. 888/M.C.G. 1850
Hermannstadt; 1. Jänner 1850
Druck auf Papier; H. = 59 cm, B. = 45 cm; dreisprachig: deutsch, ungarisch, rumänisch

Die 1848 zustandegekommene „Fusion" Siebenbürgens mit Ungarn wurde von der Wiener Regierung wieder rückgängig gemacht. Im Rahmen des großösterreichischen Reichsgedankens behielt das Großfürstentum Siebenbürgen ebenso seine von Ungarn unabhängige Stellung wie Kroatien-Slawonien. Bis 1848 beherrschten die drei „Nationen" der Magyaren, Székler und Sachsen und ihre

Kirchen (römisch-katholisch, unitarisch, calvinisch und lutherisch) das politische Leben; die Rumänen und deren Kirchen (orthodox bzw. uniert) befanden sich in einer untergeordneten Position. Demgegenüber postulierte die oktroyierte Märzverfassung für Siebenbürgen den Grundsatz „der Gleichberechtigung aller das Land bewohnenden Nationalitäten". In der Folge gewährte die Wiener Regierung den Rumänen kulturelle Entwicklungsmöglichkeiten (vgl. Kat.-Nr. 15.2.24).

Lit.: *Hitchins, Keith,* Orthodoxy and Nationality. Andreiu Şaguna and the Rumanians of Transylvania 1846–1873, Cambridge, Mass. 1977.

Budapest, Országos Széchényi Könyvtár, Flugschriften 1850 P. U.

**15.1.32 Stempelmatrizen**

1850er Jahre
a. H. = 70 mm, B. = 60 mm (oval)
b. H. = 45 mm, B. = 55 mm (oval)

Die Stempelmatrizen – eine stammt von der Polizeidirektion für Pest, Ofen und Altofen – zeigen nur gesamtstaatliche Embleme. Sie bieten in der Regel keinen Hinweis auf die Herkunft und hätten in dieser Art auch für andere Behörden im Kaisertum Österreich Verwendung finden können.

Budapest, Kiscelli Múzeum, Inv.-Nr. 82.433 bzw 82.435 P. U.

**15.1.33 Merkwürdiges Mißverständnis beim Abgeordnetenhaus**

Karikatur; 1864
Photokopie nach Zeitungsholzschnitt

Die Karikatur nimmt Bezug auf die Weigerung der Ungarn, den durch das Februarpatent geschaffenen „weiteren Reichsrat" zu beschicken, da sie, in Anlehnung an die Aprilgesetze des Jahres 1848, alle gesamtstaatlichen Einrichtungen ablehnten und ungarische Angelegenheiten ausschließlich vor einem ungarischen Parlament verhandelt wissen wollten (vgl. auch Kat.-Nr. 15.3.4).

Lit.: Die Protokolle des österreichischen Ministerrates 1848–1867, V. Abteilung: Die Ministerien Erzherzog Rainer und Mensdorff, bisher 2 Bände, hg. v. *Horst Brettner-Messler* und *Stefan Malfèr,* Wien 1977 und 1981.

Kikeriki 4 (1864), Nr. 47 v. 24. November 1864, S. 4 P. U.

**15.1.34 Auf dem Jahrmarkt**

Karikatur; 1861
Photokopie nach Zeitungsdruck

Bach und Schmerling als Wanderhändler preisen ihre Waren an: von Bach, dessen Mantel (= Staatswesen) am Kragen die Aufschrift „Absolutismus" trägt, wendet sich die Kundschaft mit Schrecken ab; Schmerlings Mantel ist dergleiche wie der, den Bach anbot, nur mit einem etwas anderen Kragen („Konstitutionalismus") verbrämt. Tatsächlich beharrte Schmerling weiterhin auf der Reichszentralisation, auf dem einheitsstaatlich-zentralistischen Staatsmodell gekoppelt mit relativ bescheidenen Elementen des Konstitutionalismus. Verwaltung, Gerichtsbarkeit und Gesetzgebung bleiben ungeteilt beim Gesamtstaat, wobei sich der Monarch bloß in einem Teil der Gesetzgebung an die Mitwirkung der Landtage bzw. des Reichsrates bindet.

Lit.: *Somogyi, Éva,* Vom Zentralismus zum Dualismus. Der Weg der deutschösterreichischen Liberalen zum Ausgleich von 1867 (= Veröffentlichungen des Instituts für Europäische Geschichte Mainz, Beiheft 13), Wiesbaden 1983.

Boland Miska, November 1861 P. U.

**15.1.35 Schmerling baut den Turm zu Babel**

Karikatur; 1863
Photokopie nach Zeitungsholzschnitt

Inschriften auf dem Bild: Deutscher (ganz oben mit der Maurerkelle), Italiener, bzw. Welscher (links oben rauchend), Kroate (sitzend in der linken Nische mit einer Pfeife), Tscheche, bzw. Böhme (ein Loch in der Nische rechts verbauend), Pole (als Steinmetz über einen Baustein nachdenkend), Magyar bzw. Ungar (schlafend auf dem Bauch liegend);

Staatsminister Schmerling hält in der Hand ein Papier mit der Inschrift: Grundriß. In Wien, den 26. Februar; auf dem Fundament eine nicht beendete Inschrift: Zentrali . . . (-smus? -sation?). Untertext: Der Baumeister: *Verfluchte Sorgen mit dem Bau! Wenn ich alle so fleißigen Arbeiter wie denjenigen oben hätte, würde es vielleicht anders gehen? Und warum geht die Arbeit nicht allen gleich von der Hand? Warum einige Hartköpfe mit Unlust dabei stehen, andere dann völlig faulenzen? Vielleicht daß ich ihnen allen nicht den Lohn geben will, den sie wünschen? Hmm, ich weiß nicht, aber es scheint mir, als ob sie einen*

*Babelturm bauen würden, während ich ein unsterbliches Werk auszuführen beabsichtigte. Auf dem Papier ist allerdings alles in Ordnung, aber in Wirklichkeit . . . hmm, und wer ist die Ursache?*

Humoristické listy Jg. 5, Nr. 17 vom 24. 1. 1863, S. 137 J. Ko.

**15.1.36 Wie zwei gerne möchten und doch nicht zusammenkommen**

Karikatur; 1862
Photokopie nach Zeitungsholzschnitt

Österreich (personifiziert durch Schmerling) und Ungarn sitzen auf zwei Schaukelpferden; das österreichische trägt die Jahreszahl 1861, das ungarische 1848. Die Karikatur verdeutlicht die prinzipielle Unvereinbarkeit der beiden Standpunkte in staatsrechtlicher Hinsicht: die Aprilgesetze von 1848 brachten Ungarn ein hohes Maß an Selbständigkeit (sowie eine konstitutionelle Regierungsform), das Februarpatent von 1861 bedeutete die Unterordnung Ungarns unter die Gesamtstaatsidee.

Kikeriki 2 (1862), Nr. 17 vom 24. April 1862, S. 1
P. U.

**15.1.37 Memorandum Franz Josephs und Grundgesetz über die kroatisch-slawonische und banatisch-serbische Militärgrenze vom 7. Mai 1850.**

RGBl. Nr. 243/1850
Photokopie

Ursprünglich als Abwehrmaßnahme gegen die Expansion der Türken geschaffen, bildete die Militärgrenze, die sich 1848 von der Adria bis zu den Karpaten erstreckte, ein Territorium sui generis. Das Gebiet war von einer, in nationaler und konfessioneller Hinsicht überaus stark gemischten Bevölkerung bewohnt, Soldaten, die neben ihrer militärischen Verwendung an den Boden gebundene Bauern waren. Das Rückgrat der sozialen Verhältnisse im Gebiet der Militärgrenze war die Hauskommunion (zadruga). Das gesamte Leben war nach militärischen Grundsätzen ausgerichtet, in verwaltungsmäßiger Hinsicht unterstand die Militärgrenze direkt den militärischen Zentralbehörden in Wien. 1851 wurde die Siebenbürgische Grenze aufgelassen. Nicht so die kroatisch-slawonische und die banatisch-serbische Militärgrenze. Im Grundgesetz vom 7. Mai dokumentierten Franz Joseph und die hohen Militärs ihre Entschlossenheit, am Institut der Militärgrenze und ihrer überkommenen Struktur festzuhalten. Die Grenzer waren trotz einiger Konzessionen enttäuscht, weil das Grundgesetz den militärischen Charakter der Verwaltung und damit die Einschränkung der persönlichen Freiheit nicht aufgehoben hatte und weil es wenig Möglichkeiten für eine gesunde wirtschaftliche Entwicklung bot. Auch der militärische Wert der Grenzer wurde in Zweifel gezogen. Waren seit 1848 kroatische und serbische Politiker aus nationalpolitischen Gründen für die Aufhebung der Militärgrenze und ihre Vereinigung mit Kroatien-Slawonien eingetreten, waren es seit 1867 die Ungarn, die in der Grenze ein Relikt des gesamtstaatlichen Machtapparates erblickten und deshalb die Auflösung forderten.

Kat.-Nr. 15.1.38

1871 wurde diese in die Wege geleitet, 1881 abgeschlossen.

Lit.: *Rothenberg, Gunther E.*, Die österreichische Militärgrenze in Kroatien 1522–1881, Wien 1970. – Die k. k. Militärgrenze. Beiträge zu ihrer Geschichte (= Schriften des Heeresgeschichtlichen Museums in Wien 6, Wien 1973). – *Valentić, Mirko,* Vojna Krajina i pitanje njezina sjedinjenja s Hrvatskom 1849–1881, Zagreb 1981.

Zagreb, Muzej grada Zagreba, Arhivalije, Inv.-Nr. A-772-2 A. Sz./P. U.

15.1.38 **Schild des Gasthauses „Zu den 3 Grenzern"**

Slawonien, um 1860 Abb.
Öl auf Holz; H. = 51 cm, B. = 177 cm

Das Schild stellt ein seltenes Beispiel der Volksmalerei der zweiten Hälfte des 19. Jahrhunderts in Kroatien dar. Die Darstellung spiegelt die Unsicherheit des Lebens in diesen Grenzgebieten eindeutig wider.

Lit.: *Schneider, Marijana,* Narodne nošnje u slikarstvu i grafici XIX stoljeća, Zagreb 1971.

Zagreb, Povijesni muzej Hrvatske, Inv.-Nr. PMH 8827 M. B. P.

15.1.39 **Seresaner Gewand**

Gebiet der Militärgrenze; Mitte 19. Jahrhundert

Die Seresaner (vom altfranzösischen „sergent") sind Mitglieder von Elitetruppen an der Militärgrenze, tragen die Volkstracht, sind mit einem Gewehr, zwei Pistolen und einem Jatagan (türkischer Dolch) bewaffnet. Die Kleidung besteht aus folgenden Elementen:

a. Mantel mit Kragen und Kapuze. Aus rotem Tuch, mit dunkelblauer Borte umrandet. Unter dem Hals geknöpft.

b. Ärmellose Jacke aus blauem Tuch, gefüttert mit blauem Flanell mit Pflanzmuster. Mit runden Metallknöpfen (7 Stück). Zwei Taschen.

c. Sackartige Kappe mit roter Quaste. Angefertigt aus rotem Tuch, mit verschiedenfarbigen Baumwoll-, Gold- und Silberfäden sowie mit runden Messingplättchen reich geschmückt.

d. Gamaschen. Aus grober Wolle hergestellt, das Oberteil ist mit verschiedenfarbigen Baumwoll-, Gold- und Silberfäden, sowie mit runden Silberplättchen reich geschmückt. Der Rand ist aus grünem Tuch gearbeitet.

e. Kniestrümpfe. Hergestellt aus rotem Tuch, mit roter Borte am Rand. Die Kniestrümpfe werden mit Messingschnallen befestigt.

f. Hose. Aus weißem Tuch, das obere Teil ist vorne und am Rand mit roter Borte geschmückt.

Lit.: *Nikolić, D.*, Odevanje graničara Vojne Krajine u XVIII i XIX stoleću, Beograd 1978.

Zagreb, Povijesni muzej Hrvatske, Inv.-Nr. PMH 1217 (a), 2285 (b–e) und 8246 (f) B. P.

15.1.40 **Männer Opanken**

Mitte 19. Jahrhundert
Leder; L. = 29 cm, B. = 18 cm

Gebräuchliche Fußbekleidung der Militärgrenzer. Der Oberteil aus dünnen Lederfäden geflochten.

Zagreb, Etnografski muzej, Inv.-Nr. 15.540 B. P.

15.1.41 **Männer-Bauernhemd**

Mitte 19. Jahrhundert
Weißes handgewebtes Leinen; H. = 88 cm, B. = 59 cm

Zagreb, Etnografski muzej, Inv.-Nr. 20.994 B. P.

15.1.42 **Aktentasche eines Grenzers**

Militärgrenze; Mitte 19. Jahrhundert
Leder und Messing; H. = 14 cm, B. = 18 cm

Aus dickem Leder angefertigt, mit Messingblech beschlagen, mit applizierten und ziselierten geometrischen Motiven geschmückt. Der Riemen ist mit kleinen Messingnieten geschmückt. Die Tasche hat zwei Fächer.

Zagreb, Povijesni muzej Hrvatske, Inv.-Nr. PMH 2207 B. P.

15.1.43 **Perkussionsgewehr**

Bosnien (?); Mitte 19. Jahrhundert
Eisen, Messing, Holz; Ges. L. = 160 cm, L. des Laufes = 122,5 cm, Dm. = 16 mm

Vorderlader, Lauf rückwärts achtkantig, an der Mündung abgerundet, mit silbertauschierter Ornamentik verziert. Mechanismus auf das Perkussionssystem umgebaut. Abzug mit Abzugsbügel aus Messing. Kolben aus Holz, vom Militärtypus, beschlagen, auf der linken Seite die Schaftbacke, reich verziert mit dekorativ geschnittenem Messingblech, Perlmutter und rotem Siegelwachs. Kurzer Holzschaft mit Ladestock. Am Gewehr befestigter Tragriemen aus Leder.

Zagreb, Povijesni muzej Hrvatske, Inv.-Nr. PMH 11.661 M. Š.

**15.1.44 Zwei Steinschloßpistolen**

Bosnien (?); 19. Jahrhundert
Eisen, Messing, Holz; Ges. L. = 48,5 cm, L. des Laufes = 29,5 cm, Dm. = 17 mm

Vorderlader, Lauf rückwärts achtkantig, an der Mündung abgerundet, ornamentiert. Steinschloßmechanismus vom westeuropäischen Typus. Dekorativer Abzug mit Abzugsbügel aus Messing. Kolben aus Holz. Knauf oval mit ornamentiertem Messingbeschlag. Am Rücken kleine Messingkartusche. Holzschaft und Lauf mit zwei dekorativen Schaftbändern verbunden. Im Holzschaft fingierter Ladestock.

Zagreb, Povijesni muzej Hrvatske, Inv.-Nr. PMH 2350/1 und 2 M. Š.

**15.1.45 Waffengürtel**

Bosnien oder Herzegowina; 19. Jahrhundert
Leder, Bleinägel; H. = 33 cm, B. = 42,5 cm

Aus rot- und braungefärbtem Leder, dreigefächert, mit Applikationen von Bleinägeln reich verziert. Der Tragriemen erhalten. Zubehör: zwei Patronentaschen.

Zagreb, Povijesni muzej Hrvatske, Inv.-Nr. PMH 2211 M. Š.

**15.1.46 Zwei Patronentaschen**

Bosnien oder Herzegowina; 19. Jahrhundert
Leder, Bleinägel; H. = 9 cm, B. = 8 cm, T. = 4 cm

Viereckige Schachtelform mit Klappdeckel. Reiche Bleinägelverzierung.

Zagreb, Povijesni muzej Hrvatske, Inv.-Nr. PMH 2210/1 und 2 M. Š.

**15.1.47 Jatagan**

Bosnien (?); 19. Jahrhundert
Bein, Eisen; Ges. L. = 70 cm, L. der Klinge = 56 cm

Griff aus gelbem Bein mit „Ohren". Die Verzierung besteht aus Filigran-, Korallen- und dunkelrotem Glasaugenschmuck. Klinge aus Eisen, einschneidig, geschwungen mit schmalen Rillen längs des Rückens. Scheide fehlt.

Lit.: *Šercer, Marija,* Jatagani u Povijesnom muzeju Hrvatske, Zagreb 1975, Kat.-Nr. 133.

Zagreb, Povijesni muzej Hrvatske, Inv.-Nr. PMH 3079 M. Š.

**15.1.48 Tschako für Infanterie-Korporal**

Österreich; 1836–1850
Schwarzer Filz, schwarzes Leder, Messing, gelber Plüsch; H. = 16 cm, Dm. = 17,5 cm

An der Vorderseite ein kurzer Schirm aus schwarzem Leder, oben und unten lederne Einfassung mit rückwärtiger Schnalle und Trageriemen, um den oberen Rand eine gelbe, mit zwei schmalen schwarzen Seitenstreifen geteilte Distinktionsborte, vorne eine Messingrosette, darüber eine gelbe Plüschkokarde mit schwarzem Mittelfeld.

Zagreb, Povijesni muzej Hrvatske, Inv.-Nr. PMH 1392 B. P.

**15.1.49 Siegelstempel des k. k. kroatisch-slawonischen Militärgrenzlandeskommando Seresaner Corps**

Mitte 19. Jahrhundert
Messing, Holz; H. = 10,5 cm, B. = 3,6 × 2,3 cm

Ovale Siegelplatte. In der Mitte des Siegelfeldes unter einem kaiserlichen Doppeladler die Inschrift: SERESANER CORPS. Umschrift: K. K. KROAT./isch/SLAV./onisches / MILITÄR-GRENZ LANDES COMMANDO. Schwarzer Holzgriff.

Lit.: *Brajković, Vlasta,* Pečatnjaci, Zagreb 1980, Kat.-Nr. 60.

Zagreb, Povijesni muzej Hrvatske, Inv.-Nr. PMH 2938 V. B.

**15.1.50 Siegelstempel königliche kroatische Grenz-Kriegs-Cassa**

Mitte 19. Jahrhundert
Eisen; H. = 9,5 cm, B. = 3,4 × 3,1 cm

Ovale Stempelplatte mit Wappen des Königreichs Kroatien: gewürfelter Schild; Schildhalter: zwei Greife eine Krone über den Schild haltend; Umschrift: KÖNIGLICH./e/ KROAT./ische / GRAENZ KR./iegs / CASSA. Achteckiger Eisengriff.

Lit.: *Brajković, Vlasta,* Pečatnjaci, Zagreb 1980, Kat.-Nr. 65.

Zagreb, Povijesni muzej Hrvatske, Inv.-Nr. PMH 2941 V. B.

### 15.1.51 Fahne des Broder Regiments

(im Stiegenhaus ausgestellt)

F. Wojtech; Wien 1858
Weißes Seidengewebe, Stickarbeit, mehrfarbige Seiden und Goldfäden; L. = 160 cm, B. = 128 cm; Schaft L. = 355 cm

Rechteckiges Fahnenblatt. Die Vorderseite zeigt eine Darstellung des kaiserlichen Doppeladlers mit dem Wappen der österreichischen Kronländer, die Rückseite die Muttergottes auf Halbmond eine Schlange tretend. Der Saum der Fahne besteht aus gelben, schwarzen und roten Dreiecken.

Zagreb, Povijesni muzej Hrvatske, Inv.-Nr. PMH 2276 J. M.

### 15.1.52 Kaiserliches Patent vom 29. November 1852

RGBl. Nr. 246, wirksam für die Königreiche Ungarn, Croatien und Slavonien, die Woiwodschaft Serbien und das Temeser Banat, wodurch für diese Kronländer das allgemeine bürgerliche Gesetzbuch vom 1. Juni 1811 . . . eingeführt und . . . in Wirksamkeit gesetzt wird.

Photokopie

Neben der Verwaltung war es vor allem der Bereich der Justiz, in dem sich das gesamtstaatliche Denken besonders auswirkte. Partikuläre Rechtsnormen wurden im Neoabsolutismus außer Kraft gesetzt; die Regelung neuer Materien galt von Anfang an für den ganzen Umfang des Reiches, wenn sie auch manchmal für bestimmte Gebiete gesondert verlautbart wurden. Die Schaffung eines einheitlichen Rechtsraumes wirkte auch nach dem Ende der neoabsolutistischen Ära weiter. Zum einen blieben in Siebenbürgen, Kroatien-Slawonien und der Militärgrenze manche der österreichischen Rechtsnormen nach 1861 weiterbestehen, zum andern wurden in einigen Fällen selbst dort, wo die österreichischen Gesetze und Verordnungen formell aufgehoben wurden, die Materien im Sinne des österreichischen Vorbildes geregelt. Dennoch gab es natürlich auch Fälle, wo die ungarischen Gesetzgeber später durchaus eigenständige Lösungen entwickelten.

Lit.: *Sarlós, Béla,* Das Rechtswesen in Ungarn; *Ogris, Werner,* Die Rechtsentwicklung in Cisleithanien 1848–1918, in: Die Habsburgermonarchie II, S. 499–537 bzw. S. 538–662.

P. U.

### 15.1.53 Kaiserliches Patent vom 29. Mai 1853

RGBl. Nr. 99, wirksam für das Großfürstentum Siebenbürgen, wodurch für dieses Kronland, das allgemeine bürgerliche Gesetzbuch vom 1. Juni 1811 . . . eingeführt und . . . in Wirksamkeit gesetzt wird.

Photokopie

Das ABGB war eines jener Gesetze, die in Siebenbürgen auch nach dem Ausgleich in Geltung blieben. In Cisleithanien erfolgte eine größere Novelle erst in den Jahren des Ersten Weltkrieges. Die Erklärung für die lange Lebenskraft dieses Gesetzes liegt einerseits darin, daß es bei seiner Entstehung seiner Zeit weit voraus war und daher der liberal-individualistischen Ära nach 1848 im Grunde besser entsprach als der vorhergegangenen Epoche. Andererseits wurden gerade jene Materien des Privatrechts, die in der 2. Hälfte des 19. Jahrhunderts in Bewegung gerieten, durch Patente, Ordnungen, Gesetze und dgl. geregelt, die außerhalb des ABGB standen (Agrarverfassung, Gewerbeordnung, Arbeits- und Sozialrecht).

Lit.: *Ogris, Werner,* Die Rechtsentwicklung in Cisleithanien 1848–1918, in: Die Habsburgermonarchie II, S. 589ff.

P. U.

### 15.1.54 Kaiserliches Patent vom 27. Mai 1852

RGBl. Nr. 117, wodurch eine ergänzte Ausgabe des Strafgesetzbuches . . . vom 3. September 1803 . . . als alleiniges Strafgesetz über Verbrechen, Vergehen und Übertretungen für den ganzen Umfang des Reiches, mit Ausnahme der Militärgrenze, kundgemacht und . . . in Wirksamkeit gesetzt wird.

Photokopie

Die von Anton Hye durchgeführte Durchforstung und Revision des alten Strafgesetzes brachte keine wesentlichen Änderungen des materiellen Inhalts. Allerdings wurde die bereits abgeschaffte Prügelstrafe wieder gestattet, jedoch nur für „arbeitende und dienende" Personen. In Cisleithanien erfolgte die endgültige Beseitigung der körperlichen Züchtigung 1867, in Ungarn 1871. Das Strafgesetzbuch wurde schon seit den fünfziger Jahren als nicht mehr zeitgemäß empfunden. Bereits damals setzten Bemühungen um eine Strafrechtsreform ein; Ergebnisse zeitigten diese Bemühungen in Cisleithanien bis zum Ende des Weltkrieges (und darüber hinaus) keine. In Ungarn hob 1861 die sog. „Judexcurialconferenz" das österreichische Strafgesetzbuch wieder auf, eine Neukodifikation trat allerdings erst 1880 in Kraft.

Lit.: *Ogris, Werner,* Die Rechtsentwicklung in Cisleithanien 1848–1918, in: Die Habsburgermonarchie II, S. 565.

P. U.

## 15.1.55 Kaiserliches Patent vom 29. Juli 1853

RGBl. Nr. 151, womit für den ganzen Umfang des Reiches, mit Ausnahme der Militärgrenze, eine neue Strafproceß-Ordnung erlassen . . . wird.

Photokopie

Anders als etwa das Strafrecht spiegelt die Strafprozeßordnung unmittelbar die jeweilige allgemeinpolitische Situation wider. Die Einführung von Geschworenengerichten (in Presseangelegenheiten) zählt zu den frühesten Errungenschaften der konstitutionellen Bewegung des Jahres 1848. Im Jänner 1850 trat eine Strafprozeßordnung in Kraft, die dem konstitutionellen Geist der Märzverfassung 1849 verpflichtet war und die Grundsätze des modernen Strafverfahrens enthielt (Öffentlichkeit, Mündlichkeit, freie Beweiswürdigung). Nach Etablierung des Neoabsolutismus wurde diese Strafprozeßordnung (ebenso wie die Geschworenengerichte) zurückgenommen, die neu eingeführte griff auf das vormärzliche Verfahren zurück. Ungarn hob die Prozeßordnung des Jahres 1853 schon 1861 auf, eine neue einheitliche Strafprozeßordnung wurde jedoch erst 1896 verabschiedet (bis dahin galt in Siebenbürgen die alte österreichische noch weiterhin; in Ungarn gewohnheitsrechtliche Normen). In Cisleithanien kam es 1873 zu einer neuen Strafprozeßordnung: sie berücksichtigte die Grund- und Freiheitsrechte in entsprechender Weise und verwirklichte das Prinzip der Laienbeteiligung in Form der heute noch üblichen Schwurgerichte.

Lit.: *Ogris, Werner,* Die Rechtsentwicklung in Cisleithanien 1848–1918, in: Die Habsburgermonarchie II, S. 555ff.

P. U.

## 15.1.56 K. k. Triumphbogen, satirische Vignette

Karikatur; um 1855 ?
Photo nach Holzstich; H. = 28 cm, B. = 20,5 cm

Nach der Revolution von 1848 zeichnete sich die österreichische Strafjustiz durch besondere Härte aus. Mit aller Strenge ging man gegen Revolutionäre oder solche, die man dafür hielt, vor. Jahrelange Kerkerstrafen, Exilierungen (z. B. Karel Havlíček) und das „Abschaffen" in die Armee waren an der Tagesordnung. Erst allmählich machte diese harte Haltung einem verständigeren Vorgehen Platz, wenngleich die strafrechtliche Verfolgung politisch mißliebiger Personen nie ganz aufhörte.

Lit.: Erzherzog Johann von Österreich, Landesausstellung Stainz 1982, Kat.-Nr. 16/9, Abb. S. 466. – Die Protokolle des österreichischen Ministerrates 1848–1867 III: Das Ministerium Buol-Schauenstein, hg. v. *Waltraud Heindl,* bisher 3 Bde. (Wien 1975, 1979, 1983).

Wien, Österreichische Nationalbibliothek, Bildarchiv, Inv.-Nr. PCH 13.257 A (r) P. U.

## 15.1.57 Amnestie

Wien; 1857 (?)
Lithographie; H. = 27,3 cm, B. = 38,9 cm

Nach 1848 galt in vielen Teilen der Monarchie der Belagerungszustand, der erst 1853 bzw. 1854 aufgehoben wurde. Zur gleichen Zeit wurden viele der politisch motivierten Prozesse eingestellt, eine Reihe von bereits Verurteilten begnadigt. Auch in späteren Jahrzehnten wurde des öfteren auf das Instrument des Belagerungszustandes zurückgegriffen, sei es daß er über ein ganzes Land verhängt wurde (wie 1863/64 in Galizien wegen des polnischen Aufstandes), sei es über einzelne Städte (wie des öfteren über Prag wegen nationaler Unruhen).

Budapest, Magyar Nemzeti Múzeum, Történelmi Képcsarnoka, Inv.-Nr. T 7094 G. R./P. U.

**15.1.58 K. k. Gendarmerie 1850–1860**

Farbdruck; H. = 30 cm, B. = 21,5 cm

Mit der Aufhebung der Grundherrschaften ergab sich die Notwendigkeit, für die Einhaltung der öffentlichen Sicherheit in anderer Weise vorzusorgen. Mit Entschließung vom 8. Juni 1849 wurde eine für die gesamte Monarchie zuständige Landessicherheitswache (Gendarmerie) geschaffen. Man stützte sich dabei auf das Vorbild Lombardo-Venetiens, wo ein Gendarmerieregiment schon seit den napoleonischen Tagen existierte. Die Gendarmerie bildete einen Bestandteil der Armee. Ihr oblag die Aufrechterhaltung der öffentlichen Ordnung und Sicherheit, sie wurde aber auch zu politischen Zwecken, wie Überwachung und Niederhaltung aller politisch Verdächtigen und zu Spitzeldiensten verwendet. 1860 wurde die Kompetenz auf die eines Vollzugsorgans der für die Sicherheit zuständigen Zivilbehörden beschränkt. Aber erst 1876 wurde die Gendarmerie aus dem Verband des stehenden Heeres ausgegliedert, die Kompetenzen zwischen den militärischen (die oberste Leitung lag nach 1867 beim Landesverteidigungsministerium) und zivilen Dienststellen deutlich abgegrenzt. Der Ausgleich von 1867 hatte übrigens auch eine Teilung des bisher reichseinheitlich organisierten Gendarmeriekorps zur Folge: in beiden Reichshälften, aber auch in Kroatien-Slawonien gab es nun eigene Gendarmeriekorps, die in allen Bereichen getrennte Wege gingen.

Lit.: Die Gendarmerie in Österreich 1849–1974, hg. v. *Leopold Kepler* (Graz–Wien 1974).

Wien, Österreichische Nationalbibliothek, Bildarchiv, Inv.-Nr. 282.407 B/C P. U.

**15.1.59 Kundmachung über die Gendarmerie in Ungarn**

Druck auf Papier; H. = 43 cm, B. = 55 cm; dreisprachig

Die Gendarmerie wurde auch in Ungarn eingeführt. Hier stieß sie auf besondere Ablehnung, da eine derartige Institution zur Sicherung von Ruhe und Ordnung bisher unbekannt war (sieht man von den Panduren ab) und sie darüber hinaus als Exponent der Fremdherrschaft empfunden wurde. Nach dem Ausgleich aufgehoben, wurden sie nichtsdestoweniger 1881 wieder eingeführt.

Budapest, Kiscelli Múzeum, Flugschriftenabteilung, Schachtel 139, Inv.-Nr. 57.154.1 P. U.

**15.1.60 Gendarmen-Lied**

Stanislaus Schanzer; 1853
Druck auf Papier, farbige Randverzierung; H. = 39,5 cm, B. = 27,5 cm

Da die Popularität der Gendarmerie anfangs gering war, setzte man diverse Propagandamittel ein; das vorliegende Gedicht ist dieser Kategorie zuzurechnen.

Wien, Österreichische Nationalbibliothek, Flugschriftensammlung, Inv.-Nr. 1853/4 P. U.

**15.1.61 Allegorisches Blatt zur Aufhebung der Zollgrenze zwischen Österreich und Ungarn**

Vinzenz Katzler; 1850
Lithographie; H. = 66 cm, B. = 48 cm

Die oktroyierte Märzverfassung setzte fest: *Das ganze Reich ist ein Zoll- und Handelsgebiet . . . Wo Binnenzölle zwischen einzelnen Gebietsteilen des Reiches gegenwärtig bestehen, hat deren Aufhebung sobald als möglich zu geschehen.* In Ausführung dieser Bestimmung fiel am 1. Jänner 1850 die Zollgrenze nach Ungarn; Dalmatien und verschiedene kleinere Zollenklaven wurden dem einheitlichen Zollgebiet erst 1879 einverleibt. Die regionalen Entwicklungsunterschiede innerhalb des einheitlichen Wirtschaftsgebietes konnten in der Folge nicht ausgeglichen werden.

Lit.: *Komlos, John,* The Habsburg Monarchy as a customs union. Economic development in Austria-Hungary in the 19th century, Princeton 1983.

Wien, Historisches Museum der Stadt Wien, Inv.-Nr. 64.777 P. U.

**15.1.62 Carl Frh. v. Bruck**

Josef Kriehuber
Lithographie; H. = 63 cm, B. = 53 cm

Carl Ludwig Frh. v. Bruck (1798–1860), der als junger Mann nach Triest gekommen war, wurde dort zum Mitbegründer und ersten Direktor des österreichischen Lloyd, als welcher er sein organisatorisches Talent unter Beweis stellte. Von Triest aus, wo er die Bekanntschaft Franz Stadions gemacht hatte, wurde er 1848 als Abgeordneter in die Frankfurter Paulskirche entsandt, Schwarzenberg berief ihn 1848 in seine Regierung als Minister für Handel, Gewerbe und öffentliche Bauten. In dieser Funktion setzte er sich für alle Maßnahmen ein, die die Schaffung eines einheitlichen

Wirtschaftsraumes fördern konnten, besonderes Augenmerk legte er dabei auf den Ausbau der Verkehrs- und Kommunikationsmittel. Er bewährte sich auch als Organisator, da er die ihm unterstellten Behörden gewissermaßen aus dem Nichts schaffen mußte. Auch der Plan zur wirtschaftlichen Einigung Mitteleuropas (vgl. Kat.-Nr. 14.4.3) war sein Werk. 1851 von seinem Amt zurückgetreten, wurde er nach einem kurzen Zwischenspiel als Lloyddirektor als österreichischer Internuntius nach Istanbul entsandt; 1855 wurde er Finanzminister. Dabei galt seine Hauptsorge der Gesundung der Staatsfinanzen; der Krieg von 1859 machte all seine Anstrengungen zunichte. Auch in der Verfolgung seiner zoll- und handelspolitischen Pläne blieb ihm diesmal der Erfolg versagt. Nach dem Ende des Krieges gegen Frankreich und Piemont mit einer Unterschlagungsaffaire in Verbindung gebracht, wurde er vom Kaiser am 22. April 1860 in ungnädiger Form entlassen, worauf er die Nacht darauf Selbstmord beging.

Lit.: *Charmatz, Richard,* Minister Freiherr von Bruck, der Vorläufer Mitteleuropas, Leipzig 1916. – *Walter, Friedrich,* Beiträge zur Feststellung der politischen Haltung und zum Kampf um die Rehabilitierung des Finanzministers Karl Frh. v. Bruck, in: Mitteilungen des Instituts für österreichische Geschichtsforschung 71, 1963, s. 441–450. – ÖBL I, Wien 1957, S. 117.

Privatbesitz P. U.

**15.1.63 Provisorisches Gesetz für die Errichtung von Handelskammern**

Flugblatt; 1848
Druck auf Papier; 3 Blatt, H. = 36,5 cm, B. = 21 cm

Die Einrichtung der Handelskammern entsprach dem Wunsch des gewerblichen Mittelstandes nach einer echten Interessenvertretung, nach einem Bindeglied zwischen Wirtschaft und Verwaltung. Den Kammern wurde eine die Regierung in Wirtschaftsangelegenheiten beratende Funktion zuerkannt, sie entwickelten sich darüber hinaus zu einem bedeutenden Führungsinstrument der Wirtschaft, das, orientiert am gesamtstaatlichen Wirtschaftsraum, Wichtiges für den Ausgleich der zahlreichen divergierenden Sonderinteressen leistete. 1868 erhielten die Kammern das Begutachtungsrecht für Gesetzesentwürfe noch bevor diese im Parlament eingebracht wurden. Seit 1861 stellten die Kammern überdies auf Grund des Kurienwahlrechts aus ihrer Mitte Abgeordnete für die Landtage und den Reichsrat.

Lit.: *Geissler, Franz,* Die Entstehung und der Entwicklungsgang der Handelskammern in Österreich, in: Hundert Jahre Wirtschaftsentwicklung 1848–1948, hg. v. *Hans Mayer,* (Wien 1949), S. 21–108.

Linz, Archiv der Stadt Linz, Dokumentation, Mappe Geschichte Nr. 14 P. U.

**15.1.64 Kaiserliches Patent vom 20. Dezember 1859**

RGBl. Nr. 227 betreffend die Einführung der Gewerbeordnung

Photokopie

Neben der Durchführung der Grundentlastung (vgl. Kat.-Nr. 4.1.6ff.), die im Neoabsolutismus zügig begonnen wurde, zählte die in der Gewerbeordnung verankerte Einführung der – beschränkten – Gewerbefreiheit zu jenen Maßnahmen, die darauf abstellten, der Bevölkerung einen weitreichenden wirtschaftlichen Freiheitsraum zu gewähren, um sie so von der politischen Arena fernzuhalten. Gewerbefreiheit, freie Konkurrenz, freie Preisbildung, aber auch Vertragsfreiheit im Verhältnis Dienstgeber–Dienstnehmer (und damit kaum irgendwelche sozial- und arbeitsrechtlichen Schutzbestimmungen) kennzeichnen die Gewerbeordnung. Selbst ein Kompromiß verschiedener Anschauungen (die Ministerialbürokratie legte Entwürfe vor, die weit liberaler waren als die tatsächlich in Kraft getretene Ordnung), setzten sehr bald Reformbestrebungen ein, die allerdings erst in den achtziger Jahren konkrete Formen annahmen.

Lit.: *Matis, Herbert,* Österreichs Wirtschaft 1848–1918. Konjunkturelle Dynamik und gesellschaftlicher Wandel im Zeitalter Franz Josephs I., Berlin 1972.

P. U.

**15.1.65 Kaiserliches Patent vom 5. November 1855 womit das zwischen Papst Pius IX. und Kaiser Franz Joseph I. abgeschlossene Konkordat kundgemacht wird.**

Landes-Regierungsblatt für die Königreiche Kroatien und Slawonien XXXII. Stück

Druck auf Papier (17 Seiten), zweisprachig (deutsch, kroatisch), der Konkordatstext dreisprachig (lateinisch, deutsch, kroatisch); H. = 29,5 cm, B. = 22,5 cm

Mit dem Abschluß des Konkordates (vgl. Kat.-Nr. 20.2.1) verfolgte man staatlicherseits die Absicht, die römisch-katholische Kirche stärker in das Herrschaftsgefüge des Staates einzubinden und sie den Zwecken der Staatsführung dienstbar zu machen. Das Konkordat stand von Anfang an im Streite der Meinungen, es wurde sehr bald zu einem für die nachmalige Entwicklung entscheidenden Kristallisationspunkt politischer Ideologien. Kritik am Konkordat stand gewissermaßen stellvertretend für jene, die sich gegen das neoabsolutistische System als solches richtete. Das Kalkül des Staates, mittels des Konkordats die Einheit zu befördern, war fehlgeschlagen. Die 1870 erfolgte Aufhebung des Konkordats galt allerdings nicht in Kroatien, wo das Konkordat de jure bis zum Ende der Monarchie in Kraft blieb.

Lit.: *Leisching, Peter,* Die römisch-katholische Kirche in Cisleithanien; *Vitezić, Ivan,* Die katholische Kirche bei den Kroaten, in: Die Habsburgermonarchie IV: Die Konfessionen, Wien 1984 (im folgenden zit. Die Habsburgermonarchie IV).

Zagreb, Muzej grada Zagreba, Arhivalije, Inv.-Nr. A-807-1 A. Sz./P. U.

**15.1.66 Leo Graf Thun**

Josef Kriehuber; 1850
Photokopie

Leo Graf Thun (1811–1888) war ein typischer Vertreter des „böhmischen Landespatriotismus". 1848 Gubernialpräsident in Prag, setzte er sich für eine stärkere Berücksichtigung der Eigenständigkeit gegenüber der Wiener Zentrale ein. Im Sommer 1849 zum Minister für Cultus und Unterricht ernannt (vgl. Kat.-Nr. 24.8.2), vertrat er auch in den Ministerkonferenzen der neoabsolutistischen Periode stets (wenn auch meist ohne Erfolg) eine föderalistische Position. Nach 1860 zählte er zu jener Adelspartei, die die Wahrung der Rechte der „historisch-politischen Individualitäten" propagierte. Ab 1861 Herrenhausmitglied, gehörte Thun dem Herausgeberkomitee der Zeitung „Vaterland" an, die der Verbreitung katholisch-konservativer Positionen diente. Thuns Wirken bildet somit den Übergang zum zweiten Modell, das zur Lösung des Problems der konstruktiven Reichsgestaltung entwickelt wurde, dem föderalistischen.

Lit.: *Leutze, Hans,* Leo Graf Thurn-Hohenstein, in: Neue Österreichische Biographie ab 1815, Bd. XV, Wien 1961, S. 74–81.

Wien, Österreichische Nationalbibliothek, Bildarchiv, Inv.-Nr. Pg 159.654: I (3a) bzw. Inv.-Nr. NB 507.823 BR P. U.

**15.1.67 Vortrag des Grafen Thun betreffend die Grundsätze für die kirchliche Organisation der Evangelischen beider Bekenntnisse im österreichischen Kaiserstaate und der Unitarier in Siebenbürgen, 14. Dezember 1852, 514 M. C.**

Druck auf Papier, Broschüre; H. = 21,2 cm, B. = 14,8 cm

So wie man staatlicherseits bestrebt war, die römisch-katholische Kirche durch das Konkordat stärker an den Staat zu binden, wollte Thun auch bei den Evangelischen (und bei den anderen Konfessionen) die „begründeten Ansprüche der Kirche mit jenen staatlichen Rücksichten, welche in der Neugestaltung und Konsolidierung des Reiches ihre Begründung finden", in Einklang bringen. Auf dem geschichtlich Gewordenen aufbauend, plante der Kultusminister eine Neuorganisation des gesamten Kultuswesens, die sowohl den zentralistischen Tendenzen des gesamten Staatsaufbaues Rechnung tragen als auch verstärkte staatliche Einflußnahme garantieren sollte. So sah Thuns Vorschlag unter anderem als oberste kirchliche Aufsichts- und Gerichtsbehörde einen (A. B. und H. B. gemeinsamen) Oberkirchenrat für das ganze Reich vor, dessen Mitglieder vom Kaiser zu ernennen wären. Schließlich wurde von einer gesamtstaatlichen Vorgangsweise abgesehen.

Lit.: Thuns Vortrag zitiert in: Die Leiturkunden für Neuordnung der evangelischen Kirche im Gesamtstaat Österreich. Im Jahre 1852 verfaßt von *Joseph Andreas Zimmermann,* hg. mit Einleitung von *Franz Zimmermann* (Hermannstadt 1925), S. 57–114. – *Gottas, Friedrich,* Die Geschichte des Protestantismus in der Habsburgermonarchie, in: Die Habsburgermonarchie IV.

Wien, Institut für Geschichte der Universität Wien, Inv.-Nr. 08:31–7 P. U.

**15.1.68 Über Nationalgeschichte und den gegenwärtigen Stand ihrer Pflege**

Josef Alexander von Helfert; Prag 1853
Druck auf Papier, Broschüre

Parallel zu den Bestrebungen auf politisch-administrativer Ebene liefen Bemühungen zur Erwekkung bzw. Vertiefung eines Gesamtstaatsbewußtseins. Als ein Weg dazu galt die Beschäftigung mit der österreichischen Geschichte im großösterreichischen Sinne. Helfert verkannte in seiner Schrift keineswegs die Notwendigkeit, die Geschichte aller Völker der Habsburgermonarchie, auch vor ihrer Zugehörigkeit zum Hause Österreich, zu erforschen, wandte sich aber gegen „radikalnationalistische Ausschweifungen" der „Deutschtümler", „Čechomanen" und „Magyaronen", denen er seinen gesamtösterreichischen Patriotismus entgegenstellte. Ähnliche Auffassungen vertrat übrigens auch Joseph Chmel, der unter „vaterländischer Geschichte" ebenfalls die Geschichte aller Völker und Länder der Monarchie verstand, wohingegen Männer wie František Palacký die Rolle der Geschichte bei der Herausbildung eines spezifischen, in diesem Fall tschechischen, Nationalbewußtseins hervorkehrten (vgl. Kat.-Nr. 15.2.13).

Lit.: *Lhotsky, Alphons,* Geschichte des Instituts für österreichische Geschichtsforschung 1854–1954 (= Mitteilungen des Instituts für österreichische Geschichtsforschung, Ergänzungsband 17, Wien 1954), S. 4ff.

Wien, Österreichische Nationalbibliothek Inv.-Nr. 7281-B P. U.

### 15.1.69 Vortrag des Grafen Thun über Gründung einer Schule für österreichische Geschichtsforschung vom 14. September 1853

Manuskript

Da man sich von den Auffassungen außerösterreichischer Historiker emanzipieren und diesen eine eigene entgegenstellen wollte, die der übernationalen, gesamtösterreichischen Staatsdoktrin entsprach, schlug Thun „die Errichtung einer eigenen Schule für vaterländische Geschichte" vor, die „jüngere Talente aus den Kronländern des Kaiserstaates in sich vereinigen" sollte und diese „jenem engen Anschauungskreise entrückt, welcher nicht selten sonst talentvolle Kräfte unter dem Einflusse nationaler Bestrebnisse von dem rechten Ziele der Geschichtsforschung ablenkt und zu bloßen Partheimännern macht". Franz Joseph genehmigte die Errichtung des heute noch bestehenden Instituts am 20. Oktober 1854; die Erwartungen, die die Initiatoren in die Gründung setzten, erfüllten sich indes nicht. „Nationalgeschichte von Großösterreich" zählte nicht zu den Hauptarbeitsgebieten des Instituts; die Geschichtswissenschaft konnte die ihr zugeordnete Integrationsrolle für ein übernationales Staatsbewußtsein nicht ausfüllen, statt dessen wurde sie zu einer der Wegbereiterinnen des Nationalismus.

Lit.: *Lhotsky, Alphons,* Geschichte des Instituts für österreichische Geschichtsforschung 1854–1954 (= Mitteilungen des Instituts für österreichische Geschichtsforschung, Ergänzungsband 17, Wien 1954).

Wien, Allgemeines Verwaltungsarchiv, Ministerium f. Cultus und Unterricht 1216 (1854) P. U.

## 15.2 Föderalismus

### 15.2.1 Franz Joseph im Ornat vom Goldenen Vließ, neben sich die böhmischen Kroninsignien

Eduard Engerth; 1861
Photokopie

Das Bild Franz Josephs mit der böhmischen Krone, dem Symbol für die staatsrechtliche Selbständigkeit des Königreichs Böhmen, ist kennzeichnend für den Versuch, nach dem Scheitern des zentralistischen Staatsmodells die Existenz des Kaisertums Österreich auf die „historisch-politischen Individualitäten", die einzelnen Königreiche und Länder in ihrer historisch überkommenen Gestalt zu gründen.
Zu verschiedenen Zeiten gab es Bemühungen, Franz Joseph zu bewegen, sich zum König von Böhmen krönen zu lassen. Im Anschluß an das Oktoberdiplom 1860 erklärte selbst der gewöhnlich als zentralistisch eingeschätzte Minister Joseph Lasser, daß neben *der ungarischen Krönung . . . die Krönung bzw. herkömmliche Huldigung in den übrigen Ländern, wo sie sonst stattfand* erfolgen solle. 1865 und vor allem 1871 („Septemberreskript", vgl. Kat.-Nr. 15.2.40) schien eine Krönung bevorzustehen, allein es kam nicht dazu. Der symbolhafte Charakter der böhmischen Kroninsignien wurde auch weiteren Kreisen besonders nahegebracht, als im August 1867 die Insignien (die 1866 wegen der Kriegsereignisse nach Wien gebracht worden waren) in feierlicher Form wieder nach Prag überführt wurden.

Wien, Österreichische Nationalbibliothek, Bildarchiv, Inv.-Nr. Pg III/1/121 bzw. Pg 110 P. U.

### 15.2.2 Föderalismus der historisch-politischen Individualitäten

Karte, Entwurf: W. B., Ausführung: S. Proidl

Vgl. Kat.-Nr. 15.1.2

15.2.3 **Ueber die Gleichstellung der beiden Landessprachen in Mähren**

Aloys Šembera; Brünn 1848
Druck auf Papier, Broschüre (34 Seiten), deutsch; H. = 21 cm, B. = 13 cm

Die erste Forderung nach *vollkommenster Gleichstellung* der Sprachen und der Nationalitäten überhaupt wurde in Prag erhoben; auch in anderen Ländern wie Mähren und der Steiermark gab es diesbezügliche Vorschläge. Anfänglich noch etwas vage formuliert (der Kremsierer Grundrechtsentwurf sprach von der „Gleichberechtigung aller landesüblichen Sprachen in Schule, Amt und öffentlichem Leben") wiesen alle Versuche, diesem allgemeinen Prinzip durch konkrete Maßnahmen Rechnung zu tragen, in Richtung eines föderativen Staatsaufbaues. Die in Kremsier ausgehandelte Verfassung sah innerhalb der historischen Länder „mit möglichster Rücksicht auf Nationalität" abzugrenzende Kreise vor, auch der teilweise von den Kreisen zu beschickenden Länderkammer kamen nationale Schutzfunktionen zu; die Bildung nationaler Kurien in den Landtagen, damals bereits angeregt, setzte sich erst viel später durch. Das Kremsierer Verfassungswerk blieb „Modell und Stückwerk zugleich".

Lit.: *Stourzh, Gerald,* Die Gleichberechtigung der Volksstämme als Verfassungsprinzip 1848–1918, in: Die Habsburgermonarchie IV, S. 975–1206, insbesondere S. 975–986. – *Kann, Robert A.,* Das Nationalitätenproblem der Habsburgermonarchie. Geschichte und Ideengehalt der nationalen Bestrebungen vom Vormärz bis zur Auflösung des Reiches im Jahre 1918, 2 Bde. (= Veröffentlichungen d. Arbeitsgemeinschaft Ost 4, 5) Graz[2] 1964, insbes. II S. 20–45.

Wien, Universitätsbibliothek, Inv.-Nr. I 133904
P. U.

15.2.4 **O rownosti jazyka českého a němckého w Morawě**

Alois Vaclav Šembera; Brno 1848

Druck auf Papier, Broschüre (34 Seiten), tschechisch; H. = 21 cm, B. = 13 cm (bzw. 26 cm)

Es handelt sich um die tschechische Ausgabe des vorhin erwähnten Werkes. Šembera (1807–1882) war Professor der böhmischen Sprache und Literatur, verfaßte auch zahlreiche historische und ethnographische sowie einige politische Studien. Er war an vielen Projekten beteiligt, die sich die Hebung der tschechischen Kultur und die Vertiefung des tschechischen Nationalbewußtseins in Mähren zum Ziele setzten.

Lit.: *Wurzbach, Constant von,* Biographisches Lexikon des Kaiserthums Oesterreich 34, Wien 1877, S. 75ff.

Wien, Universitätsbibliothek, Inv.-Nr. I 133905
P. U.

15.2.5 **Programm zur Konstituierung des österreichischen Kaiserstaates nach dem Prinzip der konstitutionellen Freiheit und der nationalen Gleichberechtigung**

Ognjeslav Ostrožinski, 1848
Druck auf Papier; H. = 23 cm, B. = 14 cm

In seinem Programm versuchte der Kroate Utješenović-Ostrožinski der „nationalen Verwaltung und ungehinderten nationalen Selbstentwicklung" zum Durchbruch zu verhelfen. In Anwendung des Gedankens der nationalen Autonomie (und entgegen den Vorstellungen vom historischen Recht der Länder) sollte die Monarchie derart reorganisiert werden, daß sie aus einer Reihe von, nach ethnischen Gesichtspunkten konstituierten „National-Kronländern" bestand. Der von Ostrožinski vorgesehene Aufbau von Behörden und Institutionen sah bei der Legislative getrennte Organe für „politische" („Reichstag") und für „nationale" Belange („Nationalkongreß") vor; dem Problem der nationalen Minoritäten war jedoch durch das Territorialitätsprinzip allein nicht beizukommen.

Lit.: Abdruck in *Pejaković, Stephan,* Aktenstücke zur Geschichte des kroatisch-slovenischen Landtages und der nationalen Bewegung vom Jahre 1848, Wien 1981. – *Kann, Robert A.,* Das Nationalitätenproblem der Habsburgermonarchie. Geschichte und Ideengehalt der nationalen Bestrebungen vom Vormärz bis zur Auflösung des Reiches im Jahre 1918, Wien 1914, Bd. II, S. 22ff.

Wien, Institut für Geschichte der Universität Wien, Inv.-Nr. OL 17:68–1 P. U.

15.2.6 **Österreich und die Bürgschaften seines Bestandes**

Adolph Fischhof; Wien 1869
Druck auf Papier, Broschüre; H. = 22,5 cm, B. = 15 cm

Fischhof sah die Lösung des Nationalitätenproblems der Habsburgermonarchie in einem föderalistischen Umbau des Staates. Artikel 19 des Staatsgrundgesetzes über die allgemeinen Rechte der Staatsbürger vom 21. Dezember 1867 hatte die nationale Gleichberechtigung dem Kreis der liberalen Individualrechte zugeordnet. Der Gedanke, eigene, mit Rechtspersönlichkeit ausgestattete Organe der Nationalitäten zu schaffen, war dem traditionellen Inventar des liberalen Konstitutionalismus fremd geblieben, wenngleich es verschiedene Instrumente gab, um die Nationalitäten in das Institutionengefüge Cisleithaniens und die geltenden Rechtsnormen einzubinden. Fischhof erkannte jedoch, daß die auf dem Territorialitätsprinzip beruhenden Vorkehrungen zum Schutz der Nationalitäten nicht genügten, er schlug daher ihre Verbindung mit solchen vor, die im Personalitätsprinzip gründeten: Der territoriale Föderalismus sollte durch Einrichtungen wie nationale Kurien in den Landtagen und in autonomen Gemeinden ergänzt werden.

Lit.: *Charmatz, Richard,* Adolf Fischhof. Das Lebensbild eines österreichischen Politikers, Stuttgart–Berlin 1910. – ÖBL I 325.

Wien, Institut für Geschichte der Universität Wien, Inv.-Nr. 08:80–1 P. U.

15.2.7 **Ansicht der ersten dalmatinisch-kroatisch-slawonischen Ausstellung zu Agram im Jahre 1864**

Heinrich Weidner; 1864
Lithographie; H. = 51,2 cm, B. = 71 cm

Bei dieser Ausstellung handelt es sich um die erste größere Wirtschaftsausstellung in den kroatischen Ländern. In dem Bestreben, die Eigenständigkeit des jeweiligen Gebietes innerhalb des größeren Staatsverbandes der Monarchie zu betonen, wurde nur verhältnismäßig wenig Nachdruck auf die wirtschaftliche Komponente gelegt. Immerhin dienten Veranstaltungen wie diese dazu, den Prozeß der nationalen Integration eine zusätzliche Dimension zu verleihen.

Zagreb, Povijesni muzej Hrvatske, Inv.-Nr. PMH 3743-G.656 M. B. P./P. U.

15.2.8 **Aktie der Živnostenská banka**

Photokopie

1868 kam es zur Gründung der Živnostenská banka pro Čechy a Moravu. Ursprünglich nur als Verbindungsglied zwischen tschechischen Sparkassen und der Wiener Nationalbank konzipiert, spielte sie jedoch von Anfang an sowohl als Sparkasse als auch als „Gründungsbank“ eine wichtige Rolle im tschechischen Wirtschaftsleben. Vor allem erzielte sie große Erfolge bei der Sammlung und Kanalisierung tschechischen Kapitals im Sinne der auch den wirtschaftlichen Bereich erfassenden nationalen Emanzipationsbestrebungen und trug so nicht unwesentlich zur allmählichen Herausbildung eines tschechischen – nicht böhmischen – Binnenmarktes bei.

Lit.: *Rudolph, Richard L.,* Banking and Industrialization in Austria-Hungary. The role of banks in the industrialization of the Czech Crownlands, Cambridge 1976, S. 72ff.

P. U

15.2.9 **Krönung des Königs Zvonimir**

Josef Franz Mücke; 1868
Lithographie; H. = 41 cm, B. = 56 cm

Bei der „Krönung des Königs Zvonimir“ – ein Ereignis, das im Jahr 1076 stattfand – handelt es sich um eine Lithographie aus einer Serie zum Thema Kroatische Geschichte, die als Vorlage für große Ölgemälde gedacht war. Nicht zufällig entstand dieses Bild 1868, dem Jahr des ungarisch-kroatischen Ausgleichs. Die (mythische) Krone Zvonimirs wurde gewissermaßen als Gegenstück zur Stephanskrone der Ungarn aufgefaßt. Sie sollte die im Vergleich zu Ungarn gleichwertige staatsrechtliche Stellung Kroatiens dokumentieren. Josef Franz Mücke (1819–1883) war Portraitist, Maler von historischen Szenen, Kirchen- und Landschaftsmaler. Ab 1836 studierte er an der Wiener Akademie. Im Jahr 1865 übersiedelte er nach Zagreb und entwickelte eine rege Tätigkeit als historischer Maler.

Lit.: *Schneider, Marijana,* Historijsko slikarstvo u Hrvatskoj (Historische Malerei in Kroatien), Zagreb 1969.

Zagreb, Povijesni muzej Hrvatske, Inv.-Nr. PMH 5443-G.2362 M. B. P./P. U.

15.2.10 **Ordentliche Mitglieder der Südslawischen Akademie in Agram**

um 1866
Lithographie; H. = 26,3 cm, B. = 31,5 cm

Porträts der ersten Mitglieder der Südslawischen Akademie der Wissenschaften und Künste in Agram.

Die auf Veranlassung Josip Juraj Strossmayers 1866 gegründete „Südslawische Akademie der Wissenschaften und Künste“ sollte ein „Haupthebel der geistigen Erneuerung des ganzen Südslawentums“ sein. Unter der Präsidentschaft von Franjo Rački widmete sich die Akademie der Herbeischaffung, Veröffentlichung und Bearbeitung wissenschaftlichen Materials zur Erhellung der kulturhistorischen Tradition der Kroaten, wobei man hoffte, durch gegenseitiges Kennenlernen der jeweiligen Leistungen die kulturelle Einheit aller Südslawen (als Vorstufe zur erhofften politischen) zu fördern.

Lit.: Rad Jugoslavenske Akademije znanosti i umjetnosti, knjiga I, Zagreb 1867. – Katalog der Ausstellung J. J. Strossmayer, Zagreb 1980.

Zagreb, Muzej grada Zagreba, Inv.-Nr. MGZ 222
N. P./P. U.

### 15.2.11 Das Gebäude der südslawischen Akademie der Wissenschaften und Künste in Agram

Ivan Standl; 1895
Photographie auf Karton kaschiert, braun getönt; H. = 13 cm, B. = 19,3 cm

Die Hauptfassade vom Norden photographiert.

Lit.: *Grčević, Nada,* Fotografija devetnaestog stoljeća u Hrvatskoj (Fotografie des XIX. Jahrhunderts in Kroatien), Zagreb 1981.

Zagreb, Muzej grada Zagreba, Inv.-Fot.-Nr. 8328, Neg. II-3293 V. L.

### 15.2.12 Josip Juraj Strossmayer

Josef Kriehuber; Wien 1850
Lithographie; H. = 52 cm, B. = 36 cm

Josip Juraj Strossmayer (1815–1905), seit 1850 Bischof von Djakovo. Er war von der Idee der Wiedervereinigung von West und Ost durchdrungen, auf kirchlichem Gebiete (Annährung an orthodoxe Slawen) ebenso wie auf kulturell-politischem. Er trat besonders als Mäzen verschiedenster kultureller Einrichtungen und Unternehmungen in Erscheinung; politisch vertrat er die jugoslawische Idee, die sowohl eine kroatische nationale Integrationsideologie darstellte als auch eine darüber hinaus weisende übernationale, welche vorerst die kulturelle, später auch die politische Gemeinschaft der Südslawen anstrebte. Nur auf der Basis der Föderalisierung der Monarchie schien ihm eine Verwirklichung der kroatischen staatsrechtlichen Aspirationen, aber auch die der anderen Völker möglich. Ein Gegner des Dualismus und des ungarisch-kroatischen Ausgleichs von 1868, zog er sich nach 1873 aus der Tagespolitik zurück.

Lit.: *Gross, Mirjana,* Zur Frage der jugoslawischen Ideologie bei den Kroaten, in: Die Donaumonarchie und die südslawische Frage von 1848 bis 1918, hg. v. *Adam Wandruszka, Richard G. Plaschka* und *Anna M. Drabek* (= Veröffentlichungen der Kommission für Geschichte Österreichs 8) Wien 1978, S. 19–38. – Katalog der Ausstellung J. J. Strossmayer (Zagreb 1980). – *Vitezić, Ivan,* Die katholische Kirche bei den Kroaten, in: Die Habsburgermonarchie IV.

Zagreb, Arhiv Hrvatske, Grafička zbirka, Inv.-Nr. 800 P. U.

### 15.2.13 Collage von Titelblättern verschiedener historischer Werke

Photokopien

a. František Palacký, Dějiny národu českého w Čechách a w Morawě, Bd. III/1: 1403–1424, Praha 1850; Bd. III/2: 1424–1439, Praha 1851
b. Franjo Rački, Documenta historiae chroaticae periodum antiquam illustrantia, Zagrabiae 1877
c. Tade Smičiklas, Povijest hravatske, 2 Bde., Zagreb 1879 und 1882

zu a. František Palacký (1798–1876, vgl. Kat.-Nr. 15.2.43), der Historiograph der böhmischen Stände, begann sein Werk über die mittelalterliche böhmische Geschichte in deutscher Sprache: Bd. I erschien schon 1836 unter dem Titel: „Geschichte von Böhmen“, ab Bd. II veröffentlichte er sein Werk zuerst auf tschechisch. Palacký hob vor allem die nationaldemokratischen und evolutionären Aspekte im Hussitentum hervor; seine Auffassung wurde konstitutiv für das tschechische Geschichtsbild mehrerer Generationen.

Lit.: *Plaschka, Richard Georg,* Von Palacký zu Pekař. Geschichtswissenschaft und Nationalbewußtsein bei den Tschechen, Wien 1955. – *Prinz, Friedrich,* František Palacký als Historiograph der böhmischen Stände, in: Probleme der böhmischen Geschichte, München 1964, S. 84–94.

zu b. Franjo Rački (1828–1894) war neben Strossmayer (vgl. Kat.-Nr. 15.2.12) der führende Exponent der kroatischen Nationalpartei. In seinen zahlreichen wissenschaftlichen Arbeiten widmete er sich mediävistischen Problemen der Südslawen, wobei es ihm vor allem um den Nachweis von Elementen staatlicher Selbständigkeit bei Kroaten und anderen Südslawen ging.

Lit.: Biographisches Lexikon zur Geschichte Südosteuropas, hg. v. *Mathias Bernath* und *Felix v. Schroeder*, Bd. IV, München 1981, S. 2f.

zu c. Tadija Smičiklas (1843–1913) galt lange Zeit als einer der führenden kroatischen Historiker. Sein Hauptwerk, die „Kroatische Geschichte", wurde durch die Matica hrvatska angeregt, deren Mitglied er lange Jahre war. Sein Werk, die erste Synthese der Geschichte des kroatischen Volkes von den Anfängen bis 1848, ist als Beitrag für den Kampf gegen die ungarische Hegemonie nach 1868 anzusehen, in dem die Kontinuität der kroatischen Staatlichkeit besonders hervorgehoben wird, um eine Stärkung des Nationalbewußtseins herbeizuführen.

Lit.: Biographisches Lexikon zur Geschichte Südosteuropas, hg. v. *Mathias Bernath* und *Felix v. Schroeder*, Bd. IV, München 1981, S. 145f.

P. U.

## 15.2.14 Oktoberdiplom

Kaiserliches Diplom vom 20. Oktober 1860, RGBl. Nr. 226, zur Regelung der inneren staatsrechtlichen Verhältnisse der Monarchie

Original, 8 Seiten, kroatisch; H. = 38 cm, B. = 27,5 cm, Unterschriften in kroatischer Namensform, in Kapsel rotes Siegel, Dm. = 14 cm

1860 wurde im „Verstärkten Reichsrat" über die staatsrechtliche Gestaltung der Monarchie diskutiert. Die Majorität sprach sich für eine weitgehende Autonomie der „historisch-politischen Individualitäten" und deren innere Einrichtung gemäß neoständischer Prinzipien aus, die Minorität plädierte für eine echte Konstitutionalisierung des weiterhin zentralistisch gedachten Gesamtstaates. Das Oktoberdiplom enthielt Elemente beider Richtungen. Franz Joseph akzeptierte zwar das neoständische politisch-gesellschaftliche Programm, stellte aber bei aller Anerkennung der diversen historischen Traditionen die Existenz eines „unteilbaren und unzertrennlichen kräftigen Verbandes" der Länder nicht in Frage. Wenn auch späterhin die Föderalisten immer wieder zu den Grundsätzen des Oktoberdiploms zurückkehren wollten, weil sie darin Entwicklungsmöglichkeiten in Richtung mehr Föderalismus erblickten, stieß das Diplom nach seiner Erlassung auf nahezu einhelligen Widerstand.

Lit.: „Oktoberdiplom" abgedruckt in: Die österreichischen Verfassungsgesetze mit Erläuterungen, hg. v. *Edmund Bernatzik*, Wien[2] 1911, S. 223ff. – *Redlich, Josef*, Das österreichische Staats- und Reichsproblem. Geschichtliche Darstellung der inneren Politik der habsburgischen Monarchie von 1848 bis zum Untergang des Reiches, 2 Bde., Leipzig 1920 und 1926.

Zagreb, Arhiv Hrvatske, Diplom P. U.

## 15.2.15 Ernennungsdekret für Baron Josip Šokčević zum Banus von Kroatien-Slawonien, 1860

Original, kroatisch; H. = 35,5 cm, B. = 26,5 cm, rotes Siegel in Kapsel, Dm. = 8,5 cm

Dem vom neu ernannten Banus Šokčević 1861 einberufenen Landtag (Sabor) lag die Aufforderung Franz Josephs vor, sich mit Ungarn zu verständigen. Die Kroaten, die den österreichischen absoluten Zentralismus ebenso ablehnten wie den ungarischen, antworteten mit einem Maximalprogramm: sie verlangten die Eingliederung Dalmatiens und der Militärgrenze, lehnten die Beschikkung des Wiener Reichsrates ab und erklärten sich nur bereit, mit Ungarn auf der Basis der Anerkennung der völligen staatlichen Gleichberechtigung beider Parteien verhandeln zu wollen. Franz Joseph löste daraufhin den Landtag auf, nicht ohne vorher das Gesetz betreffend die staatsrechtliche Unabhängigkeit Kroatiens von Ungarn (GA XLII/1861) sanktioniert zu haben.

Lit.: *Sirotković, Hodimir*, Die Verwaltung im Königreich Kroatien und Slawonien 1848–1918, in: Die Habsburgermonarchie II, S. 469–498, insbes. S. 477ff.

Zagreb, Arhiv Hrvatske, Diplom P. U.

## 15.2.16 Siegelstempel des Ban Josip Šokčević

2. Hälfte des 19. Jahrhunderts
Silber, vergoldet, Onyx, Messing; H. = 9 cm, B. = 2,2 × 1,8 cm

Josip Freiherr von Šokčević (1811–1896) war 1860 bis 1867 Banus von Kroatien-Slawonien. Rechteckige Siegelplatte mit gerundeten Ecken. Im Siegelfeld das von der Kette des Ordens der Eisernen Krone umgebene Wappen: ein Schrägbalken teilt den Schild in zwei Felder: oben links zwei Fähnlein, unterhalb rechts drei Sterne (1:2). Kleinod: Adler; Schildhalter: je ein Löwe. Ballusterförmiger Onyxgriff mit einem gewundenen Messingsockel versehen.

Lit.: *Brajković, Vlasta,* Pečatnjaci, Zagreb 1980, Kat.-Nr. 330, Abb. 38.

Zagreb, Povijesni muzej Hrvatske, Inv.-Nr. PMH 14.723 V. B.

**15.2.17 Siegelstempel des kroatischen Landtags im Jahr 1865** Abb.

Graveur: Vilim König, Zagreb; 1865

Eisen; H. = 9,4 cm, Dm. = 4,5 cm

Runde Siegelplatte. Im Siegelfeld drei von der österreichischen Kaiserkrone überhöhte Wappen: in der Mitte unten der gewürfelte Schild des Königreiches Kroatien; links Schild des Königreichs Dalmatiens mit drei gekrönten Leopardenköpfen en face (2:1); rechts der Schild des Königreichs Slawonien: zwischen zwei quer fließenden Strömen läuft ein Marder, über dem oberen Fluß ein Stern. Umschrift: *PEČAT SABORA TROJ. / edne / KRALJEVINE DALM. / acije / HERV. / atske / I SLAVON. / ije / 1865* [Siegel des Landtags der drei Königreiche Dalmatien, Kroatien und Slawonien]. Achteckiger Handgriff.

1865 wurde der Sabor neuerlich zur Regelung des Verhältnisses zu Ungarn und zum Gesamtreich einberufen. Er erneuerte seinen Anspruch auf Dalmatien, das im Februarpatent provisorisch zu „Cisleithanien" geschlagen worden war; auch nach 1867 blieb Dalmatien ein Kronland der „im Reichsrate vertretenen Königreiche und Länder". Andererseits wird in allen offiziellen Emanationen des „Dreieinigen Königreichs" Dalmatien als ein Teil desselben angeführt.

Kat.-Nr. 15.2.17

Lit.: *Brajković, Vlasta,* Pečatnjaci, Zagreb 1980, Kat.-Nr. 1, Abb. 1.

Zagreb, Povijesni muzej Hrvatske, PMH 25.629 V. B.

**15.2.18 Die Insignien der Kronländer**

**15.2.19 Die Slowakische Delegation, die dem ungarischen Landtag das „Memorandum des slowakischen Volkes" überbrachte.**

R. Weibezahl; 1862
Lithographie; H. = 45,6 cm, B. = 61,5 cm

Im Juni 1861 wurde auf einer Nationalversammlung in Turčiansky Svätý Martin (Turócszentmarton) ein Memorandum verabschiedet, das die nationalpolitischen und staatsrechtlichen Wünsche der Slowaken (die sich auf keinerlei historische Rechte berufen konnten) enthielt: es wurde ein „Oberungarischer Slowakischer Kreis" unter gleichzeitiger nationaler Abrundung der Komitate und innerer Autonomie gefordert. Wie aus der Zusammensetzung der Delegation ersichtlich ist, spielten in der slowakischen Nationalbewegung katholische und evangelische Geistliche eine große Rolle.

Lit.: *Gerszi, T.,* A magyar litográfia története [Geschichte der ungarischen Lithographie], Budapest 1961, S. 187, Nr. 31. – *Gogolák, Ludwig v.,* Beiträge zur Geschichte des slowakischen Volkes III: Zwischen zwei Revolutionen (1848–1919) (= Buchreihe der Südostdeutschen Historischen Kommission 26), München 1972.

Budapest, Magyar Nemzeti Múzeum, Történelmi Képcsarnoka, Inv.-Nr. 4496 G. R. / P. U.

**15.2.20 Die Teilnehmer am Serbischen Nationalkongreß 1861**

(mit Namensschlüssel)

Photokopie nach Lithographie

1849 unter Rückgriff auf die alten Privilegien der orthodoxen Kirche von Wien als eigenes, von Ungarn unabhängiges Verwaltungsgebiet installiert, wurde die von einer national bunt gemischten Bevölkerung bewohnte „Serbische Woiwodschaft und Temeser Banat" 1860 im Zuge der Annäherung an Ungarn reinkorporiert. Der serbische Nationalkongreß vom April 1861 (Blagoveštenski Sabor) forderte die Errichtung einer neuen, aus den überwiegend von Serben bewohnten Gebieten Ungarns und Kroatien-Slawoniens zu bildenden Vojvodina, die innerhalb der Länder der Stephanskrone autonom sein sollte; diesbezügliche Verhandlungen mit Wien blieben ohne Erfolg. Der Nationalkongreß 1861 markiert insoferne einen Wendepunkt für die serbische Nationalbewegung, als ab da der Einfluß der konservativen höheren Geistlichkeit zurück- und auf das liberal orientierte, von Svetozar Miletić geführte, Laienelement überging.

Lit.: *Haselsteiner, Horst,* Die Serben und der Ausgleich. Zur politischen und staatsrechtlichen Stellung der Serben Südungarns 1860–1867 (= Wiener Archiv f. Geschichte des Slawentums und Osteuropas 9) Wien 1976.

Wien, Österreichische Nationalbibliothek, Bildarchiv, Inv.-Nr. 134.017 a (BR) P. U.

## 15.2.21 Medaille auf den Tod von Josip Rajačić

Wenzel Seidan; 1861
Dm. = 4,4 cm

Av.: Portrait mit cyrillischer Umschrift
Rv.: Umschrift: ALLES FÜR DAS HL. KREUZ UND DIE SERBISCHEN PRIVILEGIEN (in cyrill. Schrift), sitzende Frauengestalt mit Schwert, Kreuzstab, serbischem Wappenschild und Lorbeerkranz

Josip Rajačić (1785–1861), seit 1842 Erzbischof und Metropolit der Griechisch-Orthodoxen von Karlowitz (Sremski Karlovci), 1848 Patriarch, war seit 1848 auch der unbestrittene politische Führer der serbischen Konfessions-Nationalität. 1848 trat er für die serbisch-kroatische Zusammenarbeit ein, doch kam es in der Folge wieder zu einem konfessionell und politisch bedingten Segregationsprozeß, während sich die griechisch-orthodoxen Rumänen aus nationalen Gründen der Führung durch den Karlowitzer Patriarchen entziehen wollten.

Lit.: *Turczynski, Emanuel,* Orthodoxe und Unierte, in: Die Habsburgermonarchie 1848–1918 IV. – ÖBL VIII 400f.

Wien, Kunsthistorisches Museum, Münzkabinett, Sammlung Wurzbach, Inv.-Nr. D 7810 P. U.

## 15.2.22 Programm des Vereins „Slovenija" in Wien vom 20. April 1848

Druck auf Papier; H. = 36,5 cm, B. = 23 cm

Das nationale Programm der Slowenen aus dem Jahr 1848, das sie auch am Prager Slawenkongreß vortrugen, war das erste, das sich auf rein ethnische Gegebenheiten stützte: sie verlangten die Vereinigung aller von Slowenen bewohnten Gebiete, ungeachtet der bestehenden Kronländergrenzen, zu einer autonomen territorialen Einheit („Vereintes Slowenien"). Dieser Gedanke, der damals – von Ausnahmen abgesehen – auf wenig Gegenliebe stieß, wurde von der slowenischen Nationalbewegung nach 1867 wieder aufgegriffen.

Lit.: *Pleterski, Janko,* Die Slowenen, in: Die Habsburgermonarchie III: Die Völker des Reiches, 2 Teilbände, Wien 1980 (im folgenden zitiert: Die Habsburgermonarchie III), S. 801–838, insbes. S. 802ff.

Ljubljana, Arhiv SR Slovenije, Društ A IX, fasc. 2 snopič tiskovine P. U.

## 15.2.23 Gesetzartikel des Siebenbürgischen Landtags betreffend die Durchführung der Gleichberechtigung der romanischen Nation und ihrer Confessionen vom 26. Oktober 1863

Druck auf Papier, 2 Blatt, dreisprachig (deutsch, ungarisch, rumänisch); H. = 37 cm, B. = 27 cm; Papiersiegel

Wie 1848/49 folgte auch in den sechziger Jahren die rumänische Nationalbewegung in Siebenbürgen im großen und ganzen der Politik Wiens. Dank einer geänderten Wahlordnung waren die Rumänen im 1863 nach Hermannstadt (Nagyszeben, Sibiu) berufenen Landtag stark vertreten. Dieser Landtag beschloß, die Rumänen und ihre Konfessionen den von der Siebenbürgischen Landesverfassung bisher anerkannten „Nationen" und Konfessionen (vgl. Kat.-Nr. 15.1.31) völlig gleichzustellen, was auf Grund der zahlenmäßigen Überlegenheit in der Folge zur Dominanz der Rumänen im Lande hätte führen können. 1865 erfolgte eine Kehrtwendung der Wiener Politik: der Landtag wurde aufgelöst, ein neuer Landtag annullierte die Gesetze des vorigen und votierte die Union mit Ungarn.

Lit.: *Hitchins, Keith,* The Rumanians of Transylvania and Constitutional Experiment in the Habsburg Monarchy, 1860–1865, in: Balkan Studies 5 (1964) S. 89–108.

Budapest, Országos Széchényi Könyvtár, Flugschriftenabteilung 1863 P. U.

## 15.2.24 Andreiu Şaguna

Photographie; H. = 10 cm, B. = 6,5 cm

Andreiu Şaguna (1808–1873), griechisch–orthodoxer Bischof von Siebenbürgen, war nach 1849 die führende Persönlichkeit der rumänischen Nationalbewegung. Während des Neoabsolutismus war er bemüht, die kulturelle Situation der Rumänen zu verbessern. Die von ihm geforderte Metropolie für alle rumänischen Orthodoxen der Monarchie sollte ein Ersatz für die nicht zustandegekommene politische Einheit der Konfessions-Nationalität sein, doch mußte er sich mit der Wiedererrichtung der orthodoxen Metropolie Siebenbürgens 1864 begnügen. 1860 in den „Verstärkten Reichsrat" berufen, setzte sich Şaguna dort und im Siebenbürgischen Landtag vehement für die kulturellen und politischen Rechte seiner Konnationalen ein, die er nur in einer föderativen Gestaltung der Monarchie für gesichert hielt. Nach 1867 lehnte er den „Passivismus", den Rückzug aus dem nun allein von Ungarn beherrschten öffentlichen Leben, ab.

Lit.: *Hitchins, Keith,* Orthodoxy and Nationality. Andreiu Şaguna and the Rumanians of Transylvania 1846–1873, Cambridge Mass. 1977. – *Turczynski, Emanuel,* Orthodoxe und Unierte, in: Die Habsburgermonarchie IV. – Biographisches Lexikon zur Geschichte Südosteuropas, hg. v. *Mathias Bernath* und *Felix v. Schroeder,* Bd. IV, München 1981, S. 73f.

Budapest, Magyar Munkásmozgalmi Múzeum, Inv.-Nr. 65.224 P. U.

## 15.2.25 Magister Jan Hus

Anonym (charakteristische Züge der Volkskunst)
Böhmen; Mitte des 19. Jahrhunderts
Öl auf Leinwand; H. = 64 cm, B. = 48 cm

Die Verehrung des 1415 in Konstanz verbrannten tschechischen Reformators Jan Hus erweiterte sich in Böhmen seit 1848 aus den schon früher aktiven protestantischen und aufklärerischen Kreisen in die breitere Öffentlichkeit. Das ausgestellte Bild entspricht der traditionellen deutschen Typologie, die auch in der tschechischen Kunst bis zum Anfang des 20. Jahrhunderts überdauerte und Hus als einen bärtigen Vorgänger der deutschen Reformation auffaßte. Diese reizvolle Darstellung von Hus mit Buch und Pileum in linker Hand ist nicht frei von anatomischen Disproportionen und erinnert an die mögliche Vorlage holzgeschnittener Marionetten der Wandertruppen oder an die Transposition einer Plastik eines unbekannten Heiligen.

Lit.: *Štech, V. V.,* Jan Hus ve výtvarném umění [J. H. in der bildenden Kunst], in: Mistr Jan Hus v životě a památkách českého lidu [Magister J. H. im Leben und in Denkmälern des tschechischen Volkes], hrsg. von *Augustin Žalud* (Praha 1915), S. 81–98.

Tábor, Muzeum husitského revolučního hnutí, Inv.-Nr. H 2102 P. B.

## 15.2.26 Hymnus zum 1000-Jahr-Jubiläum der Mission von Cyrill und Method 1863

Druck auf Seide; H. = 47,5 cm, B. = 39 cm

Anders als die an Hus anknüpfenden nationalkirchlichen Bestrebungen in Böhmen standen katholische Kreise in Mähren eher in der Tradition von Cyrill und Method. In dem Wirken der beiden Slawenapostel, die immer mehr zu Schutzheiligen der nationalen Emanzipation stilisiert wurden, sah man die Synthese von Kirche und Slawentum vorgebildet. Unter der Devise „Kirche und Volk" (církev a vlast) sollte es zu einer wechselseitigen kirchlichen und nationalen Erneuerung kommen. Zentrum dieser katholischen Slawophilie wurde Velehrad, der einstige Bischofsitz von Cyrill und Method, doch gab es auch Kontakte, etwa zu Bischof Strossmayer und seinen Bemühungen um eine Kirchenunion mit den Orthodoxen.

Lit.: *Lemberg, Eugen,* Religion und Risorgimento, und *Huber, A. K.,* Nation und Kirche 1848–1918, beide in: Bohemia sacra, hg. v. *Ferdinand Seibt,* Düsseldorf 1974, S. 236–245 bzw. S. 246–257.

Wien, Österreichische Nationalbibliothek, Flugschriftensammlung, Inv.-Nr. 1863 P. U.

## 15.2.27 Das tschechische Nationaltheater im Bau

Photographie, etwa Februar 1881; H. = 12,3 cm, B. = 16,5 cm

Die Aufnahme zeigt das Nationaltheater kurz vor seiner ersten Eröffnung.

Praha, Muzeum hlavního města Prahy, Inv.-Nr. 26.568 J. Pa.

## 15.2.28 Aufruf an alle Freunde des böhmischen Volkes zu Beiträgen für Errichtung eines böhmischen Nationaltheaters in Prag

Komitee zur Errichtung des böhmischen Nationaltheaters

Prag, Konzept Oktober 1850, Veröffentlichung (nach amtlicher Bewilligung) März 1851
2 Blätter, Papier, Druck, tschechisch-deutsch; H. = 28 cm, B. = 22 cm

Theatervorstellungen in tschechischer Sprache wurden von tschechischen Patrioten zu den effektivsten Mitteln der Verbreitung des Nationalbewußtseins gezählt. Der lange Zeit erwogene Gedanke der Errichtung eines selbständigen Nationaltheaters mündete im September 1850 in die Gründung eines Komitees zur Errichtung des böhmischen Nationaltheaters mit František Palacký an der Spitze. Kurz nach seiner Konstituierung wandte sich das Komitee an die Öffentlichkeit mit einem zweisprachigen Aufruf, finanzielle Beträge für den Theaterbau zu leisten. Beide sprachlichen Versionen sind nicht identisch, in der tschechischen Fassung wird viel stärker das Nationaltheater als ein notwendiges Attribut jeder gebildeten Nation angesehen, die in Europa eine gleichberechtigte Stellung einnehmen will.

Lit.: *Bartoš, Jan,* Národní divadlo a jeho budovatelé [Das Nationaltheater und seine Erbauer] (Dějiny Národního divadlo I, Praha 1933) 91 (Faksimile der 1. Seite der tschechischen Fassung). – *Kimball, Stanley B.,* Czech Nationalism: A Study of the National Theatre Movement, 1845–83, Urbana, Illinois 1963, S. 38–39 (amerikanische Übersetzung der wesentlichen Teile der tschechischen Fassung).

Praha, Archiv Národního muzea Praha, Nachlaß František Ladislav Rieger, sign. 130 a/2 J. R.

## 15.2.29 Tanzordnung des Balles zum Nutzen des Nationaltheaters

Um 1865
Druck; H. = 10,5 cm, B. = 6,5 cm; tschechisch

Im Zusammenhang mit dem neuen Aufschwung der tschechischen Nationalbewegung seit 1860 erwachten die Bestrebungen zur Errichtung eines tschechischen Nationaltheaters wieder zum Leben. In Prag und auf dem Lande wurden Geldsammlungen durchgeführt, Bälle, Tombolen und Kunstveranstaltungen organisiert. Neben dem eigentlichen finanziellen Ertrag wurde ihr Zweck auch darin gesehen, daß sie zur Entfaltung des tschechischen Gesellschaftslebens beitrugen.

Praha, Archiv Národního muzea Praha, Nachlaß František Ladislav Rieger, sign. 158/3 J. R.

## 15.2.30 Glaskrug mit eingeritztem Bild des Nationaltheaters

Um 1880
Glas mit Zinn; H. = 20 cm, Inhalt: ½ Liter
Aufschrift: *Česke Národní divadlo v Praze* [Tschechisches Nationaltheater in Prag]

Praha, Muzeum hlavního města Prahy, Inv.-Nr. 58.328 J. Pa.

## 15.2.31 Medaille auf die Grundsteinlegung des tschech. Nationaltheaters in Prag am 16. 5. 1868

Dm. = 3,8 cm
Av.: Abbildung des Gebäudes
Rv.: in Lorbeerkranz Schrift: UPOMINKA ZAKLÁD . . . [Erinnerung an die Grundsteinlegung des Nationaltheaters am 16. 5. 1868]

Die Grundsteinlegung wurde ganz bewußt als Manifestation des tschechischen Nationalgedankens und als Demonstration kultureller Eigenständigkeit inszeniert. An der Feier nahmen Repräsentanten zahlreicher Vereine teil, so z. B. die Umělecka besedá (Künstlerverein), der böhmische Juristenverein, der Verein böhmischer Ärzte, Gesangsvereine, Sokoln (Turnvereine) usw., und zwar nicht nur aus Prag, sondern aus allen Teilen der böhmischen Länder. Den ersten Hammerschlag führte der Prager Erzbischof, dann folgte – noch vor den staatlichen Würdenträgern – Jan Purkyně „im Namen der Nation". Im Namen der mährischen Gemeinden agierte übrigens František Skopalík.

Lit.: *Kimball, Stanley,* Czech Nationalism: a Study of the National Theatre Movement, 1845–1883, Urbana 1964.

Wien, Kunsthistorisches Museum, Münzkabinett, Sammlung Wurzbach, Inv.-Nr. M 7664 P. U.

## 15.2.32 Brand des tschechischen Nationaltheaters 1881

Lithographie, koloriert; H. = 64,7 cm, B. = 43,8 cm

Kaum vollendet, brannte das Nationaltheater, dessen Errichtung ausschließlich aus Mitteln der tschechischen Bevölkerung finanziert worden war, am 12. August 1881 ab. Auch bei anderen slawischen Völkern der Monarchie spielte das Theater eine über das Kulturelle hinausgehende politische Rolle, so bei den Serben, deren Nationaltheater schon 1861 in Neusatz (Novi Sad, Ujvidek) gegründet worden war.

Praha, Národní muzeum, Historisch-archäologische Abteilung, Inv.-Nr. 181.953 P. U.

**15.2.33 Požár Národního divadla [Brand des Nationaltheaters]**

Flugblatt, Druck auf Papier, 13. August 1881; H. = 22 cm, B. = 16 cm

Photokopie

Gleich am Tag nach dem Brand des Nationaltheaters richtete das Komitee, an dessen Spitze František Ladislav Rieger stand, einen Aufruf zu Sammlungen zugunsten der Wiederaufrichtung des zerstörten Theaters: bereits 1883 konnte die Eröffnung stattfinden.

Praha, Státní ústřední archiv P. U.

**15.2.34 Konzept des kaiserlichen Kabinettschreibens an die Böhmen**

Ursprünglich ausgearbeitet von František August Brauner und Alois Pravoslav Trojan, Handschrift von Hofrat Klezansky, Zusätze und Unterschrift von Minister Freiherr Pillersdorf, 8. April 1848

Papier, Handschrift, 4 Blatt, deutsch; H. = 39 cm, B. = 25 cm

In der Petition des Bürgerausschusses wird eine *allgemeine böhmisch-mährisch-schlesische Nationalvertretung* und *ein eigenes verantwortliches Ministerium für die inneren Angelegenheiten dieser Länder und Organisierung der geeigneten administrativen Zentralbehörden für dieselben in Prag* sowie die vollkommene Gleichstellung der böhmischen und der deutschen Nationalität gefordert. Letzteres wurde im Handschreiben zugestanden, die staatsrechtlichen Forderungen hingegen im Wesentlichen abgelehnt. Über die Gültigkeit des kaiserlichen Kabinettschreibens vom 8. 4. 1848 wurde lange Jahre gestritten, bis eine Entscheidung des Obersten Gerichtshofes vom 13. 12. 1898 ihm den Charakter eines gültigen Gesetzes zuerkannte.

Lit.: *Kazbunda, Karel,* České hnutí roku 1848 [Die tschechische Bewegung des Jahres 1848], Praha 1929, S. 83–109, Beilage hinter S. 100 (Faksimile der ersten Konzeptseite). – *Černý, Jan M.,* Boj za právo [Der Kampf um das Recht] I, Praha 1893, S. 58–59 (Text der tschechischen Fassung. – *Traub, Richard,* Kabinetní listy z 23. března a 8 dubra 1848 z hlediska práva jazykového [Die Kabinettschreiben vom 23. März und 8. April 1848 vom Standpunkt des Sprachenrechts], Praha 1919. – *Pech, Stanley Z.,* The Czech Revolution of 1848, Chapel Hill 1969, S. 71–78. – *Prinz, Friedrich,* Prag und Wien 1848. Probleme der nationalen und sozialen Revolution im Spiegel der Wiener Ministerratsprotokolle (Veröffentlichungen des Collegium Carolinum 21), München 1968. – *Stourzh, Gerald,* Die Gleichberechtigung der Volksstämme als Verfassungsprinzip, in: Die Habsburgermonarchie III/2, S. 977ff, 1121f.

Praha, Archiv Národního muzea Praha, Sammlungen 1848 J. Ko.

**15.2.35 Medaille auf das Oktoberdiplom sowie die Sistierung des Februarpatents und die Vertagung des Reichsrates**

Wenzel Seidan; 1865
Dm. = 3,4 cm

Av.: Franz Joseph in Uniform mit Mantel, tschechische Umschrift
Rv.: Die böhmische Krone über Szepter, Schwert, Lorbeer- und Eichenzweig. Inschrift: DNE 20. ŘÍJNA 1860 – DNE 20 ZÁŘÍ 1865 [am 20. Oktober 1860 – am 20. September 1865]

In dem auf Grund des Oktoberdiploms einberufenen böhmischen Landtag sahen die Tschechen das geeignete Forum für die Verfolgung ihrer nationalpolitisch-staatsrechtlichen Ziele. In den durch das Februarpatent installierten Reichsrat traten sie nur unter Abgabe einer Rechtsverwahrung ein und zogen sich bald darauf wieder zurück. Sie begrüßten die unter Belcredi verfügte Aufhebung der Reichsvertretung, weil sie sich davon eine Schwerpunktverlagerung in die Landtage und insgesamt einer Kursänderung in eine föderalistische Richtung versprachen.

Lit.: *Urfus, Valentin,* Die Ausprägung der Idee des historischen böhmischen Staatsrechtes in den sechziger Jahren des 19. Jhdts. und der österreichisch-ungarische Dualismus, in: Der österreichisch-ungarische Ausgleich 1867, hg. v. *L'udozít Holatík,* Bratislava 1971, S. 545–554.

Wien, Kunsthistorisches Museum, Münzkabinett, Sammlung Wurzbach, Inv.-Nr. M 2475 P. U.

**15.2.36 Staatsrechtliche Deklaration von 81 tschechischen Abgeordneten des böhmischen Landtags**

Verfaßt von František Ladislav Rieger, Prag, 22. August 1868

2 Broschüren, Druck auf Papier, 7 + 7 Seiten, tschechisch-deutsch; H. = 25 cm, B. = 21 cm

Auf dem Höhepunkt der tschechischen nationalpolitischen Opposition gegen den österreichisch-ungarischen Ausgleich von 1867 formulierte der alttschechische Führer Fr. L. Rieger eine Deklaration, die das Nichterscheinen tschechischer Abgeordneter im böhmischen Landtag begründen sollte. Die Deklaration vom 22. 8. 1868 behauptete, daß die böhmische Krone nie ihre staatsrechtlich-politische Selbständigkeit einbüßte, daß die Verbindung der böhmischen Länder mit Österreich rein dynastisch sei, daß durch den Ausgleich mit Ungarn dem Königreich Böhmen nicht sein *ebenso altes historisches Recht der Selbstbestimmung in seinem Staats- und Verfassungsangelegenheiten* benommen werden könne und daß die tschechischen Abgeordneten nicht in einen Reichsrat Cisleithaniens, *einer nie dagewesenen und zufälligen Gruppe der ‚übrigen Länder' ohne historische Grundlage* eintreten könnten. Daraus entsprang die Forderung, daß Verhandlungen nur zwischen dem König von Böhmen und der *historisch-politischen böhmischen* Nation geführt werden können. Die 81 Abgeordneten trugen seither den Ehrennamen *Deklaranten;* in der tschechischen Politik wurde später oft mit Nostalgie an die kräftige Sprache der Deklaration gedacht.

Lit.: Abdruck der tschechischen Fassung: *Srb, Adolf,* Politické dějiny národa českého od r. 1861 [Politische Geschichte der böhmischen Nation seit 1861] I, Praha 1899, S. 220–227. – Abdruck der deutschen Fassung: Die österreichischen Verfassungsgesetze mit Erläuterungen, hg. v. *Edmund Bernatzik,* Wien[2] 1911, S. 1087ff. – *Tobolka, Zdeněk,* Politické dějiny československého národa od r. 1848 až do dnešní doby [Politische Geschichte der tschechoslowakischen Nation von 1848 bis auf die heutige Zeit] II, Praha 1933, S. 165–171. – *Purš, Jaroslav,* Tábory v českých zemích v letech 1868–1871 [Volksversammlungen in den böhmischen Ländern 1868–1871], in: Československý časopis historický 6 (1958), S. 252–253. – *Urban, Otto,* Česká společnost 1848–1918 [Die tschechische Gesellschaft 1848–1918], Praha 1982, S. 235–236.

Praha, Archiv Národního muzea Praha, Nachlaß František Ladislav Rieger, sign. 109/1 J. Ko.

**15.2.37 Der Panslawismus**

a. wie sich deutsche Zeitungen ihn vorstellen
b. wie die Slawen ihn meinen
c. und wie er jetzt offenbar tatsächlich aussieht

Karikatur; 1863
Photokopie

a. drei Prager deutsche Tageszeitungen – Tagesbote (mit starkem jüdischen Einfluß), Morgenpost (als deutscher Michel), Bohemia (meistens „Tante Bohemie" genannt)
b. die gewünschte und geträumte Eintracht bei der Göttin „Slawien", der Pole, Russe und Südslawe schreitend, der Slowake und Slowene (?) an der Hand der Göttin; keines der fünf Kinder kann man eindeutig als den Tschechen identifizieren (etwa die Göttin selbst?)
c. ein totes Embryo im Spiritus (oder Lösungswasser)

Humoristické listy, Jg. 5, Nr. 41 vom 11. 7. 1863, S. 328–329 J. Ko.

**15.2.38 „Es brannte, es brannte eine Linde, darunter lag ein Mädchen, Funken fielen auf sie, Burschen beweinten sie."**

(ein bekanntes tschechisches Volkslied)

Karikatur; 1870
Photokopie nach Zeitungsdruck

Inschriften auf dem Bild: Österreich (= die Linde); Dezemberverfassung (= das liegende Mädchen); Arbeiterbewegung – Das Anwachsen Sloweniens – Unruhen in Cattaro – die galizische Resolution – das Nichterscheinen der Tschechen (d. h. im Reichsrat) – Das Auftreten der Tiroler (= einzelne vom brennenden Baum herunterfallende Funken); Tagesbote, Neue freie Presse, Neues Fremdenblatt (= weinende Jungen)
Die tschechische nationalpolitische Opposition gegen den deutschliberalen Zentralismus war sich ihrer gemeinsamen Interessen nicht nur mit den Südslawen, Polen und Tirolern, sondern auch mit der Arbeiterbewegung klar bewußt: es war kurz nach den Arbeiterdemonstrationen vor dem Wiener Reichsrat, einige Monate vor dem Wiener Hochverratsprozeß.

Humoristické listy, Jg. 12, Nr. 11 vom 12. 3. 1870, S. 40 J. Ko.

**15.2.39 Giskras nichtunterbrochener „Ausgleichsfaden"**

Karikatur; 1870
Photokopie nach Zeitungsdruck

Inschriften auf dem Bild (von rechts): K. k. Landes- als Strafgericht; Obrana – Národní listy – Pokrok – Politik – Slovan – Svoboda – Humory (= Humoristické listy) = Titel der immerwährend konfiszierten tschechischen Zeitungen und Zeitschriften am Ende des Bürgerministeriums.

Innenminister Giskra erklärte in der Polemik mit dem Minderheitsvotum des Bürgerministeriums, daß der „Ausgleichsfaden“ zur tschechischen Opposition nicht unterbrochen sei; dieser Faden wird hier als eine Kette dargestellt, mit der die Redakteure tschechischer Oppositionsblätter gefesselt und ins Gefängnis geführt werden.

Humoristické listy, Jg. 5, Nr. 13 vom 25. 3. 1870, S. 45.

J. Ko.

15.2.40 **Reskript v. 12. September 1871**

Originales Manuskript, zweisprachig (tschechisch, deutsch), 3 Blatt; H. = 29 cm, B. = 18 cm

Verständigungsversuche zwischen Regierung und tschechischen Politikern verliefen im Anschluß an die Deklaration vom August 1868 negativ, mehr Erfolg versprach eine Initiative der Regierung Hohenwart 1871. Im Reskript an den Landtag anerkannte Franz Joseph die staatsrechtliche Stellung der Krone Böhmens und stellte seine Krönung in Aussicht. Gleichzeitig forderte er den Landtag jedoch auf, *die Rechtsansprüche des Landes in Einklang zu bringen mit den Forderungen der Machtstellung des Reiches und mit den berechtigten Ansprüchen der anderen Königreiche und Länder.*

Abdruck in: Die österreichischen Verfassungsgesetze mit Erläuterungen, hg. v. *Edmund Bernatzik*, Wien[2] 1911, S. 1091ff. – Lit.: Das böhmische Staatsrecht in den deutsch-tschechischen Auseinandersetzungen des 19. und 20. Jahrhunderts, hg. v. *Ernst Birke* und *Kurt Oberdorffer*, Marburg/Lahn 1960.

Praha, Státní ústřední archiv, Inv.-Nr. AČK č 2516 P. U.

15.2.41 **Fundamentalartikel 1871**

Druck auf Papier, 10 Seiten, zweisprachig (tschechisch, deutsch); H. = 26 cm, B. = 20,5 cm

In Folge des Septemberreskripts arbeitete der böhmische Landtag sog. Fundamentalartikel aus, in denen er seine Zustimmung zum Ausgleich mit Ungarn gab, die zentralistische Einrichtung der nichtungarischen Reichshälfte aber verwarf. Für alle Böhmen betreffenden Angelegenheiten, die nicht als gemeinsam im Sinne des österreichisch-ungarischen Ausgleichs galten (Außenpolitik, Kriegswesen, diesbezügliche Finanzen), sollte grundsätzlich der böhmische Landtag bzw. die unter einem Hofkanzler stehende Landesregierung zuständig sein. Darüberhinaus waren zur Behandlung von Gegenständen, die mehrere Länder tangierten, lediglich „Delegierten-Kongresse“ und ein Ministerium vorgesehen, dem neben Ressortministern auch die Hofkanzler bzw. Länderminister angehören sollten; insgesamt also eine Rückkehr hinter die theresianischen Reformen von 1749.

Lit.: *Büchsel, Elisabeth-Charlotte,* Die Fundamentalartikel des Ministeriums Hohenwart-Schäffle von 1871. Ein Beitrag zum Problem des Trialismus im Habsburgerreich (= Breslauer Historische Forschungen 17), Breslau 1941.

Praha, Státní ústřední archiv, PM 1871–1880, 2/4/4 (brožura) P. U.

15.2.42 **Reskript an den böhmischen Landtag vom 30. Oktober 1871**

Druck auf Papier; H. = 13 cm, B. = 16,5 cm

Die Fundamentalartikel wurden von den Deutschliberalen in- und außerhalb Böhmens, von seiten der ungarischen Regierung, aber auch des Deutschen Reiches vehement abgelehnt. Der Kaiser gab diesen Pressionen nach und wies die Fundamentalartikel (ebenso wie ein Nationalitätengesetz, das die weitgehende Gleichstellung der Tschechen und Deutschen gebracht hätte) zurück; das Kabinett Hohenwart demissionierte. Die Verbitterung unter den Tschechen war grenzenlos; langfristig gesehen führte das Scheitern ihrer Autonomiepläne aber zu einer grundlegenden Neuorientierung ihrer Politik. In welchen Formen sich der Unmut der Tschechen äußerte, zeigt der handschriftliche Vermerk auf der Rückseite: *Einer jener Zettel, der von den Tschechen aus Hohn gegen . . . zu heimlichen Zwecken benützt und an Faden gereiht wurde – Schandfleck!*

Wien, Österreichische Nationalbibliothek, Flugschriftensammlung, Inv.-Nr. 1871/3 P. U.

15.2.43 **Medaille auf František Palacký**

Wenzel Seidan; 1861
Dm. = 4,4 cm

Av.: Brustbild, FRANTIŠEK PALACKÝ
Rv.: Der weibliche Genius der Geschichtsforschung auf dem gekrönten böhmischen Löwen sitzend, in der rechten Hand Tafel und Feder haltend, mit der

Linken einen Schleier entfernend. Als Legende Palackýs Devise:
SVOJI KE SVÉMU A VŽDY DLE PRAVDY [Jedem das Seine und alle für die Wahrheit] – OD JEHO CTITELŮV [Von seinen Verehrern]

An František Palacký (1798–1876) läßt sich der Wandel vom romantischen Nationsbegriff, der das Nationale primär im Kulturellen ansiedelte, zu einem solchen aus dem Arsenal des administrativ-politisch-gesellschaftlichen Bereichs und seiner Umsetzung im politischen Tagesgeschehen gut verfolgen. Seine politischen Vorstellungen kreisten um die optimale Verwirklichung des nationalen Gedankens. Diese dachte er sich durchaus im Rahmen der Habsburgermonarchie, dieses *notwendigen Völkervereins,* soferne sich dieser Staat von den Prinzipien des Föderalismus und der Gleichberechtigung der Nationen leiten ließe. Seine, implizit gegen Rußland gerichtete austroslawische Position von 1848 entsprach jedoch nicht dem Gang der historischen Entwicklung. Zunehmend machten sich bei ihm, für den die Entfaltung seines Volkes stets Vorrang vor allen anderen Überlegungen hatte, Zweifel an dem „europäischen Beruf", an der Notwendigkeit der Existenz des Habsburgerreiches für die Tschechen bemerkbar.

Lit.: *Plaschka, Richard Georg,* The political significance of František Palacký, in: Journal of Contemporary History 8 (1973), S. 35–55. – ÖBL VII, Wien 1978, S. 294ff. – *Zacek, Joseph Frederick,* František Palacký (1798–1876), a centennial appreciation, in: East European Quarterly 15/1 (1981).

Wien, Kunsthistorisches Museum, Münzkabinett, Sammlung Wurzbach, Inv.-Nr. D 7055 P. U.

**15.2.44 Porträts verschiedener tschechischer Politiker**

Photokopien; H. = 17 cm, B. = 13 cm

a. František Palacký (vgl. Kat.-Nr. 15.2.43)
b. František Ladislav Rieger (1808–1903) zählte schon 1848 zu den bedeutendsten Politikern der ständisch-liberalen, großbürgerlichen Gruppe. Nach 1860 wurde er, der mit Palacký verschwägert war, der führende Kopf und treibende Motor der tschechischen Nationalpartei, der „Alttschechen", die – bei aller sonstigen Gegensätzlichkeit – in national-staatsrechtlichen Dingen mit der Gruppe des konservativen Hochadels um Heinrich Jaroslav Clam-Martinic zusammenarbeiteten.
c. František August Brauner (1810–1880)
d. Karel Havlíček (1821–1856). Beide Politiker vertraten demokratischere, „volksnähere" Ansichten als etwa die Gruppe um Rieger und Palacký. Brauner machte sich schon vor 1848 einen Namen mit seinem Kampf für die Aufhebung der Robot; Havlíček (nach 1848 zeitweise in Brixen konfiniert) war der erste tschechische Journalist moderner Prägung. Beide leisteten viel für die Verbreitung des tschechischen Nationalgedankens in breiten Kreisen der Bevölkerung.

Lit.: Biographisches Lexikon zur Geschichte Südosteuropas, hg. v. *Mathias Bernath* und *Felix v. Schroeder,* Bd. IV, München 1981, S. 48ff. – *Kořalka, Jiří,* Persönlichkeiten des politischen Lebens in den böhmischen Ländern, in: Anzeiger der phil.-hist. Klasse der Österreichischen Akademie der Wissenschaften 119 (1982), S. 11–25.

Tábor, Muzeum husitského revolučního hnutí
P. U.

**15.2.45 Spazierstock mit Žižka-Kopf** Abb.

Böhmen; nach 1860
Holz; L. = 86 cm, B. des Kopfes = 9,5 cm

Kat.-Nr. 15.2.45

Zum städtischen Männeranzug gehörte im 19. Jahrhundert ein meistens geschmückter Spazierstock. Großer Beliebtheit unter tschechischen Patrioten, nach 1860 vor allem unter nationalbewußten Liberalen und Demokraten, erfreuten sich Spazierstöcke mit dem Kopf des niemals besiegten Hussitenhauptmanns Jan Žižka († 1424). Initiator der Erzeugung und Verbreitung von Žižka-Spazierstöcken war der Taborer Hauptschuldirektor Antonín Svatoš (1777–1850), der dazu mehrere Drechslermeister in Tabor gewann. Als Kopf des ausgestellten Spazierstockes dient die Büste des einäugigen Žižka mit einem Hussitenkelch auf der Brust und einem bizarr geschmückten Helm. Der Schaft ist untraditionell mit einem weltlichen Motiv der Obsternte und im unteren Teil mit Eichenzweig versehen.

Lit.: *Schneider, Josef,* Jan Žižka a Tábor [J. Ž. und Tabor], České Budějovice 1974, S. 44–45. – *Kořalka, Jiří,* Výzkum husitského Tábora v počátcích táborského muzea [Die Erforschung des hussitischen Tabor in den Anfängen des Taborer Museums], in: Husitský Tábor 2 (1979), S. 109–110.

Tábor, Muzeum husitského revolučního hnutí, Inv.-Nr. 9/79 P. B.

## 15.3 Dualismus

### 15.3.1 Franz Joseph in ungarischer Tracht mit Stephansorden

F. Russ; 1865
Photokopie

Esztergom, Priesterseminar

### 15.3.2 Dualismus

Karte, Entwurf: W. B., Ausführung: S. Proidl

Vgl. Kat.-Nr. 15.1.2.

### 15.3.3 Der Ausgleich

Graphik: Entwurf: W. B., nach Graphik W. Brauneder – F. Lachmayer, in: W. Brauneder, Österreichische Verfassungsgeschichte, Wien[3] 1983, 183f. – Ausführung: S. Proidl

Über das Wesen des „Ausgleichs" und seiner Einrichtungen ergaben sich zwischen Cisleithanien und Ungarn zum Teil grundlegende Differenzen. Nach cisleithanischer Auffassung bestand nach wie vor ein die cisleithanischen und die ungarischen Länder umfassender Gesamtstaat – „Österreich" – mit eigenen Organen, nämlich den „Delegationen" als Parlament und den „k. u. k. Ministern" als Regierung, sowie einem einheitlichen Heer fort. Hingegen war nach ungarischer Auffassung der Gesamtstaat in zwei Staaten – Österreich, Ungarn – geteilt worden, die einige Angelegenheiten gemeinsam besorgten, wofür die jeweiligen Parlamente Ausschüsse bildeten („Delegationen") und welche die „k. u. k. Minister" als solche sowohl Österreichs wie Ungarns verwalteten; demnach gab es auch kein einheitliches Heer, sondern nur Heereskontingente der beiden Staaten. Die ungarische Auffassung setzte sich letztlich durch.

Lit.: *Mischler, Ernst* und *Ulbrich, Josef,* Österreichisches Staatswörterbuch I, Wien[2] 1905, S. 66ff. (Art. Delegationen) Ebd. II, Wien[2] 1906, S. 352ff. (Art. Gemeinsame Angelegenheiten) Ebd. III, Wien[2] 1907, S. 1019ff. (Art. Quote).

W. B.

### 15.3.4 Eröffnung des ungarischen Landtags 1865

Lithographie; H. = 32,5 cm, B. = 46,5 cm

Der Versuch, 1861 auf der Basis von Oktoberdiplom und Februarpatent zu einem modus vivendi mit den Ungarn zu kommen, scheiterte. Die ungarischen Politiker lehnten die Unterordnung unter Wien ab (vgl. Kat.-Nr. 15.1.33) und verlangten die Wiederherstellung des unabhängigen, nur dem Landtag verantwortlichen Ministeriums, vertraten also den Standpunkt der Rechtskontinuität der Verfassung von 1848. Schmerling löste den Landtag auf, das „Provisorium" war eine Neuauflage des Absolutismus. Ende 1864/Anfang 1865 gab Franz Joseph die „Verwirkungstheorie" auf und unternahm neue Sondierungen; der „Osterartikel" Deáks, in dem der liberale Politiker die Tatsache von, aus der Pragmatischen Sanktion herrührenden Gemeinsamkeiten, die über eine reine Personalunion hinausgingen, prinzipiell anerkannte, war bereits ein Resultat dieser Bemühungen. Vom Ende 1865 zusammentretenden Landtag versprach man sich die Lösung des Problems, das die innere Politik des Reiches für viele Jahre beherrscht hatte.

Lit.: *Hanák, Peter,* Antezedenzien des Osterartikel Deáks, in: Acta Historica S. 271–308.

Budapest, Magyar Nemzeti Múzeum, Történelmi Kepcsarnoka Inv.-Nr. 53.1077 P. U.

**15.3.5 Thronrede Franz Josephs**

Thronrede anläßlich der Eröffnung des ungarischen Landtags am 14. Dezember 1865
Druck auf Papier; H. = 22 cm, B. = 17 cm

Franz Joseph ging in seiner Rede davon aus, daß *Rechtsverwirkung einer –, starre Rechtskontinuität andererseits . . . zu keinem Ausgleich führen* könnten, ein solcher wäre nur auf der Basis der Pragmatischen Sanktion zu erzielen. Als erste Aufgabe des Landtags galt *die Bestimmung der Verhandlung und der Behandlung der mit den übrigen Ländern und Provinzen Unseres Reiches gemeinsamen Angelegenheiten,* darüber hinaus die Revision der Gesetze von 1848 im Sinne einer stärkeren Berücksichtigung der herrscherlichen Rechte. Ende März 1866 setzte das Abgeordnetenhaus eine Kommission bzw. ein Subkomitee ein (den sog. 15er Ausschuß), in dem der Umfang gemeinsamer Angelegenheiten erarbeitet wurde. Nach Königgrätz wurde das Majoritätsgutachten des 15er Ausschusses zur Grundlage weiterer Verhandlungen genommen, bei dem sich die ungarischen Politiker mit ihren Vorstellungen über das Ausmaß der gemeinsamen Angelegenheiten weitgehend durchsetzten, während sie bei der Revision der Gesetze von 1848 Konzessionen machen mußten.

Lit.: *Somogyi, Éva,* Vom Zentralismus zum Dualismus, insbes. S. 53ff. und S. 80ff.

Budapest, Országos Széchényi Könyvtár, Flugschriftenabteilung, Inv.-Nr. 1865 P. U.

**15.3.6 Medaille auf die Eröffnung des ungarischen Landtags**

Anton Pittner; 1865
Dm. = 5,0 cm

Av.: gekröntes ungarisches Wappen, umgeben von sechs Landeswappen (Siebenbürgen, Slavonien etc.), im äußeren Kreis 27 Komitatswappen
Rv.: 29 Komitatswappen, ungarische Inschrift

Die Medaille nimmt einerseits Bezug auf die „territoriale Integrität" Ungarns, die Vereinigung Ungarns und aller seiner „Nebenländer" unter der Krone des hl. Stephan (nach der Auflösung des Siebenbürgischen Landtags in Hermannstadt und dem Unionsbeschluß des Klausenburger Landtags nahmen an den Sitzungen in Pest auch wieder Abgeordnete aus Siebenbürgen teil, während Kroatien sich abseits hielt) andererseits auf die besondere Stellung der Komitate, die im ungarischen Staatsorganismus stets mehr waren als bloße Verwaltungssprengel.

Wien, Kunsthistorisches Museum, Münzkabinett, Sammlung Wurzbach, Inv.-Nr. M 1060 P. U.

**15.3.7 Ausgleichgesetz**

Gesetzartikel XII/1867 über die zwischen den Ländern der ungarischen Krone und den übrigen unter der Regierung Sr. Majestät stehenden Ländern obwaltenden Verhältnisse vom gemeinsamen Interesse und über den Modus ihrer Behandlung
Papier, verziert; H. = 44 cm, B. = 28 cm, roter Samteinband

Das Gesetz umschreibt die aus der Pragmatischen Sanktion herrührenden gemeinsamen Angelegenheiten (Auswärtigen Angelegenheiten, Kriegswesen, Finanzen, soweit sie die beiden Gegenstände betrafen). Für deren Durchführung wurde ein gemeinsames Ministerium errichtet, eine gemeinsame Legislative gab es hingegen nicht (vgl. Kat.-Nr. 15.3.38). Daneben gab es „Angelegenheiten von gemeinsamem Interesse", die zwar nicht aus der Pragmatischen Sanktion flossen, jedoch „zweckmäßiger im gemeinsamen Einverständnisse als strenge gesondert, erledigt werden können". Dazu zählten eine Reihe wirtschaftlicher Agenden; hinsichtlich dieser Angelegenheiten war ein „freies Abkommen" (der jeweils auf 10 Jahre begrenzte sog. „wirtschaftliche Ausgleich") vorgesehen.

Lit.: *Žolger, Ivan,* Der staatsrechtliche Ausgleich zwischen Österreich und Ungarn, Leipzig 1911 (Publikation des ungarischen als auch des deutschen Textes des Ausgleichsgesetzes). – *Radvánsky, Anton,* Das ungarische Ausgleichsgesetz vom Jahre 1867, in: Der österreichisch-ungarische Ausgleich von 1867. Vorgeschichte und Wirkungen, Wien 1967, S. 90–112.

Budapest, Magyar Országos Levéltár, N 45, Fasc. 3 P. U.

**15.3.8 Inauguraldiplom**

Gesetzartikel II/1867
Ofen, 6. Juni 1867
Papier, verziert; H. = 44 cm, B. = 28 cm, roter Samteinband

In seinem Diplom erwähnt Franz Joseph die Thronentsagung seines Onkels und den Verzicht seines Vaters (Akte, deren Rechtmäßigkeit und

Geltung für Ungarn vorher von vielen bezweifelt wurden) und erklärte, daß *die Formfehler der Abdankungsurkunden keine nachteiligen Folgerungen hinsichtlich der gesetzlichen Selbständigkeit und der Unabhängigkeit des Landes* zur Folge hätten. Der Herrscher versprach, die bisherigen *Privilegien, gesetzmäßigen Gewohnheitsrechte und Gesetze* (mit Ausnahme des ius resistendi) einzuhalten, die heilige Krone stets im Lande zu belassen und sich für die Reinkorporierung aller Provinzen und Nebenländer Ungarns einzusetzen.

Budapest, Magyar Országos Levéltár, N 45, fasc. 3 M. Ko.

**15.3.9 Eidesleistung Franz Josephs am 8. Juni 1867**

Alajos Nagy; 1867
Photokopie

Vor der Garnisonskirche in Pest legte Franz Joseph den Eid ab, *die Rechte, die Verfassung, die gesetzliche Unabhängigkeit und die territoriale Integrität Ungarns und seiner Nebenländer unversehrt* [zu] *bewahren*. Erst dann begab er sich zur Krönung nach Ofen.

Budapest, Budapesti történeti Múzeum, Inv.-Nr. 28406 P. U.

**15.3.10 Missa Coronationalis . . .**

Producta die 8va Junii 1867 cum Suae Majestatis Franciscus Josephus 1us Austriae Imperator et Elisabetha Imperatrix Regni Hungariae Corona redimirentur, Partitur

Franz Liszt; 1867
Titelblätter in ungarischer, lateinischer und deutscher Sprache

Die Krönungszeremonie fand am 8. Juni 1867 in der Matthiaskirche statt, vgl. Kat.-Nr. 21.13.

Wien, Gesellschaft der Musikfreunde, Inv.-Nr. I 29.204 P. U.

**15.3.11 Drei neue politische Gebete der Ungarn**

Satire; 1867
Druck auf Papier; H. = 18 cm, B. = 11,5 cm

Satirische Betrachtungen über die durch den Ausgleich neugeschaffene politische Lage

a. Politisches Morgen- und Abendgebet der Ungarn
b. Der ungarische Gruß
c. Ungarisches Glaubensbekenntnis

Budapest, Országos Széchényi Könyvtár, Flugschriftenabteilung, Inv.-Nr. 1867 P. U.

**15.3.12 Die Geburt der dualistischen Wunderzwillinge**

Karikatur; 1867
Photokopie nach Zeitungsholzschnitt

Text: *Väterchen Österreich-Ungarn* [= Deák]: Reißt einander nicht hin und her, meine geliebten siamesischen Zwillingsbrüder, da ihr doch in Hinkunft gemeinsam leben und sterben müßt!
*Zwillinge:* Es ist ja gut, Vater, aber was sollen wir machen, wenn der Appetit bzw. die Notdurft uns zur gleichen Zeit befällt?
*Vater:* Nun in so einem Fall wird unser Herr, der Kaiser, die Angelegenheit entscheiden.
*Transleithanischer Zwilling:* Aber ich habe in der Schule nie gelernt, daß er [der Kaiser] auch so friedfertig sein kann!
*Vater:* Kusch, sei nicht neunmalklug, wenn die Opportunität das Schweigen befiehlt!

Photokopie aus: *Rozsá, György – Spira, György,* Negyvennyolc a kortársak szemével, Budapest 1973, Abb. 875 P. U.

**15.3.13 Hymnus – Dualismus**

Karikatur
Photokopie nach Zeitungsholzschnitt

Borsszem Jankó P. U.

**15.3.14 Friedrich Ferdinand Frh. v. Beust**

Josef Kriehuber; 1867
Farblithographie; H. = 27 cm, B. = 21,2 cm

Friedrich Ferdinand Frh. v. Beust (1809–1886), vor Königgrätz sächsischer Außenminister, wurde am 30. Oktober 1866 von Franz Joseph zum Minister des kaiserlichen Hauses und des Äußern berufen. Er war an den Verhandlungen, die zum Ausgleich mit Ungarn führten, beteiligt, vor allem aber ist die unveränderte Annahme dieser Übereinkunft im nichtmagyarischen Teil der Monarchie auf sein Wirken zurückzuführen. Schon Belcredi hatte die dem Ausgleich zugrundeliegenden

Prinzipien im wesentlichen akzeptiert, doch wollte er das Ergebnis der Verhandlungen „den legalen Vertretern der anderen Königreiche und Länder vorlegen, um ihren gleichgewichtigen Ausspruch zu vernehmen und zu würdigen". Beust riet davon ab, er meinte, daß der dualistische Ausgleich allein auf den Magyaren und den liberalen Deutschen Österreichs, die er durch die Zusicherung konstitutioneller Reformen gewann, aufzubauen sei und daß man das Ausgleichselaborat als ein fait accompli vorlegen müsse, um so den Widerstand der Föderalisten (in erster Linie der Slawen) von vornherein auszuschalten.

Lit.: *Engel-Janosi, Friedrich,* Einleitung zu: Die Protokolle des Österreichischen Ministerrates 1848–1867 VI: Das Ministerium Belcredi, Bd. 2, bearb. v. *Horst Brettner-Messler,* Wien 1973, S. VIII–LV, insbes. S. XXXIIff.

Wien, Historisches Museum der Stadt Wien, Inv.-Nr. 90.382 P. U.

**15.3.15 Ferenc Deák**

Photographie; um 1865
H. = 10,5 cm, B. = 6,5 cm

Schon im Vormärz ein führender Vertreter der liberalen Reformpolitiker trat Ferenc Deák (1803–1876) 1848 als Justizminister in das Kabinett Batthyány ein. Im Verlauf des Neoabsolutismus wurde er zum unbestrittenen Führer der Nation, als welcher er gegenüber Übergriffen der kaiserlichen Politik den passiven Widerstand und das geduldige Abwarten günstiger Verhandlungsmöglichkeiten propagierte. In der Sache fest auf dem Boden der Rückkehr zur Rechtsbasis von 1848 stehend, trat er auf dem Landtag von 1861 für eine konziliantere Form der Ablehnung von Oktoberdiplom und Februarpatent ein. Nach einer Sinnesänderung des Monarchen Ende 1864, Anfang 1865 kam es nach langwierigen Verhandlungen, bei denen neben Deák im Laufe der Zeit Gyula Andrássy besonders in den Vordergrund trat, 1867 zum Abschluß des „Ausgleichs". Deák nahm kein Ministerportefeuille an und zog sich nach 1867 zunehmend aus der Tagespolitik zurück, bis zu seinem Tod blieb er aber die unbestrittene Autorität im politischen Leben Ungarns.

Lit.: Biographisches Lexikon zur Geschichte Südosteuropas, Bd. I, hg. v. *Mathias Bernath* und *Felix v. Schroeder,* München 1974, S. 381ff.

Budapest, Kiscelli Múzeum, Inv.-Nr. 13.294 P. U.

**15.3.16 Ferenc Deák**

Photographie; H. = 19,5 cm, B. = 14,5 cm

Budapest, Kiscelli Múzeum, Inv.-Nr. 24.582 bzw. 21.102 P. U.

**15.3.17 Verschiedene Gegenstände aus Deáks Besitz**

Briefbeschwerer, Tintenfaß, Briefmappe mit Löschpapier und Visitkarten.

Budapest, Kiscelli Múzeum P. U.

**15.3.18 Zigarettenetui aus dem Besitz Ferenc Deáks**

Goldbestickter Samt, braun, in Messingrahmen; L. = 15 cm

Budapest, Magyar Nemzeti Múzeum, Textilsammlung, Inv.-Nr. T. 1973.468 K. F.-D.

**15.3.19 Taschentuch**

Weißleinen, in der Ecke weißgestickt ein Monogramm D. F.; H. = 60 cm, B. = 64,5 cm

Daß das Stück aus Deáks Besitz stammt, bestätigt eine schriftliche Beilage.

Budapest, Magyar Nemzeti Múzeum, Textilsammlung, Inv.-Nr. T. 1964.44 K. F.-D.

**15.3.20 Brief Kossuths an Deák, Paris, 22. Mai 1867**

Druck auf Papier; H. = 58 cm, B. = 45 cm, ungarisch

In dem Brief, der als Flugschrift im Land weite Verbreitung fand, warnte Kossuth vor den verderblichen Folgen des Ausgleichs, der *unsere Nachbarn in Westen und Osten mit uns verfeindet, eine befriedigende Lösung der internen Nationalitätenfrage und einen Ausgleich mit Kroatien vereitelt und unser Land in den sich ankündigenden europäischen Konflikten zur Zielscheibe der miteinander wetteifernden Ambitionen macht.* Er mahnte, Ungarn möge sich nicht als Scheiterhaufen anbieten, *auf dem die Geschichte den österreichischen Adler verbrennen werde* und befürchtete, daß die ungarische Nation in eine Lage kommen würde, *in der sie die Zukunft nicht mehr zu meistern vermag.* Wegen seiner düsteren Prophezeiungen wurde Kossuths Schreiben allgemein als „Kassandra-Brief" bezeichnet. Kossuths Ablehnung wurde im Parlament nur von einer kleinen Gruppe, der „äußersten Linken" bzw. der „48er-Unabhängigkeitspartei" geteilt; unter der Bevölkerung als solcher fanden Kossuths Thesen und der Wunsch nach völliger Unabhängigkeit bzw. einer Personalunion hingegen weite Verbreitung.

Lit.: Die Geschichte Ungarns, hg. v. *Erwin Pamlényi*, Budapest 1971, insbes. S. 374ff.

Budapest, Országos Széchényi Könyvtár, Flugschriftenabteilung, Inv.-Nr. 1867 P. U.

### 15.3.21 Das Ministerium Andrássy

Porträts der Minister auf Tüll gestickt, Gobelin mit Perlen- und Seidenstickerei; H. = 29 cm, B. = 41 cm

Nachdem Anfang 1867 Einigung über den Inhalt des Ausgleichs erzielt worden war, wurde Gyula Andrássy (1823–1890) am 17. Februar zum Ungarischen Ministerpräsidenten ernannt. Es wurden die schon 1848 vorgesehenen acht Fachministerien geschaffen; ein neuntes kam später mit der Ernennung eines Ministers für Kroatien, Slawonien und Dalmatien dazu. Anders als 1848 waren die Regierungen der Ausgleichsepoche in der Praxis aber keine parlamentarischen Kabinette: die königlichen Rechte in bezug auf die Oberaufsicht über sämtliche Verwaltungsbehörden und über die Gestaltung und Vollziehung der Gesetze, wie sie sich u. a. in der „Vorsanktion" manifestierte, waren recht ausgeprägt. Das wurde auch durch die Tatsache nicht aufgewogen, daß im Vergleich zu seinem cisleithanischen Kollegen der ungarische Ministerpräsident für sich einen umfassenderen Wirkungskreis erreichen konnte.

Lit.: *Barany, George*, Ungarns Verwaltung 1848–1918, in: Die Habsburgermonarchie II, S. 306–468, insbes. S. 398ff.

Budapest, Magyar Munkásmozgalmi Múzeum, Inv.-Nr. 1885/1956 fk P. U.

### 15.3.22 Die Verwaltung in Ungarn

Graphik, Entwurf: W. B., Ausführung: S. Proidl

Anders als Cisleithanien ist Transleithanien ein zentralisierter Einheitsstaat, in dem allerdings das „Königreich Kroatien-Slawonien" eine Sonderstellung einnimmt. Es besitzt eine eigene Landesgesetzgebung, eine eigene Verwaltung und eine eigene Gerichtsbarkeit. Wie das restliche Transleithanien („Ungarn" i. e. S.) ist Kroatien-Slawonien zentralistisch organisiert und besitzt, wie gleichfalls das übrige Transleithanien, autonome Komitate und Gemeinden. Ein Hauptunterschied zwischen den cisleithanischen Ländern und den transleithanischen Komitaten besteht vor allem darin, daß diese keine eigene Gesetzgebung aufweisen, sondern auf Verwaltungsangelegenheiten beschränkt sind.
Wie der Behördenaufbau Cisleithaniens geht auch der in Transleithanien vom Prinzip der Gewaltentrennung aus. Die Gerichtsbarkeit obliegt einer mehrstufigen, unabhängigen Gerichtsorganisation. Die Verwaltung besorgen entweder staatliche Behörden, und zwar unmittelbare Behörden (nicht in Kroatien-Slawonien) oder die staatlichen Behörden in den Komitaten (Obergespan); ferner die autonomen Behörden der Komitate (Vizegespan bzw. Bürgermeister in einer Munizipalstadt) und die Gemeinden. Den Komitaten obliegt auch die Lokalverwaltung (Oberstuhlrichter) in den Bezirken. Auf Komitatsebene verbindet der „Verwaltungsausschuß" die autonome mit der staatlichen Verwaltung.

Lit.: *Mischler-Ulbrich*, Österreichisches Staatswörterbuch IV, S. 576ff (Ungarn), insbes. S. 596ff.

W. B.

### 15.3.23 Zirkular ([14 szám]/M. E.) des Ministeriums Andrássy vom 23. Februar 1867

Druck auf Papier; H. = 34 cm, B. = 21 cm, ungarisch

Mit diesem Zirkular wies Andrássy die untergeordneten Behörden in Ungarn auf die Überleitung der Verwaltung in die Kompetenz des neuen Ministeriums hin.

Budapest, Kiscelli Múzeum, Flugschriften, Schachtel 57, Inv.-Nr. 74.639.1 P. U.

### 15.3.24 Lajos Mocsáry als Verteidiger der Komitatsautonomie

Karikatur
Photokopie nach Zeitungsholzschnitt

Schon im Vormärz standen sich „Munizipalisten" – jene, die an der traditionellen Munizipalautonomie festhielten – und „Zentralisten" – jene, die für die Ein- und Unterordnung der Komitate in den staatlichen Verwaltungsorganismus eintraten – gegenüber. Mocsáry und seine Anhänger sahen in den Komitaten und der Aufrechterhaltung ihrer alten Rechte und Privilegien eine „Bastion der Verfassung", während für andere deren unveränderte Fortdauer als mit einem modernen parlamentarischen Regierungs- und Verwaltungssystem unvereinbar galt.

Lit.: *Barany, George,* Ungarns Verwaltung 1848–1918, in: Die Habsburgermonarchie II, S. 306–468, insbes. S. 391 ff.

Borsszem Jankó v. 4. Oktober 1868 P. U.

**15.3.25 Das Abreißen eines alten Hauses**

Karikatur
Photokopie nach Zeitungsholzschnitt

1870 wurde die Stellung der Komitate und der anderen Munizipien gesetzlich geregelt: die Komitate sollten Organe der Selbstverwaltung bleiben, aber auch die staatliche Verwaltung vermitteln, die sich außerhalb der Zentrale ja erst eine entsprechende Organisation aufbauen mußte. Mit der Spezialisierung des ungarischen Verwaltungssystems kamen immer neue Zweige der Verwaltung in den Wirkungsbereich der Fachministerien, bzw. wurden den Munizipalitäten entzogen. Eigentlich gab es also zwei Verwaltungen, eine staatliche und eine munizipale. Die Karikatur nimmt auf diesen Sachverhalt Bezug: sie zeigt ein altes, baufälliges Gebäude, das Komitatshaus, umringt von Neubauten, Unterricht, Finanzen, Justiz (von links nach rechts) darstellend.

Lit.: *Timon, Ákos v.,* Ungarische Verfassungs- und Rechtsgeschichte mit Bezug auf die Rechtsentwicklung der westlichen Staaten, Berlin[2] 1919. – *Marczali, Heinrich,* Ungarische Verfassungsgeschichte, Tübingen 1910. – *Barany, George,* Ungarns Verwaltung 1848–1918, in: Die Habsburgermonarchie II, S. 306–468, insbes. S. 422 ff.

Borsszem Jankó v. 15. März 1891 P. U.

**15.3.26 Der Obergespan – gestern und morgen**

Karikatur
Photokopie nach Zeitungsholzschnitt

Die „Verstaatlichung" der Komitatsverwaltung läßt sich auch an der Person des Obergespans ablesen. Während vor 1848 die Würde eines Obergespans ein, meist in Händen der Aristokratie befindliches Ehrenamt war, bei dem es mehr auf Repräsentation denn auf bürokratische Effizienz ankam, sollten nach den Vorstellungen der Reformer die Obergespane eine wichtige administrative Funktion erfüllen.

Borsszem Jankó v. 12. April 1891 P. U.

**15.3.27 An die Bewohner des Temeser Komitats, Jänner 1861**

Druck auf Papier; H. = 48 cm, B. = 60 cm

Im Zusammenhang mit der Rückkehr zum historischen Recht kam es in Ungarn 1860 zur Wiedererrichtung der Komitatsverwaltung, allerdings mit Modifikationen, die den Gesetzen von 1848 Rechnung trugen. 1861 wieder suspendiert, trat die traditionelle Komitatsselbstverwaltung mit dem Ausgleich wieder ins Leben.

Lit.: *Szabad, György,* Hungarian political trends between the revolution and the compromise (1849–1867), Budapest 1977.

Wien, Österreichische Nationalbibliothek, Flugschriftensammlung, Inv.-Nr. 1861/4 P. U.

**15.3.28 Verzeichnis der an den Komitatssitzungen Teilnahmeberechtigten des Komitats Torontal, 1861**

Druck auf Papier; H. = 32 cm, B. = 20 cm

Bei den Komitatsversammlungen war keineswegs die gesamte Bevölkerung vertreten, unter den 120–600 Mitgliedern dominierte der begüterte Komitatsadel und die Gentryintelligenz. Die nichtmagyarischen Nationalitäten hatten in der Regel keine ihren Zahlenverhältnis entsprechende Repräsentanz, hingegen spielte die Religionszugehörigkeit keine besondere Rolle, zumindest 1861 konnten auch Juden in die Munizipalausschüsse entsandt werden. Eine aus der politischen Situation der Zeit erklärbare Besonderheit bildet die Tatsache, daß häufig „moralisch tote" Personen, die sich im Neoabsolutismus im Sinne der Regierung betätigt hatten, von der Wählbarkeit ausgeschlossen wurden.

Budapest, Országos Széchényi Könyvtár, Flugschriftenabteilung, Inv.-Nr. 1861 P. U.

**15.3.29 Ergebnisse der Wahlen für Komitatsbeamte 1861**

Druck auf Papier, 3 Blatt; H. = 40 cm, B. = 25 cm

In der Komitatsverwaltung wurde nur der Obergespan vom König bzw. nach 1867 vom Ministerium ernannt (oft waren diese Positionen innerhalb einer Familie auch erblich), die übrigen Amtsträger wurden in der Generalversammlung der Komitatsausschüsse gewählt. Das System der Beamtenwahlen bot zwar die Möglichkeit, sich rasch von unfähigen Amtsträgern zu trennen, andererseits bot es dem Nepotismus und politischer Einflußnahme weiten Raum und war einem geregelten Verwaltungsablauf nicht eben förderlich.

Budapest, Országos Széchényi Könyvtár, Flugschriftenabteilung, Inv.-Nr. 1861 P. U.

### 15.3.30 Tarockpartie im Klub der Liberalen Partei

Arthur Ferraris; 1894
Heligravüre; H. = 60,2 cm, B. = 77,1 cm

Beim Tische rechts sitzt Kálmán Tisza, ihm gegenüber Mór Jókai, rechts stehen Frigyes Podmanicky und Kálmán Mikszát. Im Hintergrund an der Wand ein Bild von Ferenc Deák.
Kálmán Tisza (1830–1902) war 1848/49 Landtagsabgeordneter und gehörte dem Debreciner Rumpfparlament an. 1861 einer der Führer der „Beschlußpartei", war er im Landtag von 1865 Vorsitzender des „Linken Zentrums", der stärksten Oppositionspartei gegen Deák. Tisza war nicht prinzipiell gegen den Ausgleich, wohl aber gegen dessen konkrete Form, und sprach sich in den „Biharer Punkten" für eine Ausdehnung und präzisere Umschreibung des Ausmaßes der ungarischen Selbständigkeit aus. Nach innenpolitischen Krisenerscheinungen kam es im März 1875 zur Fusion der Deák-Partei mit den Linken Zentrum, die daraus hervorgehende „Liberale Partei" bestimmte die Geschicke Ungarns für mehr als eine Generation; Tisza selbst übte das Amt des Ministerpräsidenten bis 1890 aus.

Lit.: *Gottas, Friedrich*, Ungarn im Zeitalter des Hochliberalismus. Studien zur Tisza-Ära 1875–1890, Wien 1976.

Budapest, Magyar Nemzeti Múzeum, Történelmi Képcsarnoka, Inv.-Nr. 55.767 G. R. / P. U.

### 15.3.31 1848–1867

Karikatur
Photokopie nach Zeitungsholzschnitt

Die Karikatur vergleicht das Ausmaß der Selbständigkeit, das Ungarn 1848 unter Kossuth und 1867 unter Deák erreichte.
Text 1848: Obwohl jener, der das Pferd gehalten hat [= Kossuth], auf dem Posten war, hat dieser feurige Gaul [= Ungarn] dennoch jenen abgeworfen, der ohne Sattel reiten wollte [= Habsburg], so daß ihm der Nachbar [= Russe?] kaum wieder auf die Beine helfen konnte.
1867: Jetzt braucht man sich nicht mehr vor dem Gaul zu fürchten, weil man ihn in den 18 Jahren so belastet hat, daß seine jetzigen Herren [= links Andrássy, rechts Deák, im Hintergrund Beust] ihn unter keinen Umständen auf die Beine bringen können. Tja, beim Futter wurde er halt kurz gehalten!

Ludas Matyi vom 3. November 1867

E. O. / P. U.

### 15.3.32 Geburtsanzeige

Karikatur
Photokopie nach Zeitungsholzschnitt

Text (Original slowakisch): Wir geben unseren lieben Freunden mit Hochachtung bekannt, daß unsere, seit Menschengedenken schwangere liebe Frau – die Wiener Kamarilla – endlich ihre Zwillinge zur Welt gebracht hat, denen wir in der Taufe die Namen Cis-Leitha und Trans-Leitha gegeben haben. Die Taufpaten sind mit den Trauzeugen ident. Der Gesundheitszustand der Mutter ist den Umständen entsprechend zufriedenstellend.

Ľutavan, 15. März 1867
Stefan Kamarilla, e. h.

Sokol Jg. 1867, Nr. 3, S. 96 P. U.

### 15.3.33 Auf dem Gipfel des Ruhms

Karikatur
Photokopie nach Zeitungsholzschnitt

Inschriften auf dem Bild:
Dualismus – Föderalismus (auf dem Rad des Wagens), Kroate – Pole (die zwei ziehenden Gestalten), Magyar – Deutscher (oben stehend im Wagen), Mährer – Böhme, Serbe – Slowake, Rumäne – Slowene (hinter dem Wagen gefesselt), Ruthene (ganz hinten); Humory – auf dem Narrenkleid des Kasperle (= Humoristické listy als Kommentator) – wartet, bis Föderalismus oben ist.
Deutsche und Magyaren als Nutznießer des Dualismus, Polen und Kroaten helfen den Karren ziehen, alle anderen Nationalitäten sind unterwor-

fen, vielleicht nur die Ruthenen haben sich noch nicht entschieden.

Humoristické listy, Jg. 10, Nr. 10 vom 7. 3. 1868, S. 40 J. Ko.

15.3.34 **Die spaßhafte Lage der österreichischen Slawen**

Karikatur
Photokopie nach Zeitungsholzschnitt

Inschriften auf dem Bild: Cis – Trans(leithanien). Durch die dualistische Umgestaltung der Monarchie wurden die österreichischen Slawen auf unnatürliche Weise zerschnitten (zertrennt).

Humoristické listy, Jg. 10, Nr. 52 v. 24. 12. 1868, S. 211 J. Ko.

15.3.35 **Internationale Auswirkungen des Dualismus**

Karikatur
Photokopie nach Zeitungsholzschnitt

Inschriften auf dem Bild:
Dualismus – auf der Brust des Mannes [Beust?], Österreich – auf dem in Portionen verteilten Stück, der Preuße = der Hund links, der Russe = der Hund rechts.
Die dualistische Teilung Österreichs lädt Preußen und Rußland zum Gastmahl ein.

Humoristické listy, Jg. 10, Nr. 7 vom 15. 2. 1868, S. 28 J. Ko.

15.3.36 **František Palacký auf der „Pilgerreise nach Moskau"**

Karikatur
Photokopie nach Zeitungsholzschnitt

Die dualistische Umgestaltung der Habsburgermonarchie die sich Palacký nie anders als föderalistisch vorstellen konnte, war ein schwerer Schlag für die tschechischen Politiker. Gleichsam demonstrativ nahmen Palacký und Rieger (vgl. Kat.-Nr. 15.2.44) 1867 am Ethnographischen Kongreß in Moskau teil, der die von Rußland unterstützte panslawistische Idee in der Habsburgermonarchie kurzfristig verstärkte. Dennoch blieb die Orientierung nach Moskau, von Einzelfällen abgesehen, Episode: Palacký selbst bezeichnete den Abschluß des Ausgleichs als den *Geburtstag des Panslawismus in seiner am wenigsten erfreulichen Gestalt,* nicht ohne jedoch im gleichen Atemzug hinzuzufügen: *Wir Slawen werden dem zwar mit gerechtem Schmerze, aber ohne Furcht entgegensehen. Wir waren vor Österreich da, wir werden es auch nach ihm sein.*

Kukuk, 1867, Nr. 27 und 28 P. U.

15.3.37 **Franz Joseph und die Mitglieder der ersten ungarischen Delegation**

Ede Langer; Pest 1868
Photokopie nach Lithographie

Aufschrift unter dem Bild: *KIRÁLY, S HONN ÉRTI ÁLDÁSDUS MÜKÖDÉSTEKÉRT, ÜDV NÉKTEK: HONN ATYÁK!* [Gegrüßt seid Ihr Väter des Vaterlandes! Für Euer segensreiches Wirken für König und Vaterland]
Unter dem Bilde Franz Josephs: Moriamur pro Rege nostro. Daneben vier Geistliche: Bartakovics Béla, Simor János, Haynald Lajos und Metianu János (?) – diese ohne, die anderen mit Unterschrift: Bánó József, Gf. Bethlen Sándor, Bömches Frigyes, Bencsik György, Dózsa Dániel, Fábián Gábor, Huszár Istvań, Geduly Lajos, Kardos Kálmán, Kaucz Gyula, B. Kemény Gábor, B. Kemény Zsigmond, Deák Ferenc, Kerkápoly Károly, Kovács László, Pulszky Ferenc, Radich Ákos, Róman Sándor, Rónay Jácint, Stojacskovits Sándor, Szentiványi Károly, Somssich Pál, Stoll Károly, Sulyok Mór, Tóth Vilmos, Török Sándor, Vadnay Lajos, B. Vodianes Albert, Zeyk Károly, ifj. Gf. Zichy József, Zsedényi Eduard.

Budapest, Magyar Nemzeti Múzeum, Történelmi Képcsarnoka, Inv.-Nr. 1820 G. R.

15.3.38 **Porträts der verantwortlichen gemeinsamen Minister sowie der Mitglieder der zur Behandlung der gemeinsamen Angelegenheiten zusammengetretenen ersten Delegation des oesterreichischen Reichsraths**

Vinzenz Katzler; 1868
Photokopie nach Lithographie

Das Ausgleichsgesetz sah vor, daß die als gemeinsam anerkannten Angelegenheiten vor speziellen Ausschüssen der beiden Parlamente, den Delegationen, zu verhandeln wären. Diese verkehrten in der Regel nur schriftlich miteinander; es sollte nach ungarischem Wunsch alles vermieden werden, was nach Existenz eines Oberstaates aussah. Die Gemeinsamen Minister (des Äußern, des

Krieges und der Finanzen) führten anfänglich die Bezeichnung „Reichsminister", doch kam diese allmählich außer Übung. Gesetzliche Maßnahmen konnten nicht in den Delegationen (die nur Beschlüsse fassen, keine Gesetze erlassen konnten) getroffen werden, sondern nur in den Parlamenten, wo allerdings die Gemeinsamen Minister nicht erscheinen durften, da sie sich nicht in die innere Politik einzumischen hatten. Wohl aber gehörten die beiden Ministerpräsidenten dem Gemeinsamen Ministerrat an, der freilich nie zu einer „Reichsregierung" im eigentlichen Sinne wurde.

Lit.: *Komjáthy, Miklós,* Einleitung zu: Die Protokolle des Gemeinsamen Ministerrates der österreichisch-ungarischen Monarchie 1914–1918, Budapest 1966.

Wien, Österreichische Nationalbibliothek, Bildarchiv, Inv.-Nr. Pg. III/9/1 China R — P. U.

**15.3.39 Kroatisch-ungarischer Ausgleich, 1868** — Abb.

Original; H. = 38 cm, B. = 23 cm

Das Verhältnis Ungarns zu Kroatien war 1867 ungeklärt geblieben; eine neue, unionistische (= ungarnfreundliche) Mehrheit im Agramer Landtag brachte gemeinsam mit dem Pester Parlament im Jahr darauf den kroatisch-ungarischen „Subausgleich" zustande. In diesem wurden die Kroaten als *politische Nation* anerkannt, welche *ihr eigenes Territorium und im Hinblick auf die eigenen Angelegenheiten eine eigene Gesetzgebung und eine autonome Regierung* besitzt. Vor allem der finanzrechtlichen Bestimmungen wegen war das tatsächliche Ausmaß der Autonomie eher gering. Was das Gebiet betrifft, war in bezug auf die Stadt Fiume keine Einigung zwischen Ungarn und Kroaten erzielt worden; nachträglich wurde der Text des § 66 dahingehend „korrigiert" (der „Fiumaner Fetzen"), daß Stadt und Bezirk Fiume ein „corpus separatum" der Stephanskrone bildeten und daß bezüglich Fiume eine Vertrag zwischen Stadt, Kroatien und Ungarn abzuschließen wäre. Dieser kam nie zustande, Fiume wurde 1870 von den ungarischen Behörden in Besitz genommen.
Der Ausgleich stieß bei den meisten kroatischen Politikern auf Ablehnung. 1873 kam eine teilweise Revision des Vertrags zustande, durch die zwar nicht alle Wünsche der Kroaten erfüllt wurden, die aber den Beginn einer neuen, von vielen Reformen gekennzeichneten Phase der kroatischen Politik markiert, die mit der Person des Banus Ivan Mažuranic verbunden ist.

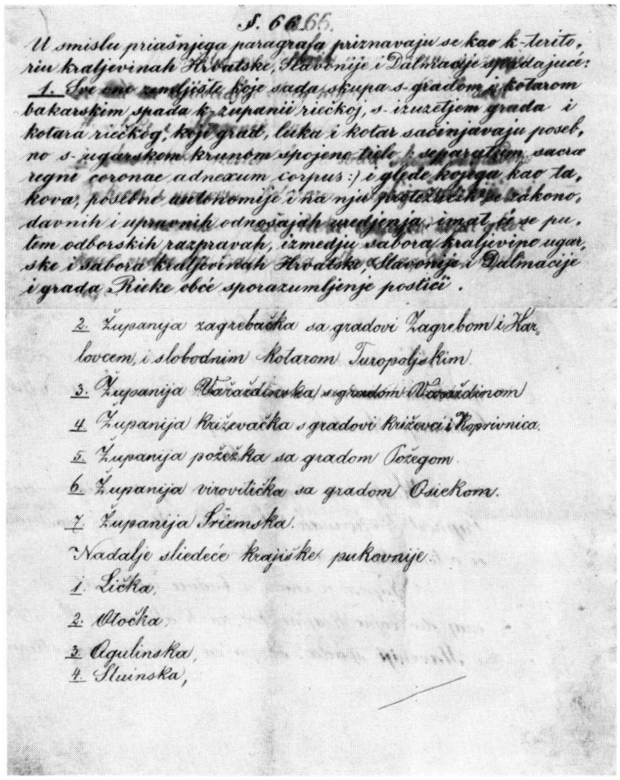
§. 66.
U smislu priašnjega paragrafa priznavaju se kao k terito-
riu kraljevinah Hrvatske, Slavonije i Dalmacije spadajuće:
1. Sve ono zemljište koje sada skupa s gradom i kotarom
bakarskim spada k županii riečkoj, s izuzetjem grada i
kotara riečkog, koji grad, luka i kotar sačinjavaju poseb,
no s ugarskom krunom spojeno tielo (separatum sacrae
regni coronae adnexum corpus;) i glede kojega kao ta-
kova, posebne autonomije i na nju protežućih se zakono-
davnih i upravnih odnošajah medjenja, imati će se pu-
tem odborskih razpravah, izmedju sabora kraljevine ugar-
ske i sabora kraljevinah Hrvatske, Slavonije i Dalmacije
i grada Rieke obće sporazumljenje postići.

2. Županija zagrebačka sa gradovi Zagrebom i Kar-
lovcem, i slobodnim kotarom Turopoljskim.
3. Županija Varaždinska s gradom Varaždinom
4. Županija križevačka s gradovi Križevci i Koprivnica.
5. Županija požežka sa gradom Požegom.
6. Županija virovitička sa gradom Osiekom.
7. Županija Sriemska.
Nadalje sliedeće krajiške pukovnije:
1. Lička,
2. Otočka,
3. Ogulinska,
4. Sluinska,

Kat.-Nr. 15.3.39

Lit.: *Hauptmann, Ferdo,* Der kroatisch-ungarische Ausgleich von 1868, in: Der österreichisch-ungarische Ausgleich von 1867. Seine Grundlagen und Auswirkungen (= Buchreihe der Süddeutschen Historischen Kommission 20), München 1968. – *Krestić, Vasilje,* Hrvatsko-ugarska nagodba 1868, Beograd 1969.

Zagreb, Arhiv Hrvatske, Diplom Spisi Hrvatskog Saboru 1868, Nr. 252 — P. U.

**15.3.40 Inauguraldiplom Franz Josephs, kroatische Fassung**

Original, roter Einband, kroatisches Siegel; H. = 29,5 cm, B. = 23,5 cm

§ 2 des kroatisch-ungarischen Ausgleichs sah vor, daß die 1867 in Buda erfolgte Krönung Franz Josephs mit der Stephanskrone auch für Kroatien-Slawonien Geltung haben sollte. Hingegen sollte das gemeinsame Inauguraldiplom auch in einer nachträglich angefertigten kroatischen Fassung im Agramer Archiv hinterlegt werden.

Zagreb, Arhiv Hrvatske, Diplom Spisi Hrvatskog Saboru 1869 — P. U.

**15.3.41 Siegelstempel Präsidium des kroatischen Landtags** Abb.

Vilim König, Zagreb; nach 1868
Eisen, Holz; H. = 12,3 cm, Dm. = 4,7 cm
Runde Siegelplatte. In der Mitte des Siegelfeldes der von einer mit Ranken geschmückten Perlenlinie umgebene, von der ungarischen Krone überhöhte dreifeldige Schild mit Wappen Kroatiens, Slawoniens und Dalmatiens (vgl. Kat.-Nr. 15.2.17). Umschrift: PRDSJEDNIČTVO SABORA KRALJEVINE HRAVATSKE SLAVONIJE I DALMACIJE (Präsidium des Landtags Königreichs Kroatien Slawonien und Dalmatien). Schwarzer Holzgriff.

Die Kroaten waren die einzigen, denen die Magyaren gewisse kollektive Rechte zuerkannten. Die übrigen Nationalitäten im Reich der Stephanskrone mußten sich mit den im GA XLIV/1868, dem Nationalitätengesetz, niedergelegten Individualrechten zufriedengeben. Dieses Gesetz, das der liberal-individualistischen Gedankenwelt eines Deák und Eötvös verpflichtet war, regelte vor allem den Sprachgebrauch bei staatlichen, munizipalen und kirchlichen Behörden, und zwar in einer verhältnismäßig großzügigen Weise. Es ging aber vom Begriff der einheitlichen politischen Nation aus und machte dem von den Nationalitätenpolitikern geforderten kollektiven territorialen Prinzip keinerlei Konzessionen.

Lit.: *Brajković, Vlasta,* Pečatnjaci, Zagreb 1980, Kat.-Nr. 3, Abb. 2. – *Macartney, Carlile A.,* Das ungarische Nationalitätengesetz vom Jahr 1868, in: Der österreichisch-ungarische Ausgleich von 1867. Vorgeschichte und Wirkungen, hg. v. *Peter Berger,* Wien 1967, S. 219–230. – *Weber, Johann,* Eötvös und die ungarische Nationalitätenfrage (Südosteuropäische Arbeiten 64) München 1966. – *Gogolák, Ludwig,* Ungarns Nationalitätengesetze und das Problem des magyarischen National- und Zentralstaates, in: Die Habsburgermonarchie III/2, S. 1207–1303, insbes. S. 1270ff.

Zagreb, Povijesni muzej Hrvatske, Inv.-Nr. 25.628 V. B.

Kat.-Nr. 15.3.41

**15.3.42 Medaille auf den Aufenthalt Franz Josephs in Krakau**

M. Kurnatowski; 1880
Dm. = 3,6 cm

Av.: Franz Joseph in Uniform, polnische Umschrift
Rv.: polnische Umschrift: *1880 / ZA / NADANIE SAMORZADU / PRZYWROCENIE JEZYKA OJZYSTEGO / ZALOZENIE AKADEMIEE UMIETNOSCI / PRZYWROCENIE DO DAWNEJ / SWIETNOSCI ZAMKU NA WAWELU / WDZIECZNI POLACY* [für Einführung der Autonomie, für Wiedereinführung der nationalen Sprache, für Gründung der Akademie der Wissenschaften, für Wiederherstellung des Schlosses Wawel in seinem alten Glanze – die dankbaren Polen.] Darunter gekrönte Wappen von Krakau und Lemberg.

Wien, Kunsthistorisches Museum, Münzkabinett, Sammlung Wurzbach, Inv.-Nr. M 2504 P. U.

**15.3.43 Kaiserliches Handschreiben vom 11. April 1871 betreffend die Festlegung des Wirkungskreises des Ministers für Galizien**

Original

Die politischen Führungsschichten Galiziens begannen sich erst nach 1863/64, dem Scheitern des polnischen Aufstandes, näher mit dem Gedanken einer Integration in die österreichische Monarchie zu befreunden, hielten aber stets am Ideal einer möglichst weitreichenden Autonomie fest. Nicht zuletzt aus strategischen Erwägungen wurden vor und nach dem österreichisch-ungarischen Ausgleich den Polen seitens der Regierung verschiedene Konzessionen gewährt, unter denen die Polonisierung des Unterrichtswesens, die Einführung des Polnischen als innere Amtssprache bei Behörden und Gerichten (1869/70) und die Ernennung eines „Ministers für Galizien" die wichtigsten waren. Weiterreichende staatliche Forderungen wie die nach Übertragung zusätzlicher Kompetenzen zu den galizischen Landtag und nach einer nur diesem verantwortlichen Landesregierung wurden abgelehnt, der reale Inhalt der Autonomie hingegen via facti ausgeweitet.

Lit.: *Buszko, Józef*, The Polish Attitude towards the Compromise, in: Der österreichisch-ungarische Ausgleich 1867. Materialien der internationalen Konferenz in Bratislava 28. 8. – 1. 9. 1967, hg. v. *L'udovít Holotík* u. *Anton Vantuch*, Bratislava 1971, S. 600–606.

Wien, Allgemeines Verwaltungsarchiv, Ministerratspräsidium 374/1871 P. U.

## 15.3.44 Porträt Kasimierz Grocholski

Photographie

Kasimierz Grocholski (1815–1883), sei 1861 Mitglied des galizischen Landtags und von diesem in den Reichsrat delegiert, war er dort seit 1868 Obmann des Polenklubs. Im April 1871 wurde er *behufs Wahrung der Landesinteressen von Galizien* als Minister ohne Portefeuille in das Kabinett Hohenwart berufen. In das auf den eher föderalistisch eingestellten Hohenwart folgende zentralistisch-liberale Ministerium Adolf Auersperg wurde nach einiger Zeit ebenfalls ein „Minister für Galizien" aufgenommen (als Preis für die Zustimmung der Polen zur Wahlreform, die den Einfluß der Landtage ja stark beschränkte). Von da an blieb die Einrichtung eines galizischen „Landsmannministers" bis zum Ende der Monarchie bestehen; es kam ihm eine Art „Präventivkontrolle" über alle, Galizien betreffende Dinge und Einfluß auf Beamtenernennungen zu. Darüberhinaus stellten die Polen eine Reihe von Fachministern und zweimal den Ministerpräsidenten.

Lit.: *Goldinger, Walter*, Die Zentralverwaltung in Cisleithanien, in: Die Habsburgermonarchie 1848–1918 II, S. 101–189, insbes. S. 185f. – ÖBL II 66.

Wien, Österreichische Nationalbibliothek, Bildarchiv, Inv.-Nr. NB 522-743 BrF P. U.

## 15.3.45 Politisches Pferderennen

Karikatur
Photokopie nach Zeitungsholzschnitt

Inschriften:
Zentralisation (auf dem rechts, wie tot daliegenden Pferd)
Dualismus (auf dem mittleren, mageren und lahmen Pferd mit Reichskanzler Beust als Reiter)
Föderalismus (als junges, vitales Pferd, vom tschechischen Führer Fr. L. Rieger am Zügel gehalten).

Humoristické Listy, Jg. 10, Nr. 41 vom 10. Oktober 1868, S. 170 J. Ko.

# 16. DAS ENTSTEHEN EINER POLITISCHEN ÖFFENTLICHKEIT

## 16.1 Der Weg zum Verfassungsstaat

### 16.1.1 Der Weg zum Verfassungsstaat

Graphik, Entwurf: W. B., Graphik: I. Grillmayer

Unter Verfassungsstaat versteht man einen Staat, dessen Grundordnung durch ein oder mehrere Verfassungsgesetze festgelegt ist. In Österreich löste seine Errichtung die Revolution von 1848 aus, die zum Erlaß der ersten österreichischen Verfassung 1848 führte. Ihr Ersatz durch eine vom Parlament beschlossene Verfassung (Kremsierer Verfassungsentwurf) schlug fehl, statt ihr trat die vom Kaiser erlassene Verfassung 1849 in Kraft, die allerdings zu Ende 1851 bereits aufgehoben wurde. Österreichs 1. Phase als Verfassungsstaat ging damit zu Ende. Es folgte die Periode eines neoabsolutistischen Regierungssystems, das ab 1859/1860 durch neoständische Elemente modifiziert wurde. Nach zögernden Erweiterungen des Reichsrats zu einem Parlament 1860/61 trat Österreich (Cisleithanien) erst wieder mit der Verfassung 1867 in die Reihe der Verfassungsstaaten ein, wobei man vielfach auf die Verfassung 1849 zurückgriff.
Vergleiche dazu die Graphik im Beitragsband.

Lit.: *Brauneder, Wilhelm,* Österreichische Verfassungsgeschichte, 1983[3], 112, 134, 154. – *Mischler, Ernst; Ulbrich, Josef;* Österreichisches Staatswörterbuch II, Wien[2] 1906, S. 3f. (Art. Februarpatent); ebda III, S. 271ff. (Art. Kremsierer Verfassungsentwurf), S. 756f. (Art. Oktoberdiplom), S. 722ff. (Art. Verfassungsgeschichte).

W. B.

### 16.1.2 Kaiserliches Patent vom 25. April 1848

PGS LXXVI, Nr. 49
Original

Am 25. April wurde die hauptsächlich vom Innenminister Pillersdorff erarbeitete „Verfassungsurkunde des österreichischen Kaiserstaates" veröffentlicht. In ihr wurden zum ersten Mal die absoluten Rechte des Herrschers eingeschränkt, um der Bevölkerung *eine ihre Interessen sichernde Teilnahme an der Regelung der Angelegenheiten des Vaterlandes einzuräumen.* Die Verfassung sah vor, daß der Herrscher einen Eid auf die Verfassung ablegen, die Regierungsgewalt durch ein dem Parlament verantwortliches Ministerium und die gesetzgebende Gewalt im Verein mit dem Reichstag ausüben solle. Der Reichstag war als Zwei-Kammer-Parlament gedacht, das Wahlrecht anfänglich durch diverse Zensusbestimmungen eingeschränkt. Außerdem wurde später der auf Grund der Pillersdorff'schen Verfassung zu wählende Reichstag als ein konstituierender erklärt, d. h., daß die „definitive" Verfassung nicht einseitig vom Herrscher erlassen, sondern konsensual von den Vertretern der Bevölkerung selbst erarbeitet werden sollte.

Lit.: Abdruck in: Die österreichischen Verfassungsgesetze mit Erläuterungen, hg. von *Edmund Bernatzik,* Wien[2] 1911, S. 102ff. – *Brauneder-Lachmayr,* Österreichische Verfassungsgeschichte, Wien[3] 1983, S. 112.

Wien, Haus-, Hof- und Staatsarchiv, Staatsrat, Patentsammlung Fasz. 328, fol. 1–4

P. U.

### 16.1.3 Gesetzesartikel III der Aprilgesetze, 1848

Papier, Verzierter Einband im roten Leder; H. = 44 cm, B. = 28 cm

Der wichtigste Artikel der sog. Aprilgesetze war der dritte, da dieser Artikel bestimmte, daß die das Land bisher verwaltenden, ausschließlich vom König abhängigen Verwaltungsstellen aufgelöst werden sollten. Die vollziehende Gewalt wird vom König, in seiner Abwesenheit vom Palatin, durch das unabhängige Ministerium ausgeübt. Die Verordnungen, Resolutionen, Befehle, die Ernennungen usw. . . . sollten nur gültig sein, wenn einer der Minister sie kontrasigniert hatte. Die Residenzstadt des Ministeriums ist Buda-Pest. Mit den „Aprilgesetzen" (insgesamt waren es 31) wurde das gesamte feudale System Ungarns liquidiert.

Lit.: Abdruck in dt. Übersetzung: Die österreichischen Verfassungsgesetze mit Erläuterungen, hg. v. *Edmund Bernatzik,* Wien[2] 1911, S. 87ff. – *Barany, George,* Ungarns Verwaltung 1848–1918, in: Die Habsburgermonarchie II, S. 328ff.

Budapest, Magyar Országos Levéltár, Sign. Nr. 45, fasc. 2

M. Ko.

### 16.1.4 Gesetzesartikel V, 1848

Photokopie

Der V. Artikel des Jahres 1848 verordnete, daß die Abgeordneten des Reichstages auf Grundlage der Volksvertretung auf je drei Jahre gewählt werden sollten. Der Gesetzartikel bestimmte ausführlich, wieviele Abgeordnete die Städte, Komitate und Bezirke ins Parlament schicken können.

Lit.: Abdruck in dt. Übersetzung: Die österreichischen Verfassungsgesetze mit Erläuterungen, hg. v. *Edmund Bernatzik*, Wien[2] 1911, S. 93ff. *Barany, George*, Ungarns Verwaltung 1848–1918, in: Die Habsburgermonarchie 1848–1918 II, S. 333.

Budapest, Magyar Országos Levéltár, Sign. N. 45, fasc. 2 M. Ko.

**16.1.5 Bildnis Franz Josephs in Feldmarschall-Dienstuniform. Gebildet aus dem Wortlaut der Märzverfassung 1849**

A. Mossauer; 1849
Stich

Wien, Österreichische Nationalbibliothek, Porträtsammlung, Inv.-Nr. Pg. 90 in Ptf 145: (32) R
P. U.

**16.1.6 Entwurf des Verfassungs-Ausschusses des österreichischen Reichstages über die als Basis der Constitution zu nehmenden Grundrechte samt Minoritäts-Gutachten**

Photokopie

Der 1848 gewählte Reichstag (vgl. Kat.-Nr. 2.33) übertrug die Aufgabe, eine *Konstitutionsurkunde für die österreichischen Staaten* zu entwerfen und *Grundrechte des österreichischen Volkes* zu formulieren, dem sog. „Verfassungsausschuß", der den Entwurf für die Grundrechte Mitte Dezember 1848 vorlegte. Im März 1849 hatte das Plenum bereits einen Teil der Grundrechte verabschiedet, als er von Franz Joseph aufgelöst wurde. In ihrem Inhalt über frühere Vorbilder hinausgehend, stellten die im „Entwurf der Grundrechte" und im Minoritätsvotum enthaltenen Formulierungen einen ersten, lange Jahre nicht mehr erreichten Höhepunkt in der Grundrechtsdiskussion in Österreich dar. Dieser umfassende Grundrechtskatalog beginnt mit den Worten *Alle Staatsgewalten gehen vom Volke aus . . .*, eine Formulierung, die den schärfsten Widerspruch aller am Prinzip der monarchischen Legitimität festhaltenden Kreise erregen mußte.

Lit.: Abdruck in: Die österreichischen Verfassungsgesetze mit Erläuterungen, hg. v. *Edmund Bernatzik*, Wien[2] 1911, S. 133ff. – *Ermacora, Felix*, Handbuch der Grundfreiheiten und der Menschenrechte, Wien 1963.

Wien, Österreichische Nationalbibliothek, Flugschriftensammlung, Inv.-Nr. 1849/0 P. U.

**16.1.7 Proklamation der Reichsverfassung vom 4. März 1849**

RGBl. Nr. 149
Photokopie eines Flugblattes

Dem am Prinzip der Volkssouveränität orientierten Verfassungswerk des Reichstages stellte die kaiserliche Regierung die „Reichsverfassung für das Kaisertum Österreich" vom 4. März 1849 entgegen, bei der das Prinzip der „monarchischen Legitimität" bei weitem überwog. Außerdem kam nur ein kleiner Teil der Verfassung tatsächlich zur Ausführung: gerade jene Organe, in denen sich die Mitwirkung der Bevölkerung hätte artikulieren sollen (Reichstag, Landtage) wurden nicht aktiviert, so daß von dem vom Innenminister Franz Graf Stadion im liberalen Sinn konzipierten Staatsgebäude (vgl. Kat.-Nr. 15.1.19) nur ein Torso blieb.

Lit.: RGBl. Nr. 149 und 150/1849; Abdruck in: Die österreichischen Verfassungsgesetze mit Erläuterungen, hg. v. *Edmund Bernatzik*, Wien[2] 1911, S. 147ff., S. 150ff.

Wien, Bezirksmuseum Hernals P. U.

**16.1.8 Kaiserliches Patent vom 31. Dezember 1851**

RGBl. Nr. 2/1852
Photokopie

Da das Bestehen einer Verfassung, gleichgültig wie gering der konstitutionelle Gehalt in der Praxis auch sein mochte, sich mit den neuen Zielsetzungen des Neoabsolutismus nicht vertrug, wurde die Verfassung als *weder in ihren Grundlagen den Verhältnissen des österreichischen Kaiserstaates angemessen, noch in dem Zusammenhange ihrer Bestimmungen ausführbar* und als *außer Kraft und gesetzliche Wirksamkeit* erklärt. Der Kaiser regierte nun mit seinen Räten wieder absolut; der Grundsatz der *Gleichheit aller Staatsangehörigen vor dem Gesetze* und die Aufhebung der bäuerlichen Untertänigkeit wurden jedoch ausdrücklich beibehalten.

Lit.: RGBl. Nr. 2/1852; Abdruck in: Die österreichischen Verfassungsgesetze mit Erläuterungen, hg. v. *Edmund Bernatzik*, Wien[2] 1911, S. 208f.

P. U.

**16.1.9 Kaiserliches Patent vom 31. Dezember 1851**

RGBl. Nr. 3/1852
Photokopie

Parallel mit der Märzverfassung 1849 wurden auch die Grundrechte aufgehoben, die seinerzeit in einem gesonderten Patent erlassen worden waren. Wieder gab es eine Ausnahme: die Rechte der *gesetzlich anerkannten Kirchen und Religionsgesellschaften* waren davon nicht betroffen.

Lit.: RGBl. Nr. 3/1852, Abdruck in: Die österreichischen Verfassungsgesetze mit Erläuterungen, hg. v. *Edmund Bernatzik,* Wien[2] 1911, S. 209f.

P. U.

**16.1.10 Kaiserliches Manifest, „An meine Völker", Laxenburg, 15. Juli 1859**

Photokopie eines Flugblatts

Das „Laxenburger Manifest" setzte die Völker Österreichs nicht nur von der Niederlage in Italien und den in Villafranca ausgehandelten Friedenspräliminarien (vgl. Kat.-Nr. 14.2.25) in Kenntnis, der Kaiser versprach auch *zeitgemäße Verbesserungen in Gesetzgebung und Verwaltung.* Zunächst glaubte man bei Hofe freilich noch, dem allgemeinen Verlangen nach einer durchgreifenden Änderung der Staatsstruktur durch die Opferung einiger „Sündenböcke" (Bach, Kempen, Grünne) entsprechen zu können; ein erstes prinzipielles Abrücken von den absolutistischen Prinzipien erfolgte erst im Jahr 1860, als Franz Joseph sich bereit fand, bestimmte finanzielle Transaktionen nur mit „Zustimmung" des verstärkten Reichsrates vorzunehmen.

Lit.: *Rumpler, Helmut,* Der Kampf um die Kontrolle der österreichischen Staatsfinanzen 1859/60. Ein Beitrag zur Geschichte des parlamentarischen Budgetrechts, in: Gesellschaft, Parlament und Regierung. Zur Geschichte des Parlamentarismus in Deutschland, hg. v. *Gerhard A. Ritter,* Düsseldorf 1974, S. 165–188. – *Goldinger, Walter,* Von Solferino zum Oktoberdiplom, in: Mitteilungen des Österreichischen Staatsarchivs 3 (1950), S. 106–126.

Wien, Österreichische Nationalbibliothek, Flugschriftensammlung, Inv.-Nr. 1859/7 P. U.

**16.1.11 Kaiserliches Diplom vom 20. Oktober 1860**

RGBl. Nr. 226
Photokopie

Das „Oktoberdiplom" (vgl. dazu auch Kat.-Nr. 15.2.14) sah in Teilbereichen der Gesetzgebung die Mitwirkung von Landtagen bzw. dem Reichsrat (bloß eine modernisierte Version eines ständischen Generallandtags) vor; ein großer Teil an Gesetzgebungsbefugnissen, Verwaltung und Rechtsprechung sollten auch weiterhin allein beim Kaiser liegen. Auch bestand die „Mitwirkung" in den meisten Fällen bloß in einer „Beratung" des Monarchen, die „Zustimmung", die Beschlußfassung, blieb auf jene ganz wenigen Angelegenheiten beschränkt, die schon dem verstärkten Reichsrat zugestanden worden waren.

Lit.: RGBl. Nr. 226/180 Abdruck in: Die österreichischen Verfassungsgesetze mit Erläuterungen, hg. v. *Edmund Bernatzik,* Wien[2] 1911, S. 223ff. – *Redlich, Josef,* Das österreichische Staats- und Reichsproblem. Geschichtliche Darstellung der inneren Politik der habsburgischen Monarchie von 1848 bis zum Untergang des Reiches, 2. Bde., Leipzig 1920, 1926.

P. U.

**16.1.12 Kaiserliches Patent vom 26. Februar 1861**

RGBl. Nr. 20
Photokopie

Das auf neoständischen Prinzipien beruhende Oktoberdiplom wurde allgemein als unzureichend empfunden; nun erst fand sich Franz Joseph zu *zeitgemäßen Verbesserungen* bereit. Der konstitutionelle Gehalt der von Anton Schmerling, Joseph Lasser und Hans Perthaler erarbeiteten neuen Verfassung war freilich bescheiden, auch sie entsprach eher dem ständischen Verfassungsmodell. Wie früher verblieben Verwaltung und Gerichtsbarkeit beim Kaiser, und nur in einem Teil der Gesetzgebung band sich der Monarch an die Mitwirkung von Reichsrat bzw. Landtagen, wobei diese „Mitwirkung" – im Unterschied zu früher – nunmehr in einer echten Beschlußfassung bestand, diesen Körperschaften also Parlamentsfunktion zukam. Trotz aller Mängel, die der „Februarverfassung" in konstitutioneller Hinsicht anhaften, ist ihr Stellenwert auf dem „Weg zum Verfassungsstaat" hoch anzuschlagen: bildete sie doch nach 1848 die erste Verfassung, die nicht nur formell in Kraft trat, sondern tatsächlich in Wirksamkeit stand.

Lit.: Die Protokolle des österreichischen Ministerrats 1848–1867 V: Die Ministerien Erzherzog Rainer und Mensdorff, Bd. 1 und 2, Wien 1977, 1981. – *Fellner, Fritz,* Das „Februarpatent" von 1861. Entstehung und Bedeutung, in: Mitteilungen des Instituts für österreichische Geschichtsforschung 63 (1955), S. 549–564.

P. U.

**16.1.13 Grundgesetz über die Reichsvertretung**

(Beilage I des Patents vom 26. Februar 1861)
Original

Das „Grundgesetz über die Reichsvertretung" bildete, zwar mehrfach modifiziert, bis über die Jahrhundertwende hinaus die Basis des parlamentarischen Lebens in Cisleithanien. Es griff auf das Zwei-Kammer-System zurück: das Herrenhaus bestand aus erblichen Mitgliedern, aus solchen, die kraft ihres Amtes die Würde bekleideten, und aus solchen, die der Kaiser ihrer Verdienste wegen auf Lebenszeit ernennen konnte – insgesamt eine eher konservative Körperschaft. Ihr stand das Abgeordnetenhaus gegenüber, in dem die Bevölkerung nach dem Prinzip der Interessenvertretung repräsentiert war (Kurie der Großgrundbesitzer, der Städte, Märkte und Industrialorte, der Handelskammern, der Landgemeinden). Jeder Kurie gehörte eine unterschiedlich große Zahl von Abgeordneten an (vgl. Kat.-Nr. 16.2.1), die überdies bis 1873 nicht direkt von der wahlberechtigten Bevölkerung gewählt, sondern von den Landtagen delegiert wurden.

Lit.: Abdruck in: Die österreichischen Verfassungsgesetze mit Erläuterungen, hg. v. *Edmund Bernatzik*, Wien[2] 1911, S. 260ff.

Wien, Haus-, Hof- und Staatsarchiv P. U.

**16.1.14 Landesordnung und Landtagswahlordnung für das Erzherzogtum Österreich unter der Enns**

(Beilage II a des Patents vom 26. Februar 1861)
Photokopie

Sowohl Oktoberdiplom als auch Februarpatent sahen ein Nebeneinander von Reichsvertretung und Landesvertretung vor, wobei die Abgrenzung der Kompetenzen keineswegs immer klar war. Die Landesordnungen im Zusammenhang mit dem Oktoberdiplom kamen nicht zum Tragen, hingegen bildeten die Ordnungen des Jahres 1861 den Beginn der konstitutionellen Entwicklung auch in den Ländern.

Lit.: *Schmitz, Georg,* Die Anfänge des Parlamentarismus in Niederösterreich, Landesordnung und Selbstregierung 1861–1873 (im Druck).

Wien, Niederösterreichisches Landesarchiv P. U.

**16.1.15 Die „Dezemberverfassung" 1867**

Photomontage

Die von liberalen Kreisen erhoffte „Weiterentwicklung der Verfassung" ging zuerst zur zögernd vor sich. Erst im Zusammenhang mit dem ungarischen Ausgleich 1867, durch den in Ungarn de facto wieder die konstitutionelle Verfassung von 1848 (freilich mit Modifikationen) in Kraft gesetzt wurde, ergab sich auch für Cisleithanien die Möglichkeit einer genuin konstitutionellen Entwicklung. Formal ging man dabei den Weg einer Ergänzung der „Februarverfassung", inhaltlich griff man allerdings vielfach auf die Konstitution des Jahres 1849, die „oktroyierte Märzverfassung" zurück. Im einzelnen sind dem Komplex der „Dezemberverfassung" zuzuzählen:
Das Staatsgrundgesetz über die Reichsvertretung vom 21. Dezember 1867, RGBl. Nr. 141;
Das Staatsgrundgesetz über die allgemeinen Rechte der Staatsbürger vom 21. Dezember 1867, RGBl. Nr. 142;
Das Staatsgrundgesetz über das Reichsgericht vom 21. Dezember 1867, RGBl. Nr. 143;
Das Staatsgrundgesetz über die richterliche Gewalt vom 21. Dezember 1867, RGBl. Nr. 144;
Das Staatsgrundgesetz über die Regierungs- und Vollzugsgewalt vom 21. Dezember 1867, RGBl. Nr. 145;
Das Gesetz vom 21. Dezember 1867, RGBl. Nr. 146, über die gemeinsamen Angelegenheiten (des eigentlichen „Ausgleichsgesetz").
In sachlichem Zusammenhang mit der Neuordnung der verfassungsrechtlichen Grundlagen stehen ferner das Gesetz vom 25. Juli 1867, RGBl. Nr. 101, über die Verantwortlichkeit der Minister sowie die Gesetze vom 15. November 1867 über das Vereinsrecht bzw. das Versammlungsrecht (RGBl. Nr. 134 und 135), die unmittelbar aus den Beratungen des Reichsrats erwachsen sind. Die „Dezemberverfassung" bestand also aus sehr heterogenen Elementen, die – gemäß den vorherrschenden politischen Konstellationen – Raum für verschiedene Interpretationen gaben. Andererseits war sie dadurch auch in der Lage, sich verschiedenen Entwicklungen anzupassen, so daß einzelne Teile davon sogar heute noch geltendes Recht sind.

Lit.: *Stourzh, Gerald,* Die österreichische Dezemberverfassung von 1867, in: Österreich in Geschichte und Literatur 12 (1968), S. 1–16.

P. U.

**16.1.16 Bezeichnung jener Puncte der Gesetze vom Jahre 1848, welche eine Änderung erfordern**

(Beilage zum ungarischen Ministerratsprotokoll vom 15. Februar 1867)
Photokopie

Die Verhandlungen zwischen Franz Joseph und den ungarischen Politikern, die dem Ausgleich vorausgingen, kreisten im wesentlichen um 2 Fragenkomplexe: um die Begrenzung der „gemeinsamen Angelegenheiten“ und um die Wiederinkraftsetzung der seinerzeit im April 1848 sanktionierten Gesetze. Während bei ersterem die ungarischen Ansichten sich im wesentlichen durchsetzten, mußten die Ungarn bei letzterem Konzessionen machen. Franz Joseph beharrte darauf, daß auch bei Vorhandensein einer „verantwortlichen Regierung“ seine Herrscherrechte in möglichst großem Umfang gewahrt bleiben müßten, was sich unter anderem in der Praxis der „Vorsanktionierung“ aller Gesetzesentwürfe, einer „parlamentarischen Form des Absolutismus“ manifestierte.

Lit.: *Barany, George,* Ungarns Verwaltung 1848–1918, in: Die Habsburgermonarchie 1848–1918 II, S. 385ff, S. 398ff, S. 403ff.

Wien, Haus-, Hof- und Staatsarchiv, Ungarische Ministerratsprotokolle, K. Z. I – 15. 2. 1867 – MRZ 1 P. U.

## 16.2 Der österreichische Reichsrat

### 16.2.1 Die Beschickung des Reichsrats 1861–1873

Graphik, Entwurf: W. B., Ausführung: I. Grillmayer u. S. Proidl

Der Reichsrat bildete seit der Reichsverfassung 1861 das Parlament der cisleithanischen Reichshälfte. Er bestand aus zwei Kammern, dem Abgeordnetenhaus als Unterhaus und dem Herrenhaus als Oberhaus; zu einem Gesetzesbeschluß des Parlaments war ihre Übereinstimmung erforderlich, jede für sich konnte jedoch die Regierung kontrollieren. Eine Besonderheit des Parlaments bestand bis 1873 darin, daß das Abgeordnetenhaus nicht aus einer Volkswahl hervorging, sondern von den Landtagen beschickt wurden. Es war demnach weniger eine Volks-, als vielmehr eine Länderkammer, jeder Abgeordnete war stets gleichzeitig Landtagsmitglied. Darüber hinaus sollte das Abgeordnetenhaus auch die Kurien-Zusammensetzung der Landtage widerspiegeln, so daß diese die Ab-

Kat.-Nr. 16.2.2

geordneten nicht frei aus ihrer Mitte wählten, sondern sie die einzelnen Landtagskurien, in den der Stadt- und der Landgemeindekurie sogar bestimmte Wahlbezirksgruppen, entsandten. Diese Lösung verstand sich aus der Grundkonzeption der neoständisch orientierten Reichsverfassung 1861, an ihr hielt aber auch die Verfassung 1867 fest. – Das Abgeordnetenhaus wurde jedoch von einzelnen Ländern überhaupt nicht (z. B. Ungarn) oder zeitweise nicht (z. B. Siebenbürgen) beschickt. Abgeordnete aus „Lombardo-Venetien" – tatsächlich seit 1859 nurmehr aus Venetien – fehlten seit Anbeginn, seit 1867 auch die der transleithanischen Länder Ungarn, Kroatien-Slawonien und Siebenbürgen, die nunmehr seit dem Ausgleich 1867 ihre Vertretung im ungarischen Reichstag hatten.
(Vgl. Beitragsband, Graphik.)

Lit.: *Brauneder, W.*, Österreichische Verfassungsgeschichte, 1983[3], S. 158f.

W. B.

**16.2.2 Die Thronrede Franz Josephs anläßlich der Eröffnung des Reichsrates im Zeremoniensaal der Hofburg** Abb.

Originalzeichnung; H. = 28,7 cm, B. = 36,5 cm

Die Eröffnung des auf Grund der „Februarverfassung" einberufenen Reichsrats bedeutet einen Markstein in der Geschichte der Innenpolitik in Österreich. Zum ersten Mal seit 1848 gab es ein Gremium, durch das die Repräsentanten verschiedener Bevölkerungskreise an dem politischen Entscheidungsprozeß mitwirken konnten. Die von allen Zeitgenossen geschilderte Hochstimmung dieses Tages konnte allerdings über zwei gravierende Mängel nicht hinwegtäuschen: zum einen entsprach die eben eröffnete Versammlung ihrem intendierten Charakter einer allgemeinen „Reichsvertretung" nicht, da Ungarn, Siebenbürgen, Kroatien und Venetien keine Vertreter nach Wien entsandt hatten, zum anderen waren die tatsächlichen Befugnisse des Reichsrates von denen eines echten Parlamentes noch weit entfernt.

Lit.: *Malfèr, Stefan,* Einleitung zu: Die Protokolle des österreichischen Ministerrates 1848–1867 V: Die Ministerien Erzherzog Rainer und Mensdorff Bd. 2 (Wien 1981) S. IXff.

Wien, Historisches Museum der Stadt Wien, Inv.-Nr. 81.468 P. U.

**16.2.3 Medaille auf die Eröffnung des Reichsrates und auf Oktoberdiplom und Februarpatent**

Wenzel Seidan
Dm. = 4,6 cm

Av.: Franz Joseph umgeben von 12 Wappen und 2 Schleifen, darin: 20. OCT. 1860 und 26. FEBR. 1861
Rv.: AUSTRIA POTENS IN UNITATE ET LIBERTATE – SENATUS IMPERII AUSTRIACI INSTALLATUS – DIE I. MAII 1861

Wien, Kunsthistorisches Museum, Münzkabinett, Sammlung Wurzbach, Inv.-Nr. D 2467 P. U.

**16.2.4 Ceremoniel bei dem feierlichen Schluße des Reichsrates**

Beilage: schematische Darstellung der Anordnung um den Thron
Druck auf Papier, 6 Blatt; H. = 34 cm, B. = 23 cm

Die Herkunft der „Reichsvertretung" aus der ständischen Gedankenwelt zeigt sich auch in Details: das bei feierlichen Anlässen beobachtete Zeremoniell spiegelt getreulich die nach „Ständen" abgestufte Zusammensetzung des Reichsrates wider.

Wien, Österreichische Nationalbibliothek, Flugschriftensammlung, Inv.-Nr. 1869/4 P. U.

**16.2.5 Kundmachung über die Eröffnung einer Session des Reichsrates vom 11. Dezember 1869**

Original; H. = 35 cm, B. = 21,5 cm

Nach dem Gesetz mußte der Reichsrat vom Kaiser „alljährlich, womöglich in den Wintermonaten" einberufen werden. Die Sitzungsperiode umfaßte eine Reihe von Einzelsitzungen; auch den Schluß der Session konnte nur der Kaiser bzw. die Regierung bestimmen, während eine Vertagung jederzeit möglich war. Von dem ursprünglichen Gedanken, regelmäßig jedes Jahr einmal eine Session zu eröffnen und zu schließen, ging man im Lauf der Zeit ab: es haben aus diversen Gründen in manchen Jahren mehrere Sessionen stattgefunden, während andererseits Sessionen auch über die Dauer eines Jahres hinaus verlängert wurden. Die formelle Schließung einer Session war insoferne von Bedeutung, als dadurch (ebenso wie heute) die ganze unvollendet gebliebene parlamentarische Arbeit ihre Rechtswirksamkeit verlor, alle unerledigten Anträge mußten neu eingebracht werden, alle Ausschußberatungen von Neuem beginnen.

Lit.: Die österreichischen Verfassungsgesetze mit Erläuterungen, hg. v. *Edmund Bernatzik,* Wien[2] 1911, S. 404ff.

Kraków, Archiwum Państwowe w Krakowie, Archiwum Krzeszowickie Potockich, Nr. 408 P. U.

**16.2.6 Das Abgeordnetenhaus vor dem Schottentor**

J. Mutterer
Originalphoto; H. = 15,5 cm, B. = 22,3 cm

Hatte der Reichstag des Jahres 1848 in der Winterreitschule getagt (vgl. Kat.-Nr. 2.33), veranlaßte Schmerling 1861 die rasche Errichtung eines Neubaues auf dem Gelände vor dem Schottentor, im Bereich der heutigen Währingerstraße 2–4. Das Provisorium, das eine Holzkonstruktion war, und von Ferdinand Fellner d. Ä. erbaut wurde, erhielt bald den Spottnamen „Schmerlingtheater“.

Wien, Historisches Museum der Stadt Wien, Inv.-Nr. 28.141 P. U.

**16.2.7 Wien, Provisorisches Abgeordnetenhaus**

ehem. IX., Währingerstraße 2–4
Ferdinand Fellner d. Ä.
Kupferstich; H. = 31,2 cm, B. = 22,7 cm

Nach einer Bauzeit von nur sechs Wochen konnte das neue Gebäude des Abgeordnetenhauses am 1. Mai 1861 eröffnet werden. Es zeigt eine zurückhaltende Formensprache, die gewissermaßen eine Mittelstellung zwischen der zweckmäßig-strengen Vormärzarchitektur und der sich eben anbahnenden puristischen Tendenz des Historismus einnimmt, ohne das „romantische“ Vokabular seiner frühen Phase zu berücksichtigen. Das Gesamtkonzept mit einem loggiageschmückten, von einer Auffahrtsrampe erschlossenen Hauptbau, der mittels niedriger, langgestreckter Verbindungsflügel mit den Eckpavillons verbunden ist, nimmt in gewisser Weise Th. Hansens Pläne für das Parlament vorweg.

Lit.: *Hoffmann, Hans-Christoph,* Die Wiener Handelsakademie – das erste öffentliche Gebäude der Ringstraße und sein Architekt Ferdinand Fellner d. Ä., in: alte und moderne Kunst 94 (1967) S. 14f.

Wien, Historisches Museum der Stadt Wien, Inv.-Nr. 94.669 S. K.

**16.2.8 Das neue Parlament im Bau**

Photokopie

Wien, Österreichische Nationalbibliothek, Bildarchiv, Inv.-Nr. LW 72.657

**16.2.9 Das Haus der österreichischen Abgeordneten**

Photomontage 1865; H. = 34 cm, B. = 45 cm

Auf der Photomontage sind die Porträts der Abgeordneten und die von Regierungsmitgliedern zu sehen. Die Anordnung entspricht in etwa der Sitzordnung im Abgeordnetenhaus im Jahr 1865.

Wien, Historisches Museum der Stadt Wien, Inv.-Nr. 27.850 b P. U.

**16.2.10 Illustrierter Wahlspruch mehrerer Abgeordneter**

Photokopie nach Zeitungsholzschnitt, 1863

Karikatur mit der Legende: *In deinem Lager ist Österreich.*

Kikeriki, Jg. 3 (1863), Nr. 30 vom 16. Juli 1863, S. 3 P. U.

**16.2.11 Ein gemeinsames Völkerparlament**

Photokopie nach Zeitungsholzschnitt, 1866

Legende: *Bei uns im lieben Österreich / Gibts's eigene Nationen / Sie wolln zwar gute Nachbarn sein / Aber nicht beisammen wohnen; / Und läßt man sie übers eigne Haus / Zum eignen Vortheil schwatzen / Da schreit sich der Pudel die Seel' heraus / Wir leben wie Hund und Katzen /*
Vom Anbeginn des parlamentarischen Lebens machten sich die nationalen Spannungen im Vielvölkerstaat bemerkbar, wie sie hier in der Karikatur zum Ausdruck kommen. Es war das spezifische Charakteristikum der österreichischen parlamentarischen Körperschaften, daß sich ideologische und nationale Strömungen überkreuzten. Erfolgte die Willensbildung anfänglich nach ideologischen (Liberale – Konservative) bzw. staatsrechtlichen Trennlinien (Zentralisten – Föderalisten), traten bald nationale Blockbildungen neben sie, die ihre Kohärenz auch in anderen als nationalen Fragen beibehielten.

Kikeriki, Jg. 6 (1866), Nr. 2 vom 11. Jänner 1866, letzte Seite P. U.

**16.2.12 Polizeibericht über Beratungen betreffend den Eintritt der tschechischen Abgeordneten in den Reichsrat**

6. April 1861
Original, 3 Blatt, deutsch; H. = 35 cm, B. = 21,5 cm

Praha, Státní ústřední archiv, PPT, inv. č 505, č 23/1861, k. 9 P. U.

**16.2.13 Kikeriki als Wiener Narodni listni**

Photokopie nach Zeitungsholzschnitt, 1863

Die Karikatur nimmt Bezug auf die Haltung der tschechischen Abgeordneten, die schon zur ersten Session des Reichsrates unter Abgabe einer „Rechtsverwahrung" erschienen waren, in der sie auf die Verletzung des böhmischen Staatsrechts hinwiesen. Da die 1861 ins Auge gefaßte böhmische Krönung nicht zustandekam und auch andere Gravamina der Tschechen nicht zu ihrer Zufriedenheit erledigt wurden, kündigten die tschechischen Landtagsabgeordneten Böhmens in einer Deklaration Ende Juni 1863 an, sich an den Beratungen des Reichsrates nicht mehr beteiligen zu wollen. Bald darauf folgte auch der Großteil der mährischen Abgeordneten, wenig später auch die polnisch-galizischen, diesem Beispiel.

Lit.: *Prinz, Friedrich,* Die böhmischen Länder von 1848 bis 1914, in: Handbuch der Geschichte der böhmischen Länder, hg. v. Karl Dosl, Bd. III, Stuttgart 1968.

Kikeriki, Jg. 3 (1863), Nr. 28 v. 2. Juli 1863, S. 3
P. U.

**16.2.14 Plakat über Ausschreibung der ersten direkten Reichsratswahlen 1873**

Druck auf Papier; H = 45,5 cm, B. = 37,5 cm

Schon das Grundgesetz über die Reichsvertretung vom Februar 1861 (vgl. Kat.-Nr. 16.1.13) hatte die Ausschreibung direkter Wahlen vorgesehen, *wenn ausnahmsweise Verhältnisse eintreten, welche die Beschickung des Hauses der Abgeordneten durch einen Landtag nicht zum Vollzug kommen lassen.* Speziell auf die Situation in Böhmen gemünzt war ein „Notwahlgesetz" im Jahr 1870, kraft dessen in diesem Kronland direkte Wahlen ausgeschrieben wurden, weil der Landtag sich geweigert hatte, die Abgeordnetenwahlen vorzunehmen. Als nach dem Scheitern der Fundamentalartikel der Boykott der Tschechen fortdauerte, entschloß sich die Regierung, das ganze bisherige System zu ändern. Die durch die Verfassung nicht gedeckte Entscheidung, die Beschickung durch die Landtage aufzuheben, stieß auf den dezidierten Widerstand der Föderalisten. Andererseits begrüßten die Liberalen, unabhängig von nationalen oder taktischen Überlegungen, die Reform als einen Schritt zu einer echten „Volks"-Vertretung. Die erste Wahl auf Grund der geänderten Wahlordnung v. 2. April 1873 (RGBl. Nr. 40 bzw. 41) fand im Herbst 1873 statt.

Linz, Oberösterreichisches Landesarchiv, Statthalterei-Akten (Präs.). Sch. 42 P. U.

**16.2.15 Die Beschickung des Reichsrats 1873–1896**

Graphik, Entwurf: W. B., Ausführung: S. Proidl

Mit der Reichsrats-Wahlreform von 1873 wurde das Entsendungsrecht der Landtage zum Abgeordnetenhaus durch eine Volkswahl ersetzt. Dadurch verlor es seinen Charakter einer Länderkammer. Die Festsetzung der Abgeordnetenzahl erfolgte zwar länderweise, vor allem aber nach Kurien (Wählerklassen). Damit erhielt das Abgeordnetenhaus den Charakter einer Interessen-, nicht aber den einer allgemeinen Volksvertretung, da große Teile der Bevölkerung vom Wahlrecht und damit einer Repräsentation im Abgeordnetenhaus ausgeschlossen waren und zudem durch die disproportionale Verteilung der Mandate auf die einzelnen Wählerklassen einige im Sinne eines ungleichen Wahlrechts bevorzugt wurden.

Lit.: *Brauneder, W.,* Österreichische Verfassungsgeschichte, 1983[3], S. 159f. – *Mischler, Ernst; Ulbrich, Josef,* Österreichisches Staatswörterbuch IV, Wien[2] 1909, S. 63ff (Art. Reichsrat), S. 871ff (Art. Reichsratswahlen).

W. B.

**16.2.16 Hannakische Volkstracht František Skopalík's:**

Baumwollenes Hemd (Inv.-Nr. 48.476), rote Lederhosen (Inv.-Nr. 16.061), blaue Tuchweste mit rotem Tuch eingefaßt (Inv.-Nr. 48.475), langer weißer Tuchmantel mit blauer Schnürcheneinfassung, 9 großen metallenen Halbkugelknöpfen und grünen Ärmelaufschlägen (Inv.-Nr. 16.884), hohe Stiefel (Inv.-Nr. 14.974).

Aus dem Dorfe Záhlinice (bei Kremsier) stammend. Feiertagsbekleidung eines angesehenen Bauers, typisch für das Ende des 3. Viertels des

19. Jahrhunderts; im Orte aus gekauften feinen Material verfertigt, schon ohne Stickerei, aber noch in traditioneller Farbenzusammenstellung. Es wurde von Skopalík getragen, um seine nationale und soziale Einstellung zu zeigen.

Lit.: *Bečák, J. R.*, Lidové umĕnína Hané. Lidová kultura hmotná (Volkskunst in der Hanna. Materielle Volkskultur), Velký Týnec 1941.

Brno, Moravské muzeum M. L.

16.2.17 **Abbildung des Reichsratsabgeordneten František Skopalík (1822–1891)**

Reproduktion der kolorierten Originalphotographie; Original; H. = 17,8 cm, B. = 12,5 cm

In seiner üblichen Trachten-Bekleidung, aus dem dritten Viertel des 19. Jahrhunderts, in der traditionellen Haartracht, dekoriert mit dem kaiserlichen Verdienstkreuz und dem päpstlichen Ritterorden des hl. Silvesters. Skopalík trug diese Tracht auch bei offiziellen Anlässen, etwa bei der feierlichen Eröffnung oder Schließung einer Session des Parlaments, dem Skopalík als Vertreter der mährischen Landgemeinden durch mehrere Perioden hindurch angehörte.

Lit.: *Bečák, J. R.*, Lidové umĕnína Hané. Lidová kultura hmotná (Volkskunst in der Hanna. Materielle Volkskultur), Velký Týnec 1941.

Brno, Moravské muzeum, Inv.-Nr. D. 374/15 M. L.

16.2.18 **Upřímné slovo o tom, jak hospodáři sedlskému prospěje patent od 4. března t. r. o. zrušení břemen gruntovních a o náhradě za ně. Od přítele lidu moravského**

[Ein aufrichtiges Wort darüber, wie dem Bauern das Patent vom 4. März d. J. über Ablösung von Grundlasten nützen wird und über Ersatz dafür. Von einem Freund des mährischen Volkes]

Druck auf Papier, Broschüre 8 Seiten, tschechisch; H. = 20,5 cm, B. = 13,2 cm

Holešov, St. archiv, F C 1, Inv.-Nr. 4 M. L.

16.2.19 **Urkunde über die Robot-Ablöse des František Skopalík**

Manuskript; H. = 43 cm, B. = 26 cm

Holešov, St. archiv, F C 1, Inv.-Nr. 4 M. L.

16.2.20 **Stichwortartiges Konzept einer Rede František Skopalíks im Reichsrat, 1882**

Handschrift, tschechisch; 1 Blatt; H. = 21 cm, B. = 15 cm

Skopalík berichtete in dieser Rede über die Erfahrungen mit der Bodenkommassierung und betonte, daß die Bauern in seiner Heimat das Gesetz nicht erwarten konnten, weshalb sie die Kommassierung freiwillig durchführten, als erste in Mähren und vielleicht in ganz Österreich.

Holešov, St. archiv, F C 1, Inv.-Nr. 100 M. L.

16.2.21 **Legitimationskarte für das Mitglied des galizischen Landtags, Adam Graf Potocki, 5. April 1861**

Original, Druck auf Papier; H. = 36 cm, B. = 22,5 cm

Adam Graf Potocki (1822–1872), einer der größten Grundbesitzer des Landes, gehörte dem galizischen Landtag und dem Reichsrat (jedes Reichsratsmitglied war gleichzeitig und zuerst Landtagsabgeordneter, nur als solcher war er ja von den Wahlberechtigten gewählt worden) von Anbeginn der Wirksamkeit dieser Körperschaften an. 1848 einer der Gründer der konservativen Zeitung „Czas", trat er ab 1861 gegen den deutschbetonten Zentralismus auf. Nach dem Scheitern des polnischen Aufstandes 1863 setzte er sich für eine Annäherung der polnischen Politik an die Habsburger ein, vorausgesetzt, daß diese Galizien ein hohes Maß an Autonomie gewährten. Die Familie Potocki zählte zur politischen und gesellschaftlichen Elite des Landes; Adams Cousin Alfred war Ackerbauminister und 1870 Ministerpräsident (vgl. Kat.-Nr. 4.2.1), sein Sohn Andrzej war nach der Jahrhundertwende Statthalter von Galizien.

Lit.: ÖBL VIII, Wien 1983, 229.

Krákow, Archivum Państwowe w Krakowie, Archivum Krzeszowickie Potockich, Nr. 408 P. U.

16.2.22 **Entwurf einer Rede Adam Potockis im Reichsrat 1861**

Originalmanuskript; H. = 23,5 cm, B. = 17,5 cm

Krákow, Archivum Państwowe w Krakowie, Archivum Krzeszowickie Potockich, Nr. 410 P. U.

**16.2.23 Rede des Abgeordneten Adam Graf Potocki auf der Sitzung des Reichsrats vom 18. September 1861**

Druck auf Papier, Broschüre; H. = 21,5 cm, B. = 14 cm

Krákow, Archivum Państwowe w Krakowie, Archivum Krzeszowickie Potockich, Nr. 410 P. U.

**16.2.24 Legitimationskarte für das Mitglied des Hauses der Abgeordneten, Herrn Deschmann Carl**

Druck auf Papier; H. = 7 cm, B. = 11,5 cm

Carl Deschmann (1821–1889), Kustos am Krainischen Landesmuseum (Archäologe) war Bürgermeister von Laibach, Mitglied des krainischen Landtages und des Landesausschusses sowie Abgeordneter zum Reichsrat. Er war von der Notwendigkeit einer kulturellen und politischen Zusammenarbeit mit den Deutschen zur Hebung des eigenen slowenischen Volkes überzeugt und wurde zum bedeutendsten Verfechter eines liberalen deutsch-slowenischen Bündnisses, ganz im Gegensatz zum Kreis der „Altslowenen" um Etbin Cosla, Janez Bleiweis (vgl. Kat.-Nr. 16.9.1), denen er „Obskurantismus und Ultramontanismus" vorwarf.

Lit.: Biographisches Lexikon zur Geschichte Südosteuropas, hg. v. Mathias Bernath und Felix v. Schroeder, Bd. I, München 1974, S. 394f.

Ljubljana, Arhiv SR Slovenije, Priv. A. VIII Dežman, fasc. 5 P. U.

**16.2.25 3 Legitimationskarten für Landtags- und Reichsratsabgeordnete**

Druck auf Papier

Linz, Oberösterreichisches Landesarchiv, Statth. (Praes.) Sch. 690, 692, 693 P. U.

## 16.3 Die Landtage

**16.3.1 Landtagswahlen**

Graphik, Entwurf: W. B., Ausführung: I. Grillmayer u. S. Proidl

Wie schon 1849 in Aussicht genommen, wurden die Landtage mit den Landesordnungen 1861 als Interessenvertretungen eingerichtet, das heißt, am Landtag sollten bestimmte, für das Land als wesentlich angesehene Interessen repräsentiert werden, nicht aber die Bevölkerung schlechthin. Diesen Grundsatz verwirklichte ein Wahlrecht, das die Bevölkerung in Kurien gliederte und einen Teil von ihr vom Wahlrecht ausschloß sowie auf die Kurien die Mandate disproportional verteilte, so daß es zu einer Gewichtung der einzelnen Interessen kam. Dieses Prinzip beherrschte die Landtagsstruktur bis 1918.

Lit.: *Brauneder, W.*, Österreichische Verfassungsgeschichte, 1983[3], S. 150, 176. – *Mischler, Ernst; Ulbrich, Josef*, Österreichisches Staatswörterbuch III, Wien[2] 1907, S. 395ff (Art. Landesordnungen; ebda., IV, Wien[2] 1909), S. 894ff (Art. Landtagswahlen).

W. B.

**16.3.2 Der Sitzungssaal des niederösterreichischen Landhauses**

Gemäß der ständisch-föderalistischen Wurzeln, aus denen sich das moderne Verfassungsleben nach 1861 entwickelte, waren die Landtage jene Vertretungskörperschaften, die sich zuerst konstituierten; erst aus ihnen wurden die Delegierten für den Reichsrat bestimmt. Die Kompetenz der Landtage und der übrigen Landesorgane war anfänglich eher karg bemessen (die diesbezüglich nicht ins Leben getretene Märzverfassung von 1849 war da viel großzügiger), doch änderte sich das sowohl durch die Revision des Grundgesetzes über die Reichsvertretung aus dem Jahr 1867 als auch via facti durch die darauf folgende Entwicklung. Im Laufe der Zeit wurde so der Stellenwert der Länder im Gefüge des politischen Organismus wesentlich höher, als es in der Bezeichnung Cisleithaniens als eines „dezentralisierten Einheitsstaats" zum Ausdruck kommt.

Lit.: *Schmitz, Georg*, Die Anfänge des Parlamentarismus in Niederösterreich. Landesordnung und Selbstregierung 1861–1873 (im Druck).

P. U.

**16.3.3 Plan des Beratungssaales des Landtags in Lemberg**

1862
Druck auf Papier; H. = 28,5 cm, B. = 22,5 cm

Während in manchen Ländern die von und für die Stände errichteten Lokalitäten weiterbenutzt wurden, man beispielsweise für den Reichsrat in Wien und den ungarischen Landtag in Pest fieberhaft neue Gebäude errichtete (vgl. Kat.-Nr. 16.2.7 und 16.4.2), geschah in Lemberg nichts derartiges, da die polnischen Mitglieder des galizischen Landtags vor 1863 meinten, sie würden ohnehin bald ihre Vertreter in ein gesamtpolnisches Parlament in Warschau schicken.

Kraków, Archiwum Państwowe w Krakowie, Teka Schneidra, Nr. 1441 P. U.

**16.3.4 Provisorische Geschäftsordnung des Landtages von Siebenbürgen vom Jahr 1863**

Druck auf Papier, Broschüre; H. = 35 cm, B. = 25 cm

Wie in allen anderen Ländern wurde auch in Siebenbürgen der Landtag im Jahr 1861 einberufen. Er weigerte sich jedoch, Oktoberdiplom und Februarpatent anzuerkennen und beharrte auf dem Unionsgesetz mit Ungarn von 1848, weshalb er bald wieder aufgelöst wurde. Erst 1863 wurde der Siebenbürgische Landtag erneut einberufen, nachdem durch eine Änderung der Wahlordnung andere Mehrheitsverhältnisse sichergestellt waren (vgl. Kat.-Nr. 15.2.23). 1861 hatte die Regierung den Landtagen und dem Reichsrat noch Geschäftsordnungen oktroyiert, in der Folge gingen die Vertretungskörperschaften jedoch dazu über, sich ihre Geschäftsordnungen selbst zu geben – ein Ausdruck ihres Willens, gegenüber der Regierung eine autonome Stellung zu bewahren.

Budapest, Országos Széchényi Könyvtár, Flugschriftenabteilung 1863 P. U.

**16.3.5 Provisorische Geschäftsordnung für den böhmischen Landtag**

Ausgearbeitet im böhmisch-ständischen Landesausschuß
Prag, Februar/März 1861
Broschüre, 19 Seiten, Druck, deutsch–tschechisch; H. = 29 cm, B. = 22 cm

Als der böhmische Landtag auf der gesetzlichen Basis der sogenannten Februarverfassung am 6. 4. 1861 zur ersten Sitzung zusammentrat, protestierte Fr. L. Rieger im Namen tschechischer Abgeordneter gegen die dem Landtag oktroyierte provisorische Geschäftsordnung, da die Einteilung in drei Kurien (Großgrundbesitz, Städte, Landgemeinden) gegen das Prinzip des gleichen Rechtes für alle verstoße und auch sonst die Gleichberechtigung beider Landessprachen nicht respektiert werde. Statthalter Graf Forgách wies jede Verantwortung zurück, weil die provisorische Geschäftsordnung im böhmisch-ständischen Landesausschuß ohne Beteiligung der Regierung entstanden war.

Lit.: Řeči Dra Frant. Ladisl. Riegra a jeho jednání v zákonodárných sborech [Die Reden Dr. Fr. L. Riegers und seine Verhandlungen in gesetzgebenden Körperschaften] II, hg. von *Josef Kalousek*, Praha 1884, S. 3–6. – *Srb, Adolf,* Politické dějiny národa českého od r. 1861 [Politische Geschichte der böhmischen Nation seit 1861] I, Praha 1899, S. 5–11.

Praha, Archiv Národního muzea Praha, Nachlaß František Ladislav Rieger, sign. 108/2 J. Ko.

**16.3.6 Kundmachung betreffend die Auflösung des Landtages des Königreichs Galizien und Lodomerien, Lemberg, 3. 1. 1867**

Druck auf Papier, polnisch; H. = 35,5 cm, B. = 44,5 cm

Die Funktionsperiode der Landtage sollte nach dem Gesetz sechs Jahre betragen, allerdings konnten sie vom Kaiser zu jeder Zeit, unter gleichzeitiger Anordnung von Neuwahlen, aufgelöst werden. Von diesem Mittel machte die Regierung relativ häufig Gebrauch (vgl. Kat.-Nr. 16.6.24). Die Auflösung im Jänner 1867 erfolgte, weil Belcredi die Beratung und gegebenenfalls Modifikationen des ungarischen Ausgleichselaborats einer „außerordentlichen Reichsratsversammlung" übertragen wollte (vgl. Kat.-Nr. 15.3.14), die speziell für diesen Anlaß einberufen werden sollte.

Lit.: *Engel-Janosi, Friedrich,* Einleitung zu: Die Protokolle des österreichischen Ministerrates 1848–1867 VI: Das Ministerium Belcredi Bd. 2, bearb. v. Horst Brettner-Messler, Wien 1973, S. XXXIII ff.

Krákow, Muzeum Historycznego m. Krakowie, Inv.-Nr. D 1248 P. U.

## 16.4 Das ungarische Parlament

**16.4.1 Ungarischer Reichstag**

Graphik, Entwurf: W. B., Ausführung: S. Proidl

Das ungarische Parlament, der Reichstag, bestand wie das Cisleithaniens aus zwei Kammern, und zwar wie dieses aus einem Abgeordnetenhaus, die

Magnatentafel entsprach dessen Herrenhaus. – Das Abgeordnetenhaus wurde nach einem komplizierten und örtlich – verschiedene Arten von Städten, Landgemeinden – gestalteten Wahlsystem gewählt, das vor allem in den Landgemeinden praktisch einem Entsendungsrecht bestimmter Gemeindemitglieder gleichkam. Zu den gewählten Abgeordneten traten noch die vom Landtag für Kroatien-Slawonien entsandten hinzu. Insgesamt wurden die magyarische Nation sowie Bürgertum und Adel vom Wahlrecht bevorzugt.

Lit.: *Mischler, Ernst; Ulbrich, Josef,* Österreichisches Staatswörterbuch IV, Wien[2] 1909, S. 587ff (Art. Ungarn). – *Toth, Adalbert,* Parteien und Reichstagswahlen in Ungarn 1848–1892 (Südosteuropäische Arbeiten 70) München 1973.

W. B.

**16.4.2 Das provisorische Landtagsgebäude in Pest**

Ádám Slowikowski
Farblithographie; H. = 30 cm, B. = 38 cm

Inschrift: *AZ IDEIGLEVES MAGYAR KÉPVISELŐHÁZ PESTEN / a Muzeum kertjéből fölvéve / – DAS PROVISORISCHE LANDHAUS IN PEST / aufgenommen vom Museumspark aus.*

Schon 20 Jahre vor Ybls Bau war die Errichtung eines Gebäudes für den ungarischen Reichstag aktuell, als man 1844 eine Konkurrenz für ein Ständehaus in Pest ausgeschrieben hatte. Unter den bekannten eingesandten Arbeiten bedeuteten die von Nüll und Sicardsburg sowie von Feszl einen bemerkenswerten Beitrag zur „romantischen" Architektur des frühen Historismus. Das geplante Ständehaus konnte nicht verwirklicht werden, und als 1865 ein provisorisches Parlamentshaus benötigt wurde, ging man bereits von anderen künstlerischen Voraussetzungen aus. Ybls reich gegliederte und sehr plastisch durchgestaltete Fassade zeigt sich als eine eigenwillige Variante einer Palastarchitektur – und der Vergleich mit dem nur wenige Jahre früher erbauten, kargen Wiener Bau derselben Funktion ist sehr aufschlußreich.
Bis zur Errichtung des Neuen Parlaments nach Plänen von E. Steindl tagten die Abgeordneten in diesem Bau, während das Magnaten(Herren-)haus im Nationalmuseum zusammenkam.

Lit.: *Komarik, D.,* Die Entwurfskonkurrenz für das Pester Ständehaus vom Jahre 1844, in: Acta Technica Academiae Scientiarum Hungaricae, 1974, Bd. 77, S. 251f. – *Ybl, Erwin,* Ybl Miklos, Budapest 1956, S. 158f.

Budapest, Magyar Nemzeti Múzeum, Történelmi Képcsarnoka, Inv.-Nr. 2871 G. R. / S. K.

**16.4.3 Zwei Innenansichten des Sitzungssaales des ungarischen Abgeordnetenhauses** Abb.

Originalphotos; H. = 16,5 cm, B. = 10 cm bzw. H. = 10 cm, B. = 16,5 cm

Budapest, Kiscelli Múzeum, Inv.-Nr. 32.819 bzw. F 74.828 P. U.

Kat.-Nr. 16.4.3

16.4.4 **Eine Sitzung des ungarischen Abgeordnetenhauses**

Stich nach Originalzeichnung von Theodor Breidwieser, um 1870; H. = 33,5 cm, B. = 53 cm

Budapest, Történeti Múzeum, Inv.-Nr. 1870
P. U.

16.4.5 **In den Couloirs des Abgeordnetenhauses**

Photo nach Zeitungsholzschnitt v. János Jankó

Lit.: *Mikszáth, Kalman,* A tisztelt Ház [Hohes Haus], Budapest 1886, S. 35.

Budapest, Magyar Munkásmozgalmi Múzeum
P. U.

16.4.6 **Die Abgeordneten der „äußersten Linken" und der Nationalitäten im ungarischen Abgeordnetenhaus im Jahr 1868**

Photo nach Zeitungsholzschnitt von Zsigmond Pollák

Die „äußerste Linke" lehnte den Ausgleich von 1867 aus prinzipiellen Gründen ab; sie vertrat statt dessen die Thesen Kossuths (vgl. Kat.-Nr. 15.3.20). Obwohl die von ihr vertretenen Strömungen in der Bevölkerung starken Widerhall fanden, war die „äußerste Linke" auf Grund der Besonderheiten des Wahlsystems im Parlament nur schwach vertreten. Dasselbe gilt für die Politiker aus den Reihen der Nationalitäten: Während die nichtungarischen Nationalitäten knapp die Hälfte der Bevölkerung ausmachten, hatten sie im Parlament in den Jahren unmittelbar nach dem Ausgleich nicht mehr als 10 bis 15 Abgeordnete (von 413).

Lit.: *Toth, Adalbert,* Parteien und Reichstagswahlen in Ungarn, München 1973.

Vasárnapi Ujsag 1868, S. 577 P. U.

16.4.7 **Verzeichnis der verschiedenen Ausschüsse des ungarischen Abgeordnetenhauses, 1866**

Druck auf Papier, Broschüre; H. = 17,5 cm, B. = 11,5 cm

Von den diversen Ausschüssen, die der Ende 1865 einberufene ungarische Landtag bildete, waren zwei von ganz besonderer Bedeutung: Der „67er" Ausschuß (bzw. sein aus 15 Mitgliedern bestehender Unterausschuß unter der Leitung von Andrássy), der mit der Ausgleichsmaterie befaßt war, sowie jener, unter der Leitung von József Eötvös stehende Ausschuß, der das 1868 verabschiedete Nationalitätengesetz (GA XLIV/1868) ausarbeitete.

Lit.: Zum Nationalitätengesetz: *Gogolák, Ludwig,* Ungarns Nationalitätengesetze und das Problem des magyarischen National- und Zentralstaates, in: Die Habsburgermonarchie III, S. 1207–1303, insbes. S. 1270ff.

Budapest, Kiscelli Múzeum, Flugschriftensammlung, Schachtel II, Inv.-Nr. 27.524 P. U.

16.4.8 **Sitzung des Oberhauses im Saal des Nationalmuseums**

Originalphoto, 1894; H. = 20,2 cm, B. = 27,5 cm

Die Zusammensetzung des Oberhauses, der Magnatentafel, war durch die Gesetze von 1848 und die nachfolgenden Ereignisse nicht verändert worden; ihm gehörten kraft persönlichen Rechts die Mitglieder des Hochadels an sowie die höchsten staatlichen und kirchlichen Würdenträger. Erst 1885 erfuhr die Zusammensetzung eine wesentliche Änderung: nun mußten auch die bisher erblichen Mitglieder einen Mindestgrundsteuersatz von 3000 Gulden aufweisen; die Obergespane verloren ihren Sitz im Oberhaus; dafür gab es – analog dem cisleithanischen Herrenhaus – eine Mitgliedschaft auf Lebenszeit, deren Träger vom Herrscher ernannt wurden.

Lit.: *Sarlós, Béla,* Das Rechtswesen in Ungarn, in: Die Habsburgermonarchie II, S. 499–537, insbes. S. 501 und S. 523.

Budapest, Magyar Munkásmozgalmi Múzeum, Inv.-Nr. 147/1963 P. U.

16.4.9 **Herrengalakleid**

a. Mente

Lila Samt, mit lilafarbener Posamentierverzierung, Nerzverbrämung; Ende 19. Jahrhundert, aus dem Besitz der Familie Kossits aus Pécs
Erzeugt von der Firma Weiner und Grünbaum in Budapest
Inv.-Nr. T. 1975. 175. 1.

b. Dolman

Blauer Seidendamast, mit Posamentierverzierung, um 1860

c. Beinkleid

Kirschrote Tricotseide; Ende 19. Jahrhundert
Inv.-Nr. T. 1975. 175. 3.

d. Süveg (Kappe)

Lila Samt, nerzverbrämt; Ende 19. Jahrhundert
Inv.-Nr. T. 1975. 175. 5.

e. Weiße Reiherfeder
Inv.-Nr. T. 1975. 175. 6.

f. Krawatte

Cremefarbene Seide, mit gehäkeltem Goldspitzenrand
Inv.-Nr. T. 1975. 175. 7.

g. Stiefel

Schwarzes Ziegenleder, mit goldenem Posamentiersaum, nebst Silbersporen
Inv.-Nr. T. 1975. 360, 6. 1–2.

h. Schmuckgarnitur

Säbel, Gürtel, Mentebinde, Aigrette, Schwertbinde, ein Paar Sporen, 42 Knöpfe; im Originaletui; vergoldetes Silber als Fassung von Korallen
Aus dem Besitz der Familie Koszits aus Pécs
Inv.-Nr. Ö. II. 1975. 3. 1–10.

Budapest, Magyar Nemzeti Múzeum K. F.-D.

### 16.4.10 Präsidialglocke aus dem Abgeordnetenhaus

Bronze, mit Holzgriff; H. = 28 cm

Budapest, Magyar Nemzeti Múzeum, Inv.-Nr. 1956.122/P. 7209 K. F.-D.

### 16.4.11 Das Parlament als Windmühle

Photokopie nach Zeitungsholzschnitt; 1875

Inschrift auf der Windmühle: Linke – Rechte – Linkes Zentrum – Rechtes Zentrum [= die Parteibezeichnungen]; als Produkt der Tätigkeit erscheinen: Worte, Worte, Worte . . .
Kritik am Funktionieren des Parlaments, der Vorwurf, nur leeres Stroh zu dreschen, machte sich schon früh bemerkbar. Den konkreten Anlaß bildeten die Verfallserscheinungen der Deák-Partei, der bisherigen Regierungspartei, die schließlich zur Fusion mit dem Linken Zentrum und zur Schaffung der Liberalen Partei unter Kálmán Tisza am 1. März 1875 führte (vgl. Kat.-Nr. 15.3.30).

Borsszem Jankó vom 3. Jänner 1875 P. U.

## 16.5 Die Gemeinde

### 16.5.1 Gemeindewahl

Graphik, Entwurf: W. B., Ausführung: I. Grillmayer u. S. Proidl

Der Gemeindeausschuß als Gemeindevertretung war, wie die Landtage, als Interessenvertretung gestaltet. Die Bestimmung der Interessen erfolgte länderweise unterschiedlich, jedoch bildeten Steuerleistung, „Intelligenz" (bestimmte Berufe), zum Teil auch der Wohnsitz, die entsprechenden Kriterien für die Zulassung zur Wahl. Hiebei wurde vor allem nach der Höhe der Steuerleistung differenziert: Die wenigen höchstbesteuerten Gemeindemitglieder, die zusammen ein Drittel der Steuerleistung erbrachten („Erstes Steuerdrittel") entsandten ebensoviele Gemeinderatsmitglieder wie die größere Gruppe der mittelmäßig besteuerten („Zweites Steuerdrittel") oder die Masse der niedrigbesteuerten Gemeindemitglieder („Drittes Steuerdrittel"). Dieses System bestimmte die Struktur der Gemeindevertretung bis zum Jahr 1918.

Lit.: *Mischler, Ernst; Ulbrich, Josef,* Österreichisches Staatswörterbuch II, Wien[2] 1906, S. 312ff (Art. Gemeinde) insbes. S. 335ff (Art. Wahl).

W. B.

### 16.5.2 Kaiserliches Patent vom 17. März 1849

RGBl. Nr. 170/1849
Photokopie

Die Aufhebung der Untertänigkeit und die damit verbundene Beendigung der grundherrlichen Obrigkeit machten nach 1848 eine grundlegende Neuorganisation der Lokalverwaltung notwendig. Deren Grundsätze wurden bereits in Kremsier formuliert, zu konkreten Schritten kam es erst unter Stadion. Die Stadionsche Konzeption der öffentlichen Verwaltung baut auf einem dualistischen Prinzip auf, auf der Teilung der Agenden zwischen staatlichen Behörden und autonomen, „staatsfreien" Körperschaften. In diesem System kam der „freien Gemeinde im freien Staat“ ein hoher Stellenwert zu, doch waren die Gemeinden nicht ganz „frei“: im übertragenen Wirkungskreis mußten sie Agenden der staatlichen Hoheitsverwaltung übernehmen. Die Aktivierung und Teilnahme der Bevölkerung an den sie unmittelbar betreffenden Fragen schien freilich Möglichkeiten in Richtung einer durchgreifenden Konstitutionalisierung zu eröffnen. Doch wurde Stadions Konzept nicht einmal in der reduzierten Form des „prov. Gemeindegesetzes“ voll realisiert: in Galizien und in der Bukowina wurde das Gesetz überhaupt nicht durchgeführt, in den übrigen Ländern durch andere, die Autonomie einschränkende Bestimmungen verwässert.

Lit.: *Klabouch, Jiří,* Die Lokalverwaltung in Cisleithanien, in: Die Habsburgermonarchie II, S. 272–305 insbes. S. 275ff.

P. U.

16.5.3 **Gesetz vom 5. März 1862**

RGBl. Nr. 18/1862
Photokopie

Nach dem Neubeginn des Verfassungslebens 1861 kehrte man auch hinsichtlich der Ortsgemeinden zu einigen Gedankengängen Stadions zurück. Allerdings nicht zu allen: so blieb in Galizien die im Neoabsolutismus verfügte Ausgliederung der großen Gutsbesitze aus dem Ortsgemeindeverband bestehen (auch anderswo bestand die Möglichkeit, doch wurde von ihr nicht Gebrauch gemacht), in einigen Gemeinden erhielten die größten Steuerträger, also die Großgrundbesitzer, Virilstimmen, der selbständige Wirkungskreis der Gemeinden war nicht ganz so umfassend wie bei Stadion etc. Das Reichsgemeindegesetz und die es näher ausführenden Landesgesetze, die in den folgenden Jahren erlassen wurden, bildeten nichtsdestoweniger die Grundlage für die Organisation der Lokalverwaltung, die im wesentlichen über den Untergang der Habsburgermonarchie hinaus Bestand hatte, eine Grundlage, die eine feste Basis für die Entwicklung der Bevölkerung abgab, in politisch-konstitutioneller ebenso wie in nationaler Hinsicht.

Lit.: *Klabouch, Jiří,* Die Lokalverwaltung in Cisleithanien, in: Die Habsburgermonarchie II, S. 272–305, insbes. S. 280ff. – *Ucakar, Karl* und *Welan, Manfried,* Kommunale Selbstverwaltung und konstitutioneller Rechtsstaat, in: Wien in der liberalen Ära (= Forschungen und Beiträge zur Wiener Stadtgeschichte 1) Wien 1978, S. 5–30, insbes. S. 20ff.

P. U.

16.5.4 **Franz Graf Stadion**

Photographie

Franz Graf Stadion (1806–1853) wurde 1841 Gouverneur des österreichischen Küstenlandes, wo er nicht nur den Ausbau des Seehandels förderte, sondern sich auch zum Nutzen der agrarischen Bevölkerung um eine moderne Regelung des Gemeindewesens bemühte. Darüber hinaus galt sein Interesse der Förderung des Schulwesens, wie er überhaupt für ein freieres geistiges Leben eintrat. 1847 wurde er nach Galizien berufen und erwies sich auch in diesem Land, das eben erst einen blutigen Bauernaufstand erlebt hatte, als ausgezeichneter Administrator. Er kümmerte sich nicht nur um die Belange der Polen, sondern auch um die der zweiten im Lande lebenden Nationalität, der Ruthenen. Noch vor der generellen Regelung der „Bauernbefreiung“ hob Stadion mit Billigung der Wiener Regierung bald nach Ausbruch der Revolution 1848 die Robot in Galizien auf. Stadion gehörte auch dem Reichstag an, trat dort aber wenig in Erscheinung. Im November 1848 als Innenminister in die Regierung Schwarzenberg berufen, legte er bis zum Sommer 1849, als er sein Amt krankheitshalber zurücklegen mußte, die Grundlagen für eine moderne Administration, die sowohl den Anforderungen eines zentralisierten Großstaates als auch den Bedürfnissen der Bevölkerung nach Mitgestaltung und Mitverantwortung Rechnung tragen sollte.

Lit.: *Hantsch, Hugo,* Gestalter der Geschicke Österreichs, Wien 1962, S. 379ff.

Wien, Österreichische Nationalbibliothek, Bildarchiv P. U.

16.5.5 **Anton Ritter von Schmerling**

Photographie

Anton R. v. Schmerling (1805–1893), vor 1848 in Opposition zum Regime, wurde noch im März 1848 als Vertreter Österreichs beim Deutschen Bund, später als Abgeordneter zur Deutschen Nationalversammlung nach Frankfurt entsandt, wo er bald Reichsinnen-, später Reichsministerpräsident wurde. Vom Juni 1849 bis Jänner 1851 war er Justizminister im Kabinett Schwarzenberg. Im Dezember 1860 berief ihn Franz Joseph als Nachfolger Gołuchowskis zum Staatsminister. Das von Schmerling inaugurierte Februarpatent (vgl. Kat.-Nr. 16.1.12) erfüllte indes bei weitem nicht die konstitutionellen Wünsche der Liberalen, da der Kaiser solchen Bestrebungen reserviert gegenüberstand. Wohl aber war die Februarverfassung eindeutig gesamtstaatlich-zentralistisch ausgerichtet, was wiederum dem Widerstand vor allem (aber nicht ausschließlich) der Ungarn hervorrief. Das Unvermögen, die ungarische Frage zu lösen, das Scheitern seiner deutschen Politik und sein Zögern bei der „Weiterentwicklung der Verfassung" im konstitutionellen Sinn führten zu seiner Demission im Frühsommer 1865.

Lit.: *Molisch, Paul,* Anton von Schmerling und der Liberalismus in Österreich, in: Archiv für österreichische Geschichte 116 (1944) 1. Hälfte.

Wien, Österreichische Nationalbibliothek, Bildarchiv P. U.

16.5.6 **Kundmachung des Statthalters von Niederösterreich an sämtliche Landgemeinden: Belehrung über die neue Gemeindeverwaltung, 20. Februar 1850**

Druck auf Papier, 6 Blatt; H. = 40,5 cm, B. = 24,5 cm

Mit 1. Jänner 1850 traten die neuen Organe der Lokalverwaltung in den Erbländern in Wirksamkeit. Da sich die Verhältnisse gegenüber den früheren Zuständen vor allem am flachen Land sehr geändert hatten, waren umfangreiche Belehrungen seitens der Staatsverwaltung notwendig, um einen reibungslosen Übergang zu gewährleisten.

Wien, Österreichische Nationalbibliothek, Flugschriftensammlung, Inv.-Nr. 1850/8 P. U.

16.5.7 **Bürgerrechtsverleihung der Stadt Wien an Johann Sigl, Tuchhändler**

Handschrift, Wien, 2. August 1849

Daß das Bürgertum unmittelbar nach der Revolution von 1848 an den konstitutionellen Errungenschaften festhalten wollte, erhellt unter anderem aus dem Wortlaut des Bürgereides, in dem es hieß: *Sie werden einen Eid zu Gott dem Allmächtigen schwören und bei Ihrer Ehre und Treue geloben, daß Sie die Allerhöchste Person Sr. Majestät Franz Joseph I., constitutionellen Kaisers von Oesterreich, und die oesterreichische Constitution heilig und unverletzt halten . . .* Demgegenüber bezeichnete sich Franz Joseph (anders als Ferdinand) nie als *constitutioneller Kaiser;* in der Märzverfassung und in allen anderen offiziellen Enuntiationen hieß es stets: *Wir, Franz Joseph, von Gottes Gnaden Kaiser von Österreich . . .*

Wien, Österreichische Nationalbibliothek, Flugschriftensammlung, Inv.-Nr. 1849/0 P. U.

16.5.8 **Bericht des Magistrats Gratz an die k. k. Kreisregierung mit Vorlage der Übersicht über die gewählten Gemeinderäte der Hauptstadt Gratz vom 17. September 1850**

Handschrift, 4 Blatt; H. = 35 cm, B. = 22 cm

Die Verwirklichung des Stadion'schen Konzepts einer umfassenden Selbstverwaltung begann (und endete) auf der Ebene der Ortsgemeinden: hier wurden im Laufe des Jahres 1850 die Gemeindevertretungen gewählt. Diese ersten Wahlen waren für lange Zeit auch die letzten. Die neoabsolutistische Regierung verzichtete auf die Mitwirkung der Bevölkerung und verlängerte die Funktionsdauer der 1850 gewählten Mandatare bei gleichzeitiger drastischer Einschränkung ihrer Kompetenzen.

Lit.: *Marauschek, Gerhard,* Vom Stadtmagistrat zur Stadtgemeinde Graz 1848–1850, in: 850 Jahre Graz. Festschrift, hg. v. *Wilhelm Steinböck,* Graz 1978, S. 223–246.

Graz, Stadtarchiv, StAG: 2587/23/1849
P. U. / G. Ma.

16.5.9 **Eid des Bürgermeisters der Landeshauptstadt Graz Herrn Moritz Ritters von Franck, 17. April 1861**

Handschrift, 2 Seiten; H. = 34 cm, B. = 21 cm

In das Oktoberdiplom (vgl. Kat.-Nr. 16.1.11 und 15.2.14) sind verschiedentlich Gedanken des konservativen self-government eingegangen: die auf seiner Basis erlassenen Landesordnungen (darunter auch die für die Steiermark) machten die Wahl von Gemeindevertretungen notwendig, die, schon im November 1860 angeordnet, im Frühjahr 1861 tatsächlich abgehalten wurden. Sie waren also die ersten Wahlen, die nach der neoabsolutistischen Zeit in Österreich durchgeführt wurden.

Lit.: *Rajakovics, Wulfing,* Moritz Ritter von Franck 1814–1895, Bürgermeister der Stadt Graz und Landtagsabgeordneter, phil. Diss. Graz 1964.

Graz, Stadtarchiv, StAG: 2587/23/1849
P. U. / G. Ma.

**16.5.10 Gemeinde-Ordnung für die Landeshauptstadt Graz vom 8. Dezember 1869, LGBl. Nr. 24/1869**

Druck auf Papier, Broschüre, 19 Seiten; H. = 28 cm, B. = 21 cm

Rechtlich gesehen kannte das Reichsgemeindegesetz – wie schon vorher das Gemeindegesetz von 1849 – zwischen großen und kleinen Gemeinden, zwischen Städten und Landgemeinden keinen Unterschied. Einzige Ausnahme bildeten die rund 30 „Städte mit eigenem Statut" (darunter alle Landeshauptstädte), die im Verwaltungsaufbau eine Sonderstellung einnahmen. Die Statutarstädte hatten einen wesentlich größeren übertragenen Wirkungskreis als die anderen Gemeinden, einen Wirkungskreis, der auch die Kompetenzen der Bezirkshauptmannschaften mit einschloß. Parallel dazu war auch die Staatsaufsicht größer: die Wahl der Bürgermeister bedurfte der kaiserlichen Bestätigung, und den politischen Behörden war eine Einwirkung und Kontrolle nicht nur im übertragenen, sondern auch im selbständigen Wirkungskreis der Kommunen möglich.

Lit.: *Hubbard, William H.*, Die Entwicklung der Grazer Stadtverfassung 1869–1918, in: Historisches Jahrbuch der Stadt Graz 4 (1971), S. 7–46.

Graz, Stadtarchiv, Handbibliothek
P. U. / G. Ma.

**16.5.11 Aufruf des neugewählten Bürgermeisters an die Bürger und Bewohner der Landeshauptstadt Laibach v. 16. Juli 1864**

Druck auf Papier, zweisprachig (deutsch-slowenisch); H. = 35,5 cm, B. = 44 cm

Der Hinweis auf „Bürger und Bewohner" macht deutlich, daß man bei der Gemeindebevölkerung mehrere Kategorien unterschied, die „Gemeindeangehörigen", die „Gemeindegenossen" und die „Auswärtigen". Nach dem Heimatrechtsgesetz von 1863 konnte man das Heimatrecht nur durch Geburt, Heirat, durch Erteilung seitens der Gemeinde und durch Ausübung eines öffentlichen Amtes erwerben. Ursprünglich auch für die Wahrnehmung politischer Rechte wie z. B. das Wahlrecht von Belang, wirkte sich der Unterschied in der Rechtsstellung nach 1867 nur mehr bei der Armenversorgung aus.

Ljubljana, Narodna in univerzitetna knjižnica, Nachlaß Costa
P. U.

**16.5.12 Trauerparte bezüglich des unerwarteten Absterbens der Wiener Communal-Schlange, auch Lange Bank genannt, . . . am heutigen Narrenabende . . ., Wien, 2. Februar 1869**

Druck auf Papier; H. = 23,5 cm, B. = 30 cm

Auf satirische Weise setzte man sich mit jenen Problemen auseinander, die in Wien auf die „lange Bank" geschoben wurden: Donauregulierung, Anlage eines Zentral-Friedhofs, Gas-Contract, Trinkwasserversorgung etc. Es handelt sich also um solche Fragen, die im Zusammenhang mit der Schaffung einer zeitgemäßen Infrastruktur für die rapid expandierenden Gemeinwesen standen.

Wien, Österreichische Nationalbibliothek, Flugschriftensammlung, Inv.-Nr. 1869/5
P. U.

Kat.-Nr. 16.5.13

**16.5.13 Festzug anläßlich des Ausfluges des Grazer Gemeinderates** Abb.

Franz Hiebler; 5. Juni 1879
Album, schwarz, Festzug mit Karikaturen; H. = 17 cm, B. = 27 cm, ausgeklappt: 140 cm

Dr. Franz Hiebler, der Zeichner dieser Karikaturen war eine der bekanntesten Persönlichkeiten des deutsch-liberalen Lagers in Graz.
Die Karikaturen zeigen die Mitglieder der Grazer Stadtverwaltung mit den ihnen aufgelasteten bzw. den von ihnen verursachten Problemen: Stadtherold, k. k. priv. Grazer Bürgerkorps, Infanterie und Bürgerkavallerie, die Stadträte mit Liktorenbündell *(Nichts ohne uns)*, 44 Gemeinderäte *(Remuneration, Wir sind noch zu wenig)*, Kommunaler Triumphwagen (Straßenkehrer, Pflasterer und Straßenreinigung), im Lorbeerkranz Schlachthaus und Kettenbrücke (neu errichtete Bauten der Gemeinde), Grazer Bürger *(Wir möchten von allem wissen)*, Grazer Stadtschulrat *(Höchst dringend notwendig)*, Neubau der Keplerbrücke, Budget etc. etc.

Lit.: *Heger, Wolfgang,* Die Grazer Kulturpolitik im Zeitalter des Liberalismus und Nationalismus, 1867–1914, phil. Diss. Wien, 1971.

Graz, Stadtarchiv, Nachlaß Alexander Rollet, Schenkung Reinhold Aigner G. Ma.

**16.5.14 Einladung der Grazer Gemeinderäte für GR Dr. Alexander Rollett zu der zu Ehren des scheidenden Bürgermeisters Herrn Dr. Wilhelm Kienzl in Schreiners Konzertsaal stattfindenden Festtafel**

Druck auf Papier; H. = 22 cm, B. = 17 cm

Alexander Rollett (1834–1903) wirkte an der Universität Graz als Ordinarius für Physiologie und Histologie. Als Wissenschafter zählte er zu den ersten, die in Österreich die Darwinsche Deszendenztheorie aufnahmen und verbreiteten. Wie so viele Angehörige des Bildungsbürgertums der damaligen Zeit betätigte sich Rollett auch politisch: als Gemeinderat der Stadt Graz und als Virilist im Steiermärkischen Landtag (er war mehrmals Rektor der Universität) vertrat er seine liberal-deutschnationalen Ansichten (nicht ohne Grund ist die ausgestellte Teilnehmerkarte in den Farben schwarz-rot-gold gehalten). – Wilhelm Kienzl (1827–1902), Vater des gleichnamigen Komponisten, bekleidete ab 1873 12 Jahre hindurch das Amt des Grazer Bürgermeisters. In seine Amtszeit fallen eine Reihe von Maßnahmen, die die Modernisierung der Stadt zum Ziel hatten.

Lit.: *Aigner, Reinhold,* Der Physiologe Alexander Rollett als Abgeordneter im Grazer Gemeinderat und im Steiermärkischen Landtag, in: Historisches Jahrbuch der Stadt Graz 4 (1971) S. 107–128. – *Kienzl, Wilhelm,* Der Bürgermeister der Landeshauptstadt Graz und steiermärkische Landtagsabgeordnete Dr. Wilhelm Kienzl und seine Zeit, phil. Diss. Graz 1949. – ÖBL II 325f. ÖBL 42. Lieferung (in Druck).

Graz, Stadtarchiv, Nachlaß Alexander Rollett, Schenkung Reinhold Aigner. P. U. / G. Ma.

## 16.6. Wahlen

**16.6.1. Verordnung des Landeschefs von Oberösterreich und Salzburg, Dr. Alois Fischer, betreffend Vorschriften zur Einführung des Gemeindegesetzes**

Anlage A: Verzeichnis der Bürger und ihrer Jahressteuer, Linz, 1. Mai 1849
Druck auf Papier; H. = 40 cm, B. = 30 cm

Die Teilnahme am politischen Geschehen erfolgte hauptsächlich bei Wahlen. Der Kreis der Wahlberechtigten war jedoch noch recht eng gezogen. Gemäß dem Gemeindewahlrecht von 1849, das allen Wahlordnungen als Vorbild diente, gab es zwei Hauptkategorien von Wahlberechtigten: diejenigen, denen das Wahlrecht auf Grund ihrer persönlichen Stellung zustand – „Intelligenzwahlrecht“ (Priester, Ärzte, Beamte etc.) – und diejenigen, die das Wahlrecht auf Grund ihrer Steuerleistung besaßen – „Steuerwahlrecht“. Das Wahlrecht galt daher als Akt der Vermögensverwaltung, nicht primär als politisches Grundrecht. Entsprechend der Steuerleistung waren die Wahlberechtigten in drei (resp. zwei) Wahlkörper eingereiht, wobei es vorgekommen sein soll, daß Bürger mehr Steuer zahlten als ihnen vorgeschrieben wurde, um so in einen höheren Wahlkörper zu kommen.

Lit.: *Slapnicka, Harry,* Oberösterreich unter Kaiser Franz Joseph, Linz 1982, S. 84ff.

Wien, Österreichische Nationalbibliothek, Flugschriftensammlung, Inv.-Nr. 1849/0 P. U.

**16.6.2 Wähler-Liste zu den Ergänzungswahlen der Gemeinde-Vertretung der Landeshauptstadt Laibach für das Jahr 1875**

Laibach; 9. März 1875
Druck auf Papier; 4 Blatt, H. = 37 cm, B. = 24 cm

Aus der Liste ist die soziale Zusammensetzung und Gliederung der Wählerschaft gut erkennbar: Während im 1. Wahlkörper fast ausschließlich „Ehrenbürger" und „Hausbesitzer" vertreten sind, besteht der 2. Wahlkörper zu einem großen Teil aus Beamten, pensionierten Offizieren (die Aktiven besaßen das Wahlrecht nicht), Professoren und Lehrern, Ärzten und Geistlichen. Im 3. Wahlkörper findet sich die Bezeichnung „Hausbesitzer" relativ selten, dafür überwiegen konkrete Berufsbezeichnungen (darunter neben den gängigen Gewerben wie Gastwirt, Bäcker, Schlosser etc. auch „Todtenbeschauer", „Fiaker", „Fotograf" etc.).

Ljubljana, Arhiv SR Slovenije, Priv. A. VIII Dežman, fasc. 10. P. U.

**16.6.3 Wahlzettelabgabe für den Gemeinderat in einer Vorstadt Wiens, 1861**

Photokopie nach Zeitungsholzschnitt

Nicht überall waren, so wie hier in Wien, die Wahlen schriftlich und geheim. Vor allem auf dem Land erfolgten die Wahlen anfänglich mündlich. § 41 der im Anschluß an das Februarpatent erlassenen Landtagswahlordnung für Niederösterreich bestimmte: *Jeder zur Abstimmung aufgerufenen Wähler hat . . . mit genauer Bezeichnung jene Person zu nennen, die nach seinem Wunsche Abgeordneter zum Landtag werden soll.* Diese Regelung wurde nach und nach außer Kraft gesetzt, in der ungarischen Reichshälfte blieben mündliche Wahlen länger auf der Tagesordnung (vgl. Kat.-Nr. 16.6.18).

Lit.: Die österreichischen Verfassungsgesetze mit Erläuterungen, hrg. von *Edmund Bernatzik*, Wien[2] 1911, S. 849.

Wien, Österreichische Nationalbibliothek, Bildarchiv, Ill. Zeitung 36, 16. 3. 1861, S. 184. P. U.

**16.6.4 Bekanntmachung der Ergebnisse der Wahl des zweiten Wahlkörpers der Landeshauptstadt Linz**

30. Juli 1850
Druck auf Papier; H. = 44 cm, B. = 27 cm

Die Wahlen in den einzelnen Wahlkörpern fanden in der Regel nicht am gleichen Tag statt; auch konnten Kandidaten, die in einem Wahlkörper nicht erfolgreich waren, sich in einem anderen wieder zur Wahl stellen. Die in einem Wahlkörper Gewählten mußten also nicht aus diesem selbst hervorgehen, was vor allem beim 3. Wahlkörper oft der Fall war.

Lit.: *Bart-Puffer-Rausch*, Die Gemeindevertretung der Stadt Linz vom Jahre 1848 bis zur Gegenwart, Linz 1968.

Linz, Archiv der Stadt Linz, Dokumentation, Mappe Geschichte, Nr. 11. P. U.

**16.6.5 An die Herren Wähler des 2. Wahl-Körpers**

Laibach, 23. Februar 1861
Druck auf Papier, rot, zweisprachig (deutsch-slowenisch); H. = 25 cm, B. = 19,5 cm

Wie ersichtlich, erfolgte die Kandidatenauslese anfänglich im informellen Kreis, wobei man sich primär vom Gedanken leiten ließ, „dem Gemeinde-Rathe tüchtige Männer zuzuführen" und weniger auf unterschiedliche politische Positionen achtete. So finden sich auf dem vom „Ersten bürgerlichen Wahl-Comite" unterstützten Wahlvorschlag Namen von Männern, deren spätere politische Anschauungen stark divergierten (wie beispielsweise Janez Bleiweis und Carl Deschmann).

Ljubljana, Narodna in univerzitetna knjižnica, Nachlaß Costa P. U.

**16.6.6 Wahlaufruf des konstitutionellen Vereins in Laibach**

5. März 1869
Druck auf Papier, violett, zweisprachig (slowenisch-deutsch); H. = 34 cm, B. = 43 cm

Die Wahlbewegung des Jahres 1861 war noch in relativ spontaner und unorganisierter Form vor sich gegangen, es handelte sich in hohem Maße um eine „Persönlichkeitswahl". Das änderte sich in der Folge; Honoratiorengruppen, die sich durch gleiche politische Grundüberzeugungen verbunden fühlten, nahmen wesentlichen Einfluß auf die Kandidatenauslese. Diese Erscheinung war natürlich nicht auf Laibach beschränkt; man findet sie in Wien ebenso wie in allen anderen Gemeinden, in denen mit der vermehrten Möglichkeit der Artikulation die politische Differenzierung zugenommen hatte.

Lit.: *Seliger, Maren,* Liberale Fraktionen im Wiener Gemeinderat 1861–1895, in: Wien in der liberalen Ära (= Forschungen und Beiträge zur Wiener Stadtgeschichte 1), Wien 1978, S. 67ff.

Ljubljana, Narodna in univerzitetna knjižnica, Nachlaß Costa P. U.

16.6.7 **Aufruf des tschechischen Wahlkomitees für die Prager Gemeindevertretungswahl**

Wahlkomitee der Fortschrittspartei (der Tschechen); Prag; November 1864
1 Blatt, Druck auf Papier, zweisprachig (tschechisch-deutsch); H. = 36 cm, B. = 25,5 cm

Die sog. Partei des Fortschritts, die als eine Koalition tschechischer und deutscher Liberaler Prags in der Gemeindewahl vom März 1861 die konservative Mittelpartei besiegt hatte, identifizierte sich bald mit der tschechischen Nationalbewegung. Nach drei vorhergegangenen Siegen rief das Wahlkomitee dieser Fortschrittspartei bei der Ergänzungswahl eines Drittels der Prager Gemeindevertretung die Wähler auf, die erprobten Kandidaten der Alt- und Jungtschechen, unter denen sich auch einige Juden und mit der tschechischen Partei sympathisierende Prager Deutsche befanden, in die Gemeindevertretung zu entsenden.

Lit.: *Kratochvíl, Miloš,* O vývoji městské správy pražské od roku 1848 [Über die Entwicklung der Prager Stadtverwaltung seit 1848], Praha 1936; – *Cohen, Gary B.,* The Politics of Ethnic Survival: Germans of Prague, 1861–1914, Princeton 1981, S. 47–51.

Praha, Archiv Národního muzea, Nachlaß František Ladislav Rieger, Sign. 120/2 J. Ko.

16.6.8 **Wahl-Liste: auf Vorschlag der Central-Commission der Partei Szentkiralyi werden zu städtischen Repräsentanten anempfohlen,**

Pest 1867
Druck auf Papier, 8 Porträts; H. = 45 cm, B. = 30 cm

Trotz politischer Differenzierung und Polarisierung blieb die Persönlichkeit ein ausschlaggebender Faktor: vielfach wurden Parteigruppierungen nicht nach irgendwelchen Programmen oder ideologischen Festlegungen unterschieden und bezeichnet, sondern man nannte sie einfach nach den Spitzenkandidaten der Gruppe. Während eine derartige Einstellung auf Gemeindeebene weit verbreitet war (noch heute finden sich gar nicht selten Namenslisten), fand das Prinzip in Ungarn auch bei Reichstagswahlen Anwendung: man denke nur an die „Deák-Partei".

Lit.: *Toth, Adalbert,* Parteien und Reichstagswahlen in Ungarn 1848–1892, München 1973, S. 25ff.

Budapest, Kiscelli Múzeum, Flugschriftenabteilung, Schachtel II, Inv.-Nr. 14055 P. U.

16.6.9 **Vorschlag, welcher auch als Stimmzettel überreicht werden kann**

Druck auf Papier, zweisprachig (ungarisch-deutsch); H. = 34 cm, B. = 28 cm

Anders als im westlichen Teil der Habsburgermonarchie wurden in Ungarn nicht nur die Gemeindeverordneten, sondern auch die Beamten gewählt. Der Wahlvorschlag diente gleichzeitig als Stimmzettel, indem man die übrigen Kandidaten durch Streichung eliminierte.

Budapest, Kiscelli Múzeum, Flugschriftenabteilung, Schachtel II, Inv.-Nr. 13169.40 P. U.

16.6.10 **Rektifizierte Kandidatenliste des konservativen Wahlkomitees für den böhmischen Landtag**

Wahlkomitee des konservativen Großgrundbesitzes; Prag, 22. März 1867
2 Blätter, Druck auf Papier, zweisprachig (deutsch-tschechisch); H. = 30 cm, B. = 22,5 cm

Nachdem der böhmische Landtag am 25. 2. 1867 mit 156 Stimmen der Abgeordneten der tschechischen Nationalpartei und des konservativen Großgrundbesitzes gegen 76 deutschliberale Stimmen abgelehnt hatte, die Wahl zum „engeren" Reichsrat durchzuführen, wurde er aufgelöst. Bei neuen böhmischen Landtagswahlen im März 1867 fiel die Entscheidung wie üblich in der Kurie des Großgrundbesitzes. Die vorliegende rektifizierte Kandidatenliste vereinigte die bekanntesten Namen des böhmischen historischen Adels (Clam-Martinic, Schwarzenberg, Harrach, Czernin, Thun, Fürstenberg, Nostitz) mit einigen Vertretern tschechischer bürgerlicher Gutsbesitzer.

Lit.: *Kazbunda, Karel,* Kolem dubnového sněmu českého z r. 1867 [Um den böhmischen Landtag vom April 1867], in: Český časopis historický 38 (1932) S. 285–346. – *Urban, Otto,* Česká společnost 1848–1918 [Die tschechische Gesellschaft 1848–1918], Praha 1982, S. 220–221.

Praha, Archiv Národního muzea, Nachlaß František Ladislav Rieger, sign. 108/6 J. Ko.

16.6.11 **Handschriftliche Liste der 1120 Linzer Bürger, die für den ersten Landtag von 1861 wahlberechtigt waren**

Handschrift, 64 Blatt

Die Gliederung nach Kurien hatte unter anderem zur Folge, daß die Stimmen der einzelnen Wähler unterschiedlich gewichtet waren. Die 1120 Linzer Bürger konnten drei Abgeordnete wählen, die 111 Wahlberechtigten in der Kurie des großen Grundbesitzes hingegen 10. Das ungleiche Wahlrecht wirkte sich naturgemäß am stärksten in der Landgemeinde-Kurie aus, wo übrigens indirekt, also mittels Wahlmänner, gewählt wurde.

Lit.: *Slapnicka, Harry,* Oberösterreich unter Kaiser Franz Joseph, Linz 1982, S. 93.

Linz, Oberösterreichisches Landesarchiv, Wahlakte 1861 P. U.

16.6.12 **Wahlstimmen**

Walzer für das Piano-Forte componiert und den Herren Hörern der Rechte an der Hochschule zu Wien achtungsvoll gewidmet, op. 250
Johann Strauß; 1861
Wien, Carl Haslinger quondam Tobias [1861]; H. = 25 cm, B. = 33,5 cm

Wien, Gesellschaft der Musikfreunde, Inv.-Nr. XV 46.830 O. B.

16.6.13 **Legitimationskarte für den mj. Andreas Bravc zur Abgeordneten-Wahl für den Landtag des Herzogtums Krain in der Wählerklasse der Städte**

Bezirksamt Laas, 1. Juni 1964, Unterschrift: Ogrinz, Bezirksverwalter; Handschrift; H. = 15 cm, B. = 21 cm

Lit.: *Melik, Vasilij,* Volitve na Slovenskem 1861–1918 [Wahlen in Slovenien], Ljubljana 1965.

Ljubljana, Privatbesitz V. R.

16.6.14 **Legitimationskarte für Herrn Alexander Trenz zur Abgeordnetenwahl für den Landtag des Herzogtums Krain in der Wählerklasse des großen Grundbesitzes**

Laibach, 24. Juni 1877; Unterschrift: Widmann, k. k. Landespräsident
Druck auf Papier; H. = 14 cm, B. = 22 cm

Lit.: *Melik, Vasilij,* Volitve na Slovenskem 1861–1918 [Wahlen in Slowenien], Ljubljana 1965.

Ljubljana, Privatbesitz V. R.

16.6.15 **Legitimationskarte für Josef Košic als Wahlmann für die Abgeordnetenwahl für den Landtag des Herzogtums Krain in der Wählerklasse der Landgemeinden**

Gurkfeld, 10. Juli 1877; Unterschrift: Schönwetter, k. k. Bezirkshauptmann
Druck auf Papier; H. = 14 cm, B. = 21 cm

Lit.: *Melik, Vasilij,* Volitve na Slovenskem 1861–1918 [Wahlen in Slowenien], Ljubljana 1965.

Ljubljana, Privatbesitz V. R.

16.6.16 **Legitimationskarte für Herrn Etbin Costa zur Wahl eines Abgeordneten der Stadt Laibach und der krainischen Handels- und Gewerbekammer**

Laibach, 8. Oktober 1873; Unterschrift: für den k. k. Landespräsidenten der k. k. Hofrath Fürst Lothar Metternich m. p.
Druck auf Papier; H. = 21 cm, B. = 26 cm

Ljubljana, Narodna in univerzitetna knjižnica, Nachlaß Costa V. R.

16.6.17 **Wahlhelfer nach der Wahl**

Photokopie nach Zeitungsholzschnitt, Karikatur

Borsszem Jankó P. U.

16.6.18 **Telegramm ohne Draht**

Photokopie nach Zeitungsholzschnitt, Karikatur

Borsszem Jankó P. U.

16.6.19 **Zeitgenössische Karikaturenserie über Wahlkampfmanipulationen**

Photokopie nach Zeitungsholzschnitt
Der Wahlkampf wurde nicht nur mit rationalen Argumenten geführt: Die Bewirtung der Wähler mit Speis und Trank (die berüchtigte „Wahlwurst") war noch ein vergleichsweise harmloses Mittel, um sich der Stimme der Wähler (die ja öffentlich abstimmen mußten) zu versichern. Tät-

lichkeiten waren bei Wahlen ebenso an der Tagesordnung wie Bestechung im großen Stil. Die Kosten eines Wahlkampfes konnten die materielle Existenz eines Wahlwerbers gefährden, wenn nicht sogar vernichten. Es ist bezeichnend, daß Zeitgenossen die Wahlen *zu den großen Naturkatastrophen rechneten, die die Verarmung der besitzenden Schicht mitverschuldeten.*

Lit.: *Toth, Adalbert,* Parteien und Reichstagswahlen in Ungarn 1848–1892, München 1973, S. 74f.

Magyarország és a nagy világ, 1872, 283. P. U.

16.6.20 **Die Programm-Rede** Abb.

Sándor Bihari; 1891
Öl auf Leinwand; H. = 75 cm, B. = 127,3 cm

Der äußerst volkstümliche Genremaler Sándor Bihari (Rézbánya 1855–1906 Szolnok) war einer der Gründer und typischen Repräsentanten der Szolnoker Künstlerkolonie. In seinen Bildern hat er wirklichkeitsgetreue, charakteristische Szenen aus dem Leben der Dorfleute und Kleinstädter dargestellt. Die Skizzen zur „Programm-Rede" fertigte er 1890 in Szolnok. Das in Budapest ausgeführte Bild erntete großen Erfolg. Die Szene der Werbungsrede, die der Abgeordnetenwahl voranging, ist hier mit hervorragendem Beobachtungstalent und sicherer Erzählgabe dargestellt.

Lit.: *Egri, Mária,* A szolnoki művésztelep, Budapest 1977; – *Németh, Lajos,* (Red.): Magyar müvészet 1890–1919, Budapest 1981, I: S. 229, II: Abb. 373.

Budapest, Magyar Nemzeti Galéria, Inv. 56.14
E. Bo.

16.6.21 **Verehrte Wähler der Landbezirke Gottschee, Großlaschitz und Reifnitz! Wahlempfehlung des nationalen Wahlkomités des Herzogthums Krain f. d. Landtagswahlen am 26. Jänner 1867**

Laibach, 15. Jänner 1867
Druck auf Papier; H. = 30 cm, B. = 42 cm

Hauptaufgabe des im Jänner 1867 gewählten Landtages sollte es sein, Vertreter in den „außerordentlichen Reichsrat" zu delegieren, der den Ausgleich mit Ungarn zu beraten gehabt hätte (vgl. Kat.-Nr. 15.3.14). Das Ergebnis der Wahlen in die diversen Landtage war derart, daß im Reichsrat eine föderalistisch-konservative Mehrheit zu erwarten war, der auch die vom „nationalen Wahlkomité des Herzogthums Krain" unterstützten Abgeordneten angehörten.

Kat.-Nr. 16.6.20

Lit.: *Melik, Vasilij,* Volitve na Slovenskem 1861–1918 [Wahlen in Slowenien], Ljubljana 1965.

Ljubljana, Narodna in univerzitetna knjižnica, Nachlaß Costa P. U.

**16.6.22 Wähler der Bezirke Umgebung Laibachs und Oberlaibach! Wahlempfehlung des Centralcomitée für die Landtagswahlen in Krain am 26. Jänner 1867**

Laibach, 18. Jänner 1867
Druck auf Papier, grün, zweisprachig (deutsch-slowenisch); H. = 30 cm, B. = 45 cm

Die liberalen Kreise, die sich mehrheitlich dem deutschen Element zugehörig fühlten, traten entschieden gegen die „nationale Partei" auf. Sie stellten in ihrer Wahlwerbung die politischen Fragen in den Vordergrund und bemühten sich, die nationalen Antagonismen gering erscheinen zu lassen. Ihren Bemühungen war wenig Erfolg beschieden: der Krainer Landtag erhielt zum ersten Mal eine „nationale" Mehrheit. Allerdings änderten sich die Mehrheitsverhältnisse wieder, als knapp zwei Monate später wegen des Nichtzustandekommens des „außerordentlichen Reichsrats" neuerlich Landtagswahlen stattfanden.

Lit.: *Melik, Vasilij,* Volitve na Slovenskem 1861–1918 [Wahlen in Slowenien], Ljubljana 1965.

Ljubljana, Narodna in univerzitetna knjižnica, Nachlaß Costa P. U.

**16.6.23 An die gesamte ehrwürdige Pfarrgeistlichkeit der Erzdiözese Wien**

Joseph Othmar [Kardinal Rauscher]; Wien, 11. Jänner 1867
Druck auf Papier; 2 Blatt; H. = 25 cm, B. = 20,5 cm

In diesem Aufruf des Kardinals wird der Klerus eindringlich ermahnt, an den bevorstehenden Wahlen zum Landtag, der den außerordentlichen Reichsrat beschicken sollte, teilzunehmen. Die Liberalen hatten ja die Rechtmäßigkeit dieses Reichsrates bestritten und sich verschiedentlich für einen Wahlboykott ausgesprochen. Dieser Strömung suchte nun der Aufruf des geistlichen Oberhirten entgegenzuwirken.

Wien, Österreichische Nationalbibliothek, Flugschriftensammlung, Inv.-Nr. 1867/1 P. U.

**16.6.24 Der wahlberechtigte Bauer**

Photokopie nach Zeitungsholzschnitt

Untertext: *Hauptmann: Mensch, was treiben Sie hier? Dorfbewohner: Mit Erlaubnis, Herr Bezirksmann: ich ziehe in die löbliche Behörde um, damit ich nicht immerwährend hierher kommen muß, wenn die Landtagswahlen jetzt jeden Tag sein werden.*
Nach zweimaligen Ergänzungswahlen in tschechischen Wahlbezirken, aus denen oppositionelle Abgeordnete im Landtag nicht erschienen waren, wurde der ganze böhmische Landtag am 29. Juli 1870 aufgelöst und neue Wahlen ausgeschrieben.

Humoristické listy, Jg. 12, Nr. 33 vom 13. 8. 1870, S. 129 J. Ko.

**16.6.25 Landtagswähler Krains! Aufruf des constitutionellen Vereins in Laibach anläßlich der kommenden Landtagswahlen**

Laibach, Juni 1870
Druck auf Papier; H. = 42 cm, B. = 29 cm

Die Wahlen waren zu einer Zeit angesetzt, als sowohl Gespräche über eine „Ausgleichsaktion" mit Böhmen stattfanden (vgl. Kat.-Nr. 15.2.39) als auch die „Taborbewegung" bei den Slowenen im vollen Gang war (vgl. Kat.-Nr. 16.8.6). Demgegenüber betonten die Liberalen in diesem Aufruf – neben dem deutschen erschien auch einer in slowenischer Sprache – ihr unbedingtes Festhalten an der Dezemberverfassung, konkret ihre Ablehnung eines „böhmischen Generallandtags" und einer Bildung eines neuen Kronlandes „Slowenien". Darüberhinaus traten die Liberalen für direkte Reichsratswahlen ein, für die Gleichberechtigung von Nation, Sprache und Konfession, für die gänzliche Aufhebung des Konkordats, für eine die Interessen des Mittelstandes berücksichtigende Steuerreform und für eine Verringerung des Heeresaufwandes.

Ljubljana, Arhiv SR Slovenije, Priv. A VIII Dežman, fasc. 11 P. U.

**16.6.26 Formular für die Wahlbezirke der Landgemeinden**

Druck auf Papier; H. = 25 cm, B. = 18 cm

In der Kurie der Landgemeinden wurde indirekt, mittels Wahlmänner gewählt. Auf rund 500 Urwähler sollte in der Regel 1 Wahlmann entfallen. Die Wahlbeteiligung der Urwähler war bei diesem System sehr gering: nur rund ein Drittel der Wähler gab tatsächlich seine Stimme ab; 1879 erschienen in einem dalmatinischen Wahlkreis überhaupt nur 9 Prozent der Wähler, hingegen gab es in Böhmen 10 Wahlkreise, wo sich mehr als 50 Prozent an der Wahl beteiligten.

Lit.: *Neumann-Spallart, F. X.* und *Schimmer, G. A.*, Die Reichsraths-Wahlen vom Jahre 1879 in Oesterreich, Stuttgart 1880.

Ljubljana, Arhiv SR Slovenije, dež. Preds, Volilni spisi, fasc. 216, spis 1048/1885 P. U.

**16.6.27 Im Lager des Feindes**

Mihály Szemlér; 1880
Heliogravure; H. = 29,6 cm, B. = 38,7 cm

Aufschrift: *ORSZÁGGYÜLÉSI VÁLASZTÁSOK. II. Kortes az ellenség táborában* [Parlamentwahl. II. Werber im Lager des Feindes].

Budapest, Magyar Nemzeti Múzeum, Történelmi Képcsarnoka, Inv.-Nr. 54.362 G. R.

**16.6.28 Diverse Legitimationskarten für die Teilnahme an Wahlen zum ungarischen Landtag bzw. Reichstag**

Druck auf Papier; H. = 15 cm, B. = 22 cm

Eine dieser Legitimationskarten ist auf den Namen einer Frau ausgestellt. Da die Wahlen als Akt der Vermögensverwaltung angesehen wurden, konnten auch Frauen, wenn sie selbst über Vermögen verfügten, wahlberechtigt sein. Allerdings durften sie in der Regel das Wahlrecht nicht persönlich ausüben, sondern mußten sich vertreten lassen.

Budapest, Kiscelli Múzeum, Flugschriftenabteilung, Schachtel II, Inv.-Nr. 8152, Nr. 15.499/1 und 2, Nr. 15.822 P. U.

**16.6.29 Aufruf mehrerer Wähler der Stadt Eferding, Wenzel Kopal zum Kandidaten zu nehmen**

Druck auf Papier; H. = 41 cm, B. = 29 cm

Die Auswahl der Kandidaten erfolgte anfangs nach keinen klaren Richtlinien. Im vorliegenden Fall schlugen einige „tonangebende" Bürger, die sog. Honoratioren, aus ihrer Mitte einen Kandidaten vor, später formierten sich lokale Wahlcomitées, die die Auswahl im Sinne der politischen Grundsätze der jeweiligen Gruppierung vornahmen.

Wien, Österreichische Nationalbibliothek, Flugschriftensammlung, Inv.-Nr. 1861/5 P. U.

**16.6.30 Die Wähler der lf. Stadt Enns, 1861**

Druck auf Papier

Das Wahl-Comitée empfiehlt Dr. Moritz Eigner als Kandidat für die Landtagswahl. Eigner (1822–1900) gehörte ab 1861 dem oberösterreichischen Landtag für 30 Jahre an, von 1868 bis 1884 (mit nur einer einzigen Unterbrechung 1871) war er Landeshauptmann, – übrigens der einzige, der aus dem liberalen Lager kam.

Lit.: *Slapnicka, Harry,* Oberösterreich unter Kaiser Franz Joseph, Linz 1982, S. 143f.

Wien, Österreichische Nationalbibliothek, Flugschriftensammlung, Inv.-Nr. 1861/5 P. U.

**16.6.31 An die Wahlmänner von Hainburg, Bruck und Schwechat**

Druck auf Papier; H. = 30 cm, B. = 23 cm

Eines der wichtigsten Probleme für die Kandidaten war es, die Wähler zur Stimmabgabe für sie zu motivieren. In der Frühzeit des Konstitutionalismus wurden Wahlversammlungen nur selten abgehalten. Oft blieb die Rede am Wahltag, unmittelbar vor Eröffnung des eigentlichen Wahlaktes (der sich für jeden Wahlbezirk ja nur an einem einzigen Ort abspielte) der einzige direkte Kontakt, den die Kandidaten mit ihren Wählern hatten. Umso wichtiger waren daher die Mitteilungen in der Presse und Flugblätter, in denen die Kandidaten über ihre Person und ihre Absichten Auskunft gaben. Im Vorliegenden stellte sich Georg Frh. v. Walterskirchen den Wahlmännern seines Landgemeinden-Wahlbezirks vor und erläutert die (konservativen) Grundsätze, nach denen er im Falle seiner Wahl im Landtag handeln würde.

Wien, Österreichische Nationalbibliothek, Flugschriftensammlung, Inv.-Nr. 1861/5 P. U.

**16.6.32 „Wen sollen wir wählen?" – Flugblatt eines Bürgers und Geschäftsmannes aus Linz, Juni 1879**

Druck auf Papier; H. = 39 cm, B. = 25 cm

In dieser Flugschrift werden die Eigenschaften analysiert, die für einen Abgeordneten zum Reichsrat wichtig sind. Der offensichtlich den Liberalen nahestehende anonyme Autor rät seinen Mitbürgern: *wählet keinen, der entweder ein Hof- noch ein Volksschmeichler ist* – eine Beschreibung, die für die von starken Kräften getragene mittlere Position bei den Liberalen charakteristisch ist, für Leute etwa vom Schlage eines Moriz Eigner, die bei aller Betonung ihres freisinnig-konstitutionellen Gedankenguts den reformerischen Ansätzen, wie sie etwa bei den Wiener „Demokraten" anklangen, nichts abzugewinnen vermochten.

Lit.: Österreich unter Kaiser Franz Joseph I., Katalog Pottenbrunn 1978, Kat.-Nr. 342.

Linz, Oberösterreichisches Landesarchiv, Flugschriften, Schachtel 6/13 P. U.

**16.6.33 Plakat für eine Wahlversammlung von Denes Ghyczy**

um 1875
Druck auf Papier, ungarisch; H. = 30 cm, B. = 23 cm

Budapest, Országos Széchényi Könyvtár, Flugschriftensammlung 1875 P. U.

**16.6.34 Wahlplakat des Dr. J. Warschauer**

Krakau 1877
Druck auf Papier; H. = 94 cm, B. = 62 cm

In dem Aufruf, der die Kandidatur von J. Warschauer unterstützen soll, wird speziell auf die polnisch-jüdische Zusammenarbeit zur Zeit des polnischen Aufstands von 1830 hingewiesen. Tatsächlich neigte das Judentum in Galizien, soferne es überhaupt assimilationswillig war, im letzten Drittel des 19. Jahrhunderts im verstärkten Maße dem polnischen Element zu.

Kraków, Archivum Państwowe w Krakowie, obwieszczeń i plakatów P. U.

**16.6.35 Nie dajmy sie – Trzymajmy sie – Poslem niech bedzie Zatorski**

Krakau 1877
Druck auf Papier; H. = 58 cm, B. = 46 cm

Als Gegenkandidat gegen Warschauer trat Maximilian Zatorski, Professor für bürgerliches Recht an der Jagellonischen Universität, im Krakauer Wahlkreis auf.

Kraków, Archivum Państwowe w Krakowie, obwieszczeń i plakatów, Inv.-Nr. 10 P. U.

**16.6.36 Odpowiedź Dr. Warschauer [Antwort an Dr. Warschauer]**

Krakau, 23. Jänner 1877
Druck auf Papier; H. = 63 cm, B. = 47 cm

Auch das Ergebnis der Wahlen wurde von den siegreichen Kandidaten entsprechend publik gemacht. Die vorliegende „Antwort an Dr. Warschauer" enthält die Bekanntmachung, daß Maximilian Zatorski seinen Gegenkandidaten bei der Wahl zum Landtagsabgeordneten geschlagen hat. Zatorski war übrigens von 1881 bis zu seinem Tod 1886 auch Abgeordneter zum Reichsrat.

Kraków, Archivum Państwowe w Krakowie, obwieszczeń i plakatów, Inv.-Nr. 8 P. U.

**16.6.37 Dr. Zatorski und Dr. Warschauer bei ihrer Kandidatur als Abgeordnete zum Landtag**

1877
Lithographie; H. = 22,5 cm, B. = 15,5 cm

Kraków, Archivum Państwowe w Krakowie, Zbiór Ikonograficzny, Nr. B/III/140 P. U.

## 16.7 Politische Parteien

**16.7.1 Volksvereinsfenster**

Diapositiv

Als Programm für die Gemäldefenster des Neuen Linzer Doms legte man neben religiösen Inhalten fest, *Land und Leute wie sie sind, vielleicht auch die Geschichte unseres Landes* darzustellen. Ein Fenster wurde vom 1869 gegründeten „Katholischen Volksverein für Oberösterreich" gespendet, es zeigt unter anderem eine Reihe von Mitgliedern des Volksvereins, in dem sich Laien und Kleriker in gemeinsamer politischer Tätigkeit zusammenfanden. Katholische Volksvereine und Casinos bildeten das organisatorische Rückgrat für die katholisch-konservative Parteirichtung, die so eine stärkere Verankerung in der breiten Bevölkerung erreichte als die Liberalen.

Lit.: *Oberchristl, Florian,* Die neuen Gemälde-Fenster des Linzer Domes, Linz 1924, S. 27. – *Slapnicka, Harry,* Oberösterreich unter Kaiser Franz Joseph, Linz 1982, S. 188–202.

Linz, Dom P. U.

**16.7.2 Plakat des Dr. Anton Kerschbaumer, Stadtpfarrer zu Tulln**

Tulln, 27. August 1871
Druck auf Papier; H. = 30 cm, B. = 23,5 cm

Anton Kerschbaumer teilte den Wählern mit, daß er die Einladung des katholischen Central-Wahlkomités für Niederösterreich akzeptiert habe, für die bevorstehende Landtagswahl als Kandidat im Klosterneuburger Wahlbezirk der Städtekurie (Klosterneuburg, Tulln, Königstetten) anzutreten. Als Hauptprogrammpunkte nannte er: die Verfolgung einer *ehrlich österreichischen Politik, ohne Hinschielen nach Berlin oder Moskau;* das Zustandebringen eines *Ausgleichs mit den opponierenden Kronländern, ohne Schädigung der Interessen der Deutschen;* die Wahrung der kirchlichen Autorität in religiösen Angelegenheiten; ein *rationeller Fortschritt der Schule mit Rücksicht auf locale Verhältnisse;* Hebung der Volkswirtschaft. Damit sind alle jene Punkte angesprochen, in denen es die wesentlichsten Differenzen zwischen Konservativen und Liberalen gab: die staatsrechtliche Problematik und die am Beispiel des Konkordats und des Schulgesetzes verdeutlichte kultuspolitisch-ideologische Spannung. Bei der Wahl siegte der liberale Kandidat, erst 1878 zog Kerschbaumer in den Landtag ein.

Lit.: *Biack, Otto, Anton Kerschbaumer,* Geschichte der Stadt Tulln, Tulln[2] 1982, S. 167ff.

Wien, Osterreichische Nationalbibliothek, Flugschriftensammlung, Inv.-Nr. 1871/3 P. U.

**16.7.3 An Dr. Mühlfelds' Krankenbett**

Photokopie nach Zeitungsholzschnitt

Legende: *Nun lieber Doktor* [= Mühlfeld], *kann ich Ihnen denn gar keine Gefälligkeit erweisen? – O gewiß Hochwürdigster* [= Kardinal Rauscher] *– Was soll ich also thun, reden Sie doch. – Einheizen, Eminenz! Nichts als Einheizen!*
Eugen Mühlfeld (1810–1868) war ein kompromißloser Verfechter des Prinzips der Trennung von Kirche und Staat. Schon 1861 hatte er im Reichsrat den Entwurf eines Religionsedikts eingebracht, der einer völligen Aufhebung des Konkordats gleichkam, seine Initiative verlief damals im Sand. Bald nach dem Wiederbeginn des konstitutionellen Lebens stellte Mühlfeld im Sommer 1867 erneut einen ähnlichen Antrag, die Mehrheit der Liberalen wählte auf Anraten von Herbst den minder radikalen Weg einer Abänderung einzelner, besonders gravierender Probleme durch Spezialgesetze.

Lit.: *Vocelka, Karl,* Verfassung oder Konkordat? Der publizistische und politische Kampf der österreichischen Liberalen um die Religionsgesetze des Jahres 1868 (= Studien zur Geschichte der österreichisch-ungarischen Monarchie 17), Wien 1978.

Kikeriki, Jg. 8 (1868), Nr. 6 vom 6. Februar 1868
P. U.

**16.7.4 Adreßbeschluß des Wiener Gemeinderates gegen das Konkordat am Abend des 9. Oktober 1867**

Vinzenz Katzler; 1867
Federzeichnung, teilweise laviert; H. = 24,3 cm, B. = 34,2 cm

Neben der Ausweitung konstitutioneller Einrichtungen, die in der Dezemberverfassung zu einem ersten Abschluß kam, zählt der Kampf gegen das Konkordat (vgl. Kat.-Nr. 15.1.65) zu den Hauptpunkten liberaler Politik. Zur gleichen Zeit, als man im Reichsrat über die verschiedenen Verfassungsgesetze beriet, erfolgte auch ein Vorstoß in der Konkordatsfrage. Es wurden schließlich drei Gesetzesentwürfe vorgelegt – für ein Ehe-, ein Schul- und ein interkonfessionelles Gesetz. Knapp bevor diese Gesetzesentwürfe im Plenum debattiert wurden, richteten die Bischöfe eine Petition an den Kaiser, in der sie die geplanten Gesetze verurteilten. Im Anschluß daran kam es auch im Wiener Gemeinderat Anfang Oktober 1867 zu einer erregten Debatte, in der beschlossen wurde, dem Kaiser in Form einer Adresse die Bedenken der – in ihrer überwiegenden Mehrheit liberalen – Gemeindevertretung gegen das Konkordat vorzutragen.

Lit.: *Vocelka, Karl,* Verfassung oder Konkordat? Der publizistische und politische Kampf der österreichischen Liberalen um die Religionsgesetze des Jahres 1868 (= Studien zur Geschichte der österreichisch-ungarischen Monarchie 17), Wien 1978, insbes. S. 113ff.

Wien, Historisches Museum der Stadt Wien, Inv.-Nr. 66.997 P. U.

16.7.5 **Anton Alexander Auersperg wird nach der Konkordatsdebatte beim Wiener Landhaus stürmisch begrüßt**

Photokopie nach Xylographie von H. Jenny

Die konfessionellen Gesetze fanden im Abgeordnetenhaus des Reichsrats eine komfortable Mehrheit, über ihre Annahme im Herrenhaus herrschte jedoch bis zuletzt Unklarheit. Vom 19.–21. März 1868 dauerte die Debatte des Herrenhauses, das bekanntlich im Landhaus tagte, über das Ehegesetz, in deren Verlauf Anton Auersperg [= Anastasius Grün] das Bild vom Konkordat als *ein gedrucktes Canossa, in welchem das Österreich des 19. Jahrhunderts für den Josephinismus des 18. Jahrhunderts in Sack und Asche zu büßen hatte,* gebrauchte. Die Abstimmung ging mit 65 zu 45 Stimmen zugunsten des Gesetzentwurfes aus; die Liberalen betrachteten dieses Abstimmungsergebnis zu Recht als großen Sieg für ihre Sache. Die Sanktionierung der drei inhaltlich zusammengehörigen Gesetze erfolgte Ende Mai 1868, weshalb sie häufig als „Maigesetze" bezeichnet werden.

Lit.: *Vocelka, Karl,* Verfassung oder Konkordat? Der publizistische und politische Kampf der österreichischen Liberalen um die Religionsgesetze des Jahres 1868 (= Studien zur Geschichte der österreichisch-ungarischen Monarchie 17), Wien 1978, insbes. S. 74ff.

Wien, Österreichische Nationalbibliothek, Bildarchiv, Inv.-Nr. Pg 140: I (7) R P. U.

16.7.6 **Programm der Deutschen in Österreich vom 22. Mai 1870**

Photokopie

Für den 22. Mai 1870 wurde ein „deutsch-österreichischer Parteitag", eine Versammlung von liberalen Reichsrats- und Landtagsabgeordneten, aber auch von Honoratioren ohne bestimmte Funktion, einberufen. Das Programm, das bei dieser Gelegenheit verabschiedet wurde, enthält die für die damalige Zeit typischen liberalen Forderungen (gegen Föderalismus, Einführung von direkten Wahlen etc.). Es zeigt aber auch, wie der deutschnationale Gedanke innerhalb der Liberalen langsam an Boden gewann. Noch überwog freilich in dieser Versammlung das liberale Gedankengut: die geforderte Solidarität der Deutschen im ganzen Reich hat eher deklamatorischen Charakter, die Sonderstellung Galiziens wird nur indirekt verlangt usw. Mit diesem Programm konnten sich sowohl „Alte" als auch „Junge" innerhalb der Verfassungspartei identifizieren; die Spaltung in einen stärker liberalen und stärker deutschnationalen Flügel zeichnete sich aber bereits ab.

Lit.: *Harrington-Müller, Diethild,* Der Fortschrittsklub im Abgeordnetenhaus des österreichischen Reichsrats 1873–1910 (= Studien zur Geschichte der österreichisch-ungarischen Monarchie 11), Wien 1972, S. 18ff, S. 157ff.

Neue Freie Presse vom 24. 5. 1870, Morgenblatt 2f P. U.

16.7.7 **Mitbürger! Aufruf des ersten Nieder-österreichischen Parteitags**

St. Pölten, 15. August 1871
Druck auf Papier; H. = 60 cm, B. = 46,5 cm

Da Wahlen bis 1873 nur in die Landesvertretungen stattfanden, konnte es zur Partizipation breiterer Bevölkerungskreise eben nur auf Länderebene kommen, Parteiversammlungen erstreckten sich nur in Ausnahmefällen über den Rahmen der einzelnen Länder hinaus. Der Aufruf des niederösterreichischen Parteitages richtet sich in erster Linie gegen die Politik der Regierung Hohenwart, die in diesen Tagen und Wochen an der Ausgleichsaktion mit Böhmen, den Fundamentalartikeln (vgl. Kat.-Nr. 15.2.40 bis 15.2.42) arbeitete. In den Augen der Liberalen war dies gleichbedeutend mit der Zerstörung des von Maria Theresia und Joseph II. geschaffenen Einheitsstaates, der für die Deutschen vor allem aus nationalen Gründen wichtig war.

Lit.: Österreich unter Kaiser Franz Joseph I., Katalog Pottenbrunn 1978, Kat.-Nr. 303, Abb. S. 32.

Wien, Österreichische Nationalbibliothek, Flugschriftensammlung, Inv.-Nr. 1871/3 P. U.

16.7.8 **Deutsch-österreichischer Parteitag in Wien**

Vinzenz Katzler; Wien 1878
Zeitungsholzschnitt; H. = 23,6 cm, B. = 32,5 cm

Seit 1861 waren die Liberalen – wenn auch mit Unterbrechungen – die führende politische Kraft im Land gewesen. In der zweiten Hälfte der siebziger Jahre hatten sich die gestaltenden Kräfte der Liberalen jedoch verbraucht. Konstitutionalismus (soweit ihn der Kaiser zuließ), rechtsstaatliches Denken und „Kulturkampf" waren im wesentlichen durchgesetzt, neuen Ideen gegenüber war man nicht aufgeschlossen. Starre Negation bezüg-

11.
Badener Haube und Mädchenhaube Erlauftal (Kat.-Nr. 1.3.1 und Kat.-Nr. 1.3.4)

12.
Skizzen von Wien im Oktober 1848 (Kat.-Nr. 2.46)

13.
Wiens Gemeinderat vor dem Fürsten Windisch-Grätz (Kat.-Nr. 2.53)

14.
Fahne des III. Bataillons des k. k. Infanterieregiments Nr. 4 (Kat.-Nr. 13.4)

15.
Leichenzug Radetzkys vor dem Wiener Kärntnertor am 18. 1. 1858 (Kat.-Nr. 13.6)

16.
Une carriére au Semmering (Kat.-Nr. 6.3.3)

17.
Hofwartesaal im ehemaligen Wiener Südbahnhof (Kat.-Nr. 6.8.6)

18.
Öffentliche Feuerprobe zu Konstantinopel 1857 (Kat.-Nr. 11.2.6)

19.
Entwurf von Beamtenuniformen 1849 (Kat.-Nr. 12.13.10) ►

Fig. I. Fig. II.

20.
Erzherzog Franz Joseph am Totenbett Kaiser Franz I. (Kat.-Nr. 17.83)

21.
Die Erzherzoge Franz Joseph und Ferdinand Max beim Spiel (Kat.-Nr. 17.15)

22.
Kaiserin Elisabeth mit ihren Kindern (Kat.-Nr. 17.42)

23.
Ausfahrt Kaiser Franz Josephs mit seiner Braut am Verlobungstag in Bad Ischl (Kat.-Nr. 18.10)

24.
Das junge Kaiserpaar (Kat.-Nr. 18.20)

25.
Sog. Polterabendkleid der Kaiserin Elisabeth (Kat.-Nr. 17.31)

26.
Die Krönung Kaiser Franz Josephs zum ungarischen König (Kat.-Nr. 21.13)

27.
Der Schwerthieb (Kat.-Nr. 21.15)

28.
Der Ritterschlag (Kat.-Nr. 21.16)

29.
Hofadjustierung für einen Trompeter der k. k. Ersten Arcièren-Leibgarde (Kat.-Nr. 17.6)

30.
Hofadjustierung einer Charge der königlich ungarischen Leibgarde (Kat.-Nr. 17.5)

31.
Ritterschlag durch Erzherzog Maximilian als Hoch- und Deutschmeister (Kat.-Nr. 19.3.2)

32.
Hochmeister-Koadjutor Erzherzog Wilhelm (Kat.-Nr. 19.3.3)

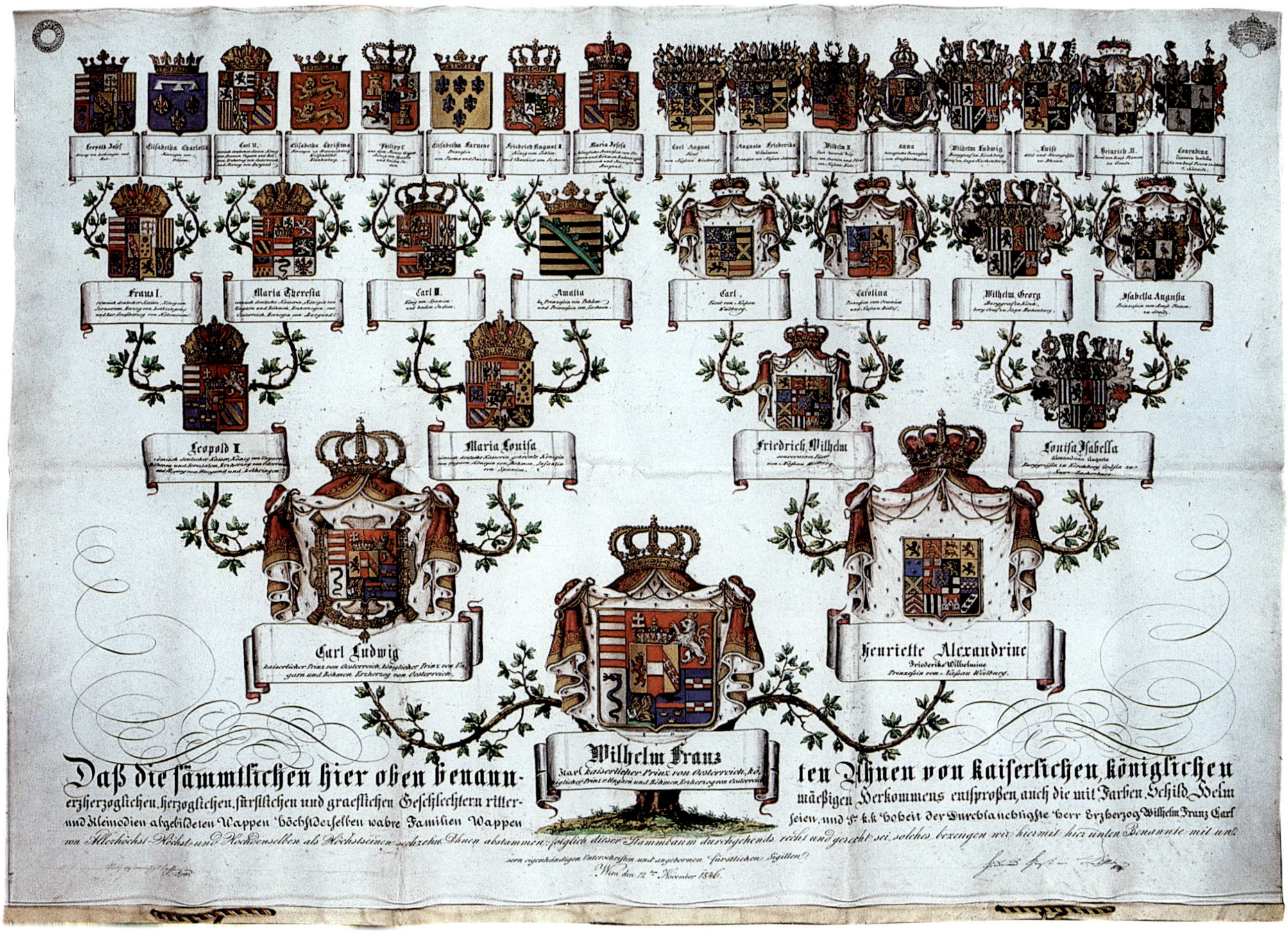


33.
Stammbaum des Erzherzogs Wilhelm (Kat.-Nr. 19.3.4)

34.
Carl von Rokitansky (Kat.-Nr. 22.3)

35.
Josef Wist, Technische Hochschule Graz (Kat.-Nr. 24.5.8)

lich verschiedener der Krone am Herzen liegender Projekte (Heeresgesetz, Okkupation von Bosnien-Herzegowina) und interne Reibereien, vor allem aber der im Gefolge der Wirtschaftskrise eingetretene Verlust des Vertrauens der Bevölkerung in die Fähigkeiten der Liberalen, die echten Probleme zu lösen, führten dazu, daß 1879 die Periode der liberalen Dominanz im Reichsrat endete. In manchen Landtagen und – unterstützt durch ein den Liberalen entgegenkommendes Wahlrecht – in den Gemeinden dauerte die liberale Vorherrschaft aber noch einige Zeit an.

Lit.: *Wadl, Wilhelm,* Liberalismus und soziale Frage, phil. Diss., Wien 1978.

Wien, Historisches Museum der Stadt Wien, Inv.-Nr. 87.202 P. U.

16.7.9 **Aufruf an die Bewohner des politischen Bezirks Zwettl betreffend die Gründung des konstitutionellen Fortschrittsvereins für den politischen Bezirk Zwettl, 1871**

Druck auf Papier; H. = 34,5 cm, B. = 21 cm

Eine Parteiorganisation im heutigen Sinn gab es in der Frühzeit der österreichischen Parteigeschichte nicht. Man bediente sich des Organisationsmodells der Vereine, die zwar nach ähnlichen Grundsätzen ausgerichtet waren, aber keine statutenmäßige Verbindung untereinander hatten (diese wurde durch informelle Kontakte der Protagonisten bzw. durch die Presse aufrechterhalten), weshalb sich die konkreten Programme einzelner Vereine geringfügig voneinander unterschieden. Das vorliegende Programm, das an erster Stelle von Georg Schönerer unterzeichnet ist, fällt innerhalb des liberalen Meinungsspektrums durch die verhältnismäßig starke Betonung der Belange der Bevölkerung auf. Dieser demokratisch-sozialpolitische Zug ist auch in späteren programmatischen Äußerungen Schönerers zu finden; der nachmals so prominente Deutschnationalismus macht sich noch nicht so bemerkbar.

Lit.: *Whiteside, Andrew G.,* Georg R. v. Schönerer. Alldeutschland und sein Prophet, Graz 1981.

Wien, Österreichische Nationalbibliothek, Flugschriftensammlung, Inv.-Nr. 1871/1 P. U.

16.7.10 **Eduard Herbst**

Adolf Dauthage; 1862
Lithographie; H. = 29,8 cm, B. = 22 cm

Eduard Herbst (1820–1892), seit 1861 Abgeordneter zum böhmischen Landtag und von diesem in den Reichsrat entsandt, war nach dem Abgang Schmerlings der eigentliche Führer der liberalen „Verfassungspartei“. Ein glänzender Redner, war er in seinen Anschauungen ziemlich starr und doktrinär und scheute auch vor heftiger Kritik an seinen Parteifreunden nicht zurück. Eine Aufforderung Beusts im Frühsommer 1867, in das von diesem geleitete Ministerium einzutreten, lehnte Herbst wegen konstitutioneller Bedenken ab; er gehörte erst dem nach der Sanktionierung der „Dezemberverfassung“ Ende 1867 installierten Ministerium Carlos Auersperg als Justizminister an (bis 1870). Noch als Abgeordneter setzte er sich intensiv für die konfessionellen Maigesetze ein, seine Ministerschaft ist ebenfalls durch verschiedene Reformen des Justizwesens im liberalen Sinn gekennzeichnet. Sein Widerstand gegen die Okkupation Bosnien-Herzegowina trug entscheidend zum Sturz des aus den Reihen der Verfassungspartei gebildeten Ministeriums Adolf Auersperg bei.

Lit.: *Wymetal, Elisabeth,* Eduard Herbst, sein Werdegang und seine Persönlichkeit vornehmlich auf Grund seiner selbstbiographischen Aufzeichnungen, phil. Diss. Wien 1944. – ÖBL II, Wien 1959, S. 280f.

Wien, Historisches Museum der Stadt Wien, Inv.-Nr. 83.913 P. U.

16.7.11 **Ignaz Plener**

Josef Bauer; 1852
Lithographie; H. = 27 cm, B. = 22 cm

Ignaz Plener (1810–1908) war anfänglich im Finanzdienst tätig. 1859 wurde er zum Finanzminister ernannt (bis 1865). Zwischen Ende 1867 und 1870 leitete er das Handelsministerium. Plener war ein typischer Repräsentant des wirtschaftlich führenden liberalen Großbürgertums. Im Finanzressort ein Anhänger einer starren Deflationspolitik, setzte er sich in allgemein-politischen Fragen für eine genuin konstitutionelle Monarchie ein. Nach 1859 war er es, der unbeirrt auf eine durchgreifende Konstitutionalisierung des Staatswesens hinarbeitete. 1873 wurde er Mitglied des Herrenhauses; sein Abgeordnetenmandat übernahm sein Sohn Ernst Plener, der bald zum Führer der (nach 1879 oppositionellen) Verfassungspartei aufstieg.

Lit.: *Wolf, Mechthild,* Ignaz von Plener. Vom Schicksal eines Ministers unter Kaiser Franz Joseph (= Wiss. Materialien und Beiträge zur Geschichte und Landeskunde der böhmischen Länder 20), München 1975. – ÖBL VIII, Wien 1983, S. 123.

Wien, Historisches Museum der Stadt Wien, Inv.-Nr. 79.247 P. U.

**16.7.12 Parteiprogramm der ungarischen Unabhängigkeitspartei 1874**

Druck auf Papier, ungarisch; H. = 37 cm, B. = 26 cm

Neben der von Dániel Irányi geführten „Achtundvierziger-Partei" konstituierte sich 1874 unter der Leitung von Lajos Mocsáry die „Unabhängigkeitspartei". In ihrem Parteiprogramm finden sich folgende Forderungen: Erweiterung der staatlichen Selbständigkeit, Aufhebung des gemeinsamen Heeres, der gemeinsamen Ministerien und der Delegationen, Erweiterungen des Wahlrechts und Trennung von Kirche und Staat. Die Unabhängigkeitspartei stützte sich in erster Linie auf den mittleren Adel, wohlhabende Bauern und auf die Honoratioren-Intelligenz.

Lit.: *Mérei, Gyula,* A magyar polgári pártok programjai 1867–1918 [Die Programme der ungarischen bürgerlichen Parteien], Budapest 1971. – *Gottas, Friedrich,* Ungarn im Zeitalter des Hochliberalismus – Studien zur Tisza-Ära, Wien 1976, S. 43f.

Budapest, Országos Széchényi Könyvtár, Flugschriftenabteilung 1874 P. U.

**16.7.13 Aufruf der Deák-Partei, 1869**

Druck auf Papier, 2 Blatt, ungarisch; H. = 34 cm, B. = 21 cm

Die Regierungspartei in Ungarn wurde allgemein nach der hervorragendsten Persönlichkeit dieser Gruppierung, eben Ferenc Deák, bezeichnet, der sich allerdings von der Tagespolitik immer mehr zurückzog. Die Partei, die unmittelbar nach dem Ausgleich eine Reihe von liberalen Reformen inaugurierte, hatte im Laufe der Zeit mit großen Schwierigkeiten zu kämpfen, wobei der liberale Impetus immer stärker in den Hintergrund trat.

Budapest, Országos Széchényi Könyvtár, Flugschriftenabteilung 1869 P. U.

**16.7.14 Heimische und ausländische Demokraten**

Photokopie nach Zeitungsholzschnitt, 1868

Die Karikatur vergleicht die Aktivitäten der Demokraten im Ausland, vor allem in Frankreich, das in dieser Hinsicht immer wieder als Vorbild herangezogen wurde, mit denen der ungarischen. Während man sich im Ausland um die tatsächlichen Bedürfnisse der Bevölkerung (Arbeitsplätze, Bildung, politische Rechte etc.) kümmerte, erschöpfte sich nach Meinung des Karikaturisten die Tätigkeit der ungarischen Demokraten in verbalen Aktionen. Daß die Demokraten lediglich als Radaubrüder abqualifiziert wurden, findet man übrigens auch bei den Polen, wo man die Lemberger Demokraten, die Gruppe um Franciszek Smolka, verächtlich als *tromtradaci* (= Lärmmacher) bezeichnete.

Borsszem Jankó vom 3. März 1868 P. U.

**16.7.15 Aufruf an die gesamten Wähler des Pester Komitats vom Central-Ausschuß der rechten Partei des Pester Komitats**

Druck auf Papier, 1 Blatt, deutsch; H. = 52 cm, B. = 41 cm

Wie in Cisleithanien wies auch in Ungarn die Parteienlandschaft ein breites Spektrum auf. Hauptkriterium der „Scheidung der Geister" war die Einstellung zur staatsrechtlichen Problematik; auch Fragen, die auf den ersten Blick nichts damit zu tun hatten, wurden nach staatsrechtlichen Kriterien beurteilt. Hatten sich vor 1867 die Konservativen für einen engeren Zusammenhalt mit der Gesamtmonarchie bzw. mit dem Herrscherhaus ausgesprochen (worin ihnen nur ein verschwindend kleiner Teil der Bevölkerung folgte), stellte sich nach dem Ausgleich die „Opposition der Rechten" ebenfalls auf den „Rechtsboden von 1867", verfocht aber in den übrigen Belangen eine entschieden konservativere Politik als die Regierungspartei. Im Laufe der Zeit entwickelte sich die Rechtspartei zu einer Interessenvertretung der Großgrundbesitzer.

Lit.: *Toth, Adalbert,* Parteien und Reichstagswahlen in Ungarn 1848–1892 (= Südosteuropäische Arbeiten 70), München 1973, S. 26ff.

Budapest, Országos Széchényi Könyvtár, Flugschriftenabteilung 1870/71 P. U.

**16.7.16 Aufruf der kroatischen Unionspartei, 1871**

Druck auf Papier, kroatisch; H. = 28,5 cm, B. = 22 cm

Banus Levin Rauch hatte die Verhandlungen bezüglich des kroatisch-ungarischen Ausgleichs (vgl. Kat.-Nr. 15.3.39) durchgedrückt, er selbst mußte jedoch bald wegen einer Korruptionsaffäre zurücktreten. Dennoch setzten sich er und sein Adlatus Antun Vahanović für die Durchführung und Erfüllung des Ausgleichs, der im Lande sehr unpopulär war, ein. In der von ihnen lancierten Zeitung „Narod" traten sie gegen die kroatische Nationalpartei und deren Bestrebungen auf.

Lit.: *Horvat, Josip,* Provijest novinetne Hrvatske [Geschichte der Presse in Kroatien], Zagreb 1962, S. 247f.

Zagreb, Arhiv hrvatske, zbirka stampata, Inv.-Nr. 129/15 P. U.

16.7.17 **Ivan Mažuranić**

Photokopie nach Xylographie von Josef Mukařowsky

Ivan Mažuranić (1814–1890), einer der führenden Männer der kroatischen Nationalpartei, trat vor 1848 in erster Linie auf literarischem Gebiet hervor – sein episches Gedicht „Smrt Smail-Aga Čengića" [Der Tod des Smail-Aga-Čengić] ist eines der Hauptwerke der kroatischen Literatur. 1860 wurde er Leiter des kroatisch-slawonischen Hofdikasteriums, 1861–65 kroatisch-slawonischer Hofkanzler in Wien, wobei er sich für die Beibehaltung der Verbindung der kroatischen Politik zu Wien aussprach, weil er sich von einer austrophilen Orientierung ein Höchstmaß an Autonomie für Kroatien versprach. Nach 1865 zog er sich vorübergehend aus dem politischen Leben zurück; nach der teilweisen Revision des kroatisch-ungarischen Ausgleichs 1873 wurde er Banus von Kroatien-Slawonien (bis 1880), in welcher Funktion er eine Reihe von Reformen in der Verwaltung, im Justizwesen (Trennung von Verwaltung und Justiz, Preßgesetz, Versammlungsrecht etc.) und im Schulwesen (Eröffnung der Agramer Universität, „Verstaatlichung" der Volkschulen und Einführung der allgemeinen Schulpflicht u. a.) durchführte.

Lit.: ÖBL VI, Wien 1975, S. 175. Biographisches Lexikon zur Geschichte Südosteuropas, hg. v. *Mathias Bernath* und *Felix v. Schroeder* III, München 1977, S. 134ff.

Wien, Österreichische Nationalbibliothek, Bildarchiv, Inv.-Nr. 518–948 P. U.

16.7.18 **Programm der Serbischen Nationalliberalen Partei in Ungarn, 1869**

Photokopie

Der österreichisch-ungarische Ausgleich brachte für die Serben eine völlig neue Situation mit sich. Sowohl die konservative Politik der Anlehnung an Wien als auch die von Svetozar Miletić betriebene Politik der Kooperation mit den Magyaren waren gescheitert. In dem 1869 beschlossenen sog. Bečkerek-Programm setzte sich die Serbische Nationalliberale Partei für die Gleichberechtigung aller Nationalitäten in Ungarn ein (vor allem was die korporativen Rechte der Nation betrifft), für die Einheit des Dreieinigen Königreiches, für die Befreiung der unter der Türkenherrschaft lebenden Balkanvölker, wobei man daran dachte, den Balkan (aber auch Ungarn) auf föderativer Basis so umzugestalten, daß er eine Art „Schweiz des Ostens" werden könnte. Zu schwach, um diese Ziele allein durchsetzen zu können, strebte man innerhalb Ungarns eine Zusammenarbeit mit der Partei der äußersten Linken an (vgl. Kat.-Nr. 16.4.6).

Lit.: *Haselsteiner, Horst,* Die Serben und der Ausgleich, Wien 1976. – *Petrović, Nikola,* Svetozar Miletić i narodna stranka [Svetozar Miletić und die Nationalpartei], Sremski Karlovci 1968. – *Djordjević, Dimitrije,* Die Serben; in: Die Habsburgermonarchie 1848–1918 III, S. 734–774, insbes. S. 748f.

Zastava 1869 P. U.

16.7.19 **Svetozar Miletić**

Photographie

Svetozar Miletić (1826–1901) wurde 1861 zum Bürgermeister von Neusatz (Novi Sad) gewählt. Er begründete die Serbische Nationalliberale Partei, deren Grundsätze er in den Serbischen Nationalkongressen, später auch als Abgeordneter zum ungarischen Reichstag vertrat. Ursprünglich ein Anhänger der Zusammenarbeit mit den liberalen Magyaren, festigte sich bei ihm im Laufe der Zeit die Überzeugung, daß die Habsburgermonarchie in ihrer durch den Dualismus geprägten Form für die Entwicklung der Serben nicht von Nutzen sei. Wegen seiner politischen Tätigkeit wurde Miletić einige Male eingekerkert. 1883 zog er sich aus der Parteileitung und aus dem politischen Leben überhaupt zurück.

Lit.: *Petrović, Nikola,* Svetozar Miletić i narodna stranka [Nikola Miletić und die Nationalpartei], 2 Bde., Sremski Karlovci 1968, 1969. – ÖBL VI, Wien 1975, S. 196.

Wien, Österreichische Nationalbibliothek, Bildarchiv P. U.

**16.7.20 Übersetzung aus der Zeitschrift „Slovenski narod" Nr. 142 vom 6. Dezember 1870: Unser Programm**

Handschrift, 3 Blatt, deutsch; H. = 35 cm, B. = 21,5 cm

Um 1870 erfuhr der Gedanke einer Föderalisierung des Habsburgerreiches neue Aktualität: mit den Tschechen und den Polen waren Gespräche im Gang, die – zumindest in den Augen der Slawen – eine Änderung der dualistischen Staatsstruktur zur Folge haben sollten. In dieser Situation kamen im Dezember 1870 in Laibach Vertreter der Slowenen, der Kroaten und der Serben zusammen, wobei sie in dem dort verabschiedeten Programm den Gedanken der politischen Solidarität und der Schicksalsgemeinschaft der Slowenen, Kroaten und Serben formulierten.

Ljubljana, Arhiv SR Slovenije, Dež. Preds., 1870 (1201–1600), spis. 1460 P. U.

**16.7.21 Flugblatt der Stranka rada an die kroatische Jugend, 1879**

Druck auf Papier; H. = 36,7 cm, B. = 22,5 cm

Zagreb, Muzej grada Zagreba, Arhivalije, Inv.-Nr. A-763-1 A. Sz.

**16.7.22 Bericht des Prager Polizeipräsidenten über die politischen und nationalen Ziele der tschechischen Nationalpartei und der tschechischen demokratischen Partei und über die Ansichten hinsichtlich der Durchsetzung dieser Ziele**

Prag, 11. Februar 1867

Auch bei den Tschechen machte sich schon früh eine Differenzierung in verschiedene politische Strömungen bemerkbar. Bereits 1848 unterschieden sich Konservative, Liberale und Radikaldemokraten deutlich voneinander. In der Folge kam es, vor allem im Hinblick auf die Durchsetzung nationalpolitischer Zielsetzungen, zwar immer wieder zum taktischen Zusammengehen der einzelnen Gruppen, doch blieben in anderen Bereichen die Unterschiede zwischen Alttschechen und Jungtschechen, die viel vom radikaldemokratischen Erbe des Jahres 1848 übernommen hatten, bestehen.

Lit.: *Garver, Bruce M.*, The Young Czech Party 1874–1901 and the Emergence of a Multi-Party System (= Yale Historical Publications, Miscellany 111), New Haven 1978.

Praha, Státní ústřední archiv, PMT, inv. č 413, 7/67 P. U.

**16.7.23 Wahlmanifest der deutschen Liberalen in Prag**

Verfassungstreues Wahlkomitee; Prag, 11. Januar 1874
1 Blatt, Papier, deutsch; H. = 28,5 cm, B. = 23 cm

Nachdem die dreiunddreißig direkt in den Reichsrat gewählten Abgeordneten des böhmischen konservativen Adels, der Alt- und Jungtschechen am 23. 11. 1873 erklärt hatten, daß sie aus sachlichen und rechtlichen Gründen in den Reichsrat nicht eintreten könnten, wurden sie ihrer Mandate verlustig erklärt. Für die Ergänzungswahl in der Prager Altstadt hob das deutschliberale Wahlkomitee die Dezemberverfassung hervor, bezeichnete die staatsrechtlichen Forderungen der Tschechen als „unerreichbare Luftgebilde" und verurteilte die passive Resistenz tschechischer Abgeordneter. In der Wahl wurde dann jedoch der tschechische Kandidat wiedergewählt.

Lit.: *Cohen, Gary B.*, The Politics of Ethnic Survival: Germans in Prague, 1861–1914, Princeton 1981, S. 52–85. – *Urban, Otto*, Česká společnost 1848–1918 [Die tschechische Gesellschaft 1848–1918], Praha 1982, S. 296–301.

Praha, Archiv Národního muzea, Nachlaß František Ladislav Rieger, sign. 109/5 J. Ko.

**16.7.24 Protokoll der deutsch-tschechischen Verständigungstagung in Emmersdorf**

Konzept von Fr. L. Rieger, Ergänzungen von Michael Etienne und Adolf Fischhof, Handschrift Rieger
Emmersdorf (Kärnten), 21. November 1878
1 Blatt, Papier, zweiseitig, Handschrift, deutsch; H. = 34 cm, B. = 21 cm

Im Landhaus Adolf Fischhofs fand am 21. 11. 1878 eine Verständigungstagung zwischen dem alttschechischen Führer Fr. L. Rieger und dem Herausgeber der „Neuen Freien Presse" Michael Etienne statt, der auch Adolf Fischhof und Alexander Scharff beiwohnten. Die fortschreitende Differenzierung sowohl im deutschösterreichischen als auch im tschechischen politischen Lager bereitete einen günstigen Boden für die kurzfristige Annäherung zwischen Altliberalen auf beiden

Seiten mit Betonung einer weitgehenden Selbstverwaltung und des gesetzlichen Schutzes der nationalen Minderheiten in jedem Kronlande. Das Emmersdorfer Protokoll wurde in drei Exemplaren ausgefertigt.

Lit.: *Charmatz, Richard*, Adolf Fischhof, Stuttgart–Berlin 1910, S. 326–327 (Abdruck des Textes). – *Urban, Otto*, Česká společnost 1848–1918 [Die tschechische Gesellschaft 1848–1918], Praha 1982, S. 323–325.

Praha, Archiv Národního muzea, Nachlaß František Ladislav Rieger, sign. 109/5 J. Ko.

**16.7.25 Actions-Programm der Deutsch-Nationalen in Graz, 1870**

Druck auf Papier; H. = 38 cm, B. = 26 cm

Anders als im ungefähr zur gleichen Zeit verfaßten „Programm der Deutschen in Österreich" (vgl. Kat.-Nr. 16.7.6) stehen im vorliegenden „Actions-Programm" die nationalen Belange der Deutschen viel stärker im Vordergrund. Da Polen, Tschechen und Slowenen gegenüber den Deutschen die „faktische Majorität" in Cisleithanien bildeten und die Deutschen sich nur auf eine „künstlich zustandegebrachte parlamentarische Majorität" stützten, sei die staatsrechtliche Aussonderung Galiziens (und Dalmatiens) unumgänglich notwendig. Einerseits wären dadurch keine deutschen Interessen gefährdet, andererseits sei es nur dann, wenn die Polen von den Tschechen und Slowenen getrennt würden, möglich, letztere niederzuhalten. Die hier erhobene Forderung sollte in so gut wie allen Programmen der deutschnationalen Richtung wiederkehren.

Lit.: *Molisch, Paul*, Geschichte der deutschnationalen Bewegung in Österreich von den Anfängen bis zum Zerfall der Monarchie, Jena 1926.

Ljubljana, Arhiv SR Slovenije, Priv. A. VIII Dežman, Fasc. 11 P. U.

## 16.8 Die Tabore

**16.8.1 Resolution des großen politischen Volksmeetings, welches am Fuße des berühmten Berges Blaník am 28. Juni 1868 einstimmig angenommen wurde**

Photokopie

Nach dem Ausgleich von 1867 wurden die böhmischen staatsrechtlichen Forderungen mit Vehemenz vorgetragen. Die Agitation dafür beschränkte sich nicht nur auf den Boden des Landtags (vgl. Kat.-Nr. 15.2.36), es wurden bei Volksversammlungen unter freiem Himmel (in Anlehnung an das hussitische Vorbild „tabori" genannt) weite Kreise der Bevölkerung erfaßt. Die staatsrechtlichen Forderungen bezogen sich im Einzelnen auf die Krönung Franz Josephs zum König von Böhmen, die Schaffung eines Generallandtags für Böhmen, Mähren und Schlesien mit ausgedehnten Kompetenzen sowie von eigenen, diesem Generallandtag verantwortlichen Verwaltungsbehörden. Darüber hinaus wurde die Forderung nach echter Gleichberechtigung der Sprachen bzw. Volksstämme in den böhmischen Ländern erhoben. Diese Volksversammlungen, die vom städtischen Kleinbürgertum, aber auch der Landbevölkerung und der Arbeiterschaft besucht wurden, waren Ausdruck einer tiefgreifenden Unzufriedenheit der tschechischen Gesellschaft; die Radikalisierung des nationalpolitischen Lebens der Tschechen erreichte in diesen Jahren einen Höhepunkt.

Lit.: *Purš, Jaroslav*, Tábory v českých zemích v letech 1868–1871 [Volksversammlungen in den böhmischen Ländern 1868–1871], in: Československý časopis historický 6 (1958) 660 ff.

Praha, Státní ústřední archiv, PP 1863–1869, V 5/74, k. 563 P. U.

**16.8.2 Einladung zur tschechisch-deutschen Volksversammlung (Tabor) auf dem Jeschkenberg**

Tschechisch-deutsches Vorbereitungskomitee; Prag und Reichenberg, Ende Juli / Anfang August 1870 (Wiederabdruck Liberec 1970, zum 100. Jahrestag der Versammlung)
1 Blatt, Papier, Druck beiderseitig, zusammengeklappt, tschechisch-deutsch, H. = 14,5 cm, B. = 21 cm

Die Veranstalter großer tschechischer Volksversammlungen unter freiem Himmel (besonders J. S. Skrejšovský) versuchten auch deutschböhmische Gegner der Verfassungspartei zur Mitarbeit zu gewinnen. Zum größten und international anerkannten Erfolg wurde die Versammlung von rund 30.000 tschechischen und deutschen Arbeitern und Landbewohnern Nordböhmens am 7. 8. 1870 auf dem Jeschkenberg. Unter den Rednern traten neben den damals bedeutendsten Arbeiterführern Reichenbergs und Prags auch sozialdemokratische Funktionäre aus Wien und Dresden auf. Trotz der beiderseitigen Annäherung lehnten es die Reichenberger Sozialdemokraten ab, die tschechischen staatsrechtlichen Forderungen zu unterstützen.

Lit.: Abdruck in: *Kořalka, Jiří,* Vznik socialistického dělnického hnutí na Liberecku [Die Entstehung der sozialistischen Arbeiterbewegung im Reichenberger Gebiet], Liberec 1956, Photographie hinter S. 200. – *Kořalka, Jiří,* Erste Sozialisten in Nordböhmen im Verhältnis zur Eisenacher Sozialdemokratie und zur tschechischen Nationalbewegung 1868–1870, in: Archiv für Sozialgeschichte 8 (1968) S. 335–347.

Praha, Privatbesitz J. Ko.

16.8.3 **Resolution der Volksversammlung auf dem Letná-Plateau in Prag vom 16. Mai 1869**

Druck auf Papier, Prag 1869; H. = 30,4 cm, B. = 21,5 cm

In der Volksversammlung am Letná-Plateau, die von jungen Leuten tschechoslowakischer Herkunft besucht war, beschloß man die Gründung eines Vereins der slawischen Jugend in allen Ländern der Wenzels-Krone mit einem Zentral-Komitee in Prag.

Praha, Muzeum hlavního města Prahy, i. č. 37.369 J. Pa.

16.8.4 **Medaillen betreffend mährische Tabori**

Zinn; Dm. = ca. 2,7 cm bis 3,2 cm

Brno, Moravské Museum, Inv.-Nr. 3338, 3746, 3759, 3454 u. 4026

16.8.5 **Slowenische Tabormedaillen**

a. Tabor-Medaille Ljutomer

Vs.: Inschrift PRVI SLOVENSKI TABOR V / LJUTOMERU / 1868
Rs.: Im Lindenkranz Inschrift SLOVENCI / ZJEDINIMO / SE!

Zinn; Dm. = 30 mm

b. Tabor-Medaille Vižmarje

Vs.: Inschrift TABOR NA VIŽMARJIH 17. MAJA / 1869
Rs.: Im Lindenkranz Inschrift ZEDINIMO SE! NE VDAJMO SE! ŽIVILA / SLOVENIJA

Zinn; Dm. = 30 mm

c. Tabor-Medaille Vipava

Vs.: Inschrift TABOR V VIPAVI 29. / JUNIJA / 1870
Rs.: Um das Wappen Illyriens (Halbmond und Stern) die Inschrift BOG OŽIVI SLOVENIJO. Unten zwei Eichenzweige.

Zinn; Dm. = 28 mm

Ljubljana, Narodni muzej J. H.

16.8.6 **Bericht des Landespräsidenten an den Innenminister Graf Taaffe betreffend den Tabor in Wippach [Vipava] am 14. August 1870**

Handschrift; H. = 35 cm, B. = 21,5 cm

Wie bei den Tschechen hatte auch bei den Slowenen der Abschluß des österreichisch-ungarischen Ausgleichs eine Intensivierung der politischen Aktionen zu Folge. Anders als die Tschechen konnten sich die Slowenen, die über mehrere Kronländer verteilt wohnten, aber nicht auf ein historisches Staatsrecht berufen, wollten sie die Situation ihres Volkes bessern. Sie erhoben daher die Forderung nach dem administrativen und politischen Zusammenschluß aller von Slowenen bewohnten Länder, dem „Vereinten Slowenien". Diese Forderung war schon 1848 vereinzelt aufgetaucht, nun erfuhr sie, zusammen mit anderen politischen und wirtschaftlichen Desiderata, auf den tabori eine ungeheure Vertiefung und Verbreitung. Der erste Tabor fand in Luttenberg (Ljutomer) in der Untersteiermark im August 1868 statt, 17 weitere sollten noch folgen. Die Taborbewegung war zwar von der liberalen Intelligenz initiiert worden, doch erfaßte sie schließlich über enge Parteigrenzen hinaus einen Großteil der politisch aktivierbaren Bevölkerung.

Lit.: *Melik, Vasilij,* Slovensko narodno gibanje za časa taborov [Die slowenische nationale Bewegung zur Zeit der tabori], in: Zgodovinski časopis 23 (1969) S. 75ff. – *Malli, Rüdiger,* Die politischen Richtungen bei den Slowenen der Untersteiermark von der Dezemberverfassung bis zum Ersten Weltkrieg, in: Die Donaumonarchie und die südslawische Frage von 1848–1918, hg. von *Adam Wandruszka, Richard G. Plaschka* und *Anna M. Drabek,* Wien 1978, S. 75–85.

Ljubljana, Arhiv SR Slovenije, Dež. Preds. Fasc. 1870 (801–1200), spis. 1052 P. U.

16.8.7 **Das Gelände des Tabors in Šempas, 18. Oktober 1868**

Photo V. Aschenbrenner
Photokopie

Lit.: Taborsko gibanje na slovenskem [Die Taborbewegung bei den Slowenen], Ljubljana-Ljutomer 1981, S. 29, Abb. S. 36.

Ljubljana, Narodni muzej P. U.

**16.8.8 Das Gelände des Tabors von Žalec, umrahmt mit Porträts der Protagonisten und des Laibacher Sokols, 6. September 1868**

Photographie, H. = 23 cm, B. = 32,5 cm

Die tabori wurden nicht nur von Einzelpersonen besucht, Vereine, die den nationalen Bestrebungen besonders nahe standen, wie die Sokoln [Turnvereine] oder die Lesevereine, erschienen bei den Versammlungen häufig in corpore. Überhaupt ist die Bedeutung des Vereinswesens für die Vertiefung des nationalen Bewußtseins bzw. überhaupt für die Mobilisierung und Aktivierung des politischen Lebens hoch anzusetzen.

Lit.: Taborsko gibanje na slovenskem [Die Taborbewegung bei den Slowenen], Ljubljana-Ljutomer 1981, S. 27f, Abb. S. 30.

Ljubljana, Narodni muzej P. U.

**16.8.9 Das Gelände des Tabors in Vižmarje, von Porträts der Protagonisten umrahmt, 17. Mai 1869**

Photographie; H. = 23 cm, B. = 32,5 cm

Lit.: Taborsko gibanje na slovenskem [Die Taborbewegung bei den Slowenen], Ljubljana-Ljutomer 1981, S. 33f., Abb. S. 42.

Ljubljana, Narodni muzej P. U.

**16.8.10 Aufruf zur Teilnahme am Tabor von Šempas am 18. Oktober 1868**

Druck auf Papier, färbig; H. = 70 cm, B. = 50 cm

Lit.: Taborsko gibanje na slovenskem [Die Taborbewegung bei den Slowenen], Ljubljana-Ljutomer 1981, S. 28, Abb. nach S. 34.

Ljubljana, Narodna in univerzitetna knjižnica, Nachlaß Costa V. R.

**16.8.11 Aufruf zur Teilnahme am Tabor von Vižmarje am 17. Mai 1869** Abb.

Druck auf Papier, färbig; H. = 95 cm, B. = 70 cm

Kat.-Nr. 16.8.11

Lit.: Taborsko gibanje na slovenskem [Die Taborbewegung bei den Slowenen], Ljubljana-Ljutomer 1981, S. 33f., Abb. nach S. 42.

Ljubljana, Arhiv SR Slovenije, Dež. Preds. 1869, priloga, spis. 669 V. R.

## 16.9 Vereinswesen

**16.9.1 Janez Bleiweis**

Lithographie; H. = 35,5 cm, B. = 25 cm.

Janez Bleiweis (1808–1891), der „Vater des slowenischen Volkes“, stand durch seinen Beruf als Arzt und Tierarzt und durch seine Funktionen im Veterinär- und Gesundheitswesen des Landes

Krain in unmittelbarem Kontakt zur slowenischen Landbevölkerung, deren wirtschaftliche Bedürfnisse er genau kannte. Er war überzeugt, daß nur Belehrung in der Volkssprache die Lebensbedingungen der Bauern verbessern könnte, weshalb er zahlreiche populäre Schriften aus den verschiedensten Sachbereichen verfaßte. In der von ihm herausgegebenen Zeitschrift „Novice" nahm er zu allen möglichen Fragen Stellung. In politischer Hinsicht neigt er dem katholisch-konservativen Lager zu, in einem starken, konstitutionellen und Föderalistischen Österreich sah er die beste Garantie für die weitere Existenz des slowenischen Volkes. Von den liberalen „Jungslowenen" bekämpft, blieb Bleiweis, der seit 1861 Landtagsabgeordneter, Mitglied des Landesausschusses und zweimal Landeshauptmann-Stellvertreter war, nichtsdestoweniger die zentrale Persönlichkeit der slowenischen Politik.

Lit.: Biographisches Lexikon zur Geschichte Südosteuropas, hg. v. Mathias Bernath und Felix v. Schroeder, Bd. I, München 1974, S. 213.

Zagreb, Arhiv Hrvatske, Grafička zbirka Nr. 47
P. U.

16.9.2 **Diplom des Vereins der Ärzte in Krain vom 30. April 1863, mit dem Dr. Bleiweis zum wirklichen Mitgliede ernannt wurde**

Druck auf Papier, deutsch; H. = 46 cm, B. = 61 cm

Anhand der Diplome läßt sich die Bedeutung des Vereinswesens gut dokumentieren: zuerst kommt es zur Mitgliedschaft in Fachvereinen (Ärzte, Landwirtschaftsverein), dann wird der Kreis auf Vereine eher nationalpolitischen Charakters ausgedehnt (Sokol, Akademischer Verein Slovenija), die dritte Gruppe schließlich ist repräsentativ für die Bedeutung von Bleiweis in der slawischen Welt als ganzer (Bank Slavia, Matica Slovenská [= Slowakische Matica ]).

Ljubljana, Zgodovinski arhiv, Bleiweisova zapuščina, fasc. 3
V. R. / P. U.

16.9.3 **Diplom der Hrvatsko-Slavonsko Gospodarsko Družtvo (Kroatisch-slawonischer Landwirtschaftsverein), vom 15. Jänner 1878**

Druck auf Papier, krotaisch; H. = 47 cm, B. = 45 cm

Ljubljana, Zgodovinski arhiv, Bleiweisova zapuščina, Fasc. 3
V. R.

16.9.4 **Diplom der Gimnastiško društvo južni Sokol v Ljubljani (Turnverein „južni Sokol" in Laibach) vom 26. Juli 1867**

Druck auf Papier, slowenisch; H. = 43 cm, B. = 60 cm

Ljubljana, Zgodovinski arhiv, Bleiweisova zapuščina, fasc. 3
V. R.

16.9.5 **Diplom der Akademsko društvo Slovenija na Dunaju (Akademischer Verein Slovenija in Wien) vom 18. November 1878**

Handschrift, slowenisch; H. = 40 cm, B. = 60 cm

Ljubljana, Zgodovinski arhiv, Bleiweisova zapuščina, fasc. 1
V. R.

16.9.6 **Diplom der Banka Slavia in Prag zum 70. Geburtstag von Janez Bleiweis**

Handschrift, tschechisch, in blauem Leder gebunden; H. = 38 cm, B. = 61 cm

Ljubljana, Zgodovinski arhiv, Bleiweisova zapuščina, fasc. 2
V. R.

16.9.7 **Diplom der Matica Slovenská (Slowakische Matica) vom 3. August 1864**

Druck auf Papier, mit lateinischen und cyrillischen Buchstaben, am Rand allegorische Figuren in Trachten; H. = 47 cm, B. = 55 cm

Ljubljana, Zgodovinski arhiv, Bleiweisova zapuščina, fasc. 3
V. R.

## 16.10 Presse

16.10.1 **Allegorie auf die Presse**

Vinzenz Katzler
Lithographie; H. = 46 cm, B. = 30 cm

Einer der wichtigsten Faktoren im politischen Leben des 19. Jahrhunderts war die Presse. Ihr kam große Bedeutung nicht nur bei der Verbreitung politischer Ideen und Inhalte, sondern auch bei der Meinungsbildung zu. Nicht zufällig zählte die Forderung nach Pressefreiheit gemeinsam mit der nach Gewährung einer Konstitution zu den Hauptanliegen des März 1848.

Lit.: *Paupié, Kurt,* Handbuch der österreichischen Pressegeschichte, 2 Bde., Wien 1960 und 1966. – *Wandruszka, Adam,* Geschichte einer Zeitung. Das Schicksal der „Presse“ und der „Neuen Freien Presse“ von 1848 zur Zweiten Republik, Wien 1958. – 200 Jahre Tageszeitung 1783–1983. Festschrift, Wien 1983.

Wien, Graphische Sammlung Albertina, Inv.-Nr. 5512, Ö. XIX. 2. G. P. U.

**16.10.2 Karikatur auf die Züchtigung von Presse und Redefreiheit, Petitions- und Versammlungsrecht**

Photographie nach Zeitungsholzschnitt

Die Pressefreiheit gehörte zu den ersten Errungenschaften von 1848, die nach der Niederschlagung der Revolution wieder eingeschränkt bzw. beseitigt wurden. Erst unter Schmerling kam es zu einer partiellen Lockerung der restriktiven Bestimmungen und in der Folge davon zu einer bis dahin ungeahnten Blüte im österreichischen Pressewesen. Das betraf nicht nur die absolute Zahl der Zeitungen und Zeitschriften, die rapid anstieg, es stieg vielmehr auch die Qualität der Presseerzeugnisse, unter denen die liberale Wiener Großpresse einen hervorragenden Platz einnahm.

Wien, Österreichische Nationalbibliothek, Bildarchiv, Inv.-Nr. 168.438 B (R) P. U.

**16.10.3 Ankündigung der „Gazzetta di Zara“, 10. März 1849**

Druck auf Papier, italienisch; H. = 28,5 cm, B. = 20 cm

Das Pressewesen nahm nicht nur in Wien und im deutschsprachigen Bereich einen gewaltigen Aufschwung; vielleicht noch bedeutsamer für die politische Mobilisierung wurde die Presse bei den nichtdeutschen Völkern, wo die Zeitungen und Zeitschriften einen wichtigen Beitrag zur Entwicklung und Vertiefung eines Nationalbewußtseins lieferten.

Wien, Österreichische Nationalbibliothek, Flugschriftensammlung, Inv.-Nr. 1849/3 P. U.

**16.10.4 Memorandum der Prager Deputierten an den Kaiser für die Bewilligung einer tschechischen Tageszeitung**

František Ladislav Rieger; 12 Unterschriften
Geschrieben in Prag, Anfang Juni 1860, gedruckt in Bautzen 1860
Broschüren, Druck, tschechisch-deutsch; tschechische Fassung: 15 Seiten, H. = 21 cm, B. = 13,5 cm; deutsche Fassung: 12 Seiten, H. = 19 cm, B. = 12,5 cm

Da die österreichische Regierung auf Empfehlung der Prager Polizeidirektion alle 1858/59 unterbreiteten Gesuche um Bewilligung zur Herausgabe einer tschechischen Tageszeitung mit der Begründung zurückwies, daß hinter den wenig profilierten Bittstellern die bekannten Führer der „tschechischen Partei“ Palacký und Rieger stünden, entschloß sich Fr. L. Rieger, diese Forderung öffentlich in der Form eines politischen Programms der tschechischen Nationalbewegung vorzulegen. Das von Rieger und dem Zuckerfabriksbesitzer Josef Macháček dem Kaiser Franz Joseph am 18. 6. 1860 vorgelegte, von Palacký, Universitätsprofessor J. E. Purkyně und anderen mitunterzeichnete Memorandum betonte, daß das tschechische Volk wegen seiner Anzahl und seiner wirtschaftlichen, kulturellen und militärischen Bedeutung eine der Hauptstützen der Kraft des österreichischen Kaiserstaates sei, und daß *nicht die Unifikation und Germanisation, sondern vielmehr die Vielartigkeit seiner Völker jederzeit das Lebens- und Erhaltungsprinzip Österreichs war und bleiben wird.*

Lit.: Abdruck der tschechischen Fassung: *Černý, J. M.,* Boj za právo [Der Kampf um das Recht] II, Praha 1893, S. 822–834. – *Heidler, Jan,* Příspěvky k listáři Dra Frant. Lad. Riegra [Beiträge zum Briefwechsel Dr. Fr. L. Riegers] I, hg. von *Josef Šusta,* Praha 1924, S. 128–130. – *Kazbunda, Karel,* Národní program český r. 1860 a zápas o politický list [Das tschechische Nationalprogramm von 1860 und der Kampf um eine politische Zeitung], in: Československý časopis historický 33 (1927) S. 473–547.

Praha, Arhiv Národního muzea, Nachlaß František Ladislav Rieger, sign. 113/3 J. Ko.

**16.10.5 Preßvereinsfenster** Abb.

Diapositiv

Um ihren Ansichten möglichst breite Resonanz zu sichern, bedurften die politischen Strömungen und Parteien der Presse. Wenn es auch Parteiblätter im heutigen Sinn nicht gab, hatten die Liberalen auf dem Sektor des Pressewesens nichtsdestoweniger einen deutlichen Vorsprung; die Konservativen hatten den liberalen Blättern vorerst nichts Gleichwertiges entgegenzusetzen. Infolge der Verschärfung der kultuspolitischen Auseinandersetzungen und der Notwendigkeit, ihre eigene

Kat.-Nr. 16.10.5

Position zu verdeutlichen, gründeten die Katholisch-Konservativen ab etwa 1870 eine Reihe von Preßvereinen, die – häufig unter tatkräftiger Mitwirkung von Geistlichen – Zeitungen und andere Druckerzeugnisse herausgaben.

Lit.: *Oberchristl, Florian,* Die neuen Gemälde-Fenster des Linzer Domes, Linz 1924, S. 24. – *Leisching, Peter,* Die Römisch-katholische Kirche in Cisleithanien, in: Die Habsburgermonarchie IV (in Druck).

Linz, Dom P. U.

16.10.6 **Collage verschiedener Zeitungstitel**

Photomontage

Die Zeitungslandschaft in der Habsburgermonarchie war äußerst vielschichtig. Der Bogen spannte sich von der „Neuen Freien Presse" – die zu Recht als „Weltblatt" apostrophiert wurde – bis zu lokalen Wochenblättern, Fachzeitschriften und Unterhaltungs- und Erbauungslektüre. Sie erschienen in allen Sprachen der Monarchie und trugen im Rahmen ihrer Möglichkeiten dazu bei, ein informiertes Publikum zu schaffen, eine Öffentlichkeit, die auf Grund dieser Informationen nun auch in der Lage war, am politischen Leben teilzuhaben.

P. U.

16.10.7 **Franz Joseph und Elisabeth bei der Silberhochzeit, 1879** Abb.

Photo nach einer Originalaufnahme aus dem Jubiläumsrundgemälde (mit Namensschlüssel)

Wien, Heeresgeschichtliches Museum, Inv.-Nr. BI 17.869/6 P. U.

Kat.-Nr. 16.10.7

## 17. DIE FAMILIE KAISER FRANZ JOSEPHS

### 17.1 Der Stammbaum der Dynastie Habsburg-Lothringen

Zwischen 1889 und 1898
Druck; H. = 100 cm, B. = 82 cm

Wien, Privatbesitz E. V.

### 17.2 Die Genealogie der Dynastie: Die Verwandtschaft mit regierenden Häusern

Graphik, Entwurf: B. H., Ausführung: I. Grillmayer

### 17.3 Kaiser Franz Joseph I.

Friedrich Krepp; 1857
Öl auf Leinwand; H. = 134 cm, B. = 95 cm (ohne Rahmen)

Der Wiener Maler Friedrich Krepp zählte zu den beliebten Porträtmalern seiner Zeit. Von seiner Hand stammt ein weiteres Porträt des Kaisers aus dem Jahr 1852 im Militärgeographischen Institut in Wien.

Wien, Niederösterreichisches Landesmuseum, Inv.-Nr. 453 E. V.

### 17.4 Porträtstatue Kaiserin Elisabeths (im Vorraum aufgestellt) Abb.

Hans Gasser; 1860
Marmor; H. = 171 cm

Die Figur, welche einst im Wiener Westbahnhof aufgestellt war (vgl. die beigegebene Photographie), verdeutlichte die Benennung der „Kaiserin Elisabeth-Westbahn". 1945 wurde das Standbild schwer beschädigt. Hans Gasser (1817–1868) stammte aus Kärnten. Seine bildhauerische Schulung verdankte er vor allem Ludwig Schwanthaler in München. Später im engen Kontakt mit Fernkorn kommt Gasser eine Schlüsselstellung in der Wiener Plastik der Jahrhundertmitte zu.

Wien, Bundesbahndirektion W. Kr.

### 17.5 Hofadjustierung einer Charge der königlich ungarischen Leibgarde Farbabb. 30

Um 1910

Attila aus rotem Tuch mit silberner Posamentrieverschnürung, mit gleicher Stiefelhose. Hohe Stiefel aus schwarzem Leder, Kalpack mit Pelzbesatz und Reiherbusch, Leopardenfell mit Silberbeschlägen, Gürtel und Säbel.

Wien, Kunsthistorisches Museum, Monturdepot, Inv.-Nr. U-1012 G. K.

### 17.6 Hofadjustierung für einen Trompeter der k. k. Ersten Arcièren-Leibgarde Farbabb. 29

Um 1910

Wappenrock aus rotem Tuch, darüber Heroldshemd aus Goldstoff mit dem kleinen österreichischen Wappen in erhabener Gold- und Silberstikkerei. Stiefelhosen aus weißem Hirschleder, hohe Stiefel aus schwarzem Leder, Helm aus Silber mit Doppeladler aus vergoldeter Bronze und rotem Roßhaarbusch, Säbel, Fanfare.
Die k. k. Erste Arcièren-Leibgarde war als wirksamste Garde bei allen feierlichen Anlässen eingesetzt. Die Adjustierung für den Hofdienst war besonders prächtig und ist zum Unterschied von der Garde-, Parade- und Dienstuniform relativ gut dokumentiert. Der Trompeter war meist nicht Gardist, sondern wurde von einem Kavallerieregiment „entliehen".

Wien, Kunsthistorisches Museum, Monturdepot, Inv.-Nr. U-991 G. K.

### 17.7 Schreibtisch der Erzherzogin Sophie

Josef Danhauser (?); Wien um 1825
Kirschbaumholz, furniert, schwarz gebeiztes Birnbaumholz; H. = 94 cm, B. = 123 cm, T. = 83 cm

Dieser ursprünglich aus dem Salon der Erzherzogin Sophie in Laxenburg bei Wien stammende Schreibtisch war für eine freie Aufstellung im Raum gedacht. Eine heute nicht mehr erhaltene Interieurdarstellung zeigt die ursprüngliche Raumsituation. Formal geht dieser Schreibtischtyp auf ein französisches Modell des Empire zurück. Danhausers erhaltener Schreibtischentwurf Nr. 18 zeigt eine vom hier gezeigten Modell etwas abweichende Lösung.

Wien, Österreichisches Museum für angewandte Kunst, Inv.-Nr. H.2558 Ch. W.-D.

**17.8 Kaiser Ferdinand**

Öl auf Leinwand; H. = 31,5 cm, B. = 25,5 cm

Kaiser Ferdinand lebte nach seiner Abdankung noch bis 1875 zurückgezogen im Prager Hradschin und in seinem böhmischen Sommerschloß Ploschkowitz. Er kam nach 1848 nie mehr nach Wien. Als gekrönter Herrscher Böhmens genoß er – im Gegensatz zu Franz Joseph, der sich zwar zum König von Ungarn, nicht aber zum König von Böhmen krönen ließ – in den böhmischen Ländern große Verehrung.

Graz, Privatbesitz B. H.

**17.9 Kaiserin Maria Anna**

Öl auf Leinwand; H. = 31,5 cm, B. = 25,5 cm

Kaiserin Marianne, eine geborene Italienerin, die zeitlebens nicht richtig deutsch sprechen lernte, verhielt sich außerordentlich loyal gegenüber ihrem schwerkranken kaiserlichen Gatten. Sie war es auch, die ihm 1848 zuredete, auf den Thron zu verzichten.

Graz, Privatbesitz B. H.

**17.10 Erzherzog Franz Carl, im Sechsspänner fahrend**

Lithographie; H. = 50 cm, B. = 75 cm

Der jüngere Bruder Kaiser Ferdinands, Erzherzog Franz Carl, war wegen seiner bescheidenen Geistesgaben ohne Bedeutung für die Politik seines Sohnes Franz Joseph. Beim Volk jedoch war er wegen seiner Großzügigkeit und persönlichen Güte recht beliebt. Er, der ansonsten einen höchst bescheidenen, ja spießigen Lebensstil führte, hatte eine große Leidenschaft: das Fahren im Sechsspänner.

Wien, Privatbesitz B. H.

**17.11 Erzherzogin Sophie**

Josef Kriehuber; 1850
Lithographie; H. = 50 cm, B. = 42 cm

Erzherzogin Sophie, eine Tochter König Max I. von Bayern, galt in der Zeit Ferdinands I. *als der einzige Mann am Wiener Hof.* Sie war politisch interessiert und begabt, energisch und gebildet, und ihrem geistesschwachen Ehemann geistig weit überlegen. Im Jahr 1848 verzichtete sie darauf, als Gattin des von ihr völlig abhängigen Thronfolgers Franz Carl Kaiserin zu werden und unterstützte stattdessen sehr energisch den Plan, ihren ältesten Sohn Franz Joseph mit achtzehn Jahren zum Kaiser zu machen. Ihre politische und persönliche Bedeutung in den ersten zwanzig Regierungsjahren Franz Josephs ist gar nicht zu überschätzen. Sophies Politik war ganz im Sinne des Gottesgnadentums der Könige konservativ, katholisch, gegen jede Art von Mitsprache des Volkes.

Wien, Privatbesitz B. H.

**17.12 Interieur im Palais am Rennweg mit Fürst Clemens Metternich**

Öl auf Leinwand; H. = 37 cm, B. = 47 cm

Nach dreijährigem Exil in England, Brüssel und Johannisburg im Rheinland kehrte der 78jährige ehemalige Staatskanzler und *Kutscher Europas* Fürst Clemens Metternich 1851 nach Wien zurück. Der junge Kaiser Franz Joseph, dessen Politik im Neoabsolutismus an die Metternich-Politik vor der Revolution des Jahres 1848 anknüpfte, suchte mehrmals den politischen Rat des Kanzlers. Auch Erzherzogin Sophie hielt Kontakt mit Metternich, der am 11. Juni 1859 im Alter von 86 Jahren in Wien starb.

Privatbesitz B. H.

**17.13 Tagebücher Erzherzogin Sophies**

Über einhundert Tagebücher dieser Art sind von Erzherzogin Sophie erhalten und stellen eine der wichtigsten Quellen für die frühe Franz-Joseph-Zeit dar. Sie sind in Französisch verfaßt, in einer sehr kleinen, schwer lesbaren Schrift, die nur mit der Lupe entziffert werden kann.

Wien, Haus-, Hof- und Staatsarchiv, Depot Erzherzogin Sophie Nr. 24 B. H.

**17.14 Erzherzogin Sophie mit den Erzherzogen Franz Joseph und Ferdinand Max**

Josef Kriehuber nach Johannes Ender; 1833
Lithographie; H. = 46 cm, B. = 36 cm

Wien, Privatbesitz E. V.

Kat.-Nr. 17.4

17.15 **Die Erzherzoge Franz Joseph und Ferdinand Max beim Spiel** Farbabb. 21

Peter Fendi; 1833
Aquarell; H. = 47 cm, B. = 67 cm

Peter Fendi zählt mit zu den Begründern des „Wiener Genrebildes", also einer ikonographischen Gattung, die die Darstellung des Alltagslebens in den Mittelpunkt ihres Interesses stellt. Diese Form beschränkt sich bei Fendi und einigen seiner Zeitgenossen nicht allein auf das Leben einfacher Menschen; auch adelige Kreise und die kaiserliche Familie ließen sich gern in dieser „Pose" porträtieren, wie das ausgestellte Blatt zeigt. Zu Fendis bekanntesten Blättern, im Auftrag für den Hof geschaffen, zählen „Das Abendgebet", ein Blatt, das Erzherzogin Sophie mit ihren Kindern in intimer Atmosphäre beim abendlichen Gebet zeigt, und „Die Familienvereinigung des österreichischen Kaiserhauses im Herbst 1834".

Wien, Graphische Sammlung Albertina, Inv.-Nr. 28.333 E. V.

17.16 **Erzherzog Franz Joseph als Kleinkind**

Johann Höhenrieder
Aquarell; H. 20,7 cm, B. = 17,4 cm

Das Aquarell zeigt den etwa drei- bis vierjährigen Franz Joseph beim Spiel mit einer Trommel. Die Gesichtszüge und die genreartige Darstellungsweise erinnern an das 1832 entstandene Bildnis des Erzherzogs Franz Joseph von F. G. Waldmüller

Baden, Städtische Sammlungen E. V.

17.17 **Die Erzherzoge Franz Joseph, Ferdinand Max und Carl Ludwig**

Josef Kriehuber; 1835
Lithographie; H. = 47 cm, B. = 37 cm

Auch Kriehuber formuliert dieses Porträt – ganz im Geist des Biedermeiers – als Szene aus dem Alltag der Erzherzöge: die Leseversuche Ferdinand Maxs, die abgelegten Schuhe und Strümpfe des jüngsten der Brüder und das Spielzeug im Hintergrund sollen den intimen Rahmen verdeutlichen.

Wien, Privatbesitz E. V.

17.18 **Kaiser Franz Joseph in Zivil**

August Prinzhofer; 1849
Lithographie, koloriert, in Medaillon gefaßt

Bei dem ausgestellten Porträt handelt es sich um eine der wenigen Darstellungen des jungen Kaisers in Zivil aus dieser Zeit.

Wien, Privatbesitz E. V.

17.19 **Kaiser Franz Joseph** Farbabb. 3

Josef Kriehuber; 1851
Lithographie, koloriert; H. = 47 cm, B. = 38 cm

Privatbesitz E. V.

17.20 **Briefkassette**

Vor 1846
Perlmutter mit Stahlbeschlägen; im Deckel Brieftasche, Seitenwände aus gefaltetem Leder; L. = 33 cm, B. = 22 cm, H. = 4 cm

In den Deckel der Kassette sind vier Aquarelle, signiert von Balthasar Wigand (1771–1846), eingelassen, die Ansichten von Wien zeigen: das Neue Burgtor, Schloß Laxenburg, das Palais Erzherzog Karl bei Baden und die Spinnerin am Kreuz. Wigand war als Maler von Miniaturveduten Wiens bekannt und geschätzt. Die Kassette stammt aus dem Besitz Kaiser Franz Josephs.

Wien, Privatbesitz E. V.

17.21 **Kindertagebuch des Erzherzogs Ferdinand Maximilian**

Aufgeschlagen: Titelbild

Der damals fünfzehnjährige Franz Joseph hat das Titelbild im Tagebuch seines um zwei Jahre jüngeren Bruders Ferdinand Maximilian gezeichnet und den Bruder mit seinen Liebhabereien dargestellt: am Schreibtisch sitzend, mit einem Berg Zeitungen vor sich. Die Schiffe symbolisieren Maximilians Vorliebe für das Meer, die Eisenbahn seine Reiseleidenschaft.

Wien, Haus-, Hof- und Staatsarchiv, Archiv Max von Mexikos, Kt. 99 B. H.

17.22 **Brief Franz Josephs an seinen Bruder Max**

Auch dieser Brief des etwa fünfzehnjährigen Franz Joseph an seinen Bruder Max zeigt einen deutlichen Hang zur Karikatur:
Linke Seite: *Ich bitte Dich dem Grafen Bomb*(elles) [dem Erzieher] *zu sagen, daß die Grafen und*

*die Herren Lehrer* – die Zeichnung daneben führt den Satz weiter mit einem Erhängten.
Rechte Seite: Franz Joseph karikiert eine Dame und einen Herren aus seiner Umgebung.

Wien, Haus-, Hof- und Staatsarchiv, Varia Kb. Reg. Konv. 11, fol. 41, 42 B. H.

17.23 **Brief Franz Josephs an seinen Bruder Max**

Karikatur des etwa fünfzehnjährigen Franz Joseph

Wien, Haus-, Hof- und Staatsarchiv, Varia Kb. Reg. Konv. 11, fol. 43 B. H.

17.24 **Die Rennbahn in Bad Ischl**

Papier; H. = 19,4 cm, B. = 25 cm

Diese Zeichnung Franz Josephs stellt ein Wettrennen am 29. Mai 1842 dar; die Teilnehmer sind im Jockey-Dress gezeichnet; die ihnen beigegebenen

Kat.-Nr. 17.25

Namen (von fremder Hand) ermöglichen eine Identifizierung (v. l. n. r.): Carl Bombelles, Marcus Bombelles, Erzherzog Franz Joseph, Richard F. Metternich, Erzherzog Ferdinand Max, Franz Coronini, Dionys Széchényi.
Unter den Personen eine schematische Darstellung der Rennbahn in Bad Ischl.

Wien, Privatbesitz E. V.

17.25 **Mädchenkopf** Abb.

Bleistiftzeichnung; 26. Juni 1839
Zeichnung Franz Josephs

Wien, Österreichische Nationalbibliothek, Porträtsammlung, Inv.-Nr. Pk 3046, 2 B. H.

17.26 **Soldatenszene**

Federzeichnung Franz Josephs

Wien, Österreichische Nationalbibliothek, Porträtsammlung, Inv.-Nr. Pk 3046, 3 B. H.

17.27 **L'Hussar en goguette**

Aquarell; H. = 30 cm, B. = 24 cm

Die Zeichnung fertigte Franz Joseph offensichtlich nach einer Vorlage an.

Paris, Privatbesitz

17.28 **Le Cheval gastronome**

Aquarell; H. = 30 cm, B. = 24 cm

Paris, Privatbesitz

17.29 **Album der dalmatinischen Reise**

Wien 1888

Erzherzog Franz Joseph unternahm 1845–46 Reisen durch Dalmatien. Die bei dieser Gelegenheit entstandenen Handzeichnungen wurden in der *k. k. Hof-Kunstdruckerei und artistischen Anstalt Reiffenstein & Uhl* aufgelegt. Die Mappe enthält sechs Lithographien, in denen die Freude an der Karikatur zum Ausdruck kommt.

Wien, Österreichisches Museum für angewandte Kunst, Bibliothek, Graphische Künste II 61 E. V.

17.30 **Elisabeth, Herzogin in Bayern** Farbabb. 2

Öl auf Leinwand; H. = 87,5 cm, B. = 73 cm

Das Porträt zeigt die künftige Kaiserin während der Verlobungszeit.

Privatbesitz E. V.

17.31 **Sog. Polterabendkleid der Kaiserin Elisabeth** Farbabb. 25

Organza mit grünen Seidenbändchen, Stola mit türkischen Motiven bestickt.

Obwohl die Überlieferung, daß es sich um das Polterabendkleid Elisabeths handelt, verbürgt ist, ist die Bezeichnung insofern problematisch, da über einen Polterabend oder ein vergleichbares Fest noch in München, keine Nachrichten erhalten sind.

Wien, Kunsthistorisches Museum, Monturdepot, Inv.-Nr. N-CXL G. K.

17.32 **Statuette der Kaiserin Elisabeth**

Hans Gasser
Gips; H. = 39,7 cm

Möglicherweise handelt es sich um einen Entwurf für das Standbild im Westbahnhof (vgl. Kat.-Nr. 17.4).

Wien, Historisches Museum der Stadt Wien, Inv.-Nr. 18.388 W. Kr.

17.33 **Kaiser Franz Joseph im österreichischen Kaiserornat** Abb.

Franz Schrotzberg (1811–1889); um 1865/70
Öl auf Leinwand; H. = 124 cm, B. = 93 cm

Das Bild zeigt Franz Joseph mit einem roten Samtmantel mit Hermelinkragen und -futter. Er trägt die Collanen des Ordens vom Goldenen Vlies, des kgl. ungarischen St. Stefanordens und des österreichischen Ordens der Eisernen Krone sowie das rot-weiß-rote Band des Militär-Maria-Theresien-Ordens; Szepter, Reichsapfel, Schwert und österreichische Kaiserkrone vervollständigen den Eindruck eines Krönungsbildes.

Lit.: Siehe Kat.-Nr. 15.1.

Wien, Privatbesitz P. U.

Kat.-Nr. 17.33

17.34 **Paradeuniform Kaiser Franz Josephs**

Wien, Heeresgeschichtliches Museum

17.35 **Kinderuniform Kronprinz Rudolfs**

Wien, Privatbesitz

17.36 **Wiege Kronprinz Rudolfs**

Franz Matthias Podany; 1858
Mahagoni, Ahornholz, bunte Holzmosaikfurniere, Bronzeapplikationen, im Inneren Seidenbespannung; H. = 130 cm, B. = 75 cm, T. = 163 cm

Die Wiege war ein Geschenk der Stadt Wien anläßlich der Geburt des Thronfolgers.

Lit.: *Witt-Dörring, Christian,* Der Tischlermeister Franz Matthias Podany, in: alte und moderne Kunst 1978.

Wien, Bundesmobilienverwaltung, Inv.-Nr. V 2428 E. V.

17.37 **Taufkörbchen**

Weide, geflochten, mit blauer Seide ausgelegt; H. = 26 cm, B. = 32 cm, T. = 47 cm

Nach der Überlieferung, die auch durch das kaiserliche Wappen auf der Längsseite bestätigt wird, handelt es sich um das Taufkörbchen Kronprinz Rudolfs.

Wien, Privatbesitz E. V.

17.38 **Taufkleid Giselas**

Die zweite Tochter Elisabeths wurde am 15. Juli 1856 geboren und auf den Namen Gisela getauft. Das Taufkleid ist in den Besitz der ältesten Tochter der Erzherzogin Gisela übergegangen und wird noch heute bei den Taufen in der Familie benützt.

Privatbesitz B. H.

17.39 **Ischler Knorren-Service**

Ludwig Lobmeyr; um 1850

Weinkaraffe: H. = 23 cm
Sektglas: H. = 12,5 cm, Dm. = 9,5 cm
Bierglas: H. = 12,5 cm, Dm. = 8 cm
Wasserglas: H. = 12,5 cm, Dm. = 7 cm

Wien, Bundesmobilienverwaltung E. V.

17.40 **Speiseservice**

Thun-Klösterle; 1851
Porzellan, weiß-gold

Teekanne: H. = 16 cm, Dm. = 24 cm
Kaffeekanne: H. = 26 cm
zwei Milchkännchen: H. = 9 cm
drei Speiseteller: Dm. = 23,5 cm

Wien, Bundesmobilienverwaltung E. V.

17.41 **Glasservice für Erzherzog Ferdinand Max**

Ludwig Lobmeyr; um 1854

Weinkaraffe: H. = 23 cm
Glasbecher: H. = 10 cm, Dm. = 8 cm
Bierglas: H. = 16 cm, Dm. = 7,5 cm

Die Gravuren verweisen auf die Funktion des Erzherzogs als österreichischer Marinekommandant. Das Service war für Schloß Miramare bestimmt.

Wien, Bundesmobilienverwaltung E. V.

17.42 **Kaiserin Elisabeth mit ihren Kindern**

Farbabb. 22

Josef Kriehuber; 1858
Aquarell; H. = 32,8 cm, B. = 41,5 cm

Kriehubers Porträt zeigt die zwanzigjährige Kaiserin Elisabeth mit dem neugeborenen Kronprinzen und der zweijährigen Erzherzogin Gisela noch in Schloß Laxenburg. Das Bildnis an der Wand zeigt das 1857 verstorbene erste Kind des Kaiserpaares, Sophie.

Lit.: Das Jahrhundert des Wiener Aquarells 1780–1880, Wien – Albertina 1973, S. 305.

Wien, Graphische Sammlung Albertina, Inv.-Nr. 34.670 B. H.

17.43 **Medaillons aus dem Besitz der Kaiserin Elisabeth**

R. Schwager; nach 1858
In Messing auf Samt montiert, gerahmt; H. = 37 cm, B. = 19 cm

Die Medaillons zeigen die Porträts der drei Kinder Kaiserin Elisabeths; im Mittelbild Erzherzogin Sophie (geb. 1855), rechts Erzherzogin Gisela (geb. 1856) und links Kronprinz Rudolf (geb. 1858).

Privatbesitz E. V.

17.44 **Kronprinz Rudolf und Erzherzogin Gisela in ihrem Pony-Kutschierwagen**

Alexander Ritter von Bensa
Aquarell; H. = 47 cm, B. = 67 cm

Das Bild zeigt die beiden Kinder in ihrem Kutschierwagen (vgl. Kat.-Nr. 17.60). Bensa war Autodidakt; bekannt wurde er vor allem durch seine Schilderungen aus dem Soldatengenre und dem ungarischen Volksleben, in denen er seinem Vorbild Pettenkofen nacheifert.

Wien, Graphische Sammlung Albertina, Inv.-Nr. 5.031 E. V.

Kat.-Nr. 17.45

**17.45 Kinderzeichnungen Kronprinz Rudolfs** Abb.

Aquarelle

Rudolfs große Tierliebe zeigt sich auch in den vielen Tierzeichnungen, die erhalten geblieben sind.

Wien, Österreichische Nationalbibliothek, Porträtsammlung, Inv.-Nr. Pk 3046, 4–6 B. H.

**17.46 Schulhefte Kronprinz Rudolfs**

a. Eines von vielen Schulheften des damals knapp dreizehnjährigen Kronprinzen mit Vogelbeobachtungen, hier: Schilderungen des Dorndrehers, der Wasseramsel, des Wendehalses und des Auerhahns.
Nachlaß Kronprinz Rudolf, Kt. 2, fol. 5ff

b. Ein Heft des Dreizehnjährigen über „Geschichte und Leben der Thiere" mit der Widmung an *das liebe Alterle,* den Erzieher Joseph Latour von Thurmburg.
Nachlaß Kronprinz Rudolf, Kt. 2, fol. 17ff

c. Der junge Kronprinz über „Die geographische Lage Wiens".
Nachlaß Kronprinz Rudolf, Kt. 2, fol. 92

d. Eines von Dutzenden von Heften über Adlerjagden, die der Siebzehnjährige verfaßte, in wenigen Exemplaren vervielfältigen ließ und an engste Freunde verschenkte.
Nachlaß Kronprinz Rudolf, Kt. 2, fol. 163ff

e. Eines der Studienhefte über Nationalökonomie, geschrieben unter Anleitung des berühmten Nationalökonomen Carl Menger: „Über den Nutzen der staatlichen Beeinflussung der Volkswirtschaft und die Grenzen derselben".
Nachlaß Kronprinz Rudolf, Kt. 2, fol. 229ff

f. Ganz im Sinne seiner liberalen Lehrer wurde der junge Kronprinz ein Verehrer Kaiser Josephs II., wovon diese Schrift zeugt. Allerdings entgegnete Erzherzog Albrecht dieser Schrift mit sehr scharfer Kritik an Joseph und an den Liberalen, die in Joseph II. ihr Ideal sahen und gegen die Politik Franz Josephs ausspielten.
Nachlaß Kronprinz Rudolf, Kt. 2, fol. 259ff

Wien, Haus-, Hof- und Staatsarchiv B. H.

**17.47 Gedicht gegen Kaiser Wilhelm**

Der damals knapp achtjährige Kronprinz nahm an den Geschehnissen von Königgrätz 1866 lebhaften Anteil und zwar in solchem Ausmaß, daß er (zeit seines Lebens) unversöhnlich blieb gegenüber den *verhaßten Preußen.* Beim Besuch des deutschen Kaisers Wilhelm I. in Gastein im Sommer 1871 bewahrte die Kaiserfamilie (mit Ausnahme der Erzherzogin Sophie) Höflichkeit gegenüber dem deutschen Gast, der dreizehnjährige Kronprinz aber ließ in diesem Gedicht seinem Haß freien Lauf.

Wien, Haus-, Hof- und Staatsarchiv, Nachlaß Kronprinz Rudolf, Kt. 2, fol. 4 B. H.

**17.48 Porträt Kronprinz Rudolfs**

Franz Lenbach; 1873
Öl auf Holz; H. = 42 cm, B. = 33 cm

Wien, Historisches Museum der Stadt Wien, Inv.-Nr. 164.200 E. V.

**17.49 Genealogie Kronprinz Rudolfs**

Graphik, Entwurf: B. H., Ausführung: I. Grillmayer

Dieser Stammbaum zeigt den großen „Ahnenschwund“ durch die häufigen Verwandtenehen, vor allem der Habsburger und Wittelsbacher.

B. H.

17.50 **Zwergadler**

Stopfpräparat (Dermoplastik) in sitzender Stellung mit zusammengelegten Flügeln

Der Zwergadler wurde von Kronprinz Rudolf im Frühjahr 1881 im Jordantal anläßlich seiner Reise in den Orient gesammelt. Der Kronprinz war an Greifvögeln außerordentlich interessiert und hat besonders zu den verschiedenen Farbvarianten, wie sie auch beim Zwergadler vorkommen, viele Notizen gemacht und veröffentlicht.

Lit.: *Kronprinz Rudolf,* Ornithologische Reiseskizzen aus dem Oriente, in: Mittheilungen des Ornithologischen Vereines in Wien, 5 (1981) Nr. 8, S. 57–66.

Wien, Naturhistorisches Museum, Vogelsammlung, Inv.-Nr. 44.292 H. Sch.

17.51 **Brehms Tierleben**

Den heranwachsenden Kronprinzen verband eine tiefe Verehrung und persönliche Freundschaft mit dem berühmtesten Zoologen seiner Zeit, Alfred Brehm. Brehm seinerseits anerkannte die ornithologischen Fähigkeiten des damals neunzehnjährigen Kronprinzen, indem er drei Vogelbeobachtungen Rudolfs (der schwarze Milan, die Wiesenweihe und die Rohrweihe) in die zweite Auflage seines „Illustrirten Thierlebens“ aufnahm.

Wien, Universitätsbibliothek, Inv.-Nr. II 91.416/2. Aufl. 4–6 B. H.

17.52 **Ornithologische Schriften Kronprinz Rudolfs**

Diese in wissenschaftlichen Zeitschriften erschienenen Aufsätze sind Beispiele für die intensive Beschäftigung des Kronprinzen mit der Ornithologie. Er wünschte sich, diesen Studien an der Universität eine wissenschaftliche Grundlage zu geben, mußte aber laut ausdrücklichem und unabänderlichem Wunsch seines kaiserlichen Vaters die Offizierslaufbahn einschlagen.

Wien, Haus-, Hof- und Staatsarchiv, Nachlaß Rudolf, Kart. 2, fol. 282–290 B. H.

17.53 **Adlerjagden**

Ein über hundert Seiten langes Manuskript über Adlerbeobachtungen befindet sich unveröffentlicht im Nachlaß des Kronprinzen. Bis in seine letzten Lebenstage in Mayerling beschäftigte er sich mit dem Studium und der Beobachtung der Adler und Geier, seinem ornithologischen Spezialgebiet.

Wien, Haus-, Hof- und Staatsarchiv, Nachlaß Rudolf, Kart. 15, fol. 111–163 B. H.

17.54 **15 Tage auf der Donau**

Der neunzehnjährige Kronprinz verarbeitete in diesem seinen ersten, 310 Seiten starken Buch eine ornithologische Donaureise in Begleitung der Ornithologen Alfred Brehm und Eugen von Homeyer. Angesichts der damals häufigen aristokratischen Jagdreisen nach Afrika und Indien war Rudolf stolz, diese so urwüchsigen und tierreichen Landschaften seiner Heimat zu bereisen: *Die meisten wissenschaftlichen Vereine, Clubs, Versammlungen und wie sie alle heißen, rüsten, falls sie einmal zu Geldmitteln gelangen, grosse Expeditionen in andere Welttheile aus, und die nächste Nähe, die Gebiethe unserer eigenen Heimat bleiben in mancher Beziehung thatsächlich in einen geheimnisvollen Schleier gehüllt.* Das Buch ist heute eine wichtige Quelle über die ehemals reiche Natur der Donauauen, vor allem in den unwegsamen Gebieten Ungarns. Im Gegensatz zur ersten Schrift des Kronprinzen, der unter strengster Geheimhaltung des Autors erschienenen Adelsschrift (vgl. Kat.-Nr. 19.1.13), wurde der Autor der ebenfalls anonym erschienenen „Donaureise“ bald bekannt. Die Zeitungen brachten Abdrucke, die kaiserliche Akademie der Wissenschaften machte Rudolf zu ihrem Ehrenmitglied, die Universität Budapest zum Ehrendoktor. Die Freude der Wissenschafter, im Kronprinzen und zukünftigen Kaiser einen begeisterten Naturwissenschafter aufwachsen zu sehen, war unübersehbar.

Wien, Wiener Stadt- und Landesbibliothek, Inv.-Nr. A 14.388 B. H.

17.55 **Orientreisen**

Vor seiner Heirat mit Prinzessin Stephanie von Belgien durfte der Kronprinz 1880 eine Reise ins Heilige Land und nach Ägypten machen. Die

Reise sollte seinen Glauben stärken, war aber gleichzeitig eine Jagdreise. Rudolf schrieb über diese Reise sein berühmtestes, über vierhundert Seiten starkes Buch „Eine Orientreise", das in zahlreichen Ausgaben vorliegt.

Wien, Brigitte Hamann B. H.

17.56 **Festsetzung des Termins der Eidesleistung für Graf Joseph Latour**

Papier; H. = 21 cm, B. = 26 cm

Im Familienbesitz erhalten geblieben ist der Brief der Kaiserin, in dem sie ultimative Forderungen bezüglich der Erziehung ihrer Kinder stellt: *Ich wünsche, daß mir vorbehalten bleibe unumschränkte Vollmacht in allem, was die Kinder betrifft, die Wahl ihrer Umgebung, den Ort ihres Aufenthaltes, die komplette Leitung ihrer Erziehung, mit einem Wort, alles bleibt mir ganz allein zu bestimmen, bis zum Moment der Volljährigkeit. Ferner wünsche ich, daß, was immer meine persönlichen Angelegenheiten betrifft, wie unter anderem die Wahl meiner Umgebung, den Ort meines Aufenthaltes, alle Änderungen im Haus etc. etc. mir allein zu bestimmen vorbehalten bleibt. Elisabeth, Ischl, 24. August 1865.*
Anlaß für diesen Brief war das Fiasko der allzu strengen militärischen Erziehung des Kronprinzen. Der Siebenjährige war durch das strenge Regiment derartig verschreckt, verschüchtert und außerdem schwer krank, daß man für sein Leben fürchten mußte. Kaiser Franz Joseph ging in dieser Situation auf die Forderungen Elisabeths ein: Rudolfs Erziehung wurde nun dem Vertrauten der Kaiserin, Joseph Latour von Thurmburg, übertragen mit dem eindeutigen Auftrag, den Kronprinzen im liberalen Geist zu erziehen. Der bisherige Erzieher, Graf Leopold von Gondrecourt, der das besondere Vertrauen des Kaisers und der Erzherzogin Sophie hatte, wurde abberufen. Die Grundlage für eine betont liberal-bürgerliche Erziehung des Kronprinzen war hiermit gelegt.

Wien, Privatbesitz B. H.

17.57 **Revue am Campo Marte bei Verona**

X. Friedberg; 1862
Öl auf Leinwand; H. = 81 cm, B. = 105 cm

Kaiser Franz Joseph wollte den Kronprinzen vor allem zu einem guten Soldaten machen. Von klein auf nahm er ihn auf Truppenparaden mit, so hier den Dreijährigen zu einer Parade in Venetien.

Privatbesitz B. H.

17.58 **Kronprinz Rudolf – Photographien**

Der Kronprinz in verschiedenen Lebensaltern von Kindheit an in Uniform. Kaiser Franz Joseph hatte ihn ja schon am ersten Lebenstag zum Oberst der Armee ernannt.

Wien, Brigitte Hamann B. H.

17.59 **Ponywagen in Form einer Kalesche**

Der offene Kinderwagen trägt das Monogramm der Erzherzogin Gisela, wurde also wohl um 1858/59 angefertigt. Die Kinderwagen des Hofes wurden nicht nur in Schönbrunn, sondern auch bei Sommeraufenthalten z. B. in Reichenau an der Rax, Bad-Ischl verwendet.

Wien, Kunsthistorisches Museum, Wagenburg, Inv.-Nr. W 70 G. K.

17.60 **Kronprinz Rudolf und Erzherzogin Gisela in ihrem Pony-Kutschierwagen** Abb.

Photographie

Privatbesitz

17.61 **Kaiserin Elisabeth mit verschlungenem Haar**

E. Riegele nach Franz Xaver Winterhalter; 1923 (1864)
Öl auf Leinwand; H. = 101 cm, B. = 77 cm

Kaiser Franz Joseph beauftragte Winterhalter nicht nur mit den beiden offiziellen Porträts (vgl. Kat.-Nr. 17.72 und 17.73), sondern auch mit zwei rein privaten Porträts der Kaiserin, deren Porträtähnlichkeit er in einem Schreiben an Erzherzogin Sophie besonders rühmt: *Auch die zwei Bilder, die er von Sisi machte, sind ganz charmant geworden und sind die ersten ähnlichen Porträts von ihr.*
Auf beiden Bildern ist die Kaiserin im Negligée. Das Bild, auf dem sie die Haare auf der Brust verschlungen hat, war Franz Josephs Lieblingsbild. Es hing zeit seines Lebens über seinem Schreibtisch in der Hofburg.

Regensburg, Fürst Thurn und Taxis Kunstsammlungen, Schloß St. Emmeram Inv.-Nr. 499 B. H.

Kat.-Nr. 17.60

17.62 **Kaiserin Elisabeth mit aufgelöstem Haar**

Franz Xaver Winterhalter; 1864
Öl auf Leinwand; H. = 158 cm, B. = 117 cm

Siehe Kat.-Nr. 17.61

Wien, Kunsthistorisches Museum (derzeit in den Schauräumen der Hofburg), Inv.-Nr. 9142 B. H.

17.63 **Bildnisbüste der Herzogin Elisabeth in Bayern**

Anton Dominik Fernkorn; 1845
Holz mit Spuren von Bemalung und Schellacküberzug; H. = 33 cm

Mit diesem Porträt der achtjährigen Prinzessin, das zu den ersten selbständigen Werken des Künstlers zählt, erwies sich Anton Dominik (Ritter von) Fernkorn (1813–1878) als unkonventioneller Realist mit einer Vorliebe für formale Auflockerung. Trotz seiner Münchner Ausbildung folgte er hier nicht dem schmiegsamen Ideal der Isarstadt, sondern schloß an Schadow und Rauch an. Mehr vom Handwerk als von der akademischen Kunstübung her kommend, war Fernkorn 1840 nach Wien gewechselt und trat ab der Mitte des Jahrzehnts allmählich mit selbständigen Schöpfungen hervor.

Lit.: *Aurenhammer, Hans,* Anton Dominik Fernkorn, Wien 1959, S. 11f. und 39, Nr. 3, Abb. 18.

Wien, Bundesmobilienverwaltung, V. f. k. 142
W. Kr.

17.64 **Schönheitenalbum**

Photokopien
1861/62, während der akuten Ehekrise und ihres Aufenthaltes auf Madeira, in Venedig und auf Korfu, betätigte sich die gelangweilte Kaiserin als Photosammlerin. Sie sammelte Photos ihrer Familie, aber auch der politischen Größen ihrer Zeit, der Souveräne (bis zur Kaiserin von Tahiti), der Opernsänger und Burgschauspieler. Eine Besonderheit der über zweitausend Photos aus diesen beiden Jahren stellt das „Schönheitenalbum“ dar, eine Sammlung von Photos schöner Frauen aus aller Welt, die österreichische Diplomaten der Kaiserin auf ihren Wunsch schickten. Elisabeth imitierte mit dieser, damals hochmodernen Photosammlung die Schönheitengalerie ihres Onkels,

König Ludwigs I. von Bayern, die dieser (allerdings mit Gemälden) in Schloß Nymphenburg zusammenstellte. Ludwig wie Elisabeth legten keinerlei Wert auf aristokratische Abstammung der Schönheiten. Beide Sammlungen sind bunte Mischungen von Gesellschaftsdamen neben Kammerzofen und Zirkusakrobatinnen.

Hamburg, Privatbesitz B. H.

17.65 **Kaiserin Elisabeth**

Ludwig Angerer; um 1860
6 Visitbilder im Oval, Abzüge auf Albuminpapier

Ludwig Angerer war der bevorzugte Photograph der kaiserlichen Familie.

Wien, Sammlungen der Höheren Graphischen Bundes-Lehr- und Versuchsanstalt M. K.

17.66 **Schönheitenrezepte**

Elisabeth legte keinerlei Wert auf Schminke oder Parfum, sondern bemühte sich, eine „natürliche" Schönheit zu sein mit schlanker biegsamer Gestalt, reinem Teint und – vor allem: ihrer legendären Haarpracht. Ihre Schönheitsmittel bestanden vor allem aus aufwendigen Bädern und Pflegecremes, deren Rezepte in der kaiserlichen Hofapotheke hinterlegt waren; hier z. B. ein Molkebad, dessen Basis nach den Anweisungen von Elisabeths Vorleserin und Freundin Ida Ferenczy folgendermaßen vorzubereiten war:
*Frische warme Milch wird bei 28° Reaumur in 20 Minuten mittels Kälbermägen dick gelegt. Ist die Milch dick geworden, wird diese langsam gerührt, unter gleichzeitigem Erwärmen bis auf 38° Reaumur. Nach circa 20 Minuten sind die Käsekörner von ungefähr Erbsengröße etwas fest geworden. Jetzt läßt man das ganze ruhig stehen, bis sich der Käse auf den Boden gesetzt hat. Dann bringt man denselben heraus, und die Flüssigkeit wird bei mäßigem Feuer auf 90° Celsius erhitzt und mit verdünnter Milchsäure behandelt, bis sich das Albumin in Flocken ausscheidet. Nun läßt man noch 15 Minuten kochen und filtriert das ganze.*

Wien, Haus-, Hof- und Staatsarchiv, Hofapotheke, Bd. 55, S. 130 B. H.

17.67 **Wiegebuch**

Kaiserin Elisabeth galt als eine der schönsten Frauen ihrer Zeit. Sie betrieb einen wahren Kult mit dieser Schönheit und marterte sich Jahrzehnte mit Schlankheitsdiäten, stundenlanger schwerer Gymnastik, Fechten, Schwimmen, Reiten und Wandern. Sie schaffte es auf diese Art, ihre mädchenhaft-schlanke Figur bis an ihr Lebensende zu bewahren.
Dreimal täglich ließ sich Kaiserin Elisabeth auf einer Dezimalwaage wiegen und reduzierte sofort ihr ohnehin schon karges Essen, wenn sie zugenommen hatte. Zeitlebens hielt sie ihr Gewicht von rund 50 Kilo bei einer Größe von 172. Auch ihre Maße kontrollierte sie regelmäßig und führte Buch darüber, wie man an diesem „Wiegebuch" sieht.

Wien, Privatbesitz B. H.

17.68 **Schuhleisten**

Dieser Schuhleisten der Kaiserin hat sich im Nachlaß der Fürstin Helene von Thurn und Taxis, Elisabeths ältester Schwester, erhalten. Er zeigt, daß die feenhafte Schönheit „Sisi" auf recht großem Fuß lebte, was ihren ausgedehnten Bergtouren zugute kam.

Regensburg, Fürst Thurn und Taxis B. H.

17.69 **Fächer**

a. Hellblauer Fächer mit Elfenbeingriff
L. = 27 cm
b. Roter Spitzenfächer
L. = 34 cm
c. Sportfächer
L. = 34 cm

Elisabeth verwendete nicht nur selbst Fächer gerne, sie war auch eine begeisterte Sammlerin. So haben sich zahlreiche Fächer aus ihrem Besitz erhalten, solche, die sie selbst benutzte und solche, die sie zumeist geschenkt erhielt.

Privatbesitz E. V.

17.70 **Taschentücher aus dem Besitz der Kaiserin**

Privatbesitz

17.71 **Knopf mit Monogramm E**

Privatbesitz

17.72 **Kaiser Franz Joseph I.**

Franz Xaver Winterhalter; 1865
Öl auf Leinwand; H. = 255 cm, B. = 155 cm

1864 kam der damals weltberühmte Hofmaler Winterhalter (1805–1873) aus Paris nach Wien, um hier die Reichsten und Vornehmsten zu porträtieren, um selbst für höfische Verhältnisse horrende Honorare. Er malte die Mutter des Kaisers, Erzherzogin Sophie, dann den jüngeren Bruder des Kaisers, Erzherzog Ferdinand Maximilian und dessen Gemahlin Charlotte (vor deren Abfahrt nach Mexiko) und selbstverständlich das Kaiserpaar. Hier die beiden offiziellen Gemälde des Kaiserpaares in Hofgala.

Wien, Kunsthistorisches Museum (derzeit in den Schauräumen der Hofburg), Inv.-Nr. 7098 B. H.

17.73 **Kaiserin Elisabeth**

Franz Xaver Winterhalter; 1865
Öl auf Leinwand; H. = 255 cm, B. = 155 cm

Die Kaiserin trägt im Haar die von J. H. Köchert entworfenen und angefertigten Diamantsterne (vgl. Kat.-Nr. 28.47.1).

Wien, Kunsthistorisches Museum (derzeit in den Schauräumen der Hofburg), Inv.-Nr. 7099 E. V.

17.74 **Bildnisbüste Kaiser Franz Josephs I.**

Anton Dominik Fernkorn; 1853
Bronze; H. = 62 cm

Fernkorn ist als Erzgießer für die österreichische Plastik ebenso wichtig wie als Bildhauer. Die Bevorzugung des Metallgusses als Material ermöglichte eine direktere Umsetzung des Modells als der Stein in der Regel erlaubte. Trotz des klassizistischen Imperatorentypus – Anlaß und ursprüngliche Bestimmung sind nicht bekannt – schlägt der Realismus auch hier kräftig durch und äußert sich in den bewußten Unregelmäßigkeiten ebenso wie in der leichten Bewegung und dem willensbetonten Ausdruck. Gleichzeitig kommt hier das monumentale Talent zum Tragen, das der Künstler gleichzeitig und nachfolgend in seinen großen Denkmälern entwickelte.
Die herrscherliche Auffassung des Porträts vertritt in sehr typischer Weise die Zeit des Neoabsolutismus.

Lit.: *Aurenhammer, Hans,* Anton Dominik Fernkorn, Wien 1959, S. 15 und 51, Nr. 44, Abb. 26 und 28.

Wien, Österreichische Galerie, Inv.-Nr. 5512
W. Kr.

17.75 **Die männlichen Mitglieder des Hauses Habsburg-Lothringen**

Vinzenz Katzler; um 1863
Lithographie; H. = 46 cm, B. = 64 cm

Sämtliche Erzherzöge, vom ältesten bis zum jüngsten, dem damals knapp fünfjährigen Kronprinzen Rudolf, sind in Offiziersuniform. In der Mitte des Bildes Kaiser Franz Joseph mit dem Kronprinzen, rechts neben dem Kaiser der nächstjüngere Bruder Erzherzog Ferdinand Max, der spätere Kaiser von Mexiko, links die beiden jüngeren Brüder Carl Ludwig (der Vater der späteren Thronfolgers Franz Ferdinand) und Ludwig Viktor.
Die beiden älteren Erzherzöge, die diese innere Gruppe flankieren, sind links der frühere Kaiser Ferdinand (der in Prag lebte und seit seiner Abdankung nie mehr nach Wien kam. Dieses Bild ist ja nicht nach der Natur gezeichnet, sondern konstruiert). Rechts der Vater des Kaisers und Bruder Kaiser Ferdinands, Erzherzog Franz Karl. Ein weiterer Bruder ist Erzherzog Ludwig (der fünfte von rechts).
Hervorgehoben aus der Vielzahl der Erzherzöge sind noch die beiden Brüder Erzherzog Albrecht und Wilhelm vorne links. Albrecht war die „graue Eminenz“ am Habsburgerhof, Generalinspekteur und Reformator des Heeres, sein jüngerer Bruder Wilhelm (mit dem Kreuz des Deutschen Ordens an der Brust) hatte wegen seines Amtes als Großmeister des Deutschen Ordens eine Sonderstellung inne.
Rechts vorne Erzherzog Rainer, erster Ministerpräsident in der Verfassungsära. Die anderen Erzherzöge, meist Mitglieder des Hauses Toskana, waren in der Rangfolge des Erzhauses weniger wichtig und bilden Staffage. Zweiter von rechts, sehr im Hintergrund stehend, ist der frühere Palatin von Ungarn, Erzherzog Stephan Viktor, der seit 1848 in der Verbannung in Deutschland lebte.

Wien, Brigitte Hamann B. H.

17.76 **Erzherzog Ferdinand Maximilian**

vor 1864
Öl auf Leinwand; H. = 73,3 cm, B. = 59 cm

Der jüngere Bruder Franz Josephs (geb. 6. Juli 1832) wurde 1854 zum Kommandant der österreichischen Marine ernannt, 1857 zum Generalgouverneur der Lombardei und von Venetien. Auf Betreiben Napoleons III. übernimmt er das Angebot einer Minderheit, den Thron Mexikos zu besteigen. 1866 ziehen die Franzosen ihre Truppen ab; Maximilian führt von da an einen aussichtslosen Kampf gegen die Truppen des republikanischen Präsidenten Juarez. Nachdem die Hauptstadt verloren gegangen war, zog er sich in die Bergstadt Querétaro zurück. Dort wird er gefangengenommen, von einem Kriegsgericht verurteilt und am 19. Juni 1867 erschossen.
Das ausgestellte Porträt zeigt ihn als Vizeadmiral der österreichischen Marine.

Wien, Heeresgeschichtliches Museum, Inv.-Nr. BI 27.599 E. V.

17.77 **Abschied in Miramare**

Sensig nach Cesare dell'Acqua
Öl auf Leinwand; H. = 125 cm, B. = 181 cm

Ab 1854, nach seiner Ernennung zum Oberkommandierenden der Marine lebte Maximilian hauptsächlich in Triest. Hier baute er sich sein Traumschloß am Meer: Miramare. Selbst als er schon Kaiser von Mexiko war, ließ er an diesem Schloß weiterbauen, das viele mexikanische Bezüge aufweist. In Miramare unterschrieb Maximilian nach langen erbitterten Kämpfen mit seinem kaiserlichen Bruder die Verzichtsurkunde auf seine Rechte als Habsburger, vor allem auf seine Nachfolgerechte auf den österreichischen Thron. Von hier aus fuhr er, weinend und krank, am 14. April 1864 als Kaiser von Mexiko seinem Schicksal in Übersee entgegen.

Privatbesitz B. H.

17.78 **Erzherzog Ferdinand Maximilian, Immortellen aus der Kaisergruft**

Leipzig 1868

Ferdinand Maximilian war eine poetische, schwärmerische Natur – einer der grundlegenden Gegensätze zu seinem um zwei Jahre älteren, nüchternen Bruder Franz Joseph. Hunderte von Gedichten aus Maximilians Feder sind im Druck erschienen und wurden auch in zeitgenössischen Zeitschriften ausgiebig zitiert. Sie zeigen großen Natursinn, Begeisterung für die Künste und eine tiefe Heimatliebe. Die großen schriftstellerischen Erfolge Maximilians regten später auch Kronprinz Rudolf und Kaiserin Elisabeth zur intensiven schriftstellerischen Arbeit an – sicherlich auch ein Ausdruck von Oppositionsgeist gegen das allzu nüchterne, allzu militärische und allzu phantasiearme Auftreten Kaiser Franz Josephs.

Wien, Österreichische Nationalbibliothek, Inv.-Nr. 182.166-D B. H.

17.79 **Gesammelte Werke Erzherzog Ferdinand Maximilians**

In sieben Bänden ließ Ferdinand Max seine Werke drucken, die in mehreren verschiedenen Ausgaben vorliegen (hier die Ausgabe in drei Bänden, die nach Maximilians Tod erschien und großen Erfolg hatte). Die Werke umfassen Reiseskizzen aus Italien (Band 1), Andalusien und Granada (Band 2), Sizilien, den Balearen, Valencia und Mucia, Lissabon und Madeira (Band 3), aus Galloafrika und Albanien (Band 4), Reiseskizzen „Über die Linie", von Maximilians Seefahrt nach Brasilien 1860 (Band 5 und 6 sowie erster Teil des 7. Bandes), schließlich Aphorismen und Gedichte (Band 7).

Wien, Brigitte Hamann B. H.

17.80 **Fernrohr und nautisches Besteck aus dem Besitz Kaiser Maximilians**

Erzherzog Ferdinand Maximilian zeigte von Kindheit an eine große Begeisterung für die Seefahrt. Als 18jähriger trat er 1851 als Fregattenleutnant in den Dienst der österreichischen Kriegsmarine, stieg rasch in der Hierarchie auf und wurde 1854 zum Konteradmiral und Kommandanten der Marine ernannt. In der bisher vernachlässigten Marine setzte er Reformen und Verstärkungen durch (die letztlich den großen Seesieg 1866 bei Lissa ermöglichten), legte aber besonderen Wert auf wissenschaftliche und handelspolitische Expeditionen. So sandte er die Fregatte „Novara" auf ihre berühmte Weltumseglung und die „Carolina" nach Westafrika und Südamerika. Als er vor seiner Heirat 1857 zum Generalgouverneur von Lombardei-Venetien ernannt wurde, behielt er das Marinekommando bei. Er legte es erst nieder, als er im April 1864 die Krone Mexikos annahm. Mit der „Novara" fuhr das neue Kaiserpaar von Triest nach Veracruz. Auf der „Novara" kehrte die Leiche Maximilians dreieinhalb Jahre später in die Heimat zurück.

Wien, Österreichische Nationalbibliothek, Porträtsammlung, Inv.-Nr. FKB TD 55136 und 55751 B. H.

17.81 **Helm der mexikanischen Leibgarde**

Metall und Bronze vergoldet; H. = 35,2 cm

Obwohl Maximilian sich in Österreich sehr viel darauf zugute hielt, im Gegensatz zu seinem Bruder liberale Ansichten zu vertreten, stattete er sein mexikanisches Kaiserreich mit großem monarchischen Prunk aus: prächtig gestickten Lakaienuniformen, luxuriösen Wagen und einem kaum weniger komplizierten Hofzeremoniell als dem österreichischen. Er finanzierte dies alles aus dem Erlös einer französischen Anleihe, die ihm Kaiser Napoleon III. bei der Kronannahme zugesagt hatte. Allerdings war die kaiserliche Pracht nur kurz: das Geld war bald ausgegeben, vor allem durch die ständigen Kämpfe gegen die republikanischen Guerilleros. Bittere Not und Geldknappheit, der Verlust seiner Ideale und die Einsicht, dem Land Mexiko nicht den kaiserlichen Frieden, sondern neuerlichen Krieg gebracht zu haben, kennzeichneten das letzte Lebensjahr Kaiser Maximilians vor seinem gewaltsamen Ende in Queretaro.

Wien, Bundesmobilienverwaltung, Inv.-Nr. Td 55229 B. H.

17.82 **Verleihung des Ordens Imperial da Guadelupe durch Kaiser Maximilian von Mexiko an Peter W. Fr. Voigtländer**

Mexiko, 1865 Juli 16
Papier; H. = 26,3 cm, B. = 42,4 cm

Braunschweig, Stadtarchiv, Inv.-Nr. G IX/45, Nr. 81 H. K.

17.83 **Erzherzog Franz Joseph am Totenbett Kaiser Franz I.** Farbabb. 20

Lithographie; H. = 60 cm, B. = 64 cm

Auf Anraten seiner Mutter Erzherzogin Sophie stellte sich der junge Franz Joseph sehr bewußt in die direkte Nachfolge seines Großvaters, Kaiser Franz I., so als könne er hiermit den Niedergang der kaiserlichen Autorität unter seinem physisch und psychisch kranken Onkel Kaiser Ferdinand vergessen machen.

Wien, Privatbesitz B. H.

17.84 **Feuertaufe in Sta. Lucia**

„Franz Josephs Feuertaufe bei Santa Lucia" ist in vielen Variationen von Malern und Zeichnern gepriesen worden und brachte dem 18jährigen Thronfolger beträchtliche Propagandawirkung ein. Begeistert von den Kämpfen Radetzkys in Oberitalien, machte sich der junge Erzherzog Ende April 1848 auf den Weg ins Hauptquartier des Feldmarschalls nach Verona und bestand, trotz vieler berechtigter Einwände Radetzkys, darauf, an den Gefechten teilzunehmen. Er erlebte am 6. Mai 1848 als (sorgfältig gehüteter) Beobachter das Gefecht bei Sta. Lucia bei Verona mit und berichtete stolz seiner Mutter: *Ich habe zum ersten Mal die Kanonenkugeln um mich pfeifen gehört und bin ganz glücklich.*

Wien, Österreichische Nationalbibliothek, Porträtsammlung, Inv.-Nr. Pk 2598/190 B. H.

17.85 **Franz Joseph wird zum Thron geleitet**

Leopold Kupelwieser
Aquarell; H. = 26,5 cm, B. = 35 cm

Kaiserin Marianne, die Gemahlin Kaiser Ferdinands „des Gütigen", und Erzherzogin Sophie geleiten den achtzehnjährigen Franz Joseph am 2. Dezember 1848 zum Thron – eine unhistorische, allegorische Darstellung, die die wahren Kräfteverhältnisse dieser Zeit allerdings gut wiedergibt. Denn die beiden Damen waren wirklich ausschlaggebend dafür, daß ihre Ehemänner, Kaiser Ferdinand und sein jüngerer Bruder Franz Carl, zugunsten Franz Josephs auf den Thron verzichteten. Die siegreichen Generäle bei der Niederschlagung der Revolution 1848 werden als Stütze des Thrones und als Garant für Sicherheit und Ordnung hervorgehoben: Alfred Fürst Windischgrätz, Joseph Graf Radetzky und Joseph Graf Jellačič.

Wien, Österreichische Nationalbibliothek, Porträtsammlung, Inv.-Nr. Pk 3050, 42 B. H.

**17.86 Kaiser Franz Joseph bestätigt die Reichsverfassung**

Die „Märzverfassung" von 1849 war von Justizminister Alexander Bach streng zentralistisch ausgearbeitet. Der junge Kaiser verkündete sie zwar, verwirklichte sie aber keineswegs. Diese „oktroyierte" Verfassung diente hauptsächlich dazu, der in Kremsier ausgearbeiteten föderalistischen Verfassung zuvorzukommen. Der Reichstag von Kremsier wurde mit Militärgewalt aufgelöst. Die „Märzverfassung" bestand offiziell bis Ende 1851, als Franz Joseph die absolute Monarchie wiederherstellte. Sein 1848 gegebenes Versprechen, dem Volk eine Verfassung zu geben, hielt er also nicht ein.

Wien, Österreichische Nationalbibliothek, Porträtsammlung, Inv.-Nr. Pg 9054/1 B. H.

**17.87 Vorstellung des ersten Kabinettes**

Lithographie nach Gause

Nach der Abdankung Kaiser Ferdinands und der Thronbesteigung des 18jährigen Franz Joseph stellt Ministerpräsident Felix Schwarzenberg in Olmütz dem jungen Kaiser das Kabinett vor.

Wien, Brigitte Hamann B. H.

**17.88 Viribus unitis**

Joseph von Führich; um 1849
Bleistift; H. = 49,4 cm, B. = 38,5 cm

Der Wahlspruch Kaiser Franz Josephs geht auf Joseph von Bergmann zurück, einen Lehrer Erzherzog Albrechts. Zum ersten Mal wurde er im Manifest vom 4. März 1849 verwendet, in dem der Kaiser die Auflösung des Kremsierer Reichstages verkündete, mit dem Schlußsatz: *Groß ist das Werk, aber gelingen wird es den vereinten Kräften.*
Das Blatt hat sich im Familienbesitz der Nachkommen des Künstlers erhalten. Die allegorische Darstellung des von Franz Joseph angenommenen Wahlspruchs zeigt den jugendlichen Kaiser in Uniform, gestützt auf das Schwert mit zwei Löwen als Trabanten, umgeben von zwei weiblichen Gestalten mit Kreuzstab und Schlüssel einerseits sowie Mauerkrone und Gesetzesbuch („LEX") andererseits. Führich deutet das Motto als Vereinigung von Militär, Kirche und gesetzgebender Staatsgewalt in eher subjektiver Weise.

Lit.: *Rittinger, Bernhard,* Der junge Kaiser Franz Joseph I. in Bildern von Josef Führich, in: Mitteilungen der Gesellschaft für vergleichende Kunstforschung, XXXV/1983, Nr. 3, S. 1–5.

Wien, Privatbesitz B. H. / W. Kr.

**17.89 Feierlicher Einzug Feldmarschall Graf Radetzkys in die Wiener Hofburg**

Franz Kollarž; 1849
Lithographie; H. = 51 cm, B. = 60 cm

Die Bedeutung des Feldherrn für die Erhaltung der Monarchie durch die Niederschlagung des Aufstandes in Italien und somit die Sicherung des Thrones für den jungen Kaiser, aber auch die Verehrung desselben für den alten Kämpfer wird in der Lithographie dadurch zum Ausdruck gebracht, daß Kaiser Franz Joseph Graf Radetzky persönlich im Wagen im feierlichen Zug in die Hofburg geleitet.

Wien, Privatbesitz E. V.

**17.90 Vermählung Kaiser Franz Josephs mit Elisabeth Herzogin in Bayern**

Lithographie; H. = 50 cm, B. = 37 cm

Die Vermählung fand am 24. April 1854 in der Augustinerkirche in Wien statt. Die Trauung vollzog der Erzbischof von Wien, Joseph Othmar Rauscher. Der kaiserlichen Braut war zuvor bei ihrer Reise durch die neue Heimat ein triumphaler Empfang bereitet worden. Die Festivitäten anläßlich der Hochzeit dauerten eine Woche.

Wien, Österreichische Nationalbibliothek, Porträtsammlung, Inv.-Nr. Pg 9054/1 (257) E. V.

**17.91 Kaiser Franz Joseph hebt die Kettenstrafe auf**

E. Schott (?)
Öl auf Leinwand; H. = 70 cm, B. = 82 cm

In die Zeit der jungen Ehe des Kaiserpaares fielen einige Milderungen in der Gerichtsbarkeit, so die Abschaffung des Spießrutenlaufens und der Kettenstrafe – Erleichterungen, die man allgemein dem Einfluß der jungen Kaiserin zuschrieb.

Wien, Privatbesitz B. H.

**17.92 Gedenkblatt zum Abschluß des Konkordats**

Lithographie; H. = 68 cm, B. = 44 cm

Das Konkordat bildete den Schlußpunkt unter den Bemühungen des Kaisers, die Kirche als staatstragende Macht in das System des Neoabsolutismus einzubauen. In diesem Dokument manifestiert sich die tiefreligiöse Einstellung des Herrschers, geprägt durch die Erziehung, nicht zuletzt auch durch die Beziehung zu einem seiner ehemaligen Lehrer, Othmar Rauscher, dem Erzbischof von Wien, der Unterhändler bei den Verhandlungen mit dem Heiligen Stuhl war.

Wien, Österreichische Nationalbibliothek, Porträtsammlung, Inv.-Nr. Pk 353/154 E. V.

17.93 **Ankunft Kaiser Franz Josephs in Venedig**

Vinzenz Katzler; 1856
Lithographie; H. = 40 cm, B. = 54 cm

Zur Demonstration der kaiserlichen Herrschaft reiste das junge Paar im Winter 1856/57 in das von Aufständischen beunruhigte Lombardo-Venetien, wohnte vier Monate lang in den alten königlichen Palästen von Mailand und Venedig und entfaltete dort das ganze Gepränge des Hofes und des Militärs. Franz Joseph wies alle Vorschläge von sich, die nach allgemeiner Meinung unhaltbaren italienischen Provinzen durch günstige Verträge oder gar Verkauf abzutreten. Er bestand darauf, die Provinzen mit starker Militärgewalt zu halten – was ihm nicht gelang.

Wien, Österreichische Nationalbibliothek, Porträtsammlung, Inv.-Nr. Pg 9054/1 II (50) B. H.

17.94 **Des Kaisers Stolz**

Lithographie; H. = 38 cm, B. = 44 cm

Nachdem die Kaiserin zwei Töchtern das Leben geschenkt hatte – 1855 Erzherzogin Sophie und 1856 Erzherzogin Gisela, wurde am 21. August 1858 der langersehnte Kronprinz geboren. Die Hoffnungen, die sich an ihn knüpften, kamen allein schon in der Namensgebung zum Ausdruck: Mit dem Namen Rudolf wurde an den Ahnherrn des Hauses Habsburg angeknüpft, der Ottokar von Böhmen im Kampf besiegte und seine Söhne mit Österreich belehnte.

Wien, Österreichische Nationalbibliothek, Porträtsammlung, Inv.-Nr. Pk 3001/270 E. V.

17.95 **An meine Völker**

Kaiserliches Manifest vom 19. April 1859
Druck auf Papier; H. = 58 cm, B. = 45 cm

Auf die Provokationen Piemont-Sardiniens gegen die österreichische Herrschaft in Oberitalien reagierte der damals 28jährige Kaiser mit einem Ultimatum und der Forderung, *die Armee auf den Friedensfuß zu setzen und die Freischaaren zu entlassen.* Dies war das erste Ultimatum, mit dem Franz Joseph einen blutigen, militärisch und politisch wenig vorbereiteten Krieg heraufbeschwor, ganz ähnlich wie später jenes vom Sommer 1914 gegen Serbien. Piemont-Sardinien hatte sich in einem geheimen Bündnis der Unterstützung Frankreichs versichert, lehnte das Ultimatum ab und machte Österreich vor aller Welt zum Kriegsschuldigen. Blutige Schlachten – vor allem jene von Magenta und Solferino – beendeten die Herrschaft Österreichs in der einstmals reichsten Provinz, der Lombardei.

Wien, Wiener Stadt- und Landesbibliothek, Plakatsammlung, Inv.-Nr. C 52538 B. H.

17.96 **Abreise Kaiser Franz Josephs zum Kriegsschauplatz in Italien**

Felix Philipp Kanitz; 1859
Bleistift, laviert; H. = 21,4 cm, B. = 24,2 cm

Nach der katastrophalen Niederlage von Magenta gegen die verbündeten Piemontesen und Franzosen war die verzweifelte Lage Österreichs offenbar. Franz Joseph, der darauf pochte, für eine *gerechte Sache gegen Infamie und Verrat* zu kämpfen, erkannte den Ernst der Lage und versuchte sie durch seine persönliche Anwesenheit am Kriegsschauplatz zu verbessern. Dieser Entschluß entsprang einer militärischen Romantik des jungen Kaisers (der jedoch keineswegs die Fähigkeiten und die nötigen Erfahrungen eines Generalissimus hatte), bedeutete aber durch die Abwesenheit von Wien eine gefährliche Unterbrechung der diplomatischen und politischen Verhandlungen. Franz Joseph mußte die Folgen der großen Niederlage von Solferino voll auskosten: *Ich bin um viele Erfahrungen reicher geworden und habe das Gefühl eines geschlagenen Generals kennengelernt.* Nie vorher oder nachher war der Kaiser bei der Bevölkerung so unbeliebt wie in dieser Zeit.

Wien, Historisches Museum der Stadt Wien, Inv.-Nr. 169.748 B. H.

17.97 **Kaiser Franz Joseph im Kreise der deutschen Fürsten**

J. Albert; 1863
Photographie; H. = 27 cm, B. = 30 cm

Mit der Einberufung der deutschen Fürsten zum Frankfurter Fürstentag 1863 versuchte Franz Joseph seine Position innerhalb Deutschlands zu behaupten und auszubauen. Mit seinen Reformplänen für den Deutschen Bund scheiterte er aber am Widerstand Preußens, dessen König auf Anraten Staatskanzler Bismarcks der Bundesversammlung fern blieb.

Wien, Österreichische Nationalbibliothek, Porträtsammlung, Inv.-Nr. Pg Grp 220 B. H.

17.98 **Der Rückzug in der Schlacht bei Königgrätz**

1866
Lithographie; H. = 50 cm, B. = 66 cm

Die deutsche Frage entschied sich in der Schlacht von Königgrätz am 3. Juli 1866 zugunsten Preußens und zuungunsten Österreichs. Die schwere Niederlage brachte große politische Umwälzungen auch im Inneren Österreichs mit sich: den Ausgleich mit Ungarn, eine liberale Verfassung sowohl für Ungarn wie auch für Cisleithanien. Die kaiserliche Gewalt war gemindert, die Zeit des Neoabsolutismus endgültig beendet.

Wien, Heeresgeschichtliches Museum, Inv.-Nr. BI 15834 B. H.

17.99 **Die Taufe der ungarischen Königstochter**

Lithographie; H. = 46,5 cm, B. = 67 cm

Zehn Monate nach der Krönung zum ungarischen König, der Manifestation des geschlossenen Ausgleiches, brachte Elisabeth in Budapest ihr viertes Kind zur Welt, Erzherzogin Marie Valerie. Die Taufe in der Burg zu Ofen wurde zu einer großen ungarischen Feier und gleichzeitig zu einer Demonstration der Vorliebe der Kaiserin für „ihre Ungarn".

Wien, Österreichische Nationalbibliothek, Porträtsammlung, PK 272/120 E. V.

17.100 **Entwurf für Altar-Triptychon zur Silberhochzeit** Farbabb. 51

Hans Canon; 1879
Öl auf Leinwand; H. = 61 cm, B. = 74 cm

Die Kinder des kaiserlichen Paares stifteten aus Anlaß dieses Jubiläums einen Altar in die Kammerkapelle der Hofburg.

Wien, Privatbesitz E. V.

17.101 **Stockuhr**

Mitte 19. Jahrhundert
H. = 69 cm, B. = 38 cm

Schwarz poliertes Holzgehäuse mit weißen Alabastersäulen und vergoldeten Kapitellen; Adlerbekrönung und Alabasterverzierung sowie vergoldete Holzfiguren. Über weißem Emailzifferblatt halbrunde Verglasung mit Stahlstichen von Kaiser Franz Joseph und Elisabeth aus Anlaß der Vermählung; am Sockel Darstellung eines Raddampfers. Derartige Gehäuse wurden gelegentlich zu großen Staatsanlässen hergestellt.

Privatbesitz H. K.

17.102 **Erzherzogstandarte**

(im Stiegenhaus ausgestellt)

Privatbesitz

## 18. ADELIGES AMUSEMENT

### 18.1 Königliche Parforcejagd

Wilhelm Richter; 1872
Öl auf Leinwand; H. = 141,5 cm, B. = 254 cm

Das Gemälde stammt aus der königlichen Burg. Rechts von der Königin können folgende Personen identifiziert werden: Lord Buchanan, Graf Gyula Andrássy, Graf István Keglevich, Graf Aurél Dessewffy. Die stehenden bzw. sitzenden Personen sind: Leopold, Herzog von Bayern, Graf Miklós József Esterházy, Baron Béla Wenckheim, Dénes Pázmándy, Ferenc Tihanyi, Miklós Jankovich, Nándor Éber, Baron József Radics. Hinter dem König Holmes, Stallmeister der Königin, dahinter Graf Tasziló Festetich, Graf Pál Festetich, Lajos Tisza, Graf István Károlyi. Hinter ihnen die Begleitung des Prinzen Alexander von Liechtenstein. Neben dem Baum Elemér Batthány, J. Harkányi, Lajos Simonyi, Ernő, Blaskovics, Géza Rohonczy, Graf Iván Szapáry, Graf Béla Keglevich, Graf Imre Szapáry, Herzog Czetwertinsky, Graf István Sztáray, Graf Géza Szapáry und das kleine Mädchen: Mici von Van-Son.

Lit.: *Rózsa, G.*, Die schönsten Gemälde der Historischen Bildergalerie des Ungarischen Nationalmuseums, Budapest 1977, Nr. 49.

Budapest, Magyar Nemzeti Muzeum, Historische Bildergalerie, Inv.-Nr. 1897 G. R.

### 18.2 Wettrennen im Kaisergarten

Druck auf Papier

Im Mai 1843 fand im Kaisergarten ein Wettrennen statt, das die adelige Jugend des Hofes veranstaltete. Auf der Liste finden wir etwa als Teilnehmer des ersten Rennens *Richard Metternich. Franz Joseph. Féri Erdödy. Heinrich Salis,* oder im dritten Rennen *Ferdinand Max. Thomas Erdödy. Rudolph Falkenhayn. Carl Bombelles.*

Wien, Haus-, Hof- und Staatsarchiv, Nachlaß Maximilian, Karton 79, fol. 17 B. H. / E. V.

### 18.3 Gedicht Franz Josephs über eine „Steeple Chase", 1843

*Auf die Wurst, die dreisitzige*
*Springt Fürst Paul der vorwitzige,*
*Und Graf Rudi mit dem weiten Machintosch,*
*Dem sein Springergeist erlosch,*
*Denn er war der letzte fast,*
*Als man überspringet den entscheidend Ast.*
*Auch Karli der schöne Jokey,*
*Der aussieht wie ein Papagei,*
*Und Eduard mit der roten Kolatschen,*
*Der sich beschmutzt, als sie im Kote platschten . . .*

Wien, Haus-, Hof- und Staatsarchiv, Nachlaß Maximilian, Karton 98, fol. 13–19 B. H.

### 18.4 Kronprinz Rudolf als Artillerieoffizier zu Pferd

Wilhelm Richter; 1876
Öl auf Leinwand; H. = 165 cm, B. = 119,5 cm

Privatbesitz E. V.

### 18.5 Kaiser Franz Joseph auf der Fuchsjagd

Wilhelm Richter; 1875
Öl auf Leinwand; H. = 99 cm, B. = 72 cm

Wien, Bundesmobilienverwaltung, Inv.-Nr. PT 42 E. V.

### 18.6 Reiterkarussell zur Anwesenheit der Majestäten

5. Juni 1854

a. Titelblatt
b. Graf Nostitz als Staatskanzler Kaunitz (Blatt Nr. 9)
c. Prinzessin Auersperg als Marie von Bayern (Blatt Nr. 17) Abb.
d. Schlußaufstellung (Blatt Nr. 25) Abb.

Feste in historischen Kostümen, oft in Form der seit der Barockzeit beliebten Reiterkarussells zählen im 19. Jahrhundert zu den Vergnügungen des Adels und des Hofes. Kurz nach der Hochzeit reiste das Kaiserpaar nach Böhmen und Mähren. Der böhmische Adel veranstaltete in der großen Reitschule des Palais Waldstein ein Pferdekarussell und Festturnier in mittelalterlichen Kostümen nach dem Vorbild der Vermählung der Stammutter aller folgenden Habsburger, der Prinzessin Marie von Bayern, mit Erzherzog Carl von Steiermark im Jahre 1570.

Wien, Österreichische Nationalbibliothek, Porträtsammlung, Inv.-Nr. Pk 189 XLVII E. V.

Kat.-Nr. 18.6.c.

18.7 **Elisabeth zu Pferd vor Possenhofen**

Carl Piloty; 1853
Öl auf Leinwand; H. = 82 cm, B. = 66 cm

Das Bild war das Weihnachtsgeschenk Elisabeths für ihren kaiserlichen Bräutigam im Verlobungsjahr. Es zeigt die fünfzehnjährige Braut vor Schloß Possenhofen, der Sommerresidenz der herzoglichen Familie der Wittelsbacher.

Regensburg, Fürst Thurn und Taxis Kunstsammlungen E. V.

18.8 **Damensattel der Kaiserin Elisabeth**

Casimir Folz, Wien; um 1855

In Form einer englischen Pritsche aus rotem Maroquin, Sitz aus weißem Sämischleder, Steigbügel in Schuhform.

Wien, Kunsthistorisches Museum, Wagenburg, Inv.-Nr. G 297 G. K.

18.9 **Reitgerte der Kaiserin Elisabeth**

Privatbesitz

18.10 **Ausfahrt Kaiser Franz Josephs I. und seiner Braut Elisabeth in Bayern am Verlobungstag in Bad Ischl** Farbabb. 23

Um 1855
Öl auf Leinwand; H. = 90 cm, B. = 110 cm

Das Bild stellt die Ausfahrt des Brautpaares an ihrem Verlobungstag, den 21. August 1853, in einem Gebirgstal bei Bad Ischl, dar. Der Oberstallmeister Graf Grünne kutschiert den „Landschitzer" mit einem Schecken-Sechserzug im Wildgang; damit wird die Bespannung mit zwei Pferden an der Stange und vieren voraus bezeichnet, ein äußerst schwierig zu lenkendes Gespann.

Wien, Kunsthistorisches Museum, Wagenburg, Inv.-Nr. Z 37 G. K.

18.11 **Farbige Ahnentafel des Charles Arthur Philippe Ernest de Hemricourt Comte de Grunne**

Pergament; H. = 61 cm, B. = 79 cm

Diese Ahnenprobe stellt eine Besonderheit dar, denn sie geht bis in die Reihe der 32 Ahnen

Kat.-Nr. 18.6.d.

zurück. Philipp Grünne war der Sohn des Grafen Carl Grünne, der für die frühe Franz-Joseph-Zeit in mancher Hinsicht bedeutsam war: Von 1848 bis 1859 war er Kammervorsteher, dann Generaladjutant des jungen Kaisers und dessen wichtigster militärischer Berater. Nach der Niederlage von Solferino 1859 wurde er auf Drängen der Öffentlichkeit abgesetzt und war bis 1875 Oberststallmeister. Als einer der besten Reiter der Monarchie hatte er ein besonders enges Verhältnis zu der jungen Kaiserin. Wie er selbst, wurde auch sein Sohn Philipp als Ehrenritter in den Deutschen Ritterorden aufgenommen. Diese Ehrenritter waren Mitglieder des 1865 gegründeten Spitalfonds; für die Aufnahme wurden 16 adelige Vorfahren verlangt. Sie unterstützten finanziell den Ausbau der freiwilligen Krankenpflege im Krieg und Frieden.

Wien, Deutschordensarchiv, Ahnentafel Nr. 591 a B. H. / B. D.

### 18.12 Reitlektion

Wilhelm Richter; 1884
Öl auf Leinwand; H. = 63 cm, B. = 79 cm

Dargestellt sind die Erzherzöge Ferdinand, Karl Ludwig und Otto, Erzherzogin Maria Theresia, Gräfin Licky, Graf Brandis, Graf Anton Schönfeld, Graf Karl Coroth und Bereiter Karl Kirchner.

Vaduz, Sammlungen des regierenden Fürsten von Liechtenstein E. V.

### 18.13 Kaiser Franz Joseph auf der Jagd am Offensee

Josef Kriehuber; 1864
Lithographie; H. = 70,4 cm, B. = 84,5 cm

Der Kaiser als Jäger wird ein bestimmendes Bild für den „alten Kaiser". Aber auch bereits zuvor, wie die Korrespondenz mit seinem Sohn Kronprinz Rudolf beweist, war eine seiner wenigen Leidenschaften die Jagd.

Graz, Neue Galerie am Landesmuseum Joanneum, Inv.-Nr. II/18.136 E. V.

### 18.14 Hirschfänger

Wien; um 1870
Wolframstahl (Klinge), Chinasilber (Griff, oxydiert), Lederscheide mit blanken Beschlägen; L. =

45,2 cm (Klinge: 32,2 cm), Breite der Klinge = 4 cm

Diese Prunkwaffe bildete gleichsam ein Werbegeschenk, welches der Erfinder des Wolframstahls, Moritz Aretzberger, Kaiser Franz Joseph widmete und das wohl für Kronprinz Rudolph gedacht war. Der Griff in Gestalt eines Fuchses mit Hut und Jagdtasche (nach Wilhelm von Kaulbachs Illustrationen zu Goethes „Reinecke Fuchs) nimmt das Thema der „Verkehrten Welt" auf.

Lit.: Curiositäten und Inventionen aus Kunst- und Rüstkammer (Ausstellungskatalog), Wien 1978, S. 111.

Wien, Kunsthistorisches Museum, Waffensammlung, Inv. G 627 Ch. B.-Sp.

**18.15 Jagdapotheke Kaiser Franz Josephs**

Privatbesitz

**18.16 Erinnerung an Possenhofen**

Anton Schlögl; 1854
Lithographie; H. = 55,6 cm, B. = 71,5 cm

Die überraschende Verlobung des jungen Kaisers mit der in Wien so gut wie unbekannten bayerischen Prinzessin löste ein starke Nachfrage nach Porträts der zukünftigen Kaiserin aus. Die Romanze wurde phantasievoll ausgeschmückt, wie in der gezeigten Lithographie: das kaiserliche Paar in einem Kahn auf dem Starnberger See, der Vater Elisabeths, Herzog Max in Bayern, auf der Zither spielend, im Hintergrund Schloß Possenhofen.

Wien, Historisches Museum der Stadt Wien, Inv.-Nr. 91.428 E. V.

**18.17 Einzug der kaiserlichen Braut in Wien**

Druck; H. = 34 cm, B. = 52 cm
Beilage zur Theaterzeitung Nr. 14

Krems, Stadtarchiv E. V.

**18.18 Drei Gruppen des kaiserlichen Paares**

Wiener Biskuitporzellan; H. = 23–30 cm

a. Franz Joseph als Jäger, die Kaiserin in Ischler Tracht aus dem Hochzeitsjahr 1854
b. Das kaiserliche Paar im Hochzeitsjahr promenierend
c. Das kaiserliche Paar

Privatbesitz E. V.

**18.19 Kaiserin Elisabeth zu Pferd**

Wiener Porzellanmanufaktur; 1859
Wiener Biskuitporzellan; H. = 30,5 cm

Linz, Oberösterreichisches Landesmuseum, Inv.-Nr. 203

**18.20 Das junge Kaiserpaar** Farbabb. 24

Wiener Porzellanmanufaktur
Porzellanmalerei; H. = 42 cm, B. = 51 cm

Dieses auf Porzellan gemalte Bild gehört zu der Gruppe von Darstellungen, die das Paar knapp vor oder nach der Hochzeit zeigen.

Wien, Bundesmobilienverwaltung, Inv.-Nr. AH 004 E. V.

**18.21 Franz Joseph und Elisabeth in der Kaiserloge des Hofburgtheaters**

Krepp und Bruckl; 1855
Lithographie; H. = 38 cm, B. = 50 cm

Wien, Österreichische Nationalbibliothek, Porträtsammlung, Inv.-Nr. 147A/45.450 E. V.

**18.22 Operngläs Kaiser Franz Josephs I.**

Im schwarzen Samtetui, Initialen F. J. I., darüber kaiserlicher Adler.
Schildpatt, Fa. Plössl & Cie, Wien
Um 1880
L. = 9,5 cm

Privatbesitz H. K.

**18.23 Porträtglas**

K. Pfohl; 1850
H. = 19,5 cm

Privatbesitz

**18.24 Porträtglas**

K. Pfohl; nach 1854
H. = 13,5 cm

Privatbesitz

18.25 **Schreibgarnitur der Kaiserin Elisabeth**

Franz Jauner; 1854

Silber vergoldet, Lapislazulieinlagen

a. Dreiteiliges Tintenfaß
b. Dreiarmiger Leuchter
c. Streusandbehälter
d. Kalenderständer

Die Schreibgarnitur war ein Geschenk anläßlich der Hochzeit.

Wien, Bundesmobilienverwaltung, Inv. L. P.
E. V.

18.26 **Feld-Schreibzeug Kaiser Franz Josephs**

Brauner Lederkoffer; auf dem Deckel ovaler Silberschild mit den Initialen des Kaisers, darüber Kaiserkrone; L. = 35 cm, B. = 13 cm, H. = 7 cm.

Innere Ausstattung: zwei kleine Tintenfäßchen aus Glas für rote und schwarze Tinte in braunem Etui, ein Federhalter aus Holz mit Spitzfeder, ein Graphitbleistift Faber Nr. 2, ein Radiergummi geteilt (mit der Aufschrift „Für Tinte", „Für Bleistift"), ein Tintenreiniger, ein Streusandbehälter mit Lederdeckel und kleinem Löffel, eine silberne Aschenschale mit den Initialen.
Der Kaiser verwendete diese tragbare Schreibgarnitur bei der Teilnahme an Manövern oder sonstigen militärischen Übungen.

Privatbesitz E. V.

18.27 **Visitkarten des Kaisers**

Privatbesitz

18.28 **Zinnteller**

Kein Beschauzeichen, wahrscheinlich österreichisch
Zinn; Dm. = 21,2 cm

Laut einer Überlieferung soll dieser Teller dem Kaiser Franz Joseph bei seiner Ungarnreise im Jahre 1854 von den Eisenstädter Juden als Geschenk überreicht worden sein. Daraus erklären sich der Doppeladler und die kreisrunde Inschrift: *FRANCISCUS JOSEPHUS I. D. G. AuST. IMP. HUNG. BOH. DALM. SLAV. GAL. LOD. REX etc.* mit der Jahreszahl 1854. Der Teller ist flach reliefiert, im waagrechten Rande ist ein hebräischer Name eingraviert.

Wien, Privatbesitz N. V.

18.29 **Pokal (Zuckerdose) und Tablett**

„Mosesstein" (schwarzer Asphalt); H. = 30 cm, B. = 45 cm; Tablett: 39×25 cm

Aus Anlaß der Silberhochzeit Kaiser Franz Josephs wollten die jüdischen Untertanen, die die überwiegende Mehrheit der österr.-ung. Kolonie in Jerusalem bildeten, *dem allerhöchsten Paare ein ehrerbietiges Andenken zu Füßen legen.* Auf den Rat des Konsuls entschlossen sie sich, ein Kaffeeservice, insgesamt 38 Teile umfassend, aus „Mosesstein" anfertigen und durch den Konsul an den Hof in Wien weiterleiten zu lassen.
Der Pokal zeigt das symbolische Bild der Stadt Jerusalem auf der Brust des Doppeladlers und das Kaiserwappen mit dem hebräischen Text: *Franz Joseph der Erste und die große Kaiserin Elisabeth. Ein dauerndes Andenken unserem Herrn, dem mächtigen und gottesfürchtigen Kaiser. – Umschrift des Tabletts: Gesandt von der Gemeinschaft Israels, den aschkenasischen Gemeinden und Schutzgenossen der hohen Regierung in Jerusalem, der hl. Stadt, möge sie wieder erbaut und hergestellt werden! Am Tage der Vollendung des 25. Jahrs der Hochzeit Seiner Majestät. Im Jahre (5)639* (= 1879).

Wien, Museum für Völkerkunde, Inv.-Nr. 12.740
N. V.

18.30 **Kaffeeservice aus dem Besitz Erzherzog Carl Ludwigs**

1865; blaues Porzellan
Bestehend aus Platte, Milchkanne, Kaffeekanne, Zuckerdose mit Deckel, zwei Tassen mit Untertassen; mit Bildnissen Erzherzog Franz (-Ferdinand) und Otto

Schloß Artstetten, Erzherzog Franz Ferdinand Museum E. V.

18.31 **Muschelkästchen**

H. = 14 cm, B. = 46 cm, T. = 23,5 cm

Leopoldine von Nischer, geb. Huber, von den kaiserlichen Kindern liebevoll „Nono" genannt, avancierte von der Kammerdienerin der Erzherzogin Sophie zur Vorsteherin der kaiserlichen Kinderkammer bei den Erzherzoginnen Gisela und Valerie. Kaiserin Elisabeth hatte ein sehr vertrauensvolles Verhältnis zu ihr. Von einem Aufenthalt Elisabeths auf Madeira erhielt Frau von Nischer diese Kassette als Geschenk.

Privatbesitz E. V.

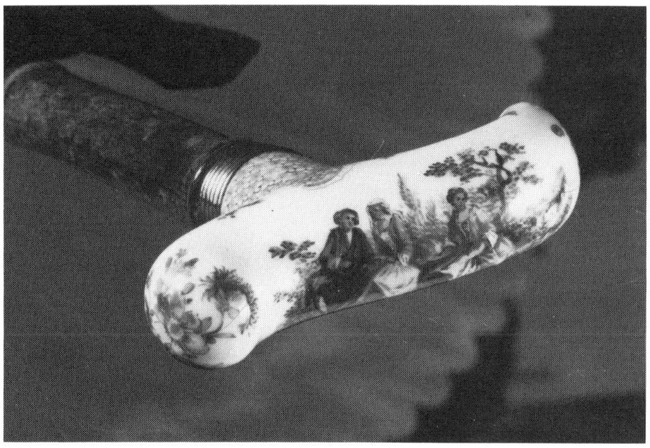

Kat.-Nr. 18.33

18.32 **Aussteuerliste Elisabeths, Herzogin in Bayern**

Die Aussteuerliste weist recht bescheidene Werte auf. Die teuersten Aussteuergegenstände sind Geschenke des Kaisers aus der Verlobungszeit, wie Schmuck, ein Zobelmantel und ähnliches. Alles andere ist offensichtlich eilig zusammengesucht. Hier als Beispiel die letzte Seite: Die zukünftige Kaiserin von Österreich bringt auch drei Paar Gummigaloschen mit nach Wien, zwei Regenschirme und nicht mehr als 2 Fächer.

Wien, Haus-, Hof- und Staatsarchiv, Kais. Haus, Vermählungen, Kt. 28f, XXXIV, 40 a B. H.

18.33 **Sonnenschirm** Abb.

Aus dem Besitz der Kaiserin Elisabeth
Schwarze Spitzen auf heller Unterlage, polychromer Porzellangriff; L. = 90 cm

Küsnacht/Schweiz, „Stiftung für Kunst, Kultur und Geschichte"

18.34 **Zwei Federfächer**

Aus dem Besitz der Kaiserin Elisabeth

Privatbesitz

18.35 **Glacéhandschuhe**

Aus dem Besitz der Kaiserin Elisabeth

Privatbesitz

18.36 **Batisttaschentuch**

Aus dem Besitz der Kaiserin Elisabeth

Privatbesitz

18.37 **Brosche mit Miniaturporträt Kaiser Franz Josephs**

Privatbesitz

18.38 **Reiseservice für Salonwagen der Kaiserin Elisabeth**

Silber; bestehend aus: Beilageschüssel mit Deckel; Sauciere; kleiner runder Teller und kleine eckige Schüssel.

Privatbesitz

**18.39** **Reiseservice der Kaiserin**

a. Sauciere
Mayerhofer, Wien; 1852
Silber, getrieben; H. = 16 cm, B. = 28 cm, T. = 16 cm

b. Platzteller
Mayerhofer; Wien; 1852
Silber getrieben; Dm. = 25,8 cm

c. Teller
Schlaggenwald; 1852
Porzellan, Rand blau-gold, Monogramm: E mit Krone; Dm. = 25 cm

Wien, Bundesmobilienverwaltung E. V.

**18.40** **Kostümgruppe in Rittertracht** Abb. S. 453

1880

Photographie, auf Karton aufgezogen; H. = 16,2 cm, b = 20,5 cm;

Photokopie

Gemäß der Beschriftung auf der Rückseite sind hier um Graf und Gräfin Wurmbrand (in der Mitte hinten) Mitglieder der Familie Breunner versammelt, darunter Victor Erbprinz von Ratibor mit seiner Gemahlin Maria geb. Breunner (links von der Mitte). Die im Hof von Schloß Grafenegg versammelte Gruppe dokumentiert das am 13. Oktober 1880, dem Vorabend der silbernen Hochzeit des Schloßherrn Graf August Johann Breunner abgehaltene Kostümfest.

Schloß Buchberg, Archiv W. Kr.

**18.41** **Programm zu „Lebende Bilder"**

In einer Soirée am 13. März 1852 wurden u. a. „Lebende Bilder" gestellt. Ihnen zugrunde lagen Stoffe wie „Die Schutzfrau", eine alte Ballade oder das Lied „Prinz Eugen". Ausführende waren die Spitzen der adeligen Gesellschaft; wir finden u. a. die Familien Metternich, Kinsky, Wickenburg, Zichy, Hoyos, Batthyany, Auersperg, Windischgrätz etc. vertreten.

Wien, Haus-, Hof- und Staatsarchiv, Nachlaß Maximilian, Karton 98 E. V.

**18.42** **Programm: „Der Wirrwarr" von Kotzebue**

Nicht nur das Stellen „Lebender Bilder" war ein beliebter Zeitvertreib des Adels, auch ganze Theaterstücke wurden aufgeführt; hier z. B. ein Programmzettel aus der Zeit vor 1848. Als Akteure fungieren u. a. Erzherzog Franz Joseph als Fritz Hurlebusch, Graf Carl Bombelles, der Spielgefährte Franz Josephs und spätere Obersthofmeister Kronprinz Rudolfs, als Diener und Erzherzog Carl als Nachtwächter.

Wien, Haus-, Hof- und Staatsarchiv, Nachlaß Maximilian, Karton 98 E. V.

**18.43** **Un Viennois de l'Isère, ou S'gibt nur a Kaiserstadt, s'gibt nur a Wien.**

Revue Féerie Internationale en trois actes, mélée de chant, tableaux et ballet par MM.O. de Bourgoing & R. de Kergorlay. Texte des Couplets allemands par M. Carl Treumann.

Aufgeschlagen: Titelblatt
a. Verzeichnis der Personen
b. Le musicien autrichien – Le Chef de Musique des Gardes de Gerolstein
c. L'Autriche
d. La Hongrie
e. La Styrie
f. Le Club des Patineurs – Le Jockey-Club – Le vieux Casino – Le nouveau Casino – La Chasse de Pardubitz
g. Nena Saïb
h. La grande Duchesse
i. Juliette – Roméo
j. Le Couronnement

Dokumentation eines der berühmten Theaterabende im Wiener Palais Schwarzenberg. Die Aristokraten spielten vor erlesenem Kreis ein wienerisches Stück in französischer Sprache.

Wien, Brigitte Hamann B. H.

# 19. ADELIGE REPRÄSENTATION

## 19.1 Hofzeremoniell

### 19.1.1 Trauermaske und Schleier

Aus schwarzer Seide, Posamentrie-Spitze und Jetperlen.
Maske und Schleier gehören zu einer großen Trauerrobe, die nach der Tradition aus dem Besitz der Kaiserin Caroline Augusta (1792–1873), der vierten Gemahlin Kaiser Franz I., stammt. Da vor allem die Trauerrobe aus modischen Gründen erst aus den Jahren nach 1870 stammen kann, scheint diese Tradition unwahrscheinlich. Möglicherweise stammt das Kleid aus dem Besitz der Kaiserin Elisabeth.

Wien, Kunsthistorisches Museum, Monturdepot, Inv.-Nr. N-CXXII G. K.

### 19.1.2 Zwei Trauerfächer

Aus dem Besitz Kaiserin Elisabeths

Die Hoftrauer-Ordnung regelte die Kleidung bis zur Gestaltung der Accessoires: für die unterschiedlichen Grade der Trauer wurden Fächer in verschiedener Ausführung benötigt.

Privatbesitz E. V.

### 19.1.3 Hoftrauer-Regelung am Kaiserhof

a. *Hofklag-Tragungsverordnung* vom 22. Dezember 1767
Druck auf Papier; H. = 20 cm, B. = 24,5 cm

b. *Hoftrauer-Ordnung* von 1829 (schematischer Vergleich)
Druck auf Papier; H. = 47 cm, B. = 37,5 cm

c. Hoftrauer-Normale von 1864 mit schematischer Darstellung der Verwandtschaftsgrade
Druck auf Papier; H. = 20 cm, B. = 30 cm bzw. H. = 48 cm, B. = 39 cm

1746 verordnete Maria Theresia die Erstellung einer Hofklag-Ordnung, die 1767 modifiziert wurde; die Hoftrauerzeit wurde jeweils auf die Hälfte reduziert. Das damals vom Obersthofmeisteramt erarbeitete Regulativ teilte die Trauerfälle in 7 Klassen ein; in jeder unterschied man die tiefste, tiefe und mindere Trauer mit der festgelegten Anzahl der Monate, Wochen und Tage. Unter Franz Joseph fand eine Anpassung 1864 statt.
Die Hoftrauerregulierung ordnete zunächst die Dauer der Hoftrauer in der jeweiligen Form, dann die dazu zu tragende Kleidung und weiters die sonstigen Erfordernisse und Folgen. Während der tiefsten Trauer (Tod des Landesfürsten) blieben die Theater geschlossen, es fand keine öffentliche Tafel statt, keine Neujahrsgala etc. Bei der tiefen Trauer blieben nur die Hoftheater geschlossen, doch konnte es auch hier Ausnahmen geben. Die Hoftrauer konnte abgelegt werden bei besonderen Hofbällen, am Neujahrstag, bei Hofgalatagen und -festen, aus Anlaß einer Taufe im Kaiserhaus, einer Huldigung, Krönung, bei feierlichen kirchlichen Festen, dem Geburtsfest des Kaisers, bei Bekanntgabe eines Verlöbnisses in der kaiserlichen Familie u. a.

Wien, Haus-, Hof- und Staatsarchiv, Neuere Zeremonialakten Sonderreihe, Kart. 40, fol. 1–2; Kart. 42, fol. 14–18, 120–129, 232 F. D.

### 19.1.4 Totenschild des Hoch- und Deutschmeisters Erzherzog Wilhelm

H. = 70 cm, B. = 50 cm

Am 16. Juli 1839 genehmigte der Herrscher die Statuten des deutschen Ritterordens. Kapitel XII dieses revidierten, nach älteren Vorlagen von 1606 und 1801 erarbeiteten Ordensbuches enthielt die Bestimmungen beim Tod des Hochmeisters. Beim ordensüblichen Totengottesdienst für den verstorbenen Meister wurde auch sein Wappen gezeigt, ohne daß diese Übung auch formell vorgeschrieben war.

Wien, Deutschordenszentralarchiv, Abt. Großformate, Inv.-Nr. 380 B. D.

### 19.1.5 Totenschild des Hermann Freiherr von Diller-Hess

H. = 65,2 cm, B. = 51,5 cm

Daß nicht nur adelige (oder fürstliche) Ordensritter beim Totengottesdienst ihr Wappen zeigen konnten, soll durch dieses Beispiel eines im Zivildienst stehenden kaiserlichen Kämmerers der franzisko-josephinischen Ära deutlich gemacht werden.

Wien, Deutschordenszentralarchiv, Abt. Großformate, Inv.-Nr. 372 B. D.

**19.1.6 Der Imperialwagen vor dem Riesentor des St. Stephansdomes**

Öl auf Leinwand; H. = 72 cm, B. = 140 cm

Das anonyme Gemälde aus der zweiten Hälfte des 19. Jahrhunderts zeigt den Imperialwagen des Wiener Hofes mit achtspännigem Imperialzug, sowie reitenden Kutschern und begleitenden Lakaien in spanischer Livree.

Wien, Kunsthistorisches Museum, Wagenburg, Inv.-Nr. Z 29 G. K.

**19.1.7 Spanische Livreen von K. u. K. Leib-Lakaien**

Langer Rock aus gelbem Samt, gelber Seide, reich mit Goldposamentrie besetzt. Schärpe aus dreifärbiger Seide mit Goldfransen. Barett mit dreifärbigen Straußenfedern; dazu Kniehosen und Schuhe einer Lakaien-Galauniform. Die spanische Livree wurde zuletzt für die Krönung in Mailand 1838 nach dem Vorbild des 18. Jahrhunderts erneuert.

Wien, Kunsthistorisches Museum, Monturdepot, o. Inv.-Nr. G. K.

**19.1.8 Entwurf für neue Edelknaben-Uniformen**

A. Kretschmer; nach 1850
Aquarelle

Nach seinem Regierungsantritt erließ Kaiser Franz Joseph neue Uniformierungsvorschriften für fast alle Bereiche des Staates und des Hofstaates. Mehrere, in Akten erhaltene Entwürfe beweisen, daß auch für die Edelknaben neue Uniformen erwogen wurden. Sie kamen nicht zur Ausführung.

Wien, Kunsthistorisches Museum, Monturdepot, Inv.-Nr. Z 9/1–2 G. K.

**19.1.9 Epaulette von der Galauniform eines K. u. K. Edelknaben**

Hergestellt vom Hofposamentierer A. Kemny & Sohn; um 1900
Gold- und Seidenstickerei, Goldbouillon, schwarze Seidenbänder mit jeweils drei in Gold und Seide gestickten kaiserlichen Wappen und Goldfransen. Dazu roter Originalkarton.

Wien, Kunsthistorisches Museum, Monturdepot, Inv.-Nr. U 494f. (aus der Edelknabengarderobe) G. K.

**19.1.10 Gala-Livreen von K. u. K. Leiblakaien**

Rock und Gilet aus schwarzem Tuch mit gelben Seidenborten, Kniehose aus schwarzem Plüsch, Achselmasche aus schwarzer Seide mit goldgewebten Wappen. Dazu Plastron, Krawatte und Gala-Zweispitz mit weißen Straußenfedern.

Wien, Kunsthistorisches Museum, Monturdepot, Inv.-Nr. U 12 und U 13 (aus dem Oberstallmeisteramt) G. K.

**19.1.11 Die Jahrhundertfeier des Maria-Theresien-Ordens in Wien 1857**

Photographie nach Fritz L'Allemand

Das Gemälde zeigt u. a. Tafeldecker, Lakaien und Leibjäger beim Tafeldienst.

**19.1.12 Rangordnung bei Hof**

Graphik, Entwurf: F. D., Ausführung: I. Grillmayer

**19.1.13 Kronprinz Rudolf, Schrift gegen den Adel**

Innerhalb der kaiserlichen Familie entstand im Kronprinzen – dem Vorbild Josephs II., aber auch der Mutter, Kaiserin Elisabeth folgend – einer der schärfsten Kritiker der österreichischen Aristokratie. Rudolf verfaßte diese, 1878 in strenger Anonymität in München erschienene Broschüre während seiner Englandreise 1877 zusammen mit seinem Lehrer Carl Menger. Er hob darin die politische und wirtschaftliche Tatkraft des englischen Adels hervor, kritisierte gleichzeitig die Trägheit und Bildungsfeindlichkeit des österreichischen Adels, der sich seiner Meinung nach viel zu wenig für den Staat engagierte und seine Zeit hauptsächlich für Pferderennen, Bälle, Jagden und andere gesellschaftliche und sportliche Großereignisse verschwendete. Die Anonymität der Broschüre blieb bis über den Tod Rudolfs hinaus gewahrt. Die Öffentlichkeit erfuhr erst 1923, daß Rudolf diese Schrift gegen den Adel erfaßt hatte.

Privatbesitz B. H.

**19.1.14 Der Haushalt Erzherzog Albrechts**

Graphik, Entwurf: B. H., Ausführung: R. Tamchina

Erzherzog Albrecht (1817–1895), der älteste Sohn des Erzherzogs Karl, war Feldmarschall und Ge-

neralinspekteur der Armee, darüber hinaus von größter politischer Autorität innerhalb des Hauses Habsburg. Als Erbe des kinderlosen Herzogs von Sachsen-Teschen war er der reichste Erzherzog. Sein Reichtum übertraf den des Kaisers bis 1875 bei weitem. Die Graphik zeigt jedoch nur den privaten Haushalt des Erzherzogs. Auf seinen Gütern in Ungarn, Galizien, Mähren und Schlesien beschäftigte er hunderte Verwaltungsbeamte und viele tausend Arbeiter. Diese Güter beliefen sich 1895, kurz vor seinem Tod, auf 34,7 Quadratmeilen (etwa 2025 Quadratkilometer, also fast die Größe von Vorarlberg). Auf diesen Herrschaften bestanden bei Albrechts Tod:
59 Patronats- und Filialkirchen, 16 eigene und 33 subventionierte Schulen und Lehranstalten, 2 eigene und 3 subventionierte Kinderbewahranstalten, 12 eigene und 14 subventionierte Spitäler und Krankenhäuser, 28 subventionierte sonstige öffentliche Wohltätigkeitsanstalten.
Auf den durch große Industrien besonders reichen Gütern in Schlesien richtete Erzherzog Albrecht weit vor der staatlichen Regelung private Arbeiterkonsumvereine und eine Krankenversicherung ein. B. H.

### 19.1.15 Hofkleid

Rock aus weißer Rips-Moiréseide, gesäumt mit Goldstickerei in Form von Blütenmuster, mit Schleppe; Taille aus rotem Samt, mit goldener Posamentierverzierung, die Puffärmel aus mit Flitter besetztem weißem Tüll; das Mieder mit gekräuseltem, butterfarbenem Atlaseinsatz, an beiden Seiten 13 aus dem 18. Jahrhundert stammende vergoldete Silberschnürhacken; Schürze aus weißem Tüll mit Stickerei im Muster des Rockes; Mente aus rotem Samt mit goldenem Posamentierbesatz und weißer Klöppelspitze verziert.
Hersteller: Firma Monaszterly und Kuzmik, Budapest

Das Kleid wurde von Gräfin Majlath, geb. Stefanie Prandau, Gattin des Landrichters Majlath, anläßlich der Krönungsfeierlichkeit im Jahr 1867 getragen.

Budapest, Magyar Nemzeti Múzeum, Textilsammlung, Inv.-Nr. 1960.543,1; 1960.543,2; 1960.543,3; 1960.543,5 K. F.-D.

### 19.1.16 Mantel und Dreispitz eines Kutschers der Fürsten Windisch-Graetz

um 1880
Blauer, mit doppelten Wappenborten besetzter, gefütterter Kutscher-Mantel.

Wien, Kunsthistorisches Museum, Monturdepot, Inv.-Nr. N-LXXXIV G. K.

### 19.1.17 Livree eines Kutschers der Fürsten Kinsky

um 1880
Weißer, mit Wappenborten besetzter Frack mit Weste und Kniehosen aus rotem Plüsch; dazu Kutscher-Dreispitz.

Wien, Kunsthistorisches Museum, Monturdepot, Inv.-Nr. Dep. 4 G. K.

Kat.-Nr. 19.1.18

Kat.-Nr. 19.1.18

**19.1.18 Gala-Livree eines Leibjägers der Grafen Harrach** Abb.

Um 1850

Dunkelgrüner Frack mit reichem Besatz von Silberborten, dazu Gilet, Pantalon und silberbeschlagene, reich gestickte Bandaliere für Hirschfänger und Lockpfeife, sowie Jäger-Zweispitz.

Wien, Kunsthistorisches Museum, Monturdepot, Inv.-Nr. N–L G. K.

## 19.2 Adelige als Unternehmer

Die Familie Schwarzenberg ist für die frühe Franz-Joseph-Zeit von besonderer Bedeutung. Sie stellte nicht nur Franz Josephs ersten und verehrten Ministerpräsidenten, Fürst Felix Schwarzenberg, sondern auch einen der mächtigsten Kirchenfürsten der Zeit, den Prinzen Friedrich Schwarzenberg, der auf dem Höhepunkt seines Einflusses Fürsterzbischof von Prag war. Die prachtvollen Stadtpalais der Familie in Prag und Wien waren gesellschaftliche Mittelpunkte ersten Ranges. Zu wirtschaftlicher, politischer, militärischer und kirchlicher Macht gesellten sich auch intellektuelle und künstlerische Neigungen von Familienmitgliedern, beispielsweise im berühmten „Lanzknecht“, dem Schriftsteller Prinz Friedrich Schwarzenberg. B. H.

**19.2.1 Johann Adolph II. Fürst zu Schwarzenberg**

N. Renati
Öl auf Leinwand; H. = 52,5 cm, B. = 45 cm

Johann Adolph Fürst zu Schwarzenberg (1799–1888), Chef der Primogenitur des Fürstenhauses Schwarzenberg, wird auf dem Bild als steirischer Hammerherr dargestellt; er war Eigentümer von sechs Berg- bzw. Schmelzwerken sowie von 15 Hammerwerken in der Steiermark und in Salzburg. Im Hintergrund des Porträts ist der fürstliche Drahtzughammer, die Stadtpfarrkirche und das Schloß Murau zu sehen.

Murau, Schwarzenbergisches Schloß Murau, Inv.-Nr. 203 W. Wi.

**19.2.2 Preis-Courant von Stahl- und Eisensorten**

Fürstlich Schwarzenberg'sche Werksdirection zu Murau; 1. Oktober 1868
Druck auf Papier; H. = 57 cm, B. = 21,6 cm

Preisliste für Eisen- und Stahlsorten, Bessemer-Metall, Zeugschmied- und Eisenguß-Waren sowie Roheisen, welche im Schwarzenberg'schen Eisenwerk Turrach, Steiermark, und in den Schwarzenbergischen Hammerwerken in der Steiermark erzeugt worden sind.

Murau, Schwarzenbergisches Archiv, Sign. 8 P 2 (1860–74) W. Wi.

**19.2.3 Gußeiserne Erinnerungstafel**

Gegossen im Schwarzenberg'schen Eisenwerk Turrach; 1860
Gußeisen; H. = 40 cm, B. = 47 cm

Anläßlich der ersten Anwesenheit des Fürsten Adolf Josef zu Schwarzenberg (1832–1914) und seiner Gemahlin in Turrach wurde diese Tafel mit folgendem Text gegossen:

*GLÜCK AUF! ZUR ERSTEN ANWESENHEIT DES HOHEN DURCHLAUCHTIGSTEN FÜRSTENPAARES, ADOLPH JOSEF UND IDA ZU SCHWARZENBERG. 1860.* Die Tafel ist mit vier Rosetten und mit dem Fürstenhut geschmückt.

Murau, Schwarzenbergisches Familienarchiv

W. Wi.

### 19.2.4 Schwarzenbergisches Wappen

Gegossen im Schwarzenbergischen Eisenwerk Turrach; 2. Hälfte 19. Jahrhundert
Gußeisen; H. = 35,5 cm, B. = 22 cm

Wappen der Primogenitur des Fürstenhauses Schwarzenberg mit Fürstenhut und mit dem Orden vom Goldenen Vließ geschmückt. Das Kreuz am Fürstenhut, die vier Quasten und das Lamm vom Orden des Goldenen Vließes sind später ergänzt worden.

Lit.: Schwarzenbergischer Almanach 1968. – *Brodschild, F.*, Der Eisenbergbau auf der Herrschaft Murau, Abb. 13.

Murau, Schwarzenbergisches Archiv W. Wi.

### 19.2.5 Schwarzenbergische Schlösser

a. Worlik im Prachiner Kreis

Photokopie nach Radierung

Das Schloß Worlik an der Moldau wurde 1719 durch Adam Franz Fürsten zu Schwarzenberg von seiner Tante Maria Ernestine Fürstin zu Eggenberg, geb. Schwarzenberg im Jahr 1719 ererbt; 1789 kam Worlik als Stammsitz des zweiten Majorats an Karl I. Philipp Fürsten zu Schwarzenberg.

b. Das Fürst Schwarzenbergische Palais in Prag

Photokopie nach Stahlstich von J. Poppel

Das Palais am Hradschin in Prag wurde 1545 im Renaissancestil für Johann von Lobkowicz erbaut und kam 1719 über den Erbschaftsweg von der Familie Eggenberg an die Fürsten zu Schwarzenberg.

c. Schloß Frauenberg in Böhmen

Photokopie nach Holzstich

Schloß Frauenberg wurde 1661 von Johann Adolf Grafen zu Schwarzenberg erworben. Nach mehreren Umbauten erhielt das Schloß in den Jahren zwischen 1841 und 1871 seine jetzige Gestalt. Nach Plänen des Wiener Architekten Franz Beer wurde Frauenberg nach dem Muster des englischen Königsschlosses Windsor im Tudor-Gotik-Stil umgebaut.
Schloß Frauenberg wird als Perle der südböhmischen Schlösser bezeichnet. Es ist prachtvoll ausgestattet und enthält einen Großteil der Schwarzenberg'schen Kunstschätze.

d. Ansicht des Fürstlichen Schlosses Schwarzenberg

Photokopie nach Kupferstich

Die Burg Schwarzenberg, welche der Familie im 15. Jahrhundert den Familiennamen gab, wurde 1405–1421 von Erkinger von Seinsheim erworben. Erkinger nannte sich nach der Erhebung in den Freiherrnstand als erster Freiherr zu Schwarzenberg. Das Stammschloß Schwarzenberg erhielt seine heutige Gestalt im Renaissancestil nach einem Brand im Jahr 1607.

Murau, Schwarzenbergisches Archiv W. Wi.

## 19.3 Der Deutsche Orden

Durch den Preßburger Frieden vom 26. Dezember 1805 verlor der Deutsche Orden seine Stellung als geistliches Reichsfürstentum. Die Ordensballeien „Österreich" und „An der Etsch und im Gebirge" gingen an das österreichische Kaiserhaus über. Am 8. März 1834 erteilte Kaiser Franz I. dem Großkapitel den Auftrag, eine zeitgemäße Ordensregel zu erarbeiten, für die Kaiser Ferdinand I. am 28. Juni 1840 ein kaiserliches Patent erließ. Die Ordensmitglieder (Ritter, Priester und seit 1841 auch wieder Schwestern) wurden fortan als Religiosen mit Rücksicht auf die drei abgelegten Ordensgelübde angesehen. Als österreichischer geistlicher Lehensfürst hatte der Hochmeister bei seinem Amtsantritt um seine Belehnung anzusuchen.

Lit.: *Täubl, F.*, Der Deutsche Orden im Zeitalter Napoleons (QuStDO 4), Bonn 1966. – *Gasser, U.*, Die Priesterkonvente des Deutschen Ordens. Peter Rigler und ihre Wiedererrichtung 1854–1897 (QuStDO 28), Bonn 1973. – *Müller, G.*, Die Familiaren des Deutschen Ordens (QuStDO 13) Marburg 1980.

B. D.

### 19.3.1 Erzherzog Maximilian III. Josef von Österreich-Este als Hoch- und Deutschmeister (1835–1863)

Öl auf Leinwand; H. = 104 cm, B. = 93 cm

Erzherzog Maximilian wurde am 7. März 1803 in der Wiener Deutschordenskirche nach Ablegung des Ordensgelübdes am selben Tag zum Ritter geschlagen. Am 4. August 1805 legte er als letzter Landkomtur der Ballei Franken seinen Eid ab. In der Zeit seines Wirkens als Generaloberer gelang ihm u. a. die Wiederbelebung der Deutschordensschwestern (seit 1837/41) für die Krankenpflege.

Lit.: siehe Einführung.

Wien, Hochmeisterräume des Deutschen Ordens B. D.

**19.3.2 Ritterschlag durch Erzherzog Maximilian als Hoch- und Deutschmeister** Farbabb. 31

Lithographie, koloriert; H. = 25,2 cm, B. = 33,3 cm

Sehr eindrucksvoll wird hier der ganz im Sinne der gültigen Ordenssatzungen vollzogene Ritterschlag vom 14. Dezember 1837 gezeigt. Der von den im Halbkreis angeordneten Rittern umgebene Ordensaspirant Maria Ferdinand Graf von Platz erhält durch den Ordensmeister persönlich mit den Worten:
*In Gottes, St. Marien und St. Georgen Ehr*
*Vertrag dieses und keines mehr;*
*Besser Ritter, als Knecht*
und durch dreimaligen Schlag die Aufnahme als Ritterbruder.

Lit.: Sammlung der neuesten Regeln, Statuten und Verwaltungsvorschriften des deutschen Ritterordens 1606–1839, Wien 1840, S. 95ff.

Wien, Deutschordenszentralarchiv, Bildsammlung, Lade 4 B. D.

**19.3.3 Hochmeister-Koadjutor Erzherzog Wilhelm (1846–1863)** Farbabb. 32

A. Dauthage; 1857
Lithographie, koloriert; H. = 41,5 cm, B. = 30 cm

Erzherzog Wilhelm legte am 12. November 1846 die Ordensgelübde ab und empfing in der Kirche Am Hof in Wien den Ritterschlag. Bereits am 25. November erfolgte seine Wahl zum Koadjutor, und vom 1. Juni 1865 an führte er den Orden als Generaloberer.
Erzherzog Wilhelm sorgte durch Einführung der Institute Ehrenritter und Marianer für die freiwillige Sanitätspflege. Ordensschwestern versahen in den eigenen Spitälern und Verwundeteneinrichtungen Pflegedienst in Krieg und Frieden.

Wien, Deutschordenszentralarchiv, Bildsammlung, Lade 5 B. D.

**19.3.4 Stammbaum des Erzherzogs Wilhelm** Farbabb. 33

Pergament mit zwei in braunen Holzkapseln befestigten Siegeln an blaugelben Schnüren
H. = 71,6 cm, B. = 100 cm

Auch dieser kaiserliche Prinz mußte bei seiner Aufnahme als Ordensritter am 11. Oktober 1845 gemäß dem Kapitel des Gesamtordens in Mergentheim vom 18. April 1671 seine 16 Ahnen nachweisen. Die farbschöne Ahnenprobe wird hier erstmals der breiteren Öffentlichkeit zugänglich gemacht.

Wien, Deutschordenszentralarchiv, Abteilung Hochmeister, Karton 543 B. D.

**19.3.5 Stammbaum des Deutschordensritters Karl Maximilian Landgraf von Fürstenberg**

Pergament mit zwei braunen Holzkapseln, die Siegeln enthaltend, an blaugelben Schnüren
H. = 61,8 cm, B. = 84,8 cm

Die hier präsentierte Ahnenprobe Fürstenbergs anläßlich seiner Einkleidung in den Orden am 14. Dezember 1835 zeigt die 16 Ahnen des Bewerbers, der gleichzeitig als Oberstleutnant und wirklicher Kämmerer die enge Verbindung von Ordensrittern im 19. Jahrhundert mit dem Erzhaus zum Ausdruck bringt. Erzherzog Maximilian ernannte ihn 1841 zum Mitglied des Großkapitels. Fürstenberg übernahm am 1. Oktober 1868 die Administration, seit dem 12. Oktober 1872 als Landkomtur die Führung der Amtsgeschäfte in der Ballei „An der Etsch und im Gebirge".

Wien, Deutschordenszentralarchiv, Ahnentafel Nr. 510 B. D.

**19.3.6 Deutschordenswappen des Karl Maximilian Landgraf von Fürstenberg**

Papier; H. = 19 cm, B. = 16 cm

Das hier gezeigte, mit schöner Helmzier geschmückte Wappen des Ordensritters verdeutlicht die in der Neuzeit sich einbürgernde Praxis, über dem Ordenskreuz – in den heraldischen Feldern 1 und 3 abermals aufgenommen – in den Feldern 2 und 4 das fürstliche Familienwappen mitaufzunehmen.

Wien, Deutschordenszentralarchiv, Abteilung Ritter, Karton 132/Nr. 510 B. D.

### 19.3.7 Brustkreuz des Hoch- und Deutschmeisters

16. Jahrhundert
Gold, Ordenskreuz und Adler emailliert; H. = 9 cm, B. = 5 cm

Die Form des mit Herzschild und einköpfigen Kaiseradler geschmückten Hochmeisterwappens wird von der neueren Forschung wieder in die Zeit der Goldenen Bulle von Rimini (März 1226) verlegt und auch damit in Zusammenhang gebracht. Das lilienförmige Ende ist erst am Ende des 15. Jahrhunderts nachzuweisen, kann aber – wie Siegel oder Münzen verdeutlichen – nicht als Bourbonenlilie, sondern nur als manieristische Verzierung des alten Kruken- oder Jerusalemkreuzes gedeutet werden. Fortan blieb dieses Brustkreuz das bei jeder Neuwahl mitverliehene Zeichen des höchsten Ordensoberen. Zusätzlich wird diese Form des Hochmeisterwappens auch auf der linken Brustseite des Ordensmantels getragen.

Lit.: *Weise, Erich,* Interpretation der Goldenen Bulle von Rimini (März 1226) nach dem kanonischen Recht, in: *Wieser, Klemens* (Hrsg.), Acht Jahrhunderte Deutscher Orden in Einzeldarstellungen (QuStDO 1), Bad Godesberg 1967, S. 15–47, hier bes. 44ff.

Wien, Schatzkammer des Deutschen Ordens
B. D.

### 19.3.8 Halskreuz der Ordensritter

19. Jahrhundert
Emailliert mit helmzierartiger Verzierung; H. = 11,5 cm, B. = 6 cm

Zum Ordensmantel mit dem schwarzen Kreuz auf weißem Untergrund (auf der linken Seite) wurde von allen Professen (Rittern, Priestern und Schwestern) auch immer ein Halskreuz getragen, das im Laufe der Jahrhunderte gewisse Verzierungen am oberen Ende erhielt. Ein Exemplar des im 19. Jahrhundert üblichen Halskreuzes wird hier gezeigt, um eines der äußeren Kennzeichen der Professen des Ordens zu dokumentieren.

Lit.: *Müller, Gerhard,* Die Familiaren des Deutschen Ordens (QuStDO 13), Marburg 1980, S. 261–266.

Wien, Schatzkammer des Deutschen Ordens
B. D.

### 19.3.9 Brustkreuz der Ordensprofessen

H. = 6,5 cm, B. = 6 cm

Weil der weiße Ordensmantel mit dem schwarzen Kreuz auf weißem Untergrund nicht immer getragen werden konnte, wurde das Brustkreuz ab der Neuzeit bis heute zum eigentlichen Kennzeichen eines durch die drei Ordensgelübde (Armut, Keuschheit, Gehorsam) der regularen Gemeinschaft eingegliederten Mitglieds.

Lit.: *Müller, Gerard,* Die Familiaren des Deutschen Ordens (QuStDO 13), Marburg 1980, S. 261–265.

Wien, Schatzkammer des Deutschen Ordens
B. D.

## 19.4 Das Attentat am 18. Februar 1853

### 19.4.1 Attentat auf Kaiser Franz Joseph

Johann Josef Reiner; 1853
Öl auf Leinwand; H. = 90,5 cm, B. = 78,5 cm

Johann Libényi, ein ungarischer Schneidergeselle, versuchte am 18. Februar 1853 den Kaiser zu ermorden. Das Eingreifen des kaiserlichen Adjutanten Graf O'Donell und des zufällig vorbeikommenden Fleischhauermeisters Joseph Ettenreich vereitelte den Anschlag. Bei den Verhören gab Libényi als Grund die Mißachtung der ungarischen Nation an: *Die Behandlung, die mein Vaterland unter der Herrschaft des jetzigen Kaisers erfahren mußte, hat mich bis in das Innerste ergriffen. Ich liebe mein Vaterland mehr als alles und mehr als mein Leben. Ich mußte sehen, wie meine Landsleute, wie hochgestellte Edelleute hingerichtet und scharenweise auf Festung verurteilt worden sind, wie alle alle Freiheit im Lande verschwunden ist. Diesen Zustand konnte ich nicht ertragen. . . .*
Libényi wurde am 26. Februar durch den Strang hingerichtet.

Lit.: Kaiser Franz Joseph von Österreich oder Der Verfall eines Prinzips, Ausst.-Kat. Wien 1980, S. 187ff.

Wien, Historisches Museum der Stadt Wien, Inv.-Nr. 103.939 E. V.

### 19.4.2 Erinnerungsgegenstände vom Attentat

a. Waffenrock
b. Miederleibchen
c. Hemd

d. Küchenmesser
e. Protokoll
f. Kundgebung

Wien, Kunsthistorisches Museum, Sammlung für Plastik und Kunstgewerbe, Inv.-Nr. XIV 155

### 19.4.3 Ostensorium mit einem Zahn des hl. Petrus

Rom; wohl um 1853
Silber, teilweise vergoldet, Bronze, Lapislazuli, Edelsteine; H. = 78,5 cm

Das Ostensorium war ein Geschenk des Papstes an den Kaiser.

Wien, Kunsthistorisches Museum, Sammlung für Plastik und Kunstgewerbe, Inv.-Nr. D 45 E. V.

### 19.4.4 Ettenreich-Pokal der österreichischen Armee

Wien; 1853
Silber, teilweise vergoldet, Email; H. = 47,5 cm (mit Sockel 60,5 cm)

Inschriften: *Die / österreichische Armee / dem / Ritter / Josef / ETTENREICH / Bürger der Stadt / Wien / für die muthvolle / That / am 18. Februar / 1853; Erfunden und gezeichnet vom k. k. Lieutenant / JOSEPH MACHOLD und unter dessen Leitung ausgeführt / in der k. k. Landesbef: Fabrik des H. RATZERSDORFER / durch den Goldschmidt CARL WRUBEL.* Die Anregung zu dieser Ehrengabe gab Banus Jellačić. Joseph Machold (1824–1889) war ausgebildeter Maler und Illustrator, diente aber in der Armee (später als Lehrer an der Militärakademie). Sein Entwurf wurde im weiteren Verlauf noch modifiziert; die nur auf Grund der greifbaren Akten gegebene Beschreibung in der zitierten Literatur ist daher teilweise zu korrigieren. Der gotisierende, im ornamentalen Dekor durch Rebwerk und Weinlaub bestimmte Pokal wird durch die Figur der Austria bekrönt. Reliefs mit entsprechenden Attributen beziehen sich auf die einzelnen Teile der Armee: Infanterie, Artillerie, Genietruppe, Marine, Kavallerie. Die Personifikationen der Kardinaltugenden Glaube, Liebe und Hoffnung (mit den Beischriften *gut, treu, from*) werden ergänzt durch das bekannte christologische Symbol des Pelikans, der sein Blut für seine Jungen opfert. Heraldische Dekorationen beziehen sich auf die Kronländer. Ein Goldschmied Carl Wrubel ist später in Wien nachweisbar, doch muß die Frage nach der Identität offen bleiben. Die Fabrik Hermann Ratzersdorfers stellte eines der gerühmtesten Wiener Etablissements dar.

Lit.: *Hoffmann, Hans-Christoph,* Der Ehrenschild des Grafen Maximilian C. O'Donell, in: Salzburger Museum Carolino Augusteum, Jahresschrift, 14/1968, S. 25–48.

Wien, Privatbesitz W. Kr.

### 19.4.5 Marienaltar der Barbara-Kapelle

Entwurf und Ausführung: Friedrich Stache und Heinrich von Ferstel; 1853–1855
Radierung; H. = 53,2 cm, B. = 35,3 cm

Ein Verein adeliger Frauen stiftete als Dank für die Errettung des Kaisers in die Barbara-Kapelle des Stephansdomes einen Altar; mit der Planung wurde Heinrich von Ferstel betraut. Die Altarblätter stammen von Carl Blaas und Karl Geiger, die Plastiken von Josef Gasser.

Lit.: Heinrich von Ferstel. Bauen und Projekte in Wien, Ausst.-Kat. Wien 1983, S. 30.

Wien, Historisches Museum der Stadt Wien, Inv.-Nr. 14.964 E. V.

### 19.4.6 Festliche Grundsteinlegung der Votivkirche

Photographie; H. = 20,4 cm, B. = 27,8 cm
Photokopie

Am 24. April 1856 fand die feierliche Grundsteinlegung zur Votivkirche statt (vgl. Kat.-Nr. 20.5.3). Bereits am 27. Februar 1853 hatte Erzherzog Ferdinand Max einen Aufruf erlassen, in dem er den Bau einer Kirche initiierte. Der Bau sollte an denkwürdiger Stelle errichtet und in die Pläne der Stadterweiterung miteinbezogen werden. Den Architektenbewerb gewann Heinrich von Ferstel. Der endgültige Standort der Kirche wurde am 25. Oktober 1855 genehmigt.

Lit.: Heinrich von Ferstel. Bauen und Projekte in Wien, Ausst.-Kat. Wien 1983, S. 30ff.

Wien, Historisches Museum der Stadt Wien, Inv.-Nr. 165.302/33 E. V.

### 19.4.7 Hammer und Kelle von der Grundsteinlegung

a. Hammer
Stahl, vergoldetes Metall, schwarzer Holzgriff; Inschrift: *His. instrum. usus. Imp. Aug. Franc. Jos. I. cum votivae hujus ecclesia fundamenta jecit.;* L. = 34 cm, B. = 22,5 cm

b. Kelle
Vergoldetes Metall, schwarzer Holzgriff. Inschrift: *Vindobonae ante diem VII kal. Mai MDCCCVI;* L. = 30,5 cm, B. = 11,5 cm

Wien, Österreichische Nationalbibliothek, Porträtsammlung, Nachlaß Maximilian E. V.

## 19.4.8 Die Votivkirche nach der Fertigstellung

Josef Löwy; 1875
Photographie, Abzug auf Albuminpapier; H. = 21,5 cm, B. = 19 cm

Wien, Sammlungen der Höheren Graphischen Bundes-Lehr- und Versuchsanstalt M. K.

## 19.5 Das religiöse Leben am Hofe – am Beispiel der Fußwaschungszeremonie

## 19.5.1 Fußwaschung im Zeremoniensaal der Wiener Hofburg durch den Kaiser

a. Verzeichnis der 12 armen Männer
Verzeichnis der 12 armen Frauen
je H. = 25 cm, B. = 39 cm

b. Planskizze vom Zeremoniensaal
H. = 38 cm, B. = 47 cm

c. 4 Eintrittskarten für das Publikum in weißer, grüner, rosa und grauer Farbe
je H. = 16 cm, B. = 10,5 cm

Diejenigen alten Männer und Frauen, welche sich zur Fußwaschung bewarben, mußten am Donnerstag nach dem Aschermittwoch um 10 Uhr persönlich ein schriftliches Ansuchen am Hofe einreichen. Im Falle ihrer Eignung wurden sie vorgeladen, um für ein neues Kleid und neue Schuhe, die der Hof für diesen Anlaß anfertigen ließ, Maß zu nehmen. Am Dienstag vor dem Gründonnerstag hatte der Hofarzt den Leuten die Füße zu reinigen und darüber ein Attest auszustellen. Am Tag darauf mußten diese beichten (mit Beichtzettel) und am Gründonnerstag einer stillen heiligen Messe mit Eucharistie-Empfang beiwohnen. Zu dieser Messe um 7 Uhr früh erschien auch die kaiserliche Familie (ebenfalls mit Kommunion-Empfang). Diese zog sich im Anschluß daran zur Einnahme des Frühstücks in die Privatgemächer zurück. Auch die alten Leute erhielten am Hof ein Frühstück gereicht. Um 9 Uhr fand in der Hofpfarrkirche ein Hochamt statt, zu dem die kaiserliche Familie mit großem Hofstaat erschien. Während dieses Gottesdienstes wurden die alten Leute, die von je zwei Privatpersonen (Angehörige) begleitet sein konnten, in den Zeremoniensaal gebracht und zu ihren Plätzen geführt.
Nach dem Hochamt zogen der Kaiser, die Kaiserin – so vorhanden –, die Erzherzoge und Erzherzoginnen in Begleitung von 12 Palastdamen, den Chefs der obersten Hofämter, Kämmerern, Leibgardekapitänen und erzherzoglichen Obersthofmeistern feierlich im Zeremoniensaal ein. Hierauf brachten die Truchsessen und Speiseträger unter Anführung des Stabelmeisters die Speisen von der Hofküche und der Hofzuckerbäckerei. Nun nahm der Kaiser (die Kaiserin) davon und servierte sie den alten Leuten unter Beihilfe der Erzherzoge und Erzherzoginnen. Nach dem Essen nahm der Kaiser (die Kaiserin) die leeren Teller von den Tischen und stellte sie wieder auf die Tragbretter. Hierauf wurden die Tische von Hofdienern weggetragen. Die Tafeldecker und die Begleiter der alten Leute, die während dem Essen hinter diesen standen, zogen den alten Männern und Frauen die Schuhe und Strümpfe aus und bedeckten die Knie derselben mit einem langen linnernen Tuch. Hierauf legte der Kaiser Hut und Degen ab und der Obersthofmeister band ihm ein Vortuch um. Inzwischen begann der Hofkaplan das Tages-Evangelium zu singen. Bei den Worten *et coepit lavare pedes discipulorum* kniete der Kaiser (die Kaiserin) nieder; ebenfalls die zwei ältesten der anwesenden Prälaten, deren einer aus einer silber-vergoldeten Kanne Wasser über die entblößten Füße der alten Leute goß und der andere das Wasser in einer Schale auffing. Der Kaiser wusch die Füße, trocknete sie ab und küßte sie. Danach übernahm der Obersthofmeister vom Schatzmeister je einen weißledernen Beutel mit 30 Silbermünzen, die mit einer gelb-schwarzen Schnur zusammengebunden waren und reichte sie dem Kaiser (der Kaiserin), der (die) sie den alten Leuten um den Hals hängte. Hierauf bedankten sich die alten Leute für die empfangenen Wohltaten. Nachdem der kaiserliche Hof den Saal in feierlicher Prozession verlassen hatte, wurden die alten Leute (samt ihrer Begleitung) in je einem Hofwagen in ihr Domizil gebracht.
Die Fußwaschung gehörte zum weltlichen Teil der Zeremonien; Kaiser Franz Joseph führte sie 1850 erstmals durch. Im Zeremoniensaal fand diese Zeremonie erstmals im Jahre 1808 statt.

Wien, Haus-, Hof- und Staatsarchiv, Zeremonialakte F. D.

**19.5.2 Ein alter Mann wird nach der Fußwaschung von seinen Angehörigen weggeführt**

Theodor Zasche
Bleistiftzeichnung; H. = 72 cm, B. = 60 cm

Die Zeichnung zeigt den Moment, in dem einer der Teilnehmer der Zeremonie den Saal verläßt.

Privatbesitz E. V.

**19.5.3 Prunkzeug zur Fußwaschung**

a. Schüssel
Silber, vergoldet; Dm. = 55,5 cm

b. Schenkkanne
Silber, vergoldet; H. = 31 cm

Johann Jakob Biller (?), Augsburg; um 1764

Das ausgestellte Prunkzeug wurde von Kaiser Franz Joseph zur Fußwaschung verwendet.

Wien, Bundesmobilienverwaltung E. V.

**19.5.4 Fußwaschungsbecher**

Zinn; H. = 15 cm

Der Becher mit dem Monogramm Kaiserin Elisabeths ist ein Geschenk anläßlich der Fußwaschung im Jahr 1860; der mit dem Monogramm des Kaisers versehene stammt aus dem Jahr 1862.

Wien, Privatbesitz E. V.

**19.5.5 Fußwaschungskrug mit Deckel**

Wien; 1860

Bauchige Form mit kurzem Hals; Keramik, innen weiße, außen türkisgrüne Glasur, darüber in Kaltmalerei ein ovales Medaillon mit Goldgrund und kaiserlichem Doppeladler, am Hals weißes Spruchband: E.A.I.H.B.R.A.A. 1860; H. = 18,5 cm, Dm. = 14 cm

Wien, Österreichisches Museum für Volkskunde, Inv.-Nr. 49.982 F. G.

**19.5.6 Fußwaschungskrug mit Deckel**

Wien; 1870

Bauchige Form mit kurzem Hals; Keramik, innen weiße, außen türkisgrüne Glasur, darüber in Kaltmalerei ein ovales Medaillon mit Goldgrund und kaiserlichem Doppeladler, am Hals weißes Spruchband: F.J.A.I.H.B.R.A.A. 1870; H. = 20,5 cm, Dm. = 19 cm

Die Fußwaschungskrüge wurden den armen Leuten, die als „Apostel" ausgewählt wurden, zur Erinnerung an die Fußwaschung am Kaiserhof geschenkt.

Wien, Österreichisches Museum für Volkskunde, Inv.-Nr. 61.290 F. G.

# 20. RELIGIONEN

## 20.1 Der religiöse Aufbruch

### 20.1.1 Clemens Maria Hofbauer (1751–1820)

Photokopie

In Taßwitz (Südmähren) geboren; Studium in Wien; 1784 Eintritt in die Kongregation der Redemptoristen, erhält den Namen Clemens Maria; von 1787 bis 1808 in Warschau als Seelsorger an der deutschen Nationalkirche; nach deren Aufhebung Berufung nach Wien. Hier wurde er zum Mittelpunkt der katholischen Erneuerung in einem antijosephinischen Geist. Er hatte enge Kontakte mit den Brüdern Schlegel, Adam von Müller, Zacharias Werner, Joseph von Eichendorff, der Familie Pilat, Anton Günther u. a. Er erwirkte die Zulassung der Redemptoristen in Österreich und bekam die Kirche Maria am Gestade als Ordenszentrum in Wien. Hofbauer wurde 1888 selig und 1909 heilig gesprochen.

Wien, Kongregation der Redemptoristen G. Mr.

### 20.1.2 Johann Emanuel Veith (1787–1876)

J. Kriehuber; 1860
Lithographie; H. = 42,5 cm, B. = 35 cm

Aus jüdischer Familie stammend konvertierte er unter dem Einfluß Clemens Maria Hofbauers. 1821 empfing er die Priesterweihe. Von 1832 bis 1845 versah er die Dompredigerstelle in St. Stephan. Er redigierte die von Clemens Maria Hofbauer angeregte Zeitschrift „Ölzweige" (1819 bis 1823). Im Mai 1848 gründete er den Wiener Katholikenverein. Einer seiner Protektoren war Kardinal Friedrich Fürst Schwarzenberg.

Wien, Niederösterreichische Landesbibliothek, Inv.-Nr. P 2081 G. Mr.

### 20.1.3 Anton Günther (1783–1863)

Eduard Kaiser; 1850
Lithographie; H. = 53,7 cm, B. = 36,1 cm

Studierte in Prag bei Bernhard Bolzano Philosophie; geriet dann in Wien unter den Einfluß C. M. Hofbauers; 1820 Priesterweihe. Seine Skepsis gegenüber der scholastischen Methode veranlaßte ihn zum Versuch einer Neubegründung der Theologie, die stark vom deutschen Idealismus geprägt war. 1828 erschien sein Werk „Vorschule zur spekulativen Theologie". Die Neubelebung der scholastischen Theologie, getragen von den Jesuiten, brachte ihn in der Zeit des Neoabsolutismus in Schwierigkeiten. 1857 wurde er kirchlich verurteilt. Einige seiner Schüler wurden nach dem Vaticanum zu Wegbereitern des Altkatholizismus in Österreich.

Wien, Niederösterreichische Landesbibliothek, Inv.-Nr. P 587 G. Mr.

### 20.1.4 1. Nummer der Kirchenzeitung

Photokopie

Die im Jahr 1848 gewährte Pressefreiheit ermöglichte einer Vielzahl von Zeitschriften das Erscheinen. Sebastian Brunner (1814–1893), der zu den bedeutendsten katholischen Publizisten Österreichs zählte, gründete im Sturmjahr ein wegweisendes kirchliches Presseorgan, die Wiener Kirchenzeitung. Sie erschien dreimal wöchentlich.

G. Mr.

### 20.1.5 Beitrittserklärung des Preßvereines

Druck, 4 Bl.; H. = 17 cm, B. = 10,5 cm

Auf dem 1848 gewährten freien Assoziationsrecht fußten auch die katholischen Vereine, die zu Trägern des katholisch-kirchlichen Lebens wurden. Im Mai 1848 wurde der Katholikenverein gegründet; 1852 schuf Adolf Kolping bei seinem Wiener Aufenthalt die Voraussetzungen für den Gesellenverein. Das Vereinsgesetz von 1867 bildete eine neue rechtliche Basis; in der Folge begannen kirchliche Vereinigungen mit einer planmäßigen Förderung der katholischen Presse: 1869 wurde in Graz, 1870 in Linz und Salzburg ein Preßverein gebildet. Bereits 1868 kaufte der St. Pöltner Bischof Joseph Feßler den St. Pöltner Boten auf; 1874 bildete sich der katholische Preßverein, 1882 daraus der katholisch patriotische Volks- und Preßverein in St. Pölten.

St. Pölten, Diözesanarchiv G. Mr.

## 20.2 Das Konkordat

### 20.2.1 Das Konkordat von 1855

a. Unterhändlerinstrument

1855 August 18, Wien
Ausfertigung, unterzeichnet von Rauscher und Viale-Prelà

Papier, 12 Bl. mit Miniaturen; Einband: rosa Seide mit Goldprägung

b. Ratifikation durch Pius IX.

1855 September 4, Rom-Vatikan
Ausfertigung, unterzeichnet von Pius IX.

Papier, 14 Bl.; Einband: roter Samt, an einer goldenen Schnur Siegelkapsel mit dem großen Siegel Pius IX. und zwei großen Quasten

Die beiden Urkunden werden in einer rot überzogenen Kassette mit Goldprägung, die in der Mitte das von der Tiara überhöhte Wappen des Papstes trägt, aufbewahrt.

Kat.-Nr. 20.2.2

Wien, Haus-, Hof- und Staatsarchiv, Urkundenreihe G. Mr.

### 20.2.2 Joseph Othmar Ritter von Rauscher (1797–1875) Abb.

Biskuitporzellan

Seine hervorragenden Fähigkeiten – 1825 Professor für Kirchengeschichte und Kirchenrecht in Salzburg, 1832 Direktor der Orientalischen Akademie in Wien – riefen die Aufmerksamkeit Metternichs und des kaiserlichen Hofes hervor; Rauscher wurde mit dem Philosophieunterricht der jungen Erzherzoge betraut. Aufgrund der Fürsprache Schwarzenbergs erfolgte 1849 die Erhebung auf den bischöflichen Stuhl von Seckau, 1853 die Berufung zum Wiener Metropoliten. Als Erzbischof von Wien führte er die Verhandlungen mit dem päpstlichen Nuntius Michele Viale-Prelà über den Abschluß des Konkordates. Am Geburtstag des Kaisers erfolgte die Unterzeichnung durch die beiden Unterhändler. Rauscher wurde dafür mit dem Kardinalspurpur ausgezeichnet.

Wien, Privatbesitz G. Mr.

### 20.2.3 Michele Viale-Prelà

Lithographie; H. = 23,9 cm, B. = 17,9 cm

Das Sturmjahr 1848, seine Überwindung und der Neoabsolutismus unter Fürst Felix Schwarzenberg gaben der Kirche Chancen, zu einer Neuregelung des Verhältnisses Kirche und Staat. Als Franz Joseph mit den Aprilverordnungen von 1850 wesentliche Fragen, die die Kirche berührten, neu regeln ließ, stand der Aufnahme von Verhandlungen über den Abschluß des Konkordates nichts mehr im Wege. Am 16. Oktober ließ die Kurie wissen, daß sie den Nuntius Michele Viale-Prelà mit der Führung der Verhandlungen betraut hatte.

Wien, Diözesanarchiv G. Mr.

### 20.2.4 Papst Pius IX. (1792–1878)

Lithographie; H. = 36,1 cm, B. = 26,6 cm

Am 16. Juni 1846 zum Nachfolger Gregor XVI. gewählt, leitete er durchgreifende Reformen im Kirchenstaat ein. Die Ereignisse des Revolutionsjahres zwangen Pius zur Flucht nach Gaeta. Er kehrte erst unter dem Schutz der Franzosen und Österreicher im Frühjahr 1850 nach Rom zurück. Zu den großen außenpolitischen Erfolgen der 50er Jahre zählten die Konkordatsabschlüsse mit Österreich (1855), Württemberg (1857) und Baden (1859). Im Jahre 1854 verkündete er das Dogma von der Unbefleckten Empfängnis der Gottesmutter Maria. Höhepunkt seines Pontifikates wurde die Abhaltung des vatikanischen Konzils, das am 8. Dezember 1869 feierlich eröffnet wurde. Gegen den Widerstand vieler Bischöfe, auch aus der Habsburgermonarchie, wie Rauscher, Schwarzenberg und Stroßmayer, wurde vom Konzil am 18. Juli 1870 die Definition der päpstlichen Infallibilität angenommen.

Wien, Diözesanarchiv G. Mr.

### 20.2.5 Pius IX. an Franz Joseph I.

1855 September 14, Rom
Ausfertigung, eigenhändig geschrieben

Pius IX. gab in diesem Schreiben seiner Freude über den Abschluß des Konkordates Ausdruck. Interessant ist die Bezugnahme des Papstes auf das kirchenpolitische Testament Franz I. vom 28. Februar 1835: *I desideri di parecchi Sommi Pontefici miei antecessori sono appagati, e con quelli le brame dell'avo Augusto di Vostra Maestà Francesco I, che non volle passare dal tempo alla eternità senza lasciare qual prezioso testamento, degno di un Principe Cattolico* . . . Der Papst bezeichnete das Kondordat als ein Zeichen für alle, die guten Willens sind.

Wien, Haus-, Hof- und Staatsarchiv, Kabinettsarchiv, Geheimakten, Karton 5 G. Mr.

## 20.3 Der Kampf gegen das Konkordat

### 20.3.1 Das Protestantenpatent

1861 April 8
Photokopie

Die Niederlage von 1859 machte einen Neubau des österreichischen Kaiserstaates notwendig. Das Konkordat, das den heftigen Widerstand der Konfessionen hervorgerufen hatte, wurde durch die gesetzlichen Maßnahmen der 60er Jahre innerlich ausgehöhlt. Schon am 1. September 1859 hatte Franz Joseph I. ein Patent für die Protestanten in Ungarn erlassen; nach dem Februarpatent von 1861 wurde im Frühjahr mit der Ausarbeitung des allgemeinen Protestantenpatents begonnen. Es verbürgte den Protestanten die grundsätzliche Gleichheit vor dem Gesetz, die Gleichberechtigung aller Konfessionen und das Recht einer uneingeschränkten öffentlichen Religionsausübung.

G. Mr.

### 20.3.2 Franz Joseph Rudigier (1811–1884)

Öl auf Leinwand; H. = 80 cm, B. = 64 cm

Er zählte zu den profiliertesten Mitgliedern des österreichischen Episkopates aus der Zeit des Kampfes um das Konkordat. Auf seine Initiative wurde der Bau einer Kathedralkirche in Linz begonnen (vgl. Kat.-Nr. 20.5.2), die der Unbefleckten Empfängnis geweiht werden sollte. Im oberösterreichischen Landtag, dem er mit Virilstimme angehörte, führte er einen unbeugsamen Kampf gegen die liberale Gesetzgebung. Er lehnte die staatliche Gerichtsbarkeit in Eheangelegenheiten, die staatliche Schulaufsicht und die Neuregelung der interkonfessionellen Beziehungen ab und weigerte sich in seinem Hirtenbrief vom 13. September 1868, diese durchführen zu lassen. Berühmt wurde Rudigier durch seine Verhaftung am 5. Juli 1869 und die Verurteilung zu einer Kerkerstrafe. Auf dem Bild trägt Rudigier das Commandeurkreuz des Leopoldordens.

Stift Schlägl G. Mr.

### 20.3.3 Ernennungsbulle Pius IX. für Rudigier zum Bischof von Linz

1853 März 10
Pergament, mit Bleisiegel; H. = 49 cm, B. = 69,5 cm

Rudigier wurde am 19. Dezember 1852 zum Bischof von Linz bestellt. Die Bulle trägt auf der Reversseite die Vidimierung der österreichischen Botschaft beim Heiligen Stuhl vom 30. April 1853.

Linz, Bischöfliches Ordinariat G. Mr.

### 20.3.4 Beschlagnahme des Hirtenbriefes von Bischof Rudigier

Handschriftlicher Akt der Beschlagnahme, beschlagnahmter Hirtenbrief; 12 Seiten; H. = 29,5 cm, B. = 20 cm

Bischof Rudigier erließ am 13. September 1868 einen scharfen Hirtenbrief gegen die Maigesetze, die wesentliche Materien, die durch das Konkordat in kirchlichem Sinne geregelt worden waren, im liberalen Geiste neu ordneten. Der oberösterreichische Statthalter Karl Siegmund Graf Hohenwarth, der spätere Ministerpräsident, der selbst dem konservativen Lager angehörte, ließ den Hirtenbrief beschlagnahmen und dann verbrennen. In den einleitenden Absätzen hatte Rudigier geschrieben: *Der Bischof hat, wo es sich um Fragen der Religion handelt, das Recht und die Pflicht, zu seiner Heerde zu reden; und die Heerde hat das Recht und die Pflicht, ihren Bischof zu hören.*

Linz, Oberösterreichisches Landesarchiv, Rudigier-Akt (Beschlagnahme von Drucksachen 6 C/3; Beschlagnahme des bischöflichen Hirtenbriefes, 2502 Pr. 1868) G. Mr.

### 20.3.5 Gerichtsurteil gegen Bischof Rudigier vom 12. Juli 1869

Papier, 4 Bl. mit Aktenumschlag

Nach der Beschlagnahme des inkriminierten Hirtenbriefes wurde gegen den Linzer Diözesanbischof ein Gerichtsverfahren eröffnet. Rudigier ignorierte alle Vorladungen, weil er die Zuständigkeit des Gerichtes ablehnte. Am 11. Mai 1869 wurde er gewaltsam dem Untersuchungsrichter vorgeführt; dabei soll Rudigier die berühmt gewordenen Worte an den Untersuchungsrichter gerichtet haben: *Sie werden sich doch nicht einbilden, daß Sie mich überwältigen können.* Am 12. Juli 1869 wurde der Bischof von den Geschworenen für schuldig erkannt und zu 14 Tagen Kerker verurteilt. Tags darauf erfolgte die Begnadigung durch den Kaiser, was Reichskanzler Beust veranlaßte, in dem Geschehen eine heitere Episode zu sehen.

Linz, Oberösterreichisches Landesarchiv, II C 1/2174 G. Mr.

### 20.3.6 Bischofshut von Bischof Rudigier

Linz, Bischöfliches Ordinariat

### 20.3.7 Violettes Birett von Bischof Rudigier

Linz, Bischöfliches Ordinariat

### 20.3.8 Spazierstock von Bischof Rudigier

Holzstock mit Elfenbeingriff und Goldkordel; H. = 91 cm

Linz, Bischöfliches Ordinariat

### 20.3.9 „Leuchtapparat" von Bischof Rudigier bestehend aus Kerzenständer, Kerzen etc.

Er wurde beim täglichen Rosenkranz in der Votivkapelle des neuerbauten Domes in Linz verwendet.

Linz, Bischöfliches Ordinariat

## 20.4 Das erste Vaticanum und seine Folgen

### 20.4.1 Joseph Feßler (1813–1872)

Adolf Dauthage
Lithographie; H. = 59 cm, B. = 44 cm

Zwei der dominierendsten Persönlichkeiten des österreichischen Episkopats in der Zeit des Kampfes um die Gültigkeit des Konkordates stammen aus Vorarlberg und gehörten der Professorenschaft des Brixner Priesterseminars an: Joseph Feßler und Franz Joseph Rudigier.
Joseph Feßler, der 1865 Bischof von St. Pölten wurde, zählte mit zu den Befürwortern der Definition der päpstlichen Unfehlbarkeit auf dem 1. Vatikanischen Konzil. Papst Pius IX. schenkte ihm sein unbedingtes Vertrauen. Er übertrug ihm die überaus bedeutende Stellung eines geschäftsführenden Generalsekretärs des Konzils. Damit wurde Feßler zu einer der Schlüsselfiguren des Konzils und zu einer der markantesten Persönlichkeiten des österreichischen Katholizismus.

Wien, Niederösterreichische Landesbibliothek, Inv.-Nr. P 454 G. Mr.

### 20.4.2 Joseph Georg (Josip Juraj) Stroßmayer (1815–1905)

Joseph Franz Mücke
Öl auf Leinwand; H. = 92 cm, B. = 74 cm

Er stammte aus Esseg (Osjek); seit 1847 war er Hofkaplan in Wien; im Revolutionsjahr trat er entschieden für die Rechte seines kroatischen Volkes ein und stand in Verbindung mit dem Ban von Kroatien, Joseph Jellačić. 1849 wurde Stroßmayer

Bischof von Bosnien mit dem Sitz in Djakovo. Nach dem Ende des Neoabsolutismus profilierte er sich als nationaler Politiker, wurde 1860 Mitglied des verstärkten Reichsrates und Vertreter der kroatischen Volkspartei im ungarischen Landtag. Nach anfänglichem Zögern trat er während des 1. Vatikanischen Konzils entschieden gegen die Definition der päpstlichen Unfehlbarkeit auf. Ungemein stark war sein Einfluß auf das wachsende kulturelle Selbstbewußtsein des kroatischen Volkes.

Zagreb, Povijesni Muzej Hrvatske, Inv.-Nr. PMH 2774 G. Mr.

20.4.3 **Kardinal Joseph Othmar Ritter von Rauscher**

Kopie nach Amerling
Öl auf Leinwand; H. = 90 cm, B. = 77 cm

Rauscher zählte auf dem vatikanischen Konzil zu den Gegnern der Definition der päpstlichen Unfehlbarkeit und verließ Rom noch vor der feierlichen Beschlußfassung.

Wien, Erzbischöfliches Dom- und Diözesan-Museum G. Mr.

20.4.4 **Ferdinand Friedrich Graf Beust an Joseph von Palomba-Caracciolo**

1870 Juli 30, Wien
Konzept mit Paraphe von Beust

Beust als Leiter der österreichischen Außenpolitik übermittelte dem Geschäftsträger beim Heiligen Stuhl die Depesche zur Weiterleitung an die Kurie, daß die Regierung Seiner Majestät das Konkordat als aufgehoben ansehe. Die Bestimmungen seien durch die Staatsgrundgesetze überholt und durch die Definition der päpstlichen Unfehlbarkeit habe sich die Rechtsperson eines der Vertragspartner geändert. Letztere Behauptung war unhaltbar und geradezu lächerlich. Die Definition des Infallibilitätssatzes war für Beust nur ein Vorwand gewesen – sie erfolgte am 18. Juli 1870. Beust versuchte damit die Liberalen für seine außenpolitischen Ziele im Falle eines preußisch-französischen Krieges zu gewinnen.

Wien, Haus-, Hof- und Staatsarchiv, Berichte und Weisungen G. Mr.

20.4.5 **Pius IX. an Franz Joseph I.**

1874 März 7, Rom-Vatikan
Ausfertigung, eigenhändig unterzeichnet

Pius IX. antwortete erst 4 Jahre später auf die einseitige Aufkündigung des Konkordates durch Österreich. Damals drohten erneut wichtige Gesetzesvorlagen angenommen zu werden, die die Rechte der Kirche beschneiden sollten. Pius IX. richtete ein Rundschreiben an den österreichischen Episkopat, in dem die neuen Gesetzesentwürfe strikt abgelehnt und verurteilt wurden. Im Schreiben an Franz Joseph I. klang auch die Androhung der Verhängung von Kirchenstrafen durch. Der Papst wies auf die schwerwiegenden Folgen hin, die eine völlige Unterwerfung der Kirche unter die staatliche Autorität für das soziale Gefüge des Kaiserstaates mit sich bringen würde: *È inutile che Noi ripetiamo a Vostra Maestà le tristissime conseguenze, che da questo sconvolgimento di cose nell'ordine religioso, saranno per derivare indubitatamente, non tanto a scapito della Chiesa, che infine non mancherà di trionfare, quanto a danno e detrimento della suprema di Lei autorità e del riposo de' Suoi popoli.* Die von Pius verurteilten Gesetze erhielten trotzdem die kaiserliche Bestätigung im Mai 1874.

Wien, Haus-, Hof- und Staatsarchiv, Kabinettskanzlei, Geheimakte Karton 23 G. Mr.

20.4.6 **Petition der Altkatholiken**

Druck; H. = 34 cm, B. = 21 cm

Die altkatholische Bewegung entstand als Reaktion auf die Definition des Lehrsatzes über die Unfehlbarkeit des Papstes in Glaubens- und Sittenlehren auf dem 1. Vatikanischen Konzil. Geistiges Haupt dieser Bewegung war der anerkannte Kirchen- und Dogmenhistoriker Ignaz Döllinger. Als romfreie Religionsgemeinschaft fanden die Altkatholiken auch in Österreich Eingang und konstituierten sich 1877. Sie ging aus dem 1871 in Wien von Karl Lindner gegründeten Aktionskomitée hervor. 1877 wurden die Altkatholiken auch vom Staat anerkannt.

Wien, Altkatholische Kirche Österreichs G. Mr.

20.4.7 **Das Aktionskomitee der Altkatholiken**

Photokopie

Die Photographie zeigt die wichtigsten Mitglieder des Aktionskomitees, das am 27. Juli 1871 ge-

gründet wurde. Seine Aufgabe war es, die antiinfallibilistisch Gesinnten zu sammeln und Vorarbeiten für deren seelsorgliche Betreuung zu leisten.
Bedeutende Mitglieder des Komitees waren Pfarrer Alois Anton, der geistliche Führer der altkatholischen Bewegung, der am 15. Oktober 1871 den ersten altkatholischen Gottesdienst in der vom Wiener Gemeinderat zur Verfügung gestellten St. Salvatorkirche abhielt, und Dr. Karl Linder, Gründungsmitglied und später Präsident des Komitees, dessen Initiative es zu danken war, daß es zu einer gesetzlichen Anerkennung der Glaubensgemeinschaft kam.

Wien, Altkatholische Kirche Österreichs

W. Z.

## 20.5 Kirchenbauten

### 20.5.1 Kirchenneubauten in Wien

Bauten nicht-katholischer Konfessionen:

1. evangelische Gustav-Adolf-Kirche, Gumpendorf (VI.)
   Ludwig Förster, 1846–1849
2. evangelische Friedhofskapelle, Matzleinsdorfer Platz (X.)
   Theophil Hansen, 1857–1858
3. Pfarr- und Schulgebäude der nicht-unierten Griechen, I., Fleischmarkt
   Theophil Hansen, 1858

Neue Vorstadtpfarren:

4. Altlerchenfelder Kirche Zu den sieben Zufluchten (VII.)
   Johann Georg Müller, 1848–1861 (voll. v. Franz Sitte)
   Innenausstattung: Eduard van der Nüll
   Fresken: Josef Führich
5. Elisabethkirche auf der Wieden (IV.)
   Hermann von Bergmann, 1859–1868
6. Pfarrkirche Mariä Geburt, Hietzing (XIII.)
   Karl Roesner, 1863–1866
7. Weißgerber Pfarrkirche St. Othmar (III.)
   Friedrich von Schmidt, 1866–1869
8. Maria Vom Siege, Fünfhaus (XV.)
   Friedrich von Schmidt, 1867–1869
9. Pfarrkirche in der Brigittenau (XX.)
   Friedrich von Schmidt, 1867–1873
10. Pfarrkirche hl. Johannes Evangelist (X.), Keplerplatz
    Hermann von Bergmann, 1872–1876

Ordenskirchen:

11. Lazaristenkirche (VII.)
    Friedrich von Schmidt, 1860–1862
12. Mechitaristenkirche Maria Schutz (VII.)
    Camillo Sitte, 1871–1873

S. K.

### 20.5.2 Linz, Dom zur Unbefleckten Empfängnis Mariä

Abb.

Baumbachstraße
Vinzenz Statz, 1862ff, Gesamtweihe 1924
Glasgemälde: Johann Evangelist Klein, Felix Schatz, Josef Schmidt, Alfons Waldner

Jakob Weeser-Krell
Aquarell; H. = 120 cm, B. = 165 cm

Am 8. Dezember 1854 wurde das Dogma von der Unbefleckten Empfängnis Mariä verkündet, das Bischof Franz Joseph Rudigier mit der Errichtung eines Mariendomes verherrlichen wollte. Auf Empfehlung von Kardinal Rauscher übertrug man den Neubau dem Architekten Vinzenz Statz (1819–1898) von der Kölner Bauhütte, dessen Konkurrenzprojekt für die Wiener Votivkirche mit einem Preis ausgezeichnet worden war. Als Baumeister wurde Otto Schirmer, ebenfalls von der Kölner Bauhütte, engagiert. Am 1. Mai 1862 wurde der Grundstein gelegt, und der riesige Bau, der in seinen Ausmaßen mit dem Stephansdom konkurriert, etappenweise fertiggestellt. Ähnlich wie bei der Votivkirche war auch für den Linzer Dom das Schema der hochgotischen Kathedralenarchitektur Frankreichs vorbildhaft. Die dreischiffige Anlage mit Querschiff, Chorumgang mit Kapellenkranz und mächtiger Einturmfassade erhielt eine bemerkenswerte Glasfensterausstattung mit mariologischer (Chor und Kapellenkranz) und heimatlicher (Lang- und Querhaus) Thematik, die von der Tiroler Glasmalerei-Anstalt Neuhauser ausgeführt wurde.

Lit.: *Vogts, H.*, Vincenz Statz (1819–1898), Mönchengladbach 1960, S. 41f. – *Schmidt, J.*, Die Linzer Kirchen, Österr. Kunsttopographie Band XXXVI, Wien 1964, S. 76f.

Linz, Stadtmuseum, Inv.-Nr. 145

S. K.

Kat.-Nr. 20.5.2

20.5.3 **Wien, Votivkirche**

IX., Rooseveltplatz
Heinrich von Ferstel, 1854–1879

Heinrich von Ferstel und Rudolf von Alt
Aquarell über Feder in Braun; H. = 87 cm, B. = 105 cm

Mit der Errichtung der Votivkirche war der endgültige Durchbruch der Neugotik gelungen. Mit ihrem puristischen Anspruch, als eine Art Parallelschöpfung zu den Kathedralenbauten der klassischen Periode der Gotik zu erscheinen, war die Votivkirche eine frühe Absage an den subjektiven Stilsynthetismus zugunsten einer strengen Beachtung der historischen Vorbilder. An der 1854 ausgeschriebenen internationalen Konkurrenz hatten sich 75 Architekten beteiligt, Beurteilung und Auswahl nahm schließlich Erzherzog Ferdinand Max nach Absprache mit König Ludwig I. von Bayern vor. Am 24. April 1856 erfolgte die Grundsteinlegung, die Arbeiten – nach Kölner Vorbild wurde dafür eine Bauhütte gegründet, mit deren Leitung der Prager J. A. Kranner betraut wurde – stockten allerdings wegen Finanzierungsschwierigkeiten, so daß der Bau erst nach 25jähriger Bauzeit geweiht werden konnte.

Lit.: *Kassal-Mikula, R.*, Heinrich von Ferstel, Ausstellungskatalog, Wien 1983, S. 30f.

Wien, Privatbesitz S. K.

20.5.4 **Bruneck, Pfarrkirche Mariä Himmelfahrt**

Südtirol
Hermann von Bergmann, 1850–1855
malerische Ausstattung: Georg Mader, 1858–1866

Photokopie

1850 wurde die Brunecker Pfarrkirche durch Brand zerstört, noch im selben Jahr nahm der Dekan Anton von Klebelsberg den Wiederaufbau in Angriff. Als man um einen staatlichen Zuschuß ansuchte, wurde die Generalbaudirektion in Wien eingeschaltet und deren Architekt Hermann v. Bergmann mit der endgültigen Planung betraut. Angesichts des stehengebliebenen gotischen Chores erhoben sich zwar einige Stimmen für einen neugotischen Bau, es wurde jedoch die sparsamere

„neuromanische“ Variante vorgezogen. Hinter der stattlichen, stark plastisch durchgestalteten Turmfassade öffnet sich ein saalartiger Innenraum, der mit seiner einheitlichen Ausstattung, v. a. aber mit den Fresken Georg Maders (1824 bis 1881) zu den bemerkenswerten Beispielen des „Gesamtkunstwerkes“ im frühen Historismus gehört.

Lit.: Unsere Liebfrauenkirche. Die Pfarrkirche Mariä Himmelfahrt zu Bruneck. Geschichtliche Erinnerungen zur großen Erneuerung der Pfarrkirche 1974–1977. Bruneck 1977.

S. K.

20.5.5 **Brünn, Protestantische Kirche**

(Brno, ČSSR, třída obránců míru)
Heinrich von Ferstel, 1863–1865

Photokopie

Ferstel war an der architektonischen Neugestaltung von Brünn nach 1860 mit mehreren Privatbauten beteiligt, den repräsentativsten Auftrag bedeutete für ihn allerdings die Planung der neuen protestantischen Kirche. Der Schöpfer der Wiener Votivkirche entwarf einen strengen, betont einfachen Bau, der nur durch die innere Raumgestalt und durch die etwas aufwendigere Einturmfassade seine besonderen architektonischen Akzente erhält. Der Außenbau ist durch kräftige Strebepfeiler gegliedert, die Turmfassade schmückt ein reiches Maßwerkfenster über dem Portalvorbau.
Wenig später nach der Vollendung des Neubaues wurde Ferstel mit einem weiteren kirchlichen Auftrag betraut: der Brünner St. Jakob-Verein übertrug ihm die Restaurierung der Jakobskirche (1870–79).

Lit.: *Prokop, A.*, Die Markgrafschaft Mähren in kunstgeschichtlicher Beziehung, Band IV, Wien 1904, S. 1353–1355.

S. K.

20.5.6 **Czernowitz, griechisch-nichtunierte Bischofsresidenz** Abb.

Bukowina, UdSSR
Josef Hlávka, 1861/1864–1875

Photokopie

Anstelle der baufälligen Czernowitzer Bischofsresidenz wurde ein Neubau beschlossen, mit dessen Planung 1861 der junge tschechische Architekt Josef Hlávka (1832–1908) betraut wurde.
Der Residenzkomplex wurde auf durchaus barock empfundene Art als Ehrenhofanlage mit Hauptgebäude (Residenz) und zwei flankierenden Bauten (Seminar und Priesterhaus) konzipiert. Bei der architektonischen Gestaltung war für Hlávka vor allem das gleichzeitige Schaffen Theophil Hansens vorbildhaft: Der langgestreckte, zweigeschossige

Kat.-Nr. 20.5.6

Baukörper des Residenzgebäudes zeigt deutlich das architektonische Schema des Waffenmuseums, dessen Muster auch in der Fassadenlösung wiederkehrt.

Lit.: Wiener Zeitung 1861, Nr. 248, S. 3861: „Die griechisch nicht-unirten bischöflichen Residenzgebäude in Czernowitz". – *Thieme-Becker,* Allg. Lexikon der bildenden Künstler, Band XVII, Leipzig 1924, S. 157.

Wien, Allgemeines Verwaltungsarchiv S. K.

**20.5.7 Wien, Synagoge**

ehem. II., Tempelgasse
Christian Ludwig Förster, 1853–1858/1859

Aquarell

Der nicht-katholische Sakralbau konnte besonders in der frühen Phase des Historismus aus sehr mannigfaltigen künstlerischen Quellen schöpfen; der Schwerpunkt lag in der byzantinischen, islamischen und orientalischen Architektur, für deren dekorativen Reichtum das ästhetische Empfinden des frühen Historismus besonders aufgeschlossen war. Im besonderen Fall der Synagoge wirkte der Bau Gottfried Sempers in Dresden, 1838–1841 errichtet, vorbildhaft, Förster befaßte sich jedoch auch aus eigener Initiative, v. a. in seiner Eigenschaft als Herausgeber der Allgemeinen Bauzeitung, viel mit orientalischer Architektur. Seine Wiener Synagoge – und deren gleichzeitig errichtetes „Gegenstück" in Budapest – gehört mit ihrer dekorativen Prunkentfaltung zu den charakteristischen Schöpfungen dieser Richtung.

Lit.: *Wagner-Rieger, R.,* Vom Klassizismus bis zur Sezession, Wien 1973, S. 144–145.

Wien, Historisches Museum der Stadt Wien, Inv.-Nr. 46.076 S. K.

## 20.6 Die Vielfalt der Bekenntnisse im Spiegel ihrer liturgischen Geräte

**20.6.1 Kelch aus dem Besitz Bischof Feigeles** Abb.

Joseph Wieninger; 1852
Silber getrieben, gegossen, vergoldet; Emails am Fuß und Cuppaüberfang, reich mit Granaten besetzt; H. = 29,5 cm

Fuß mit leicht geschweiftem Umriß; Fußoberseite, Knauf und Überfang in typischen Formen des „Rosenbiedermeiers" verziert; auf Fuß und Cuppa jeweils vier Emailmedaillons (IHS-Zeichen, Marienemblem, Antonius mit Kind sowie sitzende Maria auf Fuß; auf der Cuppa Aufnahme Mariens in den Himmel, Markus (?) mit Löwen, Leopold und hl. Joseph).

St. Pölten, Domkirche J. Kr.

Kat.-Nr. 20.6.1

**20.6.2 Monstranz** Farbabb. 62

Entwurf: Eduard van der Nüll

Silber massiv, vergoldet; am Fuß Evangelistensymbole; Emaildekor im Schaugefäß, hinter der Marienfigur und am Fuß; am Schaft drei geschliffene Kugeln (Lapislazuli?); Wiener Punze 1863 auf Unterseite des Fußes; Meisterpunze H. C. G.; H. = 69 cm, B. = 34 cm, Dm. des Sockels = 24 cm

Wien, Pfarre Altlerchenfeld E. V.

**20.6.3 Ciborium** Farbabb. 63

Entwurf: Eduard van der Nüll

Silber massiv, vergoldet; am Fuß Steinschliffe, Fuß, Cuppa und Deckel mit emaillierten Rändern; Wiener Punze 1863; Meisterpunze D. P.; H. = 74 cm, B. = 21 cm, Dm. = 62 cm

Ciborium und Monstranz (Kat.-Nr. 20.6.2) gehören zur Ausstattung der Altlerchenfelder Kirche; mit diesem 1848 begonnenen Kirchenbau konnte erstmals die Idee des „Gesamtkunstwerkes" verwirklicht werden. Die Kirche besticht durch die harmonische Einheit der Ausstattung, die auch das liturgische Gerät miteinbezieht. Eduard van der Nüll stellte den Kirchenbau nach dem frühen Tod des entwerfenden Architekten Johann Georg Müller fertig.

Wien, Pfarre Altlerchenfeld E. V.

**20.6.4 Mitra**

Die Mitra und die im folgenden angeführten Objekte (Kat.-Nr. 20.6.5–20.6.7) stammen aus dem Besitz des Abtes Dominik Lebschy, der 1838 Abt des Prämonstratenserstiftes Schlägl in Oberösterreich wurde. Er war 1854 offizieller Brautführer Elisabeths durch Oberösterreich; von 1861 bis 1868 war er Landeshauptmann von Oberösterreich.

Stift Schlägl G. Mr.

**20.6.5 Pektorale**

Das Brustkreuz war ein Geschenk Kaiserin Elisabeths an Abt Dominik Lebschy.

Stift Schlägl

**20.6.6 Ring**

Stift Schlägl

**20.6.7 Prälatenschuhe**

Stift Schlägl

**20.6.8 Protestantischer Abendmahlkelch**

Wiener Silberschmiedarbeit; 1850
Silber, Meisterpunze CS; H. = 24 cm

Der Kelch stammt aus der 1849 eingeweihten Gustav-Adolf-Kirche (12 Apostelkirche) in Wien-Gumpendorf, dem ersten protestantischen Kirchenbau in Wien und Großbauprojekt des Vormärz. Der Kelch zeichnet sich durch seine schlichte Formgebung aus; der Unterteil der Cuppa ist kanneliert, der Oberteil in glatter Ausführung. Innenseiten noch schwach vergoldet. Der Fuß ist sechskantig hochgezogen bis zu einem kleinen Nodus und weiter bis zum Nodus, der ebenfalls sechskantig ausgeführt ist. Der Nodus ist verhältnismäßig klein, da dieser im Protestantismus keine liturgische Notwendigkeit besitzt

Wien, Evangelische Pfarrgemeinde Wien-Gumpendorf, Gustav-Adolf-Kirche St. N.-P.

**20.6.9 Christliches Gesangbuch für die Gemeinden der evangelischen Kirchen Aug. Conf. in Oberösterreich und Obersteiermark**

Nürnberg, Verlag der U. E. Sebald'schen Buchdruckerei
Druck; H. = 18,5 cm, B. = 11,5 cm

Wien, Evangelischer Oberkirchenrat E. V.

**20.6.10 Mitra** Abb.

Ukrainisch, Lwiw (Lemberg); 2. Hälfte 18. Jahrhundert
Seidenstickereiapplikationen auf Brokat; H. = 26 cm, B. = 20 cm

Zusammen mit dem Bischofsstab (Kat.-Nr. 20.6.11) und dem Omophorion (Kat.-Nr. 20.6.12) Teil der bischöflichen Insignien, die aus dem Besitz des ukrainischen (damals „ruthenischen") Metropolitan Erzbischof Joseph Sembratowycz stammen. Dieser Kirchenfürst, ein Mann des Ausgleichs zwischen Polen und seinen ukrainischen griechisch-katholischen Gläubigen, wurde vom Kaiser 1882 genötigt, zu resignieren. Damit gab Kaiser Franz Joseph I. den Wünschen der Polen nach; er ernannte aber den Neffen dieses Metropolitans, Dr. Silvester Sembratowycz, zum Lemberger Metropolitan, der 1895 sogar Kardinal wurde.

Lit.: *Pöchl, W. M.*, St. Barbara zu Wien, Wien 1975, Bd. 1, S. 220. – *Sauer, E.*, Die politischen Aspekte der

Kat.-Nr. 20.6.10

österreichischen Bischofsernennungen 1867–1903, Wien 1968, S. 175ff. – Kunst der Ostkirche, Katalog des Niederösterreichischen Landesmuseum N. F. 73, Wien 1977.

Wien, Ukrainische griechisch-katholische Pfarrkirche zu St. Barbara A. O.-D.

20.6.11 **Bischofsstab**

Ukrainisch, Lwiw (Lemberg); 2. Hälfte 18. Jahrhundert
Messing, versilbert, vergoldet; L. = 181 cm

Die Bekrönung des Stabes besteht aus zwei gegeneinandergerichteten Schlangenköpfen, dazwischen die Weltkugel mit Kreuz. Es ist dies wohl die übliche Form der Bischofsstäbe der byzantinischen Kirche, doch sind die großen Schlangen wie auch die große Weltkugel eine für die ukrainischen Bischofsstäbe typische Variante.

Lit.: Kunst der Ostkirche, Katalog des Niederösterreichischen Landesmuseums N. F. 73, Wien 1977, S. 223.

Wien, Ukrainische griechisch-katholische Pfarrkirche zu St. Barbara A. O.-D.

20.6.12 **Omophorion**

Ukrainisch, Lwiw (Lemberg); 2. Hälfte 18. Jahrhundert
Weiße Wolle mit schwarzen Wollkreuzen, gewirkt; L. = 500 cm, B. = 30 cm

Das Omophorion ist wesentlicher Bestandteil der liturgischen Kleidung der Bischöfe des byzantinischen Ritus. Es symbolisiert das verlorene Schaf, das der Hirte auf seine Schultern nimmt. Die Balken an den Enden sind Rangabzeichen: drei für den Bischof, vier für den Erzbischof und fünf für den Patriarchen.

Lit.: Kunst der Ostkirche, Katalog des Niederösterreichischen Landesmuseums N. F. 73, Wien 1977, S. 224.

Wien, Ukrainische griechisch-katholische Pfarrkirche zu St. Barbara A. O.-D.

20.6.13 **Liturgie (Rumänisch in kirchenslawischer Schrift)**

Liturgie, die eine kurze Auslegung aller liturgischen Regeln beinhaltet über die Eigenart der Rechtgläubigen Kirche des Ostens. Verfaßt von Samuel Andriewicz
Czernowitz; 1860
H. = 20,5 cm, B. = 13,5 cm

S. Andriewicz war Pfarrer des Dorfes Czahor im Bistum der Bukowina. Die Liturgie wurde gedruckt mit Einwilligung des „hochlöblichen Konsistoriums“.

München, Dr. Rudolf Wagner R. W.

20.6.14 **Stefan Tarnowieckyi: Christlicher Katechismus**

Beinhaltend die Lehre der rechtgläubigen (orthodoxen) katholischen Kirche des Ostens (rumänisch in kirchenslawischer Schrift)

Czernowitz, 1849
H. = 19,5 cm, B. = 12,5 cm
Herausgegeben in der Zeit der Amtsführung Eugen Hackmanns, Bischof des Herzogtums Bukowina

Tarnowieckyi war emeritierter Erzpriester und Katechismus- und Pädagogik-Lehrer an der orthodoxen theologischen Fakultät in Czernowitz. Der griechisch-orthodoxe Bischof Eugen Hackmann (1835–73) – Ruthene – war absolut kaisertreu.

München, Dr. Rudolf Wagner R. W.

20.6.15 **Sederschüssel**

Herkunft nicht eindeutig feststellbar; 19. Jahrhundert
Zinn; Dm. = 20,3 cm

Diese Zinnschüssel ist für den Sedertisch bestimmt, d. h. für das Mahl am Vorabend des Osterfestes (Pessach), dessen Ritus mit den vorgeschriebenen Gebeten und Lesungen in der Haggadah, einem schon im Altertum bekannten Kanon, enthalten ist.
Die Schüssel hat einen glatten Stabrand und zeigt im Fond die figurale Trassierung einer Jagdszene, die an eine Miniatur der berühmten Haggadah-Handschrift von Sarajewo erinnert. Zwischen Rand und Fond eine hebräische Inschrift, der Anfang eines Gebetes aus der Haggadah: *Deshalb sind wir verpflichtet, zu danken, zu preisen, zu loben . . . Den, der unseren Vätern und uns all diese Wunder getan hat* (gemeint ist der Exodus aus Ägypten).

Wien, Privatbesitz N. V.

20.6.16 **Torahschild (Tass)**

Beschauzeichen Brünn 1855; Meisterzeichen FB in ovaler Umrandung
Silber; H. = 27,5 cm, B. = 21,5 cm

Der Tass (wörtlich: Platte) ist ein Teil des Torahschmucks. Er wird über dem Torahmantel mittels einer silbernen Kette an die zwei Stäbe der Torahrolle gehängt.

Lit.: Judaica, S. 236.

Wien, Privatbesitz N. V.

20.6.17 **Torahzeiger (Jad)**

Österreich; laut Amtspunze nach 1872
Silber, vergoldet; L. = 26,5 cm

Beim gottesdienstlichen Vortrag eines Abschnittes aus der Torahrolle wird der Vorlesende durch dieses Instrument unterstützt, indem der Nebenstehende damit die Zeilen anzeigt; denn aus Ehrfurcht vor dem heiligen Buch soll man das Pergament nicht mit der Hand berühren. Die kunstvoll gefertigten Torahzeiger tragen die Bezeichnung Jad (= Hand), weil sie die Hand ersetzen und meistens an ihrer Spitze die Form einer Hand zeigen (vgl. den „Digitus“ beim römisch-katholischen Pontifikalamt).

Lit.: Judaica, S. 234.

Wien, Privatbesitz N. V.

20.6.18 **Torahmantel** Farbabb. 64

Niederösterreich; 1862
Samt; H. = 82 cm, B. = 48 cm

Der Torahmantel ist ein wichtiger Teil des Torahschmucks, in dieser Umhüllung wird die Torahrolle im Schrein aufbewahrt. Er besteht aus einem Kopfstück, durch das die Stäbe gesteckt werden, und einem größeren Tuch (Mappah), das die Rolle umgibt. Auf bordeauxrotem Samtgrund, der mit einer Bandelbordüre eingefaßt ist, sind mit Goldfaden historische Ornamente und die Widmung gestickt. Der Text besagt: *Diese Torahrolle mit ihrem Gewand und Schmuck ist eine Gabe des wohlgeborenen Herrn Salomon Eckler und seiner Gemahlin Miriam zur Barmizwa-Feier ihres Sohnes David Juda. Im Jahre (5)622* (= 1862).

Wien, Privatbesitz N. V.

20.6.19 **Kidduschbecher**

Österreich; laut Amtspunze nach 1872
Silber, vergoldet; H. = 8,3 cm

Bei festlichen Mählern, z. B. am Freitag abend, dem Beginn der Feier des Sabbats, spricht der Familienvater als erstes den Segen über den Wein. Zu diesem Anlaß dient ein kostbarer Becher oder Kelch.
Auf der Standfläche ein Satz aus dem Segensgebet (in Übersetzung): *Gepriesen seist Du, Herr unser*

*Gott, König der Welt, der Du die Frucht der Rebe erschaffst!*

Lit.: Judaica, S. 232.

Wien, Privatbesitz N. V.

20.6.20 **Sammelbüchse**

Österreich; laut Amtspunze nach 1872; Firmenzeichen: Argentor
Silber; H. = 16,2 cm, B. = 9 cm

Jede jüdische Gemeinde legt großen Wert auf die Pflege der Wohltätigkeit in ihren Reihen, was seit alters zu einem regen Vereinsleben mit karitativen Zwecken führte. Daher rühren zahlreiche handwerklich bemerkenswerte Sammelbüchsen.

Lit.: Judaica, S. 260, Abb. 55.

Wien, Privatbesitz N. V.

20.6.21 **Tabatière**

Österreich; laut Amtspunze nach 1872. Meisterzeichen AH in ovaler Umrandung
Silber; H. = 2,8 cm, B. = 10,2 cm, T. = 3,8 cm

Die hebräische Inschrift (des Namens Hirsch Nachum Lewin) weist die Schnupftabaksdose als in einen jüdischen Haushalt gehörig aus. Am Boden eingearbeitet befindet sich eine spitzovale Kartusche, der Deckelrand zeigt ein graviertes Bandornament, im Mittel wieder eine Kartusche mit Blumenrand, darin die erwähnte hebräische Inschrift.

Lit.: Judaica, S. 259, Abb. 66.

Wien, Privatbesitz N. V.

20.6.22 **Chanukkaleuchter**

Österreich (Meisterzeichen EG); laut Wiener Amtspunze nach 1872
Silber; H. = 19 cm, B. = 27 cm

Chanukka bedeutet „Einweihung", gemeint ist das Fest der Tempel- oder Altarweihe, das der Überlieferung nach auf das Jahr 165 v. Chr. zurückgeht, als Judas Makkabäus über die heidnische Herrschaft siegte und den Tempel in Jerusalem dem Gottesdienst zurückgab. Der Weihetag war der 25. Kislev (Ende November/Dezember), an dem das Chanukkafest alljährlich beginnt und durch acht Tage dauert. Hierher gehört die Legende, daß man damals in dem verwüsteten Tempel noch einen einzigen Krug mit reinem Öl für den Leuchter gefunden und diese geringe Menge für volle acht Tage gereicht habe. Für die Feier des Festes in der Synagoge und in der Familie ist der Chanukkaleuchter entstanden. Er enthält acht Lichter und gesondert den „Schammes" (Diener), der zum Entzünden der einzelnen Lichter dient; denn an jedem Tag des Festes wird ein Licht mehr angesteckt. Material, Form und Stil lassen die verschiedensten Variationen zu. Das vorliegende Stück ist aus Silber, gotischen Stil nachahmend (Laxenburger Gotik), gefertigt, die Lichter sind in Form von Ölnäpfchen auf einem Querbalken angeordnet.

Lit.: Judaica, S. 255.

Wien, Privatbesitz N. V.

20.6.23 **Chanukkaleuchter** Abb.

Vermutlich Arbeit eines Wiener Silberschmiedes; Beschauzeichen: Alt-Wien 1846
Silber; H. = 23 cm, B. = 33 cm

Dieser Leuchter enthält die acht Ölflammen im Kapitell eines Triumphbogens. Zwei runde Säulen mit reliefierten Wülsten tragen es, die Mitte des Pilasters zeigt die Habsburgerkrone, flankiert von zwei Muschelornamenten. Die Öllämpchen liegen unter einem Scharnierdeckel, in dem die Docht-

Kat.-Nr. 20.6.23

tüllen eingelassen sind. Auf dem halbkreisförmigen schwarzen Holzsockel, der den Leuchter trägt, ist vor dem Bogen der Schammes angebracht.

Wien, Privatbesitz N. V.

**20.6.24 Besomimbüchse (Dampfmaschine)**

Österreich; 3. Viertel 19. Jahrhundert
Silber; H. = 14,2 cm, B. = 10 cm

Die Besomimbüchse hat in der Zeremonie des „Sabbat-Ausgangs" ihren Platz. Das hierfür bestimmte Gebet spricht die Unterscheidung *(havdalah)* zwischen Sabbat und Werktag wie überhaupt zwischen Heiligem und Profanem aus, dabei werden unter den Anwesenden wohlriechende Gewürze *(besamim)* herumgereicht. Seit dem Mittelalter ist die Verwendung von Behältern für solche Kräuter bezeugt.
Die Künstler und Handwerker entwarfen Besomimbüchsen in den verschiedensten Formen, in dem vorliegenden Objekt zollte der Silberschmied dem anbrechenden Industriezeitalter seinen Tribut: Ein kleines Dampfmaschinenmodell dient zur Aufnahme der Gewürze.

Lit.: Judaica, S. 246, Abb. 14.

Wien, Privatbesitz N. V.

**20.6.25 Tempel-Besomimbüchse**

Österreich; 1854
Metall, schwaches Silber; H. = 40,3 cm

Diese Besomimbüchse, die für den Gebrauch in der Synagoge bestimmt war, zeigt die Form eines Turmes oder einer Zitadelle, wie sie schon von antiken Räuchergefäßen überliefert ist. Auf dem Bekrönungsfähnchen die hebräische Inschrift eingraviert: *Dies spendete der edle Herr Feiwel Huter, im Jahre 5614* (1854).

Lit.: Judaica, S. 247, Abb. 87.

Wien, Privatbesitz N. V.

## 20.7 Devotionalien

**20.7.1 Kardinal Scitovszky vor der Marienstatue von Maria Zell**

Metall; H. = 20 cm; Sockel: B. = 17 cm, T. = 9 cm

Seit dem Spätmittelalter war Maria Zell für die ungarische Nation ein gesuchter Wallfahrtsort. Im Tympanon über dem Hauptportal der Basilika wird darauf bereits Bezug genommen. Zahlreich sind die Erinnerungsstücke an ungarische Pilgerzüge, an ungarische Stiftungen im steirischen Wallfahrtsort, wo auch die Symbolgestalt ungarischen kirchlichen Widerstandes gegen die Staatsgewalt, Kardinal Joszef Mindszenthy, seine letzte Ruhestätte fand. Johann Scitovszky de Nagy-Kér bestieg 1849 den ungarischen Primatialstuhl von Gran (Esztergom). Unter seiner Regierungszeit wurde der Neubau der Graner Kathedrale vollendet, die er 1856 weihte. Scitovszky machte bei den Konkordatsverhandlungen Schwierigkeiten, weil er die Geltung auf die österreichisch-böhmischen Ländern beschränkt wissen wollte.

Esztergom, Keresztény Múzeum G. Mr.

**20.7.2 Muttergottes vom Heiligen Berg**

Holz; H. = 35 cm

Devotionalkopie der Gnadenstatue vom Heiligen Berg bei Příbram. Holzfigürchen. Maria, gekleidet in rotes Kleid und blauen, gelb umrandeten Mantel, hält nacktes Jesuskind mit gekreuzten Beinen auf rechtem Arm, Spitze ihres linken Schuhs ist erkennbar. Mutter und Kind tragen mächtige dreigeteilte Goldkronen.

Wien, Sammlung Dir. Hans Schölm W. G.

**20.7.3 Příbramer Krippenberg**

Papierkopie einer von einem Bergmann im 19. Jahrhundert angefertigten Krippe aus Holz und Papiermaché; H. = 27 cm, B. = 48 cm, T. = 21 cm

Wolkersdorf im Weinviertel, Dr. Gertrude Galler W. G.

## 21. KÖNIGREICH UNGARN

### 21.1 Zrinyi und Frangepán im Gefängnis von Wiener Neustadt

Viktor Madarász; 1864
Öl auf Leinwand; H. = 65 cm, B. = 81,5 cm

Viktor Madarász studierte in Wien, zuerst an der Akademie, später bei Ferdinand Georg Waldmüller. 1856 wechselte er nach Paris. Der vierzehn Jahre währende Aufenthalt in Paris – damals entstand auch das hier gezeigte Bild – war die fruchtbarste Periode seiner künstlerischen Laufbahn. Seine Historiengemälde, deren Themen ausnahmslos aus der ungarischen Vergangenheit geschöpft sind, wurden schon 1861 mit der Goldmedaille ausgezeichnet. Das Thema: Péter Zrinyi, Ban von Kroatien, und sein junger Schwager, Ferenc Frangepán, sind wegen ihrer Teilnahme an der Wesselényi-Verschwörung gegen Kaiser Leopold I. zum Tode verurteilt worden. Am 29. April 1671, dem letzten Tag vor ihrer Hinrichtung, nehmen sie im Gefängnis Abschied voneinander. In diesem Werk verdichtet sich der deutlich anti-habsburgische Patriotismus der Magyaren, für die Zrinyi und Frangepán als Märtyrer der nationalen Freiheit gelten. Daher hatte es ungeheuren Erfolg, als es 1866 in Pest gezeigt wurde. Hier handelt es sich um die kleinere, jedoch völlig ausgearbeitete Studie zu der großen Ausführung, die gleichfalls in der Ungarischen Nationalgalerie hängt.

Lit.: Művészet Magyarországon 1830–1870, Budapest 1981, Nr. 140.

Budapest, Magyar Nemzeti Galéria, Inv. FK 4110
É. B.

### 21.2 Gyula Graf Andrássy

Bertalan Székely; um 1872
Öl auf Leinwand; H. = 58 cm, B. = 42,5 cm

Das Porträt zeigt den ungarischen Staatsmann am Höhepunkt seiner Macht. Wegen Teilnahme an der Revolution 1848 in Abwesenheit zum Tod verurteilt, wurde er 1857 vom Kaiser amnestiert und konnte in die Heimat zurückkehren. Im ungarischen Landtag wurde er zum Helfer und Vertrauten des Führers der liberalen Partei Ferenc Deák. Am 17. Februar 1867 wurde er ungarischer Ministerpräsident. In dieser Funktion brachte er gemeinsam mit Deak den Ausgleich zustande. 1871 bis 1879 war er k. u. k. Außenminister. Den großen Einfluß auf die Politik verdankte er nicht zuletzt seiner besonderen Beziehung zu Kaiserin Elisabeth und deren Vorliebe für das ungarische Volk.

Budapest, Magyar Nemzeti Múzeum, Historische Bildergalerie, Inv.-Nr. 1606 G. R. / E. V.

### 21.3 Ferenc Deák

Bertalan Székely; 1869
Öl auf Leinwand; H. = 146 cm, B. = 122 cm

Nach der Niederwerfung der Revolution 1848/49 wurde Ferenc Deák, der 1848 im ersten ungarischen Kabinett Batthyány die Position des Justizministers bekleidet hatte, der Führer der gemäßigten liberalen Partei. Sein maßvolles Vorgehen und die ungünstige politische Lage 1866 beschleunigten die Verhandlungen, die 1867 zur Ratifizierung des Ausgleichs führten.

Lit.: *Wilhelm, C. G.,* Deák Ferenc ábrázolások (Die Porträts Ferenz Deáks), in: Folia Historica 4 (1976) S. 96.

Budapest, Magyar Nemzeti Múzeum, Historische Bildergalerie, Inv.-Nr. 155 G. R. / E. V.

### 21.4 Königin Elisabeth an der Bahre Ferenc Deáks

Alphonse Masson nach Mihály Zichy; nach 1876
Radierung; H. = 67 cm, B. = 89,6 cm

Elisabeth hatte eine große Zuneigung zu Deák, dem „Alten“, wie sie ihn nannte. Sein Bild hing über ihrem Bett, und seinen Tod 1876 betrauerte sie demonstrativ heftig. Die Radierung wurde von Masson nach dem Monumentalgemälde von Mihály Zichy geschaffen. Das Blatt wurde der Königin von der Ungarischen Vereinigung in Paris gewidmet. Die Szene spielt in der Vorhalle der Ungarischen Akademie der Wissenschaften.

Budapest, Magyar Nemzeti Múzeum, Historische Bildergalerie, Inv.-Nr. 53.1085 G. R./B. H.

### 21.5 Damenkleid

Ungarn; um 1864
Naturfarbener Stoff, mit roter, grüner, schwarzer und blauer schräger Verzierung.

Das Kleid wurde von Irma Kováts, der Tochter eines Museologen des Ungarischen Nationalmuseums getragen. In der Verzierung des Kleides wird auf die ungarischen Nationalfarben angespielt.

Budapest, Magyar Nemzeti Múzeum, Textilsammlung, Inv.-Nr. 1959. 1616.1–4 K. F.-D.

21.6 **Überreichung der ungarischen Kroninsignien nach deren Wiederauffindung**

Lithographie, koloriert; H. = 68 cm, B. = 53 cm

Die ungarischen Kroninsignien waren während der Revolution in Sicherheit gebracht und vergraben worden. Erst 1853 wurden sie bei Orsova wiederaufgefunden.

Budapest, Budapesti Történeti Múzeum, Inv.-Nr. 8982 E. V.

21.7 **Brief Kaiserin Elisabeths an Kronprinz Rudolf**

Sassetot-le-Mauconduit, 29. August 1875

Die Vorliebe Elisabeths für Ungarn kam auch in einer deutlichen Bevorzugung der ungarischen Sprache zum Ausdruck, die sie auch in der Korrespondenz mit ihrem Sohn verwendete.

Wien, Haus-, Hof- und Staatsarchiv, Selekt Kronprinz Rudolf Kart. 18, fol. 90, 91 E. V.

21.8 **Brief Kaiserin Elisabeths an Eötvös**

17. April 1869

Der Brief ist an den liberalen Politiker und Schriftsteller Josef Eötvös gerichtet, mit dem die Kaiserin durch Vermittlung eines anderen liberalen Ungarn, Max Falk, Verbindung hatte. Die Briefe der Kaiserin an Eötvös waren von einer bemerkenswerten Zartheit und Verehrung, die sie bei Schriftstellern aus anderen Teilen der Monarchie nie offenbarte.
(Übersetzung: Obwohl ich erfahren habe, daß Sie eine Einladung zum Mittagessen nicht gerne annehmen, lassen Sie mich dennoch hoffen, daß Sie diesmal eine Ausnahme machen werden. Ihre Verehrerin Elisabeth).

Privatbesitz B. H.

21.9 **Ceremoniel der Krönung Ihrer Majestäten**

Handschriftlich vervielfältigte Broschüre; 1867
Als Beilagen drei Faltpläne mit dem Schema der Matthiaskirche, der Garnisonskirche und des Bankettsaales anläßlich der Krönungsfeierlichkeiten; H. = 32 cm, B. = 98 cm

Budapest, Országos Széchényi Könyvtár, Flugschriftenabteilung 1867 P. U.

21.10 **Krönung Kaiser Franz Josephs in der Matthiaskirche**

Vinzenz Katzler
Lithographie, koloriert; H. = 53,5 cm, B. = 71 cm

Die vier Tage währenden Feierlichkeiten anläßlich der Krönung zum ungarischen König begannen mit dem Empfang der Mitglieder des Reichstages im Thronsaal der Ofener Burg, bei dem die Abgeordneten die Königin offiziell darum baten, sich krönen zu lassen und an Franz Joseph den Wunsch herantrugen, Graf Andrássy möge innerhalb der Krönungszeremonie die Rolle des Palatins übernehmen.
Der Krönungstag war der 8. Juni 1867; der Primas von Ungarn salbte Franz Joseph zum König, Andrássy setzte ihm, in Vertretung des Palatins, die Krone auf. Nach altem Brauch wurde auch Elisabeth gesalbt, ihr wurde die Krone über die rechte Schulter gehalten.

Budapest, Budapesti Történeti Múzeum, Inv.-Nr. 28.404 E. V.

21.11 **Die Eidesleistung** Abb.

Lithographie, koloriert; H. = 64 cm, B. = 74 cm

Von der Matthiaskirche, in der die Krönung stattgefunden hatte, bewegte sich der Festzug über die Kettenbrücke von Ofen nach Pest. Vor dem Lloydgebäude war die Schwurtribüne errichtet worden, wo der Festzug haltmachte. Hier legte Franz Joseph den Eid ab: *Die Rechte, die Verfassung, die gesetzliche Unabhängigkeit und Territorialintegrität Ungarns und der Nebenländer werden Wir unverletzt aufrecht erhalten.*

Budapest, Budapesti Történeti Múzeum, Inv.-Nr. 28.406 E. V.

21.12 **Krönungsritt Kaiser Franz Josephs**

Vinzenz Katzler; 1867
Lithographie, koloriert; H. = 45 cm, B. = 55 cm

Nach der Eidesleistung erfolgte der traditionelle Krönungsritt auf den Krönungshügel, der aus

Kat.-Nr. 21.11

Erde aller Komitate errichtet war (vgl. Kat.-Nr. 21.15).

Budapest, Magyar Munkásmozgalmi múzeum

E. V.

21.13 **Die Krönung** Farbabb. 26

Bertalan Skékely; 1867
Öl auf Leinwand; H. = 39 cm, B. = 58 cm

Im Jahr 1867 erhielt Székely den Auftrag, die aus Anlaß der Krönung Franz Josephs zum König von Ungarn zu veranstaltenden Feierlichkeiten in fünf oder sechs Aquarellen zu verewigen. Sie sollten dem Königspaar verehrt werden. Zu dieser Serie, welche in endgültiger Form nicht verwirklicht wurde, schuf der Künstler die hier gezeigten Ölskizzen. Die Krönung fand am 7. Juni 1867 in der Matthiaskirche in Buda statt. Die Szene ist in Aufsicht aus der Ferne zu sehen, doch sind die sich voneinander absondernden Gruppen der im Chor an der Zeremonie Beteiligten und die Silhouetten der im mittleren Teil auf erhöhtem Platz sitzenden Königin und ihrer Hofdamen gut erkennbar. Als außergewöhnliche Vorzüge des Bildes seien der innerhalb des roten Grundtons vibrierende Farbenreichtum, die feierlich-stimmungsvollen Lichteffekte sowie die nahezu impressionistisch gelockerte Pinselführung hervorgehoben.

Lit.: *Haulisch, Lenke,* Székely Bertalan, Budapest 1964, S. 19. – *Bakó, Zsuzsanna,* Székely Bertalan, Budapest 1982, S. 32.

Budapest, Magyar Nemzeti Galéria, Inv.-Nr. 51.85 Zs. B.

**21.14 Der Eid**

Bertalan Székely; 1867
Öl auf Leinwand; H. = 39 cm, B. = 57,5 cm

Nach der Krönung bewegte sich der königliche Festzug auf die Pester Seite, auf den Platz zwischen der Innerstädtischen Pfarrkirche und der Donau, wo der König auf der dort errichteten Ehrentribüne vor den Repräsentanten der kirchlichen und weltlichen Macht den Eid auf die Verfassung ablegte. Malerisch ist diese Komposition die härteste der ganzen Serie, ihre Farbenwelt hingegen die reichste und von größter Vielfalt.

Budapest, Magyar Nemzeti Galéria, Inv.-Nr. 51.86 Zs. B.

**21.15 Der Schwerthieb** Farbabb. 27

Bertalan Székely; 1867
Öl auf Leinwand; H. = 39 cm, B. = 57,5 cm

Gemäß altem ungarischen Brauch besteigt der gekrönte König nach abgelegtem Eid sein Pferd. Die Krone auf dem Haupt, im Mantel des heiligen Königs Stephan und mit dessen Schwert reitet er im Galopp auf den neben der Kettenbrücke errichteten Krönungshügel. Auf diesem Hügel, der aus der Erde aller Komitate des Landes zusammengetragen wurde, tut er mit dem Schwert je

Kat.-Nr. 21.18

Kat.-Nr. 21.19

einen Hieb nach den vier Weltgegenden als Symbol seiner Bereitschaft, das Land gegen jeden feindlichen Angriff aus welcher Richtung auch immer zu verteidigen. Auf der linken Seite des Bildes sieht man den geschmückten (heute nicht mehr bestehenden) Lloyd-Palast, im Hintergrund ist der Gellértberg zu erkennen.

Budapest, Magyar Nemzeti Galéria, Inv.-Nr. 51.87 Zs. B.

**21.16 Der Ritterschlag** Farbabb. 28

Bertalan Székely; 1867
Öl auf Leinwand; H. = 39,5 cm, B. = 58 cm

Das Gemälde stellt einen Moment der Ausübung königlicher Macht, den Ritterschlag, dar. Das Ereignis spielt sich im Thronsaal des Königsschlosses ab. Die pastose, gelockerte Malweise und der auf eine Grundfarbe abgestimmte kompositionelle Aufbau waren eine beliebte und häufig verwendete Methode des Malers, besonders in seinen Skizzen. Die rötliche Grundtönung kehrt wieder zurück und erzeugt eine stimmungsvolle, verinnerlichte Atmosphäre. Ähnlich wie in der Krönungsszene verstärkt das durch die Fenster am Ende des Saals eindringende Licht diese Wirkung.

Budapest, Magyar Nemzeti Galéria, Inv.-Nr. 51.88 Zs. B.

**21.17 Kaiser Franz Joseph empfängt die Honvéd-Deputation**

Vinzenz Katzler
Federzeichnung, laviert; H. = 32,2 cm, B. = 48 cm

Der Empfang fand am 7. Dezember 1868 in Ofen statt. Die Honvéd-Armee war jene nationalungarische Armee, die in der Revolution 1848/49 gegen die kaiserlichen Armeen gekämpft hatte und die auf Andrássys Betreiben als königlich ungarische Landwehr nach dem Ausgleich wieder eingerichtet wurde.

Wien, Historisches Museum der Stadt Wien, Inv.-Nr. 91.410 E. V.

**21.18 Kaiser Franz Joseph** Abb.

Eduard Swoboda; 1857
Öl auf Leinwand; H. = 292 cm, B. = 216 cm

Esztergom, Keresztény Múzeum, Inv.-Nr. 59.933

**21.19 Kaiserin Elisabeth** Abb.

Eduard Swoboda; 1857
Öl auf Leinwand; H. = 292 cm, B. = 215 cm

Esztergom, Keresztény Múzeum, Inv.-Nr. 59.934

**21.20 Die fürstlichen Magnatengewänder**

Magnatengewänder (Díszmagyar) sind jene charakteristischen Festkleider, die ursprünglich nur vom ungarischen Adel, dann auch von hohen Vertretern des öffentlichen Lebens bei feierlichen Anlässen getragen wurden. Die Exponate stammen aus dem 19. Jahrhundert und sind, wie es Brauch war, von Generation zu Generation vererbt worden. Die Gewänder wurden noch vom vorletzten Fürstenpaar getragen, und waren bis 1944, solange Ungarn also zumindest nominell Monarchie war, in Verwendung.
Die Farbgebung der Gewänder glich man jenen türkischen Schabracken an, die die Batthyánys in den Türkenkriegen als Beutestücke erworben hatten und von besonderer Farbenpracht waren. Das männliche Gewand, das das ältere ist, besteht aus dem dolmány (Uniformrock, aus Brokat, gold auf rosa, mit Halbedelsteinknöpfen), worüber die mente (Kragen) aus blauem Samt mit Marderverbrämung liegt. Die Kappe (kalpak), gleichfalls aus blauem Samt und Marderpelz, ist mit Halbedelsteinen, Perlen und Reiherfedern besetzt. Die Hose (nadrág) ist goldverschnürt. Die Krawatte mit Metallbehang versehen, ist aus schwarzer Seide. Dazu kommt der Prunksäbel, dessen Scheide mit blauem Samt bezogen ist und die schwarzen Lederstiefel mit Sporen (Ränder metallbesetzt). Der eigentliche Schmuck besteht aus der Säbelkette, dem Gürtel und der Halskette, die vergoldet und mit Halbedelsteinen und Perlen besetzt sind. Das weibliche Gewand ist viel schlichter, aus blauem Samt, bestickt, mit Goldverschnürung, wobei die Spitzenbluse im Kleide eingearbeitet ist.

Privatbesitz L. B.-St.

**21.21 Herrengalakleid**

a. Mente
Dunkelbraune Seide mit im Relief gewebtem orientalischen Muster; 2. Hälfte 19. Jahrhundert
Inv.-Nr. 1957.122

b. Dolman
Seide, gold-gelb gemustert; 2. Hälfte 19. Jahrhundert
Inv.-Nr. 1957.123

c. Beinkleid
Dunkelbraune Trikotseide; 2. Hälfte 19. Jahrhundert
Inv.-Nr. 1957.124

d. Kalpag (Hut)
Braune Ripsseide, mit Fuchspelz verbrämt; 2. Hälfte 19. Jahrhundert
Inv.-Nr. 1957.125

e. Stiefel
Schwarzes Leder, mit kupfernen Sporen
Inv.-Nr. 1957.126.1–2

f. Krawatte
Schwarzer Atlas, an beiden Enden Goldfransen; 2. Hälfte 19. Jahrhundert
Inv.-Nr. 1957.128

g. Schmuckknöpfe
Gold, mit schwarzem Email, Almandin und Amethyst, Verzierung in Form von Nelken, Tulpen und Rosetten; 17. Jahrhundert
Inv.-Nr. 1879.114.56

a–f stammen aus dem Besitz der Familie Hadik-Barkóczy, g ist ein Geschenk des Baron Ferenc Révay.

Budapest, Magyar Nemzeti Múzeum, Textilsammlung K. F.-D.

**21.22 Ungarische Samtjacke Kaiserin Elisabeths**

Schwarze Samtjacke von einem ungarischen Kostüm mit reicher Goldstickerei und weiten Ärmeln, besetzt mit kleinen Zierknöpfen, überzogen von Goldgespinst, schwarzes Seidenfutter.

Die Vorliebe Kaiserin Elisabeths für Ungarn kam nicht nur in ihren Bemühungen zur Erlernung der ungarischen Sprache (vgl. Kat.-Nr. 21.7) und der Bevorzugung von Schloß Gödöllö als Aufenthalt zum Ausdruck, sondern wurde auch demonstrativ durch das Tragen ungarischer Kostüme zur Schau gestellt.

Privatbesitz E. V.

**21.23 Ungarisches Bauernzimmer in Schönbrunn**

Gyula Tury; 1888
Aquarell; H. = 16,8 cm, B. = 16,5 cm

Aus Liebe zum ungarischen Landleben richtete sich Kaiserin Elisabeth im Schönbrunner Park ein Bauernhaus im alten ungarischen Stil ein. Sie hielt dort auch Milchkühe, ließ sich Butter und Käse nach ungarischer Art zubereiten und schuf sich so eine ungarische Oase mitten im Wiener Hofleben.

Budapest, Magyar Nemzeti Múzeum, Historische Bildergalerie, Inv.-Nr. 55.1583 B. H./G. R.

**21.24 Kaiserin Elisabeth auf dem Pferd Avolo**

Wilhelm Richter; 1876
Öl auf Leinwand; H. = 47 cm, B. = 58 cm

Schloß Gödöllö, das Geschenk der ungarischen Nation an das gekrönte Königspaar, wurde zum Lieblingsaufenthalt Elisabeths, wenn sie sich nicht gerade auf Reisen befand. Dort konnte sie ihre Reitleidenschaft voll ausleben. In Gödöllö ließ sie eine Manege errichten, in der sie mit Zirkuspferden arbeitete und die hohe Schule ritt.

Budapest, Magyar Nemzeti Múzeum, Historische Bildergalerie, Inv.-Nr. 1862 E. V.

**21.25 Service für Kaiser Franz Joseph**

Herend; Produktion ab etwa 1871
Porzellan, mit Goldgirlanden und Monogramm Kaiser Franz Josephs

a. Kaffeekanne
H. = 10,6 cm

b. Zuckerdose
H. = 5,8 cm, Dm. = 6,5 cm

c. Cremetasse mit Untertasse in einem Stück
H. = 9,8 cm

d. Sauciere
H. = 20,3 cm, Dm. = 16 cm

e. Suppenterrine
H. = 24,1 cm, Dm. = 17,8 cm

f. Sauciere
H. = 14 cm, Dm. = 19 cm

Herendi Múzeum, Inv.-Nr. 1985–1990 E. V.

**21.26 Service für Kaiser Franz Joseph**

Herend; Produktion ab etwa 1870
Porzellan, Waldstein-Muster (Gold-Purpur-Staffage) und Monogramm Kaiser Franz Josephs

a. Senfnapf mit Unterteil in einem Stück
H. = 12,1 cm, Dm. = 6,4 cm
Inv.-Nr. 1994

b. Sauciere mit Untertasse in einem Stück
H. = 20,3 cm, Dm. = 11,4 cm
Inv.-Nr. 1992

c. Suppenterrine
H. = 21,1 cm, Dm. = 16,8 cm
Inv.-Nr. 1991

d. Sauciere mit Untertasse in einem Stück
H. = 20,3 cm, Dm. = 11,6 cm
Inv.-Nr. 1993

e. Kuchenschüssel
Dm. = 31 cm
Inv.-Nr. 1996

f. Bratenschüssel
Dm. = 33,3 cm
Inv.-Nr. 1997

g. Bratenschüssel
Dm. = 45 cm
Inv.-Nr. 1998

h. Eierbecher
H. = 5,5 cm, Dm. = 4,6 cm
Inv.-Nr. 921

i. Tasse
H. = 7 cm, Dm. = 9,7 cm
Inv.-Nr. 816

j. Kaffeekanne
H. = 15 cm
Inv.-Nr. 507

k. Flacher Teller
H. = 24 cm
Inv.-Nr. 1595

Herendi Múzeum E. V.

**21.27 Teeservice für Gödöllö**

Herend
Porzellan mit „Gödöllö-Dekor"

(Aus konservatorischen Gründen mußte auf die Entlehnung der Originale verzichtet werden.)

Herendi Múzeum, Inv.-Nr. 351 E. V.

# 22. MEDIZIN

**22.1** **Das Professorenkollegium der Medizinischen Fakultät der Universität Wien, 1853**

August Prinzhofer; Wien 1853
Photokopie

Das Professorenkollegium der Wiener Medizinischen Fakultät von 1853 mit den beiden Begründern der Zweiten Wiener Medizinischen Schule: Carl v. Rokitansky (sitzend Mitte) und Joseph Skoda (sitzend 2. v. li.)

Wien, Institut für Geschichte der Medizin, Bildarchiv, Inv.-Nr. 670/1 K. S.

**22.2** **Das Professorenkollegium der Medizinischen Fakultät der Universität Wien, 1882**

Adolph Dauthage; Wien 1882
Photokopie

Das Professorenkollegium der Wiener Medizinischen Fakultät von 1882 mit Theodor Billroth

Wien, Institut für Geschichte der Medizin, Bildarchiv, Inv.-Nr. 670/94 K. S.

**22.3** **Carl von Rokitansky (1804–1878)** Farbabb. 34

H. Schachinger nach G. Mayer; Wien
Öl auf Leinen; H. = 71 cm, B. = 58 cm

Carl von Rokitansky war neben Joseph Skoda ein Mitbegründer der Zweiten Wiener Medizinischen Schule. Er gab ein „Handbuch der speciellen pathologischen Anatomie“ heraus, in dem er die Pathologie auf eine moderne, naturwissenschaftliche Basis stellte. In seinen Schriften versuchte er die pathologische Anatomie zur Grundlage medizinischen Denkens und Handelns zu machen. Rodolf Virchow nannte ihn den Linné der speziellen pathologischen Anatomie. Seine „Krasenlehre“ könnte als ein Vorläufer der modernen Serologie angesehen werden. Rokitansky war als Herrenhausmitglied auch politisch tätig.

Wien, Allgemeines Krankenhaus, Inv.-Nr. 9011/011501 K. S.

**22.4** **Joseph Skoda (1805–1881)**

Carl Kundmann; 1871
Gips; H. = 68 cm

Joseph Skoda war als Internist neben dem pathologischen Anatomen Carl von Rokitansky Mitbegründer der Zweiten Wiener Medizinischen Schule. 1839 schrieb er das entscheidende Buch: „Abhandlung über Perkussion und Auskultation“ und begründete damit die moderne physikalische Diagnostik.

Wien, Archiv der Universität K. S.

**22.5** **„Sezierbaracke“ Rokitanskys**

Photokopie einer Farbdruck-Postkarte

„Sezierbaracke“, die alte Arbeitsstätte Rokitanskys im Wiener Allgemeinen Krankenhaus

Wien, Institut für Geschichte der Medizin, Bildarchiv, Inv.-Nr. 3.516/16 K. S.

**22.6** **Das pathologisch-anatomische Institut, 1862**

Franz Jobst; Wien 1862
Photokopie eines Zeitungsausschnittes

Rokitansky gelang es, 1862 ein neues pathologisch-anatomisches Institut erbauen zu lassen, das vorerst nur ein Stockwerk besaß. Links im Hintergrund der „Narrenturm“.

Wien, Institut für Geschichte der Medizin, Inv.-Nr. S 88 K. S.

**22.7** **Seziermesser**

Hersteller: Gockel, Thuerrigl, Reiner; Wien 2. H. 19. Jh.
Stahl mit Holzgriff; L. = 18–32 cm

Aus dem Besitz des Pathologen Alexander Kolisko (1857–1918), zuerst Assistent am pathologisch-anatomischen Institut in Wien, ab 1898 Inhaber der Lehrkanzel für gerichtliche Medizin, ab 1916 für pathologische Anatomie.

Die Seziermesser sollen die pathologische Anatomie repräsentieren und aufzeigen, daß mit der Sektion die Ergebnisse der physikalischen Untersuchung (Auskultation und Perkussion) nach dem Tode des Patienten immer überprüft wurden.

Wien, Institut für Geschichte der Medizin, Instrumentensammlung, Inv.-Nr. 21–26 K. S.

22.8 **Carl von Rokitansky, Handbuch der speciellen pathologischen Anatomie**

1. Bd.; Wien, Braumüller & Seidel 1844

In diesem Handbuch hat Rokitansky in einer neuen wissenschaftlichen Sprache seine neuen Kenntnisse der pathologischen Anatomie veröffentlicht.

Wien, Institut für Geschichte der Medizin, Bibliotheksnummer 27.510/2 K. S.

22.9 **Manuskript Rokitanskys für sein Handbuch**

Manuskript; Wien vor 1844

Das handschriftliche Manuskript Rokitanskys für sein Handbuch der speciellen pathologischen Anatomie.

Wien, Institut für Geschichte der Medizin, Handschriftensammlung, Inv.-Nr. 2256 K. S.

22.10 **Stethoskop**

Stethoskop aus Hartgummi mit gehöhlter Platte nach Traube; H. = 16,2 cm, B. = 4,8 cm unten, 3,2 cm oben

Aus dem Besitz des Internisten Hermann Nothnagel (1841–1905)

Monauriculäres Stethoskop, mit dem die Innere Medizin repräsentiert werden soll: Joseph Skoda hat mit solch einem Instrument die Patienten auskultiert und die zusammen mit der Perkussion gewonnenen Erkenntnisse in seinem Werk von 1839 „Abhandlung über Perkussion und Auskultation" niedergelegt. Das gegenständliche Instrument stammt aus dem Besitz eines Nachfolgers an der Lehrkanzel, Hermann Nothnagel.

Wien, Institut für Geschichte der Medizin, Instrumentensammlung, Inv.-Nr. 735 K. S.

22.11 **Joseph Skoda, Die Perkussion und Auskultation**

Wien, J. G. Ritter von Mösle's Witwe & Braumüller 1839

In dieser „Abhandlung über Perkussion und Auskultation", gewidmet Ludwig Freiherrn v. Türkheim, hat Skoda seine Untersuchungsergebnisse niedergelegt, nachdem er die Befunde von Gesunden und Kranken mit den Sektionsbefunden verglichen hatte.

Wien, Institut für Geschichte der Medizin, Bibliothek, Inv.-Nr. 3.243 K. S.

22.12 **Joseph Dietl (1804–1878)**

Photokopie aus: Szumovski, Władysław, Józef Dietl, Kraków 1928, nach S. 74

Joseph Dietl war der Hauptexponent des Wiener „therapeutischen Nihilismus", so z. B. verbannte er 1848 den Aderlaß aus der Therapie der Lungenentzündung. 1851 ging Dietl in seine Heimat Galizien, nach Krakau, zurück und führte dort medizinische Reformen nach Wiener Vorbild durch.

Wien, Institut für Geschichte der Medizin, Bibliothek, Inv.-Nr. 5.874 K. S.

22.13 **Joseph Dietl, Der Aderlaß in der Lungenentzündung**

Wien, Verlag Kaulfuß' Witwe; Prandel & Comp. 1848

In diesem Buch hat Joseph Dietl gefordert, die alte Therapieart des Aderlasses aus der Behandlung der Lungenentzündung zu entfernen. Er brach damit, sozusagen „offiziell", mit der traditionellen medizinischen Therapie.

Wien, Universitätsbibliothek, Inv.-Nr. I 344.358 K. S.

22.14 **Aderlaßmesser**

Hersteller des Aderlaßmessers: Schleifer,
Hersteller der Lanzette: Reiner; beide Wien, Mitte 19. Jh.
Stahlmesser in Lederschachtel; H. = 7,3 cm, B. = 3,3 cm, T. = 2,5 cm

Aderlaßmesser (Schnäpper) mit einer Klinge und einer Ersatzklinge, zwei Lanzetten sind außen angebracht. Der Schnäpper (der Name kommt vom Einschnappen der aufgespannten Klinge in das Blutgefäß) diente zum Aderlassen, der antiken Theorie der Säftelehre entsprechend: Schädigende Stoffe sollten auf diesem Wege ausgeschieden werden. Diese Art der Therapie wurde in der Zweiten Wiener Medizinischen Schule überwunden.

Wien, Institut für Geschichte der Medizin, Instrumentensammlung, Inv.-Nr. 71 K. S.

22.15 **Joseph Hyrtl (1810–1894)**

G. Gaul; Wien 1875
Öl auf Leinen; H. = 72 cm, B. = 57 cm

Joseph Hyrtl, der bedeutende Anatom, schuf ein vergleichend-anatomisches Museum und war ein

Meister der Korrosionsanatomie. Er ist der Begründer des Waisenhauses in Mödling.

Wien, Archiv der Universität K. S.

22.16 **Joseph Hyrtl, Die materialistische Weltanschauung unserer Zeit**

Wien, Adolf Holzhausen 1865

Rektoratsrede von Joseph Hyrtl vom 1. Oktober 1864, in der er gegen die damalige Zeitströmung des Materialismus aufgetreten ist.

Wien, Institut für Geschichte der Medizin, Bibliothek, Inv.-Nr. 743 K. S.

22.17 **Joseph Hyrtl, Die Corrosions-Anatomie und ihre Ergebnisse**

Wien, Wilhelm Braumüller 1873

In diesem Buch hat Hyrtl die vielseitige wissenschaftliche Verwertbarkeit der Korrosionsanatomie ersichtlich gemacht. Er klärte anatomische Verhältnisse auf, *welche ohne Corrosion für immer verborgen und ungekannt geblieben wären* (Vorwort). Er hat ein reichhaltiges Museum angelegt und Präparate in alle Welt versandt.

Wien, Institut für Geschichte der Medizin, Bibliothek, Inv.-Nr. I 45.103 K. S.

22.18 **Hyrtls Waisenhaus in Mödling**

Photographie von Robert Nedorost; Mödling 1977

Das von Joseph Hyrtl in Mödling gegründete Waisenhaus im Zustand von 1977.

Wien, Institut für Geschichte der Medizin, Bildarchiv, Inv.-Nr. S 4.673 K. S.

22.19 **Zeugnis Hyrtls für Meynert**

Handschrift Hyrtls; Wien 1866
2 Blatt, eines handbeschrieben, H. = 36 cm, B. = 25 cm

Eigenhändiges Zeugnis Joseph Hyrtls für Theodor Meynert vom 18. März 1866, worin bestätigt wird, daß Meynert der einzige umfassende Bearbeiter des Gehirns unter den Wiener Dozenten ist.

Wien, Institut für Geschichte der Medizin, Handschriftensammlung, Inv.-Nr. 1766 K. S.

22.20 **Franz Schuh (1804–1865)**

Eduard Kaiser; Wien 1850
Lithographie mit Namenszug; H. = 48 cm, B. = 35 cm

Franz Schuh war einer der bedeutendsten Chirurgen in Österreich um die Jahrhundertmitte; auch er machte die Chirurgie zur Wissenschaft. 1847 führte er in Österreich die 1846 in Amerika entwickelte Äthernarkose ein.

Wien, Institut für Geschichte der Medizin, Bildarchiv, Inv.-Nr. 3.747/10 K. S.

22.21 **Trokar**

Hersteller unbekannt; Mitte 19. Jh.
Holzgriff und Stahl (16 cm lang) in Lederetui; H. = 18,5 cm, B. = 5,3 cm, T. = 2,5 cm

Trokar mit Abflußrohr und breiter Ausgußrinne. Mit solch einem Instrument konnten Flüssigkeiten aus Körperhöhlen entleert werden, etwa bei Punktionen des Herzbeutels, wie sie Franz Schuh 1841 durchgeführt hat.

Wien, Institut für Geschichte der Medizin, Instrumentensammlung, Inv.-Nr. 133 K. S.

22.22 **Ernst von Feuchtersleben (1806–1849)** Abb.

Joseph Danhauser; Wien 1840
Lithographie; H. = 36 cm, B. = 26 cm

Ernst von Feuchtersleben, der das österreichische Unterrichtswesen, besonders das medizinische Studium, in der vorrevolutionären Zeit für die Reform vorbereitete, hat 1845 auch ein Lehrbuch der ärztlichen Seelenheilkunde geschrieben. 1838 hat er das berühmt gewordene Büchlein: „Zur Diätetik der Seele“ verfaßt. Feuchtersleben ist als Dichter hervorgetreten, erinnert sei an das von Felix Mendelssohn-Bartholdy vertonte Gedicht: „Es ist bestimmt in Gottes Rat, / Daß man, was man am liebsten hat, muß meiden.“

Wien, Institut für Geschichte der Medizin, Bildarchiv, Inv.-Nr. 1.596/3 K. S.

Kat.-Nr. 22.22

**22.23 Ernst von Feuchtersleben, Zur Diätetik der Seele**

Wien, Carl Gerold 1842[3]

Mit dem Buch „Zur Diätetik der Seele" wurde Feuchtersleben zum Vorläufer der psychosomatischen Medizin und Psychohygiene.

Wien, Institut für Geschichte der Medizin, Bibliothek, Inv.-Nr. 49.078 K. S.

**22.24 Ernst von Feuchtersleben, Lehrbuch der ärztlichen Seelenkunde**

Wien, Carl Gerold 1845

Feuchterslebens „Lehrbuch der ärztlichen Seelenkunde" ist eine der hervorragendsten Leistungen der Psychiatrie dieser Zeit in Österreich.

Wien, Institut für Geschichte der Medizin, Bibliothek, Inv.-Nr. JB 4.561 K. S.

**22.25 Theodor Meynert (1833–1892)**

Baelz; Wien 1892
Lithographie; H. = 50 cm, B. = 33 cm

Theodor Meynert war Hirnanatom und vertrat die pathologisch-anatomische Richtung der Psychiatrie, womit er in Gegensatz zur sogenannten „Anstaltspsychiatrie" geriet. 1884 erschien sein Werk: „Psychiatrie, Klinik der Erkrankungen des Vorderhirns".

Wien, Institut für Geschichte der Medizin, Bildarchiv, Inv.-Nr. 2.964/1 K. S.

**22.26 Histologische Präparate der „Varolsbrücke" des Gehirns**

Präparate, von Theodor Meynert verfertigt
11 Präparate zwischen Glasplättchen (9 Stück fehlen) in Holzkassette; H. = 4 cm, B. = 26 cm, T. = 17 cm

11 Präparate der „Varolsbrücke" mit der Grenzschicht des Markknaufs und den Hirnschenkeln in den von Stilling erdachten Schnittrichtungen; von Prof. Theodor Meynert verfertigt.

Wien, Institut für Geschichte der Medizin, Instrumentensammlung, Inv.-Nr. 1.319 K. S.

**22.27 Ferdinand Hebra (1816–1880)**

Fr. Feigler; Wien 1862
Öl auf Leinen; H. = 124 cm, B. = 92 cm

Ölgemälde von Ferdinand Hebra, einem Begründer der wissenschaftlichen Dermatologie; 1862 ihm von seinen Schülern gewidmet.

Wien, I. Universitäts-Hautklinik K. S.

**22.28 Ferdinand Hebra, Atlas der Hautkrankheiten**

Druck der k. k. Hof- und Staatsdruckerei; Wien 1869 und 1876. Bilder nach der Natur gemalt von Dr. Carl Heitzmann und Dr. Anton Elfinger. Lithographischer Farbendruck; H. = 60 cm, B. = 45 cm

Von 1856 bis 1876 entstand Hebras „Atlas der Hautkrankheiten", die beiden Künstler Anton Elfinger und Carl Heitzmann haben die hervorragenden Bilder verfertigt. Die ausgestellten Bilder zeigen: Pemphigus filiaceus („Blätterteig") (Heft

IX, Tafel 8) und Acne disseminata (Heft VII, Tafel 1).

Wien, Institut für Geschichte der Medizin, Bibliothek, Inv.-Nr. II 30.475 K. S.

22.29 **Hebras Wasserbett, 1861**

Photokopie einer Zeichnung (Wien 1861), deren Original nicht mehr auffindbar war

Darstellung des ersten, 1861 von Hebra konstruierten Wasserbettes, das der Schmerzreduktion bei Verbrennungen und der besseren Abmazeration von Brandschorfen diente.

Lit.: *Tappeiner, Josef,* Die Bedeutung des Hebra'schen Wasserbettes in der modernen Medizin, Wien. klin. Wschr. 61 (1949) 926.

Wien, Institut für Geschichte der Medizin, Bildarchiv, Inv.-Nr. S 72 K. S.

22.30 **Ferdinand Hebra, Über Krätze**

Medicinische Jahrbücher des k. k. österreichischen Staates. 46. Bd. oder N. F. 37. Bd., S. 280. Wien, Braumüller und Seidel 1844

Dies ist die entscheidende Arbeit Hebras („Über Krätze"), in der er mittels eines Selbstversuches nachwies, daß die Krätzmilbe die Ursache der Krankheit war.

Wien, Institut für Geschichte der Medizin, Bibliothek, Inv.-Nr. 3.689/46 K. S.

22.31 **Bekanntgabe der Entdeckung von Semmelweis**

Zeitschrift der k. k. Gesellschaft der Ärzte zu Wien. Wien, Kaulfuss Witwe, Prandel & Comp. 1848

Ferdinand Hebra hat als Redakteur der Zeitschrift der k. k. Gesellschaft der Ärzte zu Wien im Dezember 1847 Semmelweis' Entdeckung mitgeteilt unter dem Titel: „Höchst wichtige Erfahrungen über die Ätiologie der in Gebäranstalten epidemischen Puerperalfieber". (4 [1848] 2. Bd. S. 242ff.)

Wien, Institut für Geschichte der Medizin, Bibliothek, Inv.-Nr. 2.076/4, 2 K. S.

22.32 **Ludwig Türck (1810–1868)**

Ölgemälde; H. = 75 cm, B. = 60 cm

Ludwig Türck war der Erfinder des Kehlkopfspiegels, 1857. 1866 erschien das Buch „Klinik der Krankheiten des Kehlkopfes und der Luftröhre", das ein Standardwerk des neuen Faches wurde.

Wien, Institut für Geschichte der Medizin (Dauerleihgabe der I. Hals-, Nasen-, Ohren-Universitätsklinik, Wien) K. S.

22.33 **Augenspiegel nach Hermann Helmholtz**

Augenspiegel mit Rekoß-Scheibe; L. = ca. 15 cm

Augenspiegel: eine frühe Konstruktion von Hermann Helmholtz (1821–1894), nach 1851

Wien, Institut für Geschichte der Medizin, Instrumentensammlung, Inv.-Nr. 1.414 K. S.

22.34 **Ernst Wilhelm von Brücke (1819–1892)**

Louis Jacoby; 1867
Kupferstich; H. = 46 cm, B. = 33 cm

Ernst Wilhelm von Brücke, seit 1849 Professor der Physiologie in Wien, hat für die Erfindung des Augenspiegels bahnbrechende Vorarbeiten geleistet.

Wien, Institut für Geschichte der Medizin, Bildarchiv, Inv.-Nr. 49/4 K. S.

22.35 **Johannes Evangelista Purkyne (1787–1869)**

Fr. Šjr; Prag 1837
Lithographie; H. = 45 cm, B. = 29 cm

Purkyne war Physiologe in Prag – einer der genialsten seiner Zeit – und hat wertvolle Vorarbeiten für die Entwicklung des Augenspiegels geleistet.

Wien, Institut für Geschichte der Medizin, Bildarchiv, Inv.-Nr. 3.375/2 K. S.

22.36 **Eduard Jaeger R. v. Jaxtthal (1818–1884)**

Adolph Dauthage; Wien 1859
Photokopie

Eduard von Jaeger modifizierte in Wien den von Helmholtz erfundenen Augenspiegel, sodaß das Spiegeln im aufrechten Bild wieder möglich wurde. Er veröffentlichte seine Forschungsergebnisse mehrfach. Die Bilder des Augenhintergrundes konnten viele Jahrzehnte nicht übertroffen werden.

Wien, Institut für Geschichte der Medizin, Bildarchiv, Inv.-Nr. 2217/3 K. S.

**22.37** **Augenspiegel nach Eduard von Jaeger**

Hersteller: Kraft und Sohn
Lederkassette; H. = 9 cm, B. = 24 cm, T. = 5,5 cm

Augenspiegel mit Modifikationen von Eduard von Jaeger

Lit.: *Jaeger, Eduard,* Über Staar und Staaroperationen nebst anderen Beobachtungen und Erfahrungen aus seines Vaters Dr. Friedrich Jaeger . . . und aus der eigenen ophthalmologischen Praxis, Wien 1854.

Wien, Institut für Geschichte der Medizin, Instrumentensammlung, Inv.-Nr. 299 K. S.

**22.38** **Eduard von Jaeger, Ophthalmoskopischer Hand-Atlas**

Wien, Druck und Verlag der k. k. Hof- und Staatsdruckerei 1869

Tafel des Augenhintergrundes, nach der Natur unter Verwendung des Ophthalmoskopes gemalt von Eduard von Jaeger, Lithographie von Carl Heitzmann (z. B. Tafel XXIII).

Wien, Institut für Geschichte der Medizin, Bibliothek, Inv.-Nr. 46.105 K. S.

**22.39** **Johann Nepomuk Czermak (1828–1873)**

Lichtdruck; H. = 24 cm, B. = 18 cm

Johann Nepomuk Czermak war ein Pionier der Laryngologie, der mit Ludwig Türck 1857/58 im Prioritätsstreit um die Erfindung des Kehlkopfspiegels lag.

Wien, Institut für Geschichte der Medizin, Bildarchiv, Inv.-Nr. 67/3 K. S.

**22.40** **Johann Nepomuk Czermak, Der Kehlkopfspiegel und seine Verwerthung für Physiologie und Medizin**

Leipzig, Wilhelm Engelmann 1860

Darstellung der Kehlkopfspiegelung als Lithographie der Titelseite von Czermaks Veröffentlichung über den Kehlkopfspiegel von 1860. Der Untersuchte ist Friedrich Semeleder (1832–1901), der 1866 als Leibarzt Kaiser Maximilians mit nach Mexiko ging, wo er bis zu seinem Tod blieb.

Wien, Institut für Geschichte der Medizin, Bibliothek, Inv.-Nr. 8.584 K. S.

Kat.-Nr. 22.41

**22.41** **Demonstration der Kehlkopfspiegelung** Abb.

Photokopie einer Lithographie

Johann Nepomuk Czermak demonstriert einem Zuseher die Selbstbeobachtung des Kehlkopfes.

Wien, Institut für Geschichte der Medizin, Bildarchiv, Inv.-Nr. 67/6 K. S.

**22.42** **Kehlkopfspiegel zur Selbstbeobachtung**

J. N. Czermak; Wien 1860
Auf Holzkästchen montierte Anlage; geschlossenes Kästchen: H. = 4 cm, B. = 33 cm, T. = 13,5 cm

Vorrichtung zur Selbstbeobachtung mit dem Kehlkopfspiegel bei gleichzeitiger Demonstrationsmöglichkeit für einen Zuseher, 1860 von Johann Nepomuk Czermak verfertigt.

Lit.: *Czermak, J. N.*, Der Kehlkopfspiegel und seine Verwertung für Physiologie und Medizin, Leipzig 1860, S. 24ff.

Wien, Institut für Geschichte der Medizin, Instrumentensammlung, Inv.-Nr. 395 K. S.

22.43 **Kehlkopfspiegel**

2. H. 19. Jh.
Holzgriff und Messing, Spiegel; L. = 17 cm

Kehlkopfspiegel zur Untersuchung des Kehlkopfes, wie er von Türck und Czermak verwendet wurde.

Wien, Institut für Geschichte der Medizin, Instrumentensammlung, Inv.-Nr. 465 K. S.

22.44 **Ludwig Türck, Atlas zur Klinik der Kehlkopfkrankheiten**

Wien, Wilhelm Braumüller 1866

Chromolithographierte Tafeln von Anton Elfinger und Carl Heitzmann aus Türcks „Atlas zur Klinik der Kehlkopfkrankheiten". Dies sind die Ergebnisse von Türcks Forschungen mit dem Kehlkopfspiegel. Tafel X zeigt Erkrankungen der Stimmbänder.

Wien, Institut für Geschichte der Medizin, Bibliothek, Inv.-Nr. 4.331/Atlas K. S.

22.45 **Zystoskop nach Nitze-Leiter**

Hersteller: Fa. Leiter; Wien 1879
Messing vernickelt, mit optischem Teil und Platinglühdraht; L. = 24 cm

Eine der Erstkonstruktionen eines Zystoskopes nach Nitze-Leiter von 1879. Platinglühdraht als Lichtquelle, die wegen der Hitzeentwicklung eine Wasserkühlung notwendig machte.

Lit.: *Lewandowski, Rudolf*, Das elektrische Licht in der Heilkunde, Wien und Leipzig 1892, S. 22–25.

Wien, Institut für Geschichte der Medizin, Instrumentensammlung, Inv.-Nr. 390/9 K. S.

22.46 **Maximilian Nitze (1848–1907)**

Aus: Beilage zur Münchener Medizinischen Wochenschrift. Blatt 187, 1906, Galerie hervorragender Ärzte und Naturforscher. J. F. Lehmann; München
Photodruck; H. = 25 cm, B. = 16 cm

Maximilian Nitze konstruierte 1879 gemeinsam mit dem Wiener Instrumentenmacher Josef Leiter das erste funktionstüchtige Zystoskop.

Wien, Institut für Geschichte der Medizin, Bildarchiv, Inv.-Nr. 3.143/1 K. S.

22.47 **Josef Leiter (1830–1892)**

Gezeichnet E. v. W.
Druck

Josef Leiter war ein Wiener Instrumentenmacher, der gemeinsam mit Nitze 1879 das erste brauchbare Zystoskop der Welt konstruiert hat. Auch bei anderen Instrumenten (z. B. Gastroskop) wirkte er bahnbrechend.

Wien, Institut für Geschichte der Medizin, Bildarchiv, Inv.-Nr. 306/1 K. S.

22.48 **Leopold Dittel (1815–1898)**

Adolph Dauthage; Wien 1863
Druck einer Lithographie; H. = 40 cm, B. = 29 cm

Leopold Dittel hat die Entwicklung des Zystoskopes gefördert und umfangreiche Forschungsarbeit geleistet: durch ihn wurde Wien zum europäischen Zentrum der Urologie.

Wien, Institut für Geschichte der Medizin, Bildarchiv, Inv.-Nr. 181/8 K. S.

22.49 **Samuel Siegfried von Basch (1837–1905)**

Lichtdruck; H. = 45 cm, B. = 31 cm

Samuel Siegfried von Basch gelang 1880 die Konstruktion des ersten zur unblutigen Messung am Kranken geeigneten Blutdruckmeßgerätes. Basch war auch Leibarzt des Kaisers Maximilian von Mexiko.

Wien, Institut für Geschichte der Medizin, Bildarchiv, Inv.-Nr. 25/3 K. S.

22.50 **Blutdruckmeßgerät nach Samuel Siegfried von Basch, 1880** Abb.

Abbildung aus: Basch, Samuel, Über die Messung des Blutdrucks am Menschen. Zeitschrift f. klin. Medizin, 1880

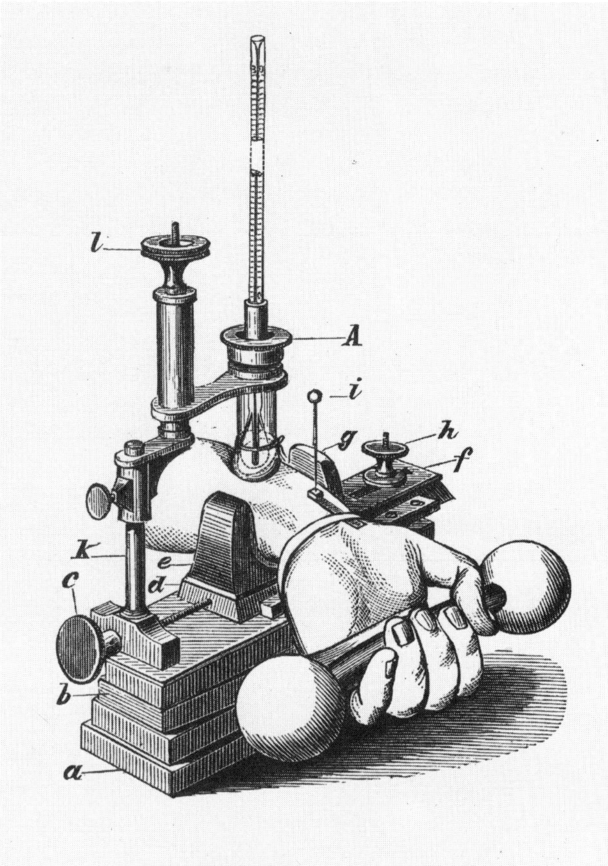

Kat.-Nr. 22.50

Darstellung der Blutdruckmessung mittels eines „Sphygmomanometers“ nach Samuel v. Basch, 1880: Durch den Druck auf das Blutgefäß des Unterarmes wird über eine Flüssigkeitspelotte und ein Quecksilbermanometer dieser Druck meßbar gemacht.

Wien, Institut für Geschichte der Medizin, Bibliothek, Sonderdruck Nr. 25.236 K. S.

22.51 **Blutdruckmessung nach Samuel Siegfried von Basch, 1883**

Aus: Basch, Samuel, Ein Metall-Sphygmomanometer, in: Wien. med. Wschr. 33 (1883) 673f.

1883 hat Basch das Quecksilbermanometer durch ein Metallmanometer ersetzt K. S.

22.52 **Johann von Mikulicz-Radecki (1850–1905)**

Lichtdruck; H. = 45 cm, B. = 29 cm

Johann von Mikulicz-Radecki konstruierte 1881 ein funktionstüchtiges Gastroskop.

Wien, Institut für Geschichte der Medizin, Bildarchiv, Inv.-Nr. 2.977/1 K. S.

22.53 **Gastroskope**

Hersteller: Fa. Leiter; Wien um 1880
Messing vernickelt; L. = 61 und 65 cm

Zwei Gastroskope zur Untersuchung des Magens nach der Konstruktion von Mikulicz-Radecki mit Anschlußstellen für die Wasserkühlung und die elektrische Leitung.

Lit.: *Milulicz, Johann,* Über Gastroskopie und Oesophagoskopie, Wien 1881.

Wien, Institut für Geschichte der Medizin, Instrumentensammlung, Inv.-Nr. 270/4,6 K. S.

22.54 **Anwendung des Gastroskopes**

Bild aus: Lewandowski, Rudolf, Das elektrische Licht in der Heilkunde, Wien und Leipzig 1892, S. 230, Fig. 251

Anwendung des Gastroskopes: entscheidend ist die Lage des Patienten am Untersuchungstisch, die ein Abfließen des durch das Gastroskop verursachten übergroßen Speichelflusses erlaubt. Rechts der Batterieanschluß und die Vorrichtung zur Bruck'schen Wassserkühlung (wegen der Hitze des Platinglühdrahtes). K. S.

22.55 **Johann, Mikulicz, Über Gastroskopie und Oesophagoskopie**

Separatdruck aus der „Wiener Med. Presse“ 1881, S. 8f.

Darstellung eines Gastroskopes (li.) nach der Konstruktion von Josef Leiter und Johann Mikulicz, und der Anwendung des Instrumentes (re.).

Wien, Institut für Geschichte der Medizin, Bibliothek, Inv.-Nr. 53.435 K. S.

22.56 **Theodor Billroth (1829–1894)**

M. v. Angeli, Kopie von H. Schachinger; Wien
Öl auf Leinen; H. = 120 cm B. = 87 cm

Gemälde von Theodor Billroth, der ein Skalpell in der rechten Hand hält. Billroth war der berühmteste Chirurg Österreichs seiner Zeit, viele seiner neuen Operationen hatten weltweite Geltung, besonders die 1881 durchgeführte erste erfolgreiche Pylorusresektion.

Wien, Direktion des Allgemeinen Krankenhauses, Inv.-Nr. 9011/011506 K. S.

22.57 **Krankengeschichte der ersten erfolgreichen Pylorusresektion, durchgeführt von Theodor Billroth**

Wien, am 29. Jänner 1881
Photokopie; Original gilt als verschollen

Original früher im Besitz der II. Chir. Univ.-Klinik in Wien. Titelseite der Krankengeschichte von Frau Therese Heller, an der Theodor Billroth am 29. Jänner 1881 die erste erfolgreiche Pylorusresektion vornahm. Therese Heller stammte aus Niederösterreich. Die Patientin ist ca. drei Monate später an Metastasen gestorben, nachdem sie sich von der Operation gut erholt hatte.
Photokopien wurden freundlicherweise von Dr. R. Buchberger, Wien, zur Verfügung gestellt
K. S.

22.58 **Billroths Pylorusresektion: Operationsschema**

Aus Wölfler, Anton, Über die von Herrn Professor Billroth ausgeführten Resectionen des carcinomatösen Pylorus, Wien, Wilhelm Braumüller 1881

Die Tafeln, gezeichnet von F. Truka und J. Heitzmann, zeigen das Operationsschema der ersten erfolgreichen Pylorusresektion durch Theodor Billroth.

Wien, Institut für Geschichte der Medizin, Bibliothek, Inv.-Nr. 29.145 K. S.

22.59 **Operations- und Obduktionspräparat der ersten erfolgreichen Pylorusresektion durch Theodor Billroth, 1881**

Photographie des Operations- und Oduktionspräparates. Die Originalpräparate der Operation (entfernter Krebsteil und der Magen mit der Naht) befinden sich als Dauerleihgabe der II. Chir. Univ.-Klinik in Wien im Institut für Geschichte der Medizin.

Wien, Institut für Geschichte der Medizin, Bildarchiv, Inv.-Nr. 258/27 K. S.

22.60 **Stammbaum der „Billroth-Schule“**

H. Haselberger; Wien 1947
Zeichnung; H. = 50 cm, B. = 50 cm

Angefertigt für das Buch von Leopold Schönbauer, Das Medizinische Wien, 1947[2]

Ausbreitung der Schule Theodor Billroths in Europa.

Wien, Institut für Geschichte der Medizin, Bildarchiv, Inv.-Nr. 258/30 K. S.

22.61 **Theodor Billroth und seine Mitarbeiter, 1871**

Wien 1871
Photographie mit Unterschriften; H. = 39 cm, B. = 50 cm

Aus dem Nachlaß von Prim. Ludwig Pfleger (auf dem Bild stehend 1. v. re.); Theodor Billroth (Mitte sitzend); stehend 1. v. li.: Karl Gussenbauer, sitzend 1. v. li.: Robert Gersuny, 2. v. li.: Vinzenz Czerny.

Lit.: Die Zentenarfeier des Operateur-Institutes der Wiener Medizinischen Fakultät, Wien–Leipzig 1907.

Wien, Institut für Geschichte der Medizin, Bildarchiv, Inv.-Nr. 670/297 K. S.

22.62 **Operationsskalpell Theodor Billroths**

Instrumentenmacher Reiner; Wien o. J.
Metall; L. = 15,2 cm, schneidender Teil, L. = 42 mm, B. = 8 mm

Letztes von Theodor Billroth verwendetes Operationsskalpell.

Wien 19, Rudolfinerhaus K. S.

22.63 **Theodor Billroth im Hörsaal** Abb. S. 439

Wien 1890
Heliogravure eines Ölgemäldes von Adalbert Franz Seligmann; H. = 60 cm, B. = 40 cm

Theodor Billroth bei einer Operation in seinem Hörsaal im Wiener Allgemeinen Krankenhaus,

1890, umgeben von seinen Assistenten, darunter Anton v. Eiselsberg. Unter den Zusehern (3. v. li. sitzend), Carl Theodor, Herzog in Bayern, Bruder der Kaiserin Elisabeth.

Lit.: *Buchberger, R.*, Der Billrothsche Hörsaal im Wiener Allgemeinen Krankenhaus, Wiener klinische Wochenschrift 78 (1966) 853–856

Wien, Graphische Sammlung Albertina, Inv.-Nr. N. F. 626 K. S.

22.64 **Gesetz vom 30. April 1870, betreffend die Organisation des öffentlichen Sanitätsdienstes**

Aus: Reichsgesetzblatt für die im Reichsrathe vertretenen Königreiche und Länder. Aus der kaiserlich-königlichen Hof- und Staatsdruckerei, Wien 1870, S. 125.
Photokopie

Das Gesetz vom 30. April 1870, betreffend die Organisation des öffentlichen Sanitätsdienstes, wurde nach langem Ringen beschlossen. Obwohl nicht von allen Ländern sofort ratifiziert, bildete es die Grundlage der Sanitätsgesetzgebung bis in unsere Zeit.

Lit.: *Sablik, Karl*, Das Gesetz zur Organisation des öffentlichen Sanitätsdienstes in Österreich von 1870, Mitt. d. österr. San. verw. 71 (1970) Heft 6–7.

Wien, Universität, Fakultätsbibliothek der Rechtswissenschaft K. S.

22.65 **Erste Wiener Hochquellen-Wasserleitung, 1873**

Rudolf Stadler; Wien 1873
Photokopie

Der Liesinger Aquädukt der Ersten Wiener Hochquellen-Wasserleitung von Rodaun aus gesehen. Mit dieser sanitären Maßnahme konnten langfristig Cholera und Typhus eingedämmt werden.

Lit.: *Stadler, Rudolf*, Die Wasserversorgung der Stadt Wien in ihrer Vergangenheit und Gegenwart, Wien 1873, gegenüber S. 248.

Wien, Institut für Geschichte der Medizin, Bibliothek, Inv.-Nr. 793 K. S.

22.66 **Sterblichkeitsstatistik von Cholera und Typhus**

Schema

Die Statistik der Cholera-Epidemien bzw. der Typhus-Erkrankungen soll zeigen, wie nach der Einführung der Ersten Wiener Hochquellen-Wasserleitung und anderer sanitärer Maßnahmen im ganzen Land (beginnender Kanalbau) die Sterblichkeit zunehmend absank.

Lit.: *Daimer, Josef*, Geburten und Sterblichkeitsverhältnisse in Österreich während der Jahre 1819–1899, Wien 1902 – *ders.*, Die Erkrankungs- und Sterblichkeitsverhältnisse in Österreich im Allgemeinen und mit Rücksicht auf übertragbare Krankheiten und deren Bekämpfung insbesondere, in: Österreichische Wohlfahrtseinrichtungen 1848–1898, Bd. III, S. 27–96.

Wien, Institut für Geschichte der Medizin, Bibliothek, Inv.-Nr. 12.376 und I 5.300 K. S.

22.67 **Jaromir Frh. v. Mundy (1822–1894)**

J. Löwy; Wien
Heliogravure nach Photographie
Photokopie

Jaromir v. Mundy begründete nach dem Brand des Ringtheaters 1881 die Wiener Freiwillige Rettungsgesellschaft. Er war ein Vorkämpfer der Irrenpflege und des Sanitätsgesetzes von 1870.

Wien, Institut für Geschichte der Medizin, Bildarchiv, Inv.-Nr. 3.078/1 K. s.

22.68 **Verwundeten-Waggon, 1873**

Wien 1874
Photokopie

Verwundeten- und Ärzte-Waggon aus dem Lazarettzug, welcher nach Angaben von Jaromir v. Mundy erbaut wurde. Diese Waggons wurden im Sanitätspavillon der Wiener Weltausstellung 1873 gezeigt.

Lit.: *Billroth, Theodor*, Historische und kritische Studien über den Transport der im Felde Verwundeten und Kranken auf Eisenbahnen, Wien 1874, Tafel 1.

Wien, Institut für Geschichte der Medizin, Bibliothek, Inv.-Nr. 3.004 K. S.

22.69 **Erster Ambulanzwagen der Wiener Freiwilligen Rettungsgesellschaft, 1882**

Photographie; Wien 1882
Photokopie

Erster Ambulanzwagen der Wiener Freiwilligen Rettungsgesellschaft vom Jänner 1882, von Pferden gezogen.

Lit.: *Machala, Rudolf,* 100 Jahre ärztlicher Rettungsdienst in Wien, Wien 1981, Bildteil.

Wien, Städtischer Rettungs- und Krankenbeförderungsdienst K. S.

22.70 **Ringtheaterbrand am 8. Dezember 1881**

Vinzenz Katzler; Wien 1881
Photokopie

Der brennende Vorhang im Ringtheater in Wien: Diese Katastrophe vom 8. Dezember 1881 und die fehlenden Sicherheits- und Hilfsmaßnahmen führten zur Gründung der Wiener Freiwilligen Rettungsgesellschaft durch Jaromir von Mundy am Tage nach der Katastrophe!

Wien, Österreichische Nationalbibliothek, Bildarchiv K. S.

22.71 **Die Opfer des Ringtheaterbrandes 1881 im Leichenhof des Allgemeinen Krankenhauses**

Vinzenz Katzler; Wien 1881
Photokopie

Die Angehörigen der Opfer des Ringtheaterbrandes bei der Agnoszierung der Leichen, die in offenen Särgen im Leichenhof des Allgemeinen Krankenhauses aufgestellt wurden.

Wien, Österreichische Nationalbibliothek, Bildarchiv K. S.

22.72 **Gedenkfeier für Jaromir von Mundy**

Photographie
Photokopie

Hans Graf Wilczek (1837–1922; sitzend 2. v. li.) und Eduard Graf Lamezan (1835–1903; sitzend 2. v. re.), neben Mundy Mitbegründer der Wiener Freiwilligen Rettungsgesellschaft, bei einer Gedenkfeier für Mundy.

Wien, Institut für Geschichte der Medizin, Bildarchiv, Inv.-Nr. 3.078/8 K. S.

22.73 **Allgemeines Krankenhaus in Wien, 1784**

Joseph und Peter Schaffer; Wien 1784
Kolorierter Kupferstich
Photokopie

Das von Joseph II. 1784 gegründete Allgemeine Krankenhaus in Wien war auch in dieser Zeit nach wie vor Wiens Hauptspital; es war auch Hauptwirkungsstätte der Zweiten Wiener Medizinischen Schule.

Wien, Institut für Geschichte der Medizin, Bildarchiv, Inv.-Nr. 105/6 K. S.

22.74 **Krankenhaus Wieden**

1891
Photokopie eines Zeitungsdruckes

Das Krankenhaus Wieden wurde 1841 gegründet und bestand bis zum Zweiten Weltkrieg; es war eines der großen Wiener Spitäler dieser Zeit.

Wien, Historisches Museum der Stadt Wien, Inv.-Nr. 108.729/14 K. S.

22.75 **Die neue Nö. Landesirrenanstalt** Abb.

Reinhardt; Wien 1858
Photokopie eines Zeitungsdruckes

Die 1851 eröffnete Nö. Landesirrenanstalt, die bis zum Neubau des Allgemeinen Krankenhauses in den 70er Jahren unseres Jahrhunderts bestand. In ihr wurde 1870 unter Theodor Meynert die I. Psychiatrische Univ.-Klinik begründet. Sie wurde von Ferdinand Fellner errichtet.

Kat.-Nr. 22.75

Fellner d. Ä. (1815–1871) gehörte zu jenen Architekten, die, obgleich im Schatten der großen Ringstraßenpersönlichkeiten, an der Verbreitung und Popularisierung des frühen Historismus einen nicht zu unterschätzenden Anteil hatten; denn viele öffentliche und private Bauherren wünschten sich zwar durchaus „moderne" Architektur, ohne sich jedoch einen ihrer progressiven Vertreter leisten zu können oder wollen.
Diese früheste bekannte Arbeit Fellners, kubisch geschlossener Baublock mit Rundbogenfenstern, ist noch deutlich der Vormärz-Tradition verbunden; die neugotischen „Tudor" Pförtnerhäuser dagegen weisen bereits auf den Einbruch „romantischer" Motive der zeitgenössischen historistischen Architektur hin.

Lit.: *Hoffmann, Hans-Christoph,* Die Wiener Handelsakademie – das erste öffentliche Gebäude der Ringstraße und sein Architekt Ferdinand Fellner d. Ä., in: alte und moderne kunst 94/1967, S. 14f.

Wien, Institut für Geschichte der Medizin, Bildarchiv, Inv.-Nr. 105/33 S. K./K. S.

22.76 **Wien, Rudolph-Stiftung**

ehem. Wien III, Boerhaavegasse

Josef Horky, 1860–1864
Stich aus: Allgemeine Bauzeitung, 1866, Bl.3

Photokopie

Die anläßlich der Geburt des Thronfolgers vom Kaiser gestiftete Krankenhausanlage folgte in ihrer Grundrißdisposition einem aufgelockerten Hof-Pavillon-System, das v. a. durch französische Spitalsbauten bekannt geworden war: das 1839 bis 1854 von H.-P. Gauthier in Paris erbaute Hôpital Lariboisière brachte das System zur vollkommenen Entfaltung, und durch deutsche Publikationen (*L. Degess,* Der Bau der Krankenhäuser, München 1862) fand es schnelle Verbreitung auch außerhalb Frankreichs.
Dank der kontrastreichen Gruppierung der verschiedenen Trakte und Pavillons erhielt der ganze Komplex ein noch durchaus im Sinne der romantischen Tradition „malerisches" Aussehen, zu dem überdies die Verwendung neugotischen Formenvokabulars für die Fassadengestaltung wesentlich beitrug.

Lit.: *Wagner-Rieger, R.,* Vom Klassizismus bis zur Sezession, S. 164. – *Krause, W.,* Die Rudolph-Stiftung und ihre Baugeschichte, in: Steine sprechen, 35/36, 1971. – *Pevsner, N.,* A History of Building Types, London 1976, S. 154. S. K.

22.77 **Schlußsteinlegung im Rudolfsspital in Wien, 1864**

Jacob Eichhorn; Wien 1864
Lithographie
Photokopie

Die feierliche Schlußsteinlegung des Rudolf-Spitales in Wien wurde am 12. Dezember 1864 in Anwesenheit von Kaiser Franz Joseph, Kaiserin Elisabeth und des Kronprinzen Rudolf vorgenommen.

Wien, Institut für Geschichte der Medizin, Bildarchiv, Inv.-Nr. S 4.334 K. S.

22.78 **Die Abteilungsvorstände der Poliklinik, 1885**

L. V. Angerer; Wien 1885
Photographie
Photokopie

1872 wurde die Allgemeine Poliklinik als eigenständige Gründung junger Wissenschafter und Ärzte neben dem Allgemeinen Krankenhaus eröffnet. 1885 scheinen berühmte Namen auf: Johann Schnitzler (sitzend 2. v. li.), Robert Ultzmann (sitzend 3. v. li.), Samuel Siegfried v. Basch (sitzend 1. v. re.), Anton Wölfler (stehend 2. v. re.) . . .

Wien, Institut für Geschichte der Medizin, Bildarchiv, Inv.-Nr. 670/224 K. S.

22.79 **Eröffnung des Rudolf-Pavillons im Rudolfinerhaus, 1885**

Photokopie eines Zeitungsdruckes

1882 wurde von Theodor Billroth das Rudolfinerhaus in Wien gegründet, in dem auch eine Krankenpflegerinnenschule eingerichtet war. Am 14. November 1885 wurde der Rudolf-Pavillon eröffnet.

Lit.: Rudolfinerhaus 1882–1982. Festschrift, Wien 1982.

Wien XIX, Rudolfinerhaus K. S.

22.80 **Linz, Allgemeines Krankenhaus** Abb.

Theophil Hansen; 1863–1865
Bleistift koloriert, H. = 51 cm, B. = 119 cm
Photokopie

Die Planungsgeschichte reicht bis 1850 zurück, nach langwierigen Kompetenzschwierigkeiten

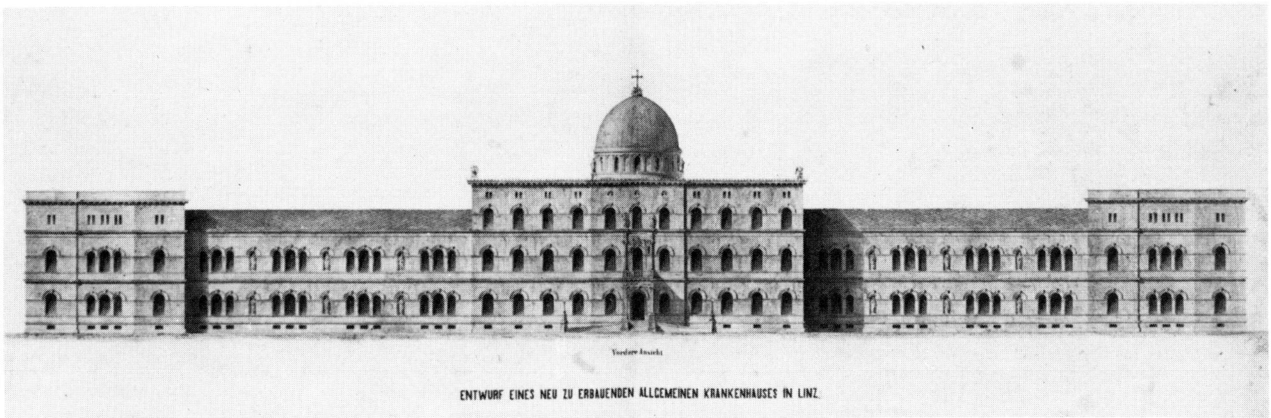


Kat.-Nr. 22.80

zwischen Stadt und Land ging man erst 1863 an die Verwirklichung. Bei der noch im selben Jahr ausgeschriebenen Konkurrenz war Hansen gewiß der prominenteste Teilnehmer, und nach seinem Plan wurde mit dem Teilausbau begonnen. Der Bau blieb ein Torso, bis er von neueren und neuesten Umbauten völlig absorbiert wurde.
Schon bei der ersten Planung verlangte das Magistrat als Bauherr die „lineare Bauart", also nicht das Pavillonsystem, und Hansen verwendete für die Grundrißlösung noch einmal das bewährte Schema des Waffenmuseums. Aber auch im Aufriß hielt er sich, trotz seiner um 1859 vollzogenen Abkehr von den Stilprinzipien des frühen Historismus, an die ältere Idee.

Lit.: Stadtmuseum Linz, Vorarbeiten für die Kunsttopographie Linz. – *Wacha, Georg*, Renate Wagner-Riegers Ringstraßenwerk, in: Historisches Jahrbuch der Stadt Linz 1981, Linz 1982, S. 227. – Historismus und Jugendstil in Linz, Ausstellung im Stadtmuseum Linz 1980.

Linz, Stadtmuseum, Plansammlung IV/3 S. K.

**22.81 Prag, ehem. Landesentbindungsanstalt**

Nové Město, ul. ke Karlovu
Josef Hlávka, 1867–1875
Photokopie

Seit dem 18. Jahrhundert wählte man die Grünzone im Süden der Prager Neustadt zur Errichtung von Spitälern; nach 1850 entstanden in der Gegend rund um den Karlsplatz mehrere Neubauten, welche, durchwegs in neugotischen Formen errichtet, gewissermaßen die Idee des mittelalterlichen Hospizes fortsetzten. 1861 erbaute hier B. Grueber ein Spital für die Prager Kaufmannschaft, und in dessen unmittelbarer Nachbarschaft wurde ab 1863 ein weiterer Krankenhausneubau geplant, dessen Ausführung man dem Architekten Josef Hlávka übertrug. Sein Krankenhausbau zeigt in der Grundrißlösung, die dem Pavillonsystem folgt, durchaus moderne Tendenzen, und auch die Neugotik seiner Fassaden ist sichtlich um eine neue Lösung im Sinne des „strengen" Historismus der 60er Jahre bemüht: nicht mehr die filigrane Formensprache der Spätgotik gab das Vorbild, sondern die weitaus ernstere der norddeutschen Backsteingotik.

Lit.: *Poche, E.* u. a., Praha národního probuzení, S. 155f. S. K.

**22.82 Gesetz vom 3. Dezember 1863, betreffend die Regelung der Heimatverhältnisse**

Aus: Reichs-Gesetz-Blatt für das Kaiserthum Österreich. Aus der kaiserlich-königlichen Hof- und Staatsdruckerei, Wien 1863, S. 368

Photokopie

Im § 1, bzw. genauer ausgeführt im Abschnitt IV (§§ 22–31) des Gesetzes vom 3. Dezember 1863 wird festgelegt, daß mit dem Heimatrecht in einer Gemeinde auch der Anspruch auf Armenversorgung verbunden ist. Diese „geographische" Regelung des Armenwesens hatte bis in unser Jahrhundert Geltung. Der Nachteil bestand in der Schwierigkeit zur Erlangung des neuen Heimatrechtes, sobald man die alte Heimatgemeinde verlassen hatte.

Wien, Universität, Fakultätsbibliothek der Rechtswissenschaft K. S.

**22.83** **Sterblichkeitsstatistik von Tuberkulose und Blattern**

Schema

Die Tuberkulosesterblichkeit nahm in diesem Zeitraum zu, in den Industriestädten schneller als anderswo. Gerade diese Krankheit war mit Armut und schlechten Ernährungs- bzw. Wohnzuständen verbunden. Im Gegensatz dazu nahmen die früher so gefürchteten Blattern ab; dies verdankte man den Schutzimpfungen. Einzig im Gefolge des deutsch-französischen Krieges nach 1871 kam es zu einer gewaltigen Epidemie in ganz Europa.

Lit.: wie bei Sterblichkeitsstatistik Cholera/Typhus

Wien, Institut für Geschichte der Medizin, Bibliothek, Inv.-Nr. 12.376 und I 5.300 K. S.

**22.84** **Bürgerversorgungshaus in Wien, 1862**

Aus: Waldh. Illustr. Zeitung vom 15. März 1862
Photokopie

Das Bürgerversorgungshaus Ecke Währinger Straße/Spitalgasse in Wien, das bis in die 20er Jahre unseres Jahrhunderts der Unterbringung von Pfründnern diente.

Wien, Institut für Geschichte der Medizin, Bildarchiv, Inv.-Nr. 1.598 K. S.

**22.85** **Siechenhaus in Wien, 1844**

Ansichtskarte
Photokopie

Das Siechenhaus in der Roßau in Wien, 1844 als Stiftung der Familie von Wertheimstein errichtet.

Wien, Institut für Geschichte der Medizin, Bildarchiv, Inv.-Nr. 1.572 K. S.

**22.86** **Findelhaus**

Photokopie eines Zeitungsdruckes

Das von Joseph II. im Jahre 1788 gegründete Findelhaus, das später in Wien 9, Alserstraße 25, untergebracht war in einer Darstellung aus dem Jahre 1884. Es blieb bis 1910 in Funktion.

Wien, Historisches Museum der Stadt Wien K. S.

**22.87** **Lemberg, Invalidenhaus**

Lwow/Galizien, UdSSR

Theophil Hansen, 1851–1855
Tusche und Feder, H. = 52 cm, B. = 54,4 cm

Die Planung des Invalidenhauses gehört in den größeren Zusammenhang der Militärbauten Hansens, mit denen er aufgrund seiner erfolgreichen Tätigkeit fürs Wiener Arsenal betraut wurde. Auch dieser Entwurf: große Hofanlage, der Hauptbau mit turmartigen Eckrisaliten versehen und mittels niedriger Seitenflügel mit den Eckbauten verbunden, variiert und modifiziert das Grundkonzept des Arsenals im allgemeinen, sowie das dort von Hansen angeschlagene Thema des „byzantinischen Stils" im besonderen.

Lit.: *Niemann, G.; Feldegg, F.,* Theophilos Hansen und sein Werk, Wien 1893, S. 127f.

Wien, Kupferstichkabinett d. Akademie d. bild. Künste, Inv.-Nr. 20.861 S. K.

**22.88** **Erstes Österreichisches Kinder-Asyl**

Photographie

Das Erste Österreichische Kinder-Asyl wurde im Jahre 1872 gegründet und am 28. 2. 1875 eröffnet. Es war die repräsentativste und wichtigste Schöpfung im Rahmen der freimaurerischen Karitativeinrichtungen in Österreich. Das Asyl bot zunächst rund 60 Kindern Platz und wurde später ausgeweitet. Das Gebäude besteht heute noch unter der Adresse Wien XIX, Heiligenstädter Straße 341–343. K. S.

**22.89** **Ferenc Flór**

Stich; H. = 62 cm, B. = 45 cm

Ferenz Flór (1809–1871) war während des Freiheitskampfes Leiter der medizinischen Abteilung im Kriegsministerium. Er organisierte im Frühling 1849 das institutionelle System eines zeitgemäßen militärischen Gesundheitswesens.

Budapest, Semmelweis Orvostörténeti Múzeum J. A.

**22.90** **Chirurgisches Feld-Taschendepot**

Photokopie

Die Abteilung für Gesundheitswesen des Kriegsministeriums errichtete im Frühling 1849 in Nagyvárad eine Werkstatt zur Herstellung von medizinischen Instrumenten, um den Sanitätsdienst der Honvéd-Armee einheitlich auszurüsten.

Budapest, Semmelweis Orvostörténeti Múzeum

J. A.

22.91 **Endre Kovács-Sebestyén**

Photokopie

Endre Kovács-Sebestyén, der ab 1861 Präsident des Königlichen Ärzteverbandes und ab 1868 Präsident des Sanitätslandesrates wurde, hatte bereits 1848 einen Antrag zur Organisierung der Landesgesundheitsverwaltung verfaßt.

Budapest, Semmelweis Orvostörténeti Múzeum

J. A.

22.92 **Antrag zur Organisation des Staats- und Volksgesundheitswesen**

Photokopie

Der Antrag wurde 1848 von Endre Kovács-Sebestyén gestellt.

Budapest, Semmelweis Orvostörténeti Múzeum

J. A.

22.93 **Das Professorenkollegium der Medizinischen Fakultät der Pester Universität, 1863**

József Marasztoni (1834–1895); 1863
Steindruck, H. = 95 cm, B. = 63,5 cm

Die Zweite Wiener Medizinische Schule hatte auf den ungarischen Ärztestand eine starke Auswirkung. In der Medizingeschichte wird die sich um János Balassa und Lajos Markusovszky scharende Ärztegruppe als die Pester Medizinische Schule bezeichnet. Zu dieser Gruppe gehörte auch Ignaz Philipp Semmelweis. Die Bedeutung der Pester Medizinischen Schule besteht darin, daß ihre Mitglieder die ungarische medizinische Wissenschaft auf europäisches Niveau erhoben. (Von links nach rechts: János Diescher, János Wagner, Lajos Arányi, Ignáz Semmelweis, Gáspár Lippay, József Lenhossék, Jenö Jendrassik, Döme Nedelkó, Ferenc Linzbauer, Dávid Wachtel, Tamás Stockinger. Sitzend: Vilmos Zlamál, Ignaz Sauer, János N. Rupp, János Balassa.)

Budapest, Semmelweis Orvostörténeti Múzeum

J. A.

22.94 **János Balassa (1814–1868)**

M. Kovács
H. = 47 cm, B. = 41 cm

János Balassa beendete sein Studium in Wien und war seit 1843 Professor der Chirurgie an der Pester Universität. Während des Freiheitskampfes arbeitete er als Direktor an der medizinischen Abteilung des Honvédspitales, wurde im Herbst 1849 eingekerkert und konnte seinen Lehrstuhl in Pest erst im Jahre 1851 wieder einnehmen. Er war ein hervorragender Chirurg, der den zeitgemäßen Unterricht seines Fachgebietes organisierte und ständig neue Wege auf dem Gebiete der Wiederherstellungschirurgie suchte. Die Resultate seiner Organisationsarbeit waren die Schaffung der ungarischen medizinischen Fachpresse und nach dem Ausgleich von 1867 die Organisierung des Landesrates des Volksgesundheitswesens.

Budapest, Semmelweis Orvostörténeti Múzeum

J. A.

22.95 **János Balassa, Plastische Operationen**

Pest 1861

Budapest, Semmelweis Orvostörténeti Múzeum

J. A.

22.96 **Lajos Markusovszky (1815–1893)**

Photographie; Pest 1888

Lajos Markusovszky absolvierte sein Studium in Wien und Budapest und wurde dann Assistent von János Balassa. Er nahm am Freiheitskampf teil und hielt einen Kurs „für Sanitätsärzte". Nach der Kapitulation von Világos verlor er wegen seines Verhaltens seine Stelle. Er war der Eigentümer und Redakteur der im Jahre 1857 gegründeten Zeitschrift ORVOSI HETILAP; auch die Gründung der Ungarischen Buchverlagsgesellschaft (1863) ist mit seinem Namen verbunden. Nach dem Ausgleich von 1867 war er erst Referent der Ärztebildung, später auch der gesamten Universitäts-Angelegenheiten im Ministerium für Cultus und Unterricht. Er modernisierte die heimische Ärzteausbildung und förderte die Entwicklung des klinischen Systems.

Budapest, Semmelweis Orvostörténeti Múzeum

J. A.

22.97 **Orvosi Hetilap, 1857**

Die erste Nummer des „ORVOSI HETILAP“, der ungarischen Ärztezeitung, gegründet 1857.

Budapest, Semmelweis Orvostörténeti Múzeum

J. A.

22.98 **Sándor Lumniczer (1821–1892)**

Photographie

Sándor Lumniczer absolvierte sein Studium in Wien und Pest. Während des Freiheitskampfes war er Stabsarzt, später der Leiter der Sanitätsabteilung im Kriegsministerium (Juni–August 1849). Nach der Waffenniederlegung bei Világos wurde er einer Zwangsrekrutierung zufolge in die kaiserliche Armee eingereiht. Er war eine hervorragende Persönlichkeit in der Gruppe um Balassa, ab 1872 außerordentlicher, ab 1880 ordentlicher Professor für Chirurgie. Zwischen 1880 und 1886 war er Präsident des Ärztevereines und einer der Organisatoren des öffentlichen ärztlichen Lebens in Ungarn.

Budapest, Semmelweis Orvostörténeti Múzeum

J. A.

22.99 **Frigyes Korányi (1827–1913)**

Photographie

Frigyes Korányi war ein ungarischer Internist von europäischem Ruf. Nach dem Ende des Freiheitskampfes wurde er in seine Heimatstadt, Nagykálló, ins Exil geschickt. Von 1866 bis 1908 war er Universitätsprofessor in Pest. In dieser Zeit beteiligte er sich an der Ausarbeitung der ungarischen medizinischen Reformen. Seiner Anregung folgend hat man in Ungarn den Kampf gegen die Tuberkulose aufgenommen.

Budapest, Semmelweis Orvostörténeti Múzeum

J. A.

22.100 **Ehrenurkunde für Frigyes Korányi**

H. = 50 cm, B. = 66 cm

Der Wiener Ärzteverein verlieh Korányi eine Ehrenurkunde aufgrund seiner Leistungen auf dem Gebiet der inneren Medizin.

Budapest, Semmelweis Orvostörténeti Múzeum

J. A.

22.101 **Frigyes Korányi, Der Milzbrand**

Aus: Handbuch der allgemeinen und speciellen Chirurgie (hg. von *Pitha* und *Billroth*), Stuttgart, Ferdinand Enke 1869–1874, Bd. 1, Abt. 2, A, S. 149–183.

Korányis Darstellung des Milzbrandes in dem berühmten Pitha-Billroth'schen Handbuch der allgemeinen und speciellen Chirurgie: aufgeschlagen ist eine Vergleichstabelle nach Beschäftigungsgruppen, wobei die Bauern dominiern.

Wien, Institut für Geschichte der Medizin, Bibliothek, Inv.-Nr. 29.938/1, 2A K. S.

22.102 **Ignaz Philipp Semmelweis (1818–1865)**

Agoston Canzi

Aquarell; H. = 38 cm, B. = 46 cm

Semmelweis besuchte die Schulen in Buda, später studierte er in Wien Jus, dann Medizin. Seine medizinische Arbeit begann er im pathologisch-anatomischen Institut von Rokitansky, später wurde er Mitarbeiter der Geburtsklinik von Prof. Klein. Dort hatte er seine epochemachende Feststellung formuliert: das Puerperalfieber ist kein selbständiges Krankheitsbild, sondern die Folge einer Infektion, deren infektiöses Agent mit chlorhaltigem Wasser vernichtet werden kann. Man akzeptierte Semmelweis' Lehre nicht, obwohl in Wien Rokitansky, Skoda und Hebra Stellung für ihn nahmen. 1850 kehrte Semmelweis nach Pest zurück und wurde erst Chefarzt im Rochus-Spital, dann vom Jahre 1855 an Professor an der Geburtsklinik in Pest. Er wurde ein aktives Mitglied der sich um Balassa scharenden medizinischen Gruppe: durch diese aufgefordert, machte er seine Lehre erst in ungarischer Sprache (Orvosi Hetilap 1858), dann auch in deutscher Sprache bekannt (1861).

Budapest, Semmelweis Orvostörténeti Múzeum

J. A.

22.103 **Ignaz Philipp Semmelweis, Die Aetiologie, der Begriff und die Prophylaxis des Kindbettfiebers.**

Pest–Wien–Leipzig, Hartleben 1861

In diesem seinem Hauptwerk hat Semmelweis eine Zusammenfassung der Problematik um das Kindbettfieber gemacht und seine Lehre dargelegt.

Wien, Universitätsbibliothek, Inv.-Nr. I 81.193

K. S.

22.104 **Offener Brief von Ignaz Semmelweis**

2 Briefe im Etui; H. 22 cm, B. = 16 cm

Budapest, Semmelweis Orvostörténeti Múzeum
J. A.

22.105 **Das Geburtshaus Ignaz Semmelweis'**

Photographie

Im Geburtshaus ist jetzt das Semmelweis-Museum für Geschichte der Medizin untergebracht.

Budapest, Semmelweis Orvostörténeti Múzeum
J. A.

22.106 **Briefe Ignaz Semmelweis', gerichtet an die Ungarische Akademie der Wissenschaften**

1860

Budapest, Semmelweis Orvostörténeti Múzeum
J. A.

22.107 **Bericht Ignaz Semmelweis' über seine Schüler**

1861

Budapest, Semmelweis Orvostörténeti Múzeum
J. A.

22.108 **Obduktionsprotokoll**

Photokopie

Das Protokoll, das die Unterschrift Semmelweis' trägt, stammt aus dem Spital Rókus.

Budapest, Semmelweis Orvostörténeti Múzeum
J. A.

22.109 **Protokoll über einen Semmelweis-Vortrag im Ärzteverein**

2. Jänner 1858
Photokopie

Budapest, Semmelweis Orvostörténeti Múzeum
J. A.

22.110 **Semmelweis, Waschbecken und Kanne**

Blech verzinnt; Waschbecken: H. = 8,5 cm, B. = 38 cm, T. = 30 cm; Kanne: H. = 17,5 cm, B. = 16 cm

Waschbecken und Wasserkanne aus der Zeit von Semmelweis und aus der Klinik, an der er gearbeitet hat. Mit ihnen wurden vor der Untersuchung der schwangeren Frauen und der Mütter die Hände mit Chlorwasserlösung gewaschen.

Wien, Institut für Geschichte der Medizin, Instrumentensammlung, Inv.-Nr. 1.843
K. S.

## 23. FORSCHUNGS- UND ENTDECKUNGSREISEN

### 23.1 Julius Payer

a. Die Ortler-Alpen (Sulden-Gebiet und Monte Cevedale) nach den Forschungen und Aufnahmen von Julius Payer.
In: Mitteilungen aus Justus Perthes' Geographischer Anstalt („Petermanns Mitteilungen“) Ergänzungsheft 18 im Ergänzungsband IV, Gotha 1867.
Aufgeschlagen: Titelblatt mit Ansicht der Königsspitze von Osten (dem Eissee-Passe) aus.

b. Originalkarte der Südlichen Ortler-Alpen von Julius Payer nach dessen Messungen in 1867. Maßstab 1 : 56.000. Stich
In: Mitteilungen aus Justus Perthes' Geographischer Anstalt („Petermanns Mitteilungen“) Ergänzungsheft 27 im Ergänzungsband VI, Gotha 1869.

Payers alpinistisch-geographische Laufbahn begann mit Erkundungstouren in den Hohen Tauern, danach widmete er sich der wissenschaftlichen Erforschung der Ortler-, Adamello- und Presanellagebirge. Im Ortlergebiet unternahm er mehr als 60 Besteigungen, darunter zahlreiche Erstbesteigungen.

Payers systematische Bergfahrten wurden von ihm in einer Reihe wissenschaftlicher Dokumentationen beschrieben und illustriert. Dabei nahm er auf alle Aspekte Bedacht – von den klimatischen und geologischen Verhältnissen über die Tier- und Pflanzenwelt bis zu speziellen Fragen menschlicher Besiedelung und der Touristik. Der Name einer Schutzhütte, eines Gipfels der Ortlergruppe und ein Denkmal erinnern noch heute an Payers Pionierarbeit in jenem Raum.

Die beiden ausgestellten Blätter geben aus einer Fülle derartiger Landschaftszeichnungen und Kartierungen ein Beispiel für Payers künstlerisches Talent. Auf Grund dieser Vorgeschichte wurde Payer von der internationalen Wissenschaft für die Polarforschung gewonnen: zuerst von Koldewey für die Deutsche Polarexpedition 1869/70, hernach von Petermann für die beiden österreichischen Expeditionen.

Wien, Österreichische Geographische Gesellschaft, Inv.-Nr. IV/1–6 G. H.

### 23.2 Carl Weyprecht

a. Astronomische und geodätische Bestimmungen der österreichisch-ungarischen Arctischen Expedition 1872–1874

b. Die magnetischen Beobachtungen

c. Die Nordlicht-Beobachtungen

In: Denkschriften der Kaiserlichen Akademie der Wissenschaften – Mathemat.-naturwissenschaftl. Klasse Bd. 35, Wien 1877/78.

Weyprechts Beobachtungen und Messungen wurden an Bord des Schiffes unter allen Umständen und Widrigkeiten die ganze Zeit der Expedition über mit ununterbrochener Konsequenz und Genauigkeit durchgeführt. Sie besitzen dadurch für die heutige Naturwissenschaft nicht nur absolut, sondern auch relativ als Vergleichsdaten zu den inzwischen eingetretenen Veränderungen einen einzigartigen Wert, weil es für keinen vergleichbaren Teil der Erde aus jener Zeit ähnliche Unterlagen gibt.

Wien, Bibliothek der Österreichischen Akademie der Wissenschaften G. H.

### 23.3 Carl Weyprecht

Die Metamorphosen des Polareises, Wien 1879

Aufgeschlagen: Titelblatt mit Illustration „Das Verlassen des Eises“ (gezeichnet von Eduard Orel)

Nebst der zuvor gezeigten wissenschaftlichen Dokumentationsreihe seiner im Franz Josephs-Land bzw. auf der Fahrt dahin angestellten Forschungsserien schrieb Weyprecht dieses Buch als einzige für ein breiteres Publikum bestimmte Publikation. Sein überaus sachlicher Stil qualifizierte ihn einerseits für die streng naturwissenschaftlichen Mitteilungen im Rahmen von Akademieschriften; er unterschied ihn aber andererseits auch fühlbar von der Fähigkeit seines Kollegen Payer, das Publikum durch lebendige und spannende Schilderungen einzunehmen und für den Gegenstand zu begeistern. Aus diesem Grund blieb Weyprecht der in der breiteren Öffentlichkeit weniger Bekannte.

Wien, Universitätsbibliothek, Inv.-Nr. I 146.289
G. H.

### 23.4 Julius Payer

Die österreichisch-ungarische Nordpol-Expedition in den Jahren 1872–1874, nebst einer Skizze der zweiten deutschen Nordpol-Expedition 1869–1870 und der Polar-Expedition von 1871, Wien 1876

Aufgeschlagen S. XCVIII: An Bord der „Tegetthoff“ während einer Eispressung, October 1872

Dieses durchgehend von Payers eigenen Zeichnungen illustrierte, auf genauen Tagebuchaufzeichnungen fußende, umfassende Memoirenwerk jener beiden Jahre erfreute sich wegen seiner lebendigen, packenden, ja mitreißenden Darstellungsweise in weitesten Kreisen der größten Beliebtheit. Es erfuhr eine große Verbreitung und trug mit Payers zahlreichen Vorträgen in Bildungsvereinen in allen Teilen der Monarchie sehr wesentlich zum Bekanntwerden der Leistungen jener Expedition in den entsprechend interessierten Bevölkerungsschichten bei. Allein schon der Einband zeigt die Bedeutung, die man solchen Reiseberichten damals beimaß.

Wien, Österreichische Geographische Gesellschaft, Inv.-Nr. F 1717
Wien, Bibliothek des Instituts für Geschichte der Universität Wien G. H.

23.5 **Expeditionsillustrationen von der Hand Julius Payers**

Aus seinem in Kat.-Nr. 23.4 genannten Werk; Stahlstiche (?) nach Originalzeichnungen von Polarlandschaften und wissenschaftlichen Tätigkeiten im Franz Josefs-Land bzw. in Grönland; Payers Zeichnungen wurden in Justus Perthes' Geographischer Anstalt in Gotha für die Drucklegung bearbeitet.

a. Im Küstenwasser Nowaja Semljas

b. Wanderungen im Eismeere in der Winternacht

c. Marsch zwischen Eisbergen am Saume des Middendorff-Gletschers

d. Das Alkencap

e. Octobernacht im Eise 1872

f. Cap Tegetthoff

g. Eispressungen während eines Nordlichtes im Jänner 1873

h. Lothen im Eismeere

i. Auf dem Sonklar-Gletscher

k. Vermessungsarbeiten in Grönland (Franz-Josefs-Fjord)

Photokopien

Neben diesen kleineren Skizzen schuf Payer – vor allem während seiner Aufenthalte in München, in Paris, in seinem Haus an der Küste der Normandie und auch wieder in Wien – eine Reihe von Naturgemälden polarer Landschaften, mit denen er hohe internationale Anerkennung und eine Reihe von Auszeichnungen durch europäische und amerikanische Preise erfuhr.

Wien, Österreichische Nationalbibliothek, Kartensammlung G. H.

23.6 **Julius Payer**

Grönland, insgesamt 24 Skizzen in Bleistift und Tusche von der zweiten deutschen Nordpol-Expedition 1869–1870. Nebst Ortsbestimmungen und Azimuten.

Ausgestellt: Nr. 1 „Stand 7000′ hoch im Inneren von Grönland (Kaiser-Franz-Josefs-Fjord und Petermann-Spitze).“

Zu einer Zeit, als die Photographie zwar schon erfunden, unter den arktischen Bedingungen jedoch noch nicht einsetzbar war, besaßen Payers minutiös-genaue Landschaftszeichnungen einen hervorragenden Wert für die Wissenschaft.
Die Benennung eines der größten und schönsten Fjorde der ostgrönländischen Küste nach Kaiser Franz Joseph war bereits vier Jahre vor der Entdeckung des Franz Josephs-Landes die zweite exotische Verewigung des Namens des Kaisers (nach jener in den von Hochstetter erforschten Neuseeländischen Alpen).

Wien, Österreichische Nationalbibliothek, Kartensammlung, Inv.-Nr. K.V. III/15–40 G. H.

23.7 **Julius Payer**

Auswahl von Xylographien arktischer Szenen.
Aus: Julius Payer, Die österreichisch-ungarische Nordpol-Expedition in den Jahren 1872–1874, Wien 1876.

a. Eisberge

b. Das erste Eis

c. Schneetreiben im Packeis während der Winternacht

d. Das Verlassen der Tegetthoff

e. Scene aus dem Rückzuge

f. Die „Isbjörn“ (das Schiff der Vorexpedition von 1871, auf welchem Graf Wilczek die „Tegetthoff“ 1872 bis Nowaja Semlja begleitet hatte).

Wien, Österreichische Nationalbibliothek, Kartensammlung G. H.

**23.8 Die für das Zustandekommen und Gelingen der Expedition entscheidenden Männer**

Photokopien

a. Franz Freiherr von Kuhn (1817–1896).
Aus mährischer Offiziersfamilie stammend, zeigte er während seiner ganzen Berufslaufbahn eine auffallend starke wissenschaftliche Engagiertheit, besonders auf geographisch-kartographischem und historischem Gebiet. Als General unter anderem mit den Kriegsplänen 1859 und mit der Verteidigung Südtirols 1866 betraut, wurde er 1868 Reichskriegsminister und 1873 Feldzeugmeister, wegen schwerer Meinungsverschiedenheiten mit Kaiser Franz Joseph (als Gegner eines Zusammengehens mit dem neuen Deutschen Reich) jedoch 1874 amtsenthoben. Seine Menschenkenntnis und sein Scharfblick hatten das Talent Payers entdeckt und nachdrücklichst gefördert. Sein starkes Interesse an der Geographie nützte der Vorbereitung der Polarexpeditionen.

b. Graf Hans (Johann Nepomuk) Wilczek (1837–1922).
Die Besitzungen seines österreichisch-schlesischen Geschlechts um Ostrau ermöglichten ihm eine einzigartige Wirksamkeit als Kunst- und Wissenschaftsmäzen, Sammler, Bibliophile, Privatgelehrter von hohem Ansehen in Fachkreisen, als Förderer geographischer und naturwissenschaftlicher Expeditionen, als Philanthrop und Förderer karitativer Einrichtungen und Aktionen, als Mitbegründer der Freiwilligen Wiener Rettungsgesellschaft und der überkonfessionellen Rudolfinerstiftung sowie zahlreicher wohltätiger und wissenschaftlicher Vereinigungen, Konferenzen und Publikationen. Seine Spenden machten den entscheidenden Hauptanteil an der Vorbereitung und Durchführung der drei österreichischen Polarexpeditionen aus.

c. Carl Weyprecht (1838–1881).
Rheinhessischen Patrizierfamilien entstammend und wie sein Heimatstaat österreichisch orientiert, trat er in die Dienste der k. u. k. Kriegsmarine, wo er, von Admiral Tegetthoff hochgeschätzt, 1869–70 maßgebend an den geographisch-hydrographischen Küstenaufnahmen der Adria teilnahm. Nach der Vorexpedition der „Isbjörn“ in die Barentssee und nach Spitzbergen leitete er als Kommandant zur See die österreichische Polarexpedition 1872–74. Seine gemeinsam mit Eduard Orel und Gustav Brosch ausgeführten, vorbildlich präzisen und lückenlosen geophysikalisch-meteorologisch-hydrographischen Beobachtungsreihen in der Arktis, zumal im Franz Josephs-Land, bilden einen einzigartigen Schatz einschlägiger Dokumentationen. Unterstützt von Wilczek, begründete er auf einer Reihe von Konferenzen sein Projekt Internationaler Geophysikalischer Polarjahre, deren erstes kurz nach seinem Tod verwirklicht wurde (Österreich beteiligte sich dabei unter Wilczek und Wohlgemuth mit einer Station auf Jan Mayen).

d. Julius v. Payer (1841–1915).
Deutschböhmischen Familien entstammend, absolvierte er die Maria-Theresianische Militärakademie in Wiener Neustadt und widmete sich, nachdem Kriegsminister Frh. v. Kuhn seine Talente entdeckt und gefördert hatte, der alpinistischen und naturwissenschaftlichen Erschließung und kartographischen Aufnahme der Hohen Tauern, der Adamello-, Presanella- und Ortler-Alpen (1864–68). Von Koldewey zur Teilnahme an der Deutschen Polarexpedition berufen, erkundete er weite Teile der ostgrönländischen Küsten und nahm sie kartographisch auf. Von Petermann für den Vorstoß über die Barentssee ausgewählt, unternahm er nach der Vorexpedition auf der „Isbjörn“ (1871) mit Weyprecht die österreichische Nordpolexpedition, in deren Verlauf er als Kommandant zu Lande nach der Entdeckung des Franz Josephs-Landes den ganzen Archipel durchquerte und unter schwersten Strapazen ein erstes Bild von dem neuen Lande erarbeitete und dokumentierte. Seine Tätigkeit als Schriftsteller, Maler und Vortragender brachte dem europäischen und amerikanischen Publikum die ferne Welt des höchsten Nordens zum erstenmal so nahe wie nie zuvor.

G. H.

**23.9 Originalkarte des Franz Josephs-Landes**

Aufgenommen von Julius Payer, ausgeführt im k. u. k. Militärgeographischen Institute.
Beilage zu: Julius Payer, Die österreich.-ungar. Nordpol-Expedition.

G. H.

**23.10 Karte von Nowaja Zemlja**

Aus: Julius Payer, Die österreichisch-ungarische Nordpolexpedition, Wien 1876.
Es handelt sich um die für jene Zeit beste Darstellung jener dem Franz-Josephs-Land am nächsten gelegenen und für den Verlauf der österreichischen Expedition schicksalsbestimmenden russischen arktischen Territorien.

Wien, Österreichische Geographische Gesellschaft, Inv.-Nr. F 1717 G. H.

**23.11 Zeichnungen Payers**

Aus seinem Buch: Die österr.-ungar. Nordpol-Expedition.

a. Der Collinson-Fjord und die Insel „Wiener Neustadt“ vom „Kap Tirol“ aus.

b. Nachtlager bei den „Coburg-Inseln“.

c. Gwosdarew-Einfahrt in Nowaja Semlja.

Photokopien

Einige für die Polarlandschaft besonders charakteristische Zeichnungen von der Hand Julius Payers. Die Benennungen (es gibt deren noch viele andere) erinnern an heimatliche Bezüge (Tirol), an Ausbildungsstätten der Teilnehmer (Wiener Neustadt) und an Mäzene (Haus Coburg) der osterreichischen Polarexpedition.

G. H.

**23.12 Julius v. Payer Bilderzyklus „Franz-Josephs-Land“**

Adolf Obermüllner (nach den Vorlagen von Julius v. Payer)

Diapositiv

a. Die Trennung der Schiffe „Tegetthoff“ und „Isbjörn“.
Graf Wilczek hatte auf der bereits die Vorerkundung der Barents-See im Jahre 1871 ausführenden „Isbjörn“ die Expedition bis in den Norden Nowaja Semljas begleitet und dort ein Depot für den Notfall angelegt.

b. Das Säulenkap auf „Kronprinz Rudolf-Land“. Farbabb. 37
Payer benannte die auf seinen Schlittenzügen durch den Archipel bis an ihr Nordende hin durchquerte nördlichste Insel nach dem für die Naturwissenschaften und die Geographie begeisterten und auch selbst aktiv Forschungen betreibenden Kronprinzen. Nahe dem Säulenkap liegt auch die „Teplitz-Schönau“-Bucht, benannt nach Payers Geburtsstadt, die heute auf den russischen Landkarten in ihrer deutschen Form weiterlebt.

c. Das Begräbnis des Maschinisten Krisch.
Der für den Maschinenraum verantwortliche Mährer Otto Krisch war am 16. März 1874 an Tuberkulose und Skorbut gestorben und wurde am 19. März auf der Wilczek-Insel begraben. Er war das einzige Todesopfer, das die Expedition zu beklagen hatte.

d. Die Rückkehr der Schlittenreisenden zum Schiff.
Für die unter Payers Führung auf drei waghalsigen und entbehrungsreichen Schlittenwanderungen den Archipel durchwandernden Expeditionsteilnehmer war die Rückkehr zum Schiff von der ständigen Furcht überschattet, die „Tegetthoff“ könnte abgetrieben worden sein oder Risse im Eis könnten den Fußwanderern nach all ihren Strapazen eine Rückkehr zu ihren Kameraden unmöglich machen.

e. Szenen aus dem Rückzug.
Die nach zwei Polarjahren bereits völlig erschöpfte und kranke Mannschaft hatte unter ungeheuren Strapazen und mit einer einzigartigen Willensaufbietung mit ihren Schlitten und Booten 200 km zu Fuß über meterhohe Eishöcker zurückzulegen, bevor sie endlich zur „Eiskante“, zum offenen Meer gelangte, von wo aus dann in Richtung Nowaja Semlja gerudert werden konnte.

f. Die Rettung der Expedition durch russische Schiffe in der Dunen-Bay (Nowaja Semlja).
Nach der ständigen Angst, mit den überfüllten und durchlässigen Booten unterzugehen oder nachts außer Sichtweite zu geraten, gelang es, die Küste Nowaja Semljas zu erreichen, an der man (nach Verfehlung des Notdepots) mit schwindenden Kräften und bei ausgehendem

Proviant entlangruderte, bis das Wunder geschah und ein nach Ende der Fischereisaison verspätetes russisches Schiff die um ein Haar Verlorenen auffing, in einer alle zutiefst beeindruckenden Weise betreute und nach Norwegen brachte.

Nach Payers teilweiser Erblindung (auf einem Auge) wurden manche von ihm entworfenen Bilder nach seinen Angaben von dem besonders qualifizierten oberösterreichischen Landschaftsmaler Adolf Obermüllner im vorgezeichneten Sinne ausgeführt. Die Bilder dieses Zyklus, von denen leider einige verloren gingen, besitzen als Originaldokumentation einen einzigartigen Wert, wie er nur wenigen Expeditionen beschieden war.

Klagenfurt, Kärntner Landesmuseum G. H.

**23.13 Die Tegetthoff im Eis** Farbabb. 36

Julius v. Payer

Diapositiv

Eines der bekanntesten Polargemälde Payers, das neben seinem historischen Dokumentationswert zur letzten Phase des im Eise eingeklemmten und aufgegebenen Schiffes vor allem wegen der meisterhaften Wiedergabe der in der klaren Polarluft besonders leuchtenden Farbtöne von allen Kennern der arktischen Szene besonders hoch geschätzt wurde. Das Bild nimmt den prominentesten Platz in jenem Saal des Naturhistorischen Museums ein, in welchem eine Reihe von Gemälden Landschaften zeigen (von der Franz-Josephs-Höhe über der Glockner-Pasterze bis nach Neuseeland und Grönland hin), die den Namen des Kaisers bis heute tragen.

Wien, Naturhistorisches Museum, Geologisch-Paläontologische Abteilung, Saal VI G. H.

**23.14 Nie zurück**

Julius v. Payer

Diapositiv

Dieses Bild ist das bekannteste und volkstümlichste unter den zahlreichen Polargemälden Payers. Es wurde 1892 im Auftrag Kaiser Franz Josephs gemalt und gibt jenen hochdramatischen Augenblick wieder, in dem sich Payers Partner Carl Weyprecht energisch und beschwörend vor die unter den enormen Strapazen des Rückmarsches verzagende und in einer Art von Todespanik auf das längst aufgegebene Schiff zurückdrängende Mannschaft gestellt hatte und die Verzweifelnden – wie sich bald danach zeigen sollte, zu deren Heil – ermunterte, ja nicht mehr den Ort eines sicheren Todes aufzusuchen, sondern den Versuch zu machen, sich weiter nach dem rettenden Süden, dem offenen Polarmeere zu, durchzuschlagen.
Das Gemälde, welches zum ersten Mal in der Jahresausstellung des Künstlerhauses im Frühjahr 1892 ausgestellt war, erregte unerhörtes Aufsehen.

Wien, Heeresgeschichtliches Museum, BI 31.811
G. H.

**23.15 „Abschiedsbrief“ Carl Weyprechts an die Nachwelt**

*Das Schiff wurde am 21. August 1872 auf 76°28′ N(ord) & 61°49′ O(st) Gr(eenwich) im Eise besetzt* (d. i. ein Fachausdruck für: vom Eis eingeschlossen), *fror fest und trieb bis Anfang November 1873 im Packeise, fortwährenden Eispressungen ausgesetzt. Bis Ende Februar 1873 östlich bis 73° O. Gr., dann westlich getrieben. Ende August 1873 Land entdeckt und dasselbe Franz Josephs-Land getauft. Anfang November mit der Flarde* (norwegischer Ausdruck für große Eisscholle) *an dieses Land angetrieben und fest geblieben auf 79°51′ N(ord) bei 58°56′ O. Gr.*
*Im Sommer 1873 Alles versucht, das gehobene Schiff in das Wasser zu bringen; alle Anstrengungen vergeblich gewesen; Tauchung nur mehr 4½ Fuß. Beschlossen, dasselbe gegen 20. Mai 1874 zu verlassen, um mit 3 Booten Nowaja-Zemlja zu erreichen.*
*Maschinist Krisch an Tuberkulose gestorben; haben Ende April 3 Kranke. Weyprecht.*

*Kindly to be forwarded to the Austrian Admiralty or to the nearest Austrian consulate.*
*Skal velvilligt blive overleveret til den Österigske Admiralitet eller til den naermeste Österigske Consul.*
*Za poslati Austriansku Pomorzy Zapovedu, ali najblizoga Austrianskoga Consulat.*

Neben der englischen Sprache verwendete man, da ein Norweger (Carlsen) mit an Bord war, auch die Sprache des nächstgelegenen Nordstaates; und da einige Dalmatiner zur Mannschaft gehörten, wurde das Kroatische als die dem Russischen am nächsten stehende Sprache dazugesetzt.

Dieser Brief mit der Mitteilung der Entdeckung des Franz Josephs-Landes und der versuchten Rückkehr nach Europa hatte natürlich nur symbolische Bedeutung, denn niemand unter jenen aufgegebenen Männern konnte im Ernst damit rechnen, daß dieses Zeugnis der Anwesenheit in dem neuentdeckten Polarland jemals aufgefunden würde.
Der Brief, den eine sowjetische Expedition unter Wilner nach 106 Jahren durch einen Zufall unter einem Steinhaufen fand (vgl. Kat.-Nr. 23.16), wurde an Österreich zurückgegeben – und zwar, da die angesprochene Österreichische Admiralität nicht mehr existiert, an die Akademie der Wissenschaften als die für die wissenschaftliche Betreuung jener Expedition zuständige Instanz.

Wien, Österreichische Akademie der Wissenschaften, Archiv der Dokumentationsstelle für Geschichte der Naturwissenschaften und Geographie G. H.

**23.16 Gefäßreste**

Wladimir Serow, der Teilnehmer einer russischen Hydrographischen Expedition im Jahre 1979, hatte „zur Erinnerung an das Abschiednehmen von jenem felsigen und kalten Land an einem öden Platz einen Pfahl errichtet". Dabei fand er zu seiner größten Überraschung Scherben eines Gefäßes, in denen, in Wachspapier gehüllt, der Brief Weyprechts mit der Bitte um Übergabe an die Österreichische Admiralität gefunden wurde. Die russischen Forscher erkannten den einzigartigen Wert dieses Dokuments, das 106 Jahre lang in jenem fernsten Lande des ewigen Eises gelegen hatte, und behandelten es mit größter Sorgfalt. Nach entsprechender Restaurierung wurde es im Arktischen Museum in Leningrad verwahrt und am 9. I. 1980 in einer Feierstunde im Bundeskanzleramt der Österreichischen Akademie der Wissenschaften übergeben (vgl. Kat.-Nr. 23.15).

Wien, Österreichische Akademie der Wissenschaften, Archiv der Dokumentationsstelle für Geschichte der Naturwissenschaften und Geographie G. H.

**23.17 Julius Payers Taschenuhr**

Hersteller: F. J. Vorauer, Wien (Nr. 70)

Als ein Nachbesitzervermerk ist auf der Innenseite des äußeren Deckels eingraviert: *Theodor von Oppolzer* (1841–1886; als Astronom eines der Mitglieder der vielfältig berühmten Gelehrtenfamilie dieses Namens, Mitglied der Akademie der Wissenschaften). Eingravierungen auf der Rückseite des Deckels lauten: *Ponte Rosa 1867, Aden 1868, Grönland 1869/70, Prevesa 1870, 1. Österreich. Polarexpedition 1871, Franz-Josephs-Land 1873/74, Karien 1881, Jan Mayen 1882/83.*

Wien, Privatbesitz G. H.

**23.18 Kompaß aus dem Besitze Julius Payers**

Er wurde während der legendär gewordenen Binnenwanderungen Payers quer durch den Archipel bei den geodätischen Vermessungen und kartographischen Aufnahmen benützt.

Wien, Heeresgeschichtliches Museum, M. I. 13.494 G. H.

**23.19 Taschenmesser des Maschinisten Otto Krisch**

Dieses Messer wurde während der Polarexpedition von Krisch, dem für die Maschinen an Bord verantwortlichen Expeditionsteilnehmer, aus dem Metall einer Eissäge, einem Eisbärenknochen und Stiefelleder angefertigt.

Wien, Heeresgeschichtliches Museum, M. I. 3402 G. H.

**23.20 Minenzündapparat des Siegfried Marcus**

Eisen, Messing; H. = 34 cm, Dm. = 18 cm

Für diesen magnetisch-elektrischen Zündapparat („Zündinduktor"), hergestellt von der Firma Georg Sigl in Wien-Alsergrund, erhielt der auch in der Entwicklungsgeschichte des Automobils bahnbrechende Wahlösterreicher Siegfried Marcus eines seiner 38 österreichischen Erfinderprivilegien. Die für ihn auch finanziell recht lohnende Apparatkonstruktion wurde ebenso bei der Marine wie bei den Pionieren Österreichs eingeführt, desgleichen auch (als „Wiener Zünder") bei der preußischen und der russischen Armee. Im Zuge der Arktisexpedition unter Payer-Weyprecht fand der Apparat bei der Sprengung von Eisbarrieren Verwendung, konnte aber letztlich an der Manövrierunfähigkeit des eingeschlossenen Schiffes wegen der ungünstigen Eisverhältnisse jenes Jahres nichts mehr ändern.

Wien, Technisches Museum, Inv.-Nr. 15.442 G. H.

**23.21 Bootstransport auf Schlitten**

Modell (Maßstab 1 : 3,2)

Die drei Boote waren 20 Fuß lang, 5 Fuß breit, 2½ Fuß hoch). Die Transportschlitten aus dem Inventar des Expeditionsschiffes hatten eine Länge von 280 cm, eine Breite von 60 cm und eine Höhe von 34 cm. Ein erhalten gebliebenes Exemplar befindet sich im Heeresgeschichtlichen Museum.

Wien, Heeresgeschichtliches Museum, M. I. 3405
G. H.

**23.22 Technische Zeichnung des Nordpol-Expeditionsschiffes „Admiral Tegetthoff"**

Der auf der berühmten und traditionsreichen Tecklenborg-Werft in Bremerhaven (hauptsächlich auf Graf Wilczeks Kosten) gebaute Dreimast-Schoner hatte eine Länge von 32,34 m, eine Breite von 7,3 m und einen Tiefgang von 3,47 m. Seine Wasserverdrängung betrug 520 t, seine Motorleistung 100 PS, seine Geschwindigkeiten erreichten 6 Kn, sein Fahrbereich betrug 8000 Sm. Die Besatzung bestand aus 24 Mann, die zum überwiegenden Teil von der k. u. k. Kriegsmarine, zum kleineren Teil von der Armee als „lebende Subventionen" freigestellt worden waren.

Wien, Nationalbibliothek, Kartensammlung
G. H.

**23.23 Reisepaß für Julius Payer**

Er wurde vom k. u. k. Reichskriegsministerium am 4. Mai 1871 ausgestellt, von Kaiser Franz Joseph unterzeichnet und trug den originellen Zielvermerk: „Nord-Pol". Er hatte die Gültigkeitsdauer von einem Jahr. (Die Expedition dauerte mehr als zwei Jahre).

Wien, Staatsarchiv, Kriegsarchiv, Nachlaß Payer B 204, Nr. 5
G. H.

**23.24 Tagebuch des Schiffes „Admiral Tegetthoff" während der Reise von Tromsö nach dem nördlichen Eismeere**

Aufgeschlagen: Sonntag (31. August 1873) mit jener denkwürdigen Stelle, in welcher die Entdekkung des Franz Josephs-Landes festgehalten ist. Die Eintragung erfolgte durch den Bootsmann Lusina in italienischer Sprache: Die *Terra... nuova scoperta Kaiser Franz Josefs-Land* wurde mit *Tre urra a Sua S. Majestà F(ranz) J(oseph) begrüßt.* Darunter die Eintragungen des Schiffsleutnants Gustav Brosch: *Das neuentdeckte Kaiser Franz Josefs-Land tritt deutlich hervor. Peilungen der markierten Berge und Landspitzen . . .;* und des Schiffsfähnrichs Eduard Orel: . . . *Der südliche Teil des Landes ziemlich deutlich zu sehen – alles übrige ist mit dichten Nebelmassen bedeckt.*

Wien, Staatsarchiv, Kriegsarchiv, Nachlaß Payer B 205, Nr. 10
G. H.

**23.25 Kleines Meteorologisches Tagebuch**

Geführt von C. Weyprecht

Beobachtungen von Nebensonnen mit einer kleinen Skizze und Randbemerkungen

Neben den Bordjournalen wurde von den beteiligten Offizieren (Weyprecht, Payer, Brosch, Orel) abwechselnd genau Buch geführt mit naturwissenschaftlichen und geographischen Aufzeichnungen, wobei Weyprecht, weil er nach der Stillegung des Schiffes keine andere nautische Aufgabe mehr hatte und sich kaum an Binnenlandkundfahrten beteiligte, in der Hauptsache die diversen Meßinstrumente an Bord bediente und somit eigene Beobachtungen neben denen Broschs, Orels und Payers als authentisches Datengut überlieferte. Es waren die ersten Aufzeichnungen überhaupt, die in jenen Breiten des höchsten Nordens gemacht wurden – insoferne sind sie von wissenschaftsgeschichtlicher Bedeutung. Außerdem besitzen sie heute besonderen Wert als Vergleichsdaten.

Wien, Staatsarchiv, Kriegsarchiv, Nachlaß Payer B 205, Nr. 12
G. H.

**23.26 Hydrometeore**

Vom 24. September 1872 bis zum 2. März 1874

„Hydrometeore" waren eines der zahlreichen, von Weyprecht beobachteten Phänomene. Sie wurden auch „Halo" (= Sonnenring)-Lichterscheinungen genannt, die in hohen Breiten durch Eiswolken verursacht werden. Die österreichische Expedition hatte oft Gelegenheit, neben diesem Phänomen auch „Nebensonnen" und „Nebenmonde" zu beobachten und prachtvolle Mondhöfe zu bewundern.
Unter den stößeweise in unserem Staatsarchiv/Kriegsarchiv vorhandenen, durch alle Fährnisse

des Rückzuges wohlbehalten heimgebrachten Aufzeichnungen jener beiden Polarjahre finden sich auch einige spezielle Hefte mit Beobachtungen auf verschiedenen Sektoren der naturwissenschaftlichen Forschung.

Wien, Staatsarchiv, Kriegsarchiv, Payer-Nachlaß, B 205, Nr. 7 G. H.

23.27 **Julius v. Payer**

Vier Gemälde von Szenen aus dem Franz Josephs-Land

Öl auf Leinwand

a. Polare Meereslandschaft (1873)
H. = 30 cm, B. = 50,5 cm

b. Die „Tegetthoff" im Eis
H. = 27 cm, B. = 43 cm

c. Das Grab des Maschinisten Otto Krisch auf der Wilczek-Insel (19. März 1874)
H. = 46,3 cm, B. = 59 cm

d. Die „Tegetthoff" im Sturm bei Nacht
H. = 42 cm, B. = 53 cm

Die Gemälde a., c. und d. wurden dem Heeresgeschichtlichen Museum im Jahre 1958 vom Museum für Völkerkunde übergeben; das Gemälde b. wurde 1958 aus Wiener Privatbesitz angekauft. Wegen des begrenzten Raumes wurden hier nur einige kleinere Gemälde ausgestellt; in den Depots unserer Museen – und noch weit mehr in den Museen des Auslandes – befinden sich zahlreiche, weit größere und eindrucksvollere Gemälde von Payers Hand.

Wien, Heeresgeschichtliches Museum, Inv.-Nr. BI 31.718, 31.809, 31.715, 31.718 G. H.

23.28 **P. Ignaz Knoblecher**

Observations diverses (Expeditionstagebuch der Reisen im Sudan)

Aufgeschlagen: Reiseroute am 15. Oktober 1847 („Journal de Route, Vendredi le 15. 8bre 1847")

Pater Knoblecher, ein Deutschkrainer, war ein äußerst genauer und sorgfältiger Aufzeichner aller von ihm erlebten und beobachteten Einzelheiten. Nur wenige Tagebücher aus jenen Zusammenhängen enthalten eine derartige Fülle exakter Einzelangaben über alle Aspekte der Naturforschung, Landschafts- und Völkerkunde.

Knoblechers reiche ethnographische Sammlungen wurden von ihm teils seiner Krainer Heimat (dem Museum in Laibach), teils dem Hofnaturalien-Cabinet (= Naturhistorischen Museum) in Wien vermacht.

Wien, Österreichische Geographische Gesellschaft, Inv.-Nr. I 41 G. H.

23.29 **P. Ignaz Knoblecher**

Vicariatus Apostolicus Africae Centralis (Missionsbericht an das Centralkomité des Marien-Vereines Wien)

Aufgeschlagen: Titelblatt (Chartum 1852, 16. Jänner 1852)

Bericht über die in der Hauptstation Khartum gut angelangte, bei guten Winden nilaufwärts segelnde Missionsexpedition Knoblechers – ein Dokument voll malerischer Landschafts- und Situationszeichnungen von den Pyramiden bis ins Innere Afrikas. Als Apostolischer Generalvikar für die 1840 von Papst Gregor XVI. gestiftete, unter dem Protektorat Kaiser Franz Josephs stehende und von ihm nobel geförderte Missionsarbeit im Inneren des östlichen Afrikas, hatte Knoblecher seinen Amtssitz in Khartum.

Wien, Universitätsbibliothek, Inv.-Nr. III 238.379 G. H.

23.30 **Ernst Marno**

Reisen im Gebiete des Blauen und Weißen Nil, im egyptischen Sudan und den angrenzenden Negerländern, in den Jahren 1869 bis 1873, Wien 1874

a. Aufgeschlagen: Titelblatt

b. „Der Gol Fassoql mit der Helle Famaka"

c. Karte „Bahr Astrak"

Als studierter Zoologe gelangte der Wiener Marno 1866 zum ersten Mal in Begleitung eines Tierhändlers nach Afrika (Äthiopien). Seine folgenden jahrelangen, selbständig unternommenen Forschungsreisen brachten ihm als Naturhistoriker hohe internationale Wertschätzung und zahlreiche Einladungen zu wissenschaftlicher wie kolonial-philanthropischer Mitarbeit ein (Baker, Gordon, Long, Crespel, Cambiers). Seine scharfe Beobachtungsgabe und sein darstellerisches Talent machten ihn für ein breiteres gebildetes Leserpublikum zu einem vielgelesenen Reiseschriftsteller.

Wien, Österreichische Geographische Gesellschaft, F 2359 G. H.

23.31 **Erzherzog Ludwig Salvator**

Tunis. Ein Bild aus dem nordafrikanischen Leben, Prag 1870

Aufgeschlagen S. 26: Eine Gasse in Tunis (Zeichnung des Verfassers)

Die durch zahlreiche Illustrationen von seiner eigenen Hand höchst lebendig und ansprechend ausgestatteten Reisebücher Erzherzog Ludwig Salvators (über seine vielfältigen Talente vgl. Kat.-Nr. 23.38, 23.39) erforderten, wie das Beispiel zeigt, viel Geduld im Entwurf an Ort und Stelle, daneben aber auch drucktechnisch eine hohe Mäzenatengesinnung bei der (stets selbstfinanzierten) Herstellung seiner Liebhaberdrucke.

Wien, Österreichische Nationalbibliothek, Inv.-Nr. 110.864-B G. H.

23.32 **Illustrationen aus Holubs Werken**

Da die ungemein zahlreichen Illustrationen der begehrten Bücher Emil Holubs das damalige Leserpublikum ebenso lebendig und packend ansprachen wie seine mitreißende Art der Schilderung durch das Wort, erfreuten sich alle seine Reisewerke einer ungemein großen Beliebtheit und Verbreitung.

G. H.

23.33 **Modell der „Novara“**

H. = 60 cm, B. = 34 cm, L. = 80 cm

Wien, Privatbesitz

23.34 **Joseph Selleny**

a. Moschee und Pagode von Singapur

b. Trachtenstudie aus Hongkong

c. Trachtenstudie aus Hongkong

Joseph Selleny, ein Schüler Thomas Enders, begleitete die Fregatte „Novara“ auf ihrer Weltumseglung. Ergebnis dieser Reise waren etwa 2.000 Skizzen, in denen die besondere Stärke des Künstlers für sorgfältige Naturstudien zum Tragen kam. Aber auch der Schilderung der fremdländischen Bauten und Menschen widmete er, wie die ausgestellten Aquarelle zeigen, auf dieser Fahrt sein besonderes Augenmerk.

Wien, Graphische Sammlung Albertina, Inv.-Nr. 6.558, 6.566, 6.567 E. V.

23.35 **Heinrich Wawra**

Botanische Ergebnisse der Reise seiner Majestät des Kaisers von Mexico Maximilian I. nach Brasilien (1859–60). Auf allerhöchst dessen Anordnung beschrieben und herausgegeben, Wien 1866

Die Anlage und Ausstattung dieses Prachtbandes zeigt schon äußerlich, wie groß das Mäzenaten-Interesse des naturhistorisch wärmstens engagierten Erzherzogs Ferdinand Maximilian an Forschungsreisen, Sammlungen und wissenschaftlichen Dokumentationen war. Auch in Mexiko war er bestrebt, durch den Einsatz von Naturhistorikern (wie z. B. Pater Bilimek, dem unermüdlichen Erforscher unserer Semmering-Rax-Schneeberg-Flora) die einschlägigen Kenntnisse über jenen noch weitgehend unerforschten exotischen Raum zu vergrößern.

Wien, Österreichische Nationalbibliothek, Inv.-Nr. B. E. 7 B 18 G. H.

23.36 **Heinrich Wawra**

Botanische Ergebnisse der Reise seiner Majestät des Kaisers von Mexico Maximilian I. nach Brasilien (1859–60). Auf allerhöchst dessen Anordnung beschrieben und herausgegeben, Wien 1866, Bilderatlas

Aufgeschlagen Bd. 2, S. 10: „Bigonia Imperatoris Maximiliani Wawra“.

Aus der Maximilian zu Ehren erfolgten Benennung einer der unzähligen dort bearbeiteten exotischen Pflanzen ersieht man die Wertschätzung, deren sich der Erzherzog-Kaiser als Amateurbotaniker in den Fachkreisen erfreute.

Wien, Österreichische Nationalbibliothek, Inv.-Nr. 182.138-E. G. H.

**23.37** **Karl Friedrich von Martius – August Wilhelm Eichler – Ignaz Urban**

Flora Brasiliensis enumeratio plantarum in Brasilia hactenus detectarum quas suis aliorumque botanicorum studiis descriptas et methodo naturali digestas partim icone illustratas ediderunt. Opus cura Musei C. R. Pal. Vindobonensis auctore Steph. Endlicher successore Ed. Fenzl. Conditum sub auspiciis Ferdinandi I. et Ludovici I. sublevatum populi Brasiliensis liberalitate Pedro II. Vol. XII, pars I., München 1858–1879.

Martius, der Direktor des Botanischen Gartens in München und Professor an der dortigen Universität, war bereits unter der brasilianischen Kaiserin Leopoldine, der Tochter Kaiser Franz II. (I.), gemeinsam mit österreichischen Forschern wie Pohl, Mikan, Natterer nach Brasilien gekommen und hatte dort an der Erschließung der auf allen Gebieten reichhaltige Anregungen spendenden Tropennatur teilgenommen.

Wien, Österreichische Nationalbibliothek, Inv.-Nr. 104.189-D G. H.

**23.38** **Erzherzog Ludwig Salvator**

Die Balearen. In Wort und Bild geschildert. 1. Bd., 3. Bd. 1. Hälfte u. 4. Bd., Leipzig 1869–1882.

a. Bd. 3 geschlossen – Einband

b. Bd. 4 aufgeschlagen, Tafel nach S. 122

c. Bd. 1 aufgeschlagen: Aussicht gegen die Salinas von der Sierra de la F[te] de la Pez

d. Hafen von St. Miguel

e. Die Gebirge der Salinen und Formantera von Puig des Mulins

Der als Zeichner und Maler hochbegabte und in Fachkreisen hochgeschätzte Naturhistoriker Ludwig Salvator verkörperte durch seine Forschungsergebnisse, seine Dokumentationen und sein (wie die Ausstattung der Bände zeigt) großzügiges Mäzenatentum den im Erzhause in verschiedenen Generationen sehr häufig vorkommenden Typus des originellen, anregenden, selbst produktiven Privatgelehrten.

Wien, Österreichische Geographische Gesellschaft, Inv.-Nr. K 49 G. H.

**23.39** **Erzherzog Ludwig Salvator**

Yacht-Reise in den Syrten, 1873, Prag 1874

Einband + Abbildung „Djama Morba in Zoŭg“

a. Die bis ins kleinste gehende Erforschung der nordafrikanischen Küsten war neben der bis heute unübertroffenen, profunden wissenschaftlichen Erschließung der Balearen das Hauptanliegen Ludwig Salvators.
Dabei ging er allenthalben im Humboldt'schen Sinne integrativ vor: er untersuchte und beschrieb archäologisch-historische Themen ebenso wie geographisch-landeskundliche, naturhistorisch-meteorologische und ethnographisch-volkskundliche.

b. Eine Photographie dokumentiert die überreiche Ausstattung dieses Prachtwerkes mit hunderten eigenhändigen Zeichnungen.

Wien, Österreichische Geographische Gesellschaft, Inv.-Nr. 9 G. H.

**23.40** **Karl von Scherzer**

Reise der Oesterreichischen Fregatte Novara um die Erde, in den Jahren 1857, 1858, 1859, unter den Befehlen des Commodore B. von Wüllerstorf-Urbair (Beschreibender Theil) 3 Bde., Wien 1861–62 (mit Reisekarte im 1. Bd.).

a. Bd. 1 aufgeschlagen: Titelblatt

b. Bd. 2 aufgeschlagen: S. 345

c. Bd. 3 Einband

Diese für ein breiteres Leserpublikum gedachte, im damaligen Sinne „volkstümliche“ Beschreibung der Expedition zeigt uns, welch hohes Niveau damals „volkstümliche“ Darstellungen wissenschaftlicher Errungenschaften einnahmen. Die weite Verbreitung dieses anspruchsvollen dreibändigen Werkes sorgte dafür, daß die Erdumsegelung der „Novara“ geradezu zum allgemeinen Bildungsgut der Generation unserer Urgroßväter gehörte. Die elegante Schreibweise Scherzers und die künstlerisch hochwertige Ausstattung durch die Zeichnungen Sellenys taten das ihrige dazu (vgl. Kat.-Nr. 23.34).

Wien, Österreichische Geographische Gesellschaft, Inv.-Nr. 316 G. H.

**23.41 Kaiserliche Akademie der Wissenschaften in Wien**

Reise der österreichischen Fregatte „Novara" um die Erde in den Jahren 1857, 1858, 1859 unter den Befehlen des Commodore B. von Wüllerstorf-Urbair

a. Anthropologischer Theil / 1. Abtheilung (bearbeitet von E. Zuckerkandl): Cranien der Novara-Sammlung, Wien 1875
b. Botanischer Theil / 1. Band (bearbeitet von A. Grunow, J. Krempelhuber, H. W. Reichardt, G. Mettenius, J. Milde; redigiert von Eduard Fenzl): Sporenpflanzen, Wien 1870
c. Geologischer Theil / 1. Band, 1. Abtheilung: Ferdinand von Hochstetter, Geologie von Neu-Seeland, Wien 1864
Daraus aufgeschlagen: Tafel „Gletschergebiet um Mount Cook"
Danebenliegend: Tafel „Die heißen Quellen von Orakeikorako"
d. Geologischer Theil / 2. Band: Ferdinand von Hochstetter, Geologische Beschreibung der Insel St. Paul im Indischen Ocean, Wien 1866
Aufgeschlagen: Geologische Karte der Insel St. Paul im Indischen Ocean (S. 70)

Mit dieser 21bändigen wissenschaftlichen Dokumentation der Ergebnisse jener weltweiten, im Humboldt'schen Sinne universal angelegten Expedition besitzt die österreichische Wissenschaftsgeschichte ein im Sinne jener Zeit „Monumenta"-artiges Werk der Naturwissenschaften (was im damaligen Sprachgebrauch auch den anthropologisch-ethnographisch-kulturgeographischen Sektor miteinschloß). Die ausgestellten Proben zeigen knappe Ausschnitte aus der gediegenen Darstellungs- und Illustrationsweise, welche bei dem riesigen Serienunternehmen konstant in allen Bänden durchgehalten wurde und der Wissenschaft Altösterreichs zu Ansehen und Bewunderung verhalf.

Wien, Österreichische Geographische Gesellschaft, Inv.-Nr. G 60 G. H.

**23.42 Ferdinand von Hochstetter**

Neu-Seeland, Stuttgart 1863

a. Tafel S. 416: Urwald im Papakura District
b. Tafel S. 336: Die südlichen Alpen, Die westliche Gebirgskette der Provinz Nelson
c. Tafel S. 328: Im Motueka Thale bei Nelson

Hochstetters Sonderleistung im Rahmen der Novara-Expedition wurde schon von den Zeitgenossen mit einem Interesse und einem Respekt aufgenommen wie nur ganz wenige Pionierleistungen jener Epoche. Gerade auch in Neuseeland selbst wird Hochstetter seit jenen Tagen als der große Bahnbrecher in der Erforschung der Doppelinsel hochgeachtet und immer wieder zitiert. Die ihm entgegengebrachte Verehrung äußerte sich auch in den zahlreichen mit seinem Namen verknüpften offiziellen Bezeichnungen.

Wien, Österreichische Geographische Gesellschaft, Inv.-Nr. G 337 G. H.

**23.43 Ansichten zu Hochstetter, Neu-Seeland**

Abb. S. 423

a. Photographie Ferdinand Hochstetters aus jenen Jahren
b. Tongariro und Ruapahu, vom Berge Ngariha aus gegen Südost gesehen (Kat.-Nr. 23.42, S. 216)
c. Die heißen Quellen von Orakeikorako (Kat.-Nr. 23.42, S. 256)

G. H.

**23.44 Ludwig Karl von Schmarda**

Reise um die Erde in den Jahren 1853–1857
1. Bd., Braunschweig 1861

Schmardas mehrjährige Reise um die Welt, in deren Verlauf von ihm alle Erdteile besucht wurden, diente hauptsächlich seinen Lieblingsthemen der „Geographischen Verbreitung der Tiere" sowie der „Modalität und Kausalität der Verbreitung der Tiere" – und zwar derer des Festlandes wie auch derer des Ozeans. Als Doktor der Medizin und der Philosophie war der vielseitige Olmützer Zoologe und Professor der Naturgeschichte an den Universitäten Graz und Prag schon von seinem breit angelegten Studiengang her dazu disponiert, fächerüberschauend vorzugehen und den Ausbau seiner Tiergeographie voranzutreiben.

Wien, Universitätsbibliothek, Inv.-Nr. I 14.976
G. H.

**23.45 Theodor Kotschy**

Plantae Tinnéanae sive plantarum selectarum descriptio tabulis XXV in expeditione Tinnéana per plagas Wau et Bongo (Bahr-Ghasal) Africae interioris borealis lectarum opus editum sumptibus Alexandrinae P. F. Tinné et Joannis A. Tinné Operam navante, Vindobonae 1865

Aufgeschlagen: Titelblätter

Dieses der berühmten holländischen Afrikaforscherin Alexine Tinné gewidmete botanische Monumentalwerk Kotschys brachte die erste umfassende Zusammenstellung der Pflanzenwelt des Sudans, um deren Erforschung sich auch Kotschy auf seinen Expeditionen sehr bemüht hatte.
Die in der künstlerischen Ausführung hervorragende und deshalb auch äußerst aufwendige Ausstattung zeigt indirekt das hohe Ausmaß einschlägiger Interessen und Nachfragen nach derartigen Themen beim damaligen Leserpublikum.

Wien, Österreichische Nationalbibliothek, Inv.-Nr. 182.584 F G. H.

**23.46 Oskar Lenz** Abb. S. 419

Timbuktu. Reise durch Marokko, die Sahara und den Sudan, ausgeführt im Auftrage der Afrikanischen Gesellschaft in Deutschland in den Jahren 1879 und 1880, 1. Bd., Leipzig 1884

Aufgeschlagen: Tafel 115: Anblick von Timbuktu von Norden aus

Das sagenumwobene, jahrhundertelang die Phantasie der Geographen beschäftigende Timbuktu (die „Königin der Wüste") hatten vor Lenz erst drei europäische Forscher betreten können: Laing, der auf dem Rückweg ermordet wurde, Caillié und Barth. Lenz, der vom Atlas aus vorstieß und hernach durch unbekannte Teile der Westsahara und des Westsudans einen neuen Weg zum Senegal und Atlantik fand, erregte später nochmals internationales Aufsehen, als ihm erstmals eine West-Ostdurchquerung Afrikas gelang (1885–87). Als Wahlösterreicher lehrte er an der deutschen Universität Prag und verlebte seinen Lebensabend in Sooß bei Baden.

Wien, Österreichische Geographische Gesellschaft, Inv.-Nr. F 1723 G. H.

**23.47 Oskar Lenz**

Timbuktu, Leipzig 1884

Abbildung aus Bd. II, S. 11: Der Anblick von Fum-el-Hossan

Wien, Österreichische Geographische Gesellschaft, Inv.-Nr. F 1723 G. H.

**23.48 Oskar Lenz**

Timbuktu, Leipzig 1884

Abbildung aus Band I, Titelblatt: Reisepaß

Geleitbrief Seiner „Scherifischen Majestät, des Sultans Muley Hassan von Marokko" für Oskar Lenz, in dem allen, die diesen Erlaß lesen, anbefohlen wird, den „deutschen Gelehrten durch verläßliche Leute begleiten zu lassen, die ihm für seine Zielsetzungen nützlich sind, ihm helfen und ihn schützen, solange er in ihren Distrikten reist, um Pflanzen zu sammeln; ihm darüber hinaus gute Empfehlungen und schuldige Rücksicht zuteil werden zu lassen, Tag und Nacht für seine Sicherheit zu sorgen und ihn nicht durch gefährliche Gegenden zu führen, sondern ihn vielmehr davor zu warnen. . ."

Wien, Österreichische Geographische Gesellschaft, Inv.-Nr. F 1723 G. H.

**23.49 Oskar Lenz**

Ophir und die Ruinen von Zimbabye in Südostafrika. Deutscher wissenschaftlicher Verein für Volkskunde und Linguistik in Prag, Prag 1896

Aufgeschlagen: Titelblatt

Die von den Deutschen Adam Renders (1868) und Karl Mauch (1871) entdeckten und bekanntgewordenen geheimnisvollen Ruinenstätten von Simbabwe im Makalaka-Lande (nachmals Südrhodesien) nährten den Glauben, dort das legendäre Goldland Ophir König Salomons gefunden zu haben, das seit dem Altertum in den verschiedensten Teilen der exotischen Alten Welt vermutet worden war. Als erster Durchquerer des afrikanischen Kontinents fühlte sich Lenz in besonderem Maße herausgefordert und berufen, zu diesen damals bewegenden Fragen in einer der zahlreichen, ambitionierten, stark besuchten und von opferfreudigem Idealismus getragenen wissenschaftlichen Vereinen im Umkreis der deutschen Prager Universität Stellung zu nehmen.

Wien, Österreichische Nationalbibliothek, Inv.-Nr. 157.160 B G. H.

**23.50 Ladislaus Magyar**

Reisen in Südafrika in den Jahren 1849 bis 1857, 1. Bd., Pest u. Leipzig 1859

Aufgeschlagen S. 450: Mundombe Paar

Der aus Maria Theresiopel stammende Absolvent der Ungarischen Nautischen Akademie zu Fiume ließ sich nach einem Aufenthalt in Amerika als Seemann für den Rest seines Lebens in Portugiesisch Westafrika (Benguela, Beg Benguela, Kongo, Angola, Bihé, Mossamedes) – durch Einheirat in eine Häuptlingsfamilie auch in privater Hinsicht – nieder und durchquerte in zahlreichen ausgedehnten Expeditionen die noch unbekannten Teile jener Großregion. Seine Berichte hierüber erschienen in der Ungarischen Akademie der Wissenschaften.

Wien, Österreichische Geographische Gesellschaft, Inv.-Nr. F 1816 G. H.

23.51 **Ladislaus Magyar**

Reisen in Südafrika (siehe Kat.-Nr. 23.50)

Tafel: Tipoia

Die von den portugiesischen Kolonialbehörden nach Budapest vermittelten und dort in der Akademie der Wissenschaften auf ungarisch erschienenen Reiseberichte Magyars (hier in deutscher Übersetzung) zeichneten sich durch ihre natürlichen, wirklichkeitsgetreuen, auf kennzeichnende Einzelheiten eingehenden Schilderungen von Landschaften und Bewohnern aus. Durch seinen in jenem schwierigen einheimischen Milieu recht einflußreichen (nachmals ermordeten) angolesischen Schwiegervater konnte Magyar im Zuge seiner weiten Forschungsexpeditionen tief ins Landesinnere vordringen und dabei zahlreiche Verbindungen zu den Eingeborenen ausnutzen und einheimische Wissensquellen ausschöpfen, die anderen Europäern verschlossen geblieben waren.

Wien, Österreichische Geographische Gesellschaft, Inv.-Nr. F 1816 G. H.

23.52 **Emil Holub**

Sieben Jahre in Südafrika. Erlebnisse, Forschungen und Jagden auf meinen Reisen von den Diamantenfeldern zum Zambesi (1872–1879), 2. Bd., Wien 1881

Die aufwendig-prächtige Ausstattung dieses und ähnlicher Reisewerke zeigt die für heutige Begriffe enorm hohe Wertschätzung, welcher sich Literatur dieser Art damals unter dem gebildeten Publikum erfreute.

Die im benachbarten Fenster mit einigen Beispielen dokumentierten aussagestarken Illustrationen erinnern uns an die Mühen, die einem Autor in der Zeit vor dem Einsatz der Photographie bei seinem Bestreben einer Bebilderung des Textes auferlegt waren. Die Widmung *Sr. Majestät, dem Kaiser und Könige Franz Joseph I. in tiefster Ehrfurcht* zeigt die Berechtigung, mit welcher der zweisprachige Čeche Holub im älteren, weiteren Staatssinne auch von Österreich geführt werden darf. Sein Vaterlandsbekenntnis galt neben seiner Heimatliebe der Gesamtmonarchie.

Wien, Österreichische Geographische Gesellschaft, Inv.-Nr. F 1688 G. H.

23.53 **Emil Holub**

Sieben Jahre in Südafrika (vgl. Kat.-Nr. 23.52)

Aufgeschlagen: „Specialkarte Die Victoriafälle des Zambesi"

Diese detaillierte kartographische Aufnahme der von Livingstone entdeckten Victoriafälle wurde zur Zeit ihrer Entstehung im Ausland und besonders auch britischerseits wegen ihrer die besten Traditionen altösterreichischer Kartographie verkörpernden Präzision hochgeschätzt und gelobt.

Wien, Österreichische Geographische Gesellschaft, Inv.-Nr. F 1688 G. H.

23.54 **Emil Holub**

Sieben Jahre in Südafrika (vgl. Kat.-Nr. 23.52)

Abbildung: Die Viktoriafälle

Eine der ältesten Darstellungen des vielbestaunten Naturwunders am Sambesi.

Wien, Österreichische Geographische Gesellschaft, Inv.-Nr. F 1688 G. H.

23.55 **Emil Holub** Abb. S. 427

Sieben Jahre in Südafrika (vgl. Kat.-Nr. 23.52)

Abbildung: In den Manekango-Stromschnellen

Bilder dieser Art zeigen die unendlichen Mühen, unter denen jene Flußexpeditionen zurückgelegt werden mußten.

Wien, Österreichische Geographische Gesellschaft, Inv.-Nr. F 1688 G. H.

23.56 **Emil Holub**

Sieben Jahre in Südafrika (vgl. Kat.-Nr. 23.52)

Specialkarte von Ost Mamangwata und West Matabele

Die Karte enthält die Resultate der einzigartig exakten und dementsprechend auch bei den britischen Kolonialbehörden hochgeschätzten Routenaufnahmen durch weitgehend unerforschte Gebiete im Inneren Südafrikas (des nachmaligen „Rhodesien"). Sie kombinieren dabei stets geographisch-geomorphologische Beobachtungen mit naturhistorischen und völkerkundlichen.

Wien, Österreichische Geographische Gesellschaft, Inv.-Nr. F 1688 G. H.

23.57 **Emil Holub**

Sieben Jahre in Südafrika (vgl. Kat.-Nr. 23.52)

Specialkarte: Dr. Holub's Bootsfahrten im centralen Laufe des Zambesi von der Makumba Bucht zum Nambwe Katarakt

Abgesehen von dem zuvor schon Gesagten enthalten Flußkarten wie diese im speziellen wertvolle Hinweise hydrographischer Art, die sich über den großen Zeitraum eines Jahrhunderts hinweg heutzutage ideal zu vergleichenden Studien über die Veränderungen eignen, denen jeder Fluß bezüglich Verlauf, Uferbildung, Inselbildungen, Vegetation, Stromschnellen u. dgl. unterworfen ist.

Wien, Österreichische Geographische Gesellschaft, Inv.-Nr. F 1688 G. H.

23.58 **Emil Holub**

Die südafrikanische Vogelwelt, Prag 1882

Aufgeschlagen: Titelblatt

Vortrag, gehalten in der Gesellschaft für Physiokratie zu Prag am 17. Februar 1882 im großen Saale des Altstädter Rathauses.

Holub war – ähnlich Julius Payer – ein sehr gesuchter Vortragender, weil er es meisterhaft verstand, wissenschaftliche Themen in einer auch Laien ansprechenden, lebendigen und fesselnden Weise zu erörtern. Der Veranstaltungsort beispielsweise dieses Vortrags läßt schon vom Rahmen her Schlüsse auf Größe und Prominenz des interessierten Publikums zu.

Wien, Universitätsbibliothek, Inv.-Nr. I 43.152
G. H.

23.59 **Anton Erwin Lux**

Von Loanda nach Kimbundu. Ergebnisse der Forschungsreise im äquatorialen West-Afrika (1875–1876), Wien 1880

Aufgeschlagen Tafel S. 101: Übergang über den Quango
Aufgeschlagen: Übersichtskarte zu den Forschungsreisen, entworfen und gezeichnet vom Verfasser selbst, k. k. Oberlieutenant Anton Lux

Der noch im österreichischen Venedig geborene Lux empfing schon in der Jugend überseeische Anregungen, die ihn nach seiner Offiziersausbildung und seiner Lehrtätigkeit an der k. k. Militärrealschule zu Eisenstadt mit der deutschen Loango-Expedition und Pogges Angola-Forschungen zusammenführten, in deren Verlauf – nach Durchquerung der gefährlichen Bangela-Gegenden – das damals erstmalig bekannt gewordene, geheimnisvolle Kimbundu erreicht werden konnte.

Wien, Universitätsbibliothek, Inv.-Nr. I 57.015
G. H.

23.60 **Anton Erwin Lux**

Von Loanda nach Kimbundu (vgl. Kat.-Nr. 23.59)

Abbildung Auf dem Marsche

Wien, Universitätsbibliothek, Inv.-Nr. I 57.015
G. H.

23.61 **Ferdinand Stoliczka**

Scientific Results of the Second Yarkand-Mission, based upon the Collections and Notes of the late Ferdinand Stoliczka, Calcutta 1878

Aufgeschlagen Vol. 1, Plate XIV: Ovis Nahura.

Bereits im Dienst der Geologischen Reichsanstalt in Wien und dann in zunehmendem Maße nach seiner Berufung nach Kalkutta in den „Geological Survey of India" waren Stoliczkas wissenschaftliche Arbeiten vorwiegend paläontologischen Inhalts. Sie nahmen dabei aber auch laufend Bezug auf zoologische und geologische Aspekte der behandelten Themen. Die Kreide-Fossilien des südlichen Vorderindiens bildeten im Rahmen dieser Abhandlungen eine besonders markante thematische Gruppe, desgleichen die Tierwelt des Himalaya, Tibets und des Pamir.

Wien, Geologische Bundesanstalt, Inv.-Nr. 2072, 4 I G. H.

**23.62 Ferdinand Stoliczka**

The Fossil Cephalopoda of the Cretaceous Rocks of Southern India/Ammonitidae, in: Memoirs of the Geological Survey of India, Calcutta 1865, Tafel 50

Ein Beispiel für die hervorragend ausgestatteten und kommentierten Tafelwerke Stoliczkas, in denen die bis dahin umfassendsten und genauesten geologisch-paläontologischen Dokumentationen seiner weitgespannten Operationsgebiete (in diesem Falle die Fossilien Vorderindiens) systematisch erfaßt worden waren.

Wien, Naturhistorisches Museum, Bibliothek
G. H.

**23.63 Nachruf V. Ball's auf Ferdinand Stoliczka**

Scientific Results of the Second Yarcand Mission; Memoir of the Life and Work of Ferdinand Stoliczka by V. Ball, London 1886

Als Geologe der Forsyth'schen Gesandtschaftsexpedition nach Kaschgar und Jarkand in Ostturkestan, also in den zentralasiatischen, westlichsten Teil des chinesischen Hoheitsgebietes (1873) forschte Stoliczka gemeinsam mit Gordon und Trotter im Tienschan, im Pamir (im Wakhan-Gebiet) und starb danach auf dem strapazenreichen Rückmarsch in der Nähe von Leh in Ladakh, also dem britischen Teile Tibets (am 19. Juni 1874). Die Resultate seiner bis zuletzt unermüdlichen orographischen Untersuchungen wurden ebenso wie die hier gezeigte, von höchster Anerkennung getragene Gedenkwürdigung seines Kollegen Ball in Calcutta und London veröffentlicht.

Wien, Geologische Bundesanstalt, Inv.-Nr. 1867, 4
G. H.

**23.64 Ferdinand Stoliczka**

Geological Sections across the Himalayan Mountains from Wangu Bridge on the River Sutlej to Sungdo on the Indus, with an account of the formations in Spiti, accompanied by a revisions of all known fossiles from that district. In: Memoirs of the Geological Survey of India Vol. V/24, Calcutta 1866

Aufgeschlagen S. 171 / Pl. II: Northwestern Himalaya

Die ausgedehnten und äußerst beschwerlichen Forschungsreisen, die Stoliczka nicht nur durch Vorderindien und bis nach Hinterindien, sondern seit 1864 auch tief in die Himalayaländer und nach Zentralasien, insbesondere in die britischen Teile Tibets unternahm, brachten vor allem für die geognostische Erforschung jener Gebirgslandschaften (zum Beispiel durch genaue petrographische Gesteinsuntersuchungen und durch geologische Profile über weite Strecken) reichste Ergebnisse, durch die Stoliczka der britischen Verwaltung wie der internationalen Wissenschaft größte Dienste leistete.

Wien, Naturhistorisches Museum, Bibliothek, Inv.-Nr. 23.624
G. H.

**23.65 Karl von Scherzer**

Fachmännische Berichte über die österreichisch-ungarische Expedition nach Siam, China und Japan (1868–1871), Stuttgart 1872

Aufgeschlagen: Titelblatt

Auf Grund seiner naturwissenschaftlichen und nationalökonomischen Studien sowie wiederholter Amerikareisen (die außer den Vereinigten Staaten auch Lateinamerika zum Ziele hatten und deren Ergebnisse von ihm in grundlegend-wichtigen Reisewerken dargelegt wurden) wurde Scherzer, ein alter „1848iger", von Erzherzog Ferdinand Maximilian, mit dem er eng zusammenarbeitete, für die „Novara"-Expedition gewonnen, deren Beschreibung er auf der Grundlage seiner überaus reichhaltigen und genauen Aufzeichnungen ebenso übernommen hatte wie den statistisch-kommerziellen Teil der Expeditionsdokumentation der Akademie der Wissenschaften. In seiner Stellung als Leiter der Sektion Handelsstatistik und volkswirtschaftliche Publizistik im Handelsministerium war er Mitplaner und Mitreisender der großen österreichischen Ostasien-Expedition, die in den Jahren 1868–71 neben wissenschaftlichen und nautischen Aufgaben auch systematisch neue Absatz- und Importmöglichkeiten zu erkunden hatte und dabei die ersten Handelsverträge mit Siam, China und Japan abschloß.

Wien, Österreichische Geographische Gesellschaft, Inv.-Nr. F 2815
G. H.

**23.66 Gustav Kreitner**

Im Fernen Osten. Reisen des Grafen Béla Széchényi in Indien, Japan, China, Tibet und Birma in den Jahren 1877–1880, Wien 1881

Aufgeschlagen: Titelblatt und Portraits

Nach seinen Universitätsstudien in Deutschland hatte der vielseitig gebildete Graf Széchényi ganz Europa, dazu Kleinasien, Nordafrika und Nordamerika bereist und dabei reiche Erfahrungen gesammelt. In Zusammenarbeit mit dem hervorragenden sudetendeutschen Kartographieoffizier Kreitner und dem ungarischen Geologen v. Lóczy konnte sein großes Projekt einer gewaltigen Ostasienreise Hoffnung auf wissenschaftliche Erfolge erwecken. Trotz zahlreicher Gefahren und Bedrohungen konnten während dieser Reisejahre unermeßliche Datenaufsammlungen wertvollster Ersthand-Beobachtungen angelegt werden – von der asiatischen Kulturgeschichte und Völkerkunde bis zu den Naturwissenschaften und den kartographisch-geographischen Aufnahmen neuer, vielfach erstmalig betretener und aus eigener, unmittelbarer Anschauung beschriebener Landstriche.

Wien, Österreichische Geographische Gesellschaft, Inv.-Nr. F 1734 G. H.

23.67 **Gustav Kreitner**

Im Fernen Osten (vgl. Kat.-Nr. 23.66)

a. Das Kloster Tsien-fu-tung

b. Beobachtung einer Mondesfinsternis

c. Das Thal des Hoangho vor Lan-tschou-fu

Für entlegenere Teile der gebirgigen chinesischen Westprovinzen, für das östliche Tibet und für die von unbotmäßigen, gefährlichen Stämmen bewohnten hinterindischen Grenzregionen zwischen China, Tibet und Birma waren diese Illustrationen vielfach die allerersten bildlichen Darstellungen überhaupt, die den Europäern Einblikke in jene bisher weitgehend verschlossen geblie benen Regionen Asiens vermittelten.

Wien, Österreichische Geographische Gesellschaft, Inv.-Nr. F 1734 G. H.

23.68 **Theodor Kotschy**

Reise in den cilicischen Taurus über Tarsus, Gotha 1858

Aufgeschlagen: Titelblatt und Tafel: Bulgar Dagh

Zu Kotschys mehrmals besuchten Lieblingsgegenden in Kleinasien gehörten die erst im Anfang wissenschaftlicher Erforschung stehenden Regionen Kilikiens und des Taurusgebirges, dessen wichtige Verbindungsrolle im Gesamtsystem der Faltengebirge von den Alpen bis zum Himalaya damals erkannt wurde.

Wien, Österreichische Geographische Gesellschaft, Inv.-Nr. F 2192 G. H.

23.69 **Josef Lehnert**

Um die Erde (vgl. Kat.-Nr. 23.73)

a. Ansicht von Nagasaki

b. Ansicht der Niederlassung Opak in Sandokan (Borneo)

c. Nassau-Hafen in der Magellanstraße

Die Beispiele für durchgehende Illustrierungen eines Werkes aus Lehnert und Kreitner zeigen die gewaltige Mühe, die man sich seinerzeit noch ohne Photographie mit der Ausstattung solcher Werke gab, ganz abgesehen von der Mühe in der sprachlichen Darstellung, die früher im allgemeinen sichtlich größer war, als im heutigen Durchschnitt. Die Illustrationen haben auch insoferne Dokumentationswert, als sie dem heutigen Leser das bescheidene Aussehen damaliger exotischer Siedlungen vermitteln, aus welchen seither gewaltige Großstädte geworden sind.

Wien, Österreichische Geographische Gesellschaft, Inv.-Nr. F 118 G. H.

23.70 **Ida Pfeiffer**

Reise nach Madagaskar. Nebst einer Biographie der Verfasserin nach ihren eigenen Aufzeichnungen, 1. Bd., Wien 1861

Aufgeschlagen: Titelblatt auf S. 177, links: Kopie eines Briefes Alexander v. Humboldts an Ida Pfeiffer

Von den die ganze Welt umspannenden Reisen Ida Pfeiffers war diese die letzte. Nach Gefangenschaft und brutaler Behandlung holte sie sich dort den Keim ihrer Todeskrankheit, der sie 1858 in Wien erlag. Neben dem von ihr mutig durchquerten Inneren Borneos galt Madagaskar damals unter den vielen von ihr besuchten exotischen Ländern als das hinsichtlich der Eingeborenen gefährlichste. Daß der so kritische Alexander von Humboldt Ida Pfeiffers Leistungen hohe Anerkennung zollte, nützte ihrem internationalen Ansehen natürlich gewaltig. Der Abdruck eines der Humboldt-Briefe im Anhang dieses Buchs verdient deshalb wegen seiner ostensiblen Breitenwirkung besondere Beachtung.

Wien, Österreichische Nationalbibliothek, Inv.-Nr. 70.405-A G. H.

23.71 **Ida Pfeiffer**

Meine zweite Weltreise, 3. Teil: Kalifornien, Peru, Ecuador; Wien 1856

a. oben: Photographie mit dem Niagara-Fall

b. unten: Abbildung einer typischen Bambusbrücke

Die Bücher Ida Pfeiffers sind kaum nennenswert illustriert. Dennoch erfreuten sie sich beim seinerzeitigen Leserpublikum einer heute kaum mehr vorstellbaren Beliebtheit und Verbreitung – ein Beweis dafür, was eine sprachlich entsprechend durchgeformte, lebendige und packende Darstellungsweise vermochte, um das Leserpublikum in Bann zu schlagen.

Wien, Österreichische Nationalbibliothek, Inv.-Nr. 47.567-A G. H.

23.72 **Ida Pfeiffer**

Eine Frauenfahrt um die Welt. Reise von Wien nach Brasilien, Chili, Otahaiti, China, Ost-Indien, Persien und Kleinasien, 1. Bd., Wien 1850

Aufgeschlagen: Titelblatt, links daneben Porträt Ida Pfeiffers

Die Vielfalt der Schauplätze in den die ganze Welt umrundenden Fahrten Ida Pfeiffers erforderte von ihr auch entsprechend vielschichtige ethnographische Vorbereitungsstudien. Sie hatte sich dabei mit vielen zeitgemäßen Vorurteilen auseinanderzusetzen, denn sie war oftmals unter den ersten überhaupt, denen es vergönnt war, das bloß Angelesene mit dem an Ort und Stelle Gesehenen vergleichen zu können.

Wien, Österreichische Nationalbibliothek, Inv.-Nr. 36.361-A G. H.

23.73 **Josef Lehnert**

Um die Erde. Reiseskizzen von der Erdumseglung mit S. M. Corvette „Erzherzog Friedrich“ in den Jahren 1874, 1875 und 1876. 2 Bände, Wien 1878

Unter den vielen kombinierten Mehrzweckreisen der k. u. k. Kriegsmarine war nach jener der „Novara“ diese die längste und die am ausgiebigsten für ein breiteres Leserpublikum dokumentierte. Insoferne zeugten allein schon Einband und Ausstattung von den bibliophilen Interessen dieses Publikums.

Wien, Österreichische Geographische Gesellschaft, Inv.-Nr. F 118 G. H.

23.74 **Josef Lehnert**

Um die Erde (vgl. Kat.-Nr. 23.73)

Aufgeschlagen Bd. I S. 60: Hassan-Moschee in Kairo

Die Fülle der Illustrationen bei Werken dieser Art ruft uns immer wieder den Rang der damaligen Zeichenkunst und die wichtige Rolle der mitwirkenden Künstler ins Gedächtnis. Gleichzeitig werden wir daran erinnert, daß es die Zeichnung oft besser als die Photographie vermochte, charakteristische Einzelheiten oder besondere Wesenszüge hervorzuheben und dem Beschauer deutlicher einzuprägen.

Wien, Österreichische Geographische Gesellschaft, Inv.-Nr. F 118 G. H.

23.75 **Alfred von Kremer**

Aegypten. Forschungen über Land und Volk während eines zehnjährigen Aufenthalts. 1. Teil: Physische Geographie, Ethnographie, Agricultur, Leipzig 1863

Aufgeschlagen: Titelblatt und Oberteil der Karte „Aegypten und die Nebenländer“

Der Jurist Kremer betrieb zunächst als Autodidakt das Studium des Arabischen, Hebräischen, Persischen und Neugriechischen und erweiterte dann als Stipendiat der Akademie der Wissenschaften auf seinen Syrien-, Libanon- und Ägyptenreisen (1849–51) seine von der Archäologie bis zur Zeitgeschichte reichenden orientalistischen Kenntnisse an Ort und Stelle. Als Lehrer des Arabischen an der Wiener Technischen Hochschule und als österreichischer Diplomat verfaßte er eine Reihe umfangreicher, vielseitiger und sehr gediegener Werke über Geschichte und Kultur des Orients und des Islams. Sein hier ausgestelltes

Werk war jahrzehntelang das gültige, unentbehrliche Standardwerk der Ägyptenkunde.

Wien, Universitätsbibliothek, Inv.-Nr. I 193.487
G. H.

23.76 **Theodor Kotschy**

Die Vegetation und der Canal auf dem Isthmus von Suez, Wien 1858

Die Floristik des Orients lag Kotschy, der bei aller Vielseitigkeit in der Hauptsache doch immer Botaniker blieb, besonders am Herzen. Neben seinen beiden hier ausgestellten Abhandlungen über den Grenzraum Palästina-Sinai-Landenge von Suez beschrieb er mit besonderer Liebe auch die Pflanzenwelt der syrischen Gebirge. Die hier gezeigte Studie über den Isthmus-Bereich hat deshalb besonderen historischen Wert, weil der Suezkanal damals zwar schon geplant wurde (Lesseps erwarb die Genehmigung zum Bau kurz zuvor, 1856), der Bau jedoch noch nicht begonnen hatte. Seine Schilderungen der Naturlandschaft und der Pflanzenwelt jenes bald danach grundlegend veränderten Raumes haben somit geschichtlichen Dokumentationswert bezüglich des Aussehens jener Gegend vor dem Einbruch der Technik.

Wien, Österreichische Nationalbibliothek, Inv.-Nr. 44.789 C G. H.

23.77 **Theodor Kotschy**

Umrisse von Süd-Palästina im Kleide der Frühlingsflora, Wien 1861

Aufgeschlagen: Titelblatt

Auch aus dieser grundlegenden Studie geht – ebenso wie aus jener über die Flora des Libanon und Hermon und der Landenge von Suez – mit der an Kotschy vielgerühmten Genauigkeit hervor, welches Aussehen im Pflanzenkleid die inzwischen grundlegend veränderten Landschaften des heutigen südlichen Israels während der schönsten Jahreszeit besessen haben. Für vergleichende botanische Studien sind die Forschungsergebnisse des unermüdlich sammelnden und beobachtenden Kotschy jedenfalls eine Fundgrube von Vergleichsmaterial über größere Zeiträume hinweg.

Wien, Universitätsbibliothek, Inv.-Nr. II 177.539
G. H.

23.78 **Theodor Kotschy**

Die Sommerflora des Antilibanon und hohen Hermon, Wien 1864

Kotschy weilte wiederholt im Antilibanon und konnte daher als der damals erste Fachmann bezüglich der Pflanzenwelt in der Zusammenschau mit geographisch-morphologischen Vorbedingungen sprechen. Seine Beurteilungen gelten in Fachkreisen wegen ihrer Treffsicherheit als mustergültig und wegen ihrer ständigen Rücksichtnahme auf die Zusammenhänge zwischen den Gegebenheiten des Bodens und den sich darauf entwickelnden Lebensformen des Pflanzenreiches als wegweisend in der Richtung auf integrativ-ökologische Betrachtungsweisen hin.

Wien, Universitätsbibliothek, Inv.-Nr. II 177.508
G. H.

23.79 **Theodor Kotschy**

Der westliche Elbrus (= Elburs) bei Teheran, Wien 1861

Kotschy erweist sich auch hier als Meister integrativer Beobachtungs- und Darstellungskunst. Seine hier ausgestellte Studie enthält in ihrer mustergültigen Konzentriertheit die naturwissenschaftlichen und orographischen Ergebnisse seiner bahnbrechenden Arbeiten in der Erforschung des höchsten Gebirges Persiens, dessen höchsten Gipfel, den Demawend (5.670 m) er unter großen Mühen, und unaufhörlich sammelnd und Notizen machend, erstiegen hat.

Wien, Österreichische Geographische Gesellschaft, Inv.-Nr. B 391 G. H.

23.80 **Alfred von Kremer**

Mittelsyrien und Damascus. Geschichtliche, ethnographische und geographische Studien während eines Aufenthaltes daselbst in den Jahren 1849, 1850 und 1851, Wien 1853

Aufgeschlagen: Titelblatt, daneben (von S. 230): Assyrische Keilschrift.

Die bereits erwähnte Förderung seitens der Akademie der Wissenschaften setzte Kremer in die Lage, jahrelang ausgiebig einen kulturellen Kernraum des Orients studieren zu können. Er tat dies mit der ihm eigenen Konsequenz und Präzision.

Die hier vorgelegten Ergebnisse seiner Forschungsfahrten fanden in seinen späteren Publikationen noch beachtliche Ausweitungen in Richtung auf eine allgemeine Würdigung der islamischen Kultur, sowie der Geschichte der Kalifen und ähnlicher Themen der Orientalistik.

Wien, Österreichische Geographische Gesellschaft, Inv.-Nr. F 1658 G. H.

23.81 **Alfred von Kremer**

Topographie von Damascus. Im Auftrage der Kaiserlichen Akademie der Wissenschaften, Wien 1855

Aufgeschlagen S. 38, Q 112: Plan der Stadt

Daß der alten Hauptstadt Syriens (zu dem man im damaligen Zeitverständnis auch den Libanon rechnete) eine eigene topographisch-kulturhistorische Studie gewidmet wurde, zeigt die Bedeutung jener orientalischen Weltstadt ebenso an wie es die weitblickende Planung bei den von der Akademie der Wissenschaften gewährten Forschungsunterstützungen und Publikationen beweist – schon lange, bevor andere europäische Staaten mit weniger wissenschaftlichen, also weniger einwandfreien Interessen in jenem Raume Fuß zu fassen begannen.

Wien, Österreichische Geographische Gesellschaft, Inv.-Nr. H 103 G. H.

23.82 **Ida Pfeiffer**

Meine zweite Weltreise (vgl. Kat.-Nr. 23.71)

Abbildung Tafel S. 193: Ein Dajakischer Krieger

Die Dajak waren ein besonders gefürchteter Stamm von Kopfjägern und Kannibalen im Inneren Borneos, der zugleich größten und entlegensten Insel des Malaiischen Archipels. Daß Ida Pfeiffer ihre Durchquerung jener so gefürchteten und verrufenen Region geschafft hat, ohne dabei Schaden zu nehmen, darf als einer von unzähligen Beweisen für ihre Kaltblütigkeit und Unerschrokkenheit, zugleich aber auch als ein Indiz für ihre intuitive, erfolgreiche Fähigkeit gewertet werden, mit Eingeborenen umzugehen.

Wien, Österreichische Nationalbibliothek, Inv.-Nr. 47.567 A G. H.

23.83 **Josef Lehnert**

Um die Erde (vgl. Kat.-Nr. 23.73)

Abbildung: Die „Corbette Friedrich"

Die nach Erzherzog Friedrich (Herzog von Teschen, dem Enkel des Erzherzogs Karl) benannte Corvette war eines jener zahlreichen Schiffe der k. u. k. Kriegsmarine, die in der Art der „Novara" noch auf die alte Art, also als Segelschiffe die Meere befuhren. Die in Japan vorgenommene Beobachtung des Venus-Durchgangs durch die Sonnenscheibe am 9. Dezember 1874 war eines der vielen naturwissenschaftlichen, exakt gemessenen Ergebnisse dieser Fahrt, ebenso wie die eingangs erwähnten, im viktorianischen England hochgewürdigten, hydrographisch-kartographischen Messungen und topographischen Studien in den Gewässern und an den Küsten um Borneo.

Wien, Österreichische Geographische Gesellschaft, Inv.-Nr. F 118 G. H.

23.84 **Theodor Kotschy**

Reise in den cilicischen Taurus (vgl. Kat.-Nr. 23.68)

Höhentableau des cilicischen Taurus nach Vorarbeiten von Theodor Kotschy, entworfen und gezeichnet von Prof. Fr. Simony

Der Taurus war eines der am wenigsten erforschten Gebirge Vorderasiens. Kotschys vielseitige, geographische wie naturhistorische Ansprüche berücksichtigenden Forschungen haben die Entwicklung der Orographie jenes im Zusammenhang der europäischen und asiatischen Faltengebirgssysteme besonders wichtigen Verbindungsgliedes in einer bahnbrechenden Weise vorangetrieben. Daß sich einer der Gründerväter unserer altösterreichischen Geographie und Gebirgsforschung, Friedrich Simony, der speziellen technisch-editorischen Aufgaben einer solchen Publikation annahm, beweist zusätzlich die führende Rolle, die der Botaniker Theodor Kotschy weit über sein Fach hinaus in der österreichischen und internationalen Orientforschung spielte.

Wien, Österreichische Geographische Gesellschaft, Inv.-Nr. F 2192 G. H.

23.85 **Theodor Kotschy**

Reise in den cilicischen Taurus (vgl. Kat.-Nr. 23.68)

Skizze des Bulghar Dagh im cilicischen Taurus zwischen den Cydnus-Quellen und dem Sarus bei Bozanti

Eine der besonderen Stärken Kotschys lag in der spezialisierten Forschung und Ausarbeitung lokaler Herausforderungen – naturhistorisch wie kartographisch. Ein Beispiel wie dieses zeigt seinen vollen Einsatz, wenn es um die Darstellung eines markanten, orographisch-hydrographischen Schlüsselraumes inmitten einer einsamen, bishin weitgehend von der Forschung gemiedenen Hochgebirgsgegend ging.

Wien, Österreichische Geographische Gesellschaft, Inv.-Nr. F. 2191 G. H.

**23.86** **Theodor Kotschy**

Der westliche Elbrus (= Elburs) bei Teheran (vgl. Kat.-Nr. 23.79)

Skizze der Elbrus-Alpen (= Elburs-Alpen) in Nord-Persien, südlich vom Caspischen Meer. Nach Angabe des Doctor Theodor Kotschy entworfen und auf Stein gezeichnet von J. J. Pauliny, Offizial im k. k. Mil. Geogr. Institute in Wien 1861

In Ergänzung zu seinen umfassenden naturhistorischen Forschungen in den (durch Begriffsübertragung als „Alpen“ bezeichneten) Gebirgsketten Nordpersiens unternahm der dafür gar nicht fachmännisch ausgebildete Kotschy auch solche Skizzen, durch welche der gebirgige Raum südlich des Kaspischen Meeres für die Geographie festgehalten wurde.

Wien, Österreichische Geographische Gesellschaft, Inv.-Nr. B 391 G. H.

**23.87** **Gustav Kreitner**

Im Fernen Osten (vgl. Kat.-Nr. 23.66)

a. Kintschindschunga (28.000 Fuß) und Gaurisankar (29.000 Fuß), die höchsten Berge der Welt (. . . wie man damals noch glaubte!) (S. 81)
b. Das Thal des Hoang-ho vor Lan-tschou-fu (S. 537)
c. Kloster Tsien-fu-tung (S. 665)
d. Tibetanisches Haus (S. 841)
e. Die Felspyramide der Bo-kunka (S. 857)
f. Gebirgsweg am Kinscha-Kiang (S. 921)
g. Überschreitung des zugefrorenen Hoang-ho (S. 553)

Aus der Reihe der anderen hier ausgestellten Abbildungen jener denkwürdigen Expedition verdient dieses wegen seines topographischen Charakters besondere Hervorhebung: es dokumentiert die Leistung dieser österreichisch-ungarischen Forschungen in Zentralasien unmittelbar vor der Ära Sven Hedins in besonders eindrucksvoller Weise, denn jener Raum an den Peripherien Tibets wurde bald danach zu einem Schlüsselraum für dessen große Unternehmungen zur Entschleierung des tibetischen Innerasiens, wobei auch ihm gleichfalls der Weg nach Lhassa versperrt blieb.

Wien, Österreichische Geographische Gesellschaft, Inv.-Nr. F 1734 G. H.

**23.88** **Gustav Kreitner**

Im Fernen Osten (vgl. Kat.-Nr. 23.66)

Karte der Insel Jesso. Nach eigenen Aufnahmen und mit Zugrundelegung japanischer Quellen von G. Kreitner

Bei dieser Karte handelt es sich um die erste exakte (sowohl nach gewissenhafter Sammlung einheimischer Quellen wie nach Begriffen moderner Kartographie vorgenommene) Landesaufnahme eines exotischen Landes im Fernen Osten – noch dazu jenes Teiles Japans, der wegen seiner eigenständigen kulturellen Traditionen und wegen der Eigenart seiner Ureinwohner eine besondere Rolle in der asiatischen Völkerkunde und im japanischen Geschichtsraum spielte. Der gelernte Kartographie-Offizier Kreitner, ein gebürtiger Sudetendeutscher, hat auf Grund seiner am Militärgeographischen Institut empfangenen hervorragenden kartographischen Ausbildung mit Werken dieser Art Pionierleistungen in der Erschließung ferner Räume geleistet, an die man bishin in Zentraleuropa nur wenig gedacht hatte.

Wien, Österreichische Geographische Gesellschaft, Inv.-Nr. F 1734 G. H.

**23.89** **Gustav Kreitner**

Im Fernen Osten (vgl. Kat.-Nr. 23.66)

Karte von China und Ost-Tibet mit besonderer Berücksichtigung der Graf Széchényischen Route in den Jahren 1878–1880. Von Oberl. G. Kreitner

Auch für Karten, die einem weiteren Raume gewidmet waren, gilt das zuvor von Kreitners Arbeitsweise Gesagte: präzise Übernahme einheimischer Angaben und Unterlagen, dazu eigene selbständige Beobachtungen und Vermessungen, und schließlich: kombinierte Vorgangsweise bei der Verschmelzung von beidem. Der beste Kenner Inner- und Ostasiens jener Epoche, Sven Hedin, hat Expeditionen und Arbeiten solcher Art wiederholt höchste Anerkennung gezollt.

Wien, Österreichische Geographische Gesellschaft, Inv.-Nr. F 1734 G. H.

23.90 **Ladislaus Magyar**

Reisen in Südafrika (vgl. Kat.-Nr. 23.50)

Karte von Südafrika zwischen dem 8–15 Grad s. Br. von 11–19 Grad ö. L., gezeichnet von Ladislaus Magyar im Jahre 1857

Magyar war als Absolvent der Nautischen Akademie in Fiume, dem Adriahafen des Königreiches Ungarn, und als ein in den Vereinigten Staaten und in Südamerika zusätzlich fachmännisch ausgebildeter Marineur ein sachkundiger Mann, der das Kartenzeichnen gut gelernt hatte. Seine Routenaufnahmen in Portugiesisch-Westafrika wurden somit grundlegende Dokumentationen der Erschließung jenes bishin stark vernachlässigten Raumes, in dem es gerade in der zweiten Hälfte des 19. Jahrhunderts eine auffallende Häufung deutscher und österreichisch-ungarischer Forschungsreisen gab.

Wien, Österreichische Geographische Gesellschaft, Inv.-Nr. F 1816 G. H.

23.91 **Ernst Marno**

Reisen im Gebiete des Blauen und Weißen Nil (vgl. Kat.-Nr. 23.30)

Special-Karte des Bahr el Abiad und Bahr Seraf zu der Reise im Jahre 1872 von Ernst Marno

Marnos Karten waren, obwohl er nicht gelernter Kartograph, sondern reiner Naturhistoriker war, wegen des hohen Grades ihrer Genauigkeit – nicht nur im Reiche des Khediven – überaus geschätzt und wurden deshalb auch im Ausland (insbesondere im englisch-französisch-sprachigen) als Grundlage dortiger kartographischer Produktionen zum sudanesischen Raum herangezogen.

Wien, Österreichische Geographische Gesellschaft, Inv.-Nr. F 2359 G. H.

23.92 **Emil Holub**

Sieben Jahre in Südafrika (vgl. Kat.-Nr. 23.52)

Übersichts-Karte von Dr. Holub's Reisen in Südafrika 1872–1879

Nebst den zuvor gezeigten Spezialkarten waren es gerade auch Überblickskarten solcher Art, durch welche Forscher wie Holub die vollen Dimensionen ihrer über Jahre sich hinziehenden Reisen dokumentierten und damit die internationale Verbreitung der Kenntnis jener neu erschlossenen und aufgezeichneten Räume einleiteten. Waren ja doch die großen Überblickskarten unserer Atlanten letztlich nichts anderes, als Resultate eines mühseligen Zusammensetzens der zuvor auf individuellen Expeditionen erstellten Spezialkarten einzelner Forscher.

Wien, Österreichische Geographische Gesellschaft F 1688 G. H.

Die Kommentare mußten an vielen Stellen stark gekürzt werden. Der Verfasser fühlt sich daher für sich daraus ergebende Lücken oder Verzerrungen nicht verantwortlich. G. H.

## 24. UNTERRICHT

### 24.1 Organisation des Schulwesens um 1880

Graphik, Entwurf: H. E., Ausführung: I. Grillmayer

Die Darstellung berücksichtigt nur die schulischen Ausbildungsmöglichkeiten in der cisleithanischen Hälfte der Monarchie. Der Großteil der Staatsbürger besuchte nur die Volksschule (ab 1869 achtjährige Schulpflicht). Die tatsächliche Besucherfrequenz der einzelnen Schulgattungen konnte graphisch nicht ausgedrückt werden, weil die Volksschüler zu stark dominierten (1879/80 – 2,377.624 Schüler und Schülerinnen, d. i. 96,6%). Das Verhältnis zwischen Primarbereich, Sekundarbereich (1879/80 – 65.935 Schüler an Gymnasien, Realgymnasien und Realschulen, d. i. 2.7%) und Tertiärbereich (1879/80 – 9218 Studierende an den Universitäten, 3126 Studierende an den Technischen Hochschulen; d. i. 0,5%) muß etwa mit 193 : 5 : 1 angesetzt werden. Es war jedoch in den einzelnen Kronländern unterschiedlich.

Lit.: *Engelbrecht, H.*, Geschichte des österreichischen Bildungswesens, Bd. 4, in Druck.

H. E.

### 24.2 Die österreichische Musterschule auf der Wiener Weltausstellung 1873

#### 24.2.1 Modell des Landschulhauses

Hergestellt von der Höheren technischen Bundeslehranstalt Krems

Auf die Initiative des Wiener Gymnasialdirektors Dr. Erasmus Schwab hin wurde auf dem Wiener Weltausstellungsgelände im Jahre 1873 auch eine einklassige Schule als Beispiel und Muster für die Landgemeinden erbaut, die aufgrund des Reichsvolksschulgesetzes häufig neuen Schulraum schaffen mußten. Der damit betraute Architekt August Krumholz war bestrebt, *ein zeitgemäßes, gefälliges und mit Bezug auf den Kostenpunkt erreichbares Musterbild einer Dorfschule vorzuführen.* Er brachte im Erdgeschoß die Wohnung des Lehrers (Vorraum, Küche, zwei Zimmer) und im ersten Stock das Klassenzimmer für 60 Kinder (9,60 × 6,80 × 3,60 m), einen Handarbeitsraum (für Mädchen) und eine Lehrmittelsammlung unter. Für Knaben und Mädchen getrennte Garderoben und Toiletteanlagen (Retiraden) vervollständigten die großzügige räumliche Ausstattung.
Das österreichische Landschulhaus wurde zum Prototyp einer Reihe von Volksschulgebäuden in der Monarchie.

Lit.: *Schwab, E.*, Die österreichische Musterschule für Landgemeinden auf dem Weltausstellungsplatze, Wien 1873. – *Wangemann, L.*, Die Schule auf der Wiener Welt-Ausstellung, Löbau 1874.

H. E.

#### 24.2.2 Situationsplan des Schulareals

Entwurf des Architekten August Krumholz, 1873
Vergrößerung der Wiedergabe des Planes bei E. Schwab (Die österreichische Musterschule für Landgemeinden auf dem Weltausstellungsplatze, Wien 1873, Beilage)

Weil die Volksschule für das Leben vorbereiten sollte, war es bereits seit Maria Theresias Zeiten selbstverständlich, daß sich an das Schulhaus ein größerer Garten anschloß. Die Mädchen hatten darin Gemüse und Blumen zu betreuen, die Knaben lernten Obst- und Waldbäume sowie Weinreben ziehen. Außerdem wurden für den Anschauungsunterricht einheimische Giftpflanzen sowie für die Region wichtige Sträucher und Bäume gesetzt. Ein Bienenhaus fehlte ebenfalls nicht.
Architekt Krumholz berücksichtigte nunmehr aber auch die Bedürfnisse eines sich entwickelnden demokratischen Gemeindelebens und die erkannte Notwendigkeit sportlicher Übungen (Vorbereitung für *ein patriotisches, schlagfertiges Volksheer*). Er sah dafür eine große Mehrzweckhalle vor, die für Veranstaltungen der Schule und der Gemeinde genügend Raum bot, in der bei Schlechtwetter und im Winter geturnt werden konnte, in der auch eine kleine Schulwerkstätte (Handarbeit für Knaben) sowie Wirtschaftsräume für den Lehrer (Kuh- und Schweinestall, Holzlage u. ä.) untergebracht waren. Vor dieser Halle wurde ein Sommer-Turn- und Spielplatz mit einer Hoch- und Weitsprunganlage aufgeschüttet.

H. E.

#### 24.2.3 Das Schulhaus auf der Weltausstellung

Photokopie

Wien, Historisches Museum der Stadt Wien, Inv.-Nr. 78.080/242, Mappe 991/I

## 24.3 Einrichtung einer Volksschulklasse

### 24.3.1 Lehrertisch mit Rohrstab

Niederösterreich, um 1860
Holz; H. = 80 cm, B. = 111 cm, T. = 67 cm
Tisch mit pultartig ausgebildeter Schreibplatte; eine Hauptlade, vier Seitenladen
Aus Volksschule Martinsdorf, NÖ

Michelstetten, Niederösterreichisches Schulmuseum H. E.

### 24.3.2 Lehrersessel

Niederösterreich, um 1850
Holz; Sitzfläche 43 × 43 cm, H. der Sitzfläche = 47 cm, H. der Lehne = 93 cm
Aus Volksschule Ameis, NÖ

Michelstetten, Niederösterreichisches Schulmuseum H. E.

### 24.3.3 Waschtisch mit Waschschüssel und Wasserkanne

Niederösterreich, um 1880
Niedriger Waschtisch, Holz; H. = 75 cm, B. = 43 cm, T. = 43 cm
Ovale Waschschüssel und Wasserkanne aus Blech
Aus Volksschule Asparn a. d. Zaya, NÖ

Michelstetten, Niederösterreichisches Schulmuseum H. E.

### 24.3.4 Schulbänke (Subsellien)

Niederösterreich, 2. Hälfte des 19. Jhdts.
Holz; H. = 78 cm, B. = 190 cm, T. der geneigten Schreibplatte = 41 cm, T. der Sitzfläche = 27 cm
Aus Volksschule Ameis, NÖ

Michelstetten, Niederösterreichisches Schulmuseum H. E.

### 24.3.5 Dreibein-Schultafel

Niederösterreich, um 1865
Holz; schwarz gestrichenes Tafelblatt; H. = 125 cm, B. = 158 cm; Dreibein mit verstellbarer Haltevorrichtung, H. = 202 cm
Aus Volksschule Kleinzell, NÖ

Michelstetten, Niederösterreichisches Schulmuseum H. E.

### 24.3.6 Kohleofen

Vermutl. aus Friedland (bei Reichenberg, heute Tschechoslowakei); um 1870
Eisen; H. = 154,5 cm, Dm. = 24,5–45 cm
Aus Volksschule Asparn a. d. Zaya, NÖ

Michelstetten, Niederösterreichisches Schulmuseum H. E.

### 24.3.7 Beleuchtung (Petroleumlampe, Kerzenleuchter)

Niederösterreich, 2. Hälfte des 19. Jhdts.
Petroleumlampe (H. = 72 cm) mit Schirm (Dm. = 47 cm) aus Blech; Kerzenleuchter aus Keramik, H. = 15,5 cm, Dm. des Fußes = 9 cm

Für 7–8 Schüler war eine Petroleumlampe vorgesehen. In städtischen Schulen gab es auch bereits Gasbeleuchtung (1 Flamme für 10 Schüler).

Wien, Niederösterreichisches Landesmuseum, Inv.-Nr. II 10.129/2 und Michelstetten, Niederösterreichisches Schulmuseum H. E.

### 24.3.8 Kruzifix

Niederösterreich, um 1800
Holzkreuz mit Korpus (gefaßt); H. = 68 cm, B. = 38 cm

Michelstetten, Niederösterreichisches Schulmuseum H. E.

### 24.3.9 Kaiserbild

um 1880
Farbdruck, auf Leinwand aufgezogen; H. = 68 cm, B. = 55 cm, mit Holzrahmen, H. = 76,5 cm, B. = 63 cm
Kaiser Franz Joseph I. in Uniform mit Orden.

Michelstetten, Niederösterreichisches Schulmuseum H. E.

### 24.3.10 „Wochenbuch über den vorgenommenen Lehrstoff“

Volksschule zu Bullendorf, 1879/80
Kartoniertes Heft mit Vordruck für periodische Aufzeichnungen über die Lehrstoffverteilung während des Schuljahres; H. = 22,8 cm, B. = 29,3 cm
Aus Volksschule Bullendorf, NÖ

Kat.-Nr. 24.3.11.a

Der Schulleiter Michael Labuda führte dieses dem heutigen Klassenbuch entsprechende Wochenbuch *für die Ober-Gruppe*. Seine Eintragungen lassen uns Einzelheiten über den tatsächlich durchgenommenen Lehrstoff und den dafür notwendigen Zeitaufwand wissen.

Michelstetten, Niederösterreichisches Schulmuseum H. E.

## 24.3.11 Lehr- und Lernmittel

a. Wandbilder

Farblithographien, auf Pappendeckel aufgezogen; H. = 32,2 cm, B. = 41,3 cm

Hoflithograph A. Hasse, Prag; Verlag F. Tempsky, Wien:

Nr. 55/56 Lurche und Kriechtiere (1 = Teichfrosch, 2 = Erdkröte, 3 = Blindschleiche, 4 = Laubfrosch, 5 = Zauneidechse, 6 = Teichmolch / 1 = Ringelnatter, 2 = Kreuzotter, 3 = Sandviper)

Nr. 61/62 Gliederfüßer (1 = Kreuzspinne, 2 = Netz der Kreuzspinne, 3 = Stubenfliege, 4 = Biene, Arbeiterin, 5 = Biene, Königin, 6 = Biene, Drohne, 7 = Bienenwabe, 8 = Bienenhaus, 9 = Bienenkorb / 1 = Libelle, 2 = Larve der Libelle, 3 = Schlüpfen der Libelle, 4 = Jüngere Larve der Laubheuschrecke, 5 = Laubheuschrecke, 6 = Ältere Larve der Laubheuschrecke, 7 = Feldgrille, 8 = Maulwurfsgrille, 9 = Larve der Maulwurfsgrille, 10 = Gelege einer Maulwurfsgrille)

Lithogr. v. Mittag & Wildner, Prag; Verlag F. Tempsky, Wien:

Nr. III/IV Räume eines wohlhabenden Bürgerhauses (Vorratsraum, Küche / Eßraum, Weinkeller)
Nr. XIII/XIV Berufe (1 = Kaufmann erhält Warenlieferung, 2 = Förster und Forstgehilfe beim Bäumepflanzen / 1 = Fährmann bringt zwei Soldaten in einem Boot über einen Fluß, 2 = Hirte mit Schafherde und Schmied mit Brandeisen)

Schnellpressendruck v. Ig. Fuchs, Prag; Verlag F. Tempsky, Wien:
Nr. LXI/LXII Bäuerliche Geräte (1 = zweizinkiger Karst, 2 = einschariger Pflug, 3 = Leiterwagen, 4 = Spaten, 5 = Sense, 6 = Rechen, 7 = Holzegge mit Eisenzähnen, 8 = Sichel, 9 = Reithaue)
Nr. LXXIX/LXXX Arten des Niederschlages (1 = Landregen, 2 = Gewitter / 1 = Schnee und Eis, 2 = Regenbogen nach einem Gewitter) Abb.

Bilder aus der Geschichte nach Angaben des k. k. Landesschulinsp. M. A. Becker unter der Leitung des k. k. Prof. Peter J. N. Geiger, comp. v. A. Gerasch, gem. u. lith. v. F. Gerasch; Druck der lith. Kunstanstalt und Buchdruckerei Friedrich Sperl, Wien; Verlag Oesterreichische Lehrmittelanstalt, Wien; H. = 46,5 cm, B. = 58,5 cm

Nr. 1 Rudolf von Habsburg bei der Leiche Ottokars 1278
Nr. 3 Attila auf dem Zuge nach Gallien 451

Dem Schulwandbild war als „Anschauungsbild“ im Unterricht eine bedeutende Rolle zugewiesen worden. Doch wurde – unter dem Einfluß J. F. Herbarts – ein zu ausgedehnter, wenig selektiver Gebrauch abgelehnt. Für die Entwicklung des Schulwandbildes leisteten die österreichischen Verlage international beachtete Beiträge.

Lit.: *Engelbrecht, H.*, Das Zeitalter der Babenberger im Unterricht an österreichischen Schulen, in: 1000 Jahre Babenberger in Österreich. Ausstellungskatalog, Wien 1976, S. 730f.

Michelstetten, Niederösterreichisches Schulmuseum H. E.

b. Schiefertafel

um 1860
Schieferplatte, eingefaßt mit schwarzer Holzleiste m. abgerundeten Ecken; H. = 20,5 cm, B. = 28,5 cm

Die Schreibübungen beschränkten sich in den Anfangsklassen der Volksschule auf die Aneignung einer gewissen Schreibfertigkeit durch mechanisches Abschreiben von Buchstaben, Wörtern und Sätzen. Dafür wurden häufig Schiefertafel und Griffel benützt.

Michelstetten, Niederösterreichisches Schulmuseum H. E.

## 24.4 Lehrbücher

### 24.4.1 Fibeln (ABC-Bücher)

Fibeln für verschiedene Konfessionen und Volksgruppen; Schulbücher-Verlag, Wien

Schulbuch mit Leinwandrücken; H. = 17 cm, B. = 10,5 cm

a. Fibel für die katholischen Volksschulen im Kaiserthum Österreich. Wien 1868 (aufgeschlagen S. 86f)

Wien, Archiv des Österr. Bundesverlages, Inv.-Nr. 2511

b. Fibel für die evangelischen Volksschulen im Kaiserthum Österreich. Wien 1868

Wien, Archiv des Österr. Bundesverlages, Inv.-Nr. 2500

c. Fibel für die israelitischen Volksschulen im Kaiserthum Österreich. Wien 1868 (aufgeschlagen S. 64f)

Wien, Archiv des Österr. Bundesverlages, Inv.-Nr. 2501

d. Hebräische Fibel für israelitische Volksschulen. Wien 1868

Wien, Archiv des Österr. Bundesverlages, Inv.-Nr. 2597

e. Slabikář pro katolické školy v cisarstvi Rakouském. Ve Vidni 1863 (Tschechische Fibel für die katholischen Schulen im österreichischen Kaiserreich)

Wien, Archiv des Österr. Bundesverlages, Inv.-Nr. 140

f. Hrvatska Početnica za pučke učione. U Beču 1876 (Kroatische Fibel für Volksschulen)

Wien, Archiv des Österr. Bundesverlages, Inv.-Nr. 8998

Der Unterricht in der ersten Klasse der Volksschule begann mit dem Buchstabieren (Syllabieren – Zusammenziehen von Buchstaben) oder Lautieren (Zusammenziehen von Lauten) anhand einer Fibel. Es wurde Fertigkeit im Lesen von Schreib- und Druckschriften erstrebt. Im Jahre 1863 wurde der Versuch unternommen, illustrierte Fibeln für öffentliche Volksschulen herzustellen, doch bereits 1864 wieder aufgegeben. Nur Lehrbücher für Privatschulen durften zunächst bebildert werden. Der erste Unterricht erfolgte bis 1869 in konfessionell ausgerichteten Schulen und grundsätzlich in der Muttersprache. Daher spiegeln sich in den Fibeln die sprachliche Vielfalt und die verschiedenen Religionsbekenntnisse der Monarchie.

H. E.

24.4.2 **Lehrbücher für Arithmetik von Franz Močnik** (in verschiedenen Sprachen der Monarchie); Schulbücher-Verlag, Wien

Schulbuch, brosch.; H. = 19,6 cm, B. = 12,1 cm

a. Anleitung zum Rechnen für die erste Klasse der Unter-Realschule von zwei Jahrgängen. Wien 1854

Wien, Archiv des Österr. Bundesverlages, Inv.-Nr. 71

b. Arytmetyka . . . (Polnische Ausgabe für die zweite Klasse der Unter-Realschule). Wiédniu 1855

Wien, Amtsbibliothek des Bundesministeriums für Unterricht und Kunst, Büchersammlung d. Dep. VIII, Inv.-Nr. 1102

c. Manualu de Aritmeticâ . . . (Rumänische Ausgabe für die erste Klasse der Unter-Realschule). Viena 1856

Wien, Amtsbibliothek des Bundesministeriums für Unterricht und Kunst, Büchersammlung d. Dep. VIII, Inv.-Nr. 1114

d. Számtan az Al-Gymnasium számára (Ungarische Ausgabe für das Unter-Gymnasium, 2. Teil für die 3. u. 4. Klasse). Bécsben 1855

Wien, Archiv des Österr. Bundesverlages, Inv.-Nr. 268

Die Schulbücher in der zweiten Hälfte des 19. Jahrhunderts waren knapp gefaßte Leitfäden; sie sollten vor allem der gedächtnismäßigen Einprägung des wesentlichen Lehrstoffes dienen. Häufig wurden methodisch-didaktisch besonders gut gelungene Lehrbücher auch in andere Sprachen der Monarchie übersetzt.
Die Lehrwerke Franz Močniks (1814–1892) für Arithmetik und Geometrie erfreuten sich großer Beliebtheit. Dieser Bauernsohn aus dem Küstenland machte im Kaisertum Österreich eine rasche Karriere (Normalschullehrer in Görz, Prof. an der Technischen Akademie in Lemberg, Univ.-Prof. in Olmütz, Schulrat in Krain, Landesschulinspektor für Steiermark) und trug durch seine Lehrbücher viel zum Fortschritt des mathematischen Unterrichts an den Volks-, Haupt- und Mittelschulen Österreichs bei. Diese standen auf streng wissenschaftlicher Grundlage und zeichneten sich durch klare und verständliche Darstellung sowie durch praktische Anwendbarkeit aus. Sie erlebten unzählige Auflagen in allen Sprachen der Monarchie und wurden in Bearbeitungen noch bis zum Ende der Ersten Republik Österreich verwendet.

H. E.

24.4.3 **Lehrbücher für Naturgeschichte von Alois Pokorny** (in verschiedenen Sprachen der Monarchie); Schulbücher-Verlag, Wien

Schulbuch, brosch.; H. = 19,6 cm, B. = 12,1 cm

a. Naturgeschichte des Thierreiches. Für die k. k. Unter-Gymnasien. Wien 1854

Wien, Archiv des Österr. Bundesverlages, Inv.-Nr. 271

b. Az Állatország természetrajza (Ungarische Ausgabe der Naturgeschichte des Tierreiches). Bécsben 1856

Wien, Archiv des Österr. Bundesverlages, Inv.-Nr. 1627

c. Zoologia per le classi inferiori dei ginnasi dell'impero Austriaco (Italienische Ausgabe der Naturgeschichte des Tierreiches). Vienna 1860

Wien, Amtsbibliothek des Bundesministeriums für Unterricht und Kunst, Büchersammlung d. Dep. IX, Inv.-Nr. 2596

d. Historya naturalna królestwa zwiérząt (Polnische Ausgabe der Naturgeschichte des Tierreiches). Wieden 1861

Wien, Amtsbibliothek des Bundesministeriums für Unterricht und Kunst, Büchersammlung d. Dep. VIII, Inv.-Nr. 1006

e. Ruthenische Ausgabe der Naturgeschichte des Pflanzenreiches. Wien 1863

Wien, Amtsbibliothek des Bundesministeriums für Unterricht und Kunst, Büchersammlung d. Dep. VIII, Inv.-Nr. 1020

Ein zweites, keineswegs untypisches Beispiel für die Schulbücher in der Epoche des Kaisers Franz Joseph I. sind die Lehrwerke Alois Pokornys (1826–1886). Wie bei vielen Lehrbuchautoren dieser Zeit verband sich auch bei diesem aus Iglau (heute Jihlava, Mähren) stammenden Wahlwiener eine hohe wissenschaftliche Qualifikation und eine umfangreiche schulpraktische Erfahrung. Pokorny hatte sein Doktorat in Göttingen erworben und sich 1868 an der Wiener Universität für Pflanzengeographie habilitiert. Als Lehrer für Naturgeschichte und Physik und seit 1864 als Direktor eines Realgymnasiums blieb er zeitlebens im Bereich des höheren Schulwesens tätig. Sein wissenschaftliches Hauptwerk wurde in unseren Tagen zum Teil neu aufgelegt (1969), seine Lehrbücher blieben – z. T. in Neubearbeitungen – bis zum Ende der Ersten Republik an den österreichischen Mittelschulen in Verwendung.

H. E.

## 24.5 Schul- und Universitätsbauten

### 24.5.1 Innsbruck, Volksschule St. Nikolaus

Innstraße 36
Peter Huter, 1863–1864
Photographie (Zustand vor Restaurierung)

Dieser bemerkenswerte Schulbau, erbaut noch vor dem Erlaß des Reichsvolksschulgesetzes von 1869, das die interkonfessionelle, staatlich beaufsichtigte Volksschule einführte, gehört zu den wenigen Beispielen früher profaner Neugotik. Die mit den obligaten „gotischen“ Motiven (abgestufte Pfeiler, Spitzbogen, Maßwerk, Wimperg usw.) reich instrumentierte Fassade scheint allerdings deutlich in Richtung Wien zu tendieren, wo ab 1860 der erste neugotische Schulbau in Planung war, nämlich Friedrich Schmidts Akademisches Gymnasium (1863–1866 erbaut).

Lit.: *Felmayer, Johanna,* Die profanen Kunstdenkmäler der Stadt Innsbruck außerhalb der Altstadt. Österreichische Kunsttopographie Band 45, Wien 1981, S. 65f.

S. K.

### 24.5.2 Wien, Maximiliangymnasium

IX., Wasagasse
Heinrich von Ferstel, 1869–1873
Photographie

Jeder der drei großen Ringstraßenarchitekten schuf einen prominenten Schulbau (Hansen: Evangelische Schule 1859/60, Schmidt: Akademisches Gymnasium 1863/66); Ferstels Bau ist der späteste und entstand zu einem Zeitpunkt, als sich Ferstel mit diesem Thema in verschiedenen Variationen intensiv auseinandersetzte (Chemisches Institut 1868–1872, Volksschule in Wien XIX., Managettagasse, 1871–1872, Universitätsplanung ab 1869). Der Rohziegelbau des Gymnasiums, dessen Komplex auch ein Mietshaus einschloß, zeigt eine gebändigte, klassisch-strenge Architektur, die bei aller Rücksichtnahme auf die nüchterne Bestimmung des Gebäudes einer gewissen Aufwendigkeit nicht entbehrt.

Lit.: *Wibiral, N.; Mikula, R.,* Heinrich von Ferstel. Die Wiener Ringstraße, Band VIII/3, Wiesbaden 1974, S. 137.

S. K.

### 24.5.3 Wien, Handelsakademie

I., Akademiestraße
Ferdinand Fellner d. Ä., 1860–1862
Photographie

Das Schulgebäude der 1858 gegründeten Handelsakademie hat als der erste „Monumentalbau“ der Ringstraße eine gewisse Berühmtheit erlangt; auch ist er hier, neben dem Opernhaus, der einzige Repräsentant des frühen Historismus. Die Architektur des Baues, der als das Hauptwerk seines Architekten anzusprechen ist, scheint allerdings nicht nur im künstlerischen Boden Wiens verwurzelt zu sein, sondern zeigt auch deutliche Anklänge an den Münchner „Maximilianstil“.

Lit.: *Hoffmann, Hans-Christoph,* Die Wiener Handelsakademie – das erste öffentliche Gebäude der Ringstraße und sein Architekt Ferdinand Fellner d. Ä., in: alte und moderne kunst 94/1967, S. 14f.

S. K.

24.5.4 **Linz, Gymnasium**

Spittelwiese 4
Karl Stattler, 1870–1872
Photographie

Der Architekt Karl Stattler (geb. 1834 in Wien) war ein Schüler van der Nülls und Sicardsburgs und gehörte bis zum tragischen Ableben seiner Lehrer ihrem Atelier an. Er war u. a. viel auf dem Sektor des Schulbaues tätig, in den 70er Jahren wurden die verschiedenen Institutsbauten der Universitäten Graz und Prag von ihm erbaut. Von seinen ebenfalls in diesem Zeitraum für Linz entworfenen Bauten ist das Gymnasium der früheste. Es stellt eine Parallelleistung zu dem gleichzeitig in Wien entstehenden Maximiliangymnasium von Heinrich Ferstel dar, dem es sowohl im Ordnungsprinzip der Baumasse als auch in der Wahl einzelner architektonischer Motive eng verwandt ist.

Lit.: *Schmidt, Justus,* Baukunst des 19. Jahrhunderts, in: Linzer Kunstchronik, I. Teil, Linz 1951, S. 125.

S. K.

24.5.5 **Prag, ehem. Höhere Frauenschule**

Nové Město, Vodickova ulice
Ignaz Ullmann, 1866–1867
Photographie; H. = 30,5 cm, B. = 38 cm

Der außerordentlich plastisch durchgegliederte, wuchtige Baublock bildet mit seiner lebendigen, stark aufgeschichteten Mauerstruktur gleichsam die Alternative zu der sonst so ruhigen, eleganten Architektur Ullmanns. Feine Sgraffito-Malereien überziehen die beiden Obergeschosse und lindern gewissermaßen die Massigkeit des Baues; mit deren Einbeziehung in seine Architektur erwies sich Ullmann wiederum als bahnbrechend in der Kunst seiner Zeit: diese früheste Verwendung der Fassadenmalerei weist schon in die Richtung der „böhmischen Renaissance" des dritten Jahrhundertviertels.

Lit.: *Poche, E.* u. a., Praha národního probuzení, S. 136.

Praha, Muzeum hlavního města Prahy, Inv.-Nr. 8117

S. K.

24.5.6 **Linz, Lehrer- und Lehrerinnenbildungsanstalt**
Abb.

Honauerstraße
Karl Stattler, 1874–1876
Photographie

Für die im Reichsvolksschulgesetz von 1869 vorgesehenen Lehrerbildungsanstalten wurde ab 1870 eine rege Bautätigkeit entwickelt; dabei wurde zwar das Prinzip der Zweckmäßigkeit nie aus den

Kat.-Nr. 24.5.6

Augen gelassen, im Vergleich zum Volksschulbau läßt sich jedoch eine gewisse Gediegenheit in der Fassadengestaltung feststellen, die gleichsam auf die höhere Bestimmung des Gebäudes hinweist. So ist auch Stattlers Linzer Pädagogium im Gesamtkonzept seinem Gymnasium durchaus vergleichbar, die Fassade jedoch zeigt eine reichere architektonische Gliederung und erhält durch die Pilasterordnung der Obergeschosse im Mittelrisalit einen besonderen Akzent.

Lit.: *Schmidt, J.* Baukunst des 19. Jahrhunderts, Linzer Kunstchronik I, S. 125.

S. K.

**24.5.7 Wien, Universität**

I., Dr. Karl-Lueger-Ring
Heinrich von Ferstel, 1873–1884
Aquarell; H. = 59,3 cm, B. = 106,7 cm

Bald nachdem die Universitätsreform des Grafen Leo Thun 1853 in Kraft getreten war, begannen van der Nüll und Sicardsburg mit der Planung eines Universitätskomplexes hinter der (noch nicht stehenden) Votivkirche, dessen neugotischer Stil als eine Annäherung an die Idee der mittelalterlichen Universität erscheint. 1862 schaltete sich Ferstel in die Planung ein, wegen der ungelösten Frage des Bauplatzes und der mannigfaltigen Forderungen der Professoren konnte jedoch auf Jahre hinaus keine Entscheidung getroffen werden. 1868 legte Ferstel Entwürfe vor, nach denen ebenfalls der Chor der Votivkirche umbaut werden sollte, diesmal in Formen der Neurenaissance. Während diese erste Planung von dem Prinzip des „Universitätsviertels“ mit getrennten Institutsgebäuden ausging, brachte der endgültige, 1870 bewilligte Bauplatz auf dem aufgelassenen Paradeplatz völlig neue Voraussetzungen: nun konnte entsprechend großräumig, zugleich aber einheitlich geplant werden. Ferstel, nun offiziell mit dem Universitätsbau beauftragt, lieferte 1871 erste Entwürfe, im Juli 1873 wurde mit dem Bau begonnen: Charakteristisch für die Dynamik Ferstelscher Architektur ist dabei die Verschränkung französischer Grundrißdisposition mit italienischen Gestaltungsformen und deren Zusammenfassung im Geiste des spätantiken Gruppierungsprinzips.

Lit.: *Wibiral, Norbert; Mikula, Renata,* Heinrich von Ferstel. Die Wiener Ringstraße Band VIII/3, Wiesbaden 1974, S. 44–75.

Wien, Historisches Museum der Stadt Wien, Inv.-Nr. 106.704 S. K.

**24.5.8 Graz, Technische Hochschule** Farbabb. 35

II., Rechbauerstraße
Josef Wist, 1884–1888
Aquarellierte Bauzeichnung; H. = 33,5 cm, B. = 62,8 cm

1865/66 ging aus dem Joanneum eine technische Hochschule hervor; für den benötigten Neubau wurde 1871 eine beschränkte Konkurrenz ausgeschrieben, die Planung kam jedoch durch die Übernahme der Institution in staatliche Verwaltung ins Stocken. Schließlich wurden von den Architekten Josef Horky und Josef Wist neue Entwürfe ausgearbeitet und der Bau, nach Horkys Ausscheiden, von Wist mit erheblicher Verspätung ausgeführt.
Im Gesamtkonzept als auch in einzelnen Gestaltungselementen zeigt der Bau eindeutig den starken Einfluß des Wiener Universitätsgebäudes von Ferstel, der u. a. in der Fassadendisposition mit Auffahrtsrampe, überkuppeltem Mitteltrakt und ebenfalls kuppelbekrönten Eckpavillons klar zum Ausdruck kommt. Vom Eingangsvestibül her erschließt sich das Treppenhaus, das in den Quertrakt der Vierflügelanlage eingeschoben ist. Über dem Vestibül liegt die Aula; die dort in einer Ädikulanische aufgestellte Statue Kaiser Franz Josephs schuf Victor Tilgner.

Lit.: Stadterweiterung von Graz 1850–1914, Gesamtredaktion *Sokratis Dimitriou.* Publikationsreihe des Grazer Stadtmuseums (Hg. *Wilhelm Steinböck*), Band II, Graz 1979, S. 112f.

Graz, Technische Universität, Institut für Gebäudelehre und Wohnbau S. K.

**24.5.9 Wien, Sternwarte**

XVIII., Türkenschanze
Ferdinand Fellner und Hermann Helmer, 1874–1878
Photokopie nach kolorierter Bauzeichnung

An der großartigen Anlage der Wiener Sternwarte wird die ganze Problematik des Historismus deutlich, wird auch die Kritik der nachfolgenden künstlerischen Generation verständlich: denn was der reinen Wissenschaft dienen sollte, wird von einem pseudo-sakralen Gewand umhüllt, das die Funktion des Baues völlig verschleiert. Das sakrale Element entfaltet sich vom Grundriß her – dieser hat die Form des lateinischen Kreuzes – folgerichtig auch im Aufriß, wo es in der mächtigen Tambourkuppel und den begleitenden Seitenkuppeln kulminiert. Dieser pseudo-sakrale Charakter kommt besonders im rückwärtigen Teil des Baukomplexes zum Ausdruck, wo die wissenschaftlichen Räumlichkeiten untergebracht sind. Der vordere Teile mit aufeinanderfolgenden Vestibülen und dem aufwendig gestalteten Treppenhaus war für „Repräsentation“ bestimmt und mit Fassaden in feinen Renaissanceformen versehen. Der Bau gehört zum Frühwerk der Arbeitsgemeinschaft von Fellner und Helmer, die sich dann gegen Ende des Jahrhunderts auf dem Gebiet des Theaterbaues eine Monopolstellung zu erobern wußten.

Lit.: *Wagner-Rieger, R.*, Wiens Architektur im 19. Jahrhundert, Wien 1970, S. 200.

Wien, Österreichisches Staatsarchiv, Allgemeines Verwaltungsarchiv, Inv.-Nr. II/d/141 S. K.

### 24.5.10 Wien, Akademie der bildenden Künste

I., Schillerplatz
Theophil Hansen, 1871–1877
Photokopie nach: Allgemeine Bauzeitung 1876

Mit der Freigabe des Paradeplatzes erhoffte sich auch die Akademie, seit 1786 im ehemaligen Jesuiten-, sogenannten St. Anna-Gebäude in der Annagasse untergebracht, einen entsprechend geräumigen und repräsentativen Neubau. Mit dem gleichzeitigen Neubau des Parlaments wurde die Frage des Bauplatzes dahingehend entschieden, daß die Akademie das bislang für das Abgeordnetenhaus reservierte Areal zugeteilt bekam. 1869 wurde Hansen, seit 1868 Professor der Architekturschule, mit der Planung betraut, nach mehrmaligen Änderungen seiner Entwürfe wurde 1872 mit den Bauarbeiten begonnen, nach fünfjähriger Bauzeit das Gebäude am 3. April 1877 feierlich eröffnet. Im Vergleich mit Hansens gleichzeitig entstandenen Bauten der Börse und des Parlaments zeigt das Akademiegebäude mit seiner reichen plastischen und malerischen Fassadengestaltung die größte Vielfalt, die auch die Einbeziehung der Polychromie betraf. Hier v. a. setzte die Kritik am Bau ein, während man die zweckmäßige Organisation des Inneren lobte. Mit dem Kernstück der Vierflügelanlage, der säulenumstandenen Aula („Gipsmuseum“), konnte Hansen, wie im Börsesaal und in der Parlamentshalle, seine Vorstellung einer feierlichen Innenarchitektur abermals verwirklichen.

Lit.: *Wagner-Rieger, R.; Reissberger, M.*, Theophil von Hansen. Die Wiener Ringstraße. Bild einer Epoche. Band VIII/4, Wiesbaden 1980, S. 190–203.

S. K.

### 24.5.11 Budapest, Universitätsbibliothek

V., Károlyi Mihály utca
Antal Skalnitzky, 1873–1876
Photokopie nach: Allgemeine Bauzeitung 1880, Bl. 27

Die Errichtung der Universitätsbibliothek gehört in den engsten Zusammenhang mit der Neuplanung der Budapester Universität, die nach 1867 einsetzte. Dabei ging man in Budapest nach dem Prinzip des Pavillonsystems vor, mit dem der Universitätsbau des fortschreitenden 19. Jahrhunderts das drückende Raumproblem zu bewältigen suchte: dieselbe Lösung war zuerst auch für Wien vorgesehen, und im Laufe der 70er Jahre wurde auf diese Weise eine Anzahl schon bestehender oder neu gegründeter Universitäten organisiert (Prag 1868f, Graz 1870f, Czernowitz 1875f, Innsbruck 1880f). In Budapest wurde im selben Jahr wie in Wien (1868) mit dem Bau des Chemischen Instituts begonnen, in rascher Folge entstanden dann die weiteren naturwissenschaftlichen Institute. Die als selbständiger Bau errichtete Universitätsbibliothek zeigt die architektonisch anspruchsvollste Gestaltung: die „palladianisch“ empfundene Fassade mit übergreifender Säulenordnung erhält durch die originelle, mit einer schlanken Kuppel bekrönte Ecklösung ihren besonderen Akzent.

Lit.: *Tóth-Epstein, E.* (Hg.), Historische Enzyklopädie von Budapest, Budapest 1974, S. 377f.

S. K.

### 24.5.12 Budapest, Polytechnikum

Múzeum körút
Imre Steindl, 1880–1882
Photographie; H. = 11 cm, B. = 17,5 cm

Das Budapester Polytechnikum, 1856 von Palatin Joseph gegründet, wurde 1872 als königliche „Joseph“-Polytechnische Universität neu organisiert. Für den notwendig gewordenen Neubau wurde ein Wettbewerb ausgeschrieben, den Steindl gewann. Seine Architektur verrät jedoch keinesfalls, daß ihr Schöpfer als Schüler Friedrich von

Schmidts der bedeutendste ungarische Neugotiker seiner Zeit war; ähnlich wie bei einem anderen öffentlichen Auftrag, dem Neuen Rathaus (1870–1875) hielt sich Steindl auch hier an die bewährte klassische Tradition. In der Gesamtkonzeption und im Gliederungsschema der Fassaden ist dabei eine gewisse Anknüpfung an Ferstels Chemisches Institut in Wien (1868 bis 1872) festzustellen, welche durch die verwandte wissenschaftliche Bestimmung – auch Steindls Bau enthielt in einem zweiten Flügel ein Chemisches Institut – zu erklären ist.

Lit.: *Tóth-Epstein, E.* (Hg.), Historische Enzyklopädie von Budapest, Budapest 1974, S. 379f.

Budapest, Budapesti Történeti Múzeum, Inv.-Nr. 23/111/24 S. K.

### 24.5.13 Budapest, Ungarische Akademie der Wissenschaften

Abb. S. 497

Roosevelt tér
August Stüler, 1862–1864
Photographie; H. = 25 cm, B. = 31 cm

Als man in Budapest die Errichtung eines Gebäudes erwog, das die Akademie der Wissenschaften beherbergen sollte, waren die Weichen für die „puristische“ Phase des Historismus bereits gestellt, und daher vollzog sich hier der Umschwung in betont programmatischer Weise. Die Forderung nach „Stilreinheit“ war so entscheidend geworden, daß man – allen nationalen Gefühlen zum Trotz – das Projekt von Frigyes Feszl mit dem Vorwurf der Stillosigkeit ablehnte; doch auch der Entwurf von Miklós Ybl gelangte nicht zur Ausführung, weil darin offenbar zu wenig „Repräsentation“ zum Ausdruck kam; nicht besser erging es schließlich Heinrich von Ferstel, der um 1860 seine, allerdings fast nur auf dem Papier gebliebene neugotische Phase durchmachte: auch seine Neugotik wurde diesmal als unpassend abgewiesen. Die Jury der Akademie-Konkurrenz entschied sich für die Entwürfe des Berliner Architekten und Schinkel-Schülers Friedrich August Stüler (1800–1865), dessen prunkvolle Renaissance-Architektur die Bedürfnisse der Zeit sowohl hinsichtlich des „Stils“ als auch hinsichtlich der „Monumentalität“ voll befriedigte. Mit diesem Bau wurde gleichsam ein Exempel statuiert – und die jungen ungarischen Architekten, allen voran Miklós Ybl, der an der Ausführung des Gebäudes beteiligt war, haben die Lektion willig gelernt.

Lit.: *Tóth-Epstein, E.* (Hg.), Historische Enzyklopädie von Budapest, Budapest 1974, S. 7f.

Budapest, Budapesti Történeti Múzeum, Inv.-Nr. 107/123 S. K.

## 24.6 Die Reform des Schulwesens

### 24.6.1 Regierungsvorlage des Gesetzentwurfes betr. die Volksschulen

Vortrag des Ministers für Cultus und Unterricht Leopold Hasner Ritter von Artha; Wien, 31. Dezember 1868

Orig., Papier, 12 Folien; H. = 33,8 cm, B. = 20,8 cm, mit eigenhändiger Unterschrift Franz Josephs I. (Wien, 1. März 1869)

Der liberale Unterrichtsminister L. Hasner beantragte Ende 1868 beim Kaiser, ein Gesetz einbringen zu dürfen, *wodurch die Grundsätze des Unterrichtswesens bezüglich der Volksschulen festgestellt werden* sollten. Franz Joseph I. stimmte erst am 1. März 1869 zu. Schon am nächsten Tag wurde der Gesetzentwurf im Reichsrat eingebracht, weil, wie Hasner erklärte, *von dem erfolgreichen Wirken der Volksschule mehr als von etwas Anderem die Steigerung des Wohlstandes im Volke, die Besserung seiner sittlichen Zustände und die Hebung seiner Wehrkraft abhängig sei.* Das sogenannte „Reichsvolksschulgesetz“ (14. Mai 1869) dehnte die Unterrichtspflicht auf acht Jahre aus und gab der Volksschule einen allgemeinen und interkonfessionellen Charakter. Das Gesetz blieb fast ein Jahrhundert bestimmend.

Lit.: *Jellouschek, Fr.*, Das Reichsvolksschulgesetz, in: Erziehung und Unterricht 1969, S. 289–305.

Wien, Österreichisches Staatsarchiv, Allgemeines Verwaltungsarchiv – Unterricht, Präs. 108/1869 H. E.

### 24.6.2 Leopold Hasner Ritter von Artha

Aquarell, sign. v. Recht, um 1870
Karikatur; H. = 31,5 cm, B. = 18,5 cm

Der in Prag geborene L. Hasner (1818–1891), Univ.-Prof. für Nationalökonomie (Prag, Wien), liberaler Reichsratsabgeordneter und vorübergehend Präsident des Unterrichtsrates, wurde 1867 mit der Führung des Unterrichtsministeriums be-

traut. Er erreichte nach erbitterten Auseinandersetzungen im sogenannten „Schule-Kirche-Gesetz" (1868), daß hinfort der Unterricht – ausgenommen in Religion – *unabhängig von dem Einflusse jeder Kirche oder Religionsgesellschaft* blieb und die Schulaufsicht rein staatlich wurde. Dadurch wurden Bestimmungen des Konkordats von 1855 außer Kraft gesetzt und der Weg zur interkonfessionellen Volksschule frei (1869).
Auf dem Bild weisen das vom linken Arm eingeklemmte Vertragswerk „Concordat" sowie das Rutenbündel (ikonographisch – Attribut des Lehrers) auf die Schwerpunkte von Hasners Bildungspolitik hin.

Lit.: Österreichisches Biographisches Lexikon 1815–1950, 8. Lief., Graz–Köln 1958, S. 202f.

Wien, Österreichische Nationalbibliothek, Porträtsammlung, Inv.-Nr. Pg 1936: I (5) H. E.

## 24.6.3 Entwurf der Grundzüge des öffentlichen Unterrichtswesens in Oesterreich

Franz S. Exner, 1848
Konzept, Papier, 18 Bl.; H. = 39,3 cm, B. = 24,9 cm

Diese für die Entwicklung des österreichischen Schulwesens bedeutsame Zusammenfassung der Reformgrundsätze erschien als Bericht über die Tätigkeit des Ministeriums Sommaruga in der „Wiener-Zeitung" (Nr. 197–200, 18.–21. Juli 1848) sowie als Broschüre in der k. k. Hof- und Staatsdruckerei. Sie wird des öfteren Fr. v. Sommaruga oder E. v. Feuchtersleben zugeschrieben, stammt aber ohne Zweifel, wie dieses Konzept aus dem Nachlaß beweist, von Franz Seraphin Exner (1802–1853). Dieser aus einfachen Verhältnissen stammende Beamte hatte sowohl Philosophie als auch Rechtswissenschaft studiert und seit 1831 Philosophie an der Universität Prag gelehrt. Schon 1845 war der von J. F. Herbart beeinflußte Professor von der Studienhofkommission zu Beratungen über Schulreformen herangezogen, Anfang April 1848 dann in das neugegründete Unterrichtsministerium berufen worden. Hier wurde er zum entscheidenden Richtunggeber und unermüdlichen Motor der Reformarbeit. Die im „Entwurf der Grundzüge des öffentlichen Unterrichtswesens in Oesterreich" dargelegten Gedanken und Vorschläge gehen allerdings nicht alle auf Exner zurück; er hat darin auch die Vorstellungen der Kommission und der befragten Experten verarbeitet. Die hundert Paragraphen bildeten den wichtigsten Fundus für die zukünftigen Reformen.

Lit.: *Wenski, J.*, Franz Seraphin Exner. Österreichischer Philosoph und Schulorganisator. Eine geschichtlich-pädagogische Studie, phil. Diss. Wien 1974.

Wien, Universitätsbibliothek, Manuscripta III 992, A H. E.

## 24.6.4 Entwurf der Organisation der Gymnasien und Realschulen in Oesterreich

F. S. Exner und H. Bonitz, 1849
Konzept, Papier, 63 Seiten; H. = 25,2 cm, B. = 21,7 cm

Der von F. S. Exner vor allem in Zusammenarbeit mit dem an die Wiener Universität berufenen preußischen Gymnasiallehrer für die klassischen Sprachen Heinrich Bonitz verfaßte „Entwurf der Organisation der Gymnasien und Realschulen in Oesterreich" (die Zuordnung der einzelnen Abschnitte kann aufgrund dieses Konzeptes vorgenommen werden) wurde zur bis heute tragfähigen „Magna Charta" der österreichischen höheren Schule und beispielgebend für Reformen in anderen europäischen Ländern. Denn dieser sogenannte „Organisationsentwurf" vermochte die modernen realistischen Wissenschaften harmonisch in den bisher von den klassischen Sprachen dominierten Lehrplan des nunmehr auf acht Klassen aufgestockten Gymnasiums (mit Fachlehrersystem und Maturitätsprüfung) einzugliedern. Auch machte er die Selbsttätigkeit der Schüler zum Herzstück des Unterrichts.
Der „Organisationsentwurf" wurde unter dem Unterrichtsminister Leo Graf Thun-Hohenstein im Jahre 1849 provisorisch eingeführt und erhielt nach fünfjähriger Probezeit am 9. Dezember 1854 die definitive kaiserliche Sanktion.

Lit.: *Wenski, J.*, Franz Seraphin Exner. Österreichischer Philosoph und Schulorganisator. Eine geschichtlich-pädagogische Studie, phil. Diss. Wien 1974.

Wien, Universitätsbibliothek, Manuscripta III 992, M H. E.

## 24.6.5 Franz Seraphin Exner

Abb. S. 363

Josef Kriehuber; 1831
Lithographie; H. = 42 cm, B. = 28,5 cm

Der 1802 in Wien geborene F. Exner hatte nach einem Rechts- und Philosophiestudium die wissenschaftliche Karriere angestrebt und bereits 1831 eine ordentliche Professur an der Prager Universität erhalten. Seit 1845 wurde er auch als Experte von der Studienhofkommission zur Mitarbeit herangezogen, im Jahre 1848 übersiedelte er überhaupt für ständig als Ministerialrat in das neugegründete Unterrichtsministerium. Er gilt heute mit Recht als der führende Kopf der Schulreformen von 1848/1849. Sein früher Tod (1853) hatte allerdings dazu geführt, daß seine Bedeutung lange Zeit nicht voll gewürdigt wurde.

J. Kriehuber, einer der wichtigsten Porträtisten der Wiener Gesellschaft im 19. Jahrhundert, zeichnete den eben auf den Prager Lehrstuhl berufenen Philosophieprofessor – mit Koteletten, in offenem Rock, mit weißer Weste und schwarzer Krawatte – in der Pose eines selbstbewußten jungen Mannes.

Lit.: *Wenski, J.*, Franz Seraphin Exner. Österreichischer Philosoph und Schulorganisator. Eine geschichtlich-pädagogische Studie, phil. Diss. Wien 1974.

Wien, Archiv der Universität Wien, Inv.-Nr. II/295 H. E.

**24.6.6 Exposé über die Organisation des gewerblichen Unterrichts in Österreich**

Armand Dumreicher, 1875
Jahresbericht des k. k. Ministeriums für Cultus und Unterricht für 1875. Wien 1876, Anhang, S. VII–LXVI; H. = 23,9 cm, B. = 16,8 cm

Zwischen 1872 und 1874 versucht eine „Ständige Ministerialcommission für Gewerbeschulangelegenheiten", die sich je zur Hälfte aus Vertretern des Unterrichts- und des Handelsministeriums zusammensetzte, eine Vereinheitlichung des hauptsächlich durch private Initiativen entstandenen und auf lokale Erfordernisse abgestimmten berufsbildenden Schulwesens herbeizuführen. Der junge Schriftführer dieser Kommission, Armand Freiherr von Dumreicher (1845–1908), wurde 1874 Referent für das gewerbliche Bildungswesen im Unterrichtsministerium und erarbeitete dort – nach vergleichender Prüfung der Berufsbildung im Ausland – vorliegenden Organisationsplan für das technisch-gewerbliche Schulwesen. Dieser sah ein differenziertes, die jeweiligen wirtschaftlichen Notwendigkeiten, aber auch die allgemeinbildenden Fächer berücksichtigendes Schulsystem vor; dessen Kernstück bildete die „Staats-Gewerbeschule". Der Kaiser genehmigte bereits mit 11. Oktober 1875 Dumreichers Vorschläge. Die „Gewerbeschule" wurde zum Prototyp des höheren berufsbildenden Schulwesens und beanspruchte den gleichen Rang wie das Gymnasium.

Lit.: *Grüner, G.*, Alternative zum Gymnasium. Die berufsbildenden höheren Schulen Österreichs, Weinheim–Basel 1980, S. 50–58.

Wien, Amtsbibliothek des Bundesministeriums für Unterricht und Kunst, Sign. I 4438 H. E.

**24.6.7 Regierungsvorlage des Gesetzentwurfes betr. die Realschulen**

Vortrag des Ministers für Cultus und Unterricht Leopold Hasner Ritter von Artha; Wien, 26. Juli 1868

Orig., Papier, 4 Folien; H. = 33,8 cm, B. = 20,8 cm, mit eigenhändiger Unterschrift Franz Josephs I. (Ischl, 8. April 1868)

Die Realschulen, ursprünglich als Vorbereitungsschulen für technische Fachinstitute dem Pflichtschulbereich zugeordnet, 1849 zu „Mittelschulen" erklärt, doch hauptsächlich einem vielseitigen gewerblichen Unterricht verpflichtet, erhielten durch dieses Gesetz eine umfassende Neugestaltung. Sie wurden als siebenklassige allgemeinbildende höhere Schulen eingerichtet, die besonders mathematisch-naturwissenschaftliche Disziplinen und moderne Sprachen pflegten. Sie wurden in Europa die ersten erfolgreichen Prototypen einer lateinlosen Schule, die Hochschulberechtigung verlieh. Die legislatorische Umsetzung dieses Schultyps war deshalb schwierig, weil die Gesetzgebung darüber den Landtagen überlassen war und der Reichsrat nur Richtlinien festlegen durfte. Doch die einzelnen Kronländer übernahmen das Grundgesetz für die Realschulen ohne wesentliche Änderungen.

Lit.: *Engelbrecht, H.*, Zur österreichischen Bildungspolitik in der zweiten Hälfte des 19. Jahrhunderts, in: Jahresbericht des Bundesgymnasiums Krems am Schlusse des Schuljahres 1974/75, Krems 1975, S. 14–33.

Wien, Österreichisches Staatsarchiv, Allgemeines Verwaltungsarchiv – Unterricht, Präs. 410/1868 H. E.

**24.6.8 Gesetz betreffend die Handelsschulen**

Gesetz für das Erzherzogtum Österreich unter der Enns, 27. Februar 1873

Verordnungsblatt für den Dienstbereich des Ministeriums für Cultus und Unterricht 1873/47 (S. 160–166); H. = 24,3 cm, B. = 17,4 cm

Das in der Regel von privaten Schulträgern erhaltene kommerzielle Bildungswesen war gegen Ende der sechziger Jahre des 19. Jahrhunderts infolge seiner ungleichen Entwicklung sowie der Kompetenzstreitigkeiten zwischen Unterrichts- und Handelsministerium in eine Krise geraten. Auf der Grundlage der Ergebnisse einer 1872 vom Unterrichtsministerium einberufenen Enquete erfahrener Handelsschullehrer arbeitete der nö. Landtag ein Gesetz aus, dem Franz Joseph I. am 27. Februar 1873 seine Zustimmung erteilte. Die „öffentlichen Handelsschulen" wurden zu dreijährigen „Mittelschulen" umgewandelt, die fortan neben einer gediegenen Fachbildung auch allgemeine und sprachliche Kenntnisse (Französisch; Englisch oder Italienisch) bieten sollten. Die vom Unterrichtsministerium erhoffte Vorbildwirkung dieser Neuregelung für die anderen Kronländer blieb allerdings aus. Erst gegen Ende der achtziger Jahre wurde eine Vereinheitlichung des Handelsschulwesens erreicht.

Lit.: *Engelbrecht, H.*, Zur österreichischen Bildungspolitik im Sekundarschulbereich in der zweiten Hälfte des 19. Jahrhunderts, in: Jahresbericht des Bundesgymnasiums Krems am Schlusse des Schuljahres 1974/75, Krems 1975, S. 14–33.

Krems, Archiv des Bundesgymnasiums Krems H. E.

### 24.6.9 Armand Freiherr von Dumreicher

Ignaz Eigner
Lithographie

Der 1845 in Wien geborene A. v. Dumreicher war der Sohn eines an der medizinischen Fakultät wirkenden Professors für Chirurgie. Nach Studium der Rechts- und Staatswissenschaften (Wien, Göttingen) und ausgedehnten Reisen in Europa und im Orient trat er in den Staatsdienst ein. Bereits als jungem Beamten im Unterrichtsministerium gelang ihm dank seiner Dynamik und seines bedeutenden Sachverstandes die entscheidende Weichenstellung im Aufbau des berufsbildenden Schulwesens. Die von ihm initiierte Neuorganisation der technisch-gewerblichen Schulen wurde beispielhaft für viele Staaten Europas.
Der liberalem Denken verpflichtete A. v. Dumreicher wechselte in den achtziger Jahren in die Politik hinüber und starb 1908 in Meran. Der Lithograph I. Eigner (geb. 1854 in Budapest) war zwischen 1868 und 1872 Schüler der Wiener Akademie der bildenden Künste.

Lit.: *Bilger, F.*, Armand Freiherr von Dumreicher. In: Neue Österreichische Biographie 1815–1918, Wien 1928, S. 114–129.

Wien, Österreichische Nationalbibliothek, Porträtsammlung, Inv.-Nr. Pg 100.155: (1 a) H. E.

## 24.7 Universitäten

### 24.7.1 Erinnerungsmedaille an das fünfhundertjährige Bestehen der Wiener Universität

Medaille, Prägestempel v. Karl Radnitzky, Prägung im k. k. Münzamt Wien; 1865
Bronze; Dm. = 7,6 cm

Anläßlich der Feiern zum 500jährigen Bestand der Universität Wien wurde der Professor für Kleinplastik, Ornamentik und Medailleurkunst an der Akademie der bildenden Künste in Wien, K. Radnitzky, schon 1863 beauftragt, einen Prägestempel für eine Erinnerungsmedaille zu entwerfen und herzustellen. Die Stilisierung der Umschriften (Aversseite: UNIVERSITAS LITTERARUM VINDOBONENSIS CONDITA A RUDOLPHO IV DIE XII MARTII MCCCLXV; Reversseite: IN MEMORIAM SECULI V FRANCISCO IOSEPHO I IMPERATORE PERACTI MDCCCLXV) besorgte Prof. Johann Vahlen. Es wurden 1200 Stück geprägt.

Lit.: *Schroff, C. D. v.*, Bericht über die fünfhundertjährige Jubelfeier der Wiener Universität im Jahre 1865, Wien 1866.

Wien, Archiv der Universität Wien H. E.

### 24.7.2 Der erste Spatenstich zur Wiener Universität 1970

Abb. S. 366

Karikatur; 1870
Lithographie; H. = 23 cm, B. = 32 cm

Obgleich der Beschluß für einen Neubau der Wiener Universität bereits 1854 gefaßt wurde, dauerte es bis 1870, bis dafür ein geeignetes Baugelände zugewiesen werden konnte. Der unbekannte Karikaturist setzte nun, der langen Suche nach dem Bauplatz eingedenk, den eigentlichen Baubeginn erst 100 Jahre später, für 1970, fest. Tatsächlich beantragte das Universitätskonsistorium schon im Oktober 1872, daß der Kaiser die feierliche Grundsteinlegung vornehmen möge. Das neue Universitätsgebäude am Ring wurde am 11. Oktober 1884 eingeweiht.

Lit.: Geschichte der Wiener Universität von 1848 bis 1898. Hrsg. v. Akademischen Senate der Wiener Universität, Wien 1898.

Wien, Archiv der Universität Wien, Inv.-Nr. U. A. 50/59 H. E.

### 24.7.3 Errichtung der Universität Czernowitz

Vortrag des Ministers für Cultus und Unterricht Karl von Stremayr betr. die Errichtung neuer Universitäten; Wien, 26. November 1874

Orig., Papier, 28 Folien; H. = 33,4 cm, B. = 20,8 cm, mit eigenhändiger Unterschrift Franz Josephs I. (Wien, 7. Dezember 1874)

Als in den siebziger Jahren des 19. Jahrhunderts das Unterrichtsministerium Überlegungen anstellte, wo im Raum der Monarchie eine weitere deutsche Universität gegründet werden sollte, ließ man sich von *Rücksichten der Gerechtigkeit, der Zweckmäßigkeit und der Schonung des Staatsschatzes* leiten. Die Entscheidung fiel schließlich auf Czernowitz in der vielsprachigen Bukowina, das sich gerade anschickte, seine hundertjährige Zugehörigkeit zu Österreich zu feiern. Czernowitz, einst ein aus Lehmhütten bestehender kleiner Marktflecken mit kaum 1600 Einwohnern, war unter österreichischer Verwaltung zur Hauptstadt ausgebaut worden (1914 – fast 100.000 Einwohner) und wurde nun als Universitätsstadt zum weitausstrahlenden Leuchtfeuer westeuropäischer Wissenschaft, aber auch zu einer wichtigen Kontaktstelle mit dem Osten. Hier wurden zum erstenmal an einer westlichen Universität Lehrkanzeln für osteuropäische und südosteuropäische Geschichte errichtet, außerdem sehr zum Unwillen des russischen Zaren die ukrainische (ruthenische) Sprache und Literatur gepflegt und die Ausbildung der rumänischen und ukrainischen orthodoxen Priester auf ein hohes Niveau angehoben. Der Universität wurde vom Kaiser gestattet, sich als „Franz-Josephs-Universität" zu bezeichnen.

Lit.: *Wagner, R.* (Hg.), Alma Mater Francisco Josephina. Die deutschsprachige Nationalitäten-Universität in Czernowitz. Festschrift zum 100. Jahrestag ihrer Eröffnung 1875, München 1975.

Wien, Österreichisches Staatsarchiv, Allgemeines Verwaltungsarchiv – Unterricht, 1060/1875-5A Czernowitz H. E.

An
Seine Magnificenz den
HERRN
Constantin
TOMASZCZUK
Dr. der Rechte, k.k.o.ö. Professor
und
RECTOR MAGNIFICUS
an der Franz-Josef-Universität,
Landtags- und Reichsraths-Abgeordneter, Ehrenbürger der Stadt Radautz. sc. sc. sc. in
Czernowitz.

Kat.-Nr. 24.7.4

### 24.7.4 Ehrenbürgerurkunde der Stadt Czernowitz an den ersten Rektor Dr. Konstantin Tomaszczuk

Abb.

8 Seiten, ausgestellt vom Gemeinderat am 7. März 1876; H. = 39 cm, B. = 28 cm

Dr. Konstantin Tomaszczuk (geb. 13. 3. 1840, gest. 19. 12. 1889), der sich zeitlebens zum Rumänentum bekannte, war seit 1871 Abgeordneter zum Reichsrat und zum Bukowiner Landtag. Die Krönung seiner Tätigkeit als Volksvertreter war die Errichtung einer Universität in Czernowitz, die hauptsächlich seiner Initiative und seiner Rednergabe zu verdanken war. Als am 4. Oktober 1875 die Universität ihre Tätigkeit aufnahm, konnte er, inzwischen zum Ordinarius für Zivilprozeß ernannt, als erster Rektor die Inaugurierungsfeier präsidieren.

Kaiser Franz Joseph hatte in der Stiftungsurkunde (30. September 1875) festgelegt: . . . *In Ausführung dieses Gesetzes gründen und errichten Wir*

*hiemit die Universität in Czernowitz, welcher Wir zugleich die Führung Unseres Namens als „Czernowitzer k. k. Franz Josephs Universität" hiemit allerhuldvollst gestatten. Wir haben angeordnet, dass diese Universität zuvorderst aus drei Facultäten: einer griechisch-orientalisch-theologischen, einer rechts- und staatswissenschaftlichen und einer philosophischen zu bestehen hat . . .*
Am 22. September 1875 fand die Konstituierung des akademischen Senates statt. Am 3. Oktober begannen die großen Feierlichkeiten. Am 4. Oktober (Hundertster Jahrestag der Angliederung der Bukowina an Österreich) wurde zunächst das Austria-Denkmal auf dem Austriaplatze enthüllt, sodann fand die Eröffnung der Universität durch Unterrichtsminister Dr. K. Stremayr im Gebäude des Pädagogiums statt.
Mit der Gründung dieser Hohen Schule war von Anfang an eine bewußt österreichische Aufgabe gestellt worden, die über die Ausbildung der deutschen Bevölkerungsgruppe in der Bukowina hinausging. Bereits im ersten Studienjahr betrug der Anteil der deutschsprachigen Hörer nicht mehr als 37%. Im Mittelpunkt stand daher die Ausbildung muttersprachlich nichtdeutscher Hörer.

Lit.: *Wagner, Rudolf* (Hg.), Alma mater Francisco Josephina – Die deutschsprachige Nationalitäten-Universität in Czernowitz, München 1979.

Stuttgart, Raimund Friedrich Kaindl Gesellschaft
G. St.

### 24.7.5 Altes Hauptgebäude der Czernowitzer Universität

Photographie; H. = 13 cm, B. = 18 cm

München, Dr. Rudolf Wagner

### 24.7.6 Gedenkmedaillen anläßlich der Eröffnung der „Francisco Josephina 1875"

a. Bronzemedaille v. J. Tautenhayn

Dm. = 33 mm
Av.: rechts blickender, belorbeerter Kopf des Kaisers
Rv.: MVNIFICENTIA AVGVSTI / RECTORI / VNIVERSITATIS / CZERNOVICENSIS / MDCCCLXXV

Wien, Kunsthistorisches Museum, Münzkabinett, Inv.-Nr. 128.698

b. Bronzemedaille v. J. Tautenhayn

Dm. = 33 mm
Av.: rechts blickender, belorbeerter Kopf des Kaisers
Rv.: MVNIFICENTIA AVGVSTI / FACVLTATI / THEOLOGORUM / MDCCCLXXV

Wien, Kunsthistorisches Museum, Münzkabinett, Inv.-Nr. 128.699

c. Bronzemedaille v. J. Tautenhayn

Dm. = 33 mm
Av.: rechts blickender, belorbeerter Kopf des Kaisers
Rv.: MVNIFICENTIA AVGVSTI / FACVLTATI / PHILOSOPHORVM / MDCCCLXXV

Wien, Kunsthistorisches Museum, Münzkabinett, Inv.-Nr. 128.701

d. Bronzemedaille v. J. Tautenhayn

Dm. = 33 mm
Av.: rechts blickender, belorbeerter Kopf des Kaisers
Rv.: MVNIFICENTIA AVGVSTI / FACVLTATI / IVRE / CONSVLTORVM / MDCCCLXXV

Wien, Kunsthistorisches Museum, Münzkabinett, Inv.-Nr. 128.700

### 24.7.7 Vivat, Crescat, Floreat Universitas Czernoviciensis!

Fest- und Commers-Lieder zum 4., 5. und 6. October 1875
Herausgegeben vom Festausschuße alter Studenten, Czernowitz 1875
Broschüre, 49 Seiten; H. = 21 cm, B. = 13,5 cm

Ein Fackelzug der Studenten am Abend des 4. Oktober 1875 leitete die Festlichkeiten der Studenten ein, wobei Czernowitz einen noch nicht erlebten glanzvollen Auftritt der Studentenschaft aus Deutschland und Österreich angeführt von der Delegation der Berliner Burschenschaft, erlebte.
Den Abschluß bildete ein Festkommers, wo zum ersten Male auch Lieder, die auf die Universitätsgründung Bezug hatten, erklangen, so z. B. von Josef Viktor von Scheffel *(. . . Nun blühe, jüngster Musensitz, Francisco-Josephina! Frau Muse lehrt in Czernowitz und schirmt die Bukowina!)*
Unmittelbar nach Gründung entstanden eine Reihe von Korporationen, die sich aber, die Formen der deutschen Korporationen übernehmend, auch

auf die andersnationalen Studierenden ausdehnten. So entstanden neben mehreren akademischen Corps (z. B. „Austria"; „Akademische Lesehalle"; „Gothia"; „Alemannia") zwei Burschenschaften („Arminia"; „Teutonia") und einer CV-Verbindung („Frankonia") sogar schon im Jahre der Gründung der Universität akademische Verbindungen der Rumänen („Arboroasa"), der Ruthenen oder Ukrainer („Sojuz") und der Polen („Ognisko"), später auch zahlreiche jüdische Verbindungen, wie z. B. die „Hasmonea".

Lit.: *Prelitsch, Hans,* Student in Czernowitz – Die Korporationen an der Czernowitzer Universität, München 1961.

München, Dr. Rudolf Wagner G. St.

**24.7.8 Der Empfang Kaiser Franz Josephs in der Bibliothek der Jagellonen-Universität in Krakau 1851**

Aquarell; H. = 34 cm, B. = 39 cm

Kraków, Muzeum Historyczne Universytetu Jagiellónskiego, Inv.-Nr. 10.397, nr. dz. 1827/II

**24.7.9 Gänsefeder**

mit der sich Kaiser Franz Joseph ins Gästebuch der Jagellonen-Bibliothek eintrug.

Kraków, Muzeum Historyczne Universytetu Jagiellónskiego, Inv.-Nr. 6094, nr. dz. 3711/IV

**24.7.10 Beschluß des Staatsministers Schmerling über Wiedereinführung der polnischen Sprache**

13. Februar 1861; Druck in deutscher Sprache

Kraków, Archivum Universytetu Jagiellónskiego, Inv.-Nr. S II 527

**24.7.11 Universitätsgebäude Agram**

um 1892
Photographie; H. = 12 cm, B. = 16 cm

Zagreb, Muzej grada Zagreba, Inv.-Nr. IV-295

**24.7.12 Medaille zur Gründung der Universität Agram**

1874
Silber; Dm. = 45 mm

Zagreb, Muzej grada Zagreba, Inv.-Nr. 2226 C

**24.7.13 Adresse der südslawischen Jugend an den Landtag mit der Bitte um Errichtung einer Universität in Agram**

Februar 1866
Papier; H. = 34 cm, B. = 23 cm

Zagreb, Arhiv Hrvatske, Spisi Hrvatskog Saboru

## 24.8 Das Ministerium des öffentlichen Unterrichts

**24.8.1 Errichtung eines „Ministeriums des öffentlichen Unterrichtes", 1848**

Photokopie eines Zeitungsausschnittes (Oesterreichisch-Kaiserlich-privilegirte Wiener-Zeitung, 1848 März 24, Nr. 84)

Die Revolution von 1848 führte zur Ersetzung der bisher die Unterrichtsangelegenheiten betreuenden Studienhofkommission durch ein Ministerium *des öffentlichen Unterrichtes,* das als Hauptaufgabe erhielt, *die Verbreitung und Vervollkommnung des Volks-Unterrichtes, so wie die vollständigere Entwicklung wissenschaftlicher, technischer und artistischer Studien zu befördern.* Die kaiserliche Entschließung vom 23. März 1848 schuf dafür die gesetzliche Grundlage.

H. E.

**24.8.2 Bestellung des ersten Ministers „des öffentlichen Unterrichtes" im Kaisertum Österreich, 1848**

Schreiben des Oberstkämmerers Graf Dietrichstein an Franz Freiherrn von Sommaruga mit der Mitteilung des Termins der Abnahme des Diensteides durch den Kaiser. Wien, 3. April 1848

Orig., Papier, 2 Folien; H. = 37,3 cm, B. = 23,7 cm

Als erster österreichischer „Minister des öffentlichen Unterrichtes" wurde am 27. März 1848 der 68jährige Franz Freiherr (seit 1838) von Sommaruga (1780–1860) berufen. Aus einem lombardischen Adelsgeschlecht stammend, hatte er als Universitätslehrer (Pavia, Lemberg; bis 1807), im Justizdienst (2. Präsident des nö. Appellationsgerichtes) und als Erzieher des Sohnes des Kaisers Franz I. (Franz Karl, 1807–1824) viel Anerkennung gefunden und als Präsident des juridisch-politischen Lesevereins im liberalen Lager einen hohen Bekanntheitsgrad erreicht. Obgleich Som-

maruga bereits am 1. April 1848 den Vorsitz in der Studienhofkommission übernommen hatte, hinkte, wie dieses Schreiben zeigt, die kaiserliche Bestellung (2. April 1848) und die Vereidigung (4. April 1848) nach.
Als Minister bekannte sich Sommaruga von Anfang an zu Unterrichtsreformen, doch weil er dauerhafte Lösungen anstrebte, rief er zur *Besonnenheit und weisen Erwägung* auf. Schon am 9. Juli 1848 trat er von seinem Amt zurück und kehrte in den Justizdienst zurück (2. Präsident des Obersten Gerichtshofes).

Wien, Österreichisches Staatsarchiv, Allgemeines Verwaltungsarchiv – Unterricht, Präs. 11/1848

H. E.

## 24.8.3 Leo Graf von Thun-Hohenstein

Öl auf Leinwand; H. = 149 cm, B. = 111 cm

Mit dem Namen Leo Graf v. Thun-Hohenstein (Tetschen, 1811 – Wien, 1888), der zwischen 1849 und 1860 das Unterrichtsressort leitete, wird in der Regel die bis weit ins 20. Jahrhundert nachwirkende Reform des österreichischen Bildungswesens zur Zeit des Neoabsolutismus verbunden. Tatsache ist freilich, daß die Grundkonzepte der Neuordnung nicht von ihm stammen. Sie verdanken jedoch ihre organisatorische Umsetzung und ihre systematische Weiterentwicklung der politischen Geschicklichkeit und den klugen Personalentscheidungen des liberal-katholisch denkenden Böhmens. Unter ihm vollzog sich die starke Orientierung des österreichischen Bildungssystems am deutschen Geistesleben sowie die letzte gezielte Ausstrahlung der deutschen Kultur in den gesamten Raum der Monarchie.

Lit.: *Thienen-Adlerflycht, Chr.*, Leo Graf Thun-Hohenstein. In: W. Pollak, Tausend Jahre Österreich. Eine biographische Chronik. 2, Wien–München 1973, S. 195–200. – *Lentze, H.*, Die Universitätsreform des Ministers Graf Leo Thun-Hohenstein, Wien 1962 (Sb. Öst. Ak. Phil.-hist. Kl. 239/2).

Wien, Bundesministerium für Unterricht und Kunst (Dauerleihgabe d. Österreichischen Galerie)

H. E.

## 24.9 Studentenverbindungen

Österreich-Ungarn beherbergte mit Prag und Wien nicht nur die beiden ältesten Universitäten deutscher Sprache, sondern auch ein reges studentisches Leben. Die burschenschaftliche Bewegung, entstanden als Reaktion auf die napoleonische Besetzung Europas und die deutsche Kleinstaaterei, fand auch bald in Österreich Anhänger, aber Metternich gelang es, durch die „Karlsbader Beschlüsse“ von 1819 ein strenges Verbot von Studentenverbindungen im ganzen Deutschen Bund herbeizuführen, das bis 1848 galt.
1859 verlor Österreich-Ungarn den Krieg gegen Frankreich und Sardinien. Als Folge davon sah man sich u. a. zur Beruhigung der Bürger zu einer liberaleren Innenpolitik gezwungen. Die Wiener Studentenschaft rüstete zu dieser Zeit zur Feier des 100. Geburtstages von Friedrich Schiller, dessen Ideale sie begeisterte. Mit einem großangelegten Fackelzug wurde dieses Fest am 8. 11. 1859 begangen. Dabei durften die Studenten erstmals Fahnen mitführen und Abzeichen zeigen, und schließlich sangen sie erstmals auch öffentlich das „Gaudeamus igitur“. In rascher Folge entstanden nun in Wien und bald auch in den anderen Universitätsstädten Burschenschaften, Corps, katholische Verbindungen, akad. Gesangvereine (aus denen später Sängerschaften wurden), akad. Turnvereine, Landsmannschaften usw. Studentisches Leben begann sich in der ganzen Monarchie zu entfalten und die verschiedenen Richtungen bildeten sich heraus. Die Mehrzahl der Verbindungen war damals „schlagend“, d. h. Ehrenangelegenheiten wurden im fechterischen Zweikampf geregelt. Mittelschulverbindungen waren (bis 1918) streng verboten. Die akademischen Verbindungen waren im Hochschulbereich die einzigen organisierten Gruppen und hatten daher einen weit über ihre Mitgliederzahl hinausgehenden Einfluß.
Gegen Ende der siebziger Jahre begann eine zunehmende Radikalisierung der Studentenschaft, was nicht zuletzt auf die antisemitische und antikirchliche Agitation des (später verurteilten und seines Adelsprädikates für verlustig erklärten) Reichstagsabgeordneten Georg Ritter von Schönerer zurückzuführen ist.
In mehreren Universitätsstädten gab es auch jüdische Verbindungen, und darüber hinaus in Czernowitz – als Besonderheit – auch polnische, ukrainische und rumänische.

Lit.: *Krause, Peter,* ‚O alte Burschenherrlichkeit‘ – Die Studenten und ihr Brauchtum, Graz 1979. – Studentisches Brauchtum, Katalog des NÖ Landesmuseums, Nr. 138, Wien 1983.

P. K.

Kat.-Nr. 24.9.1

**24.9.1 Fahne, die am 8. 11. 1859 von den Wiener Studenten beim Fackelzug zum 100. Geburtstag Friedrich Schillers mitgetragen wurde** Abb.

H. = 152 cm, B. = 250 cm

Sie ist in der Art einer Kirchenfahne hergestellt und zeigt auf der Grundfarbe Weiß die Göttin Minerva als Symbol der Wissenschaft.

Wien, Archiv der Universität P. K.

**24.9.2 Blau-weiße Schärpe, getragen beim Schiller-Fackelzug 1859 von Studenten der Technik**

Die Schärpe ist aus einem blauen und einem weißen Streifen zusammengenäht; B. = 11 cm, L. = 230 cm

Universitätshörer trugen rot-weiße Schärpen. Diese Schärpe trägt den handschriftlichen Vermerk: *Band der Techniker, getragen bei der Schiller-Feier in Wien am 10. XI. 1859 abends wurde die erste Burschenschaft in Oesterreich, die Olympia, gegründet.* Die Schärpe stammt aus dem Nachlaß des damaligen Technikstudenten und späteren Professors und Rektors der Techn. Hochschule Wien, Johann Georg Ritter von Schoen. Die Datumsangabe ist mißverständlich, sie bezieht sich auf die Gründung der Olympia und nicht auf den Fackelzug.

Wien, Archiv der Akad. Burschenschaft Olympia
P. K.

**24.9.3 Cerevis der Burschenschaft Olympia**

Wien; um 1860
Dm. = 17 cm

Das Cerevis ist eine schirmlose steife mit (Eichen- oder) Weinlaub bestickte studentische Kopfbedeckung, die nur von den Chargen (d. h. Funktionären) einer Verbindung getragen wird. Der Oberteil des Cerevis ist in Violett, der Mützenfarbe der Olympia, gehalten und mit einem goldenen „Zirkel" bestickt. Ein Zirkel besteht aus den ineinander verschlungenen Anfangsbuchstaben der Worte des Wahlspruchs und ist gleichsam das Monogramm der Verbindung, das Symbol für einen bestimmten Freundeskreis. Rundumlaufend sind die Farben der Verbindung (damals violett-weiß-gold).

Wien, Archiv der Akad. Burschenschaft Olympia
P. K.

**24.9.4 Porzellan-Pfeifenkopf der Burschenschaft Olympia**

Wien 1877
H. = 10 cm, Dm. = 4 cm

Pfeifen, meist mit einem bis zu einem Meter langen Rohr, waren bis zur Jahrhundertwende ein sehr beliebter studentischer Gebrauchsgegenstand. Der Pfeifenkopf war meist mit dem Verbindungswappen, gelegentlich auch mit studentischen Szenen oder einem Schattenriß (Silhouette) und einer Widmung verziert.
Dieser Pfeifenkopf zeigt vorne das Wappen, flankiert von zwei Fahnen (mit den seit 1869 geänderten Farben der Olympia). Auf der Rückseite trägt

er die Widmung *Wilhelm Bisenz s(einem) l(ieben) Bruder Franz Siegl z(ur) f(reundlichen) E(rinnerung) Wien 10. Mai 1877.*

Wien, Archiv der Akad. Burschenschaft Olympia
P. K.

24.9.5 **Bauchiger Warzenkrug**

Glas mit Zinndeckel; H. = 17 cm, Dm. = 9 cm

Er zeigt reliefartig rundumlaufend studentische Szenen (Reise mit der Postkutsche, Bootsfahrt, gesellige Feier, Fechtszene). Das Scharnier des Deckels ist mit einem in einen Bierpokal blickenden Bock verziert. In der Mitte trägt der Deckel die Widmung *Eduard Kraschovitz s(einem) l(ieben) Leibfuchsen August Viditz z(ur) freund(lichen) Erinnerung 1870.*

Wien, Archiv der Akad. Burschenschaft Olympia
P. K.

24.9.6 **Bauchiger Warzenkrug**

Glas mit einem in Zinn gefaßten Porzellandeckel

Der Krug trägt das Wappen der Burschenschaft Silesia Wien und eine Widmung 1871.

Wien, Karl Kohlmeier P. K.

24.9.7 **Pokal des Wiener Akademischen Gesangvereines (heute Universitätssängerschaft Barden)**

Zinn mit einem roten Glaseinsatz; H. = 40 cm, Dm. = 8 cm

Der Deckel dieses neugotischen Pokals zeigt die Figur eines Scholaren und die Widmung *Dem akad. Gesangverein 29. Juni 1861.*

Wien, Archiv der Universitätssängerschaft Barden
P. K.

24.9.8 **Band (weiß-rot-gold) und Mütze (weiß) der Akademischen Verbindung Austria Innsbruck**

Aus dem Gründungsjahr 1864
Austria ist die älteste katholische Hochschulverbindung in Österreich.

Innsbruck, Archiv der AV Austria Innsbruck im ÖCV P. K.

24.9.9 **Die Gründer der Akad. Verbindung Austria Innsbruck im Jahre 1864**

Photographie, oval gerahmt; H. = 16 cm, B. = 19,5 cm

Es sind dies (von links) J. Heinz, F. Schedle, K. Unterkircher, K. Virnich, J. Wolf und K. Ender.

Innsbruck, Archiv der AV Austria Innsbruck im ÖCV P. K.

24.9.10 **Bild der Akademischen Legion der Universität Innsbruck auf dem Dos**

14. bis 28. Juli 1866
Photographie; H. = 22 cm, B. = 30 cm

Universitätsstudenten haben sich wiederholt, in Akademische Legionen zusammengefaßt, im militärischen Einsatz befunden. Der Innsbrucker Legion von 1866 gehörten auch Mitglieder der Austria an.

Innsbruck, Archiv der AV Austria Innsbruck im ÖCV P. K.

24.9.11 **Knauf des Bummlers von Theodor Herzl**

Elfenbein; Dm. = 5,4 cm

Theodor Herzl, der geistige Vater des Staates Israel, studierte in Wien und gehörte der Akad. Burschenschaft Albia an. Auch zahlreiche andere Burschenschaften hatten jüdische Mitglieder, die erst als Folge des von Schönerer geschürten Antisemitismus austraten oder ausgeschlossen wurden. Herzl führte in der Albia den Verbindungsnamen Tankred, der ebenso wie der „Zirkel" in den Knauf dieses Bummlers, wie der studentische Spazierstock genannt wird, eingeschnitten ist.

Lit.: *Bein, Alex,* Theodor Herzl, Wien 1974, S. 65f.

Jerusalem, The Central Zionist Archives (Herzl-Museum) G. St.

24.9.12 **Brief Theodor Herzls an die Burschenschaft „Albia" vom 7. März 1883 sowie Schreiben der Burschenschaft an Herzl (3. April 1883) betreffend seinen Austritt**

a. H. = 27,5 cm, B. = 12 cm
b. H. = 27,5 cm, B. = 21 cm

Am 5. März 1883 veranstaltete der „Verein deutscher Studenten in Wien" in den Sofiensälen einen großen Kommers zu Ehren des kurz vorher ver-

storbenen Richard Wagner. Die „Albia" durfte für diese Feier einen Sprecher stellen und hat hiezu Hermann Bahr bestimmt.
Bahrs Rede bildete den Höhepunkt dieser großdeutschen Kundgebung, wobei er ausgehend von Wagners Musik einen „Wagner-Antisemitismus" forderte. Hierauf unterbrach die Polizei diese Feier.
Herzl, der an dieser Feier nicht teilgenommen hatte, schrieb am 7. März 1883 an den Burschenconvent der „Albia" einen Brief, wobei er feststellte, daß sich seine Verbindung offenbar einer Bewegung angeschlossen habe, die er vom Standpunkt der Freiheitsliebe aus verurteilen müßte, selbst wenn er nicht Jude wäre.

*Es ist ziemlich einleuchtend, daß ich, behaftet mit dem Hindernis des Semitismus (zur Zeit meines Einsprungs war das Wort noch unbekannt) heute nicht um Aufnahme in die Burschenschaft Albia ansuchen würde, die mir höchstwahrscheinlich aus dem angegebenen Grund auch verweigert würde – und daß ich dort nicht bleiben will, wo ich dies voraussetze, das ist jedem anständigen Menschen klar.*

Lit.: *Bein, Alex,* Theodor Herzl, Wien 1974, S. 66ff. – Herzl Briefe und Tagebücher, Bd. 1, 1983, S. 125–127, S. 707ff.

Jerusalem, The Central Zionist Archives (Herzl-Museum) G. St.

## 25. LITERATUR

### 25.1 Heliodor Truska (1821–1854)

Oesterreichisches Frühlings-Album 1854
Wien o. J. [1854]
Lexikon-Oktav

Der Tscheche Heliodor Truska (1821–1854), Journalist, später Official (auf Vermittlung des Banus Jellačić) beim Ministerium des Inneren, erwies sich als Herausgeber des beim Wiener Verleger Wilhelm Braumüller verlegten Festbuches zur Vermählungsfeier Kaiser Franz Josephs mit Prinzessin Elisabeth: „Oesterreichisches Frühlings-Album" 1854. Die Sammlung vereinigt eine ungezeichnete „Widmung" in Versen (wahrscheinlich von Truska), die „Volkshymne" (Fassung: Haschka–Seidl), die Gruppe der „Huldigungsgedichte" in den 12 Sprachen der Monarchie, schließlich verschiedenen Gattungen zugehörende freiere poetische Beiträge von insgesamt 158 österreichischen Autoren. Selbst erstrangige Autoren wie Grillparzer und Stifter steuerten überaus habsburgfreundliche Dichtungen bei, nur wenige Schriftsteller – wie Bauernfeld und Hebbel – sandten neutrale Beiträge.

Wien, Wiener Stadt- u. Landesbibliothek, Inv.-Nr. B 6442 H. Z.

### 25.2 Petar Preradović (1818–1872)

Prvi Ljudi (kroatisch; Die ersten Menschen), episches Gedicht
Erstausgabe Zagreb 1862? 1873? (in „Pjesnička djela")
Großoktav

Der Offizier P. Preradović war Absolvent der Wiener Militärakademie, diente in verschiedenen Garnisonsorten der Monarchie und machte sich als deutschsprachiger Lyriker einen Namen, ehe er unter dem Einfluß der nationalen Bewegung des Illyrismus wieder zur kroatischen Sprache seiner Heimat zurückfand bzw. sie wieder erlernte. Mit dem philosophischen Gedicht von der Erschaffung Adams und Evas, das im klassischen, zehnsilbigen Vers des serbischen Heldenliedes verfaßt ist, erweist sich der Verfasser als bedeutendster Dichter des Illyrismus neben S. Vraz und J. Mažuranić.

Wien, Institut für Slawistik, Inv.-Nr. BB.248
H. Z.

### 25.3 Sándor Petöfi (d. i. Sándor Petrovics; 1823–1849)

Versek (ungarisch; Gedichte), Lyrik, entstanden 1842–44
Erstausgabe Budapest 1844, Übersetzungen v. A. Dux 1846, 1867 und Kertbeny 1858, [4]1866 usw.
Pest, Beimel 1845
Oktav

Neben dem, das alte (klassizistische) Heldenepos parodierenden komischen Epos „A Helység Kalapácsa" („Der Dorfhammer", 1844), dem die Freiheit in feenhafter Vorstellungswelt darstellenden Märchenepos „János vitez" („Der Held Janos", 1845), das für Jànos Aranys (1817–1882) 3 „Toldi-Epen", den vorzüglichen Werken (1847, 1854 und 1879) der volkstümlich-realistischen Literatur Ungarns, vorbildlich wurde, und dem radikal-revolutionären Versroman „Az Apostol" („Der Apostel", 1851) zeigen Petöfis Gedichte die Einfachheit und Volkstümlichkeit von Sprache und dichterischer (metrischer und rhetorischer) Formung, die bewußt gegen die überkommene poetische Ornamentik des früheren 19. Jahrhunderts gesetzt wird. Aktuell sind die vielen autobiographischen Momente und die mit nahezu religiöser Überzeugung vertretene Auffassung von der Notwendigkeit revolutionären Handelns, von dem sich der Dichter, der angesichts des Jahres 1848 und den Folgen beim politischen Gegner und in eigenen Reihen enttäuscht wurde, damals noch wirklichen Fortschritt erhoffte.

Wien, Österreichische Nationalbibliothek, Inv.-Nr. 29.099-B H. Z.

### 25.4 Imre Madách (1823–1864)

Az ember Tragédiája (ungarisch; Die Tragödie des Menschen) – Dramatische Dichtung in fünfzehn Bildern (größtenteils in Blankvers), entstanden 1860
Erstausgabe Budapest 1861; Uraufführung: Budapest, 21. 9. 1883
Budapest 1863
Oktav

Die im Geiste eines illusionslos-realistischen Pessimismus geschriebene Dichtung ist eine Art ungarische Nachfolge der Goetheschen Faustdichtung. Luzifer kämpft gegen Gott um Adams Seele, der in immer neuen menschheitsgeschichtlichen Figuren und Zeiten wiederkehrend immer aufs neue scheitert. So rebelliert er gegen Gott und versucht – der einzigen ihm noch frei zu entscheidenden Handlung folgend – seinem ihm von Gott anvertrauten Leben ein Ende zu setzen. Eva – als Sinnbild unerschütterlichen Lebensinstinkts – rettet Adam vor Luzifer. Ein Weltpanorama philosophischer Positionen europäischen Denkens des 19. Jahrhunderts breitet Madách mit dieser dramatischen Utopie der Menschheitsgeschichte aus.

Wien, Österreichische Nationalbibliothek, Inv.-Nr. 165.331-B H. Z.

**25.5 Jan Neruda (1834–1891)**

Kleinseitner Geschichten (Povídky malostranské)
Erzählungen. Entstanden 1867–77
Erstausgabe Prag 1878; Übersetzung v. F. Jurenka 1883–86 usw.
Kleinoktav

Im Milieu der Prager Kleinseite um 1840/50 spielen die 13 z. T. autobiographischen Erzählungen: Mit warmer Anteilnahme und journalistisch geübter Feder erzählt der Autor das aus eigener Erfahrung bekannte Leben der kleinen Leute und des bürgerlichen Mittelstandes der Hauptstadt Böhmens; Humor und realistischer Stil sind bezeichnend für diese Detailschilderungen des Prager Altstadtlebens.

Wien, Österreichische Nationalbibliothek, Inv.-Nr. 146.592-A H. Z.

**25.6 Božena Němcová (1820–1862)**

Die Großmutter (Babička), Bilder aus dem Landleben. Roman. Entstanden 1854
Erstausgabe Prag 1855; Übersetzung v. A. Smital 1885; usw.
Kleinoktav

Der idyllisierende, im ländlichen Böhmen des frühen 19. Jahrhunderts handelnde Roman vom wohltätigen Wirken faszinierender Mütterlichkeit trägt autobiographische Züge: vgl. die Spiegelung der Autorin in der Enkelin Barunka. Wohltätig ist der Einfluß der in Tradition und christlichem Glauben wurzelnden Großmutter auf die Familie, die Dorfbewohner, ja selbst auf das Herrschaftsmilieu der Fürstin. Der Roman wirkte in Marie v. Ebner-Eschenbachs Erzählungen nach.

Wien, Österreichische Nationalbibliothek, Inv.-Nr. 164.747-A H. Z.

**25.7 Karel Havlíček-Borovský (1821–1856)**

Křest Svatého Vladimira, Legenda z ruské historie (Die Taufe des heiligen Wladimir, Legende aus der russischen Geschichte). Entstanden zwischen 1851 und 1856
Erstausgabe Prag 1876; Prag, Topic 1886
Kleinoktav

In der in Brixen verbrachten Verbannung schrieb der Journalist, dessen „Národni noviny" („Nationalzeitung") und „Slovan" („Der Slave", Wochenschrift) verboten worden waren, diese in gereimten Versen (nach ukrainischen und tschechischen Volksliedern) gestaltete, Fragment gebliebene Satire gegen das Bündnis der Habsburger mit der katholischen (nicht protstantisch-hussitischen, d. h. religiös-patriotisch tschechischen) kirchlichen Tradition. In russischem Milieu spielend, ist das Werk eine scharfe Kritik an der aktuellen Politik.

Wien, Österreichische Nationalbibliothek, Inv.-Nr. 62.437-A H. Z.

**25.8 Giuseppe Rovani (1818–1910)**

Cento Anni (italienisch; Hundert Jahre), historischer Roman
Erstausgaben Mailand 1857/58 (unvollständig) und 1859/64 (vollständig)
Milano 1859
Oktav

Ähnlich wie Giovanni Prati (1814–1884, vgl. dessen „Canti Politici", 1852) und sein Freund Alessandro Manzoni (1785–1873) trat Rovani für die nationale Einigung Italiens ein (Anhänger des geistigen Führers des Risorgimento, Giuseppe Mazzini, 1805–1872) und gab als Verfasser der „Cento Anni" ein mit vielen Details ausgestattetes, mosaikartiges Bild der kulturellen und politisch-sozialen Entwicklung Italiens von 1749–1849.

Wien, Österreichische Nationalbibliothek, Inv.-Nr. 155.203-B H. Z.

**25.9 Silvio Pellico (1789–1854)**

Le Mie Prigioni (italienisch; Meine Gefängnisse), autobiographische Aufzeichnungen, entstanden 1830/31
Erstausgaben Turin 1832, erweitert Turin 1843, Übersetzungen anonym (H. Kurz) 1837, J. W. Christen 1850 usw.
Parigi, Baudry 1833
Kleinoktav

1818/19 gab Pellico, Mitglied des Geheimbundes der „Carbonari", das Organ der italienischen Einigungsbewegung, die Zeitschrift „Il Conciliatore" heraus, wurde als österreichischer Staatsfeind am 13. 10. 1820 in Mailand verhaftet, in den Bleikammern von Venedig inhaftiert, zum Tode verurteilt, begnadigt und bis 1830 auf dem Spielberg bei Brünn gefangengehalten. Auf Anraten seines Beichtvaters schrieb Pellico seine Aufzeichnungen, die, von katholischem Geist getragen, keine Agitationsschrift sind, aber durch die italienisch-nationale Bewegung um und nach 1850 dazu gemacht wurden.

Wien, Österreichische Nationalbibliothek, Inv.-Nr. 213.032-B H. Z.

25.10 **Institutio ad eloquentiam. C. R. ad S. Annae, Vindobonnae 1831**

Erstausgabe 1805
Oktav

Dieses Lehrbuch der Rhetorik und Poetik für die Humanitätsklassen der Gymnasien wurde von 1805 bis 1848 fast völlig unverändert in den Ländern der Donaumonarchie verwendet. Mit Ausnahme des Abschnittes „Von der Metrik des Deutschen" ist es in lateinischer Sprache abgefaßt (der Deutschunterricht war zu dieser Zeit dem Lateinunterricht eingegliedert). Die 60 Beispielzitate in der „Institutio" stammen ausschließlich von vorklassischen Autoren, wobei das Hauptgewicht auf Klopstock liegt, was den traditionell-überholten Geschmack der Zeit widerspiegelt. Das Werk ist in eine Stiltheorie, eine Gattungstheorie und in einen Appendix „De Mythologia" untergliedert.

Wien, Wiener Stadt- u. Landesbibliothek, Inv.-Nr. A 17672 R. L.

25.11 **Sammlung deutscher Beyspiele zur Bildung des Styls**

2 Bde., Wien, im Verlag der k. k. Schulbücher-Verschleiß-Administration bei St. Anna in der Johannis-Gasse. 1834–1841
Erstausgabe 1812
Oktav

Diese zur „Institutio ad eloquentiam" gehörende Chrestomathie war bis 1848 als einziges deutsches Lesebuch an den österreichischen Gymnasien in Verwendung. Es hält am überholten Kanon des 18. Jahrhunderts fest – Klopstock, Lessing und Gellert sind am meisten vertreten. Schiller kommt einige Male vor; Goethe scheint 1812 mit nur einem Text auf, in der vorliegenden Ausgabe finden wir jedoch auch einen Ausschnitt aus „Iphigenie auf Tauris". Bezeichnenderweise wird die Romantik mit den ihr eigenen Gattungen völlig ausgespart.

Wien, Wiener Stadt- u. Landesbibliothek, Inv.-Nr. A 30046 R. L.

25.12 **Joseph Mozart (1805–1892)**

Deutsches Lesebuch für die oberen Klassen der Gymnasien
Wien, Carl Gerold 1851–1855
Großoktav

Der Beamte im Unterrichtsministerium und Mitarbeiter an der Schulreform von Exner und Bonitz, Joseph Mozart (1805–1892), verfaßte auf Betreiben des Ministers Leo Graf Thun dieses Lesebuch, das in der Folge für den Gymnasialunterricht verbindlich wurde. Es bot den Schülern einen an der deutschen Literatur des ausgehenden 18. und frühen 19. Jahrhunderts orientierten Kanon von Mustertexten und stellte die von früheren Lesebüchern vernachlässigte Weimarer Klassik ins Zentrum.

Wien, Wiener Stadt- u. Landesbibliothek, Inv.-Nr. B 44396 W. Kri.

25.13 **Joseph Stanislaus Zauper (1784–1850)**

Grundzüge zu einer deutschen theoretisch praktischen Poetik aus Goethes Werken entwickelt von Johann Stanislaus Zauper, neue durchgesehene und vermehrte Auflage bei C. Gerold, Wien 1840
Kleinoktav

Der Prämonstratenser Zauper, geboren in Dux – gestorben in Pilsen, war bekannt vor allem für seine hervorragenden Fähigkeiten als Lehrer. Er traf Goethe in den Böhmischen Bädern und stand mit ihm im Briefwechsel. Er versuchte, in seiner „Poetik" die Grundbegriffe anhand von Goethes Werken darzustellen. Er unterteilt in lyrische, epische und dramatische Dichtung und bespricht die Untergattungen gemäß ihrer Inhalte und Stillagen und kommentiert in aphoristischer Form. Den einzelnen Werken sind schlagwortartige Erläuterungen vorangestellt, die allerdings den unvoreingenommenen Zugang eher versperren als öffnen. Im letzten Kapitel „Allgemeines über Goethe" schildert Zauper sein subjektives Leseempfinden, spricht von seiner Begeisterung für Goethe und legt damit eines von vielen Zeugnissen der intensiven Goethe-Wirkung der Zeit ab.

Wien, Wiener Stadt- u. Landesbibliothek, Inv.-Nr. A 30000 R. L.

25.14 **Ernst Freiherr von Feuchtersleben (1806–1849)**

Zur Diätetik der Seele
Wien 1838
Sedez

Der Mediziner Ernst Freiherr von Feuchtersleben (1806–1849) – er ist unter anderem mit Franz Grillparzer, Franz Schubert und Moritz von Schwind befreundet – beruft sich in der popularphilosophischen Schrift, die durch zahlreiche Auflagen bis in das spätere 19. Jahrhundert wirkt, vor allem auf den Arzt Christoph Wilhelm Hufeland, auf Kant und Goethe. Feuchtersleben propagiert in seinem didaktischen Werk eine Haltung, die auf die innere Harmonie und Ausgeglichenheit der Seelenkräfte des Menschen abzielt; Zufriedenheit und Hoffnung sind für ihn dabei ebenso wie der Glaube an die Heilkraft der Natur ein wichtiges Anliegen. – Die „Diätetik" endet in den „Tagebuchblättern", einer Aphorismensammlung, die eine Verbindung zu seinem literarischen Schaffen darstellt.

Wien, Wiener Stadt- u. Landesbibliothek, Inv.-Nr. A 138.528 S. L.

25.15 **Ignaz Jeitteles (1783–1843)**

Aesthetisches Lexikon. Ein alphabetisches Handbuch zur Theorie der Philosophie des Schönen und der schönen Künste
Nebst Erklärungen der Kunstausdrücke aller ästhetischen Zweige, als: Poesie, Poetik, Rhetorik, Musik, Plastik, Graphik, Architektur, Malerei, Theater etc.
Wien, Gerold 1835 u. 1837
Oktav, 2 Bde.

Ignaz Jeitteles' „Aesthetisches Lexikon" ist das ästhetische Standardwerk der ersten Hälfte des 19. Jahrhunderts in Österreich. Es verrät einen an der aufklärerischen Kunstbetrachtung des 18. Jahrhunderts und damit an Johann Georg Sulzers „Allgemeiner Theorie der Schönen Künste" (1771–74; [2]1792–99) orientierten Geschmack. Es ist ein Zeugnis großer ästhetischer Beharrungstendenzen im österreichischen bürgerlichen Kunstbetrieb: die „Neuerer" wie Franz Schubert in der Musik, die deutschen Romantiker in der Literatur usw. werden entweder abgelehnt oder mit Reserve betrachtet.

Wien, Österreichische Nationalbibliothek, Inv.-Nr. 60.C.46 H. Z.

25.16 **Robert Zimmermann (1824–1898)**

Leibnitz und Herbart. Eine Vergleichung ihrer Monadologien
Wien, W. Braumüller 1849
Oktav

Zimmermann, Professor für Philosophie von 1861–96 in Wien, ist einer der wichtigsten Vertreter des Herbartianismus, der philosophischen Strömung, die, ausgehend von Prag, in der 2. Hälfte des 19. Jahrhunderts in Österreich dominant war und auch großen Einfluß auf die Bildungspolitik hatte. Herbarts Philosophie hat keine historische sondern eine psychologische Grundlage; alle Wahrnehmungen seien psychische „Vorstellungen". Hier liegt der gemeinsame Ansatzpunkt mit der Philosophie von Gottfried Wilhelm Leibniz (1646–1716), der in seiner „Monadologie" letztlich auch auf eine Erklärung der Bewußtseinsinhalte abzielt. Herbarts Divergenz zum deutschen Idealismus, die österreichischer Geisteshaltung entsprach, ist damit bezeichnet. Ästhetik müsse nach Herbart eine allgemeine Formenlehre vom Schönen sein, da das Schöne sich immer in Relationen ausdrücke.

Wien, Wiener Stadt- u. Landesbibliothek, Inv.-Nr. A 144.547 R. L.

25.17 **Eduard Hanslick (1829–1904)**

Vom Musikalisch-Schönen. Ein Beitrag zur Revision der Aesthetik der Tonkunst
Leipzig, Weigel 1854 (9. Aufl. 1896)
Oktav

Hanslick war zunächst Musikkritiker, später Professor für Ästhetik und Geschichte der Musik in Wien und seit den Prager Studienjahren mit dem Philosophen Robert Zimmermann befreundet. Unter dem Einfluß der philosophischen Strömung des Herbartianismus konzentrierte er sich in seiner Musikästhetik auf das rein Formale in der Musik. Inhalt werde ausschließlich durch die Form ausgedrückt; der Komponist und das historische Umfeld seien für das zu analysierende Werk irrelevant. Geschichte des Kunstwerks und ästhetische Kritik müßten voneinander völlig getrennt gehalten werden. Hier eröffnet sich einer der Wege zum Ästhetizismus der Makart-Zeit und später der Jahrhundertwende.

Wien, Wiener Stadt- u. Landesbibliothek, Inv.-Nr. A 161.850 R. L.

**25.18 Joseph G. Toscano del Banner (1822–1851)**

Die deutsche Nationalliteratur der gesammten Länder der österreichischen Monarchie im Mittelalter, Historisch-chronologisch dargestellt.
Wien 1849
Oktav

Joseph Toscano del Banner (1822–1851 Freitod) entstammte einer Wiener Rauchfangkehrerfamilie und unternahm aus autodidaktischem Antrieb die Abfassung dieser Fragment gebliebenen literaturgeschichtlichen Dokumentation, die am Ende jener in der österreichischen Aufklärung zur Zeit Maria Theresias aufgekommenen Versuche, die österreichische Literatur lexikographisch, annalistisch oder dokumentarisch-anthologisch zu erfassen, steht.

Wien, Wiener Stadt- u. Landesbibliothek, Inv.-Nr. A 14.680 H. Z.

**25.19 Emil Kuh (1828–1876)**

Dichterbuch aus Oestreich
Wien, Carl Gerold's Sohn 1863
Kleinoktav

Der lange Zeit mit Hebbel eng befreundete Journalist und Kritiker Emil Kuh, als Sohn jüdischer Eltern in Wien geboren, später Professor für deutsche Sprache und Literatur der Wiener Handelsakademie, veröffentlichte 1863 diese Anthologie, die als repräsentativer Querschnitt durch die österreichische Dichtung der Zeit verstanden werden kann. Neben Anastasius Grün, Halm, Hebbel und Hamerling kommt auch Franz Grillparzer zu Wort: sein Dramenfragment „Esther“ wird hier erstmals gedruckt.

Wien, Österreichische Nationalbibliothek, Inv.-Nr. 159.323-A W. Kri.

**25.20 Salomon Hermann Mosenthal (1821–1877)**

Museum aus den deutschen Dichtungen österreichischer Lyriker und Epiker der früheren bis zur neuesten Zeit ausgewählt und in neuhochdeutscher Sprache zusammengestellt von Dr. S. H. Mosenthal
Wien, Carl Gerold & Sohn 1854
Kleinoktav

Als der Dramatiker und hohe Beamte im Unterrichtsministerium, Salomon Hermann Mosenthal (1821–1877) – abstammungsmäßig dem künstlerisch aufstrebenden Judentum angehörig –, diese Anthologie vorlegt, ist er von der patriotischen Absicht beseelt, der *reiferen Jugend Oesterreichs* zu zeigen, *wie viel das österreichische Vaterland zu dem großen Nationalschatz der deutschen Literatur zu allen Zeiten beigesteuert hat.* Seine Auswahl enthält mittelhochdeutsche Dichter in Übersetzung (Walther von der Vogelweide, Neidhart von Reuenthal) und reicht herauf bis in Mosenthals Gegenwart (z. B. Hermann v. Gilm).

Wien, Wiener Stadt- u. Landesbibliothek, Inv.-Nr. A 8249 W. Kri.

**25.21 Jahrbücher der Literatur (1818–1849)**

Jahrbücher der Literatur
121. Band
Januar, Februar, März 1848
Wien, Carl Gerold
Kleinoktav

Die „Jahrbücher der Literatur“, 1818 auf direkte Initiative Metternichs gegründet, sind die wichtigste wissenschaftlich-literarische Zeitschrift des Österreichischen Vormärz. Alle namhaften österreichischen Wissenschaftler und Literaten sind unter den Mitarbeitern zu finden. Unter dem ersten Redakteur, Matthäus v. Collin (1779–1828), ein Organ von europäischem Rang, das sich durch eine erstaunliche Meinungsvielfalt in den Beiträgen auszeichnet, werden die „Jahrbücher“ seit den späten 20er-Jahren zu einer Bastion der katholischen Restauration und finden mit der Revolution von 1848 ihr Ende.

Wien, Wiener Stadt- u. Landesbibliothek, Inv.-Nr. A 24224/Bd. 121 W. Kri.

**25.22 Theaterzeitung (1806–1860)**

Allgemeine Theaterzeitung und Originalblatt für Kunst, Literatur und geselliges Leben

Herausgeber und Redacteur: Adolf Bäuerle
Wien 1830
Großoktav

Die Wiener „Theaterzeitung", die unter verschiedenen Titeln von 1806–1860 bestand und die meiste Zeit von dem bekannten Theaterdichter Adolf Bäuerle (1786–1859) geleitet wurde, war die wohl meistgelesene Zeitung des Wiener Vormärz. Ein reines Unterhaltungsblatt ohne höhere kritische Ambitionen, vertrat die „Theaterzeitung" eine konservative Richtung, die sie in einen Gegensatz zu den liberalen Autoren um Bauernfeld, Lenau und Anastasius Grün brachte.

Wien, Wiener Stadt- u. Landesbibliothek, Inv.-Nr. F 15213/Jg. 1830 W. Kri.

25.23 **Die Heimat (1876–1901)**

Illustri[e]rtes Familienblatt
1. Jahrgang (1876), Herausgeber: C. v. Vincenti – Verantwortl. Redacteur: F. Groß
Quart

Das seit 1876 erscheinende Wiener „Familienblatt" hat das bekannte deutschsprachige Musterbeispiel einer für den bürgerlichen Mittelstand gedachten Unterhaltungszeitschrift, „Die Gartenlaube", zum Vorbild. Der Schwerpunkt liegt auf dem Gebiet der Belletristik. So scheint im 1. Jahrgang zum Beispiel neben erzählerischen Beiträgen von Ferdinand von Saar und Peter Rosegger der Roman „Der Schandfleck" von Ludwig Anzengruber, der später zudem verantwortlicher Redakteur und Herausgeber des Blattes wird, auf. Lyrisches ist mit zahlreichen Übersetzungen von Dichtern aus den Kronländern und mit Gedichten von Eduard von Bauernfeld, Betty Paolí und Robert Hamerling vertreten. – „Die Heimat" existierte bis 1901 und wurde danach unter dem Titel „Neue illustrierte Wochenzeitung" fortgesetzt.

Wien, Wiener Stadt- u. Landesbibliothek, Inv.-Nr. F 5605/1. Jg. (1876) S. L.

25.24 **Aurora (1824–1858)**

Taschenbuch für das Jahr 1858
34. Jahrgang (1858), Herausgeber: Johann Gabriel Seidl
Kleinoktav

Eine der beliebtesten Publikationsmöglichkeiten dichterischer Produktionen waren bis über die Mitte des 19. Jahrhunderts hinaus die vielgelesenen und in bürgerlichen Kreisen weitverbreiteten Musen-Almanache und Taschenbücher. Seidl, der im 1. Band der „Aurora" (1. Jahrgang 1824) bereits mit Gedichten vertreten ist, besorgt nach Franz Gräffer ab 1828 die Herausgabe des damals wohl bedeutendsten Taschenbuches, das bis 1858 erscheint. Auch für den letzten Band liefert er wiederum einen Beitrag, diesmal ein Lustspiel um den Odendichter Horaz. Von den namhafteren Autoren der kurzen epischen und lyrischen Beiträge sind Franz Stelzhamer, Joseph Freiherr von Hammer-Purgstall und Ignaz Franz Castelli zu nennen.

Wien, Wiener Stadt- u. Landesbibliothek, Inv.-Nr. A 22.299/34. Jg. (1858) S. L.

25.25 **Journal für Österreich's Leihbibliotheken (1863–1865)**

1. Jahrgang (1863); Redakteur: Albert Last
Quart

Eine wichtige „Umsatz-"Stelle für Literatur waren die zahlreichen Leihbibliotheken der Städte in der Monarchie. Der aus Preußen stammende, praxiserfahrene Wiener Leihbibliothekar Albert Last (1826–1889), dessen Leseinstitut in der Donaumonarchie als eines der bedeutendsten im letzten Drittel des 19. Jahrhunderts gilt und zahlreiche prominente Benützer (z. B. Kaiserin Elisabeth) aufweist, redigiert einige Jahrgänge dieses fachspezifischen Blattes. Last verfaßt auch selbst Beiträge für das Journal (z. B. „Wie soll man die Lesegebühr stellen, um ein gutes Geschäft zu machen?"). Das Periodikum wird unter dem Titel „Generalanzeiger für die Belletristik des In- und Auslandes" fortgeführt.

Wien, Österreichische Nationalbibliothek, Inv.-Nr. 398.324-C/1. Jg. (1863) S. L.

25.26 **Carl Gerold (1783–1854)**
**Friedrich Gerold (1813–1887)**

Verzeichniss sämmtlicher Deutschen Bücher der großen öffentlichen Leihbibliothek von Armbruster's Witwe und Friedrich Gerold in Wien, Stadt, Singerstr. Nr. 878, beim rothen Apfel, im ersten Stocke rechts
Wien 1859
Oktav

1841 eröffnet der bedeutende Verleger der Restaurationszeit, Carl Gerold, mit der Witwe des Leihbibliothekars Carl Armbruster, einer Schwester des Malers Moritz von Schwind, eine neue Wiener Leihbibliothek. Die Leitung des bis in die 60er Jahre führenden Instituts erhält sein Sohn Friedrich. Im Vergleich zu anderen Wiener Leihbibliotheken gelten die Abonnementspreise nicht als die billigsten, erscheinen aber angesichts des ungemein vielfältigen, von deutsch- bis fremdsprachiger und unterhaltender bis wissenschaftlicher Literatur reichenden Angebotes, das stets auf den aktuellsten Stand gebracht ist, als gerechtfertigt. Der Schwerpunkt liegt hierbei eindeutig auf dem Gebiet der Belletristik.

Wien, Wiener Stadt- u. Landesbibliothek, Inv.-Nr. A 52.728 S. L.

25.27 **Verzeichnis der im Militär-Jahre 1844 von der k. k. Central-Bücher-Censur in Wien**
und von den in den k. k. Provinzen bestehenden Censurs-Behörden zugelassenen in- und ausländischen Werke, Journale, Handschriften, Landkarten, Zeichnungen, Kupferstiche, Musikalien u. s. w.

Wien, Aus der kaiserl. königl. Hof- und Staats-Aerarial-Druckerey 1843
Lexikon-Oktav

Seit 1801 ist die Zensur in den Amtsbereich der Polizei eingegliedert und untersteht damit im Vormärz direkt dem Polizeipräsidenten Sedlnitzky. Trotz einer Zensurreform im Jahre 1810, die dem Buchstaben nach auf der josephinisch-leopoldinischen Tradition fußt und sich liberal gibt, wird die Zensurpraxis besonders nach 1830 äußerst rigoros gehandhabt. Mehrere Vorstöße liberaler Schriftsteller (bes. Bauernfeld), eine Lockerung der Zensurpraxis zu erwirken, scheitern – 1848 fegt schließlich die Revolution die Zensur weg.

Wien, Universitätsbibliothek, Inv.-Nr. II 256.734
W. Kri.

25.28 **Anton Alexander Maria Graf Auersperg (1806–1876)**

Spaziergänge eines Wiener Poeten
Hamburg, Hoffmann und Campe 1831
Kleinoktav

Anton Alexander Maria Graf Auersperg (1806–1876), dessen Werke unter dem Pseudonym Anastasius Grün erschienen, schrieb mit den 1831 anonym in Hamburg erschienenen „Spaziergängen" die wohl wichtigste Sammlung von politischer Lyrik des österreichischen Vormärz. Scharfe Kritik wird an der Geistfeindlichkeit des franziszeisch-metternichschen Systems geübt; in pathetischen Versen ertönt der Ruf nach „Freiheit". Hierbei stellt sich der Verfasser bewußt in die Tradition der josephinischen Aufklärung, deren Kampf, so fordert er, wieder aufgenommen werden müsse.

Wien, Wiener Stadt- u. Landesbibliothek, Inv.-Nr. A 13.028 W. Kri.

25.29 **Joseph Alexander Freiherr von Helfert (1820–1910)**

Der Wiener Parnaß im Jahre 1848
Wien 1882
Oktav

Joseph Alexander Freiherr von Helfert – 1820 in Prag geborener Jurist – verfaßt neben Übersetzungen aus dem Tschechischen und eigenen erzählerischen Schriften zahlreiche Werke zur österreichischen Geschichte. Einen thematischen Schwerpunkt bildet dabei das Jahr 1848: Auf die Studie „Die Wiener Journalistik im Jahre 1848" (1877) folgt 1882 die Dokumentation „Der Wiener Parnaß im Jahre 1848", eine, nach den politischen Ereignissen des Kalenderjahres geordnete, faktenreiche bibliographische Zusammenstellung der unmittelbaren lyrischen Resonanz. Da viele dieser Zeitgedichte nicht nur erfaßt, sondern auch abgedruckt werden, gibt Helfert einen almanachähnlichen, anschaulichen Querschnitt durch das Wiener tagespolitische Schrifttum und bietet darüber hinaus Einblick in das Genre der Gelegenheitsdichtung.

Wien, Universitätsbibliothek, Inv.-Nr. I 66.250
S. L.

25.30 **Sebastian Brunner (1814–1893)**

Clemens Maria Hoffbauer und seine Zeit
Miniaturen zur Kirchengeschichte von 1780–1820
Wien, Braumüller 1858
Sedez

Der streitbare Geistliche Sebastian Brunner (1814–1893) ist der Hauptvertreter eines katholischen Konservativismus. Immer wieder bezieht er polemisch Stellung gegen den Liberalismus und seine Vertreter, namentlich Anastasius Grün und Bauernfeld. Auch die Weimarer Klassik wird kritisch aufs Korn genommen. Die Hauptwurzel allen Übels aber sieht Brunner in der josephinischen Aufklärung, die den „abgeschmacktesten Rationalismus“ in die Welt gebracht habe. In der Biographie seines großen Vorbildes Clemens Maria Hofbauer (1751–1820) stellt er seinen Helden als wahren Christen dieser Zeit der „Geistesdürre“ gegenüber.

Wien, Wiener Stadt- u. Landesbibliothek, Inv.-Nr. A 9410 W. Kri.

**25.31 Ignaz Franz Castelli (1781–1862)**

Memoiren meines Lebens
Gefundenes und Empfundenes, Erlebtes und Erstrebtes
Wien u. Prag, Kober & Markgraf 1861
Sedez, 4 Bde. in 1 Vol.

Castelli (1781–1862), einer der fruchtbarsten Schriftsteller seiner Zeit, veröffentlichte im hohen Alter seine Memoiren. Das höchst anekdotenreiche und amüsante Buch bietet ein treffliches Bild der Wiener kulturellen Verhältnisse in der ersten Hälfte des 19. Jahrhunderts.

Wien, Wiener Stadt- u. Landesbibliothek, Inv.-Nr. A 14.689 W. Kri.

**25.32 Eduard von Bauernfeld (1802–1890)**

a. Aus Alt- und Neu-Wien
Gesammelte Schriften. 12. Band
Wien, Braumüller 1873
Kleinoktav

Die Erinnerungen des bekannten Dramatikers bieten einen interessanten Einblick in die literarischen Verhältnisse des Wiener Vormärz. Im Zentrum stehen allerdings die Ereignisse des März 1848, an denen Bauernfeld als einer der Wortführer der liberalen Opposition entscheidend beteiligt war.

Wien, Wiener Stadt- u. Landesbibliothek, Inv.-Nr. A 15.969 W. Kri.

b. Porträt
Fritz Luckhardt
Photographie

Wien, Historisches Museum der Stadt Wien, Inv.-Nr. 90.603/9

**25.33 Joseph von Weilen (1828–1889)**

Fest-Gedicht zu den von Mitgliedern des durchlauchtigsten Erzhauses am 22. April 1879 zur Feier der silbernen Hochzeit Ihrer Majestäten des Kaisers Franz Joseph I. und der Kaiserin Elisabeth dargestellten Sechs Bildern aus der Geschichte des österreichischen Kaiserhauses. Die begleitende Musik mit Benützung historisch-musikalischer Motive von Joseph Hellmesberger; Wien [1879]
Groß-Quart

Gelegenheitsstücke und insbesondere Festgedichte zählen zur Domäne des schriftstellernden Berufsoffiziers Joseph von Weilen (1828 bei Prag geboren, 1889 in Wien verstorben). Er ist unter anderem als Skriptor an der Hofbibliothek und als Leiter des von Kronprinz Rudolf herausgegebenen Werkes „Die Österreichisch-Ungarische Monarchie in Wort und Bild“ tätig. Wiederholt wird er mit literarischen Auftragsarbeiten für militärische Anlässe und – wie im vorliegenden Fall – Hoffestlichkeiten betraut. Er verfaßt zu den sechs Lebenden Bildern, die anläßlich der Silberhochzeit Franz Josephs I. aus der Geschichte des Kaiserhauses dargestellt werden, einen kurzen Prolog und Epilog und zu jedem einzelnen Bild eine „Poetische Einleitung“.

Wien, Wiener Stadt- u. Landesbibliothek, Inv.-Nr. C 52.877 S. L.

**25.34 Friedrich Halm (d. i. Eligius Franz Joseph Freiherr von Münch-Bellinghausen; 1806–1871)**

a. Vor hundert Jahren. Festspiel zur Saecularfeier des Geburtsfestes Schiller's
Wien 1859
Kleinoktav

Der außerordentlich erfolgreiche, in der Nachfolge von Klassik und Romantik stehende Dramatiker sowie formvollendete Novellist Friedrich Halm (d. i. Eligius Franz Joseph Freiherr von Münch-Bellinghausen, 1806–1871) – tätig als Kustos der Hofbibliothek und leitender Beamter der beiden Hoftheater und unter anderem mit Eduard von Bauernfeld, Nikolaus Lenau und Johann Gabriel Seidl bekannt – liefert wie so viele andere auch einen Beitrag zum Schiller-Gedenkjahr: Biographisches und werkbezogenes Faktenmaterial wird zu dessen Person hier im Verlauf des kurzen szenischen Dialogs zwischen personifizierter

„Germania" und „Poesie", die die Geburt des Dichters ankündigt, dargeboten.

Wien, Wiener Stadt- u. Landesbibliothek, Inv.-Nr. A 13.018 S. L.

b. Porträt
Fritz Luckhardt
Photographie

Wien, Historisches Museum der Stadt Wien, Inv.-Nr. 66.932/200

25.35 **Sebastian Brunner (1814–1893)**

Der Himmel voller Geigen in Weimar
Wien 1885 (= Fünftes und sechstes Heft aus der Serie: „Hau- und Bau-Steine zu einer Literatur-Geschichte der Deutschen. Wahrheit und keine Dichtung")
Kleinoktav

Sebastian Brunner legt mit seinem, aus der späteren Schaffensperiode stammenden literaturgeschichtlichen Beitrag zur ‚Weimarer Klassik' eine extrem kritische Auseinandersetzung mit Johann Wolfgang von Goethe vor. In 100 kurzen Kapiteln wird das biographische Idealbild und die kultische Glorifizierung des ‚Dichterfürsten' vehement in Frage gestellt. Neben umfangreichem (zitierten und belegten) Quellenmaterial bedient sich Brunner zu diesem Zweck einer zwanglosen Diktion und Darstellungsweise, die von beißend-ironischer Polemik bestimmt ist.

Wien, Universitätsbibliothek, Inv.-Nr. I 12.745 / H. 5 und 6 S. L.

25.36 **Eduard von Bauernfeld (1802–1890)**

Aus Bauernfelds Tagebüchern. Teil II. 1849–1879, S. 82, Nr. 796 und 797
Herausgegeben von Carl Glossy; Wien 1896
Oktav

Der Wiener ‚Salon' Sophie Todescos entwickelt sich im späteren 19. Jahrhundert zu einem ähnlich bedeutsamen Zentrum, wie es für das beginnende 19. Jahrhundert der bekannte Salon Karoline Pichlers ist. Prominenz aus den Bereichen Wirtschaft, Wissenschaft und Kunst gibt sich im Haus des vermögenden Finanziers Eduard Todesco ein zwangloses Stelldichein. Der aristokratische Lebensstil wird hier von einer sozial aufsteigenden großbürgerlichen Familie übernommen und nach außen hin dokumentiert. So finden im ‚Salon' beispielsweise Wohltätigkeitsveranstaltungen und Aufführungen von Lebenden Bildern statt. – Die beiden vorliegenden kurzen Schilderungen derartiger Zusammenkünfte stammen von Eduard von Bauernfeld, der neben Ferdinand von Saar und Hans Makart zu den bekannteren Salongästen zählt.

Wien, Universitätsbibliothek, Inv.-Nr. I 178.866/ Tl. 2 S. L.

25.37 **Jacob Philipp Fallmerayer (1790–1861)**

Fragmente aus dem Orient
Zweite mit einem Anhang vermehrte Auflage
Durchgesehen und eingeleitet von Dr. Georg Martin Thomas
Stuttgart, Cotta 1877
Oktav

Dieses Hauptwerk des aus Brixen stammenden Journalisten Jakob Philipp Fallmerayer, der als sprachkünstlerisch begabter Kulturhistoriker hervortrat, erschien 1845 zum ersten Mal und ging aus Aufsätzen in der Augsburger „Allgemeinen Zeitung" sowie aus Buchbesprechungen hervor. Künstlerisch gestaltet Fallmerayer seine kulturgeschichtlichen Überlegungen – vor allem den Gedanken, daß die zeitgenössischen Griechen nicht direkte Abkömmlinge der Hellenen, sondern zu wesentlichen Teilen albanischer und slawischer Abkunft seien – indem er von ausladenden Landschaftsdarstellungen den Blick auf die kulturhistorisch-künstlerischen Zeugen lenkt.

Wien, Wiener Stadt- u. Landesbibliothek, Inv.-Nr. A 48.457 H. Z.

25.38 **Karl Emil Franzos (1848–1904)**

Vom Don zur Donau. Neue Culturbilder aus „Halb-Asien"
Leipzig, Duncker & Humblot 1877 u. 1878
Oktav, 2 Bde.

Mit Karl Emil Franzos erhält der aus jüdischer Tradition erwachsene österreichische literarische Beitrag einen besonderen Akzent. Der deutschnational gesonnene, aus dem galizischen Judentum kommende Autor vereinigt in den vorliegenden journalistischen Kulturbildern aus dem Osten realistische Geschichten zumeist jüdischer Thematik; er wendet sich gegen religiöse Rückständigkeit und Intoleranz, schreibt für Aufklärung und Bildung und tritt für die Assimilierung der Juden an die deutsche Kultur ein.

Wien, Österreichische Nationalbibliothek, Inv.-Nr. 182.562-B H. Z.

25.39 **Ida Pfeiffer (1797–1858)**

Reise einer Wienerin in das Heilige Land, nämlich: von Wien nach Konstantinopel, Brussa, Beirut, Jaffa, Jerusalem, dem Jordan und todten Meere, nach Nazareth, Damaskus, Balbeck und dem Libanon, Alexandrien Kairo, durch die Wüste an das rothe Meer, und zurück über Malta, Sicilien, Neapel, Rom u. s. w. [. . . . .]
Zweite verbesserte Auflage
Wien, Verlag von Jakob Dirnböck 1845
Kleinoktav

Einen großen Erfolg erreichte die Wienerin Ida Pfeiffer (1797–1858) mit dieser Beschreibung ihrer Orientreise, die sie, allein auf sich gestellt, in bereits reiferem Alter 1842 unternommen hatte. Auch ihre folgenden Reisen (1846–1848 und 1851–1855 je eine Reise rund um die Welt, 1856–1858 eine Reise nach Madagaskar) wurden von ihr publizistisch ausgewertet.

Wien, Wiener Stadt- u. Landesbibliothek, Inv.-Nr. A 78.609 / Bd. 1 W. Kri.

25.40 **Nikolaus Lenau (d. i. Nikolaus Niembsch von Strehlenau; 1802–1850)**

a. Gedichte
Zweite vermehrte Auflage
Stuttgart u. Tübingen, Cotta 1834
Kleinoktav

Lenaus Gedichte – entstanden seit den frühen zwanziger Jahren des 19. Jahrhunderts, in Sammelausgaben seit 1832 bei Cotta in Stuttgart und Tübingen erschienen – schließen an die empfindsame Lyrik eines Christoph Kuffner, Craigher de Jachelutta, Matthäus von Collin und des frühen Johann Gabriel Seidl literarhistorisch an und führen die bereits resignatorisch-skeptische Geste – angesichts weltanschaulicher Entleerung der eigenen Gegenwart – eines Lyrikers wie Johann Mayrhofer mit den weltschmerzlich-melancholischen Bildern der Einsamkeit, Verlorenheit und Vergänglichkeit des Menschen in einer Welt der Todes- und Zerstörungsbestimmtheit durch die Gestaltung einprägsamer Natur- („Schilflieder", „Heidebilder") und Menschenbilder („Die drei Zigeuner", „Die drei Indianer") fort. Die Grenzen von Lenaus Lyrik werden in der thematischen Enge (Wiederholungen), die auch enge ästhetisch-formale Grenzen setzt und auf dem weltanschaulichen Manko des Dichters und seiner Zeit in Österreich fußt, offenbar. Unverwechselbare und zeitlose Verse erreicht Lenau mit den der melancholischen Natur-Stimmungen hingegebenen Impressionen aus der ungarischen Pußta.

Wien, Österreichische Nationalbibliothek, Inv.-Nr. 37.W.15 H. Z.

b. Porträt
Josef Kriehuber; 1841
Photokopie nach Lithographie

Wien, Österreichische Nationalbibliothek, Bildarchiv, Inv.-Nr. 88.893

25.41 **Karl Egon Ebert (1801–1882)**

Gedichte. Vollständige Ausgabe in 3 Büchern, 3. vermehrte Auflage; Stuttgart 1845
Kleinoktav

Verwurzelt in seiner Heimat, behandelt Ebert hauptsächlich Themen aus der Geschichte Böhmens, oder er thematisiert Natur und Landschaft. Seine Gedichte, zumeist reflexiv, erinnern ein wenig an Lenaus Naturlyrik, doch sind sie formelhafter, gedanklich einfacher, aber auch positiver in ihrer Aussage. Daneben schreibt Ebert auch satirische Gedichte: „Kunst und Literatur" ist eine Art Literaturkritik in Versen. Poetische Erzählungen, Kurzepik und Kurzdramen wurden auch in diese Ausgabe aufgenommen.

Wien, Österreichische Nationalbibliothek, Inv.-Nr. 23.168-B R. L.

25.42 **Hermann von Gilm (1812–1864)**

Gedichte
Wien, Carl Gerold's Sohn 1864 u. 1865
Kleinoktav, 2 Bde.

Diese Sammlung von Gedichten des Tiroler Lyrikers Hermann v. Gilm (1812–1864) erschien erst nach dem Tod des Dichters. Neben Natur- und Liebesgedichten, die deutlich den Einfluß Heines verraten, und weit über die Jahrhundertwende hinaus – auch z. B. in Vertonungen von Richard

Strauss (z. B. „Zueignung“, „Allerseelen“) – beliebt waren, findet sich auch politische Lyrik, so etwa die „Zeitsonette“ (vgl. auch Gilms antiklerikalen „Jesuitenlieder“), in denen dezidiert die politische Aufgabe des Lyrikers bekräftigt wird.

Wien, Österreichische Nationalbibliothek, Inv.-Nr. 161.177-A W. Kri.

25.43 **Ada Christen (d. i. Christiane von Breden; 1839 oder 1844–1901)**

a. Lieder einer Verlorenen
Hamburg, Hoffmann & Campe 1868
Kleinoktav

Die Erstveröffentlichung Ada Christens zeichnet ein Frauenbild, das dem der Zeit konträr gegenübersteht. In der bekenntnishaften Aussprache des lyrischen Ich werden bislang „unerhörte“ Gedanken und Regungen artikuliert. Die „Verlorene“ hat Sehnsucht nach dem früheren Zustand der Reinheit, wirft sich aber auch bewußt in Ausschweifungen, um Elend und innere Leere zu verdecken. Die schlimme Lage der durch Eigen- und Fremdverschulden „Verlorenen“ wird durch eine glückliche Heirat aufgehoben. – Der leidenschaftliche, unverfälscht wirkende Ton der zumeist zweistrophigen Gedichte macht die rhythmischen Unebenheiten, die abgegriffenen Reime und die Stilbrüche wett. Der Dichterin wird eine gewisse Nähe zu den „Jungdeutschen“ zugesprochen; auffallend sind auch abgewandelte Goethe-Wendungen.

Wien, Wiener Stadt- u. Landesbibliothek, Inv.-Nr. A 132.073 R. L.

b. Porträt
Wilhelm Kundegraber & Edmund Lichtenstern
Photographie

Wien, Historisches Museum der Stadt Wien, Inv.-Nr. 133.243

25.44 **Franz Stelzhamer (1802–1874)**

Lieder in obderenns'scher Volksmundart
Wien, Peter Rohrmann 1837
Kleinoktav

Der Innviertler Franz Stelzhamer (1802–1874) gilt als der bedeutendste Mundartdichter des südostdeutsch-österreichischen Sprachraums. Nach einem unsteten Wanderleben gelang ihm 1837 mit den „Liedern in obderenns'scher Mundart“ der Durchbruch. In der Folge verkehrte Stelzhamer auch im Kreis der Wiener Literaten um Grillparzer, Bauernfeld und Castelli.

Wien, Österreichische Nationalbibliothek, Inv.-Nr. 79.Y.20 W. Kri.

25.45 **Johann Gabriel Seidl (1804–1875)**

Gedichte in niederösterreichischer Mundart
Wien, Sollinger 1844
Oktav

Eingeleitet durch ein programmatisches Widmungsgedicht, in dem sich der Dichter mit einem Vogel, der in seiner natürlichen, ursprünglichen Art singt, vergleicht, zeichnet sich die Gedichtsammlung durch ihre betonte Volkstümlichkeit, Naturliebe und ihren humorvollen Ton aus. Seidl, dessen Vorbild Ignaz Franz Castelli ist, erreicht, was er mit seinen Dialektgedichten beabsichtigt hat: sie gefallen dem gebildeten Publikum, gehen aber auch ins Volk über.

Wien, Wiener Stadt- u. Landesbibliothek, Inv.-Nr. A 24.304 R. L.

25.46 **Büste Franz Grillparzers**

Alexander Mailler; um 1871
Gips; H. = 50 cm

Wien, Bundesmobilienverwaltung, TA 38 E. V.

Kat.-Nr. 25.47

25.47 **Franz Grillparzer in seinem Arbeitszimmer** Abb.

Photographie nach Franz Alt; 1874
H. = 14 cm, B. = 10 cm

Das Bild zeigt den Dichter in seinem Arbeitszimmer im Haus Wien 1, Spiegelgasse 21. Im März 1849 zog Grillparzer als Mieter bei den Schwestern Fröhlich ein, deren Unterschrift auch die Photographie trägt.

Baden, Rollett-Museum E. V.

25.48 **Karikatur auf die Konkurrenz-Entwürfe für das Grillparzer-Monument in Wien**

Carl Stur; 1877
Photokopie

Wiener Luft, Beiblatt des Figaro, Nr. 7/1877, S. 4
W. Kr.

25.49 **Franz Grillparzer (1791–1872)**

Der arme Spielmann, in: Iris 1848
Oktav

In den dreißiger und vierziger Jahren erreicht die österreichische Erzählliteratur zum ersten Mal weltliterarischen Rang mit den Werken Charles Sealsfields, Adalbert Stifters und mit Franz Grillparzers Erzählung „Der arme Spielmann", die – nach der bereits geglückten Rahmennovelle („Das Kloster bei Sendomir", 1828) – zwischen 1831 und 1842 entstand, aber erst im 2. Jahrgang der bei Gustav Heckenast herausgegebenen „Iris. Deutscher Almanach für 1848" (dort S. 1–54) erschien: Der Ich-Erzähler der Rahmengeschichte – selbst ein „leidenschaftlicher Liebhaber" der Menschen und anteilnehmender Beobachter des Volkes – erzählt von der Begegnung mit einem geigenden, anscheinend ungeordnete Töne produzierenden Bettelmusikanten auf dem Brigittakirchtag und von dessen Tod als Folge der in selbstlosen Rettungsaktionen während einer Überschwemmung davongetragenen Erkrankung. Der Musikant selbst bestreitet die Binnenerzählung: er eröffnet dem Erzähler seine Lebensgeschichte, erzählt von seiner vornehmen Abstammung, von der Verstoßung durch den Vater, für den der lautere, aber der Karriere und dem Lebenskampf nicht gewachsene Sohn inakzeptabel ist; er erzählt von der – angesichts zaghaften Eingezogenseins – verlorenen Liebe zur Greißlerstochter Barbara und von der schließlich erlangten Tröstung, die ihm das selbst geschaffene, nur ihm verständliche Reich seiner Geigen-Musik zuteil werden läßt.

Wien, Wiener Stadt- u. Landesbibliothek, Inv.-Nr. A 66.062 Jg. 1848 H. Z.

25.50 **Franz Grillparzer (1791–1872)**

Ein Bruderzwist in Habsburg, Bühnenmanuskript.
Stuttgart 1872
Kleinoktav

Das im Blankvers geschriebene, fünf Aufzüge umfassende Trauerspiel entstand in mehreren Etappen etwa von 1825 bis 1848, wurde jedoch erst im Nachlaß des Dichters – zusammen mit den parallel geschriebenen Dramen „Libussa" und „Die Jüdin von Toledo" – gefunden und daher erst am 24. 9. 1872 im Wiener Stadttheater uraufgeführt bzw. in demselben Jahr gedruckt. Das Stück behandelt die historischen Vorgänge um den kontemplativ-zögernden, kunstsinnigen Kaiser Rudolf II. in Prag, der von seinem aktivistisch-ehrgeizig handelnden Bruder Matthias gezwungen wird, abzudanken, aber schließlich erst im machtbewußt handelnden Pragmatiker Ferdinand II. seinen nicht sympathisch gezeichneten Antipoden und Nachfolger findet. Diese Vorgänge werden um das Jahr 1618, dem Ausbruch des Dreißigjährigen Krieges mit dramatischer Spannung zentriert, obwohl der historische Rudolf II. bereits 1612 starb. Das Werk ist Geschichts- und Charaktertragödie, die seelische Vorgänge und individuelle Schicksale in den verschiedensten Ständen erfaßt, zugleich. Für Grillparzer ist dieser historische Punkt eine Zeitenwende, die er in großartiger weltgeschichtlicher Vision (vgl. die Unterredung Rudolfs II. mit Heinrich Julius von Braunschweig) in Bezug setzt zur eigenen, skeptisch gesehenen Wirklichkeit, freilich nicht ohne Hoffnung auf die Wahrung der Würde des Menschen.

Wien, Wiener Stadt- u. Landesbibliothek, Inv.-Nr. A 51.200 H. Z.

25.51 **Porträt Adalbert Stifters** Abb.

Bartholomäus Székely; 1863
Öl auf Leinwand; H. = 84 cm, B. = 69 cm

Der ungarische Maler Bertalan Skékely von Ádámos erhielt den Auftrag zu dem Porträt von Stif-

Kat.-Nr. 25.51

ters Verleger Gustav Heckenast. Es diente als Vorlage zu Josef Axmanns Stich, der dann 1865 in Stifters „Briefen“ als Illustration Verwendung fand.

Lit.: *Dobai, Joannes,* Über ein Porträt Adalbert Stifters, in: Jahrbuch des oberösterreichischen Musealvereins 105 (1960) S. 119ff. – *Haulisch, Lenke,* Székely Bertalan, Budapest 1964. – *Bakó, Zsuzsanna,* Skékely Bertalan, Budapest 1982 (mit weiterführender Literatur).

Linz, Adalbert-Stifter-Institut des Landes Oberösterreich (Dauerleihgabe des OÖ. Landesmuseums) E. V.

**25.52 Griechische Tempelruinen (Heiterkeit I)**

Adalbert Stifter; um 1854
Öl auf Karton; H. = 19,8 cm, B. = 25,9 cm

Nicht zu unterschätzen ist die Bedeutung Stifters als Maler. Die Eigenschaften seiner Kunst, die eine Einordnung in die Entwicklungsgeschichte fast unmöglich machen, haben es mit sich gebracht, daß der Maler Stifter nur einem kleinen Publikumskreis bekannt ist. Das hier gezeigte Werk steht stellvertretend für die Spätphase, in der die malerischen Formwerte zurückgenommen und durch symbolische Größe ersetzt werden.

Lit.: *Novotny, Fritz,* Adalbert Stifter als Maler, Wien 1941.

Wien, Adalbert-Stifter-Verein E. V.

**25.53 Adalbert Stifter (1805–1868)**

Der Nachsommer
Eine Erzählung
Pesth, Heckenast 1857
Kleinoktav; 3 Bde.

Stifters große (bei Gustav Heckenast in Pesth verlegten) Romane bilden die Vollendung der mit den früheren Erzählungen bzw. „Studien“ begonnenen Meisterschaft: 1865 bis 1867 erscheint der gern als Prosa-Epos bezeichnete historische Roman „Witiko“, den der Autor einen *Dichtungsversuch aus der Geschichte seines Heimatlandes* nennt, seinen Landsleuten *insbesondere der alten ehrwürdigen Stadt Prag* widmet und damit bezeichnenderweise noch in der früheren Regierungszeit Kaiser Franz Josephs mit dem Idealbild aus der mittelalterlich böhmischen, d. h. zu harmonischem Ausgleich gelangenden deutschen und tschechischen Geschichte auf die eigene Zeit verweisen will. Zehn Jahre zuvor war der „Nachsommer“, Stifters großer Bildungsroman, als Spiegel idealisiert-österreichischen bürgerlichen Ordnungsdenkens und Kulturbewußtseins der Zeit (manche Figuren tragen Züge historischer Persönlichkeiten z. B. des Physikers Baumgarten oder des Geologen Simony) erschienen. Die patriarchalische Utopie Stifters ist ein hoher und ein – abgesehen von „Witiko“ – letzter Versuch, die Erfahrungen vormärzlicher Agitation nach sozialer Freiheit und nachmärzlicher Ordnungs-Sehnsucht in ein dichterisches Gleichmaß menschlicher Bildung zu setzen.

Wien, Wiener Stadt- u. Landesbibliothek, Inv.-Nr. A 42.545 H. Z.

**25.54 Adalbert Stifter (1805–1868)**

Witiko. Eine Erzählung
Leipzig o. J., 3 Bde.
Kleinoktav

Stifters historischer Roman aus Böhmens mittelalterlich-tschechischen Geschichte – ursprünglich auf mehrere Bände angelegt – basiert auf mühevollen und langwierigen Quellenstudien des Autors. Stifter gestaltete den Vorwurf, nämlich eine entscheidende Phase der Geschichte Böhmens und des Hl. Römischen Reiches Deutscher Nation, aus der Perspektive des jungen redlichen, dem bayrisch-böhmischen Gebiete entstammenden, aufstrebenden Adeligen Witiko und seiner Waldleute in einem sprachstilistisch die Würde gottgewollter humaner Ordnungen spiegelnden Prosaepos. Kaiser Barbarossa krönt den gerechten Herzog Wladislaus, den Witiko unermüdlich verteidigte, zum böhmischen König, Witiko aber begründet mit der ihm wahlverwandten Berta ein im Zeichen der die natürliche Lebenserneuerung symbolisierenden Waldrose ein glückliches, in ferne Zeiten wirkendes Geschlecht.

Wien, Wiener Stadt- und Landesbibliothek, Inv.-Nr. A 26.212 / Bd. 1 H. Z.

**25.55 Nikolaus Lenau (d. i. Nikolaus Niembsch von Strehlenau; 1802–1850)**

Die Albigenser
Freie Dichtungen. Zweite Auflage
Stuttgart u. Tübingen, Cotta 1846
Oktav

Die Fülle lyrisch-epischer Gedichte, die anstelle des geplanten, nicht geglückten organisch gestalteten Epos zwischen 1838 und 1842 vollendet wurden, fügte Lenau zu einer lockeren Szenenfolge aus dem blutigen Religionskrieg: Nicht der ideellen Motivation und damit den Albigensern bzw. deren wesentlichen Charakteren gilt Lenaus Interesse, sondern dem revolutionären Handeln gegen dogmatische Starrheit und zwingendes Gesetz. In diesem Sinn apostrophiert der Schlußgesang die späteren Kämpfer für freies Denken Hus, Ziska, Hutten, Luther und „Die dreißig Jahre, die Cevennenstreiter, / Die Stürmer der Bastille, und so weiter“. So fügen sich „Die Albigenser“ in den weltanschaulich pessimistischen Kreis von Lenaus übrigen epischen bzw. episch-dramatischen und lyrische Akzente tragende Dichtungen: „Faust“ (1836), „Savonarola“ (1837) und „Don Juan“ (1844).

Wien, Österreichische Nationalbibliothek, Inv.-Nr. 23.050-B. H. Z.

**25.56 Anastasius Grün (d. i. Anton Alexander Maria Graf Auersperg; 1806–1876)**

a. Nibelungen im Frack
Ein Gedicht
Leipzig, Weidmann'sche Buchhandlung 1843
Kleinoktav

Als Anastasius Grün (= Anton Alexander Maria Graf Auersperg), der mit der Veröffentlichung seiner „Spaziergänge eines Wiener Poeten“ (1831) zu einem der Wortführer liberaler Kritik am Metternichsystem geworden war, anläßlich seiner Heirat mit Maria Gräfin Attems von deutschen Vormärzdichtern wie Georg Herwegh und Franz Dingelstedt der politischen Gesinnungslosigkeit bezichtigt wurde, reagierte er mit dem komischen Epos „Nibelungen im Frack“. In der Geschichte des fürstlichen Narren Wilhelm von Sachsen-Merseburg (1688–1731) und seiner Leidenschaft für das Baßgeigenspiel ergießt sich Anastasius Grüns Spott über die heldisch-nationale Geste vieler bürgerlicher Revolutionäre.

Wien, Universitätsbibliothek, Inv.-Nr. I 86.587 W. Kri.

b. Porträt
Ludwig Angerer
Photographie

Wien, Historisches Museum der Stadt Wien, Inv.-Nr. 103.670/9

**25.57 Charles Sealsfield (d. i. Karl Postl; 1793–1864)**

a. Das Cajütenbuch
oder Nationale Charakteristiken
Eberfeld, Julius Bädeker o. J.
Kleinoktav, 2 Bde. in 1 vol.

1823 flieht der Ordensgeistliche Karl Postl (1793–1864) aus seinem Prager Kloster in die USA. In den folgenden Jahren veröffentlicht er unter dem Pseudonym Charles Sealsfield mehrere Romane, deren bedeutendsten „Das Cajütenbuch“ darstellt. Der von einem stark aufklärerischen Ethos geprägte Postl betrachtet den Roman als Aufklärungsmittel: Die amerikanische Demokratie wird dem europäischen Leser als Muster vorgestellt.

Wien, Österreichische Nationalbibliothek, Inv.-Nr. 236.859-B W. Kri.

b. Porträt
August Weger
Photokopie nach Stich

Wien, Österreichische Nationalbibliothek, Bildarchiv, Inv.-Nr. 505.738 B(R)

25.58 **Adolf von Tschabuschnigg (1809–1877)**

Die Industriellen
Zwickau 1854. 2. Aufl. unter dem Titel „Fabrikanten und Arbeiter“. Schirmer, Würzburg ²1876
Roman in 2 Bänden
Kleinoktav

Der Kärntner Tschabuschnigg besuchte das Lyzeum der Benediktiner in Klagenfurt, studierte Jus in Wien, machte ausgedehnte Reisen und war politisch tätig (Abgeordneter im Reichsrat und 1870/71 Justizminister). Sowohl beruflich als auch in seiner Tätigkeit als Schriftsteller trat er für Liberalismus und Fortschritt ein. Im Roman „Die Industriellen“ werden Adel und Industriewelt einander gegenübergestellt. Drei industrielle Unternehmungen zeigen verschiedene Seiten des Lebens in der Welt der Industrialisierung: brutale Ausbeutung, Ausbeutung unter dem Deckmantel der Menschlichkeit und ehrliche Zusammenarbeit zwischen Unternehmer und Arbeitern. Das Werk ist eines der ersten, in welchen die Arbeiterwelt dargestellt wird.

Wien, Wiener Stadt- u. Landesbibliothek, Inv.-Nr. A 31.552 R. L.

25.59 **Peter Rosegger (1843–1918)**

Schriften des Waldschulmeisters
Pest 1875
Kleinoktav

Rosegger, Sohn eines armen Gebirgsbauern, war zuerst Hirtenknabe, zog dann als Schneiderlehrling mit seinem Meister von Hof zu Hof und bildete sich autodidaktisch fort. Er sandte seine ersten literarischen Skizzen an die Grazer „Tagespost“ ein: den eigentlichen Anstoß zum Schreiben gab ihm Anzengrubers „Der Pfarrer von Kirchfeld“. In der Rahmenerzählung „Die Schriften des Waldschulmeisters“ zeigt sich die Verbundenheit des Schriftstellers mit den einfachen Menschen und mit der Natur. Die Schriften tragen autobiographische Züge und haben einen subtil-lehrhaften Charakter.

Wien, Österreichische Nationalbibliothek, Inv.-Nr. 591.616-B R. L.

25.60 **Ferdinand v. Saar (1833–1906)**

a. Novellen aus Österreich
Heidelberg, G. Weiß 1877
Kleinoktav

Unter dem Titel „Novellen aus Österreich“ vereinigte Ferdinand von Saar – neben Marie von Ebner-Eschenbach der führende österreichische Erzähler der zweiten Jahrhunderthälfte – 1877, in erweiterter 2. Auflage 1897 und bis ins Todesjahr 1906 weiterarbeitend jene 32 Novellen bzw. Erzählungen, die vom schwärmerisch-verklärten „Innocens“ (entstanden 1865) über die herb-realistischen, doch in zurückgezogener Zufriedenheit eines Bahnwärterdaseins endenden „Steinklopfer“ (entstanden 1873) bis zu den 1905 geschriebenen, die tragischen Seiten kleinbürgerlichen Milieus gestaltenden „Pfründnern“ führen. Die sechs Texte der „Novellen aus Österreich“ spiegeln nicht nur die Entwicklung von Saars realistischem Stil, sie sind auch in ihren vielfältigen Schattierungen ein dichterisches Zeugnis des österreichischen Lebens vom Nachmärz bis zur Jahrhundertwende im mittleren bzw. niederen Adel, im Groß- bzw. Kleinbürgertum und im Arbeitermilieu vor allem des Wiener und des böhmisch-mährischen Raumes.

Wien, Wiener Stadt- u. Landesbibliothek, Inv.-Nr. A 98.410 H. Z.

b. Porträt
Rudolf Krziwanek; 1893
Photographie

Wien, Historisches Museum der Stadt Wien, Inv.-Nr. 103.670/32

25.61 **Marie Freifrau von Ebner-Eschenbach (1830–1916)**

Božena
Stuttgart 1876
Kleinoktav

Dieser kleine Roman – entstanden 1875/76 – ist ein frühes Zeugnis für die beginnende realistische Erzählkunst der Marie von Ebner-Eschenbach, die (ähnlich wie Ferdinand von Saar) das Wiener Milieu und vor allem – wie im vorliegenden Fall und besonders in den „Dorf- und Schloßgeschichten“ (1883) – die Welt von Deutsch-Böhmen und Tschechen der mittleren und späteren Regierungszeit Franz Josephs zum Vorwurf ihrer Darstellungen nimmt. Božena sühnt als treue Magd eine aus

Leidenschaft verursachte Schuld und beschämt damit ihre deutschen Dienstherren. Die Nähe zur Babička der Božena Němcová ist offensichtlich.

Wien, Wiener Stadt- u. Landesbibliothek, Inv.-Nr. A 186.022 H. Z.

25.62 **Robert Hamerling (eigentl. Rupert Hammerling; 1830–1889)**

Aspasia. Ein Künstler- und Liebesroman aus Alt-Hellas
Hamburg 1876
Oktav, 3 Bde. in 2 vol.

Mit diesem historischen Roman trägt Robert Hamerling (eigentlich Rupert Hammerling, geboren 1830 in Niederösterreich in Kirchberg am Walde und nach langjähriger Krankheit 1889 in Graz verstorben), der bedeutende Literat der Gründerzeit, seiner vom Schönheitskult bestimmten Begeisterung für die Antike Rechnung. Damit zugleich erfolgt eine Verdrängung der Wirklichkeit. Der „Professorenroman" ist mit ästhetischen Versatzstücken angereichert: lexikalisches Wissen und metaphernschwere Bildungssprache dominieren; die Tendenz zu Detailprunk, zu Schwulst und unterschwellig-schwüler Sinnlichkeit ist offenkundig.

Wien, Universitätsbibliothek, Inv.-Nr. I 29.364 S. L.

25.63 **Adalbert Stifter (1805–1868)**

Wien und die Wiener, in Bildern aus dem Leben
Mit Beiträgen von Adalb. Stifter. – C. E. Langer. – C. F. Langer. – Nordmann. – A. Ritter von Perger. – D. F. Reiberstorffer. – Ludw. Scheyrer. – Franz Stelzhamer. – Sylv. Wagner u. A.
Pesth, Gustav Heckenast 1844
Großoktav

Diese populärwissenschaftliche, anekdotisch aufgelockerte Darstellung Wiens wurde von Adalbert Stifter herausgegeben. Der talentierte Maler Stifter steuerte auch einige Bilder bei – diese fehlen jedoch in den meisten erhaltenen Exemplaren. Es liegt der Verdacht nahe, daß die begehrten Bilder schon bald nach Erscheinen des Werkes von Sammlern herausgelöst wurden.

Wien, Wiener Stadt- u. Landesbibliothek, Inv.-Nr. A 9373 W. Kri.

25.64 **Friedrich Schlögl (1821–1892)**

a. Wiener Luft. Kleine Culturbilder aus dem Volksleben der alten Kaiserstadt an der Donau
Wien 1876
Kleinoktav

„Wiener Luft" ist eines der zahlreichen Werke des vorbildhaft wirkenden Wiener Sittenschilderers Friedrich Schlögl (1821–1892). Der bekannte Feuilletonist stellt seine kulturhistorischen Skizzen beispielsweise unter folgende programmatische Aspekte: „Urgestalten und Original-Exemplare" und „Wie das Volk weint und lacht, denkt und spricht". Der Band wird oft als Quelle für Berichte über das Volksleben des früheren 19. Jahrhunderts in der Kaiserstadt herangezogen. – Das mit „Strobl" signierte Titelblatt zeigt den Stephansturm im Mittelpunkt und rechts davon die 1872 errichtete „Rotunde", eine für damalige Begriffe unerhörte technische Konstruktion.

Wien, Universitätsbibliothek, Inv.-Nr. I 82.375 S. L.

b. Porträt
Julius Gerstinger
Photographie

Wien, Historisches Museum der Stadt Wien, Inv.-Nr. 103.491/1

25.65 **Johann Baptist Moser (eigentl. Müller; 1799–1863)**

Das Wiener Volksleben in komischen Scenen mit eingelegten Liedern. III. Heft: Die beiden Sesselträger, oder die mißlungene Serenade. Im Lieder-Anhange: Zwei Arien in einem Ton. – Eine Arie in zwei Tönen. – Das thu' ich gar so gern'.
Wien 1843
Kleinoktav

Der ursprünglich als Lehrer tätige Volkssänger Moser (1799–1863, eigentlich Müller, Textverfasser der „Tritsch-Tratsch-Polka" von Johann Strauß) stellt in seiner, in der ersten Serie insgesamt neun Bände umfassenden Reihe (1842, 1843) Ereignisse und Charaktertypen aus dem Wiener Volksleben liebevoll-ironisch dar. Eine kurze „Vorrede" skizziert jeweils gesellschaftliche Position und Bedeutung der Hauptakteure aus der nachfolgenden humoristischen, zum überwiegenden Teil aus Liedeinlagen bestehenden Szene.

Wien, Universitätsbibliothek, Inv.-Nr. I 84.449 / H. 3 S. L.

**25.66** **Ferdinand Raimund (1790–1836)**

Der Verschwender
Eigh. Manuskript im Nachlaß Raimunds
Folio, 40 Blatt

Ferdinand Raimunds Original-Zaubermärchen vom letztlich nach erschütternden Schicksalsschlägen bekehrten, gebesserten Verschwender Flottwell und vom einfach-naiven, treuherzigen, aber weise (kontemplativ) sich in den Lauf der Welt schickenden Tischler Valentin, der seine Lebensphilosophie im berühmten Hobellied zusammenfaßt, entstand zwar schon (17. 10.–2. 12) 1833, wurde am 20. 2. 1834 im Theater in der Josefstadt mit der Musik von Conradin Kreutzer uraufgeführt, wirkte aber ungebrochen durch die gesamte Regierungszeit Kaisers Franz Joseph I. als die Vollendung Raimundscher Kunst neben den Nestroyschen Possen.

Wien, Wiener Stadt- u. Landesbibliothek, Handschriftensammlung, Inv.-Nr. 11.228 H. Z.

**25.67** **Franz Xaver Told (1792–1849)**

Der Zauberschleier. Romantisch-komisches Feenspiel mit Gesang und Tanz in 3 Aufzügen, nach Scribe's Operntexte frei bearbeitet.
Musik von Kapellmeister A[nton] Em[il] Titl
Wien 1842
Oktav

Mit diesem, in der Nachfolge von Ferdinand Raimund stehenden ‚Feenspiel' gelingt dem 1792 in Wien geborenen Franz Xaver Told (für seine militärischen Verdienste 1840 geadelt, in Armut 1849 gestorben) sein unbestritten größter dramatischer Wurf. Die Uraufführung im Josephstädter Theater (1842) begründet den sensationellen Siegeszug des Zauberstückes, das die mit Abenteuern verbundene Entwicklung der Fee Zelia zur irdisch Liebenden zeigt und volksliedhafte Couplets enthält. Ausschlaggebend für diesen Erfolg ist aber lediglich eine auf optische Effekte ausgerichtete Verwendung der Bühnenmaschinerie, die hier besonders in der großen Verwandlungszene des Schlusses wirkungsvoll zum Einsatz kommt.

Wien, Universitätsbibliothek, Inv.-Nr. I 88.059
S. L.

**25.68** **Johann Nepomuk Nestroy (1801–1862)**

Der böse Geist Lumpacivagabundus, oder: Das liederliche Kleeblatt. Zauberposse mit Gesang in 3 Aufzügen, Musik von Herrn Kapellmeister Adolf Müller
Wien, Wallishausser 1835
Kleinoktav

Ein Jahr vor Ferdinand Raimunds „Verschwender" entstand diese Zauberposse Nestroys, die mit ihrem realistischen Stil bereits auf die Ablösung des alttradierten gemüthaften Märchen- und Besserungsspiels hin- und auf Nestroys realistische Lokalpossen vorausdeutet. Am 11. 4. 1833 im Theater an der Wien uraufgeführt, durch Nestroy, Wenzel Scholz und Karl Carl in den Rollen des Knieriem, Zwirn und Leim bald in aller Munde, blieb das Stück im ganzen 19. Jahrhundert eines der Nestroyschen Zugstücke.

Wien, Wiener Stadt- u. Landesbibliothek, Inv.-Nr. A 75.749 H. Z.

Kat.-Nr. 25.69

**25.69 Nestroy als Tratschmiedl** Abb.

Franz Gaul; 1866
Aquarell; H. = 27,4 cm, B. = 21,2 cm

Die Figur des Sebastian Tratschmiedl in der Posse „Tritsch-Tratsch" von Johann Nestroy zählt zu den äußerst signifikanten Rollenbildern Nestroys.

Lit.: *Schwarz, Heinrich,* Johann Nestroy im Bild, Wien 1977, S. 100.

Wien, Historisches Museum der Stadt Wien, Inv.-Nr. 30.414 E. V.

**25.70 Büste Johann Nestroys**

Raimund Novak; 1861
Gips, bronziert; H. = 56 cm

Wien, Historisches Museum der Stadt Wien, Inv.-Nr. 18.436 E. V.

**25.71 Johann Nepomuk Nestroy (1801–1862)**

Tannhäuser. Zukunftsposse mit vergangener Musik und gegenwärtigen Gruppierungen in drei Aufzügen (nach H. Wollheim).
Musik von Karl Binder. Herausgegeben und eingeleitet von Georg Richard Kruse; Leipzig o. J. (= Reclams Universal-Bibliothek 4599)
Sedez

Johann Nestroy nahm gern die pathetisch-heroische Hochstilkunst seiner Zeit aufs Korn, – etwa mit der an Hebbels „Judith" anschließenden Travestie „Judith und Holofernes" (1849) oder mit den Parodien auf Richard Wagners Kunst – „Lohengrin" (1839) und „Tannhäuser" (1857): Heinrich Tannhäuser und Elisabeth, die Nichte des Landgrafen Purzel, werden am Ende des groteskkomischen Stücks durch Frau Venus, Inhaberin eines unterirdischen Delikatessenkellers, glücklich vereint.

Wien, Wiener Stadt- u. Landesbibliothek, Inv.-Nr. A 65.854 H. Z.

**25.72 Friedrich Kaiser (1814–1874)**

Die Industrieausstellung. Volksstück in 2 Acten
Wien, A. Pichlers sel. Witwe 1846
Kleinoktav

Kaiser war Volkstheaterdichter in der letzten Phase der Alt-Wiener Volkskomödie. Er entwickelte das Genre des Lebensbildes, das Heiteres mit Ernstem zu verbinden sucht. „Die Industrieausstellung" (Uraufführung am 1. 8. 1845 am Theater in der Josephstadt) macht das Aufblühen der österreichischen Industrie, im selben Jahr in der „Gewerbs-Producten-Ausstellung" dokumentiert, zum literarischen Stoff. In diesem programmatischen Stück tritt Kaiser für den fortschrittlichen Liberalismus und die Industrialisierung ein.

Wien, Wiener Stadt- u. Landesbibliothek, Inv.-Nr. A 12.881 R. L.

**25.73 Friedrich Kaiser (1814–1874)**

Pater Abraham a Sancta Clara. Geschichtliches Volksstück in sechs Bildern
Wien 1869 (= Wiener Theater-Repertoir, 230[te] Lieferung)
Oktav

Friedrich Kaiser gilt als Begründer des aus dem Lokalstück weiterentwickelten Lebens- und Charakterbildes. In dem, vor dem Hintergrund des Türkenkriegjahres 1683 spielenden Stück, das aus seiner späten Schaffenszeit stammt, bedient er sich ebenfalls der Bilderreihentechnik: die populäre Titelfigur, der wortgewandte und unerschrockene Prediger Abraham a Sancta Clara, stellt das Bindeglied der dramaturgisch nur lose miteinander verbundenen sechs Szenenfolgen dar. – Kaiser verwertet die Figur des Predigers überdies für den historischen Volksroman „Ein Pfaffenleben" (1871).

Wien, Universitätsbibliothek, Inv.-Nr. I 74.512 / Bd. 14 (= 230. Lfg.) S. L.

**25.74 Ludwig Anzengruber (1839–1889)**

a. Der G'wissenswurm. Bauernkomödie mit Gesang in 3 Akten
Wien 1874 (= Neues Wiener Theater Nr. 41)
Kleinoktav

„Der G'wissenswurm", 1874 im Theater an der Wien uraufgeführt, zählt zu den vielgespielten Werken L. Anzengrubers (1839–1889), der sich um eine Erneuerung des ernsthaften Volksstückes bemüht: sein Anliegen ist die Behandlung von aktuellen politischen und sozialen Problemen. Im Mittelpunkt der versöhnlich endenden Komödie, für die Adolf Müller die Liedeinlagen vertont, steht der Bauer Grillhofer, der sich – durch Krankheit plötzlich fromm geworden – nun gegenüber seiner illegitimen Vaterschaft mit heftigen Schuldgefühlen konfrontiert sieht. Unterhaltsam und mit deutlich antiklerikaler Tendenz ist hier der Konflikt zwischen ethisch-christlicher Pflicht und menschlich-verfehlender Neigung moralisierend dargestellt.

Wien, Universitätsbibliothek, Inv.-Nr. I 70.293 / Nr. 41 S. L.

b. Porträt
Julius Gerstinger; 1878
Photographie

Wien, Historisches Museum der Stadt Wien, Inv.-Nr. 47.652

**25.75 Friedrich Hebbel (1813–1863)**

a. Die Nibelungen
Ein deutsches Trauerspiel in drei Abtheilungen
Hamburg, Hoffmann und Campe 1862
Kleinoktav, 2 vol. in 1 Bd.

Seit 1845 hielt sich der norddeutsche Dramatiker Friedrich Hebbel (1813–1863) in Wien auf. 1855–1860 arbeitete er, unterstützt durch den Budapester Professor für deutsche Literatur, Wilhelm Gärtner (1811–1875), an dem monumentalen dreiteiligen Drama „Die Nibelungen", in dem er versuchte, die mythologischen Elemente des altdeutschen Stoffs mit psychologischer Motivierung zu verschmelzen – gleichsam ein Parallelunternehmen zu Richard Wagners Bemühungen um eine Adaptierung des Stoffes. Da Heinrich Laube (1806–1884), der Direktor des Wiener Burgtheaters, Hebbel ablehnend gegenüber stand, gelangte das vollständige Stück in Wien erst nach Hebbels Tod zur Aufführung.

Wien, Wiener Stadt- u. Landesbibliothek, Inv.-Nr. A 41.862 W. Kri.

b. Porträt
Eduard Kaiser; 1841
Photographie nach Lithographie

Wien, Österreichische Nationalbibliothek, Bildarchiv, Inv.-Nr. 605.365 C(R)

**25.76 Eduard von Bauernfeld (1802–1890)**

Bürgerlich und Romantisch
Bühnenmanuskript
Oktav

Wesentlich rigoroser als die Bücherzensur wurde im Vormärz die Theaterzensur gehandhabt; im Gegensatz zu jener bestand sie auch nach 1848 weiter. Das von der Bühne herab gesprochene Wort erachtete man für weitaus gefährlicher als das gedruckte Wort; daher konnten Dramen wohl in der Originalform gedruckt werden, bei der Aufführung aber strich man fragwürdige Passagen. – Ein Beleg für diese Praxis ist das hier vorliegende Bühnenmanuskript des erfolgreichen Lustspiels „Bürgerlich und Romantisch" (1835) von Bauernfeld, das deutliche Spuren der Zensur aufweist.

Wien, Theatersammlung der Österreichischen Nationalbibliothek, Bibliothek des k. k. Hofburgtheaters, Inv.-Nr. 39 N 1 W. Kri.

**25.77 Eduard von Bauernfeld (1802–1890)**

Großjährig
Lustspiel in zwei Aufzügen und dem Nachspiel: Ein neuer Mensch. (Als Manuscript gedruckt und mit einem offenen Briefe an die Theater-Direktionen versehen.)
Wien, Carl Gerold 1849
Kleinoktav

Dieses Stück des Lustspieldichters Eduard von Bauernfeld (1802–1890), der seit den 30er-Jahren mit seinen Gesellschaftskomödien große Erfolge feierte, wurde 1846 am Burgtheater aufgeführt. Bauernfeld verbindet hier traditionelle Lustspielelemente (ein junges Paar findet trotz Intrigen zueinander) mit einer satirischen Kritik am vormärzlichen System. In dem unter dem Eindruck der Ereignisse von 1848 geschriebenen Nachspiel allerdings überwuchert Bauernfelds politische Rhetorik seinen theatralischen Instinkt.

Wien, Wiener Stadt- u. Landesbibliothek, Inv.-Nr. A 19.967 W. Kri.

**25.78 Karel Sabina (1813–1877)**

Die verkaufte Braut (Prodaná Nevěsta), Opernlibretto, Musik v. Bedřich Smetana (1824–1884), Uraufführung Prag 30. 5. 1866, endgültige (vierte) Fassung (mit frei rhythmisierter Versfassung von

Jindrich Böhm) am 25. 9. 1870; nach Aufführung in Wien 4. 6. 1892 (Übersetzung von Max Kalbeck) ein Welterfolg
Prag, Steinhauser u. Novák 1866
Oktav

Der Journalist K. Sabina schrieb – selbst radikaler Demokrat – das Libretto mit dem auch Smetana entsprechenden Ziel, ein nationales tschechisches Singspiel zu gestalten, was auch durch die witzige Intrige, volkstümliches ländliches Milieu, originelle, z. T. komische Typen und zündende, ins Ohr gehende Musik Smetanas, der hier mit einzelnen Gesangsnummern als Wagnerianer vom Weg Wagners abwich, gelang.

Wien, Österreichische Nationalbibliothek, Inv.-Nr. 172.141-B H. Z.

25.79 **F. Zell (d. i. Camillo Walzel; 1829–1895)**
**Richard Genée (1823–1895)**

Boccaccio. Komische Operette in 3 Acten
Musik von Franz v[on] Suppé
Wien 1879
Kleinoktav

Als Verfasser der 1879 in Wien uraufgeführten beliebten Operette Franz von Suppés zeichnet die dominierende Librettistengemeinschaft des späteren 19. Jahrhunderts – Richard Genée und Camillo Walzel – die Verantwortung. Die fruchtbringende Zusammenarbeit zwischen dem theatererfahrenen R. Genée (1823–1895) und dem gleichermaßen schriftstellerisch versierten Donau-Schifffahrtskapitän C. Walzel (besser bekannt unter dem Pseudonym F. Zell, 1829–1895) besteht seit 1871. Im Mittelpunkt der commedia dell' arte-ähnlichen (abstrusen) Handlung agiert der Dichter der berühmt-vorbildlichen Novellensammlung „Decamerone", Giovanni Boccaccio (1313–1375).

Wien, Universitätsbibliothek, Inv.-Nr. I 70.293/98 S. L.

25.80 **Karl Haffner (d. i. Karl Schlächter; 1804–1876)**
**Richard Genée (1823–1895)**

a. Die Fledermaus. Komische Operette in drei Acten nach Mailhac und Halevy
Musik von Johann Strauß
Wien, Leipzig o. J. [Gesangstexte]
Kleinoktav

Das espritvolle Libretto der weltberühmten Johann Strauß-Operette (Uraufführung Wien 1874) gilt als Prototyp dieser unterhaltsamen Gattung schlechthin. Seine Entstehungsgeschichte weist ungewöhnliche Aspekte auf: So wird der Text zunächst von dem bekannten Volkskomödien- und Romanautor Karl Haffner (d. i. Karl Schlächter) aus dem Französischen übersetzt. Das nach den zeitgenössischen Dramatikern H. Meilhac und L. Halévy konzipierte Manuskript bearbeitet dann der seit 1868 in Wien ansässige erstrangige Librettist Richard Genée (1823 Danzig – 1895 Baden bei Wien). Er soll mit Schlächter allerdings nie in einem persönlichen Kontakt gestanden haben.

Wien, Wiener Stadt- u. Landesbibliothek, Inv.-Nr. A 35.153 S. L.

b. Porträt
Photographie; 1862

Wien, Historisches Museum der Stadt Wien, Inv.-Nr. 103.670/26

## 26. MUSIK

### 26.1 Der Schulmeister von Steyergassen mit dem falsch singenden Buben am Klavier

Johann Michael Neder; 1840
Öl auf Holz; H. = 26,5 cm, B. = 32 cm

Der Musikunterricht war für Musiker ein Nebeneinkommen, bot aber auch sich ausschließlich dieser Aufgabe widmenden Musiklehrern einen – wenn auch bescheidenen – Lebensunterhalt. Dem großen Interesse am Musikunterricht in breiten Schichten kamen in dem von uns zu behandelnden Zeitraum private Musikschulen entgegen, die langsam den alten Typ des Musiklehrers des kleinen Mannes verdrängten. Neders 1840 entstandenes Bild hält diesen noch einmal fest.

Linz, Oberösterreichisches Landesmuseum, Inv.-Nr. G. 2005 O. B.

### 26.2 Kirchenchor

Farbabb. 39

Alois Greil; 1873
Aquarell auf Papier; H. = 23,7 cm, B. = 30,2 cm

Greil bietet hier offensichtlich eine dokumentarisch genaue Aufnahme der kirchenmusikalischen Situation in kleinen, insbesonders kleinstädtischen oder ländlichen Kirchen seiner Zeit. Diese Musizierpraxis unter der Leitung vom Lehrer (hier an der Orgel) und vom Schulgehilfen – besonders beachtenswert das Fehlen eines eigentlichen Chores oder Orchesters in diesem kleinen Vokal- und Instrumentalensemble – folgt einer bis in die Barockzeit zurückreichenden Tradition. Lediglich die zeitgemäß „modernen" Blechblasinstrumente sind für die zweite Hälfte des 19. Jahrhunderts charakteristisch.

Lit.: *Biba, Otto,* Besetzungsverhältnisse in der Wiener Kirchenmusik, in: Zur Aufführungspraxis der Werke Franz Schuberts (Beiträge zur Aufführungspraxis 4), München–Salzburg 1981, S. 180–186.

Wien, Historisches Museum der Stadt Wien, Inv.-Nr. 48.227 O. B.

### 26.3 Singlehre für Volksschulen

Joseph Ferdinand Kloß, 2. vermehrte Auflage; Wien 1869

Der in Mähren geborene und in Wien wirkende Joseph Ferdinand Kloß war ein Vorkämpfer des Gesangsunterrichtes in den österreichischen Schulen. Ihm war zu verdanken, daß 1848 der Gesang als Unterrichtsgegenstand in den Schulplan für Volks- und Mittelschulen aufgenommen wurde. In seinem 1855 in der Zeitschrift für die österreichischen Gymnasien (Heft 6, S. 452ff) erschienenen Aufsatz begründet er diese Bemühungen wie folgt: *Der Gesang an Gymnasien und Realschulen bezweckt die Veredlung des Geistes und Herzens der Schüler, die Verherrlichung des Gottesdienstes, sowie die Stärkung und Erheiterung des jugendlichen Gemüthes.*

Lit.: *Wurzbach* 12, 115–120. – *Turková, Marie,* Zapomenutý hudbník minulého století. Dílčí přispěvek k dějinám obrozenských a reformních snah v hudbě 19. století, in: Časopis Slezského muzea, Série B, XXIII (1974), S. 166–183.

Wien, Archiv der Gesellschaft der Musikfreunde, Inv.-Nr. 3273/12 O. B.

### 26.4 Statuten des im Jahre 1833 gegründeten Kirchenmusik-Vereines an der Dom- und Stadtpfarrkirche zum heiligen Martin in der königlichen freien Krönungsstadt Preßburg [. . .]

Preßburg 1840; (ungarisch, deutsch)

Nach der Gründung des ersten Kirchenmusikvereines im Jahre 1823 in Wien entstanden nach und nach in den Städten der Monarchie solche Vereine, die sich um die Pflege der Kirchenmusik an einer bestimmten Kirche annahmen. Mit ihnen ging die Organisation wie die Finanzierung der Kirchenmusik – damit verbunden weitgehend auch die Gestaltung des Repertoires – von der Kirche an das Bürgertum über, das der wesentliche Träger dieser Vereine war, die ein wichtiger, ja oft der einzige Vermittler allgemein und frei zugänglicher Musikproduktionen waren. Einer der führenden Kirchenmusikvereine der ganzen Monarchie war jener an der Dom- und Stadtpfarrkirche zu Bratislava.

Lit.: *B(atka), J(ohann),* Die Cäcilienfeste des Pressburger Kirchenmusikvereines zu St. Martin . . ., Pozsony-Pressburg 1912 (dasselbe auch in der Pressburger Zeitung [Morgenblatt] 20. und 21. 11. 1912). – *Schnerich, Alfred,* Die Wiener Kirchenmusikvereine, in: Den Teilhabern an der Haydn-Huldigung in Mariazell 1909 [Wien 1909], S. 3–5.

Wien, Archiv der Gesellschaft der Musikfreunde, Inv.-Nr. 1819/28 O. B.

26.5 **Jahrbuch des Pesth-Ofner Musikvereins-Conservatoriums für 1852**

Redigiert durch Gabriel Mátray
13. Jg., Pesth 1853

Alle überregional bedeutenden höheren Musiklehranstalten der Monarchie – *Conservatorien* – wurden von Vereinen gegründet und getragen. Die ältesten Konservatorien waren jene zu Prag und Wien. Das Konservatorium des 1836 gegründeten und auf verschiedene Vorgängerinstitutionen aufbauenden Pesth-Ofner-Musikvereines hat im Laufe der Jahre ähnliche private Musikschulen an sich angeschlossen bzw. übernommen und wurde im Jahre 1867 in *Nationalkonservatorium* umgenannt.

Lit.: *Mátray, Gabriel,* Geschichte des Pesth-Ofner Musikvereines und der Musikanstalten in Ofen und Pesth, in: Jahrbuch des Pesth-Ofner Musikvereins-Conservatoriums für 1852, XIII (1853), S. 1–41. – *Ungenannt,* Geschichte des Conservatoriums des Pesth-Ofner Musikvereins, ebenda, S. 60–73. – *Vajdafy, E.,* A nemzeti zenede története, Budapest 1890.

Wien, Archiv der Gesellschaft der Musikfreunde, Inv.-Nr. 15525/Z 106 O. B.

26.6 **Conservatorium für Musik und Schauspielschule der Gesellschaft der Musikfreunde, Wien**

Matrikel für Gustav Mahler; Schuljahr 1876/77

Das 1816 eröffnete Konservatorium der Gesellschaft der Musikfreunde in Wien galt als führende Musiklehranstalt der Monarchie. Unter anderen prominenten Persönlichkeiten hat auch Gustav Mahler in den Jahren 1875–1878 das Konservatorium der Gesellschaft der Musikfreunde in Wien (mit halber Lehrgeldbefreiung) absolviert.

Lit.: *Pohl, Carl Ferdinand,* Die Gesellschaft der Musikfreunde des österreichischen Kaiserstaates und ihr Conservatorium, Wien 1871. – *Perger, Richard von; Hirschfeld, Robert,* Geschichte der k. k. Gesellschaft der Musikfreunde in Wien, Wien 1812, S. 156–158.

Wien, Archiv der Gesellschaft der Musikfreunde, Matrikelsammlung des Konservatoriums O. B.

26.7 **Die Mutter hört mit Wohlgefallen der Tochter reine Töne schallen**

Matthias Trentsensky; Wien um 1850
Kolorierte Lithographie aus der Serie „Der Adelsstand"; H. = 27,5 cm, B. = 41 cm

Das Klavierspiel der Tochter des Hauses galt um diese Zeit längst auch schon in bürgerlichen Kreisen als selbstverständliches Bildungsideal und als Teil gesellschaftlicher Reputation. In der Hausmusikpflege, die in halböffentlicher Form auch als musikalischer Salon gehalten wurde, war den Damen in der Regel Gesang- und Klavierspiel, den Herren das Spiel auf Streichinstrumenten (und ebenfalls der Gesang) zugedacht. Blasinstrumente waren hier kaum vertreten.

Wien, Sammlungen der Gesellschaft der Musikfreunde O. B.

26.8 **Statuten der Gesellschaft der Musikfreunde des österreichischen Kaiserstaates**

Wien [1860]

Die 1812 gegründete Gesellschaft nennt sich in ihren Statuten einen *Verein zur Pflege und Beförderung der Tonkunst.* Die Mittel zur Erreichung des Vereinszwecks sind vorzugsweise: *1. Die Erhaltung eines Konservatoriums. 2. Die öffentliche Aufführung gediegener Tonwerke. 3. Die Erhaltung einer musikalischen Bibliothek und der damit in Verbindung stehenden Sammlungen. 4. Gemeinschaftliche Gesangs- und Instrumental-Übungen und Aufführungen durch Mitglieder. 5. Die Ermunterung angehender Tonsetzer durch probeweise oder öffentliche Aufführung ihrer Komposizionen oder in anderer Weise.* Die Gesellschaft, ihre Ziele und ihre Statuten waren Vorbild für eine Vielzahl ähnlicher Gesellschaften in vielen Städten der Monarchie. Sie ermöglichte den ausübenden Mitgliedern das aktive Musizieren in größeren Ensembles, den unterstützenden Mitgliedern und anderen Interessenten den Besuch von Chor- und Orchesterkonzerten und gab dem musikalischen Nachwuchs eine hochrangige Ausbildungsstätte.

Wien, Archiv der Gesellschaft der Musikfreunde, Inv.-Nr. 7361/82 O. B.

26.9 **Denkschrift des Brünner Musik-Vereines zum Jubiläum seines . . . 25jährigen Bestandes**

Josef Effenberger
Brünn 1887

Der 1862 gegründete Musikverein, sah – wie alle seine älteren Vorbilder in anderen Städten – zwei Hauptaufgaben: die Veranstaltung von öffentlichen Konzerten und die Führung einer Musikschule. Die Situation war damit ähnlich wie in Wien, während in Prag diese Ziele unabhängig voneinander von verschiedenen Institutionen verfolgt wurden, was im Vergleich mit anderen Städten der Monarchie aber eher eine Ausnahme war.

Wien, Archiv der Gesellschaft der Musikfreunde, Inv.-Nr. 3670/26 O. B.

26.10 **Zehnter Jahresbericht der philharmon. Gesellschaft in Laibach vom 1. Oktober 1872 bis letzten September 1876.**

Victor Leitmaier
Laibach 1877

Die 1702 begründete philharmonische Gesellschaft in Laibach war die älteste ununterbrochen bestehende musikalische Gesellschaft der Monarchie. Sie wirkte in Laibach mit der Veranstaltung von Konzerten, später auch mit der Führung einer Musikschule sehr verdienstvoll, hat in der Biographie von Haydn, Beethoven, Schubert und Mahler – die alle mit ihr einmal in Kontakt kamen – ihren Platz gefunden, aber keine ihrer Tradition entsprechende überregionale Ausstrahlung gefunden, was von ihr aber auch nie beabsichtigt war. Ihr ausdrückliches Wirkungsgebiet war Krain.

Lit.: *Keesbacher, Friedrich,* Die philharmonische Gesellschaft in Laibach seit dem Jahre ihrer Gründung 1702 bis zu ihrer letzten Umgestaltung 1862, Laibach 1862. – *Bock, Emil,* Die Philharmonische Gesellschaft in Laibach 1702–1902, Laibach 1902.

Wien, Archiv der Gesellschaft der Musikfreunde, Inv.-Nr. 9497/120 O. B.

26.11 **Das erste ungarische Sängerfest in Oedenburg**

J. Globotschnig; 1863
Lithographie; H. = 29,5 cm, B. = 41 cm

Das vereinsmäßig organisierte Chorwesen war für alle Teile der Monarchie charakteristisch und als soziales Phänomen fast ebenso wichtig wie als musikalisches. Es gab lokale, regionale und überregionale Sängerfeste; letztere erhielten oft auch eine nationale Komponente.

Sopron, Liszt Ferenc Múzeum, Inv.-Nr. 57.5.1
O. B.

26.12 **Germanenzug**

Gedicht v. Dr. August Silberstein, für Männerchor und Harmonie-Begleitung
Anton Bruckner
Partitur; Ried im Innkreis, Josef Kränzl 1865

Bei einem Kompositionswettbewerb des Oberösterreichischen Sängerbundes gewann dieses Werk Bruckners unter 120 eingereichten Kompositionen den 2. Preis. Die Uraufführung erfolgte unter Bruckners Leitung beim 1. Oberösterreichischen Sängerfest in Linz am 5. Juni 1865. Es war das erste im Druck erschienene Werk Bruckners.

Lit.: *Göllerich, August; Auer, Max,* Anton Bruckner, Bd. III/1, Regensburg 1932 (Reprint 1974), S. 207–210.

Wien, Österreichische Nationalbibliothek, Musiksammlung O. B.

26.13 **Die Sänger Österreichs huldigen dem Kaiserpaar am 27. April 1879** Farbabb. 38

Karl Karger; 1879
Öl auf Leinen; H. = 82 cm, B. = 191 cm

Am Festzug der Stadt Wien zur silbernen Hochzeit des Kaiserpaares nahmen Gesangvereine aus der ganzen Monarchie teil. Somit ergab sich am Rande dieser Huldigungsfestlichkeiten das erste große Treffen von in Gesangsvereinen organisierten Bürgern aus der ganzen Monarchie, die nationales Selbstbewußtsein zwar nicht leugneten, sich damit aber einer patriotischen gesamtstaatlichen Idee unterordneten. Vom Selbstverständnis dieser Vereine zeugt auch das vorliegende Gemälde, das von diesen in Auftrag und dem Kaiserpaar als Geschenk übergeben wurde.

Lit.: *Albrecht, Claus,* Der Wiener Sängerbund, Wien 1906, S. 28.

Wien, Kunsthistorisches Museum, Inv.-Nr. 7297 (derzeit in der Hofmusikkapelle) O. B.

26.14 **Kurmusik in Bad Ischl**

Hentschel; 1875
Bleistiftzeichnung; H. = 20 cm, B. = 27 cm

Geleitet vom Orchesterdirektor (Konzertmeister) spielt das Ensemble in der charakteristischen kleinen Orchesterbesetzung. Die Kurmusik fand in der zweiten Hälfte des 19. Jahrhunderts als medizinisches und gesellschaftliches Phänomen ihre charakteristische Ausprägung.

Lit.: *Salmen, Walter,* Bilder zur Geschichte der Musik in Österreich (Innsbrucker Beiträge zur Musikwissenschaft III), Innsbruck 1979, S. 117.

Bad Ischl, Heimatmuseum O. B.

**26.15** **Das philharmonische Orchester mit seinem Dirigenten Otto Dessoff**

Wien; 1864
Photographie

Die Photographie entstand aus Anlaß des zwanzigjährigen Bestehens des Orchesters, das sich 1842 in einem Zusammenschluß von Mitgliedern des Hofopernorchesters zu einem Verein gebildet hatte. Seit 1860 veranstalteten diese auch Abonnementkonzerte. Die Dirigenten wurden – und werden in dem immer noch gleich organisierten Orchester auch heute noch – vom Orchester gewählt. Dieses Orchester war das erste nur aus Berufsmusikern zusammengesetzte Orchester für Konzertdarbietungen in der ganzen Monarchie. Nach dem Beispiel des Wiener philharmonischen Orchesters („Wiener Philharmoniker“) bildeten sich später auch in anderen Städten ähnliche Orchester, die alle teils als Eigenveranstalter auftraten und sich auch als Ganzes für Konzerte engagieren ließen.

Lit.: *Biba, Otto,* Die Wiener Philharmoniker. Botschafter der Musik (Ausstellung im Rahmen des internationalen Brucknerfestes Linz 1976), Katalog, Linz 1976, Kat.-Nr. 38.

Wien, Archiv der Wiener Philharmoniker O. B.

**26.16** **Die feierliche Schlußsteinlegung des neu erbauten Hauses der Gesellschaft der Musikfreunde in Wien am 5. Jänner 1870** Abb.

Vinzenz Katzler; 1870
Xylographie; H. = 24 cm, B. = 36 cm
Illustrierte Zeitung, 5. März 1870, S. 172

Das Gebäude wurde zwischen März 1867 und Dezember 1869 nach einem Entwurf und unter der Bauleitung von Theophil Hansen errichtet. Es galt mit seinen zwei Konzertsälen, den Räumen für das Konservatorium und für die Sammlungen weit über die Monarchie hinaus als exemplarisches Muster für ein Musikgebäude. Der Baugrund war ein Geschenk des Kaisers; die Finanzierung des Baues erfolgte ausschließlich durch die Bemühungen der Gesellschaft. Der Große Saal war der erste für Chor- und Orchesterkonzerte errichtete Kon-

Kat.-Nr. 26.16

zertsaal Wiens; zuvor mußten diese in Sälen mit ursprünglich anderer Bestimmung (Großer Redoutensaal, Hofreitschule) stattfinden.

Lit.: Gebäude und Kunstsammlungen der Gesellschaft der Musikfreunde in Wien und ihres Conservatoriums, Wien 1872. – *Klasen, Ludwig,* Gebäude für Vereine, für Concerte und Vergnügungen (Grundriss-Vorbilder von Gebäuden aller Art, Abt. VII), Leipzig o. J. [Ca. 1880], S. 674–677.

Wien, Sammlungen der Gesellschaft der Musikfreunde O. B.

### 26.17 Konzert Richard Wagners in Pest

28. Juli 1863
Plakat (in ungarischer Sprache); H. = 39,5 cm, B. = 32 cm

Wagner dirigierte Ausschnitte aus seinen Opern „Die Meistersinger von Nürnberg", „Lohengrin", „Walküre", „Tristan und Isolde" sowie seine „Faust-Ouverture". Das Konzertleben in Budapest war allem Neuen aufgeschlossen, betonte zum Teil national-ungarische Elemente, verschloß sich aber deshalb keinesfalls der internationalen Entwicklung.

Wien, Archiv der Gesellschaft der Musikfreunde, Plakatsammlung O. B.

### 26.18 Erstes Concert des Musikvereins in Znaim für seine Mitglieder. Unter der artistischen Leitung des Herrn Heinrich Fiby

Znaim, Städtisches Theater, 10. Dezember 1861
Programmzettel; H. = 23,7 cm, B. = 15 cm

Die vereinsmäßige Organisation des Musiklebens hatte sich um diese Zeit auch in kleinen Städten durchgesetzt. Während Chorvereine oft auch nationale Tendenzen verfolgten, sind solche bei den auf breiterer Basis stehenden Musikvereinen auch in gemischtsprachigen Gebieten nicht zu erkennen. Typisch für jene Zeit ist auch das Programm dieses Konzertes mit Mozart, Beethoven, Schumann, Mendelssohn, Dürner, Silcher und einem nur mit den Initialen genannten Dilettanten lokaler Bedeutung, aber auch mit der sehr gemischten Besetzung, die von der Klaviersonate über eine Arie, Männerchören, Orchestermusik bis zur orchesterbegleiteten Chormusik reichte.

Wien, Archiv der Gesellschaft der Musikfreunde, Programmzettelsammlung O. B.

### 26.19 Taktstock

Olivenholz (?), an den Enden versilberte Metallbeschläge mit ornamentalem Dekor und den Gravuren *Johann Herbeck* und *Jerusalem 1865;* L. = 44,5 cm, Dm. = 2,2 cm

Der Taktstock war zu dieser Zeit noch ein massiver Zeigestab. Aus dem Besitz von Johann Herbeck, der ein neues Selbstverständnis des Dirigenten prägte (vgl. 26.26). Der Dirigent entwickelte sich nun immer mehr vom taktschlagenden Leiter zum Gestalter einer Aufführung.

Lit.: *Johann Herbeck.* Ein Lebensbild von seinem Sohne Ludwig, Wien 1885 O. B.

Wien, Sammlungen der Gesellschaft der Musikfreunde

### 26.20 Symphonie Nr. 1, c-moll

Anton Bruckner
Partitur, Autograph

Nach zwei vorangegangenen Studiensymphonien zählte Bruckner dieses am 14. April 1866 vollendete Werk als seine 1. Symphonie. Die Uraufführung fand am 9. Mai 1868 unter Bruckners Leitung in Linz statt. Die Symphonie setzt eine hohe Orchesterkultur voraus, die offensichtlich in Linz (wie in anderen Landeshauptstädten) gegeben war. 1890/91 hat Bruckner die Symphonie umgearbeitet und in dieser zweiten Fassung den Wiener Philharmonikern zur Uraufführung überantwortet. Bruckner war zur Zeit der Komposition dieses Werkes Domorganist in Linz; es kann beispielhaft für die große künstlerische Potenz der Länder der Monarchie und der in den Provinzialhauptstädten wirkenden Künstler stehen, die freilich fast alle letzten Endes von der Haupt- und Residenzstadt Wien angezogen bzw. an sich gezogen wurden.

Lit.: *Göllerich, August; Auer, Max,* Anton Bruckner, Bd. III/1, Regensburg 1932 (Reprint 1974), S. 322–348. – *Wessely, Othmar,* Bruckner und Linz, in: Jahrbuch der Stadt Linz 1954, S. 266.

Wien, Österreichische Nationalbibliothek, Musiksammlung O. B.

### 26.21 Erste Niederschrift des Themas der Haydn-Variationen

Johannes Brahms
Autograph, Doppelblatt; H. = 25,5 cm, B. = 32,5 cm

Bei dem Archivdirektor der Gesellschaft der Musikfreunde in Wien Carl Ferdinand Pohl wurde Brahms auf sechs von diesem zu Studienzwecken in Partitur geschriebene Bläser-Partiten aufmerksam, die Haydn zugeschrieben waren. Das von Brahms sofort notierte Thema des langsamen Satzes aus einer dieser Partiten („Chorale Sancti Antonii") inspirierte ihn zu seinen Variationen über ein Thema von Joseph Haydn op. 56a (für Orchester) und 56b (für zwei Klaviere).

Wien, Archiv der Gesellschaft der Musikfreunde, Inv.-Nr. A 130 O. B.

26.22 **Philharmonisches Konzert**

Wien, 2. November 1873
Programmzettel

Johannes Brahms dirigierte die Uraufführung seiner Variationen über ein Thema von Joseph Haydn für Orchester, op. 56 a – ein Werk, das seine vielfache künstlerische Verbundenheit mit der österreichischen Musiktradition aufs schönste dokumentiert. Heute wissen wir allerdings, daß jenes Werk, aus dem Brahms das Thema gewählt hat, sicher nicht von Haydn (vielleicht von seinem Schüler Ignaz Pleyel?) stammt.

Lit.: *Biba, Otto,* Johannes Brahms in Wien, Ausstellungskatalog, Wien 1983, S. 43.

Wien, Archiv der Gesellschaft der Musikfreunde, Programmzettelsammlung O. B.

26.23 **Die Theaterkapellmeister und Komponisten Anton Storch, Carl Binder, Anton Emil Titl, Franz von Suppé und Heinrich Proch**

Josef Kriehuber; Wien 1852
Lithographie; H. = 50 cm, B. = 63,5 cm

In Schauspielmusiken und Singspielen sowie in den ohne Musik undenkbaren Altwiener Volkskomödien lagen die Wiener Wurzeln der Operette; ebenso wichtig waren für ihre Entwicklung französische Vorbilder. Getragen wurde diese Entwicklung von den fünf Theaterkapellmeistern, die Kriehuber nicht ohne Grund gemeinsam dargestellt hat. Anton Michael Storch wirkte nach ersten Erfolgen am Theater an der Wien und am Carltheater 1849–1854 als Kapellmeister am Josefstädter Theater. Carl Binder war von 1840–1846 und 1848–1851 Kapellmeister am Josefstädter Theater und wechselte in diesem Jahr in das Carltheater. Anton Emil Titl begann ebenfalls am Josefstädter Theater (1840–1846) und ging 1850 als Orchesterdirektor an das Burgtheater. Franz von Suppés Karriere führte vom Josefstädter Theater (1840–1845) über das Theater an der Wien (1845–1862) an das Carltheater, für das er seine erfolgreichsten Werke schrieb. Auch Heinrich Proch schrieb seine ersten Bühnenwerke als Kapellmeister des Josefstädter Theaters (1837–1840) und wirkte dann bis 1870 als Kapellmeister an der Hofoper im Kärntnertortheater. Franz von Suppé war unter diesen Komponisten der einzige, der nicht nur die Entwicklung zur Operette mitbestimmt, sondern auch vollgültige Werke in dieser Gattung geschrieben hat.

Wien, Sammlungen der Gesellschaft der Musikfreunde O. B.

26.24 **Jacques Offenbach**

Bayard & Bertall [Paris]; 1865
Photographie; H. = 43 cm, B. = 31 cm

Der gebürtige Kölner Jacques Offenbach, der in Frankreich mit Singspielen, Operetten und komischen Opern durchschlagende Erfolge gefunden und 1860 die französische Staatsbürgerschaft angenommen hat, stand auch zu Wien in engen Beziehungen, weil hier seine Werke erfolgreich aufgeführt wurden. Besonders wichtig für die hiesige Offenbach-Rezeption war Friedrich Strampfer, der Direktor des Theaters an der Wien, dem Offenbach dieses Photo widmete. Offenbach meinte über Strampfer, daß er erst in dessen Ausstattung und Darstellung seine Werke richtig erkannt habe.

Lit.: *Eisenberger, Ludwig,* Das geistige Wien, 1. Bd., Wien 1893, S. 552f.

Wien, Sammlungen der Gesellschaft der Musikfreunde O. B.

26.25 **Die Fledermaus**

Operette von Johann Strauß (Sohn)
Faksimile der autographen Partitur

Der „Walzerkönig" Johann Strauß wurde von seiner Frau, der Sängerin Henriette Treffz zur Bühne geführt, ja gedrängt. Nach einer nie aufgeführten und heute verschollenen Operette „Die lustigen Frauen von Wien" hatte er 1871 mit „Indigo" und 1873 mit „Carneval in Rom" seine ersten Bühnenerfolge. Mit der am 5. April 1874 im Theater an der Wien uraufgeführten „Fledermaus" (das Libretto wurde nach dem Lustspiel „Le Réveillon" von Henri Meilhac und Ludovic Halévy von Karl Haffner und Richard Genée bearbeitet) schuf Strauß die wohl berühmteste Wiener Operette – eine Gattung, die alle großen und kleinen Bühnen der Zeit damals längst erobert hatte.

Wien, Wiener Stadt- und Landesbibliothek O. B.

26.26 **Johann Ritter von Herbeck**

A. Lanzedelli
Lithographie; H. = 44 cm, B. = 30 cm

Herbeck war im dritten Viertel des 19. Jahrhunderts eine zentrale Persönlichkeit des Wiener Musiklebens; 1858 wurde er schon im Alter von 27 Jahren Professor am Konservatorium der Gesellschaft der Musikfreunde. Als er zwei Jahre später zum artistischen Direktor der Gesellschaft bestellt wurde, reorganisierte er das Konzertwesen. Als er 1870 zum Direktor der Hofoper berufen wurde, oblag ihm nicht nur die musikalische Leitung, sondern auch die szenische Einstudierung. Für die Erstaufführung des „Fliegenden Holländer" in der 1869 eröffneten neuen Hofoper am Ring hat Herbeck sogar einen detaillierten Beleuchtungsplan entworfen. Als Hofkapellmeister konnte Herbeck nicht als kühner Neuerer in Erscheinung treten: In der Hofmusikkapelle hatte er ein klassisch-klassizistisches Repertoire zu pflegen, in das er erstmals Franz Schubert aufgenommen hat (vgl. Kat.-Nr. 26.31)

Lit.: *Braun, Julius,* Johann Ritter von Herbeck und das Wiener Hofoperntheater (Wiener Veröffentlichungen zur Musikwissenschaft II/2), Tutzing 1976.

Wien, Sammlungen der Gesellschaft der Musikfreunde O. B.

26.27 **Die Wagner-Woche**

Karl von Stur
Der Floh, 7. Jg., Nr. 10; 7. März 1875

Dazu erschien auf Seite 2 folgender Kommentar: *Sie ist vorüber, die schreckliche Woche, in der Richard Wagner das musikalische Wien beherrschte. Die unterschiedlichen afficirten Gehörsnerven fangen an, sich nach und nach zu erholen, . . . In Wien hat Wagner sehr leichtes Spiel. Ihm stehen Hilfsmittel zu Gebote, die sonst nicht für das theuerste Geld zu haben sind. Der Director unserer Hofoper, Herbeck, ist Wagnerianer mit Leib und Seele und unterstützt den von ihm gefeierten Meister, so weit er nur kann. Ferner stellt Frau Friedrich Materna den ganzen Aufwand ihrer Kunst- und Stimmittel – und das will nicht wenig sagen – dem gigantischen Componisten zur Verfügung . . .* In der Zeichnung tragen Herbeck und Materna die von Wagner geschlagene große Trommel. – Trotz seines deutlichen Einsatzes für Wagner hat Herbeck ein sehr breites Repertoire gepflegt. So brachte er – um nur zwei Beispiele zu nennen – auch Verdis Aida und die einst so beliebte „Königin von Saba" von Carl Goldmark in den Spielplan der Hofoper.

Wien, Archiv der Gesellschaft der Musikfreunde, Bildersammlung O. B.

26.28 **Richard Wagner**

Schluß des Vorspieles zu „Tristan und Isolde", Konzertfassung für Wien
Partitur, Autograph

Nach dem Scheitern der geplanten Uraufführung von „Tristan und Isolde" in Wien dirigierte Wagner das Vorspiel mit dem eigens für diese Aufführung geschaffenen Schluß in einem von dem Pianisten Carl Tausig veranstalteten Konzert am 27. Dezember 1863 im Großen Redoutensaal. Die Handschrift stammt aus dem Nachlaß von Johannes Brahms.

Lit.: *Grasberger, Franz,* Die Handschriften der Meister Ausstellungskatalog, Wien 1966, S. 153f

Wien, Archiv der Gesellschaft der Musikfreunde, Inv.-Nr. A 300 O. B.

26.29 **Städtisches Theater in Pilsen . . . Donnerstag den 6. April 1865: . . . Alessandro Stradella. Große romantische Oper in 3 Akten von Friedrich. Musik von Flotov. (!)**

Plakat; H. = 39,5 cm, B. = 50 cm

Ein in mehrfacher Hinsicht signifikanter Beleg für die Opernproduktion in einem kleinstädtischen Theater dieser Zeit. Die Aufführung fand *zum zweiten und Letztenmale* statt: Das Repertoire mußte immer wieder wechseln, für mehrmalige Reprisen war das Publikumsreservoire zu klein. Die Aufführung war *zum Benefice des Sängers und Correpetitors C. Waurick* angesetzt: Benefiz-Vorstellungen, deren Einnahmen dem Sänger (bzw. Schauspieler) zustanden, waren Bestandteil der Honorarvereinbarung; bei kleinen Bühnen waren Doppelbeschäftigungen – wie in diesem Fall als Sänger und Korrepetitor – selbstverständlich. *Aus besonderer Gefälligkeit für den Beneficianten haben viele p. t. Herren Dilettanten ihre freundliche Mitwirkung zugesagt,* . . . Theaterorchester in Provinzstädten waren klein. Für sie mußte oft der Orchesterpart von Opern für kleinere Besetzung bearbeitet werden oder es wurden Dilettanten zur aushilfsweisen Mitwirkung gebeten. Dilettanten waren im damaligen Sprachgebrauch gut ausgebildete Musiker, die nicht mit der Musik ihren Lebensunterhalt verdienten, aber Hausmusikpflege betrieben und meist in solchen Kleinstädten die Träger der Kirchenmusik und der Orchester für öffentliche Konzerte waren.

Wien, Archiv der Gesellschaft der Musikfreunde, Plakatsammlung O. B.

**26.30 Städtisches Theater in Pesth . . . 19. März 1862 . . . Tannhäuser und (!) der Sängerkrieg auf der Wartburg. Große romantische Oper in drei Aufzügen von Richard Wagner**

Plakat; H. = 40 cm, B. = 31,5 cm

Pest erhielt zwar erst 1884 ein spezielles Opernhaus, doch war das internationale zeitgenössische Opernrepertoire in den Theatern mit gemischtem Spielplan bestens vertreten.

Wien, Archiv der Gesellschaft der Musikfreunde, Plakatsammlung O. B.

**26.31 Programmzettel eines Hofkonzertes unter der Leitung von Johann Herbeck am 19. April 1873 anläßlich der Vermählung von Erzherzogin Gisela mit Prinz Leopold von Bayern**

Hofkonzerte waren mehr gesellschaftliche denn musikalische Ereignisse und für die Hofmusikka-

Kat.-Nr. 26.32

pelle eine der wenigen Auftrittsmöglichkeiten außerhalb des sonn- und feiertäglichen Gottesdienstes, also im profanen Musizieren. Die Programme, die vom Obersthofmeisteramt bewilligt werden mußten, waren gefällig und in etwa mit der Programmgestaltung eines Kurkonzertes vergleichbar. Die aktuelle musikalische Entwicklung dokumentierte sich darin nicht.

Wien, Haus-, Hof- und Staatsarchiv, Neuere Zeremonialakten III 1873, Kart. 251, 1 Folio O. B.

**26.32 Franz Liszt konzertiert im Schloß zu Buda vor dem Königspaar (mit dem jungen Erzherzog Rudolph und großem Hofstaat)** Abb.

Karl Lafite (Porträts)
Öl auf Leinen; H. = 75 cm, B. = 105 cm

Liszt spielt auf einem mit Girlanden und Blumen geschmückten Bösendorfer-Flügel. (Das Bild stammt aus dem Besitz von Ludwig Bösendorfer.) Das undatierte Bild hält jedenfalls ein Ereignis fest, bei dem die gesellschaftliche und nationale Komponente mindestens ebenso wichtig war wie die musikalische.

Wien, Sammlung der Gesellschaft der Musikfreunde O. B.

**26.33 Anstellung als k. k. Hof-Organisten für Anton Bruckner**

Eigenhändiges Gesuch und Antrag auf Ernennung

Bruckner wurde mit Erlaß vom 9. September 1868 dazu berechtigt, den Titel k. k. Hof-Organist zu führen und erwarb mit dieser Ernennung *die Anwartschaft auf eine dereinst wirkliche Anstellung bei der k. k. Hofmusikkapelle.* Bis dahin hatte er allerdings unentgeltliche Substitutendienste zu leisten. Auf die Dienstkleidung (bis 1874 scharlachroter, dann dunkelblauer Frack, weiße Hose und Strümpfe) hatte er schon jetzt Anspruch. Die definitive Anstellung erreichte Bruckner 1878, er war aber schon seit 1875 als Vizearchivar und zweiter Singlehrer der Hofsängerknaben in einem besoldeten Dienstverhältnis. In dem künstlerisch zwar hochrangigen, aber mehr oder weniger konservativen Ensemble blieb Bruckner ein Außenseiter. Er erfreute sich der Förderung Herbecks, doch stand dessen Nachfolger Joseph Hellmesberger zu Bruckner in deutlicher Distanz.

Lit.: *Antonicek, Theophil,* Anton Bruckner und die Wiener Hofmusikkapelle (Anton Bruckner. Dokumente & Studien 1), Graz 1979.

Wien, Haus-, Hof- u. Staatsarchiv, Hofmusikkapelle Zl. 74/1868, fol. 142, 142b, 143 O. B.

**26.34 Johann Strauß dirigiert seine Kapelle beim Hofball**

Farbdruck nach einem Original von Theo Zasche

Seit 1853 wurde Johann Strauß zur Leitung der Musik bei den Hofbällen engagiert. 1863 erhielt er den Titel eines k. k. Hofball-Musikdirektors. 1871 schied er aus dieser Stellung, die nun sein Bruder Eduard erhielt.

Lit.: *Meiler, Franz,* Johann Strauß (Sohn). Leben und Werk in Briefen und Dokumenten, 1. Bd., Tutzing 1983, S. 237–243.

Wien, Historisches Museum der Stadt Wien, Inv.-Nr. 76.674/18 O. B.

**26.35 Walzer der Kaiserin**

Carl Michael Ziehrer
Ausgabe für Klavier zu zwei Händen, Wien, Carl Haslinger (14.417), [1871]

Die Kaiserin war musikalisch interessierter denn der Kaiser, aber doch nicht soweit, daß sie am musikalischen Leben engagiert Anteil genommen hätte. Der unmittelbare Anlaß für die Widmung dieses Walzers ist unbekannt, doch ist sie nicht nur auf dem Titelblatt, sondern auch in der Musik selbst (Zitat von Haydns „Kaiserhymne“ und Franz von Suppés „Österreichlied“ in der Introduktion) dokumentiert.

Lit.: *Schönherr, Max,* Carl Michael Ziehrer, Wien 1974, S. 213f.

Wien, Wiener Stadt- u. Landesbibliothek, Musiksammlung, Inv.-Nr. Mc 10.042 O. B.

**26.36 20. Ungarische Rhapsodie (auch: Rumänische Rhapsodie)**

Franz Liszt
Autograph; undatiert

Die letzte der ungarischen Rhapsodien von Liszt (Raabe deest), die apokryph auch als rumänische Rhapsodie bezeichnet wird. Liszt schrieb mit diesen Rhapsodien seine wohl verbreitetsten Klavierwerke, deren Beliebtheit von der national-ungarischen Thematik bestimmt wurde. Er schuf damit auch repräsentative Werke für die Gruppe der nationalen Komponisten, unter denen er – allerdings erst in seinen späten Jahren – als führender ungarischer Komponist galt. In der Klaviermusik hat dieses ungarische Genre sicher die stärkste Verbreitung gefunden.

Wien, Archiv der Gesellschaft der Musikfreunde, Inv.-Nr. A 190 O. B.

26.37 **Bedřich Smetana**

Edmund Tietz, Wien; o. J.
Photographie

Smetana schrieb mit der 1866 uraufgeführten komischen Oper „Die verkaufte Braut", die 1870 ihre endgültige Gestalt erhielt, die erste tschechische Nationaloper, die zu einem Welterfolg wurde. Wie fast alle „nationalen" Komponisten seiner Zeit stand er jedem ideologischen Radikalismus fern. Er suchte sich lediglich in seiner Kunst im Stil seiner Heimat auszudrücken.

Lit.: *Bartoš, František,* Smetana in Briefen und Erinnerungen, Prag 1954.

Wien, Archiv der Gesellschaft der Musikfreunde, Portraitsammlung O. B.

26.38 **Antonín Dvořák**

J. Mulač, [Prag]; o. J.
Photographie

Dvořák wurde von Brahms gefördert, überlegte ernsthaft dessen Einladung, nach Wien zu übersiedeln, war oft in Wien, mehrmals in London, ging für eine Zeitlang nach New York, blieb aber ein durch und durch tschechischer Komponist: ein musikalischer Weltbürger und ein Repräsentant einer nationalen Schule.

Lit.: *Šourek, Otakar,* Antonin Dvořák in Briefen und Erinnerungen, Prag 1954.

Wien, Archiv der Gesellschaft der Musikfreunde, PH 1363 O. B.

26.39 **Volkslieder Album aller in Oesterreich Ungarn vertretenen Nationalitäten. Gesammelt und für Pianoforte gesetzt von J. P. Gotthard**

Wien, J. P. Gotthard (377), 1873
Am Außentitel Widmung des Verlegers an Johannes Brahms

Die Wiener Weltausstellung 1873 war für den aus Mähren gebürtigen und in Wien wirkenden Musiker, Komponisten und Verleger Johann Peter Gotthard (ursprünglich Bohumil Pazdirek) der Anlaß zur Zusammenstellung und Publikation dieser Anthologie: Vertreten sind darin folgende Länder bzw. Landschaften, Volks- oder Bevölkerungsgruppen der Monarchie: Niederösterreich, Wien, Lied der Donauschiffer, Oberösterreich, Kärnten, Steiermark, Tirol, Lied der Hussiten, Böhmen, *in Mähren, in der sogenannten Slowakei, im sogenannten Kuhländchen in Mähren,* Österreichisch-Schlesien, Ungarn, Polen, Rumänien, Slavonien, Kroatien, Dalmatien.

Lit.: *Weinmann, Alexander,* Verzeichnis der Verlagswerke J. P. Gotthard (Beiträge zur Geschichte des Alt-Wiener Musikverlages II/21), Wien 1981, S. 23.

Wien, Archiv der Gesellschaft der Musikfreunde, Inv.-Nr. VII 36371 O. B.

26.40 **Ungarische Tänze für das Pianoforte gesetzt**

Johannes Brahms, Zweites Heft
Erstausgabe, Berlin, Simrock (7197) [1872], Exemplar aus dem Nachlaß von J. Brahms

Johannes Brahms hat sich mindestens seit seinem 26. Lebensjahr mit der ungarischen bzw. mit der Zigeunermusik beschäftigt. Andere Komponisten ebenfalls: Als ein Beispiel sei nur der mit dem jungen Brahms befreundete Carl Tausig genannt, der 1867 „Ungarische Zigeunerweisen für das Clavier" veröffentlichte. Brahms' so populär gewordene ungarische Tänze sind zweifellos stilisierte Tänze im ungarischen Stil. Jedenfalls ist die Sammlung Ungarischer Tänze für Klavier zu vier Händen gesetzt, von der 1869 zwei Hefte, 1880 nochmals zwei Hefte und 1872 die beiden ersten Hefte in einer Fassung für Klavier zu zwei Händen erschienen sind, nur eine von Brahms getroffene Auswahl aus all dem, was er im Laufe der Zeit in dieser Art zusammengetragen bzw. geschrieben hat. Kontroversen unter den Zeitgenossen, wie weit Brahms Tänze des mit ihm konzertierenden Geigers Eduard Reményi übernommen hat, wie weit er des Plagiats zu beschuldigen sei, haben heute nur mehr historische Bedeutung.

Lit.: *Tappert, Wilhelm,* Komponisten der Originale zu den „Ungarischen Tänzen" Heft I und II, gesetzt von Johannes Brahms, in: Allgemeine Musikzeitung I, 1874, S. 348. – *Kalbeck, Max,* Brahms und die Ungarischen Tänze, in: Neues Wiener Tagblatt, 25. Mai 1897.

Wien, Archiv der Gesellschaft der Musikfreunde, Inv.-Nr. VII 28860 O. B.

26.41 **Airs nationaux Serbes variés pour le Piano**

Corneille Stankovits, op. 4
Wien, Mechetti (4766), [1854]

Nationales Selbstbewußtsein förderte die Übernahme von Themen oder Charakteristika der Themenerfindung in die Kunstmusik. Die Beliebtheit einer gefälligen Aufbereitung national-musikalischer Eindrücke sei nur an ausgewählten Beispielen aus dem Wiener Verlagshaus Mechetti dokumentiert: 1850 veröffentlichte es von Wenzel Plachý „Deux Impromptus pour Piano sur des airs Rutheniennes“, 1851 von demselben „Trois Mélodies slaves transcrites et variées“, 1852 von Franz Pivoda „Souvenir du bal des Slaves, Vienne 1852“, um 1853/54 von Stankovits das opus 3 „Air National Serbien varié“, 1854 das ausgestellte opus und von C. T. Brunner ein „Bouquet Italien“. – Auf dem Titelblatt der vorliegenden Ausgabe eine Musikszene mit Männern, Frauen und Kindern in serbischer Tracht.

Lit.: *Weinmann, Alexander,* Verlagsverzeichnis Pietro Mechetti quondam Carlo (Beiträge zur Geschichte des Alt-Wiener Musikverlages II/10), Wien 1966.

Wien, Archiv der Gesellschaft der Musikfreunde, Inv.-Nr. VII 22653 O. B.

26.42 **Mosers Wiener-Local-Gesänge mit Begleitung des Piano-Forte. Erste Abtheilung No. 3 Lied an den Handelstand**

Wien, Tobias Haslinger (7903), [1839]

Der Text stammt von Johann Baptist Moser, die Melodie von Julius Hopp. Moser hat für sich den Titel „Volkssänger“ erfunden und war Vorbild für mindestens zwei Generationen von Nachahmern. Mit folgenden Neuerungen gelang ihm der Aufstieg vom sozial minder bewerteten Harfenisten zum berühmten Volkssänger: Er stellte bei seinen Vorträgen das unwürdige Absammeln ab, da es an Bettelei erinnert, und verlangte stattdessen feste Eintrittsgelder; er trat damit ganz bewußt als Künstler vor sein Publikum und nicht als Wirtshausmusikant – auch wenn seine Auftritte in den Sälen von Gaststätten erfolgten; er verzichtete auf die Harfe und ließ sich stattdessen auf dem Klavier begleiten; zur Vertonung seiner Texte gewann er auch bekannte Komponisten (wie den Theaterkapellmeister Julius Hopp). Seine Texte setzten einen gewissen Bildungsstand voraus, waren diskret zeit- oder sozialkritisch, witzig, aber ohne alle Zweideutigkeiten. Als Mosers Vorbild nicht mehr gegeben und der von ihm gesetzte Maßstab nur mehr in der Erinnerung vorhanden war, sank das Niveau der Volkssänger wieder ab.

Lit.: *Koller, Josef:* Das Wiener Volkssängertum in alter und neuer Zeit, Wien 1931.

Wien, Archiv der Gesellschaft der Musikfreunde, Inv.-Nr. VI 59767 O. B.

26.43 **Der Waselbua**

Originallied vom Gesangskomiker C. Lorens, gesungen von Edi
Liedblattdruck; Wien, M. Moßbeck, o. J.

Das Lied vom erfrorenen Waisenknaben („Waselbua“), der im Himmel seine Mutter wiederfindet – so auch die Illustration des Liedblattdruckes – war eine besonders erfolgreiche Schöpfung des Volkssängers Carl Lorens, die nach seinem Vortrag von anderen Volkssängern übernommen und schließlich volkstümlich wurde.

Lit.: Wiener Lieder und Tänze, hg. von Eduard Kremser, 1. Bd., Wien–Leipzig [1911], S. 158f.

Wien, Archiv der Gesellschaft der Musikfreunde, Inv.-Nr. 15638/Tb O. B.

26.44 **Karl am Grabe, seiner Wilhelmine**

Verfaßt von Pet. Bachmeyer
Liedblattdruck; Wien, C. Barth, o. J.

Ein schauriges Bänkellied von dem seiner Geliebten in den Tod nachfolgenden Karl, das es zu besonderer Popularität brachte.

Wien, Archiv der Gesellschaft der Musikfreunde, Inv.-Nr. 15637/Tb O. B.

26.45 **Fest-Anzeige . . . Dinstag, den 18. August 1863, zur Feier des Geburtsfestes Allerhöchst Sr. apostolischen Majestät des Kaisers Franz Josef I. im k. k. Prater ein grosses Volks-Fest . . .**

H. = 34 cm, B. = 26,3 cm

In dem breit gefächerten Programm des um 3 Uhr nachmittags beginnenden Festes hatten die musikalischen Programmpunkte besonderes Gewicht. Es wirkten u. a. mit: *sämmtliche Wiener und mehrere auswärtige Männer-Gesangvereine, sämmtliche in und um Wien stationirten elf k. k.*

*Militär-Musik-Kapellen,* Johann Strauß (Sohn) und Franz Morelly mit ihren Kapellen, die Wiener Dienstmanns-Kapelle unter Theodor Müller, die Tanzkapelle von Karl Drahanek, verschiedene Liedertafeln, Volkssänger bzw. volkstümliche Gesangsgruppen. Ein Konzert des Wiener Männer-Gesangvereines leitete der k. k. Vize-Hofkapellmeister Johann Herbeck.

Wien, Archiv der Gesellschaft der Musikfreunde, Programmsammlung O. B.

26.46 **Konzert im Volksgarten**

Franz Kaliwoda; um 1855
Lithographie

Johann Strauß Sohn mit seiner Kapelle, die Geige und den Geigenbogen in der Hand. Das Bild soll hier stellvertretend stehen für die große Anzahl hervorragender Tanzkapellen und Tanz-Kapellmeister (die jedenfalls auch Komponisten sein mußten) dieser Zeit. Für sie wurden die immer mehr Aufgaben der Unterhaltungsmusik übernehmenden Militärkapellen zu einer ernsthaften Konkurrenz. Von den Kapellmeistern seien zumindest Franz Morelly, Philipp Fahrbach sen. und jun. und Carl Michael Ziehrer aus Wien, Franz Labitzky, der in Karlsbad wirkte oder der aus Ungarn nach Graz gekommene und von dort aus in vielen europäischen Städten wirkende Joseph Gungl genannt.

Wien, Historisches Museum der Stadt Wien, Inv.-Nr. 76.675/15 O. B.

26.47 **An der schönen blauen Donau**

Walzer op. 314 von Johann Strauß (Sohn)
Autographe Partitur der Fassung für Männerchor und Klavier, undatiert

Der Walzer wurde am 13. Februar 1867 im Rahmen eines „Narrenabends" des Wiener Männergesangvereines uraufgeführt. Daß die Uraufführung nicht sehr erfolgreich war, ist eine durch nichts zu begründende und leicht zu widerlegende Legende. Während viele Walzer von Strauß nachträglich mit einem Text unterlegt wurden, war dieser Walzer ursprünglich ein „Chorwalzer"; die Instrumentalfassung ist die spätere Version. Strauß hat den Walzer auf den Text *Wiener seid froh! Oho, wieso?* komponiert, der aus der politischen Situation nach der Niederlage gegen Preußen 1866 zu verstehen ist. Der später unterlegte Text „Donau so blau" stammt von dem Mitglied des Wiener Männergesangvereines, Oberlandesgerichtsrat Franz von Gernerth.

Lit.: *Abametz, Karl,* Rund um den Walzer „An der schönen, blauen Donau", in: *Karl Kretschek,* Festschrift 125 Jahre Wiener Männergesangverein, Wien [1968], S. 79–84.

Wien, Wiener Männergesangsverein O. B.

26.48 **Der Csárdás** Abb. 48

um 1870; kolorierte Lithographie
H. = 18,3 cm, B. = 25 cm

Rechts vier Musiker mit Cymbal, Violine, Klarinette und *Baßetl,* einem kleinen Streich-Baß, links tanzen vor einem Haus zwei Paare, drei Männer sehen zu. Der Csárdás, ein zweiteiliger Tanz mit einer melancholisch-pathetischen Einleitung (Lassu) und dem daran anschließenden wild-aufgeregten eigentlichen Tanz, galt und gilt als der ungarische National-Tanz schlechthin und wurde als solcher im 19. Jahrhundert auch außerhalb Ungarns populär.

Wien, Sammlungen der Gesellschaft der Musikfreunde O. B.

26.49 **Tanzvergnügen auf dem „Fidlovačka" genannten Prager Frühlingsfest**

Beneš Knüpfer; 1869
Stahlstich; H. = 27,7 cm, B. = 27,5 cm

Kat.-Nr. 26.48

Die Paare tanzen zur Musik eines Werkelmannes. Die Drehorgel, in Österreich Werkel genannt, wurde um die Mitte des Jahrhunderts zu einem wichtigen Instrument volkstümlicher Musikpflege. Der Werkelmann war ein Volksmusikant, erst später wurde das Instrument – in einer einfachen und billigen Ausführung – zum Bettler-Instrument. Ursprünglich wurden die Drehorgeln von Orgelbauern erzeugt, ihre Walzen auch von Orgelbauern bestiftet. Mit der zunehmenden Verbreitung und Popularität haben sich manche Orgelbauwerkstätten auf die Herstellung von Drehorgeln spezialisiert und nur gelegentlich an Kirchenorgeln gearbeitet.

Lit.: *Volek, Tomislav; Jareš, Stanislav,* Dějiny české hudbý v obrazech, Prag 1977, Abb. 335, S. 440.

Praha, Muzeum hlavního města Prahy O. B.

**26.50 Beim Heurigen**

August Lanzedelly; um 1870
Getönte Kreidelithographie; H. = 46 cm, B. = 63 cm

Drei Musiker in der Besetzung Klarinette, Ziehharmonika und Gitarre, der Gitarrist scheint auch zu singen. Eine klassische Besetzung der volkstümlichen Musik beim Heurigen, die nicht schlechthin mit der erst in den achtziger Jahren charakteristisch gewordenen „Schrammel-Musik" gleichgesetzt werden darf.

Lit.: *Kant, Hubert,* Lied und Volksmusik in Wien, Historisches Museum der Stadt Wien, 25. Sonderausstellung, Katalog, Wien o. J., S. 189f. – *Salmen, Walter* Bilder zur Geschichte der Musik in Österreich (Innsbrucker Beiträge zur Musikwissenschaft 3), Innsbruck 1979, S. 118.

Wien, Historisches Museum der Stadt Wien, Inv.-Nr. 56.732 O. B.

**26.51 Wiener Hofsänger und Harfenistin**

Vinzenz Katzler; Wien 1882
Xylographie; H. = 11 cm, B. = 12 cm

Die Harfe hat sich als Instrument der umherziehenden Musikanten und Straßensänger bis in die achtziger Jahre des 19. Jahrhunderts erhalten, ihre große volksmusikalische Blütezeit erlebte sie in Wien aber – mit den nach ihr benannten Harfenisten – im Biedermeier und Vormärz. Die von Katzler festgehaltene Szene zeigt bereits die Trennung zwischen Sänger und Begleiter(in), die in der ersten Jahrhunderthälfte noch undenkbar gewesen ist. Das Repertoire dieser von Hof zu Hof ziehenden, in Wirtshausgärten, seltener auch direkt auf der Straße musizierenden Sänger reicht von traditionellem volkstümlichem Liedgut bis zu aktuellem Moritaten- und Bänkelgesang.

Lit.: *Kant, Hubert,* Lied und Volksmusik in Wien, Historisches Museum der Stadt Wien, 25. Sonderausstellung, Katalog, Wien o. J., S. 22. – *Salmen, Walter,* Bilder zur Geschichte der Musik in Österreich (Innsbrucker Beiträge zur Musikwissenschaft 3), Innsbruck 1979, S. 121.

Wien, Historisches Museum der Stadt Wien, Inv.-Nr. 81549 O. B.

**26.52 Lehrzeugnis für Josef Hajek, der durch fünf Jahre bei dem Prager Holzblasinstrumentenverfertiger Johann Horak die „Musikholzblasinstrumentenverfertigung" gelernt hatte**

Prag 22. März 1868

Hajek stammte aus Skorkov bei Prag, kam in seinen Wanderjahren über Linz nach Wien, wo er in den – stolz so genannten – „Fabriken" für Holz- und Blechblasinstrumentenerzeugung von Leopold Uhlmann, Johann Ziegler und Ignaz Lutz, ferner in der Werkstätte von Carl Stecher arbeitete; 1889 hat er sich selbständig gemacht. Hajek arbeitete in traditioneller Weise in einer kleinen Werkstätte, ausschließlich auf Holzblasinstrumente spezialisiert. Er baute für Rudolf Baumgärtel – den Vater der Wiener Oboenspieltechnik – und dessen Schüler die Instrumente; auch seine Flöten waren sehr gesucht.

Wien, Archiv der Gesellschaft der Musikfreunde, Inv.-Nr. 12105/48 O. B.

**26.53 K. K. Aussch[ließlich] priv[ilegierte] Holz- und Metall-Blas-Instrumenten-Fabrik für Kirchen-Theater- und Militär-Musik von Leopold Uhlmann in Wien . . .**

Arbeitszeugnis für den Gesellen Josef Hajek für die Zeit zwischen 10. Mai 1870 und 23. April 1873

Eigenhändig geschrieben und unterzeichnet von Leopold Uhlmann, von der Kanzlei des Bezirksvorstehers beglaubigt. Der 1806 geborene und einer Familie von Blasinstrumenten-Erzeugern enstammende Leopold Tobias Uhlmann war einer der wichtigsten Blasinstrumentenerzeuger Wiens mit einem hohen Exportanteil, der mit Experimentierfreude und immer neuen Verbesserungen wesentlich zur musikalischen Weiterentwicklung der Blasinstrumente beitrug.

Lit.: *Ottner, Helmut,* Der Wiener Instrumentenbau 1815–1833 (Wiener Veröffentlichungen zur Musikwissenschaft 9), Tutzing 1977, S. 154f.

Wien, Archiv der Gesellschaft der Musikfreunde, Inv.-Nr. 12105/48 O. B.

26.54 **Von dem Magistrate der k. k. Reichshaupt- und Residenzstadt Wien Gewerbeschein für Josef Hajek**

Wien 17. Oktober 1887

Berechtigt zur Beschäftigung als Blas- und Streichinstrumentenerzeuger. Das Blatt dokumentiert den Wandel des Instrumentenbaues vom Kunsthandwerk zum Gewerbe: Hajek war ausgebildeter Holzblasinstrumentenerzeuger. Nach der Gewerbeordnung wurde der Gewerbeschein zur Beschäftigung mit dem Blas- und Streichinstrumentenbau ausgestellt. Das ermöglichte die Bildung von Großbetrieben mit verschiedenen Abteilungen, der Weg zum Großunternehmer in Sachen Musikinstrumentenbau war gewerberechtlich vorgezeichnet.

Wien, Archiv der Gesellschaft der Musikfreunde, Inv.-Nr. 12105/48 O. B.

26.55 **Entwurf für einen mehrfarbig intarsierten und bemalten Flügel**

Wohl um 1870/80
Aquarell; H. = 45 cm, B. = 58 cm

Im Grundriß folgt der Flügel der traditionellen Wiener Form, was eine etwas frühere Datierung des Entwurfes nahelegen würde, allerdings wirkt der Dekor „moderner". In diesem scheinbaren Widerspruch ist dieser Entwurf ein besonders interessantes Dokument für die aufwendige und zeitgemäße Gestaltung des Klaviers als Möbel seiner Zeit.

Wien, Sammlungen der Gesellschaft der Musikfreunde O. B.

26.56 **Pracht-Flügel, ausgestellt auf der Weltausstellung Wien 1873**

Ludwig Bösendorfer; 1873
Photographie; Wiener Photographen-Association

Ludwig Bösendorfer war der genialste unter den zahlreichen und meist handwerklich hervorragend arbeitenden Wiener Klavierbauern der 2. Hälfte des 19. Jahrhunderts. In technischer und künstlerischer Hinsicht hat er geradezu schulbildend gewirkt. Seine moderne Betriebsorganisation hat die Klavierbauwerkstätte – ohne Qualitätseinbuße, sondern bei Qualitätsverbesserung – zu einer Klavierfabrik gemacht. Er stand mit allen Künstlern seiner Zeit in freundschaftlichem Kontakt und war als Mäzen und Förderer junger Talente bekannt. Dieser Pracht-Flügel ist ein Beispiel für die Anpassung der Klaviere an den Stil des Möbelbaues und der Innenarchitektur.

Lit.: *Bösendorfer, Ludwig,* Das Wiener Clavier, in: Die Groß-Industrie Oesterreichs, Wien 1898, S. 257–266.

Wien, Sammlungen der Gesellschaft der Musikfreunde O. B.

26.57 **Orgel im erzbischöflichen Dom zu Kalocsa von Jos. Angster in Fünfkirchen**

Wohl um 1880
Photographie, kaschiert

Josef Angster entstammte einer aus Niederösterreich nach Ungarn gekommenen Familie, die in Pécs (Fünfkirchen) in Ungarn ansässig war. Als junger Mann arbeitete er fünf Jahre bei Peter Titz in Wien (1856–1861), zog dann durch Deutschland, arbeitete 1862/63 bei Friedrich Haas in Luzern und 1863 bis 1866 bei Aristide Cavaillé-Coll in Paris, dem zu dieser Zeit wohl berühmtesten und wichtigsten Orgelbauer Europas. So nimmt es nicht Wunder, daß Angsters 1867 in Pécs gegründete Werkstätte zwar nicht die größte, aber jedenfalls eine der wesentlichsten in der ganzen Monarchie war. Keiner seiner Kollegen konnte sich rühmen, bei Cavaillé-Coll geschult worden zu sein. Die Orgel im Dom zu Kalocsa ist mit der neobarocken Gehäusekonzeption typisch für den Orgelbaustil dieser Zeit, der in der Gehäusegestaltung und im Dekor eine Art von Stilkopie pflegte, in der klanglichen Konzeption aber der musikalischen Romantik folgte.

Lit.: *Szigeti, Kilián,* Régi magyar orgonák Pécs, Budapest 1979, S. 121–147.

Wien, Sammlungen der Gesellschaft der Musikfreunde O. B.

26.58 **Notenständer**

Josef Storck; 1873
Nußholz; H. = 165 cm, B. = 53,5 cm

Das früher fälschlich Theophil Hansen zugewiesene Objekt war 1873 bei der Wiener Weltausstellung zu sehen. Josef von Storck (1830–1902) wurde als „Papst" des Kunstgewerbes bezeichnet; er war ein Schüler Eduard van der Nülls und stand 1868–1899 der Wiener Kunstgewerbeschule vor. Seine umfangreiche Tätigkeit als Entwerfer und Publizist lassen ihn als eine Schlüsselfigur auf dem kulturellen Sektor erscheinen.

Lit.: *Kiss Ákos,* Kunstgewerbliche Angaben zur veohellenischen Stilrichtung im 19. Jahrhundert, in: Ars decorativa 2, 1974, S. 143–155, S. 150f., Abb. 8

Budapest, Iparművészeti Múzeum, Inv.-Nr. 62.108 W. Kr.

## 27. THEATER

**27.1 Szenenbild zu Johann Nestroy, „Freiheit in Krähwinkel“ (I, 10)** Abb.

Nestroy als Eberhard Ultra (auf Stuhl stehend), R. Mayer als Redakteur Pfiffspitz und Krähwinkler Bürger

Johann Christian Schoeller; 1848
Aquarell (verschollen); H. = 11 cm, B. = 14 cm
Photokopie

Diese Posse mit Gesang wurde im Carltheater, Wien, am 1. Juli 1848 erstaufgeführt und mit großem Erfolg gegeben. Es wird die konkrete politische Situation der Revolution von 1848 thematisiert, und kann als gutes Beispiel für die politische Funktion des Theaters dienen.

Wien, Universität Wien, Institut für Theaterwissenschaft (Nachlaß Heinrich Schwarz) J. H.

Kat.-Nr. 27.1

**27.2 Szenenbild zu „Freiheit in Krähwinkel“ (I, 18)**

Nestroy als Eberhard Ultra in der Verkleidung als Ligorianer, Jeanette Schmidt-Demmer als Emerenzia, Katharina Herzog als Cäcilie und Wenzel Scholz als Ratsdiener Klaus

Johann Christian Schoeller; 1848
Aquarell; H. = 11 cm, B. = 14 cm

In diesem politischen Stück tritt Eberhard Ultra in Verkleidungen als Ligorianer, russischer Fürst und Fürst Metternich auf.

Wien, Historisches Museum der Stadt Wien, Inv.-Nr. 78.337 J. H.

**27.3 Szenenbild zu „Freiheit in Krähwinkel“ (III, 15)**

Nestroy als Eberhard Ultra (in der Verkleidung als Fürst Metternich), Louis Grois als Bürgermeister und Wenzel Scholz als Ratsdiener Klaus

Johann Christian Schoeller; 1848
Aquarell; H. = 14 cm, B. = 17 cm

Wien, Historisches Museum der Stadt Wien, Inv.-Nr. 109.847 J. H.

**27.4 Szenenbild zu „Freiheit in Krähwinkel“ (III, 21)**

Nestroy als Eberhard Ultra (als Proletarier) und Jeanette Schmidt-Demmer als Emerenzia

Johann Christian Schoeller; 1848
Aquarell; H. = 10 cm, B. = 8 cm

Über der Tür im Bild steht geschrieben: „Heulig is daß Eugendumm“. Klaus schrieb III, 18 „Heilig sei das Eigentum“ auf die Tür, wie das tatsächlich vielfach aus Angst vor den Proletariern geschah. Ultra, als Arbeiter gekleidet, mit einer Spitzhacke, sagt III, 19: „‚Heilig sei das Eigentum!‘ Wenn diese Worte den Arbeitern nicht ins Herz g'schrieben wären, was nutzet denn auf allen Türen das Geschmier'?“

Wien, Historisches Museum der Stadt Wien, Inv.-Nr. 109.287 J. H.

**27.5 Szenenbild zu Johann Nestroy, „Judith und Holofernes“ (24. Szene)**

Wenzel Scholz als Holofernes, Nestroy als Joab (als Judith verkleidet) und Jeanette Schmidt-Demmer als Mirza

Johann Christian Schoeller; 1849
Aquarell; H. = 12 cm, B. = 14 cm

Diese einaktige Travestie von Johann Nestroy wurde am 13. März 1849 mit relativ geringem Erfolg im Carltheater, Wien, erstaufgeführt. Friedrich Hebbels „Judith“, die den Burgtheaterbesuchern seit dem 1. Februar 1849 eingestrichen bekannt sein konnte (mit Christine Enghaus-Hebbel als Judith und Ludwig Löwe als Holofernes), wird darin parodiert. Nestroys Einakter wird also bereits weniger als sechs Wochen nach der Burgtheaterpremiere, allerdings nur bis 23. März 1849, gespielt.

Wien, Historisches Museum der Stadt Wien, Inv.-Nr. 34.850 J. H.

**27.6 Szenenbild zu „Judith und Holofernes" (24. Szene)**

Karl Treumann als Joab (als Judith verkleidet) und Nestroy als Holofernes

Holzschnitt, erschienen in: Telegraf, Nr. 52 vom 5. März 1857; H. = 17 cm, B. = 12 cm

Erst 1856 findet eine Wiederaufnahme statt – und jetzt erst nennt sich Nestroy als Autor – mit Nestroy als Holofernes und Karl Treumann als Joab (Judith), und scheint einen größeren Erfolg gehabt zu haben. In dieser Zeit fehlte aber Hebbels „Judith" am Burgtheater und sollte erst 1872 mit Charlotte Wolter als Judith wiederaufgenommen werden, so daß eine Parodie der schauspielerischen Leistungen nicht anzunehmen ist.

Wien, Historisches Museum der Stadt Wien, Inv.-Nr. 109.779/1 J. H.

**27.7 Johann Nestroy als Landgraf Purzel** Abb.

„Tannhäuser"-Parodie (II, 4 und I, 5)

Theodor Rothaug; 1858
Bleistiftzeichnung; H. = 13 cm, B. = 13 cm

Die „Tannhäuser"-Bearbeitung von Johann Nestroy als „Zukunftsposse mit vergangener Musik und gegenwärtigen Gruppierungen in drei Akten" wurde am 31. Oktober 1857 in prachtvoller Ausstattung im Carltheater (unter der Direktion Nestroy) aufgeführt, wobei vor allem die Musik von Karl Binder hervorzuheben ist.
Tannhäuser war in der Wagner-Fassung den Wienern bereits seit dem 28. August 1857 durch Aufführungen im Thaliatheater bekannt und konnte in der Hofoper am Kärntnertor seit dem 19. November 1859 gesehen und gehört werden.

Wien, Historisches Museum der Stadt Wien, Inv.-Nr. 109.766 J. H.

**27.8 Johann Nestroy als Landgraf Purzel**

„Tannhäuser"-Parodie

Franz Gaul
Bleistiftzeichnung; H. = 32 cm, B. = 21 cm

Wien, Österreichische Nationalbibliothek, Theatersammlung, HG 29.229 (Nachlaß Franz Gaul) J. H.

**27.9 Johann Nestroy als Jupiter (Fliege)**

„Orpheus in der Unterwelt" von Héctor Crémieux, Musik von Jacques Offenbach (III, 5–6)

Prag (?), um 1865
Bemalte Porzellanfigur mit Zündholzbehälter; H. = 13 cm

Die Pariser Uraufführung fand 1858 statt, in Wien wurde die Operette am 17. März 1860 im Carltheater, vermutlich in der Bearbeitung durch Johann Nestroy, aufgeführt und erlebte einen großen Erfolg.

Wien, Österreichische Nationalbibliothek, Theatersammlung, O-3616 (vormals Sammlung Hubert Marischka) J. H.

**27.10 Johann Nestroy als Gott Pan**

„Daphnis und Chloë" von Louis F. N. Clairville und Jules Bardieu, Musik von Jacques Offenbach

Firma Demel, Wien
Bemalte Tragantfigur auf Kartonsockel; H. = 12 cm

Kat.-Nr. 27.7

Die Wiener Erstaufführung dieser musikalisch-parodistischen Idylle fand am 2. März 1861 im Theater am Franz Josephs Kai, Wien, mit Johann Nestroy, der bereits mit 31. Oktober 1860 seine aktive Theaterlaufbahn beendet hatte, als Gast statt.
Das Theater am Franz Josephs Kai (1860–1863) unter der Direktion von Karl Treumann gilt als wichtige Pflegestätte der frühen Operette in Wien, vor allem der Werke von Jacques Offenbach, die durch Gastspiele der Bouffes Parisiens sowie von Offenbach selbst auch „authentisch" gehört werden konnten.

Wien, Österreichische Nationalbibliothek, Theatersammlung, O-3752 (vormals Sammlung Hubert Marischka) J. H.

27.11 **Johann Nestroy, „Häuptling Abendwind oder das gräuliche Festmahl. Operette in Einem Act"**

Seite aus verkleinertem Faksimiledruck, herausgegeben und eingeleitet von Gustav Pichler, Wien 1962.

„Häuptling Abendwind" wurde während des letzten Nestroy-Gastspiels ab 1. Februar 1862 im Theater am Franz Josephs Kai fünfmal aufgeführt, mit Nestroy (Abendwind), Louis Grois (Biberhahn), Karl Treumann (Arthur) und anderen. Es handelt sich um die letzte Uraufführung eines Nestroywerks zu Lebzeiten des Autors.
Wie bei vielen seiner Werke läßt sich hier Nestroys private Selbstzensur verfolgen, indem Passagen oder einzelne Worte in der Endfassung durch Spiralen getilgt und gegebenenfalls durch weniger angreifbare und damit auch oft weniger konkrete Ausdrücke ersetzt wurden, ohne daß diese Vorsichtsmaßnahmen immer in den Theatermanuskripten ihren Niederschlag finden mußten. Bei diesen Änderungen handelt es sich nicht um Verbesserungen, sondern um die Bereitschaft zu Konzessionen im Hinblick auf die tatsächliche Theaterzensur. Es kommt ihnen somit eine große Bedeutung für das Erkennen von Reizstellen und das Aufspüren der Erwartungshaltung des damaligen Publikums zu.

Wien, Wiener Stadt- und Landesbibliothek, Handschriftensammlung, Inv.-Nr. 190.000 (vormals Sammlung Dr. Gustav Pichler) J. H.

27.12 **Adelheid**

aus Johann Wolfgang v. Goethe, „Götz von Berlichingen"

Bühnenkostüm, getragen von Charlotte Wolter
Burgtheater, ab 10. Mai 1879

Wien, Österreichische Nationalbibliothek, Theatersammlung, O-2564 J. H.

27.13 **Pedro Crespo**

aus Calderón, „Der Richter von Zalamea"

Bühnenkostüm, getragen von Bernhard Baumeister
Burgtheater, ab 30. Mai 1882

Wien, Österreichische Nationalbibliothek, Theatersammlung, O-2641 J. H.

27.14 **Schild und Speer**

der Brünnhilde in Richard Wagner, „Der Ring des Nibelungen"

benützt von Amalie Materna

Wien, Österreichische Nationalbibliothek, Theatersammlung, O-510, O-410 a J. H.

27.15 **Taschenuhr Eisensteins**

angeblich verwendet für die Uraufführung der „Fledermaus" von Johann Strauß im Theater an der Wien, 5. April 1874

Wien, Österreichische Nationalbibliothek, Theatersammlung, O-3425

27.16 **Charlotte Wolter als Adelheid** **Abb.**

Johann Wolfgang von Goethe, „Götz von Berlichingen"

„PW", 1866
Öl auf Holz; H. = 105 cm, B. = 82 cm

Charlotte Wolter (1834–1897) gilt als eine der berühmtesten Tragödinnen ihrer Zeit. Sie spielte klassische und moderne Heldinnen wie auch Salondamen. Am Burgtheater seit 1862 engagiert, gastierte sie an allen bedeutenden deutschsprachigen Bühnen.

Wien, Österreichische Nationalbibliothek, Theatersammlung, O-225 J. H.

Kat.-Nr. 27.16

**27.17 Bernhard Baumeister als Pedro Crespo**

Calderón, „Der Richter von Zalamea"
Josef Fux
Öl; H. = 10 cm, B. = 75 cm

Bernhard Baumeister (1828–1917), am Burgtheater seit 1852 anfangs als Naturbursch. Hervorragende Darstellung, vor allem sein Pedro Crespo gehörte zu seinen Glanzleistungen.

Wien, Österreichischer Bundestheaterverband, Burgtheater J. H.

**27.18 Amalie Materna als Brünnhilde**

Richard Wagner, „Der Ring des Nibelungen"

H. Vigg; 1884
Öl; H. = 152 cm, B. = 88 cm

Amalie Materna (1847–1918), an der Wiener Hofoper von 1869 bis 1894 engagiert (Sopran), gehört zu den größten Wagnersängerinnen ihrer Zeit. Sie war die erste Bayreuther Brünnhilde im „Ring" (1876) und die erste Kundry (1882) in „Parsifal".

Wien, Österreichische Nationalbibliothek, Theatersammlung, O-216 J. H.

**27.19 „Das Mädchen von Elisonzo"**

einaktige „komische Oper" von Jacques Offenbach
Carltheater, Wien, 18. Dezember 1858 oder Theater am Franz Josephs Kai, Wien, 14. November 1860

Bühnenmodell
Außenmaße: H. = 29 cm, B. = 48 cm, T. = 32 cm
Innenmaße: H. = 19 cm, B. = 27 cm

Wien, Österreichische Nationalbibliothek, Theatersammlung, K-69 J. H.

**27.20 Karl Goldmark, „Die Königin von Saba"**

(Inneres des Salomonischen Tempels)

Wien, Hofoper, 10. März 1875
Bühnenmodell
Außenmaße: H. = 30 cm, B. = 46 cm, T. = 34 cm
Innenmaße: H. = 18 cm, B. = 29 cm

Wien, Österreichische Nationalbibliothek, Theatersammlung, K-198 J. H.

**27.21 Friedrich Schiller, „Die Piccolomini"**

(Ein alter gotischer Saal auf dem Rathaus in Pilsen)
Burgtheater, 17. März 1884

Bühnenmodell
Außenmaße: H. = 33 cm, B. = 45 cm, T. = 28 cm
Innenmaße: H. = 28 cm, B. = 21 cm

Wien, Österreichische Nationalbibliothek, Theatersammlung, K-54 J. H.

**27.22 Giacomo Meyerbeer, „Der Prophet"**

(Kircheninneres)
Kärntnertortheater, Wien, 28. Februar 1850

Bühnenbildentwurf
Guiseppe Brioschi
Aquarell; H. = 33 cm, B. = 42 cm

Guiseppe Brioschi (1801–1858), Vater der berühmten Dekorationsmaler, wirkte seit 1838 als Hoftheatermaler in Wien.

Wien, Historisches Museum der Stadt Wien, Inv.-Nr. 101.020 J. H.

Kat.-Nr. 27.23

**27.23 Richard Wagner, „Tannhäuser und der Sängerkrieg auf Wartburg“** Abb.

(Sängerhalle)
Kärntnertortheater, Wien, 19. November 1859

Bühnenbildentwurf
Carlo Brioschi
Aquarell, Bleistift; H. = 25 cm, B. = 31 cm

Carlo Brioschi (1826–1895), Sohn des Guiseppe, wirkte 1854–1885 in Wien als Hoftheatermaler. Begründer des Rufs der neueren Wiener Dekorationsmalerei.

Wien, Historisches Museum der Stadt Wien, Inv.-Nr. 101.021 J. H.

**27.24 Charles Gounod, „Margarethe“**

(Walpurgisnacht)
Kärntnertortheater, Wien, 8. Februar 1862

Bühnenbildentwurf
Carlo Brioschi
Aquarell; H. = 23 cm, B. = 28 cm

Wien, Historisches Museum der Stadt Wien, Inv.-Nr. 101.004 J. H.

**27.25 William Shakespeare, „Romeo und Julia“**

(Gruft)
Burgtheater, nach dem 14. Juni 1880

Bühnenbildentwurf
Anton Brioschi
Kohle, laviert; H. = 46 cm, B. = 59 cm

Anton Brioschi (1855–1920), Sohn des Carlo, ebenfalls als Dekorationsmaler an den Wiener Theatern tätig.

Wien, Österreichische Nationalbibliothek, Theatersammlung, HS-31.321 J. H.

**27.26 William Shakespeare, „Der Kaufmann von Venedig“** Abb.

(Straße in Venedig)
Burgtheater, nach dem 21. Juni 1880

Bühnenbildentwurf
Anton Brioschi
Aquarell; H. = 50 cm, B. = 66 cm

Wien, Österreichische Nationalbibliothek, Theatersammlung, HS-37.346 J. H.

Kat.-Nr. 27.26

**27.27 Friedrich Schiller, „Die Piccolomini"**

nach dem Entwurf von Joseph Fux, nach einer Aufführung, Burgtheater, 17. März 1884

Szenenbild
Leopold Burger
Aquarellierte Tuschzeichnung; H. = 56 cm, B. = 81 cm

Joseph Fux (1841–1904), seit 1879 Leiter des Ausstattungswesens am Burgtheater.

Besetzung: Adolf Sonnenthal (Wallenstein), Fritz Krastel (Max), Bernhard Baumeister (Illo), Hermann Schöne (Isolani), Ludwig Gabillon (Buttler), Josef Lewinsky (Questenberg), Josefine Wessely (Thekla).

Wien, Österreichische Nationalbibliothek, Theatersammlung, HS-37.360 J. H.

**27.28 Christine Enghaus-Hebbel als Judith**

Friedrich Hebbel, „Judith"
Burgtheater, ab 1. Februar 1849

Ferdinand Bender, 1850
Öl auf Leinwand; H. = 144 cm, B. = 117 cm

Christine Enghaus (1817–1910), Frau Friedrich Hebbels, spielte am Burgtheater von 1840 bis 1875 erste Heldinnen und trug maßgeblich zum Theatererfolg der Dramen ihres Mannes am Burgtheater bei.

Wien, Österreichischer Bundestheaterverband, Burgtheater J. H.

**27.29 Bogumil Dawison als Richard III.**

William Shakespeare, „König Richard III."
Burgtheater, ab 14. Februar 1852, in der Theatereinrichtung von Heinrich Laube

Friedrich Amerling
Öl auf Leinwand; H. = 69 cm, B. = 56 cm

Bogumil Dawison (1818–1872) war ein bedeutender Charakterdarsteller insbesondere von Shakespeare-Rollen. Richard III. gehört zu seinen ganz großen Leistungen. Am Burgtheater von 1849 bis 1853 engagiert, dann als internationaler Gaststar tätig.

Wien, Historisches Museum der Stadt Wien, Inv.-Nr. 46.903 J. H.

**27.30 Ludwig Gabillon**

Josef Matthias Aigner; 1858
Öl auf Leinwand; H. = 75 cm, B. = 56 cm

Ludwig Gabillon (1828–1896), am Burgtheater seit 1853 tätig, entwickelte sich vom jugendlichen Liebhaber zum Repräsentanten im vornehmen Charakterfach.

Wien, Historisches Museum der Stadt Wien, Inv.-Nr. 90.982 J. H.

**27.31 Zerline Gabillon**

Hans Makart
Öl auf Leinwand; H. = 126 cm, B. = 81 cm

Zerline Würzburg (1835–1892), seit 1853 am Burgtheater, Frau Ludwig Gabillons, spielte Charakterrollen und galt als Repräsentantin des feinen Konservationsspielstils.

Wien, Historisches Museum der Stadt Wien, Inv.-Nr. 90.981 J. H.

**27.32 Adolf Sonnenthal**

Jugendbildnis

Franz Gaul; Wien 1857
Öl auf Leinwand; H. = 60 cm, B. = 48 cm

Adolf Sonnenthal (1832–1909), seit 1856 am Burgtheater tätig, galt bald als der beste deutschsprachige Konversationsschauspieler und Salonliebhaber; wechselte im Alter ins Charakterfach.

Wien, Österreichische Nationalbibliothek, Theatersammlung, O-54 J. H.

**27.33 Heinrich Laube** Abb.

Öl auf Leinwand; H. = 64 cm, B. = 55 cm

Heinrich Laube (1806–1884), Schriftsteller (Dramatiker), ging in die Geschichte als einer der bedeutendsten Bühnenleiter des deutschsprachigen Theaters im 19. Jahrhundert ein. Seine Tätigkeit in Österreich bezieht sich auf die Direktion des Burgtheaters von 1849 bis 1867 und die Leitung des Wiener Stadttheaters von 1872 mit Unterbrechungen bis 1880.

Wien, Österreichische Nationalbibliothek, Theatersammlung, O-111 J. H.

Kat.-Nr. 27.33

**27.34 Josefine Gallmeyer als Resi** Abb.

O. F. Berg, „Die alte Schachtel"
Musik von Franz von Suppé
Carltheater, Wien, 1865

Carl von Stur; 1866
Bleistift; H. = 12 cm, B. = 9 cm

Josefine Gallmeyer (1838–1884) gilt als die beliebteste Volksschauspielerin und -sängerin ihrer Zeit.

Wien, Historisches Museum der Stadt Wien, Inv.-Nr. 103.007 J. H.

**27.35 Theatertopographie Wiens**

Graphik, Entwurf: J. H., Ausführung: I. Grillmayer

**27.36 Hierarchien der Leitung beider Hoftheater in Wien**

Graphik, Entwurf: J. H., Ausführung: I. Grillmayer

**27.37 Zwei Parterresitze aus dem alten Burgtheater**

Wien, Österreichische Nationalbibliothek, Theatersammlung, O-3544

**27.38 Spielkarten** Abb.

der Firma Ferd. Piatnik & Sohn, Wien, darunter 16 Karten mit berühmten Wiener Schauspielern und Sängern in ihren bekanntesten Rollen dargestellt.

Ausgestellt 8 Spielkarten mit Burgschauspielern in Rollenbildern aus den 70er und 80er Jahren: Charlotte Wolter, Bernhard Baumeister, Ludwig Gabillon, Ernst Hartmann, Friedrich Krastel, Josef Lewinsky, Emerich Robert und Adolf Sonnenthal.

Wien, Historisches Museum der Stadt Wien, Inv.-Nr. 72.624 J. H.

Kat.-Nr. 27.34

Kat.-Nr. 27.38

27.39 **Tapetenstück und Holzsplitter**

aus dem alten Burgtheater, in Schachtel

Wien, Österreichische Nationalbibliothek, Theatersammlung, O-3664 J. H.

27.40 **Lampenputzschere**

aus dem alten Burgtheater

Kupfer

Wien, Österreichische Nationalbibliothek, Theatersammlung, O-456 J. H.

27.41 **Toilettenschlüssel**

aus dem alten Burgtheater, mit Kette

Eisen, Messing

Wien, Österreichische Nationalbibliothek, Theatersammlung, O-40 J. H.

27.42 **Charlotte Wolter als Pfeifenkopf**

Ton

Wien, Österreichische Nationalbibliothek, Theatersammlung, O-3508 J. H.

27.43 **Josef Lewinsky als Pfeifenkopf**

Ton

Josef Lewinsky (1835–1907), seit 1858 am Burgtheater tätig, ist wegen seiner revolutionären Schauspielkunst und seiner eindrucksvollen Sprechtechnik bemerkenswert. Intellektueller Charakterdarsteller, im Intrigantenfach neue psychologische Ausdrucksmittel.

Wien, Österreichische Nationalbibliothek, Theatersammlung, O-3509 J. H.

27.44 **Miniatursänfte aus dem Besitz von Charlotte Wolter**

Holz, mit Leder überzogen; H. = 45 cm, B. = 24 cm, T. = 27 cm

Aufgrund der in die Fenster gravierten Inschriften handelt es sich bei dieser Sänfte um ein Geschenk Stella Hohenfels' an Charlotte Wolter. Im Inneren der Sänfte befinden sich zwei Lorbeerkränze.

Wien, Privatbesitz E. V.

27.45 **Repertoire mit allen Umbesetzungen im Burgtheater bis 1888**

H. = 14 cm, B. = 26 cm

Aufgeschlagen die Seiten 78 und 79, betreffend Spieltage und Besetzungen von „Götz von Berlichingen mit der eisernen Hand. Schauspiel in fünf Aufzügen von Goethe" (mit Charlotte Wolter als Adelheid), um einen Eindruck des Personals, der Umbesetzungen bestimmter Rollen bei einem Werk mit vielen dramatis personae in der Zeit Dingelstedts und später zu geben. (Neuinszenierung des „Götz" 10. Mai 1879.)
Die Angaben sämtlicher Spieltage und sämtlicher Umbesetzungen der angeführten Werke sind vor allem deshalb von theaterhistorischem Wert, weil die Eintragungen nach den Vorstellungen vorgenommen wurden und daher der Quellenwert gegenüber Ankündigungen oder Theaterzetteln, die

ebenfalls den Charakter von Ankündigungen hatten, höher einzustufen ist.

Wien, Österreichische Nationalbibliothek, Theatersammlung J. H.

**27.46 „Repertoire des kaiserl. königl. Hofburg-Theaters. Vom 1ten Jänner 1850. Julius Lehmann fecit 1855."**

Weitergeführt bis 1867
Photokopie

Aufgeschlagen Seite 269, betreffend „Die Waise aus Lowood" von Charlotte Birch-Pfeiffer, mit Charlotte Wolter als Jane Eyre. Am Burgtheater zum erstenmal aufgeführt am 10. Dezember 1853.

Charlotte Birch-Pfeiffer (1800–1868), Schauspielerin und Theaterleiterin, war als Schriftstellerin äußerst produktiv. Viele ihrer rührseligen trivialen Stücke konnten sich lange auf den Bühnen behaupten. „Die Waise aus Lowood" ist eine jener rührseligen Bühnenfassungen damaliger neuer berühmter Romane oder Erzählungen und basiert auf „Jane Eyre" von Charlotte Brontë.
Dieses Beispiel zeigt, daß das Burgtheater, auch unter Laube, die Trivialdramatik nicht verschmähte und – wie die Einnahmenangaben zeigen – sehr gut davon lebte.

Wien, Österreichische Nationalbibliothek, Handschriftensammlung, Ser. nov. 3423 J. H.

**27.47 Gagenaufstellung des Burgtheaters**

1860er Jahre
H. = 18 cm, B. = 9 cm

Aufgeschlagen die erste Seite mit den Namen: Hr. Anschütz, Fr. Anschütz, Frl. Baudius, Frl. Bognar, Hr. Baumeister.

Führt Jahresgagen, Personalzulagen, Garderobegelder, Remunerationen sowie Honorarsätze für tägliche Spielgelder an.

Wien, Österreichische Nationalbibliothek, Theatersammlung, M 2017 J. H.

**27.48 „Hauptbuch vom k. k. priv. Nationaltheater an der Wien des Franz Pokorny. Jahr 1850 [1850 et 1851]."**

13. Band, Hauptbuch, monatliche Einnahmen und Ausgaben
1. 1. 1850 bis 31. 12. 1851
H. = 48 cm, B. = 35 cm

Aufgeschlagen eine Seite der Gesamtausgaben 1851

Neben den Besoldungen sind die Angaben über Materialverbrauch und Materialkosten von Interesse. Wichtige Quelle für die Erforschung des Theaters als Geschäftsbetrieb.

Wien, Österreichische Nationalbibliothek, Theatersammlung J. H.

**27.49 Gesamtausgaben inklusive Gagen im Jahr 1851 (aufgeschlüsselt) im Theater an der Wien**

Graphik, Entwurf: J. H., Ausführung: I. Grillmayer

**27.50 Geschäftsbuch des Carltheaters, Spielzeit 1859/60**

H. = 29 cm, B. = 23 cm

Aufgeschlagen die Seiten 62 und 63, betreffend Theaterregieausgaben im Dezember 1859

Dieses Geschäftsbuch aus der Zeit der Direktion Johann Nestroys beinhaltet einen täglichen Spielplan mit Aufgliederung der Vorstellungstageskosten, Tageseinnahmen, Tantiemenzahlungen, weiters sind monatliche aufgeschlüsselte Ausgabenaufstellungen und der monatliche aufgeschlüsselte Gagenetat ersichtlich.

Wien, Wiener Stadt- und Landesbibliothek, Handschriftensammlung, Inv.-Nr. 18.863 J. H.

**27.51 Regieausgaben und alle Gagen im Dezember 1859 im Carltheater, Wien**

Graphik, Entwurf: J. H., Ausführung: I. Grillmayer

**27.52 Protokollbuch des Direktionsrats der Gesellschaft des Wiener Stadttheaters (1871–1885)**

H. = 39 cm, B. = 12,5 cm

Aufgeschlagen: Seiten aus dem Protokoll der Direktionsratssitzung vom 6. April 1880, in dem es unter anderem um Laubes Vorschläge von Gagenreduktionen und Repertoireeinschränkungen geht, wie das bereits anläßlich des ersten Direktionsverzichts von Laube im Protokoll vom 9. September 1874 in die Wege geleitet wurde. Damals ging der Vorschlag, das Genre des Stadt-

theaterspielplanangebots zu ändern, auf Laube zurück, der aber selber diese Änderung als Direktor nicht verantworten wollte.
Die Protokolle geben einen interessanten Einblick in Geschäftsführung, Motivation, und sind vor allem im Hinblick auf die Aufdeckung der tatsächlichen Entscheidungsträger und auf das soziale Verhältnis des Personals interessant.

Wien, Österreichische Nationalbibliothek, Theatersammlung J. H.

27.53 **Liste der Gründer des Wiener Stadttheaters**

Aus: Jahr-Buch des Wiener Stadt-Theaters vom 1. Dezember 1874 bis 30. November 1875. Herausgegeben am 1. Jänner 1876 von den Souffleurs Johann Koch und Paul Hirschberger, Wien 1876.

Wien, Privatbesitz J. H.

27.54 **Theaterbrände der Monarchie 1848 bis 1888**

Tabellarische Zusammenstellung
Entwurf: J. H., Ausführung: I. Grillmayer

27.55 **Brand des Theaters am Franz Josephs Kai, Wien, 9. Juni 1863**

Wilhelm von Wartenegg; 1863
Öl auf Leinwand; H. = 24 cm, B. = 29 cm

Wien, Historisches Museum der Stadt Wien, Inv.-Nr. 41.481 J. H.

27.56 **Polizeibericht über den Brand des Theaters am Franz Josephs Kai in Wien am 9. Juni 1863**

Akten der Obersten Polizeibehörde, Präsidium II, Meldung vom 10. 6. 1863 der Militär-Polizeiwache-Corps-Abtlg. in Wien über den Brand des Kaitheaters, Zahl 919/m. P. ex 1863

Nach der Vorstellung brach am 9. Juni 1863 um etwa 22 Uhr ein Brand aus, der das Holzgebäude völlig vernichtete, aber keinen Personenschaden verursachte. Im ersten Polizeibericht wurde Brandlegung vermutet – dieser Verdacht wurde dann in einem weiteren Bericht zurückgezogen. Für Direktor Karl Treumann kam der Brand jedenfalls im richtigen Moment und wirkte sich äußerst vorteilhaft aus, da Treumann das hölzerne Interimstheater nach mehrfachen Fristerstreckungen nun endgültig durch einen Stabilbau hätte ersetzen sollen und andererseits gerade zu diesem Zeitpunkt sich die Möglichkeit ergab, mit seinem Ensemble ins Carltheater zurückzukehren.

Wien, Österreichisches Staatsarchiv, Allgemeines Verwaltungsarchiv J. H.

27.57 **Brand des Ringtheaters, Wien, 8. Dezember 1881**

1881
Kreidelithographie, koloriert; Verlag und Druck von Heinrich Gerhart & Comp. in Wien V, Grüngasse Nr. 32
H. = 63 cm, B. = 46 cm

Am 8. Dezember 1881, während einer Vorstellung von „Hoffmanns Erzählungen“ von Jacques Offenbach ereignete sich die Brandkatastrophe, bei der es zwischen 300 und 400 Toten gab. In der Folge führte dies zu weitreichenden Sicherheitsmaßnahmen in allen Theatern. Die Gründung der Wiener Rettungsgesellschaft ist damit ebenfalls in Zusammenhang zu bringen.

Wien, Historisches Museum der Stadt Wien, Inv.-Nr. 98.219 J. H.

27.58 **Eintrittskarten**

für die Vorstellung vom 8. Dezember 1881 im Ringtheater

Wien, Feuerwehr der Stadt Wien J. H.

27.59 **Geschmolzener Teil eines Lusters aus dem Ringtheater**

Wien, Feuerwehr der Stadt Wien J. H.

27.60 **Die Toten des Ringtheaterbrandes 1881**

aufgeschlüsselt nach Alter, Geschlecht, Wohnbezirk, Beruf

Graphik, Entwurf: J. H., Ausführung: I. Grillmayer

**27.61 Die Theatergebäude der Monarchie 1848 bis 1888**

Schematisierte Karte, Entwurf: J. H., Ausführung: I. Grillmayer

**27.62 Architektur der Theaterbauten**

**27.62.1 Wien, Carl-Theater**

ehem. II., Praterstraße (Jägerzeile)
Eduard van der Nüll und August Sicard von Sicardsburg, 1847

Rudolf von Alt
Farbige Lithographie; H. = 17,7 cm, B. = 22,7 cm

Dieses erste Werk der beiden Architekten, das sich klar zum Historismus bekennt, entstand schon am Vorabend der neuen Ära. Bezeichnenderweise gelangte nicht der erste, noch eng der Tradition der Vormärzarchitektur verbundene Entwurf zur Ausführung, sondern ein zweiter, der bereits sehr selbstbewußt das historische Instrumentarium verwendet. Typisch ist dabei die Vorliebe der Architekten für eine dekorative Behandlung der Fassadenfläche und die Bevorzugung italienischer Trecento- und Quattrocento-Motive.

Lit.: *Hoffmann, Hans-Christoph,* Die Architekten Eduard van der Nüll und August von Sicardsburg, in: *Hans-Christoph Hoffmann – Walter Krause – Werner Kitlitschka,* Das Wiener Opernhaus. Die Wiener Ringstraße. Bild einer Epoche, Band VIII/1, Wiesbaden 1972, S. 20–24.

Wien, Historisches Museum der Stadt Wien, Inv.-Nr. 15.096 S. K.

**27.62.2 Wien, Opernhaus**

I., Opernring

Eduard van der Nüll und August Sicard von Sicardsburg, 1861–1869
Malerische Ausstattung: Moriz von Schwind, Carl Rahl u. a.
Plastische Ausstattung: Ernst Julius Hähnel, Hans Gasser, Josef Gasser u. a.

Photokopie

Der Bau eines neuen Opernhauses wurde gleich in dem Kaiserlichen Handschreiben vom 20. Dezember 1857 ausdrücklich festgesetzt. Am 10. Juli 1860 wurde der öffentliche Wettbewerb ausgeschrieben, und der Bau im Dezember 1861 nach dem – allerdings umgearbeiteten – Projekt der Hauptpreisgewinner Nüll und Sicardsburg in Angriff genommen. Zu Beginn des Jahres 1864 begannen die Verhandlungen wegen der künstlerischen Ausstattung, deren Aufgabe es nach der Vorstellung der Architekten sein sollte, das Haus als künstlerische Einheit zu einem „Denkmal der Musikgeschichte“ zu machen. Am 25. Mai 1869 fand die Eröffnung des neuen Opernhauses statt. Es war hinsichtlich seiner künstlerischen und technischen Vollendung das Meisterwerk des Architektenpaares und setzte somit als der erste Monumentalbau der Ringstraße gültige Maßstäbe für die weiteren repräsentativen Bauten der Stadterweiterung.

Lit.: *Hoffmann, Hans-Christoph; Krause, Walter; Kitlitschka, Werner,* Das Wiener Opernhaus. Die Wiener Ringstraße, Band VIII/1, Wiesbaden 1972.

S. K.

**27.62.3 Wien, Burgtheater**

I., Dr. Karl-Lueger-Ring

Gottfried von Semper und Carl von Hasenauer, 1874–1888
Malerische Ausstattung: Franz Matsch, Eduard Charlemont, Adalbert Hynais u. a.
Plastische Ausstattung: Victor Tilgner, Karl Kundmann, Rudolf Weyr u. a.
Umbau des Zuschauerraumes durch Emil von Förster, 1897

Die Errichtung des neuen Burgtheaters stand im engsten Zusammenhang mit der Planung der Hofbauten, deren Ausführung in den Händen des etwas ungleichen Architektenpaares Semper–Hasenauer lag. 1869 wurde Semper zur Planung der Hofmuseen zugezogen, und schon in seinem ersten Projekt für das sogenannte „Forum“ der Hofbauten wurde das Hoftheater in den Komplex der neuen Hofburg eingebunden. Im weiteren Verlauf spielte zunächst die Frage des Bauplatzes eine wichtige Rolle; dabei wurde Sempers Vorschlag, das Theater in die Rathausachse zu setzen, angenommen und das Projekt im Dezember 1872 bewilligt. Im November 1874 wurde der Bau schließlich begonnen, am 14. Oktober 1888 fand die Eröffnung statt; nachdem Semper 1877 von

Wien nach Rom übersiedelt war, hatte Hasenauer die gesamte Bauaufsicht inne.

Lit.: *Wehdorn, Manfred,* Die Bautechnik der Wiener Ringstraße. Die Wiener Ringstraße, Band XI, Wiesbaden 1979, S. 169f. – *Springer, Elisabeth,* Geschichte und Kulturleben. Die Wiener Ringstraße, Band II, Wiesbaden 1979, S. 478f. – *Eggert, Klaus,* in: *Ulrike Planner-Steiner,* Friedrich von Schmidt – *Klaus Eggert,* Gottfried Semper, Carl von Hasenauer. Die Wiener Ringstraße, Band VIII/2, Wiesbaden 1978, S. 198f. – *Mayerhöfer, Josef* (Hg.), Burgtheater und Historismus, Katalog, Grafenegg 1976.

S. K.

**27.62.4 Wien, Ringtheater (Komische Oper)**

ehem. I., Schottenring 7

Emil von Förster; 1873–1874

Druck; H. = 22 cm, B. = 31,3 cm

Der Bau, anläßlich der Wiener Weltausstellung in Angriff genommen, jedoch erst ein Jahr später vollendet, war neben dem Stadttheater (Ferdinand Fellner Vater u. Sohn, 1871/72) der zweite repräsentative Theaterbau des Wiener Großbürgertums. Die prunkvolle Schaufassade mit dem dominierenden Exedramotiv zeigt deutlich den unmittelbaren Einfluß von Sempers zweitem Dresdner Hoftheater (1871 begonnen); bei der inneren Raumgestaltung dagegen war man weniger modern und behielt die traditionelle Form des Logentheaters bei.

Lit.: *Wehdorn, Manfred,* Bautechnik der Wiener Ringstraße. Die Wiener Ringstraße, Band XI, Wiesbaden 1979, S. 184f. – *Springer, Elisabeth,* Geschichte und Kulturleben. Die Wiener Ringstraße, Band II, S. 492–500.

Wien, Historisches Museum der Stadt Wien, Inv.-Nr. 47.410 S. K.

**27.62.5 Prag, Nationaltheater**

Nové Město, Národní třída

Josef Zítek; 1868–1881
Josef Schulz; 1881–1883 (Wiederaufbau nach Brand)
Malerische Ausstattung: Mikoláš Aleš, František Ženíšek, Josef Tulka
Plastische Ausstattung: J. V. Myslbek, Antonín Wagner, Bohuslav Schnirch

Druck; H. = 23,4 cm, B. = 30,4 cm

1850 wurde der „Verein zur Errichtung des böhmischen Nationaltheaters" gegründet, und 1862 auf seine Initiative das erste tschechische Theater in Stein errichtet. Dieses sogenannte „Provisorische Theater", dessen Architekt Ignaz Ullmann war, wurde jedoch bald als unzulänglich empfunden, und so erging 1865 die flammende Aufforderung an die Bevölkerung – „die Nation sich selbst" – mit Spenden die Errichtung eines würdigen Theaterbaues zu ermöglichen.
Den 1863 ausgeschriebenen Wettbewerb gewann der von van der Nüll und Sicardsburg stark favorisierte Josef Zítek, am 16. Mai 1868 erfolgte gegenüber dem Provisorischen Theater die feierliche Grundsteinlegung. Im Vergleich zu seinem großen Wiener Vorbild, dem Opernhaus, monumentalisierte Zítek sein Theater viel stärker, indem er es auf eine hohe Sockelzone stellte: eine deutliche Reaktion auf die Kritik an dem Ringstraßenbau. Auch in der viel plastischer aufgefaßten Loggia mit ihrem Säulenschleier und den Attikafiguren (Apollo und die Musen), v. a. aber in der Gestaltung der Fassaden mit ihrer feinen Renaissancesprache Semperscher Prägung wich er von seinen Lehrern ab.

Lit.: *Poche, E.* u. a., Praha národního probuzení, S. 155f.

Praha, Muzeum hlavního města Prahy, Inv.-Nr. 81.241 S. K.

**27.62.6 Budapest, Oper**

Népköztársaság utja

Miklós Ybl; 1875–1884
Malerische Ausstattung: Karoly Lotz u. a.

Photographie; H. = 11 cm, B. = 20,8 cm

Das Opernhaus war der erste Monumentalbau, für den im Zuge der Anlage der neuen Radialstraße eine Konkurrenz ausgeschrieben wurde (1873). Ybl, der schon seit 1868 mit dem Ausbau der von Josef Hild begonnenen Stephansbasilika beschäftigt war, sicherte sich mit dem Gewinn des ersten Preises nun auch diesen zweiten wichtigsten öffentlichen Auftrag. Auch hinter seinem Entwurf steht zweifellos die Wiener Oper, die architektonische Durchgestaltung des Baukörpers und einzelner Motive, die Form der säulengeschmückten Loggia weist deutlich auf das Vorbild des Prager Nationaltheaters hin.

Lit.: *Ybl, E.,* Ybl Miklós, S. 168f. – *Tóth-Epstein, E.* (Hg.), Historische Enzyklopädie von Budapest, Budapest 1974, S. 263f.

Budapest, Budapesti történeti Múzeum, Inv.-Nr. 5784.1 S. K.

## 28. KUNSTGEWERBE 1

### 28.1 Maskaron (mit Vorform)

Albert Milde; Wien, um 1880
Eisen, im Gesenke geschmiedet
a. H. = 29 cm, B. = 7 cm, T. = 11 cm
b. und c. H. = 31 cm, B. = 12,5 cm

Wien, Österreichisches Museum für angewandte Kunst, Inv.-Nr. HI 22.232 U. M.

### 28.2 Fünf Fertigungsstufen eines Türklopfers

Albert Milde; Wien, um 1880
Eisen, im Gesenke geschmiedet
a. Rohling (gegossen), H. = 16,5 cm, B. = 13 cm
b. H. = 16,5 cm, B. = 13 cm
c. H. = 16,5 cm, B. = 13 cm
d. H. = 11 cm, B. = 9,5 cm
e. H. = 15 cm, B. = 11,5 cm

Das Unternehmen des 1904 in völliger Armut verstorbenen Milde zählte einst zu den führenden Etablissements des Späthistorismus.

Lit.: *Mayerhofer, Ursula,* Techniken des Metallkunsthandwerks im Historismus, in: alte und moderne kunst, 27/1982, Heft 184/185, S. 18–23, S. 22f.

Wien, Österreichisches Museum für angewandte Kunst, Inv.-Nr. HI 22.232 W. Kr.

### 28.3 Zwei Büstenmedaillons

Albert Milde nach Rudolf Weyr; Wien, um 1880
Eisen, gehämmert; H. = 40 cm, B. = 46 cm, T. = 16 cm

Die beiden Büsten – es handelt sich um Gegenstücke – variieren die von Rudolf Weyr entworfenen Medaillons des Portalgitters am Haus Sturany (Schottenring 21). Dieses „Palais" gehört sowohl in bezug auf Architektur als auch auf Ausstattung zu den vorzüglichsten Beispielen der Ringstraßenkultur. Das von Milde ausgeführte Gitter geht wohl u. a. auf Fellner & Helmer zurück. Diese Version hier ist detaillierter und um verschiedene Einzelheiten bereichert.

Lit.: *Mayerhofer, Ursula,* Technik des Metallkunsthandwerks im Historismus, in: alte und moderne kunst, 27/1982, Heft 184/185, S. 18–23, S. 23. – *Krause, Walter,* Die Plastik der Wiener Ringstraße von der Spätromantik bis zur Wende um 1900, Wiesbaden 1980, S. 223.

Wien, Österreichisches Museum für angewandte Kunst, Inv.-Nr. HI 22.232 W. Kr.

### 28.4 Musterplatte

J. J. Zapf; Wien 1873
Bronze, vergoldet, Email; H. = 15,8 cm, B. = 8,5 cm

Orientalisierendes Doppelrankenornament im Stil des späten 16. Jahrhunderts. Platten dieser Art wurden beispielsweise zur Ausschmückung von Kassetten verwendet.

Lit.: 100 Jahre Österreichisches Museum für angewandte Kunst, Kunstgewerbe des Historismus, Wien 1964, S. 104, Nr. 382.

Wien, Österreichisches Museum für angewandte Kunst, Inv.-Nr. Email 75 W. Kr.

### 28.5 Vermählungsmedaille

Conrad Lange; 1854
Gold (Galvano); Dm. = 56 mm

Conrad Lange (1806–1856) stammte aus Süddeutschland. Seit 1843 war er in Wien am Hauptmünzamt tätig.

Wien, Kunsthistorisches Museum, Münzkabinett, Inv.-Nr. 2404 bß W. Kr.

### 28.6 Vermählungsmedaille

Anton Kalcher; 1854
Dm. = 65 mm

Anton Kalcher (1800–1861) wirkte als Medailleur und Goldschmied in St. Pölten.

Wien, Kunsthistorisches Museum, Münzkabinett, Inv.-Nr. 129.589 W. Kr.

### 28.7 Konkordatsmedaille

Carl Radnitzky; 1855
Gold (Galvano); Dm. = 64 mm

C. Radnitzky (1818–1901), einer der bedeutendsten Vertreter des Medaillenfachs, war auch als Bildhauer tätig, u. a. an der Wiener Oper.

Wien, Kunsthistorisches Museum, Münzkabinett, Inv.-Nr. 2409 bß W. Kr.

### 28.8 Wahlspruchmedaille

Joseph Daniel Böhm; 1858
Dm. = 63 mm

Joseph Daniel Böhm (1794–1865) war eine Schlüsselfigur im Kunstleben des vormärzlichen Wien. Als Bildhauer und Medailleur tätig errang er die Stellung eines Direktors der Wiener Graveurakademie. Er besaß auch eine bedeutende Sammlung und scharte einen Kreis um sich, der als Vorläufer der Wiener Kunsthistorischen Schule zu gelten hat.

Wien, Kunsthistorisches Museum, Münzkabinett, Inv.-Nr. 23.207 W. Kr.

**28.9 Medaille zum Andenken an die im Feldzug gegen Dänemark gefallenen Österreicher**

Johann Baptist Roth; 1864
Kupfer, patiniert; Dm. = 70 mm

Typisch für die Entstehungszeit ist die Wiederaufnahme klassizistischer Darstellungs-Modi. J. B. Roth (1802–1875) arbeitete seit 1838 am Wiener Hauptmünzamt, zuletzt als „Erster Medaillengraveur“.

Wien, Österreichisches Museum für angewandte Kunst, Inv.-Nr. Bronze 760 W. Kr.

**28.10 Medaille „500 Jahre Universität Wien“**

Carl Radnitzky; 1865
Kupfer, patiniert; Dm. = 7,9 cm

Die Darstellung auf der Rückseite zeigt die Gründung der Universität durch Rudolf den Stifter.

Wien, Österreichisches Museum für angewandte Kunst, Inv.-Nr. Bronze 756 W. Kr.

**28.11 Medaille zum 25jährigen Regierungsjubiläum Franz Josephs I.**

Heinrich Jauner; 1873
Kupfer, patiniert; Dm. = 70 mm

Die von Heinrich Jauner (1833–1912), einem Bruder des bekannten Schauspielers und Operndirektors Franz Jauner, geschaffene Medaille wurde dem Kaiser von der Stadt Wien gewidmet.

Wien, Österreichisches Museum für angewandte Kunst, Inv.-Nr. Bronze 348 W. Kr.

**28.12 Medaille zur Enthüllung des Schubert-Denkmals in Wien**

Josef Tautenhayn d. Ä.; 1872
Bronze (oder Kupfer), patiniert; Dm. = 6,4 cm

Auf der Vorderseite der Porträtkopf des Komponisten im Profil, Umschrift: *FRANZ SCHUBERT GEB. ZU WIEN AM 31. JÄNNER 1797 GEST. ZU WIEN AM 19. NOVEMBER 1828;* unter dem Abschnitt signiert: J. TAUTENHAYN. – Rückseite: Allegorische Darstellung der Musik, Umschrift: *ZUR ENTHÜLLUNG DES SCHUBERT DENKMALES AM 15. MAI 1872 DER WIENER-MÄNNERGESANG-VEREIN.*

Lit.: *Kapner, Gerhardt; Krause, Walter* u. a., Ringstraßendenkmäler, Wiesbaden 1973, S. 102f, Abb. 15f.

Wien, Österreichisches Museum für angewandte Kunst, Inv.-Nr. Bronze 728 W. Kr.

**28.13 Medaillen der Wiener Weltausstellung**

Wien; 1873
Kupfer, patiniert; Dm. = 70 mm

Auf dem Revers jeweils das Porträt des Kaisers.

a. „FÜR GUTEN GESCHMACK“
Josef Tautenhayn d. Ä. (Revers); Josef Cesar und Rudolf Weyr (Entwurf Avers) Friedrich Leisek (1839–1914) (Ausführung Avers)

b. „DEM VERDIENSTE“
Josef Tautenhayn d. Ä. (Revers) und Karl Schwenzer (1843–1904) (Avers)

c. „DEM FORTSCHRITTE“
Josef Tautenhayn d. Ä.

d. „FÜR KUNST“
Josef Tautenhayn d. Ä.

e. „DEM MITARBEITER“
Josef Tautenhayn d. Ä. (Revers) und Karl Schwenzer (Avers)

Wien, Österreichisches Museum für angewandte Kunst, Inv.-Nr. Bronze 244–248 W. Kr.

**28.14 Medaille „600 Jahre Habsburg in Österreich“**

Anton Scharff; 1882

Anton Scharff (1845–1903) war einer der vorzüglichsten Vertreter des Neobarocks in Wien.

Wien, Kunsthistorisches Museum, Münzkabinett, Inv.-Nr. 39.768/1914 B W. Kr.

**28.15 Prunkmedaille zum 600jährigen Jubiläum der Belehnung des Hauses Habsburg mit Österreich**

Wien; 1882
Silberblech, getrieben; Dm. = 158 mm

Widmung der Stadt Wien an Kaiser Franz Joseph I. Den Wettbewerb für das Modell hatte Victor Tilgner (1844–1896) gewonnen, die Ausführung lag in den Händen von Stefan Schwartz. Auf dem Avers ist der thronende Franz Joseph dargestellt, umgeben von allegorischen Puttogestalten, im Hintergrund Stephansdom und Rathaus, auf dem Revers der seine Söhne Albrecht und Rudolf belehnende Rudolf von Habsburg.

Lit.: *Jungwirth, Helmut,* Europäische Prunkmedaillen aus fünf Jahrhunderten, in: Jahrbuch der kunsthistorischen Sammlungen in Wien, LXV (1969), S. 79–93, S. 89 und Abb. 83f.

Wien, Kunsthistorisches Museum, Münzkabinett, Inv.-Nr. 39768/1914 B W. Kr.

**28.16 Lapithen-und-Kentauren-Schild**

Josef Tautenhayn d. Ä.; 1878
Silber, getrieben

Der ältere Josef Tautenhayn (1837–1911) war der bedeutendste Vertreter einer Wiener Künstlerdynastie und als Großplastiker ebenso beliebt wie als Medailleur.
Die Darstellung illustriert eine der beliebtesten Sagen des klassischen Altertums: Peirithoos, der Fürst der in Thessalien lebenden Lapithen hatte die Kentauren zu seiner Hochzeit eingeladen. Das Fest endete jedoch mit Kampf, nachdem ein betrunkener Kentaur die Braut belästigt und seine Gefährten versucht hatten, die Frauen der Lapithen zu rauben. Den von Theseus und Nestor unterstützten Lapithen gelang es schließlich, der Angreifer Herr zu werden.

Lit.: *Finke, Edmund,* Die Tautenhayns, Krems 1965, S. 46. – *Neuwirth, Waltraud,* Lexikon Wiener Gold- und Silberschmiede und ihre Punzen 1867–1922, I, Wien 1976, S. 296.

Wien, Kunsthistorisches Museum, Münzkabinett W. Kr.

**28.17 Miniaturporträt Kaiser Franz Josephs I.**

Wien; 1873
Elfenbein in edelsteinbesetztem Goldrahmen; H. = 21,7 cm, B. = 13,5 cm

Porträt von Friedrich Wailand (1821–1904), Rahmen von Alexander Emanuel Köchert. Widmungsinschrift: Franz Joseph I. dem verehrten einstigen Lehrer Cardinal-Fürst-Erzbischof Joseph Ritter von Rauscher am 21. August 1873 Jahrestag seines Priester-Jubiläums.

Lit.: Österreich unter Kaiser Franz Joseph I. (Ausstellungskatalog), Pottenbrunn 1978, Nr. 368.

Wien, Erzbischöfliches Dom- und Diözesanmuseum, Inv.-Nr. L 144 W. Kr.

Kat.-Nr. 28.18

**28.18** **Tafelaufsatz** Abb.

Josef Cesar; 1861
Bronze, vergoldet; H. = 110 cm, Dm. = 48 cm

Der zu Unrecht ziemlich vergessene Josef Cesar (1814–1876) verdient sowohl als Lehrer von Kundmann, Weyr und Scherpe wie auch als Bildhauer durchaus Interesse. Diesen Tafelaufsatz, den die Gießerei Daniel Hollenbach ausführte, modellierte er für Erzherzog Leopold, den Bauherrn von Schloß Hernstein. Wer das Werk entwarf, ist unbekannt. Cesar selbst kommt dafür kaum in Frage, Theophil Hansen mag zwar in manchem mitgewirkt haben, aber die freie Beweglichkeit im Figuralen entspricht nicht seiner Art. Das Jagdthema entspricht dem in Hernstein immer wieder gewählten Ausstattungscharakter. Unter einem gotisierenden, mit Jägerfiguren geschmückten Baldachin reitet ein vornehmes Paar, umgeben von seinem Jagdgefolge. Um den Sockel verteilt sind Schmauser, Zecher u. a., die von Gnomen bedient werden. In diesem Bereich überwiegt der drôleriehafte, humoristische Zug. Erstaunlich wirken neben der souveränen, vorzüglich beobachteten Bewegung und dem plastischen Reichtum der abwechslungsreiche Charakter und die teilweise fast porträthaft anmutenden Physiognomien.

Lit.: *Hoffmann, Hans-Christoph; Krause, Walter; Kitlitschka, Werner,* Das Wiener Opernhaus, Wien 1972, S. 284. – *Krause, Walter,* Die Plastik der Wiener Ringstraße von der Spätromantik bis zur Wende um 1900, Wiesbaden 1980, S. 32.

Schloß Hernstein W. Kr.

**28.19** **Ehrenschild des Grafen O'Donell**

Wien; 1855
Silber; Dm. = 86 cm, Gewicht: 10 kg

Maximilian Graf O'Donell, der Retter des Kaisers beim Libényi-Attentat 1853, erhielt den Schild 1855 als Dankesgabe vom Offizierskorps der Armee. Den in der Ausführung stark veränderten Gesamtentwurf lieferte Eduard van der Nüll, Carl Mayer (1810–1876) entwarf die figürlichen Darstellungen, die plastische Umsetzung besorgte Josef Cesar. Ausgeführt wurde das Werk in der Galvanoplastischen Anstalt Karl Schuh. Ursprünglich diente ein speziell konstruiertes Säulenpostament mit Kugelgelenk als Träger. Das Mittelfeld zeigt den Drachenkampf des Erzengels Michael, die Allegorien in den Kreuzarmzwickeln stellen militärische Tugenden dar: Einigkeit und Sieg, Ruhm und Ehre, Vaterlandsliebe und Treue, Tapferkeit und Stärke. Die zugehörigen Texte verfaßte Joseph Freiherr von Zedlitz. Wappen und Symbole der Armee ergänzen den Dekor. O'Donell hinterließ den Schild als Vermächtnis dem Salzburger Museum.

Lit.: *Hoffmann, Hans-Christoph,* Der Ehrenschild des Grafen Maximilian C. O'Donell, in: Salzburger Museum Carolino Augusteum, Jahresschrift 1968, S. 25–48, Taf. 1ff.

Salzburg, Museum Carolino Augusteum, Inv.-Nr. 139/48 W. Kr.

**28.20** **Ettenreich-Pokal des Herzogtums Krain** Farbabb. 47

Johann Preleuthner; 1853
Silber, Gold, Email; H. = 76,5 cm

Der reich z. T. mit Eichenlaub ornamentierte achteckige Sockel trägt vorne und hinten Widmungsinschriften, während seitlich durch die Darstellung des Ritterkreuzes des Franz Joseph-Ordens bzw. der Salvatormedaille der Stadt Wien der bisherigen Auszeichnungen Ettenreichs gedacht wird. Der Pokal selbst ist am Sockel signiert: Joh. Preleuthner Bildhauer in Wien 1855. Johann Preleuthner (1807–1897), der Stiefsohn des Bildhauers Joh. Nepomuk Schaller, studierte in Wien und München. Er ist mehr durch bauplastische Arbeiten bekannt geworden. Die gedrungenen, eher die kompakte Schwere betonenden Proportionen des Ganzen sind nur an der Oberfläche durch das kleinteilige, gotisierende Ornamentwerk aufgelockert. Einzelne Wappen bieten polychrome Akzente. Die Reliefdarstellungen der Cuppa beziehen sich auf Bürgertugenden (Treue, Gottesfurcht, Gehorsam, Fleiß) – eine ikonographisch interessante Lösung, die ebenso wie der altdeutsch inspirierte Stil der Figuren als typisch spätromantisch anzusehen ist. Die leicht füllige Körperlichkeit der Personifikationen deutet jedoch die kommende Entwicklung an. Auf dem durch einen Genius bekrönten Deckel die Wappen Ettenreichs und Krains sowie die Inschrift: *Wiens biederem Sohn Herrn Josef Ritter von Ettenreich.* Die fast aufdringliche Betonung von Bürger- und Biedersinn, welche das Programm des Pokals kennzeichnet, macht ihn auch historisch zu einem bemerkenswerten Dokument.

Wien, Privatbestiz W. Kr.

## 28.20.1 Ehrenbürgerurkunde der Stadt Lemberg für Joseph Ettenreich

15. Juni 1853
Pergament, Deckfarben, angehängtes Wachssiegel; Text in deutscher und polnischer Sprache

Der Wiener Bürger Christian *Joseph Ettenreich* wurde am 25. 8. 1800 in der Vorstadt Neubau als Sohn eines Gastwirtes geboren. Nach seiner Vermählung mit Theresia, geb. Bürger, führte Ettenreich bis zu seinem 53. Jahr das Leben eines bürgerlichen Fleischhauers und Hausbesitzers. Das Attentat vom 18. 2. 1853 brachte schlagartig eine Wende.
Kurz zum Hergang des Attentats: der junge Kaiser spazierte mit seinem Adjutanten, Oberst Graf O'Donnell wie gewöhnlich um die Mittagszeit auf den Basteien der Inneren Stadt. Als sich Franz Joseph in der Nähe des Kärntner Tores über die Brüstung beugte, wurde er durch den Attentäter, den Schneidergesellen Janoś Libenyi, mit einem langen Küchenmesser von hinten angefallen und am Nacken erheblich verletzt. Der Adjutant hatte sich inzwischen gefaßt und bemühte sich, einen zweiten Angriff abzuwehren. Der zufällig in der Nähe weilende Spaziergänger Joseph Ettenreich stürzte herbei, packte den wild um sich schlagenden Attentäter, warf ihn zu Boden und hielt ihn fest. Gefolgt von der schaulustigen Menge wurde der Kaiser rasch fortgebracht. Bis zum Eintreffen der Wache blieb Ettenreich mehr als zehn Minuten mit dem wütenden Attentäter allein zurück. Der entscheidende Anteil Ettenreichs an der Errettung des Kaisers steht zweifelsfrei fest.
Nach dem Attentat stand Ettenreich im Mittelpunkt zahlreicher öffentlicher und privater Ehrungen. Neben der Ehrenbürgerschaft vieler großer Gemeinden erhielt er (abgesehen von unzähligen öffentlichen und privaten Anerkennungsschreiben) eine Reihe von Ehrengaben, darunter mehrere Prunkpokale: So z. B. den durch eine freiwillige Spendenaktion der Bevölkerung des Landes Krain gestifteten Ehrenpokal (vgl. Kat.-Nr. 28.20) und den Ehrenpokal der Armee (vgl. Kat.-Nr. 19.4.4). Ferner wurde Ettenreich beispielsweise durch ein päpstliches Breve mit umfangreichem Sündenablaß sowie durch die Erhebung in den erblichen Ritterstand ausgezeichnet. Selbst aus Anlaß der Adelsverleihung bekannte sich Ettenreich bewußt zu seiner bürgerlichen Abstammung: er wählte als Wappenmotiv die einer Ritterhand gereichte Bürgerhaand sowie eine Mauerkrone, also Symbole des Bürgertums. Der Kaiser fügte – als besondere Auszeichnung – den kaiserlichen Doppeladler hinzu.
Die bürgerliche Abkunft Ettenreichs wurde in mehrfacher Hinsicht zum Leitmotiv verschiedenster Reaktionen auf das gescheiterte Attentat: Kaiserhaus und Adel waren im Zeitalter des Neoabsolutismus mehr noch als zuvor von der übrigen Bevölkerung getrennt: Die grausame, ja blutige Niederschlagung der Revolution 1848 hatte diese Kluft zu einem Abgrund vertieft. Die Machthaber, insbesondere auch das Kaiserhaus, waren an einer Aussöhnung mit dem – für sie unentbehrlichen – Bürgertum interessiert. Hier bot der Attentatsverlauf einen idealen Anknüpfungspunkt für die offizielle Propaganda: jeder brave Bürgersmann sollte sich mit Ettenreich identifizieren, der für seine Kaisertreue mit Ehrungen überhäuft wurde. Ja, mehr noch! Ettenreichs Tat wurde zu einem Symbol für das offiziell stets behauptete – innige Verhältnis zwischen Volk und Kaiserhaus. So fand Ettenreich als Held einer Lesebuchgeschichte über das Attentat Eingang in alle österreichischen Pflichtschulen bis zum Zusammenbruch der Monarchie im Jahre 1918.

Zum Teil bestand allerdings – und das sollte nicht übersehen werden – im aufstrebenden Bürgertum tatsächlich eine gesteigerte Bereitschaft, sich mit dem erfolgreichen Aufstieg Ettenreichs zu identifizieren. Aus den entsprechenden Dankadressen bürgerlicher Kreise und Gemeindevertretungen wird übrigens ein betonter Stolz auf die bürgerliche Abkunft Ettenreichs deutlich. Insofern konnte Ettenreich daher auch als Symbolfigur für das mächtige Erfolgsstreben des Bürgertums im anbrechenden Liberalismus angesehen werden.

Schließlich aber – und vor allem – befriedigte das Schrifttum zum Attentat im allgemeinen und zur Person Ettenreichs im besonderen den Sensationshunger der breiten Bevölkerung. Jede der zahlreichen Publikationen über das Attentat versprach somit – unter dem Deckmantel des Patriotismus – ein gutes Geschäft.

Wegen seines hohen Ansehens berief man Joseph Ritter von Ettenreich in den Leitungsausschuß der Ersten Österreichischen Sparcasse. Von 1854 bis 1857 war er Vorsteher, 1858 Kurator und 1859 bis 1873 Direktor dieses Geldinstututs. Ettenreich, schon zu Lebzeiten eine legendäre Figur, erhielt nach seinem Tod (am 4. 2. 1875) auf persönlichen Wunsch des Kaisers eine prunkvolle Aufbahrung in der Wiener Karlskirche.

Der Ettenreich-Mythos aber überlebte – in gewandelter Form – literarisch sogar das Ende der Donaumonarchie. Denn die Lebensrettung Kaiser Franz Josephs durch Joseph Ettenreich diente als Vorbild für Joseph Roths bekannten Roman „Der Radetzkymarsch".

Lit.: *Bensch,* Der Mordanschlag auf Kaiser Franz Joseph am 18. Februar 1853, in: Wiener Geschichtsblätter 38 (1973) S. 38f.

Wien, Privatbesitz J. Az.

28.21 **Pokal**

Wien; 1879
Silber

Ehrengeschenk der Stadt Wien an Hans Makart in Anerkennung von dessen Verdiensten um den Huldigungsfestzug zur Silbernen Hochzeit des Kaiserpaares 1879. Ausgeführt von Stefan Schwartz nach einem Entwurf Josef Storcks.

Salzburg, Museum Carolino Augusteum W. Kr.

28.22 **Kaiserpokal**

Johann Rint; 1863–64
Buchsbaumholz; H. = 58,7 cm

Der Holzschnitzer Johann Rint (1814–1900) stammte aus Böhmen und ließ sich erst 1848 in Linz nieder. Bekannt vor allem durch seine Verbindung mit Adalbert Stifter und die Restaurierung des Kefermarkter Altars nahm Rint dank seiner einzigartigen virtuosen Fertigkeiten eine hervorragende Stellung im Kunstgewerbe und der Kleinplastik ein. Seit 1865 führte er den Titel „k. k. Hofbildschnitzer". Der Kaiserpokal, ein programmatisches Werk, das ohne Auftrag entstand, reflektiert sehr wahrscheinlich die auf ein neues Reich zielenden Hoffnungen Stifters und seines Bekanntenkreises. Die Irrealität dieser Ideen spiegelt sich im Schicksal des Kunstwerks, das zwar gelobt, aber von niemandem gekauft wurde. Nach langen Jahren schenkte Rint den Pokal an Kaiser Franz Joseph.
Über einem reich durchbrochenen Sockel sind auf der Cuppa vier Reliefs mit Szenen der deutschen Kaisergeschichte zu sehen: Die Krönung Karls des Großen, die Übergabe der Reichskleinodien an Heinrich den Vogler, die Zerstörung Mailands durch Friedrich Barbarossa sowie Rudolph von Habsburg und der Priester. Die Figürchen dazwischen symbolisieren Kunst, Wissenschaft, Industrie und Handel. Zahlreiche Wappen ergänzen den ornamentalen Schmuck. Den an die deutsche Kaiserkrone gemahnenden Deckel krönt die Germania, unter ihr stehen die Apostel Deutschlands. Das Konzept dieser Schöpfung war durch die Ereignisse von 1866 überholt. Nur der Kunstwert konnte gewürdigt werden.

Lit.: *Ulm, Benno,* Johann und Josef Rint, Die Bildschnitzer Adalbert Stifters, Linz 1968, S. 165–171.

Wien, Kunsthistorisches Museum, Sammlung für Plastik und Kunstgewerbe, Inv.-Nr. 6700 W. Kr.

28.23 **Entwurf von Prunkgefäßen**

Leopold Ernst; um 1860
Bleistift und Aquarell, weiß gehöht, auf ockerfarbig getöntem Kartonpapier; H. = 25,2 cm, B. = 20,1 cm

Die eigenhändige Beschriftung „Grafenegg." läßt vermuten, daß es sich um einen Entwurf für die Ausstattung der Beletage des Schlosses handelt. Über die Ausführung ist nichts bekannt. Alle drei Objekte – Deckelpokal, Straußeneipokal und Deckelkrug – sind im Stil des späten 16. Jahrhunderts entworfen. Auf der Rückseite signiert: Ernst.

Wien, Privatbesitz W. Kr.

28.24 **Entwurf zum Einband einer Zeitschrift**

Hugo Ströhl; nach 1876
Bleistift; H. = 31,2 cm, B. = 22,6 cm

Der Entwurf datiert aus den Jahren, in denen Ströhl als Assistent an der Kunstgewerbeschule in Wien tätig war.

Wien, Österreichisches Museum für angewandte Kunst, Inv.-Nr. 9241/Hdz.XVIIIm/32 W. Kr.

28.25 **Entwurf eines Vorsatzpapiers**

Hugo Ströhl; um 1880 (?)
Aquarell und Federzeichnung in Bronze, Gold und Braun; H. = 22 cm, B. = 16 cm

Wien, Österreichisches Museum für angewandte Kunst, Inv.-Nr. K.I. 9241/Hdz.XVIIIm/33
W. Kr.

**28.26 Schreibtischgarnitur**

Theophil Hansen (Entwurf); gegen 1873
Bronze, vergoldet; Schreibzeug: H. = 37 cm, Lampen: H. = 56 cm

Über den Modelleur ist nichts bekannt. In der Minerva-Gruppe nimmt Hansen den Brunnen des Wiener Parlaments vorweg. Wie der Kandelaber (Kat.-Nr. 28.52) belegen diese Objekte, wie Hansen im Verlauf des Umbaues von Hernstein bezüglich der Einrichtung von der Neogotik zu seinem geliebten „hellenischen" Stil überging.

Lit.: *Krause, Walter,* Die Plastik der Wiener Ringstraße von der Spätromantik bis zur Wende um 1900, Wiesbaden 1980, S. 116 und Abb. 86.

Schloß Hernstein W. Kr.

**28.27 Pfeifenkopf** Farbabb. 46

Wien; 1873
Meerschaumschnitzerei

Meerschaum (Sepiolith) ist ein sehr weiches Mineral aus Magnesiumsilikat. Der beste natürliche Meerschaum kam aus Kleinasien, er wurde aber auch in Mähren gewonnen. Dieses Prunkexemplar ist mit der Darstellung der vier Erdteile geschmückt.

Wien, Österreichisches Tabakmuseum, Inv.-Nr. 173 W. Kr.

**28.28 Bildnisbüste Kaiser Franz Josephs I.**

Victor Tilgner
Bronze; H. = 16,3 cm

Wien, Historisches Museum der Stadt Wien, Inv.-Nr. 34.062 W. Kr.

**28.29 Bildnisbüste Kaiser Franz Josephs I.**

Anton Dominik Fernkorn; Wien 1862
Bronze; H. = 31 cm

Reduktion der Büste, welche Franz Joseph I. 1862 der Laibacher Schützengesellschaft schenkte und die 1936 noch in Ljubljana nachweisbar war. Eine Replik dieses Porträts ist ebenfalls verschollen, sodaß diese kleine Version im Familienbesitz der Nachkommen des Künstlers derzeit die einzig greifbare darstellt.

Lit.: *Aurenhammer, Hans,* Anton Dominik Fernkorn, Wien 1959, S. 62, Nr. 93.

Salzburg, Privatbesitz W. Kr.

**28.30 Putto mit Muschelschale (als Schmuckablage)**

Wiener Kunstgewerbeschule; um 1875
Bronze, gegossen; H. = 16 cm

Lit.: *Mayerhofer, Ursula,* Techniken des Metallkunsthandwerks im Historismus, in: alte und moderne kunst, 27/1982, Heft 184/185, S. 18–23, S. 23.

Wien, Österreichisches Museum für angewandte Kunst, Inv.-Nr. Bronze 332 W. Kr.

**28.31 Porträtrelief Graf Edmund Zichy**

Sohart (?); Wien 1878
Bronze, gegossen und ziseliert; H. = 24 cm, B. = 23 cm (mit Rahmen)

Edmund (Ödön) Graf Zichy von Zich und Vásonkeő (1811–1894) war Kurator des Österreichischen Museums für Kunst und Industrie und einer der tatkräftigsten Förderer aller künstlerischen Bestrebungen im Ringstraßen-Wien. Die Angabe des Künstlers beruht auf dem alten Inventar. Möglicherweise ist der verballhornt anmutende Namen als Stefan Schwartz zu identifizieren.

Lit.: 100 Jahre Österreichisches Museum für angewandte Kunst, Kunstgewerbe des Historismus, Wien 1964, S. 104, Nr. 384.

Wien, Österreichisches Museum für angewandte Kunst, Inv.-Nr. Bronze 385 W. Kr.

**28.32 Damenporträt im Stil des späten 16. Jahrhunderts**

J. Bauer; Wien 1882
Kupfer und Email; H. = 11 cm, B. = 9 cm

Wien, Österreichisches Museum für angewandte Kunst, Inv.-Nr. Email 164 W. Kr.

**28.33 Kanne**

Braun & Samek; Wien, um 1876
Silber, getrieben und gegossen; H. = 39 cm
Markenzeichen „SB"

Die Großhandlung Braun & Samek hatte 1875–78 ihren Sitz in der Rotenturmstraße 21 im ersten Wiener Gemeindebezirk.

Wien, Österreichisches Museum für angewandte Kunst, Inv.-Nr. Gold 1198 W. Kr.

**28.34** **Deckelpokal mit Untersatz**

V. Mayer's Söhne; Wien 1862
Silber getrieben; H. = 54,5 cm (ohne Untersatz = 46 cm), Dm. = 28 cm

Wien, Österreichisches Museum für angewandte Kunst, Inv.-Nr. Gold 1851 W. Kr.

**28.35** **Deckelpokal**

Heinrich Kautsch; 1880
Silber, getrieben und gegossen, teilvergoldet, Perlen, Granate; H. = 37,5 cm, Dm. = 13,7 cm

Heinrich Kautsch (1859–1943) betätigte sich nicht nur als Goldschmied, sondern auch als Bildhauer und Medailleur. 1882 wurde er als Professor an die Kunstgewerbeschule in Prag berufen, 1887 übernahm er als Konservator das Kunstgewerbemuseum in Budweis; 1889–1914 lebte er in Paris. Dieses Jugendwerk setzt in freier Weise den Pokal der Jane Seymour um, den Hans Holbein d. J. 1536/37 entwarf (Zeichnung im Ashmolean Museum, Oxford). Ein weiterer Kautsch-Pokal nach Holbein, ebenfalls aus dem Jahr 1880, war 1914 in Wien ausgestellt.

Lit.: *Neuwirth, Waltraud,* Lexikon Wiener Gold- und Silberschmiede und ihre Punzen 1867–1922, I, Wien 1976, S. 284.

Wien, Österreichisches Museum für angewandte Kunst, Inv.-Nr. Gold 513 W. Kr.

**28.36** **Nuppenbecher**

J. C. Klinkosch; Wien, nach 1872
Silber, getrieben und gegossen, graviert; H. = 20,7 cm, Dm. = 13 cm

Wien, Österreichisches Museum für angewandte Kunst, Inv.-Nr. Gold 2023 W. Kr.

**28.37** **Salzfaß**

Stefan Schwartz; 1876
Bronze, vergoldet; H. = 10,8 cm

Wien, Österreichisches Museum für angewandte Kunst, Inv.-Nr. Bronze 328 W. Kr.

**28.38** **Salzfaß (Entwurf?)**

Stefan Schwartz; 1876
Federzeichnung; H. = 13 cm, B. = 14,4 cm
Vgl. Kat.-Nr. 28.37.

Wien, Österreichisches Museum für angewandte Kunst, Inv.-Nr. K.I. 14.229 W. Kr.

**28.39** **Anhänger**

Gold-, Silber- und Metallwarenfabrik August Kleeberg & Huck; Wien, um 1870
Silber, gegossen, vergoldet; Glassteine geschliffen, rote Foliierung. In der Mitte grüner Glasstein; H. = 5,1 cm, B. = 3,4 cm

Eine Nereide umfaßt mit ihren Armen und Händen zwei Glassteine, die von Füllhörnern mit Früchten nach unten zu begrenzt werden. Blattranken enden in Hundeköpfen. In diesem Objekt vereinigen sich antike römische Motive mit dem Groteskreichtum der nördlichen Renaissance.

Lit.: *Neuwirth, W.,* Lexikon Wiener Gold- und Silberschmiede und ihre Punzen 1867–1922, I, Wien 1976, S. 290ff.

Wien, Österreichisches Museum für angewandte Kunst, Inv.-Nr. Bi 192 U. M.

**28.40** **Anhänger**

Gold-, Silber- und Metallwarenfabrik August Kleeberg & Huck; Wien, um 1870
Silber, gegossen, vergoldet; Glassteine im Tafelschliff mit roter und grüner Foliierung; H. = 6,2 cm, B. = 3,4 cm

Entwurf nach Holbein dem Jüngeren. Eine Vorlage zur Schmuckherstellung wird in London im British Museum aufbewahrt (Inv.-Nr. 5308-117). Der Schmuck wurde von der Firma Kleeberg in genauer Nachfolge des Renaissanceentwurfes gestaltet; dabei wird aber zu Ersatzmaterialien gegriffen, wie etwa den Glassteinen. Die alte Technik, Edelsteinen eine besondere Leuchtkraft zu verleihen, indem Metallfolien hinterlegt werden, wird hier durch die Hinterlegung von farbigen Folien bei Glassteinen modifiziert. Interessant ist weiters auch der Ersatz echter Perlen durch Glasperlenimitationen. Anhänger in Monogrammform „RE".

Lit.: *Neuwirth, W.,* Lexikon Wiener Gold- und Silberschmiede und ihre Punzen 1867–1922, I, Wien 1976, S. 290ff. – Katalog Princely Magnificence, 1980/81, Victoria and Albert Museum.

Wien, Österreichisches Museum für angewandte Kunst, Inv.-Nr. Bi 191 U. M.

**28.41** **Anhänger**

Gold-, Silber- und Metallwarenfabrik August Kleeberg & Huck; Wien, nach 1872
Silber, gegossen, vergoldet; hellblaue und schwarze Emaillierung in Grubenschmelz, Steine in Kastenfassung mit Tafelschliff. Kamee. Am Ring punziert „AK", Feingehaltspunze mit Kontrollamtszeichen Wien (ab 1872); H. = 6,3 cm, B. = 5 cm

Die Firma Kleeberg beschäftigte sich mit der Herstellung von Schmuckstücken, die historische Vorbilder zur Vorlage hatten. Dabei ist das endende 16. Jahrhundert genauso wie das frühe 17. Jahrhundert vertreten. Die Goldschmiedearbeit dieses Anhängers imitiert ein Original des 17. Jahrhunderts im Kunsthistorischen Museum, wenn auch die Kamee ein völlig anderes Motiv zeigt. Wird bei der Firma Kleeberg gerne zu Ersatzmaterialien gegriffen, so sind hier Technik und Material der Zeit des Originals entsprechend angewandt.

Lit.: *Neuwirth, W.*, Lexikon Wiener Gold- und Silberschmiede und ihre Punzen 1867–1922, Wien 1976, Bd. 1, S. 16, Abb. 9.

Wien, Österreichisches Museum für angewandte Kunst, Inv.-Nr. Bi 190 U. M.

**28.42** **Taufgarnitur**

Wien, um 1840
Kassette mit roter, geprägter mit Goldschnitt versehener Lederimitation, Seidenmoiréfütterung im Inneren des Deckels, Samtauslegung im Behältnis für Kreuz, zwei Ohrgehänge und rundes, kleines schnallenartiges Schmuckstück.
Schmuck aus Gold, gegossen, zusammengelötete Teilstücke; eingesetzte Türkise und Perlen
Kassette: gr. B. = 9,7 cm, L. = 11,4 cm
Kreuz: H. = 7,5 cm, B. = 4,3 cm
je ein Ohrgehänge: H. = 5,3 cm, B. = 1,5 cm
Schnalle: H. = 1,6 cm, B. = 1,4 cm

Diese Art der Gestaltung von Goldschmuck mit Türkisen und Perlen ist ab etwa 1810 bis in das zweite Drittel des 19. Jahrhunderts gebräuchlich. Besondere Zentren der Produktion waren Mitteleuropa, aber auch das England der viktorianischen Epoche.

Wien, Österreichisches Museum für angewandte Kunst, Inv.-Nr. Bi 1473 U. M.

**28.43** **Anhänger**

Gold-, Silber- und Metallwarenfabrik August Kleeberg & Huck; Wien, um 1870
Silber, gegossen, gesägt, vergoldet; hellblaue Emaillierung in Grubenschmelz, farbige Glassteine, Perlen; H. = 9,8 cm, B. = 5,5 cm

Auch diese Arbeit folgt genau dem Entwurf Hans Holbein des Jüngeren im British Museum (Inv.-Nr. 5308-107).

Lit.: *Neuwirth, W.*, Lexikon Wiener Gold- und Silberschmiede und ihre Punzen 1867–1922, Wien 1976, Bd. 1, S. 19, Abb. 17. – Katalog Princely Magnificence, 1980/81, Victoria and Albert Museum.

Wien, Österreichisches Museum für angewandte Kunst, Inv.-Nr. Bi 280 U. M.

**28.44** **Anhänger**

Gold-, Silber- und Metallwarenfabrik August Kleeberg & Huck; Wien, um 1870
Silber, gegossen, gesägt, vergoldet; Glassteine und Perlen; H. = 6,2 cm, B. = 3,4 cm

Eine Nereide hält eine aus Banderolen gebildete Kartusche zusammen. Die Bearbeitung zeigt deutlich die nach dem Guß erfolgende Detailgravierung.

Lit.: *Neuwirth, W.*, Lexikon Wiener Gold- und Silberschmiede und ihre Punzen 1867–1922, I, Wien 1976, S. 290ff.

Wien, Österreichisches Museum für angewandte Kunst, Inv.-Nr. Bi 281 U. M.

**28.45** **Anhänger** Abb.

Gold-, Silber- und Metallwarenfabrik August Kleeberg & Huck; Wien, um 1870
Silber, gegossen, gesägt, graviert und vergoldet; Glassteine; H. = 5,8 cm, B. = 3,4 cm

Lyraförmiger Anhänger; die seitlichen Begrenzungen banderolenartig eingerollt, mit der lateinischen Inschrift *DARE MVLTO BEATIVS QVAM ACCIPERE* (Apostelgeschichte 20.35). Ein Renaissancemaskaron mit aufgerissenem Mund bildet den oberen Abschluß für die Aufhängevorrichtung. Zwei aufgestiftete Rosetten und ein rosa Glasstein in Navettschlifform, umrahmt von zartem Blattwerk, bilden das Innere des Lyrabogens. Heterogene Elemente verbinden sich hier zu einem typischen Schmuckstück des Historismus, der mit der lehrhaften Aufschrift zugleich

Kat.-Nr. 28.45

auch auf den Geschenkwert von Schmuck hinweist.

Lit.: *Neuwirth, W.*, Lexikon Wiener Gold- und Silberschmiede und ihre Punzen 1867–1922, I, Wien 1976, S. 290 ff.

Wien, Österreichisches Museum für angewandte Kunst, Inv.-Nr. Bi 282 U. M.

**28.46 Anhänger**

Gold-, Silber- und Metallwarenfabrik August Kleeberg & Huck; Wien, um 1870
Silber, gegossen, graviert, vergoldet und gesägt; Glassteine, Perlen; H. = 5,6 cm, B. = 3,5 cm

Der Anhänger mit der aufgelöst ausgreifenden Formgebung steht dem Stilempfinden des 18. Jahrhunderts näher, wenn auch die Art des Steinbesatzes Renaissancecharakter vermitteln soll.

Lit.: *Neuwirth, W.*, Lexikon Wiener Gold- und Silberschmiede und ihre Punzen 1867–1922, I, Wien 1976, S. 290 ff.

Wien, Österreichisches Museum für angewandte Kunst, Inv.-Nr. Bi 283 U. M.

**28.47 Schmuck der Firma A. E. Köchert 1861–1874/75**

Um die Mitte des 19. Jahrhunderts waren die angesehensten Wiener Goldschmiede die Kammerjuweliere M. Biedermann und Jakob Heinrich Köchert. Schon seit vielen Jahren Hofjuweliere, arbeiteten beide für das österr. Kaiserhaus viele bedeutende Schmuckstücke und verwahrten und pflegten die Juwelen der kaiserlichen Schatzkammer.
Die Wiener Goldschmiede genossen damals internationalen Ruf, den der Franzose Vever in seinem Buch: „La bijouterie française au 19. siècle“ bestätigt. Das hervorragende handwerkliche Können brachte es mit sich, daß viele Franzosen bei Wiener Juwelieren in die Lehre gingen.
In Österreich verwendete man noch weniger Maschinen, arbeitete mehr mit der Hand, verwendete vor allem echtes, edles Material im Gegensatz zu Frankreich, England und Deutschland. Diese Blüte entwickelte sich durch die systematische Förderung des Handwerks und Fabrikswesen seit Maria Theresia. Am Ende des 18. Jahrhunderts mußten alle Wiener Goldarbeiter und andere Kunsthandwerker, die sich um das Meisterrecht bewarben, an der Akademie Zeichenkurse besuchen. Der Direktor der Akademie, Architekt Peter Nobile, Erbauer des Burgtors, förderte jahrelang den streng-klassischen Stil und so die soliden, klaren Formen des Wiener Handwerks.

**28.47.1 Entwürfe zu den diamantenen Haarsternen der Kaiserin Elisabeth**

Jakob Heinrich Köchert; um 1861
Bleistift und Feder auf Papier

Die ausgestellten Zeichnungen mit den drei Brillantsternen stammen von Jakob Heinrich Köchert und wurden am 4. Oktober 1861 für die junge Kaiserin Elisabeth angekauft. Sie trug den Schmuck als Diadem oder als einzelne Sterne im Haar. Wie das Winterhalter-Porträt zeigt, sam-

melte Kaiserin Elisabeth im Laufe der Zeit 27 Sterne, im Alter verteilte sie diese „Elisabethinner Sterne" als Auszeichnung an Damen ihrer Umgebung.
Jakob Heinrich Köchert, gebürtig aus Riga, lernte dort sechs Jahre, ging dann zwei Jahre nach Petersburg und kam über Hamburg, Leipzig 1819 nach Wien. Als Edelsteinfachmann und vertraut mit den damals großartigen russischen Edelsteinarbeiten, trat er als Kompagnon in die Werkstatt seines Schwagers Emanuel Pioté ein und entwarf und fertigte Schmuck.
1825 wurde er Meister und 1830 Hofjuwelier mit Emanuel Pioté. Gemeinsam arbeiteten sie fast für das gesamte Erzhaus wie Kaiser Franz, Kaiser Ferdinand, Erzherzog Karl, Großherzogin Maria Louise, aber auch für wichtige Vertreter des österr. und deutschen Hochadels und Diplomatischen Corps. Kostbare Schmuckstücke, wie Diademe, Ehrenringe, Ehrenkreuze, Orden, Dosen und sonstige Juwelierarbeiten wurden von ihnen angefertigt.

Wien, Privatbesitz I. H.-K.

**28.47.2 Diadem**

Entwurf: Theophil Hansen
Ausführung: Alexander Emanuel Köchert; 1873
Photographie

Alexander Emanuel Köchert, 1825 geboren, gestorben 1878, lernte bei seinem Vater und wurde nach Reisen durch Rußland, Deutschland, Frankreich und Italien 1848 Meister.
Für die Weltausstellung 1873, auf die sich die österr. Kunstindustrie mit besonderer Sorgfalt vorbereitete, entwarf Theophil Hansen dieses Diadem. Es galt vorbildlich für seine Zeit mit seiner strengen, geschlossenen Form, der wunderbaren Steinfassung und der Qualität der Steine. Es errang einen 1. Preis auf der Weltausstellung und erregte allgemeine Aufmerksamkeit und wird in Frankreich, Deutschland und den USA immer wieder abgebildet. Durch die auf die Weltausstellung folgende Wirtschaftskrise fand es keinen Käufer und mußte eingebrochen werden.

Wien, Privatbesitz I. H.-K.

**28.47.3 Entwurf zu einem Kreuzanhänger**

Alexander Emanuel Köchert
Bleistift und Feder auf Papier, farbig laviert; H. = 16,3 cm, B. = 11,2 cm

Wien, Privatbesitz I. H.-K.

**28.47.4 Entwurf zu einem Kreuzanhänger mit Christogramm**

Alexander Emanuel Köchert
Bleistift und Feder auf Papier, farbig laviert; H. = 14,5 cm, B. = 9,6 cm

Wien, Privatbesitz I. H.-K.

**28.47.5 Entwurf zu einem Anhänger mit Dreipaßmotiv**

Alexander Emanuel Köchert
Bleistift und Feder auf Papier, farbig laviert; H. = 13,8 cm, B. = 9,2 cm

Alexander Emanuel Köcherts Goldarbeiten zeigen wieder die Abkehr von der formauflösenden Art der Jahrhundertmitte und dem Naturalismus; er bevorzugte klare, einfache Linien in streng ornamentaler Form.
Eine weitere Leistungsschau der österreichisch-ungarischen Monarchie war die Weihnachtsausstellung 1874/75. Für diese arbeitete Alexander Emanuel Köchert weitere kleinere Arbeiten, unter anderem die ausgestellten Stücke. In ihren glatten, einfachen Formen, aus mattglänzendem Gold zeigt sich der Einfluß des englischen funktionellen Stils. Die Verwendung von geometrischen Formen in farbigem Email ist für dieses zweite Empire charakteristisch.
Für Kaiser Franz Joseph arbeitete Alexander Emanuel Köchert unter anderem die berühmte Smaragd-Garnitur der Kaiserin Maria Theresia um, deren größter Stein, ein sechseckiger Smaragd mit 114 Karat war. Auch eine Brosche mit 2 rosa Brillanten, viele wertvolle Rahmen für das Porträt des Kaisers, einen Kelch für die Votivkirche und weitere Geschenke des Kaisers neben vielen anderen Goldschmiedearbeiten.

Wien, Privatbesitz I. H.-K

**28.48 Wiener Ehrenbürgerurkunde für Führich**

Urkunde in Enveloppe und Kassette
Urkunde: Karl Geiger; 1875
Feder, Pinsel, schwarze Tusche, Wasserfarbe auf Pergament; H. = 56,7 cm, B. = 42,5 cm
Enveloppe: Holz, hellbraunes Leder, Metall vergoldet, Email und Steineinlagen, innen mit hellblauer Seide ausstaffiert; H. = 57,7 cm, B. = 43,5 cm

Der Text der Urkunde nimmt die obere Hälfte eines ganzseitigen, von Ranken umschlossenen

Bildes ein. Das Bild zeigt auf blauem Grund den Maler Führich, geführt von der Muse der Malerei, den Verlockungen der Welt (Mädchen mit Posaune = Ruhm, Mann mit Geldbeutel = Reichtum) widerstehend, aufwärtsschreitend. Führichs Monogramm auf der Tafel in seinen Händen.
Die Enveloppe zeigt das Wappen von Wien in reichverziertem Rahmen, dessen Wappenkartusche Motive aufweisen, die sich auf Führichs Wappen und die Altlerchenfelder Kirche beziehen (Lerchen und Kornfeld für Altlerchenfeld; sieben Sterne und Fährmann für das Wappen Führichs, ebenso das Ruder; die doppeltürmige Kirchenfassade für die Altlerchenfelder Kirche). Die Enveloppe war bei der Pariser Weltausstellung 1878 ausgestellt.

Wien, Privatbesitz B. R.

28.49 **Album von Hernstein. Illustration zu Hernstein in Niederösterreich – Sein Gutsgebiet und das Land im weiteren Umkreise. Mit Unterstützung seiner kaiserlichen Hoheit des durchlauchtigsten Herrn Erzherzogs Leopold herausgegeben von M. A. Becker, Wien 1882.**

Prunkvoller Leineneinband mit ornamentaler Goldprägung, 61 Bildtafeln; H. = 40 cm, B. = 50 cm

An einem Teich unterhalb der Ruine der mittelalterlichen Burg gelegen, stellt Schloß Hernstein eines der umfassendsten und bis in die Gegenwart besterhaltenen Gesamtkunstwerke des Historismus in Österreich dar. Von 1857 bis 1884 hat es Theophil Hansen für Erzherzog Leopold errichtet und ausgestaltet. Sämtliche Repräsentationsräume des Schlosses sind reich mit Werken der Malerei

Kat.-Nr. 28.51

und des Kunstgewerbes (vgl. Kat.-Nr. 28.18, 28.26, 28.52 und 12.13.5) ausgestattet. Das Kapellengewölbe, das Anregungen der englischen Gotik erkennen läßt, schmückte Carl Rahl mit Darstellungen von Hauspatronen der Habsburger. Die Glasgemälde schuf Carl Geyling. Der Bilderschmuck der Räume stammt von Rahls Schülern Christian Griepenkerl (Empfangssaal und Schlafzimmer), August Eisenmenger und Eduard Bitterlich (Ahnensaal).
Die besonders qualitätvollen Farbendrucke des Albums führte die artistische Anstalt von E. Hölzel in Wien nach Aquarellen von Franz Alt aus. Einen Teil der Schwarzweißtafeln zeichnete J. Kirchner unter Verwendung von Photographien J. Leths. Die Umsetzung dieser Zeichnungen in Holzschnitte besorgte L. Geisbe.

Lit.: Rupert Feuchtmüller, Schloß Hernstein, in: Institut für Unternehmensführung Hernstein, S. 16–21, Wien o. J.

Wien, Bibliothek des Bundesdenkmalamtes, Inv.-Nr. 1942/2654 W. K.

### 28.50 Blumenständer aus Terrakotta

Valentin Teirich 1871
Holzschnittabbildung (Tafel XXXV) aus: Blätter für Kunstgewerbe Bd. I, Wien 1872; H. = 37 cm, B. = 28 cm

Den von Architekt Valentin Teirich entworfenen Blumenständer führte die Inzersdorfer Tonwarenfabrik der Wienerberger Ziegelfabriks- und Baugesellschaft in roter Terrakotta aus, wobei Chefmodelleur Richter die Modellierung besorgte. Das zur Aufstellung in einer Veranda, einem Gewächshaus oder im Garten bestimmte Zierobjekt war erstmals auf der Museal-Ausstellung des Jahres 1871 zu sehen.

Lit.: Blätter für Kunstgewerbe Bd. I, Wien 1872, S. 76

Wien, Privatbesitz W. K.

### 28.51 Tafelaufsatz Abb.

Theophil Hansen 1872 oder 1873
Holzschnittabbildung (Tafel IV) aus: Blätter für Kunstgewerbe Bd. IV, Wien 1875; H. = 27,5 cm, B. = 37 cm

Den von Theophil Hansen entworfenen Tafelaufsatz führten die Wiener Firmen J. & L. Lobmeyr und D. Hollenbachs Erben aus. Er zählte zu den künstlerisch bedeutendsten kunstgewerblichen Objekten der Wiener Weltausstellung des Jahres 1873. Die mittlere Blumenschale umgeben die Metallfiguren von Ceres und Bacchus mit den Gestalten der Centauren. Tanzende Bacchantinnen mit

Kat.-Nr. 28.52

Gefolge umkreisen die seitlichen Kandelaber. Die Entwürfe zu diesen Skulpturen stammen vom Schüler Rahls Eduard Bitterlich, die Ausführung der zugehörigen Modelle besorgte Bildhauer Rudolf Winder.

Lit.: Blätter für Kunstgewerbe Bd. IV, Wien 1875, S. 12

Wien, Privatbesitz W. K.

28.52 **Kandelaber** Abb.

Theophil Hansen (Entwurf); gegen 1873
Bronze, vergoldet; H. = 275 cm; später für elektrische Beleuchtung umgebaut

Es handelt sich um einen von vier Kandelabern, die noch heute im Empfangssaal von Schloß Hernstein stehen. Die Sockeldekoration – Jünglingsfiguren mit Hunden – schlägt wie die Plafondbilder das Jagdthema an.

Lit.: *Vincenti, C. v.,* Wiener Kunst-Renaissance, Wien 1876, S. 65. – *Krause, Walter,* Die Plastik der Wiener Ringstraße von der Spätromantik bis zur Wende um 1900, Wiesbaden 1980, S. 116.

Schloß Hernstein W. Kr.

28.53 **Kristalluster in historisierendem Stil**

Typischer elektrifizierter Kristalluster vor der Jahrhundertwende
Entwurf: Ludwig Lobmeyr, um 1890
Ausführung: J. & L. Lobmeyr, Wien
Sudvergoldetes Messingrohr- und -gußgestell, reicher handgeschliffener Kristallbehang, montiert für 18 elektrische Kerzenlampen; H. = 137 cm, Dm. = 93 cm

Lit.: 100 Jahre Österr. Glaskunst, Lobmeyr 1823–1923.

Wien, J. & L. Lobmeyr H. R.

## 29. LANDSCHAFTSMALEREI

### 29.1 Pusztalandschaft Farbabb. 58

Tina Blau (1845–1916); 1873 oder 1874
Öl auf Leinwand; H. = 26,5 cm, B. = 44,5 cm

Tina Blau begann ihre Studien bei August Schäffer, dessen Verdienst es vor allem war, ihr die Anregung zum Malen in der freien Natur zu geben. Von 1869 bis 1873 bildete sie sich bei Wilhelm Lindenschmit in München weiter. Reisen nach Italien, Holland und Paris ließen sie mit der aktuellen Malerei in diesen Ländern bekannt werden. Die Sommermonate der Jahre 1873 und 1874 verbrachte sie im ungarischen Städtchen Szolnok, wo seit den frühen fünfziger Jahren eine von zahlreichen österreichischen und ungarischen Künstlern frequentierte Malerkolonie entstanden war. In Wien gelangte Tina Blau in den Kreis um E. J. Schindler, dem sie sich wesensverwandt fühlte, wenn sie auch – beeinflußt durch die westeuropäische Malerei – weniger von Stimmungen abhängig war als dieser. Ihr bevorzugtes Themengebiet wurde der Prater, die Donau-Auen aber auch die in das Land übergehenden Vorstädte.

Das Bildchen entstand während eines Aufenthalts der Malerin in der ungarischen Malerkolonie Szolnok.

Lit.: Ausstellungs-Katalog, Tina Blau. 1845–1916. Eine Wiener Malerin. Wien, Österreichische Galerie 1971 (Z. Ebenstein und H. Schöny).

Wien, Österreichische Galerie, Inv.-Nr. 5239
G. F.

### 29.2 Sommerlandschaft

Remy van Haanen (1812–1894); 1869
Öl auf Holz; H. = 28 cm, B. = 46 cm

Remy van Haanen war Schüler seines Vaters, Gasparin v. Haanen, in Utrecht, hierauf der dortigen Akademie und des Tiermalers J. v. Ravensway in Hilversum. Danach lebte er in Amsterdam und ließ sich nach verschiedenen Reisen 1837 in Wien nieder. Von hier aus bereiste er fast ganz Europa. Der Wahlwiener blieb stets ein Exponent der holländischen romantischen Landschaftsmalerei und hatte großen Erfolg damit. Dieses romantische Element hebt ihn von allen österreichischen Zeitgenossen ab.

Als Gegenstück zu dem ausgestellten Bild existiert eine Winterlandschaft.

Wien, Österreichische Galerie, Inv.-Nr. 488 a
G. F.

### 29.3 Alpental mit Flußschlinge Abb. S. 471

Ludwig Halauska (1827–1882); 1860
Öl auf Leinwand; H. = 34,5 cm, B. = 54 cm

Der Künstler besuchte die Wiener Akademie, wo er von 1847 bis 1850 unter Franz Steinfeld und Thomas Ender seine Studien betrieb. Erste Erfolge errang er mit Landschaftsbildern aus seiner engeren Heimat. Seine Bilder, die die Kunst seiner Lehrer als Vorbild nie ganz verleugnen, bleiben dem seit den fünfziger Jahren modern werdenden neuen „Heroismus" der Alpenmaler fern. Halauska gehört zu jenen Malern, die als Fortsetzer der realistischen Biedermeier-Landschaft zu gelten haben.

Lit.: *Feuchtmüller, R.*, Ludwig Halauska. Der berühmte niederösterreichische Landschaftsmaler aus Waidhofen/Ybbs, 1958.

Wien, Österreichische Galerie, Inv.-Nr. 5398
G. F.

### 29.4 Waldviertler Städtchen Abb.

Theodor von Hörmann (1840–1895); 1878
Öl auf Leinwand; H. = 58 cm, B. = 42,5 cm

Hörmann schlug zunächst die Offizierslaufbahn ein, nahm 1866 am Feldzug in Italien und gegen Preußen teil. Danach war er als Lehrer an militärischen Instituten tätig, studierte jedoch daneben schon an der Akademie der bildenden Künste in Wien (1873–1875 bei A. Feuerbach und E. Peithner v. Lichtenfels). Bis er 1884 den Abschied nahm, war er Lehrer für „Freihandzeichnen" an der k. u. k. Militärunterrealschule in St. Pölten. Von 1886 bis 1889 lebte Hörmann in Paris, wo er sich mit den Strömungen der zeitgenössischen französischen Landschaftsmalerei vertraut machte. Sicher ist er jener österreichische Maler, der dem Impressionismus – vor allem in seinem späten Werk – am nächsten kam. Seit 1884 war er Mitglied des Wiener Künstlerhauses, wo er sich, nach seiner Rückkehr aus Paris, der jungen Malergeneration besonders annahm.

Das Bild ist ein Beispiel für Hörmanns Fanatismus im Hinblick auf die Wiedergabe der Naturwahrheit.

Kat.-Nr. 29.4

Lit.: *Braunegger, Th.; Hörmann-Weingartner, M.*, Theodor von Hörmann, Wien 1979.

Wien, Niederösterreichisches Landesmuseum, Inv.-Nr. 1641 G. F.

29.5 **Kohlrübenfeld vor niederer Mauer** Abb.

Eugen Jettel (1845–1901); 1875
Öl auf Leinwand; H. = 47 cm, B. = 80 cm

Seit 1860 war Jettel bei dem Landschaftsmaler Albert Zimmermann an der Wiener Akademie. E. J. Schindler, R. Russ, R. Ribarz, A. Ditscheiner waren seine Mitschüler. Mit ihnen hat er die poetische Sehweise der Natur gemeinsam. Sein Frühwerk ist Schindler nahe. Mehr als 20 Jahre lang – von 1873 bis 1895 – lebte er in Paris. Besonders vertraut wurden ihm dort die Maler der Schule von Barbizon (Maler des Vorimpressionismus), blieb aber stets unverwechselbar er selbst. Zeit seines Lebens bevorzugte er die flachen Landschaften mit großem Himmel, bei deren Wiedergabe er alles „Laute und Dramatische" vermied. Die einfachen, großzügigen Kompositionen werden meist von der Wiedergabe des Atmosphärischen einerseits und von der Idyllik des Motivs bestimmt; sie stehen oft im wirkungsvollen Kontrast zu minutiös wiedergegebenen, für die jeweilige Gegend typischen Details.

Das Bild zeigt ein Motiv aus Nordfrankreich und ist ein Beispiel für jene, Gemüse in den Vordergrund stellende „Kraut- und Rübenmalerei", die tatsächlich nur bei einigen wenigen österreichischen Landschaftsmalern dieser Generation zu finden ist.

Lit.: *Fuchs, H.*, Eugen Jettel, Wien 1975.

Privatbesitz G. F.

29.6 **Italienische Landschaft**

Leopold Munsch (1826–1888); um 1880
Öl auf Holz; H. = 35,5 cm, B. = 45 cm

Munsch war zunächst Beamter und bildete sich selbst und mit Hilfe von privatem Unterricht (beim Akademieprofessor J. N. Geiger) in der Malerei aus. Als Vorbilder dienten ihm vor allem etablierte Landschaftsmaler wie Anton Hansch oder Remy van Haanen. Seit 1849 stellte er bei den Akademie-Ausstellungen aus, wobei Motive aus dem Salzkammergut zunächst vorherrschten. Gebirgslandschaften, später auch aus Nord- und Südtirol, blieben sein bevorzugtes Thema.

Wien, City-Galerie G. F.

29.7 **Holländische Kanal-Landschaft**

Rudolf Ribarz (1848–1904); um 1877
Öl auf Holz; H. = 39,5 cm, B. = 58 cm

Ribarz war ein Mitschüler Schindlers und Jettels bei A. Zimmermann an der Wiener Akademie. 1868 stellte er zum ersten Mal aus, ein Jahr bevor er die Akademie verließ. Der Besuch der 1. internationalen Kunst-Ausstellung in München, 1869, brachte die so wichtige Berührung mit den Franzosen (Courbet, Corot, Monet u. a.). 1875 wandte er sich nach Paris, wo er bis 1892 blieb. Der Kontakt mit den Malern der Schule von Barbizon war für ihn besonders fruchtbar, darüber hinaus auch die Kenntnis der verwandten holländischen Malerei (Schule von Den Haag). Seine Bilder

Kat.-Nr. 29.5

zeichnen sich durch stille Poesie aus und durch eine mehr oder weniger sichtbare dekorative Einstellung. Die Entwicklung seiner Malerei reicht von dunkler Tonigkeit zu ungewöhnlicher Aufhellung der Palette im Spätwerk.

Die Beschränkung auf wenige Farben sowie die Konzentration der Komposition auf die Horizontlinie weisen in dem ausgestellten Bild auf Elemente der secessionistischen Landschaftsmalerei voraus.

Lit.: Ausstellungs-Katalog Rudolf Ribarz. Ein Maler des österreichischen Stimmungsimpressionismus, Wien, Österreichische Galerie 1978 (Text und Katalog v. *M. Haja*).

Wien, Österreichische Galerie, Inv.-Nr. 5167

G. F.

**29.8 Zigeunerlager in Westungarn** Abb.

Anton Romako (1832–1889); Ende der siebziger Jahre
Öl auf Leinwand; H. = 40 cm, B. = 69 cm

Romako begann als Fünfzehnjähriger an der Wiener Akademie zu studieren, verbrachte eine kurze Lehrzeit bei Waldmüller und hierauf bei C. Rahl. 1849/50 arbeitete er im Atelier Wilhelm Kaulbachs in München und schloß sich nach seiner Rückkehr nach Wien, Ende 1850, ganz Rahl an. Seit 1857 lebte Romako für nahezu zwei Jahrzehnte in Rom, wo er künstlerisch und gesellschaftlich großen Erfolg hatte. 1876 kehrte er nach Wien zurück. Ende der siebziger Jahre besuchte er Westungarn. Den Sommer des Jahres 1877 verbrachte er in Gastein, wo die bedeutende Serie der Gasteinertal-Landschaften entstand. Seine Malweise, die wesentliche Spannungselemente aus dem Gegensatz von „Malerisch" und „Graphisch" bezieht, weist ihn als genialen Einzelgänger aus. Er starb völlig vergessen und verarmt.

Lit.: *Novotny, F.,* Anton Romako, Wien 1954.

Wien, Österreichische Galerie, Inv.-Nr. 2623

G. F.

Kat.-Nr. 29.8

**29.9 Herbstlandschaft am Fluß** Abb.

Emil Jakob Schindler (1842–1892); um 1887/88
Öl auf Leinwand; H. = 40 cm, B. = 55 cm

Schindler sollte zunächst die militärische Laufbahn einschlagen, lernte jedoch 1859 in Mailand Albert Zimmermann kennen und wurde 1860 in Wien dessen Schüler. Ihm, Ribarz, Jettel, Ruß u. a. vermittelte der Lehrer die Freilichtmalerei als große Errungenschaft aber auch als selbstverständliche Notwendigkeit. „Von der Tradition der Altwiener Maler ausgehend, bildete sich Schindler an den großen Holländern des 17. Jahrhunderts, . . . Entscheidend für ihn war aber die Verbindung der malerischen Faktur mit der Absicht, die ‚ganze Wirklichkeit', also auch Atmosphäre und Stimmung zugleich mit der Dingrealität, wiederzugeben." (H. Aurenhammer)
Er unternahm viele Reisen, die jedoch weniger der Weiterbildung als der Malerei an sich dienten. Zumeist malte er aber im Land rings um Wien: in den Donau-Auen, im Wienerwald, in der Wachau und nahe dem Schloß Plankenberg bei Neulengbach, das er von 1885 bis zu seinem Tod jeden Sommer bewohnte. Hier sammelte er auch eine Schar von Schülern um sich, die von ihm vor allem seine Art, die Natur zu sehen übernahmen.

Ein anderer Titel des Bildes lautet „Weiden im Tullnerfeld". Sicherlich ist dieses stimmungsvolle Werk während eines Mal Ausfluges von Schloß Plankenberg aus entstanden.

Lit.: *Moll, C.*, Emil Jakob Schindler, Wien 1930. – *Fuchs, H.*, Emil Jakob Schindler, Wien 1970.

Wien, Österreichische Galerie, Inv.-Nr. 5087

G. F.

**29.10 Südliche Küstenlandschaft mit Kastell**
Abb. S. 467

Albert Zimmermann (1808–1888); um 1875
Öl auf Holz; H. = 36 cm, B. = 58,5 cm

Zimmermann war Schüler der Akademien in Dresden und München; seine besondere Bedeutung für die Wiener Landschaftsmalerei errang er

Kat.-Nr. 29.9

durch seine Tätigkeit an der Wiener Akademie (1860–1871), da sich viele Tendenzen zur Erneuerung der Landschaftsmalerei, zur Lösung von den Traditionen in seiner Schule konzentrierten. Ihr gehörten u. a. E. J. Schindler, R. Ribarz, E. Jettel an, ihnen vermittelte er das Wissen um die Notwendigkeit des Malens in der freien Natur, des „Pleinairismus". Er selbst, der die wilde, unberührte Natur liebte, malte diese Natur gern „im Aufruhr": Gewitterstürme, stürzende Wasserfluten, zerborstene Baumriesen. In seinem Spätwerk fand er in kleineren Formaten zu idyllischen Stimmungen.

Wien, Österreichische Galerie, Inv.-Nr. 6421 M

G. F.

**29.11 Der Stubaiferner** Farbabb. 55

Anton Hansch (1813–1876); um 1875
Öl auf Leinwand; H. = 96 cm, B. = 128 cm

Wie viele angehende Maler in jener Zeit auch, begann Hansch seine Studien an der Akademie in sehr jungen Jahren, nämlich als 13jähriger, 1826. Sein Lehrer war der Landschaftsmaler Joseph Mössmer, der seinerseits noch ein direkter Schüler J. C. Brands war. Hansch bereiste das Salzkammergut (1834) und die Gebirgsgegenden Kärntens, Tirols, Bayerns, der Schweiz und Oberitaliens und wurde bald ein anerkannter Alpenmaler. Zunächst stand er unter dem Einfluß der barockklassizistischen Tradition wie sie Mössmer vermittelte, dann des Biedermeier-Realismus (F. Loos), löste sich jedoch davon in den fünfziger Jahren, was vor allem dem Einfluß des Schweizer Landschaftsmalers Alexandre Calame zuzuschreiben ist. Schon im Gründungsjahr des Wiener Künstlerhauses (1861) war er dessen Mitglied.

Wien, Österreichische Galerie, Inv.-Nr. 3084

G. F.

29.12 **Das Anlauftal mit dem Ankogel**

Carl Haunold (1832–1911); 1889
Öl auf Holz; H. = 23 cm, B. = 29 cm

Zunächst Schüler der Wiener Akademie, hierauf Anton Hansch's (ab 1854). Im Gefolge seines Lehrers entwickelte er sich zu einem der beliebtesten Alpenmaler. Die bevorzugten Motive dieses Malers waren die österreichischen und bayerischen Alpen.

Wien, Galerie Josefstadt G. F.

29.13 **Der Eisstoß auf der Donau bei Wien im Jänner 1880** Abb.

Adolf Obermüllner (1833–1898); 1880
Öl auf Leinwand; H. = 108 cm, B. = 163 cm

Obermüllner studierte von 1852 bis 1854 an der Wiener Akademie unter F. Steinfeld, hierauf in München, Paris und Holland. Bis er 1860 wieder nach Wien zurückgekehrt war, hatte er sich von der Alt-Wiener Tradition der Landschaftsmalerei gelöst. Er wurde zu einem Spezialisten für die Darstellung der hochalpinen Bergwelt. Gletscher und abweisende Felsberge gehörten zu seinen bevorzugten Sujets. In kleinformatigen Alpenbildern erreicht er oft eine erstaunliche Freiheit in der malerischen Handschrift. Meist malte Alexander v. Bensa (der ein Spezialist für Reiter- und Jagdszenen war) die Staffage in Obermüllners Landschaften, so wie auf dem ausgestellten Werk.

Wien, Historisches Museum der Stadt Wien, Inv.-Nr. 38.629 G. F.

Kat.-Nr. 29.13

Kat.-Nr. 29.15

**29.14 Gebirgslandschaft (Trafoi)**

Adolf Obermüllner. 1865
Öl auf Leinwand; H. = 43 cm, B. = 56 cm

Wien, City-Galerie G. F.

**29.15 Ansicht von Schloß Pitten in Niederösterreich** Abb.

Eduard Peithner von Lichtenfels (1833–1913); 1873
Aquarell auf Papier; H. = 36 cm, B. = 57,5 cm

Neben A. Zimmermann wurde Peithner in der zweiten Hälfte des Jahrhunderts der zweite erfolgreiche Lehrer auf dem Gebiet der Landschaftsmalerei in Wien (er hatte die Professur von 1872 bis 1902 inne). Wie viele andere Wiener Landschafter seiner Zeit war auch er ein Schüler Steinfelds und Thomas Enders gewesen, hernach besuchte er die Düsseldorfer Akademie, wo ihn besonders C. F. Lessing beeindruckte. Von pathetischen Kulissenlandschaften entwickelte sich seine Malerei zu intimeren Naturschilderungen hin, zu kleinen Landschafts-Ausschnitten von oft idyllischer Stimmung.

Wien, Niederösterreichisches Landesmuseum, Inv.-Nr. 3732 G. F.

**29.16 Der Ätna**

Eduard Peithner von Lichtenfels; 1878
Öl auf Leinwand; H. = 75 cm, B. = 240 cm

Mit anderen Gebirgspanoramen für das Geologische Institut der Universität Wien gemalt.

Wien, Österreichische Galerie, Inv.-Nr. 5833 G. F.

**29.17 Der Kuß** Abb.

August von Pettenkofen (1822–1889); 1864
Öl auf Holz; H. = 24,5 cm, B. = 30,7 cm

Pettenkofen war ein Schüler L. Kupelwiesers und F. Eybls. 1851 „entdeckte" er die Stadt Szolnok in Ungarn als Ort für Maler. Ihn und bald darauf viele andere Maler faszinierte dort besonders das

36.
Julius v. Payer, Die Tegetthoff im Eis (Kat.-Nr. 23.13)

37.
Adolf Obermüllner, Das Säulenkap auf „Kronprinz Rudolf-Land“ (Kat.-Nr. 23.12.b)

38.
Die Sänger Österreichs huldigen dem Kaiserpaar am 27. April 1879 (Kat.-Nr. 26.13)

39.
Kirchenchor
(Kat.-Nr. 26.2)

40.
Simon Hollósy, Das Kukuruzschälen (Kat.-Nr. 31.14)

41.
Pál Szinyei Merse, Das Frühstück im Freien (Kat.-Nr. 31.18)

42.
Mihály Munkácsy, Bei der Tränke (Kat.-Nr. 31.17)

43.
László Paál, Dorfrand (Kat.-Nr. 31.1)

44.
Franz Dobyaschofsky, Römischer Hirtenknabe mit Hund (Kat.-Nr. 33.2)

45.
Meerschaumpfeife, anläßlich der Weltausstellung 1873 hergestellt (Kat.-Nr. 9.42)

46.
Pfeifenkopf (Kat.-Nr. 28.27)

47.
Ettenreich-Pokal des Herzogtums Krain
(Kat.-Nr. 28.20)

48.
Moritz von Schwind, Monostatos nähert sich der schlafenden Pamina (Kat.-Nr. 33.6)

49.
Ferdinand Laufberger, Farbentwurf für das Glasfenster der Rotunde (Kat.-Nr. 33.10)

50.
Carl Rahl, Vorhangskizze für das Wiener Opernhaus (Kat.-Nr. 32.10)

51.
Hans Canon, Entwurf für Altartriptychon zur Silberhochzeit (Kat.-Nr. 17.100)

52.
Carl Rahl, Rudolf von Habsburg an der Bahre König Přemysl Ottokars nach der Schlacht von Dürnkrut-Jedenspeigen (Kat.-Nr. 32.4)

53.
Hans Canon, Die Marter des Hl. Hippolytus (Kat.-Nr. 35.2.3)

54.
Carl Rahl, Moses beschützt die Töchter Raguels gegen die Hirten (Kat.-Nr. 32.2)

55.
Anton Hansch, Der Stubaiferner (Kat.-Nr. 29.11)

56.
August Schäffer von Wienwald, Ungarische Landschaft (Kat.-Nr. 29.19)

57.
Emil Jakob Schindler, Weidendes Vieh in Holland (Kat.-Nr. 29.20)

58.
Tina Blau, Pusztalandschaft (Kat.-Nr. 29.1)

59.
Hans Makart, Clothilde Beer (Kat.-Nr. 35.1.8)

60.
Hans Makart, Bacchanal (Kat.-Nr. 35.1.1)

61.
Hans Makart, Die modernen Amoretten (Kat.-Nr. 35.1.2)

63.
Ciborium nach Entwurf Eduard van der Nülls (Kat.-Nr. 20.6.3)

▲

62.
Monstranz nach Entwurf Eduard van der Nülls (Kat.-Nr. 20.6.2)

64.
Torahmantel (Kat.-Nr. 20.6.18)

Kat.-Nr. 29.17

Licht der Tiefebene aber auch das „exotische", von den technischen Errungenschaften noch unberührte Leben. Diese oft aufgefrischten Eindrükke und die Berührung mit den Malern der Schule von Barbizon in Paris ließen eine sehr spezifische Plein-air-Malerei entstehen, die ihre Wurzeln auch in der realistischen Wiener Biedermeier-Landschaft hat. Es war Pettenkofen, der den Wiener Malern die Brücke zur französischen Malerei schlug. Seine meist kleinformatigen Werke, die zu seinen Lebzeiten nur dem engeren Freundeskreis bekannt waren, sind idyllische Stimmungsbilder und zugleich Meisterwerke realistischer Lichtmalerei. Das ausgestellte Bild ist während eines der Aufenthalte Pettenkofens in Szolnok entstanden.

Lit.: *Weixlgärtner, A.*, August v. Pettenkofen. Band I und II, Wien 1916.

Wien, Österreichische Galerie, Inv.-Nr. 466

G. F.

**29.18 Helgoland**

August Schäffer von Wienwald (1833–1916); 1858
Öl auf Leinwand; H. = 90 cm, B. = 132 cm

Er war einer der zahlreichen Schüler Franz Steinfelds an der Wiener Akademie (1851–1856). Auf Studienreisen ins Salzkammergut, nach Tirol, nach Düsseldorf, München, nach Helgoland und Ungarn schuf er viele, aus dem unmittelbaren Studium der Natur entstandene Zeichnungen, Aquarelle und Ölskizzen. 1874–1880 war er Kustos der Gemälde-Galerie der Akademie, 1885/86 Vorstand der Genossenschaft bildender Künstler Wiens (Künstlerhaus), ab 1881 Kustos und ab 1892 Direktor der Kaiserlichen Gemäldegalerie, die er vom Belvedere in den neunziger Jahren ins neue Haus am Ring übersiedelte und dort aufstellte. 1911 wurde er mit dem Prädikat „Edler von Wienerwald" geadelt.

Das ausgestellte Bild ist nach Studien entstanden, die Schäffer während eines Aufenthalts in Helgoland im Jahr 1856 schuf.

Wien, Österreichische Galerie, Inv.-Nr. 6263
G. F.

29.19 **Ungarische Landschaft** Farbabb. 56

August Schäffer von Wienwald; 1857
Öl auf Papier auf Leinwand; H. = 25,5 cm, B. = 45,5 cm

Das kleine Bild trägt auf der Rückseite die Bezeichnung „bei Rendek" und ist während einer Reise nach Ungarn als Studie vor der Natur entstanden.

Wien, Österreichische Galerie, Inv.-Nr. 3335
G. F.

29.20 **Weidendes Vieh in Holland** Farbabb. 57

Emil Jakob Schindler; 1875
Öl auf Leinwand; H. = 55,5 cm, B. = 82 cm

Das Bild ist während Schindlers Aufenthalt in Holland entstanden.

Wien, Österreichische Galerie, Inv.-Nr. 5973
Vermächtnis Ernst Zix, Kaiserslautern) G. F.

29.21 **Entenjagd im Prater** Abb. S. 472

Emil Jakob Schindler; um 1881
Öl auf Leinwand; H. = 74 cm, B. = 100 cm

Die Aulandschaft des Praters gehörte zu Schindlers beliebtesten Motiven.

Wien, Österreichische Galerie, Inv.-Nr. 5423
G. F.

29.22 **Der schwermütige Schäfer (Búsulo juhász)** Abb.

Miklós Izsó, 1862
Marmor; H. = 95 cm

Miklós Izsó (1831–1875) begann als Steinmetz, arbeitete dann in Wien bei J. Meixner und H. Gasser und besuchte anschließend die Münchner Akademie. Nach Gründung der Musterzeichenschule, des Vorläufers der Hochschule für Bildende Kunst, begann er als ihr erster Lehrer für

Kat.-Nr. 29.22

Skulptur die systematische Bildung der ungarischen Plastiker.
Izsó war der erste ungarische Bildhauer, der sich mit dem national-volkshaften Element auseinandersetzte. Mit dem „Schwermütigen Schäfer" wollte er dem freien Wanderer der ungarischen Puszta ein Denkmal setzen. Die hier gezeigte Marmorversion entstand 1862 auf Bestellung des Fabrikanten Michael Gschwindt, der sie 1864 dem Ungarischen Nationalmuseum widmete.

Lit.: *Soós, Gyula,* Izsó Miklós, Budapest 1966; *Lyka, Károly,* Nemzeti romantika, Budapest ²1982, S. 153f., Abb. 61.

Budapest, Magyar Nemzeti Galéria, Inv. 3338
E. Cs./W. Kr.

## 30. KUNSTGEWERBE 2

### 30.1 Tafelgeschirr und Teeservice mit „Viktória"-Dekor

Herend; ab 1851 in Produktion (aus konservatorischen Gründen mußte auf die Ausstellung der originalen Teile verzichtet werden)

Porzellan; bestehend aus: Suppenterrine, Gemüseschüssel, Bratenschüssel, 2 Schüsseln, Sauciere, Salz- und Pfefferbehälter, 3 Teller; Teekanne, Sahnekanne, Zuckerdose, Teetasse; Kaffeekanne, Sahnekanne, Zuckerdose und Mokkatasse

Nachdem Königin Victoria von England 1851 anläßlich der Weltausstellung in London ein Service à la China mit Blumen und Schmetterlingen bestellte, wurde dieser Dekor in der Folge nach ihr benannt.

Lit.: *Sikota, Győző,* Herend porcelánművészete, Budapest 1976, Taf. 175.

Herendi Múzeum W. Kr.

### 30.2 Balaton-Service

Herend; 1858 (?)
Porzellan; bestehend aus: Schüssel, Zuckerdose mit Deckel, 2 Deckelkannen (H. = 17 cm), 2 Schalen mit Untertassen

Der Aufschwung der kleinen Manufaktur in Herend begann mit der Übernahme durch Móric Fischer, der ab 1839 große Investitionen vornahm. Bald gelang es, berühmte Vorbilder aus Meißen, Wien, Sèvres etc. perfekt zu imitieren bzw. weiterzuentwickeln. Kurz nach der Jahrhundertmitte hielt die orientalisierende Mode ihren Einzug in Herend, besonders berühmt wurden aber die China-Variationen (Victoria, Cubash u. a.). Vom Wirtschaftskrach 1873 an, welcher der Fabrik einen schweren Schlag versetzte, geriet diese in Schwierigkeiten. Trotzdem vermochte sie es, sich zu erhalten und bis heute einen bedeutenden Ruf zu bewahren.
Das gezeigte Service führt seinen Namen nach den Ansichten von Balatonfüred am Plattensee (Balaton), welche die einzelnen Objekte schmücken.

Lit.: *Sikota, Győző,* Herend porcelánművészete, Budapest 1976, Abb. 11 und Taf. 157.

Budapest, Iparművészeti Múzeum, Inv.-Nr. 52.2459.1–6 W. Kr.

### 30.3 Schale

Herend; um 1860
Porzellan; Dm. = 13,7 cm

Budapest, Iparművészeti Múzeum, Inv.-Nr. 51.1289.1 W. Kr.

### 30.4 Teller mit „Miramare"-Dekor

Herend; um 1865
Porzellan; Dm. = 25 cm

Budapest, Iparművészeti Múzeum, Inv.-Nr. 21.280 W. Kr.

### 30.5 Schale mit „Miramare"-Dekor

Herend; 1865
Porzellan; H. = 9,9 cm, Dm. (unten) = 3,8 cm / (oben) = 7,7 cm

Budapest, Iparművészeti Múzeum, Inv.-Nr. 1481 W. Kr.

### 30.6 Schüssel mit „Cubash"-Dekor

Herend; 1872
Porzellan; H. = 9,8 cm, Dm. = 25,7 cm

Der Dekor wurde nach dem englischen Grafen Cubash genannt, dem ersten Besteller dieses Musters.

Budapest, Iparművészeti Múzeum, Inv.-Nr. 54.360.1 W. Kr.

### 30.7 Prunkgefäß (Vase)

Pécs; um 1880
Steinzeug; H. = 36,2 cm, Dm. (unten) = 13,4 cm / (oben) = 3 cm

Die von Vilmos Zsolnay (1828–1900) gegründete Manufaktur errang mit ihren Produkten seit den sechziger Jahren rasch hervorragenden Ruf. Als Markenzeichen führte sie fünf Kirchtürme (entsprechend dem deutschen Namen von Pécs: Fünfkirchen).

Budapest, Iparművészeti Múzeum, Inv.-Nr. 780 W. Kr.

30.8 **Prunkgefäß (Vase)**

Pécs; um 1880
Steinzeug; H. = 8 cm, Dm. (unten) = 14 cm / (oben) = 3 cm

Aus der Manufaktur Zsolnay

Budapest, Iparművészeti Múzeum, Inv.-Nr. 21.386 W. Kr.

30.9 **Schraubflasche**

Pécs; um 1880
Steinzeug; H. = 29,5 cm, Dm. = 18 cm

Aus der Manufaktur Zsolnay

Budapest, Iparművészeti Múzeum, Inv.-Nr. 21.350 W. Kr.

30.10 **Prunkschüssel**

Hollóháza; zweite Hälfte 19. Jahrhundert
Steinzeug; Dm. = 34,5 cm

Budapest, Iparművészeti Múzeum, Inv.-Nr. 53.731.1 W. Kr.

30.11 **Gedächtnisbecher**

Ungarn (?); zweite Hälfte 19. Jahrhundert
Glas, bemalt und geschliffen; H. = 13,5 cm, Dm. (oben) = 8 cm

Der Dekor gemahnt an die erste ungarische Eisenbahn zwischen Pest und Vác, die 1846 eröffnet wurde.

Budapest, Iparművészeti Múzeum, Inv.-Nr. 55.242.1 W. Kr.

30.12 **Prunkpokal**

Böhmen; um 1848
Rubinglas, bemalt und geschliffen; H. = 20,5 cm, Dm. (oben) = 9,8 cm

Der Dekor zeigt das ungarische Wappen.

Budapest, Iparművészeti Múzeum, Inv.-Nr. 70.179.1 W. Kr.

30.13 **Teller**

Kamenický Senov (Steinschönau); 1876
Geschnittenes Kristallglas; Dm. = 20,5 cm

Ausgeführt vom Glasschneider Carl Pietsch (1828–1883) zusammen mit dem Unternehmen Meyrs Neffen in Adolfhütte/Böhmerwald für die Wiener Firma Lobmeyr, die den Teller 1878 auf der Pariser Weltausstellung präsentierte. Dargestellt ist die Allegorie der Luft, als entwerfender Künstler kommt vielleicht August Eisenmenger in Betracht. Er lieferte in diesen Jahren wiederholt Entwürfe, die Lobmeyr durch Pietsch verwirklichen ließ.

Lit.: Historismus umělecké řemeslo 1860–1900 (Ausstellungskatalog), Praha 1975, S. 104f, Nr. 116.

Praha, Uměleckoprůmyslové Muzeum, Inv.-Nr. č.151 W. Kr.

30.14 **Originalzeichnung zu großer Kristallschale „4 Jahreszeiten"**

Charakteristische Entwurfszeichnung eines in Zusammenarbeit mit Moritz Knab (ornamentaler Entwurf für Gravierung der Schalenfahne) erarbeiteten Prunkglases von August Eisenmenger; 1894
Bleistift, Tusche und Deckweiß auf Karton; H. = 49,5 cm, B. = 45 cm

Auftragsarbeit von Ludwig Lobmeyr wohl für Präsentation des gravierten Tellers bei den großen Ausstellungen dieser Zeit. Darstellung der 4 Jahreszeiten in Form weiblicher Figuren in Begleitung von Putti und der Jahreszeit entsprechenden Details aus Flora und Fauna.

Lit.: 100 Jahre österreichische Glaskunst, Lobmeyr 1823–1923 (auch fertig gravierte Schale: Photo)

Wien, J. & L. Lobmeyr H. R.

30.15 **Deckelpokal**

Böhmen; um 1875
Kristallglas, geschliffen und geschnitten; H. = 24,5 cm

Produkt von Meyrs Neffen in Adolfhütte/Böhmerwald für die Firma J. & L. Lobmeyr in Wien.

Lit.: Historismus umělecké řemeslo 1860–1900 (Ausstellungskatalog), Praha 1975, S. 105, Nr. 117.

Praha, Uměleckoprůmyslové Muzeum, Inv.-Nr. č. 30.088 W. Kr.

30.16 **Glasservice No. 103 mit „griechischer Gravierung“**

Entwurf: Theophil Hansen
Ausführung: J. & L. Lobmeyr, Wien; 1866
Kristallglas, reiche ornamentale und figurale Kupferradgravierung
a. Weinkaraffe: H. = 35 cm, Dm. = 13 cm
b. Fußbecher: H. = 13 cm, Dm. = 7,6 cm

Entstanden nach dem heute noch vorhandenen Originalentwurf des dänischen Architekten Theophil v. Hansen, der ein besonders gutes Verhältnis zu Ludwig Lobmeyr hatte. Ursprünglich als Schauservice für die Weltausstellung konzipiert, wurde es bis etwa 1890 auch verkauft.

Lit.: 100 Jahre Österr. Glaskunst, Lobmeyr 1823–1923, Stefan Rath-Lobmeyr. – Österr. Museum für angewandte Kunst, Wien: 150 Jahre Lobmeyr, 1973. – Museum Bellerive, Zürich: Glas aus Wien, J. & L. Lobmeyr, 1979.

Wien, J. & L. Lobmeyr H. R.

30.17 **Schmuckkassette**

Wien; um 1870/72
Silber, vergoldet, Emailplatten mit Malerei; H. = 15 cm, B. = 20,5 cm, T. = 16 cm

Dieses Prunkstück, das auch auf der Wiener Weltausstellung 1873 figurierte, schufen die Fabrik „emaillierter Silber-Bijouteriewaren“ Carl Baumeister (?–1880) und die Porzellanmaler Rädler & Pilz. Beide Firmen hatten ihren Sitz in Wien-Gumpendorf. Die Malereien stellen Szenen und Figuren der klassischen Mythologie dar.

Lit.: Historismus umělecké řemeslo 1860–1900 (Ausstellungskatalog), Praha 1975, S. 90f, Nr. 87. – *Mundt, Barbara,* Historismus, Kunstgewerbe zwischen Biedermeier und Jugendstil, München 1981, S. 319.

Praha, Uměleckoprůmyslové Muzeum, Inv.-Nr. č. 72.192 W. Kr.

30.18 **Schmuckdöschen**

Wien; 1872
Silber mit Niello; H. = 4,5 cm

Entworfen von Josef Storck, ausgeführt von August Kleeberg & Huck. Ein sehr charakteristisches Beispiel für die Wiener Neurenaissance.

Lit.: *Mundt, Barbara,* Historismus, Kunstgewerbe zwischen Biedermeier und Jugendstil, München 1981, S. 321.

Berlin, Staatliche Museen Preußischer Kulturbesitz, Kunstgewerbemuseum, Inv.-Nr. 76.1939
W. Kr.

30.19 **Schmuckschale**

Josef Schulz (Entwurf), 1874/79
Silber, vergoldet, Email, Türkise, Perlen, Bergkristall; H. = 6 cm

Josef Schulz (1840–1917) gehörte zu den namhaften Prager Architekten. Seit 1874 lehrte er an der Fachschule für Goldschmiedekunst, wo auch diese Schale ausgeführt wurde.

Lit.: Historismus umělecké řemeslo 1860–1900 (Ausstellungskatalog), Praha 1975, S. 116f, Nr. 140.

Praha, Uměleckoprůmyslové Muzeum, Inv.-Nr. č.52 W. Kr.

30.20 **Die Kunst im Hause. Geschichtliche und kritisch-ästhetische Studien über die Decoration und Ausstattung der Wohnung von Jacob von Falke**

Wien, Carl Gerolds Sohn 1882[4]
Leinenband mit 8 Abbildungen in Farbendruck, 54 in Licht- und Tondruck und 219 Holzschnitten

Gemeinsam mit Rudolf von Eitelberger baute Jacob von Falke die Sammlungen des Österreichischen Museums für Kunst und Industrie in Wien auf, das am 12. Mai 1864 als erstes Institut seiner Art auf dem Kontinent feierlich eröffnet wurde. Jacob von Falke, der jahrelang die Funktionen des Direktorstellvertreters und des ersten Kustos ausübte und von 1885 bis 1895 als Nachfolger Eitelbergers das österreichische Museum leitete, schuf mit dieser in schlichter Form erstmalig bereits 1871 in Wien erschienenen Schrift ein beliebtes Handbuch, das der Wohnkultur des Historismus wichtige Impulse vermittelte.

Lit.: 100 Jahre Österreichisches Museum für angewandte Kunst – Kunstgewerbe des Historismus, Ausst. Kat. Wien 1964–1965.

Privatbesitz W. K.

30.21 **Karikatur auf die plastische Ausschmückung des Wiener Rathauses**

Carl Stur; 1877
Photokopie

Der Kärntner Carl von Stur (1840–1905) schuf neben zahlreichen witzigen Karikaturen mit Vorliebe Schauspielerporträts, nachdem er selbst einige Zeit auf der Bühne gestanden war.

Lit.: *Krause, Walter,* Die Plastik der Wiener Ringstraße von der Spätromantik bis zur Wende um 1900, Wiesbaden 1980, S. 99, Fig. 1.

Wiener Luft, Beiblatt zum „Figaro“, Nr. 44, 1877, S. 1. W. Kr.

30.22 **Deckengemälde aus dem Hause Wien I, Schottenring 10**

Karl Josef Geiger, 1871
Öl auf Leinwand, diverse Formate
1971/72 im Zuge der Einrichtung von Büroräumen abgelöst und von den Werkstätten des Bundesdenkmalamtes restauriert.

Der Führich-Schüler Karl Josef Geiger schuf 1871 für Architekt Karl Tietz die vielfältige Bildausstattung zweier übereinander liegender Raumfolgen des Hauses Wien I, Schottenring 10. An der Dekke des im zweiten Stock an der Ringstraße gelegenen größten Raumes waren in zwei Bildern paarweise die Allegorien „Schauspielkunst und Musik“ sowie „Poesie und Kunst“ gegeben. Die seitlichen schmalen Rechteckfelder stellen in Gestalt je dreier von Ranken umrahmter Putti die Jahreszeiten dar. Im ersten Obergeschoß befanden sich in einem Saal die beiden an den Schmalseiten angebrachten längsrechteckigen Darstellungen von Friede und Wohlstand. In den vier schildförmigen Feldern der sternförmig aufgegliederten Stuckdecke des westlich anschließenden Raumes hatten die Darstellungen von Wissenschaft, Poesie, Liebe und Macht ihren Platz.

Lit.: *Kitlitschka, Werner,* Die Malerei der Wiener Ringstraße (Die Wiener Ringstraße – Bild einer Epoche, Bd. X), Wiesbaden 1981, S. 28f.

Wien, Restaurierwerkstätten des Bundesdenkmalamtes W. K.

# 31. UNGARISCHE MALEREI

31.1 **Dorfrand (Falu vége)** Farbabb. 43

László Paál; 1870
Öl auf Leinwand; H. = 46 cm, B. = 82 cm

László Paál (1846–1879) zählt trotz seines kurzen Lebens zu den Hauptmeistern der ungarischen Landschaftsmalerei. Nach Studien in Wien (bei A. Zimmermann) und Düsseldorf führte ihn sein Weg über Paris nach Barbizon, wo er sich der nach diesem Ort benannten Schule anschloß. Mit seinem Freund, dem Wiener Maler Eugen Jettel, hatte Paál 1870 eine Studienreise nach Holland unternommen und arbeitete danach einige Monate lang in dem kleinen Dorf Beilen, wo auch der „Dorfrand" entstand – wie alle frühen Bilder gekennzeichnet durch melancholische, fast schläfrig zu nennende Unbeweglichkeit. Aus der – besonders im Farblichen spürbaren – Inspiration durch die alten Meister und dem Landschaftserlebnis entstand noch vor Paáls Barbizon-Periode ein Werk, das bereits Barbizon-Anschauung widerspiegelt.

Lit.: *Bényi, László,* Paál László, Budapest 1979, S. 14.

Budapest, Magyar Nemzeti Galéria, Inv.-Nr. 2226 T Zs. B.

31.2 **Faust und Gretchen (Faust és Margit)** Abb.

Sándor Liezen-Mayer; ca. 1873/75
Öl auf Leinwand; H. = 108 cm, B. = 79 cm

Sándor (Alexander) Liezen-Mayer (1839–1898) war Piloty-Schüler an der Münchner Akademie, 1880–82 Direktor der Stuttgarter Kunstschule, ab 1883 Professor der Historienmalerei in München; ab 1893 lehrte er im Fach Religiöse Malerei. Mit seinen Historienbildern und den zu Werken von Shakespeare, Schiller und Goethe angefertigten Illustrationen hatte er schon früh große Erfolge errungen. Die aus fünfzig Sepiazeichnungen bestehende Kartonserie zu Goethes „Faust" erregte auf der Münchner Kunst- und Kunstgewerbeausstellung 1876 erhebliches Aufsehen. Unter den dem gleichen Thema gewidmeten Ölgemälden ist das hier gezeigte das bekannteste.

Lit.: *Benkő, Gizella,* Liezen-Mayer Sándor, Diss., Budapest 1932, S. 21. – *Fülep, Lajos* (Hg.), A magyarországi művészet története, Budapest [5]1970, S. 420.

Budapest, Magyar Nemzeti Galéria, Inv.-Nr. F. K. 4191 A. Sz. M.

Kat.-Nr. 31.2

31.3 **Mihály Dobozi und sein Weib (Dobozi Mihály és hitvese)**

Bertalan Székely; 1861
Öl auf Leinwand; H. = 133 cm, B. = 155 cm

Bertalan Székely (1835–1910) war zunächst Schüler der Wiener Akademie bei Carl Rahl und Peter Johann Nepomuk Geiger. Von 1859 an studierte er bei Carl Piloty an der Kunstakademie in München, wo auch seine ersten bedeutenden Werke enstanden. Seit 1864 lebte er in Ungarn. Seine historischen Gemälde tragen die Merkmale des romantischen Akademismus.
Die hier wiedergegebene Episode spielt in der Zeit nach der verlorenen Schlacht bei Mohács im Jahr 1526. Die Türken haben die Burg Mihály Dobozis in Brand gesteckt. Für das flüchtende Paar bleibt, nachdem auch sein Pferd verendet ist, nur der Tod als einziger Ausweg. Zunächst tötet Dobozi seine Frau, um sich dann den Verfolgern entgegenstellend selbst im ungleichen Kampf zu fallen. In

Székelys Auffassung fließen klassische und romantische Züge zusammen. Romantisch und vielleicht durch französische Vorbilder beeinflußt, muten die dramatische Übersteigerung und Gegenüberstellung an, klassischen Ursprungs ist der verwendete Topos, der sich von Zweifigurengruppen der hellenistischen Antike herleitet.

Lit.: *Bakó, Zsuzsanna,* Székely Bertalan, Budapest 1982, S. 24f. – *Haulisch, Lenke,* Székely Bertalan, Budapest 1964, S. 11f.

Budapest, Magyar Nemzeti Galéria, Inv.-Nr. 2757 Zs. B. /W. Kr.

31.4 **László Hunyadis Abschied von seinen Freunden (Hunyadi László búcsúja)** Abb.

Gyula Benczúr; 1866
Öl auf Leinwand; H. = 147 cm, B. = 121 cm

László (Ladislaus), der ältere Sohn des Türkenbezwingers und Reichsverwesers János Hunyadi, zählt zu den beliebtesten nationalen Heroengestalten der Magyaren. Der Titelheld wurde im 19. Jahrhundert als Märtyrer und Opfer habsburgischer Herrscherwillkür glorifiziert. Nach der Tötung des Grafen Ulrik Cillei von König László V. (Ladislaus Postumus), der damit seinen beschworenen Eid brach, zum Tode verurteilt, nimmt er hier am 16. März 1457 vor seiner Hinrichtung im Gefängnis der Budaer Burg Abschied von seinen Getreuen.

Benczúr baut die Szene aus wenigen, groß gesehenen Figuren, ohne Emotion und Bewegung übermäßig zu betonen. Er verbindet die fast reliefmäßig-klassischen Komposition mit einer sehr lebendig anmutende farbliche Gestaltung aus kräftigen Helligkeitsabstufungen, die den Eindruck viel wesentlicher bestimmt als das linear-plastische Element. Der große Erfolg, der diesem Bild 1867 in Pest und auf der von elf ungarischen Malern beschickten Internationalen Ausstellung in Paris beschieden war, bildete gleichsam den Auftakt zu Benczúrs erfolgreicher Laufbahn (vgl. Kat. Nr. 31.8).

Lit.: *Telepy, Katalin,* Benczúr Gyula, Budapest 1960. – *Bodnár, Éva,* in: *Solymár, István,* Die Sammlungen der Ungarischen Nationalgalerie, Budapest 1976, S. 32f.

Budapest, Magyar Nemzeti Galéria, Inv.-Nr. 2773 É. Bo. / W. Kr.

Kat.-Nr. 31.4

31.5 **Bauernhochzeit (Parasztlakodalom)**

Mór Than; 1859
Öl auf Leinwand; H. = 34 cm, B. = 52,5 cm

Mór Than (1828–1899) zählte zusammen mit seinem Landsmann Károly Lotz zu den hervorragendsten Schülern Carl Rahls. In Ungarn repräsentierte er in führender Position die offizielle Malerei akademischen Stils. Das gezeigte Bild entstand unmittelbar nach einer in Gesellschaft seines Lehrers Rahl 1858 unternommenen Italienreise als vorbereitende Skizze zu der zwei Jahre später ausgeführten Komposition „Rekrutierung". Auffallend sind die luftige Frische der Komposition und das heitere Kolorit, denen man – überblickt man das vollständige Lebenswerk des Künstlers – auch in den späteren Etappen seines Schaffens nur gelegentlich begegnet.

Lit.: Exhibition of Famed Paintings owned by the Budapest Museum of Fine Arts and the Hungarian National Gallery, Tokyo 1979, Nr. 48. – Művészet Magyarországon 1830–1870, Budapest 1981, Nr. 267. – *Cenner-Wilhelmb, Gizella,* Thaan Mór, Budapest 1982, S. 90.

Budapest, Magyar Nemzeti Galéria, Inv.-Nr. 50.445 Zs. B.

31.6 **Die Schlacht von Varna (Bitwa pod Warną, A várnai csata**

Jan Matejko; 1879
Öl auf Holz; H. = 58 cm, B. = 91 cm

Jan Matejko (1838–1893) lebte und wirkte in Krakau, war also österreichischer Untertan. Er gilt heute nicht nur als einer der bedeutendsten Künstler Polens, sondern als einer der größten Vertreter der Historienmalerei überhaupt. Matejkos Themen haben stets einen aktuellen Bezug, seine Popularität mündete schließlich in die symbolische Anerkennung als geistiger Führer des Volkes – ein Beweis dafür, daß Historienmalerei keineswegs nur eine akademische Angelegenheit war. In der Schlacht von Varna/Bulgarien unterlagen 1444 die vereinten Heere der Ungarn und Polen gegen die Türken. König Wladyslaw II. (in Ungarn Ulászló I.), der hier gegen die Truppen Murads II. ansprengt, fiel im Kampf.

Lit.: *Starzyński, Juliusz,* Jan Matejko, Warszawa 1973, Abb. 93f.

Budapest, Szépmüvészeti Múzeum, Inv. W. Kr.

31.7 **Pariser Interieur mit lesender Dame (Párizsi interieur, Olvasó nő)** Abb.

Mihály Munkácsy; 1877
Öl auf Leinwand; H. = 70,5 cm, B. = 102 cm

Etwa ab der Mitte der 1870er Jahre bis 1887 malte Munkácsy eine Reihe von Salonbildern, die direkt für den Kunsthandel bestimmt waren. Ihr „Thema" ist die Welt des Pariser Großbürgertums. Diese Bilder sind stillebenhafte Impressionen, die sich bei allem Repräsentationswert doch in elementarer Weise an die optische Sinnesempfindung wenden. Sie sind primär als Formerlebnis zu verstehen. Munkácsy berichtete brieflich, daß A. v. Pettenkofen an der Entstehung dieses Werks

Kat.-Nr. 31.7

ernsthaften Anteil nahm und es ihm sehr gut gefiel. Impulse vermittelten Munkácsy laut eigener Aussage zudem ähnliche Werke des damals weltberühmten Mariano Fortuny.

Lit.: *Farkas, Z.; Végvári, L.*, Munkácsy Mihály válogatott levelei, Budapest 1952, S. 103. – *Végvári, L.*, Katalog der Gemälde und Zeichnungen Mihály Munkácsys, Budapest 1959, Nr. 238. – *Pernéczky, Géza*, Munkácsy, Budapest 1970, S. 26. – *Székely, András*, Munkácsy, Budapest 1977, Nr. 14.

Budapest, Magyar Nemzeti Galéria, Inv.-Nr. 4677 É. Bo. / W. Kr.

31.8 **Rokoko-Konzert**

Gyula Benczúr; 1870er Jahre
Lavierte Bleistiftzeichnung, Deckfarben; H. = 45,8 cm, B. = 29,5 cm

Gyula (Julius) Benczúr (1844–1920) studierte in München bei Carl v. Piloty. König Ludwig II. von Bayern zog ihn zur Ausschmückung seiner Schlösser in Herrenchiemsee, Linderhof und Hohenschwangau heran. Die Wertschätzung des Louis XV.- und Louis XVI.-Stils veranlaßten den Herrscher, Benczúr zum Studium nach Paris zu senden, um dort die französische Barock- und Rokokokunst wie auch die von Ludwig bewunderten galanten Szenen Bouchers an Ort und Stelle kennenzulernen. Daß des Königs Erwartungen nicht enttäuscht wurden, beweist die Ernennung des Malers zum Professor an der Münchner Akademie im Jahr 1876. Die Zeichnung gehört dieser Zeit an; es handelt sich um eine Skizze zu einem wahrscheinlich nie ausgeführten Bild. Die Leichtigkeit der Linienführung und die Hinwendung zur offenen Formstruktur kennzeichnen auch andere Werke Benczúrs dieser Periode. Seine Generation war es ja, die nicht nur zum Bannerträger des Impressionismus wurde, sondern auch den triumphalen Aufstieg des Neobarocks verantwortete.

Lit.: *Homér, Lajos*, Benczúr Gyula, Diss., Budapest 1938. – *Telepy, Katalin*, Benczúr Gyula, Budapest 1960. – *Lyka, Károly*, Magyar Művészélet Münchenben, Budapest [2]1982.

Budapest, Magyar Nemzeti Galéria, Inv.-Nr. 1921-751 K. Sz.

31.9 **Lesende (Olvasó nő)** Abb.

Mihály Zichy; 1867
Aquarell auf Papier; H. = 54,5 cm, B. = 38,5 cm

Mihály Zichy (Zala 1827–1906 St. Petersburg) zählt zu den bedeutendsten Vertretern des ungarischen Historismus. Er begann seine Studien in der Pester Malerschule Marastonis und bildete sich dann 1843–1845 in Wien bei Waldmüller weiter, wo er auch an mehreren Ausstellungen teilnahm. 1847 folgte er einem Ruf nach Rußland; 1859–1873 wirkte er als Hofmaler des Zaren. 1871 und 1874 bereiste er Europa, lebte 1875–1880 in Paris und arbeitete 1880–1881 in Ungarn. 1881 kehrte er nach Rußland zurück.
Zichy arbeitete in jeder technischen und thematischen Gattung mit der gleichen Bravour. In St. Petersburg erwarb er sich aber gerade mit seinen Aquarellen den auszeichnenden Rang eines Akademischen Künstlers. Dieses Blatt knüpft in der vorbildlichen und intimen Wiedergabe des Stofflichen, der weiblichen Schönheit und der ge-

Kat.-Nr. 31.9

wöhnlichen Alltagsszene an das Biedermeier-Erbe an, geht aber in der Leichtigkeit der Darstellungsweise und in seinen Licht-Schatten-Kontrasten schon einen Schritt weiter. In seiner Stimmung weist es auch in Richtung der Erotischen Serie Zichys.

Lit.: Zichy Mihály, Ausstellungskatalog, Einl. von. *R. Bajkay Éva,* Budapest: Magyar Nemzeti Galéria 1977.

Budapest, Magyar Nemzeti Galéria, Inv.-Nr. F 71.62 É. B.-R.

31.10 **Lachender Mann** Abb.

Mihály Zichy; 1874
Rötelzeichnung auf Papier; H. = 49,5 cm, B. = 28,8 cm

Die flotte, skizzenhaft leichte, einen Augenblick unbändiger Heiterkeit festhaltende Kreidezeichnung ist in ihrer Art in Zichys Kunstschaffen alleinstehend. Durch die rote Farbwirkung gestaltet der Künstler das gewählte Thema noch anschaulicher. Hier hat er, ohne die Absicht zu verschönern, seiner hedonistischen Lebensauffassung Ausdruck verliehen. Diese Zeichnung ist keine Illustration, obwohl sie mit Zichys Falstaff-Bildern unbedingt in Zusammenhang gebracht werden kann. Die Wahl des Modells ist ebenso ungezwungen wie die technisch virtuose Ausführung.

Lit.: *Solymár, István,* Die Sammlungen der Ungarischen Nationalgalerie, Budapest 1975, S. 136.

Budapest, Magyar Nemzeti Galéria, Inv.-Nr. 1954-5135 É. B.-R.

Kat.-Nr. 31.10

31.11 **Schafställe (Juhaklok)**

László Paál; 1872
Öl auf Leinwand; H. = 34 cm, B. = 55,5 cm

Auch dieses Bild entstand in Beilen. Lange Zeit war es unter dem Titel „Heuschober" („Kazlak") bekannt. Der freie, meist flächig behandelte Vordergrund, der am Horizont von Häusern oder Bäumen abgeschlossen wird, charakterisiert die bevorzugte Kompositionsmethode dieser Schaffensperiode. Die in der Ferne weidende Herde und der träge Flug der Vögel rufen im Beschauer unwillkürlich die Stimmung der großen ungarischen Tiefebene in Erinnerung, welche in der empfindsamen Seele des fern seiner Heimat lebenden jungen Malers oft nostalgische Erinnerungsbilder aufleben ließ.

Lit.: *Bényi, László,* Paál László, Budapest 1979, S. 66.

Budapest, Magyar Nemzeti Galéria, Inv.-Nr. 60.138 Zs. B.

31.12 **Reisigsammlerin (Rőzsehordó nő)**

Mihály Munkácsy; 1873
Öl auf Holz; H. = 99,7 cm, B. = 80,3 cm

Im Oktober 1873 verbrachte Munkácsy einige Wochen in Gesellschaft seines besten Freundes, des Malers Paál, in Barbizon, wo er tiefe Eindrükke empfing. Obwohl Munkácsy die Darstellung des Menschen für die wichtigste hielt, läßt er auf diesem Gemälde der Landschaft eine gleiche Rolle wie der Gestalt zukommen. Die statuenhafte Geschlossenheit der Figur, ihre ruhige, geradezu klassische Monumentalität werden durch den freieren und heiteren Charakter des landschaftlichen Hintergrundes gelöst. Munkácsy setzt hier Anregungen von Millet, aber auch von Courbet um.

Lit.: *Végvári, L.*, Katalog der Gemälde und Zeichnungen Mihály Munkácsys, Budapest 1959, S. 11, 31 und 48, Nr. 183. – *Székely, András*, Munkácsy, Budapest 1977, Nr. 6.

Budapest, Magyar Nemzeti Galéria, Inv.-Nr. 4647 É. Bo.

31.13 **Wäschetrocknen (Ruhaszárítás)**

Pál Szinyei Merse; 1869
Öl auf Leinwand; H. = 36 cm, B. = 28,5 cm

Pál Szinyei Merse (1845–1920) gehört zwar zu den Schülern Sándor Wagners und Carl Pilotys, aber er folgte nicht der Tradition der Münchner Historienmalerei, sondern beschritt, gefördert durch Kontakte zu Arnold Böcklin und Wilhelm Leibl, einen selbständigen Weg zum Impressionismus. Der Durchbruch erfolgte mit den Skizzen „Die Schaukel" und „Wäschetrocknen". Der unvoreingenommene Realismus, die Kraft der im Sonnenschein strahlenden, klaren Farben führten ihn fort von der üblichen Darstellungsweise zu einer den Prinzipien der Tonmalerei entgegengesetzten Fleckmalerei, der die französischen Impressionisten Pate standen. Szinyei bewahrte ihnen gegenüber jedoch seine Eigenart.

Lit.: *Bernáth, Mária*, Szinyei Merse Pál, Budapest 1981, S. 8. – *Szinyei Merse, Anna*, Bildgattungen und Themen im Jugendwerk von Pál Szinyei Merse, in: Acta Historiae Artium XXVII/1981, Heft 3–4, S. 287–361, S. 333.

Budapest, Magyar Nemzeti Galéria, Inv.-Nr. 56.167 A. Sz. M.

31.14 **Das Kukuruzschälen (Tengerihántás)**

Farbabb. 40

Simon Hollósy; 1885
Öl auf Leinwand; H. = 150 cm, B. = 100 cm

Simon Hollósy (1857–1918) lernte in Budapest bei B. Székely und dann an der Münchner Akademie. 1886 eröffnete er in München eine Privatschule, um die sich die den Akademismus ablehnenden Maler gruppierten. 1896 gründete er zusammen mit seinen Künstlerfreunden die für die moderne ungarische Kunst ausschlaggebende Künstlerkolonie von Nagybánya (heute Baia Mare, Rumänien). Das gezeigte Bild stellt das Hauptwerk der Münchner Zeit dar. Das aus dem ungarischen Volksleben geschöpfte Thema präsentiert sich mittels der aus der realistischen Münchner Richtung entwickelten Tonmalerei. Auf dem mit raffinierter Einfachheit konzipierten Bild leuchten aus dem hellen Grundton die stofflich wiedergegebenen Details der genau beobachteten Wirklichkeit gleichwertig hervor.

Lit.: *Németh, Lajos*, Hollósy Simon és kora művészete, Budapest 1956, S. 37f. – *Lyka, Károly*, Magyar művészélet Münchenben, Budapest [2]1982, S. 71; *Németh, Lajos* (Hg.), Magyar művészet 1890–1919, I, Budapest 1981, S. 276.

Budapest, Magyar Nemzeti Galéria, Inv.-Nr. 4868 A. Sz. M.

31.15 **Staubige Straße (Poros út)**

Mihály Munkácsy; 1874
Öl auf Holz; H. = 77 cm, B. = 117,5 cm

Auf seiner Hochzeitsreise 1874 besuchte Munkácsy seine Verwandten in Békéscsaba. Das Gemälde bewahrt die Erinnerung an diese Ungarnreise. Im Unterschied zu früheren Werken verwendete der Künstler keine Asphaltuntermalung, wodurch das Bild seine ursprüngliche Frische und die reizvolle und lebhafte Wirkung des hellen Kolorits bis heute bewahrt hat. Zurecht hat man Werke von Turner und Monet als Vergleich herangezogen.

Lit.: *Végvári, L.*, Katalog der Gemälde und Zeichnungen Mihály Munkácsys, Budapest 1959, S. 11 u. 49, Nr. 203. – *Peréczky, Géza*, Munkácsy, Budapest 1970, S. 39f. – *Székely, András*, Munkácsy, Budapest 1977, Nr. 15. – Exhibition of Famed Paintings owned by the Budapest Museum of Fine Arts and the Hungarian National Gallery, Tokyo 1979, Nr. 54.

Budapest, Magyar Nemzeti Galéria, Inv.-Nr. 50.65 (10037) É. Bo.

31.16 **Pußtagewitter (Vihar a pusztán)**

Mihály Munkácsy; 1867
Öl auf Leinwand; H. = 91,5 cm, B. = 133 cm

Munkácsys Name ist mit dem Attribut „der größte ungarische Maler" verbunden worden, nicht nur wegen seiner Bedeutung allein, sicher auch wegen seiner Vielseitigkeit. Vielseitig war auch die Ausbildung des 1844 in Munkács (heute Mukatschewo, UdSSR) geborenen Künstlers, der eigentlich Lieb hieß und sich erst später nach seinem Heimatort nannte. Budapest, Wien, München, Paris und Düsseldorf bildeten die Stationen seines Studiums. Zu seinen Lehrern zählten u. a. Carl

Rahl und Ludwig Knaus. Der Durchbruch gelang ihm in Düsseldorf mit dem „Letzten Tag eines zum Tode Verurteilten", seine bleibende Wirkungsstätte fand Munkácsy jedoch in Paris. 1900 ist Munkácsy nach mehrjähriger Geisteskrankheit in einer Anstalt in Endenich bei Bonn gestorben. Das „Pußtagewitter" ist ein Frühwerk aus der Münchner Zeit. Der realistisch-dramatische Effekt beweist, daß Munkácsy damals die romantische Manier souverän meisterte: Untersicht, gesteigerte Bewegung und intensive Hell-Dunkel-Kontraste bilden die hauptsächlichen Faktoren dieses malerischen Wirkungsstückes.

Lit.: *Végvári, L.*, Katalog der Gemälde und Zeichnungen Mihály Munkácsys, Budapest 1959, S. 8 u. 43, Nr. 64. – *Lyka, Károly,* Nemzeti romantika, Budapest $^{2}$1982, S. 123. – *Székely, András,* Munkácsy, Budapest 1977, S. 6.

Budapest, Magyar Nemzeti Galéria, Inv.-Nr. 2825 É. Bo. / W. Kr.

### 31.17 Bei der Tränke (Itatónál) Farbabb. 42

Mihály Munkácsy; 1869
Öl auf Holz; H. = 36,5 cm, B. = 65 cm

Bezeichnenderweise nahm Munkácsy immer wieder heimische Eindrücke aus Ungarn zum Anlaß seiner Landschaftsbilder. In Düsseldorf hatte sich die dramatische Sprache, die er im „Pußtagewitter" verwendete, beruhigt; trotz der noch immer mitschwingenden romantischen Effekte (z. B. in der Silhouettierung) beherrscht nun die distanzierende optische Auflösung das Bild. Am Rand des Dorfes werden die von der Weide heimkommenden Pferde beim Ziehbrunnen getränkt – das ist das belanglose Thema, das aber mit malerischer Vielfalt – auch Luft und Staubwolken sind spürbar – umgesetzt wird.

Lit.: *Végvári, L.*, Katalog der Gemälde und Zeichnungen Mihály Munkácsys, Budapest 1959, S. 44, Nr. 83.

Budapest, Magyar Nemzeti Galéria, Inv.-Nr. 72.124 T É. Bo. / W. Kr.

### 31.18 Frühstück im Freien (Maifest; Majális) Farbabb. 41

Pál Szinyei Merse; 1873
Öl auf Leinwand; H. = 128 cm, B. = 163,5 cm
Photographie

Die erste Skizze zu diesem Bild hatte Szinyei, von einem zweijährigen Aufenthalt in Ungarn nach München zurückgekehrt, im Juni 1872 gemalt. Die unmittelbaren Vorläufer des „Majális" sind die französischen Déjeuner-Bilder – Manets „Frühstück im Grünen" entstand zehn Jahre davor. Im einzelnen besteht jedoch keine Verbindung zu einem konkreten Vorbild. Szinyei schuf ein Hauptwerk der „plein air"-Malerei, in dem die Errungenschaften der Tonmalerei und des Impressionismus geradezu klassisch ausgewogen sind. Mensch und Natur existieren in glücklicher Harmonie. Seine Werke der Folgezeit geben sich weniger radikal und erreichten auch später, als ihm nach langer Zeit endlich die verdiente Anerkennung zuteil wurde, nicht die alte Freiheit. Im Œuvre Fritz Schiders, Albert Langs und Gyula Benczúrs, die mit Szinyei in München tätig waren, ist sein Einfluß allerdings nachzuweisen.

Lit.: *Jeszenszky, Sándor,* Le Déjeuner sur l'herbe de Szinyei, in: Bulletin de la Galerie Nationale Hongroise, II/1960, S. 5–78. – *Bernáth, Mária,* Szinyei Merse Pál, Budapest 1981. – *Szinyei Merse, Anna,* Bildgattungen und Themen im Jugendwerk von Pál Szinyei Merse, in: Acta Historiae Artium, XXVII/1981, Heft 3–4, S. 287–361.

Budapest, Magyar Nemzeti Galéria, Inv.-Nr. 1547 A. Sz. M.

### 31.19 Vajks Taufe (Vajk megkeresztelése) Farbabb. 6

Gyula Benczúr; 1875
Öl auf Leinwand; H. = 360 cm, B. = 245 cm
Photographie

Vajk, der Sohn des Herzogs Géza, erhielt in der Taufe den Namen Stephan. In die Geschichte ist er als Stephan I. der Heilige, der Begründer des ungarischen Königtums, eingegangen.
Benczúr besaß eine besondere Gabe für Kolossalformate. Die riesige „Taufe" ist nach Anregungen aus dem flämischen Barock gestaltet. Peter Paul Rubens und seine Schule haben sie dem Künstler vermittelt. Benczúr steigert die Dramatik und die Kontraste und er intensiviert vor allem die koloristischen Elemente. Darin übertrifft er selbst Makart. Die Wiener Malerei kennt um diese Zeit in der Gattung des Historienbildes keine ähnlich kühne Lösung; sie rechtfertigt das Schlagwort vom „Zeitalter des Farbenrauschs".

Lit.: *Fülep, Lajos* (Hg.), A magyarországi művészet története, Budapest $^{5}$1970, S. 420. – *Lyka, Károly,* Magyar művészélet Münchenben, Budapest $^{2}$1982, S. 31.

Budapest, Magyar Nemzeti Galéria, Inv.-Nr. 2798 W. Kr.

**31.20 Illustration zu Goethes „Faust" (Wagner: „Verzeiht ich hör' euch declamiren")**

Mihály Zichy; um 1877
Tuschfederzeichnung auf Papier; H. = 13,7 cm, B. = 17,2 cm

Im Auftrag des Barons Günsburg begann Zichy in Paris seine Illustrationen zu Goethes „Faust", wovon lediglich 21 Blätter fertig wurden. Dieses ist das vierte Blatt der Folge, auf dem Wagners Eintritt Fausts Vision unterbricht. Im virtuos gezeichneten Interieur hebt der Künstler durch den Kontrast von Licht und Schatten die zwei Figuren hervor. In der typischen, auf das Optische zielenden Vortragsweise des Späthistorismus entsubstantialisiert Zichy die körperhafte Erscheinung weitgehend zugunsten der Form und des formalen Reizes der malerischen „Handschrift". Mit diesem Werk schloß sich Zichy unmittelbar an das Kunstschaffen seines Freundes, des namhaften französischen Illustrators Gustave Doré an und vereinigte diese Anregungen mit den Errungenschaften der Graphik Adolph Menzels.

Lit.: *Berkovits, Ilona,* Zichy Mihály, Budapest 1964, S. 156–158.

Budapest, Magyar Nemzeti Galéria, Inv.-Nr. F 64.150 É. B.-R. / W. Kr.

**31.21 Illustration zur Ballade „Ágnes Asszony" („Frau Agnes") von János Arany**

Mihály Zichy; 1893
Lavierte Tusch- und Bleistiftzeichnung; Papier, H. = 35,2 cm, B. = 43,7 cm

In dieser bildmäßig gestalteten Illustration zu Aranys volkstümlicher Dichtung sind die Leben-und-Tod-Problematik der Romantik und die Effekte von mörderischer Leidenschaft und Wahnsinn vergegenwärtigt. Der Künstler hat die Geschichte der Frau, die ihren Gatten durch den Geliebten ermorden läßt, in eine einzige Komposition verdichtet. Links sehen wir die Mordtat, rechts die sich an die Kerkerwand drückende, vom Wahnsinn erfaßte Frau. Sie ist durch ihr dunkles Kleid gekennzeichnet, während die Vergangenheit und die ihr drohenden gespenstischen Ungeheuer als visionäre weiße Lichterscheinungen den dramatischen Kontrast zu ihr bilden.

Lit.: *Berkovits, Ilona,* Zichy Mihály, Budapest 1964, S. 279.

Budapest, Magyar Nemzeti Galéria, Inv.-Nr. 1899-503/b É. B.-R.

**31.22 Illustration zur Ballade „Hidavatás" („Brückenweihe") von János Arany** Abb.

Mihály Zichy; 1892
Lavierte Federzeichnung, Deckweiß, Papier; H. = 43,7 cm, B. = 35 cm

Die Margaretenbrücke (Margit-híd), deren Plan vom Pariser Bureau Eiffel konstruiert wurde, kann auch als das Symbol des zur modernen industriellen Großstadt wachsenden Budapest angesehen werden. 1877, nach der Brückenweihe, schrieb Arany seine Ballade, worin der Dichter das Drama jener Verzweifelten schildert, die keinen anderen Ausweg mehr finden als den selbstvernichtenden Sturz in die Fluten. Zichy übersetzt die Phantastik des Textes in die Sprache des Bildes. Seine Zeichnung ist eine turbulente Vision der den modernen Menschen bedrängenden Angstzustände. Auf der linken Seite klettern die klassisch geformten Figuren auf den das Monogramm Franz Josephs tragenden Brückenkopf, rechts stürzen sich, in einer surrealistisch-mystischen Beleuchtung, die ihr Leben Wegwerfenden hinab in die Fluten.

Lit.: *Berkovits, Ilona,* Zichy Mihály, Budapest 1964, S. 280, 286 und Abb. CXXI. – *Németh, Lajos* (Red.), Magyar Művészet 1890–1919, I, Budapest 1981, S. 204.

Budapest, Magyar Nemzeti Galéria, Inv.-Nr. 1899-510/b É. B.-R.

**31.23 Illustration zur Ballade „Ünneprontók" („Festverderber") von János Arany**

Mihály Zichy; 1893
Lavierte Federzeichnung, Papier; H. = 43,7 cm, B. = 35,2 cm

Für Zichy, den Hofmaler von vier russischen Zaren, war die Versenkung in die Literatur auch eine Art Flucht vor den alltäglich an ihn gestellten Anforderungen. Im Gegensatz zu den höfischen Festen hat er in dieser das ganze Blatt ausfüllenden Illustration eine völlig andere Welt, die genrehaft-hintergründige Darstellung eines ländlichen Pfingstfestes gezeichnet. Im Hintergrund skizzierte er die barocke Kirche mit dem Turm und als Kontrast die schilfgedeckte Dorfschenke. Auf diese zwei Existenzformen verweist im Vordergrund der Kontrast zwischen den verzweifelt betenden älteren Frauen und der am Rande des Abgrunds ausgelassen tanzenden Gruppe junger Paare. Die Komposition bewegt sich spiralförmig nach un-

Kat.-Nr. 31.22

ten. Im höllischen Tanz stürzt die wüste Schar ins Verderben.

Lit.: *Berkovits, Ilona,* Zichy Mihály, Budapest 1964, S. 280 und Abb. CXXXII.

Budapest, Magyar Nemzeti Galéria, Inv.-Nr. 1899-508/b É. B.-R.

31.24 **Illustration zur Ballade „Zách Klára" von János Arany**

Mihály Zichy, 1894.
Lavierte Federzeichnung auf Papier, H. = 44 cm, B. = 34,8 cm

Zehn Jahre lang hat Zichy an der Illustration der 24 Balladen von Arany gearbeitet. Er kopierte eigenhändig den Text und bereicherte ihn durch Initialen, textgliedernde Zeichnungen und selbständige bildliche Darstellungen. Die Ballade der Klára Zách behandelt eine Episode aus der Zeit König Karl Roberts, der 1307–42 regierte. Unter Beihilfe der Königin hatte deren Bruder, der spätere polnische König Kasimir der Große, anläßlich eines Besuchs die Tochter des Höflings Felicián Zách geschändet. Racheerfüllt attackierte der Vater die Herrscherfamilie beim Mahl, verwundete das Königspaar und wollte es töten, wurde aber selbst niedergestreckt, ehe er diese Absicht verwirklichen konnte. Als Vergeltung wurde seine ganze Sippe auf das grausamste ausgerottet. Auf Zichys Zeichnung unter dem Text erhebt sich ein riesengroßer Richtplatz drohend über die Masse. Das ist ein Sinnbild der schweren Jahre von Haynaus Terror in Ungarn während der frühen Regierungsjahre Franz Josephs.
1897 ist der von Zichy illustrierte Balladenband erschienen.

Lit.: *Berkovits, Ilona,* Zichy Mihály, Budapest 1964, S. 281.

Budapest, Magyar Nemzeti Galéria, Inv.-Nr. 1899-511/c É. B.-R.

31.25 **Danton auf dem Schafott (Illustration zu Imre Madáchs „Tragödie des Menschen")**

Mihály Zichy; 1887
Kohlezeichnung auf Papier; H. = 79 cm, B. = 50,3 cm

Die berühmteste Serie der reichen illustrativen Tätigkeit Zichys umfaßt die zwanzig großformatigen Blätter zu Madáchs 1860 beendeter dramatischen Dichtung „Az ember tragédiája". Mit den symbolischen Figuren von Adam und Eva folgt Madách dem Lauf der Geschichte der Menschheit. Dieses Blatt zeigt Adam als Danton und Opfer der Jakobiner-Diktatur auf dem Schafott, zurückschreckend vor dem lockenden Blick einer – vom Typ der bereits tot daliegenden Eva völlig verschiedenen – Frau mit bluttriefenden Händen. Die dicht übereinander angeordneten Kompositionsschichten krönt Luzifer in der Rolle des Diktators und Henkers. Diese bis heute unübertroffene Illustration entstand 1887 in St. Petersburg im Auftrag des Budapester Atheneum-Verlags, der noch im selben Jahr die erste Prachtausgabe veröffentlichte.

Lit.: *Berkovits, Ilona,* Zichy Mihály, Budapest 1964, S. 239–244. – *Aliosina, A.,* M. Zichy, Moskau 1975, S. 140–142.

Budapest, Magyar Nemzeti Galéria, Inv.-Nr. 1905-1755 É. B.-R.

31.26 **Satyr und Nymphe**

Mihály Zichy; 1874
Rote Kreide; H. = 57 cm, B. = 42 cm

Die Zeichnung entstand in Paris. Eine ähnliche Behandlung des Frauenraub-Themas findet sich im Wiener Milieu bei Victor Tilgner und Hans Makart.

Lit.: *Rózsaffy, Didier,* Le centenaire du peintre-illustrateur hongrois Michel Zichy (1827–1909), in: Gazette des Beaux-Arts, 70/1928–II, S. 75–87 (m. Abb.); – *Berkovits, Ilona,* Zichy Mihály, Budapest 1964.

Privatbesitz W. Kr.

## 32. CARL RAHL UND SEIN KREIS

### 32.1 Bildnis des Bildhauers Adam Rammelmayer

Carl Rahl; 1835
Öl auf Leinwand; H. = 76 cm, B. = 61 cm

Der mit Carl Rahl befreundete Bildhauer, zu dessen wichtigsten Werken die Skulpturen des Heldenberges in Klein-Wetzdorf, NÖ, zählen, ist in halber Figur vor düsterem grauem Wolkenhimmel dargestellt. Er trägt einen schwarzen Samtrock mit Verschnürung und über der linken Schulter einen olivbraunen Mantel mit Pelzkragen.

Lit.: Österreichische Galerie, Wien – Galerie des neunzehnten Jahrhunderts im Oberen Belvedere, Wien 1924, S. LIX, Kat.-Nr. 281.

Wien, Österreichische Galerie, Inv.-Nr. 1875
W. K.

### 32.2 Moses beschützt die Töchter Raguels gegen die Hirten — Farbabb. 54

Carl Rahl; 1851
Öl auf Leinwand auf Karton aufgezogen; H. = 43 cm, B. = 63 cm

Das Thema des Gemäldes ist dem Buch Exodus, 2. Kapitel, Vers 15–17 entnommen. Malerisch sehr freie, aus lockeren Pinselstrichen aufgebaute Farbskizze für das Gemälde in der Österreichischen Galerie.

Mauerbach, ehemalige Kartause, Restitutionsdepot des Bundesdenkmalamtes — W. K.

### 32.3 Rudolf von Habsburg an der Bahre König Přemysl Ottokars nach der Schlacht von Dürnkrut-Jedenspeigen — Abb.

Carl Rahl; um 1860
Bleistift und Feder in Braun auf Papier, laviert; H. = 46,9 cm, B. = 70,7 cm

Entwurf für die Ausmalung der Ruhmeshalle des k. k. Waffenmuseums im Arsenal. Vgl. hierzu Kurzbeschreibung von Kat.-Nr. 32.4.
Umschrift: *Er verherrlichte ihn unter seinem Volke und schwur ihm dasz er wachsen würde wie der Staub der Erde und dasz sein Saame erhöht würde wie die Sterne. Jes. Sir. XLIV. XXII. XXIII.*

Lit.: *Strobl, Alice,* Das k. k. Waffenmuseum im Arsenal – Der Bau und seine künstlerische Ausschmückung

Kat.-Nr. 32.3

(Schriften des Heeresgeschichtlichen Museums in Wien, Bd. 1), Graz–Köln 1961, S. 43ff sowie S. 119, Kat.-Nr. 93.

Wien, Kupferstichkabinett d. Akademie d. bild. Künste, Inv.-Nr. 13.007 W. K.

32.4 **Rudolf von Habsburg an der Bahre König Přemysl Ottokars nach der Schlacht von Dürnkrut-Jedenspeigen** Farbabb. 52

Carl Rahl; etwa 1860
Öl auf Leinwand, obere Ecken stark ausgerundet; H. = 90 cm, B. = 120 cm

Farbskizze für die Ausmalung der Ruhmeshalle des k. k. Waffenmuseums im Arsenal. Umsetzung der Bleistift- und Federzeichnung der Wiener Akademie (Kat.-Nr. 32.3), wobei der breite pastenartige Farbauftrag und das dunkel leuchtende Kolorit der Skizze in für Rahls späteres Schaffen charakteristischen Weise einen hohen Grad künstlerischer Eigenständig- und Eigenwertigkeit verleihen.

Lit.: Vgl. Kat.-Nr. 32.3.

Wien, Heeresgeschichtliches Museum, Inv.-Nr. EB 1983-44 W. K.

32.5 **Entwurf für den Kuppelfries der Ruhmeshalle des k. k. Waffenmuseums in Wien III, Arsenal**

Carl Rahl; um 1860
Bleistift und Feder mit grauer Lavierung auf Papier; H. = 56 cm, B. = 89 cm

Bereits in den Jahren 1853/54 schuf Carl Rahl auf Anregung Theophil Hansens Entwürfe für die Monumentalmalereien des k. k. Waffenmuseums im Arsenal und legte hierfür ein ausführliches Programm vor, dessen letzte, aus dem Jahre 1860 stammende Fassung erhalten geblieben ist. Als Kaiser Franz Joseph Rahls Konzeption wegen ihrer betont allegorischen und der Welt der Sage entnommenen Thematik ablehnte, erhielt Karl Blaas, den Erzherzog Ferdinand Max empfohlen hatte, im Juni 1858 den Auftrag für die Ausmalung der Ruhmeshalle. Die Zeichnung kennzeichnet eigenartig spröder Duktus, der in Rahls späteren Entwürfen zugunsten fließender Formen abgelegt ist. Den einzelnen geradezu bildhauerisch konzipierten Kampfgruppen kommt hohe Monumentalität zu.

Lit.: *Strobl, Alice,* Das k. k. Waffenmuseum im Arsenal – Der Bau und seine künstlerische Ausschmückung (Schriften des Heeresgeschichtlichen Museums in Wien, Bd. 1), Graz–Köln 1961, S. 43ff sowie S. 120, Kat.-Nr. 96.

Wien, Kupferstichkabinett d. Akademie d. bild. Künste, Inv.-Nr. 13.005 W. K.

32.6 **Allegorien von Musik und Tanz** Abb. S. 462

Carl Rahl; 1862
Öl auf Leinwand; H. = 69 cm, B. = 61 cm

Entwurf zu zwei der insgesamt zwölf allegorischen Figuren der Künste an der Fassade des gegenüber dem Opernhaus gelegenen Heinrichshofes, der seinen Namen von seinem Erbauer und Besitzer, dem Eigentümer der Wienerberger Ziegeleien Heinrich Drasche herleitet.
Im Falle des von Theophil Hansen als palastartiges Zinshaus errichteten Heinrichshof bestand Carl Rahls Aufgabe darin, die Rundbogenfelder des Mittelrisalites und der beiden turmartigen Eckrisalite in den beiden obersten Geschossen mit Allegorien der Künste zu schmücken. Die schwebenden Frauengestalten waren jeweils vor Goldgrund gesetzt, der sie besonders feierlich erscheinen ließ. Den Mittelbau zierten die Allegorien von Lyrik, Epos, Musik und Tanz. Die Fassade des südöstlichen – linksseitigen – Risalites zeigte die Gestalten der Architektur, der Komposition, der Komödie und der Tragödie. Auf der Gegenseite waren die Skulptur, die Malerei, die Elegie und der religiöse Gesang gegeben (vgl. Kat.-Nr. 32.7 u. 32.8).

Lit.: *Kitlitschka, Werner,* Die Malerei der Wiener Ringstraße (Die Wiener Ringstraße / Bild einer Epoche, Bd. X), Wiesbaden 1981, S. 62f (im folgenden zitiert *Kitlitschka*).

Wien, Historisches Museum der Stadt Wien, Inv.-Nr. 76.574/1 W. K.

32.7 **Allegorie der Bildhauerei**

Carl Rahl; 1862
Fresko auf textilem Bildträger; H. = 225 cm, B. = 85 cm

Die Gestalt der Bildhauerei befand sich am nordöstlichen Risalit des durch Kriegseinwirkung schwer beschädigten und später abgetragenen Gebäudes. An der Ausführung der Fresken im Jahre 1862 waren neben Carl Rahl dessen Schüler August Eisenmenger und Karl Lotz beteiligt. Die

Fertigstellung dürfte im Oktober 1862 erfolgt sein.

Lit.: *Kitlitschka,* S. 62f.

Wien, Restaurierwerkstätten des Bundesdenkmalamtes W. K.

32.8 **Allegorie der Bildhauerei**

Eduard Bitterlich nach Farbentwurf von Carl Rahl; 1862
Kohle auf Papier, aufgezogen auf Leinwand; H. = 219 cm, B. = 82 cm

Karton für das 1862 ausgeführte Fresko am nordöstlichen Risalit des Wiener Heinrichshofes

Lit.: *Kitlitschka,* S. 62f sowie S. 90, Anm. 456.

Privatbesitz W. K.

32.9 **Vorhangskizzen für das Wiener Opernhaus** (Varianten A und B)

Carl Rahl; 1864
Aquarell auf Papier; H. = 18 cm, B. = 19,4 cm (Variante A); H. = 19,5 cm, B. = 18,7 cm (Variante B)

Am 6. Juli 1864 beschloß das Opernhaus-Baucomité, Carl Rahl mit den Deckenbildern des Auditoriums und dem Vorhang zu beauftragen. Im September 1864 legte Rahl ein Bildprogramm für den Zuschauerraum des Wiener Opernhauses vor. Während die Skizzen für die Plafondgemälde in der Comitésitzung vom 30. März 1865 einstimmig angenommen wurden, arbeitete Rahl damals noch an der Vorhanglösung, für die schließlich vier verschiedene Entwurfsvarianten vorlagen.
Der spätestens im April 1864 als erster entstandene Entwurf mit der alten Bezeichnung „A" sieht eine zweifache illusionistische Wirkung vor: ein gemalter, zur Seite gezogener Vorhang gibt den Blick frei auf eine architektonisch gegliederte Wand, zwischen deren zarten Säulchen Bildteppiche ausgespannt zu sein scheinen. Eine allegorische Darstellung der Musik ist das Sujet des dominierenden querrechteckigen Mittelbildes. Mit den beiden seitlichen Bildern und den Szenen der untersten Reihe sollen verschiedene Arten von Musik in Erinnerung gerufen werden. Es handelt sich hierbei um Hektors Aufbruch zum Krieg, die Beisetzung einer Aschenurne, den Genuß des Rebensaftes, den Tanz und eine Liebesszene. Die Gruppe von Eris, Fortuna und Nemesis, die Geburt der Venus und die Darstellung der Parzen vervollständigen im oberen Streifen dieses Bildensemble.
Die Bildthemen des zwischen Mai und Oktober 1864 entstandenen Entwurfes B zeigen eine weitgehende Übereinstimmung mit der Farbskizze A, doch bestehen zwischen beiden Konzeptionen einige wesentliche Unterschiede: der rahmende Vorhang und das architektonische Grundgerüst sind weggelassen und somit die doppelte Illusion eliminiert. Weiters wurden die Bildrahmungen abgeändert und nun die Allegorie der Musik des Mittelbildes in ein Kreisfeld gesetzt, das einem liegenden Rechteck eingeschrieben ist. An der Farbskizze B fällt besonders deren flüchtige Ausführung auf, die sie von den anderen Entwürfen deutlich unterscheidet.

Lit.: *Kitlitschka, Werner,* Die Bildausstattung, in: *Hans-Christoph Hoffmann – Walter Krause – Werner Kitlitschka,* Das Wiener Opernhaus (Die Wiener Ringstraße / Bild einer Epoche, Bd. VIII/1), Wiesbaden 1972, S. 358ff, besonders S. 372ff.

Wien, Kupferstichkabinett d. Akademie d. bild. Künste, Inv.-Nr. 15.781 u. 15.782 W. K.

32.10 **Vorhangskizze sowie Entwürfe der Proszeniumsbilder für das Wiener Opernhaus** (Variante C) Farbabb. 50

18 Skizzen für die Deckengemälde des Opernauditoriums

Carl Rahl; 1864/65
Aquarell auf Papier; H. = 19,3 cm, B. = 18,3 cm (Vorhang), H. = 5 cm, B. = 5 cm (2 kleinere Entwürfe für die äußeren Proszeniumsbilder), H. = 9,5 cm, B. = 12 cm (Entwurf für das mittlere Proszeniumsgemälde)

Aquarell auf Papier; H. = 50,2 cm, B. = 66 cm. 3 verschiedene Formate (H. = 7,2 cm, B. = 5 cm; H. = 5,3 cm, B. = 9,3 cm; kreisförmig Dm. = 4,5 cm)

Die zwischen Herbst 1864 und Jänner 1865 entstandene Vorhangversion C übernimmt mit geringfügigen Modifikationen das Grundgerüst der Skizze B, bringt jedoch eine völlig geänderte thematische Konzeption. Sämtliche Bilder behandeln nun Themen aus dem Orpheus-Mythos. Im Mittelbild, das nun eine leicht elliptische Form erhalten hat, bittet Orpheus Pluto und Proserpina um die Rückgabe Eurydikes. Die Bilderzählung beginnt links oben und verläuft auch in den beiden anderen Etagen jeweils von links nach rechts. Am Anfang steht die Szene, in der Orpheus von der Muse Kalliope, seiner Mutter, die Kithara erhält und in Gesang und Spiel unterwiesen wird. Es folgt Orpheus mit den Hirten und Tieren sowie ein Bild, in dem Eurydike dem Gesang des Gemahls lauscht. Seitlich des Hauptbildes finden sich die tragischen Szenen mit Eurydikes Tod und ihrer Rückkehr in den Hades. Im untersten Streifen trifft Orpheus mit Herakles und Jason zusammen und nimmt am Argonautenzug teil. Der Zyklus schließt mit der Übergabe der Asche und der Kithara des Sängers an den Priester des Apollon. Die mit der Vorhangskizze C auf demselben Unterlagskarton montierten Entwürfe der drei Prosceniumsbilder des Wiener Opernhauses geben im Mittelfeld ein Dionysos-Fest und seitlich allegorische Frauengestalten als Verkörperungen der komischen und der tragischen Oper wieder. Sie wurden wie die übrigen Deckengemälde des Auditoriums nach Rahls Tode in den Jahren 1865 bis 1867 durch die Rahl-Schüler Eduard Bitterlich und Christian Griepenkerl ausgeführt, wobei Bitterlich die originalgroßen Kohlekartons zeichnete und Griepenkerl die malerische Ausführung besorgte. Die Auditoriumsgemälde stellen Allegorien von Leidenschaften und Gefühlen, Tag und Nacht sowie Genien mit Musikinstrumenten dar.

Lit.: *Kitlitschka, Werner* (zitiert Kat.-Nr. 32.9), S. 376 sowie S. 368ff.

Wien, Kupferstichkabinett d. Akademie d. bild. Künste, Inv.-Nr. 15.777–15.780 sowie Inv.-Nr. 15.783–15.800 W. K.

32.11 **Vorhangskizze für das Wiener Opernhaus** (ausgeführte Variante)

Carl Rahl; 1865
Aquarell auf Papier; H. = 38,5 cm, B. = 38,8 cm

Im vierten und letzten Entwurf ist das harmonische Verhältnis sämtlicher Einzelelemente – vor allem das der Bilder – zugunsten des Hauptbildes und der Dekoration aufgegeben. Dieses zentrale Gemälde, das Orpheus vor dem Herrscher der Unterwelt darstellt, zählt zu den gewaltigsten Schöpfungen der österreichischen Malerei des 19. Jahrhunderts. Rahl steigerte die Gestalt des unglücklichen Sängers zum Symbol des Künstlers schlechthin. Geführt vom Liebesgott tritt Orpheus vor das im Bildzentrum thronende Herrscherpaar der Unterwelt, Pluto und Proserpina, um Eurydike wieder zu erlangen. Die Klage des thrakischen Sängers erschüttert die Wesen der Schattenwelt.
Im Verlaufe der nach Rahls Tod am 9. Juli 1865 erfolgten Ausführung aktualisierten die Schüler Eduard Bitterlich und Christian Griepenkerl das Mittelbild des Vorhanges in einer Weise, die kaum ihresgleichen haben dürfte. Die fünf Männergestalten links von Orpheus, die auf den Skizzen nicht näher bestimmbar sind, erhielten die Züge der während des Opernbaues verstorbenen Künstler: Eduard van der Nüll, August von Sicardsburg, Carl Rahl, Franz Dobyaschofsky und Hans Gasser finden sich hier vereint. Rahls sinnende Gestalt, die an einen Weisen des Altertums gemahnt, nimmt den vordersten Platz ein.

Lit.: *Kitlitschka, Werner* (zitiert Kat.-Nr. 32.9), S. 377ff.

Wien, Kupferstichkabinett d. Akademie d. bild. Künste, Inv.-Nr. 15.776 W. K.

32.12 **Weiblicher Akt**

Carl Rahl
Schwarze Kreide mit Weißhöhung auf grauem Papier; H. = 57,5 cm, B. = 37,2 cm

Unter den zahlreichen Zeichnungen Carl Rahls nimmt das vorliegende Blatt eine künstlerisch hervorragende Stellung ein, bringt es doch das Streben des Künstlers nach Monumentalität und gesteigerter Körperhaftigkeit besonders deutlich zum Ausdruck. Die Zeichnung wird in die fünfziger oder erste Hälfte der sechziger Jahre zu datieren sein.

Lit.: *Pack, Claus,* Graphik in Österreich, Wien–Hannover 1968, S. 61, Abb. 93.

Wien, Kupferstichkabinett d. Akademie d. bild. Künste, Inv.-Nr. 22.814 W. K.

32.13 **Die Hochzeit von Amor und Psyche** Abb.
**Der Tanz der Musen**

Eduard Bitterlich; 1871/72
Kohle auf Papier; H. = 79 cm, B. = 234 cm

Kartons für zwei der Plafondbilder des großen Empfangssaals im Palais Epstein in Wien I, Dr. Karl Renner-Ring 1. In den Plafond des Saals sind insgesamt elf Gemälde eingelassen, die Christian Griepenkerl 1871/72 ausführte. Künstlerischer Ausgangspunkt des ungewöhnlich komple-

Kat.-Nr. 32.13

xen Bilderschmuckes waren einige kleinformatige Farbskizzen, die Carl Rahl für die Ausstattung des Tanzsaales im Schloß von Oldenburg entworfen hatte und deren Ausführung unterblieben war.
Wie im Falle der Ausführung von Rahls Skizzen für den Vorhang und die Deckenbilder des Wiener Opernauditoriums tritt in dem von Theophil Hansen errichteten Palais Epstein Bitterlich ausschließlich als Zeichner, Griepenkerl als Maler auf.
Das Hauptthema des Bilderensembles des Empfangsaalplafonds bildet die „Geburt der Venus" (Venus Anadyomene), die mit Darstellungen der Grazien und der Horen triptychonartig verbunden ist. „Die Hochzeit von Amor und Psyche" und „Der Tanz der Musen" schließen an den Schmalseiten der Decke an. Die Szenen an den Längsseiten geben „Bacchus auf Andros, Wasser in Wein verwandelnd" und „Apoll unter den Hirten" wieder.

Lit.: *Kitlitschka*, S. 76f u. S. 91.

Wien, Kupferstichkabinett d. Akademie d. bild. Künste, Inv.-Nr. 21.213 u. 21.212 W. K.

32.14 **Zeus besiegt die Titanen**
**Prometheus' Aufnahme in den Olymp** Abb.

Christian Griepenkerl; 1877
Bleistift und Aquarell auf Papier; H. = 38,2 cm, B. = 46 cm

Farbentwürfe für den großen Saal der Akademie der Wissenschaften in Athen. Das Bauwerk wurde im Auftrage des Gesandten Griechenlands am Wiener Hof, des Barons Simon von Sina in den Jahren 1859 bis 1887 nach den Plänen Theophil Hansens errichtet. Mit dem Entwurf des Frieses, der erst in den achtziger Jahren im Auftrage Nikolaus Dumbas durch Eduard Lebiedzki zur Ausführung gelangte, wurde Carl Rahl betraut.
Rahls Schüler und Mitarbeiter Christian Griepenkerl führte die Athener Akademiegemälde im Auftrage Simon Sinas von 1877 bis 1884 aus. An den Giebelwänden des Saales wurden die monumentalen Darstellungen des Titanensturzes und der Aufnahme des Prometheus in den Olymp angebracht. Die Friesbilder der Längswände zeigen je drei Szenen des Prometheusmythos. In Griepenkerls Gemälden setzt sich in besonders eindrucksvoller und dem künstlerischen Wollen Theophil Hansens adäquater Weise Rahls Monumentalstil fort.

Lit.: *Niemann, George; Feldegg, Ferdinand von,* Theophilos Hansen und seine Werke. Unter Mitwirkung des Hansen-Clubs herausgegeben von *George Niemann* und *Ferdinand von Feldegg,* Wien 1893, S. 29ff. – *Griepenkerl, Christian,* Arbeits-Jahrbuch 1855–1881, unveröffentl. Manuskript im Kupferstichkabinett d. Akademie der bild. Künste Wien, Buch – Inv.-Nr. 20.138, S. 26ff.

Wien, Kupferstichkabinett d. Akademie d. bild. Künste, Inv.-Nr. 17.801 u. 17.802 W. K.

32.15 **Die komische Oper**
**Tanz und Mimik** Abb.

Franz Dobyaschofsky; 1865
Öl auf Papier; H. = 60 cm, B. = 43,8 cm

Farbskizzen für zwei der insgesamt drei Wandbilder des Haupttreppenhauses der Wiener Oper,

Kat.-Nr. 32.14

mit denen Dobyaschofsky nebst drei Deckengemälden desselben Raumes am 16. November 1864 beauftragt worden war. Bis zu seinem Tode am 7. Dezember 1867 konnte der Künstler die drei Plafondbilder – allegorische Darstellungen der Anerkennung sowie der Garderobe und der Theatermalerei – fertigstellen, während die Vollendung der drei Wandallegorien bis Ende 1868 Michael Rieser besorgte.
An den Farbskizzen fällt besonders deren dynamische Malfraktur und koloristischer Reichtum auf. Rot, Blau, Grün und Gelb sind in grellen Tönungen nebeneinander gesetzt. Der stellenweise stark pastose Farbauftrag verleiht den Skizzen den Charakter temperamentvoller Niederschriften. Im Vergleich mit der gedämpften, kostbar wirkenden Farbigkeit der Rahlschen Entwürfe erscheinen Dobyaschofskys Skizzen als Rückgriffe auf die malerischen Kühnheiten des österreichischen Rokoko, wobei besonders an Farbskizzen von Franz Anton Maulbertsch zu denken wäre.

Lit.: *Kitlitschka, Werner* (zitiert Kat.-Nr. 32.9), S. 395 ff.

Wien, Kupferstichkabinett d. Akademie d. bild. Künste, Inv.-Nr. 15.774 u. 15.775 W. K.

Kat.-Nr. 32.15

**32.16** **Hüon und Rezia**

Carl Gustav Jakob Madjera; 1866/67
Öl auf Papier; H. = 44 cm, B. = 26,5 cm

In den Jahren 1867 bis 1869 führte Carl Madjera die Deckengemälde dreier prominenter Räume des Wiener Opernhauses aus, des Salons der Kaiserin, des Hoffestsaals und des Salons der Erzherzoge. Die Decke des 1945 zerstörten Salons der Kaiserin zierten drei Gemälde mit Themen aus Carl Maria von Webers Oper „Oberon". Madjera wählte die drei wichtigsten Szenen der Oper, wobei die beiden seitlichen Bilder die besonders dramatischen Handlungsmomente darstellen: Hüon entführt die Kalifentochter Rezia und widersteht den Verlokkungen Roschanas, der Gemahlin des Emirs von Tunis. Im Mittelbild, das hier im Entwurf vorliegt, finden sich die getrennten Liebenden wieder. Oberon und Titania erscheinen als Herrscher des Feenreiches in einem von Schwänen gezogenen Muschelwagen und reichen dem Paar einen Kranz als Zeichen standhafter Treue. Madjera bediente sich bei der Gestaltung dieses Märchenthemas eines überwiegend graphischen, liebevoll beschreibenden Stils, der ihn als Schüler Ludwig Richters und Josef von Führichs ausweist. Gegenüber dem Reichtum linearer Elemente erscheint die Farbe zweitrangig.

Lit.: *Kitlitschka, Werner* (zitiert Kat.-Nr. 32.9), S. 409ff.

Wien, Kupferstichkabinett d. Akademie d. bild. Künste, Inv.-Nr. 15.767 W. K.

**32.17** **Iphigenie wird von Diana nach Tauris gebracht Orest rächt seinen Vater Agamemnon**

Karl Swoboda; 1865
Bleistift und Feder auf Papier, graue und gelbe Lavierungen; H. = 18 cm, B. = 43 cm

Entwürfe für den zwölfteiligen Iphigenie-Zyklus, den Karl Swoboda als Freskenfries in dem an der Kärntnerstraße gelegenen Treppenhaus der Erzherzoge des Wiener Opernhauses ausführte und im Herbst 1868 vollendete. Die Figuren der Skizzen werden fast ausschließlich aus sperrigen Linien aufgebaut. Mit leichten Lavierungen sollen plastische Effekte erzielt werden. Diese Reduktion dreidimensionaler Gebilde auf lineare Elemente und die starke Betonung des Konturs erinnern an die Umrißzeichnungen John Flaxmans und Buonaventura Genellis, deren im Druck vervielfältigte Bilderzyklen außerordentlich bekannt und verbreitet waren.

Lit.: *Kitlitschka, Werner* (zitiert Kat.-Nr. 32.9), S. 406ff.

Wien, Kupferstichkabinett d. Akademie d. bild. Künste, Inv.-Nr. 6552 u. 6556 W. K.

**32.18** **Bildnisbüste des Malers Carl Rahl**

Hans Gasser; 1851
Marmor; H. = 52 cm

Wien, Österreichische Galerie, Inv.-Nr. 5958
W. Kr.

**32.19** **Attilas Festmahl (Attila lakomája)**

Mór Than; 1870
Öl auf Leinwand; H. = 176 cm, B. = 255 cm

1865 schuf Than für das Treppenhaus der Pester Redoute das Secco-Gemälde „Attilas Festmahl", welches im Zweiten Weltkrieg zerstört wurde. Diese fünf Jahre später entstandene Variante in Öl hat die monumentale Wirkung des Wandgemäldes bewahrt. Das Werk zeigt deutlich den Einfluß von Carl Rahls Entwurf für den Vorhang der Wiener Oper. Bei der Darstellung der hunnischen Hofhaltung stützte sich Than auf die Berichte des griechischen Beamten Prsicus von Panion, der selbst einer Gesandtschaft an Attilas Hof angehört hatte.

Lit.: *Cenner-Wilhelmb, Gizella,* Than Mór, Budapest 1982, S. 18ff.

Budapest, Magyar Nemzeti Galéria, Inv.-Nr. FK 8209 — É. Bo.

32.20 **Ferdinand II. weist die Forderungen der Protestanten zurück** Abb. S. 449

Carl Wurzinger; 1856
Öl auf Leinwand; H. = 337 cm, B. = 428 cm
Photokopie

König Ferdinand, der wenige Wochen später zum Kaiser gewählt wurde, empfing am 5. Juni 1619 in der Hofburg eine Abordnung der protestantischen Stände Niederösterreichs, welche von dem Grafen Starhemberg und dem Freiherrn von Thonradel angeführt wurde. Dem Verlangen nach Zugeständnissen im Glaubenskonflikt und in der Auseinandersetzung mit Böhmen gegenüber blieb der konsequent katholisch eingestellte Monarch unnachgiebig. In den Burghof einmarschierendes Militär beendete die Diskussion. Gleich anderen hat der Maler den historischen Vorgang in freier Weise dramatisiert und die Verhaltensweisen theatralisch verschärft. Die Parallelen zur Situation des jungen Kaisers Franz Joseph lagen für den zeitgenössischen Betrachter auf der Hand. Werk und Künstler genossen dementsprechende offizielle Anerkennung. Carl Wurzinger (1817–1883), der mehrere Jahre in Rom gelebt hatte, erhielt in Wien eine Akademieprofessur.

Wien, Österreichische Galerie — W. Kr.

# 33. GRAPHIK UND BUCHILLUSTRATION

## 33.1 Die Kirchenfeste Weihnachten, Ostern, Pfingsten und das Rosenkranzfest

Abb.

Karl Josef Geiger; 1842
Sepiatonige Federzeichnung auf gebräuntem Papier, einzelne Hervorhebungen in Rot; H. = 22 cm, B. = 47,5 cm

Die Kirchenfeste sind als Symbolfiguren gegeben. Links knien andächtig vier bäuerliche Gestalten, unter denen sich ein Kind befindet. Der um Detailreichtum bemühte spröde Zeichenstil orientiert sich an Vorbildern aus dem Bereich süddeutsch-österreichischer Graphik der Spätgotik. Derartige Stilrückgriffe sind für die in den vierziger und fünfziger Jahren entstandenen Zeichnungen des Führichschülers Karl Josef Geiger charakteristisch und werden erst später von der Tendenz zu flüssigerer und bewegterer Formbehandlung abgelöst. Eine analoge Stilentwicklung läßt sich, zeitlich entsprechend vorverlegt, im graphischen Schaffen Josef von Führichs feststellen.

Lit.: *Kitlitschka,* S. 24ff.

Wien, Graphische Sammlung Albertina, Inv.-Nr. 5307

W. K.

## 33.2 Römischer Hirtenknabe mit Hund

Farbabb. 44

Franz Dobyaschofsky; Rom, 1854
Aquarell auf Papier; H. = 47,5 cm, B. = 40,2 cm

Das außerordentliche liebenswürdige Aquarell basiert auf dem Naturalismus der Wiener Malerei des Spätbiedermeier, doch sind etwaige realistische Einzelzüge zugunsten heiter idyllischer Gesamtwirkung malerisch gemildert. Eine Weiterführung des Genrebildes mit Motiven, die Dobyaschofsky in der Zeit von 1854 bis 1856 während seines Italienaufenthaltes kennengelernt hatte, stellt etwa das gleichfalls eine Ovalform zeigende Ölgemälde „Römische Räuberfamilie“ von 1857 im Historischen Museum der Stadt Wien dar (Inv.-Nr. 17.962).

Wien, Graphische Sammlung Albertina, Inv.-Nr. 34.884

W. K.

## 33.3 Die Bergstadt Rojate

Abb.

Franz Dobyaschofsky; 1855
Schwarze Kreide auf bräunlichem Papier, Weißhöhungen und rote Farbakzente; H. = 30 cm, B. = 45,7 cm

Während seines von 1854 bis 1856 dauernden Studienaufenthaltes in Italien schuf Franz

Abb. 33.1

Kat.-Nr. 33.3

Dobyaschofsky in Weiterführung romantischer Landschaftskunst einige Veduten italienischer Bergstädte, die sich im Besitz der Albertina befinden. Die detailreiche Landschaftsschilderung der frühen Romantik ist bei Dobyaschofsky allerdings einer mehr summarischen Darstellung gewichen, der es vielmehr um etwas dramatische und bisweilen auch pathetische Gesamtwirkung als um zeichnerische Beschreibung der Einzelheiten ging.

Wien, Graphische Sammlung Albertina, Inv.-Nr. 32.784 W. K.

**33.4 Entwürfe für Glasmalereien und Wandgemälde im Chor der Votivkirche**

a. Jesus predigt vom Boot aus
b. Noe zieht mit seiner Familie und mit den Tieren in die Arche

Josef von Führich; 1875/76
Bleistift auf Papier; H. = 17 cm, B. = 11,3 cm bzw. H. = 20 cm, B. = 19 cm

Josef von Führich beteiligte sich mit den Bildentwürfen für die Votivkirche kurz vor seinem Lebensende – er starb in der Nacht vom 12. auf den 13. März 1876 – an der Ausschmückung des künstlerisch hervorragendsten Sakralbaues des Historismus in Wien, der noch einmal bedeutende Vertreter der österreichischen Spätromantik religiöser Prägung zu einer ikonographisch und stilistisch weitgehend einheitlichen Gesamtleistung zusammenführte. Das Programm der figuralen Darstellungen der Wandbilder und der Glasmalereien stammt der Hauptsache nach von Führich. Der Künstler schuf die Skizzen für die sieben Zwickelmalereien mit der Geschichte Noes im Chor und die Entwürfe für die sieben Chorfenster mit Hauptszenen aus dem Leben des hl. Petrus. Die Ausführung der Wandmalereien auf Goldgrund besorgte Führichs Schüler und Schwiegersohn August von Wörndle. Die Petrusfenster einschließlich des wappengezierten Sockels schuf nach Umsetzung der Skizzen in große Kartons durch August von Wörndle im Jahre 1876 die Tiroler Glasmalereianstalt in Innsbruck. Sie wurden im Zweiten Weltkrieg zerstört.
Führichs Entwürfe für beide Zyklen kennzeichnet hohe Dramatik. Der Künstler wird in seiner spä-

ten Schaffenszeit zunehmend „barocker“. Allerdings wich das dramatische Leben von Führichs sensiblen Zeichnungen in den Ausführungen des Schwiegersohnes eher starrer Feierlichkeit.

Lit.: *Kitlitschka,* S. 11f.

Wien, Kupferstichkabinett d. Akademie d. bild. Künste, Inv.-Nr. 26.716 W. K.

33.5 **Modell für das westliche Joch der Loggia des Wiener Opernhauses**

Atelier Eduard van der Nüll und August Sicard von Sicardsburg (?) sowie Moritz von Schwind; Ende 1864, Anfang 1865
Holz, Gips, Aquarell auf Papier; H. = 40 cm, B. = 58 cm, T. = 28 cm

Das Modell wurde von Moritz von Schwind zur Klärung der Form und Lage der einzelnen Wölbungsflächen benötigt. Die aufgeklebten bunten Aquarellskizzen des Bildes der westlichen Schmalwand und der Gewölbemalereien stammen offenkundig von Schwind.

Lit.: *Kitlitschka, Werner,* Die Bildausstattung, in: *Hans-Christoph Hoffmann – Walter Krause – Werner Kitlitschka,* Das Wiener Opernhaus (Die Wiener Ringstraße / Bild einer Epoche Bd. VIII/1), Wiesbaden 1972, S. 336.

Wien, Gemäldegalerie d. Akademie d. bild. Künste W. K.

33.6 **Entwurf für die Loggia des Wiener Opernhauses** Farbabb. 48

Monostatos nähert sich der schlafenden Pamina

Moritz von Schwind; 1864
Bleistift, Feder und Aquarell auf bräunlichem Papier; H. = 28 cm, B. = 53 cm

August Sicard von Sicardsburg und Eduard van der Nüll, die Architekten des Wiener Opernhauses, setzten sich wiederholt für Moritz von Schwind ein und wünschten, der Künstler möge mit der Oberleitung sämtlicher Dekorationsarbeiten im Wiener Opernhause betraut werden. Wurde diesem Wunsche der Architekten zwar nicht Rechnung getragen, so wurde Schwind doch bereits Ende Juni 1864 mit den Loggiafresken beauftragt.
Schwind fügte die Hauptszenen aus Mozarts „Zauberflöte“ den von den Architekten vorgesehenen halbkreisförmigen Lünettenflächen der Wände ein. Hierbei wurden die Szenen der Längswand in Kreisfelder gesetzt und den Lünetten eingeschrieben. Er beginnt die Erzählung mit der großen Lünette der westlichen Querwand, in welcher die Königin der Nacht Tamino zur Rache an Sarastro auffordert. In den Rundfeldern der Längswandlünetten werden die Hauptmomente der Handlung fortgesetzt, während die Gewölbezwickel die heiteren Episoden mit Papageno und Papagena zeigen (Tamino wird von den drei Knaben belehrt, Tamino und Pamina begegnen einander, Monostatos nähert sich der schlafenden Pamina, Pamina fleht den schweigenden Tamino an und die drei Knaben entwinden Pamina den Dolch). Der Zyklus endet mit der Schlußapotheose der östlichen Querwandlünette.

Lit.: *Kitlitschka,* S. 45ff. – *Kitlitschka, Werner,* Die Bildausstattung, in: *Hans-Christoph Hoffmann – Walter Krause – Werner Kitlitschka,* Das Wiener Opernhaus (Die Wiener Ringstraße / Bild einer Epoche Bd. VIII/1), Wiesbaden 1972, S. 333ff.

Wien, Graphische Sammlung Albertina, Inv.-Nr. 31.110 W. K.

33.7 **3 Zeichnungen zu Wolfgang Amadeus Mozarts Oper „Don Giovanni“**

a. Donna Elvira trennt Don Juan und Don Ottavio
b. Don Juan und Leporello laden den Komtur ein Abb.
c. Der Komtur erscheint während des Festmahls

Moritz von Schwind; 1870
Bleistift auf gebräuntem Papier; H. = ca. 51 cm, B. = ca. 35 cm

Vorstudien zu mehreren Entwürfen für einen Bilderzyklus zu Mozarts Oper, der wie die Zeichnungen zu Beethovens „Fidelio“ zur Reproduktion bestimmt war, aber nie erschienen ist. Die drei Studien der Albertina sind gute Beispiele für Schwinds Zeichenstil der Spätzeit, den eine stark bewegte und zugleich einschmeichelnd wohllautende Linienführung kennzeichnet. Die sich hier manifestierende Affinität gegenüber Themen aus dem Bereich der Tonkunst konnte Schwind wohl am eindrucksvollsten bei den Malereien der Loggia und der Foyers des Wiener Opernhauses in eigenständige künstlerische Schöpfungen umsetzen.

Lit.: *Franke, Willibald,* Moritz v. Schwinds Zeichnungen – In Auswahl herausgegeben und mit einer Einlei-

Kat.-Nr. 33.7.b

tung versehen, Berlin–Wien o. J., S. 127ff. – *Weigmann, Otto,* Schwind – Des Meisters Werke (Klassiker der Kunst Bd. 9), Stuttgart–Leipzig 1906, S. XLIV u. 513f.

Wien, Graphische Sammlung Albertina, Inv.-Nr. 28.141, 28.142 u. 28.143 W. K.

**33.8 Bacchus**

Hans Gasser
Kohle mit Weißhöhung auf blauem Papier; H. = 57,5 cm, B. = 39,3 cm

Die Gestalt des Bacchus mit einem begleitenden Putto ist einmal von vorne gegeben und rechts oben kleiner und skizzenhafter von hinten festgehalten.

Hans Gasser, der Schöpfer der Wiener Opernbrunnenfiguren, zählt zu den führenden Persönlichkeiten unter den Plastikern der Jahrhundertmitte, der auch als Zeichner und Maler beachtliche künstlerische Leistungen hervorbrachte. Die hier gezeigte Zeichnung ist ein gutes Beispiel für die in gleicher Weise um lineares Raffinement wie um körperhaft-raumgreifende Wirkung bemühte Zeichenkunst des spätromantischen Bildhauers.

Lit.: *Krause, Walter,* Die plastische Ausstattung, in: *Hans-Christoph Hoffmann – Walter Krause – Werner Kitlitschka,* Das Wiener Opernhaus (Die Wiener Ringstraße / Bild einer Epoche Bd. VIII/1), Wiesbaden 1972, S. 261ff.

Wien, Graphische Sammlung Albertina, Inv.-Nr. 5291 W. K.

**33.9 Farbentwurf für den Vorhang des Wiener Opernhauses**

Ferdinand Laufberger; 1865
Bleistift und Aquarell auf Papier, Mittelteil gesondert aufgeklebt; H. = 32 cm, B. = 39,2 cm

Der Auftrag für den zweiten Vorhang des Wiener Opernhauses wurde Laufberger im Jahre 1866 erteilt. Im Frühjahr 1869 war der Vorhang, der als mit Figuren und Ornamenten verzierter Stoff erscheinen sollte, vollendet. Mit den im kreisförmigen Mittelbild gegebenen Allegorien der Musik, der Phantasie und der Poesie wurden eine Anzahl von Bildern verbunden, die verschiedene Arten heiterer Musik und fröhlichen Musizierens vor Augen führen. Der inhaltlich und formal völlig unproblematische Vorhang war als ein Stück Raumdekoration gedacht.

Lit.: *Kitlitschka, Werner,* Die Bildausstattung, in: *Hans-Christoph Hoffmann – Walter Krause – Werner Kitlitschka,* Das Wiener Opernhaus (Die Wiener Ringstraße / Bild einer Epoche Bd. VIII/1), Wiesbaden 1972, S. 380ff. – *Kitlitschka,* S. 35.

Wien, Graphische Sammlung Albertina, Inv.-Nr. 29.006 W. K.

**33.10 Farbentwurf für das Glasfenster der Rotunde**
Farbabb. 49

Ferdinand Laufberger; gegen 1873

Aquarell auf Papier; H. = 23 cm, B. = 44,5 cm

Das große Rundbogenfenster des anläßlich der Wiener Weltausstellung des Jahres 1873 durch Karl von Hasenauer errichteten riesenhaften Ausstellungsbaues der Rotunde zeigte drei weibliche Allegorien. Zwischen den beiden, Handwerk,

Kunst und Wissenschaft beziehungsweise Ackerbau und Fruchtbarkeit verkörpernden Gestalten thront die gekrönte Austria. 1937 fiel die Rotunde einem Großbrand zum Opfer.

Lit.: *Kitlitschka,* S. 37.

Wien, Graphische Sammlung Albertina, Inv.-Nr. 28.998 W. K.

**33.11 Illustrierte Bücher:**

Der Bogen der illustrierten Werke des romantischen und strengen Historismus reicht vom liebreizenden kleinen Taschenbuch mit preziösen Stahlstichen und subtil bebilderten Ausgaben literarischer Schöpfungen über Veröffentlichungen zur Geschichte hin bis zu Reise- und Expeditionsberichten. Wurden bis um 1820 die Buchillustrationen vorwiegend in Kupferstich ausgeführt, so fand ab 1820 die Lithographie Verwendung. Gegen 1830 wurde in Österreich der von England kommende Stahlstich bekannt und gerne auch für die Bebilderung von Büchern herangezogen. Ab 1834 schließlich trat als weitere Neuerung für Österreich der Holzstich als äußerst fruchtbares Vervielfältigungsverfahren auf.
Den Holzstich, der bis gegen Ende des 19. Jahrhunderts vorherrschend blieb und erst durch die Ausweitung der drucktechnischen Möglichkeiten und hier besonders durch die Zinkklischee-Herstellung verdrängt wurde, führte in Österreich der Wiener Künstler Blasius Höfel ein. Höfel eröffnete 1834 in Wiener Neustadt eine eigene Kunstschule und sicherte sich durch Abschluß eines entsprechenden Vertrages mit Adolf Bäuerle, dem Herausgeber der Theaterzeitung, ständige Aufträge.
Zu den wichtigsten Illustrationskünstlern der Epoche zählen neben Josef von Führich und Blasius Höfel Eduard und Johann Nepomuk Ender, Peter Johann Nepomuk Geiger, Josef Hasslwander, Vinzenz Katzler, Carl Schnorr von Carolsfeld, Moritz von Schwind, Franz Xaver Stöber und Anton Zampis.

Lit.: Illustrierter Katalog der ersten internationalen Special-Ausstellung der graphischen Künste in Wien, Wien 1883. – Katalog der graphischen Jahres-Ausstellung in Wien 1886. Jahrbuch der graphischen Künste. Redigiert von *Dr. Oskar Berggruen,* Wien 1886. – *Lanckorońska, Maria Gräfin; Rümann, Arthur,* Geschichte der deutschen Taschenbücher und Almanache aus der klassisch-romantischen Zeit, München 1954. – *Nast, Josefine,* Wiener Buchillustrationen zwischen 1820/30 und 1870/80, in: Die Österreichische Literatur – Ihr Profil im 19. Jahrhundert (1830–1880). Hrsg. von *Herbert Zeman,* Graz 1982, S. 717–740.

**33.11.1 Erzherzog Carl von Österreich**

Geschildert von Eduard Duller

Mit 160 Illustrationen von M. v. Schwind, Rieder, P. J. N. Geiger, l'Allemand, Hasselwander, Pettenkoffer, etc.

Pest, Gustav Heckenast 1859[2]

**33.11.2 Alexander Patuzzi, Geschichte Oesterreichs**

Illustriert von C. Geiger, A. Greil, A. Grottger, V. Katzler, F. Kollarz und C. Swoboda. Holzschnitte aus Cohns xilografischer Anstalt.

2 Teile, Wien, Albert A. Benedikt, ca. 1865

**33.11.3 Heinrich Reschauer – Moritz Smets, Das Jahr 1848**

Geschichte der Wiener Revolution

Illustriert von V. Katzler, F. Kriehuber und Anderen

2 Bände, Wien, Rudolf von Waldheim 1872

**33.11.4 Moritz Gottlieb Saphir, Wilde Rosen**

Illustrierte vermehrte und verbesserte Ausgabe. (Mit Holzschnitten nach C. Schnorr v. Carolsfeld)

Wien, Carl Haas'sche Buchhandlung 1847

Prachteinband mit Porträtrelief des Dichters

**33.11.5 Joseph Freiherr von Jellačić, Gedichte**

Wien, Druck und Verlag k. k. Hof- und Staats-Druckerei 1851

Illustrationen in Holz- und Stahlstich nach Entwürfen von Leander Russ

**33.11.6 Ludwig August Frankl, Der Primator**

Gedicht in sieben Gesängen

Wien, Kober und Markgraf 1861

Mit 6 Illustrationen nach Entwürfen von Carl Rahl

**33.11.7 Adalbert Stifter, Studien**

Mit dem Bildnis des Verfassers und 8 Stahlstichvignetten nach Zeichnungen von P. J. N. Geiger

2 Bände, Pest, Gustav Heckenast 1864[6]

Privatbesitz W. K.

**33.12 M. Reymond, Herr Meyer, der Selbstarzt für Leib und Seele**

Leipzig; um 1880/85
Illustrationen von Hugo Ströhl, 1877 und 1879 (Photozinkotypie von C. Haack in Wien)
Klein 8°

Hugo Gerard Ströhl (1851–1919) stammte aus Oberösterreich. In Wien tätig spezialisierte er sich einerseits als Wappenzeichner, andererseits als Karikaturist (u. a. für den „Floh"), Illustrator und Buchausstatter. An der Kunstgewerbeschule und anderen Anstalten fungierte er auch als Zeichenlehrer. Diese parodistische Bildergeschichte bietet in Text und Bild manche Parallele zu den Schöpfungen Wilhelm Buschs.

Wien, Privatbesitz W. Kr.

**33.13 Gebetbuch der Kaiserin Elisabeth** Abb. S. 457

Ausgeführt von folgenden Wiener Künstlern: Karl von Blaas, Josef von Führich, Peter Johann Nepomuk Geiger, Josef Kessler, Leopold Kupelwieser, Ferdinand Laufberger, Karl Mayer, Anton Perger, Michael Rieser, Carl Roesner, Christian Ruben, Leopold Schulz, Franz Steinfeld und Franz Stöber. Einbandentwurf von Eduard van der Nüll; 1854
Prunkeinband in Leder, Metall, Halbedelsteinen und Elfenbein. Handgeschriebener Text des kleinen Offiziums der allerseligsten Jungfrau Maria und Bilderschmuck auf Pergament.

Photokopie

Das Buch entstand als Geschenk der Kaiserlichen Akademie der Künste zur Hochzeit Kaiserin Elisabeths am 24. April 1854. Es stellt eines der Hauptwerke der österreichischen Malerei der Spätromantik dar und ist durch weitgehende Angleichung der einzelnen Individualstile im Sinne meditativ-heiterer Zuständlichkeit gekennzeichnet.

Lit.: *Feuchtmüller, Rupert,* Leopold Kupelwieser und die Kunst der österreichischen Spätromantik, Wien 1970, S. 286. – *Feuchtmüller, Rupert,* Das Gebetbuch der Kaiserin Elisabeth, in: alte und moderne kunst, 23 (1978) Nr. 160/161, S. 1–7.

Privatbesitz W. K.

**33.14 Missale Romanum für Papst Pius IX.**

Ausgeführt von folgenden Wiener Künstlern: Karl Blaas, Buonaventura Emler, Josef von Führich, Peter Johann Nepomuk Geiger, Leopold Kupelwieser, Carl Madjera, Karl Mayer, Christian Ruben, Leopold Schulz, Josef Mathias Trenkwald; Wien 1868
Prunkeinband in Leder, Metall, Halbedelsteinen und Elfenbein. Handgeschriebener Text mit Bilderschmuck auf Pergament.
Photokopie

Das Missale verehrte Kaiser Franz Joseph im Jahre 1868 Papst Pius IX. Wie beim Gebetbuch der Kaiserin Elisabeth handelt es sich auch bei diesem Werk um eine Gemeinschaftsleistung zahlreicher Vertreter der österreichischen Spätromantik von höchstem künstlerischem Niveau, die nur durch die Stilverwandtschaft der beteiligten Künstler und deren Bereitschaft zu weitgehender Abstimmung ihrer Formensprache möglich war.

Lit.: *Feuchtmüller, Rupert,* Leopold Kupelwieser und die Kunst der österreichischen Spätromantik, Wien 1970, S. 290f. – *Feuchtmüller, Rupert,* Das Gebetbuch der Kaiserin Elisabeth, in: alte und moderne kunst, 23 (1978) Nr. 160/161, S. 7.

Vatikanische Bibliothek, Cod. Vat. Lat. 13080
W. K.

## 34. MALEREI UND PLASTIK

### 34.1 Christi Gang nach Emaus

Josef Ritter von Führich; 1843
Öl auf Leinwand; H. = 55 cm, B. = 65 cm
Aus dem Pfarrhof in Haitzendorf, NÖ

Das kleinformatige Gemälde vertritt besonders deutlich die von Führich nach seiner Rückkehr aus Italien in den dreißiger und vierziger Jahren erreichte Harmonisierung des Bildbaues und der Farbkomposition. Diese Werke zeigen in koloristischer Hinsicht besonders ausgewogene Kompositionen, deren Hauptgestalten jeweils das Zentrum einnehmen. Emailhaft leuchtende Farben vermitteln den Bildern den Charakter heiter ausgewogener Buntheit, ja nahezu eine märchenhaft-irreale Wirkung.

Lit.: *Kitlitschka, Werner,* Die Malerei der Wiener Ringstraße (Die Wiener Ringstraße / Bild einer Epoche, Bd. X), Wiesbaden 1981, S. 8 (im weiteren zitiert *Kitlitschka*).

Herzogenburg, Augustiner-Chorherrenstift
W. K.

### 34.2 Allegorie auf die Errettung Kaiser Franz Josephs vor dem Attentat des Jahres 1853

Josef Ritter von Führich; 1853
Bleistift auf Papier; H. = 43,7 cm, B. = 26 cm

Führich stellt die Errettung Kaiser Franz Josephs vor dem Attentat als religiös überhöhte Allegorie dar. Im oberen Bildteil bildet die auf Wolken thronende Muttergottes mit dem Jesusknaben das beherrschende Thema, wobei sich Maria dem jugendlichen Kaiser als der zentralen Gestalt des unteren Anschnittes der Komposition mit ausgebreitetem Mantel schützend zuwendet. Das Jesuskind hält seine Hände beschirmend über den Monarchen, der erhobenen Hauptes einen Berg herauf schreitet. Links in der Zeichnung wehrt ein Schutzengel Satan ab, der einen Dolch in Händen, nach rechts entweichen muß.

Lit.: *Rittinger, Bernhard,* Der junge Kaiser Franz Joseph I. in Bildern von Josef Führich, in: Mitteilungen der Gesellschaft für vergleichende Kunstforschung in Wien, Jahrg. 35, Nummer 3, April 1983, S. 1–5. – *Wörndle, Heinrich von,* Josef Führich's Werke nebst dokumentarischen Beiträgen und Bibliographie, Wien 1914, S. 105, Nr. 571.

Wien, Graphische Sammlung Albertina, Inv.-Nr. 24.785
W. K.

### 34.3 Maria mit dem Jesuskind und den Heiligen Franziskus und Josef

Farbabb. 7

Josef Ritter von Führich; 1854
Öl auf Leinwand; H. = 270 cm, B. = 190 cm

Das Altargemälde wurde anläßlich der Errettung Kaiser Franz Josephs vor dem Attentat des Jahres 1853 vom Mödlinger Gemeindeausschuß für die Pfarrkirche St. Othmar gestiftet. Maria thront auf der Mondsichel und stützt den Jesusknaben, der mit einem Kreuzesstab die teuflische Schlange tötet. Die Heiligen Franziskus und Josef flankieren als Namenspatrone des Kaisers in Anlehnung an den Bildtypus der Sacra Conversazione im unteren Bereich die ausgewogene Komposition, die sich an Raffaels „Madonna di Foligno" orientiert. Führich erreichte mit diesem Werk ein Höchstmaß an kompositorischer Ausgewogenheit und Monumentalität innerhalb seines Schaffens. Das emailartig glatte Kolorit entspricht in seiner renaissancehaften Kühle diesem Grundzug.

Lit.: *Wörndle, Heinrich von,* Josef Führichs Werke nebst dokumentarischen Beiträgen und Bibliographie, Wien 1914, S. 106, Kat.-Nr. 575. – *Rittinger, Bernhard,* Der junge Kaiser Franz Joseph I. in Bildern von Josef Führich, in: Mitteilungen der Gesellschaft für vergleichende Kunstforschung in Wien, Jahrg. 35, April 1983, Nr. 3, S. 1–5.

Mödling, Pfarrkirche St. Othmar
W. K.

### 34.4 Entwurf für das Kaiser-Fenster der Votivkirche

Edward von Steinle; 1875
Feder mit Farbtusche auf Papier, aquarelliert; H. = 168,5 cm, B. = 80 cm

Den beiden großen „Christusfenstern" an der Nord- und Südseite des Querschiffes der Wiener Votivkirche waren Darstellungen eingefügt, die auf Anlaß und Ereignis der Kirchenstiftung Bezug nehmen. Diese Fenster, die im Jahre 1875 Edward von Steinle entwarf, fielen wie die gesamte historistische Verglasung der Kirche den Zerstörungen des Zweiten Weltkrieges zum Opfer.
Im Süden befand sich das „Kaiserfenster", das unterhalb der Darstellungen der Taufe und Verklärung Christi das Widmungsbild Kaiser Franz Josephs enthielt. Im rechten Abschnitt dieses Glasgemäldes kniete der Kaiser, von seinem Namensheiligen, dem hl. Franziskus, präsentiert, vor der Madonna. Links tötete der Erzengel Michael den Drachen, der die Franz Joseph bedrohende Mordgefahr bedeutete. Als zweiter Namenspatron des Kaisers wehrte der hl. Josef gleichfalls

diesen Drachen ab. Somit wird hier das profane Ereignis des Mordanschlages auf den Kaiser zu einem sakralen Geschehen von höchster Bedeutung gesteigert.
Das „Ferdinand-Max-Fenster" in der nördlichen Querschiffwand zeigte unterhalb der Darstellungen der Einsetzung des Altarsakramentes und der Erscheinung Christi unter den Jüngern das Widmungsbild mit Erzherzog Ferdinand Maximilian, der den Plan der Votivkirche trug und die durch Mädchengestalten verkörperten Nationen der Monarchie zur Errichtung des Kirchenbaues aufrief.

Lit.: *Kitlitschka,* S. 13ff.

Wien, Historisches Museum der Stadt Wien, Inv.-Nr. 29.865 W. K.

34.5 **Farbentwürfe zu Fresken der Altlerchenfelder Kirche**

Eduard von Engerth; nach 1853
Deckfarben auf Papier, zweimal je 4 Motive auf Untersatzkarton montiert; H. = 48 cm, B. = 65,6 cm

Die Altlerchenfelder Pfarrkirche „Zu den sieben Zufluchten" zählt zu den bedeutendsten sakralen Gesamtkunstwerken des romantischen Historismus. Von Paul Sprenger 1848 begonnen, gelangte der Bau nach den neuen Plänen Johann Georg Müllers unter der Leitung Franz Sittes zur Ausführung. Die Innenausstattung des 1853 abgeschlossenen Rohbaues wurde Eduard van der Nüll übertragen und war ebenso wie die nach Josef von Führichs Konzept erfolgte Ausmalung im Jahre 1861 vollendet. An der Ausführung der Wandmalereien waren Karl Blaas, Franz Dobyaschofsky, Eduard Engerth und Leopold Kupelwieser beteiligt.
Engerths Entwürfe behandeln folgende Szenen:
„Drei Engel verkünden dem Hirten Abraham die Geburt des verheißenen Isaak" – „Die Engel verkünden den Hirten von Bethlehem die Geburt des verheißenen Messias (Linkes Seitenschiff, Kuppel des Propheten Jeremias).
„Abraham führt seinen mit dem Opferholz beladenen Sohn Isaak auf den Berg Moria" – „Christus trägt sein Kreuz nach dem Kalvarienberg im Angesicht seines himmlischen Vaters" (Linkes Seitenschiff, Kuppel des Propheten Jeremias).
„Kain hat seinen Bruder Abel erschlagen und flieht von Gewissensbissen verfolgt, ruhelos davon" – „Judas verrät Jesus durch den Kuß im Garten Gethsemane" (Linkes Seitenschiff, Kuppel des Isaias).
„Abraham mit seiner Frau Sarah und den Söhnen Isaak und Ismael" – „Maria mit dem Jesuskinde, Elisabeth mit dem heiligen Johannes" (Linkes Seitenschiff, Kuppel des Propheten Isaias).

Lit.: Ausstellungskatalog: Wien 1850–1900 – Welt der Ringstraße, Historisches Museum der Stadt Wien – 31. Sonderausstellung Mai–Oktober 1973, S. 30, Kat.-Nr. 37 u. 38. – *Schickh, Richard E. von,* Eduard von Engerth – Beiträge zu einer Biographie des Künstlers und seines Kreises, Wien 1915, S. 27ff und S. 100f.

Wien, Historisches Museum der Stadt Wien, Inv.-Nr. 16.278 u. 16.279 W. K.

34.6 **Allegorie der Medailleurkunst**

Ferdinand Laufberger; um 1880
Kohle und Tusche auf Papier, auf Leinwand aufgezogen; H. = 279 cm, B. = 146 cm

Gegen Ende seines Lebens – der Künstler starb am 16. Juli 1881 – hatte Laufberger die Kartons für die Sgraffiti an den Wänden der beiden Höfe des Wiener Kunsthistorischen Museums auszuarbeiten. Diese Kartons zeigen die für Laufbergers Kunst charakteristischen Züge mit besonderer Deutlichkeit: betonte Flächigkeit wird mit stark linearer Formensprache verbunden. Hierbei bringt das rhythmische Liniengefüge die ins Anmutig-Liebliche stilisierten allegorischen Figuren zu intensiver Wirkung. Laufbergers künstlerische Schöpfungen haben keine besondere Aussage, sondern sind in schmuckhafter Weise architektonischen Räumen oder Fassaden integriert.

Lit.: *Kitlitschka,* S. 38.

Wien, Graphische Sammlung Albertina (Depot Kartause Mauerbach), Inv.-Nr. 33.038 W. K.

34.7 **Mutter mit Kind**

Josef Neugebauer; wohl achtziger Jahre
Öl auf Leinwand; H. = 40,5 cm, B. = 33 cm

Der an der Wiener Akademie zum Stillebenmaler ausgebildete Künstler schuf neben zahlreichen Blumenstilleben und Tierstücken auch Porträts und religiöse Kompositionen, wobei ihm bei letzteren nicht unerheblich das künstlerische Vorbild des zu seinen Lehrern zählenden Spätromantikers Leopold Kupelwieser bestimmte. 1884 übersiedelte der auch als Komponist tätige Maler nach Melk, wo er bis zu seinem Tode im Jahre 1895 in engem Kontakt zum Benediktinerstift stand. Im Bild „Mutter mit Kind" paraphrasiert Neugebauer das traditionelle christliche Thema der „Madonna mit dem Jesuskind", transponiert es auf die Ebene eines liebenswürdigen profanen Mutter-Kind-Bildnisses, gibt durch die von der Mutter gehaltene Traube zugleich aber eine leise Anspielung auf das sakrale Sujet.

Lit.: *Thieme-Becker,* Allgemeines Lexikon der bildenden Künstler, Bd. 25, Leipzig 1931, S. 408. – *Grimschitz, Bruno,* Österreichische Maler vom Biedermeier zur Moderne, Wien 1963, Abb. 1.

Melk, Benediktinerstift W. K.

34.8 **Kaiser Friedrich Barbarossa belehnt Heinrich Jasomirgott und Heinrich den Löwen**
**Die Erstürmung von Melk durch Leopold den Erlauchten**

Karl von Blaas; um 1859
Öl auf Leinwand; H. = 85,8 cm, B. = 37 cm

Entwürfe für zwei der 45 Fresken in der Ruhmeshalle des k. k. Waffenmuseums im Arsenal, mit denen Blaas 1859 beauftragt wurde und die er, teilweise von seinem Sohn Eugen unterstützt, bis 1872 fertigstellte.

Lit.: Ausstellungskatalog: Wien 1850–1900 – Welt der Ringstraße, Historisches Museum der Stadt Wien – 31. Sonderausstellung Mai–Oktober 1973, S. 31, Kat.-Nr. 42. – *Strobl, Alice,* Das k. k. Waffenmuseum im Arsenal – Der Bau und seine künstlerische Ausschmükkung (Schriften des Heeresgeschichtlichen Museums Bd. 1), Graz–Köln 1961, S. 48ff u. S. 76ff.

Wien, Historisches Museum der Stadt Wien, Inv.-Nr. 17.622/1 u. 17.622/2 W. K.

34.9 **Feldmarschall Gideon Ernst Freiherr von Laudon in der Schlacht bei Kunersdorf**

Siegmund L'Allemand; 1877
Öl auf Leinwand; H. = 100 cm, B. = 76 cm

Das vorliegende Ölgemälde ist der vollendete Entwurf für die 1878 datierte große Fassung des Bildes, die der auf Militär- und Schlachtenbilder spezialisierte Künstler über kaiserlichen Auftrag für die Pariser Weltausstellung ausführte. Siegmund L'Allemand, der seit 1883 als Nachfolger von Karl Blaas an der Wiener Akademie eine Professur innehatte, übte auf die österreichische Historienmalerei des späteren 19. Jahrhunderts, soweit sie sich mit Militär- und Kriegsszenen befaßte, großen Einfluß aus.

Lit.: Österreichische Galerie Wien – Galerie des neunzehnten Jahrhunderts im Oberen Belvedere, Wien 1924, S. XLVII, Kat.-Nr. 204.

Wien, Österreichische Galerie, Inv.-Nr. 1129
W. K.

34.10 **Die Seifenbläserin** Abb.

Anton Romako; 1871
Öl auf Leinwand; H. = 127 cm, B. = 94 cm

Das Gemälde fand wegen seiner delikaten Malweise besondere Beachtung. Rock und Jacke des Mädchens sind meisterhaft in zarten Abstufungen von Weiß und blaßgrünen Schatten gehalten, die zu dem lebhaft hellen Fleischton in eigenartigem Kontrast stehen. Die kokette Pose des Mädchens wirkt etwas aufdringlich und soll wohl auf die gewissermaßen unnütze Tätigkeit, die es ausübt,

Kat.-Nr. 34.10

die Aufmerksamkeit besonders lenken. Romako erteilte mit diesem Werk der repräsentativen Porträtkunst des Historismus und ihrer mitunter hohlen Phrasenhaftigkeit eine sehr hintergründige Absage, kann man doch in den Seifenblasen Symbole der Vergänglichkeit und in deren Erzeugung ein Gleichnis für das oft sinnlose Tun des Menschen erblicken.

Lit.: Österreichische Galerie Wien – Galerie des neunzehnten Jahrhunderts im Oberen Belvedere, Wien 1924, S. LXIII, Kat.-Nr. 310. – *Novotny, Fritz,* Der Maler Anton Romako 1832–1889, Wien–München 1954, S. 28 u. S. 86, Kat.-Nr. 161.

Wien, Österreichische Galerie, Inv.-Nr. 697

W. K.

34.11 **Der kleine Patient**

Franz Rumpler; 1873
Öl auf Holz; H. = 26 cm, B. = 21 cm

Das kleine, subtil ausgeführte Bild setzt die realistische Thematik Ferdinand Georg Waldmüllers in einer sozialkritisch weitgehend entschärften, anmutig-unproblematischen Weise fort.

Lit.: Österreichische Galerie Wien – Galerie des neunzehnten Jahrhunderts im Oberen Belvedere, Wien 1924, S. LXIV, Kat.-Nr. 317.

Wien, Österreichische Galerie, Inv.-Nr. 2124

W. K.

34.12 **Kirchgang in Lundenburg**

Franz Rumpler; 1885
Öl auf Holz; H. = 18 cm, B. = 24 cm

Der Vergleich mit dem Gemälde „Der kleine Patient" läßt Rumplers künstlerische Entwicklung von exakter, geradezu minuziöser Objektwiedergabe hin zu malerisch freier Schilderung atmosphärischer und landschaftlicher Stimmungen erkennen. Die Gestalten des Kirchganges sind in spontan hingesetzte Farbflecken transformiert. Das gesamte Bildgefüge ist weitgehend gelockert und die konkrete Gegenstandsbeschreibung zugunsten geradezu abstrakt wirkender Farbflecken weitgehend reduziert.

Lit.: Österreichische Galerie Wien – Galerie des neunzehnten Jahrhunderts im Oberen Belvedere, Wien 1924, S. LXIV, Kat.-Nr. 318.

Wien, Österreichische Galerie, Inv.-Nr. 1411

W. K.

34.13 **Stilleben mit Wildente**

Karl Schuch; wohl Anfang der achtziger Jahre
Öl auf Leinwand; H. = 54 cm, B. = 78,5 cm

Der weitgereiste Schüler der Wiener Akademie unter Ludwig Halauska, der 1883 bis 1894 in Paris tätig war, verband in seinen Landschaften und Stilleben impressionistisch lockere Malweise mit der Hinwendung zum bescheidenen, die stille Sprache der Dingwelt offenbarenden Motiv. Das vorliegende Werk ist eines der markantesten Beispiele für diese malerisch ungemein spontane und zugleich motivisch mitunter extrem anspruchslose Kunst.

Lit.: *Grimschitz, Bruno,* Österreichische Maler vom Biedermeier zur Moderne, Wien 1963, S. 27ff, Abb. 14–16.

Wien, Österreichische Galerie, Inv.-Nr. 5525

W. K.

34.14 **Sardellen**

Josef Navrátil
Öl auf Papier; H. = 21 cm, B. = 26 cm

Die ockerfarbigen Fische, die mit weißen Lichtern und grauvioletten Schatten versehen sind, liegen auf einem weißen Teller. Der Bildgrund ist grünlich-braunviolett. In dem schlicht und merkwürdig leer erscheinenden Stilleben üben die vier nebeneinander liegenden toten Fische eine geradezu unheimlich-makabre Wirkung aus. Das Bild ist ein bannendes Symbol des Todes alles Kreatürlichen.
Josef Navrátil, geboren 1798 in Schlan, gestorben 1860 in Prag, erfuhr 1819 bis 1823 seine Ausbildung an der Malerakademie in Prag unter Josef Bergler und unternahm in den Folgejahren längere Reisen in die Schweiz und nach Italien. Seit 1843 schuf er Wandmalereien im Schlosse zu Liboch, in den Schlössern Kaiser Ferdinands in Reichstadt und Ploschkowitz (beendet 1854) und im Schlosse zu Jirna (um 1857).

Lit.: Österreichische Galerie Wien – Galerie des neunzehnten Jahrhunderts im Oberen Belvedere, Wien 1924, S. LIII, Kat.-Nr. 243.

Wien, Kunsthistorisches Museum, Neue Galerie in der Stallburg, Inv.-Nr. NG 221 W. K.

34.15 **Buchillustrationen von Josef von Führich**

a. Der Triumph Christi von Joseph Ritter von Führich
In elf von dem Künstler selbst radierten Blättern. Kunst-Verlag von Gebr. Karl & Niko-

laus Benzinger in Einsiedeln, Schweiz, New York – Cincinnati – St. Louis 1886.

b. Johann Ladislaus Pyrker, Bilder aus dem heiligen neuen Bunde und Legenden
Zweite verbesserte Auflage, Verlag Braumüller & Seidel, Wien 1847.

c. Thomas von Kempen, Vier Bücher von der Nachfolge Christi
Görres' Übersetzung. Mit Original-Zeichnungen von Joseph von Führich. In Holzschnitt ausgeführt von Kaspar Oertel. Verlag Alphons Dürr, Leipzig 1871.

d. Der Psalter. Alliolis Übersetzung
Mit Original-Zeichnungen von Joseph Ritter von Führich. In Holzschnitt ausgeführt von Kaspar Oertel. Verlag Alphons Dürr, Leipzig 1875.

Kat.-Nr. 34.15.d.

e. Der arme Heinrich. Sieben Zeichnungen von Joseph Ritter von Führich
In Holz geschnitten von K. Oertel. Mit Text nach Hartmann von Aue. Verlag Alphons Dürr, Leipzig 1878.

In seinem späteren graphischen Schaffen, vor allem in den gezeichneten religiösen Bilderfolgen, die in den sechziger Jahren der Leipziger Verleger Alphons Dürr in dichter Folge zu veröffentlichen begann, strebte Führich nach schlichter, herber Wirkung und bediente sich hierzu eines stark vereinfachenden kürzelhaften Zeichenstils, der für die Umsetzung mittels der Vervielfältigungstechnik des Holzstiches (fälschlich auch häufig Holzschnitt genannt) besonders geeignet war. Mit den gezeichneten religiösen Bilderfolgen der letzten eineinhalb Schaffensjahrzehnte wurde Führich so recht zum „Prediger im Bilde", wie ihn ein evangelischer Pfarrer nannte, Führich fand in diesen Werken einen sehr persönlichen, volkstümlich-schlichten Ausdruck.

Lit.: *Kitlitschka,* S. 9ff.

Privatbesitz W. K.

**34.16 Allegorie der Donau** Abb.

Franz Melnitzky; um 1873
Gips; H. = 74,5 cm

Modell der Statue für den Bahnhof in Tetschen (Děčín). Franz Melnitzky (1822–1876) leitete mit sensualistischer Körperauffassung die Plastik allmählich zum Makartideal hin.

Wien, Historisches Museum der Stadt Wien, Inv.-Nr. 75.604/2 W. Kr.

**34.17 Mädchenbüste**

Johann Meixner; 1856
Marmor; H. = 76 cm

J. Meixner (1819–1872) demonstriert hier schon relativ früh den Neoklassizismus der streng-historischen Phase.

Budapest, Szépművészeti Múzeum, Inv.-Nr. 52.849 V W. Kr.

**34.18** **Selbstbildnis**

Hans Gasser; 1855 (?)
Bronze; H. = 62,5 cm

Ausgeführt in der k. k. Kunst-Erzgießerei in Wien. Das „Altdeutsche" ist in dieser Büste noch stärker ausgeprägt als im Leben – Gassers malerischer Habitus bot sogar Anlaß für die Karikaturisten.

Lit.: *Hoffmann, Hans-Christoph; Krause, Walter; Kitlitschka, Werner,* Das Wiener Opernhaus, Wiesbaden 1972, Abb. 229.

Wien, Historisches Museum der Stadt Wien, Inv.-Nr. 47.524 W. Kr.

Kat.-Nr. 34.16

**34.19** **Bildnisbüste Leopoldine Siess**

Stefan Schwartz; 1882
Marmor; H. = 56 cm

Wahrscheinlich geschaffen anläßlich der Verlobung des Künstlers mit der Dargestellten, die am 14. November 1882 seine zweite Gattin wurde. Stefan Schwartz (1851–1924) nahm vor allem als Medailleur und Kleinplastiker eine führende Stellung ein. Dieses Porträt stellt eine der reizvollsten Schöpfungen des in typischer Weise verhaltenen Wiener Neobarocks dar.

Wien, Österreichische Galerie, Inv.-Nr. 6523
W. Kr.

**34.20** **Bildnisbüste Miklós Ybl**

August Sommer; gegen 1892
Bronze; H. = 80 cm, Gewicht: 36 kg

Miklós Ybl (1814–1891) war der bedeutendste ungarische Architekt des 19. Jahrhunderts. Der Porträtist August Sommer (1839–1921) kam aus Sachsen, arbeitete einige Zeit in Wien, wo er an der Ausschmückung des Opernhauses beteiligt war, und war später in Budapest und Rom tätig, bevor er in seine Heimat Coburg zurückkehrte.

Budapest, Szépművészeti Múzeum, Inv.-Nr. 52.844 V W. Kr.

**34.21** **La Musica**

Luigi Ferrari; 1868
Marmor, Metalleinlage; H. = ca. 200 cm

Die Figur stand einst in der Kaiserstiege des Wiener Opernhauses, während im Treppenhaus der Erzherzöge „La Drammatica", die dramatische Kunst, das Gegensatzpaar ergänzte, das vereint die Bedeutung „Oper" ergibt. Beide Statuen schuf der Leiter der Bildhauerschule an der venezianischen Akademie, Luigi Ferrari (1810–1894). Die 1945 teilweise zerstörten und bei der Restaurierung nicht in der alten Gestalt bewahrten Hoftreppenhäuser zählten zu den größten Kostbarkeiten der Ringstraße. Ferraris Skulpturen sind seither deponiert.

Lit.: *Hoffmann, Hans-Christoph; Krause, Walter; Kitlitschka, Werner,* Das Wiener Opernhaus, Wiesbaden 1972, S. 228f und 294–297, Abb. 135 und 216ff. – *Krause, Walter,* Die Plastik der Wiener Ringstraße von der Spätromantik bis zur Wende um 1900, Wiesbaden 1980, S. 23.

Wien, Staatsoper W. Kr.

## 35. HANS MAKART UND SEINE ZEITGENOSSEN

### 35.1 Hans Makart

Hans Makart studierte von 1860–1865 bei Karl von Piloty in München; Mitschüler waren u. a. Defregger und Lenbach. Die ersten Aufträge vermittelte Piloty, der das Talent Makarts für die gestaltende Kraft der Farbe erkannt hatte. 1868 wurde der junge Maler mit einem Schlag berühmt als er seine „Modernen Amoretten" und wenige Monate später die „Pest in Florenz" ausstellte. Aufgrund dieser Erfolge wurde er 1869 nach Wien berufen. Das prunkvolle Atelier war bald ein gesellschaftlicher Mittelpunkt und mehr als ein Jahrzehnt hindurch konnte er einen Erfolg nach dem anderen feiern. Das „Dumbazimmer", die „Abundantia", „Caterina Cornaro", „Der Einzug Karl V in Antwerpen" – um nur einige der Hauptwerke zu nennen – gehören zu den großen Leistungen der Malerei der Ringstraßenzeit. 1879 wurde Makart Professor für Historienmalerei an der Akademie. Er übte weniger Einfluß auf die Malerei seiner Zeit aus als auf Dinge des täglichen Lebens wie Wohnstil und Mode. Das „Makart-Bouquet" fand Eingang in zehntausende Wohnungen und Salons in Mitteleuropa. Die von ihm geschaffenen historischen Szenen sind gemaltes Theater, Szenen aus der Gegenwart im historischen Kostüm. Das Publikum ließ sich mit Begeisterung in diese künstliche Welt hineinversetzen. Die Gestaltung des „kostümierten" Teils des Festzugs zur Silbernen Hochzeit des Kaiserpaares, 1879, brachte Makart den Gipfelpunkt seines Ruhms.

Lit.: *Frodl, G.*, Hans Makart, Salzburg 1974.

G. F.

#### 35.1.1 Bacchanal — Farbabb. 60

Hans Makart (1840–1884); um 1865
Öl auf Leinwand; H. = 45 cm, B. = 62,5 cm (Originalrahmen)

Das ist eine jener virtuosen Farbstudien, die Makart noch während seiner Schulung bei Piloty in München gemalt hat und die um ihrer selbst willen, nicht im Hinblick auf eine Ausführung im Großen entstanden.

Wien, Historisches Museum der Stadt Wien, Inv.-Nr. 100.993 — G. F.

#### 35.1.2 Die modernen Amoretten — Farbabb. 61

Hans Makart; 1868
Öl auf Leinwand; H. = 149 cm, B. = 236 cm
Rechter Teil des dreiteiligen Werks

Mit diesem Werk trat Makart zum ersten Mal vor das große Publikum und begründete damit seinen Ruhm. Er hatte das Triptychon ursprünglich zur Dekoration seines Ateliers bestimmt. In der Münchner Ausstellung wurde es auch als „Salonschmuck" bezeichnet, von der Kritik zuweilen als „Kindermärchen". Makart kam nicht dazu, die „Amoretten" in seinem Sinn zu verwenden, da sie anläßlich der Wiener Ausstellung (ebenfalls 1868) verkauft wurden.

Wien, Zentralsparkasse der Gemeinde Wien

G. F.

#### 35.1.3 Die modernen Amoretten – Entwurf zur Dekoration einer Wand

Hans Makart; 1868
Öl auf Leinwand auf Photographie; H. = 81 cm, B. = 149 cm

Photokopie

Makart übermalte die Photos der großen „Amoretten", nachdem er sie auf die Leinwand geklebt hatte. Die Scheinarchitektur und die beiden Medaillons sind direkt auf die Leinwand gemalt. So etwa stellte sich Makart die Adaptierung seines Triptychons in einem Salon bzw. in seinem künftigen Atelier vor.

Wien, Österreichische Galerie, Inv.-Nr. 264

G. F.

#### 35.1.4 Liebespaar in einer Loggia — Abb.

Hans Makart; um 1869/70
Öl auf Leinwand (dubliert); H. = 79,7, B. = 38,6 cm

Das Paar trägt Kostüme des 16. Jahrhunderts. Das Bild ist eines jener „Salonstücke", die Makart zwischendurch immer wieder malte.

Privatbesitz — G. F.

#### 35.1.5 Entwurf zu einem Deckenbild mit Motiven aus dem „Ring des Nibelungen"

Hans Makart; um 1870/72
Öl auf Papier, auf Leinwand aufgezogen; H. = 135 cm, B. = 135 cm

Immer wieder hat sich Makart mit diesem Themenkreis beschäftigt, zum letzten Mal 1883, kurz nach dem Tod Richard Wagners, den er sehr bewunderte. Folgende Szenen sind auf dem Plafond zu sehen: Kampf der Riesen („Das Rheingold"), die Rheintöchter, Brunhilde und die Rheintöchter („Götterdämmerung"), Erda, Siegmund und Sieglinde in Hundings Hütte („Die Walküre"), die Nornen, die Loskaufung Freyas („Rheingold"), die Walküren. In der Mitte die Weltkugel mit dem Ring.

Kat.-Nr. 35.1.4

Wien, Österreichische Galerie, Inv.-Nr. 207 a
G. F.

### 35.1.6 Ein Sommernachtstraum

Entwurf für den Vorhang des Wiener Stadttheaters, später „Ronacher"
Hans Makart; 1870/71
Tuschzeichnung auf Satin; H. = 95 cm, B. = 128 cm

Die Darstellung entspricht weitgehend dem Entwurf (Öl auf Leinwand) im Historischen Museum der Stadt Wien. Im Mittelbild ist die 2. Szene des 2. Aufzugs aus „Ein Sommernachtstraum" von Shakespeare dargestellt: „Was Du wirst erwachend sehn / wähl' es Dir zum Liebsten schön". Knapp vor der Vollendung des großen Vorhangs verdarb Makart sein Werk durch Verwendung eines Imprägnierungsmittels, das den Vorhang unbrennbar machen sollte. Nach einem etwas veränderten Entwurf – auch von der Hand Makarts, schuf Berthold Winder (1833–1888) den endgültigen Vorhang.

Wien, Österreichische Galerie, Inv.-Nr. LG 101
G. F.

### 35.1.7 Kaiser Franz Joseph I.

Hans Makart, Franz v. Lenbach, Arnold Böcklin; 1872/73
Öl auf Leinwand; H. = 235 cm, B. = 140 cm (Originalrahmen)

Der Auftrag zu diesem ganzfigurigen Repräsentationsbild war an Lenbach, der zu dieser Zeit im kleinen Atelier Makarts arbeitete, ergangen. Makart und Böcklin beteiligten sich inoffiziell an dieser Arbeit. Die Handschrift Makarts ist an dem, den Tisch bedeckenden Teppich zu erkennen.

Wien, Kunsthistorisches Museum, Inv.-Nr. 7294 (dzt. Hofburg, Schauräume)
G. F.

**35.1.8** **Clothilde Beer** Farbabb. 59

Hans Makart; um 1880
Öl auf Holz; H. = 82 cm, B. = 68 cm

Clothilde Beer, geb. Stoesser, war eine Cousine Makarts, mit dem Komponisten Max Josef Beer verheiratet.

Wien, Österreichische Galerie, Inv.-Nr. 4567

G. F.

**35.1.9** **Entwurf zur Dekoration einer Wand** Abb.

Hans Makart; 1882
Öl auf Leinwand; H. = 135 cm, B. = 240 cm

Makart hatte den Auftrag zur malerischen Ausgestaltung des Schlafzimmers der Kaiserin Elisabeth in der Hermesvilla im Lainzer Tiergarten bei Wien erhalten. Das Thema war „Sommernachtstraum"; eine Szene daraus deutet er in diesem architektonischen Kompositionsentwurf an. Die in die (Schein)Architektur integrierte Malerei erinnert an den Entwurf für die Anbringung der „Modernen Amoretten". Makart führte nur diese eine Skizze aus. Er selbst hatte an der endgültigen Ausmalung keinen Anteil mehr. Seine Freunde Julius Berger und C. R. Huber führten die Arbeit nach 1884 aus, wobei sie sich an das vorgegebene Schema hielten.

Wien, Österreichische Galerie, Inv.-Nr. 2609

G. F.

**35.1.10** **Damenporträt**

Hans Makart; 1884
Öl auf Holz; H. = 60 cm, B. = 46,5 cm

Wien, Österreichische Galerie, Inv.-Nr. 6408 M

G. F.

**35.1.11** **Der Sieg des Lichtes über die Finsternis**

Hans Makart; 1883 oder 1884
Öl auf Leinwand; H. = 170 cm, B. = 184 cm

Entwurf zum großen Deckenbild im Stiegenhaus des Kunsthistorischen Museums in Wien, auch „Apollo, der die Unwissenheit in den Abgrund stößt" genannt. Makart erhielt den Auftrag zur Ausmalung des Stiegenhauses im September 1881. Er konnte nur die zwölf Lunetten ausführen. Der Auftrag für den großen Plafond ging an Canon

Kat.-Nr. 35.1.9

über, der jedoch auch darüber starb (1885). Schließlich malte Munkácsy 1891 das Deckenbild nach seinem eigenen Entwurf. In Makarts Entwurf ist die Anlehnung an barocke Vorbilder bemerkenswert.

Wien, Österreichischie Galerie, Inv.-Nr. 3756
G. F.

### 35.1.12 Innenraumansicht in Perspektive

Bernhard Ludwig sen.; um 1880
Aquarell; H. = 26 cm, B. = 34 cm

Vermutlich Entwurf für einen Raum der ersten der beiden Privatwohnungen Ludwigs sen., die er in Wien VI, Münzwardeingasse 2 besaß. Das gedämpfte Kolorit, zu branstig glühenden Höhepunkten gesteigert, zeigt den Einfluß Hans Makarts. Die Helldunkelbeleuchtung trägt zur Raumeinheit bei und modelliert alles Plastisch-Räumliche. Bernhard Ludwig sen. (1834–97) stieg aus eigener Kraft vom mittellosen Tischlergesellen zu einem der führenden europäischen Kunsttischler und Innenausstatter auf, ab 1867 mit eigenem Etablissement. Meist nach eigenen Entwürfen ließ er vor allem Kunstmöbel und ganze Innenausstattungen in aller Welt ausführen; so für das Wiener Parlament, Justizpalast, Hermesvilla. Bei größter handwerklicher Qualität sind seine Werke vor allem künstlerisch hochrangig als Meisterwerke historistischer Raumkunst, die romantische Monumentalität statt Vernutzung anstrebte.

Lit.: *Eggert, Klaus,* Das Haus Bernhard Ludwig in Wien, in: Steine sprechen, Nr. 70/71 (1982), S. 7–18.

Schloß Walchen bei Vöcklamarkt (Lagerungsort 1983)
K. E.

### 35.1.13 Wandabrollung mit Mobilar in Aufriß

Bernhard Ludwig sen.; um 1880
Blei; H. = 32 cm, B. = 41 cm

Steigerung der deutschen Renaissance war bei Ludwig und vielen Zeitgenossen vom Ende der siebziger Jahre an verbreitet. Gemäß dem gesamten Ringstraßenstil sind die Möbel nach architektonischen Prinzipien komponiert, sind zugleich Einzelmonumente und auf die Wandgliederung bezogen. Möbel werden also in dieser Epoche nicht voneinander isoliert aufgefaßt, ihr Standort ist nicht austauschbar.

Schloß Walchen bei Vöcklamarkt (Lagerungsort 1983)
K. E.

## 35.2 Die Zeitgenossen Hans Makarts

### 35.2.1 Hanna Klinkosch

Hans Makart; 1875
Öl auf Leinwand; H. = 200 cm, B. = 112 cm (Originalrahmen)

Hanna Klinkosch (1849–1925), Tochter des Wiener Silberschmieds Josef Carl von Klinkosch heiratete in zweiter Ehe 1890 Aloys Prinz Liechtenstein. Sie war eine stadtbekannte Wiener Schönheit, die Makart öfter Modell saß.

Wien, Stadtpalais Liechtenstein G. F.

### 35.2.2 Der Sieg des Lichtes über die Finsternis

Hans Canon (1829–1885); 1884 oder 1885
Öl auf Leinwand; H. = 58 cm, B. = 57 cm

Mütterlicherseits stammte Hans Straschiripka (der sich ab 1854 Canon nannte) vom österreichisch-italienischen Barockmaler Martino Altomonte ab. Er war nur kurz an der Akademie (1845), bevor er zum Militär ging. 1850 nahm er seinen Abschied und 1857 stellte er zum ersten Mal aus. Erste Erfolge gab es 1860. Sein großes Werk „Die Loge Johannis", dessen Grundthema die Toleranz ist, wurde 1873 bei der Wiener Weltausstellung gezeigt. Der Erfolg mit diesem Werk ermöglichte ihm nach längerer Abwesenheit die Rückkehr nach Wien, wo er sofort Eingang in die höchste Gesellschaft fand. 1878 porträtierte er Kronprinz Rudolf, 1881 erhielt er den Auftrag zur malerischen Ausgestaltung des Stiegenhauses im neuen Naturhistorischen Museum, mit dem „Kreislauf des Lebens" als zentralem Thema. Canon gehörte zu jenen Künstlern der zweiten Jahrhunderthälfte, die sich nicht vom unmittelbaren Natureindruck leiten ließen. Fast ständig griff er auf Werke des niederländischen 17. Jahrhunderts zurück, etwa auf Van Dyck und J. Jordaens.
Das ausgestellte Werk ist der Entwurf zum nicht ausgeführten Deckenbild im Stiegenhaus des Kunsthistorischen Museums. Canon hatte diesen Auftrag nach dem Tod Makarts erhalten, starb aber ebenfalls über dieser Aufgabe.

Lit.: Katalog Hans Canon. Skizzen – Entwürfe – Dokumente. Mit Beiträgen von *Z. Ebenstein* und *H. Schöny,* Wien, Österreichische Galerie 1966.

Wien, Österreichische Galerie, Inv.-Nr. 2537
G. F.

**35.2.3 Die Marter des Hl. Hippolytus** Farbabb. 53

Hans Canon; nach 1875
Öl auf Leinwand; H. = 46 cm, B. = 36 cm

Entwurf für ein Altarbild, das für die Pfarrkirche St. Hippolyt in Harmannsdorf (bei Korneuburg) gedacht war. In dieser Kirche befindet sich die Familiengruft der Grafen Wilczek. Canon war mit dem Grafen eng befreundet.

Wien, Österreichische Galerie, Inv.-Nr. 5225

G. F.

**35.2.4 Mädchen mit Papagei**

Hans Canon; 1876
Öl auf Leinwand; H. = 126 cm, B. = 84 cm

Die Dargestellte ist die Frau des Malers.

Wien, Österreichische Galerie, Inv.-Nr. 5943

G. F.

**35.2.5 Fischmarkt** Abb.

Hans Canon; 1885
Öl auf Leinwand; H. = 131 cm, B. = 175 cm

Das Bild gehört zu jener Gruppe von Werken, in welchen sich Canon direkt auf vlämische Vorbilder aus dem 17. Jahrhundert bezieht.

Wien, Österreichische Galerie, Inv.-Nr. 5662

G. F.

**35.2.6 Nefusa**

Leopold Carl Müller (1834–1892); um 1880
Öl auf Leinwand; H. = 80 cm, B. = 60 cm

Der Sohn eines Wiener Lithographen war seit 1852 Schüler der Wiener Akademie unter Carl Blaas und Christian Ruben. Bis 1867 verdiente er seinen Lebensunterhalt als Illustrator für die Zeitschrift „Figaro“. Seit 1873/74 verbrachte er, solan-

Kat.-Nr. 35.2.5

ge es seine Gesundheit erlaubte (bis 1886), jeden Winter in Ägypten. Hier fesselte ihn das dem Orient eigene Licht, das sich auf seine ganze Malerei auswirkte und das besonders in den nach der Natur gemalten Ölstudien zum Ausdruck kommt. Er wurde zu einem der bekanntesten und begehrtesten europäischen Orientmaler. 1877 erhielt er eine Professur an der Wiener Akademie, die er nur widerwillig akzeptierte, da sie ihn seiner uneingeschränkten Freiheit beraubte. Müller war eng mit Pettenkofen befreundet aber auch mit Makart, den er dazu animierte, ebenfalls einen Winter in Kairo zu verbringen. Nefusa ist eine junge Araberin, die Müller während eines seiner Aufenthalte in Kairo Modell saß.

Lit.: *Seligmann, A. F.* (Hg.), Carl Leopold Müller. Ein Künstlerleben in Briefen, Bildern und Dokumenten, Wien 1922.

Wien, Österreichische Galerie, Inv.-Nr. 3215

G. F.

### 35.2.7 Kaiser Franz Joseph I. — Farbabb. 1

Julius Victor Berger (1850–1902); 1879
Öl auf Leinwand; H. = 180 cm, B. = 126 cm

Er studierte von 1864 bis 1874 an der Wiener Akademie unter Eduard v. Engerth, erhielt den Rompreis und blieb bis 1877 in Italien. 1881 wurde er Nachfolger Laufbergers als Professor der Fachschule für Zeichnen und Malen an der Gewerbeschule des Österr. Museums für Kunst und Industrie. 1887 berief man ihn an die Akademie der bildenden Künste. Berger schuf eine große Anzahl dekorativer Entwürfe – von umfassenden Raumgestaltungen bis zur Titelvignette, aber auch Porträts und Genrebilder. Seine monumentalen Hauptwerke sind die (geplante) Ausschmückung des Wiener Justizpalastes und das große Deckenbild (Die Mitglieder des Hauses Habsburg als Förderer der Künste) im Mittelsaal des Hochparterres im Kunsthistorischen Museum. Das ausgestellte Porträt wurde für den Wiener Justizpalast geschaffen.

Lit.: *Kitlitschka, W.*, Die Malerei der Wiener Ringstraße, Wiesbaden 1981, S. 152ff.

Wien, Oberster Gerichtshof — G. F.

### 35.2.8 Entwurfsskizze zum Plafond im Stiegenhaus des Österreichischen Museums für Kunst und Industrie in Wien

Ferdinand Laufberger (1829–1881); um 1870
Aquarell auf Papier; H. = 27,2 cm, B. = 26,8 cm

Von 1844 bis 1852 war Laufberger Schüler der Prager, bis 1859 der Wiener Akademie. Er begann seine Laufbahn als Illustrationszeichner. Bevor er 1868 zum Professor an der Kunstgewerbeschule (Fach „Figürliches Zeichnen“) ernannt wurde, unternahm er eine ausgedehnte Europareise. Er war der Lehrer der Brüder Gustav und Ernst Klimt und Franz Matsch's. Seine Bedeutung liegt vor allem auf dem Gebiet der monumentalen Dekorationsmalerei: Hauptwerke sind der zweite Vorhang der Wiener Oper (Heitere Oper und Ballett; nicht erhalten) und die malerische Dekoration für das Museum für Kunst und Industrie.
Darstellung im Mittelmedaillon: Venus, dem Meere entsteigend; in den kleinen Medaillons: Allegorien der Architektur, Malerei, Skulptur und des Kunstgewerbes. Laufberger schuf nicht nur die Plafondmalerei sondern auch Dekorationen für mehrere Säle im Erdgeschoß des Museums.

Lit.: *Kitlitschka, W.*, Die Malerei der Wiener Ringstraße, Wiesbaden 1981, S. 34ff.

Wien, Österreichisches Museum für Angewandte Kunst, Bibliothek — G. F.

### 35.2.9 Entwurf für ein Sgraffito

Ferdinand Laufberger; um 1880
Bisterzeichnung auf Papier; H. = 55,2 cm, B. = 30 cm

Die Frauengestalt ist eine Allegorie der Mosaik-Kunst, ein Entwurf für eines der Sgraffito-Felder im Hof des Kunsthistorischen Museums. Dargestellt sind Allegorien der Künste und verschiedene Zweige des Kunstgewerbes. Diese Kartons waren der letzte große Auftrag an Laufberger.

Wien, Österreichisches Museum für Angewandte Kunst, Bibliothek — G. F.

### 35.2.10 Holländisches Kücheninterieur

Eduard Charlemont (1842–1906); um 1880
Öl auf Leinwand; H. = 34,5 cm, B. = 48 cm

Er war der jüngere Bruder Hugo Charlemonts, der als Stilleben- und Landschaftsmaler erfolgreich war. Seit 1865 studierte er an der Wiener Akademie, von 1870 an, bis zu seiner Übersiedlung nach Paris – er lebte dort nahezu drei Jahrzehnte –, arbeitete er im Atelier Makarts. Welches seine Anteile sind, die sich wohl nur auf untergeordnete Partien beschränkten, ist nicht festzustellen. Eduard Charlemont selbst spezialisierte sich auf den Niederländern des 17. Jahrhunderts nachempfundene, altmeisterlich gemalte Interieurs, mit welchen er in Paris großen Erfolg hatte. Dort schuf er auch eine Reihe von großformatigen, dekorativen Ausstattungsbildern (u. a. drei Deckenbilder für das Wiener Burgtheater, die nicht erhalten geblieben sind), die von Makarts Malweise der frühen siebziger Jahre beeinflußt waren und trotzdem auf reizvolle Weise Eigenständigkeit verraten.

Wien, Historisches Museum der Stadt Wien, Inv.-Nr. 101.771 G. F.

### 35.2.11 Charlotte Wolter als Sappho

Josef Fux (1842–1904); 1887
Öl auf Holz; H. = 105 cm, B. = 56 cm (mit Rahmen H. = 168 cm, B. = 102 cm)

Vincenti („Wiener Kunstrenaissance", 1876) nennt ihn als einen der Tüchtigsten, er sei eine besondere koloristische Begabung. Fux war Leiter des Ausstattungs- und Kostümwesens am Wiener Burgtheater. Sein wichtigstes Werk, der Hauptvorhang des Burgtheaters, ist nicht mehr erhalten. U. a. schuf er Arrangements für die damals so beliebten „Lebenden Bilder". Mehr als Makart, jedoch in weniger eigenständiger Weise als Hans Canon, ist Fux der Malerei des Barock verpflichtet. Er arbeitete 1879 in entscheidender Weise an der Ausführung der Makart'schen Skizzen für den großen Festzug mit.

Lit.: *Kitlitschka, W.*, Die Malerei der Wiener Ringstraße, Wiesbaden 1981, S. 162.

Wien, Historisches Museum der Stadt Wien, Inv.-Nr. 61.001 G. F.

### 35.2.12 Pax

Janez (Johann) Šubic (1850–1889); Ende der siebziger Jahre
Öl auf Leinwand; H. = 20 cm, B. = 13,5 cm

Šubic lernte zunächst bei seinem Vater, dann in Ljubljana (Laibach) und von 1872 bis 1874 an der Akademie in Venedig. 1874 fuhr er nach Rom, wo er bis 1876 an der dortigen Akademie weiterstudierte. Zwischen 1877 und 1880 war er Schüler Makarts in Wien, 1879 arbeitete er mit vielen anderen Künstlern an der Verwirklichung der Ideen Makarts für den großen Festzug. Seit 1884 lebte und arbeitete er in Kaiserslautern (Ausmalung des Kunstgewerbemuseums, Professur für Dekorationsmalerei an der Kunstgewerbeschule).

Lit.: Ausstellungs-Katalog „Slowenische Impressionisten", Wien, Österreichische Galerie 1979 (*A.* und *E. Cevc*).

Ljubljana, Narodna Galerija, Inv.-Nr. NG 51.830 G. F.

### 35.2.13 Mann im historischen Kostüm

Carl Rudolf Huber (1839–1896); 1879
Aquarell auf Papier; H. = 49 cm, B. = 33,5 cm

Studierte an der Wiener Akademie, in Düsseldorf und hierauf (1854–1857) wieder in Wien. Als einer der ersten österreichischen Maler unternahm er eine Reise nach Ägypten (1857), weitere folgten 1870 und 1875/76; diese letzte zusammen mit Lenbach und Makart. Die Aufenthalte im Orient waren für seine Malerei sowohl im Hinblick auf die Themen als auch auf den Kolorismus von großer Bedeutung. Einen Hauptteil seines Schaffens nimmt die Tiermalerei ein, wobei der Einfluß der poetischen Bilder des Franzosen Constant Troyon wegweisend wurde. Huber schuf aber auch Reiter- und Jagdszenen, damit Ereignisse festhaltend, welchen er selbst gern und gern gesehen beiwohnte. 1880 wurde er Professor der Spezialschule für Tiermalerei an der Akademie.
Huber arbeitete, wie viele andere Künstler, an der Verwirklichung der Skizzen Makarts zum Historischen Festzug von 1879 mit. Dieses Blatt ist ein Detailentwurf, der den Schneidern zur Herstellung des entsprechenden Kostüms diente.

Lit.: *Feuchtmüller, R.*, Carl Rudolf Huber. Persönlichkeit und Werk, Wien 1955.

Wien, Niederösterreichisches Landesmuseum, Inv.-Nr. 2360/1 G. F.

## 35.3 Das Atelier Makarts

### 35.3.1 Hans Makart im Atelier Abb.

Eduard Charlemont; um 1875
Öl auf Leinwand; H. = 140 cm, B. = 85 cm

Das Atelier Hans Makarts war mehr als ein Jahrzehnt hindurch ein gesellschaftlicher Mittelpunkt Wiens. Es galt schon zu seiner Zeit als „Gesamtkunstwerk", in dem die Einrichtung, Kunstwerke

Kat.-Nr. 35.3.1

und Kunsthandwerk alter Meister, die Bilder des „Malerfürsten" Makart aber auch die die verschiedenen Räume belebenden Besucher eine Einheit bildeten. Dieses Interieur war dem großen Publikum genauso bekannt wie die berühmtesten Bilder Makarts, da es in allen illustrierten Blättern abgebildet und regelmäßig in den Gesellschaftsspalten besprochen wurde.

Wien, Historisches Museum der Stadt Wien, Inv.-Nr. 47.260 G. F.

**35.3.2 Das große Atelier Makarts**

Rudolf von Alt; 1885
Photokopie nach Aquarell

Wien, Historisches Museum der Stadt Wien
G. F.

**35.3.3 Das Wohnhaus und das Atelier Makarts**

Theodor von Hörmann; 1885
Photokopie nach Aquarell

Wien, Historisches Museum der Stadt Wien
G. F.

**35.3.4 Huldigungsfestzug der Stadt Wien**

zur Feier der Silbernen Hochzeit Ihrer Majestäten des Kaisers Franz Joseph I. und der Kaiserin Elisabeth (27. April 1879)

37 auf Karton montierte Heliogravuren; H. = 56 cm, B. = 100 cm

Roter Originalsamtband mit Ganzgoldschnitt, in roter Samtkassette mit großen, ornamental gearbeiteten Eckbeschlägen, Metall-Titelschild, 2 Schließen und 2 Metalltragegriffen mit Verschlußmechanismus; B. = 62 cm, T = 106 cm

Das Werk wurde vom Gemeinderat der Stadt Wien 1881 herausgegeben; 50 Vorzugsexemplare weisen eine besonders prunkvolle Ausstattung, wie das ausgestellte aus dem Besitz der kaiserlichen Familie stammende, auf.

Wien, Privatbesitz E. V.

**35.3.5 Originalkostüm vom Festzug anläßlich der silbernen Hochzeit des Kaiserpaares 1879**

Goldbesticktes Wams, Hose, kurzer Mantel, Haube mit Straußenfedern; Seide, Samt; goldbraun, blau.

Privatbesitz E. V.

FOTONACHWEIS

Budapest, Corvina Archiv (K. Szelény): Farbabb. 41
Budapest, Történeti Múzeum: Kat.-Nr. 11.9.4, 14.4.18, 16.4.3, 21.11
Budapest, Magyar Nemzeti Galéria: Kat.-Nr. 16.6.20, 29.22, 31.2, 31.4, 31.7, 31.9, 31.10, 31.22; Farbabb. 26–28, 40, 42, 43
Esztergom, Keresztény Múzeum: Kat.-Nr. 21.18, 21.19
Krakau, Muzeum Historycznego m. Krakowe: Kat.-Nr. 14.3.6
Küsnacht, Stiftung für Kunst, Kultur und Geschichte: Kat.-Nr. 18.33
Laibach, Arhiv SR Slovenije: Kat.-Nr. 16.8.11
Stuttgart, Raimund Friedrich Kaindl Gesellschaft: Kat.-Nr. 24.7.4
Tábor, Muzeum Husitského Revolučního Hnutí v Táboře: Kat.-Nr. 15.2.45
Triest, Museo Civico di Storia Naturale Trieste: Kat.-Nr. 6.11.3
Warschau, Muzeum Narodowe w Warszawie: Kat.-Nr. 2.16
Zagreb, Arhiv Hrvatske: Kat.-Nr. 15.3.39
Zagreb, Muzej grada Zagreba: Kat.-Nr. 2.22
Zagreb, Povijesni Muzej Hrvatske: Kat.-Nr. 2.28.3, 2.75, 15.1.38, 15.2.17, 15.3.41

Baden, Rollettmuseum: Kat.-Nr. 25.47
Graz, Foto Fürböck: Farbabb. 12
Graz, Stadtarchiv: Kat.-Nr. 16.5.13
Graz, Steiermärkisches Landesarchiv: Kat.-Nr. 2.8
Graz, Steiermärkisches Landesmuseum Joanneum: Kat.-Nr. 12.13.19
Innsbruck, Tiroler Volkskunst-Museum: Kat.-Nr. 5.4.1, 6.12.4
Jaidhof, M. Malina: Kat.-Nr. A.1.22, A.2.1, A.2.5, A.2.19, 5.1.2, 7.1.12, 10.10, 11.1.12, 11.12.5, 12.11, 12.13.5, 14.2.7, 14.2.27, 14.3.35, 14.3.7, 14.3.9, 14.4.16, 16.10.7, 20.6.23, 24.3.11, 27.1, 27.16, 27.26, 27.33, 28.18, 28.52; Farbabb. 15, 18, 20, 31, 32, 33, 38, 47, 51, 61, 64
Klosterneuburg, I. Kitlitschka: Kat.-Nr. 28.51, 34.15; Farbabb. 52, 54
Krems, F. Pescher: Kat.-Nr. A.2.10
Kremsmünster, Benediktinerstift: Kat.-Nr. 4.4.1
Linz, Adalbert Stifter Institut: Kat.-Nr. 25.51
Linz, Stadtmuseum: Kat.-Nr. 20.5.2, 22.80, 24.5.6
St. Pölten, Diözesanmuseum: Kat.-Nr. 20.6.1
Wien, Pfarre Altlerchenfeld: Farbabb. 62, 63
Wien, Akademie der bildenden Künste: Kat.-Nr. 32.3, 32.13, 32.14, 32.15; Farbabb. 50
Wien, Johanna Figl: Kat.-Nr. A.1.6, A.1.14, A.1.18
Wien, Gesellschaft der Musikfreunde: Kat.-Nr. 26.16, 26.32, 26.48
Wien, Graphische Sammlung Albertina: Kat.-Nr. 33.1, 33.3, 33.7; Farbabb. 21, 22, 44, 48, 49
Wien, V. Harrandt: Kat.-Nr. 1.2, 4.7.7, 17.33, 20.2.2, 20.5.6, 20.6.10, 24.9.1, 29.4, 29.5, 29.15, 35.1.4; Farbabb. 11, 17
Wien, Heeresgeschichtliches Museum: Kat.-Nr. 13.3, 13.5, 13.9, 13.17.a, 13.17.c; Farbabb. 14
Wien, Historisches Museum der Stadt Wien: Kat.-Nr. A.1.9, 2.14, 2.32, 2.56, 5.5.4, 6.4.2, 7.1.7, 8.4.33, 9.12, 11.10.2, 16.2.2, 25.69, 27.7, 27.23, 27.34, 27.38, 29.13, 34.16, 35.3.1; Farbabb. 13, 39, 60
Wien, Höhere Graphische Bundes-Lehr- und Versuchsanstalt: Kat.-Nr. 11.12.1

Wien, Institut für Geschichte der Medizin: Kat.-Nr. 22.22, 22.41, 22.50, 22.75; Farbabb. 34
Wien, Kunsthistorisches Museum, Münzkabinett: Kat.-Nr. 5.10.5, 5.10.10
Wien, Foto Meyer: Kat.-Nr. 19.1.18; Farbabb. 19, 23, 24, 25, 29, 30, 36, 37
Wien, Museum für Angewandte Kunst: Kat.-Nr. 28.45
Wien, Österreichische Nationalbibliothek, Bildarchiv: Kat.-Nr. 3.36, 3.45, 9.22, 17.25, 17.45, 18.6
Wien, Foto Otto: Kat.-Nr. 29.8, 29.9, 29.17, 34.10, 35.1.9, 35.2.5; Farbabb. 53, 55–59
Wien, Tabakmuseum: Farbabb. 45, 46
Wien, Technisches Museum: Kat.-Nr. 4.4.2, 4.4.6, 6.13.7, 7.3.7, 11.3.9; Farbabb. 16
Wien, Technische Universität, Bibliothek: Kat.-Nr. 6.2.1